HEYNE <

Das Buch

Zunächst hat der Journalist Poolitzer die AG Chemie Beiersdorf im Verdacht, sie wolle einen Umweltskandal vertuschen. Als jedoch hochmoderne Sharkskin-Powerboote vom Testgelände einer Werft verschwinden und ein Schiff mit atomarem Sondermüll gekapert wird, argwöhnt der Reporter, dass Terroristen im Ostseeraum ihr Unwesen treiben. Steckt etwa sein alter Widersacher, Staatsanwalt Mathias Fröhlich-Eisner, dahinter? Der charismatische Politiker ist der neue Star der einstmals rechtsradikalen Deutschnationalen Partei, und unter dem Deckmantel der Gesetzestreue und Ordnungsliebe steht er kurz davor, einen grandiosen Wahlsieg zu erringen. Poolitzer lässt sich von diesem scheinbaren Gesinnungswandel nicht täuschen und findet heraus, dass Fröhlich-Eisner in Verbindung mit Aktivisten der Nationalen Aktion steht, die Anschläge mit Massenvernichtungswaffen gegen das Elfenreich Pomorya vorbereiten. Doch der Reporter hat seinen Gegner sträflich unterschätzt …

»Schattenläufer« versammelt die drei faszinierenden Shadowrun-Romane »Sturmvogel«, »05:58« und »Jede Wette« von Bestseller-Autor Markus Heitz erstmals in einem Band.

Der Autor

Markus Heitz wurde 1971 in Homburg geboren, studierte an der Universität des Saarlands, arbeitete lange Jahre als Journalist und ist heute einer der erfolgreichsten deutschen Phantastik-Autoren. Seine Romane »Collector«, »Die Zwerge« und »Ritus« standen monatelang auf den Bestsellerlisten.

MARKUS HEITZ

SCHATTEN-LÄUFER

WILHELM HEYNE VERLAG
MÜNCHEN

FSC
www.fsc.org
MIX
Papier aus verantwortungsvollen Quellen
FSC® C014496

Verlagsgruppe Random House FSC® N001967
Das für dieses Buch verwendete FSC®-zertifizierte Papier
Salzer Alpin wird produziert von UPM, Schongau
und geliefert von Salzer Papier, St. Pölten, Austria.

9. Auflage

Taschenbuchausgabe 1/07
Redaktion: Ralf Oliver Dürr

www.heyne.de
Printed in Germany 2014
Umschlaggestaltung: Nele Schütz Design, München
Satz: C. Schaber Datentechnik, Wels
Druck und Bindung: GGP Media GmbH, Pößneck

ISBN 978-3-453-52232-9

SHADOWRUN

ERSTES BUCH

STURMVOGEL

PROLOG

ADL, Norddeutscher Bund, 5 Kilometer vor Ribnitz,
16. 09. 2058, 09:32 MEZ

»Haben Sie auch alles gut durchgelesen, Herr Young?« Das aparte Gesicht der Reisebegleiterin erschien neben seinem Sitz. Die Elfin hatte sich zu ihm heruntergebeugt, ihr blumiges Parfüm drang in seine Nase.

Die wachen, hellen Augen ruhten zuerst auf seinem Gesicht, dann auf der Broschüre, die sie sofort nach der Abfahrt aus Rostock an alle Passagiere verteilt hatte. Das Studium der Informationen war Pflicht und eigens in den Reisebedingungen von »Anders Ausflüge GmbH« festgelegt.

Diese beinahe singende Art zu sprechen kannte er, der junge Amerikaner zuckte trotzdem zusammen. Der Vorgang des Memorierens hatte seine ganze Konzentration gefordert.

»Ja, danke, Frau Venslau.« Er wollte das dünne Heft zurückreichen und bemerkte ihren Blick. »Genau, die Unterschrift«, fiel ihm sein Fauxpas auf. Rasch nahm er seinen Stift aus der Windjacke und setzte ein schwungvolles »Young« auf die betreffende Zeile. Damit akzeptierte er, die Vorschriften des Reiselands zur Kenntnis genommen zu haben, und verpflichtete sich, sie in allen Punkten zu erfüllen. »Habe ich jetzt noch einen Kühlschrank bestellt, ohne es zu wissen?«

Sie schenkte ihm ein liebenswürdiges Lächeln und nahm die Broschüre entgegen. »Vielen Dank.« Als gewiefte Reiseleiterin erkannte sie die Unsicherheit ihres Gasts. Den meisten ging es so, nachdem sie die Instruktionen lasen. »Keine Sorge«, beruhigte sie ihn, »es klingt schlimmer, als es in Wirklichkeit ist. Sie werden

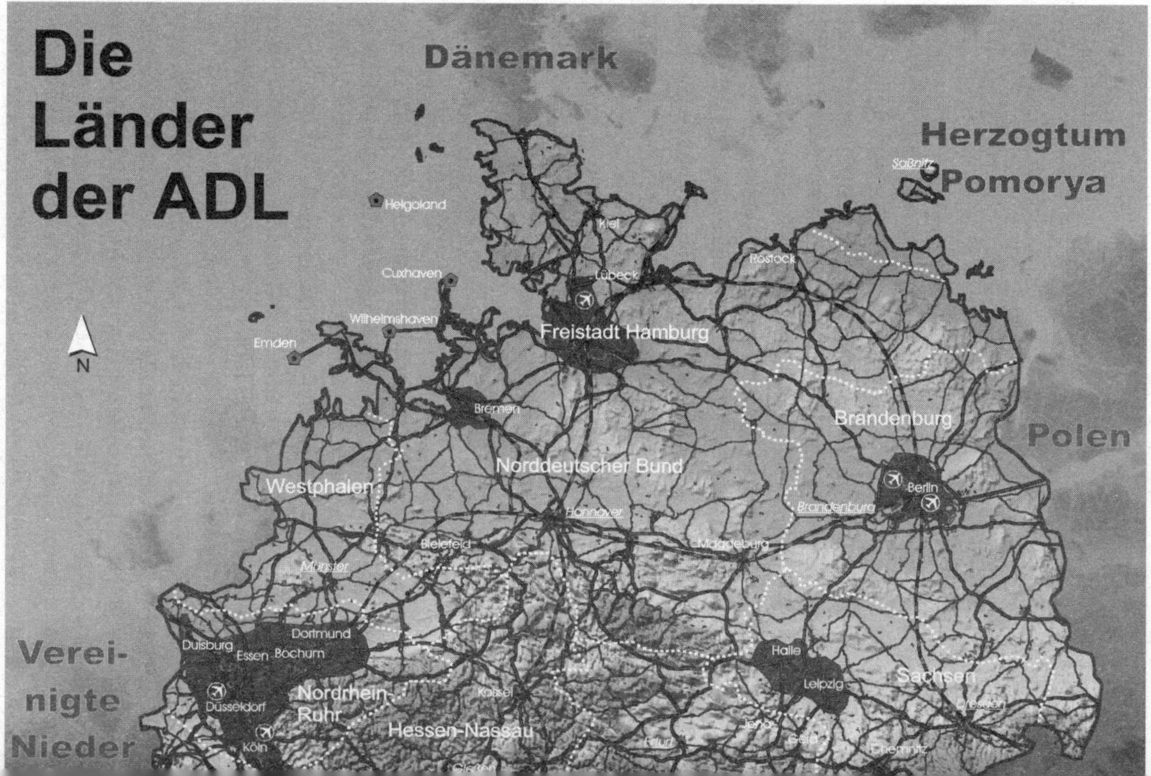
Die
Länder
der ADL
Dänemark
Herzogtum
Saßnitz
Pomorya
Polen
Helgoland
Cuxhaven
Wilhelmshaven
Emden
N
Kiel
Lübeck
Rostock
Freistadt Hamburg
Bremen
Brandenburg
Norddeutscher Bund
Westphalen
Berlin
Hannover
Brandenburg
Bielefeld
Magdeburg
Münster
Dortmund
Duisburg
Essen
Bochum
Halle
Leipzig
Sachsen
Verei-
nigte
Nieder
Düsseldorf
Nordrhein-
Ruhr
Kassel
Dresden
Köln
Hessen-Nassau
Jena
Erfurt
Gera
Chemnitz

Großherzogtum Westrhein-Luxemburg
Frankfurt
Mainz/Wiesbaden
Darmstadt
Groß-Frankfurt
Sonderrechtsgebiet Saar
Badisch-Pfalz
Ludwigshafen/Mannheim
Heidelberg
Primasens
Karlsruhe
Würzburg
Franken
Konzil von Marienbad
Marienbad
GFR
Nürnberg
Regensburg
Ingolstadt
BAYERN
Passau
Stuttgart
Ulm
WÜRTTEMBERG
München
Frankreich
Freiburg
Trollkönigreich Schwarzwald
Schweiz
Österreich
Bayern : Bundesland
Stuttgart : Landeshauptstadt
Ulm : Großstadt
: Landesgrenze
: Bundesgrenze
: Sondergebietsgrenze
Sprawl
Stadt
TO-Flughafen
Autobahn
Wichtige Strasse
Transrapid

meine Heimat lieben. Auch als Mensch.« Venslau zog weiter.

»Das werden wir sehen«, murmelte Young und schaute aus dem Fenster. Seine sich darin widerspiegelnden Züge verrieten seinen Schlafmangel. Die braunen Augen waren ganz klein, die blonden Haare hingen wirr herab, selbst der dichte Schnurrbart stand in alle Richtungen davon, die Narbe über seiner Nasenwurzel fungierte als auffälliger Blickfang. Sein Anblick war ihm fremd und ein bisschen unheimlich.

Das näher rückende, grell leuchtende Hinweisschild neben der Ausfallstraße verkündete eine Botschaft, die man durchaus als Drohung verstehen konnte: »Willkommen. Sie betreten pomoryanisches Hoheitsgebiet. Sie unterliegen den geltenden Gesetzen des Herzogtums und haben den Anweisungen jeglicher pomoryanischer Polizeikräfte unverzüglich Folge zu leisten. Zuwiderhandlungen werden mit dem Höchstmaß der Strafandrohung geahndet. Wir wünschen einen angenehmen Aufenthalt.«

Sehr rigide. Fast kommunistisch. Fehlen nur noch Hammer und Sichel. Young grinste und tauchte nach seinem Rucksack, um die etwas ramponiert aussehende Fuchi VX2200C herauszunehmen und die Tafel abzufilmen. Die herzoglichen Polizeibeamten, die ihm dabei mit in die Aufnahme gerieten, schauten nicht, als würden sie sich besonders über Touristen freuen. *Los, lächelt gefälligst! Wir bringen euch gutes Geld!*

Dennoch, die grüne Oase lockte wagemutige, unerschrockene Reisende, um sich das »gelobte Land« oder »Terra Nobilis«, wie es manche nannten, mit eigenen Augen anzuschauen.

Es war ein Land der Gegensätze. Die meisten der etwa 119 000 Elfen lebten in den fünf größeren Städten. Der Rest Pomoryas bestand aus kleinen Siedlungen, in denen sich oftmals Menschen niedergelassen hatten, und jeder Menge Wildnis. Dazwischen tauchten Geisterdörfer und Brachen aus dem Grün auf, die weniger hübschen, teilweise verwüsteten Landstriche, die während der Eurokriege verlassen worden waren. Dank des Revitalisierungsprojekts strotzte die übrige Natur überwiegend vor Gesundheit und Wachstum. Ein ungewöhnliches Bild, wenn man die üblichen ADL-Maßstäbe anlegte.

Viele der besonders schönen Wälder blieben dem normalen »Touri« verwehrt. Heilige Haine, in denen kultische Handlungen vollzogen wurden, waren jenen vorbehalten, die ihre Religion ausüben wollten.

Und mancher Hain, das wusste er aus dem Prospekt, hatte nicht einen einzigen Baum vorzuweisen. Wie Trebelauen, der »Hain des Konflikts«, der aus einem trostlosen Sumpfgebiet bestand, in dem 2032 Tausende von russischen Soldaten den Tod fanden. Die Elfen machten den Ort zu einer Kultstätte des Konflikts. Young dachte an das zankende Ehepaar drei Sitze hinter ihm. *Für die ist Trebelauen genau richtig.*

Die anderen Fahrtteilnehmer, Elfen aus allen Ecken des Norddeutschen Bundes, wollten in einigen der 91 Haine einen Hauch »Land der Verheißung« einatmen, ehe sie wieder im techniküberlasteten ADL-Alltag versanken. Waldwanderungen standen nicht auf seinem Besuchsprogramm von »Sieben Tage in Pomorya«, das er bei »Anders Ausflüge« gebucht hatte. Er würde stattdessen die vier Grafschaften bereisen, im Schnelldurchlauf die schönsten Sehenswürdigkeiten des Elfenstaats bewundern und einen Tagesabstecher nach Saßnitz, der Hauptstadt des Herzogtums, machen.

Offiziell.

Inoffiziell und außerhalb des Reisewegs befand er sich auf der Suche nach einer ganz anderen »Sehenswürdigkeit«, und dabei musste er verdammt vorsichtig sein.

Der Bus verlangsamte seine Geschwindigkeit und bog auf eine Standspur ein.

»Halten Sie bitte ihre IDs bereit, meine Damen und Herren«, sagte die Reisebegleiterin freundlich. »Man wird routinemäßig Ihre Personalien überprüfen und Ihre Einreise vermerken. Vielen Dank für Ihr Verständnis.«

Young filmte, bis das Fahrzeug zum Stillstand kam. Vor den Türen des Busses positionierten sich ein halbes Dutzend Bewaffneter. Jeweils zwei von ihnen stiegen vorne und hinten ein, die anderen beiden verharrten seitlich des Transporters, die H&K Maschinenpistolen locker vor dem Körper haltend.

Schlagartig wurde ihm bewusst, dass er der einzige Mensch an Bord des Fahrzeugs war. *Ich hätte mir spitze Ohren ankleben sollen.* Der Amerikaner senkte rasch die Kamera, als er die erste Helmspitze im Inneren entdeckte. Er wollte die Polizisten durch seine Filmerei nicht provozieren.

Es waren Ordnungshüter des Hauses Sarentin, wie ihre Wappen auf der Armbinde anzeigten. Einer der Elfen sichtete die elektronischen Personalausweise, sein Partner stand schräg neben ihm, die Waffe leicht im Anschlag. Sie schienen nicht sonderlich zu Scherzen aufgelegt zu sein.

Der Kontrolleur erledigte seine Arbeit routiniert und näherte sich Young, der ihm die amerikanische SIN sofort hinhielt. Das Gerät fiepte, und ein Lämpchen glomm rot auf. Der Grenzer fluchte in einer unverständlichen Sprache.

Das Herz des Amerikaners setzte vor Schreck einen Schlag aus. »Ist was mit meiner SIN nicht in Ordnung?«, erkundigte er sich zögerlich.

»Verzeihen Sie die Umstände, Herr Young«, erwiderte der Elf, ohne den Blick zu heben. Seine Finger lösten eine kleine Halterung, eine Klappe öffnete sich und gab den Akkublock frei. Mit einem lässigen Wurf beförderte er die entladene Energiezelle nach draußen, wo sie von einem Uniformierten aufgefangen wurde. »Es geht sofort weiter.«

Er atmete auf. »Ich dachte schon, das SIN-System bereitet Ihrem Lesegerät Schwierigkeiten«, erklärte er seine Aufregung. »Wissen Sie, ich habe mich so auf den Besuch von Pomorya gefreut, und da wäre es schade, wenn ich wegen eines Computerproblems nicht einreisen dürfte.« Er lachte, und es klang dummerweise nervös. »Mann, als Decker an einem Datenproblem zu scheitern, das wäre der Hammer, oder?«

Ein Pfiff, ein kleiner Gegenstand flog herein. Der Elf fing den Ersatzblock elegant auf und setzte ihn ein. Die Kontrollleuchte sprang auf Grün um. Aufmerksam musterte der Grenzer die Daten.

»Es sieht so aus, als würde Ihrer Einreise nichts entgegenstehen, Herr Young.« Er reichte die SIN zurück. Als der Mann aus Seattle danach griff, hielt der Elf den länglichen Chip fest. »Warum möchten Sie Pomorya sehen, Herr Young? Sie sind ein *Mensch.*«

Wieder der mehr oder weniger offene Anflug von Diskriminierung, der ihm schon bei der Reisebegleiterin entgegengeschlagen war. Die spitze Bemerkung, die ihm auf der Zunge lag, schluckte er hinunter.

»Weil ich ein Freund der Natur bin. Als Matrixjockey braucht man einen Ausgleich, das Gegenteil von Datenautobahnen und so.«

»Aha. *Und so.*«

»Wenn Sie es genau wissen wollen, mich hat die elfische Kultur schon immer interessiert, und wenn Sie in meinem Visum nachgeschaut haben, werden Sie sehen, dass ich auch schon in Tír na nóg war.« Er hielt dem forschenden Blick des Sarentiners stand. »Außerdem würde sich meine elfische Patentante sehr über Aufnahmen aus ihrer Heimat freuen.«

Der Elf gab den Ausweis frei und verlangte das Visum zu sehen. Die Behauptungen des UCASlers kontrollierte er ganz genau. Die übrigen Passagiere verhielten sich mucksmäuschenstill.

Inzwischen war Venslau an die Grenzer herangetreten und unterhielt sich mit ihnen auf Sperethiel. Was immer es bedeutete, der Kontrolleur ließ von Young ab und überprüfte die restlichen Reisenden nicht weniger akribisch, dann wurde zum Abschluss des Rituals das Gepäck eines zufällig ausgewählten Reisenden gecheckt. Nach fast einer halben Stunde Aufenthalt setzte der Bus die Reise auf pomoryanischem Hoheitsgebiet fort. Young seufzte erleichtert.

Der Lautsprecher knackte. »Nachdem unser kleiner Zwischenstopp vorüber ist, werden wir bald Strelasund, den Hauptsitz der gleichnamigen Grafschaft, erreichen. Wer den Stadtrundgang mitmachen möchte, folgt mir bitte«, sagte die elfische Reisebegleiterin. »Wer auf eigene Faust loszieht: Wir treffen uns um siebzehn Uhr vor dem gotischen Rathaus. Vielen Dank.«

Es dauerte wirklich nicht allzu lange. Bald öffneten sich die Türen, und saubere Luft wehte ins Innere. Die Bezeichnung »lieblich-rein« traf den Duft am besten. Die Touristen betraten »Terra Nobilis«, und Young erkannte in den Gesichtern deutliche Anzeichen von Glückseligkeit.

So leicht geriet er nicht in Verzückung. Er hob die Kamera und filmte die Backsteingotik des Rathauses mit der berühmten Schaufassade. Über den großen Fenstern der Marktfront deuteten Wappen der Hansestädte Wismar, Lübeck, Hamburg, Greifswald, Stralsund und Rostock auf alte Handelsbeziehungen hin.

»Im Verlauf der Jahrhunderte erfuhr das Rathaus mehrmals Veränderungen«, hörte er Venslau beinahe singend erklären. »Die Treppe stammt aus der Renaissance, das alte Kupferdach wurde durch Ziegel ersetzt, der langgestreckte Hof bekam den reizvollen Galeriegang. Als herausragende Architekturleistung aus neuerer Zeit ist das Barockportal mit Wappenbekrönung zu nennen. Wer es nicht erwarten kann«, dieser Hinweis ging unzweifelhaft an die Adresse des Amerikaners, »im Innern des Rathauses sind die Räume des Löwenschen Saals, der Achtmannskammer und der Alten Wache sehenswert.« Die Elfin kam zu ihm und drückte ihm ein CityGuide-Pad in die Hand. »Viel Vergnügen, Herr Young.« Sie schob die Kamera nach unten, um ihm in die Augen zu schauen. Kundenbindung. »Bitte denken Sie an die pomoryanischen Gesetze«, sagte sie freundlich, aber bestimmt und etwas besorgt.

»Ich verspreche es Ihnen.« Der junge Mann grinste und steckte sich einen Kaugummi in den Mund, vier kurze Kaubewegungen später entstand eine Blase vor seinen Lippen und barst knallend. »Ehrlich, ich passe auf.« Er hob die Hand zum Schwur.

Sie kniff die Lippen zusammen und machte keinen Hehl daraus, dass sie ihn als potentiellen Gefängniskandidat sah. Amerikaner benahmen sich selten, Seattler schon gar nicht. Die Elfin nickte noch einmal und schritt los, die Horde Touristen folgte ihr wie Küken der Glucke.

Young feixte und schaute auf seine Uhr. Es blieben sieben Stunden Zeit, die Grafenstadt auf den Kopf zu stellen.

Er streunte hinüber zum Wulflamhaus, ein um 1350 errichteter Backsteinbau. »Eines der bemerkenswertesten mittelalterlichen Giebelhäuser der Stadt«, wie es der elektronische Stadtführer mit einer singenden Stimme nannte.

Das Gesäusel scheint eine Elfennorm zu sein. Er kam der Aufforderung des Elektronikspitzohrs nach, schaute sich Diele, Galerie und Speicherböden artig an und gönnte sich auf dem Hof ein frisch gezapftes und angeblich vom Wirt selbst gebrautes Bier.

»Sehr schön«, murmelte er und filmte den gotischen Giebel, wobei ihm beim Schwenk abwärts etwas in die Linse fiel. Auf der anderen Seite des Marktplatzes wurde eine riesige Musikbühne aufgebaut. Young trank aus und schlenderte hinüber.

»Hoi, Chummers«, grüßte er die Roadies, die gerade die Lautsprecherboxen zu Stapeln türmten. »Was wird das für ein Konzert? Bardenkontest?«

»Uh, was für ein Slang! Ami?« Einer der Arbeiter, ein Typ in schmuddeligen Jeansklamotten, wandte sich dem Fremden zu. »Nu, Kollege, das wird die Bühne für die Morgenröte.« Der Amerikaner schaute verständnislos drein. »Aurora. Aurora Teleam, die Tochter vom Medienkurfürst. Die singende Heimsuchung des gelobten Landes.«

»Und ich sach dir, lauf. Datt Grauen hat einen Namen«, witzelte ein Zweiter mit beachtlichen Oberarmmuskeln. »Nicht alle Spitzohren können gut singen.« Der Mann wuchtete einen Hochtöner herum und deutete anschließend mit seinen Händen eine stattliche Oberweite an. »Die sind der Grund, warum sie überhaupt Tracks verkauft. Die Deluxe-Tüten und ihr geiler Knackarsch.« Die Umstehenden grinsten. »Wenn du Zeit und Ohrstöpsel hast, bleib und schau sie dir an.« Sie widmeten sich lachend wieder ihrer Tätigkeit.

»Okay, Chummers.« Er wandte sich um und verstaute seine Kamera.

Der Kaugummi schmeckte inzwischen mehr als furchtbar. Bier vertrug sich nicht mit Pfefferminze, Funsticks hatte er auch keine mehr. Young suchte in seinen Taschen nach einem neuen Kautschukstreifen. *Ah, Zimt mit Pfeffer.*

Während er den frischen aus der Packung schälte, sog er automatisch die Luft ein und spuckte den weißen, unansehnlichen Klumpen Gummi in hohem Bogen aus. Austauschroutine.

Als er den Zimt-Pfeffer-Streifen zwischen den Lippen hatte, klopfte ihm jemand auf die Schulter.

»Noch was zur singenden Heimsuchung Aurora, Chummers? Oder zu ihren Tüten?«, meinte er gut gelaunt und drehte sich um.

Es waren leider keine Bühnenarbeiter. Zwei Uniformierte standen hinter ihm, Polizisten des Hauses Teleam, groß, dünn, schmale Züge und erbarmungslos pflichtbewusst. Einer tippte bereits etwas in sein Pad, der andere betrachtete den Amerikaner ausdruckslos.

»Fuck«, rutschte es Young heraus, siedend heiß fiel es ihm beim Anblick der Polizisten ein. »Paragraf vier, Absatz drei, Hinterlassen von Müll und Unrat an öffentlichen Plätzen.« Das Ausspucken von Kaugummi stand als Exempel dabei.

Ohne dass einer der Beamten etwas sagen musste, bückte er sich und hob das zerkaute Gummistück auf. »Ich hab's vergessen, sorry«, entschuldigte er sich kleinlaut. »Entschuldigen Sie das Versehen.« Ihm wurde warm, sein Körper reagierte mit einem ersten Schweißausbruch. *Lass sie die Tüten überhört haben, gerechte Allmacht.*

»Sicher«, nickte der Elf gleichgültig. »Das Herzogtum Pomorya verzeiht Ihnen das Versehen ebenfalls …«

»Vielen Dank, denn …«

»… gegen ein Bußgeld von dreihundert Ecu.«

»Dreihundert Mücken? Aber ich habe den Kaugummi doch wieder aufgehoben«, protestierte er fassungslos. »Ich bin Tourist. Machen Sie doch mal eine Ausnahme.«

»Tut mir Leid. Keine Ausnahmen«, beharrte der Polizist.

»Meine Güte, jetzt stellen Sie sich doch nicht so an!«, beschwerte sich Young halbherzig. »Das macht keinen guten Eindruck auf Ausländer.«

Der Elf lächelte nur herablassend, sein Blick ruhte auf den runden Ohren seines Gegenübers.

Young verstand den Blick. »Ach, *so* ist das«, rutschte es ihm heraus. »Ich bin *kein* Elf. Mit *mir* kann man es ja machen.« Er sah sich um, aber niemand schien gewillt, ihm beizuspringen. Die Roadies kümmerten sich leidenschaftlich um das Equipement. »Ich werde mich bei meiner Reiseleitung über Sie beschweren!« Innerlich verfluchte er seine impulsive Ader. Mit seinem aufmüpfigen Verhalten brachte er seinen eigentlichen Reisezweck in Gefahr. *Komm wieder runter, Idiot!* Er schluckte. »Nein, hören Sie, vergessen Sie's einfach, ich …«

»Was Sie nicht sagen! Beschweren?« Der Beamte blieb gelassen. »Schön.« Er drückte dem Seattler den Ausdruck der Zahlungsaufforderung über 300 Ecu in die Hand. »Damit es sich auch lohnt, schlagen wir noch eine Beleidigungssache obendrauf. Sie äußerten sich in Gegenwart von mir und meinem Kollegen despektierlich über ein Mitglied der Kurfürstenfamilie, das macht noch mal tausend Ecu.« Die Gelassenheit wich keinen Moment, fordernd reckte er ihm die Hand in dem schwarzen Handschuh entgegen. »Wenn wir schon dabei sind: Ihre ID oder Ihr entsprechendes Equivalent. Sofort.«

Worst case, zuckte es durch seinen Verstand. »Dazu muss ich in mein Hotel«, log er.

»Sie kamen vorhin mit der Reisegruppe von Anders Ausflüge. Wir haben Sie gesehen«, vernichtete der Elf seine Ausflucht, sein Unterton wurde hörbar aggressiv und misstrauisch. »Fürs Protokoll halte ich fest, dass Sie sich einer polizeilichen Anweisung widersetzen.« Er langte an seine Koppel, wo ein Paar Handschellen im Schnellziehholster baumelten. »Ich muss Sie bitten, zur Klärung Ihres Verhaltens …«

»Einen Scheiß kannst du mich!« Young täuschte einen Ausfallversuch nach links an, auf den der Polizist hereinfiel, und hechtete nach rechts. Er sprintete über den Alten Markt und wählte eine Seitengasse, um die Polizisten abzuhängen, dabei tippte er »UCAS-Botschaft« ins Pad ein und aktivierte die Satellitennavigationsoption.

Was tust du da, Idiot!, schrie ihn sein Verstand an. *Das kannst du in den Barrens machen, aber nicht in Pomorya!*

Er antwortete seinem Verstand nicht, er musste sich zu sehr aufs Rennen und auf die wie gewohnt halb gesungenen Anweisungen des elektronischen CityGuides konzentrieren. »Die nächste links, geehrter Tourist«, flötete es aus dem Lautsprecher. »Das Gebäude, in dem sich die Botschaft befindet, wurde im Jahre …«

»Aus«, befahl er. Das hatte es vermutlich auch noch nie gegeben, dass ein Flüchtiger sich mithilfe eines Touristenwegweisers dem Zugriff der Polizei entzog. Er hoffte, dass der gespeicherte Stadtplan stimmte.

»Nun bitte rechts, geehrter Tourist. Das Gebäude, in dem sich die Botschaft befindet, wurde im Jahre …«

»Halt endlich die Fresse!«, keuchte er und würgte mit einem Tastendruck die Erläuterungen ab. Die Tragetasche der Fuchi schlug ihm in die Seite und zermürbte seine Nieren. Die schnellen Schritte seiner Verfolger spornten ihn zu Höchstleistungen an und ließen ihn alle Schmerzen vergessen. Rennen konnte er gut, seine Ausdauer stimmte, nur bei der Geschwindigkeit waren ihm die Elfen mit Sicherheit überlegen.

Das wird nichts. Ich brauche ein Versteck. Er schoss um eine Ecke und stand vor einem riesigen Parkplatz. Unmittelbar vor ihm reihten sich Wohnmobile und Pkw mit Wohnwagen hintereinander auf.

Lass ein Wunder geschehen, Gott der Unterhaltung!, betete er und drückte die Klinke des ersten, gigantischen Wohnmobils nach unten.

Die Tür ließ sich öffnen!

Amen! Hastig huschte er ins Innere und hörte, dass der Inhaber des rollenden Hauses unter der Dusche stand. Aus den Augenwinkeln bemerkte er Unmengen von Postern einer Elfin, unter denen immer wieder

»Aurora« stand. Er war an ein Fan-Mobil geraten, aber in seiner Lage hätte er sich auch in einen Kofferraum voller Skorpione gelegt. Mit spitzen Fingern verriegelte Young die Tür.

Die Polizisten, das hörte er am Klappern der Stiefel, betraten die Szene. Sie unterhielten sich, dann orderten sie Verstärkung über Funk an.

Fuck, ich lande auf Jahre im pomoryanischen Knast!, dämmerte es ihm.

Selbst wenn er aus Strelasund entkam, würde er sich aufgrund seiner SIN nicht mehr frei im Herzogtum bewegen können. Die Bullen wussten, zu welcher Reisegruppe er gehörte, und in weniger als einer Stunde verfügte jeder kleine Aufpasser über sein Bild und seine Daten. Okay, es war eine gefälschte SIN, aber dennoch würde es brenzlig.

»Sie sind falsch gelaufen, geehrter Tourist«, säuselte das Pad plötzlich, und ihm kam es vor, als dröhnte der Singsang mit hundert Dezibel durch die Luft, sodass es jeder Bulle im Umkreis von zwei Kilometern hören würde. »Sie müssen …«

Verräter Dreck-Ding! Young legte das Pad zu Boden und trat auf es ein, bis es still war, dann hob er den Kopf und spähte hinaus. Panik stieg in ihm auf, während die Polizisten parallel zueinander die Autoreihen passierten, langsam wie bei einer Treibjagd. Die Elfen hatten ihre Waffen gezogen, zwei Drohnen schwebten umher und unterstützten sie bei ihrer Suche.

In seiner Angst bemerkte er nicht, dass die Dusche nicht mehr lief. Erst als sich ein harter Gegenstand kühl in seinen Nacken bohrte, fiel ihm das Schweigen des Wassers auf, und das Ding in seinem Genick konnte nur eine Mündung sein.

Na, herzlichen Glückwunsch. Sofort riss er die Arme hoch. »Ich bin in einer Notlage«, flüsterte er bittend. »Ein Justizirrtum, ehrlich! Ich habe nur einen Kaugummi ausgespuckt, und die Bullen wollen mich deswegen fertig machen!«

»Die da draußen?«, wollte eine weibliche Stimme wissen. Er roch unelfisch herbes Parfüm, und Hoffnung keimte ihn ihm auf wie Bakterien in einem alten Döner.

»Genau«, versicherte er. »Bitte, Lady, verraten Sie mich nicht! Ich … stehe in Ihrer Schuld. Wenn Sie wollen, wasche ich Ihre Wäsche. Oder wollen Sie berühmt werden? Ich mache einen Bericht über Sie – der …«, er suchte verzweifelt nach einem reißerischen Titel, »… gnädige Engel von Pomorya oder so. Die Beschützerin vor Polizeiwillkür und Faschistentum. Die größte Fanin von Aurora rettete Amerikaner vor Prügelpolizisten!«

»Einen Bericht?«, wiederholte sie neugierig. »Wie wollen Sie das machen?«

»Ich bin Reporter«, offenbarte er ihr. Er nahm seinen Presseausweis vorsichtig aus der verborgenen Jackentasche und hielt ihn hoch. »Ich arbeite bei InfoNetworks als Freier Mitarbeiter.«

Hart klopfte es gegen das Wohnmobil.

Die Mündung wurde aus seinen Halswirbeln entfernt. »Weg von der Tür«, befahl sie. »Kopf runter.« Er kroch unter den Tisch und kauerte sich zusammen.

Er hörte, wie die Frau die Tür öffnete und mit dem Elfen einen kurzen Dialog auf Sperethiel führte, dann knallte die Tür ins Schloss.

»Bleiben Sie unten.« Surrend fuhren die Jalousien des Gefährts herab. »So, jetzt kann man Sie nicht mehr sehen.« Gedimmtes Licht sorgte für eine schwache Beleuchtung. »Stehen Sie auf, ehe Sie sich einen Hexenschuss einfangen.«

Young, eigentlich Severin T. Gospini und noch besser bekannt als Poolitzer, verließ seinen kleinen Bunker und erklomm die Sitzbank. Sein Kreislauf kehrte zu Normalwerten zurück.

»Danke«, schnaufte er befreit und schenkte ihr sein

charmantestes Lächeln. »Das war knapp.« Im schwachen Licht erkannte er die Silhouette einer Frau im Bademantel, ein paar spitze Ohren, die unter langen, nassen Haaren hervorstanden, und die klassisch schmalen Züge einer Elfin. Er schaltete seine eingebaute Cybercam ein, der Restlichtverstärker zauberte eine taghelle Aufnahme von seiner prominenten Retterin. Vorsichtshalber schaute er zu einem Poster. Kein Zweifel. »Wow, Sie sind tatsächlich die Teleam!«, staunte er.

»Aurora«, verbesserte sie. »Es gibt noch eine Teleam. Meine Schwester. Und die hätte Sie auffliegen lassen, Mister ... Gospini?« Fragend hoben sich ihre Augenbrauen.

»Poolitzer«, stellte er sich mit seinem Straßen- und Korrespondentennamen vor.

»Ach? *Sie* sind das?« Sie war sichtlich erfreut über das Zusammentreffen. »Ich finde Ihre Berichte gut. Meine Schwester meint zwar, dass Sie sich jenseits aller journalistischen Regeln bewegten, aber was soll's. Gegen Regeln zu verstoßen ist immer gut.« Sie reichte ihm die Hand. »Schön, Sie kennen zu lernen. Dabei sehen Sie im Trid anders aus.«

»Anders?«

»Besser.«

Er dachte an die Beschreibung der Roadies, seine Augen und damit die Cam-Aufnahme wanderten an ihr entlang. Ihren Hintern sah er im Moment nicht, aber was sich ansonsten unter dem weißen Mantel abzeichnete, errang in der Erotikbranche mit Leichtigkeit Spitzenwerte. *Keine Frage, Deluxe-Tüten.* Seine Überlegungen wurden mit einem Mal nicht mehr jugendfrei. »Das mit dem Aussehen haben wir gleich. Ich musste mich ein wenig verkleiden.« Er zog sich den falschen Schnurrbart von der Oberlippe ab. »Darf ich Ihr Bad benutzen?«

Aurora deutete auf die schmale Tür. »Aber setzen Sie sich hin beim Pinkeln.«

Poolitzer pulte sich in der geräumigen Kabine die Schaumgummieinlage, die seine Wangen dicker gemacht hatten, aus dem Mund. Sie landeten ebenso im Müll wie die Kunstnarbe auf der Stirn, der verhasste Schnurrbart, der in der Tonne wie eine fette Raupe aussah, und die gefälschte SIN.

Die Rückverwandlung zu Severin T. Gospini schritt voran. Er zog ein Mundspray aus der Hosentasche, verteilte die Flüssigkeit in seinen Haaren und wusch sie anschließend aus. Die Chemikalie löste blonde Farbe, in hellen Schlieren rann das Zeug in den Ausguss, und zurück blieb Schwarz, seine natürliche Haarfarbe. Als er sich erhob und in den Spiegel schaute, sah er fast aus wie immer.

Grinsend entfernte er die braunen Kontaktlinsen mit der Retinakopie und tauschte sie durch einfache, dunkelgrüne aus. *Da bin ich wieder.*

Die letzten Handgriffe bestanden darin, Hemd, Hose und Jacke auszuziehen, das andersfarbige Innere nach außen zu stülpen und somit völlig neue Kleidung zu tragen. Fertig.

Er kehrte in die Sitzecke zurück, wo die jüngste Tochter von Elias Teleam auf ihn wartete. Sie hatte ihm ein Glas Cola eingeschenkt und sah sehr neugierig aus. Sie taxierte ihn, offensichtlich war er nun mehr nach ihrem Geschmack. Er meinte sogar, so etwas wie Interesse in ihren Augen zu erkennen.

»Und? Was wollte der Superschnüffler von InfoNetworks in Terra Nobilis?«

»Filmen.« In Anbetracht dessen, dass sie erstens eine Elfin und zweitens die Tochter eines Kurfürsten war, fand er ihr Verhalten sehr ungewöhnlich. Er nahm einen Schluck. »Und warum helfen Sie mir?«

Aurora lächelte beinahe dämonisch, die spitzen Ohren taten ihr Übriges dazu. »Sagen wir, ich bin ein böses Mädchen. Ich stehe nicht auf die guten, alten Elfentraditionen. Das macht meinen alten Herrn zwar wahnsinnig, aber was soll's. Ich finde es lieb, dass er mir mit seinem Medienimperium trotzdem hilft.« Sie beobachtete ihn. »Aber etwas mehr Unterstützung im Schattenland könnte ich für meine Musik durchaus gebrauchen. Haben Sie schon mal was von mir gehört?«

Nur von Ihren Tüten. Als er den Kopf schüttelte, anstatt etwas Peinliches zu sagen, betätigte sie die in der Tischplatte eingelassene Fernbedienung. Ansatzlos dröhnte einer ihrer Songs mit satten neunzig Dezibel durch das Wohnmobil.

Poolitzer rechnete sich nicht zu den Song-Experten, doch was er da hörte, bewegte sich ungefähr auf dem gleichen Niveau einer Barrens-Hinterhof-Band. Auroras Gesang hatte Probleme, sich gegen die Sounds durchzusetzen, für seine Ohren klang es nach Experiment. *Nach einem misslungenen Experiment.*

Der Lärm endete.

»Ruppig«, lautete Poolitzers beschönigender Kommentar, und, o Wunder, er war nicht taub und hatte nicht grinsen müssen. »Könnte in gewissen Schattenkreisen was werden.« Er dachte dabei an Ork- und Troll-Gangs, die mal wieder kräftig über »Elfengejaule« ablachen wollten.

Ihr Gesicht hellte sich auf. »Sehr schön! Sehen Sie, das ist der Grund, warum ich Ihnen half. Die Reputation, wenn die PR von Ihnen kommt, ist besser als der ganze organisierte Krempel von Teleam-Medienabteilungssklaven.« Die Sängerin langte nach ihrem Glas, wieder traf ihn ein begieriger Blick. »Außerdem finde ich rassistische Bullen scheiße.« Sie bemerkte Poolitzers Gesichtsausdruck. »Nicht jeder Elf klatscht in die Hände, wenn ein Norm verprügelt wird.«

Er holte die Fuchi aus dem Futteral. »Können wir noch ein paar O-Töne aufnehmen? Ich dachte an Statements wie dieses eben«, beeilte er sich. »Das macht sich im Bericht noch besser. Bei manchen Leuten hat Pomorya einen schlechten Ruf, das könnte jemand wie Sie geraderücken.«

Artig wiederholte Aurora ihre Worte und fügte noch ein paar verurteilende Dinge über Diskriminierung hinzu, während Poolitzer sie aus unterschiedlichen Positionen filmte.

Eine Frau wie die nennt man Quotengeschenk. Wenigstens kam er mit einem halbwegs interessanten Bericht aus dem Elfenland nach Hause. Eine Kurfürstentochter, die sich gegen die Hardliner der Regierung stellte, sah er als guten Storystoff an, zumal sie das Interview im offenherzigen Bademantel gab und sich daran gar nicht störte. Die Standbilder würde er gegen teueres Geld an Fans verkaufen.

Er senkte die VX2200C. »Danke, Aurora.« Vorsichtshalber sichtete er die Aufnahmen. »Können Sie mir einen Tipp geben, wie ich aus Strelasund wegkomme?« Die Bilder stellten ihn zufrieden.

Die junge Elfin erhob sich und ging zum Bad, ihr Mantel glitt zu Boden und gab den Blick auf ihre perfekte Rückansicht frei. Die Roadies hatten, was den Hintern anging, auch nicht übertrieben. »Eigentlich haben Sie alleine keine Chance«, sagte sie und verschwand in der Kabine.

Der Föhn sprang an. Sie ließ die Tür einen Spalt offen, sodass er sie bei ihrer Tätigkeit sehen konnte, ohne alles von ihr präsentiert zu bekommen. Die Elfin spielte mit ihm, anscheinend bereitete sie eine Verführung vor. *Schon klar. Mit mir ins Bett gehen, um gegen den Papi aufzubegehren,* dachte er und grinste dreckig. *Oh, bitte, benutz mich, Baby.*

»Ich rufe Ihnen einen Fahrer, der Sie ohne Probleme über die Grenze bringt. Das Emblem des Hauses Teleam bewirkt Wunder.« Der Haartrockner wurde eine Stufe höher geschaltet. »Was wollten Sie noch gleich hier?«

Poolitzer fügte sich. »Ich wollte über das Labyrinth auf Rügen berichten«, sagte er halblaut, um den Föhn zu übertönen. »Die Elfen, die dort mit dem Dupont-Makara-Syndrom leben sollen. Vielleicht noch was über die Substanz CNX-17 und die tiefer liegenden Stockwerke des Labyrinths, wenn es die Zeit zugelassen hätte.«

Aurora kam aus dem Bad, ihre Kurven mit einem großen Handtuch verhüllend. »Kein Wunder, dass Sie sich eingeschlichen haben. Die Dreherlaubnis hätten Sie niemals erhalten«, lachte sie. »Nicht mal Myriam darf was über die unterirdische Siedlung bringen. Jedenfalls nichts über die unteren Sektionen, wo sich alle möglichen Gestalten herumtreiben.«

Laut stieß er die Luft aus. »Shit. Das wäre also ein echter Hammer geworden, was?« Wie ärgerlich. Und nur wegen eines ausgespuckten Kaugummis und Fascho-Bullen war alles versaut. »Ich werde es in drei oder vier Monaten einfach noch mal versuchen.« Er schaute sich demonstrativ um und lehnte sich in die Polster. »Sagen Sie, könnten Sie nicht im feinsten Hotel von Strelasund leben?«

»Ja, könnte ich«, lautete die lakonische Antwort.

»Aber?«

»Ich will nicht.«

»Und von Absperren halten Sie auch nicht viel?«

»Normalerweise schon. Ich war nachlässig.« Ihre Augen bemerkten das leere Glas des Reporters. »Andererseits hätten wir uns sonst nie getroffen. Möchten Sie noch was?«

Poolitzer fröstelte. »Was Warmes wäre nicht schlecht«, meinte er.

Die Elfin schlug das Handtuch auseinander und zeigte ihm, warum sie so viele unmoralische Angebote in ihrer Post fand. Ihre makellose, nackte Haut war von einem seidigen Schimmer überzogen, und er roch ihren herben Duft, als sie sich vorbeugte und ihn sanft auf den

Mund küsste. Weich und warm. Ihre Rechte legte sich zärtlich auf seine linke Wange. »Möchten Sie mehr?« Gespannt wartete sie auf eine Reaktion.

»Wenn Sie mich so fragen, gerne«, antwortete er, nachdem er seine Überraschung überwunden hatte. »Sie sind ein echt böses Mädchen.« Seine interne Cyber-Cam schaltete sich ein, natürlich nur, um sich in Zeiten der Frauennot immer an diese wundervollen Momente besser zu erinnern.

»Und wie«, grinste sie und packte seinen Jackenaufschlag. Mit einem harten, für ihn überraschend kräftigen Ruck zog sie ihn zu sich heran.

I.

ADL, Norddeutscher Bund, Rostock, 30. 11. 2058, 19:32 MEZ

»Mit diesem Landesvorsitzenden gehen wir bei der nächsten Landtagswahl als Sieger hervor! Kameradinnen und Kameraden, heißen wir unseren heutigen Gastredner, Staatsanwalt Matthias Fröhlich-Eisner, herzlich willkommen«, peitschte der Vorsitzende des Rostocker Stadtverbands der Deutschnationalen Partei die Besucher an.

Die eingespielte Hymne des Norddeutschen Bundes hatte es schwer, sich gegen den frenetischen Applaus der fünfhundert Zuhörer durchzusetzen.

Poolitzer hob die Fuchi und begann mit der Aufzeichnung. Das vorangegangene dilettantische Politgebelle des Stadtverbandsvorsitzenden tat er als ebenso uninteressant ab wie die Versammlung als solche. Das würde sich gleich ändern, der »Star« der DNP kam in die Arena. Umringt von fünf Leibwächtern betrat Fröhlich-Eisner im gleißenden Scheinwerferlicht die Rostocker Hansehalle.

Es war kein rauchiges Hinterzimmer mehr, in dem die DNP zu tagen pflegte. Den Charme einer belächelten Kneipenpartei hatte die rechtspopulistische Vereinigung in den letzten Wochen Schritt für Schritt abgelegt, anstelle der genagelten Stiefel trugen die Verantwortlichen nun Lackschuhe. Die Marschrichtung stand fest: NDB-Landtag 2059. Die Umfragen, die erste besorgte »bessere« Parteien in Auftrag gegeben hatten, brachten schon jetzt erschreckende sechs Prozent an den Tag, Tendenz steigend.

Der Reporter war durch einen Tipp auf die aufkochende braune Soße aufmerksam geworden und recherchierte Erstaunliches. Die Brühe verlor zwar ihre originäre Farbe nicht, aber sie mischte sich einen neuen Geschmack bei. Einen verführerischen Geschmack.

Es schien, als hätten die einstigen Randalierer und Hooligans von irgendwoher Hirn gespendet bekommen. Die Partei gab sich plötzlich clever, man wollte bürgertauglich werden. Das bedeutete, dass man keine alten Nazis mehr ans Pult ließ, deren Arm im rechtsradikalen Grußreflex unwillkürlich nach oben zuckte, wenn man ihnen »Sieg« ins Ohr schrie.

Trideowirksame Menschen wie Fröhlich-Eisner, Staatsanwälte mit Reputation, Ärzte, sogar ein hoch talentiertes Decker-Genie standen in der ersten Reihe und sammelten mit Charme, Charisma, Fakten und harten, wohldosierten Worten unaufhaltsam Sympathien. Die nationalkonservative und erklärt deutschkatholische Haltung brachte ihnen vor allem in Westfalen Zulauf.

Ihr Bundesvorsitzender, Arnold Hagen Freiherr von Doberein, hatte gute Beziehungen zur Kirche. Von mancher Kanzel schallten seine Worte, und gepredigt wurde auch, dass die Mitgliedschaft in anderen Parteien sündig sei – offensichtlich funktionierte diese Taktik bei vielen weniger gebildeten und gläubigen Christen.

Im NDB setzte ihr Landesvorsitzender auf eine leicht abgewandelte Strategie, gab sich nationaler und hetzte vor allem gegen Polen und Pomorya.

Fröhlich-Eisner stieg zum Pult hinauf, schüttelte dem Stadtverbandsvorsitzenden die Hand und wandte sich der Menge zu. Sein freundliches, ansprechendes Gesicht suchte die Kameralinsen, und er winkte knapp. Nicht übertrieben heiter, sondern eher in der Art: »Hier bin ich. Ich weiß, was ich kann.« Der helle Anzug, den er trug, war geschmackvoll und stilsicher ausgewählt, erschien aber nicht zu teuer, um keinen Neid aufkommen zu lassen.

So, Dr. Goebbels, dann lass mal hören. Poolitzer positionierte sich absichtlich nicht auf einem der für die Medien reservierten Plätze. Er hatte sich eine Stelle ausgesucht, von der er den Redner und die Menschen filmen konnte, ohne große Schwenks machen zu müssen. Er wollte die Faszination der Verblendeten dokumentieren, um sie der restlichen ADL als abschreckendes Beispiel zu präsentieren.

Der Staatsanwalt ging um das Pult herum und lehnte sich seitlich an. Er versteckte sich nicht hinter dem Gestell, völlig entspannt und in Plauderhaltung trat er den Parteianhängern, Sympathisanten und Neugierigen gegenüber. Er war ihnen nahe, nichts stand zwischen ihm und den Menschen, aber sie mussten immer noch zu ihm aufsehen wie zu einem Gott. Alleine dieser Schachzug bewies die Schläue des Mannes.

»Ich kann nur sagen, raus mit dem Pack«, rief er. »Verjagen wir die Minderheiten endlich. Sie haben in unserem schönen Land nichts verloren, denn sie können sich nicht benehmen. Sie sorgen für Unruhe, und sie stören unsere Gesellschaft. Ich sage es in aller Deutlichkeit: Wir müssen unser Land endlich von dem minderwertigen Gesindel reinigen!«

Seine lächelnd vorgetragenen Worte hallten durch den Raum, und ein Raunen ging durch die Reihen. Sollten sie nun klatschen oder nicht?

Die Journalisten schauten sich ungläubig an, einige zückten ihre Mini-Koms und gaben die rassistischen Sätze des Landesvorsitzenden an die Redaktionen weiter. Damit wäre die DNP im Landtagswahlkampf am Ende.

Fröhlich-Eisner schaute zu den Medienvertretern. »Wenn Sie diese Sätze zitieren möchten, meine Damen und Herren von den Medien, sollten Sie dazu schreiben, dass ich soeben nur Graf Wratislas von Vineta wiedergegeben habe, nachzulesen in dem pomoryanischen Onlinemagazin ›Elfenstolz‹.« Seine blauen Augen wanderten über die Gesichter der Besucher. »Das ist seine Meinung über die in der Grafschaft lebenden Menschen. Und uns, liebe Freunde, unterstellt man radikale Tendenzen!«

Die Menge klatschte begeistert, denn nun durfte sie.

Poolitzer hatte es geschafft, einige der DNPler zu filmen, die einen Frühstart hingelegt und schon bei den rassistischen Äußerungen applaudiert hatten. Das würde zeigen, welche Gedanken ein nicht unwesentlicher Anteil der umlackierten Braunen in Wirklichkeit hegte.

Der Anwalt hob die Hände. »Ich mache Pomorya keinen Vorwurf, auch unsere Partei litt einst unter dieser Beschränktheit. Die DNP ist nicht gegen Metamenschen und auch nicht gegen das Zusammenleben aller Spezies, das sage ich in aller Deutlichkeit.«

Fröhlich-Eisner schaute in die Kameras und die ihn umschwebenden Ü-Drohnen. Er behielt seinen Plauderton bei und setzte die Akzente in seiner Betonung unglaublich geschickt, dass sich seine Aussagen unwillkürlich festfraßen.

»Wir nennen uns deutschnational. Das bedeutet, zuvorderst die deutschen Interessen zu wahren. Wenn sich ein Elf, ein Ork, ein Troll oder wer auch immer aus vollem Herzen dazu bekennt, ein Deutscher zu sein, ist er herzlich im Norddeutschen Bund und in der ADL willkommen. Wenn sich ein Individuum, und ich sage bewusst Individuum, *nicht* mit unserer Heimat identifiziert, Kameradinnen und Kameraden, dann soll es bitte dahin gehen, wo es ihm besser gefällt. Dort kann es dann meinetwegen international sein.«

Er wechselte seine Position und stellte sich nun vor das Pult. Der Saal wurde indessen eine Spur weiter abgedunkelt, Scheinwerfer hoben ihn noch deutlicher hervor.

»Es geht uns einfach nur darum, deutsch zu sein,

nicht mehr und nicht weniger. Wir behandeln andere nicht schlechter, weil sie eine andere Hautfarbe haben oder weil sie einer anderen Rasse angehören. Deshalb muss ich Wratislas, Sarentin und die Menschenhasser deutlich warnen: Was man sät, erntet man. Wir, der Landesverband der DNP im Norddeutschen Bund, werden es nicht hinnehmen, dass Pomorya auf dem besten Wege ist, eine Zweiklassengesellschaft einzurichten. Es kann nicht angehen, dass ein Mensch schlechter als ein Elf gestellt wird. Noch weniger kann hingenommen werden, dass die Stadtväter Rostocks sich beim Herzogtum anbiedern. Rostock muss sich bald den Vorwurf gefallen lassen, mit einem Apartheid-Regime zusammenzuarbeiten. Wollen wir das?«

Er wurde in seinen Ausführungen durch Beifallsbekundungen unterbrochen und nutzte die Gelegenheit, einen Schluck Wasser zu trinken.

Verdammter Bastard. Poolitzer überlief ein Schaudern. Dieser Mann verfolgte eine Argumentationsstrategie, der man sich schwerlich entziehen konnte, und er dachte unwillkürlich an sein Abenteuer in Pomorya und das Verhalten der Elfenpolizisten. Nein, es würde ihn nicht wundern, wenn die DNP mehr als fünf, sieben oder neun Prozent abstaubte.

»Wir, liebe Freunde, werden uns nach einem Einzug in den Landtag des Norddeutschen Bundes für Sanktionen gegen Pomorya stark machen. Nichtbeachtung, Restriktionen, Boykott von pomoryanischen Waren, bis die rassistischen Grafen zur Besinnung gekommen sind. Was der wachsweiche Landtag nicht wagt, wir werden es auf den Weg bringen. Wir legen einen Start bei den Wahlen hin, Kameradinnen und Kameraden, dass den korrupten, rückgratlosen und faulen Politikern die Angst in den Nacken fahren wird. Unsere Partei steht für das Deutsche, für Recht und Ordnung, für das Bewahren der Werte und den christlichen Glauben!

Für Ehrlichkeit, die kein Blatt vor den Mund nimmt und sich traut, etwas gegen die Zustände im Nachbarland zu sagen! Wir kuschen nicht, wir kuscheln nicht, *wir tun weh*! Wir sind der heilsame Schmerz für den Norddeutschen Bund!«

Von diesem Stichwort leitete der Landesvorsitzende über zu kriminellen Ausländern, die abgeschoben werden sollten.

Fröhlich-Eisner wandelte auf dem schmalen Grat von Populismus, Tatsachen und versteckten radikalen Äußerungen, aber, das gestand Poolitzer ein, er machte seine Sache verdammt gut. Zu gut. Watteweich, logisch, samten kamen die Forderungen des Staatsanwalts daher, der ein oder andere Zuschauer zu Hause am Trid würde nach der Sendung mit Sicherheit sein Kreuz sofort auf die Liste der DNP setzen.

Der Reporter seufzte. *Ob es einen Goebbels-Talent-Chip gibt?* Er sah es als seine Pflicht, irgendwo einen Skandal auszugraben, um die Braunen zu diskreditieren, sonst müssten die Amerikaner in naher Zukunft zum dritten Mal über den Teich fliegen und Europa vor den deutschen Rechtsradikalen retten.

Die DNP-Meute im Saal, ein williger Empfänger für die Botschaften der eigenen Partei, klatschte sich die Finger wund, als der Referent ankündigte, dass die Insassen der Gefängnisse die längste Zeit auf Staatskosten gelebt hatten. Die DNP würde eine Reform der Strafgesetzgebung anstreben, die Zwangsarbeit ermöglichte.

Fröhlich-Eisner gab unumwunden zu, dass er bereits Gespräche mit Konzernen geführt habe, die den neuen Möglichkeiten aufgeschlossen gegenüberstünden. Damit hole der Norddeutsche Bund die Kosten für die Beaufsichtigung der Gefangenen herein und spüle Geld in die ausgetrockneten Landeskassen.

»Kameradinnen und Kameraden, wir werden bei

den Landtagswahlen ein Ergebnis erzielen, das wie ein Paukenschlag durch den Bund und die ADL geht!«, schloss der Staatsanwalt seine Rede. »Die Stimme der Vernunft kehrt durch uns in die Politik zurück, denn wir sind die Stimme des Bürgers. Ich bedanke mich für eure Aufmerksamkeit!«

Tosender Applaus, stehende Ovationen für einen Schauspieler, der die Massen begeisterte, mobilisierte, elektrifizierte. Poolitzer kam sich vor, als besuchte er eine Mischung aus Theatervorstellung und Motivations-Convention.

Fröhlich-Eisner erhielt einen Blumenstrauß von einem ekstatisch blickenden Stadtverbandsvorsitzenden, zusammen mit der Menge sangen sie das Lied des Norddeutschen Bundes, dann setzte sich der Staatsanwalt an den Vorstandstisch und musste zahlreiche Hände schütteln.

Schöne Scheiße. Der Reporter schaltete die VX2200C ab. Die DNP befand sich seiner Einschätzung nach auf dem steilsten Weg nach oben, solange sie Menschen wie den Landesvorsitzenden hatten. Die rechte Partei war gefährlich wie niemals zuvor, und er würde das in seinem Beitrag herausheben.

Er wollte sich noch ein paar Statements des Redners einholen und ihn dabei ganz zufällig provozieren. In Wut verplapperten sich die Menschen gerne, und wenn jemand Menschen unfreiwillig oder absichtlich auf hundertachtzig bringen konnte, war er das.

Er näherte sich dem Vorstandstisch und wurde schon auf große Distanz von den Leibwächtern abgegriffen. »InfoNetworks, Freunde«, sagte er und hielt seine Presse-ID hoch. »Ich will mit dem Staatsanwalt sprechen.« Nach einer Leibes- und magischen Visitation ließen sie ihn auf einen Wink des Landesvorsitzenden durch.

»Hallo, Herr Gospini«, begrüßte ihn Fröhlich-Eisner. »Sie saßen gar nicht bei Ihren Kollegen?«

»Nein, ich mache mir gerne mein eigenes Bild von jemandem und lasse mir nichts vorsetzen«, entgegnete er ohne große Liebenswürdigkeit und setzte sich. »Pressefreiheit nennt man das.«

»Ich weiß. Ein wertvolles Gut«, sagte der Staatsanwalt lächelnd. Er hatte sofort bemerkt, dass es sich bei dem Seattler um einen kritischeren Journalisten handelte. »Sie sind Amerikaner, nicht wahr? Ein Volk, das eine lange Tradition in Patriotismus und Stolz auf seine Menschen vorzuweisen hat. Wir möchten dahin zurückkehren.«

»Wissen Sie, wenn Sie das sagen, klingt es irgendwie scheiße«, eröffnete Poolitzer seine Provokationsattacke. »Aber zwischen Stolz und dem, was Sie verbreiten, besteht ein gewisser Unterschied, Herr Fröhlich-Eisner.«

»Was möchten Sie wissen, Herr Gospini?«, erkundigte er sich höflich, auf seine Uhr schauend. »Ich habe noch eine Veranstaltung, auf der ich reden will. Also?«

»Ich möchte wissen, wann Sie und die DNP die Maskerade fallen lassen und die alten Parolen ausrufen«, sagte der Seattler ohne besondere Betonung. Er setzte auf den Vorwurf, der in den Worten enthalten war. »Ich glaube nämlich nicht, dass diese Partei auch nur eine Spur liberaler geworden ist. Warum sagen Sie nichts gegen die Unterdrückungspolitik gegen deutsche Metamenschen in Westfalen? Wohin haben Sie Ihre Nazis abgeschoben? Sie wissen schon, die Jungs, die ihren Schnurrbart nur so breit wie ihre Nasenflügel wachsen lassen.«

Fröhlich-Eisner grinste. »Sie gehören auch zu den Journalisten, die unsere Wandlung nicht glauben wollen.« Er schenkte ihm ein Glas Wasser ein. »Ich weiß, Sie würden Ihren Zuschauern lieber berichten, dass die DNP Metamenschen und Ausländer verprügelt. Glauben Sie im Ernst, dass ich als Staatsanwalt bei so einer Partei den Landesvorsitz übernähme? Dann, mit Verlaub, wären Sie beschränkt. Die Altlasten, die Sie vorhin mit ›Nazis‹ ansprachen, sind nach unserer Erneuerung ausgeschieden, die wenigen Extremisten in unseren Reihen haben sich bald überlebt.«

»Sie wollen mir weismachen, dass …«

»Alles, was ich will, ist, dass es dem Norddeutschen Bund, der ADL, den Deutschen gut geht. Was Westfalen angeht, wir führen Gespräche mit der Regierung. Bei der nächsten Wahl werden wir auch dort antreten. Und *entre nous*, unsere Chancen dort sind sehr gut.« Wieder der Blick auf die Digitalanzeige seines sündhaft teuren Chronometers. »Nun entschuldigen Sie mich bitte. Die Rede«, entließ er den Reporter aus der Fragestunde. Die Leibwächter machten Poolitzer klar, dass er nun zu verschwinden hatte.

»Schon gut. Mir ist von Ihren Worten auch schlecht genug. Schnitt«, erteilte er der VX den Befehl, die Aufzeichnung zu stoppen. Das Glas ließ er unangetastet. Ein Bodyguard schob ihn an den Rand der Halle, während sich Fröhlich-Eisner vom Stadtverbandsvorsitzenden verabschiedete und wie ein Triumphator aus dem Saal zog.

Poolitzer schwenkte ein letztes Mal über die Gesichter der Parteifreunde. Er würde diese Sequenz mit Doku-Tönen aus dem Dritten Reich unterlegen, damit es auch der Begriffsstutzigste verstand, was die Intentionen der DNP waren.

Gut, es hatte wirklich nichts mit fairer Berichterstattung zu tun, aber die Braunen arbeiteten ebenfalls mit unfairen Mitteln und Wählertäuschung. Der Landesvorsitzende war zu listig, zu schlagfertig, zu sehr Jurist, als dass man ihn mit Provokationen zu einer verräterischen Äußerung hinreißen konnte.

Euch werde ich im Auge behalten, versprach er der DNP lautlos und verließ die Rostocker Hansehalle. Er umrundete das Gebäude und ging auf den Parkplatz, wo sein neuer VW Messenger parkte. Er stieg ein, die Kameratasche landete im Fußraum des Beifahrersitzes. Poolitzer ließ sich eine Verbindung zu InfoNetworks geben.

»Kein Knüller, sorry«, erklärte er seinem Chef vom Dienst. »Die DNP sind die neuen Biedermänner der ADL. Der Staatsanwalt hat seine Kampfansage an Pomorya wiederholt. Ich schicke die Aufnahmen gleich rüber. Ich fahre ins Hotel und überarbeite sie noch ein wenig.« Er lauschte auf die Anweisungen. »Eine Stunde? Müsste ich schaffen.« Ihm fiel ein, dass er seinen Vorgesetzten noch was fragen wollte. »Chef, geben Sie mir danach bitte einen Auftrag, bei dem ich mal wieder was Reißerisches draus machen kann«, bettelte er mit gespielt weinerlicher Stimme. »Politik ist das Letzte. Ich brauche Skandale, Kons, Action. Es muss die Post abgehen.« Auf der anderen Seite der Leitung erklang ein Lachen. »Ach, Sie haben was? Ich soll übermorgen nach Hamburg? Ein Umwelt-Skandal? Bilder von seltenen toten Tieren? Aufgedunsene Seehundbabyleichen? Prima! Danke, Chef!« Gut gelaunt und vor allem erleichtert, das schmierige Terrain der Politik vorerst verlassen zu können, wollte er den VW starten.

Ein Scheinwerferpaar kam um die Ecke der Rostocker Hansehalle, ungefähr vierzig Meter von ihm entfernt. Bläulich gefärbte Lichtkegel durchschnitten die Nacht. Poolitzer erkannte einen dunkelgrünen Audi A6 Turbo, die Nobelkarosse von Fröhlich-Eisner. Er wunderte sich, warum der Staatsanwalt den Weg hinter dem Gebäude entlang wählte.

Alle möglichen Menschen bekommen Krebs. Warum du nicht?, wünschte Poolitzer dem Landesvorsitzenden und wartete, um den Audi vorzulassen.

Das Fahrzeug kurvte zwischen den Mülltonnen hindurch, verringerte die Geschwindigkeit lange vor dem Stopp-Schild und setzte den Blinker nach rechts. Als die

Limousine an der Haltelinie stand, detonierte eines der Behältnisse in einem Feuerball.

Der Audi wurde von der Hand eines unsichtbaren Giganten herumgeschleudert, die Druckwelle schüttelte selbst den Messenger noch durch. Die Bombe hatte den gesamten Motorblock zerfetzt und den Wagen lahm gelegt.

Drei vermummte Gestalten sprangen von irgendwo aus den Häuserschatten herbei und eröffneten das Feuer auf den Audi, grellgelb zuckten die Stichflammen vor den Läufen der G12, Garbe um Garbe wurde in den Fond gepumpt.

»Shit!«, fluchte Poolitzer und schaltete seine eingebaute Cybercam ein. Bis er die Fuchi ausgepackt hätte, vergingen zu viele kostbare Sekunden, das konnte er sich bei den Aufnahmen nicht leisten; doch das elektronische Gerät lieferte nur verflimmerte, undeutliche Bilder, die Attentäter mussten einen Störsender aktiviert haben. Schnell deaktivierte er sie wieder.

Die Leibwächter stiegen aus und schossen zurück, ohne eine echte Chance zu haben. Sie streckten einen der drei Angreifer nieder, ehe sie im Kugelhagel starben.

Der InfoNetworks-Mitarbeiter beschränkte sich aufs Zuschauen und machte sich Notizen. Er fummelte im Handschuhfach herum, um das Fernglas herauszuholen und die Szene besser zu sehen.

Unerklärliches geschah. Völlig unerschrocken verließ Fröhlich-Eisner das Fahrzeug. Er hob die Arme und unterhielt sich mit den beiden Attentätern!

Was macht der Idiot denn da?, wunderte sich Poolitzer, der tatsächlich kurz, wirklich nur ganz kurz mit dem Gedanken gespielt hatte, dem Anwalt zu Hilfe zu kommen, um daraus später Kapital zu schlagen.

In dem Moment schüttelte einer der Angreifer den Kopf, drehte sich um, zog eine zweite Pistole und feuerte mehrmals auf seinen Partner. Den ersten, tödlichen Treffer setzte er dem überraschten Maskierten ins Herz, die anderen streute er wild, anschließend warf er Fröhlich-Eisner die Waffe zu, der sie lachend auffing.

Der Reporter gefror in der Bewegung. Das verstand er nun nicht, deshalb blieb er lieber sitzen.

Der verbliebene Attentäter kontrollierte die Lebensfunktionen seines eigenhändig erschossenen Mitstreiters, dann legte er seine Waffe auf den Asphalt, hob die G12-Kurzvariante vom Boden auf und bedeutete dem Staatsanwalt, sich dorthin zu stellen, von wo aus er seinen Kampfgenossen niedergestreckt hatte. Die Mündung der Schnellfeuerwaffe hob sich, ein Schuss, und Fröhlich-Eisner wankte, Blut lief aus seiner Schulter.

Vorsichtig drehte Poolitzer die Scheibe runter, um etwas von den Gesprächen zu hören.

Die Männer taten ihm den Gefallen nicht, sich zu unterhalten. Der Maskierte warf das Gewehr auf den Boden, grüßte den Staatsanwalt, der gerade schwerfällig zu Boden plumpste und sich die verletzte Stelle hielt, und lief davon.

Ein gefakter Überfall! Braune Dreckschweine!, stellte der Seattler eine Theorie anhand des Gesehenen auf. So leise wie möglich verließ er seinen VW und lief in die Richtung, in die der Attentäter verschwunden war. Die Fuchi klemmte unter seinem Arm, probeweise schaltete er sie ein. Sie leistete wieder einwandfreie Arbeit.

Poolitzer trabte die Straße entlang. Am anderen Ende stand ein Geländewagen mit laufendem Motor, der Mann stieg gerade ein.

Poolitzer sprang in den Schatten einer Mauer und riss die Cam in dem Augenblick hoch, als sich der Attentäter die Sturmhaube vom Kopf zog und im Wagen verschwand. Ganz gemütlich fuhr der Jeep davon.

Hoffentlich ist die Aufnahme was geworden. Die näher kommenden Sirenen warnten ihn vor den anrückenden

Bullen, er rannte zurück an den Ort des Anschlags und filmte die Szenerie. Der Landesvorsitzende hatte inzwischen das Bewusstsein verloren.

Poolitzer krümmte keinen Finger, um dem Verletzten zu helfen. Wenn es sich um ein vorgetäuschtes Attentat handelte, würde Fröhlich-Eisner schnelle Hilfe organisiert haben. Wenn nicht ... hatten die Braunen das Problem, ohne Landesvorsitzenden zu sein.

Er konnte nicht widerstehen und zog die Sturmhauben der beiden getöteten Angreifer ein Stück weit nach oben, um ihre Gesichter zu sehen. *Fuck!* Es waren ein Elf und eine Elfin, deren gebrochene Pupillen durch ihn hindurchstarrten. Poolitzer wusste, was das für die DNP bedeutete: Sympathien, Zulauf, noch mehr Prozente.

Das habt ihr toll eingefädelt. Er ging hinüber zum ohnmächtigen Staatsanwalt und bannte ihn ebenfalls auf CD. *Mann, wenn ich ausgestiegen wäre, um dir zu helfen, hätte dein Kollege mich weggepustet,* dachte er wütend. Dummerweise hatte er keinerlei Beweise gegen ihn in der Hand.

Arsch! Poolitzer trat mehrfach nach Fröhlich-Eisner, bückte sich und suchte dessen Börse. Er nahm das Geld ebenso an sich wie den elektronischen Terminkalender. Vielleicht würde er damit etwas über den DNPler, seine Machenschaften und eventuelle Freunde im Hintergrund herausfinden.

Seine Theorie, dass die Hilfe schon im Vorfeld des Anschlags arrangiert worden war, bestätigte sich. Nach wenigen Minuten brauste der erste Rettungswagen von BuMoNa noch vor der Polizei auf den Parkplatz und kümmerte sich sofort um das prominente Opfer.

Poolitzer befand sich bereits auf dem Weg in sein improvisiertes Schneidestudio, um den Bericht für InfoNetworks zusammenzustellen.

ADL, Norddeutscher Bund, Nähe Freistaat Hamburg,
02. 12. 2058, 05:52 MEZ

Die *Analysis* schipperte vorsichtig mit nur einem Drittel ihrer Motorleistung in das Zielgebiet.

Aufmerksam beobachtete der Steuermann die elektronischen Geräte und behielt das Sonargerät genauestens im Auge. Die Unterwasserkameras am Rumpf des umgebauten Trawlers lieferten klare Bilder, soweit man von »klar« in diesem Teil der Nordsee sprechen konnte.

Vor allem den Überwachungsgeräten am Bug kam eine besondere Bedeutung zu. Sie sollten neben dem Sonar dafür sorgen, dass eventuelle Hindernisse wie Hausdächer, Reste von Silos, Schloten oder Hallen rechtzeitig entdeckt wurden, bevor sie ein Loch in den Rumpf schlugen und das millionenteuere Schiff in der Brühe versenkten.

Das soll einer blicken? Poolitzer lehnte am Durchgang, kaute auf einem Brötchen und verstand die ganzen Anzeigen nicht recht. Offenbar konnten nur Auserwählte etwas mit den Balken, Diagrammen und Schwarzweißbildern anfangen.

Die *Analysis* war ein privates Forschungsschiff mit Labor und allem Drum und Dran. Es kreuzte im Auftrag von Kons, Regierungen, Privatleuten oder Organisationen durch die internationalen Meere, um Wasserproben zu analysieren oder bestimmte Forschungsprojekte durchzuführen.

Die Multifunktionalität und die sofort verfügbaren Ergebnisse machten den Trawler der Marke »Proteus Nordstern II« zu einem sehr oft eingesetzten Schiff. Der Frachtraum, der bei dem Urtyp als Kühlraum diente, war ausgebaut und beherbergte das Labor, mehrere Kleindrohnen und seit neuestem auch zwei tiefseetaugliche Mini-U-Boote.

Die *Analysis* tuckerte im Auftrag von Greenpeace in

die Region von Brunsbüttel, direkt an der Mündung des Nord-Ostsee-Kanals in die Unterelbe.

»Hey, Meister«, rief Poolitzer dem Steuermann zu, dessen Name er ständig vergaß. »Was halten Sie denn von den schweren Anschuldigungen gegen AG Chemie und die Landesregierung, sie würden beide nichts unternehmen, um die überfluteten petrochemischen Industrieanlagen besser abzusichern?« Er schaltete die Kamera ein, um das Laienstatement einzufangen.

»Wir werden sehen«, bekam er zur Antwort.

Super, eine Plaudertasche. »Okay, nächste Frage: Wie geht es weiter?«

»Greenpeace hat Anzeichen für eine anhaltende, schwere Kontamination der Elbemündung entdecken wollen, also schippern wir von Brunsbüttel aus die Elbe hinauf bis zu den Niederlassungen der AGC/Beiersdorf, um vor Ort zu messen.«

Er erinnerte sich. Für dieses Stück hatte Kapitän Schwarzbart, ein Zwerg, der mit dem Klischee, Zwerge hassten Wasser, gründlich aufräumte, Unterstützung in Form von vier schwer bewaffneten Hoverfahrzeugen angefordert. Die Piraten und Asis des »Alten Landes« griffen in erster Linie Handelsschiffe an, aber man wusste nie. Verrückte gab es immer.

Apropos, ich muss verrückt sein, so früh aufzustehen. Poolitzer gähnte herzhaft und machte dem kleinen Rigger Platz, der sich eben ins Steuerhaus schob.

»Moin«, grüßte der Zwerg, dessen gedrungener Körper in einem zu weiten, knallgelben Trainingsanzug mit dem Aufdruck »Analysis« steckte, wie die gute Laune persönlich.

Er wuchtete sich in den sehr bequem aussehenden Sessel, langte nach ein paar Kabelenden und verband seinen Verstand via Data-Jack mit der FSE. In diesem tückischen Terrain überließ Kapitän Schwarzbart nichts dem Zufall, schon gar nicht einem Computer. Ohne

Bart und die tiefen Furchen in seinem Gesicht hätte man ihn im großen Sessel und in den zu großen Klamotten für ein kleines Kind halten können.

Er rückte das Headset zurecht und klopfte gegen das Mikro. »Sprechprobe, sprech, sprech. Jau, denn man tau.« Er schloss die Augen und verschmolz mental vollends mit dem Schiff. »Die Laborratten können an Deck. Wir sind gleich da«, hallte es im breitesten Hamburger Platt aus den Lautsprechern.

»Hurra, das klingt nach fetter Action, wie man sie von mir gewohnt ist.« Poolitzer nahm seinen Kaffeebecher aus dem sturmsicheren Halter und bereitete die Fuchi-Kopfhalterung auf ihren Einsatz vor. »Werden es die Reagenzglasschüttler unversehrt zurück in ihr Labor schaffen, oder geraten ihre Kittel unwiderruflich in die Winde und werden sie bei lebendigem Leib verhungern, ehe einer auf die Idee kommt, den Kittel auszuziehen?«

»Zyniker, was?«, feixte Schwarzbart.

»Wie kommen Sie denn darauf?« Nachdem er die Brücke schon mehrfach gefilmt hatte, würde er aufzeichnen, wie die Chemiker die beiden Krane mit den Messapparaturen zu Wasser ließen. »Ich habe das ernst gemeint. Wenn einer von denen ins Wasser fällt, ist wenigstens was los auf dem Totenschiff hier.«

»Freut mich, dass es Ihnen bei uns gefällt. Sie können gerne bleiben und uns mit Ihrem Humor die nächsten Jahre aufheitern.«

»Wer von uns beiden ist denn jetzt der Zyniker?« Poolitzer blinzelte ihm zu und ging.

Glücklicherweise regnete es nicht, es war nur schweinekalt. Ein eisiger Westwind senkte die Temperaturen auf knappe minus fünf Grad, und der heiße Kaffee schickte weiße Wolken in den noch dunklen Himmel. Mit der freien Hand schloss der Reporter die Kunstdaunenjacke, leerte sein Getränk und warf den Becher über

Bord. *Auf den Müll kommt es in der Dreckbrühe auch nicht mehr an.*

Die Chemiker kamen fröstelnd aus ihrem Reich im Bauch des Forschungstrawlers. Sie grüßten den Journalisten stumm und begaben sich ohne Umschweife zu den Kranen, deren Teleskop-Schwenkarme bis zu sieben Meter weit ausfahren konnten und dabei Lasten bis zu 1,5 Tonnen trugen. Die Winden am Heck schafften sogar zwei Tonnen. Sie wurden bei Echolot- beziehungsweise Sonarvermessungen benötigt, bei der hochsensible Sende- und Empfangsgeräte wie ein Schwanz hinter der *Analysis* hergeschleppt wurden. Manchmal dienten sie auch dazu, die Drohnen einzuholen.

Inzwischen wusste Poolitzer, wie so eine Schallmessung vor sich ging. Schwarzbart hatte der »Landratte« gestern einen Schnellkurs verpasst. »Und bei Sturm immer mit dem Wind kotzen, niemals dagegen, sonst bekommt man das Essen wieder ins Gesicht«, lautete die letzte Weisheit.

Kein Sturm, kein Kotzen.

»Ja, kommt, bewegt euch! Bückt euch, meine Schätzchen, dreht euch zur Kamera, zeigt es den Zuschauern.« Poolitzer imitierte den Tonfall eines schlechten Porno-Regisseurs, machte ein paar Aufnahmen von den kopfschüttelnden Chemikern und filmte die sich wie von Geisterhand bewegenden Lastkrane. »Du bist guuuut, Gott, bist du guut.«

Er schwenkte die Kamera herum. Das Morgengrauen beleuchtete die schäumende, dreckig-graue Meeresoberfläche, unter der sich Verschiedenes verbarg: Schleusenanlagen, Hafengebiete, Landstriche, Siedlungen, all das hatte sich das Wasser bei den Sturmfluten genommen und größtenteils nicht mehr preisgegeben.

Brunsbüttel, Jever, Bremerhaven – abgesoffen. Andere Arkologien, wie Emden oder Cuxhafen, wurden zu unnatürlichen Inseln, zu modernen Pfahlbauten oder eingedeichten Refugien. Ein Riss in den Dämmen genügte, um der brachialen Urgewalt der Nordsee einen Hebel an die Hand zu geben und die Menschen zu ertränken. Auch toxische Geister erlaubten sich gelegentlich den Scherz, die Bollwerke gegen die See zu attackieren. Die Bewohner mussten ständig auf der Hut sein.

Hier, wo die *Analysis* schipperte, war jede Mühe vergebens. Das Land unter ihrem Kiel galt als verloren, und was das Meer nicht vernichtet hatte, kontaminierten die petrochemischen Anlagen der AG Chemie/Beiersdorf.

»Hoffentlich können wir dem Kon was nachweisen«, sagte Poolitzer zu einem Chemiker.

»Ich bin guter Dinge«, entgegnete der Mann und hielt die Behälter bereit, in denen er die Proben aufbewahren wollte. »Wir wissen von unserem Auftraggeber, dass die AGC einen neuen Stoff produziert. Greenpeace muss einen V-Mann im Werk haben. Sollten wir hier schon auf die neue AGC-spezifische Mixtur an Schadstoffen stoßen, setzen wir eine Spürdrohne aus, die Tausendstel Anteile eines Stoffes im Wasser registrieren kann. Sie wird der Spur folgen und uns zum Verursacher führen.«

»Der wahrscheinlich AGC heißt?«

»Wahrscheinlich.«

»Wieso schmeißen wir den Rob nicht gleich in die Brühe?«, erkundigte er sich und gähnte den Mann an, die Kälte verwandelte seinen Atem in weiße Wölkchen. »Das spart uns Zeit.«

»Das ist wie bei einem Spürhund. Wir suchen für ihn den Ausgangsort der Fährte, besorgen ihm die passende Duftprobe und lassen ihn erst dann auf den Verursacher los«, erklärte ihm der Wissenschaftler geduldig. »Ohne den Primär-Duft ist die Drohne hilflos.«

»Verstehe«, murmelte Poolitzer abwesend. Die Story machte ihn nicht wirklich glücklich, *das* stellte er sich nicht unter einem »Reißer« vor. Es sah eher nach aufwändigen, langwierigen Vorbereitungen aus, an deren Ende nichts als Frustration herauskommen könnte und eine langweilige Geschichte über eine vergebliche Suche nach Umweltsündern.

Wie soll ich das meinen Zuschauern spektakulär verkaufen? Vielleicht schnelle Schnitte, hektische Musik, überlegte er sich eine Strategie zum Aufpeppen des Beitrags. *Nur so schalten die Leute nicht ab.*

Er schweifte gedanklich ab. Sobald die Sache im Kasten war, musste er sich um die DNP-Sache kümmern. Sie wurde sträflich von ihm vernachlässigt, wie er fand.

Die ganzen Aufnahmen von dem entkommenen Attentäter lagen unbearbeitet in seinem Studio, weil der Chef diese Umweltkiste aus Aktualitätsgründen zuerst haben wollte.

Alles, was Poolitzer bislang zu den Braunen gesendet hatte, war nur die Doku zum Landesparteitag in Rostock und die exklusiven Bilder vom Parkplatz unmittelbar nach dem Anschlag. Ohne die Aufzeichnung von der Flucht des Typen. Bevor er nicht wusste, was hinter der abgekarteten Sache steckte, wollte er sich nicht zur Zielscheibe der DNP machen.

Das Attentat hatte Konsequenzen.

Fröhlich-Eisner, der das Feuergefecht als Einziger überlebt hatte, wurde zum Helden stilisiert. Bereits am nächsten Tag randalierte ein Mob vor der pomoryanischen Botschaft im Hamburger Stadtteil Stade, und die Polizei hob die Meute mit Tränengasbomben aus. Trauriger Höhepunkt war der Tod eines jungen Elfen in Rostock. Alles, was die Polizei bekannt gab, war, dass man ihn zu Tode getrampelt und ihm seine Ohren abgeschnitten hatte.

Poolitzer trat frustriert gegen die Reling. *Und ich muss auf diesem stinklangweiligen Kahn sitzen.*

Er stieg ungeduldig hinunter ins Labor, um die ersten

Analysen zu begutachten, doch der Professor vertröstete ihn. »Ein bis zwei Stunden müssen Sie sich gedulden, aber so viel verrate ich schon mal: Ich bin mit dem Vorab-Ergebnis zufrieden. Anscheinend hat Greenpeace einen guten Informanten.«

Der Seattler fühlte sich mit der ersten Information leidlich entschädigt, aber die Ungeduld blieb. *Ich brauche noch ein paar Aufnahmen von toten Seehundbabys, um die Zuschauerseele zu peinigen.* Er stapfte wieder nach oben und atmete die eiskalte Luft tief ein; sie und die Wirkung des Kaffees weckten ihn vollends. *Verdammt, wo seid ihr, ihr toten niedlichen Tiere?*

Der Geruch, der ihn umwehte, war nicht besonders angenehm, aber auch nicht gesundheitsschädlich. Die Gegend um Brunsbüttel galt glücklicherweise nicht als tödliches Sumpfland, wie es entlang der Nordseeküste meilenweit zu finden war. Schwarzbart hatte ihm erzählt, dass in einigen Landstrichen nichts mehr lebte, so giftig sei die Luft. Ohne Atemmaske in einem offenen Hover zu fahren käme einer Vergasung gleich.

Das Drohnengestell auf der Backbordseite der *Analysis* spie vier kleine Tauchmodelle aus. Gluckernd verschwanden die Roboter der Reihe nach in den Fluten und begaben sich auf die Suche nach weiterer Kontaminierung. Mithilfe von Kameras und Spektrometern, Temperaturfühlern und anderen hochempfindlichen Sensoren schwammen sie in den Industrieruinen umher.

Poolitzer zeichnete den Vorgang aus Langeweile auf, tote Seehundbabys entdeckte er zu seinem Bedauern immer noch nicht. *Scheiße, wo ist ein verrecktes Viech, wenn man eins braucht?* Er sah nicht einmal lebende, die er erschießen konnte. *Ich hätte welche mitbringen sollen. Ich werde nichts mehr dem Zufall überlassen.*

Das aufdringliche Summen eines größeren Hovercrafts drang an sein Ohr.

Suchend blickte er sich um und entdeckte einen

Quiet-Glide des Herstellers Messerschmitt-Kawasaki. Wasserschleier umwirbelten den Rumpf, und die Scheibenwischer liefen auf Hochtouren. Das Fahrzeug musste in einer Ruine geparkt und gewartet haben. Nun näherte es sich von Osten und hielt mit voller Fahrt auf den Trawler zu.

Voller Panik dachte Poolitzer zuerst, es handelte sich um Piraten, dann entdeckte er mit einem Zoom durch das Fuchiobjektiv das Emblem der Küstenwache.

Gut, atmete er auf. Action war zwar okay, doch leider gab es auf dem Meer keinerlei Rückzugsmöglichkeiten, wenn die Action außer Kontrolle geriet. »Wir bekommen Besuch«, rief er zur Brücke hinauf. »Sind Ihre Schiffspapiere in Ordnung, Kapitän?« Poolitzer erklomm die wenigen Stufen und gesellte sich zum Zwerg. »Die Küstenwache kommt.«

»Ihre Ansagen sind überflüssig«, meinte der Kapitän grinsend und deutete auf seine Ortungsgeräte. »So schlecht ist mein Radar nicht, dass es einen so fetten Fisch übersehen würde.« Er öffnete einen Funkkanal. »Hier ist die Analysis, Küstenwache. Was können wir für Sie tun?«

»Hier Küstenwache, Analysis«, antwortete der Funker. Der Computer des Trawlers erhielt den Code, mit dem sich das Luftkissenfahrzeug als echte Küstenwache identifizierte, übermittelt. »Nur eine Routinekontrolle. Wir sollen Ihre Erlaubnis checken. Ich hoffe, die ist okay? Der Kon würde sich freuen, wenn wir Sie von hier vertreiben müssten.«

Das mittelgroße Hovercraft hatte sich auf fünfzig Meter genährt und verlangsamte die Geschwindigkeit, die Gischtschleier wurden weniger.

»Was denn für eine Erlaubnis?«, wunderte sich Poolitzer. Schwarzbart gab die Frage weiter.

»Sie befinden sich laut unserer Karte auf Privatgelände«, erklärte der Küstenwächter ruhig. »Das Gelände ist zwar überflutet, gehört aber immer noch der AGC. Wenn wir gleich an Bord kommen, sollten Sie mir eine entsprechende Firmengenehmigung vorweisen, Analysis, over.«

Der Zwerg schaute den Reporter irritiert an. »Scheiße. Daran habe ich gar nicht gedacht!«

»Das ist typisch«, kommentierte der Seattler den Kniff des Kons. »Schon sind wir angeschissen.« Er dachte nach. »Können wir nicht irgendeinen Pseudowisch auf die Schnelle ausfüllen?«

»Und uns wegen Dokumentenfälschung einbuchten lassen?«, ergänzte der Metamensch säuerlich. »Super Idee.« Per FSE erteilte er einige Anweisungen an die Bordelektronik. Die Notgangway wurde ausgefahren, um den Polizisten den Zugang zum Schiff zu erleichtern. »Ich rufe Greenpeace an, warum sie uns so einen Zettel nicht besorgt haben.«

Das Quiet Glide kam längsseits. Die große Schiebetür schwang zurück, und die ersten Küstenschützer setzten ihre Stiefel auf die Stufen, wie die Kameras den beiden zeigten. Schwer bewaffnete Typen mit Sturmhauben und Teilpanzerungen kletterten an Deck und verteilten sich auf dem Boot.

Poolitzer erkannte jede Menge HK 227S, zwei Defiance T-250 Schrotflinten und einen Mehrfachgranatwerfer. »Wowowow! Das sieht aber mehr nach Kampfeinsatz aus«, sagte er leise. Ein unangenehmes Gefühl machte sich in seiner Magengegend breit.

»Das muss so sein«, beruhigte ihn Schwarzbart und aktivierte den Autopiloten, damit er den Forschungstrawler an der gleichen Stelle hielt. »Die Jungs wollen alle im privaten Leben nicht erkannt werden und in Ruhe ihr Feierabendbier trinken. Ich gehe mal nach unten und regele das.«

Endlich Action. »Das werde ich mir sicher nicht entgehen lassen.«

Zusammen stiegen sie zu den Beamten hinab. Ihr Anführer, ein Oberleutnant namens »Storm«, nickte ihnen zu. Auch er trug die Maske, als Bewaffnung baumelte ein HK an seiner Hüfte.

»Moin, die Herrn. Keine Sorge, das ist unsere Dienstkleidung«, lachte er. Auf seiner Brust baumelte ein Dienstausweis. Seine Hand streckte sich aus. »Zeigen Sie mir die Schiffspapiere und Ihre Genehmigung, bitte.«

Schwarzbart druckste herum. »Tjo, wir wussten nicht, dass man eine Genehmigung von AGC braucht«, gestand er zögerlich. »Greenpeace hat mir keinen Sonderschein mitgegeben.«

Die Finger von Storm legten sich an den Griff der Schnellfeuerwaffe. »Dann habe ich die unangenehme Aufgabe, das Schiff sowie alle Proben zu beschlagnahmen, bis die Angelegenheit geklärt ist«, erläuterte er die Vorgehensweise. »Tut mir Leid.«

»Scheiß Kons!«, fluchte Poolitzer. Seine Nase juckte, das alte Zeichen, dass er einer großen Sache auf der Spur war. Besser gesagt, *gewesen war*. Er hasste es, wenn die Firmen sich bestehende Gesetze zunutze machten. »Und die Küstenwache lässt sich für so etwas einspannen, ja?«

»Nur die Ruhe, mein Herr«, wandte sich Storm beschwichtigend an den Seattler. »Wir halten uns an die rechtlichen Bestimmungen der ADL, Sie haben sich die Schwierigkeiten selbst eingebrockt. Unwissenheit schützt vor Strafe nicht, wie Sie wissen sollten.«

»Ist recht, wir wollen keine Scherereien. Ich hole die Drohnen zurück«, sagte der Zwerg missmutig und verschwand auf der Brücke.

»Und was wird mit uns?«, erkundigte sich der Reporter. »Setzen Sie uns hier aus?«, meinte er verdrossen und ohne es ernst zu meinen.

Storm lachte, und es war fast schon ein Wunder, dass er seine gute Laune nicht verlor. »Sie verwechseln uns mit Piraten. Wir bringen Sie auf das Hovercraft und nehmen Sie mit zu unserem Stützpunkt. AGC wird sicherlich Anzeige erstatten wollen.«

Er vollführte eine knappe Handbewegung, woraufhin drei Männer seines Teams unter Deck verschwanden und die Wissenschaftler nach oben scheuchten. Sichtlich eingeschüchtert von den Waffen und dem martialischen Anblick standen die Weißkittel herum und schwiegen, während der Greifarm am Drohnenrack klackend und surrend begann, die vorhin erst ausgesetzten Roboter aus dem Wasser zu fischen.

So leicht lasse ich euch nicht gewinnen. Poolitzer passte es nicht, dass der Kon auf so einfache Weise einen Sieg davontragen sollte. Er wollte wenigstens die bisherigen Testergebnisse an sich bringen. Auffällig tastete er an sich herum. »Mist, ich habe meine Kippen im Labor vergessen«, sagte er leidend. »Kann ich mir die holen, ehe Sie uns auf den Hover verfrachten?« Storm nickte und schickte einen Mann mit ihm.

Poolitzer kletterte die Eisensprossen hinab, dicht hinter ihm folgte sein Aufpasser.

»Sie müssen da hinten irgendwo abgeblieben sein«, erklärte er unsicher. »Scheiß Sucht, was? Rauchen Sie auch, Sportsfreund?« Er wusste genau, wo der Rechner stand, in dem die Daten der Analysegeräte zusammenliefen, und suchte sich labernd quer durchs Labor, näherte sich dem Computer und bückte sich genau davor. »Nein, Sie rauchen nicht, stimmt's? Sie müssen noch viele Schmuggler fangen, ehe Sie an Krebs sterben dürfen. Da sind sie ja!«, rief er. Heimlich drückte er auf den Auswurfknopf der Wechselfestplatte und verstaute das Speichermedium unter seiner dicken Kunstdaunenjacke. Ein breites Grinsen entstand auf seinem Gesicht. *AGC gegen Poolitzer: 0 : 1.* »Okay, gehen wir.«

Sie erklommen die steile Treppe und kehrten an Deck zurück, als der Greifarm die letzte Tauchdrohne verstaute.

Schwarzbarts zerfurchtes Zwergengesicht erschien im Fenster der Brücke, er sah irritiert aus. »Können Sie mal Ihren Funkstörsender ausschalten, Herr Oberleutnant? Ich wollte Greenpeace wegen der fehlenden Erlaubnis informieren«, drang seine Stimme aus den Lautsprechern.

Storm schüttelte den Kopf. »Geht nicht. Einsatzvorschrift«, entgegnete er. »Ich will Piraten nicht auf uns aufmerksam machen. Sie können von unserem Stützpunkt aus telefonieren.«

Nun wurde der Zwerg misstrauisch. »Was ist denn das für ein Unsinn?«

»Keine Diskussion, bitte. Kommen Sie unverzüglich von der Brücke.«

Schwarzbart dachte gar nicht daran. »Wegen Piraten? Hier ist doch …«

»Er sagte, keine Diskussion!« Der Maskierte neben dem Oberleutnant riss sein HK hoch, der Lasermarker glühte für eine Sekunde ankündigend auf der Stirn des Kapitäns. Zwei schnelle Schüsse später wies die Scheibe zwei Löcher direkt nebeneinander und rote Blutspritzer auf, und ein erschrockener Poolitzer hörte, wie der Körper des Zwergs zu Boden fiel.

Storm schaute vorwurfsvoll zu seinem Untergebenen hinüber, aber der Mann zuckte gleichgültig mit den Schultern und stützte seine Waffe lässig in die linke Armbeuge. Die Augen des Mörders spiegelten absolute Teilnahmslosigkeit wider.

Spätestens jetzt war allen klar, dass es sich nicht um Offizielle handelte. Dem Reporter brach der Schweiß aus. Das war so eine Action-Szene, aus der es keinen Ausweg gab: entweder in der Giftbrühe an Unterkühlung und dem Dreck sterben oder sich eine Kugel fangen.

Der falsche Oberleutnant wandte sich an die schockierten Forscher. »Keine Aufregung, dann geschieht niemandem etwas.«

»Niemandem *mehr*«, fügte Poolitzer mit ätzendem Tonfall hinzu und hätte sich für seine Frechheit ohrfeigen können.

Man beachtete ihn gar nicht. Die Maskierten bugsierten alle Anwesenden hinüber auf das Hovercraft und trieben sie in den hinteren Teil des Frachtraums. Verständlicherweise begehrte keiner mehr gegen die Vorgehensweise auf. Der unerwartete Tod des Zwergs hatte die Männer und Frauen mitgenommen.

Das Letzte, was der Reporter sah, war, wie man die Leiche von Schwarzbart achtlos über Bord warf. Der Körper des kleinen Metamenschen schlug ins Wasser, trieb noch ein wenig an der von einem Ölfilm überzogenen Oberfläche und begann langsam zu sinken, dann wurde die Schiebetür geschlossen und von außen verriegelt. Der Motor des Quiet Glide lief im Sparmodus, sodass lediglich die Luftpolster des Gefährts aufgepumpt blieben. Offenbar gaben die Angreifer das Hovercraft auf.

Sie hörten, wie die Maschine der *Analysis* in Gang gesetzt wurde und volle Leistung erbrachte. Der Forschungstrawler entfernte sich rasch von ihnen.

Die Wellen brachten das Luftkissenfahrzeug zum Schaukeln, langsam, aber sicher trieb es in die Ruinen von Brunsbüttel hinein.

»Wie lange wird es dauern, bis man uns sucht?«, fragte eine Laborratte ängstlich.

Niemand gab ihm eine Antwort. Eine der Frauen weinte leise ihren Schock und ihre Angst hinaus.

Poolitzers Finger rutschten unter die Jacke und umschlossen die ausgebaute Festplatte. Für ihn war es offensichtlich, wer hinter dem Raub des Schiffs steckte. *AGC wird nicht so leicht davonkommen.*

ADL, Norddeutscher Bund, Nähe Freistaat Hamburg,
05. 12. 2058, 12:52 MEZ

»Für mich ist es völlig klar, liebe zuschauenden Individuen, dass nur AGC hinter der Sache stecken kann«, schloss Poolitzer seinen gewohnt reißerischen Bericht über den Raub der *Analysis*. »Die von den Typen gelegten Spuren im Hovercraft sollten auf die Piratentruppe Klabautermänner hinweisen. Aber, hey, so doof bin *ich* nicht. Ich habe mich schon mit ganz anderen Kons angelegt! Bald werde ich Ihnen meine Beweise für die Verstrickung der AG Chemie vorlegen. Und dann klagen euch Schwarzbarts Hinterbliebene arm!«

Der Beitrag endete mit einer Großeinstellung der zwei Löcher in der Scheibe der Brücke.

Zufrieden saß er im Regieraum des Studios, wo er die Ausstrahlung verfolgt hatte, betrachtete die verblassenden Bilder und kaute auf einem Funstick herum. Der Bericht war besser geworden, als er zunächst angenommen hatte, das würde mächtig Wogen schlagen.

Das Kom klingelte. Der Techniker blickte auf die angezeigte Nummer, den Ziffern nach handelte es sich dabei um Burmeister, den Chef vom Dienst. Wortlos reichte er den Hörer an den Reporter weiter.

Die Wogen hatten nicht lange auf sich warten lassen. »Ach, die Anwälte von AGC haben eine Unterlassungsverfügung erwirkt?«, wiederholte Poolitzer, was er eben gehört hatte. »Dann haben wir doch genau ins Schwarze getroffen, oder?« Er lauschte dem Wutausbruch. »Okay, keine weiteren Beschuldigungen mehr gegen den Kon, ehe ich Beweise habe, ich verspreche es«, ließ er sich die Zusage abringen. Er blickte auf die Uhr. »Die Analysedaten müsste ich heute Abend erhalten. Ich kümmere mich wieder um die DNP, einverstanden?« Er bekam grünes Licht.

Er stemmte sich aus dem Sessel, grüßte den Techniker und verschwand drei Räume weiter, wo ein digitales Schneide- und Manipulationslabor auf ihn wartete.

Ein Sony TFX-2000 Suplex, ein brandneues Bildmischgerät mit eingebautem 1000-Megapulsprozessor, ein Fuchi Holo-Edit »Profi«, ein Braun Netsynth Tridmixer, ein halbes Dutzend große und kleine Bildschirme sowie ein NoiseMan »RealTone« Mischpult für die Tonnachbearbeitung steigerten den Wert des Rauminventars auf schlappe 1,2 Millionen Ecu.

Summend legte Poolitzer die Mini-CD auf den Einzugsschlitten, und das Gerät nahm den Datenträger in sich auf. Die silberne Scheibe begann unter der Plexiglasabdeckung zu rotieren, die Informationen wurden ausgelesen.

Ich muss doch auf optische Chips umsteigen. Die kann man einfach leichter verstecken als die Mini-CDs. Klackend öffnete sich der Verschluss der Malzbierdose, die er sich aus dem Kühlschrank geholt hatte. Poolitzer nahm einen langen Zug und rülpste hingebungsvoll. Auch wenn die ADL in einigem zu wünschen übrig ließ, allein für das Getränk hatte sich der Kontinentwechsel gelohnt.

Er betrachtete die Wassertropfen, die sich durch Kondensation an der Außenfläche der Dose bildeten und herabrannen. *Wie Tränen*, kam es ihm in den Sinn.

Und plötzlich kehrte das Gesicht einer Frau in seine Erinnerung zurück. Sporadisch, in melancholischen Stunden, meist abends ergriff ihr Antlitz und damit die Erinnerung an sie Besitz von ihm. Gelegentliche amouröse Abenteuer und Eine-Nacht-Ficks wie mit Aurora Teleam brachten ihre Züge nicht zum Verblassen.

Sie hieß Gee Gee Delorian, eine Schauspielerin, die in Zweibrücken auf der Bühne gestanden hatte und mit ihm zusammen in die Sox gegangen war, um ihm bei einer Story über Cyberdynamix zu helfen. Sie war nach einem Feuergefecht in der Ark des Kons geblieben. Ein

Computermodul mit einer eigenen Persona in ihrem Kopf sorgte dafür, dass sie sich gelegentlich für einen Engel hielt – Cherub, der das Böse bekämpfen musste. Und genau dieses elektronisch gesteuerte Verlangen hatte sie mitten auf der Flucht umkehren und zurück in die Forschungseinrichtung von Cyberdynamix gehen lassen.

Gee Gee …

Bis heute wusste er nicht, was man mit ihr gemacht hatte. Alle Versuche, etwas über sie in Erfahrung zu bringen, scheiterten. Schuld, Ungewissheit, Liebe, eine furchtbare Konstellation. Gee Gee ließ ihn nicht los, sie würde ihn vermutlich nie wieder loslassen …

Oh, Gee Gee …

Die Monitorwand erwachte zum Leben und zeigte ihm die Aufnahmen, die er unmittelbar nach dem Attentat gemacht hatte. Er zuckte zusammen, schreckte aus seinen Erinnerungen und atmete durch.

Endlich gab es wieder etwas zu tun. Vielleicht war sie der Grund, weshalb er sich von einer Story in die nächste stürzte? Sein Unterbewusstsein wollte alles, nur nicht grübeln.

Poolitzer schaltete das Radio ein. Er justierte die Sequenz zum Song der Gruppe »Cryin' Freemen« so, dass er den Attentäter beim Einsteigen genau betrachten konnte.

Er war darauf geschult, auf alles zu achten, selbst auf Spiegelungen in Pfützen oder auf anderen glänzenden Oberflächen. Die Digitaltechnik und die Rechenpower des TFX-2000 Suplex würden die kleinste millimetergroße Nebensächlichkeit auf drei mal drei Meter vergrößern können, die Tonspur jagte er parallel dazu durch den Filter des »NoiseMan«.

Multitaskingfähig wie er war, benutzte er das StudioKom dazu, zwei Kontakte auf den Saubermann Fröhlich-Eisner zu hetzen, um alle Infos über den Staatsanwalt zu erhalten, die im Schattenland kursierten. Oftmals war an Gerüchten mehr dran, als es zunächst den Anschein hatte.

Die Arbeit an den Aufnahmen beanspruchte seine gesamte Konzentration. Detailsichtung folgte auf Ausschnittvergrößerung – scrollen, markieren, klicken, aufhellen, nachbelichten, schärfen, warten, bis der Prozessor seine Neuberechnungen abgeschlossen hatte, und die nächste Ausschnittvergrößerung.

Nach vier Stunden musste er seinem Verstand eine Pause gönnen. Er wollte nicht riskieren, dass ein wertvoller Hinweis durch seine Müdigkeit verloren ging.

Poolitzer suchte die Toilette auf und benetzte sich sein Gesicht mit kaltem Wasser. Sein Magen knurrte, revoltierte gegen Kalorienentzug. *Dönerzeit,* grummelten seine Eingeweide. Der Reporter stimmte ihnen zu.

Auf dem Rückweg von der Dönerbude bekam er den Anruf von dem Labor, dass man die »Analysis«-Daten von der Festplatte kopiert und ausgewertet habe. Eine Mail mit den entsprechenden Ergebnissen sei soeben an ihn gesendet worden.

»Na also«, murmelte Poolitzer dönerundeutlich, schlang sein Essen hinab und kehrte in den Schneideraum zurück. Der Suplex rechnete immer noch an einem Bildausschnitt herum, also widmete er sich den Resultaten der Brunsbütteler Wasserproben.

Sein Gesicht wurde länger. *Nichts?* Überrumpelt schaute er auf die Zahlenkolonnen.

»Nichts« war übertrieben, denn die Untersuchungen wiesen tatsächlich Kontaminationen nach, die über ein Normalmaß hinausgingen, allerdings waren die Verunreinigungen durch Blei, Cadmium, Quecksilber, Bromacil und alle anderen Giftstoffverbindungen auf die Chemieanlagen zurückzuführen, die geflutet unter der Nordseeoberfläche lagen. Sorgen bereitend ja, besondere AGC-Schuld nein.

Enttäuscht lehnte sich der Journalist in den Sessel. »Warum hat der Kon dann zugeschlagen?«, fragte er sich. Noch rätselhafter war, dass die *Analysis* verschollen blieb. Die Unbekannten mussten sich an der Küste sehr gut auskennen, um ein Schiff dieser Größe innerhalb kürzester Zeit verschwinden zu lassen.

Demnach doch Piraten? Die Frage blieb, ob es einen Markt für die ganze Spezialausrüstung gab. *Quatsch, in den Schatten gibt es immer einen Markt*, schalt er mit sich. *Verdammt, jetzt bin ich so schlau wie zuvor.* Wütend blickte er auf den Monitor. »Scheiße, warum steht da nichts Schlimmes, hä?!«, schrie er die Ergebnisse an. »Das würde mir alles leichter machen!« Er klopfte gegen den Bildschirm, als ließe sich das Plastik durch den leichten Schlag bestrafen.

Wenigstens tat der TFX-2000 Suplex seine Pflicht.

Die letzte Vergrößerung bescherte Poolitzer das stoppelbärtige, an sich sympathische Profil eines Mannes. Zu sympathisch, um von anderen Männern gelitten werden zu können, denn Kerle wie er bekamen meistens die guten Frauen ab.

Er musste Ende zwanzig sein. Aufgrund des Größenvergleichs mit dem Fluchtauto schätzte er ihn auf etwas mehr als eins achtzig, sein Gewicht anhand der Statur auf muskulöse achtzig Kilogramm, die dunkelblonden Haare trug er kurz. Ein neuerlicher Zoom verriet dem InfoNetworks-Mitarbeiter die Augenfarbe, graugrün funkelten sie im Schein der Straßenlaterne.

Jetzt habe ich dich, mein Junge! Der Reporter fertigte eine Kopie des Konterfeis an und sandte es an einen Bekannten beim LKA Badisch-Pfalz. Vigo Spengler, so hieß der Kriminalhauptkommissar, würde am schnellsten etwas herausfinden.

Es dauerte nur fünf Minuten.

Poolitzer stand vor dem Kaffeeautomaten und suchte gerade den Zucker, um dem verhassten Soykaff Geschmack zu verpassen, da meldete sich sein Armband-Kom. Fluchend stellte er den Becher ab, um die Hand frei zu haben. »Ja?«

Das Gesicht des Kriminalers erschien auf dem Minidisplay. »Tach, Schnüffler«, grüßte er ihn freundlich. Die kurzen, schwarzen Haare streckten sich in alle Richtungen, das durchschnittliche Gesicht wurde von langen Koteletten eingerahmt, ein Schnauzbart stand waagrecht über der Oberlippe. Ein Prachtexemplar von Bulle. »Mal wieder was am Haken, wie ich sehe.«

»Genau.« Der Seattler grinste ihn an und stellte sich den übergewichtigen Rest des Kommissars vor, wie er in einem zu engen T-Shirt mit einem Titel einer alten, vergessenen Heavy-Metal-Band darauf am Schreibtisch saß. »Tragen Sie immer noch diesen neonorangefarbenen Lackledermantel, Sie wildes Stück?«

»Sind Sie immer noch ein sensationsgeiler Journalist, der die Nase in jeden Scheißhaufen steckt?«, konterte der Pfälzer und klickte dabei mit seinem Stift auf dem interaktiven Schreibtisch herum. »Sie haben sich ein echtes Herzchen rausgesucht.« Der Kommissar drückte die Sendefunktion. »Ich habe es Ihnen als Datei geschickt, aber Sie können ihn sich auch gerne in der Matrix ansehen.«

»Hoy, ist er so berühmt?«, staunte Poolitzer.

»Nein. Gesucht. Gehen Sie auf die BKA-Seite, klicken Sie auf Fahndungsliste und schauen Sie unter Sebastian Baduscheidt nach.«

»Und?«

»NA-Aktivist der Kommandoebene. Wenn Sie den Typen schnappen, bekommen Sie von Mutter ADL satte hunderttausend ECU und aus den Schatten bestimmt noch mal hunderttausend an privaten Kopfgeldern«, offenbarte er ihm. »Aber alleine würde ich es an Ihrer Stelle nicht versuchen. Der Junge ist giftig.« Nun wurde sein Ton eine Spur geschäftsmäßiger. »Wie kommen Sie an diese Aufnahme, Gospini? Treibt sich der Typ etwa im Norden herum? Ich muss den Kollegen in Hamburg Bescheid geben, damit sie ein Auge auf Metamenschen-Zentren haben.«

»Okay, ich kenne mich noch nicht so ganz aus. Was ist die NA noch gleich?«, bat er um weitere Infos. »Gehört habe ich es schon mal …«

»Nationale Aktion«, half ihm Spengler. »Weiter rechts von denen stehen nur Hitler und Himmler. Passen Sie auf sich auf, wenn Sie dem Typen noch mal begegnen. Rufen Sie ein Rudel SEK an, das sich mit ihm herumschlägt. Bei Ihren Schießkünsten wäre es Ihre letzte Aufnahme, Schnüffler.«

Der Standbild-Baduscheidt hörte ihnen bei ihrer Unterhaltung zu und las die eintrudelnden Meldungen des BKA über seine Person scheinbar mit.

Der gebürtige Westfale gehörte einst zur Bischofsgarde, bis er wegen ständigem Anti-Metamensch-Verhalten im Dienst aus der Einheit flog.

Der Reporter pfiff durch die Zähne. *Das muss schon was bedeuten, wenn man in Westfalen wegen Metadiskriminierung gefeuert wird.*

Als er den Bericht las, der von Spengler stammte, wusste er, warum. Bei Routineeinsätzen waren eine Elfin und ihr Freund, ein Zwerg und ein Troll von ihm erschossen worden. Nachweislich geschah es, ohne dass die Metamenschen einen Anlass zur ultimativen Gewaltanwendung geboten hatten und nachweislich vor couragierten Zeugen, die gegen den Mann aussagten.

»Die Mordkommission wollte Baduscheidt direkt nach der Tatüberführung und seiner Entlassung vor der Gardistenkaserne abholen, doch er war wie vom Erdboden verschluckt«, ergänzte Spengler das, was nicht auf dem Monitor geschrieben stand. »Untergetaucht. Das BKA vermutete dahinter die Hilfe des Kardinals, ein Abschiedsgeschenk für treue Dienste.«

»Und wann …«

»Das war vor acht Jahren gewesen. Danach wurde er in Terrorkamps der NA gesichtet, wo er verschiedene Ausbildungen rund um Sprengstoff, Waffen und Infiltration erhielt; er arbeitete sich durch kleinere, aber nicht weniger brutale, genau durchdachte Anschläge in die höheren Kreise der Kommandoebene vor.« Das Gesicht des Kriminalers bekam einen angewiderten Ausdruck. »Baduscheidt sprengt mit Vorliebe Behausungen in den Meta-Armenvierteln in Großstädten. Unterste Schicht.«

Ein Extremist mit Schläue. Er vernichtet in den Augen der Arschlöcher und heimlichen Arschloch-Sympathisanten lediglich sozialen Abschaum. Die Augen des Reporters wanderten hinauf zu den freundlichen Zügen des rechten Extremisten. Ihn schauderte. *Wieder einer, dem man den Wahnsinn nicht ansieht.*

Nun war der Sprengstoffexperte offenbar von der DNP engagiert worden, um ein Attentat zu fingieren. Logisch, somit konnte Fröhlich-Eisner davon ausgehen, dass er den Anschlag auch wirklich überlebte. Die meisten Runner hätten ihn liebend gerne in die Luft gesprengt.

Wieder bekam Spengler das Bullengesicht. »Wo haben Sie ihn gefilmt, Gospini?«

»Beim … Einsteigen«, wich Poolitzer aus und hackte mit der anderen Hand auf der Tastatur herum.

»Witzig, Schnüffler. Keine Faxen, dazu ist es …«

»Ich melde mich wieder bei Ihnen, Spengler! Sie haben was gut bei mir.« Schnell beendete er die Verbindung, um sich um die Recherchen zu kümmern, der Protest des Polizisten kümmerte ihn nicht. Seine Nase juckte, und das bedeutete nur Gutes.

Fuck! Die NA und die Deutschnationale! Und ausgerechnet da muss die scheiß Kamera streiken!, regte er sich innerlich auf. Durch die Bilder wäre die braune Soße in den

Ausguss geflossen, die entsetzten Bürger hätten die DNP auf dem Wahlzettel glatt durchgestrichen anstatt angekreuzt. Er hatte es in der Hand gehabt, und er hatte es versiebt.

Poolitzer fragte sich, ob es Sinn machte, dem BKA, dem Verfassungsschutz und anderen Behörden von seiner Beobachtung zu berichten, doch außer dem in den Jeep einsteigenden Baduscheidt hatte er nichts vorzuweisen. Vermutlich war der NA-Aktivist wieder in seinem Versteck, weitab von Rostock.

»Was mache ich mit dir?«, fragte er den Standbild-Terroristen leise. Für einen Bericht war es noch zu früh. Die NA würde noch rechtzeitig auf die Liste seiner Todfeinde kommen, aber erst, wenn er ihnen und dem Saubermann Fröhlich-Eisner Verbindungen zu ihr nachweisen konnte. *Aber wie?*

Seine Stimmung war gemischt. Zum einen kam er voran, zum anderen nutzten seine Erkenntnisse nur bedingt etwas.

Seine Entscheidung fiel zugunsten der Story über die Rechten. Kon-Skandale gab es ständig, aber der Einzug der DNP in den Landtag musste von heute an erst recht verhindert werden.

Poolitzer steckte das Notepad von Fröhlich-Eisner ein, stand auf und verließ das Studio. Morgen würde er weitermachen, heute war er zu müde und zu frustriert.

II.

Nordsee, 19 Meilen nordwestlich von Helgoland,
05. 12. 2058, 22:52 MEZ

Der Wind peitschte Gischt, Schnee und Regen in dichten Schauern über das Deck. Die feinen Tröpfchen wurden mit einer solchen Wucht umhergejagt, dass sie den beiden Männern, die auf dem Deck unterhalb der Brücke balancierten, laut gegen die Atemmasken trommelten. Schwere, grellgelbe Schutzanzüge bewahrten sie davor, mit dem eisigen, ungesunden Nass in Berührung zu kommen.

Der Bug der *Stagecoach*, ein Handelsschiff der Zhen Lao-Klasse, hergestellt von Wuxing, senkte sich unvermittelt ab und tauchte tief in die aufgewühlte Nordsee. Die Spitze verschwand für eine Schrecksekunde unter den Wellen, ehe sie sich unter dem Gewicht der See hervorwühlte und wie ein Ertrinkender nach oben reckte.

»Scheiße, verdammte«, brüllte Kapitän John Zeal in sein Mikrofon. »So kommen wir nie in La Hague an.« Er und die Wache Mullins taumelten vor und zurück und griffen gleichzeitig nach dem Geländer, um sich vor einem Sturz zu bewahren. Salzwasser umspülte ihre Füße, die nächste Welle hob die *Stagecoach* in die Luft. »Los, zurück auf die Brücke.«

Außer Atem vor Anstrengung standen die Männer kurz darauf in der Schleuse. Ein heißer Dampfstoß reinigte die Chemoanzüge von Rückständen, das Gebläse trocknete das Gewebe innerhalb von wenigen Sekunden.

Zeal und Mullins betraten die Brücke, entledigten sich der unpraktischen Kleidung und schwankten zu Dillinger hinüber, der das Unwetter durch die großen Fenster gelangweilt verfolgte.

Der Rigger war zwar eingestöpselt, aber noch hatte der Autopilot »Lola« die volle Kontrolle über das 30 000 Tonnen Fracht fassende Schiff. Erst wenn die Reederei in La Hague den Computer ausschaltete, konnten die Männer in die Steuerung eingreifen. Sie waren lediglich die Notbesatzung, die Eingreiftruppe im Falle des Rechnerversagens.

Der Frachter hatte zahlreiche Umbauten über sich ergehen lassen müssen, um die exklusive Ladung an Bord nehmen zu dürfen. Doppelwände, Bleiverschalungen, eine stärkere Maschine und zahlreiche Sicherheitsextras erlaubten es der *Stagecoach* erst, die unscheinbaren Behälter in ihrem Bauch zu transportieren.

Aus der langen Bezeichnung »Cask for Storage and Transport of Radioactive Material« hatte ein findiger Mensch einst das Schlagwort »Castor« geformt, und genau solche Container transportierte das Schiff unter enormen Auflagen über die Nordsee. 112 Tonnen wog einer der Transport- und Lagerungsbehälter im beladenen Zustand. Sechs Meter war er lang, 2,5 Meter wies er im Durchmesser auf, und 40 Zentimeter starke Außenwände aus Gusseisen mit Kugelgraphit sollten ihn vor Schaden beim Aufprall schützen.

Industrie, Medizin und Nuklearkraftwerke sorgten dafür, dass der stetige Strom radioaktiven Schrotts nicht versiegte. In La Hague wurden die abgebrannten Brennelemente aus deutschen Kernkraftwerken zerlegt und zum Teil in neue Brennstäbe eingearbeitet.

Zeal und seine zehnköpfige Mannschaft verstanden sich als Müllkutscher der besonderen Art. Sie waren die Feuerwehr, wenn der Autopilot durchdrehte oder ein paar freie toxische Geister angriffen. Die Viecher fühlten sich von der Strahlung magisch angezogen, und aus einem Dutzend Begegnungen waren er und sein Team als Sieger hervorgegangen.

Der Kapitän aktivierte die Bordsprechanlage. »Feo,

schau bitte mal nach, ob sich ein Tox in dem Sturm an uns heranschleicht«, erteilte er der Schamanin ihren Einsatzbefehl. »Wundern würde es mich nicht. Und Sensal soll sich ebenfalls parat halten«, fügte er hinzu. Damit befand sich auch der hermetische Magiekundige in Alarmbereitschaft.

»Ist was, Käpt'n?«, erkundigte sich Dillinger interessiert. »Die Elektronik berichtet nichts Ungewöhnliches.« Demonstrativ pochte er gegen die visuellen Anzeigen, danach gegen seinen Schädel. »Und meinem Kopf hat Lola auch nichts gesagt.«

Zeal schaute in das tobende Unwetter. »Nein«, sagte er gedämpft. »Nein, es ist nichts, Dillinger. Nur so ein … Vergessen wir's«, winkte er ab. Es war Unsinn, denn ihre Begleitboote hätten die *Stagecoach* schon längst gewarnt.

Zwei umgebaute, so gut wie unsinkbare Seerettungskreuzer, die *Attendant 1* und 2, schwammen mit dem Frachter zusammen durch das Meer. Sie waren voll gestopft mit kleinen Geschützen, ECM-Modulen und technischem Schnickschnack, um reale Angreifer von dem schweren, plumpen Wasserfahrzeug fern zu halten. Dazu kamen die eigenen Verteidigungsaufbauten des riesigen Schiffes, die es zu einer feuergewaltigen Festung machten.

Kein Grund zur Sorge, beruhigte sich der Kapitän. Er ließ die restlichen Skalen auf die Scheibe projizieren, um sich selbst von dem einwandfreien Zustand des Frachters zu überzeugen. Hellgrüne Anzeigen, alles war gut.

»Ach ja.« Dillinger wandte sich zu Zeal. »Unser Hubschrauber ist vor einer Stunde von seiner Einkaufstour aus Holland zurückgekommen und gelandet, als Sie schliefen.«

»Schon wieder einkaufen?« Zeal würde später ein paar Takte mit der Helikoptercrew reden. Diese Abstecher in die Niederlande, um sich Pot zu kaufen, mussten endlich aufhören. »Sie sollen Aufklärer sein und keine Dopepfeifen nach der anderen durchziehen, verdammte Scheiße!« Bekäme die Presse Wind von den Einkaufstouren, wäre er seinen Job los. »Dämliche Cannabisraucher«, ärgerte er sich.

»Bleiben Sie cool. Das Zeug ist sicher nur für den Nikolaus«, feixte Dillinger. »Er soll ohne seine Rentiere fliegen können.« Er reichte dem Kapitän einen Ausdruck einer Meldung, die eben einlief. »Die *Attendant 1* hat Wassereinbruch an der Schraube und wird zurückfallen.«

»Ja, verdammt. Absaufen können sie nicht mehr, aber voll Wasser laufen sie trotzdem«, lachte Mullins und ging zum Soykaffautomat. Er deutete aus dem Fenster. »Guckt mal! Da oben hüpft sie auf den Wellen herum wie ein Korken.« Der Rettungskreuzer drehte sich um die eigene Achse und verschwand unter einem Wellenberg. Der Mann schüttete sich aus vor Lachen. »Scheiße, müsste ich kotzen, wenn ich bei denen an Bord wäre. Mir ist unser fettes Mädchen lieber.« Die anderen stimmten in sein Gelächter ein.

Lola meldete plötzlich eine Statusveränderung. »Torpedos … bereit«, sagte die weibliche Stimme des Computers freundlich. »Warte auf Bestätigung.«

»Hör auf mit dem Scheiß«, schnauzte Zeal den Rigger an. »Ich weiß, dir ist langweilig …«

Dillinger war sich keiner Schuld bewusst. »Naye, Kapitän, ich war das nicht.« Er glitt in die Elektronik des Schiffes und beobachtete die Vorgänge von innen.

Der Autopilot des Handelsschiffs hatte aus irgendeinem Grund die Verteidigungsmechanismen aktiviert, nacheinander liefen die Statusmeldungen ein.

»Mini-Guns … bereit. 20-Millimeter-Geschütze … bereit. Raketenabschussrampe … bereit. Wasserbombenwerfer … bereit. ECM … aktiv.«

Die *Stagecoach* rüstete gegen einen nicht sichtbaren Gegner auf.

»Sonarkontakt«, meldete Lola sanft und für alle hörbar. »Entfernung: zwei Meilen südöstlich. Tiefe: 31 Meter. Geschwindigkeit: zehn Knoten, steigend.«

»Genauere Bestimmung«, verlangte Zeal erregt, sein Gefühl hatte Recht behalten. Die *Attendant 2* lag auf der falschen Seite des Handelsschiffs, um sie beschützen zu können, ein rasches Herummanövrieren bei der schweren See war unmöglich, und die *Attendant 1* kam als Verteidiger überhaupt nicht infrage. Sie kämpfte mit sich selbst.

»Klein-U-Boot, kein gespeichertes Modell«, verkündete der Rechner nach einer Auswertung der Daten. Die Männer scharten sich um das Fenster und betrachteten die Umrisse, die der Laser auf das Glas warf. Was den Kapitän beunruhigte, unterhielt die anderen beiden Crewmitglieder bestens.

»Endlich passiert mal was«, freute sich Dillinger. »Gegen toxische Geister anzutreten wird auf Dauer langweilig, und außerdem haben nur die beiden Zauberer ihren Spaß.«

»Abschuss empfohlen«, sagte Lola, »warte auf Bestätigung.«

Zeal zögerte, weil ein Angriff noch nicht erfolgt war. Das Tauchboot konnte mit viel Pech ein verirrter Unterwassertourist sein, der seine Karte nicht richtig lesen konnte und sich von der Küstenroute entfernt hatte, oder es war ein U-Boot des Proteus Konzerns, das zur Heimat-Ark nach Helgoland wollte. Er langte zum Kom-Hörer und stellte eine Verbindung nach La Hague her. »In diesem Fall hole ich mir lieber die Erlaubnis aus der Zentrale, mal eben aufs Knöpfchen drücken will ich nicht. Zu gefährlich.«

Der französische Reedereistützpunkt kannte weniger Skrupel. Die Bosse gaben ihm freie Hand und bläuten ihm nochmals ein, dass die Sicherheit der *Stagecoach* Vorrang vor Einzelschicksalen hatte.

»Distanz: eine Meile. Geschwindigkeit: fünf Knoten, sinkend«, übermittelte Lola die neuesten Messdaten.

»Es wartet! Das scheiß Ding wartet!«, gab Dillinger besorgt seine Meinung kund, der die Ereignisse nicht mehr ganz so unterhaltsam fand wie am Anfang. »Das sieht nach einer Sauerei aus.«

»Jagen wir sie hoch?«, fragte Mulllins fordernd und leckte sich über die trockenen Lippen. »Es ist garantiert Greenwar. Wenn das Sub voller Sprengstoff steckt, reißt es uns ein Loch ins Schiff, das kein Dock der Welt flicken kann.«

»Oder sie wollen uns zur Umkehr zwingen«, merkte der Rigger an. »Jedenfalls stimmt was nicht.«

Der Hinweis auf Terroristen gab für Zeal den Ausschlag. Die gewaltbereite Abspaltung von Greenpeace hatte sich durch solche skrupellosen Aktionen einen Namen gemacht. Normalerweise gefährdeten sie keine Menschenleben oder die Umwelt. *Aber wenn etwas schief geht …*

Die Ladung der *Stagecoach* erlaubte keine Nachsicht. Fürs Protokoll versuchte er, das unbekannte U-Boot viermal mit allen Tricks der modernen Unterwasserkommunikation zu erreichen, schließlich führte kein Weg mehr an dem letzten Schritt vorbei. »Erlaubnis zur Einleitung von Gegenmaßnahmen erteilt.« Nach der erfolgreichen Stimm- und Retina-Identifizierung des Kapitäns schaltete sich die Waffensystemsicherung des Autopiloten aus.

»Das schaue ich mir an!« Dillinger huschte ins geriggte System, um die Reaktionen des Computers mitzuverfolgen.

Er ritt auf den Impulsen des Autopiloten, fühlte sich geschoben und gedrückt, wie ein Wagen auf einer Achterbahn, der auf seiner Spur bleiben musste. Eingreifen konnte er nach wie vor nicht. Wozu auch? Lola verrichtete ihre Arbeit gut, und ihm gefiel es, Beobachter zu sein, Achterbahn zu fahren.

»Zielerfassung … bestätigt«, sagte Lola. »Abschuss der Torpedos … erfolgt.« Weitere elektronische Impulse machten sich auf die Reise.

Torpedos?, wiederholte Dillinger erschrocken. Lola musste die Ausmaße des U-Boots falsch berechnet haben. Ein einziger Sprengkörper reichte nicht nur locker aus, sondern stellte im Grunde übertriebene Gewaltanwendung dar.

Der Rigger klinkte sich aus seinem »Wagen« aus, um zu überprüfen, was der Autopilot anstellte, und streunte durch das positronische Hirn des Schiffes.

Ein eisiges Gefühl machte sich in seinem Magen breit. Nicht einer, nein, alle zehn Torpedos des Frachters glitten durchs Wasser und suchten sich ihr Ziel.

Falsch, sie suchten sich ihre *Ziele*!

Fünf jagten auf die *Attendant 2*, fünf auf das Schwesterschiff zu, kein einziger kümmerte sich um das feindliche U-Boot.

»Abbruch!«, sendete er über sein FSE-Interface an den Rechner. »Notfall! Identifikation Dillinger, Passwort Schwertfisch!«

»Passwort … ungültig«, belehrte ihn Lola sachlich-freundlich. »Ziele … bekämpft.«

Nüchtern liefen die Erfolgsmeldungen im Kampfcomputer der *Stagecoach* auf, beide Kreuzer waren von den Unterwasserraketen in Fetzen gerissen worden, da nützte selbst die Unsinkbarkeit nichts mehr.

Als der Rigger halb in die reale Welt zurückkehrte, sah er Zeal und Mullins wie gelähmt aus den Fenstern starren. Sie konnten sich die Vernichtung der Begleitschiffe nicht erklären.

»Es war der scheiß Autopilot«, rief er hektisch und langte nach dem Kom. »La Hague muss den Computer abschalten!«

Aber die Leitung war tot, und irgendwie hatte er damit gerechnet.

Zeal drehte sich zu Dillinger. Eine Sache ergab für ihn keinen Sinn. »Die Aktivierung der Waffensysteme«, sagte er zögernd, »sie kam *vor* der Zielerfassung! Jemand muss Lola geknackt haben! Alles, was sie brauchten, war meine Entsicherungserlaubnis.«

»Das ginge nur, wenn sie direkten Zugang zum System hätten«, widersprach Dillinger hastig. »Sie müssten … dafür …« Die Blicke des Trios wanderten während seinen Worten zum Container, der ihrem Hubschrauber bei Sturm als Hangar diente. Die Tore waren verschlossen.

»… an Bord sein«, vervollständigte Mullins, schwer schluckend.

Zeals Augen wurden schmal. »Hat jemand den Piloten gesehen?«

Mullins verneinte, biss sich auf die Lippen. »Sie sind gelandet und haben die Tore geschlossen«, erklärte er. »Ich dachte mir nichts dabei.«

Infiltriert! Verdammte Terroristenbrut. Scheiß Dope, beschissene Einkaufstouren. Das haben wir jetzt davon. Der Brite nahm den Kom-Hörer und schaltete auf intern. »Sensal, Feo. Wir haben Gäste an Bord. Sucht sie und schaltet sie aus«, befahl er den Magischen heiser. Sie mussten es schaffen, ehe Greenwar oder wer auch immer es war, weitere Katastrophen anrichtete.

Keine Antwort.

Er drückte verzweifelt die Sprechtaste. »Sensal? Feo?«

Nichts.

Stumm sahen sich die Männer an. Laut prasselte das Regenschneegemisch gegen die Scheiben der Brücke. Die *Stagecoach* stürzte wieder in ein Wellental, und die Crew musste sich festhalten.

»Dann eben auf die gute alte Weise.« Mullins wankte zum Stahlschrank mit den Waffen, um sich mit den größeren Kalibern auszurüsten.

»Feuerwinkelbeschränkung … aufgehoben«, rief sich

Lola in Erinnerung, ein Unterpunkt auf dem Display blinkte auf. »Zielerfassung … bestätigt.«

»Es muss noch ein Schiff in der Nähe sein! Warnen Sie die, Käpt'n!« Dillinger tauchte in die Elektronik und suchte den Befehlsimpuls. Mit ein wenig Glück könnte er herausfinden, was die Elektronik als Nächstes plante. »Reißen Sie Lola den Strom raus!«

Der Autopilot trug sein Bewusstsein an den Torpedoknotenpunkten vorbei, der Ritt endete zu seiner Verwunderung in den 20-Millimeter-Geschützen am Bug.

Kein zweites Schiff. Sie schießen auf die Überlebenden!, begriff er die Absicht der Terroristen. Der Rigger benutzte die über den Kanonen eingebauten optischen Zielsysteme als künstliche Augen.

Der Front-Turm mit den Zwillingsläufen drehte sich gerade, richtete sich aus. Verzweifelt, weil ihm nichts einfiel, was er dagegen tun konnte, suchte er die Meeresoberfläche ab. Seine Fantasie gaukelte ihm bereits vor, wie die überlebenden Matrosen der Begleitschiffe von Projektilen gelöchert, zerrissen und zerfetzt wurden.

Die Kanonenhalterung rotierte, schwenkte weiter und weiter herum, der Rigger erkannte trotz der Gischtwolken und Schneeschauer das Deck. Die langen Rohre hoben sich an, bis die Brücke ins Visier ruckte. Dillinger sah sich selbst hinter dem Glas, sah seinen Schopf, sein ängstliches Gesicht hinter der Konsole hervorschauen.

»Scheiße!«, wisperte er, riss die Kabel aus der Steckverbindung und scherte sich nicht um die schmerzhafte Rückkopplung. »Raus!«, schrie er panisch. »Raus hier! Das …«

Dumpf dröhnten die Detonationen der Schüsse zur Brücke hinauf, die Scheiben barsten unter den ersten Einschlägen. Er warf sich zu Boden, robbte zum Ausgang und stieß die Tür auf.

Eisiger Wind packte ihn, wütend stürzte sich der Regen auf ihn, in Sekundenschnelle war er durchnässt. *Nur weg!* Er schaute zum Rettungsboot, das zehn Meter von ihm entfernt in seiner Verankerung hing, und ein wenig Hoffnung kam auf.

Die ersten Stufen schaffte er noch, dann entdeckte Lola ihn. Der Heckgeschützturm, der bislang geschwiegen hatte, eröffnete das Feuer.

**Nordsee, 21 Meilen nordwestlich von Helgoland,
06. 12. 2058, 07:21 MEZ**

Der Bo-302 »Königspanther« flog mit gemächlichen hundert Stundenkilometern über die Nordsee hinweg. Das Meer hatte sich endlich so weit beruhigt, dass ein Team der NoSeRg gefahrlos nach der als vermisst geltenden *Stagecoach* und den beiden Begleitschiffen sehen konnte, ein Geigerzähler befand sich natürlich im Gepäck.

Währenddessen machten sich Strahlenexperten der Bundeswehr in Bremen bereit, die Bergung notfalls zu übernehmen, das BKA und zahlreiche andere behördliche Sicherheitsorgane hatten ihr Kommen angekündigt. Die NoSeRg bildete die heldenhaft-professionelle Speerspitze der Unternehmung. Man konnte auch sagen, die Besatzung des »Königspanthers« hatte die Arschkarte gezogen.

Alle Versuche, Kontakt zu den Schiffen herzustellen, waren gescheitert, nicht einmal mehr das GPS-Signal kam herein. Das schlechte Satellitenbild, das man der Besatzung der Bo-302 aus der französischen Logistik-Zentrale aus La Hague übermittelte, zeigte ein steuerlos treibendes Frachtschiff. Die Brücke wies schwere Schäden auf, eine Rauchwolke stand über dem Ruderhaus.

»Da ist sie«, funkte der Bordingenieur in den Laderaum. »Strahlenwerte normal, keine Gefahr.«

Der Helikopter ging auf knappe fünfzig Meter hinunter und näherte sich dem brennenden Schiff, die Flammen waren im morgendlichen Zwielicht leicht zu erkennen. Der Pilot zog die Nase des »Königspanthers« hoch und flog eine flache Schleife über dem umgebauten Handelsschiff.

Sein Copilot entdeckte nun etliche verkohlte, scharfkantige Trümmerstücke im Wasser, die der Farbe nach Teile der Begleitschiffe sein mussten. Der Tod hatte die Menschen auf der *Attendant 1* und 2 sehr überraschend getroffen, Rettungsinseln suchte er vergebens.

Im Schein der aufgehenden Sonne sahen sie die zerlöcherten Reste der kaum mehr vorhandenen Brücke. Metallteile, Kunststoff, Kabel, Isolierungen, Glas, all das hatte dem stählernen Hagel aus insgesamt acht 20-Millimeter-Geschützen nicht standgehalten.

Haldenhoch lagen die leeren Patronenhülsen rings um die Kanonen und rollten auf dem gesamten Deck herum. Der Hangar, in dem normalerweise ein Frachthelikopter parkte, stand ebenso offen wie eine Ladeluke mittschiffs. Die Beobachtungen wurden sofort an La Hague weitergegeben.

»Ich gehe runter«, verkündete der Pilot und senkte den Bo-302 vorsichtig auf die *Stagecoach* herab. Kaum setzte der Hubschrauber auf, surrte einer der Türme herum, die Kanone nahm die Helfer ins Visier.

»Wir sollten weg von hier«, funkte einer der Ärzte den Befehlshaber des Einsatzes ängstlich an. »Soll sich die Bundeswehr drum kümmern.«

»Nein«, kam die Antwort, und: »Weiter. Aber vorsichtig.«

Der Mediziner überlegte, wie Vorsicht gegenüber einer Schnellfeuerkanone aussehen musste. Nichts, was sich hier an Deck befand, würde den Projektilen Paroli bieten.

Die vier Männer sprangen aus der Seitenluke und schwärmten aus. Sie hörten das scharfe Klicken, das von der nächsten 20-Millimeter-Kanone ausging, die Zündnadel schlug in regelmäßigen Abständen auf. Es fehlte der computergesteuerten Waffe lediglich an Munition, um sie alle zur Hölle zu schicken.

Zwei Männer des Teams rannten zur Brücke, um dort nach Überlebenden zu suchen, die anderen verschwanden im Schiffsbauch. Der Geigerzähler schwieg beruhigenderweise.

Nach einer halben Stunde brachen sie die Suche ab, weil die Zahl der gefundenen Leichen mit der Besatzungsliste übereinstimmte. Drei Mann waren im Ruderhaus durch den Beschuss der eigenen Verteidigungsanlagen gestorben, die anderen sieben waren von Unbekannten umgelegt worden. Ein Kampf hatte nicht stattgefunden, wie die Ärzte anhand der Verletzungen urteilten.

Das Team rührte auf Geheiß der Reederei nichts an und kehrte aufs Deck zurück, wo die Männer diskutierend auf die Techniker des BKA warteten. So etwas hatte keiner von ihnen jemals zuvor gesehen.

Einer von ihnen trennte sich von der Gruppe und schlenderte zur geöffneten Ladeluke mittschiffs, um einen neugierigen Blick hineinzuwerfen. Die Anzeigen des Strahlenmessgeräts ließ er dabei nicht aus den Augen.

Er legte sich auf den Bauch und schaute in die Dunkelheit. Durch den Schlitz fiel nur wenig morgendliches Licht, also nahm er seine Taschenlampe vom Gürtel und leuchtete hinab.

Der weißbläuliche Halogenstrahl riss bei seiner Wanderung die großen, silbernen Container einzeln und für wenige Sekunden aus der Schwärze, bis er an eine Lücke gelangte und ins Leere griff. Matt leuchtete der Stahlboden der *Stagecoach* auf.

»Hey! Schaut euch das an! Ein Castor fehlt!«, rief er die anderen herbei.

An diese freie Stelle war das Emblem von Greenwar auf den Schiffsboden gesprüht worden, darunter prangte ein schwarzer Totenschädel.

ADL, Norddeutscher Bund, Freistadt Hamburg,
06. 12. 2058, 09:04 MEZ

Fassungslos verfolgte Poolitzer den Beitrag über die Aktion von Greenwar, die Kamera zeigte das qualmende Handelsschiff aus der Hubschrauberperspektive. »Was soll denn das?«, richtete er die mehr rhetorisch gemeinte Frage an Fred den Techniker, der mit ihm in der Regie saß. »*Wie* kann man *so etwas* tun?«

»Tja, diese Umweltspinner«, meinte Fred ratlos.

»Doch nicht Greenwar«, korrigierte er und deutete auf den Bildschirm. »Da! Diese stümperhaften Aufnahmen meine ich. Schlechte Einstellung. Alles, was man sieht, ist unscharf und viel zu weit weg, da hätte er gleich das Meer filmen können. Welcher …« Der Name des Kollegen wurde eingeblendet. »Ha!«, entfuhr es ihm. »Dachte ich mir's. Kreißler. Wer sonst?« Er kreuzte die Arme vor der Brust und grinste. »Noch so ein Ding, und er ist arbeitslos, wetten?«

»Da kenne ich noch jemanden«, sagte eine Stimme vom Eingang her, der Tonfall schwankte zwischen Genervtheit und Wut. Burmeister, der 52-jährige CvD des Senders, stand in der Tür. »Herzlichen Dank, Gospini. Die AGC hat noch einen draufgesetzt. Juristisch nennt es sich nun Verleumdung.« Seine nicht mehr ganz schlanke Figur blockierte den Türrahmen, die braunen Augen suchten die seines Mitarbeiters. »Mann, ich bin nicht sauer auf Sie, sondern auf die Rechtsabteilung, diese Weicheier.«

»Was sind schon dreißigtausend ECU gegen gute Einschaltquoten?«, konterte Poolitzer feixend. »Das holt ihr mit einem Achtel Werbeblock wieder herein.«

Er zwang sich, das Lächeln fallen zu lassen. »Okay, ich lasse AGC in Ruhe«, versprach er gönnerhaft. Es war sowieso die falsche Rechercherichtung, aber das musste er vor dem CvD nicht zugeben. So konnte er dem Fall eine neue Wendung geben und dazu als Opfer von Kon-Macht noch gut aussehen.

Sein InfoNetworks-Vorgesetzter verschwand nicht, wie es sonst nach solchen Unterredungen üblich war. »Was noch?«, seufzte er.

»Sie sollen runter in den Empfangsraum kommen«, sagte Burmeister etwas entspannter, weil der Anschiss verteilt und die Sache damit für ihn erledigt war. »Da warten zwei Herren und wedeln mit ihren BKA-Ausweisen herum. Hat vermutlich mit der Forschungsschiff-Sache zu tun.« Er wich zurück. Das war die Aufforderung für Poolitzer, nach unten zu gehen. »Los, machen Sie schon. Ich will nicht, dass sie zufällig einem unserer Informanten begegnen.«

Der Seattler nickte. *Die hat Spengler mir auf den Hals gehetzt,* dachte er schlecht gelaunt. *Garantiert wegen dieser NA-Kiste.* Er drückte sich an Burmeister vorbei und gelangte mithilfe des Fahrstuhls in den Foyerbereich.

In der winzigen »Eingangshalle«, die durch das Sofa, den kleinen Tisch und die Kunstpalme komplett zugebaut war, hockten ein Mann und eine Frau. Sie hoben gleichzeitig den Kopf, als sie seine Schritte hörten. Allerweltsgesichter, nichts Markantes, sogar die Klamotten waren nichts sagend, Anzüge von der Stange, Frisuren von der Stange.

»So sehen also BKAler aus«, grüßte er sie von weitem. »Man sieht und vergisst sie.« Er reichte zuerst der Frau, dann dem Mann die Hand. »Bei uns sagt man Special-Agent zu Menschen wie Ihnen. Heißen Sie auch Schmidt?«, übersetzte er den amerikanischen Standardnamen »Smith« ins Deutsche.

»Im Gegensatz zu unseren amerikanischen Kollegen

tragen wir unsere richtigen Namen«, entgegnete die Frau lächelnd und hielt ihm ihren Ausweis hin.

»Müller?« Poolitzer lachte laut auf. »Das ist jetzt ein Scherz?« Auf der Karte ihres Partners stand »Schmitt«. Er wollte sich gar nicht mehr beruhigen vor Heiterkeit. »Darf ich das filmen? Ihr seid die Größten, wisst ihr das?« Er japste nach Luft. Mit dem Handrücken wischte er sich die Tränen aus den Augenwinkeln. »Und was möchte das BKA von mir? Eine Image-Kampagne?«

»Draußen, Herr Gospini«, sagte Müller nur. Sie machte nach wie vor einen amüsierten Eindruck auf ihn, ihre halblangen brünetten Haare wirkten stumpf, als wasche sie sie zu viel.

Das Trio schlenderte die wenig belebte Straße entlang.

»Kollege Spengler vom LKA Badisch-Pfalz hat uns den Tipp gegeben, dass Sie Aufnahmen eines NA-Aktivisten in Hamburg gemacht haben«, kam die Kriminalbeamtin zur Sache.

»Scheißkerl«, murmelte Poolitzer grinsend.

»Bitte?«

»Ich sagte Scheißkerl. Baduscheidt, natürlich.«

»Natürlich. Baduscheidt gehört zu den härtesten Metamenschenhassern in der rechten Szene. Wo er ist, wird es kaum bei einem einzigen toten Elfen bleiben. Sie tragen also ein Stück weit mit Verantwortung an dem, was in der Hansestadt geschieht, Herr Gospini.«

Poolitzer zollte der Dame Respekt. »Pfiffig. Sie kommen nicht auf die harte, sondern auf die subtil-psychologische Tour daher.« Er grinste. »Dummerweise greift die bei mir.«

Sie erwiderte das Lächeln schwach. »Ehrlich? Nach allem, was ich über Sie gehört habe, hätte ich das nicht vermutet.«

»Autsch, das tat meiner empfindlichen Seele verdammt weh.« Nach dem abgerungenen Versprechen, nichts an einen Konkurrenzsender weiterzugeben, offenbarte er, unter welchen Umständen er den Terroristen in Rostock aufgenommen hatte.

Müller und Schmitt hörten aufmerksam zu. Der Mann machte sich Notizen, auf Äußerungen seitens der beiden Kriminaler hoffte der junge Reporter jedoch vergebens. Sie bedankten sich für seine Auskünfte und versprachen, seine Erkenntnisse nur für die eigenen Ermittlungen zu verwenden.

»Hier.« Sie ließ ihm ihre Karte da und schenkte ihm einen eindringlichen Blick aus ihren grünlichen Augen. »Falls Ihre Quellen schneller an Infos gelangen.« Sie verabschiedeten sich, Müller und Schmitt stiegen in einen VW Impuls.

Poolitzer wartete, bis ihr Wagen im Verkehr außer Sicht war, dann kehrte er ins Studio zurück und klemmte sich hinter sein Lieblingsbildbearbeitungsgerät. *Augen!* Ihm war durch Müller etwas eingefallen.

Er suchte in seiner CD-Sammlung nach der Scheibe, auf der sich die Aufzeichnungen von der *Analysis* befanden, nachdem Schwarzbart erschossen und der Störsender der Angreifer abgeschaltet worden war. Somit hatte die Fuchi wenige Sekunden lang wieder einwandfrei aufgezeichnet, ehe die Tür des Quiet Glide zufiel.

Der entsprechende Datenträger landete im TFX-2000, seine Finger huschten über die in der Arbeitsplatte eingelassenen Bedienfelder des Bildmischpults, die Touchscreenknöpfe leiteten jede seiner Anweisungen gehorsam weiter. Er vergrößerte den Ausschnitt, auf dem die Entsorgung der Zwergenleiche zu sehen war, der Mörder des Kapitäns stand daneben.

Der Journalist fror die Stelle ein, machte eine weitere Detailansicht, die sich auf den Kopf des Schützen konzentrierte, der Prozessor des TFX-2000 versank in Rechnerei.

Er nutzte die Zeit, um den gestohlenen Organizer von Fröhlich-Eisner aus seiner Jacke zu ziehen und anzuschalten. Sofort wurde er mit einer Passwortabfrage begrüßt. Da es sich um eine leichte Sicherung handelte, knackte er sie mithilfe einer Überbrückungsanleitung aus der Schattenland-Matrix. Ein paar findige Freaks fanden eine Tastenkombination heraus, mit der man die Sperre aushebelte.

In der Zwischenzeit lieferte das Bildmischpult das verlangte Ergebnis.

Der Computer hatte das rechte Auge des Mörders auf Din A 4-Größe gebracht und so perfekt berechnet, dass die Qualität nicht litt. Dieses Bild und den identischen Ausschnitt von Baduscheidts rechtem Augapfel schickte er an die eigene Sicherheitszentrale, wo sich ein Retinascanner und die passende Software befanden.

Kurz darauf bekam er die Antwort: »Abzüglich einer Fehlerquote von 2,9 Prozent wegen der unterschiedlichen Lichtverhältnisse der Bilder bleibt eine Wahrscheinlichkeit von 97,1 Prozent, dass die Augen und somit die Personen identisch sind.«

Poolitzer langte gedankenverloren nach seiner Malzbierdose. Seine Wahrnehmung hatte ihn also nicht getäuscht. *Baduscheidt! Er war der Killer auf der* Analysis*! Verdingt er sich als Söldner, um Kohle zu machen?*, mutmaßte er aus dem Gesehenen und verwarf es sofort wieder.

Angesichts der Connections, welche die NA zu Altnazis und anderen Kreisen hatte, müsste der Terrorist nur einmal kurz anrufen und bekäme so viele ECU, wie er brauchte, ganz egal, ob das Geld für Kippen, einen Trid-Recorder oder einen Rak-Werfer bestimmt war.

Ginge es ihm dagegen um den Kick, Metamenschen abzuknallen, konnte er das mit weniger Aufwand in jeder Innenstadt der ADL haben, Westfalen einmal ausgenommen.

Der Reporter wippte mit dem Stuhl nach hinten, seine Augen starrten an die dunkel gestrichene Decke des Studioraumes. *Es wird nicht leichter, ganz im Gegenteil. Die Puzzlestücke passen nicht zusammen, es werden einfach nur mehr.* Die Terroristen der NA waren die Letzten, die Verwendung für einen Erkundungstrawler hatten.

Laut stieß er die Luft aus und setzte sich aufrecht hin. Um den Kopf frei zu bekommen, entschied er sich, etwas anderes zu tun.

Per Infrarotschnittstelle kopierte er den gesamten Dateninhalt des Organizers und schaltete ihn aus. Probeweise aktivierte er das kleine Gerät, das bei einem Dateizugriff sofort wieder das Passwort wissen wollte. Die Täuschung war perfekt.

Poolitzer grinste. Damit merkte Fröhlich-Eisner nicht, dass sich jemand daran zu schaffen gemacht hatte, jedenfalls nicht sofort. Er sah auf sein Handgelenk-Kom. *Wenn ich den Organizer einpacke und per Express nach Rostock gehen lasse, kann ihn einer meiner Kontakte rein zufällig in der Nähe des Tatorts finden, und ich wäre das Beweismaterial los.*

Poolitzer telefonierte kurz und arrangierte die Sache. Sein Kontakt, ein Streetworker namens Vater Thereso, erklärte sich sofort einverstanden. Die Aussicht auf eine fette Belohnung, die der Staatsanwalt für seine elektronische Gedächtnisstütze abdrücken musste, half.

Gut gelaunt entfernte er alle Fingerabdrücke, packte das Gerät ein und gab es in die Kurierpost.

ADL, Norddeutscher Bund, Bremen,
06. 12. 2058, 22:35 MEZ

Der riesige Troll in der Tarnfarben-Uniform kroch auf die Anhöhe, verlagerte das Gewicht auf die Ellbogen und hob das elektronische Fernglas an die Augen. Der Blick schweifte über das taghell beleuchtete Gelände, das sich rund einen Kilometer vor ihm befand.

Es wartete kein leichter Job auf ihn.

Ein vier Meter hoher Stahlzaun, durch den Starkstrom floss, bildete das erste Hindernis, gleich dahinter folgte ein zwei Meter tiefer Graben, an den sich eine Mauer ansatzlos anschloss. Überall, wenn auch dezent, waren Kameras angebracht, nichts blieb den Sicherheitsriggern der Anlage verborgen.

»Das gesamte Gelände ist nachts so hell erleuchtet, dass man dort ohne Probleme mit einem solarbetriebenen Fahrzeug rumkurven könnte«, hatte sein Informant Bismark gewarnt und Recht behalten.

Rund um die riesigen Hallen, Krane und Gebäude patrouillierte Wachpersonal in unregelmäßigen Abständen. Die cybermodifizierten Höllenhunde, die sie mit sich führten, erweckten nicht den Eindruck, besonders friedlich zu sein.

Der Troll senkte das Fernglas, ein gedämpftes, freudloses Lachen stieg aus seiner Kehle. *Höllenhunde.* Als würden die elektronischen Ü-Anlagen nicht schon ausreichen. Wahrlich kein leichter Job, in die Bremer Vulkan Werft einzusteigen, aber das Schlimmste stand ihm noch bevor.

Er ließ sich auf etwas ein, das man ihm *erzählt* hatte. Genau das war der Punkt, den er an dem Plan nicht mochte. Es gab keinen Beweis für die Aussage, und ausgerechnet davon hing das Gelingen des bevorstehenden Runs ab.

Dann wollen wir mal. Er rutschte den kleinen Hügel auf der anderen Seite hinunter, um näher an den Zaun zu kriechen. Meter für Meter pirschte er sich heran. Bald war er so dicht an das erste Hindernis herangekrochen, dass er das aggressive Summen hören konnte. Strom. Tausende Volt brachten die Luft zum Knistern, luden sie auf und veränderten ihren Geruch. Vielleicht bildete er sich das auch nur ein. Die Angst stieg.

Sein Kom-Gerät erwachte zum Leben. »Wir sind mit

dir, Bruder Waterkant«, hörte er eine amüsierte Frauenstimme mit starkem norddeutschem Akzent.

»Wenn das schief geht, Perle, suche ich euch als Geist heim, sag das den anderen Korsaren«, versprach der Troll dumpf und griff nach den beiden isolierten Griffen, die aus seinem Rucksack ragten. Mit einem sanften Ruck zog er den Bolzenschneider aus dem Tragebeutel. »Ich hasse euch. Ende«, funkte er zum Abschied.

Ohne sich weiter um eine Entdeckung durch die Kameras und Sensoren zu kümmern, erhob er sich und stand mit seinen fast drei Metern unübersehbar vor dem E-Zaun.

Die Griffe des Bolzenschneiders schoben sich auseinander. *Ich hoffe, die Isolierung taugt was.*

Noch ehe die Metallstücke mit dem Draht in Verbindung kamen, schloss sich der »Schaltkreis«. Ein kleiner Lichtbogen schnellte nach vorne und schnappte die Metallkiefern.

Die Herren Volt und Ampere rasten durch seinen Leib. Waterkant zappelte wie eine Marionette, die an den Fäden eines tollwütig gewordenen Puppenspielers hing.

Endlich unterbrach der Sicherheitsrigger in der Zentrale die Stromzufuhr, qualmend und zuckend stürzte der Metamensch auf die Erde.

Die Patrouille, die ausgeschickt wurde, um den Kadaver zu entsorgen, berichtete, dass der Troll erstens noch lebte und zweitens ständig den Namen »Proteus« stammelte. Die Sicherheitszentrale beschloss daraufhin, den Runner zum Verhör aufs Gelände zu holen. Entsorgen konnte man den Troggy auch nach der »Unterredung«.

»Wie kann man nur so blöd sein?«, wunderte sich Werksarzt Dr. Vresemann, in dessen Behandlungszimmer man den Troll schob. Er schaute auf die durchgebrannten Griffisolierungen des Bolzenschneiders. »Das bisschen Gummi gegen Starkstrom, ts.«

Er streifte sich Einmalhandschuhe über und tastete an der Halsschlagader nach dem Puls des Metamenschen. Das Herz raste immer noch, die Elektrizität hatte den Muskel nachhaltig beschleunigt, außerdem roch es nach verbranntem Fleisch.

Dr. Vresemann wandte sich um und suchte in seinem Apothekerschrank nach einem Mittel, welches das Herz beruhigte, ehe es vor Überlastung seinen Dienst einstellte.

»Sie wollen ihn verhören?«, fragte er die drei wartenden Gardisten. Er fand die Ampulle und lud sie in den Hochdruckinjektor. Die Kartusche verklemmte sich.

»Jep«, meinte einer der Bewacher lakonisch. »Vermutlich ein Proteus-Spitzel.«

»Jetzt fangen die auch schon an, bei uns zu spionieren?« Der Arzt fummelte an den Halterungen des Injektors herum, bis die Ampulle in die richtige Position glitt. »Man könnte meinen, die werden alle wahnsinnig. Wer …«

Hinter ihm ertönten plötzlich viele Geräusche. Das Knarren einer abrupt belasteten Liege mischte sich zum Klatschen von Schlägen, einem erstickten Alarmruf und einem gedämpften Knacken, dann herrschte wieder Stille.

Vresemann schluckte und wagte nicht, sich umzudrehen.

»Gib her.« Eine kräftige, behaarte Hand schob sich von hinten in sein Blickfeld und entwand seinen schreckensstarren Fingern die Spritzvorrichtung. Es piekste zwischen seinen Schulterblättern, und er sank betäubt um.

Waterkant fing den Arzt auf und legte ihn auf die Bahre. Jede seiner Bewegungen forderten seine volle Konzentration, weil ihm zum einen noch nicht alle Muskeln gehorchten, wie er wollte, zum anderen fühlte sich sein Kopf an, als habe er auf vier Junggesellenpartys hintereinander gesoffen und nicht geschlafen.

Aber immerhin. Er grinste sich selbst im Spiegel über dem Waschbecken zu und sah, dass seine halblangen, dunkelblonden Haare sich durch den Strom aufgerichtet hatten. *Der erste Teil des Plans hat funktioniert.*

Natürlich waren es nicht die Griffisolierungen allein gewesen, die ihm das Leben retteten, verschiedene Faktoren spielten zusammen, angefangen von seiner immensen Konstitution über die spezielle Ausrüstung bis hin zur Magie.

Der gesamte Bolzenschneider war eine Attrappe und bestand aus schwer leitfähigem Material, seine Schuhsohlen trugen den gleichen Werkstoff, ebenso die Innenseite der Handschuhe. Größte Angst hatte er davor gehabt, dass der Strom den Kontakt nicht über den Bolzenschneider, sondern durch ein ungeschütztes Körperteil wie den Kopf schloss. Die beste Magie hätte da nichts mehr geholfen.

Trotzdem reichte der Stromschlag aus, um ihm kurzzeitig die Lampen durchzubrennen. Unmittelbar nach dem sehr schmerzhaften Kontakt benutzte der Trollhexer sein letztes bisschen Verstand, um sich auf magischem Weg einigermaßen zu flicken, selbstverständlich nicht zu sehr, damit die Wachen an den Beinahetod glaubten und der Manaentzug ihm nicht den Rest Lebensenergie raubte.

Eine einfache Gefangennahme hätte nicht den gewünschten Erfolg gebracht. Solange der Werkschutz aber der Meinung war, Waterkant stünde kurz vor dem Exitus, würden sie ihn schlampig bewachen. So war es auch gewesen.

Weiter! Der Troll hatte keine Zeit, sich auszuruhen. Mit schmerzenden, tauben Fingern und dröhnendem Schädel begann er, mit dem Computer im Krankenzimmer eine Leitung nach draußen zu öffnen. Ihr Decker wartete sicher schon, dass sich das Hintertürchen in die Haus-Matrix öffnete und er loslegen durfte.

Waterkant schaute auf die Uhr an der Wand. »23:41 MEZ«, verkündete die Digitalanzeige. Noch vier Minuten, und der zweite Teil des Vorhabens startete.

Exakt um Viertel vor Mitternacht sendete er mit dem Funkgerät des Wachmanns auf der verabredeten Sequenz sein Zeichen. Nun wussten die anderen, dass er lebte und auf seinem Posten stand.

Der Bildschirm veränderte sich von selbst. »Hallo«, stand da, »schön, dass du noch lebst. Wir sind in der Burg. Halte dich bereit. Wenn das Licht ausgeht, legst du los.«

Er schob einen Speicherchip in die Schnittstelle. Der Computer begann von selbst, Daten auf das Speichermedium zu übertragen. Ihr Matrixexperte kopierte ihm eine Virusvariante rüber, die er am nächsten Terminal einladen sollte, somit müssten die werfteigenen Decker und Rigger an zwei Fronten kämpfen.

Waterkant lehnte sich stöhnend an die Wand und nutzte die Pause, um die Selbstheilung in Gang zu setzen. Die offenen Stellen an den prankengroßen Händen schlossen sich, unter der schwarzen, unkenntlichen Haut entstand neue, die alte streifte er mit reibenden Bewegungen ab.

Das habe ich gut gemacht. Der Troll erlaubte es sich, ein wenig stolz zu sein. Dieses Kunststück hätte keiner der Roten Korsaren hinbekommen. Den Sams und Chipheads wären die Leitungen verglüht, jede noch so gute Cyberware hätte einen Kurzschluss davongetragen oder wäre durch Fehlreaktionen zu einer Gefahr für den Nutzer geworden. Als Hexer hatte er es da einfacher. Und ohne ihn müssten die Piraten ihren privaten Run gegen die Vulkan Werft ganz anders aufziehen.

Unvermittelt erlosch das Licht, seine infrarotlichtempfindlichen Augen glichen die Schwärze spielend aus. Der Hexer wusste, dass diese Finsternis jetzt auf dem gesamten Gelände herrschte. Kein einziges Überwachungsgerät funktionierte mehr, weil ihr Decker durch die Matrix jagte und an jedem Datenknotenpunkt wildes Chaos hinterließ.

Waterkant nahm den Chip sowie die Waffen der Sicherheitsleute an sich und trat auf den dunklen Gang. Er ging zielstrebig durch die umherirrenden Mitarbeiter und schickte den nächstbesten Troll, in dessen Uniform er einigermaßen passte, mit einer Prise Magie zu Boden, zerrte ihn in eine Seitenkammer und tauschte die Kleidung. Derart maskiert, setzte er seinen Weg fort. Er lief hinunter zur Werftanlage Delta, in der die kleineren Schiffe für militärischen Zwecke gebaut wurden.

Die Vulkan-Sicherheitsleute spulten ihr Programm ab. Gepanzerte Fahrzeuge sausten über die Freiflächen, die Tore wurden besonders gut gegen Eindringlinge gesichert, Drohnen stiegen auf und begaben sich auf die Jagd. Normale Runner hätten keine Chance, jetzt einzudringen. Es konnte niemand ahnen, dass sich einer der Korsaren bereits in der Anlage befand.

So weit, so gut. Waterkant erreichte die Hintertür des Delta-Komplexes, entriegelte den Notausgang manuell und drückte sich hinein. Wieder blieb alles still, nichts verriet den Wachen, dass jemand unbefugt im Hochsicherheitsbereich unterwegs war. Ohne Strom war die allgegenwärtige und normalerweise übermächtige Elektronik nutzlos, die Notstromaggregate versagten ihren Dienst.

Ein Schatten tauchte vor ihm auf. »Stehen bleiben«, bekam er den Befehl. »Ausweis.« Vorsichtig tastete er an seiner Panzerung entlang, bis er die Plastikkarte fand. Ein zweiter Wachmann erschien, die Waffe im Anschlag. »Falsche Sicherheitsstufe. Sie dürfen hier nicht rein. Leisten Sie …«

Ein wenig Hexerei, und schon sanken die Sicherheitsleute auf den Hallenboden. In der leeren Wachstube fand er einen Computer und legte den Viren-Chip ein. Beim Systemneustart würde der Rechner automatisch auf den Datenträger zugreifen und sich verseuchen, das brachte wieder wertvolle Zeit.

Waterkant beeilte sich. Lange würde es nicht mehr dauern, bis die Werft-Decker und -Rigger die Matrixjockeys der Piraten aus den Leitungen kickten. Der Diebstahl eines Schiffsprototyps würde nur gelingen, solange der Hauptsicherheitsrechner offline war.

Der Troll betrat die Haupthalle, ein breites Grinsen entstand hinter dem Helmvisier. Ihr Informant hatte nicht gelogen.

Vier Modelle der neuen Powerboot-Generation »Sharkskin A1« durchliefen hier letzte Tests, ehe sie an den Kunden ausgeliefert wurden. Sie waren für den BGS bestimmt, um den Schmugglern und Piraten bei den Verfolgungsfahrten in Ost- und Nordsee endlich einmal überlegenere Technik entgegenzusetzen.

Sie waren gut dreizehn Meter lang, fünf Meter breit, keilförmig und wirkten durch die mausgraue Farbe auf den ersten Blick mehr als unspektakulär. Da halfen auch die Spoiler nichts, doch die Boote hatten es im wahrsten Sinne des Wortes in sich.

Die Antriebsmaschinen mit 2600 PS brachten die Wassergefährte trotz ihrer Panzerung auf 350 Stundenkilometer. Werkstoffe wie Kevlar, Kohlefaser und Aluminium sorgten für das geringe Gewicht, damit die beiden Messerschmitt-Kawasaki TI-500 Turbinen weniger übers Wasser schieben mussten. Die bis zu sechsflügeligen Propeller wechselten automatisch je nach Seezustand.

Ihr Informant hatte steif und fest behauptet, der Rumpf sei voller Holotechnik. Die Firma »Medical Holotech Bremen« habe mittüfteln dürfen. Der Bordcomputer projizierte die identische Umgebungsfarbe und -struktur auf das Powerboot und machte es für das

Auge unsichtbar. Angeblich. Die kantige, futuristische Form sollte zum einen größere Stabilität im Wasser bringen und zum Zweiten eine Ortung durch Radar erschweren. Schneller, unsichtbar, tödlich. Die »Sharkskin«-Klasse hätte den Tod der Piraten bedeutet.

Waterkant grinste immer noch. Das wollten die Roten Korsaren natürlich nicht zulassen. Das Risiko des Unternehmens hatte sich gelohnt. Er stand kurz davor, den Freibeutern einen gewaltigen Vorteil gegenüber den »BuSchus« zu verschaffen.

Zwei Schnellboote waren in irgendwelchen Messgeräten eingespannt, die anderen beiden dümpelten in den Kanälen, die nach draußen in die Weser führten. Ein Seitenarm des Flusses stand der Werft als Versuchswasserfläche zur Verfügung, von dort gab es eine Verbindung in den Hafen und natürlich ins offene Meer.

Der Troll vergewisserte sich nochmals, dass er alleine war, und lief zu den startbereiten Modellen. Er schaltete sie nacheinander ein. Gehorsam fuhr der Autopilot die elektronischen Systeme hoch, ohne nach einer Legitimation zu verlangen. Die Konstrukteure hatten die Sicherheitsabfrage genullt, damit verschiedene Testfahrer zum Einsatz kommen konnten. Die sträfliche Vernachlässigung würde sich bald bitter rächen.

Waterkant leerte die Magazine seiner erbeuteten Waffen rasch in die empfindlichen Computer der anderen zwei Powerboote.

Das Licht in der Halle erwachte zum Leben, der Strom war wieder da. Nun wurde es eng. Er öffnete die Tore der Deltahalle, fütterte dem Autopiloten des ersten Sharkskin die Koordinaten, an dem die Korsaren auf ihn warteten, und gab dem Computer das Startsignal. Die Turbinen röhrten auf, das Powerboot schoss den Kanal entlang wie eine Kugel durch einen Gewehrlauf.

Es wird Zeit, dass ich gehe. Der Hexer hetzte zu seinem

Fluchtvehikel, kletterte zur Kanzel und öffnete sie. Entsetzt starrte er auf den Durchlass, weil ihm eine Schwierigkeit jetzt erst wirklich bewusst wurde: Ein Norm passte geradeso durch die Luke, aber ein Troll wie er niemals!

Er schlug sich die Hand vor den Mund, es wurde ihm eiskalt. *Scheiße, was mache ich jetzt?* So sehr sich der Pirat anstrengte, es wollte ihm nur eine einzige Möglichkeit einfallen. *Ich habe den Starkstrom überstanden. Da schaffe ich das auch,* machte er sich selbst Mut.

Mit zittrigen Fingern tippte er die Koordinaten ein weiteres Mal ein. Seine Hände suchten an den kantigen Formen verzweifelt nach einem Halt und fanden eine Vertiefung in der Kevlarverkleidung, die Stiefel stemmten sich gegen die hinteren Luftleitbleche. Von oben betrachtet lag er wie ein dickes »X« auf dem Schiff.

Waterkant schluckte den Kloß in seinem Hals hinab. »Los«, erteilte er den Befehl. Die Luke der Kanzel schloss sich, die Turbinen starteten, wenige Sekunden darauf katapultierten die 2600 PS den Sharkskin über die untere Weser.

Auf den ersten 300 Metern holten ihn zwei Daimler-Chrysler H2000 Hoverfahrzeuge ein und beschossen ihn aus Maschinengewehren. Die H2000 hopsten in den Bugwellen der »A1« auf und nieder, was ihnen das Zielen erschwerte.

Die Projektile prallten natürlich an der Panzerung des Powerbootes ab, doch zwei Querschläger erwischten ihn. Einer perforierte sein rechtes Bein, die zweite Kugel bohrte sich tatsächlich in seinen ansehnlichen Hintern.

Waterkant konzentrierte sich auf nichts anderes als auf das Festklammern. Er stellte sich vor, wie er eins mit dem Sharkskin wurde. Als das bei einer Geschwindigkeit von 210 Sachen nicht mehr ausreichte und der Wind ihn beinahe wie ein loses Blatt davonwirbelte, steigerte er auf magische Weise seine Kraft, während das Boot auf eine gerade Strecke bog.

Der Hexer hörte das schrille Kreischen der TI-500 Doppelturbinen, die nochmals an Schub zulegten; er spürte, wie sich der Rumpf immer weiter aus dem Wasser hob und der Speed unaufhörlich zunahm. Die H2000 der Vulkan Werft fielen zurück, somit musste der »SS-A1« schneller als 240 Sachen fahren.

Das ist geil! Waterkants Beherrschung war dahin, er schrie. Der Geschwindigkeitsrausch packte ihn, der Kick pumpte Adrenalin in seinen Körper, bis er wie ein debiles Mungomännchen juchzte und grölte. Die nächtliche Umgebung jagte an ihm vorüber, die Lichter wurden zu langen leuchtenden Strichen.

Als er unter sich blickte, brüllte er noch lauter. Er sah das Wasser! Die Holoprojektoren oder was auch immer an Technik in dem Schiff steckte, verpassten dem Powerboot einen Tarnanstrich, wie er besser nicht sein konnte.

Menschen, die ihn in dem Augenblick zufällig entdeckten, würden schwören, dass ein drei Meter großer Troll in waagrechter Position mit ausgestreckten Armen und Beinen wild schreiend in knapp zwei Meter Höhe über die Weser flog.

Das Ende der Euphorie kündigte sich an, ihm wurde allmählich Schwarz vor Augen. Beschleunigung, Zauberei und Verwundung taten ihre Wirkung. Der Sharkskin bog ins offene Meer ab, während die Glieder des Hexers abrutschten. Die Luft fuhr pfeifend zwischen die Schiffsoberseite und ihn, trennte ihn von seinem Fluchtgefährt und riss ihn fort.

Bei knapp 250 Stundenkilometern hatte Wasser Balken. Betonbalken. Schon der erste Aufprall raubte ihm das Bewusstsein. Dass er noch ein paarmal kieselsteingleich über die Weser hopste, bekam er nicht mehr mit. Auch nicht, dass ihn ein Boot der Wasserschutzpolizei auffischte.

ADL, Norddeutscher Bund, Freistadt Hamburg,
07. 12. 2058, 08:21 MEZ

Poolitzer setzte sich mit Schwung an den Tresen des Selbstbedienungsrestaurants, das sich neben dem Senderstudio befand, und inspizierte die verschiedenen Baglesorten, die auf dem Laufband vorbeischnurrten. Er wählte einen mit Frischkäse aus, schnappte sich Rühreier und einen großen Pappbecher Kaffee.

»Kein Döner zum Frühstück?«, lachte ihn ein Kollege von der anderen Seite der Bar an. »Kaum zu glauben.«

Der Journalist zeigte ihm den Mittelfinger und wählte den Platz am regennassen Fenster. Dumme Sprüche am frühen Morgen verkraftete er nicht, schon gar nicht ohne Kaffee. Er schaltete den in den Tisch eingelassenen Trid ein, um beim Essen die neuesten Nachrichten zu verfolgen.

Deprimierend. Überall in den ADL ging es ab, nur nicht in Hamburg.

In Bremen klauten die »Roten Korsaren« mal eben zwei hochmoderne Powerboote aus der Vulkan Werft, verschrotteten zwei weitere und entkamen. Die Bullen angelten lediglich einen Piratentroll aus dem Wasser, dem die Flucht nicht gelungen war, angeblich schwieg er zu den Vorwürfen.

In der gleichen Nacht verschwanden eine Luxusyacht der Marke »Dolphin II« des Herstellers Marine Technologies aus dem Bremer Hafen, ebenso war ein Segelschiff der Baureihe »Celebrian Seagull« mit äußerster Brutalität entwendet worden. Ein völlig verstörter Piermeister berichtete stammelnd, dass es sich um die »Störtebekers Erben« gehandelt habe, er hatte die Männer an den entsprechenden Emblemen auf ihren Jacken erkannt. Von den Besitzern und den Besatzungen der beiden Boote fand sich nichts.

Das Verschwinden ging weiter.

»Von dem gestohlenen Castor fehlt jede Spur«, meldete der Nachrichtensprecher. »Greenwar ließ inzwischen verlauten, dass man mit dem Vorgang nichts zu tun habe, aber die Geschehnisse als weiteren Beweis dafür sehe, wie unsicher die Transporte seien. Die militante Organisation verlangt den sofortigen Stopp der Atommüll-Verschiffungen.«

Der Seattler hob den Kopf und schaute auf die Straße. Unzählige Regentropfen liefen am Glas hinunter, die Feuchtigkeit verzerrte die Realität jenseits des Restaurants. *Hängen die Vorfälle zusammen?* Er begann sich Notizen auf der Serviette zu machen, zeichnete Striche und Verbindungen ein, um sie wegzuwischen, umzustellen oder zu übermalen.

Nach zehn Minuten, die Nachrichten waren längst unwichtig geworden, stand sein erster Eindruck fest. *Es sieht nach einem beginnenden Piratenkrieg aus. Sehr schön.*

Die »Störtebekers Erben« tummelten sich normalerweise wie »Klabautermänner« in der Ostsee herum. Ob es Absprachen zwischen den Piraten gab, wusste er nicht. Wenn es welche gegeben hatte, waren sie allem Anschein nach durch die gestrigen Aktionen gebrochen worden.

Poolitzer erkor den »Krieg der Totenkopfflaggen« als sein neues Thema aus. Es ging auch um die Sicherheit der Fähren nach Skandinavien. Wenn die Piraten ein Wettrennen um die fettere Beute starteten, müssten Reisende ihre Wertsachen vor Antritt der Fahrt runterschlucken, damit sie sicher waren. Alles, was er nun auf die Schnelle benötigte, war ein Pirat, der ihm ein Interview gab.

Und ich weiß, wo ich den herbekomme. Er aktivierte sein Kom und erkundigte sich, wer die Verteidigung des Trolls übernahm, den die Bremer WaSchuPos eingesackt hatten.

Eine knappe halbe Stunde später saß er in seinem

VW und steuerte das benachbarte Bremen an. Der Anwalt des Metamenschen stimmte einem Interview zu, auch die Bullen erlaubten den Besuch. Sie erhofften sich natürlich, durch das Belauschen des Gesprächs an Informationen zu gelangen.

Das könnt ihr euch sonst wohin stecken, dachte der Reporter. Er würde schon dafür sorgen, dass niemand außer ihm Tipps bekam. Sollten die Polizisten doch »Info-Networks« einschalten, wenn sie was wissen wollten.

Auf halber Strecke blinkte seine fahrzeuginterne Kommunikationsanlage auf, der kleine Bildschirm auf der Konsole zeigte ihm das aufgeregte Gesicht Burmeisters. »Wo stecken Sie, Gospini?«

»Mh«, machte Poolitzer gespielt ratlos. »Warten Sie.« Er schaute suchend aus dem Frontfenster. »Also, es ist eine Autobahn. Hinter mir fährt ein …«

Der CvD schnalzte mit der Zunge. »Scherzbold. Fahren Sie nach Bremen zur Hafenanlage drei. Wir haben einen Tipp bekommen, dass man dort ein paar Tote aus dem Wasser gezogen hat. Und wehe, die Konkurrenz ist vor uns damit auf Sendung«, drohte er seinem Mitarbeiter. »Versauen Sie's nicht.«

»Jawoll!« Der Seattler blickte mit ernsten Zügen nach vorne, drückte die Arme in Rennfahrermanier durch und drosch wild auf die Hupe ein, ein kläglicher Laut bei einem Messenger. »Verpisst euch, ihr Penner! Burmeister will die Top-Story von mir! Weg mit euch, weg!« Unvermittelt grinste er in die Minikamera. »Recht so, Chef?« Burmeisters Mundwinkel zuckten, dann schaltete er einfach ab. »Und wieder siegte die Frechheit«, lachte Poolitzer und bog auf den Zubringer zur Hafenanlage.

Das Bremer Wetter meinte es nicht gut mit ihm.

Als er am Pier anhielt und in weiter Entfernung die beiden Polizeifahrzeuge, drei Leichenwagen und den unauffälligen Transporter der Spurensicherung sah, schüttete es wie aus Kübeln. Die Tropfen trommelten laut gegen das Dach und versprachen, ihn innerhalb von Sekunden zu durchweichen. Einen Schirm oder etwas Ähnliches besaß er nicht.

Das wird ein schlechter Dreh werden. Er nahm die Fuchi, klemmte sie auf die Kopfhalterung und verließ den Wagen.

Es kam genau so, wie er es befürchtet hatte. Als er die Absperrung erreichte, befand sich kein einziger trockener Fetzen Stoff mehr an ihm. Das Wasser rann ihm in kleinen Bächen durch die Haare, sammelte sich kurz am Hemdkragen und schwappte den Rücken hinab. Demonstrativ trat Poolitzer in jede Pfütze, die er auf dem dreckigen Asphalt entdeckte. *Wenn schon nass, dann richtig.*

Die Beamten, die wasserdichte Mäntel trugen, beobachteten ihn aufmerksam und grinsten ihn an. *Schadenfrohes Gesindel. Euch wünsch ich Chili in die Rosette.* »Moin, Jungs«, lächelte er wie der reinkarnierte Humor. »Alles klar?«

Er erntete kollektives Polizistennicken und gemurmeltes »Ja, denn wir sind trocken«. Einer von ihnen löste sich aus der Gruppe und geleitete ihn bis zum Einsatzort, wo die Forensiker bei der Arbeit waren.

Sieben Leichen lagen bereits am Kai, drei Taucher schwammen in der grauen, eisigen Brühe und befestigten gerade den achten Toten mit einem Gurt am Flaschenzug.

Poolitzer zoomte näher und filmte, wie der Körper aus dem Wasser gezogen wurde. Der Kadaver drehte sich sachte um die eigene Achse, dünne Wasserfäden rannen aus Hosen und Schuhen. Deutlich erkannte der Journalist die beiden Einschusslöcher in der Brust.

»Hier sehen wir, wie das achte Opfer eben aus dem Hafenbecken nahe der Anlage drei an Pier fünfzehn geborgen wird«, kommentierte er die Szene. »Es sieht so aus, als wäre der Mann aus nächster Nähe erschossen worden.« Die Austrittslöcher auf dem Rücken waren riesig. »Ich tippe auf eine Schrotflinte«, behielt er die Fassung. Um sich von so etwas umhauen zu lassen, hatte er zu viele Leichen gesehen.

»Aha, Hobbypathologe«, bemerkte einer der Forensiker und manövrierte den Toten auf eine ausgelegte Plane.

»Ich hatte einen guten Lehrer«, meinte er und dachte an die Abende im Sezierkeller von Doc Holliday. »Kann man schon was …«

»… Genaueres sagen?«, vollendete der Spurenkundler den Satz. »Fragen Sie den Kriminalkommissar. Ich darf Ihnen …«

»… nichts erzählen«, führte Poolitzer dieses Mal zu Ende und setzte sich in Bewegung, »ich weiß. Danke.«

Beim Gang entlang der Leichen erhielt er den Eindruck, dass manche von ihnen schwer verstümmelt worden waren. Diese Frage richtete er an den leitenden Polizisten, ein Mittfünfziger namens Tegtmeier mit Dreitagebart, schlankem Gesicht und Dynamik in der Haltung *und* natürlich einem wasserdichten Cape. Der Reporter wurde von Minute zu Minute neidischer.

»Stimmt«, nickte der. »Sie täuschen sich nicht.« Er führte ihn zu den Leichen zurück, wo gerade der neunte Tote abgelassen wurde.

Die vier Menschen waren durch saubere Kopf- oder Herztreffer erledigt worden, beim Elf, den drei Orks und der Zwergin zeugten zusätzliche tiefe Schnitt- und böse Platzwunden sowie mehrere Knochenbrüche davon, dass die Opfer vor ihrem Tod schwer leiden mussten. Unwillkürlich dachte der Seattler an Baduscheidt.

»Wenn Sie mich fragen, hatten der oder die Täter was gegen Metas«, schloss Tegtmeier, das Regenwasser, das an seiner Kapuze vorbeigelangt war, von der Nase wischend. »Unsere Spurensicherung geht davon aus, dass die Wunden vor dem Tod zugefügt wurden, nicht hinterher.«

Poolitzers aufmerksamen Augen war eine Tätowierung auf dem Unterarm des Orks nicht entgangen. Er bückte sich. Die Schrift war durch die Messerschnitte schwer lesbar. »Steht da ›Rote Korsaren herrschen‹?«

Wieder nickte der Ermittler. »Drei von den Opfern«, er deutete auf den Ork und zwei Männer, »sind nachweislich mit der Piratengruppierung, deren Namen Sie eben erwähnten, in Verbindung zu bringen. Vermutlich gehören die anderen ebenfalls dazu.«

Die Nase des InfoNetworks-Mitarbeiters bekam einen Juckreiz, der Storyindikator schlug an.

Zeit für Vermutungen. Die Linse der Fuchi richtete sich auf das Gesicht Tegtmeiers. »Die Korsaren mopsen der Vulkan Werft die beiden Superboote. Als der Run gelaufen scheint, tauchen die Störtebekers auf und machen sie völlig überraschend platt, anschließend stehlen sie die Boote und verdünnisieren sich«, unterbreitete er ihm seine Theorie. »Naaaa?«

»Das sind Ihre Spekulationen, zu denen ich keinerlei Stellungnahme abgeben werde«, blieb der Polizist ruhig. »Es kann so gewesen sein, es kann auch ganz anders gewesen sein.«

Beide schauten zu, wie die letzte Tote, eine menschliche Frau, auf dem rissigen Asphalt endete. Die Brünette war recht hübsch gewesen, das brachte ihr zwei Schüsse ins Herz, nicht ins Gesicht.

»Woher wussten Sie von unserem Fund?«, wollte Tegtmeier wissen.

Poolitzer deutete auf den nächstbesten Polizisten. »Der da, der steht auf unserer Lohnliste. Er sagt uns immer Bescheid, sobald es etwas gibt.« Der Kopf des Kommissars zuckte herum, der beschuldigte Beamte verlor seine rosa Gesichtsfarbe, doch als Tegtmeier das Lachen des

Reporters hörte, verstand er, dass ihn der Mann verarschte. »Glauben Sie wirklich, ich verrate unsere Informanten?«, wunderte er sich. »Aber wenn ich was erfahren sollte, sage ich es Ihnen. Versprochen.«

Schniefend kehrte er zum VW zurück und putzte sich im Inneren erst einmal die Nase. Sofort liefen die Scheiben an, das Gebläse verrichtete Schwerstarbeit, um ihm den notwendigen Durchblick zum Autofahren zu verschaffen.

Seine Fahrt führte ihn in den Bremer Stadtteil Oslebshausen, wo man den Troll im Gefängnis in Untersuchungshaft aufbewahrte.

Die »Endzone«, wie man den Knast nannte, galt unter den schweren Jungs als »Kindergefängnis«. Lockere Besuchszeiten und die schnelle Erteilung von Freigängerscheinen machten das Gebäude zu einem sehr beliebten Kittchen. Hier saßen nur kleinere Fische, die harten Brocken landeten auf der Gefängnisinsel Borkum.

Poolitzer bemerkte unterwegs weniger Polizei, dafür mehr Fahrzeuge von Konzernsicherheitsdiensten; man spürte, dass sich AG Chemie und Atztechnology in der Nähe befanden. Er rauschte vorbei an Billig-Bordellen und SimmSinn-Centern, die von Freigängern und Kon-Mitarbeitern lebten, ehe er am Gefängnistor ankam.

Die Kleider hingen klamm an seinem Körper, die Heizung des Messengers hatte nicht ausgereicht, sie trocken zu föhnen. Wenn seine Nase in den kommenden Stunden juckte, bedeutete das lediglich eine Erkältung oder einen Schnupfen.

Ich muss mir unbedingt ein Regencape ins Auto legen, fluchte er beim Aussteigen und wurde erneut von einem Schauer berieselt.

Die »Endzone« war ein hässliches Kastengebäude, bei dem die Funktionalität und nicht das Design im Vordergrund stand. Hohe Stahltore, Monofilamentdraht auf der dreckig dunkelgrauen Mauer, Wachtürme mit Glaskanzeln und ein Mast in der Mitte des Hofes, an dem Unmengen von Kameras und Ü-Geräten hingen, bestimmten das Bild.

Poolitzer durchschritt den Personeneingang, wurde untersucht und angewiesen, der »Line« zu folgen. Dabei handelte es sich um einen aufgemalten gelben Strich auf dem Boden, der die Besucher in einen Korridor führte.

Hinter zehn weiteren Türen verbargen sich kleine Zimmer, in denen die Begegnung mit den Angehörigen stattfand. Der Reporter trat auf Anweisung eines Vollzugsbeamten durch die Tür mit der Nummer 3.

In der Mitte des Zimmers verlief eine Plexiglaswand, die als fast unsichtbare Barriere diente, wenn die vielen Finger- und Nasenabdrücke nicht darauf gewesen wären. Körperkontakt war nicht erlaubt. Mikrofone und Lautsprecher übertrugen die Gespräche in die jeweils andere Hälfte und direkt zu den Abhörvorrichtungen des Knasts.

Der Durchlass auf der anderen Seite öffnete sich, die Umrisse von Heribert Wasemann, besser bekannt als Waterkant, wurden erkennbar.

Der Troll mit dem klassischen Aussehen seiner Spezies und einem Hörnchenansatz an der rechten Schläfe wirkte noch ein wenig erschöpft, den rechten Arm trug er in einer Schlinge. Die halblangen, dunkelblonden Haare fielen ihm in die Stirn. Er nickte dem Journalisten zu, setzte sich und wartete ab, was ihm angeboten wurde.

»Moin, Waterkant«, begann Poolitzer und entschied, sofort zur Sache zu kommen. »Schauen Sie mal.« Er drehte die Fuchi um, dass der Meta das kleine Kontrolldisplay sehen konnte, und spielte die Aufnahme der Leichen, die aus dem Hafenbecken gefischt worden waren, ab. Ein einziger Blick in das grobe Gesicht reichte, um die Gefühle zu erkennen. »Das waren wohl die

Jungs, die Sie und die Boote in Empfang nehmen sollten, richtig?«

Der Troll war verunsichert. »Mein Anwalt hat gesagt, ich soll gar nix zugeben«, sagte er abwesend. Offenbar beschäftigte ihn der Tod seiner Freunde zu sehr.

»Sie müssen nicht mehr zugeben, als die Polizei ohnehin schon weiß«, lockte ihn der Seattler. »Sie gehören zu den Klabautermännern, oder?«

»Rote ...«, verbesserte er sofort und beinahe drohend, da merkte er, dass er auf den einfachen Trick hereingefallen war. »Ja, gut«, seufzte er, »ich gehöre zu den Korsaren.«

»Uuund?«, versuchte Poolitzer weitere Details zu erfahren. Es lief sehr gut, wie er fand.

»Und ja, ich hatte den Auftrag, in die Werft einzusteigen, um die Sharkskins zu klauen«, holte Waterkant aus, der relativ früh mürbe zu werden schien. »Wir haben den Tipp bekommen, dass die Dinger in der Deltahalle herumstehen. Ehe die BuSchus uns damit jagen, wollten wir uns die Dinger unter den Nagel reißen und die Grünen damit hetzen.« Seine Fäuste ballten sich. »Da hat uns einer gelinkt«, lautete seine vorerst letzte Aussage, bevor er in finsteres Schweigen verfiel. Funkstille.

Der InfoNetworks-Mitarbeiter verzog den Mund. *Zu früh gefreut, was das Mürbewerden anbelangt.* Er brauchte mehr Fakten. Vor allem wäre wichtig zu erfahren, welcher Informant *erstens* von den geheimen Powerbooten wusste und *zweitens* damit nicht zu einem Konkurrenten der Vulkan Werft, sondern zu den Piraten lief. So viel Ecu konnten die Freibeuter nicht haben, und damit wären sie eigentlich kein ernst zu nehmender Geschäftspartner für einen Verräter.

»Sie haben Recht.« Poolitzer senkte die Stimme zu einem Flüstern. Das schuf Vertrauen und sollte dem Metamenschen deutlich machen, dass der Reporter nicht auf der Seite der Polizei stand. »Die Korsaren wurden reingelegt. Wollen Sie mir helfen, die Mörder Ihrer Kumpels zu schnappen?«

Die von Warzen bedeckte Stirn runzelte sich. »Sind Sie doch ein Spitzel?«

»Ach wo«, wies er den Vorwurf übertrieben von sich. »Aber ich bekomme garantiert mehr raus als Ihre Piratenfreunde. Und denen könnte ich Bescheid sagen«, raunte er, »nicht dem Schnittlauch. Ihre Kollegen könnten die Störtebekers in aller Ruhe abputzen.«

Waterkants Unsicherheit wuchs. »Was haben die Störtis damit zu tun?«, wollte er verwirrt wissen. »Das ist doch gar nicht ihr Revier.«

»Sehen Sie, das meinte ich«, nickte Poolitzer wissend. »Ich könnte rausfinden, wo sich die Störtis vor den Korsaren verstecken, ehe sie angreifen.«

»Wieso die Störtebekers?«, wiederholte der Gefangene störrisch. »Ich habe nichts von denen gesagt.«

Nun spielte ihm der Reporter die Aufnahmen der Zeugenaussage des Piersmeisters im Fernsehen vor. Der Troll wurde wütend.

»Ah, so ist das gelaufen!«, brüllte er. »Wir holen den Kaviar aus dem Haifischbecken, und die Salzwasserpickel klauen sie uns!« Er funkelte den Mann an. »Versprichst du, dass du uns hilfst? Sonst reiße ich dich in Stücke, wenn ich rauskomme.«

Poolitzer wackelte allein aus Selbsterhaltung heraus mit dem Kopf. »Mein Ehrenwort«, glitt ihm die Lüge leicht über die Lippen. Daraufhin zückte Waterkant einen Stift und schrieb sich etwas auf die Hand. Schnell presste er die Innenseite für eine Sekunde gegen das Plexiglas. Der junge Amerikaner las einen Namen und eine Kom-Nummer, anschließend rubbelte der Troll die Botschaft wieder ab und leckte die Haut vorsichtshalber sogar sauber.

»Den Rest musst du machen, Schnüffler«, verabschiedete er sich. »Sag den Korsaren, sie sollen mir mal ein Päckchen in den Knast schicken. Was Leckeres zum Essen. Butterwaffeln oder so was. Die passen gut zum Tee.« Er trat zurück an die Tür und klopfte. »Vanilletee mit Karamellstücken, den will ich, wenn sie dich fragen.« Der Durchgang öffnete sich, Waterkant verschwand.

Poolitzer rief ihm seine eigene Kom-Nummer hinterher und grinste wie ein Honigkuchenpferd. Er hatte einen neuen Ansatz für seine Story, die so richtig nach seinem Geschmack war. *Tote, Piraten, geklaute Prototypen und offenbar viel mehr Abgründigkeit, wie auf den ersten Blick zu erkennen war.*

Als die Polizeibeamten ihn festhalten und verhören wollten, um an die Nummer und den Namen zu kommen, gab er vor, die »Sauklaue« des Trolls nicht entziffert haben zu können. Summend verließ er die »Endzone«, passierte das Stahltor und stieg in seinen Kleinwagen.

Für ihn roch das nach einer abgekarteten Geschichte, die jemand mit den »Korsaren« angestellt hatte. *Erst schickt man sie zu einem Himmelfahrtskommando und erschießt sie zum Lohn, um billig an die Powerboote zu kommen.* Wäre der Run fehlgeschlagen, hätte es nach einer misslungenen Aktion der Piraten ausgesehen. *Und niemand schöpft Verdacht, ob nicht unter Umständen mehr dahinter steckt.*

»Aber ihr habt die Rechnung ohne mich gemacht, Freunde«, sagte er zu sich selbst im Rückspiegel, machte ein wichtiges Gesicht und reckte theatralisch drohend den Zeigefinger, »denn ich …«

Ruckartig und zusammen mit einem hässlichen Geräusch kam sein Auto zum Stehen. Beim Rückwärtsfahren war er mit der Außenmauer des Gefängnisses kollidiert.

Waterkant kehrte missmutig in seine Zelle zurück. Seine Gedanken kreisten um das, was ihm der Schnüffler gezeigt hatte. Tote. Tote Freunde. Die Art der Einschüsse bedeutete, dass die Angreifer ihnen keine Gelegenheit zu einem echten Kampf gegeben hatten.

Er glaubte nicht an die Vermutung des Reporters, seine Korsarenbrüder und -schwestern seien von den Störtebekers umgelegt worden. Die »Osseas«, wie sie Freibeuter aus der Ostsee nannten, hatten keinen Grund, in die Nordsee zu schippern, ihr Territorium warf genügend Beute ab. Zumal war das Timing zu gut für einen Zufall.

Er warf sich auf das oberste Bett der Liege, verschränkte die Arme hinter dem Nacken uns starrte an die Betondecke. Frustriert stampfte er gegen das Fußende, das Bett wackelte gefährlich unter der geballten Trolltrittkraft.

Die nächsten Jahre wollte er jedenfalls keine gesiebte Luft einatmen. Es blieben ihm drei Möglichkeiten: einen auf artig zu machen und durch gute Führung früher aus der »Endzone« herauszukommen, die Flucht oder Selbstmord.

Er lebte dummerweise zu gerne, um sich stilecht im Kampf mit den Wärtergeistern oder -elementaren die magische Kugel zu geben, und Flucht würde bei seinem Glück nicht gelingen. *Bleibt nur noch die gute Führung.* Das war fast so wie Kastration, und nichts war schlimmer als ein drei Meter großer Troll ohne Eier.

Zischend öffnete sich die Tür zur Zelle. Ein Mann kam herein, einen Seesack auf dem Rücken und einen Bündel Bettwäsche unterm Arm. Er war um die eins siebzig und von normaler Statur. Im Dritten Reich wäre er mit seinem schütteren blonden Haar als Behelfs-Arier durchgegangen. Die blaue Augen wirkten wässrig, ebenso wenig dicht wie die Haare auf dem Kopf war sein dünner, blonder Schnurrbart.

»Neuzugang«, quakte es aus dem Lautsprecher. »Vertragt euch, oder wir sorgen dafür, dass ihr ruhig bleibt.«

Der Neue ging unsicher zu seinem Schrank, warf den Seesack hinein und stellte sich zögernd an die Liege. »Du lässt mich in Ruhe, ich lasse dich in Ruhe«, schlug er leise und mit osteuropäischem Akzent vor. Er bückte sich und begann seine Matratze zu beziehen.

Waterkant wusste den Tonfall sofort einzuordnen. Die Russen, mit denen sie gelegentlich zu tun hatten, entweder als Geschäftspartner oder als Opfer auf der Nordsee, klangen so.

Das fehlt mir gerade noch. Ein Kaviarschmuggler in meiner Bude. Kam es ganz schlimm, gehörte er zur Korsakow-Bande. Die Korsakows stellten die mächtigste der russischen Mafiafamilien dar, die sich im NDB herumtrieben. Das schmächtige Bürschchen war jedenfalls keine Messerklaue. Er beugte sich über den Rand und sah in den Nacken des Mannes. Drei Steckanschlüsse glänzten im Neonlicht auf. *Noch besser!* Damit war der Neue absolut keine Gefahr. »Ich bin Waterkant.«

»Mihail«, stellte er sich vor und langte in die Tasche, um ein Fläschchen hervorzuziehen. Der Aufschrift zufolge schwamm medizinischer Alkohol darin. »Ich brauche das, damit mein Motor läuft«, grinste er ihn an. »Meine Hände beginnen ohne Brüderchen Prozent zu zittern, die Gedanken sind nicht zu gebrauchen.«

»Du hast das in der Krankenstation mitgehen lassen?«, wunderte sich der Troll über die Dreistigkeit. »Das Zeug ist viel zu stark und macht sicher blind!«

»Gibt nicht zu stark, nur zu schwach.« Mihail nickte. »Wie wär's? Du haust mich, ich lasse mich pflegen und klaue denen dabei den Alkohol.« Er bot Waterkant einen Schluck an. Als der Korsar die Aufschrift »98 Prozent« las, schüttelte er sein Haupt, der Russe zuckte mit den Achseln. »Muss man nur bisschen verdünnen.« Mithilfe des Wasserhahns füllte er den Spiritus auf und kostete sein Werk, genießerisch schloss er die Augen. »Tut gut.« Demonstrativ streckte er die Hand aus. »Schau: ruhig.«

Waterkant lachte. »Das werden ein paar harte Jahre für dich, Kumpel. Wie lange musst du hier sitzen?«, wollte er wissen.

»Keine Ahnung«, antwortete der Decker ehrlich. »Mal schauen. Fünf Jahre, acht Jahre, weiß nicht. Vielleicht holt mich jemand vorher raus.« Er zwinkerte ihm zu, die Flasche wanderte wieder an den Mund. »Ich lasse mich überraschen.« Er verstaute sie in seinem Kopfkissen. »Und du?«, tauchte sein Gesicht plötzlich wieder vor dem Troll auf. »Wie lange musst du warten?«

»Mein Prozess kommt noch«, gab er missmutig zurück. »Die Vulkan Werft und die Staatsanwaltschaft werden schon dafür sorgen, dass ein paar Jahre zusammenkommen.« Er bemerkte den fragenden Blick des Russen. »Ich habe denen zwei Boote geklaut und ...«, vorsichtshalber verschwieg er den genauen Hergang, das war ihm doch zu peinlich. »Na, sie haben mich eben geschnappt«, beendete er die Episode.

»Scheiße«, sagte Mihail mitfühlend. »Mich haben sie auch geschnappt. Hacking. Für meine Russenfreunde. Ich komme nach ...«, er deutete auf das Fenster und meinte damit Borkum. »Bin nur für vier Tage hier.«

»Na, denn viel Spaß hier.« Er schloss die Augen. »Gute Nacht.« Hinter seiner Stirn arbeitete es. Er musste ein paar Informationen verarbeiten, die er in den letzten Sekunden von seinem Zellengenossen erhalten hatte.

Wenn der Norm nicht angab, kannte er tatsächlich ein paar Leute, mit denen man sich auf der Straße besser nicht anlegte. Die kaum zimperliche Russenmafia breitete sich vor allem im Osten des NDB beständig aus. Ein Hacker, der für die Korsakow-Mafiosi arbeitete, war mit Sicherheit eine Person, welche das organisierte Verbrechen nur ungern verlor.

Er hob seine Lider einen schmalen Spalt, abschätzend betrachtete er die Züge des Chipheads, der gerade vor der Kloschüssel stand und den Adapter raussuchte. Ohne den Plastikring würde er durch die Öffnung flutschen wie ein Kind durch eine Erwachsenentoilette. Es konnte eben nicht jeder einen Trollarsch haben.

Wenn die Anmerkung, dass man ihn vielleicht bald rausholte, nicht das Produkt einer überschwänglichen Fantasie war, bekäme die Bekanntschaft mit Mihail eine völlig neue Dimension. Waterkant schloss die Augen und grinste. Er hörte, wie der Russe die Hosen herunterließ.

Wie gut, dass ich ihn getroffen habe, gratulierte er sich. Von nun an würde er in den nächsten vier Tagen keine Sekunde mehr von der Seite seines Zellengenossen weichen. Unter Umständen war der Decker die Karte in die vorverlegte Freiheit.

Es gab ein krachendes Geräusch, es plumpste, dann hörte er ihn laut und anhaltend auf Russisch fluchen.

Waterkant musste nicht nachsehen. Er sah den Mann bildlich vor sich, wie er sich gerade aus dem Klo zog.

III.

ADL, Norddeutscher Bund, Freistadt Hamburg,
08. 12. 2058, 21:21 MEZ

Poolitzers Tag begann mit einer unschönen Neuigkeit. Der Streetworker, den die Penner »Vater Thereso« nannten und dem er den Auftrag erteilt hatte, die Börse von Fröhlich-Eisner zu »finden«, war tot.

Bei einem seiner Streifzüge durch die sozialen Brennpunkte war ihm seine Arbeit zum Verhängnis geworden. Laut der Mail, die er von einem Rostocker Informanten erhalten hatte, war Vater Thereso in der vergangenen Nacht von Unbekannten überfallen und derart zusammengeschlagen worden, dass er an seinen Verletzungen starb. Ein paar Meter weiter hatte die Polizei die leere Brieftasche und einen entwerteten Ebbi gefunden.

Sicher, es gibt die unglaublichsten Zufälle, aber an diesen Zufall glaube ich nicht.

Für ihn gab es nur eine Erklärung. Der Anwalt hatte auf irgendeine Weise herausgefunden, dass sich jemand an seinem Notizbuch zu schaffen gemacht hatte, und nahm irrtümlich an, dass dafür nur der Streetworker infrage kam. Die Konsequenzen von Poolitzers Handeln trafen einen Unschuldigen.

Aufgewühlt rief er bei Spengler an und verlangte, dass der badisch-pfälzische Kriminalbeamte mal rasch einen Blick in die Ermittlungsakten werfen sollte. Es bedurfte einiges an Verhandlungsgeschick, bis sein Bekannter mitspielte.

»Die Mörder von Vater Thereso haben anscheinend noch seine Wohnung auf den Kopf gestellt«, las ihm Spengler aus den Ermittlungsakten vor. »Die teuersten

Gerätschaften fehlten, blablabla, die Wohnung ist regelrecht auseinander genommen worden, blablabla, Code geklaut, ohne Aufsehen ins Haus und wieder raus. Keine Zeugen.« Das Kriminalamt ermittelte gegen Unbekannt, Spuren hatten sie keine zurückgelassen, auch das sah nach einem durchaus möglichen Folgeverbrechen aus.

»Ich habe mir die Bilder angesehen, die von den Tatorten gemacht wurden«, gab er seine Meinung kund, um einer Frage Poolitzers zuvorzukommen. »Wer immer den Streetworker erwischte, er hatte es auf dessen Tod *angelegt*. Drogendealer, die den unbequemen Störer aus dem Weg haben wollten?« Poolitzer ließ ihn in dem Glauben. »Auch die Art, wie man seine Zimmer durchsuchte, lässt auf wenigstens Halbprofis schließen. Wenn Ihr Bekannter was versteckte, fanden sie es. Zufrieden?«, erkundigte er sich abwartend.

»Ja«, antwortete der junge Mann schleppend. Sein Gewissen nervte ihn mit Vorwürfen, das war er nicht gewohnt. Fröhlich-Eisner erwies sich als lebensgefährlicher Mensch. Alleine schon, um den Tod des Bekannten zu rächen, schwor Poolitzer dem DNP-Landesvorsitzenden ewige Feindschaft und bittere Rache.

»Ist das was Persönliches, oder sind Sie an einer Sache dran?«, hakte der Polizist nach.

»Was Persönliches«, meinte er abwesend. »Ich muss weitermachen.« Er schaute dem Ermittler in die Bildschirmaugen. »Danke. Ich revanchiere mich und sag Ihnen, wenn ich etwas über Baduscheidt herausgefunden habe.« Er unterbrach die Verbindung. Der Tod von Vater Thereso machte ihm mehr zu schaffen, als er angenommen hätte.

Und ich Idiot dachte noch, er bekommt Geld vom Staatsanwalt, schüttelte er den Kopf und hielt sich die Hände vors Gesicht. Der DNP-Politiker war in der Tat freigebig gewesen, freigebig mit Schlägen und Tritten. Wütend drosch er mit der Faust gegen den Rahmen des Mischpults. *Fröhlich-Eisner muss bezahlen. Jetzt erst recht.*

Er klappte seinen Laptop auf und suchte die kopierten Eintragungen des Notizbuchs. Die Software kam mit dem Dateienformat zurecht und listete ihm mehrere Namen von Klienten auf, es folgten Parteifunktionäre und ein paar Namen sowie Kom-Nummern, mit denen er nichts anfangen konnte.

Es sah auf den ersten Blick harmlos aus. Nichts, was den Tod eines Unschuldigen rechtfertigte. Seine insgeheime Hoffnung, der Name Baduscheidt würde sich finden lassen, erfüllte sich nicht. So dämlich war kein Jurist der Welt. Sollte sich die elektronische Recherche seines Computers darum kümmern, wer hinter den Namen und Nummern steckte.

Poolitzer klinkte die Kiste in die Matrix und startete eine Suchroutine. Das Programm war nichts Besonderes, aber es reichte aus, um Personen und Kom-Ziffern aus dem Wust von Daten und Informationen des Netzes zu filtern. Der Rechner bestätigte seine ihm erteilte Aufgabe und begann, der Prozess würde einiges an Zeit benötigen.

Poolitzers elektronischer Terminkalender erinnerte ihn mit einem leisen Piepston daran, dass das telefonisch vereinbarte Treffen mit den Roten Korsaren in einer Stunde bevorstand. Er stand auf und fuhr in die Tiefgarage.

Abschätzend schaute er auf seinen VW Messenger. Er wusste nicht, ob das Auto die kommende Fahrt einigermaßen unbeschadet überstehen würde.

Sein Weg führte ihn, besser gesagt ihn und seinen Kleinwagen, ans Ende der Welt. Denn in Allermöhe stand es, das »End of the World«, am Hauptdeich 174.

Es war eine Kaschemme, die am verseuchten Altwasserarm der Elbe lag, in der so ziemlich alles an Abschaum herumhing, was sich Poolitzer vorstellen konnte.

Nicht, dass ihm das Sorgen bereitete. Die Barrens seiner Heimatstadt Seattle hatte er jahrelang überstanden, da würde er mit der Kneipe auch noch zurechtkommen.

Der Reporter erkundigte sich gründlich über das »End of the World«. Runner und Magier der untersten Kategorie hingen dort ab, und der Wirt erlaubte sich den Scherz, durch einen gelegentlichen Illusionsspruch einen Giftgeist, einen Ghul oder ein anderes bizarres Wesen auftauchen zu lassen, damit der Gast den Drink, den er mit Überwindung in den Mund genommen hatte, vor Schreck wieder ausspuckte.

Die hanseatischen Schatten sagten, dass es nicht nur beim Erscheinen von Illusionen blieb.

Tatsächlich hatten sich die Kaschemmengänger einem echten Leichenfresser und einem echten Toxischen gegenübergesehen. Es ging glimpflich aus, die geballte Feuerkraft und die vereinigten magischen Kräfte beseitigten die echten Gefahren.

Dennoch kramte Poolitzer seine große Altmayr aus seinem bescheidenen Waffenfundus und steckte das Aktionssoft Feuerwaffen in den Datajack. *Schrot ist die Mutter der Porzellankiste.*

Wie gesagt, er machte sich weniger Sorgen um sich, aber der Kleinwagen war noch recht neu und wurde bislang weder in Unfälle noch in Schießereien verwickelt.

Der Journalist bezeichnete sich nicht unbedingt als Materialist. Dennoch, so ein Auto kostete eben Geld. Weil aber kein Taxi nach Allermöhe fuhr und der ÖPNV nicht einsah, durch das Gebiet zu kurven, musste er notgedrungen seinen eigenen Wagen nehmen. Liebevoll fuhr er über den Lack und hoffte, dass er nach seinem Besuch immer noch so unzerkratzt aussah.

Ich hoffe, wir beide kehren wieder heil nach Hause zurück, Baby. Poolitzer setzte sich hinters Steuer und fuhr los.

ALI zeigte ihm den Weg, jedenfalls anfangs, später schaltete er den Autopiloten ein und verließ sich auf das Satellitennavigationsgerät.

Irgendwann, je näher er seinem Ziel kam, sah es wirklich aus wie das Ende der Welt.

Die Scheinwerfer beleuchteten eine Umgebung, wie sie ein Horrortrid nicht besser schaffen konnte. Gelegentlich, vor allem, wenn die Lichtkegel eine von gelblich grünem Nebel überzogene Wasserfläche streiften, flüchteten groteske Schemen aus der Helligkeit zurück ins Dunkel. Er hatte die Türverriegelung schon lange aktiviert und atmete schneller, flacher als sonst. Tapfer rollte der Wagen weiter.

Von weitem erkannte er die Umrisse eines Gebäudes, eine Neonreklame verkündete das »End of the World«. Davor parkten abenteuerliche Autos, Um- oder Neubauten, die sich Technikfreaks ausgedacht hatten. Motorblöcke lagen teilweise frei, Auspuffrohre so breit wie Regenrinnen kamen rechts und links unter der Karosserie hervor. Sicherlich wurden damit Rennen gefahren. Chopper und Rennmaschinen durften ebenfalls nicht fehlen, auch sie sahen modifiziert aus. Nicht legal modifiziert.

Einige Leute drehten die Köpfe in Richtung des nigelnagelneuen, unmodifizierten VW. *So etwas* hatte man hier noch nie gesehen.

Poolitzer holte tief Luft. »Du schaffst das!«, motivierte er sich selbst, stoppte den Wagen und schwang sich hinaus.

Von frischer Luft konnte nicht die Rede sein. Es stank erbärmlich nach Klärgrube und Chlor, ein stechender Bleigeruch bohrte sich unschön in seine Nase. Es mussten Unmengen an Ammoniak in der Elbe konzentriert sein, es sei denn, jemand hatte einen Container von dem Zeug über dem Haus ausgeleert.

Er drückte auf die Fernbedienung, die Lampen seines

Autos blinkten zweimal auf. Die Warnanlage war aktiviert.

»Moin«, grüßte er die vier Gestalten im Vorbeigehen, ohne sie näher anzuschauen. Viele Runner und primitive Menschen waren wie Gorillas: Blickte man ihnen länger in die Augen, verstanden sie das als Drohgebärde und gingen zum Angriff über. Eine Schlägerei, bevor er die Informationen hatte, wollte er nicht riskieren. »Oh, geht nicht zu nahe an den Wagen. Die Alarmanlage könnte sonst das leichte MG auslösen.«

Sie erwiderten seine Freundlichkeit nicht. Er sah, wie einer schnell ein Päckchen in die Tasche schob, ihre leise Unterredung setzte erst wieder ein, als er die Tür der Kaschemme aufzog.

Von einem Gestank kam er in den nächsten. Eine Duftwoge aus Tabak, Schweiß, Ausdünstungen von Menschen und Metamenschen, Kotze, Bier und Pommes brach über ihn herein und spülte den Ammoniak aus seinen Nasenflügeln. Er fragte sich nur, ob das besser war, was er einatmete. *Ich hätte mir ein Duftbäumchen unter die Nase binden sollen.*

Poolitzer trat ein. Niemand kümmerte sich so recht um den »Neuen«, das Barleben verlief weiter. Harte, dröhnende Rockmusikklänge sorgten dafür, dass man sich anschreien musste, was aber keinen der Anwesenden störte.

Der Journalist fühlte sich wie in einem schlechten Doku-Trid über Schattenläufer. Hier drinnen wurde jedes Klischee bedient, vom langen, schwarzen Sicherheitsmantel bis hin zu den Tätowierungen im Gesicht. Manchen stand der Samurai derart auf die Stirn geschrieben, dass er es übertrieben fand. *Elende Poser.*

Eine Schamanin betonte ihr magisches Können durch entsprechendes Ethno-Styling furchtbar auffällig, ihre knappen Klamotten ließen den Ork ihr gegenüber mit Blicken zwischen ihren Brüsten versinken, der kleine

Spalt zwischen ihrer aufgepumpten Oberweite gab der Ortsangabe »Silicon Valley« eine neue Bedeutung. Unpassenderweise musste er an Gee Gee denken.

Sie hatte ein gutes Empfinden, hob den Kopf und schaute den Reporter an. Ihre blauen Augen wurden zu Schlitzen. Unmissverständlich gab sie ihm zu verstehen, dass ihr sein Gaffen nicht gefiel. Poolitzer hob die Hände und wanderte zur Bar, um der gepiercten und tätowierten Bedienung ein »Bier« ins Ohr zu schreien.

»Neu hier?«, rief ihm der Mann zu.

»Nein«, brüllte er zurück. »Gestern war ich schon mal hier, als fetter Elf. Ich bin in Wirklichkeit ein Troll. Heute hab ich mich mal als Mensch verkleidet.«

»Bist ein Kasper, was?«, griente die Bedienung und stellte einen Humpen mit goldgelber Flüssigkeit vor ihm ab, der Gerstensaft schwappte leicht über. Hatte er mit Brocken in der Flüssigkeit gerechnet, bemerkte er zu seiner Erleichterung, dass Bier und Glas sauber waren. »Wohlsein«, wünschte man ihm.

Er setzte gerade zum Trinken an, als die Bedienung mit einem Fluch unter den Tresen langte, eine abgesägte Schrotflinte zog und anlegte. »Verdammte Viecher«, knurrte sie.

Poolitzer hörte hinter sich ein wildes Fauchen. *Shit!* Er wirbelte herum und sah eine halb verweste humanoide Kreatur durchs Fenster hechten und auf sich zu springen, mit beiden Händen führte sie eine Axt.

Die Klinge zuckte bereits herab und ließ ihm keine Gelegenheit nachzudenken, ob es eine der berüchtigten Illusionen sein könnte oder nicht. Er duckte sich unter dem Schlag weg, kippte sich dabei das Bier über und hüpfte zur Seite.

Natürlich verschwand der Angreifer ebenso rasch, wie er erschienen war. Die Umstehenden hatten den Test mitbekommen und grölten vor Lachen.

»Ja, super witzig. Trullala, das Kasperle war wieder

da.« Artig verneigte sich der Reporter nach allen Seiten, schwenkte seinen leeren Humpen und knallte ihn laut auf die Bar. »Noch eins«, orderte er und gab sich Mühe, gefasst und heiter zu klingen. Den Triumph wollte er dem Poser-Pack nicht gönnen.

»Für einen verkleideten Troll hast du ganz schön Schiss«, kommentierte der Wirt zapfend.

»Ich hatte keinen Schiss, ich bin nur ausgewichen«, präzisierte er. »Meine Hände sind völlig ruhig.« Tatsächlich gelang ihm das Kunststück, die Finger kaum zitternd nach dem gefüllten Glas auszustrecken.

Der Mann sah beeindruckt aus. »Nicht schlecht, Neuer. Das Bier geht aufs Haus.«

»Dann schmeckt es doppelt so gut.« Poolitzer prostete ihm zu, da schnellte unter dem Tresen ein kreischender Ghul hervor und schlug mit seinen Krallen nach dem Journalisten. Die rasiermesserscharfen Zähne wurden größer und größer, und er meinte, den fauligen Atem des Leichenfressers riechen zu können.

Dieses Mal war das Grauen nicht zu verleugnen. Überrumpelt von der neuerlichen Attacke fuhr er zusammen, riss die Arme zur instinktiven Abwehr hoch und schüttete sich das Bier ein zweites Mal über.

Jetzt lachte die ganze Kneipe, der DJ hatte die Musik extra leiser gedreht, damit sie alle seine Angstschreie hören konnten.

»Ja, was haben wir gelacht«, äffte er die schadenfrohe Heiterkeit nach, das Bier aus den Augen wischend. »Sagen Sie mal, Meister, machen Sie das die ganze Zeit? Das mit dem Hokuspokus?«, erkundigte er sich scheinbar gut gelaunt bei der Bedienung. Der Mann nickte grinsend und erwartete ein Kompliment für die gelungenen Illusionssprüche. »Dann hören Sie genau zu, denn mein Tag war *so* schlecht, dass ich zu *allem* fähig bin. Noch so eine beschissene Illusion, und ich vergesse meine Schüchternheit, lege mir einen Helden-Talent-chip ein, ziehe meine Schuhe mit Stahlkappen an, komme hinter den Tresen und trete Ihnen in die Eier, Kumpel. Mit Anlauf«, drohte er ihm. »Alles klar?« Er pochte auf das Holz. »Sehr schön. Ein Bier, bitte, kalt, ohne Illusion.«

Alle, wirklich alle im »End of the World« starrten ihn an. So viel Dreistigkeit und Unverschämtheit hatte noch keiner erlebt, jedenfalls nicht gegenüber dem Barkeeper.

War doch klar, dass sich von dem Poserpack keiner rührt. Poolitzer wartete in aller Ruhe, wann sich der Kontaktmann der Roten Korsaren blicken ließ. Er wusste nichts Genaues. Nach seinem Anruf unter der Kom-Nummer, die ihm Waterkant gegeben hatte, erklärte ihm ein brummeliger Hamburger, wo er sich einzufinden hatte.

Die Korsaren, das ergab seine Schnellrecherche, hatten ihre Finger in allem drin, was Geld abwarf und wenn es etwas mit dem Meer zu tun hatte. Schmuggel von Elektronik, Waffen und BTL-Chips, kleinere Überfälle auf Fähren und Yachten sowie gelegentliche Aufträge für Kons, glaubte man dem Schattengeflüster.

Außerdem bereitete es einigen von ihnen einen höllischen Spaß, sich mit den Gesetzeshütern anzulegen und Verfolgungsfahrten zu provozieren. Angeblich gab es in St. Pauli Wettstuben, in denen man auf den Ausgang eines solchen Rennens setzen konnte. Daher wäre ihnen der Besitz der Sharkskin-Powerboote genau recht gekommen. BGS und WaSchuPo hätten gegen die Flitzer nichts machen können, außer ihnen Geister oder Elementare oder Raketen hinterher zu hetzen.

Die Schamanin mit den beiden stattlichen weiblichen Argumenten am Oberkörper steuerte auf ihn zu und setzte sich neben ihn, ihre blauen Augen blitzten auf. Sie musste Mitte zwanzig sein. Das freundliche Gesicht wurde von kurzen, schwarzen Haaren umrahmt, Amulette baumelten um ihren Hals, die kugelsichere West machte den Eindruck, als sei sie mehr dazu da, die Oberweite im Zaum zu halten, als Projektile abzufangen.

»Coole Aktion«, rief sie ihm ins Ohr. »Lernt man das in Seattle?«

Poolitzer grinste sie an. »Jepp. Gehört zur Barrens-Grundausbildung. Wenn der Barmann einem dumm kommt, droht man ihm zuerst und haut ihn um, wenn er nicht hören will. So einfach kann das Leben sein.« Er schob ihr sein Bier hin. »Ich nehme mal an, Sie suchen mich? Haben Sie einen Namen?«

Sie hielt ihm die Hand hin. »Ich bin Perle.« Er fasste und schüttelte sie. Ihre Haut war weich, warm, sehr angenehm. Er musste an Aurora, dann an Gee Gee denken. »Sie wollten was von den Korsaren?«, setzte sie nach, ohne ihn loszulassen.

Er ahnte, dass sie in dem Moment einen Spruch einsetzte, um seine Gedanken zu erkunden. »Damit Sie sehen, dass ich es ernst meine, lasse ich Sie in meinem Gedächtnis herumkramen«, sagte er gönnerhaft. »Ich bin den Morden an Ihren Freunden auf der Spur und hätte dazu gerne ein paar Piratenchefs interviewt. Irgendetwas stimmt an der Sache nicht, und ich möchte herausfinden, was bei dem Run gegen die Vulkan Werft schief ging.« Er bemerkte ihren leicht abwesenden Gesichtsausdruck. Rein spaßeshalber dachte er an sie. Nackt, in einer eindeutigen Pose, von hinten …

Perles Züge verfinsterten sich. »Lassen Sie das«, wies sie ihn unwirsch an.

»Schnüffeln Sie etwa in meinem Privatleben herum?«, meinte er unschuldig lächelnd. Er löste seine Hand von ihrer. »Es müsste ausgereicht haben, um zu erkennen, dass ich die Wahrheit sage.«

Die Frau bedachte ihn mit einem strafenden Blick. »Sie haben eine bemerkenswerte Fantasie, aber ich sehe nackt besser aus. Damit es Ihnen mehr Spaß macht«, sie zeigte auf die Oberseite der rechten Hinterbacke, »da trage ich eine Tätowierung. Eine schwarze Rose. Und meine Muschi ist gepierct.«

Der Journalist lachte laut auf. Sie nahm alles sehr gelassen.

Sie nippte lässig am Bier. »Hat Ihnen Waterkant sonst noch was gesagt? Sollen Sie uns was ausrichten?«

Er erinnerte sich an die Unterredung mit dem Metamenschen. »Sie sollen ihm ein Päckchen in den Knast schicken. Was Leckeres zum Essen. Butterwaffeln und Vanilletee mit Karamellstücken«, rezitierte er die Bestellung des Trolls.

Perle nickte ihm zu. »Schön. Wir können gehen.« Sie stand auf und schritt zu einem Nebenausgang.

»War das so eine Art Code?« Wachsam folgte er ihr. »Rosebud wäre lustiger gewesen.« Noch war er sich nicht sicher, ob er das Ticket zur Unterredung mit dem Piratenboss in der Tasche trug. Außerdem hatte sie es geschafft, dass er sich nun unentwegt ihre Tätowierung und das andere von ihr erwähnte Detail ihres Intimbereichs vorstellen musste. Er grinste. Perle war cool.

Er ging nach draußen und stand auf einer bröcklig aussehenden Kaimauer. Einige kleinere Boote lagen vertäut und dümpelten im brackigen Wasser.

Die Schamanin löste das dicke Stahlseil, mit dem ein dunkelblau lackiertes Blohm & Voss ESB vor dem Davontreiben und gegen Diebstahl gesichert war. Das Tragflügelrennboot verfügte über zwei hintereinander angebrachte, schmale Sitze. Perle sprang hinein und bedeutete Poolitzer, sich auf das Wasserfahrzeug zu schwingen.

»Mein … VW. Er steht noch vor der Tür«, sagte er zögerlich.

»Ich bringe Sie wieder her«, versicherte sie. »Los. Wir müssen die Bullen abhängen.«

»Äh? Bullen?« Nicht, dass er der Piratin keinen Glauben schenken wollte. Er ärgerte sich, dass die Polizisten es schafften, ihn zu beschatten, ohne dass er es bemerkte. »Wie …?«

Perle deutete in den dunklen Himmel. »Eine Überwachungsdrohne hängt über Ihnen. Mein Geist hat sie entdeckt. Sobald wir losfahren, macht er sie platt.« Der Reporter balancierte auf den ESB und warf sich in den harten Sessel, der Benzinmotor sprang an. Die Schamanin machte ihn auf eine Sauerstoffmaske aufmerksam, die direkt vor ihm am Sitz hing. »Setzen Sie die auf«, befahl sie. »Unterwegs wird es stinken.«

»Mehr als in der Kneipe?«

Das Tragflügelboot beschleunigte gemächlich. »Jau. Vertrauen Sie mir.«

Vertrauen? Einer Piratin? Der war gut. Poolitzer schaute forschend zum Himmel, ob er die Drohne entdeckte. Und wirklich, am bewölkten Himmel, ungefähr zehn Meter von ihm entfernt und etwa in 300 Meter Höhe, entstand ein kurzer Blitz. Er hörte, wie Gegenstände auf die Pier und ins Wasser klatschten. Das magische Wesen hatte seine Aufgabe erfüllt.

Die Bullen waren gewiefter, als er ihnen anfänglich zugestand. Sie mussten ihn verfolgen, seit er Waterkant und das Gefängnis verließ. Sie dachten sich wohl, dass er Kontakt mit den Verbrechern aufnahm, um mehr Informationen zu erhalten. *Scheiße, Gospini, du wirst nachlässig*, schimpfte er mit sich selbst, während Perle das Rennboot durch das verseuchte Wasser lenkte.

Die schwarzen Umrisse von Bäumen und Ruinen zogen rechts und links an ihnen vorüber, sicher steuerte sie an Hindernissen vorbei. Die Geschwindigkeit nahm zu, der ESB hob den Rumpf aus den verdreckten Fluten und durchschnitt die Oberfläche mit seinen dünnen Tragflächen.

»Keine Geister auf dieser Strecke«, sagte sie nach hinten. »Sie haben sich andere Lieblingsorte gesucht. Es stinkt zwar immens, aber echt abgrundtief verseucht sind andere Orte.« Sie deutete nach links. »Da drüben, da ist die Hölle los. Toxische ohne Ende. Man könnte meinen, die machen dort so etwas wie ein Picknick.«

Der Seattler schaute in die angegebene Richtung, sah aber nichts außer schwarzem und bedrohlichem Wasser. Glücklicherweise. Das fehlte noch, dass sich ihnen ein magisches, feindliches Wesen an die Fersen heftete.

Er nutzte die Zeit, um die Fuchi aus seinem Rucksack zu nehmen und an die PortaCam-Halterung zu montieren. Der Restlichtverstärker erlaubte ihm, die Umwelt besser zu erkennen, schöner wurde sie dadurch jedoch nicht.

Die Piratin manövrierte das Rennboot nach einer Viertelstunde Fahrt in einen Seitenkanal und drosselte die Geschwindigkeit. Der ESB senkte sich ab und trieb immer weiter in das sumpfähnliche Terrain. Sie stand auf, sprang aus dem Cockpit und landete auf dem weichen Boden. Ein schmatzendes Geräusch erklang. »Kommen Sie. Wir sind da.«

Poolitzer kam der Aufforderung nach, auch wenn sein Aussteigen weniger elegant ausfiel. Man merkte schon, dass Perle es gewohnt war, sich auf dem Meer zu bewegen. Endlich stand er neben der jungen Frau und atmete vorsichtig den brackigen Geruch ein. »Und jetzt?«

»Gehen wir spazieren.« Perle grinste. »Sie dürfen mich sogar anfassen.«

»Ehrlich? Wo genau?«

Sie nahm ihn an der Hand und führte ihn weiter ins Moor hinein. Nach ungefähr hundert Metern blieb sie stehen, bückte sich und fummelte im Moos herum.

»Nicht, dass ich was gegen Sex mit Ihnen hätte, aber es ist mir doch zu unbequem. Der Geruch macht mich nicht an.« Der Reporter schaute ihr neugierig über die Schulter.

»Träumen Sie weiter. Das können Sie doch so gut.« Die junge Frau klappte in dem Moment eine getarnte Abdeckung auf, eine Luke schoss ungefähr zehn Meter vor ihr in die Höhe. Poolitzer verstand. Sie befanden sich an einem der unzähligen Schmugglerverstecke.

Die Korsarin und er setzten ihren Weg fort, gelegentlich klickte es unter ihren und seinen Füßen. »Minen«, bekam er zur Antwort, als er danach fragte. »Ich habe die Zünder deaktiviert, aber laufen Sie nach der Unterhaltung mit den Jungs nicht einfach los. Die Minen aktivieren sich, sobald man die Luke schließt.« Perle zeigte ihm ihre Zähne. »Es sei denn, Sie wollen als feines Konfetti auf den Sumpf herabregnen.« Er verneinte.

Sie gingen die Metallsprossen einer Stahlleiter hinab, seine Begleiterin presste ihren Finger irgendwo seitlich gegen die Wand. Die Luke fiel zu, damit waren die Sprengfallen draußen wieder scharf, gleichzeitig flammte gedämpftes Licht auf. Sie gelangten in einen kleinen Vorraum mit einem Stahlschott. Perle legte ihre Hand auf den Abdruckscanner, und die Tür schwang auf.

Sie wurden erwartet. Zwei Männer und ein Zwerg saßen in dem kärglich eingerichteten, rund drei Meter hohen Raum, in dem sich Regale bis an die Decke streckten. Darin lagerten verschiedene Metall- und Plastikboxen, manche trugen einen militärischen Anstrich, auf anderen war der Kon-Name oberflächlich abgeschabt worden. Einige Runner, die Poolitzer kannte, würden einiges an Kohle bezahlen, um herauszufinden, wo sich das Versteck befand. Da er sich aber nichts hatte merken können, bestand keine Gefahr.

»Da ist der Schnüffler, KaLeu«, grüßte sie und postierte sich neben der Tür.

Der Größere der Menschen nickte ihm zu. Poolitzers Schätzung nach war er Mitte dreißig, fast eins neunzig groß und mit ansehnlichen Muskeln bestückt. Das dunkelblonde Haupthaar fiel lang auf die Schultern.

»Sie möchten herausfinden, wer unsere Jungs und Mädels umgebracht hat?«, eröffnete er die Unterhaltung. Die Augen schimmerten im fahlen Licht dunkelblau. Der Journalist nickte. »Dann haben wir die gleichen Interessen«, sagte er und fuhr sich durch seinen dunkelblonden Vollbart mit ausrasierten Details und schwarzen Färbungen. »Ich bin Roberts. Dass wir in dem Fall mit den Medien zusammenarbeiten, daran muss ich mich noch gewöhnen«, erklärte er seine Zurückhaltung. Er deutete auf die Fuchi. »Ich möchte mein Gesicht oder die meiner Crew später nicht im Original sehen, oder Sie bekommen von einem Enterkommando Besuch.« Er trug wie die anderen einen Anorak, darunter Straßenkleider sowie eine schusssichere Weste. Die Füße steckten in Kampfstiefeln, ein G12 baumelte an seiner Seite.

»Aye, Sir«, erwiderte Poolitzer freundlich und salutierte. »Keine Bange, ich weiß, worauf es bei solchen Berichten ankommt. Roberts«, grübelte er. »Der grausame Pirat Roberts? Es gab da einen uralten Film ...« Der Korsar sah nicht sonderlich amüsiert aus.

Er verzichtete auf weitere Sprüche, ließ sich am Tisch der drei Freibeuter nieder und zeigte sein Filmmaterial, das er im Bremer Hafen aufgenommen hatte, anschließend erklärte er seine Theorie, dass man die Korsaren von Anfang an bei diesem Job hatte auflaufen lassen wollen. Der Einzige, der Glück im Unglück gehabt hatte, war Waterkant, der zwar hinter Gittern saß, dafür aber lebendig blieb. »Ich glaube aber nicht, dass Störtebekers Erben was damit zu tun haben. Von wem hatten Sie die Infos, dass die Sharkskin-Boote in der Werft auslaufbereit standen?«, wollte Poolitzer wissen. »Es muss jemand sein, der selbst über Geheimprojekte Bescheid wusste. Ich könnte glatt neidisch werden bei den Connections, die ihr habt.«

Der KaLeu warf einen schnellen Blick in die Runde.

»Die Auskunft kam von einem unserer besten Spitzel. Er kann uns nicht reingerissen haben«, schätzte er.

»Und woher wusste der es?«, beharrte der Reporter.

Roberts konnte ihm keine Erklärung geben, also riefen sie den Mann kurzerhand an.

Es stellte sich heraus, dass ihm die Neuigkeiten über die Matrix zugespielt worden waren. Ein Typ namens Selfbetray rückte mit Andeutungen heraus, und nachdem ihr eigener Mann eine nicht geringe Summe überwiesen hatte, folgten die Details zur Halle und zum Powerboot. Sonst gab es keine Anhaltspunkte.

Man ging über, technische Details der Rennboote zu erörtern, die auf dem freien Markt mehrere Millionen ECU wert waren. Poolitzer bekam einen Datenchip von seinen neuen Verbündeten, auf dem alles gespeichert war, was sie über die Powerboote wussten.

Nach einer Stunde Diskussion waren sie sich alle einig, dass man abwarten musste. Falls die Diebe und Mörder im Auftrag eines Konkurrenten der Werft handelten, würde es verdammt schwierig, die Verantwortlichen zu stellen. Es bestand aber auch die Möglichkeit, dass es Konkurrenten der Korsaren waren. Ganz oben auf der Liste standen die Störtis.

»Es gibt so eine Art Abmachung«, räumte der KaLeu nach dem entsprechenden Drängen des Reporters ein. »Jedenfalls unter uns Piraten. Jeder hat sein Stückchen Meer, in dem er fischt, ohne dass ein anderer sein Netz auswirft. Daneben gibt es Zonen, wo sich alle tummeln dürfen.«

»Aber Bremen gehört doch wohl eher in euer kleines Meer, oder?«, erkundigte sich Poolitzer gespannt. »Wie wird eure Antwort sein?«

»Wir überlegen noch«, sprang Perle ein. »Die See ist momentan zu aufgewühlt. Zu viele feindliche Schiffe.«

Damit sprach sie das nächste Wunder an, das er mit der Hilfe der Piraten zu klären hoffte. Er stellte ihnen die Frage, wo man die Beute so unterbringen konnte, dass weder Suchflugzeuge noch Patrouillenboote einen Hinweis entdeckten.

»Entweder man hat einen Kon als Verbündeten und parkt das Zeug dort«, sagte Roberts nachdenklich, »oder man kennt eine verborgene Bucht, eine vergessene Grotte, eine Mini-Insel, wo man die Schiffe abstellt. Da werden normalerweise in aller Ruhe die Umbauarbeiten gemacht. Neue Farbe drauf, Registrierungschips aus der Elektronik entfernen, Papiere fälschen und auf einen Käufer warten«, erklärte er die übliche Prozedur. Die überfluteten Gebiete boten einen Sack voller Möglichkeiten. »Dennoch müssen sie gut sein, um nicht geschnappt zu werden. Wir sind nun auch auf der Jagd nach ihnen«, schloss er grimmig.

»Bevor Sie und Ihre Freibeuter da etwas auslösen, was Sie nicht mehr kontrollieren können, wie wäre es, wenn ich mit den Störtis in Kontakt trete und bei denen mal nachhorche, was sie von der Sache halten?«, unterbreitete Poolitzer seinen Schlichtungsvorschlag. »Ich merke normalerweise, wenn mich jemand anlügt. Aber bis ich zurückkomme, müssten die Korsaren die Ruder stillhalten, wie man so schön sagt. Sie sollten nichts provozieren.«

Die Piraten wechselten schnelle Blicke, die Entscheidung fiel innerhalb von Sekunden. »Einverstanden. Schnüffeln Sie«, stimmte der KaLeu zu. »Brauchen Sie uns zu lange, schlagen wir los.« Er fixierte die Augen des Seattlers. »Und wenn Sie uns an die Störtebekers verraten, sind Sie fällig, Poolitzer. Wir sind auch an Land schnell.«

Sie machten sich aufbruchbereit. Der Journalist nutzte die letzte Gelegenheit, einen Schwenk durch den mit Plastikplatten verkleideten Raum zu machen und die Kisten zu filmen. Sie erlaubten ihm, die Behälter zu öffnen und das Material darin aus der Nähe aufzunehmen: brandneue Schnellfeuergewehre der Marke Kalaschnikow.

Mit den Szenen sicherte er sich wenigstens schon mal vorab einen Bericht über das Piratentum an der Nordsee. Alleine die Aufnahmen mit dem Minenfeld und die »Ambiente«-Einstellungen in der Kaschemme reichten aus, um eine Story zu machen, dazu mischte er ein paar Zooms mit Perles Figur, und fertig war der nächste Reißerbericht.

Sie verabschiedeten sich mit Handschlag, aber ohne großartige Herzlichkeit voneinander. Geschäftspartner, geboren aus der Not, mehr waren sie nicht.

Die Schamanin brachte ihn zurück zum Anlegepier des »End of the World«. Die Fahrt verschlief Poolitzer komplett, er erwachte erst, als der Rumpf des EBS gegen den Gummireifen, der am Kai als Prallschutz diente, driftete und die Erschütterung durch das Boot lief.

Halb dösend stieg er aus, winkte Perle und umrundete die Kneipe, um an seinen Messenger zu gelangen.

Er war müde, er wollte ins Bett. Vor allem musste er aus diesem widerlichen Gestank heraus, der ihn ohne die Sauerstoffmaske in all seiner Scheußlichkeit traf. Ammoniak war verdammt penetrant. *Der Typ von der chemischen Reinigung wird mit Sicherheit die Hände über dem Kopf zusammenschlagen, wenn ich meinen Wäschesack abgebe.*

Brummelnd schritt er um die Ecke. Sein Wagen stand genau an dem Platz, an dem er ihn geparkt hatte. Er ging näher und rechnete damit, einen langen, hässlichen Kratzer auf der Motorhaube, dem Dach oder an den Seiten zu erkennen. Dem war nicht so. Die Möchtegern-Runner und schlechten Gandalf-Imitationen hatten sein Auto nicht angerührt.

»Der Spruch mit dem MG hat wohl geholfen«, murmelte er. Umständlich kramte er die winzige Fernbedienung aus der Tasche, deaktivierte die Diebstahlsicherung und löste die Zentralverriegelung.

Ein gedrungener Schatten löste sich knurrend vom Flachdach des »End of the World«, hopste auf das Verdeck des Kleinwagens und bellte Poolitzer an. Er sah sich einer Hundemutation gegenüber, die der verseuchte Sumpf geboren haben musste.

»Fuck, bist du hässlich!« Das Vieh war verdammt groß, die Zähne sahen gefährlich und scharf aus. Geifer troff die Lefzen herab und tropfte auf den Lack. Der breite Kopf stieß nach vorn, die Kiefer schnappten nach dem Reporter.

Aus dem anfänglichen Schrecken wurde ein lautes Lachen. »Klar, sicher! Ich weiß, warum ich eine solche Missgeburt noch nie vorher gesehen habe!« Der Wirt konnte es einfach nicht lassen, ihn noch einmal mit einer Illusion zu nerven.

»Yeah, zeig mir deine Augen, Baby!« Im letzten Moment wich er den Zahnreihen aus, klackend schlossen sie sich und verfehlten ihn knapp. Mit einer fließenden Bewegung langte der Reporter unter seine Jacke und zog die Altmayer, um sie auf den durch Magie geschaffenen Hund zu richten. »Jetzt wirst du das Licht sehen!«

Der Schädel des vierbeinigen Monstrums zuckte herum, ein weiteres Mal packte die Mutation zu und verbiss sich in den Lauf der großkalibrigen Waffe. Der mit enormer Kraft ausgeführte Schüttelreflex des Hundes riss ihm die Pistole aus der Hand, sein Zeigefinger rutschte dabei über den Abzug.

Krachend entlud sich die Waffe, die volle Ladung Schrot blies dem Scheinköter die Schädeldecke weg. Die Wucht beförderte ihn vom Wagendach, und er fiel auf der Fahrerseite des VW auf den Asphalt.

Verdammt gute Imitation. Poolitzer drehte sich auf den Absätzen herum und marschierte schnurstracks zurück in die Kneipe. Er wollte sein vorhin gegebenes Versprechen einlösen. Seine Laune war so schlecht, dass er den Helden-Chip nicht benötigte.

»Hoi«, sagte er freundlich zum Wirt, als er an der Bar anlangte. »Ich hatte es dir gesagt. Du bist selbst schuld an dem, was jetzt geschieht. Ich halte nur mein Wort, okay?« Sportlich flankte er über den Tresen, trat der verdutzten Bedienung mit zwei Schritten Anlauf zwischen die Beine und nahm sich ein Bier. »Wenn du Schmerzen hast, Penner, denk einfach, ich war eine Illusion.« Er ging. Langsam, cool, das Bier schlürfend.

Die Gäste starrten ihm hinterher, einige schickten sich an, ihm zu folgen.

Offenbar habe ich ein bisschen übertrieben. »Ey, ich habe ihn gewarnt! Ihr habt es alle gehört.« Er beschleunigte lieber, um rechtzeitig in seinem Fahrzeug zu verschwinden und abzuhauen. Unterwegs trank er hastig aus.

Als er an der Fahrerseite des Messengers ankam, wunderte es ihn schon ein wenig, dass der ausblutende Kadaver der Mutation immer noch zuckend auf der Erde lag. Die Illusion sollte so täuschend wie möglich wirken.

Oder … der Hund war echt?, kam ihm der verwegene Gedanke. Er schluckte. Probehalber trat er gegen den Körper, seine Stiefelsohle traf auf Widerstand. *Kann es sein …?* Poolitzer zückte die Altmayr. Er schoss einmal, er schoss ein zweites Mal nach dem Vieh, selbst ein mieser Schütze wie er verfehlte ein liegendes Ziel nicht.

Der tote Körper verhielt sich angesichts der eindringenden Kugeln physikalisch korrekt. Fell platzte auf, Blut spritzte und lief heraus, das Rot besprühte großflächig die Seite des Autos. Das war selbst für eine gute Illusion *zu* gut.

Das bedeutete zwei Dinge. Erstens, er war knapp einer bösen Bissverletzung entronnen, zweitens hatte er jemandem eine böse Verletzung zugefügt, ohne dass derjenige es verdient hatte. *Oh, oh.* Hinter sich hörte er Schritte. Viele Schritte. Seine Knie wurden weich. Mit flotten Sprüchen würde er nichts mehr verreißen können, das Motto lautete Flucht.

»Ey! Guckt mal! Das glaube ich nicht. Der Spacko hat meinen Hund erschossen!«, schrie jemand voller Hass. »Der frisst nu Aalsuppe!«

Damit potenzierten sich seine Probleme. *Nicht umdrehen,* befahl er sich nervös. Ein kühler Kopf war wichtig, solange er noch einen besaß. *Provozier sie nicht. Langsam, Poolitzer, langsam.* Er stieg über das tote Tier und schwang sich ins Innere des Pkw. Behutsam streckte er den Arm aus, um die Tür zu schließen.

Da hörte er den wütenden »Schnappt ihn!«-Befehl, den er viel früher erwartet hatte. Poolitzer startete schreiend den Motor.

ADL, Norddeutscher Bund, Bremen,
09. 12. 2058, 06:24 MEZ

Mit einer liebevollen Bewegung postierte der patschnasse Seattler den abgerissenen Rückspiegel auf der Kommode und ließ sich der Länge nach aufs Sofa fallen. Er war bis auf die Knochen durchgefroren. Stöhnend wälzte er sich vom Bauch auf den Rücken und begann, sich im Liegen die Klamotten vom Leib zu strippen, die stinkenden, feuchten Sachen landeten auf dem Boden. Poolitzer erhob sich ächzend und wankte unter die Dusche.

Selbst der Marsch von Allermöhe bis hierher hatte nichts gebracht. Wegen seines Gestanks wollten ihn weder Bus noch Taxi befördern, und sein VW ruhte auf dem Grund der Weser, wahrscheinlich neben Giftfässern und Uranresten.

Beinahe hätten die Freaks ihn erwischt, beinahe wäre

er ihnen entwischt, aber eben nur beinahe. Die Messerklauen-Wannabes feuerten ihr ganzes Zimmerflakarsenal hinter ihm her, die Magier deckten ihn mit blitzenden und flammenden Sachen ein, dass ihm Hören und Sehen verging. Als reichte es nicht aus, seinen armen, kleinen Wagen in Schrott zu verwandeln, erschien ein Elementar, hob das Auto an und beförderte es ins Wasser.

Es war ihm irgendwie gelungen, aus dem voll laufenden Messenger zu entkommen und dabei nichts von der giftigen Brühe zu schlucken. Den Rückspiegel hatte er sich als Andenken mitgenommen.

Der Juckreiz wurde immer schlimmer, alles Duschen half nichts.

Blöde Linkswixer!, schimpfte Poolitzer in Gedanken. *Scheiß Köter. Wie kann man nur so hässlich und trotzdem echt sein?* Er verließ die Kabine und betrachtete sich im Spiegel.

Ein hilfloses Wimmern drang aus seinem Mund. So ziemlich alles an ihm war von kleinen, roten Punkten bedeckt, er sah aus wie ein Rötelpatient. Selbst sein bestes Stück, Klein-Poolitzer, schimmerte rotgefleckt im Licht der Lampe.

Das darf nicht wahr sein! Fassungslos kratzte er sich am Ellbogen, und je mehr er schabte, desto schlimmer wurde das Brennen. Er hatte sich eine Allergie eingefangen, irgendeine Unverträglichkeitsreaktion auf die Weserkloake. *So* konnte er keinesfalls unter die Leute.

Der Reporter rief seinen Arzt an und schilderte die Symptome. Per Ferndiagnose verschrieb ihm der Mediziner eine Salbe, mit der er sich einschmieren sollte. Änderte sich der Zustand nicht innerhalb von drei Tagen, müsste er in die Praxis kommen und sich untersuchen lassen.

Poolitzer orderte das Medikament in der Matrix-Apotheke und verlangte Sofort-Lieferung, während er den Computer die Nummer von Sparkplug wählen ließ. Wenn sich jemand mit Technik und Fahrzeugen auskannte, dann waren das der elfische Rigger und seine Mechanikerin Twing.

Sie lebten in Seattle, der alten Heimat des InfoNetworks-Mitarbeiters. Er kannte sie, weil sie zusammen einen Run gegen Cyberdynamix absolvierten und Poolitzer – natürlich – alles dokumentiert hatte. Der Bericht war ein Renner gewesen. Nach den überstandenen Turbulenzen heirateten die beiden, eine bessere Kombination konnte es fast nicht mehr geben. Er machte die Autos kaputt, sie flickte sie zusammen.

Der hagere Elf mit der Vorliebe für zu weite, gebrauchte Anzüge war ein Fundus an neuen Schimpfwörtern und Kraftausdrücken, Twing bildete den ausgleichenden Pol zum aufbrausenden Temperament des Riggers. Die junge Frau mit den kurzen, blauen Haaren, die immer einen Blaumann trug und sich mit Ölflecken im Gesicht schmückte, musste den Fahrzeugcrack wirklich lieben, schätzte Poolitzer. Anders konnte er es sich nicht erklären, dass sie es bei ihm aushielt. Die Leidenschaft für schnelle Flitzer verband das Paar zusätzlich.

Als die Verbindung stand, erschien auf dem Bildschirm ein kleines Fenster mit dem verschlafenen Gesicht Twings. Mit kleinen Augen blinzelte sie in die Kamera.

»Mh?«, murmelte sie dösig. Ihr Shirt verrutschte, Poolitzer sah ihre dezente türkisfarbene Tätowierung am Hals, die sich die Brust entlang zog.

»Hoi! Na, steht Seattle noch?«, grüßte er sie in der Stadtsprache. Er genoss es, einmal nicht eine Unterhaltung in Deutsch führen zu müssen. »Was macht der Nörgel-Elf? Hat er ein neues Schimpfwort kreiert?«

Twing schaute zur Seite, griff nach etwas und hielt nach mehreren Tastversuchen einen Wecker anklagend vor die WebCam. »Spinnst du, Linse? Ich brauche meinen Schönheitsschlaf. Ich will ja eines Tages nicht so aussehen wie du.« Sie betrachtete sein Gesicht genauer. »Shit, was ist denn mit dir passiert? Hat dich einer angemalt?« Ihre blauen Augen verloren den leichten Schleier, die Müdigkeit verflog.

»Vergiss es«, meinte Poolitzer ungehalten. »Das würde zu lange dauern, es zu erklären.« Er jagte die technischen Einzelheiten des Sharkskin durch die Matrix. »Du bekommst von mir ein paar Bildchen und Zahlen. Ich muss wissen, ob du irgendwelche Schwachstellen in der Konstruktion siehst«, bat er sie.

»Kostenlos, oder?«, schätzte sie, hockte sich in den Schneidersitz, zupfte ihr Shirt zurecht und zog die Tastatur zu sich heran.

»Für einen guten Freund macht man das doch«, grinste er gewinnend. Seine Hand zuckte nach oben, um eine Stelle an der Stirn zu kratzen.

»Eben. Für einen *guten* Freund«, parierte sie frech. »Nervensägen wie du müssen doppelt so viel blechen.« Twing lächelte in das Objektiv. »Schön, was von dir zu hören. Auch wenn es nur geschäftlich ist.«

»Ich hatte viel um die Ohren«, druckste er herum. Er fühlte sich ein wenig schuldig, sich bei seinen alten Bekannten nicht öfter zu melden. »Wie geht es deinem Mann?«

Sie lachte. »Wie immer. Er und Ultra stürzen sich zusammen mit Hustle in Aufträge und bringen mir verbeulte oder durchlöcherte Karren mit nach Hause. Aber sie sind alle noch gesund und munter.« Ihre Aufmerksamkeit wurde abgelenkt. »Ich habe deine Post bekommen.« Sie klickte sich durch die Pläne und Ziffern, ihre blauen Augenbrauen wanderten in die Höhe. »Wow«, entfuhr es ihr anerkennend, »da hat sich aber jemand ein nettes Boot gebaut.«

Als Poolitzer sie nach den Schwachstellen der »A1«

fragte, tippte Twing nach kurzem Nachdenken auf den benötigten Treibstoff und den Verbrauch.

Die beiden Messerschmitt-Kawasaki TI-500 Turbinen benötigten Jettreibstoff bester Qualität, sonst würden die Maschinen nicht ihre volle Leistung bringen können. Die Gefahr von Fehlzündungen gesellte sich hinzu, billiger Sprit kam nicht infrage.

»Die Hochleistungsmaschinen sind empfindlich. Schlechtes Kerosin könnte bei der mörderischen Beanspruchung verhängnisvolle Konsequenzen haben – bis hin zur Explosion der Turbinen.« Die Mechanikerin schaute auf einen zweiten Monitor, auf dem die technischen Daten zu lesen waren.

»Außerdem benötigt die Holohaut ordentlich Saft«, fiel ihr auf. »Die Bezeichnung der Brennstoffzelle, die sie dafür benutzen, ist neu.« Sie langte nach dem Kom-Gerät und führte ein knappes Gespräch. »Mein Dealer hat noch nichts davon gehört. Gut, ist ja auch ein europäisches Produkt. Hör dich mal um. Das müsste ein Ansatz sein«, empfahl sie ihm. »Das sind aber nur so spontane Auffälligkeiten. Die Wartungszeit dürfte recht hoch sein. Man braucht dazu Experten. Ich sag's ehrlich: Ich wäre damit überfordert.«

Er erklärte ihr rasch den Hintergrund seiner Anfrage. »Würdest du so etwas klauen?«, wollte er neugierig wissen.

Twing überlegte. »Nur, um sie wieder zu verkaufen, aber für den Dauereinsatz sind sie für Runner nicht zu gebrauchen. Zu aufwendig, zu speziell«, gab sie ihre Meinung kund.

»Okay, danke, Schönheit«, nickte er ihr zu. »Geh zurück ins Bett. Vielen Dank, und grüß die anderen von mir.«

»Mach ich.« Die Mechanikerin lächelte ihn freundlich an. »Pass auf dich auf, Snoop. Bis denn.«

Sie beendeten die Unterhaltung, und Poolitzer war

verdammt zufrieden. Den Rest des Vormittags verbrachte er mit Matrix-Recherchen und ständigem Eincremen, nachdem ihm eine Lieferdrohne der Apotheke seine Bestellung gebracht hatte.

Seine Kontakte fanden bis zur Mittagszeit heraus, dass es sich um eine neu entwickelte Brennstoffzelle von IFMU handelte, die in knapp einem Monat offiziell auf den Markt kommen sollte. Die Werbung dafür war eben angelaufen. Er erinnerte sich dunkel an die elektronischen Werbeanzeigen an den Wänden und den PR-Zeppelinen. Die Zelle sollte länger halten als die bisherigen Produkte.

Die Brennstoffzellen für den NDB lagerten derzeit in der IFMU-Niederlassung »Daimler Benz« im Ostbremer Stadtteil Hemelingen und warteten auf den Verkaufsstart.

Für ihn ergab sich damit ein Ansatz. *Ich muss mich nur in der Nähe der Niederlassung auf die Lauer legen.* Es wäre eine Frage der Zeit und des Glücks, wann die momentanen Sharkskin-Besitzer dort auftauchten und sich Energie-Nachschub holten. Ein unbestimmtes Gefühl sagte ihm, dass die Diebe mit den Neuentwicklungen noch viel mehr vorhatten.

Er bestellte sich ein Taxi, packte ein paar elektronische Überwachungsgeräte ein und gondelte rasch in der Nähe der IFMU-Niederlassung vorbei. Innerhalb einer halben Stunde hatte er die Spionagevorrichtungen, Mini-Kameras mit Bewegungsmeldern, an strategisch geschickten Orten platziert.

Die Dinger funktionierten mit Solarenergie und Batterien, sodass er sich um die Stromzufuhr keine Sorgen machen musste. Sie sendeten ihre Signale zur benachbarten InfoNetworks-Station, von wo sie verstärkt und zu ihm übertragen wurden. Danach fuhr er wieder nach Hause.

In seiner Wohnung angekommen, juckte seine Nase.

Er war sich nicht sicher, ob das vom Weserwasser kam oder ein Zeichen für eine Story war.

Poolitzer las den Beipackzettel der Salbe durch. Er entdeckte keine Warnung, die gegen eine Anwendung in der Nase sprach. Vorsichtig schmierte er sich die Paste in die Nasenlöcher. Fünf Minuten später setzte ein schmerzhaftes Brennen ein.

IV.

ADL, Norddeutscher Bund, Bremen,
09. 12. 2058, 08:11 MEZ

Oslebshausen war auf vieles vorbereitet, aber nicht auf *das*. Es geschah, als Mihail und Waterkant auf dem Hof ihre Runden drehten. Der Troll bückte sich gerade, um ein neues Gewicht auf die Butterfly-Maschine zu legen, Mihail betrachtete die dunkelgrauen Wolken, die über den hellgrauen Himmel zogen, als es plötzlich in den Glaskabinen der Wachtürme lebendig wurde.

Einer der JVA-Beamten, das sah der Russe ganz deutlich, schaute zu seinem Kollegen und deutete nach unten, in der nächsten Sekunde erschütterte eine Explosion die nördliche Gefängniswand.

Scharfkantige, rotglühende Stahlsplitter wirbelten über den Hof, einige Gefangene wurden von ihnen getroffen und brachen auf der Stelle zusammen. Die Ränder der geborstenen Wand glommen rot von der Hitze, die bei der Detonation entstanden war.

Was …? Waterkant ließ das Gewicht fallen und starrte auf das Loch, dann fiel sein Blick auf den Decker, der keineswegs überrascht aussah. Ein wissendes Lächeln umspielte die Lippen, er strich sich unruhig über den blonden Oberlippenbart, doch noch bewegte er sich nicht. Der Troll hielt sich bereit.

Kaum hatten sich die Gefangenen und Wachen von dem Schock erholt, zerriss eine unsichtbare Kraft einen der gläsernen Aufsätze auf den Türmen nach dem anderen. Den Schließern blieb keine Zeit, in irgendeiner Weise auf die Bedrohung zu reagieren, die glitzernden Scherben des Sicherheitsglases zerfetzten sie, wo sie standen.

Fünf Gepanzerte sprangen durch die Öffnung in der Wand und eröffneten sofort das Feuer auf alle Personen, welche offensichtlich zur Belegschaft der JVA gehörten. Der Anführer des Trupps orientierte sich, deutete auf Mihail und winkte ihm zu.

Das war das Zeichen, das die letzten Zweifel beseitigte.

Gegenwehr erfolgte kaum. Die Hinrichtung der Schließer und die magische Überlegenheit der Angreifer führten dazu, dass sich die restlichen Überlebenden des Wachpersonals im Inneren des Gefängnisses verschanzten und durch kleinen Luken nach draußen feuerten.

Gelegentlich flogen Tränengasgranaten und vernebelten den Hof mit ihren Dämpfen, was es den voll gerüsteten Angreifern nur leichter machte. Die Gefangenen dagegen husteten, manche wurden durch die enorme Reizwirkung außer Gefecht gesetzt. Zu ihnen gehörte auch der Decker.

Wir kommen hier raus, so wahr ich Pirat bin. Kurz entschlossen schnappte Waterkant ihn sich, warf ihn über die Schulter und rannte auf die unbekannten Angreifer zu.

Sie erkannten, wen ihnen der Troll brachte und deuteten auf das Loch. Inzwischen begannen auch einige andere halbwegs fitte Insassen die Gunst der Stunde zu nutzen und flüchteten aus dem Knast.

Der Korsar duckte sich, als er den Durchlass passierte, und stand vor einem regulären Gefangenentransporter der Polizei. So war es den Russen gelungen, sich einigermaßen unerkannt der JVA zu nähern. Erst als sie die thermale Sprengladung anbrachten, hatten die echten Beamten Verdacht geschöpft.

Die Russen sind gut im Organisieren, dachte er anerkennend. Er wischte sich die Tränen aus den Augen und ignorierte das Brennen, welches die chemische Keule verursachte. Es brauchte mehr, um ihn umzuhauen.

Ein anderer Bewaffneter stand vor dem Einstieg, ein erschossener Gefangener lag vor dem Trittbrett. Waterkant schluckte. Die Mafioso-Runner führten das Fahrgastselektionsverfahren mit aller Härte durch, ultimativer ging es nicht mehr.

Schon senkte sich die Mündung der automatischen Schrotflinte und zeigte mitten in sein Gesicht. Schnell langte er nach den blonden Haaren des Chiphead und zog den Kopf in die Höhe, damit der Typ sah, dass er den von ihnen Gesuchten brachte. »Er hat gesagt, ihr sollt mich mitnehmen«, stieß Waterkant undeutlich hervor und machte Anstalten, sich ins Innere des Fahrzeugs zu schwingen.

Zwei weitere Gepanzerte sprangen von hinten an ihm vorbei. Sie hatten ihren Auftrag erledigt und machten sich zum Absetzen bereit. Einer von ihnen schaute zu dem Transporterwächter, im verspiegelten Helmvisier reflektierte das angespannte Gesicht des Metamenschen. Offenbar kommunizierten sie per Funk miteinander, was zu tun sei.

Das Ergebnis der knappen Diskussion stand fest, die Schrotflinte hob sich wieder: Man wollte ihn nicht.

Es blieb ihm nur ein Ausweg. Geistesgegenwärtig umspannte Waterkant die Kehle des bewusstlosen Mihails. »Ich reiß ihm den Kopf ab, Leute«, drohte er finster. »Lasst mich einsteigen!«

Wieder dauerte es mehrere Sekunden, bis er ein Zeichen erhielt. Man winkte ihn herein.

Der Hexer konzentrierte sich darauf, seine magischen Fertigkeiten zur Verteidigung einzusetzen, während er sich auf die Pritsche warf. Außerhalb des Gefängnisses konnte er seine Kräfte wieder einsetzen und würde sie auch unbedingt brauchen. Den Russen hielt er wie eine Puppe vor sich, die Linke ließ den Hals des Chipheads nicht los. *Scheiß Situation!*

Die anderen Gepanzerten stiegen ein.

Ein weiterer Flüchtling verlor sein Leben, als er sich unaufgefordert ins Innere begeben wollte. Der Wächter an der Tür feuerte ihm ohne Vorwarnung zweimal in die Brust, aufschreiend stürzte der Getroffene rücklings zu Boden. Mehr sah der Troll nicht mehr, die Türen klappten zu, der Transporter donnerte los.

Waterkant hatte Angst. Er saß sechs kompromisslosen Runnern in Vollrüstung gegenüber, die Läufe ihrer Waffen wiesen unentwegt auf seinen Kopf, keiner sprach mit ihm.

Inzwischen war er sich nicht mehr so sicher, ob es eine gute Idee gewesen war, sich aufzudrängen. *Ich hätte einfach nur durchs Loch rennen sollen*, bereute er seine Rettungsaktion.

Mihail zuckte. Sein Bewusstsein kehrte zurück, fluchend rieb er sich die Augen, um die Wirkung des Tränengases zu reduzieren, was natürlich nichts brachte.

»Lass mich los«, heulte er den Troll an. »Ich brauche Wasser. Muss das Zeug auswaschen.« Er blinzelte in die Runde, das Weiß rund um die Puppillen hatte sich zu tiefem Rot gewandelt. »Was ist?«, verlangte er nachdrücklich um Hilfe. »Wo bleibt das Wasser?« Es folgte ein anhaltender russischer Wortschwall.

Die Gepanzerten reagierten trotz des Lamentierens immer noch nicht, sie lauerten. Sie lauerten auf einen Fehler des Hexers.

»Kannst du deinen Jungs sagen, dass ich dein Bekannter bin und dass es in Ordnung geht, dass ich hier bin?«, sagte Waterkant krächzend. Das Tränengas war an seiner Kehle und seinen Stimmbändern nicht spurlos vorübergegangen. »Die wollen mich geken, Mihail.«

Wieder folgte eine schier unendliche Folge von russischen Wörtern, die keine sichtbare Reaktion auslöste.

Unvermittelt bremste der Transporter scharf, eine Sekunde darauf fuhr er ruckartig an. Die Bewaffneten waren auf das Manöver vorbereitet gewesen, der Korsar nicht.

Sein Körper folgte den physikalischen Gesetzen, im Umkippen riss er den Decker mit sich. Als das Fahrzeug durchstartete, knallte sein Kopf gegen die Seitenwand, die Konzentration für seinen Barrierespruch, den er eben hochziehen wollte, wurde durch den Schmerz verjagt.

Er sah durch den Schleier vor seinen Augen eine breite Gestalt heranspringen, der Lauf der Waffe richtete sich auf seine Schulter.

Es knallte ohrenbetäubend. Sein Trommelfell reagierte mit einem anhaltenden Fiepen auf den Laut. Waterkant spürte gleichzeitig einen harten Schlag gegen seinen Arm, der daraufhin taub wurde. Die kribbelnden Finger lösten sich und gaben Mihail frei, jemand zerrte ihn von ihm weg. Er war als Zielscheibe freigegeben.

In höchster Not griff er nach Manaenergie und setzte den Spruch »chaotische Welt« frei. Funktionierte der Zauber so, wie er sollte, wären die Sinne der Männer nun von optischen Eindrücken, Gerüchen und Empfindungen überlastet.

Raus, bei allen Klabautern! Die Ablenkung nutzte er, um sich gegen die Hecktür zu werfen. Die linke Hand fand den Riegel, der Ausstieg schwang auf. Eine bewachsene Böschung huschte rechts und links als grüner Streifen an ihm vorbei. Das Fahrzeug, schätzte er, fuhr mit lockeren 120 Sachen, wenn nicht sogar mehr.

Waterkant blieb keine Wahl. Er warf einen raschen Blick auf seine blutende Schulter, in die man ihm eine dicke Ladung Blei gesetzt haben musste. Darum wollte er sich später kümmern, er sah aus den Augenwinkeln, wie sich einer der Angreifer gegen die magische Ablenkung durchsetzte und seine Waffe hob. Das G12 zielte auf den breiten Rücken des Metamenschen.

»Scheiß Troggy!«, hörte er die verzerrte Stimme aus dem Helmlautsprecher, das elektronische Gerät übertrug den abgrundtiefen Hass des Sprechers mit.

Waterkant drückte sich ab, hinter ihm röhrte das

Sturmgewehr auf. Das aggressive Knattern der Waffe vernahm er nur auf seinem linken Ohr, das andere piepste nach wie vor.

Er spürte die Einschläge mehrerer Kugeln, die seinen Rücken schräg hinaufwanderten. Die Projektile verfehlten seinen Kopf nur um Millimeter, dann schlug er im Gras auf.

Seine Beine wurden nach hinten gerissen, er machte sich klein, so gut es für einen Troll ging. Er umarmte eine der schwarzweißen Barken und riss sie aus der Verankerung, knapp kugelte er hinter der Leitplanke vorbei und rollte einen Abhang hinunter. Er roch dabei Gras, modrigen Waldbodenduft und Tannennadeln und wunderte sich, welche Nebensächlichkeiten er in dieser Situation wahrnahm.

Als er zum Liegen gekommen war, drehte sich die Welt weiterhin um ihn. Ihm war schlecht, sein gesamter Körper schmerzte. *Nicht ohnmächtig werden*, spornte er sich selbst an. Waterkant lauschte, der Transporter setzte zurück.

Er erhielt unerwarteten Beistand. Ein Hubschrauber donnerte über die Gefängniszufahrt hinweg. Auf der Straße feuerten die Sturmgewehre los, der Motor des Transporters brüllte auf. Offenbar ließen die Russenrunner von ihm ab, um sich mit ihrer kostbaren Beute abzusetzen, ehe ein SEK auftauchte und ihnen echte Gegenwehr lieferte.

Er senkte sein Gesicht ins feuchte Moos und lachte seine Erleichterung in den Waldboden. *Geschafft*, freute er sich benommen.

Er hörte ein leises Geräusch, als rollten kleine Steine die Böschung hinab.

Zuerst dachte er sich nichts dabei, doch die erste Explosion vier Meter vor seiner Deckung machte ihm schlagartig klar, dass die Russenmafia ihm ein paar Geschenke hinterhergeworfen hatte.

Die Schrapnelle der Handgranate bohrten sich knirschend in den Stamm, hinter dem er lag, und rissen die Rinde ab. Kleinere Büsche schüttelten sich, verloren Blätter und Äste, die Druckwelle und Metallsplitter setzten ihnen heftig zu.

Waterkant wollte hastig den Barrierespruch einleiten, aber er unterschätzte seine Verletzungen und die Anstrengung. Beides zusammen ließ ihn einen Augenblick später ohnmächtig werden.

ADL, Norddeutscher Bund, Freistadt Hamburg,
09. 12. 2058, 08:31 MEZ

Die Beamten des Landeskriminalamts kannten wenig Rücksicht, was erstens das Schlafbedürfnis des Reporters, zweitens die roten Pusteln und drittens seine dick angeschwollene Nase anging. Sie klingelten ihn unsanft aus dem Bett und verlangten, sie sofort zu begleiten.

Kaum hatte er sich einigermaßen angezogen, meldete sich sein Kom. Der CvD war in der Leitung und wollte ihn nach Bremen schicken, um das Knastmassaker in Oslebshausen zu filmen und einen Bericht zu machen.

Doch die Ermittler ließen es nicht zu. Poolitzer trottete in ihrer Mitte zum Zivilpolizeiauto und wurde zum LKA-Hauptquartier kutschiert. Alles, was man ihm sagte, war, dass es etwas mit den Ereignissen in der »Endzone« zu tun hatte. Zehn Minuten später saß er in einem kleinen Verhörzimmer, einen Becher Soykaf und einen schlecht gelaunten Kommissar Tegtmeier vor sich.

Es entspann sich ein schleppendes Gespräch, das mehr und mehr zum Polizeimonolog verkam. Der Ermittler verlangte zu erfahren, welche Nummer Waterkant dem Journalisten vor zwei Tagen gegeben hatte, mit wem er sich im »End of the World« getroffen habe, ob er etwas über den Ausbruch wüsste.

Poolitzer verwies auf den Zeugenschutz und sein Recht, die Informanten nicht preisgeben zu müssen.

Daraufhin bekam er ständig zu hören, dass er sich unter Umständen wegen Unterstützung eines Verbrechens und mehrfachen Mordes sowie versuchten Mordes zu verantworten hätte. Außerdem reiche ein Anruf beim DeMeKo, und er würde nirgends mehr in der ADL einen Sender finden, der ihm sein Material abkaufe.

Der Reporter blieb ruhig. Die Cops in Seattle spielten diese Melodie, die Tegtmeier anstimmte, mindestens genauso gut wie die Deutschen, und von daher war er die Töne gewohnt. Der Arm des Gesetzes konnte ihm nichts anhaben, er wusste das, die Bullen wussten das, vermutlich war der Kommissar deshalb so mies drauf. Weil er in Zukunft mit den Jungs zusammenarbeiten wollte, versuchte er es mit Schnüffler-Diplomatie.

»Herr Kommissar, wie wär's, wenn wir eine Vereinbarung treffen?«, leitete er seine raffinierte Verhandlungsrunde ein. »Sie lassen mich in Ruhe, ich versichere Ihnen, dass ich nichts mit dem Ausbruch zu tun hatte und informiere Sie und das LKA, sobald ich mehr über die Sache herausfinde. Meine Kontakte sind besser als Ihre.«

Tegtmeier sah nicht so aus, als ginge er auf das Angebot ein. »Sie sagen mir, was ich wissen will, und Sie dürfen raus«, hielt er dagegen.

»Sie haben nichts gegen mich in der Hand«, konterte Poolitzer freundlich. »Ich sage Ihnen, dass der Troll mir die ISBN-Nummer eines Buches notierte. Was können Sie dagegen sagen?«

»Sie tragen eine Waffe.« Der Polizist nickte in seine Richtung. »Eine Altmayr. Das Führen von Waffen ist Zivilpersonen innerhalb des LKA untersagt. Somit haben Sie sich eben etwas zuschulden kommen lassen«, grinste er ihn an. »Bis ich die Sache geklärt habe, ob die Waffe schon mal bei einem Überfall genutzt wurde, ob Sie überhaupt einen Waffenschein haben und vieles mehr, kann ich Sie verwahren lassen. Das kann lange dauern, bis ich was rausgefunden habe. Meine Kontakte sind, wie Sie selbst sagten, schlecht.« Er zündete sich eine Zigarette an und blies den Rauch gegen die Decke. »Na?«

Dieses Mal war Poolitzer hereingefallen. Und er hatte sich noch gewundert, dass ihn niemand kontrollierte. Jetzt wusste er, warum. »Okay«, lenkte er knurrend ein. Der Gedanke daran, dass seine Kollegen sich am Knast aufhielten und ihre Storys abdrehten, während er hier saß, beschleunigte seine Entscheidung.

Er berichtete von seinen Gesprächen mit den Korsaren, behauptete aber, nicht zu wissen, wohin man ihn gebracht hatte. Dabei erzählte er die Geschichte so, dass er die Schlüsse des Kommissars in Richtung Revierkrieg unter den Piraten bugsierte.

Tegtmeier zeichnete die Unterhaltung auf, ohne ihn zu unterbrechen, nach einer weiteren halben Stunde durfte er gehen. Poolitzer bestellte ein Taxi und fuhr auf Kosten des Senders nach Bremen.

An der JVA war die Reporterhölle los. Näher als fünfzig Meter ließen die Polizeibeamten niemanden an den Knast heran. Zwei Kamerahubschrauber wurden durch einen Helikopter der Gesetzeshüter verscheucht, zwei Aufzeichnungsdrohnen wurden erwischt und beschlagnahmt.

Er verzog das Gesicht, als er das Durcheinander sah. *Toll. Wegen dem Arschloch Tegtmeier bin ich viel zu spät dran.*

Die eingerichtete Infozentrale der Kripo verteilte allgemein gehaltene Medienerklärungen, eine hübsche Beamtin hielt ihr Gesicht in jede Kamera, um so viel wie nötig mit so wenig Inhalt wie möglich von sich zu geben. Dafür war ihm seine Sendezeit zu schade.

Er schlenderte um die Absperrung herum, um sich weiter umzuschauen.

Das Loch in der Wand war mit Planen abgedeckt, die Straße war übersät mit Platzhaltern und Spurenmarkern. Zwei Leichen lagen nebeneinander auf dem Asphalt. Deutete er die Markierungen richtig, waren sie vor der Heckluke des Fluchtfahrzeugs erschossen worden. Noch war in dem allgemeinen Chaos unklar, wen sich die Angreifer aus der Schar der Gefangenen ausgesucht und eingeladen hatten.

Poolitzer umrundete die JVA, soweit es möglich war, ohne aber Aufschlussreiches zu entdecken, also beschränkte er sich darauf, die Forensiker bei der Spurensicherung zu filmen, ein paar Kameraleute aufzunehmen und verschiedene Einstellungen der Zerstörung auf den Datenträger in seiner Fuchi zu bannen.

Weil ihn keiner der Kollegen mitnehmen wollte, offenbar fürchteten sie, sein Ausschlag könnte ansteckend sein, machte er sich bei Einbruch der Dunkelheit fluchend zu Fuß auf den Weg zurück.

Die Nase schwoll derart an, dass er durch den Mund atmete, um nicht zu ersticken. Ganz oben auf seiner Liste stand der Besuch seines Arztes. Oder noch besser, der Besuch in der Apotheke. Die würden ihm erklären müssen, warum die Salbe die Nasenschleimhäute reizte, obwohl man davor auf dem Beipackzettel nicht gewarnt wurde. In den UCAS könnte er den Hersteller verklagen.

Fuck, daheim wäre ich reich, ärgerte er sich und ging die Straße entlang. Nach drei Kilometern keuchte und pumpte er wie ein asthmatischer Pekinese. Seine Taschentücher waren alle aufgebraucht, alle hundert Meter hatte er ein voll gerotztes liegen lassen. *Sollen die Waldtiere meine Bakterien fressen und an den Cremerückständen eingehen.*

Unter seinen Schuhen klirrte es metallisch, sofort blieb er stehen und sah nach.

Er entdeckte lange Patronenhülsen, wie sie von automatischen Gewehren ausgeworfen wurden. *Holla! Hier scheint was gelaufen zu sein.* Sein Blick fiel auf ein Loch im Asphalt, etliche Meter weiter lag eine samt Verankerung ausgerissene Barke.

Er nahm seine Kamera und aktivierte sie, um behutsam die Böschung hinunter zu spähen. Der Farn war teilweise umgeknickt, im abschüssigen Waldboden zeichneten sich Abdrücke eines großen Körpers ab.

Motorengeräusch lenkte ihn ab. Er sah, dass sich ein Mannschaftswagen der Polizei näherte, dicht dahinter der Mini-Van der Spurensicherung.

Da lang, Poolitzer. Ohne lange zu zögern sprang er über die Leitplanke, hopste ungelenk den Hang hinunter und suchte die Umgebung nach weiteren Indizien ab. Nach einigen Metern sah er kleine Krater, welche von Sprengkörpern stammen mussten; den zerfetzten Sträuchern und beschädigten Bäumen nach zu urteilen, waren es Handgranaten gewesen.

Bingo! Poolitzer schaltete die Fuchi auf Wärmebild um, so ließ sich ein getarnter Körper in dem Dickicht am besten ausfindig machen. Er zog die Altmayer aus dem Futteral, ohne es richtig wahrzunehmen. Er bewegte sich schnell durchs Unterholz, es gab keine Zeit zu verlieren, weil er hörte, dass die Polizei-Transporter auf der Straße anhielten. Mit Sicherheit würden die Beamten die breiten, fast schon unübersehbaren Spuren im Wald und an der Böschung ebenso sicher bemerken wie er.

Der Infrarotsichtmodus hob einen breiten, massigen Körperumriss hinter der Deckung eines umgestürzten Baums deutlich hervor.

Doppel-Bingo!, freute sich der Reporter. Vorsichtig pirschte er sich an den Liegenden heran, die großkalibrige Pistole halb im Anschlag. Er wollte sich von einem nervösen Knastbruder nicht umhauen lassen.

Je näher er kam, desto deutlicher wurden die Konturen

ren. Für einen normalen Menschen, selbst für einen Ork waren sie zu mächtig.

Ein Troll! Waterkant!, verstand Poolitzer augenblicklich. Es hatte nur ein Metamensch dieses Kalibers auf der Liste der Flüchtlinge gestanden.

Waterkant lag im Moos, das Gesicht halb zur Seite gedreht. Auf seiner Schulter hatte sich eine rotschwarze Kruste gebildet, kleinere Einschüsse auf dem Rücken zeichneten sich nur als hellere Punkte auf der grobporigen Haut ab. Offenbar hatte sich der Hexer bis zu einem gewissen Grad bereits selbst geheilt, doch die Wunde oberhalb des Schlüsselbeins musste zu schwer gewesen sein.

Poolitzer kniete sich neben den schwer verletzten Troll auf die Erde. Der Puls schlug unregelmäßig. Es bedurfte seiner Einschätzung nach eines medizinischen Spezialisten, um den Korsaren vor dem Tod zu bewahren, falls es ihm nicht gelang, den Schamanen zu Bewusstsein zu bringen.

Er hörte die Stimmen der Polizisten, die sich anschickten, den Abhang hinabzusteigen.

Fuck! Was jetzt? Einen Moment lang spielte er mit dem Gedanken, auf sich aufmerksam zu machen. Er würde dem Metamenschen somit das Leben retten, ihn aber unweigerlich zurück in die »Endzone« befördern. Säße der Pirat im Knast, wäre er diesen Kontakt los und könnte sich bei den Roten Korsaren nicht einschleimen.

Sein Fazit lautete daher, dass er den Troll unbedingt anders retten musste. Er brauchte eine Ablenkung, einen Köder für den Suchtrupp.

Vielleicht drücken sich noch mehr Knastis herum? Er klappte die Augensteuerung der PortaCam-Halterung wieder vor seine rechte Pupille und schaute sich um, fieberhaft suchte er den Wald vor sich ab.

Fünf schwachrote Silhouetten liefen langsam zwischen den Bäumen entlang. Die Ermittlungsbeamten hatten ihre Blicke auf die Erde gerichtet und konzentrierten sich auf die Spurensuche am Boden. Zum Glück für ihn und den Troll.

Er kramte ein Stimulanzpflaster aus dem Rucksack und schätzte die daraus resultierende Gefahr für den magisch Begabten ab. Unter Umständen führten die Nebenwirkungen des anregenden Wirkstoffs zu einer Art Rückkopplung, Magie und Medikament vertrugen sich nicht besonders. Er beschloss, es darauf ankommen zu lassen. Das Pflaster landete auf dem Verletzten. *Hoffentlich übersteht er es.*

Waterkant riss die Lider auf, er erwachte stöhnend und wollte sich unbeholfen in die Höhe stemmen.

Ein erleichterter Poolitzer bedeutete ihm rasch, liegen zu bleiben. »Ruhig. Ich bin's, der Schnüffler«, redete er leise, aber eindringlich auf den Gefangenen ein. »Versuch, dich mit deiner Magie irgendwie wieder einigermaßen auf die Beine zu bringen. Schnell«, drängte er und sah nach den Polizisten. »Die Bullen kommen! Wir müssen weg.«

Der Korsar ächzte und flüsterte ein paar unverständliche Worte.

Der Reporter hoffte, dass der Troll irgendwelche Formeln brabbelte, um die Wunden zu heilen. Anscheinend schaffte es der Hexer wirklich. Die Kruste auf der Schulter knisterte, bröckelte ein wenig ab, dennoch dauerte der Vorgang viel zu lange.

Hastig schwenkte er die Fuchi hin und her. Er erstarrte.

Etwa dreihundert Meter links von ihm entfernt kroch eine weitere Gestalt im Dickicht herum, und dem Verhalten nach handelte es sich keineswegs um einen Beamten. Irgendeine nette Fee hatte ihm seinen Wunsch nach Ablenkung und Knasti erfüllt.

»Halt die Füße still«, wisperte er Waterkant ins Ohr. Behutsam rutschte er vom Versteck weg, schlug einen

Bogen und näherte sich dem zweiten entflohenen Sträfling.

Als er noch etwa fünfzig Meter von dem Mann entfernt war, bemerkte der Ausbrecher ihn, er zerbrach einfach zu viele Äste.

Der Verbrecher sprang auf und rannte los, die Beamten wurden auf den Lärm aufmerksam. Ehe sie aber durch ihre Wärmebildansicht auf die Umrisse des Trolls stießen, sorgte Poolitzer dafür, dass sich der Suchtrupp voll und ganz um den Lockvogel kümmerte.

Er vertraute darauf, dass er so schlecht traf wie immer, als er die Altmayer hob und grob in die Richtung des Flüchtenden feuerte. Das Mündungsfeuer verursachte eine Überlastung des IR-Modus, er wurde durch das grelle Weiß auf dem rechten Auge geblendet.

Sein Schuss wirkte so, wie er beabsichtigte: Der Knasti setzte zu einem olympiareifen Spurt an.

»Hier! Hier ist er!« Der Journalist grinste. *Lauf, Forrest, lauf!* Er hängte sich an die Fersen des Mannes. Nicht etwa, um den entflohenen Häftling zu fangen, sondern um ihn vor sich her zu scheuchen und immer weiter von Waterkants Versteck wegzutreiben.

Mit offenem Mund stolperte er laut schnaufend hinter der roten Kontur her, gleichzeitig rief er Perle an und setzte sie keuchend von der Situation in Kenntnis. Die Korsarin sagte ihm schnelle Hilfe zu.

Das will ich auch schwer hoffen. Poolitzers Ausdauerkurve bewegte sich steil nach unten. Wegen der geschwollenen Nase schnorchelte und keuchte er, Luft bekam er fast keine mehr. Ohne neuen Sauerstoff in den Lungen fiel ihm das Rennen zunehmend schwerer, dennoch gab er nicht auf.

Ab und zu schoss er, wenn er der Meinung war, dass der Gefangene vor ihm an Geschwindigkeit verlor. Doch die Polizisten erwiesen sich als durchtrainierter, einer von ihnen schloss zu ihm auf.

»Da!«, näselte er und reckte die Linke in die Dunkelheit. »Da rennt er. Die Sau hat mich angegriffen!« Das sollte als erste Lüge ausreichen.

»Überlassen Sie das uns«, wies ihn die Lautsprecherstimme aus den Seitenschlitzen des Helms heraus an. »Bleiben Sie zurück.«

»Aber gerne.« Er wurde langsamer, blieb stehen und lehnte sich keuchend an einen Baumstamm. Die anderen vier Männer des Suchtrupps hetzten an ihm vorbei, um ihrem Kollegen bei der Jagd beizustehen.

Die Lunge brannte wie Feuer, seine Nase pochte und musste zu einem aufgeblasenen Ballon mutiert sein. Feurige Räder drehten sich vor seinen Augen. *Shit, ich muss unbedingt mehr Sport machen,* fluchte er lautlos.

Aber seine Taktik ging auf. Die Polizisten scherten sich nicht um Waterkant.

Grinsend trabte er an die Stelle zurück, wo der Korsar lag. Die Wunde an der Schulter war so gut wie verheilt, dafür wirkte der Hexer erschöpfter und müder, wie ein Blick in dessen Gesicht zeigte.

»Deine Freunde tauchen bald auf«, erklärte er dem Troll. Er drückte ihm sein Handgelenk-Kom in die Hand. »Sag ihnen, wo du steckst. Ich lenke die Bullen weiter von dir ab. Aber dafür bekomme ich deine Story exklusiv, Kumpel. *Ex-klu-siv*«, betonte er nochmals, dann klopfte er ihm auf die verletzte Schulter. »Bis demnächst.« Er lenkte seine Schritte in die entgegengesetzte Richtung.

Ein Mikroskimmer, der auf der Suche nach weiteren Ausbrechern umherflog, surrte an Poolitzer vorbei.

Verdammt! Ohne zu zögern bückte er sich, hob einen stattlichen Ast vom Boden auf und drosch von hinten auf den fliegenden Mülldeckel ein, bis das Ding trudelte und gegen eine Tanne segelte. Außer Gefecht gesetzt blieb der elektronische Aufklärer liegen.

»Hier … ist … äh … noch einer!«, brüllte er den zwei neuen Polizisten entgegen, die den Abhang hinunterliefen. »Er … hat die Drohne kaputtgemacht! Mir nach!« Er rannte nach rechts, das Seitenstechen, das sich langsam beruhigte, erwachte sofort zum Leben.

Der Schweiß rann ihm durch die Brauen und sorgte für ein aufdringliches Augenbrennen, noch einmal löste er die Pistole aus. »Schnell! Er haut ab.«

Zufrieden verfolgte er, dass die Gesetzeshüter auf seine Finte hereinfielen und in die von ihm angegebene Richtung durchs Unterholz preschten. Jetzt hoffte er, dass sich die Korsaren etwas Gutes einfielen ließen, um Waterkant rauszuholen.

Als er sich nach dem Versteck des magisch Begabten umdrehte, zeigte seine Wärmebildansicht nichts mehr an. Der Hexer hatte sich abgesetzt.

ADL, Norddeutscher Bund, Bremen,
10. 12. 2058, 17:23 MEZ

Poolitzer hätte allen Grund gehabt anzunehmen, dieser Tag ginge einfach sehr gut für ihn zu Ende.

Den Morgen verbrachte er im Versteck der Roten Korsaren, um die O-Töne mit Waterkant aufzunehmen. Sein Debakel im »End of the World« hatte sich herumgesprochen, die Piraten empfingen ihn breit grinsend und rissen ständig Witze über seinen Ausschlag. Er lächelte säuerlich.

Nachdem Roberts seine Einwilligung gab, erzählte der Troll bereitwillig von dem Ablauf der Befreiungsaktion, welche die Russenmafia für ihren Hacker Mihail durchgezogen hatte.

Die Parallelen zur alten italienischen Mafia und die Wichtigkeit der damaligen Buchhalter drängten sich auf. Der Chiphead bedeutete den Russen sehr viel, sonst hätten sie ihn auch einfach erschießen können. Weil sie ihn rausholten, hatten sie sicherlich noch große Sachen mit ihm vor.

Wirtschaftskriminalität lohnt sich eben doch. Ein paar Dinge passten dem Reporter an der ganzen Aktion nicht. Da war zum einen die Beschimpfung des Piraten als »Troggy« und dass das Runner-Team in der JVA nicht nur das Feuer auf die Vollzugsbeamten eröffnet hatte, wie sich herausstellte. Die Todesopfer beziehungsweise Schwerverwundeten unter den Gefangenen waren alles Metamenschen.

Poolitzer grübelte. Er wurde zu empfindlich, was das rechte Gedankengut anging. Er sah schon in jedem Verbrechen die Handschrift Baduscheidts. *Das kann nicht sein. Wieso sollte der NA-Aktivist sich bei den Russkis anheuern lassen? Oder anders herum gedacht: Warum sollte die NA einen Decker der Russen aus dem Knast holen?*

Beides ergab keinerlei Sinn, daher schob er seinen Misstrauensanfall in die Ecke. Der junge Mann verabschiedete sich von den Piraten und machte sich um die Mittagszeit an die Recherchen über den Decker.

Während seine privaten Fahndungsräder nach ein paar Mails und Anrufen anliefen, sichtete er derweil die Namen, die sein Matrixschnüffelprogramm aus den möglichsten und unmöglichsten Kom-Verzeichnissen der ADL gesucht hatte.

Hinter Fröhlich-Eisners bezeichnungslosen Nummern verbarg sich auf den ersten Blick nichts Aufregendes. Ein Partyservice aus Hamburg, zwei Rechtsanwälte aus Fehmarn und Warnemünde. Eine Ziffernfolge blieb jedoch ohne Zuordnung.

Die Zahlen schreien geradezu danach, angewählt zu werden. Poolitzer streifte sich das Kom-Headset über und aktivierte sein Computerprogramm, das dafür sorgte, dass man den Ausgangsapparat eines Anrufs schwer nachvollziehen konnte, und gab die Nummer ein. Im schlimmsten Fall würde bei dem anderen nur die Nummer des Senders auftauchen, daher bestand keine direkte Gefahr für ihn. Er ließ den Rechner den Anruf vorsichtshalber mitschneiden.

Es dauerte eine Zeit, bis sein Gesprächspartner abhob. »Ja?«, sagte eine Männerstimme, im Hintergrund hörte er eine leise Unterhaltung.

»Hallo, mein Name ist Markus-Maria Tarifke von OppinionCom«, imitierte Poolitzer den säuselnd-aufdringlichen Tonfall eines übermotivierten CallCenter-Angestellten. »Ihre Nummer wurde von einem Zufallsgenerator ermittelt, um uns bei unserer Umfrage zum Thema Regierungszufriedenheit ein breites Resonanzspektrum an die Hand zu geben. Hätten Sie ein wenig Zeit? Wir behandeln Ihre Angaben selbstverständlich vertraulich. Sie können eine Reise in die Südsee gewinnen.«

Der Mann am anderen Ende der Leitung schwieg, undeutlich wurde ein Name aus dem Hintergrund gerufen, einige Menschen lachten, weitere Geräusche erklangen.

»Nein, kein Bedarf. Unterlassen Sie zukünftige Anrufe«, kanzelte der Mann ihn ab. »Die Regierung kann Ihre Statistiken von mir aus ruhig weiterhin selbst fälschen.«

»Darf ich dann eintragen, dass Sie nicht zufrieden sind?«, plauderte Poolitzer und musste sich beherrschen, nicht laut loszulachen. »Auf einer Skala von eins bis sechs, wo würden Sie …«

Die Unterredung endete abrupt.

»Schade, damit nehmen Sie nicht an der Verlosung teil«, feixte er und hielt die Aufzeichnung an. »Und Ihr Arsch bleibt, wo er ist.«

Er schickte den File sofort an den Tontechniker, damit er ihm die Geräusche, den Namen und vielleicht das ein oder andere Wort aus den leisen Unterredungen deutlicher hervorhob, danach begab er sich auf den Weg zu Cem und seinem verdienten Nachmittagsdöner.

Hungrig machte er sich über das türkische Fastfood her. Es lief gut, selbst das lästige Jucken und die Hautrötungen verflogen allmählich.

Als er in das kleine Senderbüro zurückkehrte, hob sich seine Laune noch mehr. Seine Kontakte arbeiteten schnell und überraschten ihn mit Erkenntnissen: Mihail Rischanko gehörte einst zur russischen Marine und hatte dort den Rang eines Oberleutnants.

Er war als Datenoffizier eingesetzt und verabschiedete sich nach zehn Jahren Dienstzeit aus dem Stützpunkt in Petropawlowsk auf Nimmerwiedersehen, in Russland galt er seitdem als Deserteur.

Aber die Russenmafia nahm ihn mit offenen Armen auf. Seine Fertigkeiten als Decker wurden als »außergewöhnlich« bezeichnet, und so ein Talent wollte sich die Familie Korsakow nicht entgehen lassen. Man munkelte in den Schatten, dass sie ihn mit der Zahlung einer ansehnlichen Summe dazu bewegt hätten, die glorreiche russische Armee zu verlassen.

Kein Wunder, dass sie ihre Investition aus der Endzone befreiten. Damit hatte er diese Sache geklärt und bereitete einen entsprechenden Bericht für ein kleines »Special Bulletin« vor. Poolitzer hakte die Sache ab.

Dann begann der Tag, sich zum Schlechten zu neigen.

Es fing recht harmlos an. Er erhielt eine Kom-Nummer vom CvD, die er anrufen sollte. Wenn er sich nicht sehr täuschte, kam ihm die Vorwahl sehr bekannt vor. Es waren die Kennziffern des Herzogtums Pomorya.

Sofort dachte er an Aurora und die gemeinsame Liebesnacht, die sie in ihrem Tourencaravan verbracht hatten. *Sie will sicher wissen, wann der Bericht über sie in UCAS erscheint.*

Voller Erwartung schaltete er den Bildschirm des Koms ein, damit er sie sehen konnte. Insgeheim machte er sich Hoffnungen auf ein Wiedersehen und eine Auffrischung der Ekstase.

Bis dahin muss ich den scheiß Ausschlag losgeworden sein, ärgerte er sich und dimmte das Licht im Büro so weit herab, dass sie ihn nur schemenhaft erkennen würde. Keine Frau der Welt würde Hand an ihn legen oder den Mund für Klein-Poolitzer öffnen, wenn er aussah wie eine Werbung für Rötelschutzimpfung.

Zuerst erschien das Logo des Hauses Teleam auf dem Monitor, dann blinkte der Hinweis »Sie werden verbunden« auf.

Ruckartig wechselte die Ansicht. Er sah wirklich eine Elfe, allerdings glich sie Aurora nur. Sie musste etwas älter sein und wirkte nicht glücklich darüber, ihn zu sehen. Er begriff, wen er vor sich hatte: Myriam Teleam, Leiterin der Medienabteilung des Herzogtums.

Das bedeutet nichts Gutes.

Ihr hübsches Gesicht näherte sich der Linse. »Guten Abend, Herr Gospini«, grüßte sie ihn mit eisiger Stimme. »Kommen wir ohne Umschweife zu dem, was ich Ihnen sagen will. Sie haben ein weder von der PR-Agentur meiner Schwester noch vom Hause Teleam autorisiertes Interview geführt und ausgestrahlt. Nicht zu vergessen die fehlende Dreherlaubnis im Herzogtum. Das bringt Ihnen einigen rechtlichen Ärger.«

Mit Drohungen kam man bei Poolitzer nie weit, böse Worte prallten von ihm ab, normalerweise schürte man seine Aufmüpfigkeit damit. So auch jetzt.

»Wissen Sie was? Einen Scheiß bringt mir das, Frau Teleam«, entgegnete er locker. »Ihre Schwester hat einen hübschen, intelligenten Kopf. Ihr Pech, dass sie nicht das erzählt, was dem Fascho-Elfenland entgegenkommt.«

Die Elfin lächelte maskenhaft. »Sie ist fast noch ein Kind. Sie muss noch lernen, Freunde und Feinde voneinander zu unterscheiden.«

»Kleine Kinder sagen die Wahrheit, Frau Teleam. Das ist eine alte Menschenweisheit«, hielt er dagegen. »Ihr

Anruf beweist mir nur, dass Ihre Schwester mit ihrer Kritik Recht hatte. Ich sehe mich jedenfalls in meinen Ansichten bestätigt.«

»Mein Anruf dient nur zu Ihrer Information. Meine Schwester bat mich darum«, unterbrach ihn die Leiterin der Medienabteilung hart. Bei ihm verzichtete sie auf ihren bekannten Charme, sie setzte voll und ganz auf ihr Durchsetzungsvermögen. »Neben der Anzeige, die Sie erhalten, wurden Sie nach dem Beschluss des Herzogs und der Kurfürstenrunde zur Persona non grata ernannt. Sie werden somit keine Einreiseerlaubnis mehr nach Pomorya erhalten. Greift man Sie dennoch aus irgendwelchen Gründen innerhalb des Landes auf, werden Sie wie ein illegaler Einreisender behandelt, Herr Gospini.«

»Sie sind eine schlechte Verliererin, Frau Teleam«, kommentierte er gelassen.

»Falsch«. Sie lächelte böse. »Ich bin eine schlechte Verliererin mit großem Einfluss. Nehmen Sie sich einen guten Anwalt. Guten Tag, Herr Gospini.« Sie drückte eine Taste, der Bildschirm wurde schwarz.

»Hmm«, machte Poolitzer nachdenklich und nahm sich eine Dose Malzbier. *Den für irgendwann vorgesehenen Beitrag über die unterirdisch lebenden Elfen auf Saßnitz kann ich mir jetzt in die Haare schmieren.* Die Elfen waren ihm zu bissig, zu gefährlich, zu nachtragend, als dass er sich im Herzogtum bei illegalen Filmaufnahmen erwischen lassen wollte. Aber er würde die arrogante Teleam mit kleinen Nadelstichen weiterhin ärgern, den Spaß gönnte er sich.

Er rief Burmeister an und setzte eine Wiederholung des Interviews mit Aurora, ein Feature und Live-Aufnahmen von ihren Konzerten kurzfristig auf den Sendeplan. Bis man ihm die Ausstrahlung schriftlich untersagte, wollte er sie den Zuschauern noch einmal zeigen.

Natürlich betonte er im schnell montierten Trailer eigens, dass das Haus Teleam gegen diesen Beitrag rechtliche Schritte eingeleitet hatte. Hätte Myriam geahnt, wie sehr sie den Sensationsjournalisten mit ihrem Gespräch reizte, hätte sie seine Nummer niemals gewählt.

Um das Fass im »Gelobten Land« restlos zum Überlaufen zu bringen, sampelte Poolitzer Ansichten der nackten Aurora in die Konzertmitschnitte, sodass sie wie ein geisterhaft-verführerisches Wesen im Hintergrund zu sehen war.

Perfekt. Zufrieden kopierte er sein Werk und schickte es in den Regieraum. Weitere Reproduktionen wanderten auf einen Matrixserver im Shadowland und an einen Kontakt nach Seattle. Er hatte Aurora versprochen, sie in UCAS bekannter zu machen, *diese* Montage mit einmaligen Ansichten der Pop(p)-Elfin würde dafür sorgen. Der in ihm tobende Rachegott wurde wieder kleiner und ruhiger.

Damit endete der zehnte Dezember noch nicht für ihn.

Die zweifelhafte pomoryanische Auszeichnung »Persona non grata« bildete den Auftakt der folgenden, viel größeren Katastrophe.

Poolitzer wuchtete sich müde aus dem Sessel und langte nach seiner Jacke, um das Gebäude zu verlassen. Er öffnete die Tür und stand dicht vor Tegtmeier, der die Hand zum dynamischen Klopfen erhoben hatte, hinter ihm warteten zwei Polizisten in leichter Panzerung.

»Hallo, Herr Gospini«, grüßte ihn der LKA-Ermittler. Er sah viel zu gut gelaunt aus, wie der Journalist unterschwellig feststellte. »Haben Sie etwas Zeit für uns?«

Misstrauisch schaute er über die Schulter des Beamten. »Ich stehe nicht auf Männer. Und schon gar nicht auf Gruppensex mit Männern«, versuchte er einen Scherz, dabei überlegte er, welches der kürzeste Weg aus dem Sender war. Dummerweise standen die Gepanzerten so, dass er nicht an ihnen vorbeikonnte. Das Szenario erinnerte ihn verdächtig an eine sich abzeichnende Festnahme. *Seine* Festnahme. »Wie viel Zeit brauchen Sie von mir?«, seufzte er.

Vier weitere Beamte mit silberfarbenen Stahlkoffern schlenderten den Korridor hinauf, zwei davon hatte er im Bremer Hafen gesehen. Die Spurensicherung rückte an.

»Ich dachte an sechs Monate. Mindestens«, grinste ihn der Kommissar an. »Sie haben gestern einem mutmaßlichen Verbrecher zur Flucht verholfen. Ich bin mir sicher, dass wir einiges mehr finden, wenn wir uns umschauen.« Er blickte ostentativ ins Büro. »Dazu kommt noch das Zurückhalten von Beweisen, wetten?« Tegtmeier nahm einen gefalteten Zettel aus der Brusttasche und hielt ihn dem Journalisten hin. »Hier. Der Durchsuchungsbescheid, Herr Gospini.«

Er musste schlucken, brachte kein Wort heraus. Zitternd grabschte er nach dem Wisch, las den Inhalt und lehnte sich an den Türpfosten. Schluss mit lustig. Eine Legende wanderte für die nächsten Monate in den Knast. *Ohne Döner.* »Sie können gar nichts beweisen«, würgte er schließlich heiser hervor.

»Wir können Ihnen alles beweisen. Drohnen verfügen über hervorragende Sensoren. Auch hinten«, belehrte ihn der Ermittler und machte einen Schritt zurück, um den Polizisten den Zugriff zu ermöglichen. Sie kam näher und legten ihn in Handschellen. »Wir haben eine tolle Aufnahme von Ihnen, wie Sie dem armen Skimmer die elektronischen Lampen ausknocken. Bamm, bamm, immer drauf mit dem Holzknüppel.« Er klopfte ihm auf die Schulter. »Wir unterhalten uns und schauen, wie wir bei der Sache ins Geschäft kommen. Je mehr ich von Ihnen über die Roten Korsaren erfahre, desto netter ist der Staatsanwalt zu Ihnen.« Die Gepanzerten lachten leise.

Poolitzer fühlte sich, als habe ihm ein Troll mit Stahlkappenschuhen in die Hoden getreten. Sein Magen klumpte sich zusammen, ihm war eiskalt.

Neugierig wandten sich die Mitarbeiter von InfoNetworks um, als Tegtmeier mit seiner Standarte und dem prominenten Gefangenen die Glaswände passierten.

Poolitzer hörte seine Neider förmlich durch das Glas hindurch tuscheln. Dass es ihm früher oder später sowieso passiert wäre; dass er es verdient hätte; dass es der Lohn für seine Beiträge sei. Der Gottvater der Sensationsberichterstattung landete hinter Gittern und würde die schweren Jungs mit seinem zarten Arsch glücklich machen.

Der Schock über die Festnahme lähmte sein Denkvermögen, er dachte nicht einmal an Flucht.

Erst als er auf der harten Plastikpritsche des unauffälligen Kleintransporters saß, wurde ihm das Ausmaß der Katastrophe bewusst.

Die NA-Sache, die DNP-Geschichte und die Piraten-Story werden liegen bleiben! Ihm waren sprichwörtlich die Hände gebunden. Das stank geradezu nach Absicht.

ADL, Norddeutscher Bund, Hamburg, Wilhelmsburg,
24. 12. 2058, 17:23 MEZ

Poolitzers Gesicht blieb ausdruckslos, als der Kinderchor der Gesamtschule Hamburg-Süd die Töne von »O du fröhliche« anstimmte und das Lied mit zartem Schmelz in den jungen Stimmen zum Besten gab.

Er hasste Weihnachten. Nein, er hasste vielmehr den Umstand, Weihnachten an diesem Ort verbringen zu müssen. Weder der Plastiktannenbaum noch der versprühte Tannenduft sorgten bei ihm für innere Ruhe, Zufriedenheit und Ausgeglichenheit. Mit einem schwarzen Kuli schrieb er »fuck Santa Claus & rape the Jesus child« auf die Rückseite der Lehne seines Vordermanns, passende Bildchen dazu malend.

Die letzten Noten verklangen.

Der Ork neben ihm riss die breiten Arme nach oben und klatschte wie ein Wahnsinniger Beifall, auch die anderen stimmten in den Applaus mit ein. Erst als der Metamensch den Reporter von oben herab mit einem bösen »Ich popp dich, wenn du nicht klatschst«-Blick bedachte, fiel er halbherzig in die Gefallensbekundung mit ein.

»Vielen Dank, liebe Buben und Mädel. Das habt ihr brav gemacht. Dafür hat euch der Nikolaus auch etwas dagelassen.« Ein Typ in Anzug erhob sich aus seinem Sessel in der ersten Reihe, ein Helfer brachte einen Karton mit Süßigkeiten, die an die glücklich strahlenden Jungen und Mädchen verteilt wurden.

Poolitzer hätte am liebsten gekotzt. Deprimiert verließ er den Gemeinschaftssaal und ging den Korridor entlang, wobei er genauestens darauf achtete, mit den Füßen auf dem gelben Strich in der Mitte des Gangs zu bleiben. Die JVA-Schließer hatten ihm schnell beigebracht, wie die Regeln im Gefängnis lauteten. Er kehrte in seine Zelle zurück, schleppte sich ans Fenster und schaute hinaus.

Um die Hansestrafvollzugsanstalt 1 herum erkannte er die abgesoffenen Reste des Stadtteils Wilhelmsburg, der nördlich von Harburg lag. Dreckiger Schnee fiel aus grauen Wolken und senkte sich ins verseuchte Wasser. Die Knastinsel bildete den einzigen trockenen Flecken. Sie umfasste 2,52 Quadratkilometer und war von einem Hochsicherheitsgelände umgeben, um das herum wieder ein dichter Gürtel von Wasserminen schwamm.

»Fröhliche Weihnachten, Poolitzer«, sagte er leise. Trostlosigkeit herrschte drinnen, Trostlosigkeit herrschte draußen. Er betrachtete die kaum erkennbaren Wachtürme, die alle hundert Meter voneinander entfernt um das Sperrgebiet standen. Sie ragten gespenstisch schwarz aus dem Schneetreiben heraus. Die kleinen dunklen

Punkte, die man gelegentlich am Boden erblickte, waren mit Sicherheit Wachpersonal der Hanse Sec., das mit seinen abgerichteten Barghests seine Runden drehte. Von »Big Willy« kam man meistens nur tot raus.

Er hörte Schritte hinter sich. Der Klang reichte aus, um den Besuch einordnen zu können. Zellenappell.

»Frohe Weihnachten«, sagte der kleine, dicke Schließer freudlos in seinem Rücken. Wie immer begann der Wärter, Poolitzers Behausung von neun Quadratmetern auf den Kopf zu stellen. Der kleine Schrank wurde geöffnet, die Toilette, das Waschbecken, das Bett wurden durchsucht.

Ohne sich umzudrehen spreizte er die Arme. Er fühlte, wie das Metallsuchgerät über seinen Körper glitt, auf ein knappes Kommando hin wandte er sich um, seine Vorderseite wurde gecheckt. Der Mann schaute auf das Display, nickte und verließ die Zelle.

Es war keine Schikane, die ihm extra zuteil wurde, so viel galt er hier nicht. Es war lediglich ein übliches Ritual im Knast. Dreimal am Tag wurden die »Kerker« durchsucht, manchmal erfolgte eine weitere Prozedur ohne Vorwarnung.

Dieses Mal hatte sein Kontrolleur etwas dagelassen. Es war eine Pappschachtel mit Ausdrucken und geöffneten Briefen. Fanpost.

Hunderte von E-Mails und Briefen landeten bei ihm, seine Zuschauer vergaßen ihn nicht und sicherten ihm ihre Treue zu. Sie sahen in ihm das Opfer von Justizwillkür und Kon-Verschwörung.

Er war an so vielen brisanten Themen dran, dass er beinahe bereit war, an ein echtes Komplott gegen ihn zu glauben. Untermauert wurde sein Eindruck, dass sein Prozess bereits am 13. Dezember stattgefunden hatte und ein Prominenter seine Anklage übernahm, der nicht wegen Befangenheit abgelehnt wurde, wie es sich eigentlich gehört hätte.

Im Gerichtssaal gab es ein Wiedersehen mit Fröhlich-Eisner, der aus den bestehenden Gesetzen ein nettes Strafpaket für Poolitzer schnürte: mehrfache Behinderung von polizeilicher Ermittlungsarbeit, aktive Fluchthilfe für einen Verbrecher, Unterschlagung von Beweisen, Kontakte zu einer polizeilich verbotenen und gesuchten Organisation, den »Roten Korsaren«.

Das Sahnehäubchen kam aus Pomorya. Ihm wurde der Verstoß gegen das Mediengesetz angelastet, weil er ohne Dreherlaubnis im Herzogtum agierte.

Genüsslich zählte der Staatsanwalt alte, abgeschmetterte Anzeigen gegen »Severin Timur Gospini« auf, um dem Gericht den miserabelsten Eindruck vom Angeklagten zu vermitteln.

Entweder die Richter fielen darauf herein, oder es waren allesamt Spezis des DNP-Landesvorsitzenden. Jedenfalls nützte das engagierte Plädoyer seines Verteidigers, den ihm InfoNetworks stellte, wenig. Das Urteil lautete auf zwei Jahre ohne Bewährung plus nachfolgend zwei weitere Jahre auf Bewährung, inklusive Sozialarbeitsstunden. Die sofortige Verlegung in die berüchtigte Hansestrafvollzugsanstalt 1 ging mit Sicherheit auf das Konto von Fröhlich-Eisner.

Seit dem 14. Dezember hockte er in »Big Willy« zwischen echten Schwerverbrechern. Noch am gleichen Abend seiner Einlieferung lag er auf der Pritsche des Gefängniskrankenhauses und musste eine OP über sich ergehen lassen.

Es wurde ihm gesagt, dass man ihm einen Chip einpflanzte, auf dem all seine Daten zur Person und zu seinen Straftaten gespeichert seien. Mit Sicherheit übernahm das elektronische Bauteil auch die Funktion eines Trackers. Wo genau sich der Chip in seinem Leib befinden würde, verschwieg man ihm.

So sehr er sich nach dem Erwachen bemühte, eine Spur der Operation zu finden, er entdeckte nichts. Mitgefangene erzählten ihm, dass das Stück aus Plastik und Draht an einem lebenswichtigen Organ deponiert würde. Angeblich gingen ein Dutzend Häftlinge kurz vor ihrer Entlassung beim Entfernen des Chips drauf. Zwölf Tote pro Jahr, nicht seit Bestehen des Gefängnisses, wohlgemerkt.

Diese Geschehnisse und das raue Klima in »Big Willy« machten Poolitzers große Klappe dicht. Er passte sich an, machte sich klein und bemühte sich, keinen der Killer, Mörder und Totschläger des P-Blocks zu provozieren.

»P« stand für »Psychopathen«. Manche der Insassen erkannte man wegen der Anzahl ihrer Cyberwaremanschetten fast nicht mehr, nur wenige Körperteile der Samurais und Schläger blieben von den Elektronikbremsen verschont.

Tagtäglich stand der Journalist in der Werkstatt und montierte irgendwelchen Schrott zusammen, malte Figürchen an oder wurde, wenn es ganz schlecht lief, zum Schneeschippen abgestellt. Für ihn verging eine Ewigkeit. Für die Welt außerhalb der Gefängnisinsel waren es nur zehn Tage.

Poolitzer begann, die Briefe zu lesen und jeden einzelnen an die Zellenwand zu heften. Sie waren so etwas wie seine Hoffnung, die kommenden zwei Jahre ohne einen Zusammenbruch oder Wahnsinn zu überstehen.

Einmal pro Monat, so war ihm gesagt worden, stand ihm Besuch zu. Von einer Person.

Ansonsten nahm er die Außenwelt entweder durchs Fenster oder über das Trid im Gemeinschaftsraum wahr. Zum Briefeschreiben hatte er keine Lust, Mails durfte er nicht versenden, und die Matrix blieb den Gefangenen aus Sicherheitsgründen vorenthalten.

Sanft presste er den nächsten Ausdruck an die Stahlplastwand. Er stammte von Tattoo und den Black Barons, die Mainzer Stadtkriegmannschaft.

Mit der Elfin und ihrem Team hatte er einiges erlebt. Er erstarrte, die eine Hand an die Wand gepresst, die andere hielt das Papier. Er erinnerte sich an die wilde Schießerei in den Bergen von Andorra, als sie das Anwesen von Zozoria gestürmt hatten. *Das war mit Abstand einer meiner besten Berichte, was die Action angeht.*

Gedankenverloren verharrte er in der Zelle und blickte ins Nirgendwo.

Wie immer schaffte es ein böser Geist, das Gesicht von Selina alias Gee Gee Delorian in sein Grübeln zu schmuggeln.

Die Bilder blitzten stroboskopartig auf. Gee Gee beim Ankleiden, Gee Gee als Engel, Gee Gee als Rachegöttin in der Kon-Ark von Cyberdynamix, das Schnellfeuergewehr im Anschlag, Gee Gee, die ihn anlächelte. Diese Vorstellung liebte und verabscheute er gleichermaßen, sie tat weh, unvorstellbar weh, dennoch freute er sich darüber.

Ein Brennen breitete sich in seinen Augen aus, schnell wischte er sich die Tränen weg.

Die JVA ist gar nicht gut für mein Gemüt. Zu viel Grau, zu viel Trübseligkeit und vor allem zu viel Zeit. Wenn der Knast ihn nicht brach, schafften es die unseligen, schmerzlich-schönen Erinnerungen an die tote Schauspielerin.

»Gospini«, hallte sein Name laut durch die Zelle. Der Rufer klang ungehalten, als würde er schon längere Zeit versuchen, ihn aus seiner Versteinerung zu wecken. Er drehte sich zum Wärter um. »Na, endlich. Besuch«, lautete die knappe Unterrichtung.

Zögernd legte er den gedruckten Gruß der Black Barons auf den Beistelltisch und folgte dem Schließer, einen Fuß vor den anderen setzend, immer dem gelbem Strich folgend.

Poolitzer wurde in eine Kabine geführt, die durch eine gepanzerte Scheibe von der anderen Hälfte des

Raums abgetrennt wurde, ein im Tisch eingelassenes Mikrofon und eine kleine Lautsprecherbox in der Wand gewährleisteten die Übertragung seiner Stimme. *So kann es laufen. Noch vor kurzem war ich derjenige, der Besuche machte.* Neugier breitete sich in ihm aus, wer ihn an Heiligabend sehen wollte.

Die Tür öffnete sich, eine Frau trat ein. »Ho, ho, ho, Schnüffler«, lächelte Perle ihn an. »Ich soll dir schöne Grüße von den Wassersportfreunden Nordsee ausrichten. Ich habe dir was mitgebracht.« Sie legte zwei Päckchen auf den Tisch. Der Reporter las »Butterwaffeln« und »Vanilletee mit Karamellstücken«. Ohne dass er es wollte, zauberte sich ein schwaches Lächeln in sein Gesicht. »Ist eine Empfehlung von jemand, der sich damit auskennt und der dir sehr dankbar ist für das, was du gemacht hast.«

Poolitzer kniff die Lippen zusammen. Er war sich nicht sicher, ob er es wieder tun würde. Jetzt, da er die Konsequenzen kannte, hätte er den Roten Korsaren eher verraten als gerettet. Glücklicherweise konnte Perle seine Gedanken nicht lesen. »Tja«, machte er stattdessen hilflos.

»Der andere Wassersportclub hat sich übrigens bei uns gemeldet«, plauderte sie, als drehte sich ihr Bericht wirklich um Kanus und Kajaks. »Sie haben nicht vor, mit uns einen Wettbewerb zu veranstalten. Sie haben auch kein Training auf unserer Testbahn veranstaltet. Scheint so, als müssten wir uns weiter nach einem sportlichen Gegner umschauen.« Sie betrachtete sein Gesicht und wartete darauf, dass er ihr sein Verstehen signalisierte.

Er wusste sehr genau, wovon sie sprach. Störtebekers Erben waren schlau genug gewesen, mit den Nordseefreibeutern in Kontakt zu treten, um Differenzen im Vorfeld zu klären, ehe sich die Meere rot von Piratenblut färbten.

Da er keine Möglichkeit besaß, sich in die Story einzuklinken, interessierte sie ihn nicht weiter. Sie war abgehakt, und die kommenden zwei Jahre waren abgehakt. Er würde seine Zeit mit Trübsalblasen und Gewichtestemmen verbringen. Irgendwann würde einer der »P's« unter der Dusche über ihn herfallen und die sexuelle Kompatibilität unter Männern testen. Also kam er in 23 Monaten entjungfert von der Insel. Es war ihm alles scheißegal.

Der Seattler zuckte mit den Achseln. »Schön für euch«, kommentierte er das Gehörte.

Die rote Lampe in der Seitenwand leuchtete auf, die Besuchszeit war schon zu Ende.

»Halt durch, Schnüffler. Ich komme öfter mal vorbei.« Die Korsarin stand auf, schenkte ihm einen mitleidigen Blick und hob die Hand zum Gruß. »Wenn es dir recht ist.«

»Wie du willst.« Müde erwiderte er die Geste, ehe er sich umdrehte und sich auf den Weg zu seiner Zelle machte.

Unterwegs fing man ihn ab, Schneeschippen war angesagt. Poolitzer schaufelte sich den Frust im wahrsten Sinne des Wortes von der Seele und fiel zwei Stunden später geschafft auf sein Bett.

Die körperliche Erschöpfung ließ ihn in traumlosen Weihnachtsschlaf versinken. Auch das konnte man als Geschenk betrachten.

ADL, Norddeutscher Bund, Hamburg, Wilhelmsburg,
01. 01. 2059, 13:51 MEZ

Die Lippen näherten sich vorsichtig dem Tassenrand. Behutsam wurde der heiße Tee geschlürft, mit kurzen Schlucken verschwand das heiße, nach Karamell duftende Getränk im Mund und wanderte von dort die Kehle hinunter.

Poolitzer genoss seine Teestunde. Die erste im neuen Jahr, das so beschissen eintönig begann, wie das alte endete.

Wenigstens war es ruhig. Genüsslich knabberte er an einer Butterwaffel und schaute auf das niemals enden wollende Grau vor seinem Gefängnisfenster.

Nach einer kurzen Kälteperiode war es wieder etwas wärmer geworden. Als Folge der Temperaturschwankung bildete sich dichter Nebel, der Geräusche, Häuser, Schiffe, das Meer und so ziemlich alles verschluckte, was er von hier aus normalerweise betrachten konnte.

Er mochte das dicke Grau. Es vermittelte ihm den Anschein, nicht in einer Zelle zu sitzen. Die Wachtürme fehlten dann, die Mauern waren wie weggewischt, alle Indizien auf »Big Willy« versanken im kühlen, feuchten Dampf.

Inzwischen gab es an seinen Wänden keinen freien Platz mehr. Also begann er, die Decke mit den Briefen zu tapezieren, selbst vor dem Schrankinneren und dem Bett schreckte er nicht zurück. Er brauchte die Bestätigung seiner Fans, die Rückmeldungen bauten ihn nach wie vor auf.

Auch die Mail von Burmeister und der Leitung von InfoNetworks pappte am Schrank. Die Revision war abgelehnt worden, das Urteil galt nun zu 100 Prozent als rechtskräftig. Man wünschte ihm alles Gute und versprach, in regelmäßigen Abständen über ihn zu berichten.

Die Absage erschütterte Poolitzer weitaus weniger, als er angenommen hatte. Er kannte den Knast-Alltag, er lebte sich in Wilhelmsburg ein. Gleichzeitig machte er sich Notizen, über was er in zwei Jahren berichten wollte, vorausgesetzt, er überlebte die Entfernung seines Kontrollchips. Da er aber schon das Einsetzen lebendig überstanden hatte, hegte er Hoffnungen, dass er die zweite OP ebenfalls gut hinter sich brachte.

Was ihn befremdete war, dass praktisch mit dem Tag seiner Einlieferung die Überfälle in der Nordsee endeten. Keine Segler, keine Yachten, nichts verschwand mehr. Die rätselhafte Raubserie brach ab, als steckte er dahinter. Die Medienkollegen machten das schlechte Wetter in Nord- und Ostsee dafür verantwortlich. Sie spekulierten, wann die Piraten im Frühjahr erneut losschlugen.

Abwarten und Tee trinken, dachte er und nippte an der Tasse. Er musste dem Troll eine Kennerzunge bescheinigen, und die Butterwaffeln passten perfekt zum Aroma des Getränks.

Die Tür wurde entriegelt und schwang auf. Es stand ihm wie immer ab 14 Uhr frei, sich in begrenztem Ausmaß außerhalb seiner Zelle zu bewegen.

Heute hatte er keine Lust, Neujahr sollte in aller Ruhe beginnen dürfen. Er sinnierte lieber darüber, was ihm 2059 und vor allem der so genannten Sechsten Welt brachte.

Er hörte die Schritte des JVA-Beamten.

Dem Klang nach musste es der kleine Dicke sein, dessen Hals ein einziger Muskel war. »Stiernacken« traf nicht mal im Ansatz auf das zu, was er unter seinem Kopf herumschleppte.

Die Namen seiner Bewacher kannte er nicht. Anonymität und das Unpersönliche machten die Schließer außerhalb der Anstalt schwer angreifbar. Früher hatte es Erpressungsfälle gegeben, die Familien von Wachen wurden entführt, damit die Beamten einem Häftling zur Flucht verhalfen. Das geschah nicht mehr, weder das eine noch das andere.

In der Annahme, es handele sich um eine der üblichen Durchsuchungen, stellte er die Tasse ab, schob sich den Keks in den Mund und hob die Arme. »Kann losgehen.«

»Nein«, sagte der Mann. Es war wirklich der kleine

Dicke, die kräftige Hand reckte ihm einen Kom-Hörer entgegen. »Da.«

Verwundert nahm der Reporter die Sprechvorrichtung. »Ja?«, fragte er gespannt.

»Hallo«, antwortete ihm eine melodische Frauenstimme. »Hier ist Aurora.«

Poolitzer seufzte. Nun bekäme er gleich Vorhaltungen wegen des Beitrags gemacht und müsste sich die nächste Fluchtirade einer Teleam anhören. *2059 wird noch schlechter als 2058*, dachte er resigniert. »Nur zu«, meinte er schleppend. »Mach mich fertig.«

»Nein, wieso?«, kam es irritiert aus dem Lautsprecher an seinem Ohr. »Ich wollte mich bedanken.«

»Für?«

»Für den Beitrag.«

»Hä?«, wunderte er sich laut.

»Myriam ist beinahe geplatzt, als sie ihn sah«, lachte die Sängerin wunderschön. »Gefällt mir. Ich finde, dieses Schemenhafte meines Körpers macht sich gut.« Sie klang wieder normal. »Gut, ich hätte eine solche Aufnahme niemals offiziell machen lassen dürfen. Aber du schon.« Aurora machte eine kleine Pause.

»Aha«, äußerte er. Er musste erst verarbeiten, dass er eben ein Lob und keinen Anschiss erhielt. »Freut mich, dass ich deinen Geschmack getroffen habe.«

»Sagen wir, du hast den Geschmack der Fans getroffen«, stellte sie amüsiert richtig. »Der Download des Beitrags hat den Server zum Absturz gebracht. Das wollte ich nur sagen, damit du auch was Positives im Knast zu hören bekommst.«

»Und die Verkaufszahlen?«

Wieder lachte sie, ein schöner, lebendiger, sexy Klang, den er sich gerne aufgenommen hätte. »Ja, stimmt. Meine Plattenfirma meinte, das neue Album verkauft sich besser als das vorherige. Dein Verdienst, Poolitzer.« Sie räusperte sich, die Heiterkeit schwand aus ihrer Stimme.

»Es tut mir Leid, dass die Sache so für dich gelaufen ist. Meine Schwester versteht keinen Spaß, schon gar nicht, wenn es um mich geht. Ich werde sehen, was ich für dich tun kann.«

Er glaubte nicht dran, dass die jüngste Tochter von Fürst Teleam so viel Macht besaß, aber er spielte das Spiel mit. »Wie wäre es, wenn du ein Konzert für uns Knastbrüder gibst?«, scherzte er. »Nein, lass es gut sein, Aurora. Mach dir keine Vorwürfe. Auf die paar Monate zusätzlich, die mir deine Schwester eingebrockt hat, kommt es auch nicht mehr an.«

Die Elfin atmete hörbar auf. »Sobald du aus dem Gefängnis kommst, besuche ich dich«, versprach sie. Das glaubte er ihr wiederum. »Alles Gute für 2059«, wünschte sie ihm zum Abschied.

»Dir auch. Wir sehen uns dann 2061.« Poolitzer legte auf. *Immerhin, es gibt auch noch schöne Überraschungen, die das Leben für mich bereithält.* Er reichte dem kleinen Dicken den Hörer zurück und nahm die Teetasse in die Hand.

Das tiefe Röhren eines Nebelhorns erklang aus dem Dunst, seine Augen kehrten in das konturlose Grau zurück.

V.

ADL, Norddeutscher Bund, Freistadt Hamburg,
Stade, 27. 01. 2059, 23.39 MEZ

Die Fenster des pomoryanischen Konsulats in der malerischen Altstadt des Hamburger Stadtteils Stade waren hell erleuchtet.

Exzellenzia Lasla Tameel gab sich wie alljährlich die Ehre, ausgesuchte Repräsentanten der Elfengemeinde Hamburgs anlässlich des Geburtstags des Herzogtums zu einem privaten Empfang in das sehr geräumige Gebäude einzuladen. Es war, wenn man es so wollte, das exklusive Neujahrsfest der »humanis nobilis«.

Stade schwamm als idyllische Metamenschen-Insel in der Freistadt. Nach den Vertreibungen des Jahres 2021 hatten sich Orks, Zwerge, Trolle, aber vor allem sehr viele Elfen in dem Stadtteil niedergelassen. In einer Nacht traf man auf der Straße mehr Elfen als im Rest Hamburgs in einem ganzen Jahr, und von den etwas mehr als 98 200 Elfen Hamburgs waren sicherlich zwei Prozent in dieser Nacht im Konsulat anzutreffen.

Entsprechend groß gestalteten sich die Sicherheitsvorkehrungen in der Altstadt und vor allem rund um die diplomatische Niederlassung. Auf Großbildleinwänden verfolgte die schicke Gesellschaft die Feierlichkeiten in Pomorya mit, Live-Schaltungen zeigten Bilder aus Saßnitz und den anderen Residenzen der Grafen.

Für den frühen Morgen, so gegen ein Uhr, hatte sich Graf Ratibur Dreikopf von Gora angekündigt, um mit seinem Privathelikopter auf dem Dach des Hauses zu landen und mit der High-Society Hamburgs Party zu feiern.

Ihm und der Exzellenzia dichteten gut unterrichtete

Kreise eine Affäre an, andererseits wunderte das niemanden. Graf Ratibur, der Jetsetter des Herzogtums, ließ selten Gelegenheiten aus, um die Damen mehr als nur durch seinen Charme und sein Auftreten zu beeindrucken. Angeblich hatte er auch mit Aurora Teleam ein Techtelmechtel, als die gerade einmal sechzehn Jahre alt gewesen war.

Wenn sich der hoch gestellte Skandal-Elf ansagte, waren die Damen und Herren der Klatschpresse nicht weit. Nur etwa zehn Reporter hatten die begehrte Akkreditierung erhalten, der Rest der Meute musste vor den Toren der Botschaft auf einen Schnappschuss lauern. Die Tatsache, dass der Graf einschweben wollte, sorgte für Verdruss, damit war er fast nicht zu fotografieren.

Während man sich in den Sälen darauf vorbereitete, den Countdown für die letzten Minuten einzuleiten, schleppte Miro Vinetari die nächsten Kisten eiskalten Champagners aus dem Keller nach oben zur Anrichte, damit der Durst der illustren Runde standesgemäß gestillt wurde.

Sein für einen Elf kräftig gebauter Körper steckte in einem Maßanzug, auf den er jedoch wenig Rücksicht nahm. Sein grobes Gesicht wirkte wie das eines Minderjährigen, in Wirklichkeit befand er sich aber mitten in der Ausbildung zum pomoryanischen Diplomaten. Sein Nachname verriet, aus welcher Grafschaft er stammte: Vineta.

Dank der guten Beziehungen seines Vaters und seines bekannten Proteges kam er auf die Hochschule, studierte seit zwei Jahren fünf verschiedene Fremdsprachen, Betriebswirtschaft und Soziologie, um später ins diplomatische Korps zu wechseln. Sein Einsatzgebiet stand bereits fest. In drei Jahren, wenn er 25 Jahre alt wurde, hieß sein Einsatzort Polen.

Das alles befand sich weit von ihm entfernt, momentan schwitzte er wie ein Ork. Miro richtete sich auf und wischte sich wütend den Schweiß aus den Augen. *So* stellte er sich sein Praktikumsemester nicht vor.

Er hatte geglaubt, dass die Exzellenzia ihn mit besseren Aufgaben betraute, doch seine Wünsche erfüllten sich nicht. Er war ausgerechnet am höchsten pomoryanischen Feiertag mit Handlangerdiensten beauftragt worden, da tröstete ihn auch nicht, dass er mit enormen Werten hantierte. Eine Flasche kostete 300 Ecu.

Neidisch schielte er zu den eleganten Gestalten auf der Tanzfläche. Da wollte er hin. Dort wollte er seine Gespräche führen, Informationen sammeln, Kontakte knüpfen, wie es ihm sein Vater und sein verwandtschaftlicher Protektor geraten hatten.

Dekadenz ist nicht gut. Verärgert entfernte er den Drahtkorb vom Flaschenhals und erlaubte dem Korken, knallend und in hohem Bogen davonzufliegen, ein provokanter Verstoß gegen die Etikette und seine Art von Protest. Selbst das interessierte niemanden, man feierte den Elfenstaat und vor allem sich selbst.

Punkt Mitternacht stieß er freudlos mit den umstehenden Bediensteten an, leerte sein Glas in einem Zug und beschloss, dass die Veranstaltung für ihn nun beendet war.

Miro war sich als Butler zu schade. Dafür beherrschte er nicht fließend Polnisch, Sperethiel, Französisch, Russisch und Englisch, dafür hatte er nicht stundenlang in Bibliotheken gesessen, gepaukt und auf Freizeit verzichtet.

Sollen sie sich ihr Zeug selbst holen. Er warf die weißen Handschuhe in die Ecke, nahm seinen Mantel und verließ das Haus. Die Sicherheitsbeamten der Herzogsgarde, die dekorativ und in vollem Ornat vor der Tür standen, salutierten knapp. Miro nickte ihnen zu, zog den Mantel enger und stapfte durch den Schnee zum Ausgang des weitläufigen Gartens.

Die unzähligen Eiskristalle knirschten unter seinen Schuhen, sonst hörte man kaum etwas. Die Altstadt war wie ausgestorben, nur das gedämpfte Gelächter der Reichen und Schönen drang aus dem Konsulat.

Der junge Elf wohnte nur zehn Fußmarschminuten entfernt. Er hatte absichtlich auf den Fahrdienst, der ihm zustand, verzichtet. Die kalte Luft befreite seinen Verstand von der benebelnden Wirkung des wenigen Champagners, den er getrunken hatte.

Miro bewegte sich ohne Angst durch die Straßen. Der Sicherheitsdienst sorgte für Ruhe, außerdem konnte er sich dank seiner Kampfsporterfahrung sehr gut selbst verteidigen. Das war nicht alles. Der Luftelementar, der ihm zusätzlich auf Abruf im Astralraum zur Verfügung stand, sorgte für satte Selbstsicherheit.

Sein pomoryanischer Protektor bestand auf dieser Sicherheitsvorkehrung, und so hängte sich jedes Mal eines der magischen Wesen an seine Fersen, wenn er das Gebäude verließ. Das Konsulat beherbergte zwei äußerst befähigte Magier, um sich gegen etwaige Angriffe angemessen zu behaupten. Das reichte von Barrieren bis hin zu Elementaren, die ballistische Verteidigung übernahmen ausgewählte Mitglieder der Herzoggarde.

Der Jungdiplomat bückte sich, sammelte Schnee und formte eine Kugel daraus. Der weiße Ball zischte los und zerstob an einem Verkehrsschild. Miro freute sich. Darauf hätte er Lust. *Eine Schneeballschlacht, einfach so. Mit ganz vielen Leuten.*

Leider befand sich außer ihm nur ein Passant auf der Straße, und ob der mitmachen wollte, war fraglich. Der Mann versuchte gerade, sich einen Zigarillo anzuzünden, sein Feuerzeug versagte ihm den Dienst.

Höflich wie Miro war, trat er an ihn heran und langte in die Manteltasche, um die Streichhölzer zu zücken. So etwas gehörte zur Grundausstattung eines jeden angehenden Konsuls.

»Entschuldigung«, machte er auf sich aufmerksam. »Darf ich Ihnen aushelfen?« Das Streichholz flammte auf.

Der Mann hob erstaunt den Kopf. Der Elf sah ein freundliches Gesicht, das einen Dreitagebart zierte, und graugrüne Augen. Unter der schwarzen Wollmütze spitzten kurze dunkelblonde Haare hervor.

»Danke. Sehr aufmerksam«, sagte der Fremde überrascht. Er hielt das eine Ende in die kleine Flamme, der Tabak glomm auf. Mit dem blauen Dunst breitete sich dezenter Vanillegeruch aus. Er deutete mit der kleinen Zigarre auf die spitzen Ohren. »Ihr Land hat heute Geburtstag, nicht wahr?«

Miro lächelte und nickte stolz. »Ja.«

Der Unbekannte reckte ihm seine Rechte entgegen. »Dann möchte ich Ihnen stellvertretend gratulieren. Verstehen Sie es als Geste der herzlichen Anteilnahme.«

Erfreut schlug der Elf ein und schüttelte die Hand des Mannes. »Das finde ich wiederum sehr aufmerksam«, gab er unumwunden zu. »Es wird die Exzellenzia entzücken, wenn ich ihr morgen von unserem Zusammentreffen erzähle.«

»Sie arbeiten im Konsulat?«, fragte er heiter und hielt die Finger immer noch umschlossen. »So ein Zufall. Ich habe nämlich ein symbolisches Geschenk für Pomorya dabei. Das wollte ich gerade abgeben.«

»Es wird mir eine Freude sein, Sie zu begleiten.«

»Nein, das glaube ich nicht.«

Es ging alles sehr schnell. Miros Arm wurde nach vorne gezogen, der Ellbogen des Mannes schnellte in die Höhe und traf ihn genau auf die Nase. Die Tränen schossen ihm in die Augen, ihm wurde schwummrig, unbeholfen sackte er in den Schnee.

Mit einem lauten Brüllen tauchte der Elementar auf, um dem Konsulatspraktikanten wie befohlen beizustehen, und verging im selben Moment. Der Angreifer wusste magisch zu kontern.

Der Elf fühlte sich an den Mantelaufschlägen gepackt und emporgerissen.

Sein eigener Schlag ging ins Leere, dafür krachte der Ellbogen seines Gegners wieder brutal in sein Gesicht, zwei-, dreimal hintereinander. Jetzt spritzte Blut. Sein Blut.

Mit einem weiteren Wurf beförderte ihn der Mann, dem er überhaupt nichts getan hatte, den er nicht einmal kannte, kopfüber auf die Straße. Sein Schädel knackte beim Aufprall leise, er bekam augenblicklich Schmerzen an den Schläfen. »Was habe ich Ihnen …«

Ein Motor startete, Miro sah die Räder eines Transporters neben sich anhalten. Maskierte Männer sprangen aus der Seitentür, griffen sich ihn und warfen ihn ins Innere. Sie und der Zigarilloraucher stiegen ein, das Fahrzeug rollte los.

»Besser hätte es nicht laufen können«, sagte der Dunkelblonde zu seinen Helfern. Jemand durchwühlte die Taschen des benommenen Jungdiplomaten, sein Pass flog durch die Luft und landete bei dem Angreifer. »Miro Vinetari«, las er laut vor. Er beugte sich zu dem zusammengekrümmten Metamenschen. »So, Spitzohr. Wir geben dir jetzt dein Geschenk, und dann lassen wir dich laufen. Versprochen«, sagte er gehässig.

»Wenn du dann noch laufen kannst«, fügte ein Zweiter hinzu.

»Ich verspreche dir, Miro, die Exzellenzia wird entzückt sein, dich zu sehen«, hörte er den Raucher sagen.

Miro gelang es nicht, etwas zu entgegnen. Sein Hirn pochte, es fühlte sich an, als würde ihm Flüssigkeit die Innenwand des Schädels hinablaufen. Er ahnte, dass er in die Hände von Elfenhassern gefallen war und dass er den nächsten Geburtstag Pomoryas nicht erlebte.

ADL, Norddeutscher Bund, Hamburg,
Wilhelmsburg, 31. 01. 2059, 08:51 MEZ

Poolitzer vermutete, dass dieser Tag etwas Besonderes brachte. Es begann mit einem Bild-Kom-Gespräch mit Vigo Spengler.

»Fetter alter Mann, was gibt es? Und reden Sie langsam«, grinste er in die kleine Kamera. »Ich habe alle Zeit der Welt. Haben Sie keine Angst, dass der Kontakt zu einem Häftling einen Karriereknick bedeuten kann?«

Spengler nahm ihm die Begrüßung nicht krumm. »Kein Problem, aufgeblasener Wichtigtuer«, meinte er gehässig und zeigte die Zähne, die auf dem kleinen Display kontrastreich unter dem Schnurrbart hervorstachen. »Ich habe eine Überraschung für Sie, die Sie aus den Socken heben wird.« Er hielt einen Prospekt vor sich, auf dem in fetten Lettern »Cherub & Luzifer« gedruckt stand. »Das habe ich mir aus der Matrix gezogen«, erklärte er. »Es ist ein Musical, das im Stuttgarter Musik-Erlebnis-Zenter läuft.«

»Spengler, Sie und Kultur?«, staunte Poolitzer und übertrieb dabei unendlich.

Der Kommissar ging auf die freundliche Provokation nicht ein, sondern zückte ein Bild. »Was sagen Sie jetzt, Klugscheißer?«

Eine riesige, glühende Hand traf den jungen Mann in den Magen, drehte seine Eingeweide herum, flocht Zöpfe daraus und wickelte sie um seinen Hals, bis er keine Luft mehr bekam. Jedenfalls glaubte er das zumindest beim Anblick des hübschen Gesichts, unter dem »Angelina Heavenwards« geschrieben stand. Er kannte ihre Züge auswendig. Sie trug kurze blonde Haare, die Pose zeigte sie Kusshände verteilend auf einer Bühne.

»Gee Gee?«, raunte er heiser. Er begriff noch nicht, dass sie lebte.

Spengler lachte bösartig. »Mann, darauf habe ich mich

schon den ganzen Tag gefreut. Sie mal fast sprachlos zu erleben, was für ein Wunder!« Er legte das Foto zur Seite. »Gee Gee Delorian oder auch Selina Orlova ist unter ihrem neuen Künstlernamen ein gefeierter Star. Was sagen Sie dazu, Gospini? Ich habe mir gedacht, ich muntere Sie mit meinen Erkenntnissen ein bisschen auf. Mensch, Ihre Freundin hat den Höllenritt in der Cyberdynamixfestung überstanden!« Sein Gesicht nahm einen rätselnden Ausdruck an. »Wo habe ich denn …«, murmelte er. »Ach, da.« Seine Augen huschten von rechts nach links, scheinbar las er eine Notiz. »Noch was. Wissen Sie, dass man DrakenSys still und heimlich wieder ins Leben gerufen hat?«, verkündete er die nächste Neuigkeit. »Scheinbar hing man zu sehr an den alten Schweden, um sie aussterben zu lassen.« Er sah direkt in die Kamera und vermittelte den Eindruck, er sähe Poolitzer real in die Augen. »Verstehe einer die Unternehmen, nicht wahr, Schnüffler? Was wollen Sie tun, wenn Sie rauskommen? Gehen Sie wieder in die Sox?«

Poolitzers Gedanken waren eingefroren. Sein Verstand schwebte in der jüngeren Vergangenheit umher, rief sich die Erlebnisse mit Gee Gee zurück. Dem positiven Schock folgte eine Welle unsäglicher Freude und Verständnislosigkeit. Er hatte geglaubt, sie empfinde etwas für ihn. *Warum hat sie sich nicht bei mir gemeldet?* Die alten Schmetterlinge, die nach ihrem angenommenen Verlust tot in seinen Eingeweiden umherlagen, flatterten wieder in seinem Bauch.

Dennoch, es blieb ein Gefühl der Enttäuschung, der Verunsicherung. Warum sie sich nicht bei ihm meldete, konnte vieles bedeuten, beruhigte er sich. Die Möglichkeit, dass sie mit ihm nichts mehr zu schaffen haben wollte, verdrängte er.

»Hallo, Gospini? Das hier ist eine Dienstleitung. Ich kann nicht ewig auf Ihre Antwort warten«, rief Spengler laut durch den Lautsprecher. »Okay, denken Sie in aller Ruhe drüber nach«, verabschiedete er sich, als Poolitzer nicht reagierte, hob die Hand zum Gruß und schaltete ab.

Und das war erst der Anfang eines sehr interessanten Tages.

Kurz darauf sah er bei seiner morgendlichen Tasse Tee und dem Blick aus seinem Zellenfenster, dass sich ein Schnellboot des BGS »Big Willy« näherte und durch den Minengürtel kurvte. Es gab normalerweise keinen Grund, weshalb sich die BuSchus hier sehen lassen sollten, also war etwas im Busch.

Er verließ sich darauf, dass Neuigkeiten im Knast schnell die Runde machten. Spätestens beim Mittagessen würde er den Grund erfahren, was die Grünjacken in der Strafanstalt wollten. Sicher lieferten sie einen besonders gefährlichen Neuzugang ein.

Der Reporter machte sich selbst einen Vermerk, den Direktor der Anstalt mal auf die Schaffung eines eigenen Senders anzusprechen. »Knast-TV«, »Zellengucker« oder »Mauerblick« wären mögliche Namen für die Sendung, in deren Mittelpunkt man Interviews mit den Häftlingen stellen könnte. Natürlich würde er sich selbst als CvD vorschlagen.

Um neun Uhr holte ihn »Little Bullneck«, wie Poolitzer den kleinen Dicken inzwischen nannte, aus seiner guten Stube, um ihn zum Besuchsraum zu führen.

Das überraschte ihn. Perle war schon dagewesen, um Tee- und Waffelnachschub zu bringen, und von daher stand ihm keine weitere Stippvisite mehr zu. Das bedeutete, dass es sich bei seinem Gast um jemanden mit viel Einfluss handelte. Die Neugier erwachte.

Man erwartete ihn bereits, und es waren zwei Bekannte. Allerweltsgesichter, Allerweltsklamotten mit den dazu passenden Allerweltsfrisuren und Allerweltsnamen Schmitt und Müller.

»Schau an«, grüßte er sie locker und war enttäuscht.

»Das BKA-Dreamteam. Leute, ich habe euch alles gesagt, was ich weiß«, stellte er sofort missmutig klar. Wenn sie mit seiner Kooperation rechneten, würde er ihnen erzählen, was sie mit ihren Fingern und ihren Hintern machen konnten. »Wollen Sie was Eingesperrtes begaffen? Dann gehen Sie in den Zoo.«

Die Frau sah ihn nachdenklich an, als zögere sie vor dem nächsten Schritt. Wortlos öffnete sie die schwarze Aktentasche neben ihrem Stuhl und nahm einen Packen Bilder hervor.

Die erste Nahaufnahme zeigte das entsetzte Gesicht eines jungen Elfen mit grobkantigen Gesichtszügen, die Pupillen wirkten stumpf. Ganz offenbar handelte es sich um das Foto eines Toten, ein oder mehrere Schläge hatten ihm die Nase gebrochen, breite Blutspritzer unter dem Kinn ließen auf eine weitere Verletzung im Oberkörper schließen.

Angesichts des nächsten Bildes bekam Poolitzer große Augen.

Es war eine Tatortaufnahme. Der nackte Metamensch lag rücklings auf der Erde, Arme und Beine abgespreizt. Aus seinem eingedrückten Brustkorb ragte ein etwa neunzig Zentimeter langer Stahlstab, der einen geschätzten Durchmesser von einem halben Meter aufwies, die Wundränder wirkten angesengt und verbrannt. Ihm fiel auf, dass der Schnee um den Oberkörper der Leiche herum weggetaut war, als strahle der Torso eine sehr große Hitze aus.

Die schweigende BKAlerin zeigte Poolitzer ein neues Bild.

Dieses Mal hatte der Fotograf ein Weitwinkelobjektiv benutzt, um den Fundort des unglücklichen Opfers in Gänze zu zeigen. Es war eine Seitengasse, jemand hatte mit einem Filzstift »Stade« dazugeschrieben. Der Journalist wusste, dass sich in diesem Hamburger Stadtteil das Konsulat Pomoryas befand.

Als er seinen Blick über die Häuserzeilen dahinter schweifen ließ, entdeckte er das Gebäude. Besser hätten die Rassisten ihr Ziel nicht wählen können. Ungewöhnlich fand er nur, dass die Idioten das Ziel ihrer Verblendung sehr theatralisch pfählten, die Art der Hinrichtung rechnete er dem osteuropäischen Spektrum zu.

Müller legte die Aufnahmen auf die kleine Ablage vor der Trennscheibe. »Wir glauben, dass Baduscheidt zugeschlagen hat«, gab sie die Einschätzung des Bundeskriminalamts wieder. »Das, was der Tote in sich stecken hat, ist eine Glaskokille aus dem gestohlenen Castor. Rund 450 Kilogramm schwer, noch etwa 400 Grad heiß.«

»Glas... was?«

»Es ist der nicht verwertbare Rest aus atomaren Brennstäben, der mit Glasgranulat vermischt und in Glaskokillen eingeschmolzen wurde«, erklärte sie, »drum herum kommt ein Stahlmantel. 26 Stück lagerten in jedem Castor, jede einzelne ist 1,40 Meter lang, 46 Zentimeter im Durchmesser. Die Gussstücke erreichten anfangs weit über 1500 Grad Celsius.« Sie tippte auf das Pfähler-Foto. »Weil von den Beamten keiner so recht wusste, was er vor sich hatte, haben wir jetzt vier kontaminierte Polizisten im Krankenhaus liegen. Das Areal musste großflächig geräumt werden.«

Poolitzer schluckte. »Wie ist Baduscheidt an diese Strahlestange gekommen?«

»Es gibt verschiedene Theorien in unserem Haus. Einige Ermittler nehmen an, dass die NA sie von GreenWar kaufte, andere vermuten, dass die NA den Frachter selbst überfiel, um sich das Material zu holen«, antwortete die Beamtin ehrlich. Sie sah müde aus. Müde und verzweifelt. »Wir fanden einen Zettel mit der Aufschrift ›pars pro toto‹ bei dem Toten.«

»Ein Teil für das Ganze«, übersetzte Schmitt den lateinischen Spruch. »Vermutlich haben es die Terroristen auf das komplette Konsulat abgesehen.«

»Oder die gesamte Elfengemeinde Hamburgs«, ergänzte die Frau. »Das Schreckliche ist, dass wir dank Ihres Hinweises etwas von der Sache ahnten, ohne etwas dagegen unternehmen zu können.«

Poolitzer hatte gebannt gelauscht. *Eine Mörderstory! Meine verdammte Mörderstory! Und ich sitze in dem scheiß Bau!*, überschlugen sich seine Gedanken, in denen auch irgendwann Mitleid für den Elf vorkam. Aber nur kurz. »Sie hoffen, dass die Bilder mein Gedächtnis auffrischen, was Baduscheidt angeht«, schloss er aus dem Erscheinen der BKA-Beamten.

»Nein«, erwiderte die Frau. »Wir wollen Sie einstimmen.« Sie nickte ihrem Partner zu, der ein kleines Kästchen aus der Tasche nahm und einen Knopf drückte. »Mein Kollege hat soeben einen Signalunterbrecher betätigt. Die Überwachungsgeräte in diesem Raum sind ausgeschaltet, unser Gespräch wird nicht aufgezeichnet«, erklärte sie kühl. »Herr Gospini, das BKA bietet Ihnen an, Sie auf der Stelle aus der Strafanstalt zu holen.«

»Wenn ...?«, machte er gedehnt.

»Wenn Sie sich auf die Suche nach Baduscheidt machen«, gab Müller einen Teil der Vereinbarung preis. »Finden Sie ihn und es gelingt uns, den Terroristen durch Ihren Tipp auszuschalten, sind Sie ein freier Mann.«

Er leckte sich über die trockenen Lippen. Das klang nach einem *guten* Deal. Die Bullen mussten verzweifelt sein, wenn sie ihn auf den Typen ansetzten und nicht von Gefangennahme sprachen. Sein Vorteil war, dass er sich nicht an bestehende Gesetze halten musste und er noch mehr zwielichtigere Leute als die Behörde kannte. »Was, wenn ich nichts herausfinde?«

»Wandern Sie zurück in Ihre Zelle und bekommen als Dank für Ihre Mühe allerlei Vergünstigungen«, fuhr sie ungerührt fort.

Die Risiken, die ihm blühten, waren enorm. Ein rassistischer, kompromissloser Killer mit Freunden und nuklearem Abfall gegen ihn und seine Fuchi VX2200C. »Ich will mehr«, stellte er kühn seine Forderungen. »Ich will eine Prämie von …«

»Auf Baduscheidt sind Belohnungen in Höhe von hunderttausend Ecu ausgesetzt. Und Sie haben die Exklusivrechte. Das sollte Ihnen ausreichen«, unterbrach sie ihn hart. »Weitere Verhandlungen wird es nicht geben, Herr Gospini. Wie sagen Ihre Landsleute so schön? Take it or leave it.«

Poolitzer verzog den Mund. »Ich brauche aber unter Umständen Material, wie ein neues Auto, Waffen, ein oder zwei schlagkräftige Jungs«, feilschte er nun projektorientierter und erhielt die sofortige Zusage. »Okay. Ich mache es«, willigte er ein. Er klopfte gegen das Glas. »Holen Sie mich raus, und ich jage den Nazi für Sie.« Der Sensationsreporter stand auf. »Ähm, wie erklären wir der Öffentlichkeit, dass ich frei bin?«

»Wir werden Sie ein wenig verändern«, sagte die BKAlerin. »Es muss niemand von Ihrem Ausflug wissen. Und wenn doch, sind Sie gegen hohe Bewährungsauflagen auf freien Fuß gesetzt worden.« Die Frau holte tief Luft. »Ich bitte Sie, Herr Gospini, sich in dieser Sache zu beeilen. Baduscheidt kann jederzeit wieder zuschlagen, und mit jedem toten Elf wird unsere Lage schlechter. Wir befürchten Racheakte durch die Elven Liberation Front und Sympathisantenaktionen der rechten Szene. Das könnte den gesamten Norddeutschen Bund in einen Strudel der Gewalt ziehen.«

»Ich gebe mir Mühe«, versprach der Reporter. Ihm fiel noch etwas ein. »Wer war der Elf eigentlich, den er erwischte? Irgendein armes Schwein, das dummerweise vorbeilief?«

Schmitt schnalzte mit der Zunge. »Miro Vinetari, ein angehender Diplomat Pomoryas, der in Stade sein Praktikum bei Konsulin Tameel absolvierte.«

Jetzt wusste er, warum das BKA und vermutlich die

Regierung des Norddeutschen Bundes verdammt nervös waren. Diplomat wurde nicht jeder. »Hat er einen bekannten Papi?«, hakte er nach. »Es ist wichtig. Vielleicht muss ich auch in dieser Richtung ermitteln.«

»Sein Vater ist nicht das Problem«, sagte sie zum Abschied. »Aber sein Protektor. Sie werden seinen Namen sicherlich schon gehört haben.«

»Ja?«

»Graf Wratislas von Vineta. Der Ermordete war der Neffe des Grafen. Sie können sich denken, dass die Kom-Kanäle zwischen Hamburg und Pomorya glühen«, schloss die Beamtin die knappe Erläuterung ab und blickte auf die Uhr. »Wir warten am Steg auf Sie, Herr Gospini. In einer knappen halben Stunde haben Sie Ihre vorübergehende Freiheit wieder.« Sie wandten sich zum Gehen.

»Hey!«, rief er. »Und der Chip? Das Dreckding irgendwo in meinem Körper?«

Müller lächelte milde. »Bleibt, wo er ist. Damit Sie uns nicht von der Bildfläche verschwinden. Vertrauen ist gut, aber Kontrolle ist mehr als besser.« Die Tür fiel zu.

»Little Bullneck« holte den Seattler ab und begleitete ihn in seine Zelle. Kurz darauf erhielt er den Hinweis, dass er entlassen würde.

In bester Laune begann er, die vielen Zettel und Briefe abzumontieren und einzupacken. Sie würde er nicht mehr brauchen, denn der Vorsatz und die Überzeugung, Baduscheidt ausfindig zu machen, standen felsenfest. Geld, Freiheit und Exklusivbericht bildeten ein unwiderstehliches Triumvirat, mehr Ansporn ginge nicht mehr.

Ausgerechnet den Neffen des erklärtesten Menschenhassers Pomoryas haben sich die NA-Terroristen ausgewählt, um sich bei den Langohren noch unbeliebter zu machen. Darin sind sie besser als ich. Graf Wratislas von Vineta hatte sicherlich schon Schritte eingeleitet, um die Mörder zu finden und zur Strecke zu bringen. Poolitzer wollte schneller sein, schließlich brauchte er die 100 000 Ecu. Und den Ruhm.

Ganz hinten, hinter dem Ehrgeiz und unter der Selbstsucht, saß ein bisschen von dem, was bei den meisten Menschen als Verantwortungsbewusstsein oder Moral bekannt war. Auch das regte sich bei ihm. Das Schöne dieses Mal war: Er musste es nicht einmal unterdrücken.

ADL, Norddeutscher Bund, Bremen,
01. 02. 2059, 07:32 MEZ

Nachdem er Burmeister am Kom von seinem neuen Auftrag erzählt hatte, sorgte der CvD dafür, dass ihm alle Unterlagen aus seinem InfoNetworks-Büro in seinen Bremer Unterschlupf geliefert wurden. In Hamburg war er zu bekannt.

Die Visagisten des BKA kümmerten sich derweil um sein Gesicht und veränderten seine Züge mit einfachen Maskenbildnertricks, die er jederzeit selbst anwenden konnte. Die Haare wurden gefärbt, er erhielt eine breite Palette mit Kontaktlinsen und sogar eine gefälschte ID für Notfälle.

Das Beste waren die »ein, zwei schlagkräftigen Jungs«. Mit einer Kom-Nummer bekam er eine sofortige Verbindung zu einem GSG9-Team. Innerhalb von einer halben Stunde wären sie angeblich überall im NDB einsetzbar.

Doch zuerst aktivierte er ein paar Kontakte, die über seine Anrufe sehr erstaunt klangen. Logisch, nahm doch die gesamte Schattenwelt an, er säße in »Big Willy« und schaukelte sich die Cochones.

Poolitzer schreckte nicht davor zurück, Aurora anzuklingeln und sie um ein paar Auskünfte über Miro

Vinetari zu bitten. Unter Umständen hatten die Mörder den jungen Elf nicht ganz so willkürlich ausgesucht, wie die Öffentlichkeit dachte.

Gegen Nachmittag liefen die Rückmeldungen bei ihm auf. Die jüngste Tochter von Elias Teleam meldete sich mit den ersten Ergebnissen. »Miros Einsatzziel als Abgesandter wäre das Herzogtum Polen gewesen.«

»Was ist daran so …«

»ELF, die Elven Liberation Front, beabsichtigt, eine Enklave Pomoryas dort einzurichten«, verkündete sie in scheinbar harmlosem Tonfall. »Und Wratislas unterhält angeblich Kontakte zur ELF.«

Wow. Eine militante Gruppe europäischer Elfen zusammen mit Wratislas gegen die NA? »Wie ist die Stimmung bei euch?«

»Mehr als schlecht. Vereinzelt hat es Übergriffe gegen Menschen gegeben.« Sie lächelte gezwungen. »Ich wünsche dir für deine Nachforschungen alles erdenkliche Glück und raschen Erfolg.«

Er nickte und unterbrach die Verbindung. Poolitzer schloss daraus, dass der Graf und Menschenhasser mit seinem Neffen einen Vertrauten in den östlichen Nachbarn der ADL schicken wollte, um ELF vor Ort einen konkreten Ansprechpartner zu geben und die Organisation besser unterstützen zu können. *Die Mörder suchten Miro vielleicht aus diesem Grund aus. Jedenfalls passt es ins Bild.*

Dann hockte er mehr als eine Stunde vor seinem Telekom, ohne dass sich etwas tat. Also blätterte er in seinen alten Notizen. Nicht, um etwas zu finden, sondern um auf eine neue Idee, einen neuen Ansatz zu kommen.

Baduscheidt beabsichtigte etwas Großes. Die Planungen dazu mussten weitgehend abgeschlossen sein, sonst hätte er es nicht riskiert, mit dem gepfählten Elf in Stade ein derartiges Aufsehen zu erregen. Der Seattler grübelte. *Der Terrorist kündigt seine nächste Tat an, aber wie wird sie aussehen?*

Er hatte im schlimmsten Fall noch 25 Kokillen mit heißem, radioaktivem Material, und seine Spezialität waren Sprengstoffe. Eine Atombombe würde Baduscheidt daraus nicht basteln können, sehr wohl aber eine »dreckige« Bombe.

Ein anderes Katastrophenszenario entspann sich in der Vorstellungskraft Poolitzers.

C12, ein oder zwei Kokillen und ein Werbezeppelin wären eine gute Ausgangslage, um unauffällig über einen Stadtteil mit hoher Elfenpopulation zu gelangen. Die NA scherte sich im Allgemeinen wenig um Unschuldige und würde die Verstrahlung anderer Bewohner lächelnd in Kauf nehmen.

Schlimmer käme es, wenn Baduscheidt das Material in einer alten Lagerhalle zu Staub mahlte und es mit Plastiksprengstoff zu einer Staubbombe verwandelte. Pro Glasröhre fielen 450 Kilogramm Pulver an, daraus wurden 11,25 Tonnen Lebensgefahr pur.

Allmählich fühlte er sich zu sehr in der Unterzahl. Er brauchte Unterstützung. Dringend.

Während ein Hagelschauer über Hamburg niederging, wählte sich Poolitzer durch seine Runner-Kontakte, aber diejenigen, die ihm in der Vergangenheit beigestanden hatten, hatten schon Aufträge. Die Kon-Kriege sorgten für eine rege Nachfrage an Schattenläufern, der Verschleiß war hoch.

In seiner Verzweiflung rief er bei Tattoo und den »Black Barons« an, ob die Stadtkrieger ihm ein oder zwei Spieler schicken könnten. »Nein, sorry, Schnüffler«, meinte sie bedauernd. »Wir befinden uns mitten in der Saison und haben neben dem Titel einen Ruf in der Liga zu verteidigen.« Sie wirkte irgendwie niedergeschlagen. Als er sie danach fragte, eröffnete sie ihm die traurige Neuigkeit. »Michels ist gestorben.«

»Der Zwerg, der mit in Andorra war?« Poolitzer erinnerte sich an ihn.

Die Elfin nickte. »Leukämie. Die Ärzte haben es zu spät bemerkt. Die SOX hat ihn fertig gemacht.«

»Mein Beileid«, sagte er und meinte es ernst. Michels und Ordog, Tattoos Lover, hatten die Verseuchte Zone geplündert und dabei einiges erlebt. Die atomare Kontamination pflanzte ihr Erbe in Michels und erwischte ihn trotz aller möglichen Vorsichtsmaßnahmen und Behandlungen nachträglich. *Schade. Michels war ein netter Kerl.* Er wünschte den Barons und vor allem Ordog alles Gute und beendete das Gespräch.

Trotzdem stand er noch immer ohne Unterstützung da. Er ging sogar so weit, den elfischen Rigger Sparkplug in seiner Heimatstadt Seattle anzurufen und um Rat zu fragen.

Auch dessen Antwort fiel keineswegs erfreulich aus. Die hermetische Magierin Cauldron und Xavier hatten sich eine Auszeit gegönnt, die konnte er abhaken. Der ehemalige Antimagier befand sich in Rehabilitationskur, und seine Lebensgefährtin wich nicht mehr von seiner Seite und unterstützte ihn im Kampf gegen die Auswirkungen seiner schweren Verletzungen.

»Hustle und Ultra verstärken gerade ein befreundetes Runnerteam. Ich alleine werde nicht sonderlich hilfreich sein, oder?« Sparkplug grinste freudlos. »Du kannst mir meine Spielsachen nicht durch den Zoll bringen, schätze ich.« Aber er gab Poolitzer eine Kom-Nummer. Der Typ sei zwar ein »verfraggtes scheißdrecks Arschloch«, aber »das verfickt Beste, das man im abgewichsten Seattle für beschissenes Geld unter Vertrag« nehmen könne. »Ich hoffe, der abgewienerte Pisser geht dabei drauf«, verabschiedete er sich von dem Reporter.

Poolitzer notierte sich die Ziffern und legte sie erst einmal zur Seite. Er hatte beim Durchforsten seiner Computerdaten etwas Vergessenes in seinem Posteingangsfach entdeckt: die Analyse seines mitgeschnittenen Gesprächs!

Der Tontechniker hatte ihm die Aufnahme heute erst zugeschickt, weil er den Bullen die Beweise nicht an die Hand geben wollte, das stand in der Begleitmail.

Der Reihe nach öffnete er die Sounddateien und lauschte gespannt, was die magischen Hände des Technikers, das Mischpult und die Software aus den undeutlichen Hintergrundgeräuschen gemacht hatten.

Er hörte eine leise Unterredung, die sich über die Börsenentwicklung von Messerschmitt-Kawasaki drehte, zwei andere redeten zu unverständlich, um den Zusammenhang zu erkennen, aber seine Ohren nahmen die Worte »Leistungsmerkmale« und »Drehzahl« und »Lieferdatum« wahr.

Dazu mischte sich das Klirren von Löffeln, die beim Umrühren gegen Tassenwände stießen, das leise Fauchen eines Kaffeeautomaten sowie das Schlagen einer schweren Tür. Jemand spielte mit dem Druckknopf eines Dauerschreibers.

Auf die Worte seines genervten Gesprächspartners von damals achtete er nicht weiter, gleich kam die Stelle, an der ein Name gerufen wurde.

»Charlotte.«

Ein Mann sagte laut »Charlotte« und den Namen als Frage formuliert.

Der Tontechniker hatte es geschafft, ein leises Klingeln eines zweiten Koms aufzufangen und zu verstärken. Eine Frau meldete sich mit »An Erft«. Auch beim vierten Abspielen wurde es nicht deutlicher, irgendeiner klirrte so sehr mit dem Porzellan herum, dass die Hochtöne sein Gehör zu sprengen drohten.

Die Nummer aus Fröhlich-Eisners Kalender hat mich in eine Kon-Etage verbunden, das steht fest. »An Erft« klang … seltsam. *Gälisch?*, wunderte er sich und verwarf seinen Gedanken. Halblaut sprach er die wenigen Worte vor sich her, bis sich aus Messerschmitt-Kawaski und »An Erft« ein Zusammenhang ergab.

»Vulkan Werft!«, rief er euphorisch. »Natürlich!«

Die Recherche ging weiter. Wenn er in ein Vorstands- oder ein Konstrukteursmeeting geplatzt war, fand er heraus, mit wem er sich unterhalten hatte. »Charlotte« würde den Mann überführen.

Nach nicht allzu langer Zeit in den virtuellen Weiten des Schattenlands lehnte er sich zufrieden in seinen Sessel und schaute auf den Namen, der auf dem Monitor blinkte.

Charlotte Theis.

Sie war die Ehefrau von Dr. Eberhard S. Theis, Vorstandsvorsitzender der Vulkan Werft Bremen, der wiederum offensichtlich ein so guter Freund des Staatsanwalts war, dass sich seine Kom-Nummer im Adressbuch des DNP-Landesvorsitzenden befand.

Poolitzer erhielt einen wahnsinnigen Geistesblitz.

Wenn Theis seinem Kumpel Fröhlich-Eisner von den neuen Booten erzählt hatte, die in der Werft standen, könnte der Politiker die NA gefragt haben, ob sie Verwendung für die Innovation hätten. Vielleicht war das die Bezahlung für den fingierten Bombenanschlag in Rostock?

Theis oder Fröhlich-Eisner gaben den Korsaren den Tipp, damit sie die Kastanien aus dem Feuer holten, während Baduscheidt und seine Leute in aller Ruhe abwarteten und die Piraten nach ihrem erfolgreichen Lauf der Powerboote und des Lebens beraubten, lautete seine Theorie.

Verwendung hatten die Verrückten der NA sicherlich. Die schnellen, fast unsichtbaren Wasserfahrzeuge stellten die perfekte Basis für einen Anschlag zur See dar.

Allerdings bestand seine Theorie aus vielen Vermutungen. Nur weil sich Bausteine so hübsch aneinander fügten, mussten sie noch lange nicht das passende Bild ergeben, aber es machte ihn glücklich, durch seine hartnäckige Schnüffelei einen neuen Aspekt gefunden zu haben.

Das brachte ihn dazu, über die anderen Schiffsdiebstähle nachzudenken.

Sammelt die NA sich eine kleine, unauffällige Flotte zusammen, um die Kokillen unbemerkt durch die Gegend schippern zu können? Würden die radioaktiven Stoffe in deutschen Häfen in die Luft gehen?

Ein eisiger Schauer überlief ihn. *Sie könnten auch planen, Pomorya mit Bombenbooten anzufahren und die verheerende Ladung dort zu zünden.* Kap Arkona und zahlreiche andere renaturierte Gebiete entlang der Küste, etliche Haine und Gläubige erhielten eine Breitseite aus atomarem Staub. Der Nationalen Aktion traute er eine solche Vorgehensweise zu. Die Verantwortung, die auf seinen Schultern lastete, wuchs und drohte ihn zusammenzudrücken.

Er schloss die Augen und gönnte seinen Gedanken Leerlauf, da machte sich sein Hunger bemerkbar.

Poolitzer pilgerte zur nächsten Dönerbude und verspeiste heißhungrig einen Döner mit »Wolle scharf«, weil es so etwas in »Big Willy« einfach nicht gab. Gierig bestellte er sich einen zweiten, völlte vor sich hin. Er benötigte drei Raki und zwei Mokka, um seinem überlasteten Magen bei der Verdauung zu helfen.

Voll gefressen walzte er durch die eisigen, abendlichen Straßen und genoss die Freiheit. Er lief und lief, sah ständig etwas anderes und freute sich wie ein kleines Kind über Kleinigkeiten wie Werbeanzeigen und die vielen Menschen in unterschiedlichen Kleidern. *Die Haftanstalt wird mich nie mehr wiedersehen*, lautete sein Beschluss.

In aller Stille würde er seinen Straßendoc beauftragen, den verdammten Chip in seinem Körper zu suchen und darüber nachzudenken, wie man das Bauteil, das lediglich seiner Überwachung diente, entfernte. Ohne dass er dabei ins Gras biss.

In seiner schlimmsten Horrorvision sah er sich neben

einem Kom-Gerät stehen, dessen Sendeleistung ausreichte, den Chip in ihm zufällig zur Explosion zu bringen. Das wäre sein Ende. Ein sehr unrühmliches Ende. Das Ding musste raus, so schnell wie möglich.

Durchgefroren, satt und nach wie vor guter Dinge kehrte er in seine Ausweichwohnung zurück.

Der Journalist nahm die amerikanische Kom-Nummer des Experten, die er von Sparkplug erhalten hatte, in die kalten Finger und wollte sie eben anwählen, als ein rotes Lämpchen an dem Monitorrack aufleuchtete.

Das Gerät war ursprünglich eine Drohnenfernsteuerung gewesen. Ein Techniker hatte es ihm aber so umgebaut, dass es ihm als Empfänger für seine Überwachungskameras diente.

Die habe ich vergessen! Er schaltete das Rack ein, auf dem Schirm entstand das Bild der IFMU-Niederlassung. Zwei Kameras waren ausgefallen, wie er an den schwarzen Monitoren erkannte. Drei hatten die eisigen Temperaturen jedoch überstanden, eine von ihnen sendete mit Störungen.

Was er erkannte, katapultierte seinen trägen Puls in unerwartete Höhen. Die Objektive filmten zwei Typen, die sich gerade an der Hintertür des Lagers zu schaffen machten.

Mehr brauchte er nicht zu sehen. *Sie holen sich die Energiezellen!* Mit einem Griff packte er seinen Mantel, stopfte sich die Altmayer ins Schulterholster und fischte den Rucksack mit der VX2200C.

Poolitzer rannte hinaus und stoppte das erste Hovertaxi, das er bekam. »Ostbremen, Hemelingen«, keuchte er dem Mann ins Gesicht, während er sich auf die Rückbank warf. »So schnell es geht.« Er warf einen Zweihunderter-Chip auf den Beifahrersitz. »Mir egal, was im Weg steht.«

Dem Fahrer war es nach dieser Bezahlung auch.

Er stieg eine Parallelstraße früher aus, streifte sich die PortaCam-Halterung über den Kopf und aktivierte den Restlichtverstärker. Mit bester Sicht ausgestattet, pirschte sich der Seattler an die IFMU-Niederlassung heran.

Je näher er dem großen Gebäude mit dem dreizackigen Leuchtstern an der weißen Front kam, desto mehr wurde ihm bewusst, dass er alleine war. Seine Freunde Altmayer und Fuchi leisteten ihm zwar Gesellschaft, aber im Fall einer Schießerei waren sie nur bedingt hilfreich.

Wenn er die GSG9 jetzt schon abrief, würde er sich lächerlich machen. Theoretisch bestand immer noch die Möglichkeit, dass sich zwei gewöhnliche Einbrecher im Lager von Daimler-Benz bedienten, um die Ersatzteile zu klauen und auf dem Schwarzmarkt zu verticken.

Schritt um Schritt trugen ihn seine Füße an den Hintereingang der Halle.

Der Hof war mit drei großen Flutlichtscheinwerfern ausgeleuchtet, ein kleiner Lkw stand rückwärts an der Laderampe geparkt, groß prangte das Emblem der IFMU auf der Seitenplane. Ein Gabelstapler karrte eine Palette mit Kisten ins Innere des Transporters.

Vier Männer in grauen Overalls und mit Firmenlogos auf dem Bauch kamen aus der Halle und unterhielten sich leise. Als der Stapler in das Gebäude zurückrollte, drückte einer von ihnen die Knöpfe neben der Ladebordwand, die Klappe des Lkw schloss sich.

Nun sah es so aus, als ginge eine völlig legale Nachtladeaktion vor sich. Wer ohne Vorwissen an dem Firmengelände vorbeischritt, dachte sich nichts dabei.

Poolitzer dagegen vermisste einen Hinweis auf den Wachdienst. *Kein Kon der Welt stellt seine Niederlassung, in der sich eine Brennstoffzelle neuester Bauart befindet, ohne Schutz hin. Schon gar nicht in diesen unruhigen Zeiten.* Folglich glaubte er nicht an das offensichtlich Vorgetäuschte.

Der Transporter startete. Im unerwarteten Anfall von gelegentlich auftauchendem Heldenmut sprang Poolitzer aus seiner Deckung, rannte hinter dem Transporter her und hopste mit auf die schmale Anhängerkupplung. Seine Hände fanden in letzter Sekunde an der herunterhängenden Plane Halt, sonst wäre er in den Schneematsch gestürzt.

Er klammerte sich am Zipfel Plastikabdeckung fest und versuchte, sich in die Höhe zu ziehen, ehe der Transporter in den Abendverkehr einbog und nachfolgende Fahrzeuge den Trittbrettfahrer entdeckten.

Schnaufend schaffte er das Unmögliche und rutschte unter der Plane durch in den Laderaum. Schwer atmend hockte er auf einer IFMU-Kiste, seinen schmerzenden Fingern eine kleine Pause gönnend. Sie waren es nicht gewohnt, sein Körpergewicht längere Zeit zu tragen, auch die Armmuskulatur rebellierte mit Zuckungen auf die Beanspruchung.

Nach ein paar Minuten suchte er einen seiner Peilsender aus dem Rucksack und drückte ihn durch die Bodenkartonage ins Innere einer Kiste. Vorsichtshalber brachte er einen zweiten Sender an, damit die gestohlenen Energieaggregate ihn auch sicher an den Zielort brachten.

Jetzt musste er es wieder aus dem Laderaum rausschaffen und sich so absetzen, dass niemand Verdacht schöpfte.

Leichter gedacht als getan.

Poolitzer erklomm den Kistenstapel und schwang sich über den oberen Teil der Ladebordwand. Der Transporter hatte gerade an einer Ampel gestanden und fuhr in dem Moment los, als sich keine Sicherung zwischen den Fingern des Journalisten befand. Die Beschleunigung brachte ihn aus dem Gleichgewicht. »Fuck!« Er rutschte ab und stürzte der Länge nach auf die Fahrbahn.

Bremsen kreischten auf, er sah die Frontspoiler eines aufgemotzten BMW Z8 nur wenige Zentimeter vor seiner Nase entfernt, der Gestank von verbranntem Gummi und aufgewärmtem Teer breitete sich aus.

Der Fahrer des Lkw bemerkte den Aufstand hinter seinem Heck nicht, die rot glühenden Rückleuchten entfernten sich stetig.

Fluchend stemmte sich der Seattler vom Boden und schrie auf, als er den linken Handknöchel bewegen wollte. Entweder hatte er sich das Gelenk gebrochen oder schwer verstaucht. »Scheiße«, fluchte er. Ein schneller Blick in den Rucksack, und er atmete auf. Die Kamera sah noch intakt aus.

»Genau. Scheiße«, stimmte der jugendliche Fahrer des dunkelblauen Sportwagens sofort zu. »Wir beide fahren jetzt schön zur Polizei, und denen erklärst du, was du auf dem Lkw gesucht hast.« Der Mann steckte in billigen Aufreißerklamotten aus Synthleder, dazu trug er einen Pelzkragen und eine widerlich modische Frisur.

Poolitzer schüttelte nur sanft den Kopf. Solche Typen wären gerne Sexgötter oder Runner, weil ihnen entweder die Ausdauer oder das Können fehlte, wurden sie zu Wannabes. Dieses Prachtexemplar besaß wenigstens einen schnellen Schlitten. Das kam ihm sehr gelegen, irgendwie musste er dem Transporter folgen. Er musterte ihn. »Schon gut, Kumpel. Ich will keinen Ärger mit Ihnen, denn Sie machen bestimmt Kampfsport, was?«

»Nein. Wozu?«, meinte der Fahrer verächtlich. »Ich werde auch so mit Ihnen fertig.«

»Kein Kampfsport?«, vergewisserte er sich nochmals. Als der Typ verneinte, zog er die Altmayr und hielt sie ihm entgegen. »Sehr gut. Einsteigen. Dem Lkw hinterher«, gab er Anweisungen und bemühte sich um einen brutalen Klang in der Stimme.

Der Mann wurde butterweich und stakste mit weißem Gesicht um den BWM herum. Poolitzer stieg ein, grüßte die ältere Dame auf dem Rücksitz freundlich und dirigierte den Wagen durch die Straßen, ohne die Plane mit dem IFMU-Aufdruck aus den Augen zu verlieren.

»Ist das eine Entführung?«, wollte die Seniorin misstrauisch wissen und langte in ihre Handtasche.

Poolitzer wandte sich lächelnd zu ihr um. »Nein, Ma'am. Lassen Sie das Bügeleisen stecken. Ihr Enkel ist in geheimer Mission unterwegs und verfolgt Verbrecher.«

Ihre Augen wanderten erstaunt zu dem Fahrer. »Davon hast du mir nie erzählt, Rosché.« Der Synthlederträger schwitzte aus allen Poren. Er wusste nicht, was er antworten sollte.

»Rosché ist unser bester Mann«, nickte der Journalist ernst. »Wir setzen ihn immer nur ein, wenn wir einen echt guten Fahrer brauchen. Damit keiner bemerkt, dass er für uns arbeitet, tun wir immer so, als entführten wir ihn.« Poolitzer grinste den Mann an, der unsicher zurücklächelte.

»Fällt das nicht irgendwann auf, wenn Sie immer den gleichen Mann nehmen?«, sagte die Oma nach einer Weile des Schweigens. »Ich will nicht, dass dem Jungen was geschieht«, betonte sie. »Wo doch sein Auto so teuer war. Das hat mindestens dreißigtausend Ecu gekostet und ich habe ihm …«

»Machen Sie sich keine Sorgen«, beruhigte er sie und gab weiter Fahranweisungen.

Die Reise ging ins Hafengebiet. Die bretterharten Stoßdämpfer des BMW übertrugen jede noch so kleine Unebenheit als Bandscheibenerschütterung an die Insassen weiter. Schließlich fuhren sie unter großen Krananlagen durch und gelangten in den Containerverladebereich.

Der Lkw wurde langsamer und hielt schließlich an einem Pier an, wo ein Trawler wartete. Es war ein »Proteus Nordstern II«, die gleiche Bauart wie die entführte *Analysis*. Dieser hier wies ein paar Aufbauten mehr und eine veränderte Brücke auf. Poolitzers Nase kitzelte beim Anblick des Schiffes verdächtig.

Er schwang sich aus dem Sportwagen. »Sagen Sie keinem Menschen, dass Sie heute Teil einer Observation gewesen waren«, sagte er zu seinem unfreiwilligen Chauffeur.

»Klar. Wie immer«, spielte Roché mit und feixte. Da er verstand, dass ihm nichts Übles zustieß, machte es ihm Spaß, vor seiner Oma der Held zu sein. Das Erbe rückte damit näher.

»Zee ya«, verabschiedete ihn der Reporter lachend und klopfte aufs Dach. »Danke, Kumpel.« Der Sportwagen fuhr vorsichtig davon.

Im Schatten der riesigen Blechbehältnisse tastete sich Poolitzer an den Trawler heran. *Ich verwette meine Fuchi und einen Jahresvorrat an CDs, dass dieser umgebaute Fischkutter einmal die* Analysis *gewesen war.*

Sein linkes Handgelenk pochte und klopfte, dennoch erklomm er zähneknirschend einen der Container, robbte an dessen Ende und spähte über den Rand. Von hier oben hatte er die perfekte Aussicht, um den Männern bei ihrer Arbeit zuzuschauen.

Die Zoomvorrichtung und der Restlichtverstärker erlaubten es ihm, die Gesichter der mutmaßlichen NA-Terroristen zu filmen. Damit tat er Schmitt und Müller sicherlich einen großen Gefallen. Sie konnten ein paar Visagen mehr auf die Fahndungslisten des BKA setzen.

Das Verladen des Diebesguts verlief dank des Schiffskrans schnell, palettenweise hievte er die Beute in die Ladeluke.

Einmal stockte dem Seattler der Atem. Einer der Männer deutete auf die Schuhabdrücke, die er auf den Kisten hinterlassen hatte, doch man nahm den Hinweis nicht ernst und verlud die Beute weiter unter Deck. Nach einer Viertelstunde war der Lkw leer. Die Männer sprangen an Bord des Trawlers, die Leinen wurden gelöst.

Poolitzer schaute dem sich rasch entfernenden Schiff hinterher. *Fahrt nur. Ich finde euch wieder.*

Poolitzer schaffte das kleine Wunder, sich im Hafen einen Hubschrauber samt Piloten zu chartern. Der Typ namens Kunkel stellte keine Fragen, sondern strich kommentarlos die 3000 Öcken ein, kurz darauf verfolgten sie das Schiff der Terroristen.

Es ging über den Nord-Ostsee-Kanal vorbei aufs offene Meer zu, ihr Hubschrauber musste zwischendurch auftanken. Die Pause nutzte der Reporter, um in den vollisolierten und mit einer Heizung ausgestatteten Rettungsanzug zu schlüpfen. Er langte nach der Schwimmweste und legte sie an.

Die Tür schwang auf, Kunkel stieg wieder ein. »Kann es sein, dass Sie kein Vertrauen in meine Flugkünste haben?«, bemerkte er nach einem verächtlichen Blick auf Poolitzers knallrotes Outfit. Die Rotoren beschleunigten.

»Nichts Persönliches, Lindbergh, ich möchte über so viel Wasser einfach nur sicher sein.« Er schaute auf das Display und beobachtete, dass sich der Trawler immer weiter entfernte. »Hurtig, Meister der Lüfte, sonst verlieren wir unsere Freunde.«

Sie stiegen auf und setzten ihre nächtliche Verfolgung fort. Die Terroristen passierten die Enge zwischen den dänischen Inseln Langeland und Lolland, um dann plötzlich einen Haken nach Osten zu machen, mitten in die mit Inseln übersäte Ostseeregion, die zu Dänemark gehörte. Das wusste er natürlich nicht alles auswendig. Die Karten ließ er sich vom Piloten einblenden, damit er unterscheiden konnte, was die Konturen, Striche und

Punkte auf dem Radar bedeuteten. Nach einer Weile blieb das Signal stationär.

Angekommen. Poolitzer deutete auf eine flache Stelle der Insel, die er im Morgengrauen unter sich erkannte. »Runter, Meister. Ich muss raus. Warten Sie auf mich.« Als Anreiz gab er im weitere tausend Ecu.

Die salzige Luft umwehte ihn eisig, der Wind trug Feuchtigkeit mit sich, die sich auf seinem Überlebensanzug absetzte und nach kurzer Zeit Tropfen bildete. Nach einem längeren Fußmarsch gelangte er an eine Klippe, von der aus er zwanzig Meter hinab in einen fjordähnlichen Küsteneinschnitt hinabblickte.

Die Felsenbucht wirkte auf ihn, als sei sie künstlich angelegt worden. Das Wasser sah sehr tief aus, vermutlich mehr als einhundert Meter. Bei näherem Hinschauen entdeckte er einen Durchlass im Fels. Die Ostsee schwappte gegen die Wände, das Geräusch der Brandung drang leise zu ihm herauf.

Schauen wir uns das einmal genauer an. Vorsichtig begann er den Abstieg. Er hielt sich an dicken Grasbüscheln fest und stemmte sich gegen Felsvorsprünge, bis ihm die Finger aufsprangen und die Schmerzen in seinem linken Handgelenk unerträglich wurden. Dabei schaffte er gerade einmal ein Drittel der Strecke. In einem unachtsamen Moment büßte er seinen Rucksack mit der Kamera und dem Peilsender ein. Das teuere Equipment prallte gegen einen Felsvorsprung, es klirrte, danach plumpste der Sack in die Ostsee und verschwand auf Nimmerwiedersehen.

Prima, dachte er bitter, während er sich eine Verschnaufpause gönnte. *Entweder ich verhungere hier, oder die NAler schießen mich wie einen blöden Vogel aus der Felswand.*

Sein Blick schweifte umher und fiel auf einen Kletterhaken, der rund drei Meter rechts von ihm in die Wand geschraubt war.

Als er sich die Sache näher betrachtete, entdeckte er

eine Sprossenleiter, die leicht versenkt in der Klippe befestigt hing. Ihr Erbauer hatte sie in der gleichen Farbe gestrichen, welche der Fels aufwies, deshalb hatte er sie die ganze Zeit über nicht bemerkt. Wesentlich einfacher kletterte er den Rest hinunter.

Die Leiter setzte sich plötzlich in Bewegung, ein Teil glitt lautlos nach unten und hing vor der Einfahrt in die Grotte herab.

Mit einem Satz sprang Poolitzer auf das schmale Sims im Inneren der Höhle und duckte sich flach auf den ausgemeißelten Weg. Die stählerne Treppenleiter schwang in ihre ursprüngliche Position zurück und wurde unsichtbar.

Leise kroch er hinter einen Felsüberhang, um sich besser vor einer zufälligen Entdeckung zu schützen. Sein roter Überlebensanzug machte ihn vor der schiefergrauen Granitwand so auffällig wie einen Lichtfleck im Dunkel. Ausziehen wollte er das Kleidungsstück nicht, die Heizung, die er auf angenehme fünfundzwanzig Grad eingestellt hatte, war bei den Temperaturen für ihn lebensnotwendig. Weiß zeichnete sich sein Atem in der Kühle der Grotte ab.

Yeah, wir haben einen Gewinner, freute er sich nach einem raschen Blick. *Und sein Name ist Gospini!*

In der Felsenhöhle dümpelte nicht nur der Trawler. An Eisenstegen lagen die beiden Sharkskin A1-Powerboote aus der Vulkan Werft, die Luxusyacht der Marke »Dolphin II« sowie das Segelschiff der Baureihe »Celebrian Seagull«. Er kannte die Modelle wegen der Bilder, die seine Kollegen im Trid gezeigt hatten.

Allerdings stimmten nur die Umrisse mit den ursprünglichen Booten überein. Sie waren umgestrichen und mit neuen Namen versehen worden. Es war für ihn sicher, dass die *Liberty* in Wirklichkeit die *Analysis* gewesen war und die Terroristen sie genauso umgebaut hatten wie die anderen Schiffe.

Kein Wunder, dass man sie nicht aufspürt. Sie haben ihre Beute entweder über Dänemark oder mit größter Abgebrühtheit durch den Nord-Ostsee-Kanal in diese Grotte verfrachtet, um sie auf ihren kommenden Einsatz vorzubereiten. Aber was für ein Einsatz wird das sein?

An den Decks der Seagull und der Yacht lagen mehrere Werkzeuge verteilt, manche sahen nach tragbaren Schneidbrennern, andere nach leichten Schweißgeräten aus. Zwischendrin standen Computer, ausgebaute Steuermodule und andere elektronische Gerätschaften.

Die Schiffe werden mit besonderen Extras nachgerüstet. Poolitzer sah seine Theorie bestätigt, dass die Aktivisten mithilfe der Boote Anschläge planten.

Plötzlich kamen fünf Männer aus dem Inneren des Seglers und des Dolphin. Sie schleppten Brennstoffzellen an Deck, klemmten die Kabel an die elektrisch betriebenen Geräte und begannen mit ihren Arbeiten. Zwei kümmerten sich jeweils um die Steueranlagen, die anderen drei verschwanden mit den Werkzeugen im Innern der Boote. Bald zuckte grellblaues Licht aus den Luken, die nach unten führten.

Das einzige Schiff, an dem nicht gearbeitet wurde, war die *Liberty*.

Ein kühner Plan reifte im Sensationsreporter. *Vielleicht finde ich einen Hinweis auf ihre Absichten.* Da sich niemand auf dem Trawler befand und der Fischkutter ihm am nächsten vertäut lag, wollte er sich dort umsehen.

Poolitzer drehte das Thermostat seines Anzugs ein wenig höher. Nach zehn Minuten »Aufwärmphase« krabbelte er so langsam wie ein Faultier den schmalen Granitsteg entlang, immer darauf bedacht, die Männer am anderen Ende der Grotte nicht auf sich aufmerksam zu machen.

Endlich befand er sich genau über der *Liberty*. Er schaffte das Kunststück, sich auf das Bootshaus gleiten zu lassen, ohne abzurutschen oder abzustürzen. Das Rauschen der Wellen überdeckte den einen oder anderen Laut, den er dabei fabrizierte, und bewahrte ihn vor höllischem Ärger.

Poolitzer schlich in den Führerstand des Trawlers und filzte sämtliche Schubladen. Sie waren leer, leer und klinisch sauber. Nichts wies auf die Vergangenheit als Forschungsschiff hin.

Fuck. Er war sauer. Nicht, dass er von den Terroristen erwartete, dass sie ihm einen Umschlag mit der Aufschrift »Plan« hinlegten, wie man es gelegentlich in miesen Trid-Produktionen sah, aber einen kleinen Hinweis wünschte er sich schon.

Er behalf sich damit, dass er den Navigationscomputer aktivierte und sich eine Sicherheitskopie der Protokollrouten zog, welche die *Liberty* seit der Entführung absolviert hatte. *Und jetzt noch ein kleiner Besuch im Labor.*

Der Journalist erlebte eine Überraschung. Die alte Einrichtung war komplett entfernt worden, stattdessen standen Regale mit Sauerstoffflaschen in unterschiedlichen Größen herum. Manche eigneten sich für Taucher, andere wiederum waren zu groß. *Es könnten Zusatzbehälter für die Mini-U-Boote sein.*

Vier Computer befanden sich ebenfalls hier unten, sie waren heruntergefahren, auf dem Arbeitstisch stapelten sich die Seekarten in den unterschiedlichsten Maßstäben.

Na also, freute er sich besser gelaunt und blätterte sie rasch durch.

Die Terroristen hatten militärisches und ziviles Material gesammelt, Nord- und Ostsee waren bis auf den allerkleinsten Punkt, bis zur allerkleinsten Untiefe und Sandbank exakt vorhanden. Verschiedene Küstenabschnitte und einige Punkte auf offenem Meer waren mit Rotstift markiert worden. Er zählte und kam auf insgesamt 47 Punkte.

Die Theorien, die er sich in den vielen Stunden zurechtlegte, zerbröselten zu Staub. Es sah keineswegs nach Anschlag aus. *Sie suchen etwas.*

Völlige Ratlosigkeit breitete sich in ihm aus. Nichts, gar nichts passte zu dem Verhalten, das die Terroristen an den Tag legten.

Er brauchte mehr Informationen über das Tun der NA, daher wagte er es, die Rechner einzuschalten, um ihre Inhalte durchzuschauen.

Was ist das denn? Er stieß auf Hunderte von durchnummerierten Dateien, die sich »Scan« nannten, »Scan 234« wurde wiederum in acht Untersektionen aufgespalten. Die Passwortabfrage meldete sich erst, nachdem er Zugriff auf die Dokumente haben wollte.

Da sich der Computer aber nicht weigerte, eine Fernverbindung in die Matrix zu erstellen, schickte er Kopien der Dateien an eine seiner vielen Schattenland-Adressen und parkte sie dort, anschließend löschte er alle Hinweise auf die Transmission.

Plötzlich polterten Schritte an Deck.

Verstecken! Schnell schaltete er einen Rechner nach dem anderen aus und zwängte sich in die dunkelste Ecke des einstigen Labors zwischen irgendwelchen Sauerstoffflaschen.

Ein Mann kam die Eisentritte herunter. Poolitzer schätzte ihn auf Mitte dreißig und knapp eins achtzig groß. Lange braune Haare hingen ihm im Rasta-Style auf die Schultern, unter der dicken, nicht ganz geschlossenen Jacke zeigte sich der Stoff eines knallblauen, bunt bedruckten Hawaiihemds.

Ohne sich sonderlich umzuschauen, ging er an den Arbeitstisch und fuhr die Computer hoch. Die Augen wanderten hektisch über die Karten. Nachdenklich rieb sich der Mann das braune Kinnbärtchen, sein Blick blieb hängen, wurde starr.

»Scheiße«, fluchte er halblaut. Er zückte ein Funkgerät, um seine Erkenntnis weiterzugeben. »Kalb hier. Hör zu, der alte Drecksack kommt uns mit seiner Erkenntnis wirklich in die Quere. Ihr Meeting findet übermorgen statt, das ist *viel* zu früh. Wir sind noch nicht bereit«, lautete seine Mitteilung, er klang sehr ungehalten. »Wir müssen sofort ein Team nach Rostock schicken, ehe er die Bombe platzen lässt.« Er klickte mit der Maus, auf dem vierten Bildschirm zeigte sich die Benutzeroberfläche einer Matrixsuchmaschine. »Es passt mir auch nicht«, antwortete er mürrisch in das Mikro und tippte einen Namen ein. »Moment.« Eine neue Seitenansicht baute sich auf. »Ich hab's. Im Hotel Hansa Hof ist die ganze Bande abgestiegen.« Er stand auf und wandte sich dem Aufgang zu. »Ja, von mir aus auch gleich. Lass mich noch von Bord gehen.«

Poolitzer sah die Stiefel nach oben wandern und verschwinden, Sekunden darauf sprangen viele Menschen an Deck, dumpf brummend erwachte der Motor der *Liberty*. Der Rumpf kam ins Schlingern, der Trawler wurde aus der Grotte manövriert.

Super. Wie komme ich hier wieder runter? Er wagte sich aus seinem Versteck und rief die letzte Internet-Seite auf.

Die nächste Überraschung wartete auf ihn. Anstelle eines Hotelverzeichnisses präsentierte sich die Wissenschaftsseite des »Nordlicht-Magazins«. *Der Typ im Hawaiihemd hat vom Ostsee-Symposium gesprochen.* Historiker und Archäologen hatten sich in Rostock versammelt, genauer gesagt, im Hotel Hansa Hof.

Der Bildschirm zeigte die Porträtaufnahme eines älteren Mannes mit Glatze und Schnauzbart. Unwillkürlich dachte er an Russland, und der Name bestätigte sein Klischeedenken.

›Professor Piotr Alexij Sasnudin, russischer Archäologe und Geschichtswissenschaftler an der Universität Nowgorod. Spezialthema: die Kontore der deutschen Kauffahrer im

Osten?!‹ Poolitzers Gesicht spiegelte sein völliges Unverständnis wieder. *Sie wollen einen Historiker und Archäologen geeken?* Er hörte, dass sich Schritte der Luke nach unten näherten.

Schnell begab er sich in sein Versteck zurück und wartete, dass der Trawler in Rostock anlandete. Unmittelbar in seiner Nähe stand eine Kiste mit Proviant-trockenrationen, aus der er sich bediente. Niemand kam nach unten, man ließ ihn in Ruhe.

Der Anzug hüllte ihn in wohlige Wärme. Satt und müde lehnte er sich an die Stahlwand der *Liberty*. *Ein kleines Nickerchen kommt gerade recht.*

VI.

ADL, Norddeutscher Bund, Rostock,
02. 02. 2059, 19:32 MEZ

Poolitzer schreckte aus seinem Schlaf hoch, ein schrilles Piepsen hatte ihn geweckt. *Was …?* Er prallte mit dem Kopf unsanft gegen die Stahlflasche und fluchte laut, zu spät fiel ihm ein, wo er sich befand. Die Müdigkeit wandelte sich zu Panik.

Der Rastafari am Kartentisch namens Kalb drehte sich erschrocken zu seinem Versteck und langte automatisch unter seine Jacke.

Der Reporter wollte nicht warten, bis man ihn bedrohte. Er schnellte aus dem Halbdunkel hervor, die Altmayr direkt auf den Typ gerichtet, der sich am Funkgerät mit Kalb gemeldet hatte.

»Halt still«, befahl er ihm drohend. Die typischen Bewegungen eines fahrenden Schiffs fehlten, die *Liberty* stand. Poolitzer fehlte jegliches Zeitgefühl. »Wie lang sind wir schon in Rostock?«

»Woher weißt …«, setzte Kalb perplex zu einer Frage an.

»Wie lange?«, schrie er ihn nervös an. Er wollte die drohende Exekution des Wissenschaftlers unbedingt verhindern.

»Eine halbe Stunde«, brüllte Kalb fahrig zurück, ohne die Mündung aus den Augen zu lassen. »Was …« Die kraftvoll geschwungene Altmayr knallte ihm gegen die Stirn. Besinnungslos brach er zusammen, kippte gegen den Kartentisch und fiel zur Seite. Er räumte die Platte ab und wurde von den Karten beinahe vollständig bedeckt.

Wie kann ich nur fest einschlafen, ich Idiot? Poolitzer

hechtete zur Treppe und lauschte gespannt, ob sich ein anderer Terrorist von oben näherte. Da sich nichts regte, wagte er den Aufstieg. Gefechtsbereit stieg er an Deck, um etwaige Angreifer wenigstens anschießen zu können, mehr war bei seinen Fähigkeiten sowieso nicht drin.

Der Trawler schien verwaist. Er lag längsseits am Pier im Rostocker Hafen vertäut, eine schmale Gehplanke aus Hartplast diente als Brücke auf den festen Boden. Poolitzer hatte freie Bahn.

Dreißig Minuten Vorsprung, überschlug er. Das reichte ausgebildeten Terroristen locker aus, ihr Opfer zu beseitigen. Insgeheim rechnete er schon damit, dass ihm der Mördertrupp entgegenkam. *Vielleicht ist Gott mit Sasnudin.*

Gerade stolperte er das breite Brett hinunter auf den Asphalt, als ihn eine scharfe Stimme in seinem Rücken zum Stehenbleiben aufforderte.

Poolitzer blickte sich nicht einmal um. Er sprintete los, um in den Schutz der fünf Meter entfernten Hallen zu gelangen, und feuerte aufs Geratewohl das ganze Magazin seiner Waffe nach hinten.

Der Beschuss wurde erwidert. Eine Uzi oder eine andere Maschinenpistole knatterte los, als er es gerade so um die nächste Gebäudeecke schaffte. Die Projektile sirrten knapp an ihm vorbei, Betonbröckchen wurden von den Kugeln abgesprengt und flogen ihm um die Ohren, um blutige Kratzer in seinem Nacken zu hinterlassen.

Er hetzte weiter. Stapler kreuzten seinen Weg, Lkw hupten ihn an, als er ohne Rücksicht auf sich und den Verladeverkehr durch die Hafenstraßen rannte, bis er endlich in der Nähe des Reedereizentrums auf einen Taxistand traf.

Erledigt warf er sich in den Beifahrersitz eines Peugeot. »Hansa … Hof«, wies er den Fahrer außer Atem an. »Ihr … Kom«, verlangte er dann noch japsend, »muss … anrufen.«

Er wählte die Nummer der Polizei und landete in einer Warteschleife. Nach dreißig Sekunden legte er auf und versuchte es ein weiteres Mal. Es klingelte einmal, es klingelte zehnmal, dann hob ein Beamter ab.

»Schicken Sie sofort ein gut ausgerüstetes Swat-Team in den Hansa Hof«, keuchte er. »Mein Name? Gos …« *Verdammt! Nicht mit meinem richtigen Namen.* Er befand sich offiziell immer noch in »Big Willy«. »Gos«, wiederholte er, »Peer Gos.«

»Entschuldigen Sie, was sollen wir wohin schicken? Jetzt mal in aller Ruhe.« Der Polizist schien von der Ernsthaftigkeit der Warnung nicht überzeugt. Poolitzer legte entnervt auf.

Dann eben eine andere Taktik. Er drückte die Wahlwiederholung. »Es wurde eine Bombe im Hansa Hof gelegt«, raunte er in die Muschel. »Ich wiederhole, es wurde eine Bombe im Hansa Hof gelegt.«

»Sie sind doch dieser Peer Gos«, erkannte ihn der Beamte. »Hören Sie zu, Bürger. Die Notrufnummer zu missbrauchen ist ein Vergehen. Ich habe mir Ihre Nummer anzeigen lassen und warne Sie ein letztes Mal.«

Der Reporter blinzelte. *Kann ja wohl nicht wahr sein.* Ausgerechnet jetzt geriet er an einen Typen in der Polizei-Kom-Zentrale, der nichts schnallte. Die Wahrheit griff nicht, die fingierte Bombe half nichts, da musste er zu drastischen Maßnahmen greifen.

Er legte auf und hob das Kom, um die Nummer der GSG-9 Einheit einzudrücken. Sein Zeigefinger verharrte. *0242 … 0243 … oder 0245?*

Er hatte die Ziffernfolge vergessen! *Ich fasse es nicht.* Zähneknirschend wählte er den Polizeinotruf ein drittes Mal. Neue Taktik.

»Das war's«, begrüßte ihn der Beamte, offenbar reichte ihm ein Blick auf die Anzeige an seinem Arbeitsplatz aus. »Der Inhaber des Anschlusses bekommt einen saftigen Bußgeldbescheid.«

Poolitzer betätigte die Freisprecheinrichtung. »Sagen Sie es ihm selbst. Ich bin Severin Timur Gospini und aus dem Gefängnis entflohen und habe den Mann gerade eben als Geisel genommen«, sagte er, zog die Altmayr und richtete sie auf den entsetzten Taxifahrer.

Der Polizist lachte. »Jetzt weiß ich, was läuft! Das ist diese Kom-Scherzanruf-Serie von Funkwelle Bremen. Witzig, Freunde. Lasst es mal gut sein, oder ihr bekommt tierischen Ärger mit meinen Vorgesetzten. Bin ich live? Kann ich jemanden grüßen?«

Der Peugeot hielt vor dem Hotel an. »Ich bezahle später«, vertröstete er den kalkweißen Fahrer. »Und an Ihrer Stelle würde ich den Bullen verklagen. Der hat nichts zu Ihrer Rettung in die Wege geleitet. Geben Sie mich ruhig als Zeugen an.«

Poolitzer stieg aus, lief in die Lobby und verbarg die Waffe hinter seinem Rücken. Er steuerte auf die Rezeption zu. »Wo finde ich Herrn Professor Sasnudin?«, fragte er drängend und sich immer wieder umblickend. In der Halle entdeckte er keine besonders auffälligen Leute, die als Attentäter infrage kämen.

Der Empfangschef musterte den im Gegensatz zu den Gästen sehr auffälligen Reporter, der in seinem roten Rettungsanzug ein wenig an den Marshmallowmann mit Sonnenbrand erinnerte. »Wollen Sie einen Termin vereinbaren?«, erkundigte er sich höflich.

»Wollen Sie ein Loch in der Stirn?«, returnierte er gereizt und hielt die Altmayr gut sichtbar in die Luft. Der Rezeptionist wich etwas zurück. »Wo?«, wiederholte er energisch. Schließlich stieß er den Mann nach hinten weg, beugte sich über den Tresen und drehte den Monitor des Computers um. Schnell suchte er im Gästeverzeichnis den Namen des Wissenschaftlers.

›Zimmer 387.‹

Der junge Mann rannte zur Treppe. Den Fahrstuhl könnte die Hotelleitung einfach abstellen, wenn er einstieg. »Rufen Sie die Bullen!«, schrie er und schwenkte die Pistole wild umher. »Ich bin verrückt, hahaha! Ich bringe alle um!« Irre lachend verschwand er im Treppenhaus. »Alle! ALLE!« Die Showeinlage sollte ausreichen, um die Gesetzeshüter hierher zu bewegen.

Was macht man nicht alles. Schwitzend stand er im Flur, auf dem die Unterkunft des Professors lag. Er gelangte an die Tür und klopfte.

Keine Antwort, das Lämpchen am Schloss glühte rot. Es war abgesperrt. Von einem Zimmermädchen, das aus dem Nachbarappartement kam, erfuhr er, dass der »nette ältere Herr« sich ins hauseigene Relax-Zentrum begeben hätte.

»Wenn hier drei oder mehr Männer mit Sporttaschen auftauchen und den Professor suchen, sagen Sie denen, er sei einkaufen gegangen«, bat er sie. »Sie wollen ihn umbringen!« Er ließ sie stehen und folgte den »Fitness-Center«-Wegweisern in den Keller des Gebäudes.

»Professor Sasnudin?«, rief er aufs Geratewohl in die Männerumkleide.

Stille, bis auf den leisen Gesang unter einer Dusche. Er rannte weiter, die Spinde flogen rechts und links an ihm vorbei.

»Eine wichtige Botschaft für Sasnudin! Er hat den … Geschichts-Nobelpreis gewonnen«, sagte er zum erstbesten Nackten. »Ein Russe, Glatze, Schnurrbart«, folgte die hastige Beschreibung. Poolitzer wurde daraufhin nach links ins Schwimmbad geschickt.

Dort fand er den Archäologen auch. Lebendig. Gemächlich zog er seine Bahnen im hellgrünen Wasser. Die Umgebung war durch Pflanzen, Lianen und andere Dekogegenstände einer Dschungellandschaft nachempfunden, ein künstlicher Wasserfall ergoss sich aus vier Metern Höhe, direkt neben dem Sprungturm, ins Bassin.

»Professor Sasnudin!« Der Mann drehte den Kopf, um nach dem Schreihals zu schauen. Poolitzer wedelte aufgeregt mit den Armen. »Kommen Sie! Sie müssen weg! Man will sie umbringen.«

Sasnudin antwortete ihm mit einigen Wörtern auf Russisch.

Auch das noch. Der Geschichtswissenschaftler konnte kein Deutsch. *Das erschwert meinen Rettungsversuch um einiges.* »Peng, peng!«, versuchte er es mit Lautsprache und hob seine Pistole, der Russe machte Anstalten abzutauschen. »Halt, nein! Nix ich.« Er zeigte mehrmals auf den Ausgang. »Andere peng peng Sasnudin! Andere … äh … Schurkski!«

Der Professor schaute verunsichert auf die Pistole, dann zu den anderen Gästen, die sich im Schwimmbad aufhielten.

»Scheiße, kann hier keiner Russisch?«, stieß er verzweifelt hervor. »Kann einer übersetzen?«

Eine ältere Frau mit einer Blumenbadekappe hob zögernd die Hand, doch es war zu spät. Aus der Umkleide hörte der Seattler vielfaches Stiefeltrappeln, die NA befand sich im Anmarsch.

Euch mache ich fertig! Er stellte sich seitlich neben die Tür, hob die Waffe in Kopfhöhe und zog den Auslöser leicht nach hinten. Wie sie durch die Öffnung kamen, würden die Terroristen sterben. *Sie oder ich.*

Die Low-Ammo-Warnung seiner Smartverbindung blinkte auf. Da fiel ihm ein, dass er am Pier sein ganzes Magazin geleert hatte. *Rückzug.* Mit einem gewaltigen Satz sprang er in die Dschungellandschaft und machte sich ganz klein.

Die anderen Badbesucher schauten ihm mit befremdeten Gesichtern zu, die Handlungen des offenbar geistig verwirrten Mannes ergaben keinen Sinn.

»Das ist ja wohl die Höhe.« Einer der Hobbysportler stemmte sich kopfschüttelnd aus dem Becken und ging zum Haustelefon, um den Sicherheitsdienst des Hotels zu rufen.

Die Terroristen stürmten die Schwimmhalle. Zwei maskierte Männer kamen vorneweg und sicherten nach rechts und links, in ihren Händen hielten sie schallgedämpfte Steyr-Sturmgewehre. Ein dritter, ein vierter zogen nach, die Waffen professionell im Anschlag, jede ihrer Bewegungen verriet, dass es sich um Profis handelte. Steckten sie in einer Polizeiuniform, Poolitzer hätte sie als GSG-9 oder eine andere staatliche Spezialeinheit eingestuft. *Oh, das geht schief. Das geht so dermaßen schief.*

Die Menschen starrten die Eindringlinge an, niemand wagte es, einen Ton von sich zu geben.

Sasnudin verstand nachträglich, was der Verrückte vorhin mit »Peng, peng« sagen wollte, und tauchte unter.

Der vorderste der Terroristen nahm eine Handgranate vom Gürtel, entsicherte sie und ließ sie nach einer kurzen Wartezeit ins Wasser plumpsen. Kreischend flüchteten die anderen Badegäste aus dem Becken.

Die Detonation schleuderte eine gewaltige Fontäne bis an die Decke der kleinen Halle.

Der Professor tauchte aus dem rot gefärbten Nass auf und presste die Handflächen schreiend gegen seine Ohrmuscheln, Blut lief rechts und links an seinem Hals hinab, drei Splitter hatten seinen Oberkörper verletzt. Zwei weitere Besucher trieben regungslos an der aufgewühlten Oberfläche, das Wasser färbte sich um sie herum noch stärker ein.

Kaum erschien Sasnudin, legte der Terrorist mit dem Steyr an und gab drei kurze Feuerstöße auf den Russen ab. Die Kugeln trafen den wehrlosen Mann in die Brust und in den Kopf, er ächzte und versank blubbernd im Bassin.

Ruhig zogen sich die Terroristen zurück, ohne auf das Geschrei und die Angst um sie herum zu reagieren.

Shit!, ärgerte sich Poolitzer über seinen missglückten Rettungsversuch. Nun würde er nicht herausfinden, warum sie den Geisteswissenschaftler unbedingt eliminiert wissen wollten. *Sein Zimmer!*, fiel es ihm ein.

Er kroch aus seiner Deckung aus künstlichen Schlingpflanzen, nicht ohne dabei die Hälfte der Deko abzuräumen und hinter sich her zu zerren, und sprintete zum Fahrstuhl. Die Kabinentüren schlossen sich, der Lift brachte ihn ohne Zwischenfälle ins dritte Stockwerk.

Zögernd trat Poolitzer auf den Korridor. *Die Luft scheint sauber zu sein. Jetzt schnell.* Vor Sasnudins Zimmer angelangt, warf er sich mit Schwung gegen die Tür und riss sie aus dem Schloss. Der eigene Schwung ließ ihn stolpern und brachte ihn vor dem Bett des Wissenschaftlers zu Fall.

Er plumpste mitten in eine riesige Unordnung hinein. Nasse Wäsche lag auf dem Boden verstreut, schriftliche Unterlagen, Chips und CDs flogen zwischen ihnen herum.

Die Flüssigkeit, welche den Stoff tränkte, roch unangenehm und unheilvoll bekannt. *Benzin!*

Poolitzer wirbelte herum.

Am Arbeitstisch des Professors stand ein Maskierter, der in dem Moment ein Sturmfeuerzeug nach Poolitzer warf. Wie in Zeitlupe kam es auf ihn zu, wirbelte um die eigene Achse und senkte sich bedrohlich ab, um auf die Wäsche zu fallen und ein Inferno auszulösen.

Geistesgegenwärtig fing er es auf und verhinderte, dass die Flamme alles in Brand setzte, ihn mit eingeschlossen. »Ha!«, machte er grinsend und hob die Altmayr, um sie auf den Kopf des Mannes zu richten. »Ganz ruhig oder du stirbst.« Der Terrorist wusste ja nicht, dass die Waffe leer geschossen war. *Gut geblufft ist sicher gewonnen.*

Sein Plan litt unter einem Schönheitsfehler. Extremisten neigten nicht dazu, sich selbst und andere zu schonen. Der Mann schien zur Riege der Kompromisslosen zu gehören. Die Mündung seines Steyrs hob sich übermenschlich schnell, es gab einen gedämpften Knall.

Eine unsichtbare Kraft hieb gegen den rechten Unterarm des Journalisten und schlug ihm das Feuerzeug aus der Hand. Erst zwei Sekunden darauf, als er im Reflex auf seinen blutenden Arm sah, folgte der Schmerz. »Du dummes Arschloch!«, brüllte er ihn an.

Das Feuerzeug fiel präzise, die benzindurchweichten Leintücher, Unterlagen und Datenträger brannten sofort, die Flammen züngelten an seinem treibstofffeuchten Rettungsanzug hinauf.

Schreiend rannte Poolitzer auf den NA-Aktivisten zu, stieß ihn zur Seite und lief an ihm vorbei ins Badezimmer, positionierte sich unter die Dusche und stellte die Brause an.

Das Wasser siegte über das Feuer, außer ein paar schwarzen, verbrannten Stellen war nichts geschehen, aber das Blut lief in wahren Sturzbächen den Ellbogen hinunter. *Die Sau! Den mache ich fertig.* Blind vor Wut, überfrachtet mit Stresshormonen und ausgestattet mit Selbstüberschätzung stürmte er aus dem Bad, um den Terroristen notfalls mit bloßen Händen zu erschlagen.

Aber er war allein. Die Zeit der Ablenkung hatte der Angreifer genutzt, um sich abzusetzen.

Ich glaube, ich bin heute ein Mitglied des Verlierer-Clubs. Schwarze Wolken verdunkelten das Zimmer. Der Rauchmelder jaulte los, die Sprinkleranlage aktivierte sich und übergoss den angeschossenen, angesengten, müden und verzweifelten jungen Mann mit bitterem Löschschaum.

ADL, Norddeutscher Bund, Rostock,
02. 02. 2059, 23:21 MEZ

Verpflastert und verbunden hockte Poolitzer im Besprechungszimmer der lokalen Polizei, einen Humpen Soykaf vor sich. Er verbiss sich in das nächste belegte Brötchen, um seinen Hunger zu stillen. Weil ihm Privatkleidung fehlte, steckte er übergangsweise in Polizeihemd und -hose.

Schmitt und Müller lasen sich derweil die Protokolle seiner Aussagen durch, gelegentlich tippte die Frau etwas in ihren Laptop oder führte kurze Gespräche über ihr Privat-Kom.

Poolitzer lehnte sich zurück und rülpste unterdrückt. Die Welt sah schon wieder besser aus. Wesentlich besser.

Die Polizeimediziner hatten sich hervorragend um ihn gekümmert, nachdem die beiden BKA-Beamten auftauchten und den Sachverhalt ins rechte Licht rückten. Waren die Rostocker Polizisten zuerst stolz darauf, einen Ausbrecher geschnappt zu haben, wurden sie von den Erklärungen ihrer Vorgesetzten schwer enttäuscht. Sie erhielten außerdem eine Standpauke, weil niemand den Anruf des Reporters ernst genommen hatte.

Schmitt und Müller waren sehr schnell auf der Bildfläche erschienen. Sie ließen Poolitzer erzählen und stellten nur gelegentlich Zwischenfragen. Parallel zum Hören den Neuigkeiten begann die Frau, eine Fahndung nach dem Trawler einzuleiten, noch blieb die Suche erfolglos.

»Und, gibt es was Neues?«, sagte er kauend.

»Das NA-Kommando hat auf dem Rückzug einen VW-Transporter der Lokalpolizei zerlegt«, antwortete ihm Müller ohne aufzuschauen. »Es grenzt an ein Wunder, dass die Beamten nur Verletzungen davontrugen. Das Auto ist Schrott, den Terroristen gelang die Flucht.«

»Toll. Ich habe es nur mit Profis zu tun, was?« Er tippte sich gegen die Uniform. »Da kann ich die ja voller Stolz tragen.« Er grinste und hob einem Polizisten seinen leeren Kaffeebecher auffordernd entgegen, der aber Anstalten machte hineinzuspucken anstatt neu zu füllen. »Schon gut, dann mache ich es eben selbst.« Er beugte sich vor, um die Thermoskanne zu angeln. »Und dieser Kalb ist also ein krimineller Tauchlehrer?«

»John Kalb stammt aus einem Kaff an der Ostsee und begann seine Karriere zunächst als Surf- und Tauchlehrer, das ist korrekt«, erwiderte Müller. »Tiefsee-Experte und bei zahlreichen wissenschaftlichen Expeditionen dabei, bis er seine Vorliebe für Wracks entdeckte. Er stöberte und plünderte die gesunkenen Schiffe in der Ostsee und der Irischen See.«

Gefährliche, aber sehr ergiebige Gewässer. Gesucht wurde Kalb derzeit nicht, aber seine Bewährungsstrafe dürfte nun verfallen sein. »Also, Kalb suchte in der Ostsee illegal nach einem Wrack mit wertvoller Ladung und machte dabei mit den Menschen gemeinsame Sache, die hinter den Schiffsdiebstählen steckten«, formulierte er seine These.

»Wahrscheinlich. Die *Analysis* brauchten sie, um auf die Schnelle an das hervorragende Echolotsystem und die beiden tiefseetauglichen Mini-U-Boote zu kommen.« Sie sah nun doch auf und warf einen Blick auf die Ostsee-Karte. »An der tiefsten Stelle misst sie 450 Meter, in vereinzelten Fällen noch mehr. Herkömmliche Mini-Subs halten dem Druck nicht stand und werden zusammengequetscht. Es war die richtige Wahl.«

Poolitzer füllte sich Kaffee nach und wollte sich das letzte Brötchen nehmen, aber Schmitt griff schneller zu. »Die Beute, die sich die Taucher versprechen, muss groß sein, wenn sie dafür ein solches Risiko wie den Raub von neu entwickelten Powerbooten wagen«, mutmaßte er weiter und warf dem BKA-Ermittler einen bösen Blick zu.

»Die Umbaumaßnahmen an Yacht und Segler interpretiere ich so, dass man mit den Schiffen die geborgene Ware außer Landes oder zu den jeweiligen Käufern der heißen Ware schmuggeln wollte«, sagte er und biss so genießerisch zu, dass es dem Reporter in den Fingern juckte, das Brötchen zu klauen.

»Diese Bucht … ist da mal ein James-Bond-Film gedreht worden, oder was hat es damit auf sich?«

»Der vergessene Teil eines dänischen Verteidigungssystems, das im Vorfeld der Euro-Kriege installiert worden war. Es existieren mehrere solcher künstlicher Grotten, in denen einmal die dänische Küstenwache ihre Quartiere bezog, um ab dem Jahr 2030 Jagd auf russische Aufklärer zu machen«, sagte Müller und wollte sich ebenfalls Kaffee nachschenken, erhielt aber nur eine leere Kanne. Poolitzer griente die Frau entschuldigend an. »Die Dänen haben die Höhle gecheckt und fanden nur ein paar eilig zurückgelassene, entladene Brennstoffzellen von IFMU.«

Poolitzer zog die Karte des Ostseeraums heran und malte die Stellen rot an, die auch auf dem Plan an Bord der *Liberty* markiert gewesen waren. Die Nordsee klammerte er aus. Weil das NA-Exekutionskommando einen Ostsee-Experten erledigt hatte, musste sich das Wrack mit großer Wahrscheinlichkeit im östlichen der beiden Meere befinden. Da er kein fotografisches Gedächtnis besaß, kam er nur auf elf Kreuzchen. »Mehr bekomme ich nicht zusammen. Es waren im Grunde überall welche«, fasste er ratlos zusammen.

Müller betrachtete die Punkte. Sie orderte einen Tauchexperten, der sich die Lage anschauen sollte. Eine Stunde später trieben die Rostocker einen einheimischen Tauchlehrer auf.

»Das sind Stellen, an denen man zur Winterzeit unmöglich tauchen kann«, gab die Ermittlerin dessen Meinung nach einem kurzen Verhör kund. »Raue See, niedrige Wassertemperatur, veränderte Strömungen, Eis, das sind alles unendliche Risikofaktoren. Vor März oder April ist da nichts zu holen.«

»Wracktaucher«, sagte Schmitt tonlos. »Den einzigen Zusammenhang zwischen Kalb und Baduscheidt sehe ich darin, dass man den Taucher braucht, um an den Schatz zu gelangen. Die NA steckt demnach in finanziellen Schwierigkeiten.« Er pochte gegen die Karte. »Das bedeutet einen risikolosen Weg, um an viel Gold zu kommen.«

»Gold?«, echote der Journalist. »Wie kommen Sie darauf, dass es sich um Gold handelt?«

Die BKAlerin runzelte die Stirn. »Richtig, Sie haben es noch nicht gehört. Unsere russischen Kollegen haben sich an der Nowgoroder Uni für uns umgesehen, was der erschossene Sasnudin in Rostock vorstellen wollte.« Sie hielt ihm die Kopie von handschriftlichen Notizen in Kyrillisch hin, darunter befand sich die deutsche Übersetzung.

Der russische Geschichtswissenschaftler war auf eine Sensation gestoßen. Sein Spezialgebiet waren die Ostrouten der Hanse, vor allem mit dem Kontor Nowgorod, und dabei kam er der *Sturmvogel* auf die Spur. Die Kogge hatte ihre Fahrt vom Kontor Nowgorod über Riga nach Lübeck niemals beendet, sondern sank, keiner wusste bislang, wo.

Ein verschollenes Schiff wäre nichts Ungewöhnliches gewesen, wenn Sasnudins Nachforschungen keine Widersprüche über die Ladung aufgedeckt hätten.

Die Ladelisten der Hafenmeister berichteten von Marmor, die Buchführung der Kontorleitung sprach von Gold. Ausschließlich Gold und Kunstgegenstände aus dem Edelmetall, die aus der Mongolei herangeschafft worden waren.

Sasnudin entlarvte die Lüge der Hanse. Aus Angst vor Störtebeker und der Piratenplage hatte man damals für die Öffentlichkeit falsche Ladungsangaben gemacht, um die Prisenspione der Freibeuter zu täuschen.

Das erklärt den Mord. Der Archäologe hatte die Lage des Wracks ebenfalls entdeckt und wollte seine Erkenntnisse der Öffentlichkeit vorstellen. Die Konferenz wäre die ideale Plattform für den Wissenschaftler gewesen, um mit seinem Bericht auf einen Schlag berühmt zu werden. Da Kalb und seine zweifelhaften Freunde noch nicht mit der Bergung des Schatzes begonnen hatten, mussten sie den Russen töten. Sein Wissen brachte ihm leider nicht den verdienten Ruhm, sondern den Tod. Poolitzer ließ das Blatt sinken. »Weiß man was über den Wert?«

»Mehrere Millionen Ecu«, antwortete Müller knapp und bekam von dem Polizisten frischen Kaffee gebracht. »Und das ist nur das Gold. Wenn Baduscheidt und Kalb auf dem internationalen Markt Sammler für die Kunstschätze finden, kommen noch ein paar Millionen Nuyen dazu.«

»Das lohnt sich.« Die Story, die sich für ihn ergab, lohnte sich gleichermaßen. Poolitzer bedauerte, dass die NA offenbar nichts mit dem gestohlenen Castor zu tun hatte. »Also geht die Sache mit den Kokillen nicht auf ihr Konto?«

»Vermutlich nicht. Wir haben gestern ein Bekennerschreiben erhalten«, erklärte sie. »Eine unbekannte Vereinigung namens Anti-ELF, die ein Exempel statuieren wollte. Sie haben weitere Anschläge angedroht. Das pomoryanische Konsulat wird rund um die Uhr von uns bewacht.«

»Was bedeutet das für unsere Abmachung?«, wollte er vorsichtig wissen.

Die Frau lächelte. »Sie gilt weiterhin. Ihre Leistung

betrachte ich als sehr gut. Auch wenn wir Baduscheidt angesichts der neuesten Informationen als weniger gefährlich einschätzen, haben Sie weiterhin den Auftrag, mehr über ihn herauszufinden. Die neuen Ansätze, die John Kalb und die Schatzsuche betreffen, helfen Ihnen sicherlich weiter. Alles, was Ihnen und uns fehlt, ist die exakte Lage der *Sturmvogel*.«

»Ähm, und Sie?«

»Wir kümmern uns um den Verbleib der fehlenden Kokillen«, antwortete ihm Schmitt. »Unsere Theorie ist, dass sie von den Dieben nach und nach an die Meistbietenden verkauft werden. Nach wie vor sind diese Dinger ein guter Grund, die Suche nicht aufzugeben.« Das Duo ging grußlos, die Tür fiel zu.

Eine gute Story. Er saß allein im Zimmer, suchte sich mit viel Muße das nächste Brötchen aus und schlenderte in seine Ausnüchterungszelle zurück, die als provisorische Unterkunft diente. Er fühlte sich fast wie in seinem schrecklichen »Zuhause«, in »Big Willy«. Der Anblick der kahlen, engen Wände untermauerte seine Absicht, nicht nochmals in die Strafvollzugsanstalt zurückzukehren.

Kauend schaute er sich um, las ein paar eingeritzte Sprüche seiner Vorbewohner und fragte sich, was Waterkant wohl gerade machte.

Ein Geistesblitz traf ihn.

Ich werde die Roten Korsaren und die Störtebekers über die Dinge in Kenntnis setzen! Sie fänden es sicherlich nicht komisch, dass sich die »Fremden« in ihren Territorien herumtrieben und vor allem noch fette Beute abgriffen; außerdem hatte die NA um ein Haar eine blutige Seeräuberfehde provoziert. Aus seiner Sicht handelte es sich um sehr gute Gründe, die Piraten zur Mitarbeit zu bewegen.

Guter Laune verließ er die Zelle und gab die Uniform zurück. Er stieg in den gewaschenen Rettungsanzug, um die Wache zu verlassen und mit dem Taxi nach Hamburg zu fahren, die Rechnung beglich InfoNetworks.

In seiner Wohnung angekommen, tätigte er mehrere Anrufe. Burmeister versprach er einen sensationellen Bericht über die *Sturmvogel*, bei Cem bestellte er einen Döner mit »Wolle scharf«, und Perle erklärte er, dass er sich in Freiheit befand und Neuigkeiten für die Korsaren und die Störtebekers hatte. »Du musst ein Treffen arrangieren und den Unterhändler der Störtis am besten gleich mitbringen. Wir sehen uns im ›End of the World‹, morgen, 21 Uhr.«

»Ist das ein guter Einfall?«, gab sie zu bedenken. »Ich habe gehört, du bist dort kein gern gesehener Gast, seit du den Hund von …«

»Lass mich nur machen, Schönheit«, wiegelte er ab. »Ich garantiere dir, dass wir die gesamte Kneipe für uns alleine haben werden. Wollen wir wetten?«

»Eine Runde Rum für alle«, kam es wie aus der Pistole geschossen, und sie lachte. »Das schaffst du nicht.«

»Abwarten«, sagte er undeutlich, weil er vom Döner abbiss. Undeutlich, aber siegessicher.

ADL, Norddeutscher Bund, Freistadt Hamburg,
04. 02. 2059, 20:32 MEZ

Die Tür zum »End of the World« flog auf.

Das interessierte noch keinen, doch als der Neuankömmling eine Altmayr auspackte und damit dreimal in die Decke feuerte, drehten sich einige um. Man konnte nie wissen, wohin als Nächstes geschossen wurde.

Poolitzer stand im Eingang, den Lauf der schweren Pistole auf die Schulter gelegt. »Moin, ihr Kaspers.« Er grinste in die Runde. »Da bin ich wieder. Ihr habt versucht, mich plattzumachen. Ihr habt meinen Wagen schrottreif geschossen und in der Dreckelbe versenkt. Wegen euch habe ich einen Ausschlag bekommen, dass meine Nase aussah wie ein Fesselballon.« Er tippte an die ausgeworfenen Patronenhülsen, die vor ihm auf dem Boden lagen. »Jetzt wollte ich ein bisschen was von den Nettigkeiten zurückzahlen.«

»Verpiss dich, Schnüffler«, rief ein Sicherheitsmantelträger. »Wenn Glanko vom Klo zurückkommt und dein Gesicht sieht, reißt er dich in Fetzen. Er hat wegen des Köters sogar geheult. Und Jeffs Eier sind immer noch so dick wie Dampfnudeln.«

»Das mit dem Hund war ein Unfall«, stellte er richtig. Ein Teil der Gäste lachte ungläubig. Das machte ihn sauer. »Euer Wirt hat mit Illusionsscheiße angefangen, okay? Er ist im Grunde schuld, dass ich dem Vieh den Schädel weggepustet und ihm in den Sack getreten habe.«

»Und was willst du hier? Uns auch den Schädel wegpusten?«, fragte ihn ein mit zwei Ares Predators bestückter Ork. »Da reicht deine Wumme aber nicht, Kumpel.« Er zog eine der schweren Halbautomatiken. »Wenn du aber schon mal vorbeigekommen bist, um als Zielscheibe zu dienen, dann herzlich willkommen.« Ein roter Punkt leuchtete in Poolitzers Genitalien auf.

»Hey!«, protestierte er. »Nur die Ruhe.« Er zückte sein Kom. »Ich wollte euch nur besuchen, um euch zu zeigen, dass ich nicht nachtragend bin. Ihr dürft am neuen InfoNetworks-Quiz mitmachen. Ihr könnt pro Antwort fünfhundert Ecu einsacken.« Die Gesichter wurden neugieriger. »Hier, fang an.« Er warf dem Ork das Gerät zu. »Meine erste Fünfhundert-Ecu-Frage lautet: Wie heißt das englische Wort für ›gehen‹?«

Der Samurai schaute abschätzend auf den Kommunikator. Er fürchtete eine Falle, womöglich beherbergte die Vorrichtung einen Elektroschocker oder eine Selbstschussanlage.

»Los, einfach reinsprechen«, ermunterte ihn Poolitzer. »Fünfhundert Ecu sind viel Geld.«

»Ich weiß es! Gib her, Feigling.« Der Tischnachbar des Orks schnappte sich die Sprechvorrichtung. Er öffnete den Mund, laut und deutlich sagte er »go«. Erwartungsvoll schaute er zu dem Journalisten. »Und? Habe ich gewonnen?«

»Und wie«, nickte Poolitzer fröhlich. »Was dagegen, wenn ich den glücklichen Gewinner bei der Übergabe filme?« Der Wannabe-Samurai zuckte mit den Achseln. »Danke sehr.« Poolitzer hob die neue VX2200C. »Lächeln! Meine hinreißenden Assistentinnen kommen gleich.«

Er setzte die kompakte Kamera keine Sekunde zu spät an. Die »Übergabe« begann, als er den Aufnahmeknopf gedrückt hatte. Er war sehr gespannt, wie lange die Mundwinkel des Mannes noch nach oben zeigten.

Ein eisiger Wind strich durch Allermöhe und am Hauptdeich 174 entlang. Er trug Gestank, Ammoniakgeruch und Schnee mit sich, und dennoch fehlte etwas. Kein Lachen, kein Gläserklirren, keine Musik.

Perle verharrte vor der Eingangstür des »End of the World«. »Wartet.« Sie war öfter hier, weil sich das Etablissement hervorragend als Treffpunkt eignete, von daher kannte sie die Lautstärke, die gewöhnlich durch die Rockmusik und die Gespräche entstand. Werte unter 80 Dezibel bildeten die Ausnahme, man hörte das Dröhnen von Songs und Stimmen auf viele Meter Entfernung. Dass aus der Kneipe kein einziger Ton drang, hatte sie noch nie erlebt.

Ihre Beretta 101T sprang ihr wie von selbst in die Hand, ihre Begleiter zückten ebenfalls die Waffen. Einer von ihnen visierte wortlos den Verbindungsmann von Störtebekers Erben an. Das hieß so viel wie »Ein Trick, dein Tod«.

Die Schamanin zog eine Barriere als Schild vor sich hoch. Mit einem Zauberspruch öffnete sie behutsam die Tür, um einen Blick ins Innere zu werfen.

Chaos.

Umgestürzte Stühle, durchlöcherte Tische, demolierte Inneneinrichtung, Fetzen, Splitter, Bruchstücke, so weit das Auge reichte. Einige Fensterscheiben existierten nicht mehr, sie entdeckte drei mannsgroße Löcher in der Decke, durch die der Schnee rieselte.

Vereinzelt bemerkte sie an den Wänden und auf dem Boden kleine Blutlachen und rote Spritzer, im Schein der wenigen noch intakten Neonlampen blinkten leere Patronenhülsen zwischen den Trümmern auf.

Perle schluckte. Jemand hatte die Kneipe kräftig aufgemischt, ohne hinterher durchzuwischen.

»Kommt nicht auf falsche Gedanken«, warnte sie der Störtebekers-V-Mann, besorgt um sein eigenes Leben. »Ich habe damit nichts zu tun, ehrlich! Und meine Leute auch nicht.«

»Poolitzer«, meinte sie bestürzt. Ihr fiel die Abmachung ein, die sie mit ihm abgeschlossen hatte. Er versprach ihr ein leeres »End of the World« und schien seine Wette somit gewonnen zu haben. *Wie hat er das geschafft?*

Sie trat ein und achtete darauf, die Barriere nicht zu schnell fallen zu lassen. Die Möglichkeit, dass toxische Geister oder eine rivalisierende Gang schuld am Zustand der Kneipe waren, war noch nicht auszuschließen. Glassplitter knirschten unter ihren Sohlen, davonrollende Hülsen erzeugten leises Klingeln.

Perle erkannte einen Mann, der mit dem Rücken zu ihr hinter dem Tresen stand. Er suchte aus dem wie durch ein Wunder fast vollständig erhaltenen Spirituosenvorrat ein Getränk, das ihm zusagte.

Es war wirklich der Reporter. Er drehte sich um, grinste und stützte die Hände auf die Theke. »Hallo, vereinigte Seeräuber der ADL«, grüßte er sie. »Was denn? Hat keiner einen Papagei auf der Schulter? Ich bin enttäuscht.« Er wischte mit einer fremden Jacke ein paar Scherben auf den Boden. »Entschuldigt das Durcheinander, aber die Gäste wollten anfangs nicht freiwillig gehen.« Er zählte die Menge der Leute und lächelte die Korsarin an. »Zwölf Personen, mich mit eingeschlossen. Die Runde wird teuer für dich, was, Perle?«

Auf ihr Zeichen hin zogen ihre Begleiter Barhocker heran und formierten sich entlang der Theke.

»Was darf ich den Herrschaften bringen?« Poolitzer nahm ihre Bestellungen auf. Er freute sich sichtlich, die Rolle des Keepers einzunehmen und die anderen staunen zu lassen. Er sonnte sich in ihrem Unglauben. Um richtig cool zu wirken, sprach er den desolaten Zustand der Kaschemme gar nicht mehr an, sondern kam zum Grund des Treffens.

»Aber ihr müsst absolutes Schweigen bewahren«, verpflichte er sie, ehe er mit seinem Wissen herausrückte: dass die NA hinter den Schiffsdiebstählen steckte; dass die NA auf der Suche nach einem millionenschweren Wrack war; dass die NA die Piraten gegeneinander aufhetzen und sie als Sündenböcke missbrauchte; dass die NA die zehn Korsaren auf dem Gewissen hatte, welche die Powerboote aus der Vulkan Werft stahlen. Das Ganze spickte er mit ausgedruckten Beweisen und Trid-Beiträgen.

Am Ende seines kleinen Vortrags las er die Bereitschaft in den Gesichtern, ihn bei seinem folgenden Vorhaben zu unterstützen. Zum einen wirkte der Anreiz Rache, zum anderen der Anreiz Gold. Piraten blieben eben Piraten, und Gold blieb Gold, und die Sharkskins konnte man dabei auch noch abgreifen. Schon erwachte die alte Habgier, die ihre Vorgänger in den Jahrhunderten zuvor zu Schandtaten trieben. *Wusste ich es doch.*

Der Vertreter der Störtebekers war auf Zack. Er rechnete sich aus, dass das Wrack irgendwo in der Ostsee lag. Als direkte Nachfahren in der Tradition Störtebekers versuchte er zuerst, einen Anteil von 80 Prozent für die Ostseefreibeuter herauszuhandeln, doch die Korsaren zogen nicht mit. Halbe-Halbe wollten sie zugestehen, die Powerboote betrachteten sie ohnehin als ihr Eigentum.

Poolitzer ließ sie streiten und schenkte eine weitere Runde aus, bezahlen musste sowieso keiner. »Ich habe das nicht erzählt, damit ihr mich ignoriert«, schaltete er sich nach einer Weile ein. Er kostete von dem Malzbier. Die Marke kannte er nicht, aber es schmeckte okay. Der Schuss Wodka darin verlieh dem Gesöff die richtige wärmende Wirkung. »Ich möchte, dass die Piraten in den kommenden Wochen auf Überfälle verzichten und stattdessen Patrouille fahren.« Er rollte eine vergrößerte Ostseekarte auf der Bar aus. »Ich habe die Punkte, die ich mir merken konnte, eingezeichnet. Das sind alles mögliche Fundstellen. Sobald es Frühling und das Wetter besser wird, wird die NA auf Tauchfahrt gehen. Alles, was ihr machen müsst, ist die Augen offen zu halten.«

Der Störtebeker-Vertreter hob langsam den Kopf. »Das klingt ja alles ganz nett, was du uns da erzählst, Schnüffler, und es macht auch einen gewissen Sinn.« Sein Tonfall wies auf einen bevorstehenden Einwand hin. »Die Frage ist, wie weit können wir dir trauen?«

»Was soll das denn jetzt?«, schnaubte einer der Korsaren laut.

»Die Küstenwache ist seit Jahren hinter uns her«, erklärte der Störtebekers-Unterhändler. »Angenommen, der Reporter soll uns zu den Orten locken, damit die BuSchus dort in aller Ruhe lauern und uns abgreifen können, was dann?«

Poolitzer hob die Hand. »Ich kann die Bedenken verstehen. Vielleicht versuchen die Bullen und die Küstenwache auch, die Situation auszunutzen, aber ich gebe denen keine Tipps. Das schwöre ich.« Er blickte dem Störti fest in die Augen. »Ich gehe freiwillig zu euerem Chef Kuhlemann und lasse mich bei lebendigem Leib skalpieren, wenn ich der Lüge überführt werde, einverstanden?« Er reichte Perle die Hand. »Los, sieh nach, ob ich es so meine, wie ich es sage«, forderte er sie zu einer magischen Gedankenprobe auf.

Er wiederholte seine Aussagen, sie überprüfte sie auf ihren Wahrheitsgehalt, und er bekam eine Bestätigung von ihr.

Der Ostseepirat schaute argwöhnisch zu und lachte schließlich gellend, piratisch gellend. »Kuhlemann wird dich häuten, wenn du uns verarschst. Dich und die Korsarin. Danach kommen noch andere Spielereien, da kannst du dir sicher sein, Linse, aber gut. Es ist euer Arsch.« Er nippte an seinem Rum, die Sache war geklärt. »Was machen wir, wenn wir die Jungs entdecken?«

»Greift sie an, macht sie platt, gebt mir Baduscheidt und behaltet das Gold sowie die Boote«, listete der Journalist heiter die Vorgehensschritte auf. »Danach verpisst ihr euch, ehe die Küstenwache auftaucht. Klar?«

Perle sah nicht überzeugt aus. »Warum machen die Gesetzeshüter das nicht alles selbst?«, erkundigte sie sich. »Sie haben das gleiche Wissen wie du. Warum schicken sie die Marine nicht auf Manöver und lassen die Stellen überwachen? Sie haben Drohnen, Geister, alles Mögliche.«

»Die Kosten«, meinte Poolitzer lakonisch. »Mir wurde gesagt, dass man eine solche Aktion für eine Woche aufziehen könne, aber auf Dauer sei so etwas unmöglich aufrechtzuerhalten. Zumal sich Baduscheidt und seine Schatztaucher auch in skandinavischen und dänischen Gewässern herumtreiben. Dann wird es eine

Staatsangelegenheit, und das bedeutet einen immensen Verwaltungsvorgang«, erklärte er freimütig. »Ihr dagegen arbeitet ohne Bürokratie. So einfach ist das.«

»Und verursachen der Staatskasse keine Kosten«, vollendete einer der Korsaren. »Verrückt. Jetzt helfen wir der ADL schon.«

»Tun wir doch schon die ganze Zeit über«, feixte die Schamanin. »Wir haben unsere eigenen zollfreien Häfen.« Die Freibeuter lachten.

Der InfoNetworks-Mitarbeiter atmete auf. Es hatte sich zum Guten gewendet. Dass er mal wieder gegen mehrere Gesetze der ADL verstieß, störte ihn nicht weiter, seine Bewährungszeit begann erst, wenn er Schmidt und Müller den NA-Terroristen lieferte. *Bis dahin werde ich mich austoben.*

Er verteilte Zettelchen mit seiner Kom-Nummer. »Ihr müsst mich sofort informieren, wenn ihr auf Verdächtige stoßt.« Dazu gab er Ausdrucke und Chips aus, auf denen sich die Beschreibungen der gestohlenen Schiffe sowie Baduscheidts und Kalbs Steckbriefe befanden. »Perle und ich reden mindestens einmal pro Woche miteinander, ich versorge sie mit Neuigkeiten über die Aktivisten.« Die Freibeuter nickten und brachen auf.

Als Perle Geld auf die Bar legen wollte, schob es Poolitzer grinsend zurück.

»Lass mal stecken. Ich habe mit dem Wirt gesprochen. Das geht alles aufs Haus.« Die blauen Augen der Frau musterten ihn, ihre Hand legte sich auf seine Schulter. Er ahnte, was sie beabsichtigte, und entzog sich ihrem Griff. »Nein, nein. Du wirst nicht herausfinden, was hier passiert ist«, sagte er lachend und hob den Mittelfinger. »Reportergeheimnis.«

Perle verzog beleidigt das Gesicht. Früher oder später kam es sowieso heraus. Die Schatten würden spätestens morgen oder übermorgen wissen, auf welche Weise der großmäulige Journalist die Bude geräumt hatte. Sie leerte ihr Glas und knallte es auf die Theke. »Bis denn«, verabschiedete sie sich knapp.

»Träumt schon mal von den Millionen«, rief er den Piraten hinterher und wählte sich eine neue Flasche aus. Mhm, *irischer Whiskey, 82 Jahre alt. Eine echte Rarität.*

Den würde er in aller Ruhe in seiner Wohnung trinken, während er sich Gedanken darüber machte, wie er den BKA-Beamten den von ihm angeforderten GSG-9-Einsatz im »End of the World« erklärte.

ADL, Norddeutscher Bund, Freistadt Hamburg,
05. 02. 2059, 12:08 MEZ

Poolitzer beruhigte sich allmählich wieder. Er wischte sich die Lachtränen aus den Augen und versah den fertig geschnittenen Bericht mit ein wenig Cartoonmusik.

Was in wenigen Minuten auf einen Server im Schattenland wanderte, war die Razzia im »End of the World«. Der Unterhaltungswert der Aufzeichnung übertraf all seine Erwartungen, vor allem, wenn man ihn schneller abspielte und ihn mit den Klängen der »Stooges« untermalte.

Die Gelegenheit war einfach zu verlockend, als dass er hätte widerstehen können. Und getötet wurde niemand, wenn er das Geballere richtig verfolgte.

Die Spezialeinheit setzte auf seine Anweisung hin Betäubungsmunition und Vollgummigeschosse ein. Er hatte dem Leiter des Teams angegeben, dass sich unter den Anwesenden mehrere Verdächtige befänden, die man nur anhand einer ID-Überprüfung ausfindig machen könne. Daher sackte die Spezialeinheit jeden, der sich in der Kaschemme aufhielt, ein und transportierte ihn ab.

Das war der Unterschied zu echten Shadowrunnern.

Wäre die GSG-9 in Seattle in eine Bar in den Redmond Barrens gerauscht, hätte sie vorneweg ein Drittel ihrer Leute verloren. Weil der Genussschuppen für Amateure am Hauptdeich 174 einen unmöglichen Ruf genoss, rechnete keiner der Wannabes mit einem solchen Angriff.

Flashbang-Granaten, Tränengas, ein paar Magier und jede Menge gepanzerter Spezialisten hebelten die Möchtegern-Runner schneller aus, als sie ihr Bier austrinken konnten. In den ersten zehn Sekunden dachte zudem jeder, dass es sich um eine Massenillusion handelte. Die meisten lachten über einen vermeintlichen Scherz des Wirts, bis ihn ein Gummigeschoss gegen die Brust traf und er hinter dem Tresen zusammenbrach. Da war es für eine effektive Gegenwehr zu spät.

Die Blutspritzer stammten von der einen oder anderen Verletzung, die von Messern, Spornen oder Flaschen herrührten. Im Nahkampf gab es auch für die Polizeitruppe einige Blessuren, ganz zu schweigen von den Besuchern. Gepanzerte Handschuhe hinterließen bleibende Eindrücke auf Nase und Augen.

Herrlich! Die beste Aktion seit Jahren. Sein Telekom läutete. Die Nummer, die es anzeigte, erschien zum vierten Mal auf dem Display. Seufzend hob er ab, ewig konnte er sich nicht verstecken.

»Ja?«, säuselte er.

»Das kostet Sie was, Gospini«, hörte er die gereizte Stimme von Müller. »Sie haben Ihre Möglichkeiten missbraucht! Wollen Sie, dass ich meinen Job verliere, Sie bescheuerter Quotenjunkie?«

Poolitzer unterdrückte jegliche Widerworte, um die BKAlerin nicht noch mehr zu reizen. »Nein, das möchte ich nicht«, antwortete er gespielt gedrückt, grinste aber dabei. Die Kamera ließ er besser ausgeschaltet, sie hätte seine Lüge knallhart zu der Frau übertragen. »Was denken Sie denn von mir?«

»Was sollte der Unsinn?«, fauchte sie.

»Oh, ich habe den Tipp bekommen, dass sich ganz

viele Korsaren um die Uhrzeit einfinden würden«, log er tapfer weiter. Diese Strategie hatte er sich nach dem Aufstehen beim morgendlichen Toilettengang ausgedacht. Sie würden ihm aus der Ausrede keinen Strick drehen können. »Glauben Sie, die haben ein Pappschildchen um, auf dem steht, ›Bin Pirat. Nimm mich mit‹?« Er legte eine Spur Ungehaltenheit in seine Worte, damit es so wirkte, als habe er sich tatsächlich Mühe gegeben, dem BKA Korsaren ins Netz zu treiben. »Nur so haben Sie die Möglichkeit bekommen, sich die besten Galgenvögel aus dem Haufen zu suchen«, beendete er seine Ausflüchte. Vorerst. Er wartete gespannt auf ihren Kommentar.

»Sie hätten mich zuerst anrufen sollen. So war es ausgemacht«, wies sie ihn zurecht. Zufrieden bemerkte er, dass zumindest die Wut etwas abgeklungen war, sie fiel auf ihn herein. »Zu Ihrem Glück fanden die Kollegen der Personenfahndung Kundschaft unter den Typen. Hehler und Waffenschieber, die seit längerem auf der Liste standen.«

»Sehen Sie?«, fiel er ihr sofort ins Wort. »Ich hatte Recht! Korsaren«, tat er so, als habe er sie falsch verstanden.

»Nein, keine Korsaren«, widersprach sie wie erwartet. »Vermutlich bekamen Sie den Hinweis von einem Feind eines der Verhafteten. Ist aber egal. Die Sache ist gelaufen.« Müller hielt die Sprechmuschel zu, um sich mit einem Dritten zu unterhalten, dann war sie wieder da. »Gospini? Ich habe eben gehört, Sie werden die GSG-9 nicht mehr bekommen. Jedenfalls nicht mehr, ohne mich vorher in Kenntnis zu setzen.« Die Einschränkung traf ihn nicht mehr sonderlich, er hatte seinen Spaß gehabt. »Was machen Ihre Nachforschungen in der Angelegenheit Baduscheidt?«

»Es ist angeleiert«, flüchtete er sich ins Nebulöse. »Ein paar … meiner Kontakte halten die Augen offen.«

»Sagen Sie Ihren Kontakten, sie sollen sich beeilen«, empfahl die Frau ihm merkwürdigerweise sehr freundlich. »Meine Vorgesetzten haben beschlossen, Ihre Zeit bis Ende Februar einzuschränken. Schaffen Sie es nicht, uns einen entscheidenden Tipp auf die NA zu geben, wandern Sie nach Big Willy zurück, Gospini.«

»Ey!«, protestierte er aufgebracht. »So war das nicht vereinbart!«

»Wissen Sie, es gibt Menschen, die vermuten, dass Sie uns deshalb hinhalten, um so lange wie möglich in Freiheit bleiben zu können, obwohl Sie wissen, dass Sie uns nicht helfen können«, erklärte sie ihm. »Viel Glück, Gospini. Und kommen Sie nicht auf dumme Gedanken. Wir finden Sie. Immer.« Müller legte auf.

Die Aussicht, in wenigen Tagen wieder hinter den trostlosen Mauern von Wilhelmsburg zu sitzen und die Wände anzustarren, wirkte lähmend. Grauenvoll und lähmend. Das Schlimme war, dass er momentan nicht in der Lage war, die Angelegenheit selbst ins Rollen zu bringen. Seine üblichen Methoden Schnüffeln, Bestechen, notfalls Erpressen griffen nicht. Die drei effektivsten Investigationswerkzeuge brachten ohne Punkt zum Ansetzen der Hebel gar nichts.

Was ihm blieb, waren Routinejobs.

Dann versuche ich es anders. Ich habe noch die Sonarbilder. Poolitzer suchte sich in der Matrix die Nummer von Greenpeace und wählte das Hamburger Büro an. Von dort bekam er einen Ansprechpartner, ein Typ namens Mariner genannt, der sich mit der Ostsee und Sonarbildern vom Meeresboden bestens auskannte.

Leidlich verkleidet und maskiert begab sich Poolitzer zu dem jungen Studenten und präsentierte ihm die Daten, die er sich aus der *Liberty* besorgt und auf einen Matrix-Account kopiert hatte.

»Ich will eine Doku-Serie über die Ostsee produzieren«, erklärte er, den wahren Hintergrund seiner Anfrage verschwieg er dem Mann. »Die Stellen sind Punkte, von denen ich annehme, dass es sich um Orte handelt, an denen die großen Frachter ihre Öltanks ausspülen oder Fässer mit Giftstoffen versenken. Aber ich kenn mich da nicht sonderlich gut aus.« Er legte dem Student die Hand auf die Schulter. »Sie sollen mir beim Entziffern der Bilder helfen.«

Es vergingen mehrere Stunden, bis tief in die Nacht hockten sie vor den Monitoren und starrten auf die mal schwarzweißen, mal grünfarbigen, mal blauen Echolotbilder.

Während die Linien und Striche für den Seattler nach abstrakter Kunst eines wahnsinnigen Künstlers aussahen, nickte Mariner gelegentlich und machte sich Vermerke. Ab und zu entdeckte er einen winzigen Punkt auf dem Meeresboden. Er fand tatsächlich irgendwelche alten Tanks und freute sich wie ein Schneekönig. Poolitzer war es egal, heuchelte aber dennoch Interesse, um seinen Helfer bei Laune zu halten.

Dreimal wurde es richtig spannend, als der Student Wracks entdeckte, doch wie eine Hansekogge wirkten die toten Schiffsleiber nicht.

Zu groß für ein mittelalterliches Handelsschiff. Poolitzer überprüfte die Koordinaten ihrer Fundstücke und verglich sie mit den Katastrophenberichten aus Reederei-Listen. *Fehlanzeige.* Es handelte sich um zwei gesunkene Fähren und ein kleines Frachtschiff.

»Gehen Sie nach Hause«, sagte Mariner gegen zwei Uhr morgens. »Ich mache morgen weiter.«

»Okay. Aber nicht vergessen. Das ist wichtig.« Müde und mit brennenden Augen wankte Poolitzer in seine Wohnung.

Kurz vor dem Einschlafen stellte er es wieder fest: Ihm lief die Zeit davon. Er nahm sich eindösend vor, morgen an anderer Stelle eine Reaktion zu provozieren.

ADL, Norddeutscher Bund, Lübeck,
06.02.2059, 21:58 MEZ

Poolitzer verschob die Provokation auf einen späteren Zeitpunkt.

Nicht, weil er seinen Mut und seine Frechheit auf der Fahrt in die Marzipanstadt einbüßte, wo er die neueste Versammlung der DNP und den neuesten Auftritt von Fröhlich-Eisner zu filmen und zu sabotieren beabsichtigte. Alleine, dass der Staatsanwalt ihn in Freiheit erlebt hätte, beschwor eine Reaktion hervor.

Aber im Stadtgetümmel kreuzte er den Weg eines unauffälligen Saab mit einem abgespannten Gesicht hinterm Lenkrad, das ihm trotz der Sonnenbrille und dem Hut vage bekannt vorkam: Vulkan Werft-Vorstandsvorsitzender Theis!

Schon wieder so ein Zufall! Ich danke dir, Schicksal!

Theis steuerte das kleine Fahrzeug selbst. Keine Spur von Luxus, kein Chauffeur, keine Limousine. *Da möchte also jemand unerkannt durch die Hansestadt fahren und sich mit jemandem treffen,* schloss er aufgekratzt. *Abseits der schicken Büros des Werftgeländes, also ist da etwas im Busch.* Mit viel Pech war es nur eine Minderjährige, mit der sich Theis zum Poppen traf, aber es wäre eine Sache, mit der man ihn später prima erpressen konnte.

Es mochte auch ein Zufall sein, dass Fröhlich-Eisner ausgerechnet heute in Lübeck auftrat. Poolitzer hoffte, dass es nicht so war.

Das Schicksal zeigte ihm, dass es ihn nur verarschen wollte. Seine Verfolgungsversuche scheiterten am dichten Verkehr der Innenstadt. Theis hängte ihn ab und verschwand in der Masse aus Blech und Chrom. Fluchend und tobend fuhr er doch zur Kundgebung der Deutschnationalen Partei und hielt sich vornehm im Hintergrund. Er beschränkte sich auf das Aufzeichnen des wie immer brillant auftretenden Landesvorsitzenden.

Der Staatsanwalt hielt im Prinzip überall die gleiche Rede, aber er variierte so geschickt und band die neuesten Umfrageergebnisse so elegant mit ein, dass man den Eindruck erhielt, er dachte sich für die braunen Idioten jedes Mal etwas anderes aus. Nun ging er sogar so weit, den »Kameraden« ein zweistelliges Ergebnis bei den Landtagswahlen zu versprechen.

Vor drei Monaten hätte sich Poolitzer vor Lachen auf dem Boden gewälzt, doch nun konnte die Prognose des »Anwalt Ohnegnad« sehr bald harte Realität werden. Die Umfragen täuschten sich selten und wichen von den späteren Ergebnissen maximal ein bis zwei Prozentpunkte ab.

Die rechte Seite in der ADL, die Deutschland schon mal in den Untergang führte, bekam im Norddeutschen Bund immer mehr an Gewicht. Zu viel für ein kurzlebiges Phänomen, geboren aus Unzufriedenheit und Kurzsichtigkeit der Wähler.

Ich mache euch dennoch fertig. Ihr dürft nicht an die Macht kommen, und wenn doch, rasiere ich mir eine Glatze und tätowiere mir Idiot *hin.*

Fröhlich-Eisners konservativ-braun-pseudochristliche Plauderstunde neigte sich dem Ende entgegen. Unter dem stürmischen Beifall der Zuhörer verließ er die Halle. Poolitzer, der sich mit den Utensilien aus dem BKA-Schminkkoffer bis zur Unkenntlichkeit verändert hatte, heftete sich an die Fersen des Trosses, der den Landesvorsitzenden umgab.

Der braune Hoffnungsträger der Ewiggestrigen stieg in seinen neuen Audi A6, mit zwei Begleitfahrzeugen rauschte er davon. Im Schlepptau befand sich ein nervöser werdender InfoNetworks-Mitarbeiter, dem die juckende Nase den Verstand raubte. Kratzen konnte er sich nicht, weil er dann die Latexschicht darüber beschädigte. Die Fahrt endete für ihn vor der Zufahrt der Tiefgarage des noblen Majestic-Hotels.

Wie finde ich heraus, wo sich Fröhlich-Eisner aufhält?, grübelte er. *Ich bin mir sicher, dass er sich mit Theis treffen möchte.*

In dem Moment rollte ein dunkelgrüner Mercedes E160 die Rampe hinunter. Auf der Fahrerseite saß ein Leibwächter des Staatsanwalts, das Licht des entgegenkommenden Verkehrs beleuchtete für einen Sekundenbruchteil ein zweites, bekanntes Gesicht im Fond des Wagens.

»Schau an!« Offenbar legte Fröhlich-Eisner bei seinem nachfolgenden Termin keinen Wert darauf, die Öffentlichkeit von seinem Tun zu unterrichten. Poolitzer grinste und klemmte sich hinter den Sportwagen. *Nicht ohne mich, Dr. Goebbels.*

Er fuhr rücksichtslos und absolut verkehrswidrig, um sich nicht abschütteln zu lassen. Die Verkehrspolizisten und Ü-Drohnen schienen zu seinem Glück blind zu sein, kein Blaulicht stoppte seine rasante Tour.

Der E160 verringerte seine Geschwindigkeit und bog in die Altstadt ab, in der Nähe des Burgtors hielt der Wagen an. Poolitzer suchte einen Parkplatz.

Ein Mann, dessen Statur perfekt zu der des Staatsanwalts passte, verließ nach einigen Minuten das dunkelgrüne Auto, zielstrebig steuerte er auf die Reste des alten Lübecker Stadttors zu und trat durch eine schmale Tür ein. Im dritten Stock des Burgtorgebäudes sprang wenig später das Licht an.

Der Leibwächter stieg ebenfalls aus, zündete sich eine Zigarette an und lehnte sich an die Seite. Immer, wenn eine Frau an ihm vorbeiging, schaute er zuerst auf die Beine, danach auf die Oberweite.

Der Reporter passte einen Moment ab, in dem wieder eine Dame an dem Muskel vorüberschritt, und schlängelte sich aus seinem VW. *Schau ihr hinterher, los*, forderte er den Leibwächter gedanklich auf, während er sich auf den Weg machte. Es gelang ihm, von dem

Typen unbemerkt in den Schutz der Torbogen zu laufen und sich dort in den Schatten zu drücken.

Der kleine Durchlass war verschlossen. Eine neue Herausforderung wartete auf ihn. Die einzige Möglichkeit, in das Gebäude einzudringen, bestand von außen.

Auf der stadteinwärts gewandten Seite waren kaum noch Passanten unterwegs. Poolitzer wagte den Aufstieg, kletterte vom Steinsims eines Fensters auf die schmiedeeiserne Einfassung einer Gedenktafel und las, dass das Burgtor aus dem 13. Jahrhundert stammte und im 15. Jahrhundert um ein Stockwerk erhöht wurde. Das Tor sicherte im Norden der Stadt den einzigen natürlichen Zugang. *Dinge, die ich niemals wissen wollte. Den Rest lese ich auf dem Rückweg*, dachte er schwitzend.

Endlich kam er auf dem schrägen, schneebedeckten Dach des noch erhaltenen, turmbewehrten Stadtmauerrests an und rutschte sofort hinter den backsteinernen Fassadenaufbau. Er bot Schutz vor einer zufälligen Entdeckung von der Straße aus.

Sehr behutsam begann er, von dort aus hinauf zum Giebel zu steigen. Rittlings hockte er auf dem rutschigen First und schob sich nahe an die Mauer des Burgtors heran. Mit wackligen Knien stemmte er sich gegen die Wand und drückte sich Millimeter für Millimeter nach oben, bis er sich ganz aufgerichtet hatte. Nur so gelang es ihm, in das Zimmer im dritten Stock zu schauen.

Fröhlich-Eisner stand vor einem offenen Kamin, ein Glas Rotwein in der Hand. Sein Mund bewegte sich, seine Worte waren aber nicht zu verstehen.

Auf so etwas war Poolitzer vorbereitet. Er nahm eine Wanze aus seinem Rucksack und presste sie gegen das Fensterglas. Sie würde die Schwingungen der Stimmen verstärken und es ihm ermöglichen, die Gespräche besser zu verstehen. Den Ohrstecker des Empfängers, der nicht größer als eine Zigarettenschachtel war und vier

Wanzen auf einmal empfangen konnte, stöpselte er in den Kameraausgang seiner eingebauten Fuchi, um eine bessere Tonqualität für seine Aufzeichnung zu erhalten.

Dabei glitt sein rechter Fuß auf dem weißen Untergrund weg. *Fuck!* Seine Finger ließen das elektronische Gerät los und klammerten sich stattdessen in die Fugen zwischen den Backsteinen. Die akrobatische Nummer gelang, knapp entging er einem Absturz.

Lautlos fluchend zerrte er den Empfänger am Kabel aus dem Schnee und kontrollierte seine Funktionsfähigkeit. Alle Lämpchen leuchteten Grün. *Alleluja.* Er drehte die Lautstärke hoch und linste durchs Fenster.

»… nicht sein. Was die theatralische Pfählung dieses Spitzohrs angeht …«, sagte der Staatsanwalt gerade ungehalten.

Aber Theis unterbrach ihn. »… hat mir Lückens versichert, dass er Baduscheidt in Zukunft besser kontrolliert. Das wäre das Schlimmste, wenn wir uns diese einmalige Gelegenheit durch solche Provokationen selbst versauen.« Er trat in das Sichtfeld des Journalisten und setzte sich in den Sessel. »Sei unbesorgt, Matthias. Es wird gelingen.«

Aufgebracht nahm Fröhlich-Eisner einen Schluck Wein, seine Wangen röteten sich durch die Wirkung des Alkohols und die Wärme des Kamins. Poolitzer dagegen bibberte leise. Der kalte Wind trieb die Temperaturen weit unter null Grad, er wünschte sich seinen hässlichen, aber molligen Überlebensanzug zurück. *Und wer zum Teufel ist Lückens?*

»Ich weiß nicht«, quengelte der Politiker. »Sollten wir nicht warten, bis die Wahlen gelaufen sind? Die Prognosen übertreffen all unsere Erwartungen. Ehrlich gesagt fürchte ich, dass uns der Anschlag das Gegenteil einbringt und uns wieder nach unten drückt. Wir setzen den politischen Einfluss aufs Spiel, Eberhard. Ich schlage mir doch nicht die Nächte mit den ganzen Unterbelichteten um die Ohren, um später an der Fünf-Prozent-Hürde zu scheitern.«

Theis' Gesichtsausdruck wurde hart. So wie er dasaß, bildete er den Idealtypus eines Vorstandsvorsitzenden. 43 Jahre alt, knapp einen Meter achtzig groß, modisch gestylte dunkelbraune Haare und braune Augen. Sein Körper steckte in einem unauffälligen, aber sicherlich sündhaft teueren Anzug. »Angst um deine zweite Karriere?«, spottete er ätzend. »Vergiss nicht, wer dir die Schlägertrupps schickt, die du brauchst. Wer dich finanziert.«

»Aber ...«, versuchte der Anwalt schwach aufzubegehren. Von der Gefährlichkeit, die er im Gerichtssaal an den Tag legte, spürte man nichts.

»Nein«, beendete der Chef der Vulkan Werft dieses Thema. »Der Zeitplan steht. Du wirst trotzdem in den Landtag kommen.« Er lächelte und versuchte, die Spannung zwischen ihnen aufzulockern.

Fröhlich-Eisner schüttelte sanft den Kopf und starrte in die Flammen.

Stille senkte sich herab. Poolitzer fragte sich auf seinem luftig-eisigen Ausguck, ob man drinnen das Klappern seiner Zähne hörte. Die Aufzeichnung war bislang spannend, aber zu schwammig, dennoch stand für ihn fest, dass das Konsulat noch vor der Wahl ein zweites Mal Opfer eines Anschlags werden sollte.

Die Tür öffnete sich.

Ein Mann um die Sechzig betrat den Raum. Er fröstelte, blies sich in die Finger und lachte die beiden Wartenden freundlich an. Ein grauer Haarkranz umgab seinen Kopf, die plumpe Figur wurde durch einfache Straßenkleidung vor der Kälte geschützt.

»Guter Gott, ist das vielleicht eine Jahreszeit«, grüßte er sie und schüttelte sich demonstrativ. »Da wünscht man sich paradiesische Wärme, nicht wahr, meine Herren?« Er reichte ihnen die Hand. »Verzeihen Sie meine Verspätung.«

»Nicht weiter schlimm, Monsignore«, winkte Theis ab. »Matthias und ich haben uns glänzend unterhalten.« Der Staatsanwalt verzog keine Miene. »Was gibt es denn Neues?«

»Oh, leider nichts«, bedauerte er und stellte sich an den Kamin, um die Wärme aufzunehmen. Poolitzer beneidete ihn deswegen. »Die Nachforschungen gestalten sich äußerst schwierig. Wir haben noch immer keine Ahnung, wo genau sich dieses mysteriöse Wesen auf Saßnitz aufhält. Da selbst die Grafen nicht wissen, woher die selbst ernannte Elfenkönigin kommt, ist es für unsere Agenten schwierig, ihren Unterschlupf ausfindig zu machen.«

»Immerhin wissen wir, dass sie auf Saßnitz sitzt«, betrachtete es Theis positiv. »Das mit der angeblichen Allmacht, die manche Spitzohren ihr andichten, wird sich bald herausstellen.«

»Nichts auf Erden ist allmächtig«, warf der Monsignore sanft ein. »Den Beweis werden Sie ja bald in der sehr anschaulichen Form erbringen, Herr Theis. Dafür sind wir Ihnen sehr zu Dank verpflichtet.«

»Nein, nicht ich«, schwächte er ab. »Die NA. Ich bin nur ein kleines Rad in einer mächtigen Organisation, die sich gegen die angestrebte Vorherrschaft der Elfen zur Wehr setzt. Ich gehe meinen Weg. Kamerad Matthias nimmt einen anderen und bringt uns dorthin, wo wir politische Weichen stellen können. Und Sie sorgen mit Ihren sonntäglichen Worten dafür, dass die Gläubigen das Kreuz an der rechten Stelle machen.«

»So wird es geschehen.«

Fröhlich-Eisner hielt sich mit Äußerungen zurück, die fanatischen Ansichten teilte er wohl nicht aus vollem Herzen. »Können Sie mir sagen, warum Sie solche Angst vor Talamia haben?«, wollte er von dem älteren Mann wissen.

»Wir haben keine Angst«, korrigierte er wieder sehr mild. Er machte auf den immer mehr frierenden Poolitzer den Eindruck, als könne er keinem Lamm etwas zuleide tun, um dem Tier dann von hinten einen Kopfschuss zu verpassen. »Es geht darum, dass zu viele dem falschen Glauben anhängen. Diese Naturreligionen mit ihren Götzen, wie sie von den Verblendeten angebetet werden, haben nichts mit Gott zu tun. Leider finden immer mehr junge Menschen Gefallen an dem heidnischen Treiben, dagegen müssen wir auch außerhalb unseres Landes etwas tun. Die Galionsfigur für Druiden und Abergläubische ist eben dieses Wesen, das wir bekämpfen.« Er rieb die Hände und streckte sie gegen das Feuer. »Ich halte nichts davon, nur über den Teufel zu schimpfen, also schlagen wir dem Bösen den Kopf ab. Wir missionieren, mit Wort und Tat.«

»Lustig. Das haben sie damals über Jesus auch gesagt.«

»Was, Herr Fröhlich-Eisner, haben sie über Jesus gesagt?«

»Nun, dass er den falschen Glauben verbreitet. Und schauen Sie, was aus seinen Worten wurde«, kommentierte der Staatsanwalt sarkastisch, leerte sein Glas und nahm seinen Mantel. »Gibt es noch etwas, das ich wissen sollte?« Nachdem keine Antwort erfolgte, öffnete er die Tür und verließ das Zimmer, laut fiel sie ins Schloss.

»Ganz im Gegenteil«, murmelte Theis, als er gegangen war. »Es gibt vieles, das du nicht wissen solltest.«

Der grauhaarige Mann lachte. »Vergeben Sie ihm. Er ist nicht so fest im Glauben wie Sie.« Er nahm sich ein frisches Glas und goss sie ein wenig Wasser ein. »Was macht Ihr Schiff?«

»Fortschritte«, sagte Theis zufrieden. »Es rechnet keiner damit, dass wir bei diesem Wetter tauchen, aber Kalb ist wahnsinnig genug, es dennoch zu tun. Ungefähr ein Drittel der Ladung haben wir geborgen. Wir sind mit dem Verladen beschäftigt. Der Umzug aus unserem Versteck hat kostbare Zeit verschlungen.« Er suchte die Augen seines Gegenübers. »Nichts kann uns aufhalten, Monsignore. Der Anschlag wird sie unerwartet treffen. Sie haben eine Vorwarnzeit von maximal zehn Minuten. Es wird kein Stein mehr auf dem anderen bleiben. Wir vernichten die Elfenbrut, richten Sie das dem Kardinal aus.«

»Deus lo vult«, zitierte der Mann einen lateinischen Spruch. »Gott will unseren Kreuzzug. Ich überbringe Ihre zuversichtliche Botschaft sehr gerne. Die Zusammenarbeit mit Ihnen und Ihrer Organisation verläuft mehr als zufrieden stellend, mein lieber Herr Theis. Wir erfüllen unseren Teil der Abmachung gerne.« Er leerte sein Glas. »Eines noch: Was sollte diese Sache mit dem Elfen aus der Botschaft?«

»Die gleiche Frage habe ich Kamerad Matthias vorhin gestellt«, seufzte er. »Es war Baduscheidt. Er wollte den Spitzohren einen Vorgeschmack auf das Kommende geben.«

»Es war ein Risiko«, merkte der Monsignore an, Ungehaltenheit schwang in seiner Stimme. »Ebenso wie der Diebstahl der Brennstäbe. In Russland bekommen Sie …«

»Aber nicht kostenlos. Betrachten Sie es als Gelegenheit. Wir brauchen sie noch für Kommendes«, verteidigte Theis die Aktion. »Aber eines nach dem anderen.« Er stand auf und half dem Grauhaarigen in den Mantel. »Glücklicherweise meldete sich eine obskure Organisation, die unbedingt für den Anschlag verantwortlich sein wollte, damit sind die Polizei und die Elfen erst mal auf der falschen Spur.« Er hob das Kinn und schaute zum Fenster. Gerade noch rechtzeitig zog Poolitzer den Kopf zurück. »Soll ich Sie fahren lassen?«

»Nein, danke«, lehnte der Mann freundlich ab. »Ich habe alles organisiert. Ich werde noch einen kurzen Besuch bei meinem obersten Dienstherrn machen und dann nach Hause reisen.« Sie reichten sich die Hände. »Wir sehen uns, wenn alles vorbei ist?«, vermutete er.

Theis nickte. »Sie werden unseren Erfolg im Trid bewundern dürfen. Feuer und Schwert bleiben einfach die besten Methoden.«

Die beiden Männer lachten sich an, der Werft-Vorstand drückte die Klinke und hielt dem Älteren die Tür auf.

Okay, Freunde. Das war es für die DNP und Theis. Poolitzer beschloss, dass es auch für ihn Zeit wurde, zu gehen. Er musste herausfinden, wer dieser Typ war, dessen Straßenname »Monsignore« lautete und der eindeutig zu den Feinden der Elfen gehörte, wenn auch aus anderen Motiven wie die Nationale Aktion. Das alte Sprichwort »Der Feind meines Feindes ist mein Freund« bewahrheitete sich hier einmal wieder.

Wegen den Äußerungen des Grauhaarigen vermutete er eine radikale christliche Sekte, für die der Mann sprach. *Auf alle Fälle verfolgen sie ehrgeizige Ziele. Es mit einer Elfenkönigin aufzunehmen, das grenzt schon an Größenwahn.*

Während er sich vorsichtig das Dach hinunterarbeitete, überlegte er, was er von Talamia wusste.

Zusammengefasst: nichts. Wie die meisten in der ADL. Gelegentlich tauchte einer ihrer Abgesandten am pomoryanischen Hof auf und überbrachte einen Ratschlag der Elfenkönigin. Die Mutmaßungen über sie schossen ins Kraut, reichten von einem Drachen bis hin zu einem politischen Ränkespiel eines pomoryanischen Grafen, um den Herzog zu beeinflussen.

Wenn ich die Unterredung der Verschwörer richtig verstanden habe, soll es ihr ebenso an den Kragen gehen wie der »Exzellenzia« im Konsulat. Nach den Worten des »Monsignores« zu schließen, war die Elfenkönigin eine reale Person oder zumindest angreifbar. *Interessant.*

Poolitzer rutschte der Einfachheit halber bis zum Backsteinaufbau hinab. Auf seiner kurzen Hosenbodenabfahrt löste er kleine Lawinen aus.

Der Schnee lockerte sich auf breiter Fläche und rauschte in die Tiefe, glitzernde Nebel verteilten sich in der Luft. Er hörte den dumpfen Aufprall der Millionen von Eiskristallen und einen erschrockenen Schrei.

Ups. So war das nicht geplant. Vorsichtig spähte er hinunter und sah, dass zwei kräftig gebaute Männer die Gasse entlanggelaufen kamen. Sie buddelten hastig im Schneehaufen herum, bis sie auf den Monsignore stießen, den die Lawine verschüttet hatte.

Der Grauhaarige nahm es mit Humor und lachte. Einer seiner Aufpasser klopfte ihm das Weiß von den Kleidern, der andere schaute kritisch zum Dach hinauf.

Poolitzer zuckte zurück, hinter die schützenden Backsteine, vorsichtshalber hielt er den Atem an, um sich durch die aufsteigenden weißen Wölkchen nicht zu verraten. Erst als er sich wegen der Geräusche sicher war, dass das Trio aufbrach, wagte er einen neuen Blick. Sie liefen die Hauptstraße entlang, der Grauhaarige kicherte immer noch.

Genau. Führt mich zu euerem Versteck. Poolitzer wartete eine Weile, bis er sich ans Fassadenklettern machte. Die restlichen zwei Meter bis zum Boden überbrückte er durch einen Sprung in den Schneehügel und schlenderte auf die andere Straßenseite, um die drei Männer im Auge zu behalten. Er nahm sich sein Notepad aus dem Rucksack und imitierte das Verhalten eines Touristen, der sich anhand eines elektronischen Stadtplans in Lübeck orientierte.

Sie liefen auf den Dom zu, dessen hochragende Türme zu der berühmten Silhouette der Hansestadt gehörten. Die dreischiffige Pfeilerbasilika stand wuchtig da, wirkte auf Poolitzer mit ihren sieben Türmen im Nachtlicht aber mehr erschreckend als anziehend.

Der Monsignore ging am Eingangsportal vorbei und verschwand zusammen mit seinen Leibwächtern in einer kleinen Pforte.

Poolitzer fand sie zwar verschlossen vor, doch das antike Schloss bot seinen Einbrecher-Utensilien zusammen mit der Talentsoftleitung kaum Widerstand. Lautlos schlüpfte er ins Innere.

Es roch nach Weihrauch, der Schein der Opferkerzen verbreitete an manchen Stellen golden-rotes Licht und erlaubte es ihm, auf Restlichtverstärkung umzuschalten. Er sah ein fast zwanzig Meter hohes Triumphkreuz, unter dem vier überlebensgroße Figuren knieten. Giganten, von der Macht Gottes zu Stein verwandelt, so hatte es den Anschein.

Ein bisschen spät, um die Sünden abzulaichen. Er schlich sich an Sandsteinmadonnen, zahlreichen Bischofsgrabplatten und Sarkophagen der Fürstbischöfe vorbei, bis er die drei Männer vor einem Altar fand. Sie hatten sich davor auf den Boden geworfen und beteten gemeinsam irgendeine Litanei. *Kein Gott der Welt wird euch vergeben, da wette ich drauf.*

»Wie kommen Sie hier herein?«, donnerte eine tiefe Stimme durch das düstere Kirchenschiff. »Beim Allmächtigen, das gibt eine Anzeige wegen Hausfriedensbruch!«

Gerade noch rechtzeitig erkannte der Journalist, dass die Drohung nicht ihm galt. Er drückte sich eng an die Säule, um nicht entdeckt zu werden.

Ein Mann in einer Priesterrobe eilte mit langen Schritten auf das Trio zu, Angst schien er keine zu kennen. In seiner Hand schwang er eine Vorrichtung, mit der man Kerzen in großer Höhe löschte und mit der man andere Menschen durchaus verprügeln konnte.

»Der Dom ist geschlossen! Das müssen selbst Gläubige wie Sie …« Die ungebetenen Besucher wandten sich um, der Geistliche erstarrte. »Monsignore Harden! Verzeiht, ich habe Euch nicht erkannt.« Er eilte zu dem Grauhaarigen, ging aufs Knie herab und küsste dessen Hand. »Vergebt mir die Störung in Eurem Gebet.«

Shit! Der Kleine ist ein echter Pfaffe, wunderte sich Poolitzer.

»Du tust deine Pflicht, Bruder«, verzieh ihm der Mann wohlwollend beim Aufstehen. »Immer ein waches Auge auf den Dom, so lobe ich es mir. Ich werde Kardinal von Heeremann von deiner großen Aufmerksamkeit berichten. Außerdem hatten wir unsere Zwiesprache mit dem Allmächtigen gerade beendet.« Der Monsignore schaute durch den Dom. »Ich liebe die Stille, die um diese Zeit herrscht. Die Dunkelheit erlaubt es, sich tiefer auf das Gespräch mit dem Herrn zu konzentrieren.« Er klopfte dem Bruder auf die Schulter. »Ich überlasse das Haus Gottes wieder deiner Obhut. Gottes Segen«, verabschiedete er sich von ihm.

Der einfache Geistliche verneigte sich und begleitete sie zum Ausgang.

Poolitzer setzte ihnen nach. Die Sache wechselte in seiner Storyknallerbewertungsliste von »brisant« auf »explosiv«.

Die NA macht gemeinsame Sache mit der westfälischen Kirche! Von Heeremann führte, wenn er sich recht erinnerte, in ADL-Land ein strenges Regiment. Vor allem gegen Metamenschen und Andersgläubige. *Kein Wunder, dass sich die DNP und die Kirche in diesem Fall so gut vertragen. Diese Allianz ist alles andere als heilig. Teufel und Beelzebub passen da als Bezeichnungen schon eher.* Jetzt ergab das Gerede von Theis über Kreuze an der rechten Stelle einen Sinn. Die Predigten sollten Stimmen für die DNP fangen.

Er pirschte hinterher und lauschte an der geschlossenen Pforte. Im Dom waren sie nicht mehr, auf der Straße war alles ruhig. Er konnte es wagen, das riesige Gebäude zu verlassen.

Poolitzer drückte die Tür einen Spalt auf, um ins Freie zu schauen. Dichtes Schneetreiben behinderte die Sicht. Er schaltete auf Infratrot-Modus um und spähte umher. Die Luft war kalt, aber rein.

Er trat ins Freie und atmete tief durch, die Anspannung wich. Die Flocken warfen sich gegen sein Gesicht und kühlten es. *Hervorragend! Sie sind alle geliefert!* Jetzt musste er das Gehörte im Studio rasch zusammenschneiden, und fertig war das Ende des glorreichen Aufstiegs der DNP.

Was sein Beitrag für das Ansehen der westfälischen Landeskirche bedeutete, vermochte er nicht einzuschätzen, aber Monsignore Harden wanderte nach einem Besuch des Verfassungsschutzes oder des BKA in den Bau, wo er Fröhlich-Eisner und Theis Gesellschaft leisten konnte. Er sah sie sonntags zusammensitzen. Der hohe Würdenträger zelebrierte die Messe im Knast, die anderen hielten die Kerzen und sangen Halleluja.

Er traute Müller und Schmitt zu, beim Verhör des Chefs der Vulkan Werft die Infos über Baduscheidt, Lückens, wer immer das auch war, und die NA-Aktivisten herauszubekommen. Somit hielten die Ermittler bald das mittelalterliche Gold der *Sturmvogel* und die hochmodernen Glaskokillen in der Hand, vom vereitelten Attentat auf das Konsulat ganz zu schweigen.

Und durch wessen Hilfe wurde das alles möglich?, freute er sich kindlich und trat mit Schwung in eine Schneewehe. *Durch mich, Poolitzer! Der Gott des Enthüllungsjournalismus und Retter der Exzellenzia!* Die Elfen würden bei seinen Verdiensten seinen Status als »Persona non grata« sicherlich aufheben. Damit stand dem Bericht über die unterirdisch lebenden Pomoryaner nichts mehr Weg. »Ja!«, rief er beschwingt und poste ein wenig. »Geschafft! Ich bin …«

Plötzlich stutzte er.

Aus dem Weiß formte sich unvermittelt eine menschliche Silhouette, als bliebe der Schnee auf einem Unsichtbaren liegen. Zu spät begriff er, dass er es wirklich mit einem magisch getarnten Menschen zu tun hatte. Er griff nach seiner Altmayr.

Der Magier ließ den Täuschungszauber fallen, Poolitzer erkannte einen der Begleiter des Monsignores. Die Waffe wurde ihm von einer unwahrnehmbaren Kraft aus der Hand gerissen, jemand packte von hinten seinen Rucksack.

Sie haben mir aufgelauert! Es gelang ihm, die Riemen von den Schultern gleiten zu lassen. Die Vorwärtsbewegung nutzte er, um mit Schwung nach dem Zauberer zu schlagen.

So weit kam er nicht.

Er kollidierte Zentimeter vor dem Mann mit einer Glaswand, der Angreifer schützte sich mit einer Barriere. Im nächsten Moment stand der Reporter im Zentrum einer Flammenhölle. Ein Feuerkreis schoss wie aus dem Nichts empor und setzte seine Kleidung in Brand, knisternd loderten seine Haare, seine Augenbrauen. Schreiend warf er sich nach rechts und wälzte sich im Schnee, es zischte leise.

Damit nicht genug.

Sein Kopf fühlte sich wie in einem Schraubstock, er bekam vom Druck auf seine Schläfen grässliche Kopfschmerzen. Blut schoss ihm aus der Nase, er taumelte gegen einen Laternenpfahl und schlug hin. Sein Körper gehorchte ihm nicht mehr, schwach und unkontrolliert zuckten die Glieder.

Jemand drückte ihm seine Waffe in die Hand. Poolitzer sah seinem verbrannten Arm zu, wie er herumschwenkte, ohne dass er es wollte. Die Mündung der großkalibrigen Pistole legte sich eiskalt an seine Schläfe.

Der Monsignore erschien in seinem Gesichtsfeld. »Sie müssen dieser unselige Reporter sein«, vermutete er. »Sie hätten im Gefängnis bleiben sollen. Möchten Sie beichten, mein Sohn, oder voller Sünde vor den Herrn treten?«, fragte er ihn freundlich.

»Fuck!«, fluchte er kraftlos. »Scheiß Magier!«

»Ich wirke Wunder im Namen des Herrn. Ego te absolvo«, erteilte ihm der Geistliche mitleidig die Absolution. Er schlug das Kreuz über dem Liegenden. »Im Namen des Vaters, des Sohnes und des Heiligen Geistes, gehe hin in Frieden.«

Poolitzers Zeigefinger krümmte sich gegen seinen Willen, dröhnend entlud sich die Treibladung.

VII.

ADL, Norddeutscher Bund, Lübeck,
12. 02. 2059, 09:21 MEZ

»Herr Gospini? Hallo, Herr Gospini?«, rief die weibliche Stimme laut und drang durch die Traumwelt in sein Unterbewusstsein. »Wollen Sie mich nackt sehen? Meine Maße sind 100, 60, 88.«

Er wollte zwar nicht, dennoch hob er schwerfällig die Lider, um zu sehen, wer ihm dieses Angebot machte. Poolitzer äugte mit trübem Blick in das Gesicht einer jungen, brünetten Frau, die sich über ihn gebeugt hatte.

Sie lächelte ihn an. »Ah, wusste ich es doch«, strahlte sie und richtete sich auf. »Darauf reagieren alle Kerle.« »Schwester Stefanie« stand auf ihrem weißen Kittel, sie wechselte eine Infusionsflasche aus.

Läuft das alles in mich rein? Ungläubig verfolgte er die sechs Zuleitungen, die in Kanülen endeten, die Nadeln wiederum saßen in seinen verbundenen Ober- und Unterarmen. Zusammen mit dem klassischen Geruch, den weißen Wänden und ihrem Outfit ergab sich nur eine Möglichkeit, wo er sich befand: in einem Krankenhaus.

»Sie haben doch keine 100er Oberweite«, krächzte er schwach. »Höchstens 72.«

Gespielt böse sah ihn Stefanie an. »Das war nicht sehr nett, Herr Gospini.«

»Sie sind ja auch nicht nackt«, konterte er angestrengt. Seine Stimme hatte definitiv schon mal bessere Tage erlebt. »Wo bin ich, und wie lange liege ich schon hier?«, wollte er wissen.

»BuMoNa hat Sie eingeliefert. Sie liegen im Lübecker Stadtkrankenhaus Nord, Intensivstation der chirurgischen Abteilung«, erklärte sie ihm freundlich. »Sie befinden sich in einem stabilen Zustand. Alles, was wir noch machen können, ist einen Kollegen aus der Plastischen zu holen.« Sie kontrollierte die Anzeigen der Geräte und übertrug sie per Infrarotschnittstelle auf ihr Pad. »Alles Weitere erklärt Ihnen der Oberarzt. Visite ist um zehn.« Die Krankenschwester nickte ihm aufmunternd zu und verließ sein Zimmer.

Er lag allein in dem steril eingerichteten Raum. Keine Blumen, keine Geschenke, keine Bomben, offenbar wusste niemand, wo er sich befand.

Ein Aufrichten war ihm nicht möglich, dafür fühlte er sich zu schwach. Poolitzer erkannte lediglich, dass seine beiden Arme bandagiert waren und er ansonsten wenig empfand. *Als hätten sie mir meinen Tastsinn abgeschaltet.* Beim Drehen des Kopfes spürte er, dass seine Haare vollständig entfernt waren. Entweder als Folge des Feuers, das die Angreifer unter seinem Hintern entfacht hatten, oder einer OP.

Da das Grübeln nichts einbrachte, wartete er dösend auf die Ankunft des Arztes. Die Beruhigungsmittel wirkten, wie sie sollten.

Doktor Fleischmann erschien relativ pünktlich und erklärte ihm schonend, mit welchen Eingriffen man ihn vor dem zu neunzig Prozent sicheren Tod bewahrt hatte.

»Zwei Wiederbelebungen sowie der zusätzliche Einsatz eines magischen Heilexperten stehen auf Ihrer Rechnung, die Sie beim Verlassen der Klinik zu begleichen hätten«, sagte der Arzt. »Brandverletzungen dritten Grades, eine Hirnquetschung sowie die Schusswunde auf der rechten Schädelseite sorgten dafür, dass ich und mein Team achtzehn Stunden im OP-Saal beschäftigt waren. Wollten Sie mit einer Kombination aus einem Flammenwerfer und einem Gewehr Selbstmord begehen, oder was ist Ihnen zugestoßen?«

»So etwas in der Art.« Er musste sich den Lauf der Altmayr in letzter Sekunde vom Kopf weggerissen haben, sodass die Schrotkugeln an der schützenden Knochenplatte größtenteils vorbeischrammten. Aktiv erinnern konnte er sich nicht.

»Der Schädel wurde durch die Einwirkung der kinetischen Energie angebrochen. Ihre eingebaute Fuchi und Ihre anderen Cyberimplantate hatten die Projektile davon abgehalten, in die Hirnmasse einzudringen und Schlimmeres anzurichten.«

Dafür war die Technik völlig zerstört. Somit existierten die Beweise für die Zusammenarbeit von NA, DNP und westfälischer Kirche nicht mehr.

Poolitzer wusste nicht, was ihn mehr schockierte. Sein Zustand oder der Verlust des einmaligen Filmmaterials. Monsignore Harden stand mit dem Teufel im Bunde, denn Gott hätte eine solche Sauerei nicht zugelassen.

»Einen Teil Ihrer rechten Gesichtspartie haben wir mit einer Übergangsprothese versehen, damit Sie dem plastischen Chirurgen Ihre eigenen Vorstellungen erläutern können«, schloss Fleischmann derweil seine grausame Aufzählung. »Sie brauchen Ruhe, Herr Gospini.«

»Wann komme ich raus?«, verlangte er zu erfahren. »Ich muss noch so viel …«

»Frühestens in zwei Wochen.« Der Oberarzt klang nicht so, als ließe er mit sich handeln. »Unter Umständen, wenn wir den Heilungsprozess durch einen Heilzauber unterstützen, schon in dreizehn Tagen.«

»Nicht witzig«, ächzte Poolitzer. »Weiß jemand, dass ich hier bin?«

Fleischmann schüttelte den Kopf. »Kann ich Ihnen nicht beantworten. Es hat niemand nach Ihnen gefragt, wenn Sie das meinen.« Sein Rufgerät sprang an. »Entschuldigen Sie mich«, sagte er hastig und ging zur Tür.

»Ich schicke Ihnen den Kosmetiker morgen, einverstanden? Dann können wir die Dosierung der Anti-Schmerzmittel ein wenig drosseln und Sie munterer werden lassen.«

Er schenkte ihm den gleichen aufmunternden Blick, den der Patient vorhin schon von der Krankenschwester erhalten hatte. Es schien, als gehörte dieser Ausdruck von »Stirb nicht, das ist nicht gut für unsere Statistik« in die Grundausbildung des medizinischen Personals.

Poolitzer wagte es nicht, seine rechte Gesichtsseite zu betasten. Er hatte Angst, dass die Fingerkuppen auf Widerliches trafen, wie vernähte Fleischfetzen, Plastik und Fixierungsdrähte. Außerdem überfiel ihn wieder große Müdigkeit.

Im Halbschlaf erlebte er die schrecklichen Sekunden vor dem Lübecker Dom ein weiteres Mal. Und noch einmal, und noch einmal. Sein Unterbewusstsein folterte ihn mit den imaginären Schmerzen des Feuers, mit dem Krachen der Altmayr, mit dem unglaublichen Druck im Kopf, der ihm das Blut aus der Nase trieb.

»Ego te absolvo«, hörte er Harden laut lachen. Die Hand des Geistlichen schlug ständig das Kreuz über ihm, plötzlich erschien Gee Gees Bild. Hell und leuchtend, engelsgleich schwebte sie in einer schimmernd weißen Vollrüstung heran und hielt ein G12 im Anschlag. Sie feuerte auf den Monsignore und seine Begleiter, Psalmen aus der Bibel rezitierend.

Der Albtraum endete erst, als er in den Tiefschlaf glitt. Er hoffte, Harden und seine beiden magischen Bodyguards hielten ihn für tot und gaben diese Meldung an Theis und Fröhlich-Eisner weiter.

Ich muss hier raus, dämmerte er weg.

ADL, Norddeutscher Bund, Hamburg,
19. 02. 2059, 17:21 MEZ

Waterkant starrte auf die Sensorenmonitore, während der schnittige Zemlya-Poltava Swordsman durch die Ostsee donnerte und mit beinahe Höchstgeschwindigkeit auf die Koordinaten zuhielt, die er vom Notruf seiner Freunde erhalten hatte.

Das Meer war stockfinster, schwappte wie Tinte gegen den Kiel und erweckte den bedrohlichen Eindruck, jeden Moment könnte ein grauenvolles Monster die Wasseroberfläche durchstoßen und ihn attackieren. Es hätte ihn nicht gewundert.

Der Troll drehte den Motor noch weiter auf. Er musste so schnell wie möglich an die Stelle. Wenn seine Korsarenbrüder versenkt wurden und ohne Schiff in den eisigen Fluten trieben, zählte der Bruchteil einer Sekunde.

Sein Kurs führte ihn gefährlich nahe an der dänischen Ostseeinsel Bornholm vorbei. Die Ortungsgeräte der dänischen Küstenwache arbeiteten normalerweise präzise und erfassten im nächsten Umkreis sogar Ruderboote.

Schon quakte der Lautsprecher des Funkgeräts los. »Was suchen Sie hier?«, wollte ein Däne in grauenvollem Englisch wissen. »Für einen Freizeitskipper sind Sie zu spät unterwegs.«

»Ich bin Angler«, antwortete er ihm. »Mein GPS ist ausgefallen, und ich habe mich verfahren. Werde gleich wieder umkehren.«

Vorerst gab sich das Inselvolk mit der Erklärung zufrieden. Routinemäßig würden sie eine Drohne aussenden, wenn er die Route nicht änderte. Die Zeit reichte dennoch aus.

Als er an den Koordinaten ankam, prallten kleinere Hindernisse gegen den Rumpf des Swordsman. Waterkant verringerte die Geschwindigkeit, damit die Wrackteile den Schiffsleib nicht durchschlugen und ihn ebenfalls noch absaufen ließen.

Seine Befürchtungen bewahrheiteten sich. An Punkt 31 war die Patrouille der Roten Korsaren auf die Nationale Aktion getroffen und hatte offenbar den Kürzeren gezogen. Dabei war das Boot, ein GMC Riverine, wirklich gut ausgerüstet gewesen.

Wo seid ihr? Waterkant nahm ein elektronisches Fernglas und schaltete die Infrarotsicht ein, um nach Überlebenden zu suchen. Er entdeckte drei rosa Punkte, die gar nicht weit voneinander entfernt in der Ostsee trieben. Rasch lenkte er den Swordsman dorthin.

Zwei der Männer waren bereits erfroren, zu seiner riesigen Erleichterung rettete er Perle lebend aus dem flüssigen Kühlschrank. Er hob sie aus dem Wasser, trug sie unter Deck und packte sie in eine dicke Decke, um sie vor die Lüftungsdüsen der Heizung zu legen. Ihr unkontrolliertes Zittern von Kopf bis Fuß wurde schwächer, trotzdem schlugen die Zähne so schnell aufeinander, dass sie nicht sprechen konnte.

»Ich mach dir was Heißes zu trinken und bringe uns nach Hause.« Er fuhr ihr beruhigend über den nassen Schopf und kehrte ans Steuer zurück. Er wendete das Boot, weil er Lichter ausgemacht hatte, die sich seiner Position rasch näherten. Das Radar zeigte ihm ein größeres Objekt an, die Küstenwache rückte mit einem echten Patrouillenboot an.

Der Motor des Swordsman beschleunigte tapfer, wenig später kam er in die Hoheitsgewässer der ADL. Er gab dem Autopiloten als Ziel Kiel ein und kümmerte sich um die Schamanin. Sie hatte die nassen Klamotten ausgezogen und die Decke wie Schwingen ausgebreitet und fing damit die warme Luft des kleinen Gebläses ein. Als Waterkant eintrat, wickelte sie sich rasch wieder ein.

»Geht's?«, erkundigte er sich knapp.

Perle nickte. »Und bevor du mich fragst, ich habe keine Ahnung, was passiert ist«, gestand sie. Ihre Lippen waren immer noch blau, aber wenigstens konnte sie sprechen. »Nach unserer Ankunft an Punkt 31 haben wir gewartet. Bis auf einen polnischen Fischfänger war alles ruhig. Ich setzte eine Boje aus, plötzlich schreit Lasse, das Sonar habe Kontakt, und im nächsten Moment reißt es das Schiff auseinander. Er hatte gerade noch Zeit, die Koordinaten durchzugeben. Es ging alles sehr schnell.«

»Torpedo«, vermutete Waterkant. »Oder irgendeine magische Spielerei?« Sie verneinte, der Astralraum sei leer gewesen. »Woher wusstest du, dass es sich um einen polnischen Kutter handelte?«

»Sie haben uns angefunkt und gesagt, dass wir abhauen sollten. Wegen der Fische. Oder sie würden sich in Polen über uns beschweren.«

»Sicher? Wenn es die NA war, die …«

»Nein, Waterkant. Es war kein Nordstern Modell, es war ein russischer Bautyp, ein Hochseefangschiff«, erteilte sie seiner Theorie eine Abfuhr. »Putin-Klasse. Du kennst sie, diese schwimmenden Konservenpressen.«

Er erinnerte sich dunkel, einen Punkt auf seinem Radarschirm gesehen zu haben. »Und die haben euch nicht geholfen, als ihr um Hilfe batet? Seltsam, oder?«

Der Troll fürchtete, dass sich neue Mitspieler um das Wrack der *Sturmvogel* zum Match gemeldet hatten. Er klemmte sich hinter das Funkgerät und informierte die anderen Piraten über das rätselhafte Hochseefangschiff und dass sie auf der Hut sein sollten.

Die Ladung des Hanseschiffs wirkte für ihn deutlich zu anziehend auf andere. *Da soll einer sagen, Gold ist nicht magnetisch,* dachte er.

ADL, Norddeutscher Bund, Lübeck,
26. 02. 2059, 08:43 MEZ

Poolitzer hielt es keinen Tag länger im Stadtkrankenhaus Nord der Hansestadt aus.

Vom Krankenbett aus schnüffelte er hinter Monsignore Cölestin Harden her und fand heraus, dass es sich angeblich um einen heißen Anwärter auf den so genannten Erleuchteten Zirkel handelte. Harden war demnach ein initiierter Theurg, der sich mit Kardinal von Heeremann sehr gut verstand und für den Orden der Flammenden Schwerter große Sympathien hegte.

Beim Zirkel handelte es sich um eine Ansammlung von hohen Initiaten, die dem Kardinal als Beraterstab zur Verfügung standen und in Krisensituationen auch Kommandofunktionen übernahmen, wie er erfuhr. Und der Orden bestand aus reinen Fanatikern.

Die neuesten Erkenntnisse und sein nicht geringer Wunsch nach Rache drängten ihn förmlich aus dem Bett.

Der »Kosmetiker«, wie Fleischmann den plastischen Chirurgen nannte, leistete ganze Arbeit und zauberte ihm eine Gesichtspartie, die der alten ebenbürtig war, nur dass sein Wangenknochen aus Plastik, sein rechtes Ohr fortan aus Kunstknorpel bestanden. Eine echte, aus seiner DNA nachgezüchtete Ohrmuschel wollte er nicht mehr, die nachgemachten sahen genauso reell aus.

Um sein Konto so richtig zu plündern, gönnte er sich Behandlungs- und Heilzauber, sodass das »Neuarrangement«, wie es der Kosmetiker nannte, innerhalb eines Tages vollständig gesundete.

Erst als er sich sicher war, dass sein Kiefer sich beim Sprechen nicht aushakte, wagte er es, Perle anzurufen, um sie von seinen Abenteuern zu unterrichten. »Hoi, Piratenbraut! Ich bin's.« Mit knappen Worten beschrieb er das belauschte Treffen und den Ausgang seiner Verfolgung.

»Oh, Mann, du lebst ja noch!« Die Korsarin war aufgeregt und sehr besorgt darüber, dass er für knappe drei Wochen einfach so von der Bildfläche verschwunden war. »Einige von uns haben gemeint, die NA hätte dich auf dem Gewissen.«

»Beinahe, Perle, beinahe. Gibt's was Neues?«

»Wir haben einen dritten und leider völlig unbekannten Spieler im Kampf ums Gold«, erklärte sie ihm. »Jedenfalls nehmen wir das nach den Vorkommnissen auf der Ostsee und der Torpedierung an, sonst bleiben kaum andere Möglichkeiten.«

»Okay, ich mache mich auf die Socken. Du arrangierst wieder ein Treffen mit den Störtebekers, damit wir die Neuigkeiten austauschen.« Er nahm die schon leicht müffelnde Plastiktüte, in der er seine blutigen, zerschossenen Kleider aufbewahrte, aus dem Schrank und warf sie in den Mülleimer. *Bah! Das kann ich wohl nicht mehr anziehen.* Das Andenken wollte er nicht mehr sehen. »Ich melde mich bei dir.«

Schwester Stefanie besorgte ihm neue Klamotten und bewies dabei einen gewissen Hang zur Markenabhängigkeit. Die Preise auf den Sachen trieben ihm die Tränen in die Augen. Nacheinander entfernte er die Etiketten und tauschte den Krankenhauskittel gegen Straßenkleidung aus.

Zwei Souvenirs, die er behielt, waren die Reste der zerstörten Cybercam, die ihn vor schweren Folgeschäden bewahrt hatte, sowie ein winziges Bauteil, welches das OP-Team irrtümlich aus seinem Kopf entfernt hatte, weil die Ärzte es wohl für einen Splitter seiner zerstörten Implantate gehalten hatten.

Poolitzer entdeckte erst bei genauem Hinschauen, von was sie ihn befreit hatten. Es war der Chip von »Big Willy«, der Miniaturdatenträger mit seinen Strafen darauf. Die Operateure der Haftvollzugsanstalt mussten das Ding seitlich des rechten Ohrs in einer Hautfalte verborgen haben. Nun war er es los. *Freiheit durch Kopfschuss, wie makaber.*

Er schlenderte aus dem Zimmer, das ihm fast drei lange Wochen als Zuhause gedient hatte, verabschiedete sich von Oberarzt Fleischmann sowie von Schwester Stefanie und trottete zum Fahrstuhl.

Es war ein seltsames Gefühl zu wissen, dass sich in seinem Kopf nichts mehr Elektronisches befand, aber wohler oder »menschlicher« fühlte er sich deshalb nicht, ganz im Gegenteil, im fehlte die Option, verdeckte Aufnahmen in Krisensituationen zu machen.

Ich muss mir so schnell wie möglich eine neue Handkamera besorgen. Das wäre dann die vierte oder fünfte, überlegte er grinsend.

Das Taxi wartete bereits, das ihn zuerst zum Lübecker Burgtorgebäude kutschierte. Natürlich stand sein VW nicht mehr dort. Er erfuhr von der Polizei, dass man den Wagen abgeschleppt hatte und er ihn gegen die Zahlung von 150 Ecu zurückhaben konnte. Der Journalist zahlte die Zeche, und mit dem eigenen Auto ging es zurück nach Hamburg und in gerade Linie zur Wohnung, um nach dem Rechten zu sehen.

Seine Bude stand noch. *Unangetastet. Hätte ich nicht gedacht.* Als er auf dem Weg zum Telekom am Spiegel vorbeikam, blieb er stehen und betrachtete sein Antlitz. Ganz nahe brachte er seine rechte Gesichtshälfte an die reflektierende Oberfläche und betrachtete die Haut. Nichts verriet, welche Verletzungen er davongetragen hatte.

Medizin und Magie bewirkten Dinge, die Anfang des 21. Jahrhunderts nur durch ein Wunder möglich gewesen wären. Er riss sich von seinem Spiegelbild los und checkte den Anrufbeantworter.

Sein Kom quoll über vor Nachrichten. Unter anderem wollte ihn Mariner sprechen. »Hallo, Kunde. Die Auswertung der Sonarbilder ist abgeschlossen. Ich will endlich mein Geld, sonst verkaufe ich die Dinger an einen anderen Sender.«

Arschloch. Schon saß der Reporter im Auto und befand sich auf dem Weg, kurz darauf hockte er in der unaufgeräumten Einzimmerwohnung des Studenten, der ihn mit traurigem Gesicht empfing. Außer ein paar kleineren Fässern und einem alten Tank beinhalteten die Echolotwerte nichts, was im Zusammenhang mit Giftmüllfässern stehen konnte.

»Schade«, simulierte Poolitzer größtmögliche Enttäuschung. »Gab es sonst irgendetwas Auffälliges? Haben Sie vielleicht ein altes Schiff gefunden?«, hakte er heiter nach und gab sich Mühe, so zu klingen, als habe er einen Scherz gemacht.

Mariner zog die dunklen Brauen zusammen. »Jetzt, da Sie mich danach fragen«, murmelte er und scrollte die Bilder über den Schirm, bis er bei der Vermessung anlangte, die in Betracht kam. »Ich habe hier längliche Strukturen ausfindig gemacht, die ich nicht einordnen kann. Ich bin kein Spezialist, wenn es um die Zuordnung von Schiffswracks geht«, entschuldigte er sich. »Sieht aus wie die Reste einer großen Luxusyacht. Muss aus Holz gewesen sein, sonst wäre mehr von ihr übrig.«

Unauffällig schielte der Seattler nach den Koordinaten. Erinnerte er sich richtig an seine Unterredung mit Perle, befand sich die Stelle nur unwesentlich von dem Ort entfernt, wo die Korsaren torpediert worden waren.

»Hier«, sagte der Student und öffnete weitere Aufnahmen. »Es wurden mehrere Pings abgefeuert. Von Scan 234 liegen acht verschiedene Aufzeichnungen vor, jemand suchte da besonders genau, fand aber nichts. Bis auf das Wrack.«

»Ich erinnere mich. Da ist so ein historischer Nachbau einer Hansekogge abgesoffen«, bemühte sich Poolitzer eine plausible Erklärung abzuliefern. *Das fehlt noch, dass der Bubi näher über die* Sturmvogel *nachdenkt.* »Nicht davon gehört? Gab vor rund zehn Jahren Schlagzeilen, weil die beiden Geschichtsprofessoren, die sich an Bord befanden, beinahe mit draufgegangen wären.«

Der Student zuckte nur mit den Achseln, das aufkeimende Interesse erlosch. Poolitzer atmete auf, die Katastrophe war abgewendet.

»Also, was soll's.« Er händigte dem jungen Mann die vereinbarte Summe aus. »Und keinen Scheiß mehr von wegen Verkaufen und so. Die Aufnahmen sind illegal, Mariner, verstanden? Du kommst dafür in den Knast! Lösch das Zeugs.«

Er stand auf und ging. Mit den Ausdrucken bewaffnet zog er wieder los und rief Perle aus dem gemieteten Messenger an, damit sie das Treffen heute noch, am besten gleich über die Bühne brachten. »Ich weiß, wo die *Sturmvogel* liegt! Aber wir brauchen eine Strategie. Es geht nicht nur darum, die NA zu stoppen, sondern auch das Versteck des bereits geborgenen Goldes zu erfahren, damit ihr auch was davon habt«, erklärte er ihr. Sie versprach ihm, etwas in die Wege zu leiten.

Sein innerlicher Jubel war grenzenlos. Die Bestätigung! Sie hatten endlich die genaue Lage des Goldes. Poolitzer las die Blätter genau durch. Die Kogge war auf halber Strecke zwischen den Inseln Bornholm und Saßnitz gesunken. Das Sonar gab die Meerestiefe mit etwas mehr als 500 Meter an, der Boden lag damit sogar noch etwas unter dem angegebenen Tiefstwert für die Ostsee.

Die auseinander gebrochenen Reste des Schiffes befanden sich unmittelbar neben einer Erhöhung des Grundes. Ein kleiner, langgestreckter Berg von zehn Meter Höhe reckte sich empor, an dessen Fuß sich die *Sturmvogel* beinahe Schutz suchend drückte.

Er sah vor sich, wie Kalb und sein Team in den Spezial-Mini-U-Booten herumtauchten, wie sie mit den mechanischen Greifarmen und im Scheinwerferlicht einen Goldbarren, ein kostbares Kunstwerk nach dem anderen in Behälter verfrachteten und nach mehr als 700 Jahren an die Oberfläche holten. *Beinahe hättet ihr es auch geschafft, unbemerkt zu bleiben. Aber nur beinahe.*

Siedend heiß fiel ihm ein Versäumnis ein. *Die Bombe!* Hastig wählte er die Nummer von Aurora und erklärte ihr in knappen Worten, dass er den sicheren Hinweis hatte, auf die Botschaft würde in nächster Zeit ein Anschlag mit radioaktivem Material verübt werden.

»Vermutlich wird es eine konventionelle Bombe sein, die mit pulverisierten Fragmenten der Glaskokillen des Castortransports versetzt wird«, warnte er sie eindringlich. »Du musst deinen Leuten Bescheid geben. Und sag ihnen, dass der Hinweis von mir kommt. Vielleicht wird das Einreiseverbot aufgehoben.« Sie versprach es ihm aufgeregt und bedankte sich.

Er hakte den Punkt auf seiner Aufgaben-Liste ab. Blieben noch Müller und Schmitt, die ihn in ein paar Tagen einbuchten wollten, weil er ihnen keine Ergebnisse lieferte. *Ich werde mit denen schon einig werden.*

Seufzend betätigte er sein Kom. »Müller? Ich habe etwas herausgefunden. Sie werden staunen, es geht um Theis, Fröhlich-Eisner und Monsignore Harden und …«

»Warten Sie«, unterbrach ihn die BKAlerin. »Kommen Sie sofort in mein Büro.« Also steuerte Poolitzer den VW Messenger zur angegebenen Adresse.

Mariner hielt die 2000 Ecu in Händen und freute sich über den lukrativen Nebenjob, der ihm das Studium etwas versüßte. Das reichte für einiges an Fachliteratur aus. Oder eine coole Party für seine besten Kumpels und ein paar billige Nutten. So oder so, die Investition lohnte sich auf alle Fälle.

Es klingelte an der Haustür.

Rasch stopfte er das Geld in die Unterhose. Sein Vermieter musste den Zaster nicht sehen, sonst zog er die

Hälfte davon für die Mietrückstände ein. Der Student machte zwei große Schritte und schaute auf den kleinen Monitor, der ihm anzeigte, wer vor der Tür stand.

»Kacke. Bibelverkäufer«, entfuhr es ihm genervt.

Zwei Männer in identischen, dunkelblauen Anzügen warteten ungeduldig, dass sich etwas rührte. Nach ein wenig Überlegen sahen sie etwas zu kräftig aus. Entweder waren die Bibeln verdammt schwer, oder der Hausverwalter hetzte ihm ein Eintreiberkommando auf den Hals.

»Sie möchten?«, rief er ins Mikrofon. Das war das albernste an den schuhkartongroßen Zimmern. Seine Stimme hörte man durch die Tür, die Gegensprechanlage verdiente das Prädikat »besonders sinnlos«.

Einer der Besucher lächelte. »Sie hatten eben Besuch, sahen wir. Herr Gospini, richtig?«

Urplötzlich wurde ihm kalt. *Die Daten! Scheiße, Kon-Schläger!* »Moment«, schrie er und hetzte an seinen Schreibtisch. Fieberhaft schloss er die Bilder und blieb bei einer der Scan 234-Aufnahmen für kostbare Sekunden hängen. *Nanu?* Der Hügel neben dem Wrack wies eine seltsame Auffälligkeit auf, die er gerne näher untersucht hätte.

Speichern oder nicht?, fragte er sich hektisch.

Es klopfte. Laut, fordernd. »Herr Diercke? Machen Sie doch bitte auf.«

Mariner überlegte nicht mehr, er klickte die Aufnahme weg und initiierte das unwiderrufliche Löschen der Daten. Sein Rechner zeigte ihm an, dass der Vorgang wegen der Menge mindestens zwei Minuten dauerte.

»Moment!«, rief er wieder. »Ich … mache noch rasch Kaffee.«

01:37:36.

Diercke hatte nicht den Eindruck, dass die Typen viel Geduld mit sich herumschleppten. *Sicherlich gehören die Echolotdaten Proteus.* Panik breitete sich in ihm aus. *Die machen mich kalt, wenn sie herausfinden, dass ich die Aufnahmen gesehen habe!*

Er lief zum Fenster, öffnete es und schaute aus dem Studentenbunker. Es sah schlecht aus. Es ging mindestens zehn Meter steil nach unten, die Fassade glänzte glatt wie eine Stahlwand im Schein der Wintersonne.

01:02:09.

Gospini hat mir das eingebrockt! Er soll mich gefälligst rausholen. Er wählte die Nummer des Reporters, dessen AB sprang an. »Gospini, Ihre Freunde von Proteus sind hier! Die machen mich kalt! Kommen Sie her und tun Sie was!«

»Backen Sie uns auch noch Plätzchen, oder warum dauert das so lange?«, hörte er einen seiner Besucher sagen. Eine Sekunde darauf krachte die Tür aus dem Schloss, Mariner ließ den Hörer fallen ohne aufzulegen, die Verbindung blieb offen.

Die Männer sprangen ins Zimmer. Einer schaute sofort auf den Computermonitor, sein Begleiter deutete auf ihn. Augenblicklich erstarrte der Student, er konnte sich nicht mehr bewegen, magische Bänder fesselten seinen Körper.

00:34:01

Der Angreifer brach den Löschvorgang ab und schaute nach, was sich alles im Speicher befand. Danach überprüfte er, woher die Daten der Sonarbilder stammten und stieß auf den Kopierverweis aus der Matrix. Er hob sein Armband-Kom an die Lippen und gab einen knappen Lagebericht durch.

»Ich habe keine Ahnung, was Sie von mir wollen. Der Computer gehört einem Kumpel«, brach es aus Mariner hervor. »Okay, nein, bitte, lassen Sie mich frei! Ich erzähle keinem etwas von den Sonaraufnahmen. Ich will keinen Ärger mit Proteus.«

Niemand antwortete ihm, sie beachteten ihn nicht einmal.

»Beseitigt alle Beweise«, hörte Diercke es leise aus dem Kom tönen. »Kümmert euch um den Schnüffler. Dieses Mal muss er wirklich tot sein. Hört nicht eher auf, bis er in Fetzen vor euch liegt.«

»Scheiße«, jammerte der Student. »Nein, bitte. Ich habe nichts getan.«

»Möchten Sie beichten?«, fragte ihn der Mann, der den Computer überprüft hatte. Er nahm eine Zigarette aus der offenen Schachtel, die neben dem Monitor lag, steckte sie an und legte sie auf einen Stapel Schmierblätter. Das Papier fing Feuer.

Mariner verstand nicht. »Seid ihr wahnsinnig?«

Währenddessen stieg sein Begleiter auf den Stuhl, um nach dem Rauchmelder zu schauen. »Er hat ihn abgestellt«, meldete er zufrieden. »Ein schlauer Raucher.«

»Rauchen ist ungesund«, tadelte ihn der andere und schloss das Fenster. »Es passieren so viele Unfälle.«

Von einer Sekunde auf die nächste loderten die Flammen auf dem Schreibtisch höher, breiteten sich in Windeseile aus. Für Diercke sah es aus, als lebte das Feuer, schwappte wie Wasser von der Arbeitsplatte und rann in jede Ecke des Zimmers.

Der erste seiner Besucher ging zur Tür hinaus, der zweite wandte sich dem Studenten zu. »Heiliges Feuer, lösche aus, was uns schadet«, bat er inbrünstig. »Verbrenne Irdisches zu Asche!«

Obwohl die Flammen die Gardinen noch nicht erreicht hatten, entzündete sich das Gewebe von selbst. Jeder Einrichtungsgegenstand, vom Schrank bis Teppich, schien den Beschwörungen des Mannes zu gehorchen, der Qualm brachte Mariner zum Husten. Bewegen konnte er sich immer noch nicht.

»Gott liebt dich«, sagte der ungewollte Gast zum Abschied. »Ego te absolvo.«

Mariner schrie. Von vier Seiten schossen gewaltige Flammenzungen auf den Studenten zu. Seine Hose, seine Socken, sein Hemd, jedes Kleidungsstück an ihm erwärmte sich. Er wollte um Hilfe schreien, aber eine unsichtbare Kraft presste ihm plötzlich die Kiefer zusammen.

Aus der Wärme wurde Hitze, bis der Stoff aufflackerte und den jungen Mann in eine lebende Fackel verwandelte.

Ich lasse mich nicht mehr einbuchten. Ich pokere so lange, bis ich auf Bewährung draußen bin. Poolitzer schritt die Treppe zu dem Gebäude hinauf, in dem Müller auf ihn wartete. *Nie mehr Gefängnis.*

Auf der letzten Stufe angelangt, die automatischen Türen der Eingangsschleuse glitten bereits für ihn auseinander, hörte er hinter sich ein ohrenbetäubendes Zischen und Knistern.

Die NA! Ohne zu zögern machte er einen Sprung nach vorne, der Durchgang schloss sich hinter ihm. Die hoffentlich kugelsicheren Scheiben würden ihn vor erneuten Attentaten bewahren. Er wirbelte herum und fluchte laut, weil er sich ärgerte, keine Kamera zu haben.

Ein sphärisches Wesen aus gleißendem Licht warf sich immer wieder gegen die Antimagie-Barriere und versuchte, den Schutzschild zu durchbrechen. Keine Frage, der Angriff galt ihm. *Es sieht fast aus wie … ein … Engel?!*

Schließlich ließ es von dem Widerstand ab und stürzte sich auf sein Auto. Der Wagen fing urplötzlich Feuer, wurde hochgehoben und in seine Richtung geschleudert.

Der VW war zwar nicht sonderlich schwer, aber um Sicherheitsglas zu durchschlagen reichte er aus. Keiner der Erfinder hatte daran gedacht, dass Attentäter mit Pkws nach ihren Opfern warfen. Das brennende Auto krachte mit dem Dach voran in den Eingangsbereich und durchbrach die Scheibe.

Poolitzer rannte schon lange den Gang hinunter und befand sich auf der Flucht vor dem lodernden Fahrzeug, das ihn um die eigene Achse wirbelnd den Korridor entlang verfolgte, bis es sich mit einem hässlichen Geräusch zwischen den Flurwänden verkeilte und dichten Rauch verbreitete.

Er hielt nicht an, er hetzte weiter, bis er an den Fahrstuhl gelangte und in den vierten Stock fuhr. Sirenen gellten, es gab einen Feueralarm und eine Lautsprecherdurchsage, dass alle Personen die Räume nicht verlassen sollten.

Der war gut. Ich gehe da sicher nicht mehr freiwillig raus. Er fand das Büro und trat ein, nachdem ein summender Ton erklang und das Schloss entriegelte. Schmitt und Müller saßen an ihren Schreibtischen.

»Sie haben uns was mitgebracht«, begrüßte ihn die BKAlerin ungehalten. Sie schaute auf die Straße und verfolgte das Geschehen. »Kommen Sie her«, forderte sie ihn auf.

Er stellte sich neben sie. Das Wesen wurde gerade von zwei Magiern der Haussicherheit bekämpft, zwei Augenblicke später verschwand es einfach.

»Ich vermute, Ihre Ermittlungen machen Fortschritte, Herr Gospini.« Mit diesen Worten drehte sie sich zu ihm und bedeutete ihm, Platz zu nehmen. »Wissen Sie, wo Baduscheidt steckt, oder warum hetzt man Ihnen Elementare auf den Hals?«

»Viel besser«, versprach er ihr und versuchte, das soeben Geschehene zu verdauen. Er suchte sich eine bequeme Sitzposition und erklärte der Ermittlerin, was er alles herausgefunden hatte. Er erzählte ihr alles, nur die genaue Lage der *Sturmvogel* sowie die Unterstützung der Roten Korsaren und der Störtebekers ließ er außen vor. *Die Piraten bleiben meine Joker, und die behalte ich im Ärmel.*

Eine Stunde verging, zwei Stunden vergingen. Er leerte dabei drei Kannen Kaffee und bemühte sich, jedes Detail der belauschten Unterredungen wiederzugeben. »Das Konsulat habe ich vor einem weiteren Anschlag gewarnt«, beendete er erschöpft seinen Monolog. »Die Exzellenzia ist im Bilde.«

Müller senkte den elektronischen Griffel, mit dem sie sich die ganze Zeit über Notizen auf ihrem Pad gemacht hatte. »Das ist alles gut und schön«, lobte sie ihn, und in ihrer Stimme meinte er zu hören, dass sie es auch so meinte. »Ich glaube Ihnen sogar den Großteil Ihrer Story. Sie lieferten uns Details, mit denen wir intern etwas anfangen können. Sie werden bei den Ermittlungen hilfreich sein …«

»… aber für eine offizielle Untersuchung reichen sie natürlich nicht aus«, verstand Poolitzer, was sie damit sagen wollte.

Sie legte den Stift auf die Tischplatte. »Kein Richter der Welt gibt mir aufgrund der Aussage eines mit Verlaub bekannten Reißer-Journalisten, der für seine nicht ganz legalen Recherchemethoden berüchtigt ist, einen Haftbefehl für einen Staatsanwalt, einen Monsignore und einen Vorstandsvorsitzenden eines renommierten Unternehmens«, zählte sie die Hauptverdächtigen nochmals auf. »Ich kann nur bitten, dass Sie weiterhin am Ball bleiben und uns informieren, wenn Sie etwas Handfestes erhalten. Etwas handfestes *Legales*«, fügte sie an und wirkte keineswegs glücklich.

»Ich verstehe Ihr Dilemma«, räumte er ein. »Aber verstehen Sie meins? Haben Sie gesehen, was die Kirchenfuzzis anrichten? Die wollen mich rösten, weil ich die Hintermänner des Anschlags kenne. Aber nein, meine Informationen nützen nichts! Fuck, ich gehe für nichts und wieder nichts drauf!«, sagte er lauter als beabsichtigt. »Draußen hängt vermutlich ein Watcher rum, der nur darauf wartet, dass ich meinen Arsch auf die Straße schwinge. Dann kann ich noch bis zehn zählen, ehe das nächste Englein angeflogen kommt und mir eine Harfe überzieht.« Er kreuzte die Arme vor der Brust. »Beschützen Sie mich«, forderte er. »Ich bin ein wichtiger Zeuge. Ich will Polizeischutz.«

Die Ermittlerin legte den Kopf ein wenig schief. »Alles, was ich tun kann, ist, Sie in Schutzhaft zu nehmen. Oder zurück nach Wilhelmsburg ...«

Abwehrend hob Poolitzer die Hände. »Nein, danke«, lehnte er ab. Es blieb ihm nur die Option, alle drei Verschwörer auffliegen zu lassen. *Oder ich bekämpfe sie mit ihren eigenen Mitteln und lasse sie abputzen.* Er kannte dank Sparkplug nun jemanden, der sich perfekt für diese Art von »Arbeit«, die man in Schattenkreisen als Wetwork bezeichnete, eignete. Dessen Referenzen glänzten makellos. *Das mache ich auch. Die oder ich.*

Er stemmte sich aus dem Sitz. »Sie zwingen mich dazu, ein paar Kontaktstrippen zu ziehen.« Vermutlich wollte sie das sogar. Damit machte sich das BKA die Finger nicht dreckig, verschanzte sich weiter hinter Paragrafen und kam an den Ort des Geschehens, wenn alles vorüber war und sie heldenhaft die Trümmer zusammenkehren konnten. »Sorgen Sie bitte dafür, dass ich offiziell auf Bewährung auf freiem Fuß bin, Frau Müller«, bat er sie beim Hinausgehen. »Die Bullen sollen mich nicht einbuchten, wenn ich gerade kurz davor stehe, den Fall in unser aller Interesse zu lösen.«

»Einverstanden. Warten Sie, bis ich die Umgebung durch unsere hauseigenen Magier auf astralem Weg habe abchecken lassen, ehe sie einen Fuß vor die Tür setzen.« Als Geschenk bekam er von ihr eine nette, handliche Walther überreicht, um sich gegen neuerliche Angreifer verteidigen zu können. »Passen Sie auf sich auf.«

»Auf wen denn sonst?« Mit viel Vorsicht setzte sich der Reporter ins nächste Taxi und ließ sich ins Hafenviertel kutschieren, dabei telefonierte er.

»Perle? Hör zu, die Piraten müssen die Stelle, an der die *Sturmvogel* liegt, unbedingt gegen die NA sichern. Sie wollen ihre Tauchgänge rasch zu Ende bringen, schätze ich. Mehrere Millionen Ecu in Gold stellen einen fairen Lohn für den Aufwand dar, oder? Holt mich am Kai 13 ab.«

»Ich sag's den anderen«, lachte sie und legte auf.

Poolitzer ließ das Auto vor einem »Cheep-Store« halten und kaufte eine gebrauchte Fuchi VX2002C, eine Ladung Akkus und Leer-Mini-CDs. Im Army-Shop nebenan gab es eine gute Kevlarweste für ihn, die er sich sofort anlegte, danach schlenderte er ans Kai 13, wo die Korsaren ihn aufgabeln sollten.

Während er voller Nervosität wartete, bemerkte er das Zeichen für »AB« auf dem winzigen Display seines Koms. *Wetten, dass es eine NA-Drohung ist?*

Er rief die Nachricht ab und hörte die angsterfüllte Stimme Mariners, der ihn um Beistand bat. *Oh, fuck! Sie werden doch nicht ...* Das Letzte, was der Journalist vernahm, war das immer lauter werdende Knacken und Knistern von Feuer, schließlich riss der Kontakt ab.

Die neuesten Meldungen in der Matrix, die er mit seinem Kom abrief, bestätigten ihm den Tod von Diercke. Der Ticker verbreitete die Nachricht eines tragischen Wohnungsbrands im Studentenheim, bei dem ein Bewohner ums Leben kam. *Noch ein Toter. Sie verfolgen mich und vernichten jeden, der von dem Fall weiß.*

Sein Kom machte sich schon wieder bemerkbar, dieses Mal sprach Müller am anderen Ende. »Gospini, es tut mir Leid. Ich habe mit ein paar Leuten geredet«, sagte sie. »Offiziell wurde Ihre Strafe vorerst zur Bewährung ausgesetzt. Denken Sie daran, dass Ihre Frist, Beweise zu liefern, Ende des Monats abläuft«, erinnerte sie ihn. »Sie ...«

»Ach ja? Wissen Sie was? Sie können mich mal! Sie und Ihre beschissenen Politikwichser!«, schrie er wütend und legte auf. *Die können mich alle mal. Kreuzweise. Sie werden sehen, was sie davon haben!*

Wütend tippte er die Nummer mit der amerikanischen Vorwahl ein, die er von Sparkplug erhalten hatte, und führte ein langes Gespräch.

Internationale Gewässer, 21 Meilen nordöstlich von Saßnitz,
26. 02. 2059, 22:21 MEZ

»Da!«, brüllte Waterkant gegen den Fahrtwind. »Da vorne ist es.« Der Swordsman mit dem Hexer und dem Reporter an Bord bildete die Spitze des in Pfeilformation durch die Ostsee pflügenden Vorauskommandos der Piraten.

Die Störtis stellten fünf Boote, die Korsaren nur eines, weil sie den Löwenanteil ihrer Patrouillen erst von den üblichen Routen zum Sammelpunkt verlagern mussten.

Die Ostseefreibeuter hatten sich gründlich auf den Einsatz gegen die NA vorbereitet. Nicht nur, dass ihre Wassergefährte diverse Waffenmodifikationen erfahren hatten, die vereinigte Feuerkraft brachte ein Schnellboot der Bundesmarine dazu, sofort abzudrehen und das Weite zu suchen. Sie hatten darüber hinaus ein leistungsstarkes Sonargerät organisiert, das auf die geringsten Anzeichen unter Wasser reagierte. Die winzigste Makrele bekam keine Chance mehr, unentdeckt unter den Rümpfen vorbeizuschwimmen.

Aber zuerst musste die waffenstarrende Flotte an Punkt 31 angelangen.

»Sicher?«, erkundigte sich Poolitzer. Der Troll hatte mit seinem Ruf nicht den Punkt gemeint, an dem die *Sturmvogel* lag, sondern einen schwarzen Schatten, der sich vor dem klaren Sternenhimmel auf dem Wasser abhob.

Etwa drei Meilen östlich von ihnen entfernt fuhr ein

stattliches Hochseefangschiff, allerdings ohne Positionslampen gesetzt zu haben, wie es nach Seerecht Vorschrift war.

»Ganz sicher.« Er nahm das Fernglas, Poolitzer hob die Kamera vor sein Auge. »Putin-Klasse, ein riesiges Ding. Das ist das Schiff, das nach dem Untergang unseres Boots abgehauen ist, anstatt zu helfen«, sagte er zu dem Journalisten, ohne das Fernglas abzusetzen. Es war etwas mehr als 120 Meter lang, die Bordwände ragten sechs Meter über dem Wasserspiegel in die Höhe. Das bedeutete, dass sie durch den »Keller« schneller reinkamen.

»Die sehen wir uns an«, funkte Roberts den anderen zu. Der befehlshabende Korsar fackelte nicht lange. »Schiffe klar zum Gefecht.«

Die Boote fächerten auseinander, aus der Speerformation wurde ein Halbkreis, der genau auf die Breitseite der schwimmenden Büchsenfischfabrik zuhielt.

Ich hoffe, sie wissen, was sie tun. Poolitzer filmte, zoomte und aktivierte die Restlichtverstärkung. *Warum muss es nur so verdammt ziehen?* Weil ihm der Wind zu kalt wurde, wechselte er in die Steuerkabine. Die Sensoren zeigten außer dem gigantischen Fangschiff in unmittelbarer Nähe nichts an, niemand würde sie stören.

Die Kontrollleuchte des ECM-Geräts blinkte, die Piraten störten den Empfang des Schiffes. Dafür klapperten die Blenden von dem Richtscheinwerfer am Bug des Swordsman hektisch auf und zu.

»Was passiert gerade?« Poolitzer schwenkte die Kamera auf den Rigger.

»Wir fordern den Polen per Morsecode auf, die Geschwindigkeit zu reduzieren und sich auf das Entern vorzubereiten«, erhielt er zur Antwort und bemerkte anhand der Messgeräte, dass die Putin-Klasse mit zügigen 25 Knoten unterwegs war.

Der Rigger sah seinen Blick. »Nein, das ist nicht normal, Landratte«, grinste er, um die Frage des Mannes vorweg zu beantworten. »Die Dinger sind nicht auf Geschwindigkeit ausgelegt. Der muss einen Turbo haben.«

Rote Lämpchen glühten auf, die Echolotwarnung schlug an.

»Torpedo«, übersetzte der Rigger und versank vollends in der Schiffssteuerung, um Gegenmaßnahmen einzuleiten. Er startete ein eigenes, kleineres Torpedomodell, das auf Abfangkurs ging und den Sprengkörper auf halber Strecke abfing. Eine stattliche Fontäne stieg in die Luft.

Super, jetzt geht das wieder los, dachte Poolitzer und war ausnahmsweise kein bisschen froh über die Action, da er sich zu unmittelbar darin befand. *Das passiert mir in letzter Zeit zu oft.*

Danach krachte es wieder und wieder, die Wasseroberfläche brach in schneller Abfolge auf. Die anderen Piratenschiffe waren ebenfalls mit Geschenken des vermeintlichen Fischfängers bedacht worden und setzten sich dagegen zur Wehr.

Die Antwort der neuen Mitspieler im Rennen um die *Sturmvogel* war jedenfalls unmissverständlich, die Sprache der vereinigten Piratenflotte nicht weniger.

Nach Roberts' erbostem Feuerbefehl brüllten die Bordgeschütze der Boote auf. Fünf Sturmkanonen erhellten die Nacht mit ihrem grellgelben Mündungsfeuer und bestrichen die polnische Kommandobrücke mit Projektilen.

Ja, so gefällt mir das schon besser. Spaßeshalber schaltete Poolitzer die Fuchi auf Infrarot um. Die rotierenden Läufe der aktivierten Mini-Guns glommen bereits, die dunkelroten Munitionshülsen regneten in metallenen Sturzbächen in die Ostsee und tauchten leise zischend ins Wasser ein. Es war ein faszinierendes Schauspiel, das sich ihm bot.

Er zoomte hinüber auf das gegnerische Schiff, bei dem der Beschuss der Sturmkanonen kaum Schäden hinterlassen hatte. Um die Glasfront der Brücke lag ein Bollwerk aus Stahlplatten. Der Pole war alles andere als ein Fischfänger, oder er jagte normalerweise brandgefährliche Wesen des Meeres. Critter oder andere Erwachte Wesen.

»Scheint ein Piraten-Kollege von euch zu sein«, kommentierte er. »Sieht ziemlich gut ausgerüstet aus.«

Zwei vermeintliche Kranaufbauten an Heck und Bug schwenkten herum, zweiläufige Kanonen richteten sich aus und sandten den Piraten einen Sturm aus Explosivgeschossen hinüber. Jetzt wurde der Rigger nervös, er begann zu schwitzen.

Das Boot unmittelbar neben ihrem Swordsman fuhr mit voller Fahrt in den Granathagel. Es verging nach dem dritten Treffer in einem Feuerball, brennende Trümmer flogen meterweit durch die Luft, mit dumpfen Geräuschen prallten sie auch gegen die Scheiben der Steuerkabine. Poolitzer zuckte zusammen und verwackelte die Aufnahme. *Meine Fresse! Das hätten wir sein können.*

Der Tod ihrer Kameraden spornte die Piraten lediglich noch mehr an. In Zickzackkursen hielten sie auf die Putin-Klasse zu, bis sie sich im toten Winkel der brüllenden Geschütze befanden, keines der Boote kam ohne Beschädigungen davon.

»Kommen jetzt die Enterhaken?«, fragte Poolitzer.

»Aus welcher Zeit bis du denn?«, wunderte sich der Rigger.

Routiniert setzten die Störtebekers Haftladungen an den Stahlrumpf an und entfernten sich rasch. Die Minen zündeten und sprengten mannsgroße Löcher in das Material. Die Boote kehrten zurück, und die Männer sprangen durch die gewaltsam geschaffenen Einstiege ins Innere des Fischfängers. Währenddessen setzten die

Rigger ein paar Drohnen aus, um die Verteidiger an Deck zu beschäftigen.

Poolitzer machte sich gerade bereit, an Bord zu gehen und das Entern zu filmen, als das zweite Schiff der Störtis verloren ging. Der Frachter klinkte den Anker in dem Moment aus, als das kleinere Boot um den Bug herum auf die andere Seite fahren wollte. Das tonnenschwere Eisen rauschte durch die Abdeckung, durch den Motor und durchschlug den Boden. Innerhalb von Sekunden leckte das Boot und lief voll. Der Fahrer rettete sich mit einem Sprung ins eisige Wasser und wurde von seinen Kumpels geborgen.

Hey, die Polen haben Sinn für gute Szenen. Poolitzer nahm die eher lustige Szene für den humorigen Part des Berichts auf und folgte den Piraten mit einiger Verspätung in den Bauch des Frachters.

Die Störtebekers und Korsaren mussten einiges an Strecke zurückgelegt haben, er hörte sie nicht mehr. *Hoffentlich kommen noch ein paar ordentliche Shots*, bat er den Filmgott und wechselte die CD aus. Der leere Akku flog achtlos auf den Boden, er hatte genügend von dem Schrott dabei.

Gebückt rannte er durch ein Schott und erklomm eine einfache Stahlleiter, die steil nach oben führte und einen 90-Grad-Knick machte.

»Hoi, seid ihr da oben?« Kurz bevor er die Biegung erreichte, flog ihm einer aus der Entercrew rückwärts entgegen. Da es ihm unmöglich war, auf diesem engen Raum auszuweichen, polterte er zusammen mit dem Freibeuter die Treppe runter. Seine Knochen und vor allem sein Steißbein schmerzten. Viele Menschen kamen die Stiegen herab, wie er am Getrappel der Stiefel erkannte.

»Das ist nett, Jungs«, meinte er benommen, die Welt drehte sich um ihn. »Helft mir mal hoch.« Hände ergriffen ihn, zerrten ihn grob auf die Beine. »Ey, vorsichtig, ja?«

Die Gesichter der vier Männer vor ihm kamen ihm kein bisschen bekannt vor, außerdem trugen sie AKs in den Händen. Er stand der Besatzung des vermeintlichen Fischfängers gegenüber.

Er hob die Arme. »Uh … ähm … Ich … wurde … dazu gezwungen«, lauteten seine nächsten überhasteten Worte. »Ehrlich! Ich habe …«

Ein Gewehrkolben zuckte in die Höhe und traf ihn über dem rechten Auge. »Nicht die Prothese kaputtmachen«, lallte er, beim dritten Schlag wurde er ohnmächtig.

VIII.

Poolitzer erwachte in einem Raum, der früher mal als Kühlkammer konzipiert gewesen sein musste, jetzt lagen er und die Piraten anstelle der Fische auf Eis.

Stöhnend wälzte er sich auf den Rücken und schaute in das besorgte Gesicht von Perle. Sie lächelte ein wenig, als sie sah, dass sein Bewusstsein zurückkehrte, Waterkant winkte ihm aus dem Hintergrund zu.

»Shit«, richtete er sich fluchend auf, vorsichtig betastete er seine Blessur. »Misserfolg ist untertrieben, was?« Er schaute sich im schwach beleuchteten provisorischen Gefängnis um.

Nach einem kurzen Durchzählen vermisste er vier der Korsaren und einen der Störtebekers, außerdem hockten einige mit Schusswunden herum, die von ihren Freunden notdürftig verbunden wurden. Bei dreien entdeckte er Brandblasen an den Handinnenflächen, die Mehrzahl hatte verschmorte Schuhsohlen.

»Was ist passiert?«, erkundigte er sich bei ihr.

»Strom«, erklärte sie. »Wir kamen den zweiten Teil der Eisentreppe hoch, als sie ein paar Volt durch das Geländer und den Boden des angrenzenden Raums jagten. Wer danach stand, lief in ihr Sperrfeuer und die Sprüche ihrer Kampfmagier.«

Er hielt sich mit Vorwürfen über die Vorgehensweise zurück und gratulierte sich, nicht mit vorne dabei gewesen zu sein. *Bei meinem Glück wäre ich entweder geröstet worden, oder aber eine Kalaschnikowkugel hätte sich ihren Weg durch meinen Körper gesucht.* »Scheiß Piratenpack«, ärgerte er sich laut. »Äh, ich meine … scheiß Polenpiratenpack«, verbesserte er sich rasch nach einem Rundumblick.

»Keine Polen«, berichtigte Perle. »Sie haben sich auf Russisch unterhalten, nicht auf Polnisch.«

»Ach? Gibt es da einen Unterschied?«, fragte Poolitzer erstaunt. Andererseits wunderte es ihn nicht. Für europäisch Unbedarfte wie er, die sich mit der »Alten Welt« so gut wie gar nicht auskannten, war es schon schwierig gewesen, die einzelnen europäischen Staaten aufzählen zu können. Wenigstens vom Osten hätte man annehmen können, dass es nur eine Sprache gab.

Russische Piraten. Klasse. Fremdarbeiter. Die neuen Mitspieler mussten in Nowgorod von der Entdeckung des Professors Sasnudin gehört und sich auf den Weg gemacht haben, um sich einen Anteil vom Gold zu sichern. »Was kommt als Nächstes? Schwedische Piraten? Wir können so etwas wie einen internationalen Piratenkongress aufziehen.«

Der Seattler stand auf und lief im Raum umher, gelegentlich presste er sein rechtes Auge gegen die eiskalte Stahlwand, um den dicken Bluterguss zu kühlen.

»Wenigstens haben wir es den Russen versaut«, meinte Waterkant grimmig. »Mit den fetten Löchern im Rumpf können sie nicht lange auf See bleiben. Beim kleinsten Unwetter wird ihnen ihr Kahn voll Wasser laufen.«

Poolitzer hoffte, dass dem Kommandeur die Goldbarren dieses Risiko nicht wert waren. Allmählich wurde ihm das Volk immer unsympathischer. Russen standen in seinem Leben als europäischer Reporter in der letzten Zeit eindeutig zu häufig hemmend im Weg, schon auf der Jagd nach Aeternitas tauchten sie auf und hätten ihn beinahe erledigt.

Dass Perle oder Waterkant noch nichts unternommen hatten, um sie aus dem Loch zu befreien, würde seine Gründe haben. *Wahrscheinlich sorgen Wachelementare oder Geister vom Astralraum aus, dass kein Magischer auf dumme Gedanken kommt.*

Ihr Gefängnis begann sich heftiger zu bewegen. Die schwimmende Büchsenfabrik kämpfte mit zunehmend schlechtem Wetter, rollte von rechts nach links und hob und senkte sich wie ein bockiges Tier.

Es vergingen mehrere Stunden, bis sich bei ihnen etwas tat. Endlich schob sich der Riegel von außen zurück, und die Tür wurde geöffnet.

Ein ziemlich groß und breit gewachsener Russe in einer Teilrüstung schob sich herein. Der Kopf wurde von millimeterkurzen braunen Haaren auf der Schädelkuppe geziert, ansonsten waren sie abrasiert. Seine braunen Augen wanderten über die Menge, bis sie auf Poolitzer zur Ruhe kamen. »Du.« Der Arm ruckte nach vorne, der Daumen wies auf die Tür. Die Geste wirkte sehr militärisch. »Raus.«

Klar. Ich. Wer sonst? Die Mundwinkel des Journalisten hingen nach unten. *Ich wusste es,* dachte er resigniert. »Was wollen Sie?«, fragte er niedergeschlagen. »Werde ich hingerichtet? Ha, ich weiß. Die Planke«, redete er vor sich hin, während er sich dem Piraten näherte. »Das sieht man doch immer in den Filmen. Ihr lasst mich über so einen Steg gehen und ins Wasser springen?«

Der Mann schob ihn nach draußen und verriegelte die Tür, danach lotste er ihn schweigend über mehrere Treppen auf die Kommandobrücke und ignorierte das unaufhörliche Gelaber des Journalisten.

»Ach du große Scheiße!«, raunte Poolitzer, als ihm eine Unmenge von Anzeigen entgegenblinkten. Eines begriff er sofort: Das Schiff war *niemals* als Fischfabrik konzipiert gewesen. Er sah kyrillische Schrift auf den eingeblendeten Displays, er sah militärisch anmutende Symbole, er sah Typen, die alle den gleichen Haarschnitt trugen wie der Russe, der ihn von den Korsaren trennte. *Runner? Militärs?*

Sein Blick fiel auf das Radargerät, das mehrere Objekte anzeigte, die auf ihren Standort zuhielten. Der Lautsprecher des Radiogeräts wiederholte unentwegt eine Sturmwarnung für die Ostsee. Die Außenbilder, die von Kameras nach innen übertragen wurden, ließen ihm den kalten Schweiß ausbrechen. Die ersten Wellen schwappten bereits in das Schiff der Putin-Klasse. *Bei einem richtigen Sturm wird es unweigerlich sinken. Wir müssen sofort in einen Hafen.*

»Ich bin Grigori Swedlow«, stellte sich einer der Russen aus der Brücke fast akzentfrei vor, nur das »r« rollte er etwas härter als der gewöhnliche Westeuropäer. Breites Gesicht, glatt rasiert, ein Schrank von einem Mann mit schwarzen Haaren. »Kommandant der russischen Spetnaz-Einheit Romanow. Sie sind ein Reporter, wenn ich die Verhöre richtig verstanden habe, und Ihre Begleiter sind Piraten?«

Zögernd bestätigte Poolitzer die Annahme. *Was zur Hölle sind Speednuts?* Es musste ein russischer Ausdruck sein, denn die vage Übersetzung »Geschwindigkeitsnüsse« ergab keinerlei Sinn.

Swedlow betrachtete die Warnanzeigen, die auf den Wassereinbruch mittschiffs aufmerksam machten. »Sie und Ihre Freunde haben große Schäden an meinem Schiff angerichtet. Es wird untergehen, wie es aussieht. Durch Ihre Schuld«, sagte er ruhig. »Sie haben fünf Minuten, mich davon zu überzeugen, Sie und Ihre Begleiter nicht mit dem Schiff absaufen zu lassen.«

»Können Sie mir sagen, wer Sie sind?«, pochte Poolitzer auf eine Präzisierung von Speednuts. »Der Begriff, den Sie gebrauchten, ist mir nicht geläufig.«

»Ich verstehe«, nickte der Kommandant. »Spetnaz ist die Bezeichnung für russische Spezialeinheiten des Militärs. Es gibt mehrere dieser Art, etwa vergleichbar mit den amerikanischen Rangern oder den britischen SAS-Truppen. Das muss genügen.« Er schaute auf seine Uhr. »Bleiben Ihnen noch vier Minuten, dreißig Sekunden.«

»Also gut.« Poolitzer klärte den irrtümlichen Angriff

auf und schilderte in den schillerndsten Farben die hehren Absichten der Piraten, die NA am Abgreifen des Goldschatzes der *Sturmvogel* zu hindern. Mehrfach betonte er, dass er mit den Behörden des Innenministeriums zusammenarbeitete, was ihn quasi zu einem Agenten machte.

»Wir haben daher das gleiche Ziel«, schloss er sein rasches Plädoyer mit gewinnendem Lächeln ab. »Es geht aber völlig in Ordnung, wenn Sie sich im Namen der russischen Regierung das Gold vorerst aneignen, denn es stammt ja aus Nowgorod. Über die Besitzverhältnisse sollen sich unsere Regierungen einigen, finden Sie nicht, Kommandant Swedlow? Wir sitzen sozusagen im selben Boot … ähm … sinkenden Boot.« Er betete, dass er den Militär überzeugt hatte.

Der Russe bekam Meldungen von seiner Brückencrew zugerufen, woraufhin sich sein Gesicht verfinsterte. Er erteilte ein paar Befehle, und zwei Soldaten rückten ab, um mit Roberts zurückzukehren.

Swedlows Gesicht wandte sich den Männern zu. »Wir schließen einen Deal. Wir setzen die Piraten als zusätzliche Kampftruppen gegen die NA ein, dafür bekommen Sie das Gold«, eröffnete er ihnen ohne Regung. »Einverstanden?«

»Was, das Gold?«, blinzelte Poolitzer verständnislos. »Aber … deswegen sind Sie doch hier? Wie erklären Sie denn Ihren Vorgesetzten …«

»Nein«, unterbrach ihn der Spetnaz-Offizier. »Wir sind nicht wegen des Goldes hier.« Er drückte ein paar Tasten.

Projektoren warfen das Bild eines U-Boots gegen die abgedunkelte Scheibe, »Delta V-Klasse« stand über der Querschnittszeichnung, mehr konnte er nicht lesen.

Ein scheiß U-Boot?, staunte der Reporter. *Was …?*

»Die Delta V-Boote sind die neuesten in der russischen Marine. Fünf davon wurden Mitte der 2020er fertig gestellt, rechtzeitig zu den Euro-Kriegen. Sie stellen eine nochmals vergrößerte und verbesserte Version der Delta IV-Klasse für SS-N-28 Atomraketen dar«, erläuterte Swedlow, als machten der Korsar und Poolitzer eine Führung durch eine Saftabfüllanlage. Der Offizier redete weiter. »Die Delta V-Klasse ist eine Parallelentwicklung zur Typhoon-Klasse, falls deren Konzept sich nicht bewähren sollte.«

Das Bild war beeindruckend. 190 Meter lang, 21 Meter breit, zwölf Meter hoch, beiderseits des Turms waren sechs große, rechteckige Luken von je sieben Meter Länge angeordnet.

Swedlow deutete darauf. »Sie verschließen jeweils zwei Flugkörperschächte, aus denen insgesamt 24 Marschflugkörper gestartet werden können. Dieses Boot hat 18 Stück des Typs SS-N-28 an Bord.«

»Moment mal«, fiel ihm Poolitzer ungläubig ins Wort. »Da unten liegt so ein Ding? Wie kommt es dahin? Hat man es vergessen?«

»Später«, wiegelte der Kommandant ab. »Ich erzähle Ihnen das, weil ich davon ausgehe, dass Sie Individuen vor einem möglichen Atomschlag beschützen wollen. Wir haben Anzeichen, dass Unbekannte versuchen, in das Boot einzudringen.«

Poolitzers Kreislauf sackte in den Keller. Jetzt wurde ihm klar, was die Nationale Aktion beabsichtigte, nun ergab auch der lateinische Spruch neben dem toten Elf aus dem Konsulat einen schrecklichen Sinn.

Pars pro toto. Ein Teil für das Ganze!, durchzuckte es ihn. Baduscheidt hatte ihnen mit der radioaktiven Glaskokille einen Hinweis auf das bevorstehende Attentat gegeben, wobei Attentat ein zu harmloses Wort war. »Massenmord«, ächzte er. »Die NA will Pomorya mit Nuklearwaffen angreifen!«, rief er entsetzt. »Wir müssen das verhindern!«

»Deshalb sind wir hier«, meinte Swedlow knapp.

»Wir wollten an die Sinkstelle fahren und unsere Tauchboote aussetzen, als Sie uns angriffen. Unsere Verluste müssen Sie durch Ihre Beteiligung wettmachen.«

Roberts erklärte sich sofort einverstanden, und für Poolitzer gab es keinen Zweifel daran, dass er sich diese Aufnahmen exklusiv sicherte.

Material aus einem brandheißen russischen U-Boot, das all die Jahre unentdeckt auf dem Grund der Ostsee lag, ging er in Gedanken durch. *Dieser Bericht wird mich zum Millionär machen.* Im Grunde war ihm das Geld scheißegal. Es ging um Ruhm und die Rettung des Elfenstaats. Eine Abreibung hätten die Spitzohren seiner Ansicht nach verdient, aber vor der Ausrottung wollte er sie doch bewahren.

»Ist es nach so langer Zeit noch betriebsfähig?«, hakte er vorsichtig nach.

Swedlow schenkte ihm einen mitleidigen Blick. »Wären wir sonst hier?«

»Warum warten wir nicht, bis sie an die Oberfläche kommen?«, schlug er vor.

»Der SS-N-28 kann unter Wasser abgeschossen werden. Ein entscheidender Vorteil gegenüber den Modellen der Echo-Klasse, die zum Abschuss auftauchen mussten.«

»Und wie geht das?«

»Ab zweihundert Meter sind die Transportboxen der Raketen in der Lage zu starten und sie an die Oberfläche zu bringen, wo sie zerfallen, und die eigentlichen Raketen können zünden.« Der Offizier stand auf. »Das heißt, es genügt, wenn es ihnen gelingt, die Elektrizität in Gang zu setzen und die Sicherheitsabfragen zu umgehen.«

Poolitzer blies die Backen auf. »Und? Kann man das schaffen?«

Swedlow ging los und führte sie zurück zum Gefängnis der Piraten, um sie freizulassen und Roberts die Situation erklären zu lassen. »Sie erinnern sich an den Ausbruch von Mihail Rischanko?«

Die Alarmglocken des InfoNetworks-Mitarbeiters schrillten. »Der Decker gehörte zur russischen Marine, war Oberleutnant und Datenoffizier in Petropawlowsk«, erinnerte er sich an seine Nachforschungen. »Ist das ein anderer U-Boot-Stützpunkt?« Swedlow nickte. »Dann ging die Befreiungsaktion auf das Konto der NA, nicht der Russenmafia, wie alle angenommen hatten?«

»Rischanko war Spezialist für die Delta V-Klasse. Diese Terroristengruppe hat die besten Voraussetzungen, die *Sturmvogel* abschussbereit zu machen«, betonte der Kommandant ernst, während er die Tür zum Kühlraum entriegelte. »Es liegt in unseren Händen, Pomorya vor dem Untergang zu retten.«

»*Sturmvogel*?« *Welche Ironie*, dachte der Reporter. Das russische Schiff hieß genauso wie die gesunkene Hansekogge.

Roberts ging hinein und fasste das Gehörte für die Piraten zusammen. Unter den Umständen sprach sich keiner gegen die Zusammenarbeit aus.

»Welchen Schaden richten die Raketen an?«, wollte Poolitzer wissen.

»Es handelt sich um Mirv-Raketen. Ein Flugkörper trägt zehn Sprengköpfe mit sich. Eine einfache Rechnung. Insgesamt 180 Sprengköpfe. Um ein verhältnismäßig kleines Gelände wie Pomorya unbewohnbar zu machen, sollte es ausreichen«, rechnete ihm Swedlow vor. Wieder blieb der Russe völlig ruhig, als interessiere es ihn überhaupt nicht. Zu einem gewissen Teil war Poolitzer froh darüber. Es reichte aus, wenn er die Nerven verlor. »Das Vernichtungszentrum, in dem nichts mehr stehen wird, beträgt pro Sprengkopf einen Radius von zwei Kilometer. Hitze und Druckwelle vernichten alles.«

Poolitzer sah die Haine des Gelobten Landes in der glühenden Hitze des Atomschlags verbrennen, die Häuser zu Asche vergehen und die Bewohner … Wer die primären Auswirkungen überlebte, würde aufgrund der Strahlung entweder innerhalb weniger Stunden zugrunde gehen oder im Laufe der Jahre an der Überdosis Gamma- und Neutronenstrahlen qualvoll sterben. *Nicht auszudenken, was das für Pomorya und die gesamte ADL bedeutet … was es für die weltpolitische Lage bedeutet.*

Die Elfenstaaten in England und in Amerika würden Rachepläne schmieden, dass den Menschen Hören und Sehen verging, der Graben zwischen den beiden Rassen wäre so tief, dass über Jahrhunderte hinweg nicht mehr an Normalität zu denken war.

Während er grübelte, kümmerte er sich um sein Kameraequipment, um es auf Vordermann zu bringen. Das russische Schiff lag mit deutlicher Schlagseite im Wasser, es kippte mehr und mehr nach Steuerbord.

In diesem Augenblick fällte er die Entscheidung, sich nicht auf die Fertigkeiten der Spezialeinheit zu verlassen. *Ich werde Müller und Aurora Bescheid geben.* Damit wollte er sicherstellen, dass irgendjemand eingreifen konnte, wenn die Russen versagten. *Ich brauche ein Kom.*

Er schlenderte auf die Brücke und wurde sofort angeschrien. Russisch sprach er nicht, und so musste er Unverständnis nicht einmal simulieren. »Ist ja gut, ich gehe wieder, Kumpel, keine Aufregung«, beschwichtigte er die Wache, da entdeckte er das herrenlose Funkgerät auf einer Konsole liegen. Er schaffte es, den Sender an sich zu nehmen, bevor man ihn unsanft entfernte.

»Ich mache noch schnell ein paar Außenaufnahmen«, gab er vor und verließ das schützende Glashaus, um ins Freie zu treten. In aller Eile versuchte er im strömenden Regen sich mit seiner Beute vertraut zu machen, schwach erinnerte er sich an die Frequenz des Bundesgrenzschutzes. Waterkant hatte den Kanal vorhin eingestellt, um zu hören, was die BuSchus sprachen und um herauszufinden, wo sich deren Patrouillen herumtrieben.

Er tippte die Zahl ein und hoffte, dass sie stimmte.

»Wer auch immer mich hört«, begann er, »informieren Sie das BKA und die Marine über das gesunkene russische U-Boot.« Die Koordinaten lieferte er gleich mit. »Die Terroristen der Nationalen Aktion haben es in ihrer Gewalt und wollen die Atomraketen gegen Pomorya einsetzen«, fügte er hinzu und wiederholte die Durchsage viermal, bis ein Spetnaz-Soldat hinter ihm auftauchte und mit Gesten aufforderte, ihn zu begleiten. Gerade noch rechtzeitig verbarg er das Funkgerät unter seiner Jacke.

Swedlow befahl allen, sich ins unterste Deck zu den Booten zu begeben. Spetnaz und die Piraten versammelten sich dort und bestiegen die vier unförmigen länglichen Unterwassergefährte.

Sie fassten zehn Mann und verfügten über einen separaten Schleusenzugang. Die Konstruktionen machten auf Poolitzer den Eindruck, als seien sie zum Entern von gegnerischen U-Booten entwickelt worden. Weil es zu viele Menschen waren, mussten die Subs überladen werden, was beim Tauchen kein Problem darstellte.

»Warum rufen wir nicht einfach die deutsche Marine?«, fragte Poolitzer den Russen beim Einsteigen und gab sich Mühe, unverfänglich zu klingen. »Sollen die doch das U-Boot jagen.«

»Unser Auftrag ist es, das Boot nach Hause zu bringen«, widersprach Swedlow kühl und verharrte in der Luke. »Sie werden über all das schweigen, Herr Gospini. Alles andere würden Sie nicht überleben«, versprach er und verschwand im U-Boot.

Der Reporter folgte ihm seufzend. *Die Drohung hat früher oder später kommen müssen.* Aber es war ohnehin zu spät, mit ein wenig Glück wussten Müller und die Elfen Bescheid. Umgekehrt stellte er sich vor, er sei ein Funker und bekäme eine solche abenteuerliche Meldung über ein U-Boot, die NA und Pomorya herein. *Klingt im Grunde wie ein schlechter Scherz eines Besoffenen. Bitte, lieber Gott, lass es sie einfach glauben*, schickte er ein Stoßgebet gen Himmel.

Die Kammer mit den Subs wurde geflutet. Blubbernd schoss das trübe Meerwasser hinein, und das Schiff legte sich noch mehr zur Seite.

Das Schleusenschott unter ihnen öffnete sich und entließ die Mini-U-Boote in die See. Mithilfe der Sensoren steuerten die Rigger die Gefährte zum Grund hinab. Licht brauchte man keines, noch gab es nichts zu sehen.

Swedlow gab seinen Leuten per Funk Anweisungen, danach verteilte er Ausdrucke der Sektionen des großen U-Boots und erläuterte knapp die Vorgehensweise. »Wir werden die *Sturmvogel* einmal umkreisen, um nach Schäden zu sehen, und dann in der Höhe der Mannschaftskabinen andocken. Die automatischen Schneidbrenner verschaffen uns den Zugang.« Sie machten sich mit den Plänen vertraut.

»Also, wie kam es, dass so ein Ding verloren gehen kann?«, versuchte es Poolitzer nochmals. »Und warum suchen Sie es jetzt erst?«

»Wir haben den Auftrag, das Boot zu suchen, bereits seit letztem Jahr«, sagte der Kommandant. »Wir entdeckten das Boot im Herbst, hatten aber nicht die notwendige Ausrüstung dabei, um in diese Tiefen vorzustoßen.«

»Äh … wie bekam denn die NA Wind von der Sache?«

»Wodka, denke ich.« Swedlows Gesicht blieb ohne Regung, die braunen Augen verrieten, dass er den Vorfall schon mehr als einmal verflucht hatte. »Bei einem Landgang hat einer der Matrosen sich betrunken und mit einigen Details geprahlt. Vermutlich ist das von den falschen Leuten gehört worden.«

»Okay, aber wie kommt die *Sturmvogel* überhaupt an diese Stelle?«

»Raten Sie.«

»Hmm … Ein Krieg?«

»Der Euro-Krieg. Sie wissen, dass die russische Führung im Verlauf des Euro-Kriegs immer mehr in Bedrängnis geriet. Die *Sturmvogel* wurde auf Geheiß des obersten Kommandostabs zusammen mit dem Schwesterschiff *Sturmbringer* im Dezember 2032 auf geheimen Routen losgeschickt.«

»Schon klar. Um Atomraketen im Rücken des Gegners in Stellung zu bringen.« Er fummelte an seiner Kamera herum. »Ich erinnere mich. Man schreibt, dass die Russen kurz davor standen, auf den roten Knopf zu drücken?«

Swedlow verzichtete auf eine direkte Antwort. »Da die Kommandoebenen beider Seiten von Unbekannten 2033 unerwartet ausgelöscht wurden, kam es nicht zum Einsatz. Die *Sturmbringer* kehrte zurück, die *Sturmvogel* nicht.«

»Verstehe. Mit den Obersten verschwand das Wissen um das Schiff«, ergänzte Poolitzer.

»Exakt. In den Wirren der Nachkriegszeit kümmerte sich zunächst niemand um das vermisste U-Boot.«

Poolitzer verstand das Problem der Russen: die geheime Route, über die es keine Aufzeichnung gab. *Das Boot hätte in der Nord- und in der Ostsee liegen können, und niemand wusste, ob es vielleicht schon lange von den Engländern, den Deutschen oder anderen Feinden entdeckt und geborgen worden war.*

»Eine kleine Flotte mit den modernsten Sonarsystemen und getarnt als Fischfänger durchstreifte in den letzten Jahren die beiden Meere, um die *Sturmvogel* zu finden. Wir haben sie gefunden«, schloss Swedlow seinen Bericht. »Jetzt bringen wir sie nach Hause, und niemand muss sich mehr Sorgen machen. Unsere Erfindungen werden sicher sein.«

Die Scheinwerfer der Mini-U-Boote flammten auf. Die Sicht in fast 450 Metern Tiefe war schlecht. Die Lichtfinger beleuchteten eine längliche, mit Algen besetzte Felsformation, die vage an die Umrisse eines U-Boots erinnerte.

»Ist das so eine Erfindung, von der Sie vorhin sprachen?« Poolitzer spähte hinaus. »Kann es sich als Fels tarnen? Wenn ja, wie geht das?«

Der Russe blieb ihm die Antwort schuldig.

Sie tauchten von vorne auf das Wunderwerk zu. Der Soldat am Steuer machte Swedlow auf etwas aufmerksam.

Poolitzer drängelte sich nach vorne und entdeckte es ebenfalls. Im vermeintlichen Fels stand eine Luke offen. Es handelte sich um einen der sechs Abschussschächte, die Abdeckungen waren offenbar gewaltsam entfernt worden. Sie steuerten höher, um von oben in das Loch zu blicken. *Zwei Raketenboxen fehlen! Fuck, die NA hat sich bedient.*

Ein paar Meter neben dem vermeintlichen Felsen lagen die traurigen Überreste der Kogge. Anhand der Zerstörung am Wrack erkannte er, dass Kalb sich gehörig bedient und wahrscheinlich einen Großteil des Goldes geborgen hatte. *Der Rastafari ist der Gewinner. Er macht der NA ihre Wunderbox auf und streicht dafür eine fette Prämie ein und darf sich dafür noch historische Besonderheiten unter den Nagel reißen.* Poolitzer grinste. *Lange wird er sich daran nicht freuen. Die Bullen werden ihn finden.*

Der bunte Haufen aus Piraten und der Spezialeinheit begann mit der Infiltration.

Die russischen Mini-U-Boote senkten sich an unterschiedlichen Stellen auf den künstlichen Felsen ab. Greifarme und Werkzeuge fuhren aus, dunkelblaue Funken zuckten auf, Schneidbrenner fraßen sich durch das Material. Die Boote senkten sich weiter ab und setzten die Kampfschleusen an. Das Entern stand kurz bevor.

»Diese Speednuts sind wahnsinnig«, wisperte er Perle zu. Ein dünner Haarriss, ein winziger Fehler im Material genügte, um die Kupplungen bei diesem enormen Druck springen zu lassen.

»Aber gut«, gab sie feixend zurück. »Das wären die besten Seeräuber. Außer uns.«

Der Kommandant wartete ab, bis er das Okay seines Kampfmagiers bekommen hatte.

Wie immer ließ Poolitzer den anderen den Vortritt, um sich am Schluss des Teams ins Innere der *Sturmvogel* zu zwängen. Nur die Piloten und die zu breiten Metamenschen der Piraten blieben zurück. Waterkant gehörte zu denjenigen, die unweigerlich zum Pfropf wurden, also musste er im Sub warten, was ihm nicht passte. Die Abrechnung mit der NA hatte für ihn eine persönliche Note.

Im Auge des Sturms. Poolitzer rutschte als Letzter in das schwach beleuchtete U-Boot und hob die Kamera vor sein rechtes Auge. »Action.«

Sie befanden sich in den Mannschaftsunterkünften. Die Luft roch denkbar schlecht, die Terroristen hatten diesen Teil des Schiffes nicht betreten und verschlossen gelassen, Licht und Sauerstoff waren jedoch vorhanden.

»Das bedeutet, dass die Elektrik inklusive der Luftaufbereitung zumindest teilweise und seit kurzem funktioniert«, sagte er laut für den Bericht und schwenkte über die Betten. In einigen lagen die mumifizierten Leichen der Besatzung. »Verehrte Zuschauer, hier liegen die Menschen, die über die gewaltigsten Kräfte der Welt verfügten, und dennoch mussten sie irgendwann an Entkräftung sterben.«

Poolitzer bückte sich und hob ein Blatt Papier auf. Es war in Kyrillisch beschriftet. Nach der Überwältigung der Terroristen wäre genügend Zeit, es übersetzen zu lassen.

Die Atmosphäre in Raum brachte ihn dazu, sich zu schütteln. Er kam sich ein wenig vor wie die Forscher, die in alte Grabmale eindrangen und die Ruhe der Toten störten. *Ein stählerner Massensarkophag. Hoffentlich haben sie keinen Fluch auf das Boot gelegt.*

Die Soldaten waren damit beschäftigt, die Schotts zu öffnen. Endlich glitten die Stahltüren auseinander.

In Gefechtsformation durchquerten sie die engen Gänge im Inneren der *Sturmvogel*. Verglichen zu U-Booten aus dem 20. Jahrhundert herrschte sicherlich Raumluxus, verglichen mit seinem VW herrschte beklemmende Enge. Jeder Millimeter war von einem Rohr, einem Kabelschacht, einer Anzeigetafel oder irgendwelchen Gerätschaften belegt worden. Noch war alles ruhig.

Gespenstisch ruhig.

Als sie an einem Terminal vorüberkamen, stellte Swedlow zwei Wachen und ihren eigenen Decker samt Rigger ab, um in die Matrix des U-Boots zu kommen. Der wichtigste, gefährlichste Gegner hieß Rischanko, ihr zweiter, sehr realer Gegner hieß Baduscheidt.

Der »Stoßtrupp zur Rettung Pomoryas«, wie ihn der Seattler in der Zwischenzeit taufte, setzte seinen Weg durch das in das Dunkelrot der Notbeleuchtung getauchte Innere der *Sturmvogel* fort und wühlte sich durch die stählernen Eingeweide.

Vor einer Abbiegung blieb ihr Späher stehen und gab Handzeichen. »Es geht los«, meinte Swedlow zu Poolitzer und befahl den Angriff. Der Reporter folgte ihnen und achtete darauf, immer einen Russen oder einen Piraten als Kugelfang vor sich zu haben.

Zwei NA-Techniker, die mit einem Schaltplan vor einem großen, geöffneten Schrank knieten und sich mit den Leitungen beschäftigten, bemerkten die anrückende Schar von Gegnern zu spät. Sie griffen zwar zu ihren Pistolen, starben jedoch einen Bruchteil später durch präzise Treffer in die Brust und den Kopf.

»Wir müssen schneller sein«, peitschte der Spetnaz-Offizier nach einem Blick auf den Schaltschrank seine Leute an und sprang vorneweg. »Sie haben die Kontrolle über die Maschinen …«

In diesem Moment hörten sie ein leises Surren, die Motoren waren angesprungen. Knapp 100 000 PS versetzten die gewaltigen Schrauben in Umdrehungen, eine Bewegung lief durch die *Sturmvogel*. Knarrend hob sich das U-Boot vom Grund der Ostsee, sprengte die Tarnung ab und nahm an Fahrt auf.

Swedlow unterhielt sich per Funk aufgeregt mit seinem zweiten Team, Perle übersetzte die russischen Gespräche.

»Dem Spetnaz-Decker und -Rigger ist es nicht gelungen, Zugriff auf die wichtigsten Steuerungen zu bekommen. Rischanko hat sie überlistet«, flüsterte sie. »Das Brückenschott ist abgeriegelt und mit einer magischen Barriere gesichert.«

Großartig, dachte Poolitzer, dem die Panik allmählich den Nacken hinaufkroch. »Anscheinend haben sich die Terroristen viel zu gut auf Eventualitäten vorbereitet, als dass sie sich kurz vor ihrem Ziel abhalten lassen.«

»Wir machen etwas anderes.« Swedlow improvisierte. Sie bahnten sich einen Weg durch die labyrinthartigen Gänge und Schächte zurück, um in den Maschinenraum zu gelangen. Dort konnten die Elektronikexperten mehr ausrichten. »Unsere U-Boote sollen die *Sturmvogel* angreifen und die Schrauben blockieren. Sie muss unter allen Umständen unter der kritischen Marke von zweihundert Meter gehalten werden«, sagte er. Seine unaufhörlich arbeitende Wangenmuskulatur zeigte bei aller Professionalität seine nervliche Belastung.

Der Reporter filmte alles, was er in den Sucher der Fuchi bekam. Die angespannten Gesichter seiner Begleiter, Gewehrläufe, auf denen der Schein der Lampen reflektierte, Anzeigen und Rohre. Die Impressionen ergaben ein Video im Stil von Videoclips und modernen Horrorfilmen, die mehr auf Stimmung als auf literweise Blut setzten. Als er zwischendurch die Aufnahmen zur Kontrolle sichtete, waren die Beklemmung, die er einfing, die Anspannung und die Dramatik greifbar.

Das U-Boot wurde von leichten Druckwellen durchgeschüttelt. Poolitzer geriet ins Taumeln und kollidierte mit der Metallwand. Perle prallte gegen ihn, und er fing sie auf.

»Danke.« Sie lauschte der russischen Unterhaltung und wurde kreidebleich. »Die *Sturmvogel* hat ihre Abwehrwaffen gegen Mini-Subs eingesetzt.« Dem Gesicht von Sewdlow nach zu urteilen, gelang es den Terroristen, die Angreifer auszuschalten. »Waterkant«, raunte sie. »Er war …« Sie unterdrückte das Schluchzen, stattdessen ballte sie ihre Fäuste, bis die Knöchel weiß und blutleer unter ihrer Haut schimmerten.

Der Verlust der Freunde sorgte für eine Schocksekunde, danach hetzten Spezialeinheit und Piraten weiter, Wut und Hass im Bauch.

Unter dem Eindruck des Geschehenen geriet der Sturm des Maschinenraums zu einem Blutbad. Das Schott flog auf, der feindliche Schamane hatte kaum Gelegenheit, sich zu wehren, nachdem die Spetnaz-Magier ihre Elementare gegen ihn warfen und Perle ihrem Hass freien Lauf ließ. Die Verteidiger der NA wurde in Stücke gehauen, verbrannt und zerrissen, ihre entsetzten Rufe ignoriert. Es waren Schreie auf Russisch, so viel hatte Poolitzer verstanden.

Poolitzer hielt drauf, bis sich nichts mehr regte, danach schwenkte er über die eindrucksvollen Bauten. »Atomantrieb?«

»Kompakt-Brennstoffzellenaggregate«, sagte Perle neben ihm, die einen Blick auf die Schilder geworfen hatte. »Es sind riesige Brennstoffzellen.«

»Sie haben aus den Reaktorunfällen der Vergangenheit gelernt«, meinte der Reporter und vermied es, die verstümmelten Leichen aufzuzeichnen, sondern richtete die Kamera auf den russischen Rigger und den Decker, die sich sofort an die Arbeit machten. Sie stöpselten sich, ihre Decks und elektronischen Apparate ein und versuchten ihr Glück erneut.

»Sieh dir das an, Perle.« Poolitzer entdeckte einen Anzeigenmonitor mit allen wichtigen Daten und richtete die VX darauf. Die *Sturmvogel* bewegte sich derzeit mit zehn Knoten unter Wasser und befand sich auf 400 Meter Tiefe. »Die maximale Geschwindigkeit ist mit 33 Knoten angegeben. Über Wasser und unter Wasser! Mein Gott, das Ding ist allem überlegen, was wir ...«

Der Rigger schrie eine Warnung und riss sich seine vier Verbindungsstecker aus den Datenbuchsen im Nacken, doch der Matrixexperte an seiner Seite stierte nur auf den Bildschirm seines Decks. Dann zuckte sein Körper in spasmischen Krämpfen, er schlug mit dem Kopf gegen die Konsole und fiel vornüber, feiner Rauch kräuselte aus seinem halb geöffneten Mund und der Nase. Der Gestank nach verbranntem Gewebe hing in der Luft.

Die übrigen Spetnaz-Angehörigen kümmerten sich nicht um den Mann. Swedlow gab neue Befehle.

»Er soll wieder einsteigen«, übersetzte Perle halblaut die Anweisungen an den Rigger. »Aber er weigert sich. Er sagt, Rischanko hätte zu viele Fallen eingebaut, als dass er auf die Steuerung und die Raketenabschussvorrichtung Einfluss ausüben könnte.« Sie wartete das Ende des nächsten Redeschwalls ab. »Sie wollen versuchen, den Antrieb entweder zu stoppen oder außer Gefecht zu setzen«, fuhr sie fort.

Poolitzer zoomte das glänzende Gesicht des Riggers nahe heran, als er sich mit zitternden Fingern die vier Anschlüsse in die Fassungen einführte. Bei jedem leisen Klicken presste er die Lippen fest aufeinander. Der Russe litt fürchterliche Ängste.

Die Turbinen wurden lauter, der Tiefenmesser änderte seine Anzeige nun schneller. *Baduscheidt will rasch auf 200 Meter kommen.* Dazu galt es, 140 Meter zu überbrücken. Der Rumpf stieg steil an, die Geschwindigkeit betrug knapp 28 Knoten.

Der Rigger schwitzte, die Finger flogen über das Deck, mit dem er sich Zugriff auf irgendein Steuerelement des Antriebs verschaffen wollte.

Der Kommandant erteilte neue Befehle. Drei Mann rückten ab und verschwanden im Schatten des spärlich beleuchteten Maschinenraums. Die Restlichtverstärkung der Kamera zeigte ihm, was sie taten. *Sie bringen Sprengladungen an.* »Perle, wir müssen runter von dem Kahn. Sie werden ihn sprengen, wenn sie ihn nicht übernehmen können.«

Swedlow kam zu den Piraten, deren Anzahl auf ein Dutzend geschrumpft war. Er machte sie auf kleine Luken an den Wänden aufmerksam.

»Das sind die Einstiege für Notkapseln. Sie wurden für die Besatzung des Maschinenraums gebaut, damit sie sich im Falle eines Unglücks an die Oberfläche retten kann«, erklärte er ihnen. »Allerdings sind sie erst ab 200 Meter druckbeständig. Wenn wir den Antrieb sprengen müssen, kann die Hülle des Bootes reißen. Sie sollten sich zu dieser Zeit in den Kapseln befinden. Meine Männer und ich werden die Angelegenheit regeln. Russland bedankt sich für Ihre Hilfe.« Er salutierte.

Der Rigger lachte plötzlich erleichtert auf, er rief etwas und drückte mehrere Knöpfe. Die Turbinen stellten bei 240 Metern abrupt ihren Dienst ein, der Druck auf die Ohren ließ augenblicklich nach. Dieses Mal sparte sich Perle die Worte. Das Unternehmen »Rettet Terra Nobilis« schien ein gutes Ende zu nehmen.

Eines hatten sie nicht einkalkuliert: den Vortrieb. Die *Sturmvogel* glitt zwar langsamer, aber weiterhin nach oben.

Der Rigger bemerkte die drohende Gefahr und vertiefte sich in die Matrix des U-Boots. Die Schlacht um Pomorya wurde auf den virtuellen Ebenen ausgetragen.

Dem Spetnaz-Experten gelang es, die Schrauben rückwärts anlaufen zu lassen, sein Gegenspieler konterte durch das Ausblasen der Ballasttanks und dem Fluten der Hohlräume mit einem Leichtgasgemisch, um den Auftrieb zu vergrößern.

210 Meter.

Fuck, das wird knapp. Poolitzer leckte sich über die trockenen Lippen.

Der Rigger entfernte einen seiner Anschlüsse und verband sich fieberhaft mit dem Computerbord des getöteten Deckers.

»Er versucht, in die Raketensteuerung einzudringen und einen Virus abzusetzen, weil Rischanko zu sehr auf den Maschinenraum fixiert ist«, sagte Perle gebannt.

Das bedeutet, dass das U-Boot die magische Grenze von 200 Metern erreichen wird. Er filmte die Anzeige.

208 …

206 …

204 …

201 …

197 …

Das sieht nicht gut aus.

Bei 194 Meter ertönte ein neues Geräusch, die Motoren stoppten. Der Laut wurde durch ein dumpfes Summen ersetzt. Auf dem Monitor verfolgte Poolitzer das Geschehen in Form von Meldungen, die er wie immer von Perle übersetzt bekam, die den letzten Rest von

Farbe aus dem Gesicht verloren hatte. »Die Luken der Abschussschächte sind offen!«

»Meine verehrten Zuschauer, die Stunde null rückt für Pomorya näher.« Das gedämpfte Surren endete. »Hat Ihr Mann es geschafft?«, fragte er Swedlow atemlos. »Mann, das war in allerletzter …«

Die *Sturmvogel* vibrierte sachte, ein leises Donnern war zu hören.

Poolitzers Augen wurden riesig. Er wusste, was es bedeutete: Die erste Transportbox mit einer SS-N-28 war soeben gestartet, bald würde die Rakete Kurs auf Pomorya nehmen. Zehn atomare Sprengköpfe bildeten den Auftakt eines vernichtenden Sturms aus Hitze, Druckwelle und Strahlung, der von allen Seiten und ohne jede Vorwarnung über die Bewohner hereinbrach.

Zu spät. Mein Gott, wir sind zu spät! Ihm wurde schwindlig, er sackte auf den Metallboden und spürte die Schwingungen des Materials, als der zweite Marschflugkörper auf die Reise ging, um Tod und Verderben über den Elfenstaat zu bringen.

Den Magiern und Perle gelang es nicht, die Bahn der Raketen zu beeinflussen. Die Elementare der NA lauerten im Wasser, um jede Störung abzuwehren.

Die fünfte Box samt der SS-N-28 verließ ihren Schacht, als der Rigger so weit vorgedrungen war, um den Virus ins Steuerprogramm einzuspeisen. Es gelang. Vorerst erfolgten keine weiteren Abschüsse mehr. Swedlow und der Systemspezialist wechselten weitere Worte.

»Er meinte, sie hätten vier herkömmliche Atomsprengköpfe und einen Cobaltsprengkopf abgefeuert«, hörte er Perle ratlos übersetzen. Sie konnte mit der Information ebenso wenig anfangen wie er. »Dafür sei die Steuerung der Raketen lahm gelegt, das System habe eine Formatierung eingeleitet. Selbst wenn Rischanko wollte, hätte er keinen Zugriff. Es gibt keinen Knopf mehr, auf den er drücken kann.«

Der Kommandant schien zufrieden.

Die Turbinen sprangen an, die *Sturmvogel* nahm Fahrt auf. Baduscheidt plante etwas Neues.

»Sie verlassen das Boot«, befahl Swedlow kompromisslos. »Wir kümmern uns um den Rest.«

»Und die gestarteten Raketen?«, stammelte Poolitzer fassungslos. »Sie …« Hilflos hob er die Arme. »Sie müssen sie sprengen!«, verlangte er verzweifelt.

»Gehen Sie«, beharrte der Spetnaz-Kommandant. Die Waffen seiner Leute hoben sich und zielten auf die verbliebenen Freibeuter. »Machen Sie sich auf die Suche nach Ihrem Gold. Oder wollen Sie uns nach Murmansk begleiten?«

Einen Moment lang sah es so aus, als wollten es die Piraten auf einen Kampf ankommen lassen, aber die Erschöpfung und die Einsicht überwogen. Sie stiegen in die Rettungskapseln.

»Halt! Geben Sie mir die Mini-CDs, Herr Gospini.«

Swedlow erhielt natürlich nur leere Datenträger. Die unbezahlbaren Bilder trug Poolitzer zum Teil hinter einer kugelsicheren Weste und hoffte, dass er keiner Leibesvisitation unterzogen wurde, die beiden anderen hatte er vorher Perle zugesteckt. »Passen Sie auf sich auf«, verabschiedete er sich von dem Russen, nachdem er eingestiegen war.

»Nein«, erwiderte der Mann. »Ich passe einzig und allein auf Russland auf.« Er grüßte und verriegelte die Luke. Die Kapsel glitt hinaus in die Dunkelheit. Sie wurde vollautomatisch gesteuert und durch den Eigenauftrieb an die Oberfläche getragen.

Unter ihnen schwebte der gewaltige Rumpf der *Sturmvogel* im schwachen Licht der Außenscheinwerfer als schwarzer Umriss durch die Ostsee. Mit etwas Fantasie erkannte man die offen stehenden Luken, aus denen die vernichtenden Raketen geflogen waren.

Poolitzer erinnerte sich, dass die Terroristen bei ihrer

Besprechung in Lübeck eine Vorwarnzeit von maximal zehn Minuten annahmen. Abwesend blickte er auf die Anzeige seiner Uhr. Die ersten Mirv-Sprengköpfe waren vor 180 Sekunden angekommen.

Wie mag es wohl in Pomorya aussehen?, rätselte er, der Schock und die Beklemmung trockneten seinen Hals aus.

Er schaltete seine Kamera ein. »Verehrte Zuschauer, die erste Rakete müsste angekommen sein. Saßnitz und alle Regentensitze, die wichtigsten Haine existieren sicherlich nicht mehr, Natur und Mensch sind verglüht.« Er drehte die Linse und filmte sich selbst. »Ich trage Mitschuld an dem Desaster, an dem Tod Tausender Individuen. Weil ich kurzsichtig handelte; weil ich die verdammte Story haben wollte; weil ich die Nationale Aktion nicht richtig eingeschätzt hatte; weil ich mich nicht besser absicherte und mir so verdammt schlau vorgekommen bin. Weil ...« Er brach ab und ließ die Kamera achtlos in den Schoß sinken. *Ich bin schuld.*

Niemand sprach.

Die Korsaren und Störtebekers hingen ihren eigenen Gedanken nach und trauerten vornehmlich um ihre getöteten Freunde. Die weitaus größer dimensionierte Tragweite ihres Abenteuers sickerte erst allmählich ins Bewusstsein.

Die ruhige Fahrt wandelte sich in ein Schütteln, das sich mehr und mehr verstärkte. Über ihren Köpfen tobte der angekündigte Sturm.

Ihre Kapsel durchbrach den Meeresspiegel und hüpfte korkengleich auf und nieder, ehe es von der nächsten Woge erfasst und zu einem ungewollten Ritt eingeladen wurde. Die Insassen wurden wie in einer wirbelnden Waschmaschinentrommel übereinander geworfen.

Unerwartet prallten sie gegen Felsen oder ein anderes massives Hindernis. Die Kapsel wurde angehoben, schwankte nun frei in der Luft und schlug in unregelmäßigen Abständen gegen etwas Hartes.

»Was bedeutet das?« Poolitzer gelang es, die Kamera an sich zu pressen und sie mit seinem Körper zu schützen. Er warf einen Blick aus dem Bullauge. Eine graue Wand schwebte vorbei, ihre Rettungskapsel wurde an Bord eines Schiffes gehievt.

Die Kapsel wurde herumgeschwenkt, und er erhaschte einen Blick auf den Kran und das von mehreren Strahlern beleuchtete Deck. Die Menschen, die sich im Sturm ungelenk wie Astronauten bewegten, trugen Schutzanzüge, deutsche Schutzanzüge, wie die aufgeklebten militärischen Abzeichen verdeutlichten.

»Jemand hat uns an Bord geholt«, sagte Roberts. »Sieht aus wie die Marine.«

Die Kapsel setzte auf. Roberts löste die Verriegelung und kroch hinaus in die Sturmnacht, Poolitzer folgte wie immer am Schluss.

Neben ihrer Kapsel standen zwei weitere. Sie wurden von einem Zug Soldaten in Empfang genommen und in die Sanitätsabteilung geführt, wo das bekannte Gesicht von Müller auf sie wartete.

»Willkommen auf dem U-Boot-Zerstörer Friedrich Wilhelm. Ihr Funkspruch wurde empfangen, Herr Gospini«, sagte sie zu ihm mit ernstem Gesicht. »Es dauerte, bis man die entscheidenden Stellen informierte.«

Die Marine-Mediziner begannen, die Schusswunden der Piraten zu versorgen und ihre Körpertemperatur zu messen, auch der Reporter blieb nicht von der Prozedur verschont. Irgendwo erkannte er so etwas wie einen Geigerzähler.

»Wie viele Tote gab es?«, richtete er nach langem Zögern die brennendste Frage an die BKA-Beamtin. »Wo schlugen die Raketen ein? Haben Sie …«

»Soweit wir es mitverfolgen konnten, schlugen die Sprengköpfe nicht auf Pomorya ein«, unterbrach sie ihn. »Gott allein weiß, wie die Elfen das Wunder vollbrachten, die Geschosse abzulenken. Noch haben wir keine Rückmeldung darüber, wohin sie die Raketen stattdessen schickten.« Sie nickte ihm zu. »Ohne Ihren warnenden Funkspruch wäre es ihnen aber nicht gelungen. Sie sind nun wahrscheinlich ein sehr beliebter Mensch in Pomorya.«

»Wenn Sie wüssten«, beließ er es bei einer Andeutung. Er schloss die Augen und dankte allen Mächten, dass sie die größte anzunehmende Katastrophe verhindert hatten.

Die Krankenstation füllte sich. Die anderen Piraten wurden aus ihrem vorläufigen Gefängnis geholt und einer Behandlung unterzogen, die meisten wurden mit starken Beruhigungsmitteln voll gepumpt, um sie ruhig zu stellen und vor Kurzschlusshandlungen zu bewahren. Vorerst galten sie als Gefangene.

»Kommen Sie«, lud ihn Müller ein. »Sie wollen das Schlusskapitel erleben, nehme ich an. Tenser wird nichts dagegen haben, nehme ich an.« Von vier Soldaten eskortiert, gelangten sie in den Kommandostand des Zerstörers.

Tenser, ein Mann um die Fünfzig und der Uniform nach der Befehlshaber des Schiffes, stand vor der Wand mit den Sensorenanzeigen. Er wirkte angespannt, seine Hände öffneten und schlossen sich in regelmäßigen Abständen. Es blinkte ein einziger Punkt.

»Ein einziger Zerstörer gegen diese Killermaschine?«, entfuhr es Poolitzer bestürzt. Er starrte die Polizistin an. »Äh, wissen Sie, was dieses U-Boot alles kann?«

Tenser lächelte flüchtig. »Von Sonar auf Radaranzeige wechseln«, sagte er. Der Monitor veränderte sich und zeigte jetzt sechs Punkte. »Vier Zerstörer, zwei Fregatten aus dem Marinestützpunkt Laboe aus Kiel. Mehr war in der kurzen Zeit nicht auslaufbereit zu machen.«

Eine Sirene gellte auf.

»Sonarkontakt! Drei feindliche Torpedos halten auf

uns zu«, meldete einer der vier Rigger, der offenbar als Koordinator fungierte.

Der Kapitän widmete sich dem anstehenden Seegefecht. Es war das erste seit langem, das die Marineeinheiten der Bundeswehr bestritten. Für die Rigger im Feuerleitstand machte es bei ihren Handlungen keinen Unterschied, ob sie sich in einer Simulation befanden oder nicht, lediglich die Konsequenzen gestalteten sich bei einem Fehler anders. Tödlich anders.

»Wir haben Pomorya informiert. Das Herzogtum hat sich für eine Intervention ausgesprochen und uns dabei freie Hand gelassen. Vermutlich haben sie alle Hände voll mit den SS-N-28 zu tun«, sagte Müller leise, während beide auf die Anzeigen schauten. Die auflaufenden Meldungen, Berichte und Statusreporte ergaben für Uneingeweihte keinen Sinn. »Die Schweden und Polen sehen es genauso: Die Terroristen sollen vernichtet werden.«

»An Bord ist eine russische Spezialeinheit«, machte sie Poolitzer aufmerksam. »Was sagt denn Moskau zu der Geschichte?«

Die Frau bleckte die Zähne. »Momentan sind uns die Russen egal. Wir schlagen uns mit ihren Altlasten herum, danach sehen wir weiter. Protestieren dürfen sie, aber wenn ich die ADL-Regierung richtig verstanden habe, erst hinterher.«

Die *Sturmvogel* schoss nun mit Höchstgeschwindigkeit von knapp 33 Knoten in 140 Meter Tiefe entlang und steuerte auf Pomorya zu, der Kurs führte sie genau auf Kap Arkona zu.

Auch wenn Baduscheidt die Raketen nicht mehr starten kann, er wird sie irgendwie auslösen können. Poolitzer begann zu schwitzen.

Er hatte zwar keine besonders große Ahnung, aber wenn 130 Mirv-Atomsprengköpfe auf einen Schlag detonierten, würde das neben der Primärwirkung sicherlich eine unvorstellbare Flutwelle auslösen. *Die Gefahr ist bei weitem nicht gebannt.*

Poolitzer riss sich zusammen und wurde wieder zum abgebrühten Reporter, der sich dieses Mal mehr als Kriegsberichterstatter fühlte. Für das U-Boot gab es kein Entkommen mehr, doch die *Sturmvogel* wehrte sich.

»Verehrte Zuschauer, acht Torpedorohre speien uns unentwegt neue Ladungen entgegen, ein unaufhörlicher Ansturm von Anti-Schiffsraketen und Torpedos fliegt uns, den Verfolgern der NA, um die Ohren.« Er bannte die Punkte der Anzeigen auf CD. »Wird die schwere See eine Hilfe für uns sein?«

Seine Frage wurde auf grausame Art beantwortet. Die kleineren Fregatten *Hannover* und *Kiel* wurden Opfer von SS-N-49 Sirocco Anti-Schiffsraketen.

Die Unterwasservarianten wurden durch das Torpedorohr abgefeuert und mit einem Hilfsmotor an die Wasseroberfläche gebracht, wo ihr Raketentreibsatz sofort zündete. Durch Zufall schaffte er es, eines der Geschosse in den Sucher zu bekommen und zu filmen, wie es durch die Wellenberge angeflogen kam. Es wurde von den Mini-Guns, die unentwegt zur Abwehr aufröhrten und ihre Projektile gegen es warfen, verfehlt.

»Verehrte Zuschauer, Sie sehen, wie …« Er verstummte, als der Sprengkopf in den Bug der *Hannover* donnerte und seine zerstörerische Sprengwirkung freisetzte. Das gesamte vordere Teil der Fregatte verschwand in einem gleißenden Blitz. *Oh, Kacke.*

»Da drüben«, hörte er Müller rufen und drehte sich rechtzeitig, um zu sehen, wie die *Kiel* einen Treffer im Bug und gleich darauf mittschiffs erhielt. Sie hob förmlich ab, ruckte aus dem Wasser und brach nach einer Welle von Explosionen auseinander. Die NA wollte sich nicht aufhalten lassen.

Tenser schnaubte. »Die Brücke der *Berlin* ist getroffen, aber der Sprengkopf ist nicht detoniert«, meldete er. Der Zünder, der so lange auf dem Meeresgrund überdauerte, versagte wohl seinen Dienst. Das bewahrte das Schiff vor einer Katastrophe. »Der Einschlag hat die Mehrzahl der Navigationsgeräte unbrauchbar gemacht.« Er nickte dem Rigger am Feuerleitsystem zu. »An alle Schiffe: Feuer!«

Die anderen drei Zerstörer begannen ihrerseits mit dem vernichtenden Schlag.

Da sie etwas langsamer fuhren als die Delta V-Klasse, griffen sie auf ihre Anti-Sub-Torpedos zurück. Der »Mark 195 Madcap«-Torpedo schoss mit annähernd 70 Knoten durch die Fluten und holte das russische U-Boot spielend ein.

»Vier Stück wurden von Torpedoködern abgewehrt«, übersetzte Tenser die Anzeigen. »Deshalb benutzen wir zusätzlich geriggte Geschosse. Sie werden von den Riggern selbst manövriert und lassen sich im Gegensatz zu den sensorgeleiteten nicht von den falschen Sonarsignalen täuschen.« Die Hydrophone des Zerstörers übertrugen kurz darauf fünf verschiedene Detonationsgeräusche auf die Brücke, die Geschwindigkeit des U-Bootes verringerte sich rapide, parallel sank die *Sturmvogel* Meter um Meter dem Grund der Ostsee entgegen. »Ihre Hülle muss an mehreren Stellen gebrochen sein, und das einströmende Wasser zieht sie nach unten.«

Poolitzer wünschte Swedlow und seinem Team, wenigstens einen schnellen Tod gehabt zu haben. Das unangenehme Warten begann.

Es wird sich bald zeigen, ob es den Terroristen gelungen ist, die restlichen Sprengköpfe zu zünden. »Wir sollten Perle nach oben bringen. Sie kann auf astralem Weg nach den Raketen schauen«, sagte er zu Müller. Sie stimmte dem Vorschlag zu, und wenig später saß die Freibeuterin auf der Brücke in einem Sessel und versank in Trance.

Nach einigen Minuten kehrte sie in ihren Körper zurück. »Die Torpedos haben die *Sturmvogel* so schwer beschädigt, dass sie beim Aufprall auf den Grund in vier Teile zerborsten ist«, berichtete sie sichtlich erleichtert. »Die Raketen liegen teilweise im Schlick, aber sonst ist alles ruhig.« Sie sprang auf. »Wir haben es geschafft!« Vor Freude darüber, dass die Gefahr vorerst gebannt war, umarmte sie der Reporter überschwänglich.

Tenser zeigte sich mit dem Erfolg zufrieden und koordinierte bereits die Rettungsmaßnahmen zur Aufnahme von Schiffbrüchigen, die in der aufgewühlten eisigen Ostsee schwammen. »Wir lassen den Abschnitt des Meeres zum Sperrgebiet erklären. Ein Zerstörer bleibt über der Stelle, um die Raketen zu bewachen. Der übrige Teil des Verbands wird nach Kiel zurückkehren«, verkündete er.

»Ich trübe die Stimmung nur ungern, aber …« Poolitzer war etwas Unangenehmes eingefallen. »Zwei der Boxen haben bereits vor der Vernichtung der *Sturmvogel* gefehlt«, berichtete er Müller. »Haben Sie irgendwelche kleineren Boote auf See entdeckt?«, wollte er von Tenser wissen.

»Wir fragen am besten unseren Gast. Er weiß mit Sicherheit mehr«, schlug die BKA-Ermittlerin vor. »Er tauchte kurz vor Ihnen in einer dritten Rettungskapsel auf. Kommen Sie.«

Sie ging zusammen mit ihm hinunter in den winzigen Gefängnistrakt des Zerstörers und deutete auf den Monitor neben der Tür.

»Das ist Mihail Rischanko!«, rief Poolitzer überrascht, der den Mann auf der Pritsche gleich wiedererkannte.

Der ehemalige Datenoffizier der russischen Marine hatte sein Wissen über die Delta V-Klasse genutzt, indem er sich in einem unbemerkten Moment aus der *Sturmvogel* absetzte. Offenbar verspürte er wenig Lust, sich zusammen mit seinen Auftraggebern ins Jenseits befördern zu lassen.

»In seiner Kapsel fanden wir 50 000 Ecu und zehn Goldbarren.« Müller schnäuzte ihre Verachtung in ein hastig gezücktes Taschentuch. »Was Menschen alles für Geld tun, ist mir manchmal unbegreiflich«, sagte sie undeutlich.

»Darf ich bei dem Verhör dabei sein?«

Sie betrachtete ihn abwägend. »Ohne Kamera?«

»Ohne Kamera.«

»Einverstanden. Sie haben es sich verdient.« Sie betraten mit vier Soldaten und einem Dolmetscher die Unterkunft. Das Verhör des Deserteurs begann.

Je mehr er hörte, desto sicherer wusste Poolitzer, dass die Gefahr für Pomorya noch lange nicht abgewendet war. Die zweite, alles entscheidende Runde gegen die NA hatte begonnen.

ADL, Norddeutscher Bund, Kiel,
28. 02. 2059, 08:43 MEZ

Poolitzer verbrachte die nächsten Tage überwiegend in einer kleinen Kammer des Marinestützpunkts Laboe, wo er seine Berichte in einem improvisierten Labor grob zusammenschnitt und sie an InfoNetworks sendete.

Sein selbstkritisches Schuldeingeständnis hatte er wieder gelöscht, es erschien ihm unpassend und zu gefährlich für sein eigenes Leben. Stattdessen fügte er die übersetzten und sehr ergreifenden Zeilen ein, die er im Mannschaftsquartier des U-Bootes gefunden hatte. Perle hatte sie ihm übersetzt, erschütternde Worte über ein langsames, qualvolles Sterben, doch warum die *Sturmvogel* vor so vielen Jahren nicht mehr manövrierfähig gewesen war, blieb im Dunkel.

Die Gesichter der BKA-Beamten und überlebenden Piraten verfremdete er, die Gesichtszüge der Russen und toten Freibeuter wie Waterkant ließ er, wie sie waren.

Der irgendwie unbegreifliche, unpersönliche Tod des Trolls und der anderen, die in den Subs beim Kampf gegen das U-Boot umgekommen waren, nahm ihn etwas mit. Sie fanden von den Toten keine Spur, vermutlich waren sie von dem Unterwasserdruck in über 400 Metern Tiefe zu kleinen Paketen gepresst worden und lagen auf dem Grund der Ostsee.

Sehr bedauerlich. Für Poolitzer stellten die Männer der Spetnaz-Sondereinheit die tragischen Helden dar. Sie taten ihre Pflicht und gingen dabei drauf, obwohl sie es vielleicht sogar geschafft hätten, Lückens zu überwältigen. Lückens, der zweite NA-Aktivist, das erfuhren sie beim Verhör von Rischanko, war der eigentliche Drahtzieher.

Poolitzer stemmte sich von seinem Arbeitstisch auf und schaltete den Trid ein, um die Nachrichten zu verfolgen, wieder flimmerten die Bilder Workutas über die Mattscheibe.

Arme Schweine. Sie haben jedenfalls nicht viel gespürt, dachte er beim Anblick der gnadenlosen Vernichtung.

Das Herzogtum Pomorya schuf sich neue Feinde, obwohl es daran nicht die ursächliche Hauptschuld trug. Die Elfen hatten es, auf welche Art und Weise auch immer, geschafft, die SS-28-N-Raketen kurz vor dem Abfeuern der Gefechtsköpfe abzufangen und sie weiterzuleiten. Als Aufschlagspunkt vorgesehen war ein unbewohntes Gebiet, am besten eine tiefe Stelle im Ozean.

Aber es kam anders, schrecklich anders.

Poolitzer schaltete um und geriet in die dutzendste Wiederholung einer Sondersendung zum Thema »Terror gegen Terra Nobilis«, in deren Mittelpunkt Herzog Jaromar Greif stand. »Es lag niemals in der Absicht meines Landes, einer anderen Nation ein Leid zuzufügen«, beteuerte der Herzog und blickte direkt in die Kamera, seine Augen meinten es jedenfalls ehrlich. »Ich kann nur immer wieder betonen, dass es sich um ein schreckliches Unglück handelte, dessen Ursprung jedoch nicht bei uns liegt. Das sollte man nicht vergessen.«

Das wird den Russen ziemlich egal sein, Herzöglein. Alle fünf Marschflugkörper gingen auf Workuta nieder, die Stadt im westlichen Vorland des Polarural verlor innerhalb weniger Minuten alle ihre 109 000 Einwohner.

Poolitzer sah die schockierenden Aufnahmen, die von einem Satelliten gemacht wurden. Die Anlagen zum Abbau der riesigen Gasfelder, die unter den abgegrabenen Kohleflözen zum Vorschein gekommen waren, vergingen im atomaren Sturm. Häuser, die wenigen übrig gebliebenen Wälder der Gegend und die Menschen wurden von der unvorstellbaren Hitze und dem enormen Druck ausgelöscht. Die entsetzlichen Bilder sprachen für sich.

Die Ironie des grausamen Schicksals war, dass sich die russischen Militärs von der Effizienz ihrer Cobaltbombe innerhalb ihres eigenen Landes überzeugen konnten.

Offiziell, das hatte Poolitzer in der Zwischenzeit herausgefunden, war diese Abart der Atombombe niemals gebaut worden: Sie setzte nicht auf die Vernichtung strategischer Ziele, sondern schlicht auf die lang anhaltende Verseuchung des gegnerischen Landes.

Es lag auf der Hand, warum die Russen die Existenz der *Sturmvogel* so geheim gehalten hatten. Eine solche Bombe zeugte im Nachhinein deutlich davon, welch grausame, gegen jede Konvention verstoßende Absicht die Regierung des Jahres 2033 gehegt hatte.

Hätten die Sturmvogel *und die* Sturmbringer *ihre Mission erfüllt, lägen Teile Westeuropas brach. Entvölkert, verstrahlt. Eine Sox im großen Maßstab.* Er schüttelte sich und zappte durch die Programme, die alle eine Gemeinsamkeit aufwiesen: Reaktionen auf den Atomschlag.

Die Großen der Welt nutzten die Gelegenheit, um allen Extremisten und Terroristen nochmals den Kampf anzusagen, »damit sich eine solche Tragödie, die von der Nationalen Aktion ausgelöst wurde, nicht wiederholt«.

Ihr Feiglinge. Kein Wort darüber, dass der alte Feind im Euro-Krieg eine verheerende Waffe gebaut hatte. Kein Wort darüber, dass die Russen die Ostseeanrainer schon viel früher hätten informieren sollen. Kein Wort über die jahrzehntelang schlummernde Bedrohung durch das U-Boot. Poolitzer bückte sich nach einer Malzbierdose und gönnte sich einen langen Schluck. *Politiker sind doch alle gleich.*

Nachdem er gehörte hatte, dass die russische Regierung ein Expertenteam zur Bergung der restlichen SS-28-N schickte und man Workuta zum Sperrgebiet erklärte, schaltete er den Trid ab, um Spengler ohne störende Hintergrundgeräusche anrufen zu können. »Hoi, Metal-Monster. Haben Sie inzwischen was über Lückens rausfinden können?« Er legte die Beine hoch und lauschte.

»Ich mache schon wieder Ihre Arbeit, Schnüffler«, konterte der Kriminaler. »Da haben Sie wohl die größte Story des Jahrhunderts an Land gezogen, was?«

»Nur, wenn ich mehr über Lückens erfahre, Spengler.«

»Von mir aus. Ich will der Auszeichnung nicht im Weg stehen.« Es klickte ein paarmal. »Ich habe Ihnen den File auch noch geschickt. Lückens ist gebürtiger Mecklenburger und verrichtete zunächst seinen Dienst beim BGS und kannte die Küstenlinie der Ostsee wie seine Westentasche.«

»Manöver mit den Dänen?«

»Jepp.«

»Dann wissen wir, woher die NA die exzellente Ortskenntnis hatte.«

»Sehe ich genauso, Schnüffler. Mit 36 Jahren quittierte Lückens den Dienst bei den Grenzschützern und galt offiziell als arbeitslos. Nichts Auffälliges, deshalb wird er durch die Maschen des großen Bruders geflutscht sein. Sonst noch was?«

»Nein, danke. Sie haben was gut bei mir«, verabschiedete sich Poolitzer. »Nicht, dass es wirklich wichtig gewesen wäre, alter fetter Mann, was Sie mir da erzählt haben.«

»Wissen Sie, das Gute ist, dass ich mir die Hände an Ihnen nicht dreckig machen muss«, lachte Spengler böse. »Bei den Freunden, die Sie sich gemacht haben, komme ich völlig ohne Anstrengung zu Ihrer Beerdigung.«

»Das war nicht nett!«

»Die Wahrheit ist niemals nett. Passen Sie dennoch auf sich auf. Ich würde an Ihrem Grab echt heulen.« Er legte auf.

Poolitzer versank in Gedanken. Rischanko hatte ihnen erzählt, dass die NA Baduscheidt einen Crash-Kursus in Sachen Demontage von Sprengköpfen spendiert und sie die notwendige U-Boot-Besatzung aus russischen Marineeinheiten rekrutiert hatte. Der weitere Plan stand.

Er drückte die Aufnahmetaste, um den Beitragstext zu vervollständigen, den er unter die Bilder legen würde. »Die NA, verehrte Zuschauer, war perfekt vorbereitet. Wäre es Baduscheidt und Lückens nicht gelungen, die *Sturmvogel* flottzumachen, hätten die gestohlenen Boote und Schiffe die Sprengköpfe einzeln in die Häfen des Elfenlands getragen, wo sie an bestimmten Orten deponiert worden wären. Halten wir es uns vor Augen: Es war an alles gedacht worden, um das Land der Elfen ins Verderben zu stürzen.«

Er stockte. Ihm wurde immer deutlicher, mit welcher Exaktheit die Terroristen die Vernichtung Pomoryas geplant hatten.

»Kalb und seine Leute plünderten einen Großteil des

Hansegoldes und alle Kunstschätze, dafür hatten sie die kniffligen Tauchgänge rund um die *Sturmvogel* erledigt, die Luken der Raketensilos geöffnet und die Marschflugkörper nach den Anweisungen von Baduscheidt zerlegt und geborgen. So etwas nennt man wohl gewissenlos, asozial und alles Mögliche. Die Jagd nach den verschwundenen Castor-Kokillen und den fehlenden Raketen geht weiter. Bleiben Sie dran, nur Info-Networks und ich halten Sie detailliert auf dem Laufenden.«

Er schnitt den Beitrag fertig und setzte ein Standbild von Rischanko daneben. *Der ist hinüber.* Die Bundesregierung, das hatte er über Umwege erfahren, stimmte dem Auslieferungsantrag Russlands zu. Dem Decker blühte damit der Tod. Ein langes Leben stand ihm in seiner Heimat nicht mehr bevor, entweder brach er sich bei einem Treppensturz »zufällig« das Genick, oder aber er wurde »auf der Flucht« erschossen.

Apropos erschossen. Tja, damit stehe ich wohl ganz oben auf der Abschussliste der NA. Ganz weit oben. Eine Steigerung seines Unbeliebtheitsgrads war nur möglich, wenn er zum Elf mutieren würde.

Er ärgerte sich, als er den Trid anschaltete und eine Polit-Sendung zwischen den ganzen Sondersendungen sah. Dummerweise hatten die grauenvollen Ereignisse nicht dazu geführt, die Braunen von ihrem Erfolgskurs abzubringen, obwohl er sich seit der Rückkehr von der See einmischte.

Die Vorkommnisse fanden zwar ihren Weg in die Wahlkampfschlacht um den Landtag des Norddeutschen Bundes, wirkten sich aber zugunsten der rechtsorientieren Parteien aus.

Es ging nur noch drunter und drüber. Die Unabhängige Sozialistische Partei Deutschlands (USPD) und die Anarchosyndikalistische Union (ASU) nutzten die Gelegenheit, um auf die mögliche Verwicklung der DNP anzuspielen und die Rechtskonservativen wenigstens der geistigen Mittäterschaft zu bezichtigen.

Die DNP wies alle Anschuldigungen weit von sich, der allzeit smarte Fröhlich-Eisner verschickte eine Verleumdungs- und Unterlassungsklage nach der anderen an die politischen Gegner.

Die regierenden Mehrheiten im NDB, wie die Europäische Sozialdemokratische Partei (ESP), hielten sich vornehm zurück. Von den Abgeordneten ihrer Grünen-Koalitionspartner hörte man in erster Linie vielstimmiges Jammern über die in Workuta zerstörte Flora und Fauna, was die Entrüstung der russischen Regierung angesichts der horrend hohen Zahl an Zivilopfer nach sich zog.

Die Grünen versuchten, den Fauxpas wieder auszubügeln, was aber nicht gelang. Es wurde allmählich peinlich für die Regierenden, denn Anfang März standen Wahlen bevor. Die Aktien der DNP stiegen und stiegen.

Das war gestern gewesen, und da hatte Poolitzer beschlossen, sich bei den Extremisten noch verhasster zu machen.

Er griff in die Trickkiste und verbreitete auf den Servern der Schattenmatrix so ziemlich alles, was er über Theis, Fröhlich-Eisner und ihre Verstrickungen mit den Terroristen um Baduscheidt wusste. Ein paar Ansichten des flüchtigen NA-Aktivisten nach seinem fingierten Anschlag in Rostock gehörten ebenso dazu wie die geheime Handy-Nummer des Vulkan Werft-Vorsitzenden.

In diesem Fall kam es jedoch nicht auf journalistische Exaktheit an. Es ging einfach darum, so viel Dreck aufzuwirbeln, dass die rechtskonservative Partei in einer Staubwolke aus Lügen und Wahrheit versank und für Unentschlossene nicht mehr wählbar wurde.

Heute legte er einen Scheit Unruhe mehr ins Feuer

der Skandale und Gerüchte, indem er über das Treffen der beiden Politiker mit Monsignore Harden in Lübeck berichtete. Die Resonanz ließ nicht lange auf sich warten, denn seine Nachrichten und Andeutungen verbreiteten sich nicht nur in der Schattenwelt.

Schauen wir mal, was sie draus gemacht haben. Beim Zappen blieb er bei News-Media hängen, das war eine kleinere Sendestation, die nicht DeMeKo angehörte. Sie griff das Thema auf und verlangte live Stellungnahmen von Theis und Fröhlich-Eisner, bis sie vom Sicherheitsdienst auf die Straße geworfen wurden.

Nur weiter. So habe ich auch mal angefangen, feuerte er seine Kollegen an und sah in der nächsten Einstellung einen lächelnden Soutaneträger, der sich von dem Reporter nicht aus der Ruhe bringen ließ.

»Der Monsignore ist unpässlich und erholt sich von einer schweren Grippe«, sagte sein Pressereferent. »Monsignore Harden hat nichts mit der Sache zu tun.« Natürlich wurde alles dementiert, was man dementieren konnte. »Infame Lügen und Verleumdungen von Menschen, die unter den Einfluss des Bösen geraten waren«, argumentierte er recht einfach und dogmatisch. »Der Verbeiter der Botschaften kann sich jederzeit einem Exorzismus unterwerfen, um die schlechten Geister durch geballte Frömmigkeit aus seinem Verstand jagen zu lassen.«

Ich wette, der Kardinal ahnt, wer diese Informationen streut, doch dagegen unternehmen kann er nichts. Jedenfalls nicht offen. Poolitzer leerte die Dose und warf sie mit einer eleganten Bewegung in den Recycling-Behälter. Solange er in Laboe hockte, passierte ihm nichts, aber wenn er den Marinestützpunkt in absehbarer Zeit verließ, dann nur zusammen mit den Roten Korsaren als Rückendeckung. Das war der Plan.

Die Politiker änderten seinen Plan, ohne ihn zu fragen.

Poolitzers Kom klingelte, Müller war dran. »Ich habe eine gute Nachricht für Sie.«

»Ach? Ich bekomme die Kopfgelder überwiesen, die mir wegen der Ergreifung Baduscheidts zustehen?«

Schweigen. »Nein, eigentlich habe ich Ihnen etwas anderes mitzuteilen«, gestand sie. »Wegen Ihrer Verdienste verfügt das Justizministerium Teilgnade und Haftentlassung auf Bewährung. Ist das nichts?«

»Ja, das ist nichts«, grinste er. »Ist ein wenig dürftig, aber von mir aus. Über den Schotter reden wir später. Wann kommen die Korsaren raus?«

»Gar nicht.«

»Wie?« Er federte in die Höhe. »Was soll das heißen?«

»Sie haben schon richtig verstanden. Die Freibeuter bleiben, wo sie sind, bis sie in ein reguläres Gefängnis überführt werden.«

»Müller, wir hatten eine *Absprache*!«

»Ja, *wir* hatten eine Absprache. Aber das *Justizministerium* hat sich entschlossen, die gefangenen Korsaren verurteilen zu lassen.« Sie senkte ihre Stimme. »Unter uns gesagt, in Zeiten vor wichtigen Wahlen machen sich solche Erfolge einfach gut, und ein Dutzend bereits hinter Schloss und Riegel sitzende Piraten kommen der angeschlagenen Regierung gerade recht, um ein paar Prozentpunkte zuzulegen. Es tut mir …«

»Ich verstehe.« Er legte auf. Das war der zweite Wortbruch, damit würden sie nicht durchkommen. *Da unterschätzt mich aber jemand gewaltig. Wenn Absprachen dazu da sind, gebrochen zu werden, von mir aus.*

ADL, Norddeutscher Bund, Rostock,
02. 03. 2059, 14:06 MEZ

»Ich habe es euch vorhergesagt, und so kam es! Wir haben die Wahl gewonnen, Kameradinnen und Kameraden!«, rief Fröhlich-Eisner enthusiastisch und riss die

Arme wie ein siegreicher Boxer in die Luft. Die elegant gekleidete, gut aussehende und sympathisch wirkende Ikone der Partei genoss den Jubel.

Die Bilder aus der Wahlnacht flimmerten über die Tridschirme, Laserprojektoren zeichneten die DNP-Prozente deutlich in die Luft: 12.

»Selten verbreitete eine Zahl so viel Schrecken. Die Deutschnationalen haben es ihren Feinden gezeigt und sich durch die Dummheit anderer in den Landtag des Norddeutschen Bundes katapultiert«, kommentierte Poolitzer hart, was er filmen musste und niemals wollte.

Mit dem Votum wurde die langjährige Regierungskoalition aus ESP und Grünen abgestraft, dafür zogen die Vertreter der USPD und ASU an die Spitze des Landtags und kündigten an, miteinander koalieren zu wollen.

»Die klare antimonopolistische, ökologische und trotzdem keinesfalls technikfeindliche Programmatik, das Eintreten für ungeteilte Bürgerrechte und der Volkspartei-Charakter machten die USPD bei den ärmeren Schichten beliebt. Vor allem die Wenigverdiener schienen genug von der alten Regierung gehabt zu haben«, analysierte er den Ausgang der Wahl. »Die Partei sitzt als eine der führenden linken Kräfte bundesweit in den Länderparlamenten auf der Oppositionsbank, in Sachsen und Westfalen ist sie sogar verboten. Nun beginnt ein neuer Aufstieg. Sie erhält sozusagen den Adelsschlag, ein nettes Paradoxon, wenn man bedenkt, dass eine linke Partei jegliche Aristokratie ablehnt.«

Schützenhilfe bekam sie von der ASU. Sie war das parlamentarische Sprachrohr der Syndikats-Gewerkschaft und hatte zwar im Vorfeld mehrfach darauf hingewiesen, keine Bündnisse eingehen zu wollen. Doch die Möglichkeit, an die Macht zu gelangen und die Geschicke eines Landes zu leiten, musste selbst für sie zu verführerisch sein.

»Die Gewerkschafts-Partei begründete ihre plötzliche

Bereitschaft zur Zusammenarbeit damit, dass sie eine Regierungsbeteiligung der DNP verhindern wolle. Und das ist unbedingt notwendig, verehrte Zuschauer.«

Poolitzers Plan ging damit nur zum Teil auf. Seine Blitz-Kampagne für die USPD brachte die erwünschten Prozentfrüchte. »Ich weiß nicht, wie es Ihnen geht, liebe Zuschauer, aber dass es die politischen Funktionäre der Nazis und NA-Kollaborateure unter dem Deckmantel der Deutschnationalen, Konservativen und vorgetäuschter Christlichkeit ins Parlament schafften, verursacht mir Übelkeit«, lautete sein Resümee.

Er dachte mit Grauen an die Zukunft. Im norddeutschen Siegessog schossen bei eilig initiierten Umfragen die DNP-Prozente in anderen Ländern der ADL ebenfalls in die Höhe. Die braune Soße ergoss sich über Deutschland, sickerte ein und setzte sich fest. *Das kann noch was werden.*

Poolitzer stand wie immer nicht vorne im Pressebereich, sondern mitten unter den »Kameradinnen und Kameraden«. Er wollte sich die Veranstaltung »Auftakt zum Neuanfang« der DNP in der bewährten Rostocker Stadthalle nicht entgehen lassen. Die Rache des Staatsanwalts oder aufgebrachte Altnazis fürchtete er nicht. Ihr Ziel war erreicht, der Reporter samt seiner Kampagne wurde damit uninteressant.

Die Fuchi verfolgte jede Bewegung des DNP-Landesvorsitzenden.

»Ich verkünde hiermit den Rücktritt von meinem Amt als Staatsanwalt! Ich werde an der Spitze unserer Parlamentarier in den Landtag einziehen, um die Zukunft des Landes zu gestalten. Deutsch und traditionsbewahrend zu gestalten, liebe Kameradinnen und Kameraden, die Augen fest aufs Kreuz und deutsche Tugenden gerichtet! Das sind wir unseren Wählern schuldig.« Seine Augen wanderten über die Menge und fanden Poolitzers Gesicht. Der Mann lächelte und streckte die Hand aus.

»Auch wenn manche Medienvertreter nicht davor zurückscheuten, unseren guten Namen mit Dreck und Verleumdungen zu bewerfen, die Menschen im Norddeutschen Bund haben die Wahrheit hinter den Lügen erkannt. Und damit es alle hören: Ich distanziere mich von jeglichen rassistischen Vorwürfen und Verwicklungen und betone nochmals die Friedfertigkeit unserer demokratischen Partei«, sagte er leidend und gewinnend zugleich.

Poolitzer lächelte schief. *Seine Auftritte sind bühnenreif, besser als meine Berichte.* Die Köpfe der Versammelten drehten sich neugierig in die Richtung des Seattlers. Offene Feindseligkeit schlug ihm entgegen, Fäuste wurden geballt, vereinzelt hallten Drohungen durch den Saal.

Fröhlich-Eisner hob die Arme. »Aber wir sind großmütig und sehen über die Kampagne hinweg. Der Erfolg unserer Partei zeigt, dass die Norddeutschen einen klaren Blick behalten haben. Die DNP arbeitet für dieses Land und bald schon für die gesamte ADL! Wir sind die Speerspitze von Recht und Gesetz, von Tradition und Glaube.«

Auf sein Zeichen hin betraten die restlichen Vertreter der Deutschnationalen im Licht der Scheinwerfer die Bühne. Die zwölf Damen und Herren wurden der Reihe nach vorgestellt und bekamen ihren Szenenapplaus.

Fröhlich-Eisner hatte die DNP-Abordnung »Die wilden 13« genannt, um den frischen Wind zu symbolisieren, der durch sie in den Landtag einziehen sollte.

»Über diesen Slogan kann man doch nur lachen. Die Deutschnationalen wirken eher wie ein schlecht riechender Furz als ein frischer Wind«, meinte Poolitzer verächtlich ins Kameramikro.

Die Parlamentarier erhielten die obligatorischen Blumensträuße, gemeinsam und aufgesetzt bewegt sang man die Hymne des Norddeutschen Bundes, danach die Hymne der ADL. Unter tosenden Beifallsstürmen marschierten die Volksvertreter von dem großen Podium und verschwanden durch den Seitenausgang.

Der nächste Akt in der DNP-Inszenierung begann.

Poolitzer wusste, was kam, er hatte die Presse-Info gelesen. Fröhlich-Eisner wollte an diesem Abend mit all seinen Mandatsträgern in eine Dornier EC 3000 Kranich steigen, um am Abend nach Hannover aufzubrechen und am folgenden Tag als erste Fraktion geschlossen im Landtag einzulaufen. Sie wollten dadurch ihre Gemeinschaft und Leistungsbereitschaft vermitteln. Ein komplettes Kamerateam, das der Landes- und frisch gebackene Fraktionsvorsitzende angeheuert hatte, folgte ihnen auf dem Weg zum Flughafen und sollte Interviews führen.

Butterweiche, stinklangweilige Interviews. Bezahlte Human-touch-Gülle. Er drängelte sich durch die Reihen und erreichte den Kleinbus, in den die Abgeordneten einstiegen. Fröhlich-Eisners Bodyguards fingen ihn ab. »Finger weg! Pressefreiheit für alle, nicht nur für eure Riefenstahl-Abteilung, okay?«

»Nein, schau an.« Der ehemalige Staatsanwalt erkannte ihn und erlaubte ihm, näher zu kommen. »Wie schön. Hallo, Herr Gospini. Kommen Sie, um sich zu entschuldigen? Oder um zu gratulieren?«, sagte er lächelnd.

»Weder noch, Volksverdummer«, erwiderte Poolitzer nicht weniger freundlich. »Sie scheinen sich gegen Theis und Monsignore Harden durchgesetzt zu haben, was? Glücklicherweise hat Ihnen das Missgeschick Baduscheidts nicht die Tour vermasselt.«

Der DNPler wahrte seine freundliche Miene, die Augen funkelten gut gelaunt. »Ich weiß nicht, wovon Sie sprechen, Herr Gospini«, antwortete er in einem Tonfall, der seine Aussage Lügen strafte.

Der Zeigefinger des Journalisten tippte gegen das

Fuchigehäuse. »Ich bin das Auge der Öffentlichkeit, Fröhlich-Eisner. Ich kenne Ihre dunklen Geheimnisse. Und sobald ich Beweise habe, sind Sie, Theis und der Monsignore Insassen deutscher Strafanstalten«, versprach er seinem Gegenspieler leise. »Sie entkommen der Gerechtigkeit nicht, da können Sie mit Ihrer Dornier noch so sehr ›Der Führer über Deutschland‹ spielen. Scheint ja Ihr Vorbild zu sein.«

»Wissen Sie, wenn Sie das eben ein wenig anders betont hätten, würde ich Sie wegen Bedrohung und Beleidigung anzeigen«, retournierte Fröhlich-Eisner und zog seinen Mantel an, einer seiner Leibwächter half ihm. »Lassen wir Ihre wertlose Äußerung angesichts meines großartigen Abschneidens als Ausdruck Ihrer Hilflosigkeit einfach mal so dahingestellt.«

»Richtig. Ich bedeute keine Gefahr für Sie.« Poolitzer beugte sich nach vorne und senkte seine Stimme. »Aber Sie haben sich Pomorya zum Feind gemacht«, raunte er. »Was glauben Sie, wie lange Sie durchhalten?«

Nun wechselte der Politiker die Farbe. Er wandte sich wortlos ab und setzte einen Fuß auf die unterste Stiege der Treppe.

»Haben Sie den Anlasser des Busses checken lassen?«, rief Poolitzer, während sich ein fieses Grinsen auf sein Gesicht legte. »Ein gefaktes Attentat haben Sie ja schon überstanden, mal sehen, ob Sie ein echtes überleben!«

Schnaubend verschwand der Mann im Inneren des Fahrzeugs. Die abgedunkelten Scheiben verhinderten einen Blick auf Fröhlich-Eisner, dessen Hochstimmung der Reporter so herrlich in ein Tief verwandelt hatte.

Er drückte den Aufnahmeknopf der Kamera und filmte den davonfahrenden Bus. »Mein Krieg besteht aus vielen Schlachten. Die erste gewann die DNP, verehrte Zuschauer«, kommentierte er das Bild des in der Entfernung kleiner werdenden Gefährts. »Aber dass sie als Sieger aus allen Gefechten hervorgeht, das bezweifle ich. Schnitt.«

Der Bus bog ab und verschwand aus seinem Sichtbereich. Nachdenklich ging Poolitzer zu seinem Auto. Sein Magen verlangte nach einem Döner und einem Malzbier, danach würde er sich eine Glatze scheren lassen und einen Tätowierer suchen.

Betroffen schaute Fröhlich-Eisner auf die graue Masse, die ihm einer seiner Bodyguards präsentierte. »Im Leitwerk der Kranich?«, wiederholte er perplex. »Verdammt, wie konnte das passieren? Ist das hier ein Flughafen oder ein Supermarkt, in den jeder rein und raus kann, wie er möchte?«

Er stand neben dem rechten Motor der Privatmaschine, die aus Sicherheitsgründen im Hangar geparkt stand. Diese Vorsichtsmaßnahme taugte schon einmal nichts.

»Wer hat den Plastiksprengstoff entdeckt?«, wollte er wissen.

Der Leibwächter deutete auf den Mann in der Flugkapitänsuniform, der sich gerade mit seinem Kopiloten und den beiden Stewardessen unterhielt. Der DNP-Landesvorsitzende ging zu der Gruppe und stellte sich allen per Handschlag vor. Der Händedruck des Kapitäns war sehr hart.

»Ich wollte mich bei Ihnen bedanken, Herr …«, er suchte den Namen auf dem Schild des Flugzeugführers, »… Malberg. Ich schulde Ihnen einen großen Gefallen. Wie sind Sie dem Anschlag auf die Spur gekommen?«

Der durchtrainierte Körper des Dreißigjährigen steckte in einer modischen, weiß-grünen Fantasieuniform der Fluggesellschaft, die einem Zweireiher nachempfunden war. Auf dem dunkelblonden Schopf saß eine adrette Schirmmütze, die Augen wurden durch eine Sonnenbrille versteckt.

Im glatt rasierten, gepflegten Gesicht entstand ein Lächeln. »Beim Routinecheck«, erklärte er, ohne seine Gläser abzunehmen. »Ein Sicherheitskontakt war unterbrochen. Ich habe zusammen mit dem Bordingenieur nachgeschaut und dabei das Paket entdeckt.« Er schnalzte mit der Zunge. »Wir hatten Glück, dass der Attentäter nicht sorgfältig arbeitete. Ohne die Beschädigung des Kabels wäre es geglückt.«

Die Stille nach seinem letzten Satz hielt einige Minuten lang an.

»Sollen wir trotzdem fliegen?«, merkte der Chef der Bodyguardtruppe vorsichtig an.

»Natürlich«, zischte ihn Fröhlich-Eisner an. Er nahm sich ein Taschentuch und wischte sich den Schweiß von der Oberlippe. *Der verfluchte Reporter ist entweder ein Prophet, oder er wusste mehr über das Kommende, als er gesagt hat.*

Bedächtig fasste der Pilot den rechten Bügel seiner Brille und zog sie ab. »Keine Sorge. Die EC 3000 ist sicherer als jemals zuvor. Wir haben das Bodenpersonal durch jeden Winkel gehetzt.«

Der überzeugte Ausdruck in den graugrünen Augen des Kapitäns verjagte den letzten Rest des Zweifels. Er musste bei dem Anblick der kalten Farbe schaudernd an Baduscheidt denken, eine gewisse unheimliche Ähnlichkeit zwischen den beiden bestand durchaus. »Gut«, nickte er ihm zu. Er erklomm die schmale Gangway und betrat den komfortabel ausgestatteten Passagierbereich, wo seine Parteigenossen auf ihn warteten.

»Alles in Ordnung«, beruhigte er sie mit einem routinierten Lächeln und warf sich in den Sessel. Seine Heiterkeit verschwand augenblicklich, am liebsten hätte er laut geseufzt. *Nichts ist in Ordnung.*

Die Elfen hatten es auf ihn abgesehen, dabei trugen Harden und Theis die Schuld. Sie hatten die Verrückten Baduscheidt und Lückens unterstützt, nicht er, doch dank der Verleumdungen Gospinis reihten sich zu den politischen Gegnern auch noch wütende, hasserfüllte Löwenzahnfresser ein.

Ich habe es immer gewusst, dass dieser Mirv-Wahnsinn außer Schwierigkeiten nichts einbringt. Scheiße! Als wäre das Leben nicht schwer genug. Die Stewardess namens Elisa reichte ihm vor dem Start ein Glas Sekt.

»Danke.« Er blickte sie an, seine Augen glitten über den attraktiven Körper hinauf zum schlanken Gesicht und blieben an den spitzen Ohrmuscheln hängen, die unter den Haaren hervorstanden, seine Hand verharrte in der Bewegung. Misstrauisch folgte er jeder ihrer Bewegungen.

Eine Attentäterin?, fragte ihn seine immer mehr aufkeimende Paranoia. Sie ging weiter, ohne dass etwas geschah. Er hob das Glas vor seine Augen und inspizierte die Flüssigkeit darin ganz genau. *Sie könnte mir was hineingetan haben.* Letztlich sorgte der Argwohn dafür, dass er den Alkohol stehen ließ. »Ich hätte gerne eine Dose Cola. Verschlossen, bitte.«

Die elfische Stewardess brachte ihm das verlangte Getränk anstandslos.

Die Dornier wurde aus dem Hangar geschleppt. Kaum stand sie im Freien, zündete der Pilot die Motoren. Gemächlich rollte das Flugzeug zur Startbahn.

Fröhlich-Eisner winkte einen seiner Leibwächter herbei. »Sind alle Leute überprüft, die sich im Flugzeug befinden?«

Der muskulöse Mann nickte zögernd. »Die Fluggesellschaft hat uns die Liste bestätigt.«

»Überprüfen Sie die Namen nochmals. Mit Bild«, verlangte er harsch. »Solange ich keine Belege habe, bleiben Sie neben mir sitzen.« Elisa lief an ihm vorbei. »Entschuldigen Sie«, hielt er sie auf. Sie blieb stehen. »Wie lange arbeiten Sie schon für die Gesellschaft?«

Er erkannte, dass sie mit seiner Frage nichts anfangen

konnte. »Das müssten schon drei Jahre sein, Herr Fröhlich-Eisner«, sagte Elisa und errötete. »Darf ich die Gelegenheit nutzen, Ihnen persönlich zum Sieg zu gratulieren? Ich habe Sie gewählt.« Ohne dass er es wollte, schaute er wieder auf ihre spitzen Ohren, aber die Frau nahm es ihm nicht übel. »Nein, die sind nicht echt. Ich habe sie machen lassen. Damals war es modisch. In drei Wochen habe ich einen Termin beim Chirurgen, damit sie entfernt werden«, erläuterte sie peinlich berührt.

Der DNP-Vorsitzende fühlte eine Last von sich fallen. Richtig wohl würde er sich erst nach der Liste mit den Bildern fühlen.

Die Propellermaschine hielt an. »Verehrte Passagiere, wir begrüßen Sie an Bord von Flug 232 nach Hannover. Mein Name ist Stefan Malberg, ich bin Ihr Pilot. Kopilot ist Friedrich Ehlers, Bordingenieur ist Julius Bobek. Aufgrund der Verspätung und der enormen Flugbewegungen müssen wir warten, bis der Tower uns einen neuen Lift-Off-Korridor zuteilt«, kam die Durchsage von Malberg. »In etwa fünfzehn Minuten wird es so weit sein, vielen Dank für Ihre Aufmerksamkeit.«

Die Stewardess nickte nur wissend. »Dann bleibt mir Zeit, Sie unterschreiben zu lassen.« Sie fischte eine der bekannten DNP-Autogrammkarten aus ihrer Jackettinnentasche und legte sie vor den Fraktionsvorsitzenden auf den Klapptisch. »Wären Sie so nett?«, bat sie ihn gewinnend. »Für Elisa.«

»Gerne.« Fröhlich-Eisner langte nach seinem Kugelschreiber. »Ich möchte …«

Die Tür zur Pilotenkanzel flog auf, Malbergs Umrisse erschienen in dem schmalen Durchlass. In der Rechten hielt er eine Pistole, die Absicht war eindeutig.

Der Bodyguard neben dem Politiker riss seine Waffe unter dem Sakko hervor und wollte auf den Kapitän anlegen, als ihm der Sporn durch die Kehle fuhr. Die 30 Zentimeter lange, rasiermesserscharfe Schneide, die aus dem linken Unterarm Elisas geschnellt war, durchtrennte Haut und Adern. Gurgelnd griff der Verletzte sich an den Hals, ohne den Sturzbach aufhalten zu können.

Gelähmt starrte Fröhlich-Eisner auf die Frau, die kalt lächelnd nach ihm hieb und mit der freien Hand die Pistole des sterbenden Leibwächters an sich nahm.

Ehe sie ihn traf, warf sich Malberg gegen sie und schleuderte sie seitlich gegen den Toiletteneingang.

Die Tür schwang durch die Wucht auf, Elisa krachte gegen das Stahlspülbecken und kollidierte mit der Toilettenschüssel. Sie sprang sofort auf die Beine, ihr Arm mit der Ares Viper Slivergun ruckte nach oben.

Der Flugkapitän behielt die Nerven. Viermal spie die Mündung seiner Halbautomatik Kugeln aus, die Attentäterin wurde ebenso oft getroffen und brach zusammen. Nicht ein einziges Projektil verfehlte das Ziel, die Einschüsse lagen nur wenige Millimeter auseinander.

Vereinzelt schrien die DNPler und drückten sich in die Sitze, um nicht getroffen zu werden. Die verbliebenen Leibwächter standen schussbereit im Gang und zielten auf den Kapitän. Die Situation war unklar, also hielten sie sich zurück.

»Nur die Ruhe«, sagte Malberg beschwichtigend. Er legte seine Walther in Zeitlupentempo auf den Boden, dann reichte er Fröhlich-Eisner ein Fax. Es zeigte die Porträts der Besatzungsmitglieder. Unter dem Namen »Elisa Fritzner« befand sich ein unbekanntes Gesicht. Die echte Stewardess war durch die Mörderin ausgetauscht worden. »Das kam eben bei uns an. Ich vermute, Sie hatten die Informationen haben wollen. Ich wollte Ihnen das Blatt bringen und gleich nach dem Rechten schauen. Ich bin ja der Verantwortliche gegenüber der Fluggesellschaft.«

»Danke.« Zitternd nahm er den Ausdruck entgegen. »Um Himmels willen, starten Sie«, befahl er entsetzt.

Seine Paranoia gaukelte ihm vor, dass alle Mitarbeiter auf dem Rostocker Flughafen von Pomorya gekauft waren. *Ich muss weg aus dieser Stadt. Soll die Fluggesellschaft die Toten nach der Landung in Hannover erklären.* »Starten Sie!«, brüllte er außer sich und wechselte den Sitzplatz. Der Geruch des Blutes bereitete ihm Übelkeit.

»Halten Sie das für eine gute Idee?«, wollte Malberg skeptisch wissen. »Ich ...«

Wütend fuhr Fröhlich-Eisner herum. »Tun Sie es, verdammt noch mal! Oder Sie sind Ihren Job los, Malberg!« Er fuhr sich durch das schweißnasse Gesicht. »Entschuldigen Sie. Sie sind schon mein zweifacher Lebensretter, ich weiß. Sie bekommen eine stattliche Summe von mir, sobald wir in der Bundeshauptstadt sind.« Der mit den Nerven fertige Mann wankte durch die Reihen. »Aber zuerst bringen Sie uns weg.«

»Sie sind der Gast, und der Gast ist bei uns Kaiser.« Der Pilot grüßte und kehrte in sein Cockpit zurück. Minuten später wurden die Motoren lauter, der Kranich machte sich startbereit und hob bald darauf ab.

Sobald die Sitzgurtlampe erlosch, brachten die Leibwächter die Leichen in der Toilette unter, die verbliebene Stewardess versuchte, die Blutlachen so gut es ging mit Haushaltstüchern zu beseitigen.

Niemand sprach etwas. Die Stimme der Flugbegleiterin bebte, als sie die üblichen Sicherheitsvorkehrungen erklärte. Keiner hörte ihr zu.

»Die wilden 13« waren die bravsten Menschen der Welt und spülten sich mit Schnaps, Whiskey und Weinbrand die Erinnerung an den Vorfall aus dem Gedächtnis.

Als zwei Abgeordnete vorsichtige Andeutungen machten, das Amt niederzulegen, fasste sich Fröhlich-Eisner. Mit wenigen Worten hatte er die Lage und die Gemüter seiner Parteifreunde wieder im Griff und schwor sie ein, sich nun erst recht nicht in die Knie zwingen zu lassen. »Gott hat uns beschützt, damit wir im Landtag unsere

Arbeit verrichten.« *Gott und ein Glückspilz namens Malberg,* ergänzte er in Gedanken. »Und nun bewahrt eure Haltung, Kameraden. Erinnert euch, wer und was ihr seid!«

Er setzte sich, nahm sein Glas und betrachtete die Schlieren, die der Whiskey am Rand zog. Ölig lief die goldene Flüssigkeit herab. *Ein guter Tropfen.* Das brachte ihn auf den Gedanken, den tapferen Piloten nach dessen Vorlieben in Bezug auf Spirituosen zu fragen. Vielleicht konnte man ihn mit einer Flasche Scotch anstelle des versprochenen Geldes abspeisen.

»Da!«, entfuhr es einem Kameraden drei Reihen hinter ihm aufgeregt. Er deutete mit dem Zeigefinger nach draußen. »Da war was Weißes!«

»Sicherlich eine Wolke«, beruhigte ihn Fröhlich-Eisner genervt. Sein Bedarf an Abenteuern war für die nächsten dreihundert Jahre gedeckt. Ein Drache oder ein Luftelementar fehlte ihm noch zu seinem Glück.

Der Ausruf führte dazu, dass die anderen DNPler aus den Bullaugen starrten und in der Abenddämmerung etwas zu erkennen versuchten. »Fliegen wir nicht zu niedrig, Matthias?«, wunderte sich ein weiterer.

Er hob den Arm und schaute auf sein Kom. Der Uhrzeit nach näherten sie sich zwar Hannover schon beträchtlich an, für den Landeanflug war es seiner Einschätzung nach dennoch zu früh.

»Keine Panik.« Er stand auf und ging zur Tür, die zum Cockpit führte. »Herr Malberg? Haben Sie kurz Zeit? Sie müssen die Leute beruhigen. In Sachen Flugsicherheit glauben die Ihnen mehr als mir.«

Der Kapitän antwortete nicht.

Keine Panik, wiederholte der Landesvorsitzende für sich. Er rief seine Leibwächter.

Der geballten Muskelkraft und einigen gezielten Schüssen gegen das Schloss hatte das Material nichts entgegenzusetzen.

Ein enormer Sog auf der anderen Seite erleichterte ihnen die Arbeit. Kaum wies die Tür Beschädigungen auf, wurde sie mit Gewalt aus der Verankerung gerissen. Sie krachte gegen die verlassenen Pilotensitze und verhakte sich. Die Menschen, welche die Dornier EC 3000 steuern sollten, fehlten, die Ausstiegsluke war geöffnet, die Klappe abgerissen.

Ein Unfall?

Es gab einen Druckabfall in der Kabine. Das Flugzeug schwankte, legte sich in eine Kurve und sackte plötzlich nach unten. Lose Gegenstände wirbelten durcheinander und flogen zum Ausgang, die Atemmasken fielen aus der Deckenverkleidung und baumelten wie kleine Henkerstricke herab.

Er taumelte nach vorne, doch den Bodyguards gelang es, ihn zu packen. Um ein Haar wäre er wie ein Blatt davongetrudelt. Er bekam schreckliches Ohrensausen.

Die Digitalanzeige des Höhenmessgeräts zählte unbarmherzig rückwärts, befand sich schon auf knapp 3000 Meter, pro Sekunde verloren sie 100 Meter. Die Rotoren liefen mit unvermindertem Vollschub, sogar der Steuerknüppel bewegte sich.

Kein Unfall. Ein scheiß Anschlag! Jemand lenkt das Flugzeug per Fernsteuerung! »Einen Fallschirm!«, brüllte Fröhlich-Eisner die nächste Flugbegleiterin panisch an. Er packte sie an den Schultern. »Ich brauche sofort einen …«

Der Kranich senkte sich noch ein wenig, zog die Nase bei rund 100 Meter nach oben und fing den Sturzflug jäh ab. Die überbeanspruchten Motoren pfiffen laut, alarmierende Meldungen huschten über Monitore, darunter befand sich auch eine Kollisionswarnung. Der Autopilot sprang an, um zu reagieren und auszuweichen, aber deaktivierte sich augenblicklich wieder, dann prallte der Jet auf das vor ihnen aufragende Hindernis.

Der vordere Teil der EC 3000 schob sich ziehharmonikagleich zusammen. Als die Flügel abbrachen und die geborstenen Tanks das Kerosin freigaben, lebten schon zwei Drittel der Passagiere nicht mehr. Die Flammenhölle gab den Übrigen keine Gelegenheit, etwas von den Geschehnissen des Fluges 232 zu berichten.

Jeremiah Jennings, Topmann in der Shadowrunner-Szene Seattles, beobachtete von einem Baum aus, wie sich die Maschine mit mindestens 350 Stundenkilometern in den »Blauen Berg« bohrte, zerbrach und sofort brannte. *Teil eins meines Auftrags betrachte ich somit als erledigt.*

Es ärgerte ihn nur, dass die Außentür des Cockpits bei seinem Ausstieg abgerissen und sechs Kilometer von der eigentlichen Absturzstelle in den Wald gefallen war. Da schlug der Perfektionist in ihm durch.

Er kletterte die Eiche hinab und sprang zu seinen Begleitern auf die Erde. Sein zweiter Partner, ein begnadeter Rigger und Sprengstoffexperte, verstaute gerade das Fernsteuerdeck, mit dem er den Kranich ins Verderben manövrierte hatte. Der vermeintliche Bordingenieur half ihm dabei.

Sie kannten sich zu gut, als dass einer von ihnen etwas sagte oder Jennings als Anführer Anweisungen erteilen musste. Profis, die ihren gut bezahlten Job taten.

Sie ließen nichts zurück, packten ihre Fallschirme ein und trabten auf der vorher ausgesuchten Route durch den finsteren Wald, um an die Stelle zu gelangen, an der zwei weitere Mitglieder ihrer Gruppe mit dem Transporter auf sie warteten.

Jennings schaute auf die Uhr. »Abfahrt. Unser Zeitplan ist eng gesteckt.« Er hasste es, »Kunden« versetzen zu müssen.

ADL, Norddeutscher Bund, Rostock, Hotel Hansa Hof,
02. 03. 2059, 23:01 MEZ

Sein Telekom läutete aufdringlich laut, verschlafen hob Poolitzer ab. »Ja?«, hauchte er und roch seinen eigenen, dönerschwangeren Atem. Er verzog das Gesicht.

»Schalten Sie den Trid an. Nachrichtenkanal zwei, DeMeKo«, sagte eine ihm bekannte Stimme in der Seattler Stadtsprache.

Der Reporter kam der Aufforderung nach und sah durch einen leichten Schleier die ersten Aufnahmen eines brennenden Flugzeugwracks. Die Laufschrift darunter verriet, dass es sich um die verunglückte Maschine der DNP handelte.

»Meine Fresse«, flüsterte er und rieb sich den Schlaf aus den Augen. Das Bild wurde klarer.

»Wir hatten mit Komplikationen zu kämpfen«, erklärte die Stimme neutral. »Ein unbekannter Bombenleger und eine Elfin, die unseren Kunden attackierte. Wenn Sie möchten, recherchieren wir, wer hinter dem Plastiksprengstoff steckt. C12, nicht einfach zu beschaffen. Bei der Attentäterin an Bord liegt die Sache auf der Hand. Sie wird aus Pomorya gekommen sein. Es muss sich um zwei unabhängig voneinander agierende Gruppen gehandelt haben. Interessant, nicht wahr?«

»Äh«, machte Poolitzer und versuchte, etwas aufnahmefähiger zu werden. Die Zahl der Toten wurde eingeblendet, die Ermittler gingen von 19 aus, die Piloten wurden vermisst. *Kein Wunder.* »Wie sind Sie …«

Ein leises, sympathisches Lachen erklang. »Ich bin sehr akribisch, was die Erfüllung eines Auftrags angeht. Wenn man mich bestellt, erledige ich die Lieferung und lasse die Arbeit nicht andere machen. Ich gestehe, dass wir die Bombe nur durch einen Zufall entdeckten. Die Elfin fiel mir von Anfang an auf. Eine Anfängerin.« Der Sprecher wartete einen Moment. »Sobald die Zahlung eingegangen ist, bringen wir das zweite Paket nach Hause. Angenehme Träume.«

Die Leitung war tot.

Klasse. Jetzt bin ich wach. Poolitzer regelte die Lautstärke nach oben und verfolgte die Berichte zum Absturz. Eines verstand er nicht. *Wieso ruft Jennings mich an?*

Sparkplug hatte ihm die Telefonnummer des Profis gegeben. Im Sog der Ereignisse hatte er den Wetwork-Auftrag gegen Fröhlich-Eisner und Theis erteilt, ihn aber nach Zahlung der Abschlagssumme wieder zurückgezogen. Er war zwar ein skrupelloser Sensationsreporter, aber kein skrupelloser Mordinitiator, auch wenn die beiden den Tod tausendmal verdient hätten. Die Erklärung konnte nur lauten, dass Jennings die »Stornierung« nicht akzeptierte oder nicht erhalten hatte.

Das Trid zeigte ihm die brennenden Wrackteile, aus denen sicherlich niemand entkommen war. Die komplette Landtagsfraktion samt Vorzeige-DNPler Fröhlich-Eisner existierte nicht mehr.

Shit. Gospini, die hast du alle auf dem Gewissen, dachte er entsetzt. Er wählte die Seattler Nummer des Shadowrunners, doch es erfolgte keine Reaktion. Nach einer Weile sprang der AB an.

»Hier ist Poolitzer. Rufen Sie mich sofort an, Jennings!«, sagte er nachdrücklich. »Ich möchte eine Erklärung von Ihnen! Ich habe das Paket doch abbestellt! Hören Sie sofort auf damit!«

Danach warf er sich in seine Kissen. Gleich morgen früh, nachdem er seine eigene Aktion durchgezogen hatte, würde er Theis vor einem möglichen Anschlag warnen. Er wollte nicht noch einen Toten verantworten.

Poolitzer betrat das Gebäude, in dem der Marine-Knast von Laboe untergebracht war, nickte den vier Militärpolizisten zu und ging zum provisorisch eingerichteten Besuchsraum, in dem Perle auf ihn wartete. Es erinnerte ihn an seine Situation in »Big Willy«, nur dass sie damals gekommen war, um ihm Mut zu machen und ihn aufzubauen.

Hinter ihm folgte ein gebräunter Mann mit dünnen, schwarzen Haaren, die er in einem Pferdeschwanz zusammengefasst hatte. Sein athletischer Körper steckte in einem perfekten Anzug, die Augen wurden durch eine schlichte, weiße Sonnenbrille verdeckt.

»Dr. Dieter Renz, ich bin Rechtsanwalt und von Herrn Gospini zum Verteidiger der Korsaren bestellt worden«, stellte er sich Oberleutnant Barsch vor und präsentierte seine ID. »Ich möchte mich mit meinen Mandanten unterhalten.« Die Stimme klang raschelnd, rau, gefährlich.

»Einen Moment. Sie waren nicht angekündigt«, meinte der Offizier, während er die ID prüfte. »Ich muss das melden.« Regungslos wartete der merkwürdig braune Dr. Renz, bis er grünes Licht bekam, und folgte Poolitzer in den kleinen Raum.

Perle saß auf der Plastikpritsche, ein Häufchen Elend, das in den dunkelblauen Bundeswehrsportklamotten immer noch eine verlockend gute Figur machte. Sie musste geweint haben, ihre Augen waren gerötet. Waterkants Tod nahm sie besonders mit.

»Hi«, grüßte er sie leise und schloss die Tür hinter sich, ein Soldat verriegelte sie von außen. Surrend bewegte sich die kleine Kamera in der rechten oberen Ecke des Raums, die Unterredung wurde aufgezeichnet.

»Ahoi, Landratte. Scheiße, was?«

»Kann man so sagen. Sie haben euch ebenso verarscht wie mich. Ich habe einen Anwalt für euch«, eröffnete er ihr abgrundtief verbittert.

»Der?« Perles Augenbrauen hoben sich, sie musterte den Mann. »Poolitzer, der sieht aus wie ein Stadtkrieger. Der könnte ein Bruder von diesem Ordog sein, wenn er nicht so braun wäre.«

Renz grinste plötzlich wölfisch. »Das höre ich öfter.«

»Eure Verteidigung wird schwierig.« Poolitzers Stimme klang belegt. »Ich ... ich fühle mich so ... schuldig«, jammerte er plötzlich los, taumelte und warf sich in die Arme der Schamanin. Überrascht drückte sie ihn an sich. »Ich ... das Ganze macht mich fertig! Ich bin den ganzen Tag schon schlecht drauf. Der Arzt hat gesagt ... Mein Kreislauf ...« Laut sog er die Luft ein, seine Augen wurden groß. »Ich ...« Er ließ sie los, langte sich an die Brust und stürzte röchelnd zu Boden.

Zuerst geschah nichts, dann flog die Tür auf. Drei Soldaten stürmten herein, um nach ihm zu sehen, zwei hatten allerdings ihre Pistolen gezogen, um auf einen eventuellen Trick reagieren zu können.

»Was soll das?«, herrschte sie Renz an, ohne dabei aufgeregt zu wirken. »Legen Sie die Waffe weg und helfen Sie dem Mann!« Er rief nach dem Oberleutnant. »Weisen Sie Ihre Männer an, erste Hilfe zu leisten. Sofort!«

Poolitzer röchelte und erschlaffte in dem Moment, als Barsch eintrat.

»Tun Sie was! Sie sind alle dran wegen unterlassener Hilfeleistung«, drohte Renz ihm, »und werden eingebuchtet, dafür sorge ich.«

»Und er hat eine verdammt gute Zeugin!«, schaltete sich Perle ein, die es angesichts der gezogenen Waffen nicht wagte, sich zu bewegen.

Barsch checkte die Lage und entspannte sich, weil er zuerst eine Finte vermutet hatte, für die der Reporter sehr berühmt war. Er hob abwehrend die Hände. »Schon gut! Stabsgefreiter Hansen und Unteroffizier Luhmann, kümmern Sie sich um den Mann.«

Als die zwei Soldaten sich auf sein Geheiß hin bückten und einer nach dem Funkgerät griff und eine Sanitätseinheit alarmieren wollte, traf die rechte Handkante des Anwalts ansatzlos in den Nacken des Oberleutnants. Der Mann brach wie vom Blitz getroffen zusammen.

Danach ging alles sehr schnell. Dr. Renz packte den Arm des Funkenden und schlug ihm das Kom kraftvoll gegen die Schläfe, sodass er nach hinten gegen die Wand taumelte und betäubt zu Boden rutschte. Dem Stabsgefreiten trat er ins Genick, danach zog er das Bein wie ein Torwart beim Abschlag wuchtig nach vorne durch und traf den Unteroffizier mit dem Schuhabsatz mitten auf der Stirn.

Innerhalb von drei Sekunden hatte Renz die vier Bewacher ausgeschaltet. Der linke Arm, der bis dahin wie tot an ihm herabgehangen hatte, schnellte nach oben, die Hand gab den Aktenkoffer frei, dumpf krachend zerschmetterte der Alu-Rahmen die Kamera.

»Fertig?«, grinste Poolitzer, öffnete die Augen und sprang auf. Er nahm der Wache die elektronischen Schlüssel ab. »Die Schminke steht dir. Aber du warst schon mal schneller, Chummer.« Er verschwand im hinteren Teil der Baracke, wo sich die Zellen befanden, nacheinander öffnete er die Türen der Piraten. »Macht dich Tattoo bei euren abendlichen Trainingsrunden im Bett so fertig?«, rief er laut.

Perle starrte Renz an. »Kein Anwalt«, sagte sie zufrieden. »Ich *wusste* es! Sie sind wirklich Ordog!«

»Nein«, meinte der Stadtkrieger emotionslos und bückte sich, um den Puls der niedergeschlagenen Soldaten zu überprüfen. »Ich war niemals hier, wenn Sie jemand fragen sollte.« Er war zufrieden, dass alle seine harten Schläge und Tritte überlebt hatten. Falls sie geschnappt würden, wäre er nur wegen Körperverletzung und nicht wegen Totschlag dran.

Poolitzer kehrte mit den befreiten Piraten zurück. »Glücklicherweise hat der Marinestützpunkt keine sonderlichen Sicherungen für seinen Privatknast vorgesehen. Ich habe mich natürlich vorher erkundigt. Für ein paar Besoffene hat sich ein Hochsicherheitsgefängnis nicht gelohnt.«

Roberts schüttelte ihm grinsend die Hand. »Wir werden dich zum Korsaren ehrenhalber ernennen«, versprach er, dann blickte er zu Ordog. »Und dich auch.«

»Hey, ich bin nicht gutmütig. Ich brauche euch noch, das ist alles«, schwächte Poolitzer ab. »Einer von den Terroristen läuft noch frei herum, und ich habe nicht vor, das Schwein entkommen zu lassen.«

Sie gingen in den Vorraum. Poolitzer zerstörte die Ü-Einrichtungen und fummelte unter dem Tisch herum. Die Seeräuber besorgten sich die leichten Betäubungswaffen, die im Schrank des Sicherheitspersonals aufbewahrt wurden: Taser und ein Sturmgewehr mit Betäubungsmunition.

»Damit kommen wir ungefähr vier Meter weit«, kommentierte Ordog. »Wir machen das anders.« Er entkleidete den besinnungslosen Oberleutnant und tauschte seinen Anzug gegen dessen Uniform aus. Perle pfiff leise durch die Zähne, als sie einen näheren Blick auf die muskelbepackte Figur des Mannes werfen konnte, auch der eine oder andere Pirat schaute neidisch.

»Vergiss ihn, Perle«, grinste der Reporter. »Der Mann ist vergeben. An eine Bestie in Elfengestalt«, feixte Poolitzer. »Tattoo würde dich in Fetzen reißen, glaub mir.«

Der Stadtkrieger rückte die Mütze zurecht und setzte die Sonnenbrille wieder auf. »Ich führe euch offiziell ab.«

»Äh«, mache Perle, »aber dein Gesicht sollte sich noch irgendwie verändern. Unser Anwalt sieht kein bisschen aus wie Barsch. Das werden …«

»Das muss er auch nicht«, unterbrach sie Poolitzer gut gelaunt, stopfte sich ein Paket in den Rucksack und hängte sich einen Taser um. »Ist alles geplant. Von hier aus sind es dreihundert Meter bis zur Rampe, wo zwei Dornier Mantas liegen. Es geht nur darum, mit einem der Hover aus Laboe zu kommen. Danach werden die netten Herren Ostseepiraten uns lotsen, um unsichtbar zu werden?« Er blickte fragend zu den Störtebekers, die sich kurz berieten und nickten. »Also, Herrschaften, dann wollen wir mal ausbrechen.«

Sie legten sich die Handschellen nur locker an, er hob die Kamera, damit es so aussah, als filmte er das Los der eingekerkerten Piraten, dann stieß er die Tür auf. *Die Show beginnt.*

Für Beobachter sah es echt aus. Eine Wache beaufsichtigte die Gefangenen, während der InfoNetworks-Mitarbeiter um sie herum sprang, schließlich lief er rückwärts auf die Beton-Anlegestelle der Schnellboote zu.

»So, jetzt kommen Sie mit den Piraten bitte langsam auf mich zu … jaaaa, sehr schön machen Sie das. Weiter, bitte, weiter …« Immer noch rückwärts gehend erklomm er die Rampe, die zum Eingang des Hoverboots *Mainau* führte. »Ja, gut so.«

Hinter sich hörte er schwere Schritte, die aus dem Innenraum des Mantas kamen, ein Schatten fiel über ihn. »Können Sie mir sagen, was Sie da tun?«, baute sich ein Maat in der geöffneten Luke auf. Misstrauisch schaute er zu den Gefangenen. »Was soll das?«

»Ich wollte einige Impressionen für einen Zwischenbericht einfangen. Keine Sorge, die wandern gleich wieder in den Bau. Ich habe das mit dem Standortkommandanten abgeklärt«, erwiderte er schlagfertig. Solange der Unteroffizier nicht an sein Waffenholster griff, bestand auf der internen Poolitzer-Alarmstufe nur Gefahrenstufe Gelb. Er schwenkte herum und näherte sich dem Soldaten. »Was dagegen, wenn ich Sie aufnehme? Wir könnten doch eine Fluchtszene improvisieren. Die versuchen auszubrechen, und Sie hindern sie daran.« Er sah die Augenbrauen des Maats, die sich bedrohlich zusammenzogen, die Hand langte nach seinem Funkgerät.

Das bedeutet Alarm-Status Orange. »Okay, wir tun doch nur so«, setzte Poolitzer nach und hob die Fuchi. »Schauen Sie mal direkt in die Linse. Ich mache einen Kontrastabgleich.« Ansatzlos schlug er nach dem Maat.

Doch er geriet an einen aufmerksamen Gegner, der auswich und Poolitzer die Faust tief in den Magen drosch. Die Wucht reichte aus, um ihn auf die Zehenspitzen zu stellen, ehe er stöhnend auf die Knie sank und dagegen ankämpfte, dass aus dem Brennen in seinen Eingeweiden ein Erbrechen wurde.

Hilfe nahte.

Mit einem Schritt war Ordog heran und drückte dem Maat die Mündung des Gewehrs in die Seite. »Stillgestanden, Seemann«, sagte er kalt. »Die Augen rechts!« Der Mann gehorchte.

Ein zweiter Wachsoldat, der im Heck gewesen war, erschien in der Luke und bekam die Stiefelspitze des Stadtkriegers so schnell gegen den Unterkiefer getreten, dass er nicht einmal Zeit zum Schreien hatte. Er polterte die wenigen Stufen rücklings runter, zurück in den Manta.

Die Piraten gingen an Bord, und Poolitzer stemmte sich keuchend auf die Beine. »Shit, der hatte einen wüsten Punch«, ächzte er, während er die Sicherungstaue löste. Allmählich bekam er wieder Luft.

»Du bist zu langsam«, kommentierte Ordog und wies Roberts an, in die Pilotenkanzel des Bootes zu gehen, um das Schiff zu steuern. »Versuch so etwas nicht noch einmal, sondern überlass es gleich mir.«

»Habe ich mich schon bedankt, dass du mitmachst?«

Ordog blieb gelassen. »Brauchst du nicht. Sieh es als Freundschaftsdienst. Du kannst dafür noch einmal einen Bericht über Michels bringen. Als Nachruf.«

»Kein Thema. Ich schneide was zusammen und setze es nächste Woche auf den Sendeplan.«

Zu viert betraten sie die Führerkanzel. Der Maat

musste den Sicherheitscode und den Retinascan-Test für sie absolvieren, damit sie das Gefährt starten konnten. Es gelang.

Roberts machte sich ganz klein und aktivierte den Motor. Die Luftpolster füllten sich vollständig, die Schubdüsen am Heck heulten auf. Die *Mainau* legte ab und steuerte auf die Ausfahrt zu. Der Maat stand eingeschüchtert stocksteif neben ihnen.

Roberts war mit dem Schiffstyp bestens vertraut. Er schaltete die manuelle Zielerfassung des kleinen Geschützturms mit der Mini-Gun auf dem Dach an und nahm das Stahltor ins Visier, auch die beiden seitlichen Raketenhalterungen richteten sich auf das Hindernis. »Nur für den Fall, dass Sie nicht öffnen«, erklärte er. »Ich schätze …«

Da siegte die Pflicht über die Selbsterhaltung des Marinesoldaten. Unerwartet stieß er mit dem Kopf nach hinten und traf den Korsaren mitten auf die Nase. Roberts taumelte blutend gegen Ordog, der ihn ohne zu zögern zur Seite schleuderte und dem Maat den Gewehrkolben gegen den Kopf schlug.

Er prallte besinnungslos gegen die Steuerkonsole und löste zusammenbrechend die gekoppelten Schiffswaffen aus. Tausende herkömmlicher Projektile prasselten gegen den Stahl und bearbeiteten ihn so lange, bis das Tor äußerst lädiert war, den Rest erledigten die Raketen. Ihre Flucht war definitiv aufgeflogen.

»Okay, jetzt ab durch die Mitte.« Roberts sprang herbei, seine Finger schnellten über Bedienelemente. Dass das Blut in Sturzbächen aus seiner Nase strömte, störte ihn nicht. Es stand zu viel auf dem Spiel, als sich darum zu sorgen. Die *Mainau* machte einen Satz vorwärts, die Düsen erbrachten ihre Höchstleistung, parallel aktivierte sich die ECM-Vorrichtung, um nicht ins Visier von automatischen Zielerfassungen zu kommen.

Das Hover-Kanonenboot durchbrach die Reste des

ramponierten Tors und donnerte hinaus in den Kieler Hafen. Zwei Marine-Hover folgten ihnen, erste Projektile sirrten ihnen nach.

Roberts schwenkte die Mini-Gun herum, um ihre Verfolger unter Beschuss zu nehmen. »Das wird eng. Die Luftpolster sind beschädigt worden, lange halten wir das nicht durch«, erklärte er die roten Warnanzeigen auf dem Display. Die *Mainau* schoss mit 180 Sachen zwischen riesigen Schiffsleibern hindurch und nutzte die schwimmenden Kolosse als Deckung. Die Fahrt war halsbrecherisch.

»Und was machen wir jetzt?« Poolitzer hasste solche Situationen. *Ich bin schon wieder in einer Action-Szene, anstatt daneben zu stehen und sie zu filmen.*

Einer ihrer Verfolger feuerte eine Anti-Schiffsrakete nach ihnen. Die rotierenden Läufe ihrer Mini-Gun sandten ihre Projektile gegen die heranzischende Gefahr, Fehlschüsse peitschten Wasserfontänen in die Höhe, bis die von Roberts ausgelöste Autoerfassung das schnelle, kleine Ziel endlich erkannte und wenige Meter vor dem Einschlag ins Heck vernichtete. Der Knall der Explosion hallte zwischen den berghohen Schiffswänden echogleich hin und her. Eine zweite Rakete wurde vom ECM-System fehlgeleitet und plumpste wirkungslos ins Wasser. Die *Mainau* verlor an Geschwindigkeit, Wasser lief in die Luftpolster.

Perle und einer von den Störtebekers stieß zu ihnen, der Mann langte nach dem Funkgerät. »Ich organisiere uns ein Taxi, das uns abholt. Meine Leute wissen, wie sie uns rausholen.«

»Drohne«, machte sie Ordog auf den Mikro-Skimmer neben dem Hover aufmerksam und nahm sich Poolitzers Taser. Er öffnete das Fenster, riss die Waffe hoch und drückte scheinbar ohne lange zu zielen ab.

Bevor die Drohne ihr leichtes MG abfeuern konnte, schnellten die Nadeln durch die Luft und trafen. Deren

Panzerung half zwar gegen Kugeln, aber nicht gegen die Tausende von Volt, welche der Taser übertrug. Der kurze Kontakt reichte aus, um die empfindlichen elektronischen Schaltkreise zu überlasten, der Skimmer schmierte augenblicklich ab.

»Cleverer Anwalt«, nickte ihm Perle zu und setzte sich. »Ich gehe in den Astralraum, falls sie uns Geister auf den Hals hetzen.« Ordogs Gesicht blieb unbeweglich, er suchte nach weiteren Drohnen.

»Wir müssen nach Westen«, lotste ein Ostseepirat Roberts ins Großhafengelände. »Wir werden von unseren Jungs in einem Seitenkanal erwartet.«

Ich will, dass es funktioniert und wir alle davonkommen, bitte. Poolitzer filmte unaufhörlich, seine verloren geglaubte Hoffnung fand sich wieder. Als er die vier Rennboote erblickte, die im Kanal mit laufenden Motoren dümpelten und sie wie versprochen aufnahmen, glaubte er wieder an ein gutes Ende.

Die Marine-Einheiten trafen nur wenige Minuten später ein, fanden aber niemanden mehr vor. Die spektakuläre Flucht der Korsaren und Störtebekers war gelungen.

IX.

DL, Norddeutscher Bund, Bremen,
03. 03. 2059, 08:41 MEZ

Der Pullman preschte mit quietschenden Reifen um die Ecke und schoss die Auffahrt zu dem luxuriösen Anwesen hinauf. Vor der Garage, neben einem unauffälligen Honda, kam die Nobelkarosse zum Stehen.

Dr. Eberhard Theis sprang aus dem Fond der Limousine. Er ging mit eiligen Schritten die Stufen zu seinem Haus hinauf, den elektronischen Schlüssel hielt er bereits in den Händen. Die drei Leibwächter folgten ihm.

Er riss die Tür auf. »Charlotte!«, rief er laut im Flur. Der leichte Mantel wehte hinter ihm her, als er ins Wohnzimmer hastete, der Hall seiner Schuhe auf dem Marmorfußboden folgte ihm.

»Charlo…«

Seine Frau saß klein und unscheinbar auf der strahlend weißen Ledercouch. Um sie herum hockten drei Männer in schwarzen Lederjacken und hielten Kaffeetassen, zwei schwarze Aktenkoffer standen auf dem Beistelltisch. Die Szenerie wirkte im ersten Moment wie aus einem absurden Film.

»Sie sind von der Polizei? Wo ist meine Tochter? Was wollen die Entführer?« Der Vorstandsvorsitzende stellte sich hinter seine Gattin und drückte ihr einen flüchtigen Kuss auf das Haar. Sie fasste seine Hand und schluchzte leise.

»Guten Tag, Herr Theis«, sagte einer der Beamten und hielt ihm seinen Dienstausweis hin. Luis Westermann, Kriminalhauptkommissar, stand da zu lesen. Er sprach ruhig und war sichtlich bemüht, durch den Tonfall die Spannung aus der Situation zu nehmen. Aufregung half niemandem etwas.

»Vielen Dank, dass Sie gleich gekommen sind. Wir haben die Leibwächter Ihrer Tochter tot aufgefunden und sofort Ihre Frau und Ihr Büro verständigt. Unsere Kollegen sicherten neben den Leichen eine Anweisung. Die Entführer wollen nur mit Ihnen reden«, erklärte Westermann die Dringlichkeit. »Oder Sie töten Ihre Tochter.«

»Wie bitte?« Theis ging um die Couch herum und setzte sich neben Charlotte, um sie zu trösten. »Und die Kidnapper wenden sich damit offen an die Polizei?«

»Profis machen das so. Wahrscheinlich die Russenmafia.« Westermann lächelte. »Da die schweren Jungs ohnehin davon ausgehen, dass wir eingeschaltet werden, übernahmen sie den Part selbst, um die Situation kontrollieren zu können.« Er deutete auf das Kom, an dem ein elektronisches Gerät installiert war. »Wir versuchen, den Anruf zurückzuverfolgen, und nehmen gleichzeitig alles auf.« Er nahm die Kaffeetasse zur Hand.

»Und jetzt?«, verlangte der Vorstandsvorsitzende ungeduldig zu wissen.

»… warten wir, Herr Theis. Bis es läutet.« Westermann schlürfte leise, seine beiden Begleiter öffneten die Aktenkoffer und nahmen Kopfhörer heraus. »Sie sehen, wir sind bestens gerüstet. Haben Sie eine Vorstellung, wer Ihnen das antun könnte, falls es sich nicht um professionelle Entführer handelt?«

»Professionelle?«, echote die blasse Charlotte.

»Sie sind reich, andere sind arm, aber bewaffnet und kriminell. Also versuchen die armen bewaffneten Kriminellen mit ihren Mitteln einen Ausgleich herzustellen, Frau Theis«, erklärte der Kommissar nüchtern. »Russen – meistens«, wiederholte er.

Theis hatte sich schon auf der Fahrt vom Werftgelände zu seinem Haus alle möglichen Verdächtigen ausgemalt. Den meisten Sinn ergab es, eine Kon-Geschichte dahinter zu vermuten. »Sicherlich«, nickte er schwach. »Es geht wahrscheinlich um meine Position als Vorsitzender von Vulkan.« An die Möglichkeit, dass die Elfen sich rächten, wollte er gar nicht denken und schon gar nicht laut aussprechen. *Das habe ich alles diesem verfluchten Reporter zu verdanken.*

»Ach ja, die Kon-Kriege, wie sie die Medien so reißerisch titulieren«, stimmte ihm Westermann zu. »Gab es Übernahmeversuche der Werft? Wir sind ...«

Das Telekom summte leise. Alle erstarrten, selbst Theis wurde durch den Laut scheinbar paralysiert. Erst nach der wiederholten Aufforderung des Kommissars stand er auf, eine Handbewegung reichte aus, um die Bodyguards neben der Couch warten zu lassen.

Der Weg bis zur Kom-Einheit zog sich, seine Glieder fühlten sich zentnerschwer an, im Spiegel, auf den er zulief, sah er um Jahre gealtert aus, immer wieder hörte er das Summen des Koms. Endlich hielt er den Hörer in der Hand.

»Theis«, meldete er sich forsch. Die Entführer sollten nicht merken, dass er vor Sorge um Irena beinahe starb.

Die reflektierende Oberfläche des Spiegels verriet ihm die Ungeheuerlichkeit, die in seinem Rücken geschah. Er schaute in die geöffneten Koffer der Polizisten, aus denen sie gerade kompakte, schallgedämpfte Schnellfeuergewehre nahmen und mit denen sie seine drei unvorbereiteten Leibwächter durch gezielte Feuerstöße erschossen. Ihr Blut spritzte umher, traf die weißen Bezüge der Couch und bildete ein seltsam anmutendes Muster.

Der Beamte, der sich als Westermann vorgestellt hatte, befand sich dabei mitten im Gefahrenbereich und trank ungerührt von seinem Kaffee. Das Vertrauen in seine Begleiter und in deren Zielsicherheit musste enorm sein.

Während die Bodyguards hinter ihm zu Boden stürzten, stellte der Anführer der falschen Polizisten die Tasse ab. Unnatürlich schnelle, eckige Bewegungen ließen auf Reflexbeschleuniger schließen, und dennoch schwappte kein Tropfen Kaffee über den Rand.

Theis schaffte es, sich umzudrehen, aber seine eigene Waffe ergriff er nicht mehr.

Westermann beendete das Leben des Vorstandsvorsitzenden der Vulkan Werft mit zwei präzise in die Nase gesetzten Quecksilbergeschossen. Die silbrige Flüssigkeit in Verbindung mit der Wucht des Projektilkörpers gab einem eventuellen Schutzengel keine Chance. Schädelstücke, Blut und Hirn spritzten gegen den Spiegel, der im gleichen Moment klirrend in Dutzende Einzelteile zersprang. Theis fiel auf den Marmorboden, die Scherben regneten auf ihn herunter.

Jennings packte die Walther weg und klaubte die Patronenhülsen vom Boden auf. Die anderen beiden Männer folgten seinem Beispiel. »Säubern« nannten sie den Vorgang.

Charlotte Theis saß wie eine Statue auf dem blutbesprühten Möbelstück, ihre Pupillen starrten ins Nirgendwo. Der Schock hielt ihren Verstand in eiserner Umklammerung.

Jennings machte sich keine Sorgen, dass die Frau ihn oder seine Begleiter identifizierte. Sie hatten sich durch einen Griff in den Schmink- und Maskenkoffer hinreichend getarnt.

Er hob den Telekom-Hörer auf, den Theis hatte fallen lassen. »Papa?«, hörte er eine Mädchenstimme am anderen Ende quengeln. »Die Schule hat gesagt, ich soll bei euch um kurz vor neun Uhr anrufen. Was ist denn da los?«

Jennings legte auf, sein Plan hatte wie immer funktioniert. »Es wird Zeit«, gab er den knappen Befehl zum baldigen Abmarsch. »Zehn Minuten.«

Sie räumten das benutzte Geschirr in die Spülmaschine und setzten sie in Gang, somit wurde der letzte Hinweis auf sie hygienisch einwandfrei ausgelöscht, ganz ohne Kalkflecken.

Wie ihm sein Auftraggeber befohlen hatte, schaute Jennings sich im Arbeitszimmer des »Kunden« um. Er sorgte für eine ansehnliche Unordnung, steckte einige CDs und Chips ein, deren Beschriftung auf etwas Geschäftliches schließen ließ, und riss die Festplatten aus dem PC.

Nun sah es wirklich nach Kon-Krieg aus, in dem er kräftig mitmischte und verdiente. Runner mit seinen Fertigkeiten wurden derzeit auf dem Markt heftig umworben. Das alte Sprichwort »Krieg belebt die Konjunktur« stimmte.

Anschließend stattete er der hausinternen Sicherheitsanlage noch einen Besuch ab, um die Aufzeichnungen zu zerstören. Perfektion war immer wieder eine neue Herausforderung für ihn.

Sie verließen die Villa und stiegen in den Wagen. Während er den Honda die Einfahrt hinunterlenkte, dachte er darüber nach, dass die »Alte Welt«, wie man in den UCAS zu Europa ein wenig abfällig und ein wenig neidisch sagte, für ihn immer interessanter wurde.

Nachdem er seiner Auftraggeberin Rose Abongi im Kampf um das Firmenimperium »Antique Enterprises« vor kurzem in St. Petersburg, Warschau und Berlin zur Hand gegangen war, folgte dieser Auftrag als Intermezzo.

In drei Tagen kehrte er nach St. Petersburg zu Abongi zurück. Die Afrikanerin hatte eine neue »Ladung«, wie sie ihn in einer Mail wissen ließ. *Das bedeutet, dass ich mir bis dahin ein wenig Urlaub gönnen kann. Ausspannen. Zwei Tage mal nichts stehlen oder niemanden tilten.*

Die kulturelle Vielfalt begeisterte den Runner am meisten. Alles lag in Europa dicht beieinander, und dennoch unterschieden sich die Länder hinsichtlich Sprache und Mentalität erheblich. Er könnte außerdem seine Sammlung von historischen Munitionshülsen und Kalibern sicherlich aufstocken, denn in Europa wurde schon viel früher als in Amerika geballert. Außerdem musste er einigen Geschäftsfreunden bairische Bierkrüge mitbringen.

Ich bin gespannt, welche Verschiedenheiten es zwischen dem NDB und dem Freistaat Bayern gibt. Jennings verstaute die gestohlenen Sachen in einem vorbeschrifteten Päckchen und hielt am nächsten Briefkasten an, um es einzuwerfen. Der Empfänger würde das Porto bezahlen.

Mit den vorgeschriebenen 50 Stundenkilometern lenkte er den Honda durch die Straßen, um pünktlich zum Flughafen zu gelangen. Bayern wartete.

ADL, Norddeutscher Bund, Boltenhagen,
03. 03. 2059, 09:40 MEZ

Jetzt wird es immer abstruser. »Perle, komm her!«, rief Poolitzer und ließ seinen begonnenen Satz, den er auf dem Laptop tippte, unvollendet. Die Nachrichten trafen ihn gleichermaßen unvorbereitet wie die Regierungen der ADL, Englands, Schwedens, Hollands, Polens und Norwegens. »Und wirf mir ein Malzbier rüber!«

»Bin ich eine Bedienung? Soll ich dir vielleicht noch einen blasen?«

Er grinste. »Später vielleicht. Ich habe im Moment nur Durst.« Er regelte die Lautstärke des Trids hoch, um ihre nicht jugendfreie Antwort zu übertönen.

»… noch keine neuen Erkenntnisse. Die unbekannte Erpressergruppe erklärte ein weiteres Mal, dass sie sich im Besitz von vier Atomsprengköpfen befindet und jederzeit bereit wäre, sie an den Küsten der Länder zu zünden«, sagte der Sprecher. Es wurden die Bilder einer Metallklappe gezeigt, die unzweifelhaft als Bestandteil einer SS-28-N identifiziert wurden. »Noch innerhalb dieses Tages sollen von den sechs Regierungen jeweils zehn Millionen Ecu auf eine vorgegebene Kontonummer überwiesen werden.«

Die Malzbierdose kam schnell aus der Tür geflogen und senkte sich in den Schritt, zielgenau traf sie ihn auf seinen kleinen Poolitzer. »Da. Gegen deinen Durst und deinen Humor.« Perle erschien grinsend und setzte sich neben ihn, ein mit Soyscheiben belegtes Brot in der Hand.

Der Reporter, der sich wie alle anderen Piraten in einem Versteck der Störtis in der Nähe von Boltenhagen befand, stöhnte auf. Mit spitzen Fingern nahm er die Dose und stellte sie auf den kleinen Beistelltisch. »Danke«, sagte er gepresst. »Jetzt habe ich weder Durst noch Bock auf mehr.«

Sie lachte. »Selbst schuld.« Aufmerksam hörte sie dem Nachrichtensprecher zu. »Diese Erpresser, ich tippe, es sind Kalb und seine Tauchercrew. Sie sitzen garantiert irgendwo wie wir in einem sicheren Unterschlupf und wollen noch mehr Geld aus dem Auftrag herauskitzeln.«

Vorsichtig öffnete Poolitzer den Verschluss. Es zischte, und brauner Schaum quoll hervor. Hastig trank er ab. »So dämlich ist die Idee auch wieder nicht. Zehn Millionen Ecu, was sind das schon für eine Nation? Die Aussichten auf Erfolg stehen aber nur scheinbar recht gut.«

»Ach?«

»Logisch. Denk mal nach. Sollte die Erpressung gelingen, nennt man das einen Präzedenzfall, dem sicherlich bald weitere folgen würden. Das dürfen wiederum die Regierungen nicht zulassen. Es ist wie beim Poker.«

»Na, der Einsatz ist ein bisschen höher«, bemerkte Perle. »Ich sage, sie bezahlen.«

Der Nachrichtensprecher schaute plötzlich aufgeregt,

er starrte auf seinen Tridprompter. »Wir bekommen soeben eine Meldung, verehrte Zuschauer. Offenbar haben Spezialeinheiten aus den ADL und Dänemark das Versteck der Erpresser knapp hinter der deutsch-dänischen Grenze bei Alsen ausgehoben. Der Zugriff erfolgte für die Erpresser überraschend. Es gab nicht einmal einen Schusswechsel.« Die Regie spielte die ersten Bilder ein, Poolitzer und Perle sahen vier ausgebaute Mirv-Sprengköpfe, die aus den entwendeten SS-28-N des russischen U-Bootes stammten, danach huschten zahlreiche Goldbarren und patinabesetzte Kunstgegenstände vorüber. »Des Weiteren stellten die Einsatzkräfte die gestohlene Luxusyacht, die einstige *Analysis* sowie ein Sharkskin-Powerboot und den Segler sicher.«

»Verstehe«, meinte Poolitzer angesichts der Szenen. »Die Umbauten unter dem Kiel dienten dazu, Schmuggelware zu transportieren. Platz genug wäre sowohl für das Gold als auch für die Atomwaffen gewesen.« Aufmerksam betrachtete er die verschiedenen Einstellungen, er zählte mit und entdeckte etwas. *Das Mini-U-Boot und das zweite SS-A1 fehlen.*

Kalb wurde vor die Linse gezerrt, er trug wieder ein schreiend buntes Hawaiihemd, das den automatischen Farbausgleich der Kamera an den Rand ihrer Leistungsfähigkeit brachte. »Nein, ich schwöre, dass eine Zündung niemals vorgesehen war«, sagte er stotternd. Man sah ihm an, dass ihn der Angriff des Spezialkommandos geschockt hatte. »Es sollte bei der Drohung bleiben. Wir hätten den Behörden nach den Geldtransfers die Koordinaten des Versteckes gegeben, damit die Sprengköpfe gefunden und gesichert werden.« Jemand packte ihn am Arm und schob ihn weiter. »Ehrlich! Wir wollten …«

»Die Staaten haben Glück, dass Kalb ein exzellenter Taucher, aber kein sehr erfahrener Spieler ist.« Poolitzer fingerte an den Knöpfen der Fernbedienung herum.

»Du bist ganz schön nervös«, stellte Perle fest und legte ihr Brot zur Seite. »Wegen der Morddrohungen, die beim Sender eingegangenen sind?«

Er lachte auf. »Nein, sicherlich nicht. Wenn du die vielen Rechtschreibfehler in den Mails und Briefen liest, schreist du dich weg vor Lachen. Mit dem IQ einer defekten Glühbirne kann man sich nicht wirklich gefährlich ausdrücken.«

Sein Blick wurde starr. Der Nachrichtensprecher verlas die Meldung vom gelungenen Attentat auf Theis, das Profis eines anderen Kons zugeschoben wurde. Liquidation und Datenraub. *Jennings! Den habe ich total vergessen!*

Sie ließ nicht locker. »Was ist es dann?«

Er ignorierte sie und versuchte hektisch, den Runner zu erreichen. Fehlanzeige. »Rufen Sie mich an«, zischte er dem AB aufs Band und legte auf. *Fuck, jetzt habe ich den Arsch doch auf dem Gewissen.*

»Poolitzer!«

»Ja?«

»Du wolltest …«

Es fiel ihm wieder ein, was er hatte sagen wollen. »Das fehlende Mini-U-Boot und die verschwundene Sharkskin«, antwortete er. »Sie waren nicht in dem Versteck, das die Bullen ausgehoben haben. Baduscheidt wird sie benutzen.«

»Glaube ich nicht.«

»Ich schon. Mehr als jemals zuvor.« Er schätzte den NA-Terroristen als einen Menschen ein, der zum einen von seinem Hass auf Metamenschen und zum anderen von seiner fanatischen Zielstrebigkeit getrieben wurde. Das bedeutete, dass er das Ziel, das Herzogtum mit Nuklearwaffen zu schädigen, weiterhin verfolgte. »Drei seiner Kumpels sind tot! Wenn er mitbekommt, dass Theis und Fröhlich-Eisner auch platt sind, wird er sofort losschlagen. Hol Roberts her, wir müssen reden.«

Bevor sie etwas erwidern konnte, fügte er rasch ein »bitte« hinzu.

Es dauerte nicht lange, und er studierte zusammen mit Roberts und Perle die Küstenverläufe.

»Das U-Boot kann tiefer als alle anderen Subs tauchen«, fasste er zusammen. »Das gibt Baduscheidt einen gewissen Vorsprung bei seinem Vorhaben.« Seine Augen wanderten über die Karte, die auf dem Bildschirm seines Laptops leuchtete. »Wenn ihr mich fragt, wären die symbolischsten Ziele die Insel Rügen mit Kap Arkona und Saßnitz.«

Perle betrachtete Rügen genauer und nahm sich einen Schokoriegel aus dem EPA-Paket, das aus den Beständen der Bundeswehr stammte, ehe es den Piraten in die Finger fiel und requiriert wurde.

»Weißt du, was mir gerade einfällt, wenn ich die Insel so vor mir sehe?«, sagte sie mehr zu sich selbst als zu den anderen beiden. »Helgoland.« Sie schauten sie abwartend an. »Wenn es Baduscheidt nicht gelingt, die Dinger abzufeuern, könnte er sie doch platzieren. Vielleicht will er Rügen sprengen? Das haben die Briten damals auch mit Helgoland versucht, hat mir meine Oma erzählt.«

Roberts lachte laut auf. »Das kannst du vergessen. Rügen ist vierhundertmal größer als das bisschen Fels im Nordseewasser.«

Der Hals des Reporters wurde trocken. Die besondere Ausbildung Baduscheidts fiel ihm wieder ein: Sprengstoffe! *Wenn jemand weiß, wo man einen Bombe anbringen musste, damit etwas in sich zusammenstürzte, ist es der Westfale.* Im schlimmsten Fall hatte der ehemalige Gardist der Bischofsgarde die 16 Bomben angebracht und einen Teil von Rügens Untergang besiegelt. *Jeder Quadratkilometer Vernichtung wäre für ihn ein Erfolg.*

»Vierhundertmal größer schon, aber die Sprengkraft, die Baduscheidt zur Verfügung steht, ist enorm.« Er blickte sie an. »Das, was du gesagt hast, ist gar nicht so abwegig«, stellte er leise fest. Das Entsetzen, die Katastrophe doch nicht abgewendet zu haben, schnürte ihm die Kehle zu. Er räusperte sich. »Ich bin kein Experte in Geologie, aber um die Randbereiche zu sprengen, wird es ausreichen, schätze ich. Er kann es schaffen. Bei dem Aufwand, den die NA betrieb, rechne ich fast mit allem.«

Roberts' Gesicht verfinsterte sich. »Wir sind raus aus dem Spiel. In Strelasund sitzt die nächste Einheit der Bundesmarine. Denen ist es ein Leichtes, die Umgebung um die Insel zu überprüfen.«

»Und wie stellst du dir das vor?«, meinte Poolitzer. »Ich rufe den obersten Marinemacker an und sage, hey, Sie kennen mich sicher, ich habe vor ein paar Tagen eingebuchteten Piraten geholfen auszubrechen, und als wir so in unserem Versteck zusammensaßen, hatten wir einen tollen Einfall. Laufen Sie mal aus und schauen Sie, ob Sie irgendwo ein paar Atomsprengköpfe finden?« Eine Möglichkeit blieb. Er tippte die Nummer Müllers in das geliehene Kom. »Müller? Hier ist Gospini! Ich habe …« Er stockte und schaute zu den anderen zwei. »Aufgelegt.« Er versuchte es ein weiteres Mal und geriet an ihren AB. »Rufen Sie mich zurück, Sie … Vermutlich steckt hinter Ihrem Verhalten irgendeine ausgeklügelte Polizeipsychologenscheiße, aber dafür habe ich keine Zeit. *Pomorya* hat keine Zeit! Baduscheidt wird Kap Arkona sprengen!« Er schaltete wütend ab.

Eine letzte Chance blieb, die nicht weniger abenteuerlicher war als das, was man bisher gemeinsam erlebt hatte. »Ich weiß, was wir machen. Wir greifen uns das russische Boot.«

Roberts' Stirn warf Falten der Verständnislosigkeit. »Was denn für …«

»Na, das Bergungsboot! Die Kaviarschlucker wollen doch ihre Raketen heben«, erklärte er den überraschten

Piraten. »Mit Sicherheit haben die gute Ausrüstung. Damit können wir Baduscheidt ausfindig machen!«

»Und dann?« Perle erinnerte sich an ihr mit Soyscheiben belegtes Brot. Erdbeergeschmack. »Wie stellst du dir das vor? Meinst du, die Russen werden uns helfen? Die letzten, die wir getroffen haben, wollten uns eigentlich umbringen.« Sie nahm einen Bissen.

»Jepp, die Russen *werden* uns helfen«, gab er sich zuversichtlich. »Schon aus eigenem Interesse. Wenn denen noch eine ihrer Cobaltbomben hochgeht, brauchen die sich an keinem internationalen Verhandlungstisch mehr sehen zu lassen, ganz zu schweigen von den Krediten der westlichen Welt, die sie brauchen.« Um ihre Skepsis weiter zu dämpfen, nahm er seinen Rucksack und kramte einen Packen Ecu hervor, die er in einem unbemerkten Augenblick aus dem Tresor aus Laboe hatte mitgehen lassen. Sie stammten von Rischankos Beute. »Das sind zwanzigtausend Steine. Kommt ihr mit oder nicht?«

Die Schamanin wirkte nicht sonderlich überzeugt, doch sie willigte ein, ihn zu begleiten. Roberts nickte nur.

Den nächsten Morgen verbrachte der Journalist damit, sich die Pläne des Mini-Tauchboots zu besorgen, mit dem der NA-Aktivist durch die Ostsee schlich und seine Bomben legte.

Der Korsar grinste nur, als er die Zeichnungen sah. »Ziviles Sub. Keine große Herausforderung, das Ding außer Gefecht zu setzen. Antrieb, Lenkung, Bullaugen sind die Schwachstellen. Sie halten gewiss großem Druck stand, aber ein gezielter Stromstoß oder eine Splittergranate vor dem Glas und schon ist Feierabend.« Er schaute Poolitzer an. »Ich habe mit den Störtebekers gesprochen. Sie sind dabei. Wir bekommen ein Boot und zwei Mann ausgeliehen, die sich bestens in der Ostsee auskennen.«

»Und wie viel wollen sie dafür?«, meinte Poolitzer resigniert, der sich bereits auf Jahrzehnte in den roten Zahlen sah. Er ging nicht davon aus, dass die ADL-Regierung ihm das Kopfgeld für Lückens oder Baduscheidt zahlte.

»Nichts. So wie wir«, meinte Roberts. »Du kannst deine zwanzigtausend Öcken behalten, Schnüffler. Es geht um mehr als um Geld. Wir haben Waterkant und ein paar andere unserer Brüder und Schwestern zu rächen.« Damit ließ er ihn stehen.

Sie legten am frühen Nachmittag ab und hielten auf die Stelle zu, an der die *Sturmvogel* gesunken war. Sie sahen den Zerstörer und die kleineren Begleitschiffe, die in einigem Abstand um ihn herum in den kleinen Wellen der See dümpelten.

Vorsichtshalber schlugen sie einen Bogen und umgingen die Koordinaten großzügig, um nicht in eine zufällige Kontrolle der Bundesmarine zu geraten. Vom Spezialistenschiff der Russen entdeckten sie nichts, also kam Perles große Stunde.

Sie hetzte durch den Astralraum über der Ostsee und stieß auf ein Hochseefangschiff. Es war ein baugleiches Modell wie das der Spetnaz-Einheit, Putin-Klasse. Der imposante Anblick weckte böse Erinnerungen. Es sicherte sich mit einer mehr als harten magischen Barriere, sofort wurde sie auf die beiden Wachelementare aufmerksam, die das Schiff umkreisten.

»Ich habe das Bergungsschiff höchstwahrscheinlich. Es schippert zehn Seemeilen ostwärts von uns«, meldete sie. »Wenn wir ihm entgegenfahren, haben wir es in einer Stunde abgefangen.«

Und wirklich trafen sie eine Stunde später auf das Schiff des Expertenteams. Per Funk baten sie um Erlaubnis, an Bord kommen zu dürfen, natürlich wurde es ihnen zunächst verweigert. Also wiederholte ein Störtebeker die Ausführungen für den Grund ihres Gesuchs so lange auf Russisch, bis sich der Expeditionsleiter meldete und ihnen der Zugang erlaubt wurde.

Sie gingen längsseits zum Bergungsschiff.

Poolitzer, Perle und Roberts kletterten die metallene Leiter hinauf und blickten in Mündungen. Keiner des Trios wunderte sich, dass sie wieder mit Waffen begrüßt wurden. Sie wurden zur Kommandantin eskortiert, eine harmlos aussehende Dame namens Ivansky, der sie ihre Theorie hinsichtlich der verbliebenen 16 Sprengköpfe erläuterten.

»Die Stelle, an der das U-Boot liegt, ist sicher. Die deutsche Marine hat einen Zerstörer direkt über dem Wrack liegen, der jegliche Annäherung sofort bemerkt. Sie müssen uns helfen, die Gewässer um Rügen zu überprüfen«, appellierte Poolitzer eindringlich. »Sie würden dem Herzogtum und der ADL unglaublich helfen und vor allem das weltweite Ansehen der russischen Regierung aufpolieren.« Er betrachtete sie und zwinkerte vertraulich. »Vielleicht ist sogar eine außerplanmäßige Beförderung für sie drin, Kommandantin?«, stellte er ihr in Aussicht. Er hob seine Arme und malte eine imaginäre Schlagzeile in die Luft. »Stellen Sie sich vor, SIE, Kommandantin Ivansky, retten Terra Nobilis vor dem sicheren Untergang und Ihre Heimat vor Schmach! Sie bekämen den Titel ›Heldin Russlands‹, glauben Sie mir!«

Die Schamanin und der Korsar schwiegen. Poolitzers charmante Art, sein unwiderstehliches Lächeln und seine Überzeugungskraft mussten den Weg ebnen. *Wie gut, dass die Russin seine wahre Art nicht kennt.* Jedenfalls hoffte Perle das.

Ihre Hoffnungen erfüllten sich. »Ich muss mich mit Moskau abstimmen. Warten Sie.« Ivansky hielt mit ihren Vorgesetzten eine knappe Rücksprache. »Einverstanden. Wir wenden das Schiff nordwestwärts.« Sie nahm Kurs auf Kap Arkona und gab Anweisungen.

»Sie drei begleiten uns, aber Ihre Männer bleiben auf Ihrem Boot und kehren zurück. Wir brauchen keine Anhängsel.«

Poolitzer, Roberts und Perle willigten ein.

Die Mannschaft bereitete alles zum Absetzen der Schlepphydrophone vor. Für das passive und aktive Sonar war es eine Kleinigkeit, das nicht militärische und somit wegen fehlender Abwehrmechanismen leicht ortbare U-Boot aufzuspüren.

Parallel dazu wurden die eigenen beiden Subs besetzt. Sie verfügten über Greifarme, Schneidbrenner und Schneidwerkzeuge, die normalerweise dazu dienten, Stahlträger oder andere Hindernisse beim Heben eines Wracks zu beseitigen. Die Gerätschaften waren außerdem hervorragend geeignet, wenn es um das Aufbringen eines anderen Unterwassergefährts ging.

Poolitzer wich mit seiner Kamera keine Sekunde von der Brücke. »Keine Bange, ich verfremde das«, beruhigte er die Kommandantin.

»Das will ich meinen, oder wir schicken Ihnen jemand, der Sie verfremdet«, lautete ihre trockene Erwiderung. Perle musste lachen. »Wir sind in der Dreimeilenzone Pomoryas, wie Sie sehen«, verkündete sie. »Zwei Schnellboote der pomoryanischen Küstenwache halten auf uns zu.« Sie drehte den Funk lauter, damit ihre Gäste hören konnten, was gesagt wurde.

»Drehen Sie augenblicklich ab, oder wir eröffnen das Feuer.« Die Elfen reagierten auf ungebetene Besucher noch unfreundlicher als sonst.

»Unterwassermikrophone aussetzen«, befahl sie ruhig. »Ich will einen schnellen Scan einleiten, ehe wir uns der Anweisung beugen«, erklärte Ivansky. Um die Elfen hinzuhalten, begann sie eine Argumentationsschlacht mit dem Hinweis, dass das Seerecht eine friedliche Durchfahrt der Zone jederzeit erlaubte. Sie ließ die Motoren drosseln und nutzte den Restschub, um langsam vorwärts zu gleiten. Die Schnellboote stoppten ihre Antriebe ebenfalls. Das war für das Lauschen mit den sensiblen Sensoren umso besser.

»Ich habe Kontakt.« Neben den üblichen Punkten und Echos, die von Fischschwärmen, identifizierten und registrierten U-Boot-Fähren oder Crittern stammten, fiel dem russischen Rigger an den Auswertungskonsolen eine kleine Resonanz auf, die er sich nicht erklären konnte. »Sie bewegt sich mit rund zehn Knoten in gerader Linie ostwärts von Kap Arkona weg.«

»Das kann unser gesuchter Freund sein«, meinte Ivansky in Richtung des Reporters. »Er ist aber noch in der Dreimeilenzone. Die Patrouille will uns nicht weiterfahren lassen.«

»Geben Sie mir mal das Mikro«, verlangte Poolitzer und übernahm das Verhandeln, ohne dabei den kleinen Punkt auf dem Radarschirm aus den Augen zu lassen. *Es handelt sich wirklich um ein Mini-Sub.* »So, Herrschaften, schauen Sie mal auf Ihre Sonarschirme. Das ist ein Sub, das Ihnen Atom-Eier legt. Wir sind hier, um den gefährlichen Terroristen aufzuhalten, ehe er eine Katastrophe in Pomorya anrichtet«, sagte er eindringlich. »Lassen Sie die Felsen unterhalb von Kap Arkona sofort überprüfen. Ich bin mir sicher, dass er dort einen der Atomsprengköpfe deponiert hat.«

»Wer sind Sie?«, wollte die Patrouille wissen.

»Poolitzer, der bekannte …« Zu spät erinnerte er sich an das Telefonat mit Myriams Schwester.

»Wenn Sie wirklich Severin Timur Gospini sind«, bekam er ohne Verzögerung zur Antwort, »sollten Sie schleunigst sehen, dass Sie außerhalb der Hoheitszone kommen. Wir haben Sie überprüft und eine herzogliche Verfügung gegen Sie vorliegen. Sie dürfen nicht nach Pomorya einreisen, Herr Gospini.«

Fuck! Das gibt es doch nicht! Die Rache von Myriam Teleam hatte er nicht bedacht. Sein Status war »unerwünschte Person«, das war ihm entfallen. Entweder er ging von Bord und trieb auf einem Schlauchboot auf der Ostsee herum, um sich später auflesen zu lassen, oder aber das russische Schiff durfte nicht weiter.

»Lassen Sie doch diese Kinderkacke«, raunzte er ins Mikro. »Es geht um Ihr verheißenes Land, Elf. Wollen Sie sehen, wie das Kap und die Heiligtümer in einem gleißenden Feuerball vergehen? Dann machen Sie nur weiter so!« Er hielt die Finger einen Moment lang abschirmend über das Mikro. »Ruf die Störtebekers an«, sagte er leise zu Roberts. »Sie sollen ihre besten Männer sofort herschaffen. Am besten mit Wasserbomben oder einem Trupp Schamanen.« Er wandte sich Perle zu. »Schau bitte nach, was Baduscheidt da unten macht. Und wirf mir nicht wieder was auf die Eier, nur weil ich dich um was gebeten habe, okay?«

Sie nickte feixend, wurde aber sofort wieder ernst. »Wird nicht einfach werden.« Sie setzte sich in Ivanskys Kommandosessel und schloss die Augen.

»Ich fordere Kommandantin Ivansky auf, die Hoheitsgewässer des Herzogtums zu verlassen oder die unerwünschte Person entweder an uns zu übergeben oder sie auszusetzen, damit sie sich aus der Dreimeilenzone entfernt«, verlangte man von pomoryanischer Seite aus stringent.

»Heiliges Arschloch! Da liegt wahrscheinlich eine Atom…«, begehrte Poolitzer unflätig auf.

»Wir haben eine Prüfung Ihrer Aussage bereits in die Wege geleitet«, unterbrach ihn der Elf hart. »Kommandantin Ivansky, ich muss Sie bitten, meiner Aufforderung unverzüglich nachzukommen, oder wir zwingen Sie dazu.«

Ivansky nickte dem Rigger zu, die Motoren des Schiffes sprangen an.

Es muss einen Weg geben. Fluchend nahm Poolitzer sein Kom hervor und versuchte, Aurora zu erreichen und kam durch! Er wartete gar nicht ab, ob und was sie zu ihm sagte, sondern erklärte ihr mit knappen Worten, worum es ging.

»Du musst deine Schwester oder von mir aus den Herzog anrufen, dass diese Patrouillen uns auf der Stelle durchlassen! *Bitte!*«, drängte er sie. »Wir haben alles an Bord, um die Nuklearsprengköpfe unschädlich zu machen und eine Katastrophe zu verhindern.«

Das Schiff setzte rückwärts und bewegte sich Stück für Stück in internationale Gewässer. »Subs raus«, befahl die Russin augenblicklich. »Wenn es die Elfen nicht interessiert, was unter der Oberfläche der Ostsee vorgeht, tun wir es dem Terroristen einfach nach.«

Perle riss die Lider in die Höhe, die Farbe war aus ihrem sonnengebräunten Gesicht gewichen. »Fünf«, stammelte sie entgeistert. »Fünf Objekte, die im Astralraum alles andere als gut aussehen.« Sie deutete nach vorne. »Unterhalb von Arkona.«

»Hast du gehört?« Poolitzer gab die Erkenntnis der Schamanin sofort an Aurora weiter.

»Ja. Bist du dir sicher mit dem, was du machst?«

»Atombombensicher«, sagte er grimmig.

»Halte das Kom ans Funkgerät.« Es entspann sich ein seltsamer Dialog in Sperethiel, dessen Inhalt sich den Umstehenden entzog.

»Sie dürfen passieren«, sagte die schlecht gelaunt klingende Stimme des pomoryanischen Funkers nach schier unendlich langer Zeit. »Schauen Sie nach den Objekten. Wir informieren den Bundeswehrstützpunkt in Strelasund, dass sie uns Hilfe schicken sollen.«

Die russischen U-Boote nahmen Fahrt auf und näherten sich dem Küstenstreifen, während die Elfen abdrehten und nach den Anweisungen des Bergungsschiffs die Verfolgung von Baduscheidt aufnahmen.

»Das Signal verharrt seit einigen Minuten an einer Stelle.« Poolitzer zoomte mit der Fuchi über das Meer.

Er erspähte einen kleinen, schwarzen Fleck, der auf den sanften Wellen der Ostsee tanzte, die Lage stimmte jedoch nicht mit der Position des gegnerischen Unterwassergefährts überein. »Mh … da ist was, aber …«

Die Kommandantin bemerkte seine Regungslosigkeit, griff nach einem elektronischen Feldstecher und spähte ebenfalls hinaus. »Da schwimmt ein Mann«, sagte sie, damit die anderen erfuhren, was sie sah. »Er trägt einen Neoprenanzug. Er …« Sie stockte. »Jetzt schwebt er frei in der Luft! Ungefähr einen Meter über dem Wasserspiegel. Ein Magier?«

»Nein! Es ist die getarnte Sharkskin!«, begriff Poolitzer. »Der Typ hangelt sich auf das Powerboot hinauf! Er versucht abzuhauen!« Das bedeutete nichts Gutes, schlimmstenfalls waren seine Vorbereitungen für den großen Knall abgeschlossen. »Perle, du musst ihn am Einsteigen hindern!« Rasch schraubte er einen anderen Linsenvorsatz auf, um eine bessere Nahaufnahme zu erhalten.

Gleichzeitig lief die Meldung der russischen Bergungs-Subs auf, dass sie fünf Sprengköpfe gefunden hätten. Sie waren durch mehrere Kabel miteinander verbunden, kleinere Kästen befänden sich auf der Außenseite. Die Anwesenden auf der Brücke warfen sich bange Blicke zu.

»Macht die Nuklearwaffen unbrauchbar.« Ivansky berührte gedankenverloren ihren Kreuzanhänger, der sich unter ihrem T-Shirt abhob. »Haltet euch nicht mit den angebrachten Fernzündern auf. Dringt sofort ans Innere vor, um die Elektronik auszuschalten.«

Poolitzer erlitt einen Schweißausbruch, als hätte er einen Tausend-Meter-Lauf in zehn Sekunden absolviert. »Meine verehrten Zuschauer, gelingt den Russen das Kunststück, kann der Terrorist so oft auf den roten Knopf drücken, wie er will. Vollbringen sie es nicht, steht Nord-Rügen die Apokalypse unmittelbar bevor. Suchen Sie Ihre Sonnenbrillen und die Sonnencreme, falls es unvermittelt hell werden sollte.«

Perle, die kurz wieder in den Astralraum eingetaucht war, kehrte zurück. »Er hat einen Magier bei sich. Ich komme nicht an die beiden ran. Eine Barriere«, berichtete sie tobend und erschöpft zugleich. »Sie haben mich abgewehrt.«

Ivansky entschied sich für rohe Gewalt. Sie machte die beiden pomoryanischen Schnellboote auf den Mann aufmerksam und warnte sie, dass sie mit Widerstand zu rechnen hätten.

»Verstanden.« Die Patrouillenschiffe änderten den Kurs und hielten auf Baduscheidt zu.

So, du Sack. Gleich bist du fällig. Die Fuchi lieferte Poolitzer endlich klare Aufnahmen vom meernassen Gesicht des NA-Terroristen, der in gebückter Haltung einen Meter über dem Wasser schwebend herumtastete, dann zog er etwas nach oben und sprang. Plötzlich war er verschwunden. *Er sitzt in der Kanzel des SS-A1.* »Macht schon, ihr Löwenzahnfresser«, murmelte er aufgeregt.

Er beobachtete, wie sich die Zwillingsschnellfeuergeschütze am Bug der Boote hin und her bewegten, doch den Riggern, die für die Bordwaffen zuständig waren, fehlten die Ziele. Noch spürte das Radar den Sharkskin nicht auf. »Sind Sie sicher?«, fragte man über Funk nach. »Wir haben …«

»Sie sind da, aber sie werden sich nicht rühren!«, rief er ins Mikrofon. »Sobald sie den Motor starten und losfahren, werden sie wegen des Kielwassers sichtbar. Feuern Sie auf die angegebene Position.«

Die Geschütze begannen mit großflächigem Streubeschuss. Wie bei einem Springbrunnen stieg das Wasser in kleinen Säulen nach oben. Die Salven tasteten sich an die Stelle heran, wo die Terroristen verharrten.

Da verlor der Pilot des SS-A1 die Nerven. Das ruhige Wasser der Ostsee wirbelte an einer Stelle plötzlich auf, Schaum entstand, somit war der Standort verraten.

Auf Poolitzer hatte es den Anschein, ein Geisterschiff

zöge seine schnelle Bahn. Die Holo-Tarnung funktionierte nach wie vor einwandfrei, die Terroristen wurden nur durch die indirekten Zeichen erkennbar. »Da! Seht ihr ihn endlich?«

Er bekam keine Antwort. Den elfischen Riggern fiel es leicht, dorthin zu feuern, wo der Rumpf des Bootes sein musste, aber wie durch ein Wunder detonierten die Explosivgeschosse in der Luft. Eine neuerliche Barriere, dieses Mal gegen weltliche Angriffe aufgebaut, verlieh den Flüchtenden Schutz.

Schon wenige Augenblicke darauf befand sich das unsichtbare, 2600 PS starke Boot außerhalb der Reichweite der konventionellen Waffen. Die pomoryanischen Schnellboote wurden langsamer, fielen zurück und drehten ab. Eine Verfolgung ergab bei der überlegenen Geschwindigkeit der SS-A1 keinen Sinn.

»Nein! Shit!«, ärgerte sich Poolitzer maßlos. »Gibt es denn nichts, was es mit dem verfuckten Boot aufnehmen kann?«

Seine Frage erhielt eine überraschende Antwort.

Mit einem lauten Dröhnen schossen zwei Bac-Dassault-MBB der EFA-Variante knapp über das Wasser hinweg. Die Kampfjets, die von den Marinefliegern in Strelasund eingesetzt wurden, setzten zu einem ersten Orientierungsüberflug an.

»Amen, Gott der Unterhaltung!«, lachte er beinahe hysterisch. »Los, blast ihn aus dem Wasser!« Er sah sich bereits in einem Atomblitz verschwinden. *Fuck, was mache ich, wenn er noch so einen Sprengkopf im Boot hat?*, durchfuhr es ihn. Er schaute in die Gesichter der Menschen auf der Brücke. Sie alle sahen mehr als angespannt aus. Jeder wusste, worum es ging.

Die Kampfjets der Bundesmarine flogen einen synchronen Looping und kehrten zurück.

Unter ihren Tragflächen lösten sich mehrere Raketen, die auf einem weißen Abgasschweif ihrem Ziel entgegenritten. Zwei prallten gegen die magische Barriere, vier schlugen nutzlos ins Wasser ein. Das ECM-System des Powerboots hatte sie erfolgreich bei ihrer Zielsuche abgewehrt.

»Hey! Hey! Los, kommt gefälligst zurück, ihr Nasen! Noch mal!«, brüllte Poolitzer. »Lernt ihr diesen Scheiß in eurer Ausbildung, hä? Da werden selbst …«

»Beruhig dich endlich«, versuchte Perle ihn zu beschwichtigen. »Du machst uns alle taub mit deinem Geschrei.«

Die Flieger drehten ab und starteten einen zweiten Versuch. Im Tiefflug donnerten sie mit knapp dreißig Metern Abstand über das Wasser. Unterhalb der Kanzeln richteten sich dünne Läufe aus, bereits aus weiter Entfernung begannen sie mit dem Beschuss, um rechtzeitig eine Korrektur vornehmen zu können. Gleißend grüne Strahlen zuckten ins Meer nieder. Wo sie ihr Ziel verfehlten, entstanden kleine Dampfwolken.

Aber die Piloten trafen auch, die Barriere des Magiers hielt nicht länger stand.

Der schlanke Rumpf der SS-A1 flackerte stroboskopartig auf und wechselte zwischen Tarnung und Sichtbarkeit hin und her. Die Laserschüsse hatten die Holo-Vorrichtung zumindest beschädigt. Dann quoll weißer Rauch aus dem mehrfach gelöcherten Heck, das Powerboot verlor an Geschwindigkeit.

Nach einem weiteren Treffer des gebündelten Lichtstrahls verging die hintere Sektion in einem Feuerball. Die zerstörte Brennstoffzelle löste eine Kettenreaktion aus und riss die gesamte Konstruktion mit sich ins Verderben. So viel Wucht verkraftete nicht einmal die Kohlenfaserstruktur. Treibstoff und Munition entzündeten sich, die gesamte Sharkskin verschwand in einer sich aufblähenden Flammenkugel.

Poolitzer kniff die Augen zusammen, weil er mit einer neuerlichen Detonation rechnete. Einer Atomexplosion.

Zu seiner riesigen Erleichterung ereignete sich nichts dergleichen. Er ertappte sich dabei, seltsamerweise an Gee Gee gedacht zu haben.

»Hier Entschärfungsteam eins«, schnarrte es aus dem Funkgerät. »Es kam zwar ein Funkimpuls bei den Bombenzündern an, doch wir hatten die Steuerungselektronik der Nuklearwaffen bereits unschädlich gemacht.«

»Gute Arbeit«, lobte die Kommandantin. »Das gibt eine Flasche Wodka extra.«

Nun musste der Seattler doch laut schlucken. *Ganz knapp,* dachte er leicht paralysiert und unfähig, die Vision eines Spaltpilzes aus seinen Vorstellungen zu verjagen. Um ein Haar wäre er zusammen mit Kap Arkona zu einem Häuflein Asche und Glas verbacken. *Ha! Ausgerechnet bei dem Versuch, den Fascho-Elfen den Arsch zu retten, wäre ich draufgegangen.* Er grinste. *Das Schicksal mag Ironie.*

Erleichtert lachte er los. Die Anspannung löste sich in lauter Heiterkeit, in der die Freude, immer noch am Leben zu sein, deutlich mitschwang. Sogar die Russen stimmten mit ein.

»Na, wie haben wir das gemacht?« Poolitzer fing ihre fröhlichen, euphorischen Gesichter mit der Fuchi ein und wandte sich zu Perle. »Um noch mal auf dein Angebot von früher zurückzukommen, ich könnte jetzt.« Dabei fiel sein Blick durch die Scheibe der Brücke nordwärts auf die offene See.

Eine gewaltige Druckwelle presste von unten gegen die Wasseroberfläche, stülpte sie empor und bildete eine schimmernde, meterhohe Kuppel. Die fragile Ausbuchtung barst spektakulär auseinander und ging in eine immense, gewaltige Wassersäule über. Der in ihrem Innern enthaltene Dampf durchbrach den oberen Teil der bizarren, vergänglichen Skulptur, die mehrere Lidschläge lang bewegungslos in der Luft stand. Die Dunstwolke verformte sich weiter und nahm eine verfranste, federbuschartige Gestalt an.

Oh, fuck! Wir haben einen Sprengkopf übersehen.

Nun erreichte sie der Knall der Explosion, der die Scheiben zum Klirren brachte. Die übrigen Passagiere und Besatzungsmitglieder fuhren herum. »Nein!«, wisperte Perle erschüttert und begann zu zittern.

Ivansky reagierte souverän. Sie rief Befehle, die Motoren des Bergungsschiffs sprangen an und liefen auf vollen Touren. Es beschleunigte und hielt sich westwärts.

Reiß dich zusammen, Gospini. Mach deinen Job. Er filmte weiter, die Professionalität siegte über das Grauen.

Die Wassersäule schraubte sich immer höher, bis sie ihren Scheitelpunkt erreichte und zusammenstürzte. Ein tonnenschweres Gewicht fiel zurück und verdrängte die bereits nachgeströmte Ostsee wieder. Durch die Gesetze der Physik entstand eine Basiswelle, die auf ihre Position zu rollte.

ADL, Norddeutscher Bund, Rostock,
08. 03. 2059, 09:06 MEZ

»Insgesamt werden vier Fischkutter vermisst, zwei Fähren in der unmittelbaren Nähe des Detonationsorts gerieten in Seenot«, verlas der Nachrichtensprecher die letzten Neuigkeiten. »Ausläufer des gewaltigen Brechers überfluteten Teile der idyllischen Hiddensee, die Bevölkerung der flachen Insel musste aus der Luft evakuiert werden.«

Da hatten wir gehörig Schwein, stellte Poolitzer angesichts der Bilder fest, die er im Zimmer des Rostocker Hotels Hansa Hof bestaunte. Ihr Schiff hatte gegen die Wellen gekämpft, stampfte und schlingerte gewaltig, letztlich bedeuteten sie keine Gefahr.

Wenn er aus dem Zimmer an den Strand schaute, sah er, wie tote Fische und Meerestiere weiter draußen in der Ostsee dümpelten, darunter auch einige Critterwesen. Die Flut spülte ihre toten Leiber an den gesperrten Strand. An den meisten Stränden von Rügen und der Ostseeküste des Festlands sah es so aus.

Poolitzer ließ das Trid laufen und zeichnete auf, wie die verstrahlten Kadaver durch Spezialeinheiten der Bundeswehr zusammengetragen und mit Lkws abtransportiert wurden. Das Militär und die Bundesregierung schwiegen sich darüber aus, wohin man die Überreste brachte.

»Die Atomexplosion ging nach den jüngsten Erkenntnissen auf das Konto der Letzten der Erpresserbande um John Kalb, die einen Versuch unternommen haben, ihre Komplizen aus dem Gefängnis zu holen und das verlangte Erpressungsgeld auch noch zu erhalten«, hörte er den Sprecher die offizielle Verlautbarung verkünden. »Die Ermittler gehen davon aus, dass wegen unsachgemäßer Handhabung eine der Nuklearwaffen detonierte, dabei kamen auch die restlichen Erpresser ums Leben.«

Poolitzer knurrte. *Die Regierung tut alles, um die Wahrheit zu vertuschen.* Man wollte keine zusätzliche Aufregung im Land. Storys über Elfenhasser, die Terra Nobilis vernichten wollten, schreckten womöglich auch die anderen Elfenstaaten in Irland und Amerika auf. *Schon klar, ihr Feiglinge. Ihr wollt keine heftigen Reaktionen im In- und Ausland. Ich übernehme diesen Job sehr gerne.*

Er senkte die Kamera und schaltete auf InfoNetworks, die seinen Beitrag »Die NA-Bombe« im Stundenrhythmus ausstrahlten, wobei er ihn immer wieder mit dem Material vom russischen Bergungsschiff via Modem aktualisierte. Mit dabei war selbstverständlich auch die Aufzeichnung des Gesprächs zwischen Aurora Teleam und dem pomoryanischen Schnellboot.

Parallel dazu schrieb er den nächsten Artikel und stellte ihn auf den Server des Schattenlands, um die Propaganda gegen die DNP in der Matrix zu forcieren, indem er auf die Verwicklungen von Westfalen, DNP und Vulkan Werft hinwies.

Auch wenn er solche Behauptungen in den regulären Sendern nicht aufstellen durfte, das Schattenland war ein dankbarer Abnehmer für seine Theorie. Mit ein bisschen Glück würde sich niemand trauen, die vakanten DNP-Mandate anzutreten, die Furcht vor dem Schicksal, das Fröhlich-Eisner und »Die wilden 13« ereilt hatte, musste geschürt werden.

Er schaute sich in der Matrix um und blieb auf einer Seite hängen. *Schau an. Es gibt doch noch Menschen mit Engagement.* Es formierte sich eine »Aktion gegen Nazis«, die dazu aufrief, man möge bei zukünftigen Wahlen alles, nur nicht die Nationaldeutschen ankreuzen.

Er zappte durch die Kanäle.

»… passt genau in das Bild der Menschen, wie man sie am besten kennt. Es war eine Verschwörung, um Terra Nobilis zu vernichten. Es ist die Angst der Menschen vor dem Besseren, dem Überlegenen. Und ich weißt nicht, wie viele heimlich geklatscht hätten, wäre die Bombe in Arkona detoniert.«

Er hob den Kopf. Das Gesicht kannte er. *Toll. Das hat noch gefehlt.* Ausgerechnet Graf Wratislas von Vineta meldete sich im Trid zu Wort und polterte in seiner üblichen rassistischen Art gegen Menschen und vor allem gegen die Rechten. *Dir sollte man einen Maulkorb verpassen, rassistischer Idiot. Wegen dir wählen die Menschen erst die Faschos.*

Poolitzer wählte die Nummer von InfoNetworks. »Hoi, Burmeister.«

»Hoi, Mitarbeiter des Jahres«, erwiderte der CvD. »Bleiben Sie, wo Sie sind. Einige Typen suchen nach Ihnen und würden Ihnen wegen Ihrer Wahrheitsberichte gerne den Kopf von den Schultern reißen.«

»Und Sie?«

»Nein, ausnahmsweise nicht. Unsere Buchhaltung weiß bald nicht mehr wohin mit der Kohle, die wir in den Werbepausen einfahren«, lachte er. »Bei uns wollen so viele Firmen werben, dass wir nur noch Werbung senden könnten.«

»Dann steigt mein Honorar?«

»Keine Frage, Poolitzer. Sie sind der beste Mann«, kam es sofort.

»Chef, ich schicke Ihnen gleich was Neues. Bauen Sie es in der bewährten Art ein. Bis denn!« Er ging an den Strand, wo sich die Bundeswehreinheiten des Strahlenschutzes am Strand ein Stelldichein gaben.

In den Spezialanzügen wirkten die Soldaten wie Aliens, die Faunaproben auf einem fremden Planeten einsammelten. Die von ihm interviewten Tierschützer von Greenpeace waren den Tränen nahe.

»Die Renaturierungsversuche des verseuchten Küstenabschnitts gelten als zurückgeworfen, aber glücklicherweise nicht gänzlich zunichte gemacht«, erklärte er zu den Aufnahmen. »Ein Spezialist von Greenpeace meinte, die Hauptstrahlung sei mitten in der Ostsee verblieben, die Konzentration der Strahlung werde durch das Wasser verringert. Spuren der Strahlungswolke fanden sich nicht.«

Böse und wahrscheinlich rechtsradikale Zungen behaupteten, von Pomorya eilig beschworene Luftelementare und Windgeister fingen die Wolke mit den Spaltprodukten ab und trieben sie in die ohnehin unbewohnten Gebiete des entvölkerten Workuta. Messdaten belegten, dass es in den Außenbezirken der menschenleeren Stadt einen schwachen Sturm und danach einen rapiden Anstieg der atomaren Verseuchung gegeben hatte.

»Ich …« Poolitzer erhielt einen Kom-Anruf. »Hallo und vielen Dank, dass Sie meine Aufnahme …«

»Hier ist Müller«, hörte er die Frauenstimme. »Hören Sie, Gospini, mir kam die Aufgabe zu, mich bei Ihnen für Ihren Einsatz zu bedanken.«

»Was?«, entfuhr es ihm. Damit hatte er nicht gerechnet. »Können Sie das noch mal sagen, ich möchte es aufnehmen.«

»Pech gehabt. Aber Sie sollen wissen, dass man Ihre Strafen nun offiziell zur Bewährung ausgesetzt hat und man Ihnen wegen der Beihilfe beim Ausbruch der Piraten aus dem Bundeswehrstützpunkt keinen Strick drehen wird. Es ist das Dankeschön von Mutter ADL.«

»Dann sagen Sie der Mutter, dass sie mir die auf Baduscheidt ausgesetzte Prämie in Höhe von hunderttausend Ecu schuldet«, verlangte er frech. Die BKAlerin legte auf.

Er wagte seinen Augen nicht zu trauen, als er drei Stunden später die geforderte Summe auf seinem Konto vorfand.

Einen Verwendungszweck für den Reichtum fand er leider viel zu schnell. Einen guten Teil davon lud er auf zwei Ebbis und übergab sie Perle und dem Kontaktmann der Störtebekers, damit die Piraten wenigstens auf diese Weise in den Genuss von ein wenig Reichtum kamen, wenn schon aus den Booten und dem Gold nichts geworden war.

Ein winziges Stückchen zwackte er für sich ab, der Rest ging auf ein Konto in Seattle. Den Anfall von Menschenfreundlichkeit bereute er zwar gleich wieder, wagte es aber nicht, die Kohle zurückzuverlangen. Es hätte zu schäbig ausgesehen. Selbst für ihn.

Anschließend bereitete er sich auf ein besonderes Treffen vor.

X.

**ADL, Herzogtum Pomorya, Saßnitz,
06. 03. 2059, 14:01 MEZ**

Schöner Dreck. Es ärgerte Poolitzer ungemein, dass er nichts, aber auch gar nichts dabei hatte, mit dem er die Pracht des Herzogpalasts aufzeichnen konnte. Die Durchsuchung war so gründlich erfolgt, dass nicht einmal die kleine Knopfkamera an seinem Jackett verborgen blieb. Metallsuchgeräte und das Askennen durch einen sehr fähigen Magier griffen mit Effizienz ineinander. Jetzt stand er in der Wartehalle und tat das, was man im Allgemeinen in Wartehallen macht: warten eben.

Die Architektur stellte etwas Besonderes dar. Die Umschreibung »nicht menschlich« passte am besten. Filigrane Elemente, wie man sie aus barocken Bauwerken kannte, verbanden sich mit dem naturorientierten elfischen Stil zu etwas Neuem, das den unbedarften Betrachter staunen ließ.

Sein Armband-Kom vibrierte. »Ja, Poolitzer?«

»Hier ist Jennings. Was haben Ihre Nachrichten auf dem AB gesollt?«

Poolitzer hörte im Hintergrund seltsames Klirren, die leisen Töne einer Ziehharmonika und ein lang gezogenes »Juuuuhuuhu«. »Verhören Sie gerade jemanden? Wo stecken Sie denn?«

»In einem Münchner Biergarten«, erwiderte der Runner. »Was Sie hören, nennt man hier bairische Folklore. Also?«

»Mann, Jennings, sind Sie wahnsinnig geworden? Ich hatte Ihnen doch gesagt, dass ich die braune Lieferung abbestellt habe!« Poolitzer schaute sich um, ob jemand zufällig in seiner Nähe stand, er senkte seine Stimme auf ein Flüstern herab.

»Haben Sie nicht.«

»Habe ich nicht?«

»Nein. Sie überwiesen mir die exakte Summe für die Lieferungen einschließlich des verabredeten Stichworts.«

»Nein, fuck, habe ich nicht!«, protestierte er beharrlich.

Schweigen von Jennings, nur das Klirren und das gejuchzte »Juuuhuuhu« dröhnten aus dem Hörer. Sie verstanden beide, dass etwas nicht mit rechten Dingen gelaufen war. Der Runner und sein Team hatten Wetwork für jemanden ausgeführt, der die Interessen des Journalisten teilte und weniger Skrupel besaß.

»Ich kläre das«, sagte Jennings nach drei Sekunden. »Die Leitung ist anscheinend nicht sicher. Bis denn.« Er legte auf.

Müller! Für Poolitzer blieb nach kurzem Überlegen nur Müller als Schuldige. Das BKA musste ihn oder sein Kom bei einem der Treffen verwanzt haben. *Diese Bastarde! Sie haben mich eingespannt, um mich die Drecksarbeit verrichten zu lassen.* So sehr er sich darüber aufregte, umso mehr erleichterte es ihn, nicht die Schuld am Ableben von Jennings' Opfern zu tragen.

Was kommt jetzt wohl? Er drehte die Einladungskarte, die ihm Herzog Jaromar Greif hatte zukommen lassen, zwischen den Fingern der linken Hand. Mit ihr gelang ihm die Einreise ohne weitere Probleme, und so stand er nun in der Vorhalle und wartete, dass etwas geschah. Die Umsetzung der »Invitation zu einer privaten Nachmittagsaudienz« verzögerte sich anscheinend.

»Folgen Sie mir bitte.« Ein Elf tauchte plötzlich hinter ihm auf, ging an ihm vorüber und lotste ihn in einen hohen Raum von saalgleichen Dimensionen. Die beiden Flügel der mannsgroßen Fenster standen offen und gaben den Blick auf die Altstadt frei.

Es war eine Mischung aus alten, liebevoll restaurierten oder sanierungsbedürftigen und teilweise neuen Häusern, die verschlungene kleine Gassen und Treppen miteinander verbanden. Einige der ehemaligen Restaurants, Kneipen und Cocktailbars waren zu exklusiven Wohnhäusern umgewandelt worden.

Poolitzer erinnerte sich an das auf die Schnelle Recherchierte. Die Zahl der Touristen sank beständig. Besser gesagt, die Zahl der nicht elfischen, gering verdienenden Touristen. Dennoch existierten immer noch eine ordentliche Anzahl Hotels, Pensionen oder private Kleinvermieter in der Altstadt. *Hier gibt es garantiert keinen Verkehrslärm, der einen am Morgen weckt.*

Nur einige Meter weiter lag der Hafen, von dem aus die Fähren nach Dänemark, Schweden, Litauen und Russland starteten. Von hier legten auch die Ausflugsschiffe zu den Ostseebädern entlang der berühmten Kreideküste ab.

Die Ostsee glitzerte geheimnisvoll. Man sah ihr nicht an, welche Tortur sie einige Meilen von hier durchlebte.

Die warme Frühlingssonne sandte ihre Strahlen in das Zimmer und brachte die Wände zum Glühen. Bernsteinfarben glommen die ziegelgroßen Paneele in einem sanften Feuer auf, er erkannte verschiedene Szenen und einzelne Bilder, die mosaikhaft aus verschiedenfarbigen Bernsteinstücken zusammengesetzt waren. *Sieht aus wie ein magischer Effekt.*

»Guten Tag, Herr Gospini«, sage eine wohlklingende Stimme in seinem Rücken. »Sie genießen die Aussicht ebenso versunken wie ich.«

Er wandte sich dem Gastgeber zu. »Woha, haben Sie auch eine Ausbildung zum Anschleicher? Scheint bei Elfen Veranlagung zu sein.«

Herzog Jaromar war ein großer, charismatischer Elf

mit der typisch jugendlichen Erscheinung seiner Rasse, die das Schätzen seines Alters unmöglich machte. Vierzig oder vierhundert Jahre, wahrscheinlich sah man das einem »Nobilis« nicht an.

»Hallo, Herr Herzog«, begrüßte er den Regenten Pomoryas. »Verzeihen Sie mir, aber ich habe keine Ahnung, wie man Aristokraten wie Sie richtig anredet.«

Er lächelte den Journalisten freundlich an, seine Rechte hob sich. »Geben Sie mir einfach die Hand und sagen Sie Herzog Jaromar. Das genügt vollkommen.« Sie reichten sich die Finger.

Die eisgrauen Augen ruhten forschend auf den Pupillen des Besuchers, als wollten sie darin lesen. Poolitzer entdeckte seinerseits Jahre an Erfahrung, die ihm entgegenblickten.

»So sieht also ein angeblich unsterblicher Elf aus, der zusammen mit Gleichgesinnten seit der Steinzeit an der Weltverschwörung arbeitet?«, grinste er und nahm auf dem gepolsterten Stuhl Platz, den ihm der Herrscher anbot.

Jaromar setzte sich ihm gegenüber. »Sie haben vergessen zu erwähnen, dass ich nur eine Marionette der Grafen oder der Elfenkönigin bin«, fügte er heiter hinzu. »Und was die Unsterblichkeit anbelangt, da muss ich Sie enttäuschen. Wäre ich es, würde ich es vor Ihnen sicherlich nicht zugeben.« Er schenkte ihm ein halbes Glas Rotwein an. »Wenn Sie weitere Gerüchte über mich sammeln, lassen Sie es mich wissen. Meine Presseabteilung hat einen Fundus angelegt, die Datenbank wächst und wächst.« Sie stießen an. »Auf den Mann, der mit seiner Neugier, seiner Unverfrorenheit und vielen anderen schlechten Eigenschaften Pomorya vor einer Katastrophe bewahrte, die im Endeffekt Auswirkungen auf das weltpolitische Gefüge gehabt hätte«, toastete er.

Poolitzer lachte. »Das haben Sie nett gesagt.«

Der Herzog lehnte sich in seinen Sessel. »Es kostete mich einige Mühe, Myriam Teleam zu beruhigen und den Rat davon zu überzeugen, Ihren Status als Persona non grata aufzuheben, Herr Gospini«, begann er, den Grund für die Einladung dazulegen. »Angesichts Ihrer Verdienste konnte selbst Myriam nichts einwenden. Und von Aurora soll ich Ihnen schöne Grüße ausrichten.« Er nahm ein kleines Kästchen aus dunklem Bernstein vom Tisch und reichte es ihm. »Das ist Ihre echte Belohnung. Ich wollte sie Ihnen persönlich überreichen. Mit den besten Empfehlungen der Pomoryaner, auch wenn es manchen ein wenig peinlich ist, dass ein Mensch für einen Großteil der Rettung verantwortlich ist.«

»Wetten, dass ein Springteufel drin ist?«, feixte Poolitzer, nippte am exzellenten Wein und nahm das Geschenk entgegen. In der Schatulle lag eine unscheinbare Chipkarte. »Wow. Ein Eiskratzer.«

Jaromar musste lachen. »Nein, Herr Gospini, eine Eintrittskarte. Sobald Sie sich auf pomoryanischem Boden befinden und mit dieser Karte bezahlen, übernimmt das Herzogtum Ihre Rechnung, solange die Anschaffung nicht über dreitausend Ecu geht. Sollten Sie Urlaub machen wollen oder einen Unterschlupf vor Verfolgern suchen, steht Ihnen mein Land offen. Denn ohne Sie würde es nicht mehr so schön aussehen wie jetzt.«

»Prima, Herzog.« Er nahm das Kärtchen heraus und stellte das Kistchen zurück. »Ist da eine Dreherlaubnis über die unterirdischen Einwohner Ihres Reiches mit eingeschlossen?«, stieg er sofort in Verhandlungen ein. Der Elf verneinte. »Darf ich Ihnen dann wenigstens eine Frage stellen?«, hakte er nach, »und bekomme eine ehrliche Antwort?« Das gestand er ihm zu. »Okay. Haben Sie die Killerin in die Maschine gebracht und wollten Fröhlich-Eisner töten lassen?«

Herzog Jaromar blickte auf sein Glas. »Nein«, entgegnete er bedächtig.

»Wer dann?«

»Sie verlangten nur eine Frage.«

»Kommen Sie schon, Herzog. Ich habe Ihr Land gerettet.«

»Deshalb möchte ich nicht, dass es durch meine Aussage in neuerliche Schwierigkeiten gerät«, hielt sein Gastgeber freundlich, aber bestimmt dagegen. »Aber gehen Sie mit Ihrer Neugier einmal zu Wratislas von Vineta«, meinte er listig. »Nun habe ich ein Anliegen. Da Ihre Informanten besser sind als meine, verraten Sie mir doch, wie weit die Polizei mit der Suche nach den Glaskokillen gekommen ist.«

Vineta! Sicher!, machte sich Poolitzer einen mentalen Vermerk. Immerhin hatte die NA und ihre Freunde dessen Verwandten ermordet. Einem erklärten Menschenhasser wie diesem Grafen fiel es nicht schwer, sich als Vergeltung den Kopf des DNP-Landesvorsitzenden und Kollaborateurs zu holen. Vineta schien seine Berichte über die Verbindungen zwischen Politik und NA-Terroristen gesehen und geglaubt zu haben.

Er bemerkte sein Schweigen und das erwartungsvolle Antlitz Jaromars.

»Die Kokillen aus dem Castor? Die sind noch verschollen«, beeilte er sich. »Seien Sie froh, dass man die sechzehn Atomsprengköpfe alle fand und aus dem Wasser fischte. Dagegen wirkt die Gefahr einer dreckigen Bombe geradezu harmlos. Aber die Bull... Polizisten arbeiten daran.«

»Sie haben einen sehr sarkastischen Humor, Herr Gospini«, meinte der Herzog und stand auf. Irgendwie wirkte alles, was er tat, elegant und überlegt. »Genug von den Bomben. Kommen Sie, ich zeige Ihnen meine Welt.«

Den restlichen Tag verbrachte er zusammen mit dem Staatsoberhaupt und erhielt Einblicke in die Regierungsgeschäfte, anschließend führte ihn Jaromar persönlich durch Saßnitz und zeigte ihm besonders lohnenswerte Orte, über die Poolitzer gerne berichten könne. Wieder ärgerte sich der Seattler, keine Kamera dabeizuhaben.

Nach einem gemeinsamen Abendessen wurde er in ein Hotel seiner Wahl gefahren, wo er die Nacht äußerst gesättigt und leicht angesäuselt verbrachte.

In gelöstem Zustand rief er Müller an. »Sagen Sie mal, haben Sie die Bombe in das Flugzeug der DNP geschmuggelt und Jennings angeheuert, um die Dornier mitsamt den rechten Politikern zum Absturz zu bringen und Theis zu erledigen?«, kicherte er. »Wollten Sie auf Nummer sicher gehen?«

»Sie sind betrunken, Gospini.«

»Waren Sie es oder waren Sie es nicht, Sie BKA-Luder?«

»Gute Nacht.«

Lachend lag Poolitzer in den Federn. *Sie war es!*, dachte er mit der unumstößlichen Sicherheit eines Besoffenen. *Das BKA oder sonst irgendeine staatliche Stelle hat die DNP abputzen lassen.* Er nahm sich etwas aus der Minibar und gönnte seinem Blutalkohol eine Auffrischung.

Je mehr er trank, desto überzeugter wurde er. *Besser konnte es für die Behörde gar nicht laufen. Sie musste kein eigenes Team losschicken, sondern setzte einen Ausländer an, der die Sache regelte.* Somit fiel nicht der Hauch eines Verdachts auf das Bundesinnenministerium.

Und Wratislas hat den Staatsanwalt durch die Attentäterin an Bord geeken wollen. Das ist lustig! So, Rätsel gelöst, Feierabend. Müde und alkoholschwer wälzte er sich in seinem Bett herum. *Ich bin einfach der Beste,* dachte er zufrieden und schlief ein.

ADL, Freistaat Westfalen, Osnabrück,
06. 03. 2059, 20:08 MEZ

»Die Gnade des Herrn sei allezeit mit euch. Es beschütze euch der Vater, der Sohn und der Heilige Geist. Amen«, erteilte Monsignore Harden in würdevoller, getragener Weise der Gemeinde seinen Segen.

Er stand deutlich sichtbar auf den Stufen vor dem dreiflügeligen Hochaltar im Osten des Doms, die Arme erhoben. Er zelebrierte die Messe für die Gläubigen gerne in vollem Ornat, weil es mehr Eindruck machte und die Wirkung seiner mahnenden Worte verstärkte. Er wusste, dass er an diesem Abend wieder eine mitreißende Predigt gehalten hatte. »Gehet hin in Frieden.«

Die Menschen standen auf, benebelt vom Weihrauch und der Wirkung, die der Geistliche auf sie hatte.

Als Theurg, der kurz davor stand, in den Erleuchteten Zirkel einzutreten, wob er mit der Kraft des Allmächtigen das Mana für die Seelen seiner Schäfchen und setzte himmlisches Wirken zu ihrem Nutzen frei.

Harden spürte, dass die göttlichen Energien der Heiligen während der Predigten in ihn hineinfuhren und er diese Energien an die Menschen abgab. *Das* hatte nichts mit schändlicher Magie zu tun. *Das* war die Kraft Gottes und seiner Heiligen.

Der ältere Mann mit dem grauen Haarkranz schaute dem Strom von Gläubigen nach und verschränkte die Arme vor seinem Bauch. Er war ein Abbild des perfekten Geistlichen, Milde und Güte in Reinkultur. Die plumpe Figur verlieh ihm den Hauch eines gut genährten Mönchs, wie sie oft auf Werbetafeln für französischen Weichkäse abgebildet wurden.

Dann ging er durch die Reihen seiner Schäfchen und beeilte sich, an den Ausgang des Doms zu kommen. Er drückte den Menschen gerne die Hand und schenkte ihnen aufmunternde Worte, um den Kontakt zur Gemeinde zu intensivieren. Zuckerbrot nach der »katharsischen Geißel«, wie er seine Predigt liebevoll nannte.

Das eindrucksvolle Gotteshaus leerte sich. Harden schlenderte durch den Dom, um in der Stille und der Atmosphäre von Weihrauch und Kerzen seinen Gedanken nachzugehen.

Er schritt unter dem mächtigen Triumphkreuz aus dem Jahr 1230 hindurch. Acht übergroße Apostel schmückten die Pfeiler. Er bekreuzigte sich und lenkte seine Schritte in die links vom Nordwestturm liegende Taufkapelle.

Abwesend strich er über das Taufbecken, das der Utrechter Bischof Willbrand von Oldenburg gestiftet hatte. Er hatte das Bistum im 13. Jahrhundert verwaltet. Das Sakralgefäß, das auch »Fünte« genannt wurde, stand auf drei Beinen und zeigte fünf Bildfelder.

Harden beugte sich herab und betrachtete nacheinander die Apostel Petrus und Paulus sowie die Taufe Jesu. Unwillkürlich streckte er die Hand aus, um das Abbild des Heilands zu berühren.

»Herr, du lenkst unsere Schritte, wie du es für richtig hältst. Aber warum beschützt du diejenigen, die nicht nach deinen Worten leben?«, fragte er halblaut.

Die Vernichtung Pomoryas und damit die Vernichtung der Elfenkönigin waren gescheitert. Der falsche Glaube behielt seine Götzin. »Das goldene Kalb, um den alttestamentarischen Vergleich zu benutzen, Herr, steht noch und wird von Verblendeten umtanzt.« Als Christ achtete er Gottes Schöpfung, aber einen Baum anzubeten, das war Frevel. »Gib mir ein Zeichen, Herr.« Ächzend stemmte er sich in die Höhe, bekreuzigte sich und wandte sich zur Sakristei um.

Als sein Blick durch den Dom schweifte, entdeckte er mehrere Gläubige, die vor den Beichtstühlen standen und auf die Absolution warteten. Die gepanzerten Kabinen, eine reine Vorsichtsmaßnahme, waren alle besetzt. Die einfachen Priester, die ihre seelsorgerliche Arbeit leisteten und den Kampf gegen die Sünde führten, kamen nicht nach.

Monsignore Harden war sich nicht zu schade, als Beichtvater auszuhelfen.

Natürlich wurde sein Kommen bemerkt. Noch ehe er richtig im Beichtstuhl saß und den Knopf für das Lichtsignal aktivieren konnte, klapperte die Tür der kleinen Kammer nebenan. Die Sünder wollten die Lossagung aus seinem Mund hören, vielleicht lebten sie in der Hoffnung, seine Absolution wöge schwerer, sei effizienter.

Es ging Schlag auf Schlag, nach einer Stunde wurde der Geistliche unaufmerksam. Die Geständnisse von Ehebruch, Lügen, Diebstahl und unchristlichem Verhalten, die stickige Luft und das schummrige Licht machten ihn müde.

Herr, lass es genug sein. Er schob den Vorhang vor dem Sichtfenster ein wenig zur Seite. Erleichtert atmete er auf. *Der letzte Sünder für heute.*

Die Tür zu seiner Rechten wurde geöffnet. Eine schlanke Gestalt nahm auf der Bank Platz, das Holz knarrte kaum unter dem Gewicht. »Vergebt mir, Monsignore, denn ich habe gesündigt«, sagte die Stimme eines jungen Mannes.

»Groß ist die Nachsicht des Herrn, mein Sohn. Erleichtere deine reuige Seele und bekenne deine Schuld.« Harden unterdrückte ein Gähnen und hielt sich die Hand vor den Mund.

»Ich habe getötet«, verriet der Sünder.

Schlagartig erwachte der Monsignore. »Wen, mein Sohn?«

»Es waren zu viele, Monsignore. Ich kann mich nicht mehr an alle erinnern. Ich diente vielen Herren und nahm Geld.«

Ein Runner, vermutete Harden bitter. *Ein Kind der absoluten Finsternis. Oder ein ehemaliger sächsischer Söldner.*

Die weltliche Gerichtsbarkeit interessierte ihn nicht. Er musste die Seele des Mannes vor der ewigen Verdammnis retten, was sehr schwer würde.

»Du bereust deine Taten und möchtest Milde von Gott dem Herrn? Dafür musst du von deinem Tun ablassen und büßen. Lange büßen. Schmerzlich büßen«, bereitete er den Unbekannten vor. Er stellte einen Katalog von Strafgebeten zusammen und verhängte das Abarbeiten von Hunderten Sozialstunden über den Menschen. Die Adressen der Wohlfahrtsorganisationen nannte er ihm gleich mit.

»Ich werde es tun. Aber zuvor muss ich noch ein einziges Mal töten, Monsignore«, sagte der Mann leise. »Befreit mich vorab von der Sünde, ich bitte Euch.«

»Nein«, rief der Geistliche. »Lass davon ab!« Er hörte, wie der Verschlag geöffnet wurde und der Mann hastig ging. »Warte!«

Harden wollte das nicht zulassen und das Leben eines Unbekannten retten. Eilig löste er die Verriegelung und zwängte sich aus dem engen Durchlass des kugelsicheren Beichtstuhls. »Warte!«, rief er der hoch gewachsenen Gestalt nochmals hinterher.

Sie drehte sich um, ihr rechter Arm mit der großkalibrigen Halbautomatik ruckte ausgestreckt nach oben. Der Monsignore schaute in das schmale Gesicht eines Elfen und erbleichte. *Eine Falle! Heiland, steh mir bei. Pomorya nimmt irdische Rache an deinem Diener.*

»Vergeben Sie mir«, raunte der Sünder und drückte in rascher Folge ab.

Laut dröhnten die Schüsse durch den Dom und klangen donnergleich zu den Türmen empor, das Mündungsfeuer blitzte auf, der Schein wurde von den hohen Wänden reflektiert und perfektionierte die Illusion eines Gewitters.

Der Attentäter steckte die Pistole ein, warf eine Hand voll Flugblätter und rannte davon.

Harden fiel auf die Knie und reckte die Hände bittend zum großen Triumphkreuz. Aus sieben Einschusslöchern rann sein Blut, tränkte die kostbar geschmückte Soutane und floss auf die altehrwürdigen Bodenplatten des Gotteshauses.

Jesus, der Retter und Heiland, stieg nicht von seinem Kreuz herab, sondern sah ihm teilnahmslos beim Sterben zu.

Mein Gott, ich bitte ... Eine Träne rann über die Wange des Prälaten, stöhnend brach er zusammen.

ADL, Württemberg, Stuttgart-Möhringen,
07. 03. 2059, 22:22 MEZ

Poolitzer verfolgte die letzten News.

Der Mord an Monsignore Cölestin Harden entfachte in Westfalen eine Welle des Metamenschenhasses. Die wenigen Orks, Zwerge, Trolle und Elfen verschwanden zu ihrem eigenen Schutz in den eigenen vier Wänden oder tauchten noch tiefer ab.

»Der Attentäter wurde einige Straßen weiter von der herbeigerufenen Bischofsgarde gestellt und starb im Feuergefecht mit den Getreuen des Kardinals.« Der Nachrichtensprecher lächelte in die Kamera, wie es sein Job war, Tod hin oder her. »Nach einer eingehenden Untersuchung steht fest, dass es sich bei dem Elf um einen Einwohner des Herzogtums Pomorya und einen fanatischen Anhänger der Naturreligion handelt. In einem am Tatort gefundenen Schreiben schmähte der Attentäter die christliche Religion und kündigte weitere Morde an, um zu beweisen, dass, und ich zitiere wörtlich, der Christengott den Tod der falschen Priester zulässt und wünscht.«

Es wurden Bilder und O-Töne von Kardinal von Heeremann eingespielt, der Pomorya und das »von Gott nicht gewollte Heidentum« offen für das Attentat verantwortlich machte. Aufnahmen von der Beerdigung des Monsignores zeigten, dass der Osnabrücker Dom beinahe aus allen Nähten platzte.

»Terra Nobilis« verwies im Gegenzug darauf, dass ein Land nicht für die Taten seiner Einwohner verurteilt werden könne, und weigerte sich, die Ermittlungsergebnisse anzuerkennen. »Der Elf ist zudem in keiner Datenbank des Herzogtums erfasst und nicht als offizieller Bürger registriert«, sagte ein Pressesprecher des Hauses Teleam.

Schon stand der unausgesprochene Vorwurf im Raum, eine radikale Gruppierung von Elfen oder von Menschen, vielleicht sogar der Kardinal selbst habe Interesse daran, das Verhältnis zwischen den Ländern unwiederbringlich zu zerstören.

Poolitzer hielt sich raus. *Nach Westfalen bringen mich keine zehn Pferde.* Gee Gee war ihm wichtiger. Er hatte sich mit Spengler zu einem Musicalbesuch im MEZ verabredet und sich im Anschluss zwei Wochen lang Urlaub genommen.

Die Neugier siegte insofern, weil er sich natürlich doch in der Matrix und bei seinen Kontakten umhörte. Es ging das Gerücht, der »Herr Schmidt« habe den Killerelf absichtlich am ausgemachten Fluchtpunkt sitzen und ihn in die Arme der Gardisten laufen lassen. *Wie passend. Ein spitzohriger Sündenbock auf Bestellung.*

Es würde ihn nicht wundern, wenn sich am Ende herausstellte, dass der Kardinal selbst den Auftrag erteilt hatte, um Harden zu beseitigen, ehe sich das BKA zu sehr für seine Verstrickung in die Mirv-Anschläge interessierte. *Jedenfalls passt es perfekt: Der Ruf der Kirche ist gerettet, der Monsignore wird zum Märtyrer. Scheißspiel.*

Er nahm seinen Mantel und verließ das Hotel, um sich mit Spengler zu treffen. Kurz darauf saß er neben dem Kaugummi kauenden Kriminalhauptkommissar und verfolgte das Musical »Cherub & Luzifer«.

Schon die ersten Szenen reichten aus, um ihn ein Jahr zurückzuschleudern, mitten in den Run gegen Cyberdynamix, bei dem sie am Ende verschwunden war. Gee Gee »spielte« den Engel brillant. Spengler und er waren die Einzigen, die ahnten, wie echt sie sich dabei fühlte.

Dieses Mal war der »Engel« ein gutes Wesen, ein ausgebrochener Proband, der nach seiner Rettung gottesfürchtig wurde und den Kampf gegen die Konzerne aufnahm, Rache für Betrogene übte sowie am Ende triumphierte.

Die Musik, das Licht, die Effekte, die wahrscheinlich ein Pulk von Illusionszauberern erzeugte, machten das Erlebnis vollkommen.

Poolitzers Verstand vermischte das Geschehen auf der Bühne mit den Ereignissen in Bexbach. Er sah sie wieder breitbeinig über dem Schacht stehen und die MP entsichern. Wie sie gefasst in den tobenden Brand in der Röhre unter ihr blickte. Wie ihre blauen Augen sanft auf ihm ruhten und sie ihn kurz vor ihrem Sprung in die Flammen anlächelte. *Damals, in Bexbach.* Er bekam eine Gänsehaut.

Das Lächeln, das er ein Jahr lang verloren geglaubt hatte, strahlte ihn an diesem Abend von der Bühne herunter an. Die seelischen Narben, die ihm ihr Verlust gerissen hatte, heilten bei ihrem Anblick auf wunderbare Weise. Als das Stück zu Ende war und sie mit seligem Lachen die Beifallsstürme entgegennahm, sprang er auf und klatschte sich die Finger wund.

Spengler schabte sich dagegen über die Koteletten und übernahm den Part des Nörglers. »Na, so toll war das auch wieder nicht. Die Spezialeffekte habe ich schon mal besser gesehen.« Er stemmte sich aus dem Sitz. »Die Sessel sind unbequem. Einer sollte den Architekten mal sagen, dass es noch Menschen mit dicken Ärschen, breiten Hüften und Konfektionsgröße 56 gibt. Kommen Sie, wir schauen mal bei den Schauspielern vorbei.«

Sie gelangten in den Backstagebereich. Wo Poolitzers Presseausweis versagte, öffnete die Polizei-ID Spenglers die verschlossensten Türen.

Was wird sie sagen? Poolitzer fühlte sich wie ein Schüler, der sein Mädchen zum Abschlussball einladen wollte und sich nicht traute, an die Tür zu klopfen. Er hatte Angst. Angst davor, dass Gee Gee ihm eine Abfuhr erteilte. *Ist es eine gute Idee, sie zu sehen? Sie hat sich nicht bei mir gemeldet …*

Glücklicherweise hatte er Spengler dabei, der bereits wenig zurückhaltend gegen die Garderobentür hämmerte und sie eine Sekunde danach aufriss.

»Das geht schon in Ordnung, Tanzmaus«, sagte er zu dem erstaunten Mädchen, das sich ihm heldenhaft in den Weg stellte und ihr Kostüm nur noch zur Hälfte trug. Eine dicke Kaugummiblase entstand vor seinen Lippen und barst knallend. »Rauschgiftfahndung. Wir schauen uns mal eben um, ob mit eurem Nasenpuder alles in Ordnung ist.« Er drückte sie zur Seite und schob sich in den Raum.

Die Schauspielerin rief aufgeregt etwas in einer fremden Sprache, woraufhin eine ihrer Kolleginnen einen Beutel griff und zur anderen Tür hetzte.

Spengler schaute Poolitzer fassungslos an. »Nee, oder? Ich sollte wieder Lotto spielen.« Er nahm die Verfolgung der Flüchtenden auf. »Wir sehen uns draußen«, rief er und verschwand im Gewirr der Bühnengänge.

»Weitersniffen«, sagte Poolitzer gespielt locker und spazierte an den Schminkplätzen vorbei. *Wo ist sie?* Im hinteren Teil befand sich ein durch Paravents abgetrennter Bereich. Vorsichtig lugte er um die Ecke, sein Herz schlug schneller.

Selina Orlova, die sich nun Angelina Heavenwards nannte, warf sich gerade einen Morgenmantel über und knotete ihn zusammen. Auf ihrer nackten Brust baumelte ein dickes, silbernes Kreuz. Sie nahm es, führte es an die Lippen und küsste es innig.

Diese Geste besagte Poolitzer, dass es sich für die Frau nicht um ein bloßes Requisit handelte. Die Gottesehrfurcht war echt. *So echt, wie eine fremde Persona in einem gehirnbeeinflussenden Stück Cyberware eben sein kann.*

»Gee Gee«, sagte er lauter als beabsichtigt. Er wagte sich hinter seinem Schutz hervor und kam langsam auf sie zu. Er schluckte den Kloß in seinem Hals hinunter, aber das Scheißding flutschte einfach zurück an seinen Platz.

Ihre blauen Augen musterten aufmerksam sein Gesicht. Ihre Mundwinkel hoben sich, als sie ihm entgegenschritt. Zwei Sekunden lang standen sie regungslos voreinander, dann neigte sich die Schauspielerin nach vorne und nahm ihn in die Arme.

»Poolitzer!«, stieß sie hervor. »Wie schön, dich zu sehen.« Sie löste sich von ihm. Viel zu schnell, wenn sie ihn wirklich noch liebte. »Wie geht es dir?«

Das glückliche Strahlen in den dunklen Pupillen war echt. Sie freute sich, mehr aber auch nicht, meinte er zu erkennen.

»Gut«, würgte er hervor und bemühte sich, seine Enttäuschung nicht zu sehr zu zeigen. »Ich habe dich …« *Vermisst* hatte er sagen wollen, aber *gesucht* drang aus seinem Mund. »Warum hast du dich nicht gemeldet? Wir dachten, du wärst tot, Gee Gee! Wie bist du rausgekommen?«

»Durch den Beistand des Herrn. Mein Glaube leitete meine Hand und meine Schritte, sodass ich durch die Vorsehung Gottes gerettet wurde.« Die Frau mit den kurzen blonden Haaren lächelte ihn gütig an. »Das hat mich zu einer Gläubigen gemacht.«

»Was ist denn mit dir los? Ist dieses Engels-Ding in deinem Kopf wieder an? Schalt es aus, ich möchte mit meiner alten Gee Gee sprechen.«

»Die Gee Gee von damals ist tot. Ich bin zu Angelina Heavenwards geworden und verkünde die Botschaft des Herren so, dass die Gläubigen seine Worte in einer modernen Sprache vernehmen und sie annehmen. *Das* ist meine Bestimmung, Poolitzer.«

»Deine Bestimmung?« In diesem Moment wünschte er sich, Spengler hätte ihm den Prospekt nicht gezeigt. All seine Hoffnungen, die er sich seitdem gemacht hatte, wurden zerschmettert, zu Staub gemahlen und wie Scheiße die Toilette runtergespült. Er hatte seine geliebte Gee Gee sprechen, sie küssen und halten wollen, aber der ihr implantierte Kampfcomputer mit der programmierten Persona vereitelte seine Träume. »Es ist nicht deine Bestimmung! Du hast dieses scheiß Implantat immer noch in deinem Kopf, das dich beeinflusst!« Er hob hilflos die Arme. »Du bist Gee Gee …«

Er verstummte, da er ihr abblockendes Lächeln verstand. Die Persona in dem Taktik-Modul, das sie trug, ließ nicht mit sich verhandeln, seine Appelle fruchteten nicht. Sie war zu einem Mischwesen geworden, vereinigte die Persönlichkeit eines programmierten Engels, der echten Selina Orlova und einer Runnerin namens Ensuela Gerlach zu einer neuen.

Er wich zurück. »Nein, du bist wirklich nicht mehr Gee Gee.« Diese Frau, Heavenwards, schreckte ihn ab. Es gab keine Hoffnung, dass die echte Gee Gee zurückkehrte. Nicht solange ihr Verstand mit der Cyberware verbunden blieb. Seine Augen wurden feucht. Schnell drehte er sich zur Seite und tat so, als betrachte er ihre Kabine.

»Hey, Gratulation. Du bist jetzt ein Star«, meinte er. »Du hast geschafft, was du wolltest. Du bist eine berühmte Schauspielerin geworden.« Heimlich wischte er sich die Träne weg.

Sie umrundete ihn und betrachtete sein Antlitz. »Du bist enttäuscht, Poolitzer«, sagte sie ihm auf den Kopf zu. »Du hofftest, dass deine alte Gee Gee hier wäre.« Ihre Lippen wurden zu einem dünnen Strich. »Das war der Grund, weshalb ich mich nicht bei dir meldete. Du hättest nicht herkommen sollen, ich wollte dir nicht wehtun. Ich bete zum Herrn, dass er deinen Schmerz lindert. Wende dich Ihm zu, er …«

»Danke«, sagte er unglücklich und verschwieg ihr, was der Herr ihn konnte. Er zwang sich zu einem Lächeln. »Immerhin weiß ich, dass du lebst. Dass ein Teil von Gee Gee lebt. Das zählt.«

Seine Linke hob sich wie von selbst und strich ihr über die weiche Wange. Diskussionen sparte er sich. Angelina würde einer OP niemals zustimmen, um das Computermodul entfernen und Gee Gee zurückkehren zu lassen. *Ich habe sie gefunden und verloren.* »Pass auf dich auf. Alles Gute«, murmelte er erstickt. Poolitzer wandte sich ab und verließ fluchtartig die Garderobe.

Er musste raus. Raus an die frische Luft. Nie zuvor hatte er Freude und Grauen so dicht beieinander erlebt. Ein solches Wechselbad der Gefühle überstand kein normaler Mensch.

Poolitzer rannte, drängelte sich durch die Menge in den Gängen und im Vorraum des MEZ und atmete erst auf, als er die kühle Abendluft spürte. Vor den Türen und unter dem grellsten Leuchtbanner entdeckte er Spengler, der mit einem Kaugummiautomaten rang.

»Scheiße, die Kleine war zu schnell für einen fetten alten Mann wie mich.« Der Polizist bemerkte sofort, dass das Wiedersehen nicht wie erhofft ausgefallen war. Wortlos hielt er ihm seinen letzten Kautschukstreifen hin. »Schokoladengeschmack«, drängte er gutmütig. »Das tröstet.« Als der junge Mann nicht zugriff, verstaute er ihn sorgfältig in seinem augenbetäubend grellorangefarbenen Synthledermantel. Er klopfte ihm väterlich auf den Rücken und legte ihm einen Arm um die Schulter. »Okay. Gehen wir einen saufen. Ausnüchtern können Sie auch noch morgen im Flugzeug.«

Er stürmte das nächstbeste Taxi und zwang die Passagiere durch das Zeigen seines Dienstausweises zum Aussteigen.

Verloren. Poolitzer folgte dem Kommissar wie ein ferngesteuerter Androide, wankend, abwesend. *Ich werde mir die Birne zudröhnen, bis ich nicht mehr weiß, wie ich heiße und was ich auf der Welt soll.* Lethargisch warf er sich auf die Rückbank. Er lehnte die heiße Stirn an die kalte Scheibe und starrte nach draußen. Hätte die NA jetzt die SS-28-N-Raketen in diesem Moment gestartet, es wäre ihm so etwas von egal gewesen.

Die Leuchtreklame mit Gee Gees Gesicht und dem Schriftzug »Cherub & Luzifer« schien noch lange Zeit hinter ihnen her, bis das Auto endlich abbog und das MEZ hinter sich ließ. Verzweifelt schloss der junge Sensationsreporter die Lider.

Seattle. Seattle würde mir gut tun. Dort war er weit weg von Pomorya, Nazis und dem ganzen Aufruhr der letzten Wochen. Mit etwas Glück traf er seine Freunde Sparkplug, Ultra und die anderen wieder, um mit ihnen abzuhängen und bei ein paar Dosen Bier über die guten alten Zeiten zu reden. *Die Zeiten ohne Gee Gee.*

»Wir sind da«, verkündete Spengler und zerrte ihn aus dem Fond. Sie standen vor einer heruntergekommenen Bar namens »Alexander the Great«. »Die spielen tolle alte Heavy-Metal-Musik. Handgemachtes, nicht wie diese Konservenscheiße. Nach dem vierten Bier werden Sie headbangen und Ihren Frust wegmoschen.«

Poolitzer bezweifelte, dass ihm die Töne gefielen. Ihm kam es eh einzig und allein auf den Alkohol an. *No Malzbier today.* »Gehen Sie vor, alter fetter Mann«, meinte er schwach grinsend. »Heute saufe ich Sie unter den Tisch.«

»Von mir aus«, feixte Spengler zurück. »Mit dem Kotzen warten Sie aber brav, bis Sie im Flugzeug sitzen, Klugscheißer.« Er öffnete die Tür und stand vor einer Menschenmenge. Die Bar war restlos überfüllt, ein Durchkommen zur Theke würde so nicht gelingen.

»Fuck«, seufzte der Reporter. »Das passt. Wie wäre es, wenn wir ...«

»Keine Sorge. Das haben wir gleich. Geben Sie Acht, ich zeige Ihnen den ›Moses und das Rote Meer‹-Effekt«, versprach Spengler augenzwinkernd. Er hielt seinen Dienstausweis gut sichtbar in die Luft. »Herhören, Mädels!«, brüllte er, so laut er konnte. »Rauschgiftfahndung!«

ZWEITES BUCH

05:58

Prolog

… Es ist kalt heute Abend, feucht und kalt. Es wird nicht leicht sein, eine von ihnen zu finden. Die meisten warten sicher am Kom auf einen Anruf oder haben ihre Stammkneipen, in die sie sich bei dem Wetter zurückziehen.

Andererseits, auf einen Versuch kann ich es ankommen lassen.

Hmm, ich kenne mich nicht besonders gut aus hier, das ist natürlich ein Nachteil. Ich sollte jemanden fragen, der … Da, Sternschutz! Der müsste es wissen. Fenster runter, lächeln.

»Entschuldigung, können Sie mir sagen, wo ich mich richtig gut amüsieren kann?«

Vorsicht, nicht zu übertrieben heiter.

»Was genau meinen Sie denn mit amüsieren?« *Der Kerl grinst mich an, seine wasserdichte schwarze Jacke riecht widerlich aufdringlich nach Imprägnierspray, die Wassertropfen perlen an der Oberfläche ab wie von einem Lotusblatt.*

»Das, was wir beide meinen«, *antworte ich und grinse kumpelhaft zurück, als würden wir die gleiche Frau vögeln. Ich lasse eine grüne 50-Ecu-Plastikmünze zwischen meinen Fingern wandern, die verheißene Belohnung, wenn er artig ist.*

Er richtet sich auf, deutet die Straße runter. »Fahren Sie bis ans Ende, biegen Sie nach links, und orientieren Sie sich an den Hinweisschildern Wolkenstadt. Da in der Nähe, am Boden, dürften Sie so etwas finden, wonach Sie suchen.«

»Danke«, *sage ich zu dem korrupten Typen. Ich werfe die Münze hinaus in die Pfütze, auf der Hundekotbröckchen schwimmen.*

Knöpfchen drücken, Scheibe hoch. Erstaunlich, welch eine Vielzahl von unterschiedlichen gequälten Lauten ein elektrischer Fensterheber machen kann – als würde das Ding gleich seinen Geist aufgeben.

Okay, ich halte mich an seine Anweisungen. Über mir sind die Zeppeline, und ich fange an, Ausschau zu halten. Zu Fuß geht es besser, ich bin beweglicher als mit dem Auto. Rein in die Parklücke und raus mit mir, den Mantel ziehe ich gleich an.

Aha, so riecht Ludwigsburg nachts. Eine Mischung aus nassem Fell, stinkenden Abgasen und Industriedämpfen, nicht gerade etwas, um Menschen glücklich zu machen oder sie von Lungenkrankheiten zu heilen.

Es hat aufgehört zu regnen. Ich gehe die Straße runter und schaue mir die roten Lampen genauer an. Sieht so aus, als hätte mich der Sternschutz richtig eingewiesen. Der Privatbulle kam sich unglaublich cool vor, selbst im Regen. Merkwürdig, was so ein lächerlicher Stern auf der Brust und eine schwarze Uniform bewirken. Hier markiert er den Herrscher der Straßen, und zu Hause wird er nichts zu melden haben. Arme Kreatur.

Da ist ja auch schon eine, sie tippelt den nassen Bordstein entlang und lehnt sich an die Hauswand. Eine Elfin, ganz alleine. Sie scheint die Exoten, die Perversen unter den Württembergern bedienen zu wollen. Ich werde sie fragen, vielleicht mache ich sie zu meiner Auserwählten. Zu Polly.

»Hallo, meine Schöne.«

Sie hebt ihren Blick, bis eben hatte sie noch versucht, sich eine Zigarette anzustecken. »Hallo, Fremder.« *Ihr Lächeln verheißt nichts und alles.* »Möchtest du von einer Elfenkönigin verführt werden?«

Sie lässt die Kippe im Mund, öffnet ihren Mantel etwas, darunter sehe ich knappe Wäsche, ein nicht zu üppiges De-

kolleté und eine gute Figur. Ich habe schon öfter gehört, dass man ihnen ihre Jahre nicht anmerken soll, aber bei ihr bin ich mir sicher, dass sie länger im Geschäft ist, oder die vielen Freier haben sie schneller alt gemacht. Sind das wirklich Falten in ihren Augenwinkeln? »Wie viel?«

Sie betrachtet mich, steckt die Zigarette an. »Dreihundert Ecu, dafür bekommst du das volle Programm einer echten Nobilia, keine Gewöhnliche mit Kosmetikohren.« *Sie legt den Kopf in den Nacken, bläst den Rauch nach oben und zeigt mir ihre ungeschützte Kehle. Weiß, makellos, warm, ich sehe, wie sich ihre Adern unter der Haut abheben.* »Drink gratis.« *Sie schaut mich an, lächelt ihr Verkäuferinnenlächeln, doch ihre schönen, wachen Augen sind kühl, abgeklärt, keine Spur von Freude. Sie hasst ihren Job, denke ich.* »Für hundert Ecu mehr darfst du mich küssen. Der Kuss einer Nobilia kann dein Leben verlängern.«

»Einverstanden«, *willige ich in den Handel ein und deute auf eine Nebengasse.* »Los, zieh den Rock hoch. Ich will die erste Nummer gleich hier.«

Sie geht vor, drückt sich in den Schatten und stellt ein Bein auf eine leere Obstkiste, lacht, ein harter Ton. »Hey, erst die Kohle, mein Schöner.« *Ich schiebe ihr die Chips in die Tasche, presse sie mit meinem ganzen Gewicht gegen die Wand, sie atmet schneller.* »Du bist scharf, habe ich Recht?« *Ihr Atem enthält Nuancen irgendeines Mundwassers, sehr angenehm, frisch, rein. Es passt so gar nicht zu dem dreckigen Job.*

»Ja«, *raune ich ihr ins Ohr, ich rieche sie, das Shampoo, das sie benutzt, kenne ich, ich habe es früher selbst benutzt.* »Ja, ich habe es schon lange nicht mehr getan.« *Meine Hand wandert über ihr anmutiges Gesicht, streichelt die weiche Wange, fährt am Kinn entlang.* »Viel zu lange.«

Etwas in meinen Augen verunsichert sie. Ihr Lächeln ist wie weggewischt, sie ahnt, dass sie meine Auserwählte ist. »Nein, warte. Ich habe es mir anders überlegt.« *Sie versucht, sich aus meinem Griff zu befreien.*

»Ich nicht.« *Meine Finger packen ihre Kehle und drücken zu, ihr Versuch eines Schreis wird nur zu einem heiseren Krächzen. Sie ist so dünn, ich komme mit einer Hand fast vollständig um den Hals herum, das erleichtert mir die Arbeit.*

Schade, sie ist schon ohnmächtig geworden, oder simuliert sie nur? Ihr Puls ist jedenfalls weg.

Ich lasse sie zu Boden gleiten und greife in die linke Manteltasche, wo ich meine Messer aufbewahre. Es sind sehr schöne Stücke und nicht leicht zu beschaffen gewesen, höllisch scharf, speziell angefertigt. Kein Wunder, dass sie 520 Ecu kosten. Pro Stück.

Ich nehme das erste Messer in die Hand, es hat einen ergonomisch geformten Griff, was mir sehr wichtig war, weil die Kraftübertragung auf die Schneide auf diese Weise besser funktioniert. Hier setze ich den ersten Schnitt entlang der Kehle.

Konzentration, Jack, Konzentration …

I.

ADL, Württemberg, Stuttgart-Echterdingen, 29.04.2059, 09:04 Uhr

»Habt ihr eigentlich gewusst, woher der Begriff ›Walpurgisnacht‹ kommt?« Ultra scrollte auf dem für Trolls gemachten Organizer nach unten. Dickere Tasten, stärkerer Rahmen, unkaputtbar. »Das is' echt int'ressant. Kommt von 'ner alten Nonne.« Er grinste seine Nachbarin an, das goldene Mickymaus-Plättchen auf seinem Hauer blinkte im Schein der Flughafenlampen. »Dabei geht's doch um Hexen. Lustig, was? Du musst das doch wissen.« Er wackelte mit den Augenbrauen, die Piercings hüpften und schlugen klingelnd aneinander, die Warze auf der Stirn machte den Tanz mit.

Cauldron, wie immer in Schwarz und dieses Mal in ein für ihre Verhältnisse unauffälliges Kleid gehüllt, warf Xavier einen kurzen, dennoch vielsagenden Blick zu, ehe sie sich Ultra zuwandte. »Du solltest inzwischen wissen, dass ich keine Hexe bin«, seufzte sie. »Du und deine Quiz-Anfälle.«

Jetzt war Ultra ein bisschen beleidigt. Er zupfte an seinem grün-blau gemusterten Hawaiihemd herum, dann fuhr er sich über die langen, gerstengelben Haare, die er anscheinend mit Salatöl nach hinten gelegt hatte. »Ja, und? Ich lern' eben gern. Ich bin vielleicht nicht schlau, aber ich kann mir prima Sachen merken. Und außerdem hat's mir ordentlich Kohle gebracht. Erinner' dich an Quizz It.«

»Wie könnte ich diese Show vergessen?«, lachte sie auf. »Du warst der Abräumer mit dem Millionengewinn.«

»Ich müsst' noch mal bei so was mitmachen«, sagte er nachdenklich. »Ich hab fast nix mehr davon.« Seine Muskelberge wuchsen, er ärgerte sich sichtlich, auf den Abzocker hereingefallen zu sein. Ein paar hunderttausend Nuyen – futsch, einfach so. Ultras Blick wurde hart. »Die Sau! Von wegen bolivianische Troll-Waisenkinder!«

»Hey, du bist eben zu gutmütig gewesen«, versuchte sie ihn zu beruhigen. »Wir finden ihn und holen uns dein Geld wieder.«

»Apropos holen. Ich hole uns was zu trinken.« Xavier stemmte sich ungelenk aus der harten Sitzschale, in denen die Passagiere normalerweise ihre Hintern platt drückten, ehe sie in ihren Flieger stiegen.

Trotz seiner langen Rehabilitationsaufenthalte erlangte er seine alte Beweglichkeit nicht zurück. Die davongetragenen Hirnverletzungen hatten dazu geführt, dass sich sein rechter Arm und seine rechte Schulter kaum bewegen ließen, das rechte Bein zog er nach.

Mein Held. Cauldron fuhr sich durch die feuerroten Haare mit den orangefarbenen Strähnen und betrachtete ihn, wie er sich durch die gläserne Halle zum Erfrischungsautomaten kämpfte.

Sie empfand unbändigen Stolz, weil er sich nach seiner schweren Schussverletzung nicht aufgegeben hatte.

Dass er dafür seine antimagischen Fertigkeiten verlor, empfanden beide als Erleichterung. Nur auf diesem Weg stand ihrer Liebe nichts im Weg, und diesen Preis zahlte Xavier wirklich gerne. Schon bald würde sie ihm sagen, dass es noch einen Grund mehr gab, sich auf die Zukunft zu freuen.

»Cola«, brüllte ihm Ultra hinterher, »und 'ne Apfelsaftschorle für Cau… Carmen.« Er zwinkerte ihr zu. »Haste gemerkt? Beinah hätt' ich mich versprochen.«

Sie hob ihre schneeweiße Hand, an der fünf Silberringe aufblitzten, und klopfte ihm auf den breiten Rücken. »Nur beinahe, Chummer.« Im Gegensatz zu sonst hatte sie sich dezent geschminkt. Schwarzer Kajal betonte ihre braunen Augen, die langen Haare wirkten durch die gewählte Farbe wie erstarrtes Feuer. »Was war jetzt mit der Nonne?«

Der Troll griente. Er war wieder versöhnt, weil sie sein Wissen in Anspruch nahm. Er schloss die Augen und rezitierte druckreif: »Walburga, angelsächsische Missionarin, geboren in Wessex. Sie war die Tochter des heiligen Richard von England und die Schwester des heiligen Willibald, der wie sie selbst Missionar war. Um 748 wurde sie vom heiligen Bonifatius nach Deutschland berufen und im Jahr 761 zur Äbtissin des Benediktinerklosters in Heidenheim ernannt. Ihr Namenstag wird am 25. Februar oder auch am 1. Mai gefeiert.«

Sie nickte anerkennend. »Gut, ich bin beeindruckt. Wie oft hast du den Artikel gelesen?«

»Viermal.« Er öffnete die Lider und schaute zur Decke. »'s geht aber noch weiter. Walburga wurde als Beschützerin vor Zauberei und Hexerei angerufen. Die als Walpurgisnacht bekannte Nacht vor dem 1. Mai war früher das heidnische Fest des Sommeranfangs. Das Fest wurde ...«

»Danke«, unterbrach sie ihn sanft und beobachtete Xavier, der sich die Dosen aus dem Automat nahm, sich einen Chip mit den neuesten *Stuttgarter Nachrichten* zog und zu ihnen zurückkehrte. Der schlichte dunkelgrüne Anzug schien ihm etwas zu groß geworden zu sein, er hatte an Masse verloren. *Wie anfällig er aussieht. Ein kleines Kind könnte ihn umwerfen.*

In Gedanken sah sie ihn im Bett liegen, damals, vor knapp einem Jahr, in der sächsischen Klinik in Nebra, mit all den Schläuchen. Sie verband wenig Gutes mit der ADL. Nur weil es sein Wunsch gewesen war, kehrten sie in das verfluchte Land zurück.

»… mit Hexerei in Verbindung gebracht. Dem Volksglauben nach versammelten sich die Hexen während der Walpurgisnacht und feierten ihre Zusammenkunft mit dem Teufel …«

Er hatte sie aus ihren Erinnerungen gerissen. »Ultra, ich habe ›danke‹ gesagt.«

»… Ein tatsächlicher Zusammenhang zwischen der heiligen Walburga und der Walpurgisnacht ist nicht bezeugt«, endete er absichtlich pointiert. »Du hattest gefragt.«

Lag ihr zuerst eine böse Entgegnung auf ihrer gefürchtet spitzen Zunge, schluckte sie die Worte runter. Sie hatte ihr Gift von einst größtenteils verloren, war durch die Ereignisse ruhiger geworden. Nur manchmal glänzte ihr Sarkasmus tiefschwarz auf. »Entschuldige, du hast Recht.«

»Einmal Schorle«, Xavier reichte ihr die Dose mit dem grünen lachenden Apfel drauf, der aussah, als platzte er gleich, »und einmal Cola, die große Trollportion.« Die Wangenknochen standen deutlicher als sonst aus seinem schmalen Gesicht hervor, die schwarzen Haare betonten seine ungesunde Blässe. Er wirkte wie ein echter Grufti oder eher wie ein kranker Junkie.

Sie streckte die Hand aus und zog ihn behutsam auf den Sitz zurück, eine mütterliche Geste. »Danke, Xavier.«

Ultra nickte und öffnete den Verschluss. Er zog den Inhalt fast auf ex weg und rülpste so laut, dass zwei vorbeilaufende Polizisten, auf deren schwarzen Uniformen »Sternschutz« und der goldene Stern prangten, zu ihnen hinüberschauten. Er winkte ihnen entschuldigend zu.

»Sorry, Kohlensäure.« Er tippte gegen die Metallwand der Dose. Leise machte es *Ping*. »Na, eigentlich isses keine Kohlensäure, sondern gelöstes Kohlendioxid, das man dann umgangssprachlich nur als Kohlensäure bezeichnet. In vielen Erfrischungsgetränken …«

Cauldron schenkte ihm einen bösen Blick, der so viel bedeutete wie *nicht jetzt und schon gar nicht bei denen*. Der Troll verstummte abrupt. Die Privatpolizisten drehten sich wieder um und unterhielten sich leise.

Xavier richtete sich ein wenig auf und blickte sich um. Die Wartehalle strotzte vor Leere, niemand wollte anscheinend nach Stuttgart. »Wo bleibt Poolitzer nur? Er ist zu spät.« Mit einer vorwurfsvollen Geste zückte er seinen Organizer, steckte den Chip in den Slot und rief die Daten ab, um sich einen Überblick vom württembergischen Tagesgeschehen zu verschaffen.

»Der Snoop wird wieder 'ner Story hinterherschnüffeln«, sagte Ultra und grinste. »Wetten, dass er irgendwo in einem Hinterhof tierisch Dresche kriegt?«

Die hermetische Magierin schaute ihrem Geliebten über die Schulter, ihr linker Zeigefinger deutete auf eine fett gedruckte Schlagzeile. »Bestialischer Mord in Ludwigsburg!« Der lange Fingernagel traf die interaktive Padoberfläche, der Artikel öffnete sich. »Da wird er stecken, wenn ihr mich fragt.«

Gemeinsam lasen sie die Zeilen, ein Bild wurde dazu eingeblendet. Weil der Troll ungünstig saß, betätigte Xavier die Sprachausgabe, die Computerstimme gab die Nachricht laut, unpersönlich, ohne jede Betonung wieder.

»Ludwigsburg. In der Nacht vom 29. auf den 30. April kam es im Süden von Ludwigsburg zu einem beispiellosen Gewaltverbrechen. Eine junge Elfin, deren Identität bislang noch nicht geklärt ist, wurde Opfer eines Mordes. Was selbst abgebrühte Ermittler erschütterte, war die Grausamkeit und Brutalität, mit der der oder die Täter vorgingen. Erste Obduktionsberichte sprechen von tiefen Stich- und Schnittwunden am Bauch und im Vaginalbereich, und zwar so stark, dass an einigen Stellen die Eingeweide hervortraten. Ihre Kehle war von links nach rechts aufgeschlitzt, Luft- und Speiseröhre sowie Wirbelsäule wurden fast vollständig durchtrennt, darüber hinaus wies sie Quetschungen an Kinn und linker Wange auf. Keiner der unmittelbaren Anwohner hat etwas gehört, die Tat scheint rasch und lautlos vonstatten gegangen zu sein.«

Das Bild, das automatisch nach oben ruckte, drückte Cauldron rasch wieder weg. Trotz der Retuschierung und Verpixelung reichte ihre Fantasie aus, die verstümmelte Tote vor sich zu sehen.

»Willkommen im aufgeschlossenen Württemberg«, sagte eine Stimme hinter ihnen, und, ob sie wollten oder nicht, sie zuckten zusammen. »Metas leben hier eher gefährlich, wie ihr gesehen habt.«

Sie wandten sich um und sahen einen reichlich heruntergekommenen Poolitzer vor sich stehen. Er musste sich seit vier Tagen nicht mehr rasiert haben. Auch das Sportsakko wirkte, als sei es frisch aus der Wäschetonne gezogen worden, und roch auch so. Kneipendunst umwehte ihn.

»Hey, der Snoop!«, rief Ultra freudig, sprang auf und drückte ihn vorsichtig an sich, nur um ihn gleich wieder von sich zu schieben. »Boah, du müffelst, Chummer.«

»Ich habe mich nur meiner Umgebung angepasst, in der ich ermittle«, erwiderte er schwach grinsend. Die verfetteten Haare hatten ausnahmsweise ihre Originalfarbe: Schwarz.

Cauldron reichte ihm lächelnd ihre Rechte. »Und wo ist das? Unter der Brücke?«

»Oder vielleicht in der Kanalisation?« Xavier kämpfte sich auf die Beine und gab dem Reporter die Hand. »Schön, dich zu sehen. Nett, dass du uns ein Hotel besorgt hast.«

Severin Timur Gospini, besser bekannt als Poolitzer, Reporter ohne Rücksicht für InfoNetworks, bleckte die

Zähne und schaute ihnen der Reihe nach ins Gesicht. »Ich will doch, dass meine Freunde in einem Etablissement absteigen, in dem sie vor neugierigen Blicken sicher sind.« Seine Augen wanderten zu dem Mann. »Und du? Was macht die Nega-Magie in dir?«

»Nichts.« Xavier zuckte mit den Achseln. »Das bleibt hoffentlich so.«

Poolitzer betrachtete den Berg von Koffern, der sich um die Wartebank stapelte. »Wow. Das sind bestimmt Cauldrons Sachen, richtig? Zweihundert Ringe, Wechselschnallen für die Schuhe, Bindis, weiße Schminke und so ein Zeug.« Er machte sich daran, einen Koffer nach dem anderen auf den bereitstehenden Karren zu laden. »Mal im Ernst, wie lange wollt ihr denn bleiben?«

»Zwei Wochen«, erwiderte Xavier. »Ich bin ja der Hauptgrund, weshalb wir in die ADL gereist sind«, gestand er.

»Heimweh«, diagnostizierte Cauldron aus dem Hintergrund und achtete darauf, dass gewisse Koffer obenauf lagen und nicht zu sehr belastet wurden. Der Troll schleppte seine beiden gigantischen Gepäckstücke selbst, weil sie außer ihm wahrscheinlich niemand bewegt hätte.

Poolitzer musterte sie. »Sie ist nicht besonders begeistert von der Idee, hab ich Recht?«

»Sie ist der Meinung, dass es nicht gut sei, alte Bekannte zu treffen«, bestätigte Xavier. »Aber ich hab's nicht mehr ausgehalten, UCAS hin oder her.« Er lächelte. »Von hier aus werde ich ein paar Kollegen anrufen und einen geheimen Treffpunkt vereinbaren, wo wir uns mal richtig besaufen.«

»'ne Art Klassentreffen«, kam es von Ultra, der sich an die Spitze der Gruppe gesetzt hatte und zielstrebig zum Ausgang steuerte. »Und während die beiden alles organisieren«, er schaute über die Schulter zu dem Reporter, »gehe ich mit dir auf Tour, hab ich mir gedacht.«

»Wie meinst du das, auf Tour?«, erkundigte sich Poolitzer vorsichtig und alarmiert zugleich. In einem Schaufenster entdeckte er sein Spiegelbild und dachte an einen Obdachlosen. Die langen Stoppeln ließen das Kinnbärtchen fast verschwinden, das nur als Schemen zu erahnen war. *Ich sehe echt mies aus.*

Er hob den linken Koffer ein bisschen an. »Eine Fuchi VX2200E.«

»Da drin? Für mich? Das ist aber …«

»Nein, Chummer, für mich.« Ultra strahlte. »Ich geh mit dir auf Story-Jagd.« Er trat ins Freie, die anderen folgten ihm.

Warme Frühlingsluft umschmeichelte sie, die Sonne gab ihr Bestes, um Wärme zu spenden, und verdrängte die grauen Wolken vom schwäbischen Himmel. Der Troll winkte ein Großraumtaxi heran, in das auch er passte. Der Fahrer des Citroën Aventurier war alles andere als begeistert, als er die Kofferstapel sah.

Cauldron lächelte hinreißend schadenfroh, Xavier hob entschuldigend die Schultern. »Es kam ziemlich überraschend. Er ist auf der Suche nach einer neuen Profession«, raunte er. »Er hofft, dass er ein guter Reporter werden kann und dich sozusagen in den Schatten von Seattle vertritt, bis du vielleicht in den UCAS wieder auf Sendung gehst.«

Poolitzer blieb stehen. »Äh, wie stellt er sich das vor? Wie soll ich denn unauffällig an einer Story recherchieren, wenn mir das drei Meter große Riesenbaby folgt?« Er deutete anklagend auf Ultras Outfit. »Noch dazu in einem grellbunten Hawaiihemd, das jede Leuchtreklame in den Schatten stellt.«

»Sei doch nicht so. Er hat auch dunkelblaue dabei«, gluckste die Magierin.

Der Troll begann damit, das Gepäck einzuladen. Der Fahrer half ihm dabei. »Ich hab noch 'ne Fuchi dabei, gleiches Modell«, sagte er beiläufig. »Die bekommste, wenn ich mit dir auf Tour gehn darf.« Er schaute den Reporter an, und der bettelnd-bittende Blick konnte dem eines kleinen Kindes oder einem jungen Hund verdammt gut Konkurrenz machen. »Bitte, Snoop, ich will auch so ein großer Reporter werden wie du.«

»Ich weiß nicht …«

»Och, büdde, büdde, büdde!«

Poolitzer schnaubte und legte den Kopf in den Nacken. »Von mir aus«, ergab er sich, die Aussicht auf eine 2200E hatte den Ausschlag gegeben. *So schlimm wird es schon nicht werden. Außerdem ist Rückendeckung nicht verkehrt.* Er schwang sich auf den Beifahrersitz und ließ seine Gäste in den Fond einsteigen.

»Und? In welcher Angelegenheit ermittelst du gerade?«, wollte Ultra neugierig wissen. Er brannte darauf, die Fuchi auszupacken und sofort loszulegen.

»In keiner«, gab er genervt zurück und nannte dem Fahrer das Ziel ihrer Reise. »Mühlhausen, Hotel Trespasser.«

»Aber du hast doch vorhin gesagt …«

»Nein. Ich … bin derzeit … unpässlich«, wand er sich um eine Antwort herum. Er wollte ihnen nicht auf die Nase binden, dass er einer verflossenen Liebe nachtrauerte, dass er sich deshalb beschissen fühlte, dass die durchzechten Nächte nichts brachten, dass ihm fast alles gleichgültig war und dass ihn Gott für das, was er ihn erleiden ließ, kräftig am Arsch lecken konnte. »Es gibt nichts Interessantes, über das man in Stuttgart berichten könnte.«

»Ha noi, des würd i so nitt sage«, schaltete sich der Taxifahrer in schlechtem Englisch ein. Er schwäbelte. »I find den Mord …«

»Wer hat Sie denn gefragt?«, schnauzte Poolitzer auf Deutsch. »Schauen Sie lieber nach vorne, ehe Sie versuchen, unter dem Lkw vor uns einzuparken, okay?«

Der Citroën Aventurier schaukelte durch den Verkehr,

verließ das Flughafenareal und bewegte sich in Richtung Mühlhausen, das Viertel für die mittelschlechten Verlierer. Es dauerte nicht lange, und sie erkannten, dass es sich nicht um die allerbeste Gegend handelte, in die sie gebracht wurden.

Es sah nach Arkologie aus, die von einem unterbezahlten, schlecht gelaunten Amateurarchitekt geplant und von zu Handwerkern umgeschulten Akademikern gebaut worden war. Improvisierte Verbindungsbrücken, Balkone, unförmige Betonklötze mit Ausbuchtungen und Beulen, die ihn in seiner Stimmung an Krebsgeschwüre und Pest erinnerten.

»Zur Rechten sehen Sie die Vorstufe zum Abschaum. Früher gab es hier mal nur acht Hochhäuser«, erklärte Poolitzer ihnen, den Tonfall eines Touristenführers imitierend, »in der fast die Hälfte der Stadtteilbewohner lebte. Nach und nach wurde jeder kleine Platz zu- und ausgebaut, die Mühlhausener Natur-Arkologie entstand.« Er wurde ernster. »Ist ganz nett hier, aber geht nicht alleine durch die Gegend. Ein paar Ganger wollen möglicherweise Geld. Euer Geld.«

»Wie zu Hause«, murmelte Cauldron, während sie die Umgebung durch die Scheiben hindurch betrachtete. Hatte sie im Bereich des Flughafens und in Stuttgart-Mitte fast keine Metas gesehen, schienen die Straßen um sie herum beinahe von ihnen zu wimmeln. *Ein Rückzugspunkt.*

Ultra beugte sich nach vorne. Groß erschien sein horngeschmücktes Gesicht zwischen den Vordersitzen. »Also, ich find das spannend, so'n Mord. Ist das der mit der Elfin? Und was is'n das Hanoi? Sie meinen nicht die Hauptstadt von Vietnam, im Delta des Roten Flusses, die ehemalige Ho-Chi-Minh-Stadt?«

Ihr Fahrer nickte, offenbar froh, einen dankbaren Abnehmer für seine Story gefunden zu haben. »Mei Kumbls un i wisset scho, was g'laufe isch. Des sind …«

»… nur ein paar Metamenschenhasser, die besoffen waren und sich das arme Ding vorgenommen haben«, vollendete Poolitzer angeödet. »Als ob das was Besonderes wäre.« Er wandte sich zu Ultra. »Apropos, komm nicht auf den Gedanken, alleine aufs flache Land zu fahren. Die sind hier ein wenig konservativ. Metas sind … nicht gerne gesehen. Was der Württemberger nicht als Württemberger erkennt, ist schlecht. Und Hochdeutsch kann auch keiner von denen.«

»Des is wohl wahr«, bestätigte ihr Chauffeur. »Aber wirkli nur die auf'm Acker. Mir im Plex habet …«

Poolitzer lachte laut auf. »Kommen Sie mir nicht so, *Kumbl*. Ich habe selbst gesehen, wie euer Sternschutz einen Ork auf der Stelle verhaftet hat, nur weil so ein Harzkrämer ihn des Diebstahls in seinem Scheißladen bezichtigt hat. Dabei war er es gar nicht, wie sich später rausstellte.«

»Echt? Wie hat man das denn rausgefunden?«, hakte Xavier nach.

»Na, ich war's. Ich machte eine Doku über die Metamenschenfeindlichkeit und wollte im Bild festhalten, wie schnell man hier mit Verhaftungen ist. Und siehe da: Ich hatte Recht.«

»Super.« Cauldron klatschte leise Beifall, die Ironie klatschte mit. »Hast du den Ork wieder aus dem Knast geholt?«

»Ähm.« Poolitzer schaute aus dem Fenster und kreuzte als typische, unterbewusste Abwehrhaltung die Arme vor der Brust. »Nächste Woche«, erwiderte er verlegen. »Ging nicht früher.«

Sie schaute zu Ultra. »Bist du dir sicher, dass du *das* von ihm lernen möchtest?«

»Mei Kumbls un i, also mir wisset ganz sicher, dass die Kleine a … wie sacht ma glei … a Bordsteinschwälble g'wese isch. A Professionelle.«

»Fliegen wird sie sicherlich nicht mehr«, kommentierte der Reporter leise. Er holte sich die Nachrichten von heute auf den Bildschirm, der in der Ablage eingelassen war, suchte die Schlagzeile und überflog den Artikel. »Wusste ich es doch. Wieder so ein Spinner, der sich für einen Engländer hält«, lautete seine Zusammenfassung. »Die Bullen werden ihn schnell schnappen.« Die drei Amerikaner und der Taxifahrer schauten ihn an. »Hey, *Kumbl*, achten Sie auf die Straße! Wenn Sie Selbstmord begehen wollen, lassen Sie uns wenigstens vorher aussteigen.«

Cauldron zog ihre geschwungenen Augenbrauen drohend zusammen. »Kannst du uns an deiner Brillanz teilhaben lassen, Poolitzer, oder müssen wir warten, bis du deinen Beitrag geschnitten hast?«

»Darüber?«, fragte er ungläubig. »Nein, das ist Kinderkacke. Das lass ich die Anfänger machen.«

»Was wisset Sie jetzat, Herr Goschpini?«

Poolitzer seufzte, seine Lieblingsbeschäftigung in den letzten Wochen, abgesehen von Selbstbemitleidung und Schicksalshaderei. »Die Art der Verletzungen ist in der Kriminalistik ziemlich bekannt, spätestens seit 1888. Oft kopiert, aber leider niemals mehr so originell.«

Ultras Augen wurden schmal. »1888?«

»Genau, altes Quizgenie. Lass es mich für dich so formulieren: Kandidat eins, wer ermordete im Londoner Distrikt East End mehrere …«

»Jack The Ripper!«, rief der Troll sofort laut und glücklich. »Ha! Ich hätt' gewonnen!« Dann wurde er ernst. »Du meinst, da macht jemand den ollen Ripper nach?« Er schürzte die Lippen. »Boah, wie langweilig. Das hatt'n wir bei uns auch schon vor Jahren in den Barrens.«

»Tja, die Mörder von heute sind einfach nicht mehr einfallsreich«, bemerkte Cauldron zynisch. »An jeder Ecke markiert einer den Ripper, es ist schon sehr nervig, was? Nein, da lohnt sich eine Berichterstattung nicht mehr. Es müsste schon spektakulärer, blutiger, widerlicher sein. So ein Massen-Ripper, das wär's doch, zehn Nutten pro Nacht, was?« Ihre schlechte Laune förderte den lange vermissten Sarkasmus an die Oberfläche und hüllte ihn in Worte.

Poolitzer verstand den beißenden Vorwurf, ging aber nicht darauf ein.

»Also, Sie meinet, des isch so ein Imitateur?«, wollte es der Taxifahrer genauer wissen.

»Ein ziemlich pedantischer, genauer gesagt«, bemerkte Poolitzer und hackte auf dem Pad herum, bis er mehr Infos über den Ripper gefunden hatte. »Tata! Ich wusste es. Das, was er mit der Elfin veranstaltet hat, ist die exakte Kopie des Mordes an der Prostituierten Mary Ann Nichols aus dem Jahr 1888. Ich wette, dass unser Killer sein Opfer zuerst bewusstlos gewürgt und dann zerstückelt hat. Wie das Original damals.«

»Ich weiß noch, was seinerzeit bei uns los war. Die Überschrift lautete: Nacht für Nacht finden sich die Leichen von Prostituierten in den Redmond Barrens, zerstückelt von der Hand eines Meisterchirurgen. Schleicht ein neuer Jack the Ripper durch die Straßen von Seattle?«, resümierte Ultra. »Scheiß Engländer.«

»Und dann kamen Dschingis Khan und Kleopatra, ich erinnere mich«, grinste Cauldron. »Meine Güte, unser Snoop hat Recht. Wieder so ein abgedrehter BTL-Idiot. Man sollte die Chips verbieten, wenn sie immer noch diesen Bug haben.«

»Sie *sind* verboten.« Poolitzer suchte seine Sonnenbrille aus dem verknitterten Sakko und setzte sie auf. Die lange Sauferei und der kurze Schlaf machten die rot geäderten Augen empfindlich. »Ich kann euch sagen, wie es ausgeht. Die Bullen nehmen alle BTL-Dealer hoch, fahnden nach den passenden Chip-Fehlern, checken die Kunden, und übermorgen ist wieder Ruhe eingekehrt.«

»Des muss i unbedingt meine Kumbls stecke«, freute sich ihr Fahrer und hielt den Citroën sanft vor dem Eingang des Hotels. Er wehrte ab, als der Reporter seinen Ebbie zückte. »Lasset Sie mal, Herr Goschpini. Es war mir eine Ehre.« Glücklich stieg er aus und wuchtete die Koffer aus dem Transporter.

Kurz darauf befand sich der Stapel vor der anonymen Rezeption des Trespasser, eine gekachelte Vorhalle mit einer angesengten Kunstpalme. Es roch nach Desinfektionsmitteln. Sie entdeckten einen kleinen Tisch mit einem Terminal darauf.

»Das ist das Beste, was man machen kann«, erklärte Poolitzer ihnen und bestätigte die Buchung der Zimmer mit einer ID-Karte, auf der definitiv nicht sein Name stand. »Null Service, null Personal, keine Fragen. So einfach geht das.« Unterhalb des Terminals fielen zwei Chips und zwei Zettel aus einem Schlitz, die er an das Paar und Ultra weiterreichte. »Das sind eure Schlüssel und die Kombination für die Zahlenabfrage. Ich habe die Zimmer für zwei Wochen gebucht. Alle drei Tage kommt ein Mädchen vorbei und macht sauber. Ich würde an eurer Stelle dabeibleiben, wenn sie putzt. Nur zur Sicherheit.«

»Okay.« Ultra schaute auf die Zimmernummern. »Ich bring die Koffer rauf, und dann können wir mit 'ner Reportage beginnen.«

»Großer, für dich zum Mitschreiben: Ich habe derzeit keine Story, an der ich arbeite«, sagte er langsam.

»Dann denk dir was aus«, empfahl ihm der Troll erwartungsfroh und begann, so viele Koffer wie möglich unter die Arme zu klemmen, damit er so wenig wie möglich laufen musste. »Oder willste die Kamera nicht?«

Ultra und Cauldron gingen zum kleinen Fahrstuhl und brachten die ersten Gepäckstücke nach oben. Bevor sich die Türen des Lifts schlossen, hob er die Hand und tat so, als schaute er durch einen Sucher. Prompt fiel ein Koffer runter, es klirrte leise. Cauldrons Kopf drehte sich langsam zu ihm, Ultra schrumpfte schuldbewusst in sich zusammen. Mehr sahen sie nicht mehr, die Kabine fuhr los.

Xavier setzte sich auf das Tischchen. »Was ist los mit dir, Poolitzer? Eine Frau?« Er erinnerte sich dunkel daran, dass er ihm einmal eine unglückliche Liebe gebeichtet hatte. »Immer noch dieselbe?«

Er atmete tief ein und schaute aus der Miniaturrezeption hinaus auf den Bürgersteig, wo zwei Penner müde entlangtrotteten, einer bückte sich, um eine weggeworfene Bierbüchse auf einen möglichen Inhalt hin zu checken. Dabei wurde er um ein Haar von einem Wagen erfasst, Hupen und Fluchen mischten sich.

»Immer noch die gleiche«, wisperte er abwesend.

»Gee Gee, richtig?« Der einstige Nega-Magier entsann sich nach einer kurzen Denkpause ihres Namens. Eine Schauspielerin, die zusammen mit Poolitzer in die Sox gegangen war, um einem Kon auf die Pelle zu rücken und dabei auf der Flucht in der Ark von ECC verschüttet ging. »Was ist mit ihr passiert? Weißt du endlich was?«

Poolitzer wandte sich zu ihm um. »Dein Gedächtnis ist viel zu gut.«

»Und das trotz der Kugel, die man mir reingesetzt hat«, fügte er hinzu. »Raus mit der Sprache. So wie du aussiehst, ist sie tot?«

»Nein. Doch, schon. Irgendwie.« Er erzählte ihm, umgeben vom Dunst der Desinfektionsmittel, wie er sie einige Kilometer vom Trespasser entfernt in Möhringen wiedergefunden hatte, als Musicalstar, gefeiert als Angelina Heavenwards, nicht mehr als Gee Gee Delorian; wie sie durch ein Computermodul in ihrem Kopf eine andere geworden war; wie sie sich trafen und wie schlecht das Gespräch für ihn ausging. »Die alte Gee Gee hatte ich geliebt, und sie hatte mich geliebt. Die neue Angelina liebt nur Gott und ihre Mission, die Worte des HERRN zu verbreiten.«

Xavier hatte aufmerksam zugehört. »Und du hast die letzten Tage damit verbracht, jeden Gedanken an sie in Alkohol zu ertränken?«

»Tage und Nächte«, korrigierte er, traurig lächelnd. *Ohne Erfolg.* Er spielte mit dem Ebbie herum, drehte und wendete ihn zwischen seinen Fingern. »Es ist schon sensationell, wie sehr man sich etwas wünschen kann und die Hoffnung nicht aufgeben will, obwohl der Verstand genau weiß, dass der Traum zu einem Ding der Unmöglichkeit geworden ist.«

»Aber man kommt darüber hinweg.«

Poolitzer funkelte ihn wütend an. »*Du* hast deine *Traumfrau* bekommen, erzähl mir keinen Scheiß!« Er sagte das lauter, als er beabsichtigt hatte; weil er sich nicht entschuldigen wollte, blickte er einfach wieder nach draußen. Die Penner standen vor der Tür und schauten hinein. Er kam sich vor wie ein begaffter Goldfisch. »Verpisst euch!«, brüllte er und warf den Ebbie gegen die Scheibe, der Bewegungsmelder über der Tür aktivierte die Motoren, und sie öffnete sich. Die Männer zuckten zurück.

»Was glaubst du, was ich gedacht habe, als ich erwachte und feststellte, dass ich ein Krüppel geworden bin?«, fragte Xavier sanft.

»Scheiße?«

»Genau«, grinste er. »Danach kam ›Fuck‹ und danach ›Warum ich?‹. Ich habe mir lange gewünscht, wieder richtig gehen und meine rechte Seite wie früher benutzen zu können.« Poolitzer hörte, dass er aufstand und auf ihn zukam. »Keine Bange, das wird keine Predigt.« Er umrundete ihn und stand vor ihm, die grünbraunen Augen fest auf seine gerichtet. »Aber eins solltest du dir merken: Es ist egal, weshalb es einen trifft. Du kannst es nicht mehr rückgängig machen. Wichtig ist, dass du *weitermachst*, Poolitzer. Lass dich nicht hängen, das ist weder für dich noch für andere gut.« Seine Hand legte sich kurz auf die Schulter des Reporters.

Leise schabend öffnete sich die Kabinentür des Lifts, Ultra und Cauldron kehrten zurück.

Die Magierin hatte die Zeit genutzt, um sich etwas mehr zu stylen und noch düsterer rüberzukommen, sozusagen eine präventive Maßnahme, um sich in Mühlhausen Ärger allein durch Ausstrahlung vom Leib zu halten. An den Augenwinkeln glitzerten dunkelblaue Strasssteine auf, ein smaragdfarbenes Bindi saß mitten auf der Stirn. Leise klirrten die Schnallen an den schwarzen, spitz zulaufenden Schuhen, schwarze Lackhandschuhe und ein langer Ledermantel rundeten das Bild ab.

Sie sah alles andere als gut gelaunt aus. »Wir müssen einkaufen gehen. Mr. Fumblefingers hat ein paar meiner Accessoires zertrümmert«, sagte sie finster. »Oh, bitte, ihr Allmächte, schickt mir unterwegs ein Dutzend Ganger.«

Der Troll schaute auf die Kappen seiner Stiefel. »Es is' halt passiert. Ich bezahl's ja auch.«

»Wisst ihr was?«, eröffnete Poolitzer ihnen. »Wir schleppen die Koffer rauf, und ich gebe ein Essen aus. Es gibt in der Nähe ein ausgezeichnetes pakistanisches Restaurant. Danach gehen wir shoppen, einverstanden?«

Die Magierin versuchte, aus seinen Worten irgendeine List abzuleiten. »*Du* gibst *uns* einen *aus*?« Sie schaute gespielt verwirrt zu Xavier. »Ist das immer noch der gleiche Poolitzer, oder wurde seine Persönlichkeit ausgetauscht, während wir oben waren? Soll ich nachschauen, ob er von einem Elementar besessen ist?«

»Hey, Grufti, Menschen können sich ändern«, begehrte er grinsend auf. Seine Laune hob sich wieder, die bekannten Gesichter munterten ihn allmählich auf.

»Und um dir zu zeigen …« Er langte in die Tasche, stockte und suchte vergebens seinen Ebbie, bis ihm einfiel, dass er ihn nach den Pennern geworfen hatte.

Die beiden Typen waren verschwunden, der Ebbie lag nirgendwo herum, und der Eingang zum Trespasser stand einen Spalt offen. *Scheiße, die sind weg!* Damit hatte er 200 Ecu für einen guten Zweck gespendet.

Mit einem gewinnenden Lächeln wandte er sich den anderen zu. Wie von Zauberhand hatte Ultra seine nagelneue Fuchi ausgepackt und die Linse auf ihn gerichtet. Es kam ihm seltsam vor, selbst aufgenommen zu werden. »Äh … könnt ihr mich einladen? Ausnahmsweise?«

ADL, Württemberg, Stuttgart-Ludwigsburg, 29.04.2059, 23:07 Uhr

Sie trafen sich in einem dunklen Hotelzimmer. Einer nach dem anderen trat ein und setzte sich. Auf Licht verzichteten sie, sie konnten einander entweder wegen diverser Cybermodifikationen oder aufgrund natürlicher Vorteile im schummrigen Licht, das von den umgebenden Hochhäusern durch die Fenster hereinfiel, gut sehen.

»Sind wir endlich so weit, dass wir es wagen können?«, eröffnete Graue Klaue die Diskussion, die sie seit einigen Wochen führten, ohne zu einem übereinstimmenden Ergebnis zu gelangen. Die dickliche Orkschamanin, die von Rabe auserwählt worden war, blickte in die Runde.

Ihre Augen glitten über die angespannten Züge von Decker Tabulator, der wie immer in zerrissenen Punkersachen steckte, weiter zur Straßensamurai Zashi, die nicht weniger unruhig wirkte und nervös am weiten Ärmel ihrer Lederjacke herumspielte, bis sie schließlich auf dem hübschen Antlitz ihrer Chefin Adorno ruhten.

Die Elfin war kälter als Trockeneis, immer beherrscht und absolute Herrin jeder Lage, so auch jetzt. Sie lehnte lässig in ihrem Sessel, eine Hand auf der Lehne, die andere stützte aus purer Effekthascherei das Kinn, ein Bein war angewinkelt, das andere ausgestreckt. Die knallengen, hellbraunen Synthlederklamotten hoben ihre perfekte, vielleicht etwas zu dünne Figur hervor.

Niemand schoss genauer und sicherer als sie. Fehler beging sie nur, wenn man ihr falsche Hintergrundinformationen gab.

Das war bislang erst einmal vorgekommen, vor genau anderthalb Jahren. Aus diesem Grund trafen sie sich nach dieser langen Zeit wieder. »Ich weiß, dass ihr Rache für Datadieb haben wollt«, begann sie.

»Du nicht?« Zashi blickte sie an. »Er ist für uns draufgegangen! Ohne ihn wären wir alle tot. Das sind wir ihm schuldig!«

»Sicher.« Adorno nickte und schwieg wieder.

Die Stille brachte die Bilder.

Sie sahen ihn vor sich, wie sein dünner Körper einen unfreiwilligen Tanz hinlegte, per Kabel mit der Matrix verbunden, dem Schwarzen Ice, das ihm auflauerte, gnadenlos im Cyberspace ausgeliefert, während er bis zum letzten Atemzug kämpfte, um ihnen den Rückweg aus der Falle, in die sie getappt waren, offen zu halten.

Seinem eisernen Willen verdankten sie ihre Existenz. Aus dem Desaster waren sie alle knapp entkommen, bis auf ihn, dem Schwarzes Ice alles durchgebrannt hatte, was im Kopf eines Chiphead glühen und schmelzen konnte.

Adornos Linke ballte sich zur Faust, eine Träne sickerte am Nasenflügel vorbei über die Lippen und verbreitete einen salzigen Geschmack im Mund. »Ich denke, dass wir es wagen können«, nahm sie die Formulierung der Orkschamanin auf, die mit ihren 31 Jahren die Älteste ihres Teams war. Team Faststrike. »Wir haben lange genug stillgehalten. Die anderen denken, dass wir bei dem Run draufgegangen sind, wie Datadieb. Da ist unser Vorteil.«

Zashis Augen glänzten erwartungsvoll. »Du hast Informationen, wem wir die Scheiße verdanken?«

Die Elfin langte unter die Jacke und nahm ein paar Ausdrucke hervor. Vier davon warf sie mit einer eleganten Bewegung auf den Beistelltisch. »Jeder nimmt sich einen vor. Wir schlagen gemeinsam zu, damit sie sich nicht gegenseitig warnen können, wenn es den ersten von ihnen erwischt hat. Sie werden schnell drauf kommen, was abgeht.«

Sie hatte Nummern auf die Fotos der Personen gemalt, unter den Gesichtern standen Angaben über Hobbys, Aufenthaltsorte, Vorlieben, Freunde, Fahrzeuge, Tagesabläufe. Adorno überließ nichts dem Zufall.

»Woher hast du das alles?«, staunte Graue Klaue und ärgerte sich, dass sie nicht daran gedacht hatte, sich etwas zu essen mitzunehmen. Ihr Magen grummelte laut. »Ich meine, ich habe alles Mögliche versucht, um die Ärsche zu finden, aber es hat nicht geklappt.«

Sie verschwieg absichtlich, dass sie das Gefühl hatte, seit dem verfluchten Tag von ihrem Totem nicht unbedingt verlassen worden zu sein, aber auf seltsame Weise vernachlässigt zu werden. Vielleicht verlor sie durch ihre Lebensweise die Bindung, aber sie bemühte sich, den Kontakt zu Rabe zu intensivieren. Dennoch würde sie die Verunsicherung nicht davon abhalten, ihren Job zu erledigen. Mit etwas Glück und Planung brauchte sie nicht zu kämpfen, sondern könnte die Sache durch eine schnelle magische Attacke entscheiden.

Zashi lächelte. »Sie hat die besseren Kontakte, Liebes. Sie wird weniger in Fastfoodtempeln rumhängen als du«, zog sie die Orkfrau auf, die ihr daraufhin den Mittelfinger zeigte. Die Samurai lachte laut auf und nahm ihr die Beleidigung nicht übel. Freunde fürs Leben, Freunde bis in den Tod.

»Nicht so laut«, zischte Tabulator sie an. »Du weckst das ganze Hotel auf.« Er steckte das Bild ein, ohne darauf zu schauen. Er kannte denjenigen, der auf seiner Liste stand, ganz genau, und es wunderte ihnen nicht eine Nanosekunde, dass er in der Sache mit drinsteckte. Ihn zu rösten würde ihm nicht schwer fallen, vielmehr würde es ihm einen höllischen Spaß bereiten.

»Na und?« Zashi wirkte nicht sonderlich vom Anschiss des Deckers beeindruckt. »Die können denken, was sie möchten.«

»Nein, er hat Recht«, bekam er Unterstützung von der Elfin. »Wir sollten niemanden aufwecken.« Sie blickte auf die Uhr und stand auf, die anderen folgten ihrem Beispiel. »Ich rufe euch an und koordiniere den Ablauf. Wenn alles vorüber ist, treffen wir uns wieder.«

»Wo?«, wollte Graue Klaue wissen.

Adorno hob langsam die Schultern. »Das sehen wir dann. Ich würde sagen, wir warten ab, wohin es uns verschlägt.« Sie betrachtete die Überlebenden ihres Teams. »Habt ihr noch Fragen? Reichen euch die Infos aus, die ihr von mir zu den Leuten bekommen habt?« Alle nickten. »Habt ihr Zweifel an dem, was wir vorhaben?« Alle schüttelten den Kopf. Sie legten ihre linken Hände übereinander, eine einschwörende Geste. »Rache für Datadieb, Rache für uns«, raunte die Chefin. Es klang eisig, ein Todesversprechen an diejenigen, die ihnen im Weg standen und die sie verraten hatten.

Graue Klaue verschwand als Erste, danach machte sich Tabulator auf den Weg. Als Adorno gehen wollte, hielt Zashi sie am Arm fest. »Die anderen mögen es nicht gesehen haben, aber ich.« Ihre Augen wanderten dorthin, wo die Elfin ihr Foto aufbewahrte. »Du hast noch mehr Ausdrucke, oder?«

Sie zögerte mit der Antwort. »Ja. Es stehen noch zwei auf der Liste.«

Die Samurai versuchte, Adornos Gesichtsausdruck zu ergründen. »Und? Warum hast du sie uns nicht gezeigt? Sie werden vom Tod der anderen erfahren und …«

»Sei unbesorgt. Die beiden gehören nicht zum unmittelbaren Kreis und werden durch unsere Rache nicht aufgeschreckt werden.« Sie strich der Frau freundlich über die kurzen braunen Haare. »Wir stimmen gemeinsam darüber ab, was mit ihnen geschehen soll, doch es hat noch Zeit. Die anderen vier sind wichtig.«

»Wenn du es sagst.« Zashi wandte sich zur Tür, in der Linken das Foto mit ihrem Job haltend. Sie hob es kurz hoch, das steife Leder ihrer Jacke knarzte. »Ich hätte niemals gedacht, dass sie dazugehörte. Wir haben für sie …« Ihre Wut verschlug ihr die Stimme.

»Ich wollte es auch nicht glauben, aber es ist so«, antwortete Adorno, die den Zweifel in Zashis Worten deutlich hörte. »Ich habe keinen Fehler gemacht, glaube mir.« Sie öffnete für die Samurai. »Und nun geh, Zashi. Begib dich in Position und triff die notwendigen Vorbereitungen, damit du losschlagen kannst, wenn ich dich anrufe.«

»Sie wird sterben.« Die Samurai trat hinaus in den gleißend hellen Flur, die Elfin folgte ihr. Hatten sie die ganze Zeit darauf geachtet, leise zu sein, fiel die Tür sehr laut ins Schloss.

Ein unruhiger Schläfer im Zimmer nebenan schrak aus seinen seltsamen Träumen, blickte auf die Uhr, zog sich die Decke ächzend über den Kopf und döste beinahe augenblicklich wieder ein.

Am anderen Morgen würde er die Störung vergessen haben.

II.

… Wie hat das alles nur geschehen können? Wieso habe ich plötzlich so viele Schulden?

Ich hätte niemals die Eigentumswohnung kaufen sollen, marode Bruchbude, elende! Habe mehr reingesteckt, als sie mich gekostet hat, und die grinsenden Banker haben mir das Geld förmlich nachgeworfen, für 12 Prozent Schuldzins. Jetzt wollen mir die Penner nichts mehr geben. Gut, dann hole ich mir ihr Geld eben anders.

Da kommt ein Wagen, sehr gut! Ein nachtblauer Sportschlitten, ideal. Schnell, gutes Handling, bestens geeignet, die Bullen abzuhängen, schätze ich.

Der Fahrer ist allein. Er steigt aus und bindet sich den Schuh, sieht aus, als wollte er joggen gehen. Ja, von mir aus darf er das, wenn er keine Zicken macht. Wenn ich mir sein Auto geschnappt habe, wird er laufen müssen.

Ich bewege mich vorsichtig aus dem Gebüsch raus und pirsche mich von hinten an ihn heran, damit ich ihn niederschlagen und er mich nicht identifizieren kann.

… Scheiße, er hat mich gehört!

Er dreht sich herum, steht auf und will mit mir verhandeln, er hebt die Arme, weil er meine Halbautomatik erkannt hat. Kein Held, der Typ, umso besser.

»Okay, ich mache keinen Ärger. Nimm mein Geld und lass mich gehen.«

Soll ich ihn gehen lassen? Ich stelle mich vor ihn, die Mündung zielt auf sein Gesicht. »Würdest du mich wieder erkennen?«, *will ich wissen und beobachte ihn ganz genau. Es war nicht geplant, dass er mich zu Gesicht bekommt, deswegen trage ich meine Sturmhaube nicht.*

Er ist nicht trainiert, sieht harmlos aus. Ich muss nicht damit rechnen, dass er sich plötzlich als einer von den modernen Kampfsport-Freaks entpuppt, von denen sie auf dem Fitness-Kanal berichten.

Er schweigt verängstigt. Für eine ehrliche Antwort ist es bereits zu spät, wie ich finde. Ich habe ihn bedroht, es ist nicht sonderlich dunkel, er hat den Schock seines Lebens bekommen, und ich wette, er verpfeift mich liebend gern, wenn er die Gelegenheit dazu bekommt.

Gerade als er den Mund öffnet, um etwas zu sagen, habe ich mich entschlossen.

Ich drücke ab. Ein Schuss reicht, er ist hinüber. Ich kenne keinen Menschen, der ohne Hirn leben kann.

Ich steige ein, werfe den schweren Rucksack auf den Beifahrersitz und fahre los. Jetzt werde ich in der Bank vorsprechen. Mal sehen, ob sie mir dieses Mal Geld geben …

ADL, Württemberg, Stuttgart-Echterdingen, 30.04.2059, 08:07 Uhr

Kriminalhauptkommissar Vigo Spengler stand in einer riesigen Pfütze, die Füße gegen die Nässe durch gelbe Gummistiefel geschützt, die hervorragend zu seinem orangefarbenen Synth-Lackledermantel passten. Der grüne Schirm, den er in der Rechten trug, machte ihn unter den Weißen Mäusen der Spurensicherung, die zwischen dem Transporter und dem Tatort hin und her liefen, zu einem auffälligen Farbtupfer.

Er gähnte laut. Missmutig schaute er zu dem Zelt, das sie um die Leiche auf dem Parkplatz herum aufgebaut hatten. *Das ist einfach nicht meine Zeit.*

Es regnete seit kurzem in Strömen auf das gigantische Messegelände nieder, das von weitem betrachtet aussah, als hätten sich ein Dutzend Architekten zu Lasten der einheitlichen Optik ein Wettrennen um die innovativsten Bauwerke aus Stahl, Beton und Glas geleistet.

Für das Durcheinander haben die sicherlich einen Sack voll Geld bekommen.

Was zuerst nach einer Peinlichkeit für Stuttgart zu werden drohte, verkauften die Stadtväter auf den Rat eines Imageberaters in der Öffentlichkeit als »vielfältigstes Messegelände der ADL« und bestachen eine Architektenkommission, dem Durcheinander einen Preis zu verleihen. Es klappte, alle waren glücklich, und die Welt staunte.

»Hallo! Herr Kommissar!« Einer der Forensiker hob den Arm und winkte ihn zu sich.

Spengler murmelte ein »Kriminalhauptkommissar«, stapfte los und dachte dabei an sein warmes Hotelzimmer, das er nach dem Anruf ohne zu frühstücken hatte verlassen müssen. Das Patschen, das seine Stiefel auf dem nassen Untergrund erzeugten, wurde von dem Prasseln des Regens auf dem Schirm übertönt, sein Bäuchlein, das wenige Zentimeter über den Gürtel ragte, wogte bei jedem Schritt.

Endlich kam er in dem großen Zelt an. Die Spurensicherung hatte knöchelhohe Wassersperren errichtet, damit der Regen den Toten nicht umspülte und Hinweise vernichtete. Er fand, dass sie aussahen wie überdimensionale Kunststoffwürste und er aufgrund seines Hungers eine echte Wurst von diesen Dimensionen einfach so verdrücken könnte. Der Anblick des zerschossenen Gesichts der Leiche schockierte ihn nicht weiter und verdarb ihm seinen Appetit kaum. Er hatte vor einem Jahr in Zweibrücken weitaus Schlimmeres gesehen.

»Autoraub?«, richtete er seine Frage an einen sehr jungen Uniformierten, der das Schwarz des Sternschutzes trug und kaum mehr als 20 Jahre alt sein konnte, dann reichte er ihm die Hand. »Morgen. Sie haben die

Sauerei entdeckt?« Er klappte den Schirm zusammen und schüttelte ihn aus, die Tropfen gingen auf die Umgebung nieder.

Der Mann nickte. »Jawohl, Herr Kommissar. Vor genau«, sein Arm mit dem Kom ruckte nach oben, »einunddreißig Minuten.« Er schaute ihn neugierig an. »Wie kommen Sie so schnell auf Autoraub?«

Spengler wischte sich mit den klammen Fingern durch das kurzhaarige Chaos auf dem Kopf, doch das Schwarz ließ sich nicht bändigen, nicht um diese Uhrzeit; aus Sympathie rebellierten sein Schnauzer und die Koteletten ebenfalls. »Da ist eine trockenere Stelle neben dem Toten, es hat aber erst vorhin richtig begonnen zu regnen. Folglich stand da vorher ein Auto, den Abmessungen nach *kann* es ein Sportwagen gewesen sein. Da *er* aus gesundheitlichen Gründen nicht mehr fahren kann …«

Er ließ den Satz unvollendet, zerrte Gummihandschuhe aus seiner Manteltasche, zog sie an und ging neben dem Toten in die Hocke. Der Schuss aus einer großkalibrigen Waffe und die verbrannten Pulverpartikel in dem, was vom Gesicht übrig geblieben war, ließen keinen Zweifel daran, dass der Täter unmittelbar vor seinem Opfer gestanden hatte.

»Wir sind fertig, Kollege. Sie können ihn bewegen, wenn sie wollen.« Der namenlose Forensiker stand auf und zog sich die Handschuhe aus. »Sie sind neu, oder?« Ohne dass er es wollte, musste er auf das zu enge dunkle T-Shirt mit dem bunten Aufdruck »Aces high« starren.

»Nein, nicht neu. Mich gibt es schon achtundvierzig Jahre«, erwiderte er trocken. »Bin nur zu Besuch hier, ich bin zum Ersten Mai ins BKA versetzt worden, und weil ich gerade in Stuttgart war, dachte jemand, es sei eine gute Idee, mich morgens aus dem Bett zu jagen, damit ich dem LKA Württemberg zusehe, wie man einen Fall löst.«

»Aha. Na, Sie sind jedenfalls vor dem LKA hier.« Der Forensiker grinste.

»Mal schauen, ob ich den Fall auch vor denen löse. Schießen Sie los.«

»Todeszeit gegen sechs Uhr. Das Projektil drang in Höhe der Nase ein und trat hinten zusammen mit dem größten Teil der Hirnmasse, Knochensplittern und Blut wieder aus. Die Kollegen vom Sternschutz suchen noch nach der Kugel. Der Tod folgte unmittelbar, weitere Verletzungen oder Kampfspuren habe ich nicht gesehen.« Er blickte zusammen mit Spengler zu dem Wäldchen, das künstlich angelegt worden war und dem Parkplatz einen parkähnlichen Charakter geben sollte.

»Der perfekte Blickschutz«, meinte Spengler und erntete ein Nicken. »Unser Freund hier trägt Joggingklamotten und ziemlich saubere Turnschuhe.« Er stand auf, die drei Männer senkten den Blick und betrachteten die Leiche. Es sah ein wenig nach Beerdigung aus. »Das heißt, er kommt an, will sportlich sein, steigt aus seinem Wagen, unser Mörder spricht ihn an, schießt ihn nieder und fährt davon.« Er suchte sich einen Kaugummi aus der linken Innentasche, Ingwer-Zitrone-Geschmack mit einen legalen Aufputschmittel verfeinert. »Ausweis? Papiere?«

»Sebastian Paschulke, zweiundvierzig Jahre, wohnt im Stuttgarter Zentrum, Ingenieur bei IFMU«, ratterte der Sternschutzmann augenblicklich herunter. »Die ID lag neben ihm, zusammen mit dem Geld, dreihundert Ecu, und der Börse. Ich hatte genügend Zeit, ihn checken zu lassen.« Er grinste. »Sie hatten übrigens Recht mit dem Sportwagen. Auf ihn ist ein dunkelblauer Eurocar Westwind 2000 zugelassen, zahlreiche Umbauten und Modifikationen, mindestens hundertdreißig Riesen wert.«

»Dann spinne ich mal weiter.« Spengler war zufrieden. »Unser Mörder hat das Fahrzeug entweder im

Auftrag einer Autoschieberbande geklaut oder braucht es, um später ganz schnell zu verschwinden. Auf die Kohle Paschulkes kam es ihm jedenfalls nicht an. Allerdings«, er rieb sich über den Schnauzer, danach kratzte er sich über die Koteletten, »ist es ein wenig zu auffällig. Sollte es ein Fluchtwagen werden, braucht er für sein kriminelles Vorhaben viel Power und Wendigkeit auf einer kurzen Strecke. Innenstadt«, tippte er vage den Einsatzort.

... Ob es klappt? Auf jeden Fall werden sie große Augen machen. Haben nichts anderes verdient, die Blutsauger.

Ich stelle den Rennwagen ab, lehne mich auf die Beifahrerseite, ducke mich und ziehe mir die Sturmhaube über, wühle den Vorschlaghammer aus dem Rucksack und steige aus. Ich muss mich beeilen, die ersten Leute schauen mich komisch an. Logisch, würde mir genauso gehen.

»Wir drehen einen Film«, *rufe ich,* »kein Grund zur Aufregung.« *Es sollte reichen, dass sie nicht sofort die Bullen holen.*

Ich betrete die Bank, renne auf die Kasse zu, hole mit dem Vorschlaghammer im Laufen aus und dresche gegen die Scheibe.

Es kracht, das Sicherheitsglas hat keine Chance, und als ich meinen Arm mit der Waffe durch das Loch halte, bekomme ich sofort Geld in eine Tüte gepackt. Ich muss nicht einmal was sagen, das ist echter Service.

»Es geht doch«, *schreie ich und ertappe mich dabei, wie ich leise lache. Scheißbank, so muss man also mit euch reden, damit ihr einem Normalbürger Geld gebt!* »Schneller«, *schreie ich die Kassiererin an. Sie ist vollkommen blass und wird sicherlich gleich in Ohnmacht fallen. Das hätte mir gerade noch gefehlt, dass sie mit der Kohle zusammenklappt und ich ohne Beute abhauen muss. Ich wedele mit der Pistole.* »Los, her damit!«

Die Tüte geht nur mit Zerren durch das Loch, doch es gelingt mir. Scheiße, das sieht nach magerer Beute aus, aber länger will ich nicht bleiben, die Bullen sind garantiert auf dem Weg, wenn sie nicht sogar schon draußen warten.

Ich hetze raus, springe in den Wagen und trete aufs Gas, die Räder drehen kreischend durch und hinterlassen eine weißlich graue Wolke, es stinkt verbrannt.

Ich habe es geschafft, und es war kinderleicht! Nur weg hier, Alain. Du hast noch einige Banken vor dir, bis alle Schulden bezahlt sind …

Das Funkgerät des Sternschutzmannes erwachte, eine allgemeine Alarmierung wurde durchgegeben.

»Stellen Sie das mal lauter«, bat Spengler.

Sie hörten, dass eine kleine Bankfiliale mitten in Stuttgart, Stuggi-Town, überfallen worden war. »Ich wiederhole, der Täter ist sehr groß, muskulös und bewaffnet. Er schlug mit einem Vorschlaghammer ein Loch in die Sicherheitsverglasung des Kassenschalters, streckte seine Pistole durch und verlangte Bargeld, das ihm die Angestellte aushändigte. Danach flüchtete er …«

»… mit einem dunkelblauen Westwind 2000«, sprachen sie die Durchsage synchron mit.

»Wie bescheuert ist *der* Kerl denn?«, wunderte sich Spengler, als er hörte, dass der Räuber gerade mal fünftausend Ecu erbeutet hatte. »Wenn er die Karre auf dem Schwarzmarkt vertickt, bekommt er mindestens das Zehnfache.« Sie betrachteten den Toten erneut. »Mann, jetzt bin ich schon so lange in dem Beruf und verstehe manche Typen immer noch nicht«, murmelte er, hob den Schirm und faltete ihn auf. »Lassen Sie den armen Herrn Paschulke liegen, bis das schnelle LKA aufkreuzt.« Er machte zwei Schritte, stakste über die Plastikwurst, und sofort trommelte das Regenstakkato gegen den Schirm, dessen Imprägnierung vor dem sauersten Regen schützte.

»Wo findet man Sie, falls die Kollegen nach Ihnen fragen?«, rief ihm der Sternschutzmann hinterher.

Spengler ließ eine große Kaugummiblase entstehen. »Stuggi-Town. Ich sehe mir mal die Filiale an. Ich finde die Sache ein bisschen zu merkwürdig.« Er rief ihm seine Kom-Nummer zu, dann stapfte er zurück zum Dienstwagen, ein Intracity, dem man ihm gestellt hatte. Die Wagenvergabestelle hasste ihn, daran gab es keinen Zweifel. Er passte mit seinen zahlreichen Pfunden nicht unbedingt gut hinein. Es drückte und quetschte ihn überall.

Es geht mich im Grunde einen Scheiß an, was abläuft, dachte er, während er den Motor startete und sich auf den Weg in die Innenstadt machte. Da er momentan Langeweile verspürte, kam ihm die Abwechslung gelegen. *Anstatt in die Glotze zu starren, kann ich mich ebenso gut nützlich machen.*

Er würde sich nicht weiter in die Ermittlungen der LKAler einmischen, weil er es immer gehasst hatte, wenn sich übergeordnete Stellen in seine Fälle, in seinem Revier Badisch-Pfalz, ausbreiteten und alles an sich zogen, weil sie die hübscheren Ausweise besaßen.

Abgesehen davon, dass er nur schnuppern wollte, betrachtete er es als gute Übung für seine kriminalistischen Instinkte, die er beim BKA sicherlich benötigte. Mehr als sonst. Und das Gefühl, das er bei diesem Fall hatte, sagte ihm laut und deutlich, dass etwas mit diesem seltsamen Raubmörder nicht stimmte.

Er lässt die dreihundert Ecu seines Opfers liegen. Das ist eindeutig seltsam. Spengler grinste. Poolitzer, ein inzwischen sehr guter Bekannter, der es fast über die Schwelle zum Freund geschafft hätte, wenn er nicht ein nerviger, reißerischer Reporter wäre, würde sich wahrscheinlich die Nase reiben und behaupten, sie juckte. Sein Storyindikator.

Bei ihm juckte nichts. Aber er kannte das Kribbeln in der Magengegend, irgendwo zwischen Herz und Zwerchfell, und auf das hörte er wie der Reporter auf seine neugierige, verlässliche Rotzschleuder.

Vor der Filiale der X-Bank angekommen, staunte er über das Kamerateam, das sich eingefunden hatte. Wahrscheinlich lag der Reiz der Berichterstattung in der Altertümlichkeit der Vorgehensweise des Täters. *Vorschlaghammer. Warum nicht gleich ein Brecheisen und den Tresor aufhebeln?*

Er ging mit gezücktem Dienstausweis durch die Absperrung und betrat den kleinen, hell eingerichteten Innenraum: ein verglaster Schalter mit der Kasse, ein unverglaster für Gespräche oder andere Bankgeschäfte, eine kleine Grüninsel und eine Wartebank, eine Metallsäule mit Chips, Formularen und Prospekten, das war's.

Er entdeckte zwei Kameras, welche die geringste Bewegung erfassen konnten. Jeder Bankräuber mit Verstand hätte schon beim Eintreten gemerkt, dass es hier nichts zu holen gab, der Sicherheitsstandard war dafür viel zu niedrig.

Ein Scheinwerfer flammte hinter ihm auf und überschüttete ihn mit grellem Licht. »Gut. Und jetzt musst du sagen: Können Sie mir mitteilen, weshalb das BKA in dieser harmlosen Sache die Ermittlungen übernommen hat?«, hörte er die Stimme eines Journalisten, die ihm sehr, sehr bekannt vorkam.

»Schieben Sie Ihren knochigen Arsch aus der Bank, Gospini.«

»Ey! So redet man nich' mit der freien Presse«, antwortete eine tiefe Stimme empört. »Poolitzer, darf der so mit dir reden? Oder soll ich ihn mal …«

Spengler horchte auf. Den Typen kannte er nicht, und der Akzent war grausam, also drehte er sich langsam um und schaute auf ein Duo, wie er es nur aus schlechten Trid-Produktionen kannte, die er abends in seiner Bereitschaft beim Zappen durch die DeMeKo-Kanäle sah.

Neben Gospini stand ein fast drei Meter großer Troll, der aus einem unerfindlichen Grund unter seinem beigen Sommermantel ein dunkelblaues Hawaiihemd über einer giftgrünen Hose trug. Es hatte ihm wohl nicht gereicht, allein durch seine muskelbepackte Gestalt aufzufallen und sich damit die Aufmerksamkeit des Sternschutzes zu sichern. Die Fuchi auf seiner Kopfhalterung wirkte wie eine kleine verlorene Sonde, die einen gewaltigen Planeten umkreiste.

Der Reporter, dessen verknitterte Kleider wohl seit einer Woche ununterbrochen an seinem Körper hingen, feixte. »Ich hätte mir denken können, dass nur ein Mensch so einen hässlichen Mantel trägt.«

Spengler war noch viel zu fasziniert von dem trollischen Anblick. »Sagen Sie nicht, dass der nette junge Mann Ihr Azubi ist, Gospini«, schaffte er es nach vier Sekunden herauszuwürgen. »Oder ist das eine neue Masche, Informationen durch Einschüchterung aus den Leuten herauszuholen?«

Der Troll kniff die Augen zusammen, die Warze und das Horn drohten, ins Gesicht zu rutschen. »Wie meint 'n der das?«

Poolitzer reichte dem Hauptkommissar die Hand, sie lachten beide. »Darf ich vorstellen: Mister José Gonzales«, meinte er mit Blick auf Ultra. »Ein angehender Kollege, der in Seattle meine Rolle übernehmen möchte. Ich lerne ihn an.« Ultra blieb misstrauisch, wie man unschwer an seinem Gesichtsausdruck sehen konnte. »Seit wann sind Sie denn beim BKA, fetter alter Mann?«

»Noch bin ich im Urlaub, aber ab morgen stehe ich den Kollegen zur Verfügung. Kam ziemlich überraschend. Ich bin einigen Kons in der Pfalz wohl zu sehr auf die Eier gegangen, deshalb haben sie mich versetzen lassen«, meinte Spengler und hielt ihm das Kaugummipäckchen hin.

»Sie ermitteln also gar nicht? Die Bullen da draußen ...«

»Nein, ich schaue mich nur mal um. Sie sind nicht der einzige neugierige Mensch.« Er wurde etwas ernster, er versuchte, den Gefühlszustand des Reporters zu ergründen. »Alles in Ordnung? Nach unserem Saufgelage im *Alexander the Great* vor zwei Wochen habe ich Sie nicht mehr gesehen. Ich dachte, Sie wären nach Hamburg gerauscht?«

»Es kam was dazwischen«, wich Poolitzer aus. *Eine Depression, drei Flaschen Wodka, ein Kasten Bier und ein paar Cognac,* dachte er und betrachtete demonstrativ das Loch in der Scheibe, das der Vorschlaghammer hinterlassen hatte. Er wollte Spengler nichts über seine Gemütslage sagen, das Gespräch mit Xavier hatte ihm gereicht, um ihn ein wenig aus dem Tal des Jammers zu holen oder ihm zumindest einen Weg hinaus zu weisen. »Stimmt das, was man so gehört hat, das mit dem Westwind als Fluchtwagen?«, versuchte er abzulenken. »Die Reichen sind auch nicht mehr das, was sie mal waren.«

Ultra begann, ein paar Aufnahmen zu machen, ohne die beiden Männer dabei in den Sucher zu nehmen. Stimmungs-Shots, wie man das nannte.

»Sie werden lachen, aber der Typ hat das Auto aller Wahrscheinlichkeit vorhin erst geklaut«, erzählte ihm Spengler und fasste rasch zusammen, von welchem Termin er gerade kam. Poolitzers offenem Mund nach zu schließen war er ebenso überrascht wie der Kriminaler.

»Das ist ja ein Ding«, murmelte er. »Der muss echt einen Hammer haben.« Sie schauten auf das Loch im Sicherheitsglas. »Und zwar im wahrsten Sinne des Wortes. Vielleicht ist an dem Fall doch mehr dran, als es auf den ersten Blick aussieht.«

»Sie und Sie und der lustige Trollclown – raus hier«, wurden sie angeherrscht. Zwei Herren und eine Dame traten ein, LKA-Ausweise gut sichtbar an den Jacken tragend. »Sie haben nichts am Tatort verloren.« Der

Mann, der gesprochen hatte, warf Spengler einen anklagenden Blick zu. »Auch wenn Sie ein Kollege sind, das ist unser Fall.«

»Bin schon weg.« Er lächelte und langte nach seinem Schirm. »Ich dachte nur, Sie brauchen wieder ein bisschen länger, und ich fange schon mal an, damit ich Ihnen ein wenig Arbeit abnehmen kann.« Poolitzer pfiff Ultra zurück, der den Kopf alle zwei Sekunden in eine neue Richtung drehte und wendete, alles und jeden filmend. Zu dritt kehrten sie auf die Straße und ins Stuttgarter Sauwetter zurück.

»Und? Gehen wir einen Kaffee trinken?«, schlug der Reporter vor und stellte den Kragen seines Sakkos hoch, das sich in Sekunden mit Wasser voll sog und beinahe schwarz wirkte.

Spengler lehnte ab. Er musste ins Hotel zurück, auschecken und danach bei seinem neuen Arbeitgeber strammstehen, um seinen Dienst anzutreten. »An Ihrer Stelle würde ich ein Auge draufhalten«, riet er ihm zum Abschied. »Setzen Sie doch Ihren Azubi auf die Sache an, damit dürfte er beschäftigt sein.«

»Hatte ich sowieso vor«, eröffnete Poolitzer. »Das ist ein ideales Betätigungsfeld für den Anfänger. Mit Ihren Tipps können wir noch ein paar Nachforschungen über diesen Paschulke anstellen. Möglicherweise wurde er doch nicht so zufällig ausgewählt.« Er zeigte auf die LKA-Abteilung, die sich in der Filiale mit einer Frau unterhielten, die ein Pflaster in der linken Armbeuge trug. »Sie werden mich nicht los, sobald die rauskommen, hängen José und ich uns an sie und fahren so lange hinter ihnen her, bis sie ein Statement abliefern.«

»So kenne ich Sie, Schnüffler.« Vigo Spengler und der Reporter reichten sich die Hand, danach gingen sie ihrer Wege.

Er erreichte sein Hotel in kürzester Zeit, packte seine Sachen zusammen und lud den Koffer in den Wagen.

Als er auf dem Fahrersitz hockte, der Motor des EMC Intracity surrte leise, bemerkte er, dass er die ganze Zeit an den seltsamen Fall dachte und eine unbestimmbare Faszination empfand.

»Motor aus«, befahl er dem Autopilot und ließ sich eine Kom-Verbindung zu seiner neuen Dienststelle geben.

»Sie haben vor, mir meinen Fall wegzunehmen?«, sagte der LKA-Mann, den er vorhin in der Bank getroffen hatte, mit einem aggressiven Unterton und äußerst säuerlichem Gesicht. »Sie meinen, weil Sie einen hübscheren Dienstausweis besitzen, können Sie sich das erlauben?«

Spengler, der ihm im kleinen Büro gegenübersaß und versuchte, einigermaßen in den Sitz zu passen, ohne dass er den Stuhl sprengte, grinste breit. Er mochte den Typen, dessen Namen er vergessen hatte. Die schlechten Gefühle gegenüber dem BKA kannte er einfach noch zu gut.

»Wirbitzky« las er noch einmal auf dem kleinen Aufsteller neben dem Aktenordner nach, dann räusperte er sich. »Nein, verstehen Sie das nicht falsch. Ich bin nur ein Beobachter.«

»Ein Beobachter? Was gibt es denn bei einem einfachen Bankraub zu beobachten?«

»Die Tatsache, dass der Täter dafür einen Luxuswagen raubte, für den er mehr Geld bekommen hätte, als er bei seinem Überfall erbeutete«, antwortete er ihm ehrlich. »So blöd ist niemand, dass er den Wert eines solchen Fahrzeugs nicht erkennt.«

»Vielleicht fehlen ihm die Kontakte, den Westwind zu veräußern?«

»Möglich, aber ich glaube nicht daran. An dem Ding stimmt etwas nicht, und ich habe bereits eine Sache checken lassen, die ich sehr interessant finde.« Er langte unter seinen Synth-Mantel und warf Wirbitzky einen Chip zu.

Wirbitzky wollte offenbar nicht reagieren, der Chip flog gegen seine Brust, prallte ab und landete mit einem leisen *Blubb* im Kaffee. Er bewegte sich immer noch nicht, Sekunden verstrichen. »Was stand drauf?«, kam die gelangweilte Frage.

»Sie hätten gelesen, dass es 2001, 2017 und 2043 schon mal so ähnliche Fälle gab. Immer Serientäter.«

Nun schaute Wirbitzky ungläubig. »Spengler, was wird *das* denn? Sind Sie der Meinung, der Typ ist vom Geist der Toten besessen? Denken Sie sich was Besseres aus.«

»BTL.«

»BTL?«, lachte Wirbitzky auf. »Die Hersteller von den Chips sind schon krank, aber so krank auch wieder nicht.« Er nahm seinen Löffel und begann mit der Bergung des abgesoffenen Chips. Es dauerte nicht lange, dann hatte er ihn neben seine Tasse auf den Unterteller gelegt. »Und wie kommen Sie ausgerechnet darauf, dass es Käufer für …«

»Es gibt immer Käufer für diese Scheiße, von pervers bis normal, Sie sollten es doch wissen. Ihre Leute schnappen die Dealer oft genug«, unterbrach ihn Spengler freundlich, aber bestimmt. »Der Kick, mal jemand anderes zu sein, ein bisschen Bankräuber spielen, nur mal für zehn Minuten zwischendurch, und zwar nach einer uralten, antiquierten Methode, die nur noch bei einer Hand voll Banken funktioniert, weil keiner mehr mit so etwas rechnet. Kein Mensch mit Verstand würde das Risiko eingehen.«

»Anscheinend doch.« Er machte keinen Hehl daraus, dass er dem BKA-Kollegen erstens nicht glaubte und ihn zweitens am liebsten aus dem Büro geschmissen hätte. »Wir behandeln es als völlig normalen Fall«, sagte er mit einer Betonung, die klar machen sollte, dass er keine Anweisungen entgegennehmen wollte.

Spengler ließ nicht locker. »Hat es in der letzten Zeit weitere Fälle gegeben, die auf den ersten Blick wirr oder sehr auffällig erscheinen?«

»*Der* war gut. Wir leben im Jahr 2059, in der Erwachten Welt.«

»Ach ja, danke für den Hinweis. Dann meinte ich wirrer oder auffälliger als sonst.«

Ohne eine Erklärung hackte Wirbitzky sein Passwort in die Tastatur und drehte ihm den Flachbildschirm zu. Zahlenkolonnen ratterten entlang, jede einzelne Ziffer stand für einen Fall. »Sie suchen was Bestimmtes? Dann nur zu, ich halte Sie nicht auf, aber ich bin sicherlich nicht Ihr Such-Wauwau. Ich habe mehr als diesen einen Fall zum Abschluss zu bringen.«

Es klopfte kurz. Die Tür wurde geöffnet, ohne dass jemand »Herein« gerufen hätte, und das gewinnende Grinsen von Poolitzer samt dem dazugehörigen Kopf zwängte sich erkundend durch den Spalt. »Störe ich?«

»Wann nicht?«, erwiderte Spengler gut gelaunt.

Wirbitzky schaute vorwurfsvoll und wedelte mit der Hand; es erinnerte an die Bewegung, die man macht, wenn man lästige Fliegen vom Marmeladenbrot verjagen wollte. »Verschwinden Sie, Gospini, und nehmen Sie Ihren bunten Troll gleich mit. Gehen Sie und nerven Sie die Pressestelle.« Er langte nach seinem Funkgerät. »Wer hat Sie eigentlich reingelassen?«

»Haben Sie mal versucht, einen neugierigen Troll aufzuhalten?«, säuselte er und öffnete die Tür vollständig. Hinter ihm erhob sich Ultras unbewegliche Silhouette wie ein Denkmal. Sein Kopf verschwand wie abgeschnitten, weil der Durchlass zu klein für Metamenschen seines Kalibers war. »Nein, keine Bange, es geht um Folgendes: Ich bin auf dem Flur einem netten jungen Mann begegnet, und der war auf der Suche nach einem verständnisvollen Polizisten, der ihm in aller Ruhe zuhören möchte, denn wenn ich ihn richtig verstanden habe, waren das die Jungs von der Sternschutz-Wache nicht.«

Spengler und der LKAler tauschten einen kurzen Blick. »Verschwinden Sie«, wiederholte Wirbitzky ungnädig. »Ich muss meine Arbeit machen.«

»Okay, aber sagen Sie hinterher nicht, dass ich Sie bei der Lösung des Mysteriums übergangen hätte.« Poolitzer fasste den Türgriff und schob sich rückwärts. »Spengler, meine Nase juckt. Sie wissen, was das bedeutet. Haben *Sie* vielleicht Zeit?« Er verharrte erwartungsvoll und grinste frech, als sein Bekannter die stattlichen 110 Kilogramm aus dem Stuhl wuchtete. »Na also. Wenigstens ein Bulle mit Gespür.«

Sie traten hinaus in den Gang, und Spengler sah, wen Poolitzer gemeint hatte.

Vor ihm stand ein Typ, Ende zwanzig, klassisches Gesicht, aber bräunlich eingefärbt, als ob sich etwas Südeuropäisches in seine Gene geschlichen hätte. Er trug sehr legere, nicht unbedingt württembergischem Standard entsprechende Kleider in Weiß und Blau, die orientalisch angehaucht wirkten.

Er reichte ihm die Hand. »Spengler, BKA. Was genau ist denn Ihr Problem?« Die dunkelbraunen Augen zogen seinen Blick automatisch an, und dabei wusste er ziemlich genau, dass er nicht auf Männer stand.

»Hallo. Ficker ...«

»Halten Sie es für lustig, mit einer Beamtenbeleidigung ein Gespräch zu beginnen?«

»Nee, der heißt so«, grölte Ultra los, noch immer mit der Kamera auf dem Kopf ausgestattet. »Ehrlich! Ficker, ich habe seine ID abgefilmt, weil ich's auch nicht glauben wollte.« Sein röhrendes Lachen ging in ein anhaltendes Glucksen über, die mächtigen Schultern hüpften auf und ab. »Fi-cker«, ließ er sich die Silben noch mal halblaut auf der Zunge zergehen. »Stellt euch vor, der heiratet und bekommt 'nen Doppelnamen. Mit ›Mutter‹, das wär' doch'n Brüller. Oder …« Er überlegte. »Hey, wie wär's mit ›Schlecht‹? Oder … ›Hühner‹?«

Der Mann seufzte. »Ja, mein Name ist ein Fluch.«

»Und abgesehen davon haben Sie was für ein Problem, Herr Ficker?« Er deutete auf ein leeres Zimmer, in dem normalerweise Vernehmungen stattfanden.

Poolitzer organisierte ein paar Becher Kaffee, während Ultra dazu übergegangen war, die Fuchi von der Kopfhalterung zu nehmen und sie frei Hand zu bedienen. »Damit kann ich tolle Klosetts mach'n«, erklärte er bereitwillig, den Tonfall eines Profis imitierend.

»Close-Ups«, verbesserte Poolitzer von der Tür her, die Becher balancierend. »Was du Tolles auf dem Klosett machst, will keiner von uns wissen, glaube ich. Nicht einmal für eine Doku-Serie.« Spengler und Ficker lachten leise. Er drehte einen Stuhl mit der Lehne nach vorne, setzte sich drauf und legte die Unterarme auf. »Okay, Kamera läuft, legen Sie los.«

Ficker zierte sich. Nervös spielte er mit dem Becher herum, bis der Kaffee überschwappte und ihm über die Hand lief. »Muss das sein, das mit der Kamera? Es ist ja nett, dass Sie mir weitergeholfen haben, Herr Gospini, aber ich bin eigentlich nicht daran interessiert, in einem Ihrer Berichte aufzutauchen.«

Poolitzer winkte ab. »Keine Sorge, das nimmt mein Assistent nur zu Übungszwecken auf. Wir löschen es wieder, ich verspreche es Ihnen.« Er gab Ultra ein heimliches Zeichen, dass er alles mitschneiden und keinesfalls löschen sollte.

»Vergessen Sie den Klugscheißer, Herr Ficker, und erleichtern Sie Ihr Gewissen. Was ist es denn, was Ihnen der Sternschutz nicht glauben wollte? Haben Sie was angestellt, oder wurden Sie Opfer eines Verbrechens?«

Ficker atmete tief ein und schaute auf die braune Pfütze und die Spritzer, die den Tisch wegen seiner

Spielerei zierten. »Ich habe jemanden verloren«, wisperte er mehr als er sprach.

»Tot?«

»Nein, er ist weg, ich kann ihn nicht ausfindig machen, und jetzt habe ich Angst, dass ihm etwas zugestoßen ist.«

Der Kriminalhauptkommissar zückte sein Pad. »Sagen Sie mir, wie die Person heißt. Ich kann ...« Er hörte auf zu reden, als Ficker schwach den Kopf schüttelte.

»Ich habe keine Ahnung, wie der Mann heißt.«

Spengler schaute zu Poolitzer, der ihn breit angrinste, als wollte er damit sagen: *Sehen Sie, fetter alter Mann? Ich ziehe die ungewöhnlichen Fälle immer an.* Er räusperte sich und legte das Pad auf die Tischplatte. »Okay, dann verraten Sie mir, wo Sie ihn verloren haben.«

»In einem Zeppelin.«

»In einem *Zeppelin*?« Eigentlich hatte er die Aussage nicht wie ein Papagei wiederholen wollen, aber die Merkwürdigkeiten häuften sich von Sekunde zu Sekunde, und das überraschte ihn trotz aller Berufserfahrung. Er musste nicht zu dem Reporter schauen, um zu wissen, dass dessen Grinsen von einem Ohr zum anderen reichte. »Sie haben einen Unbekannten in einem Zeppelin verloren«, fasste er mehr für sich als für die anderen zusammen. »Ist er vielleicht aus einem Fenster oder einer Luke gefallen?«

Er hob den Blick nicht. Stattdessen begann er, mit dem Zeigefinger in der Pfütze herumzupatschen. »Nein. Er ist weg. Seit vorgestern.«

»Herr Ficker«, Spengler beugte sich langsam nach vorne, »so kommen wir nicht weiter. Wären Sie so freundlich, mir zu erklären, wie Sie den Unbekannten kennen lernten und unter welchen Umständen Sie ihn wieder aus den Augen verloren?«

Ihr Sorgenkind riss sich zusammen, setzte sich gerade hin und nahm innerlich Anlauf, dem Polizisten alles zu gestehen. »Es war am Abend des 28. April, in Ludwigsburg, in der Wolkenstadt …«

ADL, Württemberg, Stuttgart-Ludwigsburg, 28.04.2059, 22:22 Uhr

Es roch himmlisch.

Verschiedene ätherische Öle, herb, süß, leicht, schwer, holzig, blumig, aromatisch, grell, schmeichelnd, leise, dunkel und schimmernd, ergaben ein olfaktorisches Konglomerat der Verführung. Sie drangen aus unsichtbaren Zerstäubern in der Decke, mischten sich zu einem ausgeklügelten Duftschleier, der sich um die Sinne legte, sie betörte und die Menschen entspannte. Leise sphärische Musik schwebte im Raum, für die passende Beleuchtung sorgten nur die Kerzen auf den Tischen.

Das war der Grund, weshalb man sich an diesen Ort begab, Entspannung.

Eigentlich.

Jens Brockstätt saß am Tresen der Panorama-Bar und kniff die Mundwinkel zusammen, als er hinüber zu Tisch 19 blickte und Unentspannung pur entdeckte.

Dort hatte sich Johann von Boesche samt seinem Hyänenrudel niedergelassen, junge Neureiche, an denen so etwas Essentielles wie Erziehung gescheitert war und die es einfach hip fanden, in der *Wolke Sieben* zu sitzen, sich voll laufen zu lassen, seinen Bedienungen hinterherzuschauen und sie anzugrabschen. Gegen ihn halfen die besten Düfte nichts. Seine Dummheit stank zum Himmel.

Geistesarmer kleiner Junge. Sicher, er hätte sie rausschmeißen lassen können. Ihm gehörte der umgebaute Luftschiffbau Zeppelin LZ-2051, der fliegende Miniaturpalast, der seit knapp einem Jahr über den Dächern von Ludwigsburg hing. Er war der Herr der Lüfte.

Dummerweise blieb sein gewaltiger Vergnügungszeppelin aber nur am Himmel, wenn die Kasse stimmte. Die von Boesches hatten genügend Freunde in Stuttgart, bei denen nur ein schlechtes Wort über *Wolke Sieben* genügte, und die Hälfte der reichen Kundschaft würde entweder zu Hause bleiben oder in einen der inzwischen herumschwebenden Konkurrenzzeppeline umsteigen.

Brockstätt hob kaum merklich den Zeigefinger.

Die knappe Geste des Mittvierzigers wurde von dem muskelbepackten Türsteher wahrgenommen, der sich gerade auf Tisch 19 zugeschoben hatte und eingreifen wollte, wo von Boesche einer Angestellten laut lachend auf den Hintern schlug und kräftig zupackte. Der Rausschmeißer blieb stehen, beließ es bei einem drohenden Blick und kehrte an den Eingang zurück. Von Boesche griente dreckig, sog eine Auster in den Mund und warf die Schale absichtlich fest auf das silberne Tablett zurück. Es schepperte laut.

Wolke Sieben war bis auf den letzten Platz besetzt. Als er vor einem Jahr aus der Kon-Etage der Friedrichshafener Zeppelinwerke der IFMU geflogen war und auf die Suche nach Einnahmequellen ging, erinnerte er sich an einen guten Science-Fiction-Klassiker: Star Wars, Episode fünf, die beste aller Episoden.

Darin spielte eine Sequenz in einer Wolkenstadt, der Anblick hatte ihn als Kind immer fasziniert. Ein eigenes kleines Bespin, das wollte er haben, und er bekam es auch. Stuttgarts Stadtväter legten ihm keine Steine in den Weg.

Seine Augen schweiften aus dem Fenster über den hell erleuchteten Plex etwa vierhundert Meter unter ihm. Nachts bekam die Stadt ein besonders schönes Gesicht. Das Hässliche verschwand in der Dunkelheit, zurück blieben die bunten Lichter der Straßen, Hochhäuser und Konzerngebäude, hier und da strahlten Scheinwerfer in den Himmel, Laserprojektoren malten Werbeschriften in die unteren Wolkenschichten und machten auf das Programm im Musik-Erlebnis-Zenter in Möhringen aufmerksam.

Herrlich. Dann suchten die Pupillen die Zeppeline der Konkurrenz, bislang waren es sieben, die in sein Reich aufstiegen und ihm seinen Einfall streitig machten. Die Mehrzahl von ihnen hatte sich mit extra konstruierten Hängebrücken untereinander verbunden, oder besser gesagt, sie hatten sich gegen ihn verbündet.

Sollen sie es doch versuchen. Scheiß auf Lando Calrissian, ich bin der König von Bespin.

Brockstätt verlangte einen Rusty Nail, drehte sich auf dem Hocker um und betrachtete die Menge, die an den Tischen verteilt saß, Hummer knackte, Kaviar auf Weißbrot strich und über die Qualität des Rotweins philosophierte, der aus irgendeiner Region Südamerikas eingeflogen wurde, dessen Name sie nicht einmal aussprechen konnten.

Im Raum nebenan verprassten sie ihr Geld an den Spieltischen eines Kasinos, verloren bei Black Jack und Roulette. Wer wollte, blieb eine Nacht in der hauseigenen Suite und erwachte mit dem schönsten Ausblick, den man sich für Geld kaufen konnte. Selbst der Stuttgarter Funkturm in Degerloch konnte nicht mithalten.

Es lief hervorragend, und übermorgen kam sein zweiter Zeppelin an, ein Airship Industries Paradiso, gigantischer als *Wolke Sieben*, ein Schock für die Konkurrenten. Wäre die *Wolke Sieben* ein Fischkutter, stellte der zigarrenförmige Paradiso im Größenvergleich dazu einen Hochseedampfer dar. Noch mehr Vergnügungseinrichtungen, noch mehr Kabinen, noch mehr Menschen, noch mehr Geld, noch mehr Prestige.

Niemand entthront mich.

Der Conferencier betrat die kleine Bühne in der Mitte der Bar, die Scheinwerfer an der Decke flammten auf.

»Guten Abend, meine Damen und Herren. Ich begrüße Sie herzlichst, mein Name ist Holger Speckhahn, ich leite Sie durch die heutige Show, die es durch ihre Faszination sicherlich schaffen wird, Sie für eine Stunde vom Anblick des nächtlichen Stuttgart loszureißen.«

Er lächelte unverbindlich und drehte sich dabei um seine eigene Achse, seine ständig modulierende Stimme erinnerte an die Ansager der großen Spektakel in Las Vegas. Das Krachen der Hummerschalen endete nach und nach, die Aufmerksamkeit richtete sich wirklich auf den gut aussehenden Mann im Anzug.

»Ihr Gastgeber, Herr Brockstätt …« Er streckte seinen Arm aus und deutete auf die Bar. Die Augen der meisten Gäste richteten sich auf ihn, und man prostete ihm zu. »… hat Ihnen für heute Abend eine Besonderheit in der Unterhaltungsbranche organisiert.« Vornehmer, zurückhaltender Applaus, wie es in den reichen Kreisen üblich war; nur von Boesche und sein Rudel klatschten ordinär laut. »In einer Zeit, in der Magie erwacht ist, wo es Cyberimplantate an allen Ecken zu kaufen gibt, hat sich ein Mann auf das gute alte Handwerk besonnen. Er schafft es, Sie durch seine Stimme und seine Gesten in seinen Bann zu ziehen und«, Speckhahn hob den Arm und reckte den Zeigefinger, »niemand wird sich ihm entziehen können.« Er trat zur Seite. »Begrüßen Sie mit mir den unvergleichlichen, einmaligen, unerreichten …«

»So ein verdammter Schwätzer!«, rief von Boesche dröhnend. »Schicken Sie den Mann endlich raus, damit wir was zu lachen haben.«

Speckhahn blieb cool. »… und immer wieder faszinierenden Meister der Hypnose, Guru Mahatma Citta!« Er schritt die Stufen hinab, das Licht erlosch, sphärischindische Musik ertönte leise, in die das unangenehm schrille Kichern von Boesches schnitt, das man kaum als Ausdruck normaler Heiterkeit bezeichnen konnte.

Hyäne passt, ärgerte sich Brockstätt, der sehr wohl registrierte, dass einige seiner Stammgäste zuerst vorwurfsvoll an Tisch 19, dann Hilfe suchend zu ihm schauten – die stumme Aufforderung, endlich etwas zu unternehmen.

Die Abdeckung in der Mitte der Bühne fuhr zurück, Kunstnebel waberte hervor, und aus dem Dampf stieg eine Gestalt empor, wie sie indischer nicht hätte sein können. Der schlanke Mann steckte in einem trideotypisch Bollywood-Serien-Outfit, das in der westlichen Welt mehr an eine Uniform als an normale Kleidung erinnerte.

Er hob die Arme und legte die Handflächen aneinander, sodass die Fingerspitzen unter dem Kinn nach oben zeigten.

»Namaskaram«, sagte er sich leicht verbeugend, und die sonore dunkle Stimme hallte durch den Raum. Sie wirkte bannend, die wenigen akzentfreien Worte zwangen zum Hin- und Zuhören. Selbst wenn er den restlichen Abend eine Kom-Nummernliste vorgelesen hätte, würden sie an seinen Lippen hängen.

Brockstätt lächelte. Diese Präsenz, dieses Können waren die Gründe, warum er den Typen für viel Geld angeheuert hatte. Er war von dem Mann überzeugt, seit er ihn einmal bei einer Firmenfeier der Zeppelinwerke gesehen hatte.

Die Scheinwerfer brachten die silbernen Borten an seinem dunkelblauen knielangen Obergewand zum Leuchten. Das war auch schon das einzig Auffällige an seiner Garderobe.

»Ich bin Guru Mahatma Citta, und ich werde einige Sahibs und Ma'am Sahibs Dinge tun lassen, die sich niemand hätte vorstellen können. Die Weisheit Indiens wurde mir zuteil, die Gurus der Trance verrieten mir ihre Geheimnisse, die Sie zum Staunen bringen.«

Die Bühne begann, langsam zu rotieren, damit ihn alle von vorn sehen konnten. Ein schmuckloser nachtblauer Turban saß auf seinem Kopf, die Augen wurden durch dunkle Schminke besonders betont, über der Nasenwurzel prangte ein dunkelroter Punkt.

»Alles, was ich dazu benötige …« Sein rechter Arm schnellte nach vorne, es klirrte leise, und wie aus dem Nichts baumelte eine silberne antike Taschenuhr an einer dreißig Zentimeter langen Kette zwischen seinen gepflegten Fingern. »… ist das hier.« Die Taschenuhr pendelte sanft hin und her, ein Diamant inmitten des Deckels funkelte im Licht auf.

»So ein Scheiß.« Von Boesche schlürfte die nächste Auster extra laut.

Guru Citta, der dank seines klassischen Gesichts wie ein waschechter, sonnengebräunter Westeuropäer mit einem indischen Elternteil irgendwo im zehnten Familienglied aussah, heftete seine dunkeln Augen auf den Tisch. »Kommen Sie bitte auf die Bühne, Sahib von Boesche?«

»Warum sollte ich?«

»Damit alle sehen können, was ich für einen *Scheiß* mache«, gab er höflich zurück. »Ich begleiche Ihre Rechnung, wenn meine Kräfte bei Ihnen versagen sollten, Sahib. Ist das ein Angebot?«

Der junge Mann, der Zeit genug hatte, seinen Körper täglich im Fitnesscenter in Schuss zu halten, um Mädchen mit seinem Äußeren und seinem Geld zu beeindrucken, warf die leere Auster hinter sich.

»Du wirst dich tot bezahlen, Currystreuer. Ich bestelle hiermit einen Kasten Chateau Maligré«, sagte er laut und deutlich, »für meine Freunde und mich.« Er stand auf und kam auf die Bühne. Der Anzug aus Transpartex musste eine Maßanfertigung sein und saß wie angegossen. Er überragte den Guru um einen halben Kopf, die grünen Augen schauten feindselig. »Und jetzt?«

Citta wich einen Schritt zurück, hob den Arm mit der Taschenuhr und versetzte sie in sanfte Schwingungen. »Schauen Sie bitte auf die Uhr und konzentrieren Sie sich auf den Klang meiner Stimme, Sahib. Nur auf den Klang, den Klang und nichts anderes.«

Er hörte nicht mehr auf zu sprechen, bevorzugte Worte mit dunklen Vokalen und weichem Klang. Hatte von Boesche anfangs noch ein arrogantes Lächeln auf dem Gesicht und versuchte wegzuschauen, blieb sein Blick doch irgendwann auf der pendelnden Uhr hängen. Die Kameras, die das Geschehen auf die Bildschirme im Kasino und in kleine Monitore in den Tischen übertrugen, zoomten weiter heran und zeigten deutlich, dass die Augen einen müden Ausdruck erhielten, die Lider senkten sich.

»Und nun«, Citta senkte den Arm und trat hinter ihn, »sind Sie der größte Gentleman der Welt. Gehen Sie doch zu der Angestellten und entschuldigen Sie sich für Ihr Fehlverhalten«, sagte er halblaut.

Die Lider schnellten in die Höhe. Gehorsam, ein wenig steif, stieg von Boesche die Stufen hinab, reichte der Frau die Hand und beteuerte, dass er es niemals mehr machen würde.

»Sehr gut, kommen Sie wieder zurück zu mir, Sahib von Boesche. Sie sind ein Huhn, also gackern Sie unterwegs ein wenig und schlagen Sie kräftig mit den Flügeln.«

Gegen den hypnotischen Befehl gab es offenbar keine Widerstandsmöglichkeit. Sehr hühnchenhaft legte der Mann den Weg bis zur Bühne zurück und ging dort in die Hocke, um ein imaginäres Ei auszubrüten.

Brockstätt war zerrissen. Einerseits verspürte er Schadenfreude, dass der Guru den Typen vorführte, andererseits fürchtete er sich vor dem Nachspiel, das daraus erwachsen könnte. Er klatschte laut und hoffte, dass der Schall die Trance zerriss. Die anderen Besucher stimmten ein.

Citta verbeugte sich. »Nun, ich entlasse den jungen Mann wieder ins relative Menschsein«, kündigte er an und schnippte mit dem Finger, wobei er ihm erklärte, dass der indische Bann von ihm genommen wurde.

»Scheiße, was …?« Etwas irritiert blickte sich von Boesche um, weil er nicht wusste, weshalb er sich in die Hocke begeben hatte. Dann kehrte er an den Tisch zurück, wo ihn seine Hyänen erwarteten und ihm berichteten. Im selben Moment brachte ihm die Bedienung den Kasten Chateau Maligré, jede Flasche zweitausend Ecu wert. Der mörderische Blick, den er dem Hypnotiseur zuwarf, hätte einen ausgewachsenen Troll auf der Stelle gefällt.

Citta zog seine Show durch, ließ Freiwillige steif wie ein Brett werden und klemmte sie waagerecht zwischen zwei Stühle, ohne dass sie einknickten, und machte vieles mehr. Dabei steigerte er sich immer weiter, die Freiwilligen taten das Verlangte mit noch nie gesehener Überzeugung und ohne einen Ansatz von Zaudern. Die Reichen und Mächtigen in der Panorama-Bar waren von dem Guru begeistert, die Freiwilligen drängten nur so nach vorne.

»Das ist stinklangweilig!«, tönte von Boesches Stimme. Er war angepisst wegen der 12000 Ecu, die er zahlen durfte. »Lassen Sie doch die Jungs was anderes machen.« Auf sein Zeichen hin erhob sich sein Rudel und folgte ihm zur Bühne, auf der noch vier Hypnotisierte standen und geduldig auf ihre Erlösung vom Geistesbann harrten.

Das Sicherheitspersonal von *Wolke Sieben* schaute zu Brockstätt, der ihnen signalisierte abzuwarten. *Keinen Stress.*

»Und was wäre das Ihrer Meinung nach, Sahib?«, erkundigte sich Citta mit indischer Gelassenheit.

Er schaute über die entspannten, abwesenden Gesichter des Quartetts. »Lassen Sie die Typen doch zu jemand anderem werden«, schlug er vor. »Eine andere Persönlichkeit …«

»Nein«, kam es sofort und ungewohnt hart aus dem Mund des Hypnotiseurs. »Erstens geht das nicht …«

»Doch, Sie können das bestimmt.« Von Boesche riss ihm die Uhr aus der Hand und sprang auf die Bühne. »Geben Sie her, ich mache das selbst. Ich will jetzt auch was zu lachen haben.«

Scheiße. Pissdummes Arschloch, fluchte Brockstätt lautlos und gab seinem Sicherheitspersonal den Einsatzbefehl, denn nun war von Boesche definitiv zu weit gegangen.

Der Neureiche sprang auf eine junge, hübsche Frau zu. »Hey, du! Du bist jetzt Pussy Manytimes, die Schlampe aus dem Porno-Kanal, und willst mich fi…«

Citta stellte sich ihm in den Weg und stieß ihn zurück. »Ich warne Sie, Sahib von Boesche«, sagte er. Zusammen mit seiner dunklen Stimme und den betonten Augen wirkte es sehr drohend und gefährlich.

Noch ehe es zu einer Schlägerei zwischen den beiden kommen konnte, schaltete sich der modisch gekleidete und perfekt frisierte Freund des Mädchens ein. Er sprang hinzu, geriet aber zwischen die Fronten der Sicherheitsleute und von Boesches Hyänen, wo das Gerangel in eine Prügelei ausartete. Unter den Begleitern des Neureichen befanden sich Pseudo-Vercyberte, denen eine Auseinandersetzung und ein Kräftemessen gerade recht kam.

Nun ging es rund.

Andere Gäste eilten der Security zu Hilfe, wohl eher von dem Drang beseelt, den jungen Laffen für ihre ständigen Pöbeleien ordentlich auf die Fresse zu hauen. Wolkenkönig Brockstätt hatte eine Mordswut und versuchte, durch den Wall aus Leibern zu gelangen, um von Boesche persönlich zum Ausgang zu geleiten. Auf die Folgen gab er einen feuchten Dreck. Das Bürschlein war fällig.

Die Schlägerei schwappte vorwärts, brandete gegen die Bühne und breitete sich darauf aus. Dabei spülte sie Citta in seinen weißen Hosen und mit den cremefarbenen Schnabelschuhe wie Treibgut an den Rand der anderen Seite.

»Mach weiter, Jo!« Ein dicklicher Typ stand unvermittelt vor ihm und schleuderte von Boesche einen handtellergroßen Gegenstand zu. »Lies ihnen die Namen vor! Ich halte dir den Idioten vom Leib!«

Der ansatzlose und übermenschlich schnelle Tritt des Typen, der zu den Hyänen gehörte, traf ihn voll in den Unterleib. Er stürzte rücklings und prallte mit dem Kopf hart auf den Boden. Die *Wolke Sieben* war für ihren federleichten Namen erstaunlich hart. Sein Turban verhinderte das Schlimmste. Dennoch wurde ihm schwindlig, er sah alles durch einen Schleier.

Steh auf. Du musst … Er erkannte von Boesche vor dem Zweimetergiganten, der zuletzt hypnotisiert worden war. Er wedelte ihm mit der Taschenuhr vor den Augen herum und redete auf ihn ein. Scheinbar las er etwas von dem Display ab. »Hören Sie damit auf«, ächzte Citta und stemmte sich auf. Sofort begann die Welt um ihn herum sich zu drehen wie ein wild gewordenes Karussell. »Verstehen Sie nicht? Sie wissen nicht, wie empfindlich …«

Von Boesche lachte ihm zu, zeigte ihm den ausgestreckten Mittelfinger und setzte das Vorlesen fort. Dabei wirbelte die Uhr viel zu schnell und hektisch.

Unter Aufbietung seiner ganzen Kraft stand Guru Citta auf, taumelte die Treppe wieder die Bühne hinauf und sprang gegen von Boesche, um ihn von dem Mann wegzubringen.

Die Finger des Überrumpelten gaben die Kette der Taschenuhr frei. Sie fiel, hopste zweimal auf und geriet unter die Sohlen der Prügelnden.

Nein! Sie darf nicht kaputtgehen!

Zu spät.

Citta meinte das Knirschen und Krachen lauter als alles andere zu hören. Er streckte die zitternde Hand aus, um wenigstens die Kette zu erreichen und sie daran wieder zu sich heranzuziehen. Da bekam er einen harten Schlag in die Nieren. Er krümmte sich, flüssiges Feuer breitete sich in seiner Rückengegend aus.

»Ich werde dich verklagen«, lachte von Boesches Stimme gehässig neben seinem Ohr. »Du hast mich geistig vergewaltigt, die Folgeschäden sind immens. Meine Anwälte machen dich fertig!« Wieder schlug er zu und hämmerte diesmal gegen seinen Kopf. »Du blöder, indischer Pisser! Na, wer sieht jetzt aus wie ein kleiner Wurm? Siehst du, ich kann dich auch ohne den Hypnosescheiß zu etwas anderem verwandeln, siehst du?«

Mit dem nächsten harten Treffer driftete Cittas Verstand in Dunkelheit, er wurde ohnmächtig …

…

»… und wenn von Boesche noch mal hier auftaucht, beißt ihr die Zähne zusammen und lasst ihn einfach rein«, hörte er Brockstätts Anweisung durch die Watte in seinen Ohren, oder jedenfalls nahm er es so gedämpft wahr.

Auch der schwarze Nebel vor seinen Augen lichtete sich. Er erkannte, dass er noch immer auf der Bühne lag und sich bisher keiner um ihn kümmerte. Er hatte den metallischen Geschmack von Blut im Mund, die Lippen waren geschwollen, irgendetwas Warmes sickerte aus seiner Nase und lief ihm die Wange hinab.

Vorsichtig richtete er sich auf, tastete nach der Flüssigkeit, und es wunderte ihn nicht, als er kurz darauf auf rote Finger starrte. *Ranjit, das ist der schlimmste Auftritt deines Lebens gewesen,* sagte er zu sich selbst und kämpfte sich auf die Beine, auch wenn die Knie ihre alte Stabilität noch nicht ganz erreichten.

Er wankte zur Bar, wo er einen Eisbeutel gereicht und

einen Drink hingestellt bekam. Es war das Mädchen, bei dem sich von Boesche unter hypnotischem Zwang hatte entschuldigen müssen. »Danke …« Er las ihr Namensschild. »Sarah.« Als er sich den Turban vom Kopf zog, fiel sein langes schwarzes Haar auf die Schultern.

Sie lächelte scheu und verschwand rasch, weil Brockstätt sich ihnen näherte.

Er hatte seine lautstarken Instruktionen an die Sicherheitsleute abgeschlossen. »Okay, Guru, die Show war gut, bis dieses Arschloch von Boesche Ihnen die Nummer versaute.« Er reichte ihm einen Ebbie. »Da, wie abgemacht. Fünfhundert Ecu.«

»Äh?«, machte Ranjit, weil er glaubte, sich verhört zu haben. »Da fehlen zweitausend, Herr Brockstätt.«

Wortlos deutete der Ex-Kon-Bonze auf den mitgenommenen Innenraum der Panorama-Bar.

Ranjit positionierte den Eisbeutel an einer anderen, nicht weniger schmerzenden Stelle im Gesicht. »Moment mal. *Dafür* kann *ich* wohl nichts. Holen Sie sich Ihr Geld bei von Boesche.«

»Einen Scheißdreck mache ich bei dem«, widersprach er ruhig, sehr geschäftsmäßig. »Ich habe bereits mit seinem Vater telefoniert, und er hat sich im Namen seines Sohnes entschuldigt.«

»Ja, aber …«

»Nein, kein Aber.« Brockstätt nahm sich einen Rusty Nail. »Ich stelle keine Strafanzeige, sein Sohn stellt keine, wir reden nicht weiter über das, was heute passiert ist, und die Gäste bekommen alle einen Gutschein über hundert Ecu, damit sie die Klappe halten. Kein Gerede, die Show muss weitergehen.« Sein Blick wanderte zu den Zeppelinen der Konkurrenz, er nippte an dem Glas. »Sie muss einfach weitergehen«, wiederholte er leise und mehr für sich.

»Sie schenken den ganzen reichen Gestalten hier Tausende Ecu, und mir wollen Sie mein vereinbartes Honorar nicht geben?« Der fassungslose Ranjit stellte den Eisbeutel ab.

»Sie haben sich von Boesche ausgesucht und sind mit schuld an dem, was hier passiert ist, Guru. War doch klar, dass dieses verwöhnte Söhnchen abdreht, wenn man ihn so vorführt. Jemand wie Sie, der etwas von Psychologie versteht, hätte das wissen sollen.« Er schlug ihm auf die Schulter. »Wenn Sie Krankenhauskosten haben, ich übernehme noch mal fünfhundert. Bin ja kein Unmensch.« Er löste sich von der Bar und ging zum Ausgang, um im Kasino nach dem Rechten zu sehen. »Ich werde Sie weiterempfehlen, Herr Ficker. Sie sind gut.« Er verschwand.

Toll. Der Gin rann brennend durch den offenen Mund die Kehle hinab. *Kein gutes Karma.* Er ging zur Bühne, um seine Taschenuhr zu suchen, ein altehrwürdiges Erbstück, das er unter keinen Umständen verlieren wollte.

Er fand sie neben dem Aufgang. Ihr Deckel aus gehärtetem Silber mit den eingravierten und ihm unverständlichen Symbolen schien nur leicht eingedrückt, der Diamant saß fest in der Fassung. Als er sie öffnete, kamen ihm die Splitter des Glases entgegen und fielen leise klirrend auf das Kunstparkett. Er lauschte an ihr. Sie tickte nicht mehr.

Scheiße.

Er hockte sich auf die Stufen, abwesend die beschädigte Uhr betrachtend. Der Auftritt hätte sein Durchbruch im Showbusiness werden sollen – jetzt sah es verdächtig nach Karriereknick aus.

Ein junger Mann stand plötzlich vor ihm. Seine sicherlich sehr kostspielige Kleidung wirkte stark ramponiert, seine einst kunstvoll gestylte Frisur nicht weniger. »Hey! Wecken Sie meine Freundin wieder aus der Hypnose, sofort!«

Ranjit erkannte ihn wieder. Er hob beschwichtigend die Hände. Dabei gelang es ihm nicht, den rechten Arm ebenso hoch zu heben wie den linken, das Resultat eines Unfalls vor vielen, vielen Jahren. Weiter als bis zur Schulter ging es nicht. Glücklicherweise machte ihm die eingeschränkte Motorik kaum was aus, er war Linkshänder. »Natürlich, der Herr.«

Er ließ die Uhr in die Tasche gleiten, folgte ihm an einen Tisch, vor dem das Mädchen stand, von ihrem Lebensgefährten in Sicherheit gebracht. Innerhalb weniger Sekunden hatte er die Trance und die verankerten Befehle aufgehoben. Sie konnte sich an nichts erinnern und wunderte sich sehr über das schlechte Aussehen ihres Partners.

Ranjit ließ die beiden stehen und machte sich daran, die anderen drei Opfer zu suchen, die er von ihrem Bann befreien musste, was ihm in zwei Fällen schnell und einfach gelang. Von dem Hünen entdeckte er in der Bar aber nichts mehr. Er musste ins Kasino geführt worden sein.

Auf dem Durchgang ins Land der Roulette-, Black-Jack-Tische und Spielautomaten blieb sein Blick an einem Pad hängen, das auf der Bühne liegen geblieben war. *Das Ding kenne ich doch.* Mäßig neugierig hob er es auf. *Könnte von Boesches Freund gehören.*

Es war so ein hypermodernes Ding, ein Taschensekretär mit eingebautem Funkmodem und Zugriff auf die Matrix. Zahlreiche Schuhsohlen hatten das Material auf eine harte Probe gestellt, und als er es anschaltete, stand das Minidisplay kurz davor, seinen Geist aufzugeben. Es flackerte, Namen glimmten schwarz auf, ehe sie zurück ins Grau fielen und unleserlich wurden.

A.L.G. Sanchez. Deutschland: F. Hamann, A. Rabuit, entzifferte er zumindest drei davon. Dann gab es endgültig seinen Geist auf. Achtlos warf er es in die Abfalltonne der vorbeilaufenden Raumpflegerin. *Soll er sich die Kom-Nummern seiner Kumpels neu besorgen.*

Er gelangte ins Kasino und begab sich zur etwas erhöht angeordneten Bar, um einen besseren Überblick zu haben.

Seine Stirn runzelte sich, aus dem roten Punkt wurde ein verformtes Oval. Wenn der Zweimetermann hier gewesen wäre, hätte er ihn mit Sicherheit gesehen. Nichts. Vorsichtshalber schaute er in der Herrentoilette vorbei und schlich sich sogar in die Damentoilette, ohne ihn zu finden.

Die höchst unangenehme Erkenntnis traf ihn wie ein Schlag in die Magengrube. *Er ist weg!* Seine braunen Augen wanderten über die Gesichter der heiteren Menschen. *Wo ist er hin?*

Eine geschlagene Stunde suchte Ranjit nach dem Mann. Schließlich hatte er keine Lust mehr, sich länger mit diesem Abend zu beschäftigen. Er wollte nach Hause und sich von der bezogenen Portion Prügel erholen. Von Boesche musste selbst dann noch auf ihn eingeschlagen haben, als er schon ohnmächtig auf der Bühne lag.

Er fuhr mit dem Bühnenlift in die Garderobe, zog die normalen Straßenklamotten an und packte alles ein, was irgendwie wertvoll aussah, dazu räumte er alle Snacks und Getränke aus der Minibar in seinen Koffer. Er betrachtete es als Entschädigung für die entgangenen zweitausend Ecu.

Ein kleiner Shuttle-Zeppelin, der mehr wie ein Fesselballon als ein Luftschiff aussah, glitt an einem Seil nach unten und trug ihn langsam auf Stuttgarter Boden zurück. Im Gegensatz zu den mächtigen Zeppelinen schaukelte es spürbar in den Böen, die durch die Häuserschluchten streiften und nach oben stiegen.

Sein schlechtes Gewissen nagte an ihm.

»Entschuldigen Sie, aber haben Sie vor kurzem einen riesigen Typen nach unten gefahren?«, richtete er seine

Frage an den Liftboy, der in einer lächerlichen rotgoldenen Uniform steckte, die auf letztes Jahrtausend gestylt war.

Er beschrieb ihm sein vermisstes Hypnoseopfer, an das er sich wegen der beeindruckenden Erscheinung noch genau erinnerte: fast zwei Meter groß, geschätzte 130 Kilogramm, um die fünfzig Jahre, breite Statur und schwer trainiert, halblange graue Haare mit schwarzen Strähnen, graubraune Augen mit gezupften Brauen, schwarzer Kinnbart und schwarze Hornbrille. »Er trug einen legeren schwarzen Gehrock über einem dunkelroten Hemd mit Stehkragen, schwarze Handschuhe, schwarzer Männerrock und große Silbercreolen mit dunklen Halbedelsteinen. Dämmert's?«

»Kann sein«, kam die gleichgültige Antwort, die Finger in den weißen Handschuhen huschten über die Tasten des polierten Messingpaneels. »Es sind zu viele Menschen heute unterwegs. Ich kümmere mich nur um die Shuttlesteuerung, der Herr.«

Ranjit fluchte. *Ach, was soll's. Es kann ihm nichts passieren.* Schlimmstenfalls würde ihn jemand in leicht abwesendem Zustand finden und zu einem Arzt bringen, wenn sich die Wirkung der Hypnose nicht von selbst legte. Sie war nicht besonders tief gewesen.

Er rieb sich mit der Rechten über die Augen, sanft setzte der Lift auf. Morgen würde er sich in den Krankenhäusern nach ungewöhnlichen Einlieferungen erkundigen und ihn besuchen, um sich persönlich bei ihm zu entschuldigen. Die drohende Anzeige von Boesches reichte ihm aus, er benötigte keine weitere. Vielleicht ließ sich der Hüne gegen den Neureichen aufwiegeln, denn der trug schließlich die Schuld am ganzen Durcheinander.

»Danke trotzdem.« Müde bestellte er sich ein Taxi, stieg ein und nannte das Hotel, in dem er nächtigte. Kaum rollte der Mercedes los, döste Ranjit Felix Ficker II. ein, das Gesicht an die Scheibe gepresst, um die Schwellung zu kühlen …

ADL, Württemberg, Stuttgart-Ludwigsburg, 30.04.2059, 16:30 Uhr

»… und als ich im Hotel war, bin ich gleich eingeschlafen.« Ficker kratzte sich am Kopf, er sah verzweifelt aus. »Am nächsten Tag habe ich sämtliche Krankenhäuser angerufen und nach einem verwirrten Patienten gefragt, aber niemand hatte einen Mann mit meiner Beschreibung aufgenommen. Heute bin ich zum Sternschutz, aber die haben mich ausgelacht.« Erst jetzt hob er den Blick, um die Gesichter seiner Zuhörer zu mustern. »Sie glauben mir, Herr Spengler?«

Das ist die Erklärung! Scheiße, da habe ich meine verfluchte Erklärung! Spengler versuchte, sich nichts anmerken zu lassen, um Gospini nicht auf eine Story aufmerksam zu machen, deren Tragweite sich im Verlauf der nächsten Stunden und Tage herausstellen würde. »Ja, ich glaube Ihnen«, sagte er neutral und nahm einen Schluck Kaffee. Äußerlich gelassen, schrillten in ihm sämtliche Alarmglocken, die er besaß, und dröhnten so laut, dass sie locker das Läuten der Glocken eines Domes übertönten. »Wie lauteten die Namen, die Sie in dem Organizer gesehen haben?«

Er runzelte die Stirn. »Was hat denn das damit zu tun?«

Poolitzer hatte sofort Blut geleckt, seine Nase konnte man nicht täuschen. »Ja, Spengler, was haben die damit zu tun?«

»Antworten Sie einfach, Herr Ficker«, befahl er dem Hypnotiseur.

»Rabuit, Hamann und Sanchez«, kam es stattdessen

süffisant vom Reporter. »Ihr Gedächtnis ist schlechter geworden, was?« Er taxierte Spengler lauernd. »Was finde ich denn heraus, wenn ich die Namen überprüfe? Denn offenbar wissen Sie schon mehr.«

Der Kriminaler ahnte, dass es zu spät war, um ihn von der Story abzuhalten. Wenn er Gospini jetzt rausschmiss, würde er irgendwo draußen warten und sich Ficker so richtig vornehmen, bis er an die Infos kam, die er haben wollte. »Versprechen Sie mir, dass wir zusammenarbeiten, und ich sichere Ihnen die Story exklusiv zu?«, bot er dem Reporter präventiv einen Deal an.

Poolitzer machte die Säge und juchzte auf. »Strike! Meine Nase hat wieder mal an der passenden Stelle gejuckt«, freute er sich. Er beugte sich gespannt vor und kippelte mit seinem Stuhl hin und her. »Abgemacht, Spengler. Was hat es mit den dreien auf sich? Sind es gesuchte Verbrecher? Ist von Boesche in Gesellschaft, die hoch kriminell ist?«

»Ich weiß nur, wer Rabuit war«, gestand er. »Man hat ihn den Hammerhai genannt, als er 2009 unterwegs war und seine Opfer auch schon mal mit einem Vorschlaghammer tötete.«

»Wow, ein toter Mörder.« Poolitzers Sensationsgier erlosch fast auf der Stelle. »Eine zufällige Namensübereinstimmung, Spengler, mehr wird es nicht sein.«

»Nach allem, was ich gehört habe, glaube ich nicht daran. Ich bin gleich wieder da. Noch jemand?« Zur Erklärung seiner kryptischen Frage schüttelte er seinen leeren Becher. Poolitzer drückte ihm seinen in die Hand, Ranjit und Ultra lehnten ab.

Er stand auf, zapfte sich einen frischen Cappuccino und kehrte zurück. Seine Gedanken überschlugen sich, und das Ordnen wollte ihm nicht recht gelingen. »Rabuit war ein durchgeknallter Raumpfleger, der aufgrund seiner Spielsucht zum Mörder wurde und Banken überfallen hat«, offenbarte er den Wartenden weitere Details.

»Ha! Mit 'nem Vorschlaghammer, stimmt's?«, rief Ultra dazwischen.

»Unsinn«, kommentierte Poolitzer und wunderte sich, als Spengler nickte.

»Nein, *kein* Unsinn. Ihr Freund hat Recht«, bestätigte Spengler. »Ich habe alle Fälle durchgeschaut, bei denen die Täter in den letzten Jahren nach diesem Muster vorgingen, und dabei ist mir der Name Rabuit begegnet. Er hat sich seine Fluchtwagen besorgt, indem er seinen Opfer an Waldrändern auflauerte …« Er riss ein Päckchen Zucker auf und streute den Inhalt in den Kaffee. »… die Fahrer mit einem Schuss oder einem Hammerschlag ins Gesicht tötete …« Der Löffel schabte am Rand der Tasse entlang. »… und anschließend überfiel er Banken nach dem Muster, wie es heute unser Verrückter getan hat.« Schlürfend sog er den Cappuccino ein, der Schaum hinterließ einen weißen Strich in seinem schwarzen Schnurbart. »Wie es aussieht, haben wir einen zweiten Rabuit.«

»Dann habe ich … nein, von Boesche hat …« Ficker verstummte und sank in sich zusammen. »Das geht doch nicht«, murmelte er verstört. »Ich kann keinem Menschen eine explizit andere Persönlichkeit geben. Nicht durch eine einfache Hypnose.«

»Tja, scheint aber, als wären Sie hoch talentiert, Herr Ficker.« Spengler aktivierte den in den Tisch eingelassenen Computer, ein Monitor klappte in die Höhe, und er initiierte eine Matrix- und eine interne Verbrecherkartei-Abfrage von Hamann und Sanchez.

Als das Programm nach dem Bruchteil einer Sekunde Hunderte von Erfolgen vermeldete und er nur die ersten Einträge aus der Matrix las, wechselte sein Gesicht die Farbe, und er schluckte schwer.

»Wir werden uns beeilen, Herr Ficker, Ihren verlorenen Freund zu finden.« Er drehte den Schirm, damit Ficker, Poolitzer und Ultra lesen konnten, was er herausgefunden hatte. »Und wir müssen dringend herausfinden, ob weitere Namen auf dem Pad standen. Oder sehen Sie das anders?« Er erhob sich und warf seinen Mantel über. »Können Sie die Hypnose rückgängig machen?«

»Sicher, bisher hat es immer geklappt«, erwiderte er zögerlich.

»*Bisher*«, sagte Poolitzer und kommentierte damit alles. »Wo wollen Sie hin, Spengler?«

»Zu Herrn von Boesche. Er wird hoffentlich noch wissen, was er dem Unbekannten vorgelesen hat.« Er wandte sich an den unglücklichen Hypnotiseur. »Sie geben mir Ihre Kom-Nummer, gehen bitte zum Erkennungsdienst und liefern denen eine ebenso schöne Beschreibung des Mannes wie uns eben. Danach bleiben Sie bitte in der Stadt, falls wir ihn finden und Ihre Künste benötigen, um ihn zurückzuverwandeln.« Seine Augen wanderten zum ungewöhnlichen Reportergespann. »Und Sie beide, Lois und Clark, rücken mir bei den Ermittlungen nicht zu dicht auf die Pelle. Lassen Sie mich meine Arbeit machen.«

»Sicher, alter Mann. Herr Ficker, geben Sie mir bitte auch Ihre Nummer. Wir müssen uns später dringend über Hypnose unterhalten, wie sie wirkt und so. Für die Background-Infos meiner Zuschauer, Sie verstehen.«

Ranjit nickte und schleppte sich neben ihnen den Flur entlang, bis ihn Spengler nach links zum Erkennungsdienst schickte. »Machen Sie sich keine Sorgen, wir finden ihn. Wir leiten eine Fahndung ein«, verabschiedete er sich von ihm.

»Jack the Ripper«, flüsterte Ultra plötzlich in Poolitzers Ohr. »Erinnerst du dich an den Mord an der Elfin? Kann das auch der Typ gewesen sein?«

»Shit, als würden Hamann und Sanchez nicht ausreichen.« Er grübelte, was alles auf das unvorbereitete Stuttgart hereinbrechen könnte, und beschloss, dass er es lieber nicht wissen wollte.

III.

ADL, Württemberg, Stuttgart-Plochingen, 30.04.2059, 17:30 Uhr

»Wow, hier stinken garantiert alle nach teuerstem Parfüm«, meinte Poolitzer, als er sich zu Spenglers Wagen schob und die blitzsaubere Glasfront bewunderte, auf der in prallen Lettern »Edel Gym« stand. Seine Augen wanderten an der Fassade nach unten und betrachteten das Pärchen, deren Job offensichtlich war. »Das ist die erste Mucki-Bude mit Türstehern.«

Insgeheim hoffte er auf ein paar Aufnahmen von schwitzenden VIPs in knappen Sachen, am besten ein paar Berühmtheiten der lokalen Szene, die er an regionale Trid-Stationen verkaufen konnte. *Vielleicht schaffe ich es bis in die Umkleide.* Mit Spenglers Hilfe würde er locker an den Bodyguards vorbeikommen.

Ultra stieg eben aus dem Taxi, mit dem er ihnen gefolgt war. Das mickrige Fahrzeug des Kriminalhauptkommissars bot nicht genügend Platz für Metamenschen seiner Dimension. Kaum stand er auf der Straße, wollte er die Fuchi auspacken, aber Poolitzer bedeutete ihm, es vorerst sein zu lassen.

Sie hatten von Boesche ausfindig gemacht. Ein paar Kom-Anrufe und das Wedeln mit Spenglers Dienstmarke sorgten für eine lichtschnelle Zusammenarbeit der Sekretärin des Unternehmens »Von Boesche Trading Corporation«, in dem der Neureiche gelegentlich auftauchte, um seinen Finger bei Abstimmungen zu heben, um danach wieder golfen zu gehen. Um diese Zeit saß er im Gym von Hubert Edel, der in Plochingen die richtige Idee am richtigen Ort umsetzte.

Die Türsteher, eine durchtrainierte, sehr hübsche Dame in knallengen, hochschicken Sportklamotten, und ihr Kollege, der im passenden Männeroutfit steckte, musterten das Gespann, das vor dem Haupteingang ausgestiegen war. Der ältere der beiden Menschen beeindruckte sie nicht sonderlich. Auch Poolitzer hatten sie mit ihren Ärger-Detektionsaugen gecheckt und als unbedenklich eingestuft. Aber Ultra machte sie nervös. Die Frau hob ihr Armband-Kom und sprach leise hinein.

»Siehst du, was du für eine Ausstrahlung auf Frauen hast?« Poolitzer grinste den Troll an, wandte sich um und deutete auf den unteren Teil Plochingens, das architektonische und soziale Dorian Gray des Nobelviertels am Hang des Berges.

Während sich die Reichen und Betuchten an den Hügelflanken sonnenbeschienene Luxusvillen und Residenzen errichtet hatten, erhoben sich in den Niederungen unansehnliche, billige, schnell hochgezogene Wohnsilos, in denen überwiegend Metamenschen hausten. Die Elite musste sich täglich den Sonnenuntergang vom Abschaum verderben lassen, die Unterprivilegierten schauten täglich murrend zu den Statussymbolen der scheinbar Besseren hinauf.

»Ich schätze, die denken, wir kommen von einer Metamenschenrechts-Organisation und wollen dafür kämpfen, dass auch du in das Gym darfst.« Er grinste. »Wetten, dass sie gleich mit einem Schlägertrupp auftauchen?«

Er behielt mit seiner Einschätzung Recht. Die Tür aus Spiegelglas öffnete sich, um weitere zwei Bodyguards nach draußen zu lassen. Sie trugen Schlagstöcke in den Händen, an deren oberem Ende ein paar Elektroden und am anderen Ende jeweils eine Powerzelle saßen, die Saft genug brachte, um einen Elefanten wiederzubeleben.

Spengler ging auf sie zu und zückte seinen Dienstausweis. »Tag, die Herrschaften. Nur die Ruhe, Spengler, BKA. Ich suche Herrn von Boesche. Wenn einer von Ihnen mir jetzt sagt, er wäre nicht da, und ich finde heraus, dass er es doch war, bringe ich denjenigen wegen Falschaussage und Behinderung von polizeilichen Ermittlungen vor den Kadi«, erklärte er liebenswürdig lächelnd. Der Schnauzbart ließ ihn wie ein nettes Walross aussehen, das einen Fisch haben wollte.

Die Frau schaute auf den Ausweis und zeigte auf die Tür. »Nehmen Sie den Fahrstuhl, zweiter Stock, er müsste im Kraftbereich zu finden sein.«

»Vielen Dank.« Spengler nickte ihr zu und marschierte los, Poolitzer und Ultra folgten ihm, als sei es das Normalste von der Welt, dass das BKA eine lustige, bunte Truppe zu Ermittlungen aussandte, die dazu noch Kamerataschen dabeihatte. Der Reporter achtete genau darauf, dass der auffällig gekleidete Troll keine Bemerkungen machen konnte, die sie und ihre Presseherkunft verrieten.

»Willkommen bei Edel Gym, werte Gäste. Sie haben sich nicht identifiziert«, sagte eine wohl modulierte Stimme, als sie in den Fahrstuhl traten. »Falls Sie es noch nicht wussten, Ihr Gesamtgewicht beträgt 410 Kilogramm, somit sind Sie alle drei stark übergewichtig, was in kurzer Zeit zu schwerwiegenden Gesundheitsbeeinträchtigungen führen kann. Wir beraten Sie gerne über unsere Fat-Burn-Kurse und Schlankheitskuren«, erklärte ihnen der Lift zuvorkommend und trug sie nach oben.

Poolitzer lachte laut los, Spengler verzog das Gesicht, sein Schnauzer wackelte hin und her. »Fühlen Sie sich ruhig angesprochen, alter Mann. Von uns dreien sind

Sie der Einzige, der Bewegung vertragen könnte. Ich bin ja ganz gut im Training.«

»Ich auch.« Ultra grinste und spannte die Muskeln an, das blau gemusterte Hawaiihemd gab seltsame Geräusche von sich.

»Wir nehmen gerne eine kostenfreie Körperfettmessung vor, um ihren Body-Maß-Index perfekt zu gestalten. Bei Edel Gym bieten wir Ihnen plastische Chirurgen, um die nach einer Diät entstandenen überschüssigen Hautlappen entfernen zu lassen. Unser Haus arbeitet nur mit den besten …«

Spengler stürmte fluchend aus der Kabine, die anderen beiden folgten lachend. Sie passierten die Rezeption und steuerten auf den Kraftbereich zu, der mit Kunstparkett ausgestattet war. Überall hingen Spiegel, um dem Narzissmus der Sporttreibenden und den Gelegenheitsspannern gerecht zu werden. Die Maschinen waren in Dunkelbraun und Grau gehalten, die Sitzflächen und Bodenmatten bildeten mit ihrem Bordeaux einen dezenten, augenfreundlichen Kontrast. Notfalls würde man hier wunderbar einschlafen können.

»Da drüben …« Spengler nickte zur linken Ecke, wo sich eine Gruppe von jungen Männern aufhielt, die um eine Hantelbank herumstanden. »… scheint ein Wettbewerb zu sein.«

»Hey, da mach ich mit!«, freute sich Ultra, der die aufgelegten Gewichte mit einem mitleidigen Blick bedachte. Bei hundert Kilogramm begann normalerweise seine Aufwärmphase.

Kaum näherten sie sich der Versammlung, da stieß einer der Typen einen leisen Pfiff aus, um den Rest aufmerksam zu machen. Sie wandten sich ihnen zu.

Schnösel, dachte Poolitzer bei ihrem Anblick. Alle sahen gut aus, waren braun gebrannt, garantiert Mitglied in einer exklusiven Burschenschaft oder Studentenverbindung und politisch rechts angesiedelt.

Von Boesche richtete sich auf. Er hatte die hundert Kilogramm gerade gedrückt, große Schweißflecken zeichneten sich auf seinem modischen T-Shirt ab. »Besuch?«

Wenn seine Hosen noch knapper wären, würden seine Eier rausfallen, dachte Poolitzer und grinste breit bei der Vorstellung. Der Schnösel trug Aufreißerhosen, die so eng waren, dass man nicht nur Willi und seine beiden Brüder sah, sondern die Liegerichtung der Schamhaare erkannte. *Welche Weiber stehen nur auf so was?*

Unauffällig schaute er sich um und entdeckte tatsächlich ein Prominentengesicht. Es gehörte einer älteren Modezarin, deren Name ihm nicht einfallen wollte. Sie saß auf der Butterflymaschine und gab ihrer Brustmuskulatur Arbeit. Er bedauerte, dass sie weniger freizügig daherkam. So lohnte sich eine Aufnahme nicht. Alles Fleisch lag gut verborgen unter Stoff.

»Tag, Spengler, BKA«, stellte er sich vor, den Ausweis schwenkend. »Herr von Boesche, würden Sie mir bitte in den Aufenthaltsraum folgen? Ich möchte Ihnen ein paar Fragen stellen.«

»Mir?« Er bekam ein Handtuch von einem Mann gereicht, der als einziger durch seine Beleibtheit in dem Haufen auffiel. In einer Gruppe normaler Menschen wäre er sicherlich nicht wahrgenommen worden, doch umringt von Schönheit und gestählten Körpern wirkte er wie einer von den Speckis, die man aus Mitleid zu einer Party mitgenommen hatte. »Um was geht es denn? Brauche ich einen Anwalt?«

»Erinnern Sie sich an den Vorfall in der Zeppelin-Bar *Wolke Sieben*?«

Von Boesches freundliches, aufgesetztes Lächeln verschwand. »Die Sache wurde geregelt, nahm ich an.« Er lehnte sich nach vorne, stützte die Ellbogen auf die Knie und betrachtete den Kommissar lauernd von unten. »Oder hat es sich Brockstätt anders überlegt und versucht, noch mehr Kohle bei meinem Vater durch einen Skandal abzugreifen?«

»Skandale sind nicht mein Ressort«, erwiderte Spengler locker und vermied es, Poolitzer anzuschauen. »Darum kümmern sich die Mediengeier, Herr von Boesche. Sie kennen sie doch, die Schmeißfliegen mit den PortaCams und den Fotoapparaten.«

Ultra wollte aufbegehren. Poolitzer trat ihm vorsichtig auf den Fuß.

»Worum geht es dann, wenn nicht um Geld?« Von Boesche runzelte die Stirn, rieb sich mit dem Handtuch über das Gesicht und winkte einem Mädchen zu, das noch verdammt jung aussah. Plötzlich hellten sich seine Züge auf. »Der scheiß Inder, richtig? Der Guru hat mich wegen Körperverletzung angezeigt!«

Spengler schüttelte den Kopf. »Nein, keine Bange, Ihnen droht noch nichts.« Er nahm den zerstörten Organizer heraus und ließ in der Sprechpause das kleine Wörtchen »noch« absichtlich nachschwingen. Sie hatten den Apparat in letzter Sekunde aus dem Abfallbehälter der *Wolke Sieben* gekramt, ehe er wie der übrige Inhalt entsorgt werden konnte. »Ich benötige eine Auskunft von Ihnen.« Er hob ihn hoch. »Gehört der Ihnen?«

»Mir«, sagte der dickliche Typ. »Er gehört mir.«

»Weshalb wollen Sie das wissen?«, hakte von Boesche sofort nach.

»Wir haben Ihre Fingerabdrücke darauf gefunden, Herr von Boesche«, log der Kommissar. »Sie wissen, dass Ihre Daten seit der kleinen Sache bei uns gespeichert sind.«

»Ist es verboten, Organizer zu besitzen und sie zu verlieren?«, wollte der Dicke wissen. Die feisten Finger der Linken legten sich Halt suchend um die Hantelstange.

»Nein. Prinzipiell können Sie mit Ihrem Eigentum anstellen, was Sie möchten, Herr …«

»Borowiak. Bernd Borowiak.«

»... Herr Borowiak. Aber Sie hatten darauf einige Namen von Serien- und Massenmördern gespeichert«, fuhr Spengler fort und beobachtete ihn ganz genau. »Erinnern Sie sich noch, welche das waren?«

Er hob langsam die Schultern. Die Geste und sein Gesichtsausdruck sagten: *Ich weiß es, aber es geht dich nichts an.* »Das waren schon ein paar«, antwortete er ausweichend.

»Nur damit wir uns richtig verstehen: Es kann sein, dass Ihre Liste in einem Fall von wichtiger Bedeutung für die kriminalistischen Ermittlungen ist. Ich kann Sie gerne aufs nächste Präsidium bitten, Herr Borowiak. Denken Sie rasch nach.« Er wandte sich an von Boesche. »Während Ihr Freund grübelt, bitte ich Sie, sich zügig daran zu erinnern, welche Namen Sie dem Mann vorgelesen haben.« Er beschrieb ihn kurz.

Über die Züge des blonden Neureichen huschte ein wissendes Lächeln. »Jetzt sagen Sie nicht, diese bescheuerte Hypnose-Nummer hat tatsächlich funktioniert?« Er blickte in die Runde seiner Kumpels. Seine Hyänen glucksten und kicherten, und Borowiak freute sich am meisten. »Dann habe ich dem Guru echt Unrecht getan«, lachte er auf, verstummte aber abrupt, weil ihm der Ernst der Lage bewusst wurde. »Der Mord an der Prostituierten – war der Typ das?«

»Herr von Boesche, beantworten Sie bitte meine Frage.« Spengler ging nicht auf seine Mutmaßung ein.

»Und der Autodiebstahl zusammen mit dem bescheuerten Banküberfall, das war er auch?«

»Herr von Boesche!«

Aus der anfänglichen Bestürzung auf dem Antlitz des Neureichen wurde Verschlagenheit. »Sie wollen wissen, welche Mördernamen ich vorgelesen habe, damit Sie wissen, was auf Sie zukommt und wie man ihn stoppen kann?«

Spengler schaute ihn kühl an. »Das ist Ihre letzte Chance, heil aus der Sache herauszukommen, junger Mann. Muss ich Sie nochmals fragen, bekommen Sie eine Vorladung, und ich sorge dafür, dass ein Reporterheer vor dem Präsidium auf Sie wartet, das aus irgendeiner Quelle Wind von der vertuschten Drogensache bekommen hat, verstanden?«

Spengler war ein Meister der insubtilen Erpressung, wie Poolitzer eingestehen musste, doch von Boesche war schon zu lange ein verzogener, arroganter Sohn neureicher Eltern mit zigtausend Ecu auf dem Konto und zig Rechtsbeiständen.

»Wissen Sie, ich habe mehr Anwälte als Sie Freunde, Herr Kommissar. Einer allein reicht aus, um Ihre lächerliche Konstruktion zu vernichten und obendrein eine saftige Anzeige gegen Sie und Ihre Vorgesetzten herauszuschinden.«

Ansatzlos zog Spengler seine Hand aus der Manteltasche und warf ihm etwas zu. Der junge Mann fing das Beutelchen aus Klarsichtfolie mit weißem Pulver reflexartig auf, ließ es aber sofort wieder fallen. Augenblicklich stellte der Kommissar seinen Schuh drauf.

»Wie dumm, dass ich etwas gegen Sie in der Hand habe, Herr von Boesche. Der Besitz von Rauschgift ist strafbar, und nun raten Sie mal, was der Richter sagen wird, wenn ich denen Ihre Akte zusammen mit meinem Bericht vorlege?«

Von Boesche starrte auf den Schuh. »Damit kommen Sie nicht durch!«

»Nein. Aber es wäre superpeinlich für Sie und Ihren Vater, richtig? Ihre zukünftigen Berufspläne könnten Sie vergessen. Man darf erst koksen, wenn man im Golfclub ist, nicht vorher.«

Er verschlang den Polizisten mit den Augen, fraß ihn auf, zerkaute ihn und spie ihn wieder aus. »Okay, lassen Sie mich mit dem Mörderscheiß in Ruhe. Ich habe nichts getan, außer ein paar Namen vorzulesen.«

»Sie haben einem Mann, von dem Sie wussten, dass sein Unterbewusstsein empfänglich für Einflüsterungen ist, die Namen von Schwerverbrechern vorgelesen«, korrigierte ihn Poolitzer. »Das ist schon eine ordentliche Mitschuld an dem, was bisher geschah und in Zukunft geschehen kann.«

»Lassen Sie mich aus dem Spiel, und ich nenne Ihnen die Namen.«

»Okay«, willigte Spengler ein.

»Aber wir können nicht dafür garantieren, dass Ihnen unser Gesuchter nicht ordentlich eine aufs Maul haut, wenn wir den Hypnosebann gebrochen haben«, grinste Poolitzer und versuchte, den Druck weiter zu erhöhen, damit von Boesche endlich einknickte. »Oder er Sie vielleicht in Millionenhöhe verklagt.«

Die Erwähnung der Klage musste der falsche Hinweis gewesen sein. Von Boesche schaute kurz zu Borowiak, und im Reporter keimte der Verdacht auf, dass sich der junge Mann fortan an der Jagd auf den Unbekannten aus Angst vor dem gerichtlichen Nachspiel beteiligen könnte. *Shit, das waren wieder einige Worte zu viel.*

»Sanchez, Jack the Ripper, Hamann, Rabuit«, begann er die Aufzählung. »Luis Ormondi, Andrej Budnjez, Charisma Gray, Jeff Silvertree, Phil Sorbster und Forbes Sloosh oder so.«

»Oder so?« Spengler machte einen Schritt nach vorne.

»An den letzten Namen kann ich mich nicht mehr genau erinnern.«

»Sind das alle?«

»Ja.«

»Sicher, Herr von Boesche?«

»Scheiße, ja!«, knurrte er und ließ sich nach hinten sinken, streckte die Arme nach oben und gab seiner

Meute das Signal, ihm die Langhantel wiederzugeben. »Sie haben, was Sie wollten. Verschwinden Sie.«

Spengler nahm den Fuß vom Tütchen. Eine der Hyänen hob es auf und steckte es ein. »Ja, behalten Sie es ruhig, ich habe noch genug davon. Traubenzucker hilft beim Training«, merkte der Kommissar locker an.

»Warte, Chummer. Ich mach das.« Ultra griff zu, hob die Hantelstange mit einer Hand an und ließ sie wenige Zentimeter über den Fingern des jungen Mannes los. Von Boesche ächzte auf, als das Gewicht die Muskulatur, Gelenke und Sehnen ruckartig belastete. Die Arme begannen zu zittern. »So, und jetzt musste …«

»Wir gehen«, pfiff Poolitzer den Troll zurück. »Komm, die stellen dich sowieso nicht als Fitnesstrainer an.«

»Schönen Tag noch«, grüßte Spengler im Hinausgehen.

Plötzlich fiel dem Reporter wieder ein, wer die Frau war. *Das ist die Di'Oá! Die Chefin vom Mode-Label Di'Oá.* Er packte die Fuchi aus, tat so, als prüfte er die Batterien, und hielt sie so, dass er die Modezarin filmen konnte, die ihm die Freude tat, aufzustehen und sich zu bücken, um ihr Handtuch aufzuheben. Unter dem dünnen Stoff ihrer Hose zeichnete sich ein Stringtanga ab. Das Schildchen schaute oben heraus. Das Fabrikat entlarvte sie des Verrats: Tshi Vènchí stand darauf. *Sie trägt nicht ihre eigene Unterwäsche-Marke!*

Er zoomte den Hintern nahe heran, damit der Aufdruck zu lesen war, dann drehte sie sich herum und packte die Kamera wieder ein. Der Abstecher ins Edel Gym hatte sich doch gelohnt, die Klatsch-Abteilungen würden für diese Neuigkeit einiges bezahlen, ganz zu schweigen von Tshi Vènchí.

Ehe sein Verhalten zu auffällig wurde, trabte er weiter und schaffte es im letzten Moment zum Fahrstuhl, vor dem Ultra und Spengler warteten. »Musste noch was filmen«, murmelte er entschuldigend.

Die Türen öffneten sich, und der Kommissar erstarrte. »Ich nehme die Treppe«, meinte er missmutig, »bevor mir ein Computer noch mal dummes Zeug erzählt.« Er schob sich einen Kaugummi in den Mund und stapfte zur Glastür, die Fäuste in die Taschen gestopft.

Poolitzer und Ultra bekamen auf der Fahrt nach unten Fett-weg-OPs angeboten und weitere Gesundheitsappelle auf die Ohren, untermalt von wummernder Aerobic-Musik. Auf den Glaswänden entstanden die passenden Trid-Szenen. Zum Abschluss gab es Impressionen der hauseigenen Single-Sauna, wo man allein hineinging und viel Spaß mit anderen haben konnte.

»Da hat Spengler was verpasst«, feixte Poolitzer.

Ultra winkte ab. »Nee, die dürren Gestecke? Die gehn bestimmt kaputt, wenn ich ihnen 'ne Portion Trollliebe geb.«

Der Kommissar erwartete sie unten. Zusammen verließen sie das Edel Gym. »Boesche wird seine Hyänen loshetzen, das ist sicher«, sagte er nachdenklich, als er mit Poolitzer im Wagen saß und den Motor anließ. »Gut gemacht, Gospini.«

»War das Ironie?«

»Eigentlich ein Vorwurf. Sie sind Profi genug, dass Sie sich hätten denken können, was Ihre Bemerkung bei einem Typen wie von Boesche auslöst.« Der Wagen startete, Spengler drehte den Kopf, um ihn anzuschauen. »Wenn das für Sie nur eine Komponente ist, um eine bessere Reißerstory aus meinem Fall zu machen und ich das herausbekomme, ist unsere Partnerschaft mehr als schwer belastet.«

Poolitzer rutschte auf seinem Sitz herum. »Nein, Sie haben Recht. Es war ein dummer Fehler. Ich wollte ihm Angst machen, damit er endlich singt.« Er hielt dem durchdringenden Blick stand, die Finger der Rechten hoben sich zum Schwur. »Ehrlich, alter Mann.« Die Finger der Linken kreuzten sich automatisch.

»Schön. Fahren wir zurück.« Spengler nickte. Er hatte den Betrug nicht bemerkt. »Musik, Track drei«, befahl er dem Autopilot. Eine Sekunde darauf dröhnte »Can I play with Madness« durch den Intracity. Die Fahrt begann. Ultra folgte ihnen im Taxi.

ADL, Württemberg, Stuttgart-Sindelfingen, 01.05.2059, 22:09 Uhr

Blitzlichtgewitter.

Das grelle, unrhythmische Aufflackern sah Zashi durch das Fenster, unter dem sie sich gerade zu schaffen machte. Bislang lief es hervorragend, einmal von der Panne mit dem Magschlossknacker abgesehen.

Sie hatte ihn angebracht und tatsächlich vergessen, wie das Scheißding funktionierte. Glücklicherweise setzte es sich von selbst in Betrieb, nachdem sie wahllos auf Tasten gedrückt hatte, und nach ein paar Sekunden war die Sperre am Hintereingang überwunden und sie auf dem Weg in die Garderobe.

Sie hantierte mit dem Knacker schon wieder herum, als würde sie nicht wissen, wo oben und unten ist, doch er nahm es ihr offenbar nicht krumm und begann ein zweites Mal mit seiner Arbeit.

Während die Schaltkreise rotierten und nach dem passenden Code forschten, überprüfte die Samurai nochmals ihre beiden Pistolen, zwei elegante, schlanke Beretta 200 ST, abwechselnd mit Explosiv- und Stahlmantelgeschossen geladen. *Für jeden Geschmack etwas*, dachte sie grimmig. Extra lange Magazine gaben ihr eine ununterbrochene Feuerkraft von mehr als achtzig Schuss. Erst dann musste sie nachladen.

Sie sagte sich, dass es nur für den Notfall sei. Sie hatte nicht vor, wie eine Action-Puppe reinzugehen und hirnlos loszuballern. Dafür war sie trotz ihrer 23 Jahre zu sehr Profi. Fast 35 Runs hatte sie erfolgreich absolviert, bis der Verrat ihr ein Minus auf dem Konto bescherte.

Das Gerät summte leise, die Riegel schnappten zurück. Zashi atmete tief ein, packte die Pistolen zurück in die Achselholster und drückte die Klinke nach unten. Rasch huschte sie in gebückter Haltung hinein.

Sie kauerte im hinteren Teil der einschüchternd großen Garderobe der Mammutshow. Fahrbare Kleiderständer reihten sich aneinander, voll gestopft mit den neuesten Kollektionen von Christiane Di'Oá.

Bewundernd fuhr sie mit der Hand über den glitzernden Stoff vor sich. Sie erkannte ein bodenlanges Abendkleid, unter dem man bei diesem Ausschnitt jedenfalls keinen BH tragen sollte. Sah es auf den ersten Blick so aus, als müsste es kratzen und einer Frau die Brustwarzen abraspeln, fühlte es sich weich an. Zashi wunderte sich, flaumig wie Watte kam das Kleid daher, innen und außen.

So muss es sein, wenn man in eine Wolke steigt, stellte sie sich vor und seufzte. Als Halbjapanerin konnte man sie nicht eben als groß bezeichnen. Somit brauchte sie sich das lange Kleid auf dem Rückweg als Extragage gar nicht erst einpacken. *Sehr schade.*

Vorsichtig kroch sie vorwärts, nutzte die Cocktailkleider-Kollektion als Deckung und pirschte unter dem Retro-Landhaus-Stil bis zu den Haute-Couture-Kreationen, die im Vorfeld schon in den Abendnachrichten gerühmt wurden.

Sie verharrte, orientierte sich. Lange würde es nicht mehr dauern, und der Verrat an ihrer Gruppe war zu einem Viertel gerächt, obwohl es ihr fast schon ein bisschen Leid tat. Nicht aus Mitleid, sondern wegen des kreativen Verlusts, den die Modewelt durch ihren Besuch zwangsweise erlitt. Persönlich fühlte sie immense

Enttäuschung, dass ihr Opfer in den Kreis der Verräter gehörte, sie hatte es gemocht und einige erfolgreiche Runs für es unternommen.

Das war einmal. Zashi befand sich unmittelbar neben den Schminktischen, vor ihr tobte das Chaos einer außergewöhnlichen Modenschau.

Di'Oá hatte groß aufgefahren und nicht weniger als fünfzig dürre Models aufgeboten, die in kurzen Abständen über den Catwalk defilierten. Die Hüften wackelten hin und her, die sagten »nimm mich«, sie warfen verächtliche Blicke ins Publikum, die sagten »vergiss es«, wie man es von ihnen eben erwartete.

Zashi spürte, wie das Lampenfieber sie ergriff. Heimlich schnappte sie sich eine Perücke vom nächstbesten Tisch und streifte sie sich über, danach achtete sie ganz genau, in welcher Reihenfolge die Kleider von den Ständern genommen wurden.

Sie wählte den Retro-Landhaus-Stil, der in ihren unkundigen Augen nichts anderes war als aufgemotzte Trachtenmode mit Latexapplikationen und Transpartex, um die Verruchtheit des Landes zu unterstreichen. Die Samurai nahm ein Kleid aus der Mitte der Reihe, zog sich aus und zwängte sich in das Hardcore-Dirndl. Sie hasste es. Wegen des Plans hatte sie sich die Beine früher als gewohnt epilieren müssen, und diese Schmerzen übertrafen vieles, was sie bislang in ihrem Runnerleben durchmachen musste.

Ich habe wohl keine Modelmaße, dachte sie, als sie das Knirschen der Nähte hörte, und bewegte sich danach noch vorsichtiger.

Ein Handspiegel und ein Make-up-Set, die sie sich vorsichtig aus einem Utensilienkasten fischte, halfen ihr dabei, sich nach der Art der Models bis zur Unkenntlichkeit zu schminken. Die mitgebrachten Granaten und ihre Berettas packte sie in eine zum Dirndl passende Korbtasche, die wohl als Deko auf die Bühne sollte und nicht als Accessoire gedacht war, dann begann das Warten.

Es dauerte nicht lange, und der Retro-Landhaus-Stil kam an die Reihe, die ersten Models flanierten auf dem Laufsteg, als ob sie weiterhin sämtliche Männer im Saal zu spontanem Sex verführen sollten.

Landliebe, zuckte es Zashi durch den Kopf. Sie wurde vom Blitzen der Fotoapparate allmählich nervös und sich immer bewusster, dass draußen vierhundert hoch aufmerksame Zeugen lauerten.

Immer wieder kontrollierte sie ihr Gesicht und stellte zufrieden fest, dass sie nicht einmal ihre eigene Mutter erkannt hätte. Kopfschüttelnd sah sie zu, wie sich eines der Mädchen eine Hand voll bunter Pillen einwarf und mit Sekt runterspülte; ein anderes zog sich in einer kurzen Pause eine Linie weißen Puders in die Nase und hastete hysterisch kichernd gleich wieder hinaus.

Jetzt kommt die Nummer 23, meine Nummer. Zashi lauerte und sprang aus ihrem Versteck, mitten in den Pulk der sich aufreihenden Models. Hatte sie erwartet, sofort angeschrien zu werden, erntete sie nur ein paar irritierte Blicke, mehr geschah nicht. Leise atmete sie auf, hängte sich den Korb in die Armbeuge, darauf achtend, nichts von ihrer Last zu zeigen.

Noch zwei, noch eine, dann musste sie raus.

Die Majordomina, ein gealtertes, abgetakeltes Ex-Model, spähte auf die kleine Monitorwand, auf der sie genau mitverfolgte, was sich auf dem Catwalk ereignete, sie winkte Zashi heran. »Okay, Schätzchen, du hast das Go in fünf, vier, drei …« Ihr flüchtiger Blick streifte sie. »Wer bist *du* denn?«

»Ich bin der Ersatz«, log die Samurai geistesgegenwärtig und deutete nach hinten. »Die andere ist umgekippt. Sie hat das Kokain wohl nicht vertragen.«

Die Majordomina schaute über die Schulter und versuchte, an den Köpfen der tuschelnden Mädchen vorbei etwas zu sehen. »Chantale ist …« Sie fluchte, der Laufsteg war seit einer Sekunde verwaist. »Los, raus!«

Zashi erhielt einen Schubs und stakste hinaus, sie war das Laufen auf hochhackigen Schuhen nicht gewohnt. Kunststück, denn wer brauchte bei Runs schon Highheels?

Grelle Scheinwerfer blendeten sie, die Blitzlichter trugen nicht eben dazu bei, dass sie mehr von ihrer Umgebung sah. Die Blitzkompensation musste überlastet sein, sie reagierten nicht wie gewohnt mit automatischer Verdunklung ihrer cybernetisch veränderten Augen.

Gerade als sie dem gleißenden Spott entkam, drückte das nächste Dutzend Fotografen auf die Auslöser ihrer Apparate, ausgestattet mit dem festen Vorsatz und erklärten Ziel, sie blind zu machen. Sie hörte das Raunen der Leute um sich herum. Das Fachpublikum schien von ihrem Talent nicht überzeugt zu sein.

Ihr Penner, ich mache das heute zum ersten Mal, dachte sie und begann zu schwitzen, die puppenhaften Bewegungen der Models imitierend. Sie lächelte maskenhaft, die Falschheit wurde durch die Schminke zusätzlich unterstützt, wankte vorwärts, kippte mit dem linken Fuß leicht um. *Verdammte Schuhe! Ich muss sie loswerden.* Sie tat so, als gehöre es zu ihrem Programm und rutschte aus den Halteriemen. Barfuß setzte sie ihren Weg an die Spitze des Catwalks fort, musikalisch begleitet von den treibenden Rhythmen einer Techno-Volksmusikweise.

Die Samurai kam sich vor wie auf einem Steg, rechts und links von ihr tobte das Meer aus Menschen, in dem sie ertrinken konnte, falls sie von ihrem Ziel abwich.

Sie kam tatsächlich ganz vorne an, obwohl sie sekündlich damit rechnete, dass ein Model aus der Umkleide gesprungen kam und sie schreiend bezichtigte, ihr die Schau gestohlen zu haben; vermutlich rang es gerade mit der Majordomina, um auf den Catwalk zu gelangen.

Da ist sie!

Zashis Blick wurde starr, richtete sich auf die Zielperson, die nur zwei Meter von ihr entfernt saß, die Beine übereinander geschlagen, den aktuellen Katalog auf dem Schoß. In ihren Augen las sie die Befremdung über das unbekannte, abgrundtief schlechte Model, das ihr die gesamte Präsentation versaute und für gehässige Kommentare in den Fachzeitschriften sorgen würde.

Die Samurai übertrieb es vorsätzlich mit der Drehung am Ende des Laufstegs und stürzte absichtlich, die Blitze flackerten scheinbar tausendfach auf und hielten ihren Fall fest. Schadenfreude war bekanntlich die schönste Freude.

Sie richtete sich halb auf, griff mit beiden Händen in die Tasche, ihre Finger schlossen sich noch immer unsichtbar für die Gäste und Reporter um die Griffe der Waffen. Die Smartverbindung aktivierte sich artig, ein transparentes Fadenkreuz samt Munitionsanzeige wurde in ihr Gesichtsfeld eingeblendet.

Zashi tat so, als stütze sie sich ab, lächelte kurz, um zu zeigen, dass nichts passiert sei, hob die Waffen samt Korb und drückte die Abzüge der Berettas in rascher Reihenfolge nach hinten.

Die gesicherten Granaten rollten vor ihre Füße, Teile des Bodens der Korbtasche flogen durch die Luft, herausgerissen von den austretenden Projektilen und dem Druck der Treibladungen. Kleinere Partikel entzündeten sich und trudelten glühend durch die Luft, es roch nach verbranntem Stroh.

Sie stand auf, immer noch feuernd, das Fadenkreuz fest auf die zarte Gestalt von Christiane Di'Oá geheftet. Die Einschüsse warfen sie brutal auf dem Sessel hin und her, es war unmöglich, dem schallschnellen Tod auf diese kurze Distanz zu entkommen.

Die einundzwanzigste Kugel traf Di'Oá eben in den zerfetzten Brustkorb, und die zweiundzwanzigste sirrte auf den Kopf zu, als die ersten Leibwächter reagierten. Auch die Journalisten erholten sich von ihrem Schock.

Zashi schleuderte die kokelnde Tasche weg, erledigte einen der Mietmuskeln mit einem nur leidlich guten Treffer in den Unterleib, dann legte sie die linke Pistole kurz ab, hob eine Blendgranate vom Boden und schleuderte sie mitten in die Menge. Gleich darauf zündete sie zwei Rauchgranaten, nahm die Beretta und rannte den Catwalk zurück. Ihr Auftrag war erledigt.

Die Kugeln, die man ihr nachschickte, trafen die vor ihr auftauchende dürre Majordomina in den Hals; gurgelnde Laute von sich gebend, brach sie zusammen und verschwand in den grauen Wolken. Die Samurai hetzte weiter, quer durch einen Pulk von Models, zwei Mädchen rechts und links von ihr schrien kurz hintereinander auf und fielen zu Boden. Deren klebriges Blut sprühte gegen sie und benetzte sie.

Sie rutschte mit Schwung unter den nebensächlich gewordenen Kollektionen hindurch und hielt sich dieses Mal nicht weiter mit dem zentral verriegelten Schloss am Hinterausgang auf, die Salve aus Stahlmantelgeschossen verwandelte die Elektronik und den Schließmechanismus samt Riegel zu Schrott. Ein kräftiger Tritt und die Tür flog auf.

Zashi rannte durch die Nacht und erreichte ihre gestohlene BMW Victory. Sie warf sich auf den Sitz, aktivierte die Zündung und drehte das Gaspedal bis zum Anschlag hoch, während ihr Herz vor Aufregung und Freude raste.

Der Anfang war gemacht, und sie fühlte sich großartig. Nun lag es an den anderen drei, die übrigen Verräter zu bestrafen.

ADL, Württemberg, Stuttgart-Mitte, 01.05.2059, 08:42 Uhr

Poolitzer trat mit Schwung in das kleine Hotelzimmer, nachdem ihm geöffnet worden war. »Morgen, Guru Ficker …«

Ranjit, in gemütlich aussehende indische Kleidung gehüllt, stand im Flur und hob abwehrend den rechten Arm. »Bitte, Herr Gospini, sagen Sie entweder Ranjit oder Felix zu mir.« Er legte die Handflächen aufeinander, die Fingerspitzen zeigten in Richtung Kinn, und er verneigte sich leicht vor ihm und Cauldron, die ebenfalls hereinkam. »Namaskaram.«

Sie erwiderte den Gruß und fand seine braunen dunklen Augen auf Anhieb faszinierend. Er betonte sie geschickt durch das Weiß seines Anzugs. Er brauchte nicht einmal Schminke. Wie Magneten zogen sie Blicke an.

»Ihr seid das perfekte Team.« Poolitzer lachte. »Reinheit und Finsternis, Licht und Schatten stehen sich gegenüber. Das wird Xavier gar nicht gefallen. Darf ich vorstellen: Carmen Peron, eine gute Freundin …«

»Bekannte«, verbesserte sie automatisch, dem alten Ritual zwischen ihnen folgend.

»… die mir ein wenig hilft.«

Beinahe verlegen wandte sich Ranjit ab und reckte den Arm einladend in den Raum. »Kommen Sie, ich habe uns Frühstück bringen lassen.«

Frühstück traf es nicht ganz. Es waren drei penibel abgezählte Croissants, ein kleines Kännchen Tee, brauner Rohrzucker und etwas Milch.

Poolitzer schürzte die Lippen. »Ich habe vergessen, dass Indien das Land der Fastenkünstler ist«, kommentierte er das Unterangebot von Lebensmitteln. »Mann, Ranjit, davon wird höchstens eine Maus satt. Eine indische Maus.«

Cauldron ging an ihm vorbei und setzte sich. »Mir genügt es völlig«, sagte sie.

»Das glaube ich dir sofort. So viel ist an dir auch nicht dran.« Er nahm neben ihr Platz. Ranjit positionierte sich ihm gegenüber. Es war ihm peinlich, nicht genügend bieten zu können.

»Wenn ich mein volles Honorar für meinen Auftritt bekommen hätte, könnte ich groß auftischen«, entschuldigte er sich zerknirscht und konzentrierte sich aufs Einschenken des Tees. Dunkelrot-golden lief er in die Tasse. »Es ist ein Assam, allerdings von eher bescheidener Qualität, erste Pflückung, aus Mangalam. Früher gab es sehr gute Ernten, aber heute hat es nachgelassen. Der Chai ist nicht mehr das, was er einmal war.«

Poolitzer betrachtete den Tee. Als bekennender Echtkaffeegroßkonsument konnte er mit dem Getränk wenig anfangen. »Sie können mir viel erzählen. Ich weiß nicht, ob Mangalam nun ein Gruß, eine Beschimpfung oder ...«

»Es ist eine Teeplantage, ehrlich, Herr Gospini«, unterbrach ihn Ranjit. Die Magierin beobachtete mit Faszination und Unglaube, wie er sich Zucker in die Tasse häufte. Löffel um Löffel um Löffel. »Namaskaram ist ein indischer Gruß, den man im Süden des Landes benutzt, aus dem meine Mutter stammte.« Er goss sich Tee ein, der sich einen Weg durch den weißen Berg bahnte, die Kristalle aufwirbelte und sie auflöste. »Im übrigen Indien hätte man Sie mit Namaste begrüßt.«

»Super, im Schwabenland bekomme ich Indisch-Nachhilfe.« Seine Laune besserte sich nicht wesentlich. Er hatte sich auf ein ausgiebiges Frühstück mit Kaffee, womöglich echtem Kaffee, gefreut. Die Teeplörre vernichtete seinen mühsam gehaltenen Restkoffeinspiegel.

»Nehmen Sie's dem Typen nicht übel«, winkte sie ab. Ihre schlanken ringgeschmückten Finger nahmen ein Croissant und brachen ein Stückchen davon ab. »Ich finde es nett, dass Sie uns was anbieten.« Sie schob sich den Bissen in den Mund, darauf bedacht, keinen Krümel auf dem schwarzen Lippenstift zu hinterlassen. Da sie die Stuttgarter in Downtown nicht zu sehr erschrecken wollte, trug sie ein schlichtes schwarzes Kleid und wenig Make-up.

Ranjit lächelte dankbar und sog den Tee schlürfend ein. »Und Sie möchten nun etwas über Hypnose erfahren, Herr Gospini?«

»Da es für das, was momentan passiert, wichtig ist und die wenigsten meiner Zuschauer sich damit auskennen, bitte ich darum.« Er nahm die Fuchi aus der Tasche und richtete sie auf den Halbinder. »Dann mal los. Erklären Sie, *wie* es geschehen kann, dass ein Hypnotisierter loszieht und sich für alle möglichen Menschen hält.«

Ranjit wurde ernst. »Genau darüber habe ich mir auch den Kopf zerbrochen«, gestand er leise. »Ich arbeite teils mit der Fixationsmethode, teils mit der Faszinationsmethode …«

»Uh, halt, halt! Übersetzen Sie das bitte, Ranjit, für die Nicht-Gurus der Welt.«

»Die Faszinationsmethode arbeitet mit dem Blick in die Augen, die Fixationsmethode nutzt einen möglichst leuchtenden oder lichtreflektierenden Gegenstand.« Er langte in die Westentasche und nahm die beschädigte Taschenuhr hervor. »Eine pendelnde Taschenuhr ist beispielsweise sehr gut geeignet.«

Poolitzer zoomte auf sie. »Muss sie unbedingt verbeult sein?«

Ranjit lächelte schief. »Nein. Das war ein Unfall.« Zärtlich berührte er den Metalldeckel mit dem funkelnden Stein. »Ich werde sie reparieren lassen, es ist ein altes Erbstück.«

Cauldron streckte die Hand aus. »Darf ich?«

Er zögerte, dann nahm er die Kette, hob die Uhr hoch und senkte sie sanft in die Handfläche der Magierin.

»Und was passiert bei einer Hypnose?«, schaltete sich der Reporter wieder ein.

»Man entspannt die Menschen.«

»Man *entspannt* sie?«

»Das ist der Trick. Alle Methoden der Suggestion, wie man das Beeinflussen auch nennt, führen meine Kunden zur Entspannung und Ermüdung. Das Nervensystem schaltet um, es führt sie in einen Bewusstseinszustand zwischen Wachen und Schlafen. Damit ist der Weg frei für meine weiteren Suggestionen.«

»Äh … wenn es kein Schlafzauber ist, wie funktioniert es dann?«

Ranjit lächelte. »Dieser Effekt kommt daher, weil die Augen wegen des ständigen Starrens stark ermüden. Mein Opfer, wenn Sie so wollen, hält es aber für die Wirkung meiner Suggestionen. Dadurch werden eventuelle Zweifel weggewischt, was dazu führt, dass der eigentlichen Hypnose und der Verankerung von Befehlen weniger Hindernisse im Weg stehen.«

»Dann können Sie ihnen befehlen, was Sie wollen? Und sprechen Sie bitte in die Kamera.«

»Ganz so einfach ist es nicht. Grundsätzlich ist *fast* jeder Mensch hypnotisierbar, aber die Voraussetzung ist, dass er sich hypnotisieren lassen *will*.« Er verzog das Gesicht und rührte sich noch einen Löffel Zucker in den Tee. »Bei der Hypnose kommt es neben absolutem Vertrauen zum Hypnotiseur vor allem auf viel Fantasie und ein gutes Vorstellungsvermögen an. Daraus folgt die etwas absurde Tatsache, dass gerade die großen Zweifler oft leichter zu hypnotisieren sind als leichtgläubige Menschen von geringer Intelligenz. Witzig, oder?«

»Mh.« Poolitzer lauschte und stellte fest, dass auch Cauldron fasziniert zuhörte. Magierinnen konnten den Willen von Mensch und Kreaturen mit ihren Zaubern brechen, aber dieser unscheinbare, sehr charismatische

Kerl namens Ficker schaffte es ohne Hokuspokus. »Nur weiter, Guru.«

»Es gibt verschiedene Hypnosegrade. Lehrbücher sagen, dass nur zwanzig Prozent aller Menschen in Tiefenhypnose versetzt werden können, und etwa siebzig Prozent schaffen es gerade noch bis in eine mittlere Hypnosestufe. Die verbleibende Minderheit kann lediglich in leichte Trance gebracht werden.« Er setzte die Tasse ab und schaute Poolitzer an, sofort griff das Braun nach seinem Verstand. Wie von selbst heftete der Reporter seinen Blick auf die Augen des Halbinders. »Ich dagegen habe bisher jeden in Tiefenhypnose versetzen können. Muss an meinen indischen Genen liegen.«

»Oder an der Uhr«, warf Cauldron ein. »Ich habe sie mir eben astral angesehen, Ranjit. Wussten Sie, dass der Stein mit einem Spruch belegt wurde?«

»Nein … wusste ich nicht«, stotterte er so echt und derart von der Neuigkeit überrumpelt, dass sie ihm glaubten, auch ohne dass die Magierin einen Zauber zur Wahrheitsfindung wirkte. »Geben Sie sie mir wieder.« Er wollte die Uhr greifen, aber Cauldron legte die Hand schirmend darüber.

»Darf ich sie mir ausleihen?«, bat sie ihn freundlich. »Ich kann in einer angenehmeren Umgebung mehr über den Zauber herausfinden und auf diese Weise unter Umständen entdecken, warum der Mann als Mörder unterwegs ist.« Sie betrachtete ihn aufmerksam und bemerkte, wie er sich wand. Die Uhr musste ihm unendlich viel bedeuten. »Sie können mich gerne begleiten, falls Sie mir nicht trauen.«

Fordernd hielt er seine Hand hin, Cauldron gab sie ihm zurück. »Es kann nicht an dem Stein liegen«, sagte er sichtlich erleichtert, die Uhr wieder zu haben. »Ich ziehe schon so lange mit meiner Show durch die Gegend. Anfangs habe ich nur nach der Faszinationsmethode gearbeitet, da funktionierten meine Hypnosen ebenso gut.«

»Gab es jemals solche Zwischenfälle wie in der *Wolke Sieben*?«, erkundigte sich der Reporter. »Ohne Uhr?«

»Denken Sie, ich wäre Magier?« Er schaute beleidigt. »Frau Peron, da Sie Magierin sind, können Sie sehen, ob ich magisch befähigt bin oder nicht, richtig?« Sie nickte, woraufhin er die Arme vor der Brust kreuzte. »Dann los, sehen Sie nach.«

»Das habe ich schon«, gestand sie und widmete sich wieder dem Croissant. »Sie sind derart vercybert, dass das kleinste magische Talent auf immer verloren ist, sollte es jemals vorhanden gewesen sein.«

»Vercybert?« Poolitzer horchte auf. *Memo an mich: Ficker überprüfen. Verdammt, das wäre mir früher nicht passiert.* Vor ein oder zwei Jahren hatte er immer, wirklich immer, Infos über Leute eingeholt, ehe er sie aufsuchte und Reportagen machte, dieses Mal hatte er es schlicht vergessen. *Ich weiß nichts über unseren Guru.* »Erzählen Sie mal, was Sie vorher gemacht haben.«

Er seufzte und sank in dem Stuhl zusammen. »Es ist kein Geheimnis.«

»Sie waren Runner?«, preschte der Reporter vor.

Ranjit lachte unglücklich. »Nein, ich war etwas sehr Unspektakuläres. Ich war Rigger bei Daimler in Stuttgart, fünf Jahre lang. Ich habe Maschinen geriggt, Krane gesteuert, Autos Probe gefahren und all so ein Zeug, bis sie mich rausschmissen. Ich wollte die nächstgrößere Fahrzeugsteuerungseinrichtung nicht eingebaut haben, weil ein befreundeter Arzt mich davor gewarnt hat. Und als sie mich vor die Wahl stellten, habe ich ihnen auf Wiedersehen gesagt.«

»Das war aber ein ganz schön harter Übergang, von Rigger auf Guru«, befand Poolitzer. In seinen Eingeweiden gluckerte und grummelte es. Hungrig nahm er sich ein Butterhörnchen und kostete in seiner Not vom Tee.

Befürchtet lau, jedenfalls im Vergleich zu Kaffee, kam das Gesöff daher, schlabberig, ohne Wirkung.

»Nein, so hart nicht. Ich bin vorher schon aufgetreten, zuerst als Hobbyzauberer auf Kindergeburtstagen, und dann habe ich meine Fertigkeiten als Hypnotiseur entdeckt.« Ranjit richtete sich auf. »Jeder kann es lernen. Das ist nicht sonderlich schwierig. Die Übung macht es.«

»Aha.« Poolitzer stellte sich vor, welche Ergebnisse seine Reportagen liefern könnten, beherrschte er dieses Metier. »Und seitdem schaffen Sie es, Menschen Ihren Willen aufzuzwingen?«

»Nein. Suggestionen gelingen nur, wenn man ihnen zustimmt. Wer beispielsweise mit dem Rauchen aufhören möchte, ist für entsprechende Suggestionen offen, wird sich aber nicht zu einem Bankraub bewegen lassen.«

»Außer es würden keine Vorbehalte dagegen existieren?«, hakte Cauldron nach, die das Prinzip erfasst hatte.

»Ja. Man wacht aus der Hypnose auf, sobald der Hypnotiseur Suggestionen gibt, denen man nicht zustimmt, wie ›bring dich um‹ oder etwas in der Art. Das Unterbewusstsein schützt den Menschen. Aber ein Zwischenfall ist mir noch nie passiert.«

»Ich versuche, das mal zusammenzufassen«, begann Poolitzer, mit dem Finger gegen die Unterlippe klopfend. »Sie könnten dem Typen sagen, dass er einen Menschen umbringen soll, was er auch machen würde, wenn er skrupellos genug wäre, richtig?« Ranjit stimmte zu. »Aber um eine andere Person zu sein, müsste man ihm genau sagen, was diese Person tut, korrekt?« Wieder kam die Bestätigung. »Dann hat von Boesche nicht nur die Namen der Mörder vorgelesen, sondern auch explizit beschrieben, wie sie vorgegangen sind«, lautete sein Schluss. *Und der Typ, dem er das alles gesagt hat, muss das abgründigste Wesen sein, das ich kenne. Warum sonst würde er die Befehle in die Tat umsetzen?*

»Es bleiben zwei Möglichkeiten. Die erste: Er befindet sich immer noch in Trance. In Dauertrance.« Ranjit nippte wieder an der Tasse. Er sah sehr, sehr besorgt aus. »Damit sollte er in seiner Umgebung eigentlich auffallen, er würde sich anders bewegen, steifer, müder, unnatürlicher als sonst. Die zweite: Von Boesche hat ein Codewort verankert, das ihn aufweckt. Auf dessen Befehl hin würde der Mann intern umschalten und zum Mörder werden. Posthypnotisch, nennt man das.«

»*Das* glaube ich nicht. Es sah laut den Aussagen in den Ermittlungsberichten nicht so aus, als würden sie sich kennen.« Poolitzer würde Spengler dennoch den Tipp geben, das Telefon des Neureichen anzapfen zu lassen, falls er das Hypnoseopfer doch kennen und steuern sollte. »Und er hat keine Ahnung von Hypnose.«

»Das nehmen wir an, wissen es aber nicht.« Cauldron schnalzte mit der Zunge. »Kommen wir zu der spannenden Frage, wie man die Hypnose wieder aufheben kann.« Sie und Poolitzer schauten ihn an.

»Das ist das Problem. Suggestionen, die man einmal gibt, haben in der Regel auch nach der Hypnose noch Wirkung, sofern sie nicht zurückgenommen wurden. Ein Mann, dem ich suggeriert habe, sein linkes Bein wäre lahm, wird es auch nach dem Aufwachen nachziehen, wenn ich ihm nicht vorher gesagt habe, er sei völlig gesund.« Ranjit stand auf, legte die Hände auf den Rücken und begann, im Zimmer auf und ab zu gehen. »Bei einer medizinischen Hypnose oder bei Suchtentwöhnung ist dieser Effekt erwünscht. Da die Rücknahme aber durch von Boesche nicht erfolgt ist, müssen wir es tun.« Er blieb stehen. »Anders gesagt: finden, fangen und alle verankerten Namen sowie Verhaltensmuster aus seinem Gedächtnis löschen«, fasste er zusammen. »Ich bekomme das hin, aber ich brauche ihn vor mir.«

»Bleibt zu hoffen, dass wir alle Namen wissen«, murmelte die Magierin, während sie nach dem Tee langte. »Ich wünsche mir, dass wir den Unbekannten erlösen können und nicht töten müssen. Und wenn er von Boesche nicht in Grund und Boden klagen will, werde ich es tun. Er hat mir meine Ferien verdorben.« Sie goss sich nach. »Sollte es allerdings nicht Ihre Hypnose sein, Ranjit, sondern an dem Zauberstein der Uhr liegen, kann ich das mit dem Brechen des Banns übernehmen.«

Er verstand den Hinweis. Seine Hand legte sich unwillkürlich auf die leicht ausgebeulte Westentasche, in der er sie trug. Sie musste ihm sehr viel bedeuten.

Cauldron hatte schon lange begonnen, darüber nachzudenken, wie und ob so etwas funktionieren könnte. Natürlich gab es Zauber, die Handlungen und Psyche eines Wesens beeinflussten und es Dinge tun ließen, an die sie nicht einmal im Traum dachte. Dafür musste der Zauber vom Magier oder Schamanen jedoch aufrechterhalten werden.

Das magische Potential der Uhr schien beim ersten, zugegeben recht oberflächlichen Eindruck enorm. *Möglich wäre es.* »Woher haben Sie die Uhr?«

»Ein altes Erbstück«, wiederholte er pauschal.

»Wie alt? Und was wissen Sie darüber?«, ließ sie nicht locker. »Es kann sein, dass die Uhr so etwas wie eine Berühmtheit ist. Haben sich andere Familienmitglieder vor Ihnen als Hypnotiseur versucht und waren sie erfolgreich damit?«

Ranjit setzte sich, seine Bewegungen waren fahrig, die Tasse mit dem Tee darin wackelte bedrohlich. »Ich weiß es nicht. Ich habe sie von meiner Mutter.«

»Die aus dem Süden Indiens stammt«, erinnerte sie sich. »Darf ich die Uhr noch mal sehen?«

Jetzt schaute er sie für den Bruchteil einer Sekunde voller Feindseligkeit an, das Braun bohrte sich in ihre Augen, sie fühlte so etwas wie Kopfschmerzen unmittelbar hinter der Nasenwurzel. Sie wandte sich ab, das pochende Gefühl verschwand auf der Stelle. *Reine Einbildung. Er ist nicht magisch, er kann mir nichts tun.*

»Entschuldigen Sie, Frau Peron. Ich weiß, ich verhalte mich kindisch.« Es klirrte leise, als er die Uhr zärtlich vor sie auf den Tisch legte. Sie schaute nicht hin, tastete nach ihr und untersuchte sie. »Nehmen Sie.« Er wandte sich an Poolitzer. »Und Sie deuteten vorhin an, dass Sie alle Namen der Mörder haben?«

Innerlich zählte der Reporter sie auf: Sanchez, Jack The Ripper, Hamann, Rabuit, Ormondi, Budnjez, Gray, Silvertree, Sorbster und Forbes Sloosh, aber er sprach sie nicht laut aus.

»Die Harmlosesten in dieser Packung Massenmörder sind noch Jack the Ripper, Hamann und Rabuit, alle anderen haben Dinge getan, die Ihnen den Glauben an das Gute im Menschen bis zu Ihrem Tod vermiesen.« Er bat alle Mächte, dass ihr Gesuchter vorerst nichts unternahm und in eine seiner Mörderpersönlichkeiten verfiel.

Mit Schaudern dachte er an Sanchez, El Ladron, der die Ermordung von 170 Kindern alleine in Paraguay gestanden hatte. Innerhalb von fünf Jahren hatte er gewütet. Straßenkinder fielen ihm zum Opfer, ihre Leichen wurden mit durchschnittenen Kehlen und teilweise zerstückelt gefunden. *Wenn es einen Gott gibt, lässt er den Typen entweder rechtzeitig aus der Trance erwachen oder von einem Laster überfahren.*

»Wollen Sie mir nicht sagen ...«, verlangte der Halbinder vorsichtig mehr Auskunft.

»Nein, lieber nicht.«

Ohne dass er es wollte, schnellten die Bilder hoch, die er in der Matrix über den Fall von Jeff Silvertree gesichtet hatte: Armbänder aus Menschenhaut, sieben Rohrstühle, deren Sitzflächen aus Streifen menschlicher Haut gefertigt waren, zehn Totenmasken aus der gepressten Haut von Frauen- und Kindergesichtern, die in Augenhöhe an den Wänden angebracht waren, siebzehn über den Augenbrauen abgesägte Frauenköpfe sowie Teile von fünfzehn weiteren Leichen hatten die Polizisten damals gefunden.

In Poolitzers Vorstellung entstand die Wohnung von Silvertree neu, hier, irgendwo in Stuttgart, weil ein idiotischer Neureicher sich mal eben einen unspaßigen Scherz erlaubt hatte. »Nein, wirklich nicht«, wiederholte er langsam und nutzte seinen Tee, um die aufsteigende Übelkeit hinunterzuspülen.

Eine bedrückende Stille senkte sich auf das Zimmer.

Cauldron tastete an der Uhr herum, Ranjit beobachtete sie argwöhnisch, Poolitzers Verstand war von den grauenvollen Eindrücken gefangen, die das, was er in den Barrens gesehen hatte, übertrafen. Das Schlimmste war zu wissen, dass die schon längst toten Serienmörder schreckliche Auferstehung feiern würden. Seine Nase juckte, und ausnahmsweise wäre er froh gewesen, sie täte es nicht.

Sie zuckten gemeinsam zusammen, als die Kom-Anlage des Zimmers erwachte. Ein Anrufer wurde gemeldet. Die Anzeige vermeldete: *Öffentliche Kom-Zelle, Hauptbahnhof*.

»Entschuldigen Sie.« Ranjit stand auf. »Die Vermittlung muss sich geirrt haben.« Er hob den Hörer ab. »Ja?«

Poolitzer entging nicht, dass er sich urplötzlich versteifte. Sofort sprang er auf und drückte die Taste für den Lautsprecher.

»... Schuld, einzig Sie, haben Sie gehört, Ficker? Ich kann es nicht kontrollieren«, sagte eine Männerstimme, in der unendliche Verzweiflung mitschwang. »Ich,

ich … werde wach und habe *Blut* an den Händen, es ist überall, *überall*, an meinen Kleidern, auf meinen Schuhen, unter meinen Fingernägeln, und im Trid bringen sie Nachrichten über den bestialischen Mord an einer Prostituierten.«

»Wer sind Sie?«

»Ich schaffe es bis zum Klo und … weg ist meine Erinnerung, bis ich wieder zu mir komme und mir im Trid anschauen muss, wie man die nächste Leiche auf eine Bahre legt und eine Bank überfallen wird!« Der Mann atmete heftig. »Ich habe einen Vorschlaghammer in meinem Zimmer gefunden, Ficker, einen *Vorschlaghammer*! So ein Ding, wie ihn der Verrückte beim Überfall benutzte. Und eine Straße von hier steht der dunkelblaue Westwind.« Er schluchzte wie ein kleines Kind, schniefte, heulte und redete völlig unverständlich.

Poolitzer hob sein Kom und rief Spengler an. »Wir haben ihn, er steht in einer öffentlichen Telefonzelle am Hauptbahnhof«, gab er aufgeregt Anweisung. »Er scheint so etwas wie einen lichten Moment zu haben. Keine Ahnung, wie lange der anhält.«

Ranjit wirkte verstört. »Beruhigen Sie sich, Herr …«

»Bin ich das alles gewesen?«, jaulte der Unbekannte. »Sie haben mich hypnotisiert, Sie Scheißkerl! *Sie* waren das!« Seine Stimme schnappte über, senkte sich zu einem heiseren Flüstern. »Was haben Sie aus mir gemacht? Was haben Sie aus mir …« Er brach ab.

»Hallo?« Ranjit brüllte nervös in den Hörer. »Nein, ich flehe Sie an, gehen Sie nicht weg. Wir haben Hilfe organisiert, die Polizei …« Poolitzer machte wilde Verrenkungen, um ihn am Sprechen zu hindern, aber es war zu spät.

»Bullen? Nein, die Bullen werden mich erschießen, Ficker. Ich …« Er keuchte, senkte die Atmung auf normale Geschwindigkeit herab. »Hallo?«, sagte der Mann mit einer unvermittelt entspannten Stimme. Die Angst, die Wut, die Verzweiflung waren verschwunden.

»Ja, ich bin noch dran«, stotterte der Hypnotiseur und versuchte, sich zu fangen. »Wir möchten Ihnen helfen. Bitte, wie ist Ihr Name?«

»Mir helfen?«, lachte der Mann glockenhell. »Nein, das ist nicht nötig. Ich bin doch diejenige, die anderen gerne hilft. Warum haben Sie mich eigentlich angerufen?« Kurzes Schweigen. »Und was mache ich auf dem Bahnhof?«

Poolitzer überlief es eiskalt. *Fuck, er ist gesprungen! Er ist zu einem der Killer geworden.* Deutlich hatte er gehört, dass er von sich in einer weiblichen Person sprach. »Fragen Sie, ob Herr Gray in seiner Nähe ist«, raunte er Ranjit zu, der es prompt tat.

»Mein Mann? Nein, wie sollte er? Er ist doch schon lange tot. Ich muss jetzt gehen.«

Klick. »Die Verbindung wurde vom Partner unterbrochen«, erklärte die Kom-Einheit monoton.

»Spengler, ich weiß, wer der nächste Killer von der Liste ist«, meldete er in sein Armband-Kom. »Unser Mann ist seit zwanzig Sekunden als Charisma Gray unterwegs.« In dem Fall war es sehr einfach gewesen, darauf zu kommen. *Sie ist die einzige Frau auf der Liste.* Er schaute zu Cauldron, die eben die Augen öffnete und den Kopf schüttelte.

»Der Bahnhof ist magisch gesichert, ich bin nicht durch die Barriere gekommen«, machte sie die Hoffnung zunichte, eine erste Spur zu haben. »Wer ist Gray?«

»Eine Mörderin, die vor knapp dreißig Jahren zugeschlagen hat, wenn ich mich richtig erinnere. Sie war eine bildschöne Krankenschwester im Holy Cross Hospital in Liverpool. Sie spritzte Patienten, denen es sehr schlecht ging, Pavulon, um sie von ihren Qualen zu erlösen. Die Medien nannten sie Todesengel.«

Ranjit legte den Hörer zitternd zurück. »Ich werde aufhören, solche Shows zu machen«, flüsterte er, kehrte zum Tisch zurück und sackte auf dem Stuhl zusammen. »Das wollte ich nicht. Das wollte ich nicht ...« Er starrte in seinen Tee. »Meine Schuld. Mein Gott, ich habe einen Menschen ins größte Unglück gestürzt.« Seine Hände verbargen das Gesicht. »Noch nie, noch nie geriet die Sache außer Kontrolle.«

Cauldron legte ihm beruhigend ihre schneeweiße Hand auf die Schulter. »Sie können nichts dafür, Ranjit.«

»Dafür können sich die kommenden Opfer auch nichts kaufen«, brummte Poolitzer, der die Verbindung zu Spengler immer noch offen ließ und ihn von den Entwicklungen unterrichtete.

Das bedeutete für den Sternschutz jede Menge Arbeit. Sämtliche Krankenhäuser und andere Einrichtungen, in denen stationär behandelt wurde, erhielten Warnanrufe, die Sicherheitsvorkehrungen wurden erhöht, obgleich sie alle wussten, dass es keine absolute Gewähr gab, dass der Unbekannte nicht in irgendeine Station gelangte und das Werk der verstorbenen Charisma Gray fortsetzte.

Poolitzer unterbrach die Verbindung. Er reichte Ranjit, der die Hände sinken ließ und mit geröteten Augen zur Magierin schaute, ein Taschentuch, damit er sich die Tränen wegwischen konnte. Es mochte vielleicht ein wenig asozial sein, so zu denken, aber er war froh, dass es »nur« Gray war, die auf dem Stuttgarter Hauptbahnhof auferstand und mordend durch die Stadt zog. Es hätte weitaus schlimmer kommen können.

Er seufzte und kaute lustlos auf dem gummiweichen Croissantstück herum. *Freu dich nicht zu früh. Es wird noch schlimmer kommen.*

Cauldron stand auf, dabei ließ sie die Uhr in ihre Handtasche gleiten. »Kommen Sie, Ranjit, Sie begleiten mich. Ich werde ein paar Leute anrufen, und wir schauen uns den Stein in Ihrer Uhr einmal in aller Ruhe an. Es gibt Orte, an denen solche Untersuchungen besser funktionieren.«

»Lass es bloß nicht Xavier wissen, dass du mit einem fremden Mann unterwegs bist«, bemerkte Poolitzer grinsend.

Der Hypnotiseur, der eben noch erleichtert ausgesehen hatte, den Rest des Tages nicht alleine verbringen zu müssen, verlor seine Hoffnung. »Nein, lassen Sie nur, Frau Peron. Ich möchte nicht, dass Sie wegen mir in Schwierigkeiten geraten und Ihr Mann Ihnen Dinge unterstellt.«

»Höhöhö, zumal der Mann, mit dem du alleine bist, Ficker heißt.«

»Du bist ein Arschloch, Poolitzer.«

»Erzähl mir was Neues.«

Cauldron warf ihre feuerroten Haare zurück, ihre Augen brachten ihm den gedanklichen Tod. »Es ist kein Wunder, dass Menschen immer wieder versuchen, dich umzubringen.« Sie hakte sich bei dem Halbinder unter. »Vergessen Sie den Schwätzer. Xavier muss bei mir erstens keine Angst haben, und zweitens ist er mit seinen Kumpels unterwegs. Sie treffen sich irgendwo und saufen einen auf die alten Tage.«

Ranjit wirkte nicht wirklich überzeugt, doch die Aussicht, der Einsamkeit und den Schuldvorwürfen zu entkommen, brachte ihn dazu, mögliche Vorbehalte über Bord zu werfen. Was war auch schon dabei?

»Wenn wir gerade dabei sind: Wo hast du eigentlich Ultra gelassen?«

»Ein Auftrag. Ich habe ihn zur Schießerei in Sindelfingen geschickt«, erklärte er. »Murder on the Catwalk! Geheimnisvolle Assassinin verwandelt Christiane Di'Oá vom Laufsteg herunter in ein blutiges Bündel«, titulierte er den Beitrag. »Der Kleine ist wie geschaffen dafür, sich gegen die anderen Reporter durchzusetzen. Notfalls filmt er einfach über sie hinweg.«

»Was denn? Literweise Blut und Gedärme und *du,* der König der Reißernachrichten, sitzt hier herum?« Sie verdrehte die Augen. »Ach, richtig. Ich vergaß, es war ja nur *eine* Tote. Zu wenig für dich.«

»Erfasst, Miss Sarkasmus.« Er erhob sich ebenfalls und verließ mit ihnen zusammen das Zimmer. »Das hier ist nämlich ein Fall, den es in der Art noch nie gab. Und das sollte in unserer verrückten Welt schon was heißen, wie ich finde.« Er zog die Tür zu.

ADL, Württemberg, Stuttgart-Mitte, 01.05.2059, 13:59 Uhr

Spengler öffnete den Aktenkoffer und packte sämtliche Speicherchips ein, die ihm die Leute vom Bahnhofsmanagement in den Aufenthaltsraum hatten bringen lassen. *Irgendeine Kamera wird ihn aufgenommen haben. Damit haben wir endlich mehr als nur ein Phantombild.*

Das Sicherheitssystem der *Wolke Sieben* war bereits eine einzige Enttäuschung gewesen.

Aufgrund der Prominenz einiger Besucher hielt es Brockstätt für besser, keine Kameras zu installieren und Mitschnitte machen zu lassen. So lieferte er keine kompromittierenden Bilder, und falls es doch jemals welche geben sollte, trug er nicht die Verantwortung dafür. Damit ging Spengler eine gute Chance durch die Lappen, eine perfekte Aufnahme von ihrem unfreiwilligen Mörder zu erhalten.

Er betrachtete den kleinen Berg Chips und stapelte sie wieder neben dem Koffer auf, ließ sich ein Sichtgerät bringen und begann, die Aufnahmen durchzuschauen. Wenn es schlecht lief, brauchten sie den Hypnotiseur, um den Mann zu identifizieren. Das würde nur wieder zu Verzögerungen führen.

Sein Funkgerät knackte. »Hier Pfleiderer. Wir haben niemanden entdecken können, der auf die Beschreibung passt, Herr Kommissar«, bekam er die ernüchternde Meldung des Einsatzleiters. Dieser hatte auf sein Geheiß hin den weiten Umkreis des Bahnhofs mit Sternschutz-Leuten geflutet und nach dem Riesen Ausschau halten lassen. Sollte man annehmen, dass es sich um eine auffällige Gestalt handelte, war sie dennoch durch die Maschen des Suchnetzes geschlüpft.

Er langte nach dem Gerät und drückte die Sprechtaste. »Taxis?«

»Es hat ihn keiner gefahren.«

»Busse? Oder Bahn?«

»Nein, Herr Kommissar. Das heißt, wir sind noch auf der Suche«, erklärte der andere und machte aus seiner Ungehaltenheit keinen Hehl. Zur Mittagszeit jemanden im Gewühl der Pendler, Touristen und Geschäftsleute ausfindig zu machen stellte sogar für Profis eine schwer lösbare Aufgabe dar.

»Danke, Pfleiderer.« Spengler suchte in seinen Manteltaschen nach einem Kaugummi. Sein Vorrat neigte sich dem Ende zu.

Seinen Einstand beim BKA hatte er sich etwas ruhiger erhofft, und seine neue Vorgesetzte machte ihm unmissverständlich klar, dass der Fall schnell gelöst sein müsste, ehe die Medien Wind von der Sache bekämen.

Dass die Medien in Gestalt von Gospini ihren wahrscheinlich unangenehmsten Vertreter schon lange ins Spiel gebracht hatten, verschwieg er vorsichtshalber. *Eine Suspendierung fehlte gerade noch.*

Nach zwei Stunden brannten seine Augen, und er entdeckte nicht einmal ansatzweise einen Mann, der die Dimensionen besaß, wie sie ihm Ficker beschrieben hatte.

Aus Neugier loggte er sich vom Besucher-Terminal ins LKA-System ein und las flüchtig die ersten Untersuchungsergebnisse des eiskalten Mordes an der Modezarin Di'Oá.

Die Kollegen gingen von einem Auftragsmord für ein konkurrierendes Modelabel aus. Die Kon-Kriege, die an Heftigkeit weiter zunahmen, machten offenbar auch nicht vor der Welt des schönen Scheins Halt.

Di'Oá hatte nicht den Hauch einer Chance besessen. Zweiundzwanzig Projektile, zehn Explosiv-, zwölf Vollmantelgeschosse, selbst ohne den Kopftreffer wäre sie so mausetot gewesen, dass sogar eine gnädige Gottheit ihr zerfetztes Herz nicht mehr zum Schlagen gebracht hätte. Einige der Besucher, die hinter dem Platz der Erschossenen saßen, erlitten schwere Verletzungen. Die Metallkugeln waren durch den dünnen Körper, die Polsterung und den Stuhl gefahren und fanden weitere Ziele. Glücklicherweise gab es keine zusätzlichen Toten.

Hmm, das ist für einen Auftragskiller fast schon zu viel Geballere. Dem hätten zwei, maximal drei Treffer genügt. Spengler betrachtete sich die Tatortbilder genau. Wer so ein Blutbad an nur einer einzigen Person anrichtete, besaß gute Gründe, den Abzug derart oft zu betätigen. Rache ergab am ehesten Sinn.

Er zwang sich dazu abzuschalten und sich wieder um seinen Fall zu kümmern. Der nächste Chip zeigte ihm den Hauptausgang, und mitten in dem Meer aus Köpfen, Schultern und Oberkörpern ragte ein Mann besonders hervor. Er lief nach links, sein Gesicht war zur Hälfte zu erkennen und durch viel Schatten verborgen, doch Spengler wusste intuitiv, dass es sich dabei nur um ihren Gesuchten handeln konnte.

Ein Tastendruck, das Bild gefror ein. Mit dem Touchpad manövrierte er die Aufnahme des Kopfes in die beste Position, übertrug sie in eine Mail und sandte die Kopie sowohl an seine Dienstadresse als auch an Poolitzer, den er gleich darauf anrief. Synchron dazu loggte er sich wieder ein, dieses Mal in das BKA-Netz.

»Tag, Schnüffler. Schauen Sie mal in Ihre Mailbox, ich habe Ihnen ein Bild geschickt. Ist Ficker bei Ihnen?«

»Ja, Ranjit ist hier. Sie untersuchen gerade die Uhr«, verkündete der Reporter und erklärte rasch, was sie über die Wirkungsweise von Hypnose erfahren hatten.

»Was denn für eine Uhr?«, fragte Spengler irritiert.

»Die Taschenuhr, mit der er den Mann hypnotisierte. Cauldron meint, mit dem Stein hat es irgendetwas Magisches auf sich. Das könnte erklären, weshalb es zu dieser Scheiße kam.« Offenbar senkte er das Kom-Gerät, Spengler hörte ihn eine kurze, gedämpfte Unterhaltung führen. »Wir haben das Bild unserem Guru gezeigt. Er ist ganz aufgeregt, alter Mann. Sie haben sein Opfer erwischt«, bestätigte er ihm. »Und? Wer ist es?«

Gespannt betrachtete der Kriminaler den Monitor, auf dem die Schrift »Searching in progress. International Database not available. Please contact your systemmanager« erschien. Fluchend schaltete er das Terminal aus. »Keine Ahnung. Jedenfalls haben wir sein Gesicht nicht im BKA-Computer.«

»Oder die Aufnahme ist zu schlecht«, machte ihn Poolitzer aufmerksam. »Sagen Sie Ihren Experten mal, sie sollen die Aufnahme aufpolieren, die Störungen entfernen lassen und so ein Zeug.« Er lachte gehässig. »Wenn *die* es nicht schaffen, sagen Sie mir Bescheid, alter Mann. *Ich* kann so was.«

»Glaube ich Ihnen.« Es ärgerte Spengler, das Gesicht zu haben, ohne etwas damit anfangen zu können. »Ich lasse eine Fahndung rausgeben, vielleicht haben wir Glück. Haben Sie schon eine Spur bezüglich der Uhr? Wissen Sie, wenn Ihre Freundin damit nicht klarkommt, bringen Sie die Uhr mir. Ich habe Spezialisten, die so was können.«

»Klar, alter Mann, träumen Sie weiter. Ich rufe Sie wieder an. Denken Sie dran, wir haben einen Deal.«

»Suchen Sie brav, Gospini, dann bekommen Sie den großen Storyknochen und müssen sich nicht mit den anderen Medientölen darum streiten«, empfahl ihm Spengler säuerlich und legte auf. *Immerhin, wir haben ein Gesicht.*

Er informierte Pfleiderer und die Bildbearbeiter des BKA, damit sie die Aufnahme ansehnlicher machten. Jeder kleine Sternschutzmann würde das Konterfei bald erhalten. *Wir hätten die elektronische Gesichtsvermessung einführen sollen, dann wären wir das Problem schon los. Aber nein, Datenschutz geht ja vor Bürgerschutz.* Hoffentlich erwischte der Killer einen der Politiker, die das zuverlässige Erkennungssystem abgelehnt hatten.

Er stand auf, zupfte an dem T-Shirt herum, damit das gruselige Motiv besser zu Geltung kam und sein Bäuchlein nicht allzu sehr auffiel. Der lästernde Fahrstuhl des Edel Gym hatte ihm tatsächlich ein schlechtes Gewissen verpasst.

Spengler verließ den Aufenthaltsraum und trat an das Panoramafenster.

Er sah die Zeppeline der Wolkenstadt, die Bauten der Banken und Konzerne, die Menschen, die unterwegs waren und nicht ahnten, dass sich mitten unter ihnen mehr als sechs Killer in einer einzigen Person bewegten.

Obwohl das Bild des Unbekannten für ihn so etwas wie einen ersten kleinen Sieg darstellte, wollte das Gefühl nicht weichen, dass dieser kleine Sieg für einen der unzähligen Stuttgarter keine Bedeutung mehr haben würde.

ADL, Württemberg, Stuttgart-Mühlhausen, 01.05.2059, 23:09 Uhr

Cauldron umrundete die Uhr, die im Astralraum, in dem sie sich befand, deutliche Anzeichen von Magie absonderte. Genau genommen war es jedoch der Diamant, der aus seiner Verzauberung keinen Hehl machte.

Die Fassung bestand aus Orichalkum, das hatte sie durch ihre intensivere Inspizierung herausgefunden, und nicht nur irgendeinem, sondern hochreinem Orichalkum von bester Qualität, wie man es selten fand. Besser gesagt, es wurde selten dazu benutzt, als Fassung für einen Stein zu dienen. Das Rätsel klärte sich, als sie ihn genauer betrachtete.

Ein Stein. Dachte ich es mir doch. Sie begutachtete die Aura und das Pulsieren genauer. *Ein spezifischer Fokus, sehr mächtig und sehr wertvoll.*

Das Flimmern zuzuordnen fiel ihr bei ihrer Erfahrung und ihrem eigenen magischen Talent als Initiierte nicht schwer.

Der Fokus war dazu geschaffen worden, die Gedanken anderer leichter zu beherrschen und sie einfacher unter Kontrolle zu bekommen. Im Grunde war es das magische Äquivalent zur hypnotischen Suggestion, aber im Gegensatz dazu konnte man das Opfer eines solchen Zaubers allerdings sehr wohl zwingen, Dinge zu tun, die es nicht tun wollte, einen Mord und Selbstmord mit eingeschlossen, wenn der Magier gut genug war.

Im Normalfall wäre Cauldron zu diesem Zeitpunkt aus dem Astralraum zurückgekehrt, um Poolitzer zu sagen, wie es Ranjit geschafft hatte, den Unbekannten die Morde vollbringen zu lassen.

Aber Ranjit war definitiv kein Magier. Seine Aura schimmerte annähernd so dunkel wie die eines hochgradig vercyberten Straßensamurais, und eine eventuelle Aura-Maskerade hätte sie durchschaut. Ihr halbindischer Bekannter konnte mit der Besonderheit der Uhr nichts anfangen.

Sie suchte vergebens nach einem dünnen, magischen Band, das vom Fokus wegführte. Solche astrale Spuren existierten, wenn ein Zauber durch den Fokus gewirkt worden war oder ein Magier den Fokus auf magische Weise an sich gebunden hatte, um ihn benutzen zu können. Eine persönliche Bindung stellte eine nicht eben einfache Prozedur dar, die einiges an Einsatz verlangte. Folglich verlor man Fokusse nur ungern.

Kein Band, kein Zauberer und kein Zauber.

Der Fokus wartete friedlich darauf, von jemand in Besitz genommen zu werden. Damit sah sie es als erwiesen an, dass Magie nicht im Spiel war, jedenfalls keine, die von Ranjit stammte. Für ihn blieb es ein Andenken an seine Mutter, nicht mehr.

Cauldron strich über den Fokus, ihr kam ein Gedanke. *Jemand aus dem Zuschauerraum könnte den Mann unter Kontrolle gebracht haben.*

Sie verspürte plötzlich eine ungewöhnlich hohe emotionale Ausstrahlung. In Gedanken versunken, waren ihre Augen auf dem Schriftzug haften geblieben, der auf den Deckel der Uhr graviert stand.

Im Astralraum gelang es nicht, künstliche Dinge wahrzunehmen, hier zählten einzig die ursprünglichen Energien des Lebens. Daher war es nicht möglich, Schriftzüge zu lesen, sehr wohl spürte man jedoch die darin enthaltenen Gefühle. Behördenbriefe waren so gut wie tot, Liebesbriefe und Lyrik strotzten nur so von Emotionen.

So eine leidenschaftliche Woge traf Cauldron, als sie die geschwungenen Zeichen betrachtete. Immense, kompromisslose Liebe strahlte von ihnen aus und überschritt ein gesundes Maß von dem, was eine Mutter ihrem Sohn an Zuneigung entgegenbringen durfte. Entweder knisterte es zwischen ihr und Ranjit gewaltig, oder die Gravur stammte von einer zweiten geliebten Person.

Verwirrt kehrte sie zurück, verließ die Astralebene und fuhr in ihren Leib zurück. Sekunden darauf schlug sie die Augen auf und orientierte sich in der stofflichen Welt.

Sie lag noch immer auf dem Boden des Hotelzimmers im Zentrum des hermetischen Kreises, den sie mit Kreide gezogen hatte, um beste Voraussetzungen für ihre Untersuchungen zu schaffen. Die Schwerkraft, die im Astralraum keinerlei Bedeutung besaß, traf sie mit aller Macht, sie glaubte, in den Fußboden gezogen zu werden. Nach kurzer Zeit hatte sich das unangenehme Gefühl gelegt.

»Und?«, wollte Poolitzer sofort wissen, der auf dem Bett saß und die letzten Reste aus einer Kekspackung suchte. »Du warst über zwei Stunden weg. Muss ja mächtig interessant gewesen sein.«

Cauldron richtete sich auf und setzte sich in den Schneidersitz, mit der Rechten fuhr sie sich über die Augen. Ein Traum von ihr war es, diese Leichtigkeit, die sie im Astralraum spürte, auf die reale Ebene mitnehmen zu können, doch die Gesetzmäßigkeiten von Magie und Physik verhinderten es.

»Ich wollte nur sichergehen«, antwortete sie schleppend, Müdigkeit breitete sich in ihr aus. Sie nahm die Uhr in die Hand. So konzentriert wie es ging, schaute sie auf die Gravur, ohne sie verstehen zu können. »Ranjit, was steht da?« Ihr langer Fingernagel pochte hörbar gegen das Metall. »Ich kann mich täuschen, aber es sieht aus wie Sperethiel.«

Er blickte ertappt, stellte die Kanne mit frisch gebrühtem Tee ab. »Das … weiß ich nicht.«

»Wie, Sie wissen es nicht?«, entfuhr es Poolitzer überrascht. »Ich dachte, es ist ein Andenken von Ihrer Mutter?«

»Muss ich deshalb wissen, was die Schriftzüge bedeuten?«, konterte er und verteilte Teetassen.

»Und die Gravur war schon drauf, als Sie die Uhr geschenkt bekamen?«, setzte sie nach.

Nun runzelte sich seine Stirn, seine Miene verschloss sich. »Was hat das mit der Hypnose zu tun? Haben Sie etwas entdeckt oder nicht?«, wich er aus, hob die Tasse an die Lippen und blies über die heiße Flüssigkeit.

Sein Verhalten fanden sowohl Poolitzer als auch die Magierin auffällig, aber beide sagten nichts und beließen es bei einem kurzen Blickwechsel.

»Nein, ich habe nichts feststellen können«, berichtete sie. »Der Diamant ist ein Zauberfokus, ein sehr mächtiger. Und er ist wirklich dazu gedacht, die Gedanken von Wesen zu beherrschen. Ein Magier kann die in ihm gespeicherte Energie dazu nutzen, seine Opfer noch stärker zu manipulieren.«

Ranjit stellte die Tasse ab und warf die Arme in die Höhe, eine Geste der Verzweiflung. »Aber ich bin doch *kein* Magier!«

»Eben«, nickte Cauldron. »Der Fokus weist keine Spuren einer Bindung an Sie oder einer Benutzung auf. Damit sind Sie für mich endgültig raus aus dem Kreis der Verdächtigen.« Sie löschte die Kerzen, darauf achtend, keinen Rauch zu produzieren, der die Brandmeldeanlage des Zimmers auslösen konnte. »Was aber nicht heißt, dass ein Perverser aus dem Zuschauerraum das Durcheinander nutzte, als er mitbekam, was von Boesche machte. Ein anderer Magier könnte unseren Unbekannten nachträglich mit einem Manipulationszauber belegt haben.«

»In dem Fall würde er ihm genaue Anweisungen geben, wie er die Morde auszuführen hätte«, fügte der Reporter an, der die Kamera zwischen ihr und Ranjit hin- und herschwenkte. »Hey, prima, Grufti. Das ist eine neue Alternative.«

Sie zeigte ihm ihre weißen Zähne. »Auf die *du* nicht gekommen bist, Snoop.« Sie stand auf und setzte sich auf den Stuhl, um sich etwas von dem Wasser einzugießen, das sie aus der Mini-Bar genommen hatten. Erst danach langte sie nach dem Tee.

»Kunststück. Du kannst ja im Astralraum herumwandern und die besten Spuren finden.« Er senkte die Linse. »Das wäre es: Aufnahmen aus dem Auraland! Dann hätte ich Bilder, die keiner meiner Konkurrenten liefern kann.« Er dachte an die letzten Fälle zurück, wie beispielsweise das Buch Aeternitas. Damals war es um viel Magie gegangen, die leider unsichtbar für das weltliche Auge blieb. »So einen richtigen Astralkampf, keine von den computergenerierten Trid-Konstruktionen, Mann, das wär's. Weißt du noch, in Andorra? Du gegen den Elementar, der die anderen Magier und Zozoria platt gemacht hat?«

Sie schüttelte sich. »Sicher. Du auf der Astralebene, die Kamera im Anschlag. So muss die Hölle sein.« Ihre Hand mit dem Glas verharrte. »Hast du eigentlich jemals wieder was von der Sache gehört?«

»Antique Enterprises, die Firma Zozorias, gibt es immer noch. Und nun rate, wer sie leitet.«

»Ich will nicht raten. Sag es einfach.«

»Rose Abongi, habe ich gehört. Sie hat ihre Zentrale in Sankt Petersburg, wie man sich im Schattenland erzählt, und hat das Imperium an sich gerissen. Sie muss eine mächtige Magierin geworden sein. Es gibt da ein paar Gerüchte ...« Er wackelte mit der Hand.

»Abongi?« Es dauerte eine Weile, bis zu dem Namen das passende Gesicht auftauchte. Rose Abongi war die persönliche Begleitung von Zozoria gewesen, Chauffeuse, Geliebte, Vertraute, alles in einer Person. »Ach ja, die Gestaltenwandlerin! Diese schwarze Löwin.« Sie wirkte nicht zufrieden. »Wir hätten sie umbringen sollen. Sie wird nur Ärger machen.«

Cauldron fragte sich, wie sie es geschafft hatte, ohne Ausrüstung aus den andorranischen Bergen bis nach Sankt Petersburg zu kommen. *Seltsam. Damals war sie alles andere als magisch stark.* Sie trank ihr Glas in einem Zug leer. »Kümmern wir uns lieber um Ranjit.« Sie lächelte ihm aufmunternd zu. »Wie fühlen Sie sich?«

Er bückte sich und nahm die Uhr vom Boden auf, polierte sie mit einem Ärmelaufschlag und steckte sie in seine Weste. »Nicht besser«, räumte er ein. »Ich fühle mich nach wie vor schuldig. Wenn es doch meine Hypnose …«

»Nein! Wenn überhaupt, war es dieser bescheuerte von Boesche«, unterbrach ihn Poolitzer hart, aber freundlich. »Entspannen Sie sich, Ranjit. Wir brauchen Sie, wenn Spengler den Typen schnappt und Sie den Bann wieder von ihm nehmen müssen.«

»Es ist kein Bann. Es sind Suggestionen, die im Unterbewusstsein verankert wurden«, hielt er matt dagegen.

»Wie auch immer.« Poolitzer nickte in Richtung Bett. »Legen Sie sich hin, das mache ich nämlich auch. Es ist schon spät.«

»Gute Idee«, stimmte Cauldron zu, nahm einen Schluck Tee und ging zur Tür. »Mal schauen, ob mein Geliebter zurückgekehrt ist und wenn ja, in welchem Zustand er sich befindet.« Sie winkte und verschwand auf den Flur.

Der Reporter brachte den Hypnotiseur zur Tür und klopfte ihm auf die Schulter. »Kopf hoch, Guru. Spengler sieht zwar nicht aus, als verstünde er was von Ermittlungen, aber der Eindruck täuscht.« Er zwinkerte. »Und notfalls gibt es immer noch mich. Gute Nacht.«

»Gute Nacht«, wünschte auch Ranjit, sich zu einem Lächeln zwingend, das schief auf seinem Gesicht hing und nach unten zu gleiten drohte.

Als er in seinem Hotel ankam, die Tür ins Schloss gefallen und er alleine war, warf er sich aufs Bett, verschränkte die Arme hinter dem Kopf und blickte so lange an die dreckige Decke, bis ihn der Schlaf packte.

Seine Lider flatterten und senkten sich, und sein Geist betrat das Traumland, in dem es nichts gab, vor dem er sich fürchten musste.

IV.

ADL, Württemberg, Stuttgart-Wangen, 02.05.2059, 05:42 Uhr

»Meine Damen, meine Herren, buon giorno zum heutigen Event zu ungewöhnlicher Stunde, hier in dieser schönen, heruntergekommenen Tiefgarage des Wangener Suburb-Parkhauses«, hallte die Stimme der Frau im Businessanzug durch den riesigen, kahlen Raum. »Willkommen auch im Namen meiner Familie. Sie werden sehen, wir Canorettis sorgen dafür, dass Sie Ihren Spaß haben und mit frischem Schwung in Ihr Berufsleben starten können.«

Sie reichte das Megaphon an einen ihrer Leibwächter weiter und sprang von der Kiste, die als improvisierte Bühne gedient hatte. »Sind die Kaviarhäppchen fertig?«, wollte sie von ihm wissen und strich sich nervös eine blonde Haarsträhne aus den Augen.

Zum ersten Mal leitete sie, Gianna Canoretti, mit ihren gerade mal 21 Jahren eine Pit-Fight-Veranstaltung, und an diesem Morgen waren etwa fünfzig hochrangige Gäste aus Stuttgarter Wirtschaftsetagen und Parteibüros anwesend, die sich nur anfänglich von ihrem Charme blenden lassen würden. Wäre der Kaviar zu warm, die Qualität der Kämpfe schlecht, flösse zu wenig Blut oder dauerte die Schlägerei im Pit nicht lange genug, würden sie sich beschweren, und zwar hinter ihrem Rücken. Bei ihrem Papa.

»Si, Signora Canoretti.«

»Sind die Wetten gemacht und die Ebbies eingesammelt?«

»Certo, Signora Canoretti.«

»Allora, dann raus damit und schick die Champagner-Boys gleich hinterher.« Sie lächelte dem stellvertretenden Aufsichtsratsvorsitzenden der Porsche-Werke zu, er neigte leicht den Kopf. Noch bewegte sich alles im grünen Bereich. Sie nahm sich ein Glas vom Tablett des vorbeilaufenden Kellners.

Ein Bautrupp hatte in der Nacht auf ihr Geheiß einen Durchbruch in die Ebene darunter geschaffen, die Öffnung war groß genug, dass alle Gäste sich drum herum positionieren und sehen konnten, was sechs Meter unter ihnen geschah. Der gleiche Bautrupp hatte aus stabilen Stahlgittermatten eine kreisrunde Arenawand zusammengeschweißt, die bis zum Loch hinaufreichte und den Raum vorgab, auf dem sich die heiß ersehnten Kämpfer bewegen durften.

»Salute!«, rief sie und leerte den Champagnerkelch, anschließend warf sie das Glas in das Loch in der Mitte des Raums, klirrend zerbarst es auf dem Betonboden. Die Umstehenden leerten ebenfalls die Gläser und warfen sie nach dem Vorbild Giannas in das Pit, die Scherben verteilten sich und schufen einen zusätzlichen Anreiz für die Kämpfer, nicht zu Boden zu gehen.

Zwei Gestalten betraten die Tiefgarage, eine von rechts, die andere von links. Die feine Gesellschaft wich etwas vor ihnen zurück.

Beide waren Trolle, wuchtige Exemplare mit verwachsenen Hörnern, haldehohen Muskeln und hässlichen Warzen, wie man sie sich im Allgemeinen in der Upper Class vorstellte, eigens von Papa Canoretti ausgesucht. Sie trugen nichts außer kurzen Hosen und hoch geschnürten Stiefeln, die prankengleichen Hände steckten in nietenbesetzten Handschuhen. Mehr Schutz erlaubte ihnen das Reglement in diesem Pit-Fight nicht.

Die Gäste tuschelten und raunten. Der Favorit war der Meta mit den schwarzen langen Haaren und dem weiß bemalten Gesicht, Kolossus, dessen Kampfrekord bei 23 stand. Ungeschlagener Meister im reinen Handkampf, mit Messer und Keule. Sein Herausforderer David stellte sich seinem ersten Fight, wirkte ebenso massig, allerdings fetter. Sie starrten sich über das trennende Loch zwischen ihnen hinweg an, schnaubten, die Muskeln zuckten drohend, Show, die einschüchternd wirken sollte.

Die Zeit wurde genutzt, um Wetten zu verändern und neue abzuschließen.

Gianna freute sich, als sie die Summen grob überschlug. Abzüglich der Ausgaben, der Siegprämie und der auszuzahlenden Wettgewinne blieben ihrer Familie mindestens 50 000 Ecu.

Sie nahm die beiden Keulen, die ihr gereicht wurden, und schleuderte sie nacheinander ins Pit hinunter.

Augenblicklich sprang David, um sich die erste Waffe zu sichern, während Kolossus seine Hand ausstreckte und die zweite Keule im Flug auffing. Ein widerliches Grinsen spielte um seine Lippen, er brüllte auf und folgte seinem Gegner.

Die Gäste begannen mit noch verhaltenen Anfeuerungsrufen.

Gianna fischte sich das nächste Glas vom Tablett eines Champagner-Boys und nippte daran. Die Zurückhaltung würde sich nach dem zweiten Kampf legen, das wusste sie, und aus den hohen Tieren, die sich von den Medien gerne bei Opernbesuchen und Wohltätigkeitsveranstaltungen ablichten ließen, würden primitive Existenzen werden, die sich am Leid und am Tod anderer erfreuten.

Ich werde den Wecker wegschmeißen. Marleen hastete durch das verlassene dritte Geschoss des leer stehenden Suburb-Parkhauses und suchte nach einem geschützten Ort, von dem aus sie in den Astralraum wechseln konnte. *Verdammt, hier ist fast alles offen.*

Ihr blieb nicht mehr die Zeit, sich um einen effizienten Schutz ihres Körpers zu kümmern. Sie hatte verschlafen und musste ihren Auftrag sofort erledigen, oder jemand würde sehr, sehr sauer auf sie sein, falls er immens viel Geld bei einer Pit-Fight-Wette verlor. Das wiederum bedeutete, dass ihre körperliche Gesundheit und ihr Konto unter der Verstimmung leiden würden.

Das sieht doch ganz gut aus. Die Magierin stürmte ins verwaiste Kassenhäuschen, in dem früher ein Aufseher gesessen hatte, rollte eine Isomatte aus und legte sich rasch drauf. *Es wird schon keiner kommen.* Ein letzter Blick, ihre Digitaluhr zeigte »05:56«, in zwei Minuten begann ihr Run.

Sie schloss die Augen und wechselte hinüber in die Astralebene.

… Es ist wohl die falsche Gegend, ich finde einfach keine Penner, denen ich helfen könnte. Scheint, als ob sie jemand von hier vertrieben hätte. Zwei Minuten vor sechs, keiner zu sehen.

Was haben wir denn da?

Ein junges Ding, ihre Straßentarnkleidung sieht sehr zweckmäßig aus, als wollte sie in der Umgebung nicht weiter auffallen. Ein Straßenkind ist sie jedenfalls nicht, doch was will sie dann hier?

Ist die Kleine tot? Ich bücke mich und taste nach ihrer Schlagader. Nein, ihr Puls ist noch da, aber er sinkt weiter und wird immer ruhiger. Sie hat sich jedenfalls einen ungewöhnlichen Platz zum Schlafen ausgesucht. Es wird sicherlich einen Grund haben, weshalb sie sich nicht rührt.

Ich weiß es: Sie schläft nicht, sie ist krank und stirbt! Sie fällt ins Koma!

Ich schaue mich um, kann aber ansonsten niemand entdecken, es stört mich auch keiner. Sie scheint alleine zu sein, die Ärmste.

Ja, meine Kleine, du bist krank und du stirbst, dein Puls wird schwach und schwächer. Was du wohl hast? Drogen? Entkräftung? Eine von diesen modernen Krankheiten?

Jedenfalls ist es einer Kreatur nicht würdig, dass ihr Leiden verlängert wird. Das ist seit Jahren meine Einstellung, deshalb helfe ich den Schwachen, in die bessere Welt zu gelangen, jenseits von Schmerz und verlorener Achtung. Ich will nicht, dass man dich findet und du von Ärzten im künstlichen Schlaf gehalten wirst, nur weil einer denkt, dich eines Tages vielleicht retten zu können.

Keine Bange, meine Kleine, es geht ganz schnell, und du spürst nichts, ich bin Spezialistin. Ein kleiner Pieks meiner Nadel, so, das war es schon, Pavulon macht den Rest.

Grüße das Licht, wenn du es siehst, meine Kleine, und die vielen anderen, die ich schon dorthin geschickt habe.

Sei froh, dass wir uns begegnet sind, das Schicksal hat es gut mit dir gemeint …

Marleen hatte sich gerade orientiert und betrachtete die Menschen, die den beiden Trollen bei ihrem scheußlichen Kampf zusahen und grölten, als sie das Schreckliche spürte.

Ihr Körper *starb*!

Und zwar viel zu schnell, um eine natürliche Ursache haben zu können. Sie war erst achtzehn, trieb regelmäßig Sport und lebte durchschnittlich gesund, schluckte Pillen und Vitamine, sodass sie eigentlich keine Sorgen zu haben brauchte.

Sie rang nach Luft. Etwas Tonnenschweres hockte auf ihrer Brust und presste alle Luft aus ihrer Lunge. *Jemand ist bei mir.* Sie wandte sich um, der Kampf und ihr Job konnten ihr gestohlen bleiben, sie musste unverzüglich zu ihrem Körper zurück, um sich vor dem Tod zu retten.

Doch vor ihr tauchte unvermittelt ein Windelementar auf, der sich ihr in Gestalt einer schimmernden, flirrenden Windhose in den Weg stellte. »Du wolltest bescheißen, was?«, grüßte er unfreundlich. »Für wen arbeitest du? Für die Canorettis?«

»Lass mich in Ruhe.« Die Qualen wurden unerträglich, ihr Leib bäumte sich gegen das Ende auf, ohne es verhindern zu können, aus eigener Kraft würde er scheitern. Sie wollte an dem Wesen vorbei, aber es ließ es nicht zu.

»Ich möchte eine Antwort, Magierin!«

»Ich bin zufällig vorbeigekommen«, log sie und versuchte, den Elementar zu umgehen. »Nun will ich weg.« Die unsichtbare Verbindung, die es zwischen ihr und ihrer sterblichen Hülle gab, straffte sich schmerzhaft, sie keuchte laut auf. »Lass mich«, bat sie.

»Nein«, entschied er. »Ich werde meinen Meister fragen, was mit dir geschieht.«

Ein winziger Augenblick der Unaufmerksamkeit genügte Marleen, und sie flog an dem Elementar vorüber, hetzte durch die Betonwände hinauf zum Kassenhäuschen … und fand es nicht mehr! Jedes Stockwerk sah gleich aus, nichts gab ihr einen Orientierungshinweis.

Ich habe mich verirrt!, fluchte sie. Eile und Angst raubten ihr den Überblick. *Nicht jetzt.*

Sie flog aus dem Parkhaus, zählte die Stockwerke von außen ab und suchte sich die passende Etage aus. Sie bemerkte nur nebenbei, dass plötzlich sehr viele Menschen in dem vorhin verlassenen Gebäude unterwegs waren, mindestens fünfzig.

Dafür hatte sie keine Zeit.

Marleen schrie, die Schmerzen wuchsen ins Unendliche, jemand quetschte ihre Brust millimeterflach, sie fühlte enorme Hitze, das unsichtbare Band zwischen Geist und Körper wurde gedehnt und gedehnt, es wurde dünner und verformte sich wie ein Stück lang gezogenes Kaugummi.

Sie flog auf das Häuschen zu und wollte gerade in ihren äußerlich unbeschadeten Leib zurückkehren, da riss das Band.

Es gab keinen lauten Knall, kein Erdbeben, keine Detonation, es löste sich einfach, das Herz hatte ausgesetzt und sprang nicht mehr an. Das körperliche Leben der Marleen Lintz endete, während ihre Astralgestalt über der Leiche schwebte und es nicht fassen konnte.

Nein!

Mit Macht versuchte sie, in ihren Körper zu fahren, schoss durch ihn hindurch wie bei allem, was unbelebt war. Aus ihrer Heimat wurde ein durchdringbares Hindernis von der Qualität eines Stuhls oder einer Wand. Der Wahnsinn griff nach ihrem jungen Verstand.

Nein, ich gebe nicht auf!

Marleen probierte es wieder, fuhr von oben hindurch und probierte es wieder, fuhr von unten hindurch und probierte es wieder …

Gianna betrachtete den grausamen Kampf im Pit, der sich seinem Ende zuneigte.

Der schweißnasse Kolossus hatte die Hände um Davids blutenden und von Schrammen übersäten Kopf gespannt, die Muskeln auf seiner Brust, den Schultern und Armen schwollen an. Sein Gegner hing benommen im unbarmherzigen Griff, die lahmen, kraftlosen Schläge gegen den gestählten Bauch brachten nichts, das Ende schien unausweichlich.

Fasziniert von der ungebändigten, tierischen Kraft, die in Kolossus steckte, musste sie hinsehen, trotz der Gefahr, gleich etwas sehr Unappetitliches zu Gesicht zu bekommen.

Ihre Gäste hatten alle Vornehmheit abgelegt. Sie schrien und johlten, sie wollten das Knacken des Schädelknochens hören und das Hirn von David sehen. Geldscheine regneten in das Pit und blieben an manchen Körperstellen des kommenden Siegers haften, in Sekunden tränkten sie sich mit Schweiß und Blut. Ecu-Chips wurden hinuntergeworfen und prallten plastikhaft klimpernd auf den Beton.

»Signora, scusi«, drang die Stimme von einem ihrer Leute an ihr Ohr, sein Atem roch nach Knoblauch, weil er von den mit Honig und Knoblauch gegrillten Scampi gekostet hatte.

»Allora?« Sie schaute ihn nicht an, weil sie das Beste zu ihren Füßen nicht verpassen wollte.

»Unser Magier hatte einen Eindringling im Astralraum bemerkt, der sich aber sofort zurückzog.« Er räusperte sich. »Und unsere beiden Torwachen ... sie melden sich nicht mehr.«

»Porca miseria!« Gianna fluchte leise und wandte sich doch um. »Habt ihr ...«

In dem Moment schaute der Mann kurz abwesend, eine Nachricht in seinem eingebauten Kom empfangend. »Ein Funkspruch. Carabinieri! Eine Razzia, Signora Canoretti«, verkündete er laut.

Sie winkte den Typen mit dem Megaphon herbei und hörte das Krachen des Schädels zusammen mit dem begeisterten Aufschrei ihrer Gäste, dann brandete Applaus für den siegreichen Kolossus auf, der laut durch die Etage und durch sämtliche Gänge des Parkhauses rollte. Einfacher konnte man es dem Sternschutz nicht mehr machen, den Ort zu finden.

Aber sie hatte vorgesorgt.

Sie hob das Megaphon. »Meine Damen und Herren, ich muss Sie bitten, sich unverzüglich zu den markierten Türen zu begeben. Wir bekommen unerwarteten und keinesfalls eingeladenen Besuch«, übertönte sie den Lärm, der sich abrupt legte. Grellgelbe Lampen flammten über zwei Durchgängen auf. »Es ist alles vorbereitet, Fluchttunnel bringen Sie an einen Ort, wo man Sie mit Bussen in Sicherheit bringen wird.« Sie schaute zum stellvertretenden Aufsichtsratsvorsitzenden der Porsche-Werke, der alles andere als amüsiert aussah, und ihre Zuversicht, sich mit dem Abend einen guten Namen gemacht zu haben, sank. *Er wird sich garantiert bei Papa beschweren.* »Bitte entschuldigen Sie die Unannehmlichkeiten, wir lassen Ihnen neue Einladungen rechzeitig zukommen.«

Ihre Leute begannen damit, die päckchengroßen Brandbomben an vorher exakt ermittelten Punkten im Raum zu legen und die Funkzünder scharf zu machen. Nach der Feuerhölle, die eingeschlossen von Betonwänden mehrere Tausend Grad erreichen würde, blieb kein Beweis zurück, den eine DNS-Analyse oder ein Magier zur Identifizierung oder Strafermittlung nutzen könnte.

Gianna ging als Letzte zum linken der markierten Fluchtwege, hob ihr Kom und nahm die präparierte Bombe in die Hand.

Eine breite blutverschmierte Klaue schob sich über den Rand des Pits und suchte an der rauen Kante nach Halt, eine zweite erschien, packte zu, dann hievte sich der titanische Oberkörper von Kolossus aus der Arena. Seine Augen starrten sie an.

Unwillkürlich wich sie vor dem Troll zurück, dessen weißes Make-up voller roter und rosa Schlieren war. Sie spürte Furcht vor ihrem Kämpfer, der sich dämonengleich aus der Unterwelt befreite, um seine Herrin zu fragen, warum sie ihn nicht mitnahm.

Schade. Er war gut. Schwungvoll warf sie ihre Bombe, sie rutschte und rollte über den Betonboden, bis sie vor ihm zum Liegen kam. *Aber er weiß zu viel, und ich habe keinen Platz mehr.* Ihr Arm mit dem Kom am Handgelenk ruckte vor ihre Lippen. »Wähle: Ignation«, sprach sie deutlich. Die Verbindung wurde hergestellt, die Kontrolllampen an den Bomben wechselten von Grün auf Rot.

Brüllend sprang Kolossus vorwärts und verschwand noch im Flug in dem Flammeninferno. Es umhüllte hin, die Bomben überschütteten ihn von allen Seiten mit Brandgel und machten einen tobenden Feuerdämon aus ihm, bis das Feuer so dicht wurde, dass sie ihn nicht mehr sah.

Vor der Hitze zurückweichend, wandte sie sich um und rannte den Gang entlang.

ADL, Württemberg, Stuttgart-Wangen, 02.05.2059, 06:21 Uhr

»Hier liegt sie.« Der Sternschutzmann führte einen äußerst verschlafen wirkenden Vigo Spengler durch das dritte Geschoss des verlassenen Parkhauses. »Da, in dem Kassenhäuschen.«

Der aufgestellte Scheinwerfer leuchtete den Innenraum mit bläulich-weißem Licht aus, ein Mann und eine Frau von der Spurensicherung packten ihre Ausrüstung ein.

Die ihm gemeldete Tote lag wie schlafend auf einer Isomatte, friedlich und entspannt, als würde sie nur ein Nickerchen machen. Ihre schwarzen halblangen Haare umrahmten das Gesicht.

Spengler bückte sich, um nach ihrem linken Arm zu sehen. Der Ärmel des brandneuen Anoraks war nach oben geschoben worden, ein Pflaster klebte in der Armbeuge, ein dünnes Blutrinnsal war zu einer trockenen, roten Linie auf der Haut geworden.

»Wir haben nachgeschaut, ob wir einen Hinweis auf die Substanz finden«, erklärte der Mann vom Forensik-Team. »Nichts, was auf eine Droge hindeutet, die Schnelltests von ihrem Speichel und dem Blut ergaben nichts Gängiges. Da wir keine Spritze fanden, kam es uns ein bisschen seltsam vor, daher haben wir Sie informieren lassen.«

»Die Blutproben?«

»Sind auf dem Weg ins Labor zum Pavulon-Schnelltest.«

»Danke.« Er nahm die ID der Toten zur Hand. »Marleen Lintz, achtzehn Jahre alt.« Er betrachtete ihren Studierendenausweis der Tübinger Uni, eingeschrieben war sie im ersten Semester im arkanen Zweig. Er fand einen Taschensekretär, auf dem er neben der Anschrift im Wohnheim auch ihren Stundenplan entdeckte. *Einführung in Artefaktische Verfahrenstechnik, Übungen zur Mikromanipulatorik, Vorlesungen zu den Gefahren der Ritualistik, Dämonen des Altertums – Freie Geister und Freie Geister als Hort des Wissens.*

Für ihn deutete nichts darauf hin, dass sie versucht hatte, einen magischen Versuch zu starten, der darin endete, dass der Zauber ihr eine Injektion verpasste. Damit kam ihr Mörder oder besser gesagt ihre »Mörderin« in Frage. Der Pavulon-Test ihres Bluts im Labor würde ihnen Gewissheit bringen.

Er betrachtete ihr nettes Gesicht. *Armes Ding. Viel zu jung.*

In dem Moment war er äußerst glücklich, keine Kinder zu haben. Wäre er der Vater einer ermordeten Tochter oder eines ermordeten Sohns, er würde ausrasten und in seiner Wut sicherlich alles Mögliche anrichten.

Aus dem Hintergrund hörte er die leisen Funksprüche. Das LKA ließ die Umgebung weiträumig absperren, doch von den Verdächtigen, die am Pit-Fight teilgenommen hatten, fand sich nichts. Die Brandbomben im Keller zeugten davon, dass die Veranstalter der illegalen Kämpfe auf vieles vorbereitet waren. Die Flammen tobten noch immer in der Betonhalle und machten es unmöglich, in den eigentlichen Raum vorzudringen. Die Feuerwehr benötigte viel zu lange zum Anrücken.

»Herr Kriminalhauptkommissar, wir haben da unten ein Reporterteam, das behauptet, Sie hätten Ihnen erlaubt, den Tatort zu betreten«, sagte der Sternschutzmann leise.

»Wenn Gospini dabei ist, lassen Sie sie hoch, wenn nicht, jagen Sie die Meute zum Teufel.«

Die Spurensicherung rückte ab und ging nach unten, um ihre Arbeit im Parkhaus fortzusetzen. Poolitzer, Cauldron und Ultra erschienen.

»Und? War es Gray?«, fragte der Reporter sofort, die Fuchi im Anschlag. »Und wer ist sie?«

»Guten Morgen«, erwiderte Spengler, ohne aufzublicken.

»*Gut*? Und mir wirft man immer vor, ich sei sarkastisch«, kommentierte die Magierin.

»Dann eben Scheißmorgen.« Er fasste kurz zusammen, was er für wahrscheinlich hielt. »Die Kleine wird irgendwie mit dem Pit-Fight zusammenhängen. Vielleicht hatte sie die Aufgabe, den Kampf astral zu überwachen, damit keiner betrügt.«

Poolitzer zog die Nase hoch und wischte mit dem Ärmel unter ihr entlang. »Also eine Runnerin?«

»Eher ein Studi, der sich was nebenher verdienen wollte«, meinte Cauldron und bückte sich. »Sie ist noch sehr jung.« Spengler reichte ihr den Stundenplan. »Ich halte es für glaubhaft, was Sie sagten, Herr Kommissar«, stimmte sie zu. »Ich kenne einige aus meinem Bekanntenkreis, die einfache Überwachungsaufträge annehmen.«

Er nickte, erhob sich und lehnte sich an die Wand des Häuschens. »Einfach, ja. Ungefährlich war es wohl eher nicht.«

Sie zuckte mit den Achseln. »Keine Kampfspuren, die Umgebung sieht nicht so aus, als habe sie Zauber zu ihrer Verteidigung eingesetzt. Blutspuren?« Er schüttelte den Kopf. »Tja, dann muss sie entweder eine Anfängerin oder sehr in Eile gewesen sein. Ich tippe, dass sie sich im Astralraum befand, als sie die Injektion erhielt. Wie ich sagte: Anfängerin oder Zeitdruck. Kein professioneller Magier würde seinen Körper in so einer Gegend schutzlos zurücklassen. Das Mindeste ist ein Watcher, noch besser ist ein Geist oder ein Elementar.« Im gleichen Moment kam ihr die Eingebung. »Ich werde rasch nachsehen, ob ich auf der Astralebene einen Hinweis finde.«

Sie konzentrierte sich, die Umgebung um sie herum verschwamm für einen winzigen Augenblick, dann war sie mit ihren Sinnen in die Astralwelt eingetaucht und schaute sich um.

Es war, als schalte man ein zusätzliches Sichtgerät ein, die Welt blieb vorhanden, aber die Darstellung änderte sich. Alle stofflichen Dinge existierten auf dieser magischen Seite als Echo, sie erkannte die Auren von Spengler, Poolitzer und Ultra, wobei die des Kommissars noch am besten aussah. Seine Essenz, die Solidität seines Geistes und Nervengewebes hatte am wenigsten von den dreien gelitten. Ultras und Poolitzers cybertechnische Vergangenheit hinterließ Spuren, ihr Zustand würde sich nie mehr ändern lassen.

Die Tote erschien in der Astralebene so grau wie alle anderen unbelebten Gegenstände. Der Leib war ohne jegliche Lebensenergie, allmählich verrottendes Fleisch, das zu nichts mehr nütze war.

Kein Watcher oder eine andere Form von Schutz. Cauldron schaute sich um. *Das war grob fahrlässig von dir, Mädchen.*

Sie wollte eben mit ihren Sinnen in die rein materielle Welt zurückkehren, als sie auf das Leuchten aufmerksam wurde, das sich rasend schnell von oben näherte. Sie hörte ein schrilles Kreischen, das lauter und lauter wurde. Instinktiv bereitete sie einen Spruch zur Abwehr eines Angriffs vor und wartete ab, was geschah.

Sie sah eine schimmernde astrale Gestalt raubvogelgleich durch die Decke des Parkhauses schießen. Die Gestalt flog direkt durch die Leiche hindurch, aus dem Kreischen wurde ein Schrei voller Enttäuschung, Wut, Kummer, dann war sie wieder weg.

Niemals zuvor hatte Cauldron einen derartigen Laut gehört, sie schauderte. Die Gestalt hatte sich so schnell bewegt, dass ihr keine Gelegenheit geblieben war, sie näher zu betrachten.

Die astrale Gestalt kehrte zurück, sie streckte den Kopf vorsichtig durch den Boden des Parkhauses, sodass die Magierin vorerst den oberen Teil bis zur Nasenspitze sah, ein kindlicher Versuch, so etwas wie eine schützende Barriere zwischen Cauldron und sich zu bringen. Dabei war die Seattlerin jederzeit in der Lage, ihre Blicke durch alles Leblose dringen zu lassen.

Es war das idealisierte Abbild einer Frau, harmlos und astral wenig beeindruckend. Im gleichen Moment erkannte sie, wen sie vor sich hatte. *Marleen Lintz!*

»Wer bist du?«, sagte sie furchtsam. »Du siehst mächtig aus.« Sie schwebte aus dem Boden heraus und kam auf sie zu. Cauldron sah sie nun vollständig. Das astrale Abbild des Mädchens trug eine einfache Robe, auf der Runen funkelten und ständig in Bewegung waren, doch das Bild hatte nicht mehr die Intensität wie bei lebendigen Magiern oder Schamanen im Astralraum.

»Bitte«, bettelnd reckten sich ihre Hände entgegen, ihre großen blauen Augen waren Meere aus Verzweiflung, »hilf mir! Ich vergehe!« Sie stand unmittelbar vor ihr, die Finger schlossen sich um ihre. »Ich flehe dich an, wer immer du bist, lass mich nicht alleine!«

In früheren Zeiten hätte man zu ihr vermutlich »Geist« oder »Gespenst« gesagt und in ihr die ruhelose Seele eines gewaltsam zu Tode gekommenen Menschen gesehen.

Inzwischen gelangte die arkane Forschung weiter.

Die astrale Gestalt eines Magischen überdauerte nach dem Tod, allerdings nicht unendlich. Sie hatte ein paar Stunden, in der sie sich Stück für Stück auflöste, schwächer wurde, bis sie zu nichts vergangen und ausgelöscht war. Marleen kannte ihr Schicksal und rang damit.

Es wird dir nichts bringen, Kleines. Es ist unaufhaltsam.

»Ich kann dir nicht helfen«, sagte Cauldron teils bedauernd, teils abweisend. Es war das erste Mal, dass sie ein solches Phänomen selbst erlebte, bislang hatte sie nur in ihren Büchern davon gehört und gelesen.

»Du«, raunte Marleen, ihre Augen rollten in den Höhlen, »musst mir helfen. Ich habe den Tod nicht verdient! Mein Professor sagte, ich sei talentiert ...« Abrupt verstummte sie, starrte auf Cauldrons Brust und kicherte überdreht. »Tot. Mein Leib, tot, kalt. Ich will zurück!« Sie schwieg wieder und verfolgte stumm, wie ihre Leiche in einen schwarzen Sack gehoben wurde. Plastik raschelte, der Reißverschluss surrte. Sie schaute die Magierin wieder an, die Finger drückten zu. »Verstehst du, ich muss zurück! Meine Eltern brauchen mich!«

»Lass mich los.« Cauldron bemühte sich um einen beschwichtigenden Tonfall. »Ich kann es nicht. Niemand kann das, dein Körper ist zerstört. Es ist das Gesetz, dass deine Seele ebenfalls zerfällt. Oder willst du auf ewig im Astralraum als Geist unterwegs sein und ein unendliches Dasein führen?«

»Nein«, raunte sie heiser. »Ich will in meinen Körper zurück. Es war ein guter Körper, begehrt, attraktiv, stark, klug. Ich war begehrt ...« Sie sank auf den Boden, eine Träne rann ihre Wange hinab. »Ich bin zu jung«, weinte sie und lehnte sich an Cauldron. »Ich wollte noch so viel ...«

Sie strich ihr kurz über das schwarze Haar und wich vor ihr zurück. Außer Sterbebegleitung stand nichts in ihrer Macht. Zudem sah sie es nicht als ihre Aufgabe an, die Samariterin zu sein. »Du musst uns helfen«, verlangte sie sanft. »Wir suchen deinen Mörder, und er hat schon mehrmals getötet. Wenn wir ihn nicht aufhalten, wird er viele andere Menschen umbringen. Hast du ihn gesehen? Kannst du mir seine astrale Aura beschreiben? Gibt es etwas Einzigartiges, Auffälliges an ihr?«

Marleen neigte den Kopf. »Vielleicht. Vielleicht habe ich ihn gesehen. Ich war kaum in der Ebene, als ich spürte, dass ich starb. Ich kam rechzeitig genug, um ihn zu sehen.« Sie hob ihr Gesicht, eine fordernde Bewegung. »Wenn du mir hilfst, helfe ich dir, den Mörder zu fangen.«

»Warte.« Sie konzentrierte sich, ihre Sinne wechselten zurück in die stoffliche Welt. Poolitzer, Spengler und Ultra glotzten sie an. »Ich habe die Seele des Mordopfers bei mir«, beschrieb sie es allgemein genug, um stundenlange Erklärungen zu vermeiden. Einen Exkurs über die astrale Gestalt konnte sie sich nicht leisten. »Sie hat ihn gesehen und könnte uns ihren Mörder beschreiben. Aber sie ist eine Erpresserin. Ich soll ihr helfen, einen Ersatzkörper für sie … also, für ihre … Seele zu finden.«

»Du hast die Seele von Lintz im Arm?« Ultra filmte sie und schaute verwirrt durch den Sucher. »Ich seh aber nix. Kann se mal flackern? Würd im Bericht …«

Sie warf ihm einen bösen Blick zu, und er schwieg wie ein ertapptes Kind. »Du bist schon zu lange mit Poolitzer durch die Gegend gezogen.«

»Und was hast du mit ihrer Seele jetzt vor?«, erkundigte sich der Reporter. »Sieht sie uns?«

»Ja, sie sieht und hört uns. Sie wird sich auflösen, ohne ihren Körper kann sie nicht mehr als ein paar Stunden bestehen.« Sie überschlug die Zeit, die seit dem Mord vergangen war, blickte auf ihre Uhr und kam auf etwas über dreißig Minuten. Die Razzia hatte um sechs Uhr begonnen, kurz danach war die Leiche von Marleen gefunden worden. Somit blieben ihrem Astralkörper geschätzte fünfeinhalb Stunden, eher weniger.

»Krass.« Der Troll schwenkte mit der Fuchi über die Gesichter der Versammelten. »Is' ja wie ein Geist.«

Spengler betrachtete, wie die Bestatter den Leichensack auf eine Bahre luden und ihn zur Obduktion fuhren. »Kann man ihr helfen?«

»Sie wollen wissen, ob sie damit auch uns in dem Fall helfen kann?« Cauldron dachte fieberhaft nach. »Ich fürchte, nein.«

Der Kommissar atmete tief ein. »Ich weiß, Sie sind die thaumaturgische Expertin von uns beiden, und wenn Sie nein sagen, wird es so sein. Aber darf ich Sie bitten, es dennoch zu versuchen? Die Kleine ist derzeit unsere einzige Spur. Wir brauchen ihre Mitarbeit *unbedingt*.«

Sie stellte sich vor, wie es ihr an Marleens Stelle erginge. Sie verspürte zwar nicht die geringste Lust, die Totenwächterin zu spielen oder sich auf die Suche nach einer Lösung für ein unlösbares Problem zu begeben, wollte jedoch nicht als Spielverderberin dastehen. Und ungünstigerweise packte sie ein Hauch von Mitleid für Marleen. »Ich bleibe bei ihr, bis es vorüber ist«, entschied sie. »Vielleicht kann ich sie dazu bringen, mir alles zu erzählen, was sie weiß.«

Poolitzer sah nicht begeistert aus. »Was soll das heißen, du bleibst bei ihr? Hier ist es …«

»Ich wechsele in den Astralraum, ihr bringt meinen Körper zurück ins Hotel, und Xavier passt auf ihn auf«, erklärte sie ihren Plan. »Es wird nicht lange dauern. Ihr werdet mich bei den Ermittlungen nicht brauchen, der Mörder hat ja erst zugeschlagen. Vorerst ist Ruhe, oder?«

»Ich nehme es an. Sie melden sich, sobald die Kleine Ihnen etwas erzählt hat?«, vergewisserte sich Spengler nochmals. Cauldron nickte.

»Muss das sein?« Ultra klang alles andere als glücklich, er machte sich Sorgen. »Wirste uns denn wieder finden?«

»Sicher.« Sie legte sich auf die Isomatte, auf der sich vor wenigen Minuten die Tote befunden hatte. *Schlimm genug, dass sie mit dem Wissen stirbt, nichts dagegen tun zu können.* Sie spürte durch den Stoff hindurch noch etwas von der gespeicherten Restwärme auf dem Schaumstoff in ihrem Rücken und schloss die Augen.

»Du fühlst dich mit ihr verbunden, stimmt's?«, meinte Ultra leise und ehrfürchtig. Es war ihm unheimlich, dass sie mit einer Toten sprach. In der Erwachten Welt geschah vieles, aber das, was sich gerade ereignete, hing ihm eindeutig zu hoch. Er hatte auch keine passende Erklärung parat, die Stelle mit den Fragen zur Magie musste er bei den Vorbereitungen auf die Quizshow überblättert haben. »Keine Sorge, wir geben gut auf dich Acht, Cauldron. Deinem Körper wird nix passieren, das schwör ich auf mein blaues Lieblingshawaiihemd. Komm du heil zurück, versprochen?«

»Gruftis. Morbides Pack«, murmelte Poolitzer.

Sie hob die Hand. »Versprochen.« Ihr Zeigefinger deutete auf Poolitzer. »Falls der Snoop mir unters Kleid filmen möchte, brich ihm die Nase.«

»Klaro, mach ich.«

Sie konzentrierte sich auf den vollständigen Übergang in die magische Ebene und merkte noch, wie sich die breiten Hände des Trolls unter sie schoben und sie samt der Isomatte emporhoben.

Dass er sie bis zum Auto trug und sie vorsichtig auf die Rückbank legte, bekam sie nicht mehr mit. Ihre astrale Projektion, ihre Aura, war vollständig in den Astralraum geglitten, die Verbindung zu ihrem weltlichen Körper existierte bis auf ein dünnes Band nicht mehr.

Sie fühlte beim Übergang, dass das Parkhaus keine besonders freundliche Ausstrahlung auf der magischen Ebene besaß.

Nicht weit von hier waren viele Menschen einen grausamen Tod gestorben. Sie nahm an, dass es sich um die Auswirkungen der Pit-Fights handelte. Das Leiden der Kreaturen hatte sich in die Umgebung, in die Erde, in den Beton gefressen und haftete daran wie getrocknetes Blut.

Marleen stand am Fenster und schaute teilnahmslos nach unten, wo die Bestatter ihren Leichnam in den schwarzen Kleintransporter luden. »Was möchtest du noch?«, fragte sie niedergeschlagen. »Du hast gesagt, dass man mir nicht helfen kann.«

»Ich wollte bei dir bleiben.«

»Um dich an meinem Vergehen zu weiden? Bist du irgendwie pervers?«

Cauldron trat an sie heran. Sie klang gefasster als vorhin, sie musste sich von dem aufsteigenden Wahnsinn befreit haben. »Nein, ich bin nicht pervers. Ich habe mir nur vorgestellt, wie es mir gehen würde und dass ich mich sehr über etwas Gesellschaft freuen würde. Außerdem hast du mich vorhin darum gebeten, erinnerst du dich?« Sie streckte ihre Hand aus. »Ich bin Cauldron.«

»Entschuldige. Du hast Recht.« Die junge Magierin wandte sich um, musterte sie, dann schlug sie ein. »Meinen Namen kennst du ja«, sparte sie sich die Vorstellung. »Du bist eine Initiierte? Deine Aura macht ordentlich was her.« Wieder schwang in ihrer Bemerkung so etwas wie Hoffnung mit, das Schicksal abwenden zu können.

»Lass uns an einen anderen Ort gehen, wo es angenehmer ist«, schlug sie vor. Zuerst galt es, das Vertrauen des Mädchens zu erlangen, anschließend flossen die Informationen über den Mörder wie von selbst.

Marleen lachte freudlos. »Es ist mir echt egal, wo ich mich auflöse.« Sie blickte ihr in die Augen. »Was danach kommt, das wird erst richtig spannend. Oder gibt es für uns Magier kein Danach, weil wir doch unchristliche Kunst betreiben?« Sie grinste schwach, wurde aber erneut ernst. »Ich dachte, dass das Auflösen schmerzt, aber ich spüre nichts. Nicht einmal ein Kribbeln.« Sie bewegte prüfend die Hände. »Es kommt mir vor, als würde ich einen Traum durchleben, bei einem Horror-BTL-Trip dabei zu sein oder etwas in der Art. Es ist unwirklich zuzuschauen, wie die eigene Leiche abtransportiert wird.«

»Es wird sicherlich etwas geben«, antwortete Cauldron behutsam. »Hast du einen Lieblingsplatz? Sollen wir dorthin gehen?«

Marleen schwieg. »Einen Lieblingsplatz? Die Universität, dort gibt es eine Bank unter einer alten Weide an einem kleinen Teich. Ich sitze … saß gerne dort.«

Cauldron nahm ihre Hand. »Dann lass uns gehen. Zeig mir, wo sie ist.«

Die Magiestudentin begann mit der astralen Reise, sie stieß sich ab und schoss durch die Luft, die Seattlerin folgt ihr.

Hindernisse wie Mauervorsprünge, Antennen oder andere tote stoffliche Dinge störten die beiden Frauen nicht weiter. Erst als Hochhäuser auftauchten, stiegen sie höher. Die Mauern bedeuteten keine Gefahr für ihre Auragestalt, doch Menschen und Metamenschen als lebendige Wesen waren undurchdringlich, sie würden von ihnen abprallen.

Es dauerte nicht lange, und sie erreichten ihr Ziel. Bei einer Geschwindigkeit von umgerechnet 6000 Kilometer die Stunde schmolzen Entfernungen, das war ein Vorteil des Astralraums und der Bewegungsmöglichkeit darin. Cauldron hätte noch schneller fliegen können, aber ihre unerfahrene Begleiterin bremste sie.

Marleen ließ sich auf der Bank nieder, die aufgehende Sonne spiegelte sich im klaren Wasser des Teichs, die gebeugten Äste der Weide wiegten sich im sanften Wind, die grünen Blätter rauschten.

Wie passend. Cauldron bemerkte, dass es eine Trauerweide war, unter der sie Platz genommen hatten, ihr Stamm diente ihnen als natürliche Lehne.

Schweigend beobachteten sie, wie die ersten Studenten in einiger Entfernung von ihnen über den Campus gingen, um entweder in der Cafeteria zu verschwinden, die Bibliothek zu besuchen oder tatsächlich in eine Vorlesung, ein Seminar oder eine Übung zu gehen.

»Ich hätte in einer halben Stunde eine Vorlesung zu den Gefahren der Ritualistik, danach käme die Vorlesung mit anschließender Quellenanalyse zu Dämonen des Altertums«, fasste sie leise ihren ursprünglich vorgesehenen Tagesablauf zusammen. »Dann würde ich in die Mensa gehen und mich mit Johannes treffen, wir würden zusammen Mittag essen und uns endlich verabreden. Ich hatte mir nie die Zeit dazu genommen, ich war unsicher. Heute hätte es sein sollen.« Sie schluckte schwer. »Hätte ich es nur früher gemacht.«

»Es ist wirklich schön hier«, versuchte Cauldron abzulenken. »Wie …«

»Das waren die Jungs vom Studiengang Reökologisierung, Praxissemester. Es war ihre Semesterarbeit, einen Teil des Campus neu anzulegen.« Sie stand auf und lehnte sich an die Rinde der Weide. »Sie haben es geschafft, einen sechzig Jahre alten Baum von seinem alten Standort hierher zu versetzen, ohne dass er dabei eingegangen ist.« Ihre Lider senkten sich. »Da ist noch so viel, das ich noch erledigen müsste. Johannes, der Abschied von meinen Eltern …«

»Wir können sie …«

Marleen schüttelte den Kopf. »Sie sind Latentmagische. Ich muss das Talent aus einer anderen Linie unserer Familie bekommen haben. Sie waren sehr stolz auf mich, als ich mich für die Uni entschieden habe.« Sie öffnete die Augen und schaute zu den sich wiegenden Ästen. »Sie wohnen in Passau. Kannst du, wenn alles vorüber ist, bei ihnen vorbeigehen und ihnen erklären, was passiert ist?« Ihre Stimme zitterte. »Wir sind einfache Leute, sie haben lange gespart, um mir das Studium zu ermöglichen. Und jetzt bin ich … tot. Ich wollte einen guten Job, ihnen das Geld wieder zurückgeben und sie unterstützen …« Sie brach ab, langsam sank sie am Stamm herab in die Hocke und schlug laut schluchzend die Hände vors Gesicht.

Cauldron versetzte die abgrundtiefe Verzweiflung einen Stich ins Innerste ihrer Seele. Sie, die sich mit dem Tod öfter beschäftigte, schon alleine aus ihrem Faible für alles Düstere heraus, bedauerte die junge Frau. *Es ist nicht gerecht. Sie ist nicht bereit, die Welt zu verlassen.*

So viele Arschlöcher überlebten Unfälle, Diktatoren überstanden Anschläge, hundertprozentig überführte Mörder erhielten Begnadigungen, aber Marleen Lintz sollte vergehen, weil sie zur falschen Zeit am falschen Ort lag?

Auch wenn es deprimierend war, es ging in erster Linie darum, noch mehr über den Mörder herauszufinden. Vorsichtig tastete sie sich wieder an das Thema heran. »Was hast du eigentlich im Parkhaus gewollt?«

»Eine Überwachung«, stieß sie undeutlich hervor. »Jo… Johannes hatte den Auftrag angenommen, für einen reichen Pinkel bei einem Pit-Fight als astraler Aufpasser zu fungieren. Er konnte kurzfristig nicht und bat mich, die Sache zu machen.«

Wie ich es mir gedacht habe. Die Gleichgültigkeit, die sie vorhin zeigte, schwand mit jedem Wort, das sie hörte. Cauldron spürte eine unbestimmbare Wut in sich aufsteigen, Wut gegen das Schicksal, das ihrem Schützling wider Willen zuteil geworden war. Und zu dieser Wut gesellte sich Trotz.

Auch wenn es völlig abwegig erschien, nach einem Ausweg für Marleen zu suchen, befasste sich ihr Verstand unbewusst mit der Sache. Und das nicht nur, um von ihr einen Hinweis auf den Serienmörder zu erhalten.

»Angenommen«, begann sie langsam, »es gäbe eine Möglichkeit, dich vor deinem endgültigen Sterben zu bewahren, musst du dir darüber im Klaren sein, dass wir deinen alten Körper nicht mehr benutzen können. Das Gehirn ist zu lange ohne Sauerstoff gewesen und zerstört.«

Sie hob ruckartig den Kopf. »Du kennst doch eine Lösung? Oder willst du mir Hoffnung machen, damit ich dir was über den Mörder erzähle?« Sie wirkte plötzlich hellwach und lebendig. »Ich kann ihn dir genau beschreiben. Und er hat … neben mir gestanden und telefoniert, ich habe gehört … wie er mit jemand ein Treffen vereinbarte. Ich kenne den Ort und die Zeit. Ihr könntet ihn schnappen, wenn ich will. Hilf mir!« Sie schaute bittend. »Du kannst es!«

»Das habe ich nicht gesagt«, dämpfte die Seattlerin die Erwartungen. »Ich mache dir nur klar, dass es die Marleen, die alle anderen kennen, nicht mehr geben wird.«

Außerdem konnte sie sich im Moment nicht vorstellen, in welcher Weise sie die astrale Gestalt der Frau erhalten, geschweige denn in einen neuen Körper führen könnte.

Spontan dachte sie an Begriffe wie Seelenrückführung und Reinkarnation, mythische Begriffe, die bei genauerer Betrachtung exakt das Phänomen beschreiben könnten, das sie dringend brauchten. Allerdings blieben ihr höchstens etwas mehr als fünf Stunden, um ihre Theorie mit dem Machbaren zu untermauern.

Wie soll ich das schaffen? Es handelte sich nicht um ihr Spezialgebiet. Sie kümmerte sich um das Element Feuer, sie war im Grunde Zerstörung pur und darauf ausgerichtet, bei Runs größte Effektivität zu beweisen. Eine Forscherin ging an ihr sicherlich nicht verloren, ihr heißblütiges Temperament hinderte sie meistens daran, sich allzu lange in Bibliotheken einzugraben und mit unverständlichen Schriftzeichen abzugeben.

Doch sie hatte in Marleen das letzte Fünkchen Widerstand gegen ihr endgültiges Aus geschürt. Sie sprang auf und kehrte auf die Bank neben Cauldron zurück. »Du kannst sicherlich etwas tun! Oh, ich wusste es! Ich *wusste* es!«

Ihr glückliches Gesicht machte der Magierin noch mehr zu schaffen. Sie brachte es nicht übers Herz zu sagen, dass sie nur vor sich hin spann, ohne eine Basis für ihre ungeordneten Eingebungen und Gedanken zu haben. »Komm mit. Wir suchen einen deiner Dozenten. Ich muss mir ein paar schlaue Menschen dazuholen, die mehr davon verstehen als ich.«

Sie nahm Marleen bei der Hand und stieß sich ab, gemeinsam flogen sie auf den Campus zu und suchten das Gebäude, das der Magischen Fakultät gehörte. Kurz darauf standen sie vor dem Zimmer von Professor Sunderby, von dem Marleen annahm, dass er ihnen eine Hilfe sein könnte.

Der Raum wurde durch eine magische Barriere geschützt, zwei Watcher in Gestalt von dicken, lustigen Fledermäusen mit Monokeln umkreisten sie und beobachteten die beiden Frauen argwöhnisch.

»Ich suche Sunderby«, sprach Cauldron einen an. »Hole ihn her.«

»Nein, nein, darf nicht«, antwortete die Fledermaus mit schriller Stimme und flatterte ein bisschen. »Bin nur Wächter und wache. Darf meinen Meister nicht stören, nur bei Gefahr.«

Cauldron grinste bösartig. »Wenn es nur daran liegt.« Sie konzentrierte sich, ihre Finger bewegten sich, ihr Mund sprach Formeln, die als gleißend silberne Zeichen über Lippen glitten und sich zu einem Spruch formierten. Die Symbole verbanden sich, der geschaffene Manapfeil nahm die Gestalt eines dürren Menschen an und katapultierte sich gegen die Barriere.

Sie leuchtete auf und wehrte die schwache Attacke spielend ab, aber Cauldron hatte ihr Ziel erreicht. Eine der Fledermäuse flog kreischend davon und alarmierte Sunderby, der bald darauf als astrale Projektion vor ihnen stand. Zwei Wasserelementare begleiteten ihn.

Er präsentierte sich ihnen als stattlicher, trainierter Mann in einer Tracht, die mit ihren Elchstickereien und dem Überwurf nach Lappland aussah. Als er die Magierin askennte, tat er einen Schritt nach hinten. Die Korona aus nachtblauen Flammen um sie herum beeindruckte auch ihn, dann bemerkte er seine Schülerin.

»Frau Lintz?«, wunderte er sich. »Was machen Sie denn hier? Und wer ist diese Frau?«

»Ich bin tot, Professor«, setzte sie zu einer Erklärung an, doch Cauldron unterbrach sie.

»Wir haben nicht viel Zeit, Professor Sunderby. Marleens Körper wurde vernichtet, während sie sich auf Astralreise befand. Ich suche einen Weg, ihr zu helfen. Sie sind ein kompetenter Ansprechpartner, oder muss ich jemand anderes fragen?«

»Oh, meine Güte!« Sunderby betrachtete das Mädchen mitleidig. »Das ist schrecklich. Wir …«

»Gibt es eine Möglichkeit?«, verlangte sie harsch zu wissen. »Haben Sie einen Hinweis? Was ist sie? Ist sie durch die Loslösung von ihrem Körper zu einem Geist geworden? Wenn ja, kann ich sie dann durch einen Zauber binden, wie ich es bei einem freien Elementar könnte? Verlangsamen wir damit ihren Zerfall?«

»Nun ja.« Sunderby sah ratlos aus. »Sie erwischen mich völlig unvorbereitet«, gab er eine typisch akademische Antwort.

»Fragen Sie Marleen mal, ob sie sich auf den Tod vorbereiten konnte«, erwiderte sie in ätzendem Tonfall. »Sie besitzen mehr theoretisches Wissen als ich, Professor.« Sie ging auf ihn zu. »Denken Sie nach! Es geht um Ihre Schülerin! Wissen Sie was über Reinkarnation oder Seelenwanderung, irgendetwas Mythisches, das man früher als Hirngespinst abgetan hat und für das es heute eine Erklärung gibt?« Sie schaute ihn eindringlich an. »Eine Theorie reicht uns schon, eine Spur oder etwas in der Art.«

»Reinkarnation«, murmelte der Dozent. »Nun, es gibt durchaus Übereinstimmungen mit diesem Fall. Die Seele eines Menschen löst sich im Tode vom Körper und wird gleichzeitig oder zu einem späteren Zeitpunkt in einem anderen Körper wiedergeboren.«

Cauldron atmete auf, Sunderbys Hirn sprang an und lieferte endlich Produktives. »Könnte es ein magisches Phänomen beschreiben, das uns nützt?«

»So einfach ist es nicht. Diese Vorstellung steht im Zentrum buddhistischer und hinduistischer Überlieferungen. Sie verstehen, dass es nicht unbedingt das ist, was wir in Tübingen unterrichten. Die Vorstellungen, wenn ich mich richtig erinnere, unterscheiden sich in einem wesentlichen Punkt. Reinkarnation, also die Wiederverkörperung oder besser Wiederfleischwerdung, wird eher dem Hinduismus zugeordnet und bedeutet, dass mit der Wanderung der individuellen Seele in einen anderen Körper deren Persönlichkeit mitgeht und auch im neuen Dasein erhalten bleibt.«

»Das ist genau das, was wir brauchen«, freute sich Marleen. »Gibt es Quellen, die berichten, dass sich ein Mensch …«

»Moment, junge Dame. Im Buddhismus hingegen sprechen die Gläubigen meist von Wiedergeburt. Wie die Flamme einer Kerze wird nur eine Art Lebenskraft von einer Existenzform an eine andere weitergegeben. Damit wären Sie als Individuum verloren.«

»Wir brauchen unbedingt mehr über die Inkarnation nach dem hinduistischen Prinzip«, entschied Cauldron.

»Dann empfehle ich Ihnen eine Einrichtung, die sich mit Orientalistik und Religion beschäftigt«, sagte Sunderby. »Ich habe das Gefühl, dass Sie mit Ihrem Anliegen bei schamanistischen Kollegen besser aufgehoben wären. Ich kenne eine Koryphäe …«

Während sie ihm zuhörte, bekam sie so etwas wie eine Eingebung, die Worte des Mannes wurden immer undeutlicher.

Die Erwähnung freier Geister erinnerte sie daran, dass sich diese magischen Wesen sehr wohl in der Lage befanden, in einen menschlichen Körper zu fahren und ihn als Wirt zu benutzen.

Besessenheit nannte man das, und die konnte mit oder ohne Zustimmung eines Menschen geschehen, wobei die gewaltsame Übernahme unter besonderen Umständen möglich war.

Das bedeutete, dass freie Geister einen Weg kannten, sich eine Hülle mit einem Menschen zu teilen und sie wieder zu verlassen.

Das wäre als Übergangslösung nicht schlecht, bis wir eine Methode gefunden haben, wie wir Marleen ein neues, körperliches Leben geben. Mit Sicherheit wäre ein Familienmitglied Marleens dazu bereit, ihre Tochter sozusagen in sich zwischenzuparken.

Sie stand vor einer immensen Herausforderung: Das Geheimnis der Besessenheit kannten jedoch nur freie Geister, und einen zu finden, womöglich noch ein freundliches Exemplar, das ihnen die garantiert hoch komplizierte Prozedur begreiflich machen konnte, wie

Marleen in einen menschlichen Körper fuhr, dürfte in knapp fünf Stunden fast unmöglich sein. *Falls es überhaupt funktioniert.*

Und schon tat ihr Unterbewusstsein den nächsten Schritt.

Gedanklich vollzog sie den Sprung über freie Geister zu Zozoria, der auf der Suche nach Unsterblichkeit die Verschmelzung mit einem besonders mächtigen freien Elementar eingegangen war. Das Eingreifen von ihr und ihren Freunden machte ihm aber einen Strich durch die Rechnung und sein unsterbliches Leben.

Sie hatte die ganze Zeit über angenommen, dieser Elementar, dieser Dschinn, wäre nach dem Tod Zozorias ebenfalls von ihnen vernichtet worden. Poolitzer hatte im Gespräch allerdings beiläufig erwähnt, dass Zozorias Geliebte und Alleinerbin in rasant kurzer Zeit zu einer mächtigen Magierin aufgestiegen sei.

Abongi ist Gestaltwandlerin. Sie wirkte alles andere als magisch gefährlich, ihr Talent schlummerte und beschränkte sich im Wesentlichen auf den Wechsel ihrer Erscheinungsform. Eine kühne Idee entstand. *Sollte der Elementar auf der Suche nach einem neuen Wirt in die Schwarzafrikanerin übergegangen sein?* Das würde zumindest ihr plötzliches Potential erklären.

Poolitzer sagte, dass Abongi in Sankt Petersburg ihre Zelte aufgeschlagen hatte. In gerade Linie von ihrem Standort aus in den hohen Norden betrug die Entfernung geschätzte 2000 Kilometer, was sie in knapp dreißig Minuten schaffen sollten.

»Marleen, wir gehen«, sagte sie knapp. »Danke, Professor Sunderby. Sie haben mir mehr geholfen, als Sie ahnen.«

Der Mann wusste nichts mit dem Lob anzufangen. »Ich habe noch nichts getan. Ich werde ein paar Recherchen anstellen. Die Forschungslage ist, was die körperlose astrale Projektion angeht, recht verworren und unübersichtlich, mehr Spekulation als alles andere. Soll ich Ihnen ein paar Watcher mitschicken, die mich über Ihre Aktionen auf dem Laufenden halten?«

Cauldron lehnte zum Erstaunen Marleens ab. »Nein, danke.« Sie brauchte keine neugierigen Zuschauer, wenn sie einen Pakt mit dem Teufel einging. »Drücken Sie uns die Daumen.«

Er nickte ihnen zu, sie flogen davon, die Seattlerin dirigierte sie zurück ins Trespasser.

Sie sah, wie Xavier neben ihrem Körper saß, ein Pad in der Rechten, neben dem Bett stand ein Erste-Hilfe-Kasten. Immer wieder blickte er von seiner Lektüre auf, um ihren Zustand zu überprüfen.

Sie fand seine Sorge rührend. Obwohl er nichts unternehmen konnte, falls sie im Astralraum in Schwierigkeiten geriet, bemühte er sich, es ihr in der stofflichen Welt an nichts mangeln zu lassen.

»Ich bin gleich wieder zurück«, sagte sie zu Marleen. »Ich muss ein paar Erkundigungen einholen.«

»Und dann?«, drängelte Marleen, die es geschafft hatte, bis jetzt nichts zu fragen und ihre Ungeduld zu zügeln. »Was machen wir?«

Cauldron zögerte. »Wir besuchen jemanden, der uns unter Umständen weiterhelfen kann. Aber erst möchte ich, dass du mir einen Hinweis auf den Mörder gibst. Ich habe dir gezeigt, dass es mir ernst ist, dir zu helfen, nun verlange ich, dass du uns hilfst.« Sie schaute abwartend auf die Silhouette.

»Es ist ein Mann«, begann sie stockend zu erzählen, wandte dabei aber die Augen von Cauldron. »Er ist groß, trägt dunkle Sachen, und er möchte sich in sechs Stunden mit einem anderen Mann in einem Café hier in Stuttgart treffen. Er soll ihm was besorgen. Etwas, um viele Menschen auf einen Schlag zu töten.« Sie verstummte für eine Weile. »Mehr gibt es erst, wenn wir Erfolg haben.«

»Das war mir eigentlich zu wenig, Marleen.«

»Was wir bisher erreicht haben, ist mir auch zu wenig.«

»Du erpresst mich auf Kosten anderer Menschen.«

Sie zuckte mit den Achseln. »Kann sein, ist mir aber egal. Wenn ich nur auf diese Weise überleben kann, geht es eben nicht anders.«

Cauldron warf ihr einen bösen Blick zu und glitt in ihren Körper zurück. Die Nachteile der anderen Welt hatten sie wieder. Sie wartete ein, zwei Minuten, um sich von der Erschöpfung zu erholen, und öffnete die Augen.

»Hey, da bist du ja!«, rief Xavier freudig, legte das Pad zur Seite und drückte sie an sich. »Die anderen haben mir erzählt, was du gerade versuchst.« Er küsste sie auf die Stirn und achtete dabei darauf, das Bindi nicht zu treffen. »Und, wie läuft es?«

»Nicht gut. Sie will erst etwas sagen, wenn wir ihr einen Körper beschafft haben. Aber mir ist wenigstens etwas eingefallen.« Sie küsste ihn auf den Mund und richtete sich auf.

Sie verschwieg ihm, was sie beabsichtigte, um ihm Sorgen zu ersparen. Er kannte den Elementar sehr gut. Ihm hatte sie zu verdanken, dass sie im Kampf gegen ihn nicht gestorben war, daher rechnete sie nicht mit seiner Zustimmung und schon gar nicht mit seinem Verständnis für ihren Plan. »Gib mir das Kom, bitte. Ich muss Poolitzer anrufen.«

ADL, Württemberg, Stuttgart-Mitte, 02.05.2059, 07:35 Uhr

Ultra saß Poolitzer gegenüber und spielte mit dem kleinen Kärtchen, das auf den Tischen des Cafés Zauberlehrling stand. »Wir beschäftigen (hör)behinderte Mitarbeiter«, war draufgedruckt worden und sollte der sanfte Hinweis sein, die Bestellungen laut und deutlich zu formulieren. »Ich find das super, dass die so was machen«, sagte er zu dem Reporter, der die Speisekarte studierte.

»Was denn?«

»Na, behinderten Menschen 'nen Job zu geben.« Ultra schaute ihn an. »Machen wir 'nen Bericht drüber?«

»Bin ich bei der Heilsarmee?«, konterte Poolitzer, ohne in seiner Lektüre innezuhalten. »Ultra, wir sind die Augen der Öffentlichkeit, die dort zu finden sind, wo sich die Öffentlichkeit entweder nicht hintraut oder nicht sein darf. Das Café überlassen wir Kollegen, die Familien-Trid und diese Scheiße produzieren.«

Ultra war beleidigt, weil seine Idee schlecht gemacht wurde. »Bei den Morden kriegt man's an die Nerven. Ich find so 'ne Story viel netter.«

Jetzt schaute Poolitzer doch auf. »Sag mal, Quizgenie, hast du was gegen den Auftrag, den ich dir erteilt habe? Der Catwalk-Killer von Sindelfingen, ist das etwa nichts? Das ist ein verdammt großes Ding. Oder bist du auf deine alten Tage zimperlich geworden?«

»Nö, bin ich nich'«, wehrte Ultra den Vorwurf sofort entrüstet ab. »Ich bin sogar extra nah rangegangen«, machte er ihn auf die unappetitlichen Szenen aufmerksam, die abgebrühte Snuff-Fetischisten zum Wegschauen brachten. »Aber das is' langweilig. Der Polizeisprecher hat gesagt …«

»Hey, hallo? Jemand zu Hause?«, klinkte Poolitzer sich barsch ein. »Mann, Ultra, was der Polizeisprecher erzählt, ist gequirlte Kacke, klar? Das sind Typen, die dafür bezahlt werden, uns irgendeinen Mist aufzutischen, damit wir den glauben und senden.«

Die Bedienung kam zu ihrem Tisch, ein Mädchen mit Aknenarben, die das an sich freundliche Gesicht leidlich verunstalteten. »Janette« stand auf ihrem Namensschildchen, sie zückte ein Touch-Pad samt Griffel und lächelte sie erwartungsvoll an.

Poolitzer lächelte unverbindlich zurück. »Einen echten Kaffee, das genügt. Und ein Croissant.« Später würde er sich auf die Suche nach einer Dönerbude machen.

Sie drückte auf der interaktiven Oberfläche herum, nickte und drehte sich zu dem Troll.

Als Ultra tief Luft holte, wusste der Reporter, was das kleine Café gleich treffen würde. Er schaffte es rechtzeitig, die Finger in die Ohren zu schieben und die Trommelfelle vor dem hereinbrechenden Schallsturm zu schützen. Die anderen Gäste ahnten nichts.

»DAS TROLL-MENÜ«, brüllte er so laut er konnte. »ANSTELLE VOM KAFFEE MÖCHT ICH LIEBER TEE. UND EIN OMELETT, ACHT EIER, BITTE.« Er strahlte sie erwartungsvoll an.

Janette stand da wie eingefroren, das rechte Auge zuckte nervös, und ihre Hand mit dem Griffel, der die Bestellungen auf das Pad kritzeln wollte, zitterte.

»Zu schnell? Okay, ich sag's noch mal«, bot er jovial an. »ICH MÖCHTE«, er begann seine Aufzählung von vorne, dieses Mal nahm er seine riesigen Hände noch dazu, um ihr die Menge der Eier bildlich vor Augen zu führen, »das … DAS TROLL-MENÜ! TROLL! TEE ANSTATT KAFFEE, TEE! UND EIN OMELETT, ACHT EIER! ACHT!«

Poolitzer wunderte sich, wie langsam Ultra sprechen konnte. Es war nahezu Zeitlupe, wie zäher Brei kamen die Worte aus seinem Mund, dröhnend, alles erschütternd. Er meinte sogar, dass das Besteck auf dem Tischchen vor ihnen sachte hüpfte, als liefe draußen ein tonnenschwerer Saurier an dem Lokal vorbei.

Grinsend schaute er sich um und betrachtete die entsetzten und erschrockenen Gesichter der übrigen Frühstücker, denen das Essen von Löffel und Gabel fiel, ein paar Kinder hatten sich die flachen Hände gegen die Ohren gedrückt.

»Danke, ich habe Ihre Bestellung«, rief der Mann hinter dem Tresen. Janette ging, ohne etwas zu sagen, und bohrte sich auf dem Rückweg mit dem Stift im Ohr.

»Sie hätt' ruhig 'n bisschen freundlicher sein können«, beschwerte sich Ultra leise. »Dabei hab ich mir solche Mühe gegeben.«

»Das haben auch alle gehört«, feixte Poolitzer, die Finger aus den Ohren ziehend. »Zurück zum Thema. Regel eins: Glaub den Bullen nicht. Regel zwei: Sei schneller als die Konkurrenz.« Er nahm sein kleines Abspielgerät aus der Tasche und sichtete das Material, das ihm sein Azubi lieferte. »Ganz okay für die erste eigenständige Arbeit«, lobte er ihn. Ultra richtete sich auf seinem Stuhl auf. Rasch gab er ihm ein paar Tipps. »Mehr Nahaufnahmen in Zukunft. Die Menschen müssen das Grauen am Ort bis ins kleinste Detail und den Schock in den Gesichtern der Helfer sehen können. Wir machen Emotionen greifbar, verstehst du?«

»Jepp, ich verstehe. Emotion als Synonym für Gefühl. Du meinst im eigentlichen Sinne Gefühlsregungen, die sich in unterschiedlicher Intensität für die Außenwelt sichtbar oder unsichtbar vollziehen können.«

»Quiznachwehen, was, mein Großer?« Poolitzer nickte. »Aber du hast es wirklich verstanden, gratuliere.« Er nahm sich ein Stück Papier und notierte ihm die weitere Vorgehensweise im Fall des Catwalk-Killers. »Du suchst im Schattenland nach Infos über die Di'Oá, welche Abschlüsse ihr Unternehmen mit anderen machen wollte, schau dir die Aktienkurse und deren Verlauf an, hör dir jeden noch so unwichtigen Scheiß an, es könnte der Anfang einer Spur sein, die uns zum Auftraggeber des Killers führt.«

»Killer?«, schnaubte der Troll. »Das war kein Profi.«

Poolitzer stutzte. Ultra hatte das mit einer solchen Überzeugung gesagt, dass er ihm sofort glaubte. »Wie meinst du das?«

»Ein Killer, und ich weiß, wovon ich spreche, hätt' ihr zwei oder vier Kugeln verpasst, *Bäng-bäng*. Zwei Herz, zwei Kopf, Feierabend und ab durch die Mitte.« Er machte ein sehr wichtiges Gesicht bei seiner Erklärung und scherte sich nicht darum, dass neben ihnen eine Familie mit Kindern saß. Die Kleine schaute auf Ultras goldene Mickymaus, die im Schein der Neonlampen golden leuchtete. »Du brauchst die Zeit, um abzuhauen. Je länger du dir Zeit lässt, jemanden zu geeken, desto weniger hast du, um abzuhauen.« Er lehnte sich nach vorne, das Tischchen knarzte gefährlich und bat um Gnade. »Zweiundzwanzig Projektile. Wohlgemerkt, aus Berettas, und das war kein Salvenmodus, wasse auch könnte. Das sind mindestens … na, sieben Sekunden, die für das Geballere draufgingen im Vergleich zu ein oder zwei. Pass auf, ich zeig dir, was ich meine.«

Ohne Vorwarnung sprang er auf, schnappte sich den Zucker- und Pfefferstreuer und richtete sie auf den Reporter, Schussbewegungen mit den Armen imitierend. Es regnete weißes und schwarzes Pulver, Poolitzer musste niesen.

Nach exakt sieben Sekunden hörte Ultra damit auf und rannte zum Ausgang, nur um ganz gemächlich wieder zurückzukehren. Die Gäste des Cafés starrten ihn an, achtzig Prozent der Besucher hielten ihn wahrscheinlich für einen entlaufenen Geisteskranken. Fast alle Arme ruckten in die Höhe, um Janette zu signalisieren, dass man bezahlen wollte.

»Ich hab's verstanden. Setz dich bloß wieder hin«, knurrte der Reporter.

Ultra schürzte die Lippen. »Ich wollt' dir aber noch die Drei-Sekunden-Variante zeigen.«

»Nein, danke. Es war sehr bildhaft, Ultra.« Poolitzer wischte sich den Zucker von Hemd und Hose. »Und warum würde einer so oft schießen?«

»Aus Rache«, sagte eine bekannte Stimme hinter ihm.

»Ihr riesiger Freund hat mit seiner Vermutung Recht, nehme ich an.« Spengler trat in sein Gesichtsfeld. »Morgen, die Herrschaften.« Er zwängte sich auf den Stuhl neben dem Reporter, der Bauch wurde von der Tischkante eingedrückt und verunstaltete das Motiv auf dem T-Shirt mit dem Schriftzug »Number of the beast«. »Haben Sie eine neue Spur in unserem Fall?« Etwas verwundert verfolgte er, wie sich das Café schlagartig leerte. »Habe ich eine Bombendrohung nicht mitbekommen?«

»Nein. Sie flüchten vor Ihnen und Ihrem Mundgeruch, Spengler.«

»Das sagt mir ein Typ, der den Knitterlook neu erfunden hat und seinen Schweißgeruch als Deo verkauft?«, gab er grinsend zurück und strich sich über seinen Schnauzbart. »Scherz beiseite, Schnüffler. Wir haben Ranjits Telefon angezapft, aber unser Mörder hat sich nicht mehr gemeldet. Dafür haben wir den Westwind gesichert und leider nichts entdeckt, was uns weiterhilft.«

»Ich bin ebenso ratlos wie Sie. Cauldron hat die Uhr untersucht, doch wir können das abhaken. Es ist nichts Magisches von Ranjits Seite aus im Spiel.«

»Also entweder Hypnose oder ein fremder Magier, der sich in der *Wolke Sieben* einen perversen Gag leistete«, fasste der Kommissar seinen Erkenntnisstand zusammen. Der Sicherheitsmagier der *Wolke Sieben* hatte zwar steif und fest behauptet, nichts Ungewöhnliches bemerkt zu haben, aber Spengler erfuhr auch, dass es nur einen Magier gab. Eine Pause, eine Unaufmerksamkeit, und wären es nur zwei Sekunden, genügte einem Hexer oder dergleichen, um Schaden anzurichten.

Egal ob Hypnose oder magischer Einfluss, in beiden Fällen konnte er nur etwas unternehmen, wenn sie mehr über ihren unfreiwilligen Mörder herausfanden. Das konnte noch dauern. Ihm blieb nur zu warten, bis ein neuer Mord geschah, die kleine Marleen auspackte oder der Mann es in einem der lichten Augenblicke schaffte, seinen Standort durchzugeben. »Ich hoffe, dass sich die Kleine getäuscht hat, als sie was von einem Massenmord andeutete. Cauldron hat mich eben angerufen und mir erste Erkenntnisse durchgegeben, es ist aber leider sehr dürftig.«

Janette kam zu ihnen und stellte ihre Bestellung ab, das Auge zuckte immer noch.

»Gute Idee. Ich möchte gerne einen Kaffee«, sagte Spengler.

»Nö, Herr Kriminalhauptkommissar, so geht das nich'. Die hört nicht gut.« Der Troll hielt ihm das Hinweisschild unter die Nase. »Da steht's. Sie müssen laut mit … Ach, ich mach das einfach für Sie.« Spengler sah, dass Poolitzer blitzartig die Finger in die Ohren steckte, und er tat es ihm einfach nach, so bescheuert es aussehen mochte. »KAFFEE, GROSS, BITTE!«

Janette wandte sich wortlos um, der Theker winkte ihm wieder. »Geht klar, habe ich gehört«, rief er.

»Heilige Scheiße«, entfuhr es Spengler, der unwillkürlich an eine Schiffssirene denken musste. Es hatte in seinem Magen und in seinem Schnauzer gekribbelt, die Vibrationen der Trollstimme fuhren durch seine Eingeweide und versetzten sie in wilde Panik. »Tun Sie mir und meinen Ohren einen Gefallen, und schreiben Sie Ihre Bestellung das nächste Mal auf.«

Ultra grinste. »Hey, gute Idee! Mach ich.«

Poolitzer dippte sein Croissant in den Kaffee. »Einer Ihrer BKA-Profiler nutzt uns ebenso wenig was wie alle schlauen Abhandlungen über Serienmörder, stimmt's?«

»Jepp.« Spengler stand auf und holte sich seinen Kaffee selbst, nachdem Janette ihm durch Handzeichen zu verstehen gab, dass sie nicht noch einmal in Ultras Nähe kommen wollte. Mit dem übervollen Becher kehrte er an seinen Platz zurück.

»Und warum?«, stellte ihm der Troll die unvermeidliche Frage.

»Wir brauchen die Profiler normalerweise, um sie anhand des bisschens, was wir durch seine Art zu töten und die Spuren, die er hinterlässt, ein Profil erstellen zu lassen. Das ist wiederum Anhaltspunkt für unsere Ermittlungen«, erklärte er. »Im Gegensatz zu anderen Mördern scheinen Serienkiller keine offensichtlichen Motive zu haben, wie Neid, Gier, Eifersucht und dergleichen. Beim Typ des Serienmörders verhält es sich normalerweise anders, sie sind von weitaus komplexeren Motiven getrieben. Und nicht selten sind Serienmorde Sexualmorde. Dabei ist allerdings die Befriedigung des Sexualtriebs selbst nicht das bestimmende Motiv des Täters. Vielmehr geht es um die Erfahrung von Lust beim Akt des Tötens. Nehmen wir mal den Ripper-Typus. Er hasste Frauen, vor allem Prostituierte, hatte ein gestörtes Verhältnis zur Sexualität, ein klassischer Fall, wie man heute annimmt. Aus lauter kleinen Puzzlestücken setzt der Profiler ein Bild zusammen, das dem echten Killer im besten Fall sehr nahe kommt. Das beginnt bei der Größe, dem Gewicht und endet bei angenommenen Lebensumständen.«

»Aber …?«

»Da es sich bei unserem Killer um ein Kunstprodukt handelt, können wir das alles vergessen und müssen umgekehrt an die Sache gehen. Wir wissen, zu *wem* er wird und wie er vorgeht. Uns fehlt lediglich seine echte Identität. Ein Motiv hat er nicht.« Spengler schaute vorwurfsvoll auf den leeren Zuckerstreuer und begnügte sich damit, die Reste vom Tisch in den Becher zu wischen. »Trotzdem sind wir beschissen dran.«

Poolitzers Kom dudelte los, Cauldron war am anderen Ende. Sie führten eine kurze Unterhaltung in der Seattler Stadtsprache, die der Kommissar nicht verstand. »Einen Moment, ich muss kurz was anleiern«, entschuldigte er sich.

»Haben Sie Geheimnisse vor mir, Schnüffler? Wir hatten eine Abmachung.«

»Es ist nichts, was unseren Killer angeht«, erklärte er ihm. »Es geht um die Kleine, Lintz oder so ähnlich. Cauldron möchte ihr helfen, und ich soll was nachschauen.« Er wandte sich an Ultra. »Du weißt, was du im anderen Fall zu machen hast?« Der Troll nickte. »Okay, dann rufen wir uns gegenseitig an, falls was geschehen sollte. Sie zahlen, Spengler.«

»Am Arsch, Gospini. Lassen Sie mir gefälligst Geld da, oder ich buchte Sie wegen Zechprellerei ein.«

Der Reporter kramte in seiner Tasche und legte ein paar Plastikmünzen auf den Tisch, danach verließ er zusammen mit dem Troll das Café.

Ultra winkte der Bedienung zu. »CIAO, JANETTE«, brüllte er los, der Kommissar zuckte zusammen und verschüttete um ein Haar seinen Kaffee. »WIR KOMMEN NOCH MAL WIEDER! GANZ BESTIMMT.« Die Türklingel spielte eine lustige Melodie, dann wurde es still im Raum.

Könnte man als Drohung verstehen. Spengler wandte sich nach rechts und nach links, das Kunstleder seines Mantels knirschte, und er stellte fest, dass der Troll mit seiner unnachahmlichen Stimme die letzten Gäste in die Flucht geschlagen hatte. Er war der Letzte.

In aller Ruhe genoss er seinen Kaffee, dann winkte er dem Mädchen, das sich jetzt wieder an seinen Tisch wagte. Die akustische Bedrohung war verschwunden.

Er räusperte sich, um seine belegte Stimme zu reinigen und sie vorzubereiten, aber ehe er sie anschreien konnte, um die Rechnung zu verlangen und sich für das Verständnis zu bedanken, ruderte sie mit den Armen und schrieb eilig auf ihr Pad.

»Der Theker ist hörbehindert. Ich bin nur stumm, nicht taub. Jedenfalls bis vorhin«, las er und musste laut lachen.

V.

ADL, Württemberg, Stuttgart-Mühlhausen, 02.05.2059, 08:05 Uhr

Cauldron saß auf dem Bett neben Xavier, ihre langen Fingernägel pochten ungeduldig gegen den Plastikrahmen. Es war ein nervtötendes Geräusch, das sie seit zehn Minuten fabrizierte. Sie starrte auf ihr Kom.

»Damit machst du es nicht schneller«, versuchte er sie zu beruhigen. »Poolitzer arbeitet so schnell er kann.«

»Das weiß man bei ihm nie«, sagte sie ungehalten. »Es muss nur eine neue Hiobsbotschaft auftauchen, und er ist auf Achse, um die exklusiven Bilder zu bekommen.« Sie kannte das Naturell des Reporters zur Genüge. *Komm schon, Snoop. Es bleiben uns noch weniger als vier Stunden.* Davon ging eine halbe Stunde für die Reise nach Sankt Petersburg drauf, und wohin sie von dort aus fliegen mussten, wusste sie nicht. *Es wird verdammt knapp.*

Xavier stand auf und ging ein wenig steif zum Minikühlschrank. Sie hatten ihre Getränke hineingeräumt und die vom Trespasser darin eingelagerten Dosen einfach auf den Schrank gestellt, ohne sie zu nutzen.

»Möchtest du auch was?« Er hoffte, dass sie sich etwas erbat, damit sie etwas zwischen die Finger bekam und mit dem Fingernagelklicken aufhörte, doch sie winkte ab. Er suchte sich ein Mineralwasser raus, öffnete den Behälter und trank durstig. »Ich soll dich von den Jungs grüßen«, begann er von seinen Unterhaltungen zu berichten, um sie auf andere Gedanken zu bringen. »Sie können nicht glauben, dass aus uns was geworden ist.« Er lachte leise. »Ich und eine Hermetische. Vor einem Jahr hätte ich es nicht glauben können.«

Xavier beobachtete Cauldron, die unentwegt auf das Kom starrte. Er hatte nicht den Eindruck, als hörte sie ihm zu, die Sorge um die ihm unbekannte Magieanfängerin wuchs, je weniger Zeit den beiden blieb, etwas gegen den Zerfall der astralen Gestalt zu unternehmen.

Die Dose wanderte wieder an seinen Mund, er tat einen neuen Schluck. »Kaiserschmarrn, erinnerst du dich an ihn? Er ist ausgestiegen und hat aufgehört, Runs zu machen. Er ist nun ein seriöser Unternehmer geworden. Du rätst nie, welches Geschäft er eröffnet hat?«

Auch seine Frage erzwang keine Reaktion, seine Gefährtin verharrte wie eine Statue, die Augen auf die Ziffern der Uhr auf dem Kom gerichtet.

»Er ist Bestatter und Organsammler geworden! Er verdient sein Geld damit, ehemalige Kollegen auszuweiden, sie unter die Erde zu bringen, zu verbrennen oder ihre Asche mit viel Brimborium in alle Winde zu verstreuen.« Er kehrte hinkend zu ihr zurück und nahm Platz. »Neulich hatte er vielleicht einen Auftrag. Da war so ein …«

Das Klicken der Nägel endete, sie wandte sich ihm zu und drückte ihm den rechten Zeigefinger auf die Lippen. »Bitte, Xavier, sei still. Es ist lieb, dass du versuchst, mich abzulenken, aber es nervt mich, okay?« Sie gab ihm einen flüchtigen Kuss und schaute von neuem aufs Kom.

Er nickte und schaute geradeaus gegen die unspektakulär weiße Tapete, die nichts bot, was man zählen oder betrachten konnte. »Okay.« Er nippte an der Dose. »Tut mir Leid. Ich dachte, es wäre besser, wenn ich dich ablenke.« Ihr Schweigen interpretierte er als stumme Aufforderung, endgültig die Klappe zu halten.

Xavier las die Beschreibung auf der Dose, er schaute aus dem Fenster, er inspizierte das Muster des Laminat-Fußbodens. Er wagte nicht, aufzustehen und den Fernseher einzuschalten oder etwas zu tun, was Geräusche produzierte. Wenn sie angespannt war, genügte eine klitzekleine Klitzekleinigkeit, um sie in die Luft gehen zu lassen. Sie hatte sich nicht umsonst dem Element Feuer verschrieben.

Das Kom aktivierte sich, das Display leuchtete auf, und nach eine Sekunde betätigte sie bereits die Sprechfunktion, dabei aktivierte sie versehentlich den Lautsprecher. »Hallo, blasse Flamme. Ich hab die Abongi. Die Zentrale von Antique Enterprises ...«

Rasch schaltete sie den Lautsprecher ab, sie unterhielt sich kurz mit Poolitzer in der Seattler Stadtsprache, dann warf sie einen Blick auf ihren Organizer, legte sich hin und schloss die Augen.

»Halt, Cauldron«, hörte sie Xaviers Stimme. »Cauldron! Was hast du mit Abongi zu schaffen? Was sollte Poolitzer für dich herausfinden?«

»Ich habe keine Zeit.« Sie ließ die Lider geschlossen, um ihn nicht ansehen zu müssen, das hätte ihr das Lügen erschwert. »Ich erkläre es dir später.«

»Cauldron, was willst du von ihr?« Sie spürte, wie er sich umdrehte, so gut und schnell es ging, seine Linke rüttelte an ihrer Schulter. »Antworte mir!«

»Später. Du würdest es nicht verstehen«, hauchte sie und konzentrierte sich, um ihre astrale Gestalt von ihrem Leib zu trennen und in den Astralraum zu gleiten, wo sie von Marleen ungeduldig erwartet wurde.

»Ich würde es nicht verstehen?«, echote er alarmiert. Er erkannte, dass sie ihren Leib verlassen hatte. Statt sie weiter ergebnislos zu fragen, nahm er den Organizer und öffnete die Datei, die Poolitzer ihr geschickt hatte.

Es war eine Satellitenaufnahme von Sankt Petersburg, wie die Bildunterschrift verriet, ein roter Punkt leuchtete im Süden der Stadt. Zoomte man näher, wurde die Ansicht immer genauer, aus dem unübersichtlichen Wirrwarr aus Strichen wurden einzelne Straßen und Kanäle, ein großer Fluss schlängelte sich mitten hindurch.

»Antique Enterprises, Große Seite am Südufer der Newa«, las er die aufleuchtenden Erläuterungen. Das Unternehmen hatte sich in unmittelbarer Nachbarschaft der prächtigen Paläste inmitten der imposanten Boulevards und berühmten Theater niedergelassen, der rote Punkt markierte exakt das Haus, in dem es zu finden war.

Für Cauldron wurde es durch die Satellitendraufsicht einfacher zu finden, sie hatte ein sehr gutes Gedächtnis und würde nicht lange benötigen, um bei Antique Enterprises astral aufzutauchen.

Was wollen die beiden dort? Warum kann Abongi ihnen helfen?

Er zögerte nicht und rief Poolitzer an, der ihm bereitwillig Auskunft erteilte. Abongi sei nun die Chefin, sie sei mächtiger als jemals zuvor und erobere sich gerade die verlorenen Niederlassungen von rebellischen Geschäftsführern oder von konkurrierenden Konzernen zurück, wobei sie nicht zimperlich vorging. »Deine Grufti-Braut wollte wissen, wo genau sich Abongi derzeit aufhält.«

Xavier hörte schweigend zu, sein Puls beschleunigte sich merklich.

»Sag mal«, meinte Poolitzer plötzlich, »kann es sein, dass Zozorias Elementar, dieses Ding aus der Box, nicht vernichtet wurde, wie wir alle angenommen haben? Ich wäre ja von selbst nicht draufgekommen, aber allmählich macht ihr mich mit eurer ständigen Fragerei stutzig.« Im Hintergrund rief Ultra etwas, der einstige

Nega-Magier verstand es aber nicht. »Was macht sie bei Abongi?« Sein Tonfall verriet, dass er eine Nachfolgestory witterte.

»Keine Ahnung«, würgte Xavier heraus und eine Verabschiedung hinterher.

Er wusste es wirklich nicht, aber ein schlimmer Verdacht beschlich ihn. Sollte der Elementar von Zozoria auf die Gestaltwandlerin übergegangen sein, wäre das eine Erklärung für ihre unvermittelt aufgetauchte Macht.

Der Elementar müsste alles andere als gut auf Cauldron zu sprechen sein. Er erinnerte sich genau an das, was vor etwa einem Jahr in Andorra geschehen war. Ganz genau.

Gedanklich kehrte er in den Keller des Hauses zurück, in dem sie dem mächtigen Geist gegenübertraten, nachdem er den sterbenden Zozoria verlassen hatte und auf der Suche nach einem neuen Wirtskörper war.

»Ich biete unendliches Leben«, hörte er das schimmernde Flirren zu Cauldron sagen, »und unendliche Reichtümer. Lass mich in dich.«

Xavier stand damals neben ihr und hatte gewusst, dass ihre Antwort über ihr Leben entschied. Eine Weigerung verstand der Windelementar als Herausforderung, seine Kräfte überragten ihre um ein Vielfaches, und die Auseinandersetzung hätte mit ihrem Tod geendet.

Als sich ihre dunkelroten Lippen öffneten und dem Elementar ein »Niemals« entgegnen wollten, hatte er das getan, was in der Vergangenheit stets wirkte: Er breitete die Arme aus und sprang, so weit es ihm seine Behinderung ermöglichte, in das Flimmern und hoffte, dass seine Nega-Magie den Geist vernichtete.

Es klappte. Nachdem er wieder zu sich gekommen war, bekam er gesagt, dass der Elementar vergangen und die Gefahr gebannt sei.

Jetzt sah es so aus, als täuschte der damalige Eindruck.

Er beugte sich über Cauldron, die wie tot auf der Decke lag, ihr Brustkorb hob und senkte sich kaum, das Herz schlug wegen des Trancezustands nur ein paar Mal in der Minute.

Dieses Mal würde er ihr nicht beistehen können.

Er befand sich Tausende Kilometer von Sankt Petersburg entfernt, und sein angeborenes Talent, die Nega-Magie, hatte er für immer verloren. Zu viele Verletzungen, zu viele Wiederbelebungen, zu viele technische Geräte. Die Nega-Magie reagierte auf Eingriffe in den menschlichen Körper ebenso empfindlich wie ihre gegensätzliche Schwester, die Magie.

»Du hast Recht«, raunte er ihr ins Ohr, während er ihr Gesicht streichelte. »Ich verstehe es nicht.«

Das Gespräch mit Poolitzer brachte ihn nicht dazu, sich weniger um sie zu sorgen. Er kämpfte sich auf die Beine und humpelte zum Kühlschrank, um sich ein zweites Getränk und sein Pad zu holen, auf dem er verschiedene Bücher zum Zeitvertreib gespeichert hatte. Auf seinem Kom stellte er einen Countdown von drei Stunden und 58 Minuten ein.

Aber was mache ich, wenn du dann nicht zu mir zurückkehrst? Einen Moment lang spielte er mit dem Gedanken, nach Sankt Petersburg zu fliegen, verwarf ihn aber gleich wieder. Ein Flugzeug benötigte viel zu lange, und man würde ihn nicht einmal bis zu Abongi vorlassen. Ob er wollte oder nicht, er musste ausharren. Das war das Schlimmste: die verfluchte Untätigkeit, die Nutzlosigkeit.

Er wählte gerade eine Dose Cola aus und wischte die Kondenswasserperlen vom Blech, als es an der Zimmertür klopfte.

Normalerweise klingelte ein Besucher vom unteren Eingang aus ein Zimmer an, um durch die Haupteíngangstür und die zweite Abschlusstür, die es in jedem Stockwerk unmittelbar nach den Fahrstühlen und Feuertreppen gab, zu gelangen. Somit konnte es sich nur um einen anderen Hotelgast handeln.

Xavier runzelte die Stirn. »Wer ist da?«

Zur Antwort erhielt er ein weiteres, nachdrückliches Pochen.

Langsam stellte er die Dose ab, langte nach der Heckler&Koch Caveat, die er im Gürtel unter seinem Hemd verborgen trug, und richtete die Mündung auf die Tür.

Marleen und Cauldron schossen mit ein paar Tausend Kilometern pro Stunde durch den Astralraum, die Umgebung wurde undeutlich und zu einer verschwommenen, bizarren Welt.

Sie stiegen auf dreißig Kilometer Höhe, um so wenig natürlichen Hindernissen wie möglich zu begegnen, während unter ihnen grüne, braune und graue Flecken vorüberhuschten. Mehr nahmen sie von den Ländern, die sie passierten, nicht wahr. Polen, die Ostsee, ein Stückchen Litauen, Lettland, Estland wurden zu Farbschattierungen degradiert.

»Ich wollte mich bei dir bedanken«, sagte Marleen leise. »Auch falls die Sache nicht gut für mich endet, habe ich immerhin das Gefühl, es wenigstens zu versuchen.«

»Vielleicht bist du die Erste, die es schafft«, beließ es Cauldron bei einer Andeutung, um ihr nicht zu viel Zuversicht zu geben.

Marleen schwieg. »Und wir reisen nach Sankt Petersburg, um einen Freund von dir zu treffen?«, begann sie nach einer Weile.

»Nein, es ist kein Freund.« Cauldron zögerte einen Augenblick. »Es ist ein Feind.«

Sie machte große Augen. »Ein *Feind*?«

»Wenn alles stimmt, was ich gehört habe, ist ein Elementar, der mich einmal als Wirtskörper benutzen wollte, woanders fündig geworden«, fasste die Seattlerin rasch zusammen. »Er wird wissen, wie man in einen Menschen eindringt und ihn wieder verlässt, ohne Schaden zu hinterlassen.« Sie warf der jungen Frau ein misslungenes Lächeln zu. »Vielleicht lässt er mit sich verhandeln. Mit seinem Wissen kann es uns gelingen, deine astrale Gestalt zu erhalten, bis wir eine endgültige Lösung gefunden haben. Jedenfalls hoffe ich das. Wird deine Mutter dich aufnehmen?«

»Ich soll ...« Sie brach ab und dachte über das nach, was ihr vorgeschlagen wurde. »Ich verstehe. Ich stelle mich bei jemandem unter. Meine Mutter kommt nicht in Frage, aber Jo würde es sicher machen.«

»Er liebt dich?«

Marleen lächelte nun wie ein kleines Mädchen. »Wie gesagt, ich habe mich nicht getraut, ihn zu einem echten Rendezvous zu bitten.«

»Intimer als das, was wir vorhaben, kann es nicht mehr werden«, vermutete Cauldron trocken. »Ihr beide werdet die höchste Stufe einer Partnerschaft erreichen. Und das von Anfang an. Ist das nun der perfekte Start für eine Beziehung oder nicht?«

»Du kannst mich nicht wirklich leiden, hab ich Recht?« Sie nahm ihre Hand und drückte sie lange. »Warum tust du das für mich?«

»Ich helfe dir nur, um an Informationen zu kommen. Was du machst, nennt man Erpressung. Normalerweise kämst du damit bei mir nicht durch, aber ich wurde darum gebeten. Erwarte daher kein allzu großes Mitleid.« Sie hatte es sich nicht verkneifen können, aber wenigstens gelang es ihr, weitere böse Bemerkungen, die ihr noch auf der Zunge lagen, hinter den Zähnen zu halten.

»Oh.« Mehr kam nicht von Marleen.

Sei kein Arschloch, rief sich die Magierin selbst zur Ordnung. »Na schön, du tust mir auch ein bisschen Leid. Du kannst nichts dafür, dass du in diese Lage geraten bist. Außerdem wische ich damit dem Mörder eins aus. Ich will ihn nicht gewinnen und dich zu seinem nächsten Opfer werden lassen. Drittens, nein, du erinnerst mich nicht an eine Schülerin, die ich mal hatte und die ich in einer traumatischen Schlacht gegen einen überstarken Gegner verlor, und deshalb sehe ich in dir auch nicht die zweite Chance, alles wieder gutzumachen.« Sie grinste in einem Anflug von schwarzem Humor.

Zudem sah sie es pragmatisch. Wenn ihr eines Tages die gleiche Sache zustoßen sollte, wusste sie wenigstens, was sie gegen den Zerfall ihrer astralen Gestalt unternehmen konnte.

Sie schaute zu Marleen. »Zufrieden mit den Antworten?«

»Schon«, gab das Mädchen ebenfalls grinsend zurück. »Aber die Variante mit der getöteten Schülerin gefiel mir eigentlich am besten. Es hätte dem Ganzen etwas sehr Dramatisches gegeben.« Sie musste lachen. »Ich dachte schon, es wäre dein Mutterinstinkt.«

»Mutterinstinkt?« Cauldron überlegte und dachte an ihren sich allmählich verändernden Hormonhaushalt. Sie versuchte zu ergründen, warum sie ihr wirklich helfen wollte, abgesehen von der Wahrheit über den Mörder, und kam zu dem Entschluss, dass es wohl eine Mischung aus verschiedenen Gründen war. Unter Umständen spielten die Hormone wirklich eine Rolle.

»Ich möchte mal in die Forschung gehen«, plauderte Marleen und lachte auf. »Es ist schon seltsam.«

»Was ist seltsam?«

»Ich habe Vorlesungen über freie Geister belegt, und nun werde ich bald erfahren, wie sie so sind.«

»*Wie sie so sind?*« Cauldrons linke Augenbraue ruckte in die Höhe. »Dann freu dich mal auf unsere Begegnung, denn ich kann dir nicht sagen, wie sie verlaufen wird. Leider habe ich noch keinen netten freien Geist getroffen.«

»Ich weiß. Es gibt unterschiedliche Typen«, referierte Marleen aus den bisherigen Vorlesungsstunden. »Trickser, die nur ihren Spaß haben wollen, die Schatten, die Menschen zu Gräueltaten anstiften und selbst welche begehen …«

»Ja, ja, die Dozenten und ihre netten Theorien«, unterbrach Cauldron böse lachend die drohende Aufzählung. »Pass gut auf, wenn wir unseren Elementar treffen, und sag mir, in welche Kategorie du ihn einordnen würdest. Lass die netten Geister dabei ruhig aus.«

Marleen sagte vorerst nichts mehr. Aus der anfänglichen Begeisterung, einem Wesen gegenüberzustehen, das sie lediglich aus Vorlesungen, den Beschreibungen aus Datenbanken und Büchern kannte, entwickelte sich eine ängstliche Zurückhaltung.

Unter ihnen tauchte ein gigantisches Lichtermeer auf, durch das sich ein dunkelblaues Band zog.

»Sankt Petersburg«, befand Cauldron, »das Dunkle müsste die Newa sein. Wir brauchen den Fluss zur Orientierung, um das Gebäude zu finden, in dem ich unseren Elementar vermute.« Sie blickte die junge Frau an. »Lass mich reden, du bleibst still und hältst dich bereit, auf der Stelle zu verschwinden, falls es brenzlig werden sollte.«

»Wir sollen *abhauen*?«

Sie verringerten die Geschwindigkeit und rasten senkrecht auf die Stadt zu. »Was haben dir die Professoren über die Macht freier Geister beigebracht?«

»Sie können stark sein und die unterschiedlichsten Zauber beherrschen?«

»Und sie können sehr, sehr alt sein«, fügte Cauldron hinzu. »Das Wesen, das wir besuchen, hat mindestens sechs Jahrhunderte überstanden, ohne einmal vernichtet worden zu sein. Selbst Nega-Magie schaffte es nicht. Muss ich mehr dazu sagen?«

»Nein«, erwiderte Marleen sehr schnell und piepsig.

Sie glitten tiefer und tiefer, Cauldron rief sich das memorierte Satellitenbild in Erinnerung. Es funktionierte sehr gut, sie verflogen sich nicht und schwebten schon bald über dem hell erleuchteten Straßenzug mit den eindrucksvollen, uralten Gebäuden.

Sie spürten die magische Hintergrundstrahlung des Ortes, welche die Wahrnehmung und alle anderen Aktivitäten auf magischer Ebene erschwerte. Es war vom Gefühl her in der stofflichen Welt ungefähr vergleichbar mit einem leichten Schneegestöber oder wie das vage Flimmern eines Tridschirms, welches das Bild verschlechterte.

»Ganz schöne Störungen«, bemerkte Marleen. »Wir sind in der Nähe des Winterpalasts. Vermutlich sind es die letzten abklingenden Auswirkungen des Petersburger Blutsonntags.«

Cauldron orientierte sich an den Häuserfronten und suchte nach dem vom Bild bekannten Anblick der russischen Zentrale von Antique Enterprises. »Schon vergessen? Ich bin aus Seattle, ich habe keine Ahnung von russischer Geschichte.«

»Was? Russische Revolution? Nie gehört?«

»War die nicht erst vor kurzem? Ich habe in den Nachrichten was darüber gehört.«

»Sicherlich nicht. Vor hundertfünfzig Jahren versammelten sich Tausende Menschen, vor allem Arbeiter, vor dem Winterpalast, um für bessere Lebensumstände zu demonstrieren. Der Onkel des Zaren ließ die kaiserlichen Truppen in die Menge feuern.« Sie deutete hinüber zu dem Palast. »Da vorne und in den Seitenstraßen, nehme ich an, muss es zu dem Massaker gekommen sein. Hunderte Demonstranten wurden ermordet, weitere Hunderte verletzt. Die Nachricht von der Niederschlagung der Demonstration verbreitete sich, und es kam zu Streiks und Aufständen.«

»Ich bin beeindruckt, Marleen. Ihr lernt ja richtig was an der Uni.« Tatsächlich erklärte es die Störungen im Astralraum. Sie senkte sich weiter herab und fand das Haus, das sie beide suchten. Die magische Barriere, die als Schutz gegen astrale Eindringlinge und Zauber gedacht war, schimmerte warnend in tiefen, sich abwechselnden Rottönen.

»Du wartest. Sieht nicht so aus, als wollte man Besucher empfangen«, kommentierte Cauldron und flog bis an das Hindernis. Sofort erschien ein Watcher neben ihr, der sie aufs Übelste beschimpfte. »Halt die Klappe. Sag Abongi, dass eine alte Bekannte aus Andorra sie sprechen möchte.«

Der Watcher, der nur aus einem Kopf mit mächtigem Rauschebart, einer Kosakenmütze und einem gigantischen Mund bestand, störte sich nicht an ihrem Befehl und ließ Russisches auf sie einprasseln. Vermutlich waren es Beschimpfungen.

Es kostete sie unnötig Zeit, daher setzte sie einen Manapfeil mitten in die Nase des niederen Geistes und ließ ihn platzen. Mit einem letzten Schrei zerriss es das Wesen in Tausende glühende Energiefetzen, die auseinander spritzten, kleiner wurden und zu nichts schmolzen.

Die Ebene um sie herum füllte sich plötzlich mit neuen Geistern, die großen Brüder des vernichteten Watchers kamen zur Trauerfeier, um den Mörder zu stellen. Ihren Energiemustern nach zu urteilen, handelte es sich um Elementare der Windebene, die sich um sie herum positionierten.

»Ich möchte mit Rose Abongi sprechen«, wiederholte sie ihr Anliegen. »Sag ihr, ich weiß, was es mit Aeternitas und ihrer neuen Macht auf sich hat.«

Einer der Elementare verschwand und kehrte kurz darauf wieder. »Du kannst passieren«, verkündete er säuselnd und rauschend wie wirbelnde Luft. Die Barriere flackerte und erlosch für wenige Momente. Cauldron und Marleen flogen weiter in das Gebäude, und der Elementar führte sie durch die Korridore und Zimmer.

Sie sahen nicht sehr viel, weil ihre Reise schnell verlief, aber es reichte aus, um zu erkennen, dass sich einige mächtige Artefakte in dem Haus befanden. Viele Menschen gingen darin umher, es gab ausgedehnte Büros, Konferenzsäle und eine Bibliothek. Nachdem sie durch die Wände eines Vorzimmers glitten, lotste sie der Elementar durch eine offen stehende Tür.

Marleen ignorierte den Eingang und wollte durch die Wand fliegen, prallte aber wie von einem natürlichen Hindernis ab.

Verwundert versuchte sie es ein zweites Mal. Ihre Hand tastete das verkleidete Holz behutsam ab, dann askennte sie die Barriere. Hinter dem Holz befand sich eine normale Sandsteinmauer, doch dann sah sie einen soliden Film aus dünnem grünem Moos. Da es sich um eine lebendige Pflanze handelte, war ihr der Weg versperrt. Sie musste die Tür benutzen.

»Hast du ...«, wollte sie Cauldron auf ihre Entdeckung aufmerksam machen, als sie im Raum stand, aber ihre Mentorin bedeutete ihr zu schweigen.

»Schau sie dir an und sage mir, was du askennst«, befahl sie leise.

Die Studentin richtete ihre Augen auf das, was vor ihnen am gewaltigen Schreibtisch saß, und sog die Luft ein. Sie sah eine schwarze Löwin auf dem Stuhl sitzen, eine Pranke ruhte auf der Tastatur ihres Computers, mit der anderen hielt sie ein Glas. »Eine Gestaltwandlerin, oder? Auf der astralen Ebene können sie in ihrer wahren Tiergestalt und nicht als Menschen erscheinen.«

Cauldron nickte, obgleich sie als Initiierte mehr an astraler Wahrheit erkannte. Die Aura von Rose Abongi beinhaltete einen Farbton, der sie deutlich darauf hinwies, dass die Frau von einem Geist besessen war.

Ich habe mich nicht getäuscht, jubelte sie. Zur Freude mischten sich sofort Bedenken. Aus dem Raum, dessen Wände mit lebendigem Moos bewachsen waren, gab es für sie vorerst kein Entrinnen. Der Elementar hatte Stellung vor der Tür bezogen, eine Barriere glomm hinter ihm auf.

»Als ich den Namen Aeternitas hörte, dachte ich sofort an dich«, erhob die Gestaltwandlerin in einer Mischung aus Sprechen und Fauchen ihre raue Stimme. »Dein Freund hat mich damals mit seiner Aktion überrascht. Nega-Magie ist sehr, sehr schmerzhaft. Aber nun ja, ich habe schon ähnlich Schlimmes überstanden.« Sie drehte den Löwenkopf, das schwarze Fell lag glatt an ihrem Körper und glänzte wie Seide. »Wenn du gekommen bist, um mein altes Angebot anzunehmen: Du bist ein wenig spät. Ich habe jemanden gefunden, und wir sind sehr gute Freunde geworden. Es macht Spaß, ein Imperium zurückzuerobern und zu führen. Danach habe ich mich immer gesehnt.«

Cauldron trat an den Schreibtisch heran. »Nein, ich bin aus einem anderen Grund hier. Ich möchte einer jungen Magierin helfen. Ihr Leib wurde vernichtet, während sie im Astralraum reiste. Sie hat es nicht verdient zu vergehen.«

Abongi lehnte sich in ihren Sessel und musterte die Magierin mit ihren Raubtieraugen. »Und nun suchst du einen Weg, ihr einen anderen Körper zu geben?« Die Löwin lächelte gefährlich, zeigte die weißen Fänge. »Es dürfte unmöglich sein.«

»Aber du kannst in andere Körper eindringen, also *ist* es möglich«, widersprach Cauldron fest und ließ sich vom Anblick der Reißzähne nicht beeindrucken. *Katzen spielen gerne mit ihren Opfern, ehe sie sie töten*, huschte es ihr unpassenderweise durch den Kopf.

»Ich bin ein freies astrales Wesen. *Das* ist der Unterschied.«

»Sie ist es in gewissem Sinne auch. Sie ist nicht mehr an einen bestimmten Körper gebunden.«

Ihre gelben Augen verengten sich. »Angenommen, ich könnte euch behilflich sein, was wäre meine Belohnung?«

»Karma«, antwortete Cauldron sofort mit einer Offerte, die kaum auszuschlagen war. Freie Geister lebten vom gespendeten Karma, der Energie der Seele, der Erfahrung eines Menschen, und befanden sich ständig auf der Suche nach neuem, um ihre eigenen Kräfte zu steigern. Allerdings musste es von Menschen freiwillig gegeben werden. »Du brauchst es sicherlich, und wir beide haben eine Menge davon zu bieten.« Sie setzte sich in den Sessel. »Da wir schon mitten in den Verhandlungen sind, schließe ich daraus, dass du demnach einen Weg kennst«, stellte sie zufrieden fest.

Abongi sah an ihr vorbei und winkte Marleen heran. Zögerlich trat sie näher, behutsam, aufmerksam, sofort bereit, sich mit einem Sprung zurück wieder in Sicherheit zu bringen. »Du bist das arme Ding, dessen Leib man zerstört hat? Ich verstehe, was du durchleidest.«

Das geheuchelte Mitleid nahm Cauldron ihr nicht ab. Die Magierin kannte die wahre Natur des in der Afrikanerin wohnenden Elementars, der in der Vergangenheit bereits von den Menschen gefürchtet und deswegen in ein magisches Gefängnis verbannt worden war, damit er keinen Schaden mehr anrichtete. »Sei vorsichtig«, warnte sie. »Sie wird dir alles Mögliche erzählen. Vertraue ihr nicht.«

Die Gestaltwandlerin lachte grollend. »Oh, wie misstrauisch. Dabei dachte ich, mein friedfertiger Empfang sei Beweis genug, dass ich die Sache in Andorra vergessen hätte.«

»Sicher. Du bist das friedfertigste Wesen des Astralraums. Man wird dir die Gandhi-Plakette verleihen.«

Marleen warf ihr einen bangen Blick zu, der in etwa besagte: *Mach ihn nicht wütend. Es geht um mein Leben, nicht um deins.*

»Sarkasmus ist eine herrliche Sache«, lachte Abongi. »Ihr werdet mir schon vertrauen müssen, schließlich soll ich die Rettung für die junge Dame sein, nicht wahr?«, schnurrte sie stichelnd und blinzelte, der schwarze Schweif zuckte hin und her. Das Wortgeplänkel bereitete ihr Vergnügen. »Von wie viel Karma reden wir?«

»Von welcher Vorgehensweise reden wir?«

»Ihr gebt mir so viel Karma, wie ich möchte, und dafür helfe ich euch. Das schwöre ich bei meinem wahren Namen.« Abongi schaute wieder zu Marleen. »Denkt nicht zu lange nach. Ich sehe, dass deine Gestalt an Intensität verloren hat, junge Frau. Dir bleiben etwas mehr als drei Stunden, und es wäre schade um dich. Ehrlich.«

»Vergiss es«, widersprach Cauldron sofort. Sie stellte dem Elementar keinen Freibrief aus, sich unendlich an ihrer innersten Energie zu bereichern, um sie am Ende auszulachen und ihnen nichts zu verraten. »Du bekommst ein bisschen, als Vorgeschmack. Wenn du uns wirklich helfen kannst, wirst du danach nicht leer ausgehen. Das verspreche ich dir wiederum bei meiner Seele.«

»Cauldron, bitte!«, raunte Marleen eindringlich. »Du musst auf seinen Handel eingehen, oder ich werde dir niemals sagen, wer der Mörder ...«

»Nein. Es ist ein Wesen mit einer finsteren Vergangenheit. Ich werde ihm sicherlich nicht über den Weg trauen«, erwiderte sie laut, damit Abongi hörte, wie sie dachte. »Also, wie sieht es mit meinem Angebot aus?«

Die Heiterkeit verschwand aus dem Gesicht der Gestaltwandlerin. »Ich soll mich mit einer Anzahlung abspeisen lassen? Auf deinen Schwur gebe ich nichts, Hermetische.«

»Ich auf deinen auch nicht.« Sie hatte es befürchtet. Der Elementar trieb sein böses Spiel mit ihnen und besaß kein Interesse.

Marleen glitt durch den Schreibtisch und sank vor Abongi auf die Knie, sie weinte bitterlich. »Ich flehe dich an, hilf mir«, schluchzte sie voller Angst. »Nimm mein Karma, ich gebe dir alles!«

»Das ist nett gemeint, junge Dame.« Sie zog die astrale Gestalt des Mädchens auf die Beine und lächelte sie an, um auf Cauldron zu deuten. »Aber ich möchte auch von ihr Karma erhalten. Du musst das verstehen, sie ist um einiges erfahrener als du, ihr Wissen wiegt schwerer als deins und hat den größeren Nutzen für mich. Du bist der liebliche beschwingende Wein für mich, kleine Marleen, aber deine Freundin bedeutet feurigen, trunken machenden Rum.« Sanft strich sie ihr über den Kopf. »*Ich* möchte dir ja helfen, es liegt einzig an Cauldron. *Ganz* allein.«

Cauldron funkelte Abongi an. »Lass deine widerlichen Intrigen!«, zischte sie und streckte die Hand aus. »Komm, Marleen. Wir verschwenden unsere Zeit. Deine Professoren können uns mehr sagen als dieses Wesen.«

Die junge Frau kauerte vor der Gestaltwandlerin, die Hände vors Gesicht geschlagen. »Nein. *Du* verschwendest meine Zeit«, weinte sie. »*Meine* Zeit! Und wenn der Mörder inzwischen andere Menschen umgebracht hat, wirst *du* schuld sein! Du könntest seinen Namen schon längst wissen.« Sie erhob sich und kehrte langsam an ihre Seite zurück. »Bitte«, flüsterte sie und versuchte es auf eine andere Weise. »Ich gebe dir meine gesamten Ersparnisse, wenn wir zurück sind, aber stimme dem Handel zu.«

»Ich brauche dein Geld nicht. Du verstehst nicht, der Elementar …«

»Nein, *du* verstehst nicht«, begehrte Marleen wütend auf. »*Deine* Weigerung ist *mein* Tod.«

Hervorragend. Die Seattlerin schaute an ihr vorbei zur Gestaltwandlerin, welche die Unterhaltung genau verfolgte und lächelte. Es war ein kaltes, berechnendes Lächeln, die Lefzen der schwarzen Löwin ließen einen Teil der Zähne sehen. Sie hatte ihr mit wenigen geschickten Worten die Rolle des Bösewichts zugeschoben. »Du wirst eine Anzahlung von mir bekommen, Abongi, wie ich es gesagt habe. Hinterher gibt es mehr.«

»Ausnahmsweise«, gab sie sich großzügig, das gierige Funkeln in den Augen verhieß nichts Gutes. Sie stand auf und stellte sich vor die beiden. Zuerst legte sie die Hand an die Schläfen von Marleen. »Keine Sorge, es tut nicht weh. Lass es fließen, kleine Marleen.«

Es tat tatsächlich nicht weh, sie spürte auch nichts, außer ein wenig Benommenheit, die sich sogleich wieder legte.

Abongi trat an Cauldron heran, die ihren Kopf instinktiv zurückzog, als sich die Pranken näherten. »Angst?«, spottete sie.

»Misstrauen«, entgegnete die Magierin. »Ich gebe dir nur einen Hauch von dem, was dir gehören wird, wenn unser Vorhaben gelingt.«

Warm legten sich die Hände auf ihre astrale Gestalt. »Ich freue mich schon darauf«, schnurrte sie. »Los. Ich warte.«

Cauldron gewährte ihr einen kurzen Moment, mehr nicht. Genießerisch schloss Abongi die Lider und absorbierte die gegebene Energie. »Das genügt. Nun bist du an der Reihe«, unterbrach sie den Transfer. »Wir hören?«

Ein ärgerliches Fauchen drang aus Abongis Kehle. »Das war alles?« Sie nahm die Pranke nicht weg. »Gib mir mehr, und du wirst das Geheimnis erfahren.«

»Nein.«

»Bitte!«, drängte Marleen sie inständig. »Oh, ich …«

Die Magierin überließ ihr noch einen winzigen Teil ihres Karmas. Abongi reagierte mit einem wohligen Schnurren, zog die Pranken zurück und warf sich in den Stuhl, wo sie sich mit katzenhafter Ausgiebigkeit räkelte.

»Ah, das hat gut getan«, maunzte sie zufrieden. Ihre Aura wuchs, steigerte ihre Intensität und zeugte von der neu gewonnenen Stärke des Elementars, der die Gabe augenblicklich umgewandelt hatte. Aus fremder Erfahrung und Seelenstärke war eigene Macht geworden.

»Zeig uns, wie groß deine Ehrlichkeit ist«, forderte Cauldron, während sie gleichzeitig in sich hineinlauschte, um nach Veränderungen zu horchen, aber der Vorgang schien ihr bis auf eine unbestimmte Müdigkeit nicht geschadet zu haben. Oder die Nachteile stellten sich zu einem späteren Zeitpunkt ein.

Abongi hörte auf, sich auf dem Leder des Stuhls hin und her zu winden, ihre gelben Augen musterten zuerst sie, dann die Studentin. »Das war sehr, sehr gut. Ich bin satt … sagt man satt? Egal, ihr habt mich nicht enttäuscht.« Ruckartig setzte sie sich aufrecht hin. »Nein, ich kann euch nicht sagen, auf welche Weise ich in der Lage bin, menschliche Wirte zu übernehmen …«

Cauldron bereitete sich vor, einen Spruch gegen Abongi zu schleudern, Überlegenheit oder nicht, ihr Temperament ging mit ihr durch. »Du verdamm…«

Abongi hob abwehrend die Rechte. »… aber ich kenne eine andere Möglichkeit.« Sie neigte den Kopf, ihre gelben Augen bannten Marleen. »Möchtest du sie hören?«

»Ja«, bat sie leise, ein Verdurstender in der Wüste könnte einen Nomaden mit einer Wasserflasche in der Hand nicht weniger verlangend anschauen.

»Auch wenn es sehr unangenehm ist?«

»Ja …«

»Habt ihr schon von dem Kometen gehört, der in zwei Jahren ganz nahe an der Erde vorbeirasen wird?«, wechselte sie urplötzlich das Thema.

»Was soll das?«, herrschte Cauldron sie an.

Abongi legte die Pranken zusammen. »Was wisst ihr über ihn?«

»Der Halleysche Komet kommt öfter vorbei«, sagte Marleen ungeduldig, das Wissen aus ihren Vorlesungen abrufend. »Ungefähr alle 76 Jahre, die letzte Annäherung war 1986, die nächste ist für September 2061 vorhergesagt, aber was hat das mit mir zu tun?«

Abongis Blick wurde abwesend. »Ich habe ihn gesehen, damals, 837, als er plötzlich aus der Sonnenrichtung auftauchte und die Erde passierte. Er war wunderschön, sein Schweif brannte wie weißes Feuer am dunklen Nachthimmel, und die Menschen starben beinahe vor Angst. 1066 war es nicht anders.« Sie überlegte angestrengt. *»Istimirant stella* steht auf dem Teppich von Bayeux. Der Komet brachte König Harold II. das Pech und Wilhelm dem Eroberer das Glück.« Sie betrachtete die beiden Frauen. »Der Komet brachte immer Veränderungen mit sich, und so wird es auch bald wieder sein.«

Der Magierin platzte angesichts des selbstherrlichen Monologs der Kragen. »Was hat das mit …«

»Die Veränderungen werden viele Bereiche treffen, nehme ich an. Zum fünfzigsten Jahrestag der Erwachten Welt bringt er garantiert ein dickes Paket für die Menschheit mit, oder?« Sie nickte Marleen zu. »Einmal, als er 1456 auftauchte, hörte ich von ungeheuren Dingen, die durch ihn geschehen waren. Seuchen, die Geburt von zweiköpfigen Tieren, Erdbeben, ein mysteriöser roter Regen ging auf die Länder nieder, und man erzählte sich, dass es die Tränen Gottes seien«, ließ sie sich nicht von ihrer Erzählung abbringen. »Und die Toten erhoben sich aus den Gräbern.«

»Geistergeschichten kenne ich bessere«, schnaubte Cauldron verächtlich.

»Falsch, Magierin.« Abongi bedachte sie mit einem mitleidigen Blick. »Es waren keine Geistergeschichten. Zumindest einen Fall habe ich selbst gesehen. Ein Mystiker hat sich nach seinem Tod wieder erhoben und von Dingen gesprochen, die er in seinem alten Leben niemals gesehen hatte. Woher wusste er sie dann?«

»Eine *neue* Seele war in ihn eingefahren!«, rief Marleen erleichtert.

»Richtig, junge Dame. Ich erschien ihm und fragte ihn, wie er dieses große Wunder vollbracht hatte, und er antwortete mir, dass er nicht mehr der sei, der er einst war. Ein neuer Mensch sei durch Magie in ihn eingedrungen und habe den Körper vor dem Zerfall gerettet«, berichtete sie weiter. »Und er beschrieb mir die magischen Worte, mit dem das Wunder vollbracht wurde.«

Cauldron schwieg. Sie wusste nicht, was sie von der märchenhaften Erzählung halten sollte, bezweifelte aber nicht, dass es zu dieser frühen Zeit erste Erwachte gab, sozusagen zu früh Erwachte, die in den menschlichen Mythen und Legenden als mächtige Hexen und Zauberer Einzug hielten.

Ist es ein Trick oder nicht? Sie schaute zu ihrem Schützling und ahnte, dass es ihr völlig egal war. Sie hing an den Lippen der Gestaltwandlerin und sog jede Silbe, die Hoffnung auf Rettung bedeutete, in sich auf.

»Ich sage die Formel.« Abongi gab dem Elementar vor der Barriere einen Wink. Es trat beiseite, die Sperre vor der Tür erlosch. »Aber ich sage sie nur Marleen. Du wirst draußen warten, Cauldron.«

»Nein. Sie ist eine Anfängerin, sie ist es nicht gewohnt, komplexe Formeln einfach so zu memorieren«, widersprach sie der Anweisung. Es war, als drückte man einem Menschen, der mit einer Pistole umgehen konnte, eine komplizierte außerirdische Waffe in die Hand und erwartete nach einer kurzen Einweisung, dass er sie fehlerfrei bediente. Im besten Fall versagte die Waffe ihren Dienst, im schlechtesten detonierte sie und riss den Schützen mit in den Tod. So ähnlich konnte es einem ungeübten Magier bei einem Zauberspruch auch ergehen. Neue Zauber zu erlernen setzte intensives Studium und viel Zeit voraus.

»Siehst du, sie stellt sich schon wieder deiner Rettung entgegen«, ignorierte die schwarze Löwin leise schnurrend ihren Einwurf. »Du bist ein talentiertes Mädchen, du schaffst es. Die Formel des Mystikers ist einfach und besteht nur aus ein paar Worten und Gesten.«

Marleen wandte sich zu ihrer Begleiterin. »Bitte, verlass den Raum.«

»Es ist ein Trick! Ich weiß nicht, was sie versuchen wird, aber sie beabsichtigt etwas.«

»Was sollte das sein?«, maunzte Abongi, die Überraschte vortäuschend. »Ich habe ihre Karmaenergie, was könnte ich mehr von ihr verlangen?« Sie fauchte. »Ach, du denkst, ich hätte draußen eine Falle für dich vorbereitet, um an dein Karma zu gelangen? Du weißt, dass man es mir freiwillig geben muss, ein Hinterhalt ist zwecklos, nicht wahr? Nur die Shedim …«

Cauldron horchte auf. »Zozoria und du kannten sehr wohl einen anderen Weg. Und wer sind die Shedim?«

»Vergiss sie, sie bedeuten nichts«, wiegelte Abongi sofort ab. »Gehst du nun?«

Marleens blaue Augen sandten ihr ein stummes Flehen nach dem anderen zu. »Also gut.« Cauldron drehte sich auf dem Absatz herum und schritt hinaus, um im Vorzimmer ungeduldig auf und ab zu gehen.

Die Tür wurde hinter ihr geschlossen. Sie musste nicht nachsehen, sie wusste, dass Abongis Elementar unmittelbar dahinter wachte und sie sofort attackieren würde, sollte sie es wagen, einen Blick ins Büro zu werfen oder das Gespräch belauschen zu wollen.

ADL, Württemberg, Stuttgart-Mitte, 02.05.2059, 08:39 Uhr

Poolitzer stand in der Schlange vor der Bude *Sheitans höllenscharfer Döner* und blinzelte hinauf zu den immer wieder unrhythmisch aufblinkenden, roten Schriftzügen »Döner from hell! Double Burner« und freute sich wie ein kleines Kind auf das erklärte Lieblingsessen.

Für das türkische Fastfood nahm er geduldig jede Wartezeit in Kauf, solange ihm der Grillmeister ordentlich von dem berüchtigten »wolle sscharrf« zwischen die Lagen aus Fleisch, Kraut, Gurken, Tomaten und köstlicher Sauce gab.

Ultra lehnte vorsichtig am Laternenmast und fummelte an den Knöpfen der Fuchi herum, um sein bislang aufgenommenes Material zu sichten. Gleichzeitig telefonierte er, um erste Infos über Di'Oá zu erhalten. Von Ranjits Hotel aus wollte er ins Schattennetz eintauchen und schnüffeln, die Unterkunft des Hypnotiseurs bot die schnellere Verbindung in die Matrix.

Der Reporter wandte sich ihm zu und betrachtete ihn, wie er da mit seinem bunten Hawaiihemd auf der Straße stand. *Ein echtes Riesenbaby*, grinste er still.

Jeder, der den Troll noch niemals bei einem Run gesehen hatte, würde es nicht glauben, dass er sich schnell bewegen konnte und dabei noch treffsicher war oder seine Gegner auch mal mit der Wallacher-Streitaxt aufs Übelste zurichtete, wenn es denn sein musste. Momentan wirkte er wie ein einfältiger, mit der Technik der Bedienelemente überforderter Metamensch, wie er perfekt in das Klischee der Ewiggestrigen und Intoleranten passte.

Sie befanden sich auf dem Weg zu Ranjit, um ein paar Zusatztakes und Statements zu den Möglichkeiten der Hypnose aufzuzeichnen. Zudem rechnete Poolitzer jederzeit damit, dass der Mörder oder besser gesagt ihr Verdächtiger wieder bei dem Halbinder anrief.

Seine Vermutung kam nicht von ungefähr.

Die wenigen Minuten, in denen der Mann bei klarem Verstand war, stellten sich seiner Theorie nach immer dann ein, wenn die Mörder-Persönlichkeiten ihren mentalen Staffellauf absolvierten und sich auf dem Sprung befanden. Während sich die Geistesbühne für den nächsten Irren bereitete, kam die wahre Gestalt des Unbekannten durch, sie blitzte Hilfe heischend auf, um gleich wieder von einem der implantierten Monster überlagert zu werden.

Dieses kleine Zeitfenster gewährte dem armen Kerl, für kurze Momente er selbst zu sein, ehe sein Verstand in dumpfem Nichtstun versank und er von posthypnotischen Befehlen gesteuert wurde.

Poolitzer stellte es sich grausam vor. *Was für eine geile Story. Und wer hat sie? Ich, der Gottvater des investigativen Journalismus!*

Er machte einen Schritt nach vorne und durfte endlich seine Bestellung bei dem Typen mit den haarigen Unterarmen aufgeben. Er sah wirklich aus wie der Sheitan, der Teufel, persönlich, sein Spitzbärtchen, die geschlitzten Pupillen und die zu Hörnern gedrehten, rot gefärbten Haare vermittelten den Eindruck, als sei der Höllenfürst persönlich emporgestiegen, um die Menschen mit Döner zu verführen.

»Ich möchte …« Sein Kom klingelte und spielte die Töne der neu aufgelegten Muppets Show, die Erkennungsmelodie, die er Spengler zugeteilt hatte. »Einen Moment bitte«, entschuldigte er sich und nahm das Gespräch entgegen.

»Gospini, kommen Sie sofort nach Ludwigsburg. Bei uns lief gerade der weitergeleitete Notruf einer Prostituierten auf. Sie sagte, ein Verrückter mit einem Messer sei hinter ihr her.«

Poolitzer spürte seinen nagenden Hunger und die bösen Blicke der anderen in der Schlange in seinem Nacken. »Hat sie keinen Zuhälter, der das für uns regelt?« Er rollte entschuldigend mit den Augen und bedeutete dem Dönermeister, eine Riesenladung zu bauen, zeigte auf alle Zutaten und ständig auf das Döschen mit »Wolle sscharrf«.

»Ich denke, wir haben es mit dem Ripper zu tun. Schaffen Sie sich und Ihre Kamera her, wenn Sie Bilder haben wollen«, riet ihm Spengler.

»Ultra, steig in den Wagen. Wir haben einen brandheißen Medien-Noteinsatz!«, brüllte er über die Köpfe der Wartenden hinweg. »Ich komme gleich!« Er deutete wieder auf das rote Pulver, der Sheitan streute diabolisch lachend eine neuerliche Ladung hinein. Ein Schwall Kunstnebel stieg auf, zwei rote Lampen beleuchteten das Antlitz Sheitans wahrlich höllisch.

»Coole Show für einen Döner.« Hastig bezahlte er sein Essen und rannte zum geliehenen Fahrzeug, in das auch Ultra passte. Der geräumige Mietwagen, ein bewährter Citroën Aventurier, war auf Dauer günstiger als das unentwegte Taxifahren.

Im Laufen biss er von dem verführerisch duftenden Döner ab und traf dabei voll auf ein Nest aus rotem Chilistreusel, mit dem der Türke auf seine Anweisung hin nicht gespart hatte. *Uh, brennt wie Hölle!* Abwechselnd nach Luft ringend und tapfer kauend stieg er ein und nannte dem Autopiloten das Ziel in Ludwigsburg.

»Nee, ich mach das schon selbst«, bestand Ultra darauf, den Wagen zu steuern, deaktivierte die Fahrhilfe und rief nur das ALI-Navigationssystem ab, um den Weg angezeigt zu bekommen.

Poolitzer fehlte die Stimme, um gegen das Vorhaben zu protestieren. Das Chili sengte ihm gerade alle Stimmbänder weg, aber das Döner war verdammt gut, also aß er einfach weiter, während ihm der Schweiß aus allen Poren trat, ihm den Rücken und unter den Armen hinablief.

»Was is'n? Ist unser Mörder wieder aufgetaucht?«, wollte der Troll wissen. Dabei manövrierte er den Citroën zwischen einem stehenden Lkw und einem entgegenkommenden Benz hindurch. Mehr als zwei Zentimeter Platz auf jeder Seite blieb nicht mehr.

Zuerst wollte Poolitzer »ja« krächzen, besann sich jedoch anders. *Etwas stimmt an der Sache nicht*, grübelte er. Denn: Ranjit hatte sich nicht gemeldet und ihnen vom Anruf ihres Unbekannten erzählt, also hatte der Mörder bei ihm nicht angerufen.

Das alleine reichte vielleicht nicht unbedingt als Grund aus, falschen Alarm zu vermuten, aber es gab noch etwas.

Er kramte mit einer Hand seinen Organizer heraus, schmierte sich dabei weiße Soße auf seine Hose und fluchte. Er fummelte herum, bis er ihm endlich die Liste anzeigte, die ihnen von Boesche genannt hatte.

Schon wieder Jack the Ripper? Das würde bedeuten, dass er die anderen Mörder auf der Liste übersprungen hat. Er senkte den Organizer. *Seltsam, bisher wechselte er immer ab.* Möglich wäre zwar, dass er bereits Morde nach der Manier von Sanchez und den anderen begangen hatte, um wieder vorne auf der Liste anzufangen, aber bei der derzeitigen Sensibilität des Sternschutzes für alles Ungewöhnliche wären derart bestialische Tötungen oder seltsame Todesfälle schon lange bekannt geworden.

»Unser Mörder? Keine Ahnung«, hauchte er schließlich heraus. »Kann auch ein Mitläufer sein.«

»'n Mitläufer?«

»Irgendein Perverser. So einer, der den Ripper schon immer cool fand und endlich eine Gelegenheit hat, sich auszutoben und es einem anderen in die Schuhe zu schieben.« Er ärgerte sich, dass er nichts zu trinken mitgenommen hatte. Das Brennen in seinem Mund wurde unerträglich. Der Türke in Stuttgart, das stand für ihn fest, schlug alle Schärferekorde, und »from Hell« traf es ziemlich genau. Am Ende war es doch der Sheitan persönlich, der Döner baute.

Er wollte gar nicht daran denken, was das Chili mit seinen Magenschleimhäuten und seinem Hintern machen würde. Die Werbung »Double Burner« ergab einen schrecklichen Sinn, und er dankte Gott schon jetzt für feuchtes Toilettenpapier mit Kamillenessenz.

Es wird wirklich zweimal brennen. »Was macht man gegen scharfes Essen?«, ächzte er und wischte sich den Schweiß von der Stirn.

Ultras Gesicht leuchtete auf: Quiztime, und er musste fast gar nicht überlegen. »Die Schärfe verursacht ein Alkaloid, Capsaicin genannt, wie beim Paprika. Einen noch deutlich höheren Gehalt an Capsaicin haben die nur bis etwa drei Zentimeter großen, roten Früchte des Cayennepfeffers, einer nahe verwandten Paprikaart, die auch unter dem Namen Chili bekannt ist. Das ist das Zeug, das du auf deinem Döner …«

»Bitte, spul vor bis zur Lösung«, hechelte Poolitzer leidend.

»Es hängt mit den Papillen zusammen, das sind kleine Erhebungen auf deiner Zunge. Das Alkaloid setzt sich in den Geschmacksknospen fest, und man bekommt es am besten raus, wenn man Brot oder so was isst«, erklärte Ultra ein wenig eingeschnappt, dass er nicht mit seinem gesamten Wissen auftrumpfen durfte. »Wasser würde nur drüberspülen und die Schärfe dort lassen, Brot schabt es ab und raus.« Er bog ansatzlos ab, zeigte einem hupenden Taxi den Mittelfinger und störte sich nicht an den aufbordenden Protesten, bestehend aus Aufblenden, wüstem Gehupe und geschrienen Drohungen.

Poolitzer gab einen hilflosen Laut von sich. Das bisschen Döner hatte sich restlos mit Soße voll gesogen, und die schimmerte ebenfalls teuflisch rot.

Noch zwei Sekunden, und ich fange an zu qualmen. In seiner Not riss er sich einen Fetzen von der Serviette ab, schabte sich über die Zunge und spie die Bröckchen in hohem Bogen aus dem Fenster. Wahrlich, das Brennen ließ nach, das schmerzhafte, Zahnfleisch zersetzende Feuer in seiner Mundhöhle verlosch allmählich. Zurück blieben ein nur zu einem Drittel gegessener Döner, an den er sich nicht mehr heranwagte. *Muss echt der Teufel gewesen sein. Blöder Idiot.*

»Wenn du'n nich' mehr willst«, bot sich der Troll mit hungrigen Augen an, »für mich wär's 'n nettes Häppchen, 'n Appetizer.«

Poolitzer reichte ihn rüber, und nach exakt zweimal Zubeißen war das Essen verschwunden. Was ihn noch mehr als die riesige Futterluke Ultras beeindruckte: Er schwitzte nicht einmal!

»Respekt, Großer.« Er wählte Spengler an, der ihm die genaue Adresse des Notrufs durchgab.

»Wir haben Sternschutz-Fahrzeuge in Ludwigsburg rund um den Straßenzug zusammengezogen und ein paar Drohnen auf den Weg geschickt, um von oben zu überwachen. Sie kommen direkt in die Heinrichstraße, ich warte dort auf Sie.«

»Hören Sie, alter Mann, ich denke, dass es nicht unser Hypno-Mörder ist. Es passt nicht ins bisherige Schema.«

»Was denn für ein Schema, Gospini? Sind Sie zum Spezialisten für geistig beeinflusste Menschen geworden?«

»Nein.« Er bemühte sich, nicht ganz so locker wie sonst zu klingen, um dem Kommissar zu zeigen, dass er es ernst meinte. »Er würde in der Listc der Mörder, die uns von Boesche gegeben hat, zurückspringen.«

»Das habe ich auch gesehen, aber ich halte es für zu früh, von einem Schema zu sprechen. Meiner Ansicht nach und der von ein paar anderen Leuten des BKA ist er unberechenbar. Derzeit tun wir zumindest einfach so, als würden wir unseren speziellen Freund jagen.«

»Hui, ist da jemand schlecht gelaunt? Wir sind gleich bei Ihnen.« Poolitzer beendete das Gespräch.

»Also is' es wirklich nicht unser Mörder?«, fragte Ultra neugierig.

»Spengler ist sich selbst nicht sicher.« Was auch immer er und sein Azubi zu sehen bekämen, die Bilder wären exklusiv, und das genügte ihm vorerst als kleines Intermezzo, bis sie den ganz großen Fisch, ihren Hypno-Mörder, ihren Doktor Mabuse, schnappten und seine Festnahme live sendeten.

»Du, Poolitzer?«

»Ja.«

»Haste noch 'n Stück von der Serviette?«

Adorno fluchte und zog die Mündung wieder zurück ins Innere des Wagens.

Eine Minute lang hatte sie die Nummer zwei auf ihrer Racheliste im Visier gehabt, die Smartverbindung und die Zoomfunktion ihrer Cyberaugen ließen die Nasenspitze so groß wie die eines Riesen werden.

Sie hatte gezögert, nein, sie hatte den Schuss aus der Beretta *hinaus*gezögert und sich auf den Augenblick, in dem sie abdrückte und den Kopf des Verräters in Nahaufnahme explodieren sah, gefreut. Zashi übertrieb es mit ihrer Hinrichtungsorgie an Di'Oá eindeutig, sie war schon immer die emotionalste vom einstigen Quintett gewesen. Adorno nahm sich vor, zweimal, im ungünstigsten Fall höchstens dreimal zu feuern. Die Explosivgeschosse sollten ausreichen, um die Sache aus der Welt zu schaffen.

Die Vorfreude erreichte ihren Höhepunkt, als der Mann in der schwarzen Uniform unerwartet zurück in den Wagen stieg, an dem er eben noch lässig lehnte und eine Zigarette rauchte. Der Beifahrer verdeckte ihn und machte es ihr unmöglich, einen sauberen Schuss abzugeben, ohne den Unbeteiligten dabei in Gefahr zu bringen. Lieber wartete sie, sie war Profi.

Der schwarze Benz E 160 fuhr mit quietschenden Reifen los, das Blaulicht auf dem Dach des Sternschutz-Gefährts erwachte zum Leben, die Sirene amerikanischer Bauart heulte gellend von den Wänden der umliegenden Häuser wider. Ihre sichere Chance verging.

Aufgeschoben ist nicht aufgehoben. Die Elfin schaltete den Scanner ein, mit dem sie den Sprechfunkverkehr der Sterne abhörte und verfolgte, wohin der Streifenwagen so eilig abrückte. *Ludwigsburg. Ist ja nicht weit von hier.*

Sie startete und setzte sich mit vier Fahrzeugen Abstand hinter den Sternschutz, der im dichten Verkehr immer langsamer wurde und ihr nicht entkommen konnte.

»Wagen 32, fahren Sie zur Michelstraße, und warten Sie dort auf Verstärkung. Sie patrouillieren zu Fuß die Straße entlang und achten auf die verdächtige Person. Rechnen Sie mit heftigem Widerstand, in wenigen Minuten wird eine Drohne zur Unterstützung bei Ihnen sein, Ende.«

»Wagen 32 hat verstanden, Ende«, hörte Adorno und sah, wie das Fahrzeug den Blinker setzte und in eine Seitengasse abbog. Sie fuhr daran vorbei und erkannte, dass die beiden Polizisten im Begriff waren auszusteigen.

Sie ließ ihren gestohlenen Kia Zephyr ein paar Meter weiter rollen, suchte sich einen Parkplatz und stellte den Wagen ordnungsgemäß ab. Schlendernd, die Hände in den Taschen ihrer Sweatjacke, näherte sie sich der Seitenstraße, um ihr Ziel und seinen Partner zu beobachten. Die Beretta spürte sie als Sicherheit spendendes Gewicht unter ihrer linken Achsel.

Die beiden Männer legten ihre schweren Panzerwesten an, danach folgte der Kevlarhelm. Dabei machten sie immer noch einen äußerst entspannten Eindruck, weil sie nicht damit rechneten, auf die gesuchte Person zu stoßen.

Sie fasste den einfachen Plan, an ihnen vorbeizugehen und so zu tun, als bräuchte sie Feuer für eine Kippe. Sie würde den Begleiter ihres Zieles niederschlagen und den Verräter mit zwei Projektilen ins Gesicht erledigen, solange die Drohne noch nicht eingetroffen war.

Sie wusste, dass sie den Männern an Geschwindigkeit, Reaktion und Präzision haushoch überlegen war, die Cyberimplantate verwandelten sie bei Bedarf in eine effektive Killerin. Dazu kam ihre perfektionierte Nahkampftechnik, die einen etwaigen massephysischen Vorteil der Männer spielend aushebelte. Ein Kugelschreiber genügte ihr notfalls, die beiden auszuschalten, und zwar so schnell, dass kaum Gelegenheit für Gegenwehr blieb.

Ihre Schritte beschleunigten sich.

Zehn Meter, acht, sechs … Sie nahm eine Zigarette zur Hand, um einen sichtbaren Vorwand zu haben, sie anzusprechen.

Doch es kam anders.

Es musste ein Fluch auf ihr liegen, wieder entzog das Schicksal ihr die Rache. Die Sternschutzmänner wurden plötzlich aktiv, sie rannten die Straße entlang und verschwanden in einem Durchgang.

Adorno überlegte, ob es eine gute Idee wäre, ihnen zu folgen. Im Verlauf eines Einsatzes boten sich für sie sicherlich Gelegenheiten, ihr Ziel auszuschalten. Gleichzeitig bestand ebenso die Gefahr für sie, von einer

Drohne aufgenommen und später anhand der Bilder identifiziert zu werden. Offiziell war sie tot. Schlafende Hunde zu wecken lag nicht in ihrem Sinn.

Sie schaute auf dem Kom nach der Uhrzeit. *Ich habe ihn so oft schon entkommen lassen und Gnade gewähren müssen, dieses Mal ist er fällig*, entschied sie und nahm die gleiche Route, die auch die Polizisten vor wenigen Sekunden gewählt hatten.

Sie lief die triste Hausfront entlang, die sich mehr als dreißig Meter wie eine Absperrung hinzog und sicherlich zwanzig Meter Höhe erreichte.

Fenster reihte sich an Fenster, Individualität brachten Blinklichter, die »billige Nummern«, »natürliche 110er« und »Happy Hour – zwei zum Preis von einer« versprachen.

Unterwegs zog sie ihre Beretta, um sie in der Tasche des Sweaters zu verstauen und nicht erst lange im Achselholster fischen zu müssen. Gleichzeitig schob sie sich ein Mini-Funkgerät ins rechte Ohr, auf das die vom Scanner abgehörten Unterhaltungen der Polizisten weitergeleitet wurden. Ihr Puls beschleunigte sich, die Jagd begann.

Sie hörte das ankündigende Surren einer Mikro-Skimmer-Drohne, kurz darauf rauschte das mülltonnendeckelähnliche Ding an ihr vorbei.

Adorno tat so, als suche sie eine Hausnummer an den alle fünf Meter auftauchenden Eingangstüren und wandte ihr Gesicht ab, damit es von den Kameras der Drohne nicht richtig zu erkennen war. Den Schirm ihrer Baseballmütze zog sie tiefer ins Gesicht. Auch wenn mit der Ankunft der Drohne die Bedingungen härter geworden waren, beabsichtigte sie nicht, ihr Vorhaben aufzugeben.

»Hier Stern 371«, hörte sie es in ihrem Ohr, »wir haben die verdächtige Person ausgemacht. Sie läuft den Hof entlang. Wir folgen ihr.«

Adorno rannte ebenfalls los. Solange die Polizisten die Gefahr vor sich wussten, achteten sie nicht auf ihren schutzlosen Rücken. Das ergab für sie genau die Gelegenheit, auf die sie so sehnsüchtig wartete.

Vorsichtig bog sie in den Durchgang ein, verringerte ihre Geschwindigkeit und stellte erstaunt fest, dass der kurze Sprint sie schneller atmen ließ. Die vergangenen Monate im Untergrund hatten ganz offensichtlich ihrer Kondition geschadet.

Sie stand unter dem Torbogen und erkannte die Polizisten, die eine geschlossene Tür aufbrachen und mit gezogenen Waffen ins Haus eindrangen. »Hier Stern 371, der Verdächtige ist in ein Haus geflüchtet, wir bleiben dran«, kam die Meldung passend zu deren Tun. Die Drohne blieb als Wache zurück, schwebte in Hüfthöhe und drehte sich wie eine Radarantenne unentwegt um die eigene Achse.

Die Elfin zog sich einen Schritt zurück und reagierte sofort, als sich neben ihr plötzlich eine Tür öffnete. Eine Prostituierte und ihr wohl sehr zufriedener und erschöpfter Kunde verließen den Liebesbunker.

Sie drängelte sich geschickt an ihnen vorbei und stand im Haus. Sie flog die ersten Stufen hinauf und hetzte die Gänge entlang, die sie in den Trakt führten, in dem die Polizisten ihre Jagd auf den Verdächtigen veranstalteten.

»Hier Stern 371, der Mann ist soeben in eine Wohnung im dritten Stock eingedrungen und hat eine Geisel genommen. Wie es aussieht, ist er mit einem Messer bewaffnet. Erwarte weitere Anweisungen, kommen.«

»Hier Spengler, BKA. Stern 371, unternehmen Sie nichts«, antwortete eine neue Männerstimme. »Wir schicken Ihnen einen Unterhändler und ein SEK-Team. Wenn er die Wohnung mit der Geisel verlassen möchte, folgen Sie ihm, solange die Geisel dadurch nicht in Gefahr gebracht wird.«

Adorno hetzte die nächste Treppe hinauf, ihre Beinmuskeln brannten vom schnellen Treppensteigen, es fühlte sich nach einem beginnenden Muskelkater an. Sie näherte sich dem Korridor, wartete ein wenig, um wieder zu Atem zu kommen, und warf einen raschen Blick um die Ecke.

Die Polizisten standen zehn Meter von ihr entfernt rechts und links neben einer eingetretenen Wohnungstür in Lauerstellung, die Waffen gezogen. Deren Aufmerksamkeit richtete sich ausschließlich auf das Innere.

Dieses Mal entkommst du mir nicht. Sie holte tief Luft und schritt leise den schummrigen Gang entlang, zwei intakte Glühbirnen und jede Menge Rotlicht tauchten alles in seltsames Zwielicht. Es gelang ihr, sich auf drei Meter zu nähern, dann wurde sie gehört.

»Hey, Sie! Gehen Sie zurück«, bekam sie die Anweisung vom Partner ihres Ziels, der ihr näher stand. »Das ist ein Polizeieinsatz.«

Sie hielt den Kopf leicht gesenkt und im Schatten, um ihr Gesicht nicht ganz zu offenbaren und den Verräter nicht zu warnen. »Ich möchte nur in meine Wohnung«, sie deutete auf die Tür ihnen gegenüber. »Ich habe mir was zu essen auf den Herd gestellt.«

»Das geht nicht. Zurück«, zischte der Mann angespannt.

»Dann haben wir gleich die Feuerwehr hier«, setzte sie ihn unter Druck. »Mann, durch die Tür wird mich der Typ schon nicht umballern.«

Der Polizist konnte nicht anders. Ein Brand hätte eine Massenpanik ausgelöst, und das wiederum nützte nur dem Verdächtigen, da er entweder untertauchen oder weitere Geiseln nehmen konnte.

»Scheiße, von mir aus.« Er winkte sie hektisch weiter. Sie ging los, während er gleichzeitig durch die offene Tür in die Wohnung spähte, um nach dem Geiselnehmer zu schauen. »Machen Sie schon.«

»Was haben Sie sich denn gekocht?« Ihr Ziel feixte sie an. »Sie können uns ja was rausbringen. Scheint so, als müssten wir hier noch länger auf das SEK warten.«

Aus der Wohnung drangen Geräusche. »Scheiße, ihr Wichser! Ich komme jetzt raus. Verpisst euch, oder ich schneide der Schlampe die Kehle durch«, rief der Gesuchte laut.

Sofort kehrte die Spannung in die Polizisten zurück. Sie achteten nicht mehr auf die Elfin, sondern lugten am Türrahmen vorbei in den schmalen Flur dahinter.

Darauf hatte Adorno gewartet.

Mit einem schnellen Schritt brachte sie sich hinter den Begleiter ihres Ziels, dabei riss sie die Beretta aus der Tasche und hämmerte den Griff brutal in den Nacken. Der Privatpolizist sackte sofort in sich zusammen.

»Hey, du Arschloch!« Ihr Ziel starrte sie wütend an und hob die Waffe.

Sie visierte bereits seinen Kopf an. Ihr angespanntes Gesicht spiegelte sich im Visier des Helmes, ehe das grelle Aufblitzen der Feuerblume vor ihrer Mündung jegliche Reflexion überlagerte und ihr Antlitz wegwischte.

Das Projektil durchschlug im gleichen Moment das dünne Plastik und drang schräg über dem rechten Auge in den Schädel ein. Sie feuerte nochmals und hörte den lauten Knall, der ihr gegenüber ertönte. Der Mann hatte im Reflex, vielleicht durch die letzten Zuckungen der Nerven, den Stecher der Waffe nach hinten gerissen und das Feuer erwidert.

Ein Luftzug strich an ihrem rechten Ohr vorbei, kleine heiße Bröckchen, nichts anderes als die Verbrennungsrückstände der Geschosstreibladung, prasselten gegen ihr Gesicht. Die eigentliche Kugel verfehlte sie.

Scheiße, jetzt sind auch schon die Straßenbullen fast schneller als ich, zuckte es durch ihren Verstand. Voller Genugtuung registrierte sie, dass Blut, Haare und undefinierbare graue Stückchen von innen an den Resten des zersplitterten Visiers hafteten: Ansonsten hielt der gerissene Kevlarhelm den Explosionskugeln stand und verhinderte, dass sich die Einzelteile von dem, was einst ein Schädel gewesen war, im Flur und an den Wänden verteilten.

Ihr Ziel schwankte, fiel rückwärts gegen den Eingang und prallte hart auf den Boden, halb in der Wohnung liegend. Augenblicklich breitete sich eine Blutlache vor seinem zerschossenen Visier aus.

Die Geisel schrie gellend und hysterisch. »Hey, was ist da draußen los? Bist du das, Hannes?«, rief der Mann, den die Bullen verfolgt hatten.

Adorno fuhr sich mit dem Ärmel über das Gesicht, ihre Hände zitterten. Das Loch neben ihr im Mauerwerk sagte ihr unmissverständlich, dass es um ein Haar auch mit ihr zu Ende gegangen wäre. *Ich muss mehr trainieren, wenn ich wieder Runs machen möchte. Sonst habe ich die längste Zeit in den Schatten überlebt.* Sie hörte, dass sich zwei Menschen aus dem Flur in Richtung Korridor bewegten, und wandte sich um.

Der Geiselnehmer schob die Frau schützend vor sich her und sah nach, wer ihm seine beiden Verfolger vom Hals geschafft hatte. Ihre Kleidung war teilweise zerrissen, ihr linkes Auge schwoll zu, die Lippen mussten mehrfach Bekanntschaft mit seinen Fäusten gemacht haben. Ihr Kreischen riss ab, als er ihr mit der geballten Faust einmal in den Magen und einmal auf die Nase hieb.

»Halt endlich die Fresse, blöde Nutte! Ich werde dich abstechen, wenn du nicht gleich …« Er ließ sie los, sie brach wimmernd auf dem Teppich zusammen, dabei stürzte sie in die rote Pfütze und heulte auf. »Schnauze!« Er trat sie, bis sie sich nicht mehr rührte.

Der Mann war korpulent, er trug einen langen dunkelbraunen Mantel, eine Nylonstrumpfhose verdeckte das Gesicht. »Hannes, das war …« Plötzlich starrte er die Elfin mit großen Augen an, die Überraschung konnte sie deutlich darin lesen. »Du? Scheiße, was machst *du* denn hier?« Sein Blick fiel zuerst auf die Waffe in ihrer Rechten, dann auf den erschossenen Polizisten. »Was läuft denn hier? Wieso hast du mir geholfen?«

Adorno stutzte. Sie konnte sich nicht vorstellen, dass der Mann sie kannte – jedenfalls hatte sie keinen blassen Schimmer, woher. Wie auch immer, sollte er sich nicht täuschen, könnte er sie identifizieren. *Nicht gut.*

»Wolltest du für einen Fick herkommen oder was?« Er trat nach dem zweiten Polizisten und erschrak, als der aufstöhnte. »Fuck, der lebt noch?« Sofort bückte er sich, bog den Kopf samt Helm nach hinten, um an die schutzlose Kehle zu gelangen, Mordlust schimmerte in den wässrigen Augen. Das lange blutverschmierte Messer legte sich an die Haut. »So, Pech gehabt, du Arschloch. Du bist gleich tot«, sagte er verzückt. »Du hättest mich in Ruhe lassen sollen.«

»Lass ihn. Er hat nichts getan.« Sie bückte sich und hob die Waffe des Toten auf.

»Verpiss dich!« Ein roter Faden sickerte aus dem Schnittansatz. »Er wollte mich schnappen, das hat er nun davon, die Bullensau.«

»Weg von dem Mann!«

»Und? Was wenn nicht?« Der dickliche Typ lachte widerlich, es klang kläffend, einer Hyäne nicht unähnlich. »Ich sage den Bullen, dass du den anderen abgeknallt hast, wenn du …«

Falscher Spruch, Moppel. Sie hob die Polizistenwaffe und schoss ihm zuerst in die Schulter, damit er das Messer fallen ließ und dem Mann nichts tun konnte, danach setzte sie ihm ein Projektil in den Kopf, das ganze Arbeit verrichtete. Sie hörte den Knochen knacken, die Wand hinter dem Geiselnehmer wurde mit Flüssigkeit besprüht, die im Rotlicht schwarz und feucht schimmerte. *Jetzt weg, Fanny.*

Sie trabte den Gang entlang und folgte den Hinweisschildern, die sie zur Feuertreppe lotsten. *Abgang.* Grinsend stellte sie sich auf die Zehenspitzen, zückte ihr Feuerzeug und hielt es an den empfindlichen Brandmelder, der augenblicklich aufheulte und die Sprinkleranlage in Gang setzte.

Die Türen des Bordells flogen auf, Freier und Prostituierte rannten los, die Habseligkeiten an sich gepresst, manche nestelten noch an ihren Gürteln und Schnallen herum, andere brachten sich in Unterwäsche in Sicherheit und flüchteten, ehe das Reporterheer zusammen mit der Feuerwehr auftauchte und kompromittierende Bilder schoss.

Die Elfin reihte sich zwischen ihnen ein und schaffte es auf diese Weise, aus dem Haus und vorbei an den beiden völlig von der Situation überforderten Sternschutzleuten zu gelangen, die eben vor dem Eingang auftauchten.

Am Ende des Hofs schwang sie sich im Schutz des Schattens in einen der großen Müllcontainer und entging damit der eintreffenden Polizeiverstärkung, der es tatsächlich gelang, die Menschenhorden aufzuhalten und sie für eine Befragung zurück ins Gebäude zu treiben. Die Drohnen hatten bereits festgestellt, dass es sich um einen Fehlalarm handelte.

Ihr Herz schlug schneller, als sich zwei Mikro-Skimmer um die Ansammlung von Abfallbehältnissen kümmern wollten. Die Wärme des vergammelnden und gärenden Mülls verhinderte, dass die Temperatursensoren sie erfassten. Zu ihrem Glück zog sie der unsichtbare Befehlsimpuls des Einsatzriggers von ihrer ursprünglich vorgesehenen Untersuchung ab. Die Drohnen rauschten davon, um zur Massenkontrolle eingesetzt zu werden.

Es hätte besser laufen können, stellte sie fest und betrachtete den Unrat, in dem sie saß. *Es hätte aber auch schlimmer kommen können.*

Nach einer kurzen Weile wagte sie es, durch einen Spalt hinauszublicken. Sie genoss das bisschen frische Luft, das hereinwehte, aus vollem Herzen.

Woher der Geiselnehmer sie kannte, wusste sie noch immer nicht, auch wenn ihr sein Gesicht trotz des Nylonstrumpfs inzwischen vage bekannt vorkam.

Ein anderer Runner, dem ich mal begegnet bin? Ihr wollte es nicht mit Sicherheit einfallen, zumal es mit seinem Tod nicht mehr relevant war. *Egal. Er war eh ein Arschloch.* Sicherlich las sie bald in der Zeitung oder sah im Trid, wen sie erledigt hatte.

Sie wagte es, aus dem Container zu klettern und müde zu ihrem Wagen zurückzukehren. Als sie die verbliebenen Polizisten passierte, welche die Schaulustigen zurückhielten, zwang sie sich dazu, langsam und unauffällig zu laufen.

Kaltschnäuzig schritt sie an ihnen vorbei, zündete sich eine Zigarette an und stieg in den Kia Zephir. Erleichtert blies sie den Tabakdunst gegen den Wagenhimmel, schloss für Sekunden die Augen und startete.

Die Nummer zwei auf der Liste der Verräter gehörte der Vergangenheit an. Sie aktivierte ihr Kom und rief den Decker Tabulator an.

»Du bist dran«, sagte sie nur. »Und beeil dich.«

VI.

ADL, Württemberg, Stuttgart-Ludwigsburg, 02.05.2059, 09:05 Uhr

Spengler schüttelte immer wieder den Kopf. »Ich verstehe das nicht.« Die Rekonstruktion würde zeigen, was sich wirklich im Flur abgespielt hatte, obwohl er eine erste Vermutung besaß, wie der Schusswechsel abgelaufen war. Der Geiselnehmer wollte flüchten, es kam zu einer Auseinandersetzung, in deren Verlauf er den einen Polizisten niederschlug und den andern erschoss.

»Glaube ich nicht«, kommentierte Poolitzer sofort, als er ihm die Mutmaßung darlegte. »Warum sollte er den einen Bullen und die Geisel leben lassen, wo er doch freie Bahn hatte? Nach allem, was ich so gehört habe, war Borowiak ein Sadist mit passendem Vorstrafenregister.«

»Ihre Informanten arbeiten schnell, Gospini.«

»Nee, das war der Polizeicomputer, unten, im Streifenwagen.« Ultra grinste spitzbübisch. »Wir haben gesehn, dass einer von den Bullen die Tür offen gelassen hat, und als wir dann den eingebauten Rechner, das kleine Ding vorne in der Konsole, überbrückt …«

»Auf jeden Fall ist es Borowiak, der dicke Kumpel von Boesches«, fiel ihm Poolitzer ins Wort, ehe Ultra noch mehr von ihren ungesetzlichen Aktivitäten ausplauderte, wie etwa das Ausdrucken der Daten und das Übersenden der Polizeiinfos auf einen Account im

Schattenland. »Ich habe doch gleich gesagt, es handelt sich um einen Mitläufer. Borowiak hat auf seine Chance gewartet, so asozial wie seine Vorbilder zu sein.«

Er ging sogar davon aus, dass Borowiak früher oder später selbst angefangen hätte zu morden. Alles sprach dafür. In den letzten Jahren hatte er immer wieder Strafen wegen Körperverletzung, Bedrohung und Zechprellerei in Bordellen bekommen. Er war ein schwacher Mensch, der sich Schwächere suchte, um ein wenig Machtgefühl erleben zu dürfen. *Er wäre eines Tages Amok gelaufen.*

»Leider ist unser echter Killer gewiefter als er.« Spengler überlegte, ob die Sache auch hätte anders ausgehen können. Der Sternschutz und das LKA trugen Schuld an dem Fiasko. Sie hatten ihn zu spät über die Vorkommnisse im gigantischen Bordell oder was auch immer das Gebäude darstellte informiert.

Borowiak hatte eine Prostituierte im Ripper-Style, wenn auch wesentlich amateurhafter unmittelbar nach ihrem Notruf kaltgemacht, und dass die Geisel noch lebte, verdankte sie einem der Polizisten, der dafür sein Leben verlor.

»Der Kollege ist im Krankenhaus zu sich gekommen. Er hat ausgesagt, dass er von hinten niedergeschlagen wurde, angeblich von einer Person, die vorgab, in der Wohnung gegenüber zu leben. Er kann nicht sagen, ob es sich um einen Mann oder eine Frau handelte«, meldete ihm ein Polizist. »Die Geisel steht zwar noch unter Schock, hat die Aussage aber bestätigt. Sie erinnert sich an eine Baseballmütze und eine Sweatjacke, mehr nicht.«

»So liebe ich das, so richtig schön kompliziert«, murmelte Spengler genervt. Andererseits wuchs die Gewissheit, dass es zu einer Sache des LKA geworden war und nichts weiter mit seinem verhunzten Fall zu tun haben würde. Er hob die Schultern. »Mir egal, soll sich

Wirbitzky drum kümmern. Ich muss meinen Multiple-Choice-Mörder fangen.« Er deutete auf Borowiak. »Und das war er mit Sicherheit nicht.« Seine Augen wanderten zu Poolitzer. »Sie hatten Recht, Schnüffler. Er macht die Liste in der Reihenfolge durch, wie sie ihm dieser Idiot von Boesche vorgelesen hat.«

Inständig hoffte der Kommissar, dass ihr Unbekannter nicht wieder von vorne beginnen würde, sollte er sie abgearbeitet haben. Eine Mörderschleife, das fehlte ihm noch, ein Killerloop. Er hakte die benutzten Namen ab. *Bleiben genügend Monster übrig.*

Hamann beispielsweise, ein Fleischer, der 42 Menschen ermordet und Handel mit ihrem Fleisch getrieben hatte.

Oder Budnjez, der tschechische Grubenarbeiter, der 111 Menschen auf dem Gewissen hatte. Seine Opfer waren Landstreicher, Prostituierte, vernachlässigte oder verwaiste Kinder. Er versprach ihnen Süßigkeiten, Essen oder Geld. Die Opfer begleiteten ihn in ein Waldstück, wo er mit seinem Bajonett auf sie einstach und sie grausam verstümmelte. Um den Blick der Toten und Sterbenden nicht ertragen zu müssen, stach er ihnen die Augen aus. Er war der Ansicht, in die Netzhaut eines sterbenden Menschen brenne sich das Gesicht des Mörders.

Schöne Scheiße. Spengler bereitete auch Kopfzerbrechen, dass sie einen Namen der Liste nicht zuordnen konnten und nicht wussten, was ihnen damit bevorstand. Niemand wusste was über einen Forbes Sloosh.

Poolitzer wies Ultra an, noch weitere Tatortaufnahmen zu machen und etwas mehr zur Person von »Sado« Borowiak herauszufinden. »Okay, du hast freie Hand, Kleiner. Überrasch mich, gib dir richtig Mühe, hau mich um.« Schnell machte er einen Schritt zurück. »Also, mit dem Bericht, nicht mich.«

»Ich bin nicht schweineblöd, Snoop«, strahlte ihn der Troll an. »Geht klar. Was machst 'n du?«

»Ich gehe zu Ranjit, um dabei zu sein, wenn unser echter Mörder ihn anruft.« Er winkte ihm zu und ging.

Spengler wartete und schaute dann zu Ultra. »Keine Reißerstorys über die Polizisten oder die Geisel, klar? Nur über Borowiak.«

»Och, Menno, Kommissar«, brummte er unglücklich und trottete davon.

Wie süß. Es würde mich nicht wundern, wenn er sich sogar dran hält. Der Kriminaler wandte sich um und stiefelte zurück zu seinem Wagen. Für ihn hatte dieser Fall keine Bedeutung mehr. *Ultra wäre der netteste Reporter, den die Erwachte Welt jemals gesehen hätte.*

ADL, Württemberg, Stuttgart-Mühlhausen, 02.05.2059, 08:25 Uhr

Xavier senkte die Waffe keinen Millimeter, die Mündung blieb auf die Tür gerichtet, mit leiser Stimme befahl er dem Kom, Poolitzers Nummer zu wählen, und wurde sofort von der Mailbox empfangen. Bei Ultra erging es ihm nicht besser. *Was mache ich jetzt?*

»Herr Moyen, Sie *sind* da. Geben Sie sich keine Mühe, wir können Sie sehen«, sagte eine freundlich klingende Frauenstimme. »Hätten Sie ein paar Minuten Zeit für uns und die Güte zu öffnen, damit wir uns unterhalten können?«

Moyen. Seine Knie wurden weich, die Vergangenheit holte ihn ein. Diesen Namen kannte nicht einmal Cauldron, nur Menschen, die viel nachforschten und ordentlich Geld investierten, stießen darauf. Sein mühsam errichtetes Existenzgebäude wurde soeben einem Erdbebentest unterzogen.

»Herr Moyen, reden wir?«

»Warum?«, rief er durch die Tür.

»Weil ich Ihnen Angebote unterbreiten möchte, die für uns beide von Vorteil sind.«

»Wenn ich kein Interesse habe?«

»Sollten Sie aber. Bitte, wir möchten uns nur unterhalten. Ich garantiere Ihnen, dass wir keine Form von Gewalt in magischer oder sonstiger Weise anwenden werden. Dafür sind Sie uns zu wichtig. Wir benötigen Ihre Kooperation, Herr Moyen.«

»Wer schickt Sie?«

»Lassen Sie uns das doch in aller Ruhe drinnen besprechen.« Das Türschloss summte, klickte, die Frau klopfte nochmals und trat ungebeten ein. »Sehr nett von Ihnen, nicht gleich auf mich zu schießen«, bedankte sie sich mit Blick auf seine Caveat, die auf sie zielte.

Sie trug ein unauffälliges knielanges Kleid aus einem knitterfreien beigefarbenen Stoff mit dunkelbraunem Muster zu hohen Stiefeln. Ihr folgte, was man einen klassischen »Schrank im Anzug« nannte, der zweite ihrer Begleiter blieb auf dem Gang und sorgte für den Schutz vor überraschendem Besuch.

Sie fuhr sich mit den Fingerspitzen durch die kurzen schwarzen Haare und war kein bisschen von der Waffe eingeschüchtert. Xavier vermutete, eine Magierin vor sich zu haben.

»Ich habe Ihnen die Tür nicht geöffnet. Sagten Sie nicht, Sie würden keine Art von Gewalt anwenden?« Er senkte die Pistole nicht. Da es sie nicht störte, wenn er auf sie zielte, konnte er sie damit weiterhin bedrohen.

Ihre dunkelgrünen Augen musterten ihn auf eine unauffällige, unaufdringliche Weise und erfassten dennoch jede letzte Kleinigkeit. »Mit Gewalt meinte ich explizit Sie. Ihre Umwelt oder Personen in Ihrer Nähe waren darin nicht mit eingeschlossen«, gab sie nonchalant zurück und setzte sich auf den Wink mit der Mündung hin auf den Sessel neben den Eingang, ihr Begleiter verharrte neben der Tür. Dichter wollte er sie nicht in seiner Nähe haben.

»Mein Name ist Simone Du Garotte, und ich habe gehört, dass sie wieder im Land sind, Herr Moyen, wenn auch nur für einen kurzen nostalgischen Besuch. Diese Gelegenheit wollte mein Auftraggeber nicht ungenutzt verstreichen lassen.«

»Und der ist *wer*?«

Ihr sphinxhaftes Lächeln sagte ihm alles. Vermutlich hieß sie nicht einmal Garotte. »Ich bin eine Unterhändlerin mit weitreichenden Befugnissen, Herr Moyen. Sie müssen meine Auftraggeber nicht kennen.«

Xavier dachte angestrengt nach, was man von ihm wollen könnte, und zu seiner großen Beunruhigung kam nur eine Sache in Frage: seine antimagische Veranlagung, die inzwischen jedoch erloschen war.

»Hören Sie, wenn es um meine Nega-Magie geht, ich habe sie verloren. Ich bin nichts weiter als ein ehemaliger Schattenläufer, der durch seine Einsätze zum Krüppel geworden ist.« Allmählich fiel die Spannung ab. Es drohte weniger Gefahr, als er beim ersten Hören des Namens Moyen angenommen hatte. »Wenn ich es genau nehme, bin ich wegen der Nega-Magie zum Invaliden geworden.«

Sie hob ihren linken Arm. »Das weiß ich doch, Herr Moyen …«

»Bitte nennen Sie mich Rodin.«

»Wie Sie möchten. Ich habe Sie und Ihre Lebensgefährtin bereits astral überprüfen lassen. Sie sind im Gegensatz zu früher absolut und sehr gut vom Astralraum aus sichtbar.« Ihre Hände wanderten in ihren Schoß. »Keine Frage, Sie sind ein fast normaler Mensch.«

Fast? Er setzte sich neben die in Trance befindliche Cauldron.

Es ärgerte ihn, dass man auf ihn aufmerksam geworden war, trotz der Vorsichtsmaßnahmen, die er getroffen hatte. Einer seiner Kumpels musste im Überschwang der Wiedersehensfreude einigen Leuten zu viel vom

Treffen der alten Connection erzählt haben, und das machte die Runde. Es sprach sich bis zu den Spitzeln herum, die Herrn Moyen niemals vergessen hatten.

Es gab nach seinem Ermessen mehrere Varianten, in wessen Auftrag Du Garotte ihn aufsuchte.

Zu den harmloseren gehörte, dass sie von Cyberdynamix geschickt worden war. Der Kon, dem er zusammen mit Cauldron, Ultra und anderen vor längerer Zeit ein Labor zertrümmert hatte, hatte noch eine Rechnung mit ihm offen.

Auch die magische Fakultät der Universität zu Jena, der er gegen Geld als Versuchskaninchen für magische Experimente zur Verfügung stand, bis er abtauchte, besaß ein nicht geringeres Interesse, ihn wieder in die Finger zu bekommen. An die anderen Varianten wollte er gar nicht denken.

Was ihn verwirrte: Da sie wusste, dass er keinerlei Spuren von Antimagie in sich trug, welchen Wert besaß er dann?

»Fast?«, wiederholte er laut, weil ihm sein langes Schweigen aufgefallen war.

Du Garotte nickte. »Fast.« Sie lächelte gewinnend. »Wir möchten Sie, Herr Rodin, Sie und Ihr Blut, Ihre Körperflüssigkeiten, um Ihre DNS zu analysieren.« Sie schaute sich um, während sie weiter aufzählte. »Sie, Ihr Blut und Ihre Zusammenarbeit, etwa einen Monat lang. Das ist deshalb von Wichtigkeit, damit uns genug Zeit bleibt, misslungene Untersuchungsreihen notfalls neu zu starten. Stuhl-, Urin-, Samen- und Gewebeproben, dazu einige Fragen auf einem Fragebogen, die wir uns eigens für Sie ausgedacht haben. Ein paar Auskünfte und Ihre Erinnerung an das, was Sie vorher zu tun imstande waren. Mehr nicht.«

Xavier hörte auf sein Bauchgefühl, das sich mit allen Fasern und einer unbestimmbaren Übelkeit gegen den Vorschlag wehrte.

Ein medizinischer Profi war er nicht, er nahm aber an, dass man aus den Daten, die er ihnen liefern würde, ein Muster, *sein* Muster, entwerfen könnte. Die Vorstellung, dass sie nach Belieben Duplikate von ihm anfertigten, ließ ihn schaudern. Er zwang sich zu einem Lachen. »Für mich klingt das, als wollten Sie mich klonen.«

Simone Du Garotte stimmte in seine Heiterkeit mit ein, die ebenso falsch klang wie seine. »Vielleicht, Herr Rodin. Mir persönlich ist es egal, was mein Auftraggeber damit anstellt, ob er Ihre Exkremente in Kunstharz gießt und in eine Ausstellung gibt, ob er sie einfriert, Leute damit beschmeißt oder andere Dinge damit macht. Es geht mich nichts an, es berührt mich nicht einmal.«

Unwillkürlich dachte Xavier an Jennings, den Runner aus Seattle, dessen professionelle Einstellung keinen Unterschied zwischen Feind und Freund machte – allein die Summe auf dem Konto, dem Ebbie oder dem Credstick zählte. Sie könnte seine Schwester sein.

»Nein«, sagte er deutlich, der Finger am Abzug suchte den Druckpunkt, die Smartverbindung hatte sich schon lange aktiviert. Er rechnete damit, dass sich der Schrank und die Frau gleichzeitig auf ihn werfen würden, um ihn zu überwältigen und zu entführen. Ein Krüppel wie er würde ihnen wenig Widerstand leisten können. *Was wird mit Cauldron?*

»Herr Rodin, das ist doch unvernünftig.« Ihr Tonfall wurde freundschaftlicher, als spräche sie mit einem alten senilen Bekannten.

Er hasste so etwas, die Anbiederungstour funktionierte bei ihm nicht. »Gehen Sie bitte, Frau Du Garotte. Sie haben Ihren Auftrag abgeschlossen. Sagen Sie Ihrem Auftraggeber …«

»Tausend Ecu pro Tag.«

»… dass ich nicht …«

»Fünftausend Ecu pro Tag?«

»… interessiert bin!« Er wurde wütend und lauter. Nicht dass es kein leicht verdientes Geld gewesen wäre, aber er wollte es einfach nicht. Sie ignorierte seine Haltung, vielmehr dachte sie, er verhandle, um mehr Lohn herauszuholen. »Nicht heute, nicht morgen …«

»Fünftausend Ecu, Herr Rodin. Pro Tag. Für etwas, was Ihnen nicht einmal Schmerzen bereitet«, lockte sie schmeichelnd. »Und noch einmal fünfzigtausend Ecu für die bloße Zusage und die Reise an den Ort, wo wir auf Sie warten. Entschließen Sie sich, am nächsten Tag wieder zu gehen, dürfen Sie die fünfzig Riesen behalten.« Sie lehnte sich nach vorne, ihr Parfüm wehte ihm entgegen: süß, schwer, würzig und mit einer stechenden Beimischung versehen, die ihm nicht gefiel, ihn abstieß. »So reich sind Sie nicht, dass Sie sich dieses Angebot entgehen lassen sollten.«

»Selbst wenn ich es nicht wäre, würde ich es nicht machen.« Er schaute zur Tür. »Sie verstehen meine Haltung falsch. Ich feilsche nicht, ich habe abgelehnt.«

»Okay.« Simone Du Garotte erhob sich. »Vielen Dank, dass Sie mir Ihre kostbare Zeit opferten und mich anhörten. Schade, dass wir zu keiner Einigung gelangten.« Sie zeigte ihm ein verächtliches Lächeln. »Ich hoffe, Frau Peron kehrt heil von ihrer Reise aus dem Astralraum zurück. Stellen Sie sich vor, sie würde unterwegs aufgehalten werden.« Der Schrank öffnete ihr die Tür.

»Halt!« Xavier kämpfte sich auf die Beine. »War das eben eine Drohung?«

»Nein, war es nicht.« Sie lachte bezaubernd. »Es war ein frommer Wunsch für Ihre Lebensgefährtin, Herr Rodin. Mehr nicht.« So, wie sie es betonte, schwang die Andeutung mit, dass es sich durchaus eines Tages ändern könnte. Sie langte in ihre Manteltasche, eine Visitenkarte aus poliertem Edelstahl kam zum Vorschein, die Finger wirbelten damit herum. »Meine Nummer,

Herr Rodin.« Sie legte die Karte auf die Sessellehne und blickte ihm lauernd ins Gesicht. »Weiß die Dame eigentlich von Ihrem Vorleben?« Dann verschwand sie hinaus auf den Flur, ihr Leibwächter folgte ihr und zog die Tür zu.

Zurück blieben eine Nuance ihres Parfüms, die unausgesprochene Drohung und ein sehr besorgter Xavier, der mit sich rang, ob er Cauldron aus der Trance reißen durfte, um ihr von den beunruhigenden Neuigkeiten zu erzählen.

Er schaute auf die Uhrzeitanzeige auf dem Kom. Der kleinen Marleen blieben geschätzte 220 Minuten. Kostbare Minuten. *Weiß ich, in welcher Phase sie sich gerade befinden?* Er entschied sich, es zu lassen, und ging stattdessen zur Toilette.

Als er aus dem winzigen Kabuff zurückkehrte, machte er es sich im Sessel neben Cauldron bequem und nahm das Pad mit dem elektronischen Buch darauf zur Hand, aber seine Augen glitten über die Zeilen, ohne den Inhalt zu erfassen. Seine Gedanken schweiften immer wieder zurück zu Simone Du Garotte und ihre knappe Unterhaltung.

Wir müssen so schnell wie möglich zurück nach Seattle und untertauchen. Tiefer als bisher, entschied er. *Am besten fingieren wir unseren Tod.*

Sobald sie Marleen entweder geholfen oder sie bei ihrem Ende begleitet hatte, würde er zusammen mit Cauldron in den nächsten Flieger steigen. Ultra könnte nachkommen.

Cauldron wartete sehr lange, dachte sie zumindest. Sie versuchte, den von Abongi genannten Begriff Shedim einzuordnen.

Eine Loge? Ein Zirkel? Irgendeine Splitterzelle eines magischen Bundes? Nicht zu vernachlässigen war der Ansatz, dass sie sich einen Scherz mit ihr erlaubte und sich den Namen ausgedacht hatte, um sie in die Irre zu führen. *Auf alle Fälle soll Marleen mir den Namen unseres Mörders sagen. Ich habe meinen Teil der Abmachung erfüllt.*

Die Tür des Büros öffnete sich, Marleen kam heraus, Abongi folgte ihr, zufrieden lächelnd.

Cauldron wurde bei diesem Anblick schlagartig nervös. »Und?«

»Wir gehen«, sagte Marleen nur und blickte skeptisch zu Abongi. »Wir müssen uns auf die Suche machen.«

»Ich wünsche dir, dass du nicht vergehen musst, Kleines. Es wäre zu schade.« Die schwarze Löwin kreuzte die Arme vor der Brust und setzte sich elegant auf den Schreibtisch der Sekretärin. »Viel Glück, und denk an meine Worte.« Sie bedeutete einem Elementar, die beiden Besucher zur Barriere zu geleiten.

»Und was machen wir jetzt?«, verlangte Cauldron etwas unfreundlicher als vorgesehen einen Bericht über die Unterredung mit dem Elementar zu bekommen. Nach wie vor fürchtete sie, dass Marleen von dem Wesen getäuscht worden war und die Verzweiflung beim ersten Fehlschlag riesig sein würde.

»Es ist schwer«, antwortete sie abwesend. »Erinnerst du dich daran, dass ich mich bei Johannes ... unterstellen wollte?« Cauldron nickte. »Es geht nicht. Abongi hat gesagt, dass ein Geist anders beschaffen ist als das, was ich bin. Sie hat mich eine verlorene Seele genannt.«

»Dir ist es nicht möglich, in einen Menschen einzufahren?«

Marleen schaute sie unglücklich an. »Es gibt Reinkarnation, hat sie gesagt. Für mich kommt nur ein magischer Körper in Frage.«

»Für *dich*? Was soll denn das bedeuten?« Cauldron verstand nicht. »Hat Abongi die Macht, dich zu askennen und zu typisieren?« Je mehr sie hörte, desto sicherer wurde sie, dass kaum Aussicht bestand, die »verlorene Seele« vor dem unaufhörlichen Zerfall zu bewahren. Marleens astrale Gestalt hatte deutlich an Intensität verloren, schimmerte nur halb so intensiv wie zu Beginn ihres Zusammentreffens. »Sag mir den Ort, wo meine Freunde den Mörder finden können«, verlangte sie. »Ich habe meinen Teil erfüllt, und du weißt, was du tun musst.«

»Nein.«

»Nein? Wir hatten eine Abmachung, ich habe dir einen Weg gezeigt, mehr sollte ich nicht tun.«

»Du wirst mir weiterhin helfen. Oder ich sage nichts.« Sie neigte das Haupt. »Bitte, Cauldron. Ich bin nicht stark genug, um in einen Nichtmagischen einzufahren.« Ihre Augen richteten sich auf die Barriere, der sie sich näherten. »Wir benötigen den Leichnam eines Hermetischen oder eines Schamanen«, rückte sie leise mit der Sprache heraus. »Am besten wäre es, wenn seine astrale Gestalt vernichtet ist und ich den Körper besiedeln kann.«

Cauldron schwieg. *Das schaffen wir nie. Und ich weiß nicht, ob ich es wirklich schaffen will.* Es klang nach der absoluten Vergewaltigung des natürlichen Kreislaufs, der natürlichen Elemente, dass ein an sich toter Leib von einer anderen Seele benutzt wurde.

Sie benötigten prophetische Gaben, um vorherzusagen, wo sich gerade ein Magier befand, der durch einen Zufall, bei einem Unfall oder einer Auseinandersetzung im Astralraum sein Leben einbüßte.

Sicher, die Erwachte Welt verfügte über 60 Millionen magisch Begabte und nicht, wie Xavier so hinreißend ermittelt hatte, sechs Millionen. Und ebenso sicher war, dass täglich welche starben. Junge und Alte, Säuglinge mit angeborenem Talent oder machtvolle Meister, deren Zeit einfach gekommen war, oder Schattenmagier, die sich mit den falschen Gegnern angelegt hatten.

Aber wie sollen wir einen sterbenden adäquaten Körper für sie finden? Marleens Leib war 18 Jahre alt und, was sie gesehen hatte, leidlich hübsch und attraktiv gewesen. Wie würde Marleen reagieren, wenn sie in den Körper eines 45-Jährigen oder einer 73-Jährigen einzog?

Sie zweifelte noch immer daran, dass dieser unheimliche Vorgang überhaupt glückte. Zudem sperrte sie sich unterbewusst, sich von der Kleinen erpressen zu lassen. Es half alles nichts – der verdammte Mutterinstinkt und die ungewohnten Hormone zusammen mit dem Quäntchen Mitleid gewannen die Oberhand.

»Wir suchen also einen unzerstörten Körper eines Magischen«, sagte sie laut und glitt weiter, als die Barriere für sie beide einen Moment aufgehoben wurde. Danach verschwand die Zentrale von Antique Enterprises erneut hinter dem blutroten Schirm. »Wie stellst du dir das vor? Hat dich Abongi einen Spruch gelehrt, um sterbende Magische zu askennen?« Ihre zynische Bemerkung tat ihr sofort Leid, aber Marleen nahm es nicht krumm.

»Abongi hat mir einen Tipp gegeben, wo heute ein Run läuft und bei dem es einen Magier erwischen könnte«, berichtete sie endlich von ihrer Unterredung. »Sie sagte mir, dass wir rechzeitig dort sein sollten und uns nur auf die Lauer zu legen brauchen.«

»Marleen, du vertraust ihr zu sehr.«

»Habe ich eine andere Wahl? *Du* willst mir anscheinend nicht helfen.« Sie biss sich auf die Lippen. »Entschuldige, ich rede Unsinn …«

»Schon okay.« Cauldron deutete nach hinten auf das mächtige Gebäude. »Du bist verzweifelt, ich weiß, aber ich warne dich vor der List des Elementars. Ich kenne seine schlechten Seiten.«

»Zu mir war es sehr nett.«

»Er hat Dutzende Magier vernichtet, um an ihr Karma zu gelangen. Glaubst du allen Ernstes, er würde Mitleid für dich empfinden und dir aus lauter Menschenliebe einen Gefallen erweisen?«

Es war eine dumme Idee gewesen, nach Sankt Petersburg zu reisen. Sie verfluchte sich selbst, in ihrer impulsiven Art gehandelt und zu spät nachgedacht zu haben. Das Schlimmste war, dass sie in ihrer eigenen Hilfsbereitschaft wie in einem klebrigen Netz gefangen hing, ohne Aussicht auf Entkommen.

»Lass es uns versuchen«, bat Marleen eindringlich und griff die andere Hand. »Wir sind so weit gekommen, lass mich nicht im Stich.« Flehend hing ihr Blick an ihr. »Du hast mir erst Hoffnung gemacht, Cauldron, steh es mit mir durch! Ich sage dir danach auch alles, was ich über den Mörder weiß.«

Sie konnte nicht anders, als zustimmend zu nicken. »Wo steigt der Run?«

»In einer halben Stunde, drüben im Sommerpalast. Ich weiß, wie wir es finden. Es wird ein Artefaktdiebstahl sein.«

Damit war der Seattlerin alles klar. Abongi selbst hatte den Run in Auftrag gegeben, und weil ihre Leute mit den Wachen kurzen Prozess machten, wusste sie im Voraus, dass eine neue Hülle für Marleen abfiel. »Gut«, sagte sie wenig begeistert. »Lass uns fliegen.«

Sie schossen durch das astrale Sankt Petersburg.

»Wie lautet die Formel, die Abongi dir genannt hat, um in eine Leiche ... einen freien Körper besetzen zu können?«, wollte sie unterwegs wissen. »Hat sie was über die Shedim gesagt?«

Es dauerte eine Weile, bis sie eine stockende Antwort erhielt. »Ich ... soll es dir ... nicht sagen.«

»Du sollst es mir nicht ...« Cauldron sah sich in ihren düsteren Vorahnungen bestätigt.

»Nein, es ist kein Geheimnis«, beeilte sie sich zu erklären. »Abongi meinte, dass ich den Zauber nicht wirken darf, wenn kein Ziel in der Nähe ist«, präzisierte sie die Anweisung. »Es könnte irgendetwas ... anrichten ... oder so.« Marleen bog ab und hielt auf den Sommerpalast zu. »Über die Shedim hat sie nichts mehr gesagt.«

»Und woher hat sie diesen seltsamen Spruch?«

»Von den Shedim. Es wären ...« Sie druckste herum und zeigte Cauldron deutlich, dass sie mehr wusste und nichts sagen sollte. »Keine Ahnung. Es sind irgendwelche östlichen Mystiker, die in die Leiber anderer toter Mystiker fahren. Glaube ich. Ich habe es nicht genau verstanden.«

»Und woher weiß Abongi es?«

»Der alte Mann, der damals auferstand, erzählte es ihr.«

Cauldron glaubte Marleen kein Wort. Sie verschwieg die Wahrheit absichtlich, wahrscheinlich aus gutem Grund. Sie hatte die Lehren diverser Orden studiert, sie kannte die Lehren der Sufis und einiger anderer Gruppierungen. Aber in ihrem ganzen Leben war ihr der Name Shedim niemals begegnet.

Sie vermutete, dass es etwas mit der Vergangenheit des Elementars auf sich haben musste, eine grausame und schreckliche Vergangenheit, wie sie annahm und größtenteils wusste. *Oder doch eine Erfindung?*

Aber sie sagte nichts zu der jungen Frau, beschloss jedoch, wachsamer als bisher zu sein.

Die restliche Strecke legten sie schweigend zurück. Sie erreichten den Sommerpalast und schwebten in einiger Entfernung zu dem eindrucksvollen Gebäude, in dem inzwischen ein Museum untergebracht war, das wechselnde Ausstellungen anbot. In dieser Ausstellung schien sich etwas zu befinden, das für Antique Enterprises von Interesse war.

»Abongi hat gesagt, wir sollen abwarten. Die Sicherheitsvorkehrungen seien aus Unwissenheit über den Wert des Gegenstandes nicht so hoch, wie sie sein müssten.«

Sie flogen näher an das Gebäude heran, und Cauldron entdeckte das astrale Leuchtfeuer augenblicklich.

Der Gestalt nach war es ein Fokus, ein Kraftspeicher, in dem enorme Energien schlummerten. Sie fand es erstaunlich, dass niemand sich um das Artefakt kümmerte, und sah im gleichen Moment einen Watcher, der um die Ecken des Palasts strich und sie entdeckte.

Er kam zu ihnen geflogen und beäugte sie. Er trug eine abgewandelte Pagenuniform und hatte das Gesicht von Mr. Cookie, dem hässlichen Maskottchen einer Keksfabrik im Norden Seattles. »Quid est?«, fragte er auf Lateinisch.

»Wir suchen den Friedhof«, antwortete sie sofort. »Wo finden wir ihn?«

Sie askennte beiläufig, welche Sicherheitsvorkehrungen im Museum getroffen worden waren, und erkannte neben den sieben normalen Wachleuten auch die Aura einer Magierin, die sich damit beschäftigte, eine Barriere um den Schaukasten zu ziehen, in dem der Fokus lagerte. Sie nutzte dabei astrale Sicht, um den Erfolg ihrer Bemühungen im Astralraum verfolgen zu können. Zwei Elementare verharrten in ihrer Nähe und begaben sich nach einer kurzen Anweisung auf ihre Wachrunde. *Ganz so einfach, wie Abongi es sich vorgestellt hat, wird es doch nicht.*

Ihr war noch rätselhaft, wie sie den richtigen Augenblick erkennen würden und Marleen in den freien Körper der Getöteten eindringen würde. Sie fand es seltsam, eine Frau zu betrachten, von der sie genau wusste, dass sie in naher Zukunft sterben würde.

Ohne Vorwarnung begann der Tanz.

Ein mächtiger Herdgeist tauchte unvermittelt auf und warf sich gegen die Elementare, die astrale Gestalt eines Wolf-Schamanen schoss heran und attackierte die Magierin. Anstatt sich vor ihm zurückzuziehen, wechselte sie vollends auf die astrale Ebene, ihre astrale Gestalt erschien walkürenhaft in dunkelroter Rüstung.

Cauldron und Marleen wurden zu wissenden Zeugen des Überfalls. Sie sahen, wie ein Runnerteam mit ziemlicher Härte in das Gebäude eindrang und die Wärter gezielt ausschaltete. Die Auren der Getroffenen verblassten augenblicklich, nur zwei der Bediensteten überstanden den brutalen Angriff, weil die Angreifer sie für tot hielten.

Gleichzeitig vergingen die Elementare unter der Wucht des Geisterangriffs. Der Schamane setzte der Magierin mit seinem Schwert zu und deckte sie immer wieder mit Angriffssprüchen ein, sodass ihr keine Zeit blieb, zu einer magischen Erwiderung anzusetzen. Unaufhörlich quollen aus dem Mund des Mannes neue Zauber, nahmen im Astralraum Gestalt an und flogen auf die einsame Verteidigerin zu. Sie wurde gezwungen, sich auf die Abwehr zu beschränken.

Schließlich ließ der Schamane gelangweilt von ihr ab und zerschlug die Barriere um den Schaukasten mit einem einzigen Hieb seines gleißenden Schwerts. Kaum fiel sie, drangen die Runner in das Zimmer ein, zertrümmerten den Kasten, nahmen den Fokus an sich und zogen sich auf der Stelle zurück. Der Schamane rief dem Geist etwas zu und entfernte sich eilends vom Palast. Seinen Teil hatte er erledigt.

Der Herdgeist blieb zurück und setzte seinen erhaltenen Befehl stur in die Tat um: Er kümmerte sich um die arg angeschlagene Magierin.

Er warf sich in den Nahkampf, traktierte sie und fügte ihrer astralen Gestalt schwere Treffer zu. Die Magierin wankte, brach zusammen und schrie ihre Verzweiflung laut heraus.

Marleen beobachtete das nahende Ende der Unbekannten nicht ganz teilnahmslos. Sie weinte stumme Tränen und wisperte immer wieder: »Es tut mir Leid.« Eingreifen wollte sie nicht. Der Untergang der Frau bedeutete ihre Auferstehung.

Der Geist drosch weiter auf sie ein und packte die Besiegte rechts und links an den Armen, um die astrale Gestalt zu zerreißen und damit auf immer zu vernichten.

»Halte dich bereit«, gab Cauldron Marleen den Hinweis, als sie erkannte, dass es nur noch eine Frage von Sekunden war.

Vorsichtig näherten sie sich dem Palast und warteten neben dem Körper der Magierin ab, was geschah. Die Geister beachteten sie nicht, solange sie sich passiv verhielten. Da hob die Frau noch einmal den Kopf und schickte ihnen einen flehenden Blick zu, ehe sie von den Wesen in der Mitte zerteilt wurde.

»Jetzt!«, befahl Cauldron, und Marleen sprach die Formel, die Abongi sie gelehrt hatte.

Tiefschwarze Symbole drangen aus ihrem Mund, formten sich zu einer zäh fließenden Wolke, aus der Fratzen schemenhaft an der Oberfläche auftauchten und gleich darauf in den finsteren Nebel zurücksanken.

Sie hüllte Marleen auf der Stelle ein. Einer der Ausläufer kroch auf Cauldron zu, die sich gegen die ungewollte Annäherung mit einer Barriere schützte. Der gespenstische schwarze Arm tastete daran herum und zog sich enttäuscht zurück.

Derweil begann die Hauptwolke, durch Mund, Nase und Ohren in den Leichnam der vernichteten Museumsmagierin einzusickern. Von der astralen Gestalt Marleens war nichts mehr zu sehen. Sie steckte restlos in dem trüben Gespinst.

Cauldron spürte die negative Ausstrahlung, die von dem Ding ausging, das sie trotz ihrer Erfahrung nicht kategorisieren konnte. Es handelte sich um eine Magie, die sie noch niemals zu Gesicht bekommen hatte, eine neue, unheimliche und vor allem unheilige Kraft. Wer auch immer die Shedim waren, sie standen ab sofort auf ihrer persönlichen roten Liste.

Ihre Fähigkeiten erlaubten ihr normalerweise, Dinge im Astralraum zu askennen und ihre Natur zu offenbaren. Sie erkannte beispielsweise die Art und die Intensität eines Zaubers. Hier blieb jeder Versuch zwecklos. Astrale Sicht und ihr Wissen versagten, nicht einmal im Ansatz entdeckte sie die Herkunft.

Der Herdgeist regte sich. Gerade noch befand er sich auf dem Rückzug, jetzt flog er neugierig heran, um das schwarze Ding zu betrachten, das etwas Neues, Ungesehenes für ihn bedeutete. Er umkreiste es und langte hinein, bevor Cauldron eine Barriere errichten konnte.

Der Geist stieß einen gellenden Schrei aus und verging!

Die Wolke reagierte auf die Störung empfindlich und zog sich wie ein verschrecktes Tier aus der Leiche zurück, reduzierte den Umfang weiter und weiter, bis Marleen sichtbar wurde. Kurz darauf zerstob die Wolke, diffundierte zu nichts.

Die junge Frau schwebte mit geschlossenen Augen im Astralraum wie ein bewusstloser Astronaut im All. Ihre Aura schien geschwächter als vor dem Kontakt mit dem schwarzen Gebilde, als fehlte es ihr an Substanz.

»Marleen?« Cauldron ließ die Barriere fallen. Sie näherte sich und betrachtete die vom Schmerz gezeichneten Züge ihres Mündels, berührte sie am Arm. »Marleen, hörst du mich?«

Ihre Lider flatterten, sie vermochte nicht zu sprechen.

Cauldron fluchte. Sie hatte genug gesehen. Abongis Rat brachte der Studentin gar nichts. Sie hob Marleen an und reiste mit ihrer maximalen Geschwindigkeit zurück in die ADL, nach Tübingen, um an der magischen Fakultät der Universität nach Hilfe zu suchen oder ihr im schlimmsten Fall als Sterbebegleiter zur Seite zu stehen.

Abongi hatte sie getäuscht, absichtlich in die Irre geführt, wie sie es schon beim ersten Kontakt mit ihr vermutet hatte.

Es ist meine Schuld. Es ist ihre Weise, sich an mir für Andorra zu rächen. Wie bin ich nur auf die wahnsinnige Idee gekommen, nach Sankt Petersburg zu reisen? Die Hoffnung, etwas an Marleens drohendem Ende ändern zu können, wog ihre Zweifel am Gelingen nicht länger auf. *Es tut mir Leid.*

Sie hoffte, dass die junge Frau vor ihrem Ende den Namen des Mörders preisgab. Wenn ihr Ende sicher war, konnte sie wenigstens dazu beitragen, anderen das Leben zu bewahren.

... Hallo, hallo, hallo! Hier lässt es sich bestens aushalten, kein Wunder, dass all die Reichen hierher zur Kur kommen. Die Auswahl ist dafür umso interessanter, ein echter Glückstreffer.

Der Wintergarten des Hotels ist voller Menschen, ich hoffe, ich erkenne sie gleich. Die Formulierung im Kontaktnetz »Kiss-Net« klang zumindest vielversprechend, ein Hilfeschrei einer armen reichen verlassenen Seele, die sich ein wenig ausweinen möchte.

»Bringen Sie mir bitte einen Assam-Tee und ein Stück von dem russischen Zupfkuchen, ja?«, *sage ich freundlich zu der Bedienung. Sie macht in dem klassischen Kellneroutfit eine tolle Figur, ich schätze sie auf 20 Jahre.*

»Sicher, der Herr«, *antwortet sie mit einem leicht rollenden »R«, wie es die Franken gerne tun, und einem so bezaubernden Lächeln auf den Lippen, das es wert wäre, sie am Leben zu lassen und ihr glückliche Jahre zu wünschen.*

Während ich auf meine Bestellung warte, drücke ich auf den dezent am Tisch angebrachten Tasten herum, bis der eingebaute Monitor mir den elektronischen Prospekt des Ortes zeigt.

»Bad Kissingen«, *steht da,* »ist seit dem 18. Jahrhundert für seine Mineral- und Moorbäder bekannt. Bis heute hat sich das Edle gehalten.« *Damit haben sie verdammt Recht. Es war eine gute Fügung, hierher zu reisen und mich nach gebrochenen Herzen umzuschauen.*

Ich höre mit dem Lesen auf, als mir die Bedienung meine Bestellung bringt.

»Darf ich gleich kassieren?«

»Sehe ich nicht so aus, als könnte man mir vertrauen?«, *erwidere ich mit charmantem Lächeln und bringe sie damit zum Grinsen.*

»Doch, Ihnen würde ich vertrauen. Es ist lediglich eine Gepflogenheit unseres Hauses, mein Herr.«

Ich nehme zehn Ecu aus dem Geldbeutel und reiche sie ihr. »Das ist eine Gepflogenheit von mir. Sie waren schnell und nett.« *Geld, was soll's. Wer hat, der hat eben, na, jedenfalls werde ich bald wieder welches haben.*

»Das ist sehr großzügig, danke, der Herr«, *strahlt sie mich an.* »Schönen Tag noch.«

Ich hebe die Hand, eine Geste, die meine Großherzigkeit, meine Bescheidenheit und meinen Reichtum gleichermaßen widerspiegelt, denn ich bin ein Mann von Welt.

Der Zupfkuchen schmeckt ausgezeichnet, genau richtig, keinesfalls zu trocken, sondern immer noch saftig und dennoch perfekt ausgebacken. Das bekommt keine Maschine hin, da hat ein Meister am Tisch gestanden und von Hand gebacken. Der Kuchen passt hervorragend zu meinem Tee.

Ich schaue mich erneut um. Alle Tische sind besetzt, es scheinen immer Paare oder Gruppen zu sein, die wie ich beschlossen haben, den Nachmittag in der Sonne zu verbringen. Sie sehen alle reich aus oder tun zumindest so, als ob sie es wären. Einige von ihnen gehören sicherlich in die Friedrich-Charité. Ich habe den riesigen Komplex vorhin gesehen, als ich mit dem Zug angekommen bin.

Es muss traurig sein, wenn sich das Leben nur noch um Fettabsaugung, Facelifting, Schönheitschirurgie und all den anderen Körperkult-Wahn dreht. Nein, da habe ich es besser, ich bin nur hier, um die gute Luft zu genießen und meine Seele baumeln zu lassen. Ach ja, und leichtes Geld zu verdienen.

Ich schaue nach links und entdecke sie!

Das *muss sie sein. Sie hat eine dunkelrote Rose neben sich auf dem Tisch liegen und isst russischen Zupfkuchen. Brünette Haare, wie sie im Kiss-Net beschrieben hat, topmodischer Pagenschnitt, ihre Garderobe ist stilvoll gewählt. Wenn ich nicht genau wüsste, dass wir in Bad Kissingen sind, hätte ich gesagt, sie ist um die Mitte vierzig, aber die moderne Chirurgie wird sie jünger gemacht haben, als sie in Wirklichkeit ist. Die Ärzte haben dafür gesorgt, dass sie für jünger gehalten wird.*

Sie hantiert sehr geschickt mit der Kuchengabel, kein Zeichen von Unsicherheit, ich sehe ihre Ringe aufblitzen, am Handgelenk trägt sie ein Weißgoldarmband, vermutlich sind die Steine darin sogar echt. Dort, wo bei Verheirateten ein Ring sitzt, ist nichts.

Das Einzige, was mir nicht gefällt, ist ihre unnatürlich intensive Bräune. Entweder ist sie unter der Höhensonne eingeschlafen, oder sie steht auf Verbranntes. Dass zu viel Bräune die Haut altern lässt, hat sie wohl noch nicht gehört. Ach nein, ich vergaß ihren Chirurgen. Ein bisschen Zurren hier, etwas Straffen dort, Frischzellenkur und Leonisation, und sie kommt daher wie ihre zehn Jahre jüngere Schwester. Das Braun hat sie aber auch verraten. Ihr ehemaliger Ehering hat einen weißen Streifen hinterlassen.

Sie sitzt alleine, eine Hand stützt den Kopf, mit der anderen hat sie begonnen, lustlos auf das Kuchenstück einzustochern. Es wird Zeit, den ersten Kontakt herzustellen.

Ich nehme meinen Teller und meinen Tee, durchquere den Wintergarten und tue dabei so, also ob ich einen Platz suche, dann gehe ich zögernd auf ihren Tisch zu. »Entschuldigung, ist der Platz noch frei?«

Sie hört auf, die Zinken in den Kuchen zu bohren, ihr Gesicht hebt sich. Aus der Nähe erkenne ich, dass sie mit Sicherheit über 50 Jahre alt ist, die Falten zwischen dem Daumen und ihrem Zeigfinger denunzieren sie. Sie schaut auf meinen Teller. »Sie haben ja auch Zupfkuchen. So ein Zufall.«

»Nein«, *erwidere ich, dieses Mal mit meinem charmantesten Lächeln, das ich auf Abruf in mein Gesicht zaubern kann und einer Frau das Empfinden gebe, die Schönste von allen zu sein,* »kein Zufall, Madame. Ich habe Ihre Wahl gesehen und dachte mir, dass Ihr Geschmack gut sein muss.«

»Ach?« *Jetzt sieht sie neugierig aus.* »Woran erkennen Sie das?«

»An Ihrer Art, sich zu kleiden.« *Ich setze mich, stelle das Geschirr ab und reiche ihr die Hand.* »Hektor de Saumur«, *stelle ich mich vor.* »Wellness-Kur und Stressbewältigung.«

Sie muss lachen, und damit habe ich schon gewonnen. »Brigitte von Odenau«, *erwidert sie, glücklich, eine Abwechslung in ihrem langweiligen, reichen Alltag gefunden zu haben.* »Entschlackung und Relaxing.«

»Alles andere hätte mich gewundert«, *retourniere ich augenzwinkernd.* »Sie haben nichts von dem nötig, was Gott die Ärzte für mehr Schönheit erfinden ließ.« *Damit lasse ich es vorerst genug sein. Wenn ich zu sehr aufs Gas trete, wirke ich unglaubwürdig. Kuchen essen, Tee trinken, abwarten. Sie wird gleich was sagen … drei, zwei, eins.*

»Sind Sie Franzose?«

Ich wusste es. »Meine Vorfahren waren es, und ein wenig von deren französischen Charme blieb in meinen Genen«, *gebe ich zurück und schaue ihr dabei tief in die Augen. Dunkelblau, ein dunkler Einschluss im rechten Auge, was ihr eine besondere Note verleiht, und sie sind gewohnt, hart zu blicken, ausgesprochenen Entscheidungen durch ihren entschlossenen Ausdruck noch mehr Nachdruck zu verleihen. Ich schaue wieder auf meinen Kuchen.* »Der Adelstitel ist uns leider genommen worden, aber ich bin dennoch der Meinung …«

»Noblèsse oblige«, *ergänzt sie und legt die Gabel hin. Ich besitze endlich ihre ganze Aufmerksamkeit.*

»Mais biensûre.« *Ich nicke grinsend.* »Wem sage ich das, nicht wahr? Wo Sie doch ein ›von‹ im Namen tragen.«

Dieses Mal ist ihr Lachen bitter. »Nein, es kommt von meinem Mann … Meinem Ex-Mann. Aber er hat so wenig Manieren wie ein fettes, gefräßiges Schwein.«

»Ich kannte mal einen Mann, der sagte das Gleiche über seine Frau.« *Genüsslich leere ich die Tasse.* »Schweine gibt es auf beiden Seiten des menschlichen Geschlechts, aber sie haben auch etwas Gutes.« *Ich wackle mit den Augenbrauen.* »Sie sind uns eine Mahnung.«

Wieder lacht sie, und ich beginne, das volle Heartbreakerprogramm anzuwenden.

Ich verwickle sie in ein Gespräch, horche sie aus, ohne dass sie es merkt, erzähle Lügen über mich und meine Herkunft, beschreibe ihr mein Anwesen in den südfranzösischen Cevennen und wie ich die Ardèche mit einem Kanu runtergepaddelt bin, ich lade sie ein, mich doch mal zu begleiten, falls sie mal in der Nähe sein sollte, und verspreche, ihr die tollsten geheimen Plätze zu zeigen.

Mein Wissen habe ich aus einem Reisejournal, das ich unterwegs im Zug gelesen habe, und ich hoffe, dass sie nicht fließend Französisch spricht, sonst wäre ich mit meinen rudimentären Kenntnissen sofort aufgeflogen. Ich zeige nicht einmal, dass ich durch ihre kleine Kontaktnotiz im Kiss-Net auf sie aufmerksam geworden bin, sondern lasse sie in dem Glauben, das Schicksal und der russische Zupfkuchen hätten uns zusammengeführt.

Drei Stunden später weiß ich alles über sie, bis auf ihr wahres Alter, aber das kümmert mich nicht.

Sie ist Geschäftsfrau, frustriert von ihrem ständig untreuen Mann und ihren eigenhändig verzogenen Kindern, zu reich, um sich einen Job suchen zu müssen, die Geschäfte laufen auch ohne sie, und deshalb befand sie sich auf der Flucht vom Zuhause und der noch größeren Langeweile. Die Entschlackung und das Relaxing sollen ihr bei der Entscheidung helfen, ob sie ihren Mann endgültig verlassen soll oder nicht. Sie macht keinen Hehl daraus, dass sie eigentlich noch unter der Haube ist.

Ich kontere romanreif.

Ich sei auch von einer vermeintlich großen Liebe enttäuscht, die mir um ein Haar … nein, nicht das Schloss, das klingt zu romanreif, aber das Gestüt von ihrem Anwalt hatte wegnehmen lassen. Mit dem Verzicht auf die Yacht in St. Tropez hätte ich ihre Gier gestillt, und ich sei nach Bad Kissingen gekommen, um ein wenig Heimat zu genießen. Und auf der Suche nach einer zufälligen Begegnung.

»Scheint so, als könnte ich Vertrauen zu Ihnen haben«, *beende ich meine erfundene Liebes- und Lebensbeichte.* »Unsere Schicksale unterscheiden sich nicht sonderlich.« *Ich habe inzwischen meinen dritten Tee, sie ist von Kaffee auf Sekt umgestiegen. Ihr zuprostend, sage ich:* »Auf uns. Es kann nur besser werden.«

Sie hebt ihr Glas. »Es wird besser werden. Kommen Sie, wir machen einen Spaziergang.«

Perfekt. Sie kann meine Gedanken zu einem gewissen Teil lesen, hoffentlich nicht alles, sonst wird nichts aus meinem Plan.

Ich helfe ihr in den Mantel, ich bin die Verkörperung des vorbildlichen Gentlemans, nein, ich bin Franzose und damit ein Chevalier. Sie hat gesehen, dass mich Mutter Natur nicht zum Hässlichsten machte, ich bin gepflegt, durchtrainiert, weiß, was sich gehört, und besitze ein Gestüt in Südfrankreich. Welche Frau würde mich nicht wollen?

Ich zahle, wir verlassen den Wintergarten durch die Tür, die in den Garten des Hotels führt, der an ein Märchen erinnert.

Überall zwischen künstlich angelegten Ruinen ranken sich Rosen, die Farben können nicht natürlich sein, aber sie sehen fantastisch aus.

An den Garten schließt sich eine scheinbare Sandsteinmauer an, ein Fake, ein Truggebilde, unter dem sich Stahl verbirgt. Das Hotel hat sich abgesichert, in den Türgriff, der nur scheinbar aus dem 18. Jahrhundert stammt, ist ein Fingerabdruckscanner eingebaut. Ich lasse ihr den Vortritt aus Höflichkeit, denkt sie. Sie weiß nicht, dass ich gar kein Hotelgast bin und die Tür bei mir verschlossen geblieben wäre.

Wir gehen den Weg entlang zum malerischen Weiher. Die untergegangene Sonne tüncht das Blau des Himmels zartrosa ein, es riecht nach Frühling, Gras und Blumen duften herrlich, dazu geht der Mond über den Wipfeln der Bäume auf, kaum mit dem bloßen Auge erkennbar, doch ich sehe ihn sofort.

»Die Venus begrüßt die Nacht«, *sagt sie leise und deutet zu einem einzelnen, funkelnden Stern hinauf.* »Der Abendstern.« *Sie schweigt und fasst meinen Arm, den ich ihr sofort zum Geleit anbiete.* »Wie lange bleiben Sie in Bad Kissingen, Hektor?«, *fragt sie und versucht, das Ganze sehr beiläufig klingen zu lassen.*

»Sicher dürfen Sie Hektor sagen, Brigitte«, *nehme ich den Ball auf,* »aber wir besiegeln es, wie es die Franzosen tun.« *Ehe sie sich dagegen wehren kann, drehe ich mich zu ihr, umfasse ihre Schultern und ziehe sie dicht an mich heran, hauche drei Küsse links, rechts, links auf die Wangen.*

Für mich bedeuten die Küsse ihre endgültige Todesweihe. Sie versteht es als Zeichen der Zuneigung.

So unterschiedlich kann man eine Sache auslegen, und ich frage mich, was Judas und Jesus damals im Garten Gethsemane gedacht haben. Jesus freute sich sicher, Judas zu sehen, er mochte ihn. Und Judas? Die dreißig Silberlinge werden ihm durch den Kopf gegangen sein, der Lohn für seinen Verrat.

Es ist tatsächlich ein bisschen wie bei uns beiden. Ich denke in erster Linie an ihr Armband aus Weißgold, an ihre Diamanten, an ihren Reichtum.

Sie lächelt und wirkt etwas verlegen, die ungewohnte Aufmerksamkeit, die ich ihr schenke, der Sekt, die warme Luft, das verwirrt sie, macht sie weich und dankbar für nette

Worte und Gesten. Ich spüre, wie sie ihre Hände auf meine Oberarme legt. Sie drückt leicht, tastet ab.

»Warst du früher Athlet?«, *möchte sie wissen. In ihren Augen lese ich, dass sie genau weiß, was sie will und was sie sich für den späteren Abend von mir erhofft. Wenn ihr Mann wirklich ein fettes Schwein ist, wird sie allein der Anblick meines Körpers in Ekstase versetzen.*

»Ich war Zehnkämpfer, damals, an der Uni in München. Ich trainiere immer noch täglich«, *erkläre ich meine stahlharte Muskulatur und spanne sie zum Beweis an. Rechtzeitig erinnere ich mich an die Werbebroschüre von Bad Kissingen. Auf eine erlogene Geschichte mehr oder weniger kommt es auch nicht mehr an.* »Ein gesunder Geist wohnt in einem gesunden Körper«, *rezitiere ich, dann wende ich mich von ihr ab, lasse sie bei mir unterhaken und gehe weiter.*

Es wird dunkler. Unterwegs begegnen uns kaum mehr Spaziergänger, die meisten kehren zu ihren Hotels, Beautyfarmen, Bungalows und in ihre Suiten zurück, um sich einölen, massieren oder mit Vitaminspritzen voll pumpen zu lassen. Sie werden beim Abendessen über die Börsenkurse, die letzten Filmproduktionen, die Autoverkäufe, die Softdrinks und Lifestyleprodukte oder BTL-Legalisierung sprechen, die meisten von ihnen haben den Sinn fürs normale Leben in der ADL verloren. Zu viel Geld macht blind. Deshalb gebe ich es gleich wieder aus. Ich möchte meine Sehkraft behalten.

Ich führe sie weiter am Weiher entlang, aus dem Nebel aufsteigt, der das Ufer entlangkriecht. Wir betreten einen kleinen, wackligen Steg, der ins graue Nirgendwo zu führen scheint, und nach drei Schritten ist die Welt hinter uns im Dunst versunken. Wir lauschen auf das Plätschern der Wellen, die gegen die Pfeiler schwappen, das Geräusch beruhigt und entspannt.

Langsam gehen wir weiter. Am Ende des hölzernen Wegs setze ich mich auf die altehrwürdigen Planken und ziehe sie zu mir herunter. Schuhe aus, Strümpfe weg und die Füße ins

Wasser hängen, dann lasse ich mich nach hinten sinken, verschränke die Arme hinter dem Kopf und schaue nach oben, wo die Sterne sich Mühe geben, gegen das Grau des Nebels anzukämpfen. Sie tut es mir nach, wir liegen schweigend nebeneinander. Drei, zwei, eins …

»Hast du Lust zu schwimmen?«, *fragt sie, genau wie ich es wollte.*

Ich ziere mich ein wenig. »Meinst du, dass das Wasser sauber ist?«

Sie lacht mich aus. »Angst?«

»Nein, nicht um mich. Es wäre schade, wenn du dich erkälten oder dir irgendeinen Keim einfangen würdest. Wer weiß, wohin sie die Abwässer aus den Kliniken entsorgen.«

»Das glaube ich nicht.« *Sie steht auf und zieht sich bis auf die Unterwäsche aus, präsentiert mir ihre makellose Figur. Frauen in BHs haben keine Geheimnisse vor dem männlichen Auge.* »Los. Wer zuerst auf der anderen Seite ist.«

Ich richte mich auf und entkleide mich bis auf die Unterhose, ein Designerstück, das ich mir extra für solche Gelegenheiten gekauft habe. Ihre Blicke reißen mir selbst den letzten Fetzen Stoff vom Leib, sie würde mich gerne nackt sehen. Das wird sie sich erst verdienen müssen, und der Preis dafür ist ihr Tod. »Um was wetten wir?«, *frage ich lauernd.* »Was bekommt der Sieger?«

»Einen Kuss«, *antwortet sie schnell und springt kopfüber ins Wasser. Weil ich ja ein Chevalier bin, gebe ich ihr Vorsprung. Ich höre sie, wie sie krault und versucht, Distanz zwischen sich und den Steg zu bringen.*

Ich folge ihr mit einem kraftvollen Hechtsprung, es dauert nur einige Sekunden, und wir schwimmen gleichauf. Nachdem ich sie ein wenig geneckt habe, ziehe ich an ihr vorbei und steige am anderen Ufer an Land. Sie kommt mit mindestens zehn Sekunden Abstand hinterher.

»Zehnkämpfer«, *schnauft sie.* »Ich hatte vergessen, dass du Zehnkämpfer bist.«

Nein, das hat sie nicht, sie wollte nur einen netten Vorwand, um einen Kuss zu bekommen. Ich lächle und lasse es so aussehen, als sei es mir doch ein wenig unangenehm, dass ich gegen sie gewonnen habe. »Wenn du der Meinung bist, dass ich ...«

Sofort schüttelt sie den Kopf. Sie sieht mit nassen Haaren besser aus. »Nein, Wettschulden sind Ehrenschulden.«

Kurzes taktisches Zögern, dann: »Darf ich mir ... den Kuss auf deinem Zimmer abholen?«

Sie dagegen zögert keine Sekunde. »Lass uns zurückkehren.«

Wir schwimmen zurück, finden den Steg nach etwas Suchen und ziehen unsere Sachen an, während sich der Nebel um uns herum lichtet und uns den Blick auf einen sternenklaren Nachthimmel gewährt.

Übermütig wie die Kinder laufen wir den Weg zurück zum Hotel. Ich achte darauf, sie so oft wie möglich zu berühren und ihr den Verliebten vorzugaukeln, damit sie die Illusion für Wahrheit hält. Meine Augen können funkeln wie Edelsteine und sagen ihr, dass ich sie begehre, dass ich sie festhalten und lieben möchte, dass sie die Einzige für mich ist.

Wieder lasse ich ihr den Vortritt, die Türen öffnen sich für uns, der Fahrstuhl trägt uns ihrer Suite entgegen. Das ist eine Fügung, wie man sie selten hat, damit habe ich mehr Spielraum.

Kaum fällt die Tür ins Schloss, geht sie, sich entkleidend, in Richtung Bad. »Ich muss mich abbrausen, um warm zu werden«, *ruft sie.* »Es ist doch kälter, als ich gedacht habe.«

Ich tippe eine Uhrzeit in meinen Organizer, folge ihr, dieses Mal ziehe ich mich vollständig aus. Als ich die Tür der Duschkabine öffne, tut sie überrascht, aber sie spielt schlecht. Sie hat sich eingeseift, der Schaum sieht sexy auf ihrer braunen Haut aus. »Hektor? Was ...«

»Ich wollte mir meinen Kuss abholen«, *erwidere ich. Wieder suche ich ihren Blick, während ich zu ihr steige und warmes Wasser auf mich regnet. Es rinnt über meine aufgepumpten Muskeln, ich sehe ihre Begierde.*

Ich neige den Kopf nach vorne, da kommt sie mir schon entgegen, ihre Lippen halb geöffnet, die Augen geschlossen. Sie macht es mir leicht, meinen Gewinn einzufordern. Ich erfülle ihren Wunsch, lasse ihre Finger über meinen Körper gleiten, gebe ihr einen Vorgeschmack von dem, was sie bekommen könnte, liebkose sie und lasse sie schneller atmen … Da klingelt mein Organizer, weil der Timer, den ich aktivierte, seine Pflicht tut.

Zuerst ignoriere ich ihn, schließlich macht sie mich auf ihn aufmerksam. »Hektor, ist das deiner?«

»Lass ihn«, *sage ich und klinge absichtlich heiser, erregt,* »du bist mir wichtiger.« *Ich küsse leidenschaftlich ihren Hals. Sie erschaudert und drückt mich dennoch sanft weg.*

»Wenn es aber dringend ist?«

Ich streichle ihr Gesicht, fahre den gelifteten Hals entlang über ihre vergrößerte Brust, so etwas fühle ich, und steige hinaus. »Ich bin gleich wieder bei dir.« *Natürlich kehre ich nicht zurück, sondern setze mich ins Wohnzimmer, starre abwesend auf den Organizer und warte, dass sie mich sucht. Drei, zwei, eins …*

»Hektor, alles in Ordnung?«

Keine Antwort ist in diesem Fall das Beste, das macht sie nervös. Ich höre, wie sie aus dem Bad kommt, wie die Wassertropfen von ihr auf die Kacheln klatschen, sehe sie durch die Tür kommen, ein Handtuch um ihren nackten Körper geschlungen. »Schlechte Nachrichten?«

»Mein Anwalt«, *sage ich fahrig.* »Ich fasse es nicht, es ist mein Anwalt! Er will dringend einen Vorschuss, um meinen Fall gegen meine Ex-Frau voranzutreiben, oder er legt das Mandat nieder.« *Ich stütze meinen Kopf verzweifelt mit der Rechten.* »Sie hat mich reingelegt! Sie hat sich eine neue Kanzlei gesucht und will immer noch das Gestüt.«

»Dann überweise es doch.«

Ich schaue sie verzweifelt an. »Ich habe nichts dabei, keinen Computer oder etwas in der Art. Meine Konten sind so eingerichtet, dass ich sie nur mit diesem Rechner abfragen und verändern kann. Aus Sicherheitsgründen, weil meine Ex-Frau die Nummern kennt.« *Ich blicke ins Dunkel, verzweifelt und ratlos, und warte. Es wird sich zeigen, wie gut ich meine Rolle zuvor gespielt habe. Drei, zwei, eins …*

»Aber ich kann es dir doch transferieren. Von meinem Konto aus.«

Ich muss gut gewesen sein. »Nein, Brigitte, das kann ich nicht von dir verlangen …«

»Keine Widerrede, du gibst es mir doch wieder zurück. Also, wie viel?« *Sie setzt sich an den Schreibtisch, aktiviert ihren PC und loggt sich in die Matrix ein.* »Wohin soll ich es überweisen?«

»Zwei Prozent des Streitwertes.« *Ich winde mich, knie mich neben sie und schreibe ihr auf den Block einen Schuldschein über 30 000 Ecu aus.* »Hier, nimm ihn und lege ihn in deinen Safe«, *verlange ich entschieden und lasse keine Widerrede zu.* »Erst dann werde ich deine Hilfe akzeptieren.«

Sie versteht, dass es mir sehr ernst damit ist. Sie steht auf und geht hinüber zum Zimmersafe, der in der Minibar eingebaut ist.

»Verdammt«, *sagte ich und schleudere scheinbar wütend meinen Organizer von mir. Er schlittert durch den Raum und landet in der Nähe der Minibar.* »Diese Hure! Sie hat unterschrieben, sich mit der Yacht zufrieden zu geben.« *Natürlich entschuldige ich mich sofort für mein Aufbrausen, wo doch die Contenance alles ist.*

Sie verzeiht es mir mit einem Lächeln, schließt den Schuldschein ein und kehrt zurück, gibt mir einen langen Kuss und beginnt, den Transfer vorzunehmen. Ich tue so, als blicke ich in die andere Richtung, passe aber genau auf. »Mein Ex-Mann wird sich zwar wundern, dass ich mich bei ihm bediene, aber so lange ich die Vollmachten besitze, ist sein Konto auch mein Konto«, *erklärt sie mit einem fiesen Lächeln.*

Ich nenne ihr die Ziffern, die sie benötigt, um mir 30 000 Ecu zu überweisen, ihre Finger gleiten über die Tastatur, ohne eine Pause zu machen. Zehn Sekunden später ist die Sache fast erledigt, alle Codes sind eingegeben, sie will Enter drücken.

»Brigitte! Du hast mich gerettet«, *bedanke ich mich bei ihr, hebe sie hoch, wie ein Bräutigam seine Braut trägt, ihr Zeigefinger trifft anstatt der Taste ins Leere.* »Gerettet, gerettet! Du wirst das Gestüt lieben! Ich zeige dir die Pferde, das Anwesen«, *ich drehe mich rasend schnell um die eigene Achse, tanze einen übermütigen Walzer mit ihr und kreisele durch die Suite,* »alles! Alles möchte ich dir zeigen, du Engel!«

Ihre Arme schlingen sich um meinen Hals, sie lacht fröhlich. »Nicht so schnell, Hektor. Bitte, ich muss doch noch …«

Mein Augenmaß hat mich noch niemals im Stich gelassen. Der letzte Schwenk führt mich bis an den Türrahmen.

Ihr gestraffter Hals kollidiert mit dem Holzimitat, ihre Wirbel knacken leise, und ihre blauen Augen brechen auf der Stelle, ihre Arme erschlaffen, die Spannung weicht von einer Sekunde auf die nächste. Tot.

Das war der Preis, von dem ich gesprochen habe, wenn man mich nackt sehen möchte. Nur bei meinem Arzt mache ich eine Ausnahme.

Ich trage sie zurück ins Bad und lege sie über den Rand der Wanne, schütte etwas Wasser auf die Kacheln, hebe sie wieder auf und lasse sie gegen das Waschbecken fallen, wobei ich darauf achte, dass genau die Stelle getroffen wird, an der ich ihr den Hals gebrochen habe. Beim Aufschlag auf den Boden zieht sie sich eine Platzwunde am Kopf zu, sehr gut, das macht es realistischer. Ihr Blut bildet einen hübschen Kontrast zu den hellen Fliesen. Ich muss nichts arrangieren, es sieht aus wie ein Unfall.

Ich eile zum PC und füge den 30000 noch zwei Nullen hinzu, auch die Kontonummer sowie den Empfängernamen tippe ich neu ein, und als die Abfrage erscheint »Wollen Sie die Änderungen vornehmen?«, *drücke ich ihren Geheimcode ein, gefolgt von der Enter-Taste.* »Transaktion erfolgt. Vielen Dank, Frau von Odenau.«

Für drei Millionen Ecu kann man einen Mord begehen. Auftragskiller arbeiten sogar für viel weniger.

In der Vergangenheit tötete ich Frauen, deren Guthaben sich gerade einmal auf 200000 Ecu belief, aber das hier, das deckt meine Unkosten für die nächsten Monate.

Der Organizer hat das Piepsen aufgezeichnet, das beim Drücken auf das Bedienfeld des Safes entstand. Ich übe auf dem Kom, bis ich die richtigen Töne zuordnen kann, dann öffne ich den Safe und nehme den Schuldschein wieder an mich. Muss ja nicht sein, dass ich den Bullen mehr Hinweise gebe als notwendig.

Ich ziehe mich an und beginne damit, die Suite sauber zu machen, ich wische alle Spuren weg, die auf mich hinweisen könnten, Fingerabdrücke und Offensichtliches, damit erst gar nicht der Verdacht entsteht, sie wäre eines unnatürlichen Todes gestorben. Sie kam aus der Dusche, rutschte aus und brach sich das Genick, so einfach ist es. Bis sie auf die Idee kommen, die Überweisungen zu checken, ist das Geld längst auf einem anderen Konto. Ihr Mann kann froh sein, ich habe ihm eine große Last abgenommen.

Zufrieden und sehr reich gehe ich zur Tür der Suite und öffne sie.

Es war ein Fehler, nicht zuerst durch den Spion nach außen geschaut zu haben.

Ich blicke in das Gesicht der netten Bedienung, die mir im Wintergarten meinen russischen Zupfkuchen und meinen Assam-Tee brachte. Vor ihr steht ein Servierwagen, obendrauf eine Flasche Champagner im Kühler, zwei Gläser, frisches Obst, mit Minzzweigen garniert.

Sie grinst, sie hat mich sofort wiedererkannt. »Oh, Sie.«

Sie schaut auf ihr Pad. »Ich habe die Bestellung von Frau von Odenau. Darf ich hereinkommen«, *sie hört gar nicht mehr auf zu grinsen,* »oder störe ich vielleicht?«

Mir ist das äußerst unangenehm. Mein schöner Plan wird durch schlechtes Timing zunichte gemacht. Brigitte muss vom Bad aus in der Hotelzentrale angerufen und geordert haben, dadurch ist es mir entgangen.

Was mache ich mit ihr?

Sie kann sich am besten von allen Angestellten des Hotels an mich erinnern. Es wird ihr sofort seltsam vorkommen, dass ich den Unfall im Bad nicht gemeldet habe und einfach verschwunden bin. Sehr, sehr schade, das alles.

Ich trete einen Schritt zur Seite. »Nein, Sie stören nicht. Schieben Sie den Wagen rein, und öffnen Sie bitte die Flasche. Ich bin darin nicht sonderlich geschickt.«

»Sicher, der Herr.« *Aus dem Grinsen wird ein Lächeln, ihr bezauberndes Lächeln, das es wert gewesen wäre, sie am Leben zu lassen und ihr glückliche Jahre zu wünschen. Wäre. Sie geht an mir vorbei, die Eiswürfel im Kühler knirschen und klirren leise gegen das Glas.* »Wo soll ich den Champagner servieren?«

»Gleich hier. Warten Sie, zeigen Sie mir, wie man so etwas macht.« *Ich schließe die Tür sanft hinter ihr und gehe lächelnd auf sie zu …*

VII.

ADL, Württemberg, Stuttgart-Sindelfingen, 02.05.2059, 09:39 Uhr

Tab klinkte sich ins Netz und schoss durch die Matrix. Er wechselte mehrmals die Verbindungen, nahm Umwege über Relaisstationen und Satelliten, bis er sich am nächsten Knotenpunkt ins Gitter des Fashion-News-Net einloggte, um die neuesten Gerüchte über den Tod von Di'Oá zu holen.

Sein Persona-Programm war von ihm modifiziert worden. Früher nutzte er die Gestalt eines nackten Punkers, der einen Irokesenschnitt aus Nadeln trug, aber seit ihn alle für tot hielten, musste er sich wohl oder übel etwas anderes ausdenken, um die Tarnung aufrechtzuerhalten.

Für diesen Run hatte er sich etwas ganz Besonderes ausgedacht.

Das Maskenprogramm machte ihn zu einem Dandy im Stil der zwanziger Jahre des 20. Jahrhunderts, klassischer Frack, Stehkragen, Gamaschen über den schwarzen Lackschuhen, Mittelscheitel mit viel Pomade, inklusive Monokel, Gehstock und Seidenschal. Selbst auf die Kippe mit Bernsteinmundstück verzichtete er nicht. Hinter *dieser* Persona würde niemand Tab, den kleinen Punker, vermuten.

Jemand hatte ihm das alte Deck von Datadieb zugespielt, und Junge, *das* war ein Deck!

Zwei Platinen hatten unter der Attacke des Schwarzen Ice gelitten und es nicht geschafft, die tödlichen

Stromstöße gegen das Hirn ihres ersten Deckers abzuschwächen. Die durchgebrannten Teile wurden ersetzt, und seitdem lief die Maschine wie eine astrein übertaktete, aber sicher gekühlte CPU. So ein edles Teil hielt gegen ein teures Fairlight Excalibur-Deck locker mit. Er wünschte sich, ein bisschen besser zu sein, damit er die Möglichkeiten des Rechners voll nutzen könnte.

Es muss so gehen, sagte er sich und begann, die virtuellen Kleiderbügel, an denen die neuesten Gerüchte wie T-Shirts, Accessoires und andere Modesachen aufgereiht hingen, zu durchstöbern.

Wie es schien, äußerte der Di'Oá-Konzern selbst die Vermutung, dass es sich um einen Anschlag handelte, um die Aktien des Unternehmens in den Keller zu treiben und damit eine feindliche Übernahme möglich zu machen.

Tatsächlich rutschte der Kurs von 102 Ecu steil nach unten und lag bei nur noch 31 Ecu pro Stück. Die Anleger stiegen scharenweise aus, und die Großeinkäufe von Unbekannten begannen. An erster Stelle auf der Verdächtigenliste wurden Allure Designz gehandelt, aber auch die Strohmänner von Creation Reyon, das galt als offenes Geheimnis, orderten kräftig ein Aktienpaket nach dem anderen.

Tab grinste. Im eskalierenden Kon-Krieg dachte niemand an die einfachste Lösung: simple Rache. Nachdem die Modezarin ausgeschaltet war, erledigte Adorno das Sternschutz-Arschloch, und er kümmerte sich gleich um den dritten Kandidaten. *Ich verschaffe ihm einen Ritt in die Hölle. Ohne Rückkehrticket.*

Er fertigte sich eine Kopie der News an und suchte sich den nächsten Knotenpunkt, um an die virtuellen Türen von Di'Oá zu klopfen.

Es dauerte nicht lange, und er stand am Eingang ins System, dargestellt als Vorhang aus schwerem, rotem Samt, der glitzerte und funkelte.

Der Eindruck täuschte. Es handelte sich um eine knallharte Barriere, vor der zwei Wächterprogramme in Gestalt von Models, ein Mann und eine Frau, gekleidet in die neuesten Entwürfe des Ateliers, standen. An ihren linken Oberarmen hatte man nachträglich eine schwarze Armbinde hinzugefügt. Trauerflor für die getötete Chefin des Unternehmens.

Tab ging auf sie zu und nahm einen Ausweis aus seiner Jacke, die Zahlenkolonnen darauf wirbelten hin und her, bis sie die richtige Reihenfolge erreichten und zum Stillstand kamen. Offiziell galt er nun als Mode-Journalist und legitimierter Nutzer des Di'Oá-Gitters, was ihm erlaubte, die neuesten Informationen aus dem Presse-Center abzurufen, das in einer eigens eingerichteten Abteilung des Gitters lag. »Hallo.«

»Guten Tag.« Die Wächter prüften seinen Ausweis, dann schoben sie den roten Vorhang auseinander und ließen ihn passieren. »Bitte sehr. Halten Sie sich bitte an die Beschilderung.«

»Sicher.« Er betrat eine Catwalk-Imitation und stand für Sekunden in einem Blitzlichtgewitter, das wohl so etwas wie Modelfeeling heraufbeschwören sollte.

Sein Sensor schlug an. Jemand überprüfte ihn ein weiteres Mal, und als er nach unten schaute, sah er eine kleine gestylte Katze, die um seine Beine strich. Sie war nichts anderes als ein Aufspürprogramm. Der Konzern wollte in seinem derzeitigen paranoiden Zustand genau wissen, welcher Besucher woher kam.

Tab nahm es gelassen, er zündete sich die Zigarette an. »Na, meine Kleine? Bist du neugierig?« Er streichelte sie und schob sie dann in Richtung Ausgang. »Such schön, meine Kleine.« Er schaute ihr hinterher und lächelte. Die Katze würde sich die Füße wund laufen. Seine Verlegungs-Utility, die seinen Einstiegspunkt verwischte, war der Intelligenz des Suchprogramms weit überlegen.

Folgsam ging er den scheinwerfererhellten Catwalk entlang, der sich alsbald gabelte, während rechts und links von ihm Publikum saß, programmierte Statisten, um Aufpasser unter ihnen zu verstecken.

Ein Wegweiser führte ihn zur Presse-Abteilung, doch das interessierte Tab nicht. Er aktivierte sein Schleicherprogramm und wurde von einer Sekunde zur nächsten zu einem harmlosen Modedesigner des Unternehmens.

Derart verändert und für die Abwehrmechanismen uninteressant, wenn er eine Reaktion nicht unmittelbar heraufbeschwor, etwa durch auffälliges Verhalten oder einen direkten Angriff gegen Barrieren, Wächter oder andere Systemeinrichtungen, bog er ab und orientierte sich neu.

Er musste in die Nähe der Sicherheitszentrale gelangen, um seine Show abzuziehen, und vorher durfte er durch nichts aufgehalten werden. Er wollte seine Kampfkraft nicht gegen Computerkonstrukte verschwenden. Sein Duell hatte er gegen einen anderen Decker zu bestehen.

Unterwegs passierte er mehrere Barrieren. Zuerst drückte er sich in ihrer Nähe herum und durchschritt sie, wenn er sicher war, dass sie ihn nicht wahrnahmen. Es gelang. Sie ignorierten ihn ebenso wie das Ice, dem er begegnete. Sein Analyseprogramm führte ihn unbehelligt die Laufstege entlang tiefer und tiefer ins System des Konzerns.

Je mehr er vorankam, desto mehr veränderte sich das Ice. Aus den weißen Varianten wurden graue, breit gebaute Schaufensterpuppen in Anzügen und mit langen Nadeln für den Nahkampf an der Seite. Die leblosen Puppenaugen verfolgten jeden seiner Schritte.

Seit er die letzte Barriere durchschritten hatte, liefen kleine Männchen mit Aktenordnern um ihn herum. Sie bedeuteten Datentransfer. Den Ordneraufschriften zufolge handelte es sich um Abrechnungen und dergleichen. Demnach gelangte er in die Verwaltung.

Shit, da wollte ich nicht hin. Sein Analyseprogramm war getäuscht worden, und ein leitender Angestellter mit Sakko und Krawatte, der am Ende des Gangs an einem Schreibtisch saß und den Korridor überwachte, schaute bereits irritiert in seine Richtung.

»Entschuldigung, haben Sie sich verlaufen? Sie sind Designer.« Er stand auf, im nächsten Moment erhob er sich vor Tab. »Kann ich Ihre Legitimierung sehen?«

Tab aktivierte das Täuschungsprogramm, nachdem sein Schleicher ausgedient hatte. Er benötigte dringend einen guten Grund, weshalb sich ein Modedesigner in die Verwaltung begab. Er langte unter die Jacke und zog eine Nachricht hervor, auf der zu lesen war, dass er sich bei der Buchhaltung melden sollte. »Lohnabrechnung. Es stimmt was nicht«, log er.

Der leitende Angestellte nahm den Wisch und runzelte die Stirn. »Kann ich Ihren Ausweis sehen?«

Tab reichte den Ausweis, die Zahlenkolonnen darauf arrangierten sich neu, um ihm eine Erlaubnis zu verschaffen. Noch gelang es ihnen nicht.

»Das ist … ungewöhnlich«, blieb das weiße Ice, denn nichts anderes stellte der Mann dar, vorsichtig. Es betrachtete ihn, dann wieder den Ausweis, auf dem die Ziffern langsam zur Ruhe kamen, einer Spielautomatenanzeige nicht unähnlich.

Tab bemerkte, dass sich die kleinen, hektischen Verwaltungsmännchen plötzlich langsamer bewegten. Das bedeutete, dass der Aufpasser vor ihm passiven Alarm ausgelöst hatte und der Computer von Di'Oá sich nicht sicher war, ob sich ein Eindringling im System befand. Alle Wachprogramme wurden eine Stunde lang geboostet und liefen mit höherer Aufmerksamkeit als vorhin. Darunter litten die übrigen Verarbeitungsvorgänge des Systems, wie er deutlich am Datenaustausch, den die Männchen symbolisierten, erkannte.

»Doch, es geht klar, sehe ich«, meldete ihm das Ice. »Sie können weitergehen, Zimmer 2147/32B.«

»Danke.« Er ging, suchte den Eingang des Büros, in dem die Schnittmuster für die anstehenden Kollektionen gelagert wurden, und fand ihn, gesichert mit einer extra starken Barriere.

Tab drehte sich um und aktivierte das Schleicherprogramm, um an der Barriere vorbeizugelangen. Im Gegensatz zu dem Ice ließ sie sich von dem gefälschten Code und seinem Täuschungsprogramm nicht mehr hinters Licht führen. Der passive Alarm bedeutete eine zusätzliche Erschwernis für sein Unterfangen.

Es gelang ihm, für die Barriere unsichtbar zu werden, wenn auch mit Mühe.

Das überraschte ihn.

Nicht weil er es mit Mühe schaffte, sondern dass er es *überhaupt* schaffte, was er offenbar den exzellenten Qualitäten des Decks verdankte. Mit seinem Schrottdeck wäre er erst gar nicht ins System vorgedrungen. Spätestens an dieser Stelle hätte ihm das Schaufensterpuppen-Ice die Nadeln in den Arsch gerammt. Das Deck passte sich ihm an, wie es schien, und unterstützte ihn intuitiv.

Er brauchte nur kurz, um die Daten zu kopieren. *Danke, Datadieb,* sandte er ein stilles Stoßgebet in den Deckerhimmel, als er die Abteilung verließ und seine Analyse-Utility neu startete, um den Weg zur Sicherheitszentrale zu finden.

Er hielt das Schleicherprogramm aufrecht und näherte sich der als gleißendes Kraftfeld dargestellten Barriere, die ihm von der Analyse-Utility als Zugang zum Sicherheitssystem angezeigt worden war.

Seine Nervosität stieg an. Beinahe hätte er vor dem Schritt durch die flirrende Wand gezögert, aber an ein

Zurück war nicht zu denken. Er hatte es so weit geschafft, nichts hielt ihn mehr auf, schon gar nicht mit diesem Deck.

Tab starrte auf das düstere, pyramidenhafte Konstrukt, in dessen Inneren er sich befand.

Die Wände bestanden zu 99 Prozent aus Bildschirmen, auf denen immer wieder Bilder aus dem ganzen System aufblitzten und erloschen. Jedes Bild war anders und stand für die Überwachungsprogramme, die überall ihre Dienste verrichteten.

Die gespannten Fallstricke zwischen den wenigen freien Stellen an den silbernen Wänden sahen verwirrend aus, eine Berührung, und der aktive Alarm wurde ausgelöst.

In der Mitte schwebte die Persona eines Deckers, wie ihm sein Analyseprogramm signalisierte. Die Persona *des* Deckers und dritten Verräters.

Tab erinnerte sich genau an das Aussehen, ein Mensch mit einem Januskopf, den zwei Gesichtern, die wiederum mit Dutzenden von Augen gespickt waren. Sie blickten ständig um sich, jeder Monitor erhielt die verdiente Aufmerksamkeit, das System wurde akribisch überwacht.

Zwei Ices drehten sich zu ihm um, die Nadeln hielten sie wegen des noch laufenden passiven Alarms stoßbereit erhoben.

Die Show beginnt. Er aktivierte seine Kampf-Utility, die Nadel, die er eben noch mit sich geführt hatte, verschwand, dafür führte er in jeder Hand ein Beil, die Klingen bestanden aus dunkelrotem Feuer.

Seine Attacke erfolgte für die Ices derart überraschend, dass sie ihm nichts entgegenzusetzen hatten. Zwei kleine Treffer steckte er ein, doch das eilig initiierte Medicprogramm verpflasterte seine Persona.

Der aktive Alarm wurde ausgelöst, der System-Decker drehte ihm das grimmigere seiner beiden Gesichter zu, die zahlreichen Augen blinzelten. »So, ein Eindringling. Welcher Kon schickt dich?«

Tab ließ die Maske fallen und deaktivierte den Dandy-Modus, um dem Verräter zu zeigen, weshalb er hier war. Vor dem Sicherheitsdecker entstand die Persona von Datadieb, ein Mann in einem hautengen gelben Kostüm mit einer Augenmaske, auf der »DaDi« geschrieben stand.

»Du?« Der Decker öffnete die Hand, und ein Speer aus flirrender Energie entstand. Er hatte seine Angriffs-Utility geöffnet. »Das kann nicht sein! Wir haben dir das Hirn verbrannt!« Er sprang nach vorn und schlug mit dem Speer zu.

Tab ließ das Kraftfeld um sich herum aufsummen, die Spitze prallte Funken sprühend gegen den Widerstand. Die Abwehr-Utility hielt stand.

»*Wer* bist du?«

»Vielleicht bin ich Datadieb«, begann er in der gleichen Art zu sprechen, wie es Datadieb immer tat, »vielleicht auch nicht.« Die Beile zuckten kurz hintereinander herab und verletzten die gegnerische Persona, der Schaden wurde als Impuls und realer Schmerz durch das Deck und das Glasfaserkabel an den Decker weitergeleitet. »Ich bin hier, um Rache zu üben, Eyes. Für deinen Verrat.«

Der Decker schaute auf die klaffenden Löcher, die ihm die Klingen geschlagen hatten. Blut oder Eingeweide fehlten, es war, als blicke man in das Innere eines Schokoladenweihnachtsmannes oder einer Tonfigur. »Es gibt keinen Verrat«, brüllte er wütend und griff an.

Tabs Schirm hielt den Speer erneut davon ab, Schaden anzurichten. Stattdessen duckte er sich unter einem Fallstrick durch, ein Beil hackte dem Gegner ins Bein, das andere traf in den Unterleib. Die herausgetrennten virtuellen Fleischstücke trieben als zackige Fetzen durch das Konstrukt, zu denen sich nach einer ganzen

Serie von Schlägen vier neue gesellten. »Nenne es, wie du willst. Es wird dich nicht retten.«

Die Persona des Verräters taumelte rückwärts und wollte flüchten. »Lass mich in Ruhe!«, schrie sie. »Du bist tot! Ich habe dich eigenhändig ausgelöscht. Wer bist du wirklich?«

Plötzlich blitzten rote Lampen auf den Bildschirmen um sie herum auf, Warnsirenen schrillten los und bedeuteten, dass sich die übrigen Decker des Kons nicht anders zu helfen wussten, als das System abzuschalten und den Eindringling auf diese Weise hinauszukicken, ehe er noch mehr Schaden anrichtete.

Tab sah die Wunden, die er seinem Gegner zugefügt hatte. Nur noch wenige fehlten, und der Decker würde an den Rückkopplungen sterben, die ihm sein Deck durch die Kabel unmittelbar in die Implantate in seinem Kopf und von dort ins Gehirn leitete. Die Elektrizitätsströme flossen, die Energie würde die Cybereinbauten überlasten und durchbrennen lassen, damit verkochte das Hirn des Mannes zu einem kleinen Klumpen. Virtuelle Persona und realer Decker starben gemeinsam.

Er sprang über die Fallstricke und setzte dem Flüchtenden nach. »Du hast Datadieb heimtückisch gegrillt.« Das Beil stieß herab und trennte ihm ein Stück Brustkorb heraus. Es flog davon. »Du bist die Nummer drei, Eyes.« Tab fuhr mit der Linken durch das Loch im Brustkorb in das Innere der schwer beschädigten Persona und hielt sie an der Bruchkante fest. »Du weißt, wer uns noch fehlt.«

»Uns?« Der System-Decker versuchte, sich aus dem Griff zu befreien, schaffte es aber nicht.

»Wir leben alle, Eyes, bis auf Datadieb. Wir machen euch Wichser fertig. Einen nach dem anderen.« Tab lachte laut und stellte sich vor, wie der echte Eyes an seinem Tisch hin und her zuckte, krampfhaft versuchte, sich auszustöpseln, und es nicht schaffte, wohl wissend, dass sein Leben an einem seidenen Faden hing. Nein, eigentlich hing sein Leben an einem Glasfaserkabel. »Euch und den Scheißkon. Verpiss dich, Eyes.«

Die leuchtende Axtschneide trennte den augenbesetzten Kopf mit einem gewaltigen Hieb ab. Der durchaus menschlich klingende Schrei modulierte unkontrolliert, bis er höher und höher wurde, als pitchte ihn ein verrückt gewordener Soundmixer hinauf bis zum Kilimandscharo. Dann zersprangen die Überreste der Persona, flackerten und lösten sich noch im Davonfliegen auf. Anders gesagt: Das Programm war abgestürzt und vernichtet.

Der echte Eyes würde im gleichen Augenblick mit glasigem Blick nach vorne sinken und mit dem Kopf auf die Tastatur schlagen, gegrillt von den zerstörerischen Impulsen aus seinem Deck.

Tab freute sich noch nicht über seinen Erfolg, den er mit Hilfe des fremden Decks errungen hatte. *Erst gibt es noch was zu erledigen.*

Er zog einen kleinen schwarzen Luftballon aus seiner Hosentasche und blies ihn auf. Wie aus dem Nichts entstand darauf eine fies grinsende Fratze mit spitzen dolchartigen Zähnen, an denen giftgrüner Speichel hinabrann. Der Ballon schüttelte sich, und ein zweiter entstand, der ihm exakt glich. Tab hatte einen Virus eingeschleust, der sich immer weiter teilen und angreifen würde.

Die leuchtende Axtschneide zerstörte die Barriere am Eingang der Sicherheitszentrale. Tab packte die Schnur des frisch entstandenen Virus, während das andere bereits die Monitore zerfraß, und ging hinaus.

Er rannte bis vor die Verwaltungsabteilung, während sich das Virus unterwegs munter vervielfältigte, und zerstörte auch diese Sperre, um den schwarzen Luftballon hineinzuschieben. Datadiebs Deck verlieh ihm

Kräfte im Cyberspace, wie er sie vorher noch nie besessen hatte.

Das Virus begann, die umherlaufenden Männchen mit den Aktenordnern systematisch zu vernichten. Tab sah zu, wie es wütete und die Daten schrottete, sich dabei unaufhörlich reproduzierte, bis der Decker von dem herunterfahrenden Computersystem des Unternehmens automatisch aus der Matrix geworfen wurde.

... Zwip ...

Tab saß im Hotelzimmer und rang mit den Auswirkungen des Auswurfschocks, den unangenehmen Nachwehen, mit denen jeder Decker zu kämpfen hatte, der unfreiwillig aus der Leitung geschleudert wurde.

Es war ein leichtes Schwindelgefühl, eine Desorientierung, hervorgerufen durch den abrupten Abbruch des SimSinn-Signals. Früher hatte er schon mal nach dem Matrixus Interruptus gekotzt, doch heute machte es ihm erstaunlicherweise nichts aus.

Geschafft. Wieder einer weniger. Der Decker stand nach einer Weile vorsichtig auf, schwankte zur Minibar und nahm sich ein Ginger-Ale. Sein Kreislauf sollte sich erst wieder beruhigen, danach würde er nochmals in die Matrix eintauchen und die runtergeladenen Schnittmuster und Kollektionen verschiedenen Konkurrenten Di'Oás zum Kauf anbieten. Den Erlös würde er durch vier teilen.

Lächelnd rief er sich den Amoklauf seines Virus in Erinnerung.

Die Buchhaltung, Werksverträge, Fertigungsanweisungen und die Schnittmuster der kommenden Wintermode fielen ihm ebenso zum Opfer wie die ersten Entwürfe der Frühjahrskollektion 2060. Damit hatte er dem Konzern einen empfindlichen Schlag, wenn nicht vielleicht sogar den Todesstoß versetzt.

Er sah sich selbst im Spiegel, grinste und hob die

Dose. *Auf dich, Datadieb. Du kannst stolz auf uns sein. Auf uns und dein Deck.*

Jetzt lag es in den Händen von Graue Klaue, ihre Rache zu vervollkommnen.

ADL, Württemberg, Stuttgart-Tübingen, 02.05.2059, 10:11 Uhr

Sunderby betrachtete Marleens verblassende Aura und seufzte. Sie hatte sich von den Anstrengungen noch immer nicht erholt. Mit geschlossenen Lidern trieb sie im Astralraum, nur ab und zu zuckten ihre Finger oder rollten die Augäpfel wie bei einer Träumenden.

Cauldron wusste keinen anderen Ausweg mehr, als es wieder bei dem Tübinger Professor zu versuchen, und der wiederum rief einige seiner Kollegen zusammen. Man traf sich im Arbeitszimmer des Dozenten.

Um Cauldron herum standen die astralen Projektionen bedeutender Gelehrter der magischen Zunft Tübingens, und trotz all ihres Wissens schienen sie ebenso wenig etwas gegen die voranschreitende Auflösung der jungen Frau unternehmen zu können wie sie. Doch sie nutzten die Gelegenheit, um zu studieren, Meinungen auszutauschen, Eindrücke festzuhalten und das Phänomen zu beobachten.

Ich komme mir vor wie bei einem Experiment. Cauldron hörte, was sie sagten und wie sie berieten, wie sie Theorien zitierten und sich Lehrsätze an den Kopf warfen. Sie bezweifelte, dass die Doktoren und Professoren innerhalb der nächsten Stunden zu einem Ergebnis kommen und Marleen damit vor dem endgültigen Tod retten würden.

»Haben Sie eine Möglichkeit?« Sie hielt es nicht länger aus.

»In der Tat«, nickte Sunderby. »Wir haben beschlossen, Frau Lintz gemäß der Theorie von Wasnujev wie einen freien Geist zu behandeln, und möchten versuchen, sie unter Kontrolle zu bekommen«, erklärte er den nächsten Schritt. »Auf die Schnelle ist uns nichts anderes möglich, und wir wissen nicht, ob es überhaupt funktioniert. Leider gibt es keine griffbereiten Aufzeichnungen darüber, ob und wie eine Auflösung ad hoc aufgehalten werden konnte.« Er schaute zu seinen Kollegen, die sich immer noch besprachen und leise die jeweiligen Ansichten verteidigten. »Die Reinkarnationstheorie, von der wir sprachen, ist ein Hoffnungsschimmer, aber ein sehr vager. Erst wenn wir die astrale Projektion von Frau Lintz stabilisiert haben, können wir uns um weitere Schritte kümmern.« Er betrachtete sie argwöhnisch. »Wohin sind Sie eigentlich geflogen, und was hat Frau Lintz derart erschöpft?«

Cauldron würde ihm garantiert nicht sagen, welches seltsame Erlebnis sie in St. Peterburg hatten, und schon gar nicht würde sie den Namen Shedim erwähnen, bis sie selbst etwas darüber herausfand.

»Ich dachte, ich könnte jemanden erreichen, der so eine ähnliche Reinkarnation schon einmal selbst erlebt hat«, erwiderte sie ausweichend. »Aber es war ein Irrtum. Unterwegs wurden wir zu allem Elend noch von einem freien Geist attackiert.«

»Aha.« Sunderby ging nicht näher auf ihre Andeutung ein. Seine Kollegen riefen ihn zu sich. »Meinen Sie, dass Sie uns in irgendeiner Weise helfen könnten?«, fragte er sie, während er zu den Gelehrten ging. »Ich bin gleich wieder bei Ihnen.«

Sie wusste es nicht. Und sie wusste auch nicht, ob der Versuch, gewaltsam Kontrolle über Marleen zu erlangen, wie man es bei Geistern oder Elementaren konnte, den Verfall nicht beschleunigte. Dummerweise wollte ihr nichts Besseres einfallen.

Plötzlich spürte sie ein unangenehmes Stechen an ihrem Oberarm.

Es war das verabredete Zeichen von Xavier, wenn er sie unbedingt in der realen Welt benötigte, und das wiederum bedeutete, dass sich Schwierigkeiten anbahnten. Sie vergewisserte sich rasch, dass es Marleen den Umständen entsprechend gut ging.

»Ich muss weg, Professor«, sagte sie laut. »Ich versuche, so schnell wie möglich wieder zurückzukehren, sagen Sie das Marleen bitte, falls sie aufwacht. Und sie soll Ihnen den Namen des Mörders sagen.«

»Wie?«

»Machen Sie es einfach.« Cauldron stieß sich ab und schoss durch die Luft, durchquerte den Astralraum mit höchster Geschwindigkeit, was umgerechnet mehrfacher Schallgeschwindigkeit entsprach, und erreichte das Trespasser nach kurzem Flug.

Erleichterung breitete sich bei ihr aus. Sie askennte nichts Bedrohliches, weder magischer noch weltlicher Natur. Keine Schläger, keine angreifenden Geister, kein ausgebrochenes Feuer oder eine Schießerei.

Dann kann es sich nur um wichtige Neuigkeiten zu diesem Serienmörder handeln, schätzte sie und senkte sich durch die Etagendecken des Hotels in ihr Zimmer herab. Sie sah ihren Leib auf dem Bett liegen, während Xavier damit beschäftigt war, ihre Sachen eilig in den Koffer zu werfen. *Nanu? Was ist passiert?*

Sie glitt in ihre sterbliche Hülle zurück und öffnete Minuten darauf die Augen, richtete sich vorsichtig auf und zog die Nadel, mit der er sie malträtiert hatte, um sie aufmerksam zu machen, aus dem Oberarm. Ein kurzer Zauber, und die Einstichstellen schlossen sich von selbst.

Er hörte, dass sie sich bewegte, und hinkte zurück ans Bett. »Gut, dass du da bist«, begrüßte er sie und gab ihr einen flüchtigen Kuss auf die Lippen. »Haben du und Marleen etwas erreichen können? Gab es unterwegs etwas Auffälliges?«

Sie schüttelte den Kopf, um keine langwierigen Erklärungen abgeben zu müssen. Dazu war später immer noch Zeit. »Nein. Ich habe sie an ihre Uni gebracht, ihre Dozenten kümmern sich um sie. Sie hat mir den Namen und den Treffpunkt des Mörders nicht genannt, und allmählich glaube ich, dass sie ihn gar nicht kennt. Ich denke, sie sieht mich als letzte Chance, ihr Leben zu verlängern.« Sie fasste seine Hand, als er gehen wollte, um weiter seine Sachen zu packen. »Warum hast du mich gerufen?«

Er blieb stehen, seufzte schwer und ließ sich aufs Bett fallen. »Wir hatten Besuch.«

Cauldron ahnte, dass der Begriff »Besuch« zu harmlos war. Hastig schaute sie sich um, entdeckte aber nichts, was auf eine Auseinandersetzung schließen ließ. »Keine zertrümmerten Möbel, keine Einschusslöcher. Dann kann es doch gar nicht so schlimm gewesen sein«, versuchte sie einen aufmunternden Scherz.

»Es war die Hölle«, antwortete er leise. »Ich hätte nichts gegen sie unternehmen können, und du lagst schutzlos im Zimmer. Eine Frau, Simone Du Garotte, und zwei Schläger. Ich vermute, dass sie Magierin ist. Sie meinte, sie hoffe, dass du gesund aus dem Astralraum zurückkehrst ...«

»Nein, uns ist nichts begegnet. Und, was wollten sie?«

»Sie kamen rein, sie wussten genau, *wo* ich bin und *wer* ich bin.« Als er sie anschaute, wirkte er sehr unglücklich. »Sie wollen mich, sie wollen alles von mir.«

Sie schlang die Arme um ihn und barg sein Gesicht an ihrer Brust, um ihn zu beruhigen. »Ich verstehe nicht, Xavier. Wer ist *sie*?«

Er umarmte sie, drückte sie fest. »Ich weiß es nicht«, sagte er tonlos. »Sie wollen, dass ich mit ihnen zusammenarbeite, sie wollen Gewebeproben, Blut ...«

»Es geht um deine alten nega-magischen Fertigkeiten«, begriff sie. »Aber sie müssten doch gesehen haben, dass du nicht mehr ...«

»Das interessiert sie nicht. Sie wollen meine DNS und meine Kooperation.« Er richtete sich auf. »Ich habe Angst, dass sie dir was antun, um mich zur Zusammenarbeit zu zwingen«, gestand er, »deshalb habe ich dich gerufen. Wir müssen raus aus dem Hotel und zurück nach Seattle.«

»Ich kann nicht«, widersprach sie sofort. »Marleen ...«

»Marleen? Du hast gesagt, dass sie uns verschaukelt hat! Sie wird draufgehen und nie wieder eine Rolle in deinem Leben spielen.« Aufgebracht packte er ihre Hand. »Aber du bist mir wichtig, wichtiger als sie. Angenommen, Garotte und ihre Leute kehren zurück, während du im Astralraum bist, und ich kann dich nicht verteidigen ... oder sie greifen dich dort an und setzen deine Projektion gefangen ... oder entführen deinen Körper.« Er holte tief Luft. »Es würde dir so ergehen wie Marleen, und zwar nur wegen mir.« Er küsste sie. »Bitte, lass uns wenigstens das Hotel wechseln. Ich habe Poolitzer schon informiert, dass wir ausziehen.«

»Einverstanden.« Sie stand auf und half ihm auf die Beine. »Aber schnell, ich muss in den Astralraum zurück.«

Sie blickte auf die Uhr. *10:21.* Für Marleens Rettung blieben knappe anderthalb Stunden. Ihre Worte des Widerstands hatten sie selbst überrascht. Sie sah es als letzten Beweis, dass sich in ihr tatsächlich seit neuestem so etwas wie ein Mutter- oder Beschützerinstinkt regte.

Zusammen gingen sie zum Fahrstuhl.

Cauldron beschwor mit knappen Gesten zwei Watcher, die sie unterwegs vor magischen Spionen warnen sollten. Ihr blieb keine Zeit, Elementare zu beschwören, die über sie und ihren Geliebten wachten. *Wer konnte schon ahnen, was aus unserem Urlaub wird?* Bezahlt hatten sie die Zimmer im Voraus, das von Xavier bestellte Taxi, ein in Würde gealterter Mercedes E 160, wartete.

»Wo würden Sie niemals im Leben absteigen?«, wollte Xavier von der jungen Fahrerin wissen, offenbar eine Studentin, die sich mit dem Kutschieren Geld nebenbei verdiente. Die Kopie ihrer frischen Fahrerlaubnis flimmerte im Display neben dem Ecu-Counter. Sie hieß Doris.

»Meinen Sie Hotels?«

»Nein, Fahrräder, Doris«, konnte sich Cauldron einen bissigen Kommentar nicht verkneifen.

»Das Fünf Jahreszeiten«, sagte sie. »Das würde ich mir niemals leisten können.«

Cauldron und Xavier tauschten Blicke. »Ich habe nichts gegen ein bisschen Luxus, und die Sicherheit wird dort bestens sein«, sprach die Magierin ihre Gedanken laut aus. »Fahren Sie uns dorthin.«

Ihre Chauffeurin machte große Augen, schaute demonstrativ auf die heruntergekommene Fassade des Trespasser. »Sind Sie sicher? Äh, da können Sie an die Zimmerpreise von hier locker noch eine Null anhängen, und mal ehrlich ...«

»Danke für Ihre Meinung, aber Sie interessiert mich nicht«, unterbrach sie Cauldron harsch. Die Plauderei kostete wertvolle Sekunden, die Marleen nicht besaß. Die Gesetze des Astralraums hielten sich nicht unbedingt an die Physik, aber das Zeitfenster von sechs Stunden in Marleens Fall würde sich gnadenlos schließen. »Holen Sie alles aus der Mühle raus.«

Grummelnd startete Doris das Taxi. Mit durchdrehenden Reifen schoss der Wagen die vermüllte Straße entlang, Papier- und Zellophanfetzen wirbelten auf.

Aus der Querstraße hinter ihnen bog ein dunkelgrüner VW TT50 ATV und wählte die gleiche Route wie sie.

Xavier bemerkte es sofort, weil er nur darauf gewartet hatte, etwas Auffälliges dieser Art zu entdecken. Der Wagen hing sich mit etwas Abstand an sie dran, hinter den Scheiben erkannte er die Umrisse von mindestens zwei Menschen.

»Es sind vier, drei sind hochgradig vercybert, der andere scheint ein Magier zu sein«, sagte Cauldron neben ihm. »Ich habe sie mir angeschaut, nichts Besonderes, die klassischen Schläger, mehr Maschinen als Menschen. Der Astralraum ist frei, das heißt …«, ihr ringgeschmückter schlanker Finger deutete nach hinten, »… sie sind die Einzigen, die uns folgen.«

Das wiederum bedeutete keine echte Herausforderung für eine Initiierte ihres Grades. Sie wies die Fahrerin an, ein paar Mal abzubiegen. Der dunkelgrüne Transporter folgte ihnen und machte keinen Hehl aus seiner Anwesenheit.

Xavier nahm an, dass es sich um die beiden Begleiter von Garotte handelte, die den Auftrag hatten, Präsenz zu zeigen und ihn unter Druck zu setzen, um ihm bei der Entscheidungsfindung zugunsten des Kons zu helfen.

»Wird das so etwas wie eine Verfolgungsjagd?«, erkundigte sich Doris unsicher. »Wissen Sie, im Gegensatz zu vielen Filmen gehöre ich nicht zu den Taxifahrern, die auf den Satz warten: ›Schütteln Sie sie ab‹ oder ›Folgen Sie dem Wagen‹.«

»Schütteln Sie sie ab«, kam es prompt von Cauldron, die es einfach nicht lassen konnte.

Doris stieß geräuschvoll die Luft aus. »Ich sage es nur ungern, aber ich bin nicht die Beste, wenn es darum geht, Geschwindigkeitsrekorde zu brechen. Mein Job ist es, Passagiere zu befördern und mich dabei an die Vorgaben der deutschen Straßenverkehrsordnung zu halten. Ich habe den Lappen jetzt ein Jahr. Eigentlich bin ich nur die Vertretung und …«

»Soll ich fahren?«, giftete die Magierin. Sie beugte sich zwischen den Lehnen nach vorn und funkelte die Aushilfe an. »Das da rechts, das ist das Gas, falls Sie es suchen sollten.« Sie sank in die Polster der Rückbank und schaute nach hinten.

Ihr Mercedes beschleunigte merklich. Die Verfolger zögerten keine Sekunde und blieben in gleichem Abstand hinter ihnen.

Cauldron setzte ihnen eine Gnadenfrist von drei Straßenzügen. Sollten sie immer noch versuchen, ihnen auf den Fersen beziehungsweise am Heck zu kleben, würde ihre Magie dafür sorgen, dass die Muskeln bald in einen unvorhergesehenen Unfall verwickelt wurden.

»Die nächste links«, gab Xavier Anweisung, den Kopf noch immer nach hinten gewandt, »und dann Vollgas.«

Doris tat es gehorsam, setzte zuvor artig den Blinker. Sie preschten in eine enge Seitengasse, das Heck des Mercedes brach aus und wurde nur Millimeter vor der Betonwand von ihr abgefangen. Eine Mülltonne wurde zerquetscht, und das Blech ihres Fahrzeugs protestierte mit einem hässlichen Geräusch gegen den Einsatz als Presse.

Es war kein gutes Zeichen, dass ihre Fahrerin bei diesem einfachen Manöver die Kontrolle über das Auto verlor, das zudem mit Dutzenden Sonderausstattungen wie Lenkunterstützung, flexibler Achse und anderem Schnickschnack versehen worden war.

»Ich kenne einen debilen Neunzigjährigen, der besser fährt als Sie«, beschwerte sich Cauldron und schlug gegen die Kopfstütze. »Rechts. *Rechts!*«

»Ja. *Ja!*« Die überforderte Doris trat auf die Bremse, setzte den Blinker und gab im nächsten Moment wieder Vollgas. Der Motor heulte auf, irgendein rotes Zeichen blinkte im Display auf, wieder rutschte das Heck weg, die Fahrerin kurbelte am Lenkrad herum. Der Mercedes schaukelte sich immer mehr auf.

Cauldron sah das Unheil in Gestalt eines rückwärts einbiegenden Müllfahrzeuges auf sich zukommen.

Es war einer dieser gigantischen Containertransporter, der die Sammelbehälter aus den Kellern der Mietshäuser abholte. Er hatte die Hydraulik bereits ausgefahren, der Container, so breit wie eine kleine Straße, voll bis an den Rand und aus Metall, schwebte zwei Meter über dem Boden und senkte sich weiter, während der Lkw rangierte.

»Doris, halt an«, hauchte sie, der Schrecken lähmte ihre Stimme.

Doris versuchte immer noch, den hin und her pendelnden Mercedes unter Kontrolle zu bekommen. Dabei nahm sie irrigerweise den Fuß nicht vom Gas, sondern versuchte, das Kunststück in voller Fahrt zu schaffen. Sie bemerkte den Transporter endlich und stemmte sich mit beiden Füßen auf die Bremse, die Bremskraftverstärker traten in Aktion und schlugen die Scheiben voll zu. Blauer Rauch stieg rechts und links an den Fenstern hoch, der Gestank von brutal abgeriebenem, verbranntem Gummi und abgenutzten Kohlefasern drang ins Innere des Wagens.

Die Lampen des Lkw wurden größer und größer, die roten Bremslampen leuchteten auf, der Rückfahrscheinwerfer erlosch. Der Fahrer bemerkte die Gefahr und versuchte, nach vorne zu entkommen.

Doris schrie und riss die Arme vors Gesicht, Cauldron kreuzte sie wie Xavier stattdessen vor der Brust, um sie sich durch den Aufprall nicht zu brechen, und wartete auf den Schlag.

Er folgte unmittelbar, er war hart, roh und schmerzhaft.

Die Schnauze des Mercedes prallte gegen die Anhängerkupplung und rutschte unter das höhere Chassis des Lkw, der Stern wurde abgerissen und prallte mit einem lauten *Ping* gegen die Windschutzscheibe, die wegen der Spannung im Rahmen im gleichen Moment zersprang. Es sah aus, als würde sie innerhalb eines Sekundenbruchteils vereisen und undurchsichtig werden.

Das Metall der Haube schob sich wie ein Blatt Papier zusammen und knitterte, der Motorblock riss ab und drückte sich in den Fahrerbereich. Knallend lösten sich die Airbags aus, Doris kreischte noch mehr, weil der Airbag ihr die Arme ins Gesicht geschlagen hatte.

Die Anhängerkupplung rammte sich durch die Scheibe und zertrümmerte sie, kleine Scherben regneten auf die Fahrerin und ihre zwei Passagiere nieder. Sie schoss knapp an Doris vorbei und kam Zentimeter vor Xaviers Schulter zum Halten.

Der Mercedes hatte sich festgegraben und bewegte sich nicht mehr. Etwas zischte leise, dunkle Flüssigkeit stieg senkrecht vor ihnen aus einer zerrissenen Leitung und sprühte auf das völlig verbogene Dach. Es roch nach Öl.

Cauldron fühlte einen leichten Schwindel, mehr nicht, und als sie zu Xavier blickte, hob er nur schwach lächelnd den Daumen. »Doris?«, fragte sie und beugte sich vor, um nach der Unglücksfahrerin zu sehen, aber die Anhängerkupplung war im Weg.

»Ich blute aus der Nase«, meldete sie nuschelnd und schniefte ein bisschen. »Der blöde Airbag! Er hat mir meine Arme in die Fresse gehauen.« Sie schwieg kurz, unterdrückte ein Weinen. »Scheiße, zwei Zähne sind weg. Und nur wegen Ihrer scheiß Verfolgung.«

Xavier atmete auf, niemand schien ernsthaft verletzt worden zu sein. Als er nach hinten schaute, sah er den dunkelgrünen TT50 am Ende der Straße, lauernd wie ein souveränes Raubtier, das die Lage seines Opfers erkannt hatte. Cauldron rüttelte vergebens am Türgriff.

»Vergiss es«, sagte er. »Der Rahmen hat sich verzogen. Wir klettern …«

Sein Vorschlag ging in dem lauten Zischen unter, das urplötzlich erklang. Daraufhin platschte reichlich Flüssigkeit auf das Dach, er sah sie schwarz rechts und links zähfließend herablaufen. *Scheiße, die Hydraulik!*

Ein Schatten krachte auf sie herunter, das geschundene Blech des Mercedes kreischte ein weiteres Mal auf.

ADL, Württemberg, Stuttgart-Mitte, 02.05.2059, 10:01 Uhr

Poolitzer saß neben Ultra auf dem Beifahrersitz und schaute sich die Infos an, die er in kürzester Zeit zusammengestellt hatte.

Sie stammten teils von Spengler, teils aus dem Schattenland, dem Fundus an niemals versiegenden Quellen von Gerüchten und Wahrheiten oder Wahrheiten, die in Gerüchten verpackt waren.

Die Wahrheiten in dem Wust aus Angaben lieferte ausnahmsweise Spengler, der ihm einen Auszug aus dem polizeilichen Führungszeugnis von Felix Ranjit Ficker zukommen ließ.

Ficker musste so etwas wie die Wiedergeburt des Unschuldslamms sein: 28 Jahre, absolut sauber, null Vorstrafen, nicht einmal ein Knöllchen fürs Parken im Halteverbot.

Gerade das, fand Poolitzer, machte den Halbinder auf eine unbestimmbare Weise verdächtig.

Während sich jeder Bulle angesichts der Entwarnung entspannt zurücklehnen und Ranjit auf die Liste für die Anwärter der Bürger des Monats setzen würde, ging Poolitzer vollkommen anders vor: Er hetzte seine Spione los, weil er nicht an die Unbeflecktheit glaubte.

Seine herbeibeschworenen fleißigen Hackergeister beschafften ihm die Personalakte von Benz Stuttgart, wo Ficker seinen Lohn als Rigger verdient hatte.

Nicht dass es ihn sonderlich wunderte, eine ebenso makellose Betriebsakte zu sehen – es bestärkte ihn in seinem Gefühl, dass er den Hypnotiseur noch mehr durchleuchten musste.

Keine Auszeichnung, keine Abmahnung, keine Sonderschichten. Ein unauffälliges Rad im Getriebe des Kons, ein Vorbild an Lohnsklave, nicht einmal Mitglied in einer Gewerkschaft.

Seine Nase juckte, der Story-Indikator schlug Alarm.

Poolitzer wusste nicht genau, warum er das tat, verband aber sein Kom mit dem Computer, startete sein Verschlüsselungsprogramm und wählte sich über Funknetzwerk in die Matrix, um von dort aus mit dem Benz-Werk zu telefonieren und es einer Rückverfolgung nicht ganz so einfach zu machen.

Ultra steuerte derweil den Wagen in die Tiefgarage des Hotels. Verstärker bewahrten das Funksignal vor einem Absturz und dem Ende der Verbindung.

Der Reporter gelangte ohne Schwierigkeiten in die Personalabteilung des Unternehmens. Hastig streifte er einen allzeit an der Tastatur parat haftenden Klebestreifen über die eingebaute Webcam des Laptops, um sein Gesicht zu verzerren.

»Guten Tag und willkommen bei Mercedes Benz, mein Name ist Barbara Mannchen, was kann ich für Sie tun?« Das Gesicht einer Mittvierzigerin entstand auf seinem Bildschirm, sie lächelte ein Allerweltssekretärinnenlächeln, business as usual.

»Guten Tag, hier ist Fritz Krupp-Stahl von der Conföderierten Online Crankenkasse, C.O.C.K.«, flötete er. »Sie haben uns eine Rechnung über 81,09 Ecu geschickt. Es geht um die Sicherheitsschuhe von Herrn Ficker«, leierte er in einem demotivierten Call-Center-Knechttonfall seine Ansage herunter. »Aber aus meinen Unterlagen geht hervor, dass Herr Ficker nicht mehr bei Ihnen arbeitet?«

Sie hörte nicht auf zu lächeln. Das tat sie wahrscheinlich nicht einmal, wenn man sie beleidigte. Ein Schulungslächeln, beschwichtigend genug, um aufgebrachte Anrufer zu besänftigen, ehe sie ausfällig wurden. »Einen Moment.« Sie glich die Daten ab. »Es stimmt, Herr Ficker arbeitet nicht mehr bei uns. Schon seit fünf Jahren nicht mehr. Die Rechnung muss ein Irrläufer sein, ich lasse sie stornieren, Herr Krupp-Stahl. Sagen Sie mir bitte die Rechnungsnummer?«

»Sofort. Sie lautet … ach, Moment, wenn wir gerade dabei sind«, überspielte er ihre Anfrage souverän und tat so, als krame er in Akten herum. »Herr Ficker hat sich leider von unserem Unternehmen verabschiedet und sich eine andere Krankenkasse gesucht, aber ich habe noch Unterlagen, die ich ihm gerne zukommen lassen möchte. Ich erreiche ihn nicht mehr, haben Sie vielleicht eine Adresse?«

Sie schwieg und startete eine neuerliche Abfrage. »Nein, Herr Krupp-Stahl, es tut mir Leid, Herr Ficker hat uns seine Bleibe nicht mitgeteilt.«

»Wie schade. Es geht um eine Bonusauszahlung für gesundes Leben, und die 2000 Ecu wollten wir ihm nicht vorenthalten. Kennen Sie ihn persönlich und könnten Sie mit …«

»Nein. Mit dem Namen wäre er mir sicherlich im Gedächtnis geblieben«, unterbrach sie ihn und grinste. »Aber ich frage mal in seiner alten Abteilung nach. Bleiben Sie dran, bitte.« Er sah, wie sie ein paar Tasten drückte und in das Mikro ihres Headsets sprach, aus ihrem zuversichtlichen Gesichtsausdruck wurde pure Verwirrung, sie schaltete ihn wieder frei. »Es tut mir Leid, aber niemand, der zurzeit Dienst hat, kennt Herrn Ficker.«

Bingo! Ich werde mir meinen Zinken eines Tages doch vergolden lassen. »Fragen Sie bitte den Meister oder den Personalchef oder den Chef-Supporter des Riggerteams, Frau Mannchen. Einer muss ihn ja …«

»Das habe ich schon«, fiel sie ihm galant ins Wort, dabei hackte sie wieder auf ihrer Tastatur herum. »Sie haben uns ein kleines Rätsel aufgegeben. Auch der Rigger vom Dienst kann sich nicht an ihn erinnern.«

»Na, wir klären die Sache schon noch«, bedankte er sich und klang dabei zuversichtlich. »Lassen Sie es gut sein. Schönen Tag, und leben Sie gesund, Frau Mannchen.« Er unterbrach die Verbindung und klappte den

Bildschirm seines Computers zu. *So, Herr Ficker, du bist also ein verdammtes Gespenst.*

Ultra schaute ihn verblüfft an. »Wieso schnüffelst du hinter Ranjit her?«

»Weil es unser Job ist, Kleiner. Wir haben einen Fall, wie er alle paar Jahrhunderte vorkommt, da muss man alles und jeden überprüfen, der damit zu tun hat. Ist eine alte Journalistenweisheit, die du dir merken solltest.« Er legte seinen rechten Zeigefinger an die Lippen. »Und kein Wort darüber zu unserem Guru!«

»Wieso?«

»Weil er ein Geheimnis vor uns hat. Und wenn er Geheimnisse vor uns hat, behalten wir es uns vor, auch welche vor ihm zu haben.« Er schickte sich an, den Wagen zu verlassen. »Ob das Geheimnis groß oder klein, wichtig oder langweilig ist, das werden wir bald herausfinden.«

»Sag mal ...« Ultra betrachtete ihn mit zusammengekniffenen Augen. »Hältst du den netten Kerl für 'n Mörder?« Er schüttelte seinen großen Kopf. »Nee, das glaub ich nich'. Ich hab gesehen, wie fertig er is'.«

»Erstens, das Glauben überlassen wir den Gläubigen«, hakte Poolitzer ein, »zweitens habe ich nicht gesagt, dass ich ihn für den Mörder halte, nur dass er etwas vor uns verbirgt. Kann sein, dass es uns am Arsch vorbeigeht, kann sein, dass wir daraus eine weitere Story machen, wenn wir die Sache mit unserem Serienmörder abgeschlossen haben.« Er klopfte ihm auf die Schulter. »Vergiss die Regeln unseres Standes nicht!«

»Trau keinem«, sagte Ultra sofort, »und sei schneller als die anderen. Das weiß ich doch, Snoop. Aber müssen wir hinter Ranjit herschnüffeln, als wär' er der Killer?«

»Viele vermeintlich nette Menschen sind Arschlöcher«, erwiderte Poolitzer und stieg aus. »Sieh mich an.«

»Jau, stimmt.«

»Danke. Eigentlich wollte ich, dass du nein sagst.« Poolitzer ging zum Aufzug. Der Troll folgte ihm, nachdem er das Auto abgesperrt hatte.

Sie stiegen in die Kabine, und der Reporter sah an Ultras angestrengt blickendem Gesicht, dass sein riesiger Medien-Azubi grübelte. Immer, wenn die Warze auf der Stirn tiefer wanderte, liefen seine Hirnwindungen auf Hochtouren. »Ranjit kann es nicht sein«, brach es zwischen dem vierten und fünften Stock aus ihm heraus. Poolitzer zuckte erschrocken zusammen.

»Lass es gut sein, ich habe …«

»Jack the Ripper war Rechtshänder, sagen die Quellen, er hat hinter den Opfern gestanden, aber Ranjit ist Linkshänder.«

Poolitzer hob die Brauen. »Wow, jetzt hast du mich überrascht«, gestand er ehrlich ein. »Sicher?«

»Sicher.« Er holte Luft, was nur wiederum das Vorzeichen für einen lexikonreifen Vortrag bedeutete. »Die damaligen Ermittler gingen wegen der Schnitte am Hals der Opfer davon aus, dass der Ripper Linkshänder war, aber inzwischen hat sich die Erkenntnis durchgesetzt, dass er wohl hinter seinen Opfern stand, als er ihnen die Gurgel zersäbelte, und das bedeutet, er ist Rechtshänder. Ranjit macht aber alles Wichtige mit Links. Hab ich selbst gesehen.« Er deutete auf seine Augen. »Die sind teuer und sehr wachsam, Snoop. Außerdem bewegt er sich keinen Stratz wie 'n Profi – das wär' mir sofort aufgefallen.«

»Respekt. Aber, Holmes, wo war Ranjit, als die Morde geschahen?«

Ultra zuckte mit den Achseln. Es interessierte ihn nicht, weil er die Unschuld des Hypnotiseurs durch die Indizien als gesichert betrachtete. »Im Hotel?«

»Ja, das nimmst du an. Um dieses Mysterium nachhaltig zu lösen, habe ich was Feines dabei.« Er nahm eine feuerzeuggroße Box und öffnete sie, damit der Troll die stecknadelkopfförmigen Peilsender sehen konnte. »Ich werde ihn jederzeit tracken können. Mal schauen, wo unser Guru so seine Freizeit verbringt.« Er packte die Box wieder ein, weil der Lift sie in die richtige Etage gebracht hatte. »Kein Wort«, schärfte er ihm nochmals ein.

Sein Kom machte sich bemerkbar. »Xavier? Ihr zieht um? Warum ...« Aufmerksam hörte er dem ehemaligen Nega-Magier zu. »Aha, Besuch. Fuck. Soll ich dir Ultra ... nein? Ja, ich gebe ihm Bescheid. Nein, sag mir nicht, wohin ihr möchtet, melde dich einfach bei mir, wenn ihr sicher untergetaucht seid, und wir vereinbaren einen Treffpunkt. Ist die Sache mit der Kleinen ... ja, Marleen ... ist die gelöst? Hat sie den Namen ... Nein? Ach, sie weiß ihn gar nicht? Ein Bluff? Okay, dann lassen wir uns was anderes einfallen. Passt auf euch auf. Bis später.«

Er atmete tief durch. Die Ereignisse überschlugen sich. Die letzten Stunden brachten einen Overflow an Input, er wusste bald nicht mehr, was er mit den vielen Storys anfangen sollte.

Rasch fasste er zusammen, was ihm Xavier erzählt hatte, woraufhin Ultra am liebsten umgekehrt und zu den beiden gefahren wäre. Das gelänge ohne Adresse natürlich nicht. Also blieb ihm nichts anderes übrig, als nicht mehr von Poolitzers Seite zu weichen.

Vom Servierwagen, den das Personal auf dem Gang hatte stehen lassen, nahm sich der Reporter eine kleine Flasche Wasser, dann klopfte er gegen die Tür.

Ranjit öffnete ihnen, und er sah furchtbar aus. Müde, erschöpft, blass. »Kommt rein«, sagte er matt und deutete in sein Zimmer.

»Was ist denn mit dir los? Zu lange geschlafen? Wir haben dir was mitgebracht.« Ansatzlos warf er ihm die Flasche zu, der Hypnotiseur fing sie in einem Reflex mit der Linken auf. Ultra bleckte triumphierend die Zähne, die Blattgoldmickymaus auf seinem Zahn glänzte auf.

»Danke, aber ich habe noch«, sagte Ranjit, behielt aber das kostengünstige Geschenk. »Er hat noch nicht angerufen.« Er schaute zwischen Poolitzer und Ultra hin und her. »Ist das ein gutes oder ein schlechtes Zeichen?«

»Woher sollen wir das wissen?«, gestand der Reporter offen ein. »Es kann sein, dass er immer noch als Gray durch die Gegend läuft, vielleicht hat er in seinen hellen Minuten auch kein Kom gefunden.« Er warf sich auf das Bett und achtete dabei darauf, in die Nähe eines Kleidungsstücks zu kommen.

Da schrillte das Hotel-Kom.

Die Dioden des Übertragungsgeräts, das von den Polizeitechnikern damit gekoppelt worden war, leuchteten auf und machten sich zum einen bereit, das Gespräch vollständig aufzuzeichnen, zum anderen aktivierte es eine Fangschaltung, um den Standort zu ermitteln.

Ranjits Armband-Kom vibrierte, Spenglers Nummer wurde angezeigt. »Ja?«

»Gehen Sie ran, und reden Sie mit ihm«, bekam er die Anweisung. »Ich bin gleich bei Ihnen.«

Gehorsam tat Ranjit, was ihm der Kommissar befohlen hatte. Poolitzer richtete seine Cam unbarmherzig auf ihn und schaltete den kleinen Scheinwerfer ein, um sein Gesicht auszuleuchten und das Gegenlicht vom Fenster auszugleichen. Sein eifriger Schüler Ultra tat es ihm nach.

»Hier Ficker.«

Sie hörten ein erleichtertes Aufatmen. »Gott sei Dank, Sie sind nicht umgezogen«, sagte die ihnen bekannte Männerstimme. »Damit wäre meine Hoffnung dahin gewesen.«

»Wo sind Sie, und wie heißen Sie? Bitte, geben Sie uns rasch einen Hinweis, bevor Sie …«

»Ich weiß nicht, wo ich bin. Ich sitze in einem Abteil, es scheint ein Zug zu sein. Moment.« Das Kom wurde einen Moment weggehalten, sie hörten die typischen Rattergeräusche. »Ja, ich bin in einem ICE, er endet in Leipzig. Ich … habe keine Ahnung, wie ich hierher komme, dabei liegt vor mit ein abgestempeltes Ticket für die erste Klasse.«

»Fragen Sie, was drauf steht«, kam Spenglers Stimme leise aus dem Armband-Kom Ranjits. »Wo will er hin?«

»Es steht Leipzig drauf, aber ich kann Ihnen nicht sagen, wo ich mich gerade befinde.« Kurzes Rascheln, Stoff rieb auf Stoff. »Ich sehe einen Schaffner, den werde ich fragen.«

»Seinen Namen!«, brüllte der Kommissar laut. »Wir brauchen seinen Namen!«

»Hallo? Ich bin in der Nähe von Nürnberg, der nächste Halt ist in Würzburg. Was soll ich machen? Helfen Sie mir, Ficker!«

»Sagen Sie mir Ihren Namen«, drängte Ranjit und wirkte nicht weniger aufgeregt als sein Gesprächspartner. »Versuchen Sie, sich zu konzentrieren. Wenn Sie Schwindelgefühle spüren …«

»Was habe ich dieses Mal getan, Ficker? Ich habe Spritzen in meinem Gepäck gefunden … Was ist Pavulon?« Seine Stimme schraubte sich wieder in die Höhen, welche die aufsteigende Panik verrieten. »Wie viele Menschen habe ich dieses Mal umgebracht?«

»Nur einen«, rutschte es Ranjit heraus.

»Nur?«, wiederholte der Mann entsetzt. »Wie können sie *nur* sagen? Ich laufe dank Ihnen wie ein ferngesteuerter Killer durch die Gegend, Ficker. Die Toten gehen alle auf Ihr Konto, haben Sie mich verstanden?«

»Ich war es doch nicht«, beteuerte der Hypnotiseur verzweifelt seine Unschuld. Er fiel auf den Stuhl. »Es war ein Mann aus dem Zuschauerraum, er hat Sie …«

»Ich werde Sie vor Gericht bringen, Sie Wahnsinniger! Sie haben mich zu einem Mordwerkzeug gemacht. Wie können Sie …« Mitten in der lautstarken Beschimpfung riss das Gespräch abrupt ab.

Es pochte laut gegen die Tür. »Ich bin's, Spengler«, hörten sie die Stimme durch das Holzimitat und gleichzeitig aus dem Kom. »Machen Sie auf.« Ultra betätigte sich als Türöffner, der Kommissar stürmte grußlos ins Zimmer und klappte einen Minimonitor an der angekoppelten Box auf. »Wir haben eine Kom-Nummer«, murmelte er. »Immerhin.«

»Und wir wissen, dass er im Zug nach Leipzig sitzt«, fügte Poolitzer hinzu. Gleichzeitig machte er sich Gedanken, wie er auf dem schnellsten Weg nach Würzburg kam. »Sie werden doch sicher einen Hubschrauber nehmen, alter Mann?«, erkundigte er sich bei ihm. »Darf ich mich an Sie dranhängen?«

»Klar. Ich serviere Ihnen unterwegs Häppchen und Kaviar.« Er deutete auf Ranjit. »Kommen Sie, der Helikopter steht auf dem Dach. Dieses Mal bekommen wir ihn.«

Etwas unglücklich und alleine gelassen stand Ultra im Raum. »Da pass ich nicht rein, oder?«

»Du bleibst hier, Kleiner, und hältst die Stellung«, munterte ihn Poolitzer auf. »Du bist der beste Assistent, den ich jemals hatte. Wenn dir langweilig ist, kümmere dich um den Catwalk-Killer! Das ist deine Story, vergiss es nicht.« Er wartete, bis der Hypnotiseur gegangen war, dann langte er unter seine Jacke und zog die Box mit den Wanzen heraus. Eine steckte er sich in die Tasche und warf dem Troll den Behälter zu. »Verwanz alles, was er anziehen kann«, flüsterte er. »Ich zähle auf dich.« Hastig ging er hinaus, um den Anschluss an Ficker und Spengler nicht zu verlieren.

»So 'n Scheiß.« Zuerst ärgerte sich Ultra, wieder einmal abgehängt zu sein. Seine Größe war im Reporterdasein nicht unbedingt von Vorteil, und irgendwie machte ihm die Sache keinen rechten Spaß mehr. Er mochte

Ranjit und fühlte sich wie ein dreckiger Verräter, weil er ihm die Wanzen anhängen musste, aber er wollte Poolitzer keinesfalls enttäuschen.

Mit jedem Handgriff wuchs die Gewissheit, dass er die Geschichte vom Catwalk-Killer noch zum Abschluss brachte, aber danach würde er das Handtuch werfen. Er lernte daraus, dass eine ausgezeichnete Kamera noch keinen Reporter aus einem Troll machte.

Nee, ich bin kein guter Snoop. Liebevoll dekorierte er einen von Ranjits Anzügen mit der Wanze. *Das soll Pooli machen. Cauldron hat Recht, er ist ein Naturarsch.*

ADL, Württemberg, Stuttgart-Mühlhausen, 02.05.2059, 11:21 Uhr

Xavier sah Lichter durch die geschlossenen Lider blitzen, er hörte das Krachen von Donner, es regnete, er hörte die Tropfen über sich auf Blech prasseln.

Das Wasser sammelte sich an manchen Stellen und rann zu Boden oder ins Innere des zerstörten Wagens, es ergoss sich auch auf ihn.

Die kühle Flüssigkeit, die ihm in den Kragen lief, weckte seine dösenden Sinne, er schreckte auf und knallte mit dem Kopf gegen das eingedrückte, eingerissene Dach des Wagens.

Jetzt, als er die Augen öffnete, sah er erst, wo er sich befand. Er lag im Fußraum der Beifahrerbank. Eine glückliche Fügung hatte ihn dorthin geschoben, als der mehrere hundert Kilo schwere Container auf den Mercedes fiel und ihn zusammenpresste.

Cauldron! Er versuchte, sich zu bewegen, und schaffte es gerade einmal, seinen gesunden Arm an den Sitzen entlang nach vorne zu schieben. Direkt über ihm hing das Dach. Für ihn wirkte es, als sei er in einem eingestürzten Schacht gefangen.

»Cauldron, hörst du mich?«, rief er, seine Stimme klang dumpf und wurde von seinem Gefängnis absorbiert. »Cauldron?«

Niemand antwortete ihm. *Wo, zum Teufel, steckt der Fahrer des Lkw?* Er müsste sehr genau mitbekommen haben, was sich hinter seinem Laster ereignet hatte. *Vielleicht wurde er durch unseren Aufprall verletzt und liegt ohnmächtig im Führerhaus?*

Was auch immer der Grund war, er konnte nicht auf Hilfe warten.

Aus den Türen würde er nicht entkommen, also nahm er einen anderen Weg. Unter Aufbietung all seiner Kräfte verbog er sich, kroch nach oben, zwischen Rückbank und durchhängendem Dach entlang, stieß sich mit den Füßen ab und presste sich wie eine Ratte durch einen engen Kanalschacht.

Er zog seine Waffe und feuerte ins Polster der Rückenlehne. Das entstandene Loch bearbeitete er mit seinem Messer, bis es groß genug war, dass er sich nach hinten in den kaum eingequetschten Kofferraum schieben konnte.

Wieder setzte er die Caveat ein. Dieses Mal zerstörte er das Schloss des Kofferraums. Licht und Regen kamen durch das Loch, eine Verheißung auf die greifbare Freiheit.

So gut es trotz seiner Behinderung ging, stemmte er sich gegen die klemmende Kofferraumklappe, und im dritten Versuch schaffte er es, sie so weit aufzudrücken, dass er sich durch den Spalt ins Freie zwängte.

Er stürzte einen halben Meter tief und schlug auf dem regennassen Asphalt auf, seine Hand traf eine Pfütze, die sich von seinem Blut rot färbte. Er hatte nicht bemerkt, dass sein linker Unterarm eine zwanzig Zentimeter klaffende Wunde aufwies. Erst jetzt, da er die Verletzung sah, sprangen ihn die Schmerzen an und ließen ihn aufstöhnen.

Voller Sorge um seine Gefährtin kämpfte er sich auf die Beine und umrundete den Mercedes, der den Container wie eine Krone trug. In Anbetracht der Ausmaße der Zerstörung war es ein Wunder, dass er nicht mehr Blessuren oder zahlreiche Knochenbrüche davongetragen hatte.

Dann sah er das Loch.

Jemand hatte die Seitentür mit einem Wagenheber brutal aufgehebelt, Blut troff vom schwarzen Leder und dem zackigen Metall. Cauldron musste sich bei der Bergung aus dem Wrack verletzt haben.

Wo ist sie? Hektisch sah er sich um und entdeckte das Paar Schuhe, deren Sohlen senkrecht gen Himmel zeigten. Er machte zwei Schritte nach vorne und erblickte einen Mann in einem orangefarbenen Allwetteroverall, der mit dem Rücken nach unten neben dem Lkw lag. Seine Brust war von drei Kugeln getroffen worden. Sein Arbeitskollege hing kopfüber aus der Fahrerkanzel, die rechte Gesichtshälfte fehlte, klebte zum Teil am oberen Rahmen und im Dach. Wer auch immer Cauldron befreit hatte, legte keinen Wert auf Zeugen.

Mit zitternden Fingern wechselte Xavier das Magazin der Caveat. Außer diesem trug er noch ein volles mit sich. *18 Kugeln gegen mindestens vier Gegner.*

Der dunkelgrüne VW TT50 stand natürlich nicht mehr am anderen Ende der Gasse, und für ihn war es ziemlich klar, dass seine Insassen Cauldron nur aus einem einzigen Grund aus dem Taxi befreit hatten: Sie wollten ihn zur Zusammenarbeit mit dem unbekannten Kon zwingen. Ihr Leben gegen seine Kooperation.

Bastarde. Er stützte sich an der Wand des Lagerhauses ab, an dessen Rückseite er sich befand, und entdeckte das Blut, das langsam vom Regen in den Rinnstein gespült wurde.

Xavier war durch seine dauerhafte Lähmung des Beins zu einem miserablen Läufer geworden. Er gewann nur noch gegen Schnecken Wettrennen, aber dennoch gab er nicht auf. Die Angst um Cauldron ließ ihn irrational denken. Er folgte den roten Spuren und machte sich keine Gedanken darüber, dass sie spätestens dann endeten, wenn sie die Magierin ins Auto eingeladen hatten.

Schritt für Schritt taumelte er vorwärts.

Cauldron erwachte.

Wenn sie ihr Gefühl nicht trog, lag sie auf kaltem, klammem Boden, die Hände und Beine mit Kabelbinder gefesselt, es roch nach Staub, altem Eisen, Chemikalien und muffiger Feuchtigkeit.

Ihre rechte Seite brannte unangenehm, und die Kleidung fühlte sich an dieser Stelle feucht an. Sie nahm an, dass es sich um eine Schnittwunde handelte. Dummerweise sah sie nichts. Jemand hatte ihr eine Augenbinde angelegt, und sie spürte einen Knebel im Mund. Als sie versuchte, mit ihren Sinnen auf die Astralebene zu wechseln, konnte sie ebenso wenig etwas erkennen. Sie blickte gegen eine grüne Wand und wusste sofort, um was es sich handelte.

Es war eine Algenschicht, mit der man sich erfolgreich gegen astrale Spionage schützte. Lebendige Materie konnte von Magiern nicht durchdrungen werden. Also unternahm sie vorerst keine magischen Erkundungsversuche, sondern lauschte intensiver und verließ sich auf ihre Ohren.

Nicht weit von ihr entfernt bewegten sich mehrere Menschen, sie hörte deren leise Unterredungen, die lange nachhallten. Demnach befand sie sich in einem hohen, weitläufigen Gebäude. *Eine Lagerhalle vielleicht?*

Weshalb man sie mitgenommen hatte, konnte sie sich denken. Xavier behielt mit seinen Befürchtungen Recht, offenbar hatte die Frau … *Wie hieß sie noch gleich? Garotte!* … schneller gehandelt, als sie beide vermuteten.

Der Kon oder für wen auch immer sie arbeitete, verlor nach einer fehlgeschlagenen Verhandlung keine Zeit mit Nettigkeiten, das Ziel einer Kooperation wurde gnadenlos verfolgt. Sie stellte das Druckmittel für ihren Geliebten dar.

Ihre Entführer waren Profis, das schloss sie aus der Art, wie man sie kaltgestellt hatte. Sie konnte ohne Stimme, Sicht und Hände nicht magisch aktiv werden. Dennoch begingen sie einen Fehler, der ihnen bald schon Leid tun würde.

Zwar konnte sie nichts durch die Kapuze sehen, aber sie war sehr wohl in der Lage, sich in Trance zu versetzen, als astrale Projektion in Gänze auf die Astralebene zu wechseln und von dort aus die Umgebung zu sondieren. Anschließend wollte sie entscheiden, was zu tun war.

Cauldron konzentrierte sich, setzte ihren Herzschlag und ihren Atem herab, um den Status zu erreichen, in dem sie ihre Seele vom Leib trennte und sich frei bewegte. Es dauerte nicht lange. Sie löste sich von den irdischen Beschränkungen und schwebte nach oben, zur Hallendecke.

Unmenge alter Gerätschaften standen herum und rosteten vor sich hin, korrodierte Behälter verloren Flüssigkeiten und bildeten Lachen am Boden, und aufgrund der Hintergrundstrahlung stufte sie das Areal als hochgradig kontaminiert ein.

Sie sah zehn Meter von ihr entfernt die schwarzen Auren von drei vercyberten Menschen. Sie erschrak. Unmittelbar neben ihrem Leib stand ein Magier, der die Hände beschwörend bewegte und eben einen Zauber wirkte – eine letzte Silbe, und eine kugelförmige Barriere flammte auf. Nicht um den Magier, sondern um ihre fleischliche Hülle! Sie war ausgesperrt.

»Sehr schön«, sagte der Mann freundlich und zufrieden, der mit seinen Sinnen auf der Astralebene weilte. »Ich habe gehofft, dass Sie den Fehler begehen würden.« Drei Worte genügten, und drei mächtige Wasserelementare schossen herbei. »Bewacht sie«, lautete die Anweisung, »und greift sie an, wenn sie mich oder die Barriere attackiert, aber tötet sie nicht.« Sie positionierten sich versetzt um Cauldron herum und ließen sie nicht aus den Augen.

»Was soll das?«, herrschte sie ihn an. »Wer sind Sie? Und für wen arbeiten Sie?«

»Beides geht Sie nichts an«, antwortete er barsch.

»Das sehe ich anders.« Sie glitt näher an ihn heran, die Elementare folgten ihr. »Seit Sie und Ihre Schläger mich entführt haben, ist es sehr wohl meine Angelegenheit.«

Sie startete einen diplomatischen Versuch, was sie nicht wenig Überwindung kostete, denn eigentlich war ihr mehr danach, den Mann mit Angriffszaubern einzudecken, bis er sich als Häuflein Asche in der Halle verteilte. Die Gegenwart seiner drei Geister machten sie etwas besonnener.

»Lassen Sie Xavier endlich in Ruhe. Er ist wertlos für Sie. Er hat seine Fertigkeiten verloren«, beharrte sie. »Rufen Sie Ihre Auftraggeber an und richten Sie Ihnen aus …«

Seine Stirn legte sich in Falten. »Xavier? Meinen Sie damit Ihren Begleiter?«

»Wen denn sonst? Um ihn geht es doch schließlich.« Plötzlich stieg das unangenehme Gefühl in ihr auf, dass sie sich mit ihrer Annahme sehr täuschte. Sie blickte sich um. »Wo ist Ihre Chefin? Garotte, so war doch ihr Name.«

»Garotte?« Dem Gesichtsausdruck nach zu urteilen, wirkte der Magier amüsiert. »Ich denke, Sie sind auf einer völlig falschen Fährte, Frau Peron.« Er richtete seinen Zeigefinger auf sie. »*Sie* haben wir gesucht, nicht Ihren Gefährten. Er müsste immer noch im Taxi liegen. Wir haben ihn nicht angerührt, wenn es Sie beruhigt.«

Cauldrons kleine graue Zellen arbeiteten auf Hochtouren. Mit ein wenig Fantasie konnte sie die Elektrizität surren hören, mit denen die Synapsen untereinander hektisch ihre Impulse austauschten, um das Geschehen zu durchschauen. In den ADL kam nur ein Kon in Frage, der nicht gut auf sie zu sprechen war.

Ich hätte nicht gedacht, dass Cyberdynamix ein so gutes Gedächtnis hat. Sie hatte Freunden damals geholfen, den Rigger Sparkplug aus einem Cyberdynamix-Labor zu befreien. Dabei gingen das Labor und die komplette Neuentwicklung in Rauch auf, und der Schaden müsste in die Millionen gegangen sein. Dass der Kon nun zuschlug, traf sie völlig unvorbereitet und dazu noch zu einem ungünstigen Zeitpunkt. »Wie spät ist es?«

Der Magier schaute auf sein Kom. »11:42 Uhr.«

Ihre Gedanken wanderten zu Marleen. *Alle Mächte! Sie hat noch eine Viertelstunde.* Sie schwankte hin und her. Einerseits wollte sie ihren Körper nicht alleine lassen, andererseits hatte sie der jungen Frau versprochen, bei ihr zu sein, wenn es mit ihr zu Ende ging. »Was möchten Sie von mir?«

»Ich? Nichts.« Er hatte seine Augen nicht eine Sekunde von ihr abgewandt. Offenbar rechnete er trotz des Schutzes durch seine Elementare mit einer Attacke. Weil er sie mit astraler Sicht betrachtete, stellte er auf diese Weise Kontakt zum Astralraum her und machte sich für magische Angriffe aus dieser Ebene angreifbar. »Wir warten auf meinen Auftraggeber. Solange ich Ihren Körper als Druckmittel habe, werden Sie schön hier bleiben und zusammen mit mir warten.«

Cauldrons feuriges Temperament flammte auf. Sie bereitete sich vor, ihren Gefängniswärter doch anzugreifen. Ihre Chancen standen nicht schlecht. Da sich niemand in der Nähe ihres Leibes befand, konnte sie einiges riskieren. Schlimmer wäre es gewesen, wenn einer der Vercyberten mit einer Pistole mit in der Barriere eingeschlossen stünde.

Gerade als sie loslegen wollte, flog eine neue Mitspielerin heran.

Die Umrisse der Aura waren kaum sichtbar. Sie sah durchscheinend wie Nebel im Sonnenlicht aus, und dennoch erkannte sie die verblassenden Züge sofort.

»Marleen? Was machst du hier?« Cauldron schaute besorgt zu den Wachelementaren. Ein einziger Hieb von ihnen genügte, um ihre geschwächte astrale Projektion und damit den letzten Rest von ihr für immer zu zerstören. »Geh zu deinen Professoren!«

Sie schüttelte betrübt den Kopf. »Sie konnten mir nicht helfen«, antwortete sie traurig. »Ihre Versuche haben nichts gebracht.« Marleen sah sie niedergedrückt an. »Ich will noch nicht sterben, Cauldron, verstehst du das? Ich bin noch zu jung.« Sie barg ihr Antlitz zwischen ihren Fingern, ihr Gesicht schimmerte zwischen ihnen hindurch.

Die Seattlerin schwebte zu ihr und nahm sie in den Arm. »Ich bin ja bei dir, auch wenn ich es mir anders vorgestellt habe. Man hält mich hier fest, sonst wäre ich schon längst zu dir gekommen.«

»Ich habe gelogen«, gestand sie. »Ich ... kenne den Namen des Mörders nicht. Ich habe ihn nicht einmal gesehen, aber ich wollte ...«

»Ich weiß«, unterbrach Cauldron sie. »Ich begreife, warum du es getan hast.« Die Elementare rührten sich nicht. Noch war nichts passiert, das sie dazu brachte, Cauldron anzugreifen, und auch der Magier beobachtete die Szene, ohne etwas zu sagen. Er musste verstanden haben, dass Marleen keine Gefahr bedeutete, sondern kurz vor dem endgültigen Tod stand. »Aber wie hast du mich gefunden?«, wollte sie von Marleen wissen.

Die junge Frau öffnete langsam ihre Hände. »Ich ...« Sie wich vor ihr zurück. »Du wolltest mir helfen, und das werde ich dir nie vergessen. Es tut ... mir so Leid«, stammelte sie und senkte sich dabei langsam zur Barriere herab. »Ich bin zu jung, das hat es auch gesagt«, wisperte sie entschuldigend. »Es hat gesagt, dass ich großes Potential hätte. Es würde mich fördern und zu einer mächtigen Magierin ausbilden …«

»Komm zurück! Wenn du dich der Barriere näherst, werden sie dich …« Cauldron wurde unvermittelt der Sinn der Worte bewusst. *Es?* »Wovon redest du, Marleen?« Sie wollte ihr folgen, doch sofort schob sich ihr ein Elementar in den Weg, die anderen beiden begaben sich in ihren Rücken. Eiskalt rann es Cauldrons Rücken hinab. *Abongi! Es sind Abongis Leute!* »Marleen, das kannst du nicht tun!«, schrie sie entsetzt. »Verstehst du nicht, es gibt keinen Zauber, der deine Seele in meinen Körper zieht! Der Elementar hat dich hereingelegt! Er ist die pure Bosheit …«

»Nein! Er hat gesagt, dass du genau das sagen wirst und ich nicht auf dich hören soll.« Sie trat hinter die Barriere. »Du hast den perfekten Körper für mich, hat er zu mir gesagt, und er würde mir helfen. Du bist meine einzige Hoffnung, du musst es verstehen. Es ist nicht mehr viel Zeit, Cauldron, ich kann nicht länger suchen. Vergib mir.« Marleen weinte stumm. Tränen rannen über ihre durchsichtigen Wangen, sie öffnete den Mund und wollte etwas sagen, brachte jedoch keinen Ton heraus. Stattdessen nickte sie dem Magier zu.

»So, Frau Peron, es ist so weit. Leben Sie wohl«, verabschiedete er sich von ihr. »Vernichtet sie«, befahl er den Elementaren und bereitete einen Zauber vor.

Voller Wut, doch ohne Hass auf die verführte Seele, richtete Cauldron ihren Blick auf Marleen und zog ihre magische Verteidigung hoch, während der erste Elementar nach ihr schlug.

VIII.

ADL, Württemberg, Stuttgart-Mühlhausen, 02.05.2059, 11:45 Uhr

Xavier stürzte zwischen den heruntergekommenen Gebäuden vorwärts, strauchelte und fiel auf die Knie, das dreckige Wasser der Pfütze spritzte ihm ins Gesicht, während sich seine Hose augenblicklich voll sog.

Vor sich erkannte er die letzten roten Schlieren ihres Bluts und die kaum mehr sichtbaren Reifenabdrücke des TT, den Rest hatte der Regen davongespült. Seine Spur, die er wie im Traum verfolgte, verlor sich endgültig. Sie lag wahrscheinlich im Kofferraum des Audi und wurde durch die Straßen Stuttgarts gefahren.

Cauldron, wo bist du? Er legte den Kopf in den Nacken und stieß einen heiseren Schrei aus, in dem seine ganze Verzweiflung lag, dann warf er sich nach vorne, packte das Rot mit den Fingern, als könnte er es vor dem Versickern bewahren, und bekam nur noch Schlamm zu fassen. Wütend schleuderte er ihn zurück.

Dabei entdeckte er den Schuhabdruck.

Das Muster ähnelte dem von Militärschuhen, die Eindrücke lagen tief, der Mann, zu dem sie gehörten, musste wenigstens zwei Zentner wiegen. *Vielleicht haben sie sie zu einem Versteck in der Nähe getragen.* Der Hoffnungsschimmer, dass es die Abdrücke einer der Entführer sein könnten, gab ihm neue Kraft.

Ich werde sie nicht im Stich lassen. Er stemmte sich gegen die wellblechverkleidete Wand einer Halle und schob sich in aufrechte Position. Schritt für Schritt folgte er den Spuren, die sich im tiefer werdenden Schlamm immer deutlicher abhoben, als wollte das Schicksal, dass er ihr zu Hilfe eilte. Nun sah er die Reifenspuren wieder.

Er hinkte bis zu einer in einem großen Tor eingelassenen Stahltür, zu der ihn die Abdrücke führten. Seine Pistole hielt er schussbereit in der vor Kälte und wegen des Unfallschocks zitternden Hand.

So klar wie noch nie hatte er vor Augen, dass er in dieser Verfassung allenfalls als Zielscheibe taugte und weit davon entfernt war, die rettende Kavallerie zu sein. *Wenn ich ihr damit die Sekunde verschaffe, die sie braucht, ist es in Ordnung.*

Er legte den Ellbogen auf die Klinke, hob die Waffe und bereitete sich darauf vor, in die Halle zu stürmen. Und stockte.

Seine Ohren vernahmen das trommelnde Geräusch, das Regen produzierte, wenn er auf gespannte Plastikfolie traf.

Er wandte sich nach links und sah die Silhouette einer Frau, die einen durchsichtigen Schirm über ihren Kopf hielt. »Hallo, Herr Moyen«, sagte sie. »Haben Sie sich die Sache auch gut überlegt?«

»Was …?« Er brauchte nicht lange und erkannte die Stimme von Simone Du Garotte wieder. »Sie?«

»Da drin warten ein Magier und drei vercyberte Schläger auf Sie. Ich habe keine Ahnung, für wen sie arbeiten, aber sie haben Ihre Freundin.« Sie kam näher, und er erkannte ihre Züge deutlicher. »Ich sage Ihnen, was passieren wird. Wenn es gut läuft, gehen Sie rein und können einen einzigen Schuss abgeben, danach werden Sie von deren Kugeln durchsiebt. Ich mache Ihnen den Vorschlag, dass wir Ihre Freundin rausholen und Sie dafür mit uns kooperieren.« Sie lächelte. »Natürlich mit einer deutlich geringeren Bezahlung als vorher, Sie verstehen das sicherlich.«

Xavier deutete auf die Tür. »Angenommen, ich gehe ohne Sie rein und sterbe, haben Sie gar nichts davon.«

»Das mag sein, mal von Ihren unfreiwilligen Gewebe-, Blut- und Stuhlproben abgesehen, aber Ihre Freundin wird ebenfalls umkommen. Das ist der nicht zu vernachlässigende Unterschied.« Sie stellte sich neben ihn und nahm ihn mit unter ihren Schirm. »Wenn ich Sie richtig einschätze, liegt Ihnen das Wohl von Frau Peron mehr am Herzen als Ihr eigenes.« Ihre Augen glänzten kalt. »Es ist Ihre Entscheidung, was mit Frau Peron geschieht.«

Er schloss für eine Sekunde die Augen. *Ich habe keine Wahl.* Es blitzte mehrmals auf, gleichzeitig krachte der Donner so laut, dass er das Rumpeln als Vibration in seinen Eingeweiden spürte. Das Gewitter befand sich unmittelbar über ihnen. *Alles, was Cauldron hilft, ist akzeptabel. Sogar mein Tod.* »Woher weiß ich, dass Sie sich richtig anstrengen, um sie zu retten?«

»Sie werden sich auf mein Wort verlassen müssen, Herr Moyen. Meine Leute warten lediglich auf das Kommando. Sie müssen meinem Angebot nur zustimmen.«

Xavier atmete tief ein und trat unter ihrem Schirm ins Freie. Sofort stürzte sich der Regen auf ihn, prasselte auf seinen Kopf, das Wasser lief ihm die Nase entlang und troff zu Boden. »Das ist mir nicht genug«, meinte er leise. »Ich gebe Ihnen einen kleinen Anreiz, damit Sie sich richtig Mühe geben.«

Ohne Vorwarnung warf er sich gegen die Tür und sprang in die dahinter liegende Halle.

Cauldron aktivierte die Barriere rechtzeitig.

Aus dem Zauberspruch formte sich eine schimmernde Wand aus astraler Energie, an der die Faust des Elementars abprallte, und schon einen Bruchteil darauf sandte sie einen vernichtenden Strahl gegen den ersten Angreifer.

Der Magier warf einen Manablitz gegen sie, der gerade noch von ihrer Deckung abgehalten wurde, aber der synchrone Angriff der zwei verbliebenen Elementare ließ die Barriere zerbersten.

Einen offenen Kampf überstehe ich nicht. Sie wich zurück, stieß senkrecht nach oben durch die Hallendecke und suchte ihr Heil in der Flucht. Jedenfalls wollte sie, dass die Elementare es glaubten.

Sie schraubte sich immer höher, stieß in die schwarzen Wolken über Stuttgart und erlebte die Faszination eines tobenden Gewittersturms aus astraler Sicht, ein faszinierendes und erschreckendes Schauspiel zugleich.

Cauldron hoffte, dass die Geister ihre Spur rasch verloren. Sie nahm nicht an, dass es einer von ihnen mit ihrer Geschwindigkeit aufnehmen konnte.

Die Zeit spielte ihr in die Hände. Im Gegensatz zu Marleen blieben ihr etwas weniger als sechs Stunden, die sie sich von ihrem Leib entfernen konnte. In weniger als zehn Minuten verging die junge Magierin endgültig, somit hatten ihre Gegner keinen Grund, sie weiterhin zu attackieren. Es sei denn, Abongi hätte entsprechende Befehle erteilt.

Sie blickte zurück und sah die schwarze Wolkendecke, unter der sich die Stadt verbarg, da durchbrach der erste Verfolger den Dunst. Ein Watcher zog an ihm vorüber und kam auf sie zu.

»Bleib, soll ich dir sagen«, brüllte er so laut er konnte, um gegen das Grollen des Donners anzukommen. »Komm zurück, oder dein Freund stirbt!« Er drehte sich um. »Wenn du nicht mit mir kommst, bringt ihn mein Herr um.« Ohne abzuwarten, was sie tat, bewegte er sich auf die Wolken zu.

Xavier! Sie dachte, ihr Herz stünde still. *Ich Idiotin! Ich habe sie auch noch auf ihn aufmerksam gemacht.* Sie hörte auf zu schweben. Sofort waren die Elementare an ihrer

Seite und packten ihre Arme. Sie fragte nicht, warum die Wesen sie nicht auf der Stelle vernichteten, sondern sank mit ihnen zusammen der Erde entgegen.

Xavier stürmte in die Halle, orientierte sich kurz und feuerte am geparkten Audi vorbei auf die drei Gestalten, die in knapp zwanzig Meter Entfernung standen und sich zu ihm umdrehten. Danach hechtete er so gut es ging hinter einen der großen Tanks, der genug Deckung bot.

Die ballistische Antwort erfolgte bereits, während er sich noch im Sprung befand. Die Kugeln sirrten an ihm vorbei, prallten mit hörbarem *Ping* an Metall ab und pfiffen als Querschläger umher.

Das stark angegriffene Metall des Tanks hatte den Geschossen kaum Widerstand entgegenzusetzen. Sie stanzten fingerdicke Löcher hinein und beförderten weißes Pulver in langen Fontänen mit hinaus. Dort, wo es in eine der zahlreichen Pfützen rieselte, zischte es sofort, das Wasser schlug Blasen.

Xavier robbte mehr schlecht als recht unter verrosteten Rohren und Zuleitungen entlang und nahm sich dabei vor austretenden Flüssigkeiten und seltsam schillernden Lachen in Acht, um sich den drei Leuten von der anderen Seite aus zu nähern.

Er hörte harte Schuhsohlen wenige Meter hinter sich, der erste der Angreifer erreichte seine ursprüngliche Position. »Hier ist er nicht mehr«, hörte er ihn rufen. »Er ist irgendwo unter den Rohren verschwunden.«

»Dann hol ihn da raus«, schrie einer von seinen Begleitern zurück. »Mir egal, wie.«

»Das ist garantiert der Stecher der Magischen«, schaltete sich der dritte Mann ein. »Lasst ihn leben, vielleicht brauchen wir ihn noch, falls sie Zicken macht.«

Xavier rührte sich nicht und versuchte anhand der Stimmen, die Standorte seiner Gegner auszumachen.

Ein Stück Metall fiel zu Boden, kurz darauf rappelte es drei Meter zu seiner Linken laut, beißender Rauch stieg auf und wehte auf ihn zu.

Tränengas. Seine Augen füllten sich mit Feuchtigkeit, er unterdrückte den Hustenreiz und damit das noch schnellere Inhalieren der giftgelben Wolke, die Lungen standen schier in Flammen und revoltierten gegen die Behandlung.

Er kroch von der Wolke weg, doch letztlich brachte alle Beherrschung nichts, und er hustete wie ein achtzigjähriger Kettenraucher, sein Magen stülpte sich um, und er musste sich laut übergeben.

»Er ist da drüben, Mark, er kommt genau auf dich zu«, schallte es durch die Halle. »Warte, ich treibe ihn rüber.« Das Rattern einer leichten Schnellfeuerwaffe dröhnte auf, die Kugeln schlugen knapp neben ihm ein und zerfetzten die ohnehin porösen Schläuche, aus denen dunkelviolette Flüssigkeit schoss.

Entsetzt beobachtete Xavier, wie die kleine Welle auf die rauchende Tränengasgranate zuschwappte und sie umspülte. Mit einem leisen Fauchen entzündete sich die Brühe, die schön anzuschauende irisierende Flamme raste auf den Schlauch zu und schlug durch ihn zurück. Ganz deutlich vernahm er das ankündigende Pfeifen aus dem Silo, das ihm am nächsten stand, ein manueller Druckanzeiger schnellte in die Höhe, und das Metall des Behälters begann zu ticken wie das Blech einer heißen Motorhaube.

Er scherte sich nicht um die Typen, kämpfte sich auf die Beine und humpelte so schnell es ging los, setzte über Rohre, fiel, raffte sich auf und flüchtete weiter, bis er aus dem Leitungsdschungel entkam.

Xavier sah den Schatten neben sich zu spät, die Finger vor seinem Gesicht wurden größer und größer. Vergebens signalisierte sein Hirn seinem Oberkörper, sich zu ducken, der behinderte Teil seines Leibs reagierte zu langsam. So bekam er die stahlharte Faust mitten auf die Nase und stürzte.

Im Fallen riss er die Pistole hoch und feuerte drei Mal nach dem Mann. Zu seinem eigenen Erstaunen traf er ihn sauber in die Brust, in den Hals und in den Kopf. Rücklings kippte er um und blieb zuckend liegen.

»Hey?«, erkundigte sich einer der Schläger besorgt. »Claude?«

»Claude ist tot, Baby«, murmelte Xavier grimmig und rollte sich zur Seite, dabei orientierte er sich neu. *Claude ist tot.*

Über Kessel, Leitungen und seltsame Maschinen hinweg erkannte er einen Mann, der keine Waffen trug, sondern mit abwesendem Blick nach oben starrte und sich scheinbar mit der Luft unterhielt. *Ein Magier.*

Er lugte nach links, an einem der Apparate vorbei, und entdeckte Cauldron, gefesselt und mit einem Sack über dem Kopf. Er erkannte sie an den Kleidern, ihre rechte Seite wurde durch einen langen Schnitt mit ausgefransten Wundrändern geziert, Blut haftete an ihrem Kleid und am Boden. Ihre makellose weiße Haut leuchtete unter dem Rot.

Er hob den Arm mit der Waffe und legte ihn auf ein Rohr auf, um einen gezielten Schuss abzugeben. *Nicht in den Kopf des Magiers, den triffst du nicht.* Kimme und Korn korrigierten sich und visierten die Brust an. *Es wird genügen, um ihn abzulenken.*

Der Abstand war für einen sauberen Schuss nicht gerade optimal. 25 Meter unter diesen Bedingungen – sein Zittern und seine Aufregung – wirkten wie hundert Meter. Für einen Schützen mit einem guten Gewehr ein Klacks, für einen nervösen Krüppel beinahe eine Unmöglichkeit.

Es knallte neben ihm laut, etwas schlug gegen seine Hand und riss ihm die Pistole weg. Xavier starrte auf das Loch etwa vier Zentimeter unterhalb des Mittelfingerknöchels, aus dem kein Tropfen Blut floss. Er konnte rosa Gewebefetzen, Drähte und weiße Knochensplitter deutlich erkennen. Erst nach zwei Sekunden begann das Sprudeln und der Schmerz.

Jemand packte ihn im Nacken und zerrte ihn hoch. »Du dummer Pisser!«, schrie ihn der Mann an. »Du hast Claude erledigt! Dafür mach ich dich fertig!«

»Nicht jetzt. Bringt ihn her«, befahl der Magier. »Ich möchte Peron zeigen, wie ernst es uns mit unserer Drohung ist.«

Xavier presste die verletzte Hand unter die Achsel und hoffte, dass die Blutung durch den Druck nachließ, die rechte hing unbrauchbar an ihm herab. »Was machen Sie mit ihr?«, fragte er zähneknirschend, als er vor dem Zauberer stand.

»Ich? Nichts. Mein Job ist es, sie von ihrem Körper fern zu halten.« Er tippte ihm gegen die Brust. »Und Sie, Herr Rodin, erleichtern mir die Aufgabe.« Seine Augen wurden glasig. »Frau Peron, schön, Sie wiederzusehen. Das ist der Deal: Sie werden sich nicht weiter wehren, und dafür lassen wir Ihren Mann leben.«

»Nein!«, schrie Xavier. »Tu es nicht. Ich …«

Der zweite Schläger trat von hinten an ihn heran, zog mit einer fließenden Bewegung ein Messer und rammte es ihm in die Schulter. Xavier brüllte auf.

»Sie sind einverstanden, Frau Peron? Das dachte ich mir«, freute sich der Magier und hob den Arm mit dem Kom. »Frau Lintz, Sie haben noch geschätzte fünf Minuten, wenn wir mit ihr fertig sind. Ich denke, es reicht aus?«

Lintz? Der Verstand des ehemaligen Nega-Magiers setzte die Puzzlestücke, die ihm die wenigen Worte lieferten, zusammen. *Sie will in Cauldrons Körper! Diese Schlampe hat sie verraten!*

Er vermutete, dass die Unterredung mit Abongi sicherlich eine Rolle in diesem Drama spielte. Vielleicht standen die Menschen hier in deren Lohn, doch es war derzeit nicht von Bedeutung für ihn. Alles, was er wollte, war, Cauldrons Leben zu retten. Das Leben *seiner* Cauldron und nicht das einer ihm unbekannten Toten und Verräterin.

Erst jetzt fiel ihm auf, dass die versprochene Hilfe von Garotte nicht erfolgt war. »Auf was warten Sie?«, schrie er, so laut es ihm seine schmerzenden Lungen erlaubten.

Der Magier schaute ihn verwundert an. »Ich? Auf nichts«, verstand er den Ruf falsch.

»Auf Ihre Zustimmung, Herr Moyen«, hallte Garottes Stimme durch das Gebäude. »Sie haben mir vorhin nicht gesagt, wie Sie sich entschieden haben. Und lassen Sie mich hinzufügen, dass es derzeit nicht gut für Ihre Freundin aussieht. Sie ist umringt von drei Elementaren und wird den Kampf verlieren.«

Der Magier schaute seine beiden Schläger an. »Was bedeutet das?« Sie schleuderten Xavier auf den Boden und sprangen sofort in Deckung, um kein einfaches Ziel zu bieten. »Hey! *Hey!* Was ist hier los?«, rief er nochmals, ohne dass er eine Antwort bekam. Plötzlich schrie er auf, hielt sich die Schläfen und brach in die Knie, Flammen loderten rings um ihn empor und setzten seine Kleidung in Brand. »Scheiße, was … Erledigt sie!«, befahl er kreischend. »Erledigt sie alle!«

Einer der Schläger verstand es als Aufforderung. Er wandte sich Xavier zu und richtete die Mündung seiner Uzi auf seinen Kopf.

»Ja!«, brüllte Xavier panisch seine Zustimmung.

Cauldron hatte genug.

Als sie verstand, dass sie Unterstützung bekommen hatten und der Magier einen winzigen Augenblick ihr gegenüber Unaufmerksamkeit zeigte, hetzte sie ihm einen Manablitz nach dem anderen auf den Hals. Weil er askennte und damit Verbindung mit der Astralebene aufgenommen hatte, wurde er von dort auch für Zaubersprüche angreifbar. Sie hoffte, ihn so rasch erledigen zu können, dass die Geister ohne ihren Herrn waren und sich zurückzogen.

Sie freute sich, als sie die ersten Erfolge ihrer Attacken sah. Der Magier war schwer angeschlagen und wälzte sich unter Schmerzen am Boden.

Seine beiden Schläger konnten nichts unternehmen, um ihn zu retten. Sie hatten stattdessen begonnen, aufs Geratewohl auf einen unsichtbaren Gegner zu feuern, und wollten sich absetzen. Einer von ihnen blutete bereits stark.

Die Seattlerin erreichte, was sie wollte: Vollkommen mit sich selbst beschäftigt, ließ der Magier den Barrierespruch um ihren Leib fallen und gab den Weg für ihre Rückkehr frei.

Marleen sah es und schrie voller Enttäuschung.

Jetzt ist es vorbei. Cauldron lachte erleichtert und raste auf ihren Körper zu, bereitete sich darauf vor, in ihn einzufahren. Kurz bevor sie mit der Vervollständigung begann, schoben sich die Elementare vor sie.

»Vernichtet sie«, kreischte Marleen. »Ich lasse mir mein neues Leben nicht nehmen, Cauldron. Ich bin zu dicht dran.« Sie umkreiste den irdischen Leib wie ein Raubtier. »Vergehe endlich, damit ich leben und lernen kann.«

Ihr fast völlig durchsichtiges Gesicht war vom Wahn gezeichnet. Die Angst um sich und das Erlebte in den letzten Stunden zerbrachen ihren jugendlichen Verstand und hinterließen ein psychopathisches Wesen, das Abongi gefällig sein würde. Der Verfall ihrer astralen Projektion durchlief das allerletzte Stadium. Nur wenn man genau wusste, wo sie sich befand, entdeckte man sie als vagen, gläsernen Umriss.

»Marleen, bitte!« Cauldron sammelte ihre Energie, um einen Zauber gegen sie zu schleudern und sie zu vernichten. *Es geht nicht mehr anders. Sie ist endgültig verrückt geworden.*

Als sie den Spruch formulierte, der Marleens fragiler Gestalt ein Ende bereiten sollte, traf sie die Faust eines Elementars hart am Kopf.

Sie taumelte und wollte sich unter der zweiten Attacke wegducken und sich mit einer Barriere schützen, da bekam sie einen mörderischen Schlag gegen den Rücken, der sie geradewegs in den Hieb des dritten Elementars katapultierte.

Dieses Mal wurde seinem Gegner die Waffe aus der Hand geschlagen.

Xavier hörte den Knall des Schusses nicht, sah aber die Blutfontäne, die aus der verletzten Extremität herausspritzte. Der Schläger grunzte und zog seine Ersatzwaffe mit der intakten Hand.

Xavier rutschte in diesen Sekunden in Deckung und hoffte, dass sich die beiden nicht mehr um ihn kümmerten. Der Magier lag als kokelndes schwarzes Ding in einer breiten Abwasserrinne und rührte sich nicht mehr.

Cauldron. Er schaute zu seiner regungslosen Geliebten, die noch immer mitten auf der freien Stelle lag und somit leicht von einem fehlgeleiteten oder abgefälschten Projektil getroffen werden konnte. *Ich muss sie da wegbringen.*

Sein Körper schüttete genügend Adrenalin aus, um ihn seine Schmerzen vergessen zu lassen. Sein Herz raste, das Blut schoss durch die vom Hormon verengten Gefäße, hemmte gleichzeitig die Blutungen seiner Wunden und machte ihn zu einem Giganten. Wo der Schmerz noch vorhanden war, legte sich die übergroße Sorge und Furcht um Cauldron wie ein Pflaster darum.

Er schaffte es, ungesehen zu ihr zu gelangen, kroch halb unter sie und schob sie sich über die Schulter. Unfähig, mit zusätzlichem Gewicht aufzustehen, schleppte er sich mit aller Kraft über den rissigen Betonboden, eine dünne rote Spur hinter sich lassend. Erst als er sie hinter einer Maschine in Sicherheit gebracht hatte, riss er ihr den Sack vom Kopf und durchschnitt ihre Fesseln.

»Cauldron, hörst du mich?« Er betrachtete die geschlossenen Lider, hinter denen die Augen hin und her rollten. *Schwache Atmung, fast kein Herzschlag.* Xavier kannte die Anzeichen, sie befand sich im Astralraum. Er streichelte ihr bleiches Gesicht und beschmierte es versehentlich mit seinem Blut. Unvermittelt rann ein roter Faden aus ihrer Nase. *Sie kämpft*. Er ahnte, was sie durchlitt.

Ein Blick auf die Uhr genügte ihm. *11:53 Uhr.* Marleen blieben noch wenige Minuten, um Cauldrons Seele zu töten und zu versuchen, ihren Leib zu übernehmen. *Und ich sitze hier, untätig und zum Warten verdammt*. Er schluchzte laut, weinte heiße Tränen der Verzweiflung und barg ihren Kopf an seiner Brust, während ihr Blut stärker aus der Nase strömte. Aus dem Rinnsal wurde ein Sturzbach. *Nein! Sie unterliegt!*

In seiner Sorge bemerkte er nicht, dass die Schießerei vorüber war, und so zuckte er zusammen, als Garotte plötzlich neben ihm auftauchte und ihn betrachtete. »Wir haben unseren Part erledigt, Herr Moyen«, sagte sie freundlich. »Sie müssen nichts mehr befürchten.«

Er hob erklärend und anklagend zugleich seine roten Finger. »Ihre astrale Seele stirbt!«, schrie er. »Machen Sie was!«

»Unsere Magier sind bereits bei ihr, aber die Elementare, gegen die wir antreten, sind sehr mächtig«, berichtete sie knapp. »Es kann noch eine Weile dauern, sie zu bannen.« Sie ging neben ihm in die Hocke, er roch ihr Parfüm und eine winzige Note ihres Schweißes. »Alles, was Frau Peron machen muss, ist durchhalten.« Sie winkte nach hinten, eilige Schritte näherten sich ihnen. »Wir haben ein erstklassiges Notfallteam dabei.

Es wird sich sofort um sie kümmern und ihren Körper stabilisieren.«

Sein Verstand hauchte ihm eine grauenvolle Lösung zu. »Nein«, raunte er. »Nicht stabilisieren. Das ist das Letzte, was sie benötigt.« Er schaute auf seine Uhr. *11:54 Uhr. Cauldron hat keine Zeit mehr.* Er beugte sich nach vorn und gab ihr einen langen Kuss auf die schwarzen Lippen, während er sein Messer aus dem Gürtel zog.

»Ich liebe dich«, sagte Xavier zärtlich zu ihr und bettete seinen Kopf auf ihrer Brust. Die Klinge wanderte an ihren weißen Hals und zog einen breiten, tiefen Schnitt von links nach rechts.

Ihr kostbares Blut spritzte rhythmisch aus der Wunde und benetzte sein Gesicht, Garottes Kleid und die ankommenden Männer. Er lauschte den ohnehin langsamen Herzschlägen. Sie verringerten ihre Frequenz und verstummten dann ganz.

Im hinteren Teil der Halle ertönte das schrille Pfeifen eines hoffnungslos überlasteten Druckventils. Das erste der alten, vergessenen Silos detonierte zwei Sekunden darauf und überschüttete die Umgebung mit lilafarbenem Feuer.

Marleen sah, was Xavier tat, und schlug nach ihm, doch ihre gespenstischen Finger prallten von ihm ab, ohne Schaden anzurichten. Sie konnte nichts dagegen tun, dass er seine Frau eigenhändig tötete und ihr, Marleen, damit die Bleibe nahm.

»Nein!«, schrie sie gellend. »Ich hasse dich! Ich verfluche dich, du Wichser! Dein Leben soll im Feuer zugrunde gehen! Deine Asche …« Ihre Stimme schraubte sich höher, wurde dünner und feiner, zu einem Piepsen und unhörbar, gleichzeitig verschwanden die letzten kaum sichtbaren Konturen von ihr. Marleens Seele hatte sich aufgelöst.

Cauldron spürte, wie das Band zwischen ihr und ihrem Körper riss, die Abnabelung vom wirklichen Leben geschah und ihre Aura verblasste.

Es störte sie nicht einmal. Sie hatte bereits mit ihrem Leben abgeschlossen, stand einen Spaltbreit vom Tod entfernt. Die Elementare würden sie gleich vernichtet haben. Cauldron schloss die Augen und wartete. Es gab nichts mehr, was sie am Leben hielt.

Die Attacke kam nicht.

Was ist geschehen? Sie schaute sich um und entdeckte zwei fremde Magier, die sich um die letzten beiden Elementare kümmerten. Einer griff seinen Gegner mit einem magischen Schwert an und hieb ihn in Stücke, der andere jagte Angriffsformeln gegen seinen Widersacher, bis der Geist sich zur Flucht wandte und noch in der Drehung verging.

Doch die Hilfe kam zu spät.

Jetzt habe ich sechs Stunden, um mir etwas auszudenken, dachte Cauldron schwach, ein böses Lächeln auf den Lippen. *Ich wollte mir das Weltall schon immer mal ansehen.* Es gab eine Grenze – wer als Magier über achtzig Kilometer aufstieg, so hieß es, und sich zu weit von Mutter Erde entfernte, wurde wahnsinnig. *Bei mir kommt es nicht mehr darauf an.*

Oder noch besser: Sie würde Abongi zuvor noch einen Besuch abstatten!

Sie drehte sich zu Xavier, der neben ihrer toten Hülle saß, auf die Uhr schaute und »Los!« sagte. Sie beobachtete, wie sich zwei Männer an ihr zu schaffen machten. Einer wühlte mit blutigen Fingern in ihrer offenen Kehle, der andere zerriss ihr das Kleid in Höhe der Brust und platzierte die Elektroden eines Defibrillators.

»Weg!«, schrie der Mann.

Es summte, ein gleißender Blitz blendete sie, und sie spürte, dass die Enden ihres zerrissenen Bandes aufeinander zuschnellten.

»Noch mal!«

Wieder summte es, wieder blitzte es, und ihr Herz schlug!

Der zweite Arzt legte seine Hände auf ihre nackte Haut. Sie verfolgte, wie er einen Heilzauber sprach und ihren Zustand stabilisierte. Der eben noch klaffende Schnitt an ihrem Hals schloss sich und begann zu verheilen, während man ihr eine dicke Nadel in den Arm jagte und eine Bluttransfusion legte. Gleichzeitig wurde sie auf eine Trage gehievt, um sie aus dem Gebäude zu schaffen, das fast überall brannte.

Es wird Zeit, dass ich zurückkehre.

Die Druckwelle riss große Teile des Daches weg, die Chemikalien verflüssigten sich durch die Hitze des Feuers und flossen wie brennendes Wasser durch die Halle, dichte, ätzende Wolken verbreitend.

Garottes Männer blieben ruhig. Sie arbeiteten fieberhaft, um die Hermetische dem Tod zu entreißen.

»Wir gehen«, entschied die Frau, »ehe uns die Dämpfe die Lungen verätzen.« Auf ihren Wink hin wurde Xavier untergehakt, zwei Männer hoben die Trage mit Cauldron an und bewegten sich im leichten Trab auf den Ausgang zu, ein dritter lief mit der Infusion neben ihnen her und hielt den Beutel hoch.

Cauldron schlug die Augen auf. Sie sah matt und sehr geschwächt aus. »Ich …« Sie blickte zu Xavier und versuchte, seine Hand zu fassen. »Keine Marleen«, lächelte sie und glitt gleich wieder zurück in eine Ohnmacht, ihr Brustkorb hob und senkte sich regelmäßig.

Sie lebt! Sie ist wieder da! Ihr Lächeln und die wenigen Worte hatten ihm ausgereicht. Er fühlte alle Sorgen von sich abfallen, und mit der weichenden Anspannung kam die Müdigkeit, der Kreislauf sackte in den Keller, und er hing schwer in den Armen seiner Begleiter.

Vielleicht hatte er es sich eingebildet, doch vorhin

glaubte er, Marleens Stimme gehört zu haben, die etwas von einem Fluch und Feuer schrie. *Pech, Kleines. Ich bin nicht totzukriegen.*

Seine gereizten Lungen zwangen ihn dazu, heftig zu husten und mehr von den Gasen einzuatmen, als gesund war. Er bekam keine Luft mehr, hustete und sog noch mehr in sich ein.

Garotte öffnete die schmale Tür für sie, ihr alarmierter Blick galt den Verstrebungen über ihnen. »Rasch«, trieb sie ihre Leute zur Eile an, ehe sie hinausging. »Sonst erstickt er mir.«

»Es geht«, würgte er heraus und hörte über sich metallisches Knirschen und Ächzen. Als Xavier nach oben schaute, sah er, wie sich Teile der Blechverkleidungen von der instabil gewordenen Hallenwand lösten und herabstürzten. *Scheiße!*

Seine Begleiter warfen sich mit ihm zusammen rückwärts, um den Trümmern zu entgehen. Scheppernd schlugen sie auf dem Boden auf und versperrten ihnen den Ausgang. Garotte schrie etwas, das in dem Getöse unterging. Dann konnte er sie nicht mehr sehen, weil sich ein Blech vor sie schob und sie verdeckte. Sie und die Tür in die Freiheit.

Die wenigen Platten bildeten nur den Auftakt eines ganzen Hagels, vor dem es kein Entkommen gab.

Einer seiner Helfer wurde von einem scharfkantigen Metallstück getroffen und der Länge nach geteilt, der andere Mann ließ ihn los und stürmte davon, um seine eigene Haut zu retten.

»Hey! Komm zurück! Du kannst mich nicht …« Xavier verlor sein Gleichgewicht und plumpste wie ein nasser Sack mit der halbierten Leiche zu Boden, während um ihn herum die brennende Halle in sich zusammensank.

Da habe ich mich zu früh gefreut. Er bildete sich ein, aus dem heißen Rauch ein leises Lachen zu hören. *Was?*

Der Qualm vor ihm verwirbelte und nahm in seiner Fantasie die Form eines Frauengesichts an, das Cauldrons Beschreibung nach Marleen gehören konnte, dann schoss eine blaue Feuerlohe brüllend und fauchend auf ihn zu. Instinktiv hob er den Arm zur Abwehr, sein Schrei wurde von der nächsten Explosion verschlungen.

Bunte Flammenpilze wuchsen empor, streckten sich und stiegen meterhoch in den schwarzen Stuttgarter Gewitterhimmel.

Gewaltige Detonationen erschütterten Mühlhausen, glimmende Funken und glühende Metallschrapnelle trudelten umher und entzündeten kleinere Brände, während die brennende Chemiefabrik die Unterseite der düsteren Wolken erhellte. Sie antwortete den Blitzen trotzig mit ihrem eigenen Inferno und ließ sich selbst von dem erneut einsetzenden Regen nicht löschen.

ADL, Franken, Bad Kissingen, 02.05.2059, 22:39 Uhr

»Er mischt.« Spengler schnalzte mit der Zunge. »Er beginnt, seine Mörderpersönlichkeiten zu vermischen, oder wie lässt sich die Sauerei hier erklären?«

Was der Kriminalhauptkommissar mit dem recht harmlosen Wort »Sauerei« deklarierte, hatte zwei Hotelangestellte und einen Polizisten dazu gebracht, das gesamte Abendessen wieder auszukotzen, einem Typen von der Spurensicherung die Farbe aus dem Gesicht gewischt und Spengler gehörig die Laune verdorben.

Sie waren zu spät gekommen. Angesichts des Tatorts gab es keinen Zweifel. Auffällig war die Zweiteilung der Mordarten.

Brigitte von Odenau lag im Bad, als sei sie beim Ausstieg aus der Dusche durch eine Wasserlache zu Fall gebracht worden und unglücklich zu Tode gestürzt. Die

Obduktion würde beweisen, dass der offensichtliche Ablauf kaum der Wahrheit entsprach, und Spengler zweifelte nicht daran, dass selbst er im Normalfall von einem Unfall ausgegangen wäre – ohne die zweite Leiche im Zimmer.

Er nickte zum Bett, wo die verstümmelten Überreste der Hotelbediensteten lagen. Die Kollegen der Spurensicherung fertigten die letzten Aufnahmen von der Toten an.

Ihre Kehle war aufgeschnitten, eine Blutlache breitete sich neben der linken Schulter aus und wurde vom Teppich aufgesogen. Der Mörder hatte versucht, sie vollständig zu enthaupten, was aber misslang. Der Bauch war aufgeschnitten, und die Därme lagen über ihrer Schulter.

»Was Sie auf den ersten Blick nicht erkennen, Schnüffler, ist, dass ihr die Geschlechtsteile aufgeschlitzt wurden und die Gebärmutter entfernt worden ist«, erklärte Spengler. »Da wir sie am Tatort nicht gefunden haben, muss er sie mitgenommen haben.« Er deutete auf ein kleines Sammelsurium von Gegenständen: ein Kamm, Schminkzeug, Ebbie, ein kleines elektronisches Notizbuch, ein Parfümzerstäuber, der Masterkey für die Hotelzimmer und ein geschliffener Edelstein. »Er hat ihre Taschen durchsucht und den Inhalt säuberlich zu ihren Füßen ausgebreitet.«

»Wie beim zweiten Ripper-Opfer«, wusste Poolitzer das Bild sofort einzuordnen.

»Richtig. Aber nur bei der armen Frau Servantes.« Er wies auf einen Laptop. »Ich habe die persönlichen Daten Odenaus überprüfen lassen. Dabei kam heraus, dass ungefähr zum Zeitpunkt des Todes der beiden Frauen eine Summe von drei Millionen Ecu transferiert wurde.«

Der Reporter pfiff leise durch die Zähne. »Drei Millionen?«

»Und zwar vom Konto ihres Gatten auf eines, das *nicht* ihr gehört. Wir versuchen gerade, den Eigentümer ausfindig zu machen, was aber nicht ganz einfach zu sein scheint.« Spengler fühlte sich, obwohl sie wieder einmal hinterherhinkten, einen Schritt weiter als am Anfang der Ermittlungen. »Das erste Verhalten passt zu Luis Ormondi, den Casanova-Killer. Sie wissen schon, der Typ, der sich bei reichen Frauen einschmeichelte und sie dann um ihren Besitz und ihr Leben brachte.«

»Mh.« Poolitzer betrachtete den Servierwagen. Die Eiswürfel im Kühler schmolzen rasend schnell, die beiden Gläser standen unbenutzt auf der obersten Plattform. Daraus zog er seine eigenen Schlussfolgerungen. »Angenommen, die Angestellte hat Ormondi warum auch immer überrascht. Ormondi ist vermutlich in Panik geraten, weil der herkömmliche Ablauf außer Kontrolle geriet. Da schaltete sich seine Ripper-Persönlichkeit ein, um die Drecksarbeit zu machen?«

»Sehe ich genauso.« Spengler schaute zu Ranjit, der immer noch am Eingang des Zimmers stand und sich nicht hereinwagte.

Die Blutflecken an den Gardinen und auf dem Bett sowie der sichtbare Teil der riesigen roten Pfütze reichten ihm aus, er musste keine verstümmelten Leiber sehen. *Was habe ich angerichtet? Ich habe einem Wahnsinnigen die Möglichkeit gegeben, ein Monster zu erschaffen.* Der Umstand, dass von Boesche den multiplen Mörder zum Leben erweckte, tröstete ihn immer noch nicht. Er spürte eine Mitverantwortung, eine tiefe Schuld und eine Verletzung seiner Sorgfaltspflicht, die er gegenüber denen trug, die er hypnotisierte. *Nie mehr. Ich werde solche Shows nie mehr machen. Lieber kehre ich zu Benz zurück und rigge Gabelstapler oder fege die Halle.*

»Was sagt der Experte?«

Er zuckte zusammen, als er die Stimme des Kommissars hörte. »Was?« Er versuchte sich an das zu erinnern, was Spengler und Poolitzer als Theorie erstellten. »Sie meinen, dass seine Mörder nach Bedarf auftauchen? Das hätte ich … nun, das hat nichts mit Hypnose zu tun, das wäre so etwas wie Schizophrenie, nehme ich an. Unterschiedliche Persönlichkeiten, die durch verschiedene Einflüsse zutage treten und agieren. Aber bei einer multiplen Hypnose?« Er wirkte nicht nur ratlos, er war es wirklich. »Ich habe noch nie von Erfahrungen einer multiplen Hypnose gelesen, daher wird es schwierig sein, genaue Auskünfte zu geben oder Schlussfolgerungen zu ziehen.«

Spenglers Kom machte sich bemerkbar, ein Polizist meldete, dass eine Hotelkamera eine gestochen scharfe Aufnahme ihres Verdächtigen gemacht habe. »Sauber! Senden Sie sie umgehend an den Erkennungsdienst«, befahl er. »Sie sollen das Ergebnis auf meinen Account schicken.« Er stürmte nach draußen, Poolitzer und Ranjit folgten ihm. »Wir gehen zum Hotelmanager«, erklärte er. »Ich möchte mir von dort die Daten abrufen.«

Ein Angestellter brachte sie in das sehr teuer eingerichtete Büro des Chefs. Mahagoni hier, Goldbeschläge dort, Kristalllüster an der Decke und barocker Stuck überall. Poolitzer fand den retro-herrschaftlichen Stil in diesem Haus völlig daneben.

Ein kleiner, untersetzter Mensch in einem teuren Anzug und mit schütterem dreckiggelbem Haar, der bei ihrem Eintreten vor seinem gewaltigen Schreibtisch auf und ab lief, eine Hand hielt eine Zigarette, begrüßte sie. »Nob Brenner, Chief Manager«, stand auf dem goldenen Schild an seinem Revers.

»Ah, Herr Kommissar.« Er eilte auf ihn zu, wechselte die Kippe in die Linke und streckte ihm die stinkenden, nikotinverfärbten Finger entgegen. »Darf ich Sie bitten, Ihren Leuten zu sagen, sie möchten etwas diskreter sein? Wir haben sehr viele VIPs als Gäste, die der Anblick von Menschen in weißen Schutzanzügen beunruhigt. Kann man das nicht irgendwie tarnen?«

»Sicher, Herr Brenner«, sagte der Kommissar und imitierte den Tonfall eines beflissenen Dieners. »Ich werde es ihnen ausrichten und den Bestattern ans Herz legen, nicht in Schwarz, sondern in Pink zu erscheinen. Wir basteln die Leichen wieder zusammen, ziehen ihnen ein Tutu an und tun so, als würden sie zum Christopher Street Day gehen.« Mit einem Schlag wurde er wieder ernst. »Hören Sie, Herr Brenner, wir erledigen unsere Arbeit, nicht mehr und nicht weniger. Dabei ist es mir und meinen Leuten herzlich egal, ob wir in einem Schloss, einem dreckigen Hinterhof oder in einem Nobelhotel sind.«

»Ihnen schon, aber mir nicht«, erwiderte Brenner. »Und Ihren Vorgesetzten wird es das auch nicht sein, wenn ich sie anrufe.«

»Möchten Sie wetten?«

»Wollen Sie eine Dienstaufsichtsbeschwerde riskieren?«

»Wollen Sie, dass ich jeden einzelnen Gast Ihres Etablissements aus dem Bett, der Sauna oder sonst wo herauszerre, um ihn zu verhören? Sollen die Letzten erfahren, dass Sie in diesem Hotel unter Umständen einem gesuchten Mörder begegnet sind, und zu der Ansicht gelangen, dass es mit der Sicherheit nicht weit her ist?« Er deutete auf Poolitzer und Ranjit. »Die beiden Individuen sind übrigens von den Medien«, setzte er locker hinzu. »Sie können niemanden zwingen, Dinge zu verschweigen«, Brenner wurde blass, »aber ich kenne sie recht gut und könnte, Herr Brenner, *könnte* sie überreden, den Namen des Hotels in dem Bericht nicht zu erwähnen.« Er ging an ihm vorbei und aktivierte den Computer. »Haben wir uns verstanden? Kein Wort mehr über meine Ermittlungsarbeit. Wir arbeiten mit aller uns zur Verfügung stehenden Diskretion.«

Er loggte sich ins BKA-Netz ein und überprüfte die eingegangenen Daten. Zwar sagte er nichts, aber seine Kiefer mahlten schneller auf dem Kaugummi herum, der Schnauzer unter seiner Nase zitterte. »Herr Brenner, gehen Sie bitte einen Moment hinaus.«

Der Hotelchef verschwand grummelnd aus einem eigenen Büro, während Spengler über den Rand des Trid-Schirms zu seinen beiden Begleitern blickte. »Die Kollegen vom Erkennungsdienst konnten die Aufnahme verwerten, und unser Archiv hat ihn wieder entdeckt.«

»Man könnte den Manager Nobbse Burner nennen. Er geht ab wie ein Streichhölzchen.« Poolitzer schlich um den Schreibtisch herum, um sich das Dossier anzuschauen, die Kamera unerbittlich auf Spengler gerichtet und alles auf optischen Chip bannend. Das war der definitive Vorteil der neuen Fuchi: keine Mini-CDs mehr, sondern Platz sparende Module. »Hey, das heißt, unser hypnotisierter Mörder hat tatsächlich eine kriminelle Vergangenheit?«

»Was nicht weiter verwunderlich ist«, kommentierte Ranjit, ließ sich in die lederne Sitzgruppe fallen und goss sich einen Whiskey ein, den Nobbse ihm ohne Wissen spendierte. »Wie ich schon mal erwähnte, muss er für abartige Befehle empfänglich sein, um derartige Morde zu begehen.«

Er wollte gar nicht wissen, wen sie suchten, sondern wünschte sich einfach nur, dass es vorbei war oder er feststellte, dass er nichts weiter war als eine Figur in einem BTL-SimSinn-Spiel.

»Ach du Kacke«, entfuhr es Poolitzer unwillkürlich, gefolgt von einem ungläubigen Lachen. »*Das* erklärt natürlich einiges.« Seine Augen huschten über die Zeilen, die Fuchi filmte das, was der BKA-Computer ihnen auf den Schirm projizierte.

»Herr Ficker, kommen Sie bitte zu mir«, verlangte

Spengler. »Sie müssen den Mann eindeutig identifizieren, ehe ich ihn zur Fahndung ausschreibe.«

Widerwillig stand er auf und schlurfte zum Monitor.

Ein Blick genügte. Er sah ihn wieder vor sich, vor vier Tagen, in der *Wolke Sieben*, auf der Bühne. 47 Jahre, breite Statur, halblange graue Haare mit schwarzen Strähnen. Die graubraunen Augen, über denen sich die Augenbrauen schwangen, schienen direkt aus dem Bildschirm heraus auf ihn zu schauen und ihn anzuklagen. Damals, als das Foto entstanden war, trug er noch keinen schwarzen Kinnbart und keine schwarze Hornbrille, doch ein Zweifel bestand nicht mehr.

Armin Vogler, las er. »Das ist der Mann«, bestätigte er ihnen. »Das ist der Mann, den ich hypnotisiert habe.«

Seine Aufmerksamkeit richtete sich auf die eng geschriebenen Zeilen darunter, sein Blut schien zu gefrieren.

Vogler hatte alles Mögliche in seinem Leben gemacht. Am Anfang stand er als Kon-Gardist im Lohn von Knights Errant, danach verdingte er sich als Söldner und bekannte sich offen zur Mitgliedschaft im menschen- und metamenschenverachtenden Club Waidwerk.

Auf Nachfrage erklärte ihm Spengler, dass es sich bei Waidwerk um selbst ernannte Jäger handelte, die ihre Herausforderung darin suchten, andere Menschen und Metamenschen zu erlegen. Seine Straßen- und Söldnerspitznamen sagten alles über ihn aus. *Slaughter, Bill the Butcher, Silent Knife, Splatter.*

Der Akte zufolge war er früher in aller Welt herumgereist und erledigte Aufträge für Kons, für Drogenkartelle, für mächtige Kriminelle, bis ihn seine Arbeit seelisch und geistig so beeinflusste, dass er nur noch töten wollte und ihn keiner mehr engagierte. Die wenigsten benötigten einen Wahnsinnigen. Nach einer Schießerei in München wurde er von einem SEK-Team geschnappt, ein Gutachter erklärte ihn für unzurechnungsfähig.

Spengler tippte gegen den Schirm. »Da haben wir die Lösung für das seltsame Verhalten, Herr Ficker. Nicht wahr?«

Ranjits Augen weiteten sich. Vogler nahm auf eigenen Wunsch an einem ungewöhnlichen Therapieprojekt teil. *Eine Hypnosetherapie! Sie haben versucht, ihn damit von seinen Mordneigungen zu therapieren.*

Es ging darum, aus Gefangenen lammfromme Mitglieder der Gesellschaft zu machen und die Gefängnisse zu leeren. Um den Erfolg an einem harten Burschen zu testen, suchten sich die Ärzte Vogler aus.

Angeblich mit Wirkung.

Nach zwei Jahren, einem Dutzend Tests und drei unabhängigen Gutachten öffneten sich die Tore für einen völlig gewandelten Armin Vogler, der eine Umschulung zu einem Reisekaufmann machte und seitdem bei einem Münchner Unternehmen arbeitete. Bis zu jenem verhängnisvollen Tag, als er wohl während seines Urlaubs beschloss, die *Wolke Sieben* zu besuchen.

Ich habe die posthypnotische Barriere gebrochen. Ranjit ging rückwärts, bis er gegen die Scheibe prallte. »Es ergibt einen schrecklichen Sinn«, sprach er abwesend. »Meine Hypnose … sie hat die Wirkung der therapeutischen Hypnose überlagert oder zerstört und seine alte Veranlagung zum Vorschein gebracht.« Er fuhr sich mit der Hand übers Gesicht. »Das wusste ich nicht!«

Spengler freute sich trotz der beiden Leichen über den Erfolg. »Na, also. Wir wissen, wer der Typ ist, und wir wissen, warum er empfänglich für die Befehle war. Jetzt müssen wir ihn nur noch fangen.« Die Kom-Nummer, die sie bei dem Anruf aus dem Zug ermittelten, erwies sich als falsche Fährte. Sie gehörte zu einem als gestohlen gemeldeten Gerät.

»Dürfte nicht mehr so schwierig sein«, meinte Poolitzer. »Er sieht für einen fast Fünfzigjährigen ziemlich beeindruckend fit aus, und er hat eine Tüte mit Geschnetzeltem aus Haueninnereien dabei. So viele Menschen gibt es nicht, die so etwas mit sich herumtragen.«

»Sie sind ein Arschloch«, meinte Spengler, ohne sich umzudrehen, und beendete die Verbindung ins BKA-Net. »Ich weiß, Schnüffler, das bekommen Sie jeden Tag zu hören, und Sie machen sich nichts draus. Aber *mir* verschafft es ungemeine Erleichterung.«

Er hob sein Kom und erteilte Anweisung, den behandelnden Therapeuten von damals aufzutreiben, um ihn über sämtliche Gewohnheiten Voglers auszuquetschen und in den Besitz sämtlicher Aufzeichnungen zu kommen. Danach gab er grünes Licht für eine Ringfahndung.

Zusätzlich schickte er ein Team los, das Voglers Wohnung in München ausfindig machen sollte. Ein Magierteam würde ihn anhand der persönlichen Gegenstände auf magische Weise aufspüren, falls der Mörder durch die Maschen des Polizeinetzes schlüpfte. Angesichts der bisherigen Morde, der Gewaltbereitschaft und der Gefährlichkeit Voglers erteilte ihm jeder Untersuchungsrichter der ADL ohne Zaudern eine entsprechende Genehmigung.

Bald ist es zu Ende. Maximal noch ein paar Stunden, dann habe ich ihn. Für die große Feier war es noch zu früh, aber der Erfolg seines ersten Einsatzes als BKA-Mann stand fest.

»Alles im Griff, was, Spengler?«, sagte Poolitzer jovial.

Der Kriminaler lehnte sich in den Sessel des Hotelchefs. »Jepp. Alles, was ich gebraucht habe, waren die Personalien unseres Mannes. Sie sehen ja, dass es danach recht einfach ist.« Spätestens, wenn sich das Magierteam auf die astrale Suche begab, hatte Vogler keine Chance mehr zu entkommen. »Herr Ficker, ich möchte Sie von nun an immer in meiner Nähe haben. Falls wir Vogler stellen und er als irgendeine seltsame Person unterwegs ist, möchte ich, dass Sie ihn enthypnotisieren oder wie auch immer Sie es nennen.«

Er nickte, tastete an sich herum und erstarrte. »Meine Uhr! Ich brauche meine Uhr«, sagte Ranjit leise und schenkte sich ein weiteres Glas ein. »Ich muss sie im Hotelzimmer nach dem Putzen in all der Hektik vergessen haben. Ohne sie kann ich nicht arbeiten.«

Spengler überlegte. »Okay, ich lasse Sie mit dem Hubschrauber nach Stuttgart fliegen, damit Sie Ihre Angelegenheiten regeln und Ihre Sachen packen, danach bringt sie der Heli wieder zu mir.« Er stand auf.

Poolitzer rief Ultra an, um ihn in Kenntnis zu setzen.

»Ey, endlich meldeste dich! In Mühlhausen ist die Hölle los«, fiel ihm der aufgeregte Troll sofort ins Wort. »Hier ist so 'ne alte Chemiebude inne Luft geflogen ...«

»Tote?«, hakte er scharf ein.

»Nööö, bis jetzt ...«

»Aha. Sachschaden«, stellte Poolitzer gleich darauf desinteressiert fest. »Scheiß drauf, Ultra, wir sind an einer besseren Story dran. Sie wird die ADL fesseln, glaub mir. Wir wissen jetzt alles über den Mörder!«

»Cool, Snoop. Ich hab auch was rausgefunden.« Er machte eine theatralische Pause. »Über den Catwalk-Killer.«

»So?« Der Reporter ging zusammen mit Ranjit und Spengler hinaus. »Gut, bleib weiter dran. Ich kann hier nicht weg. Der alte Mann denkt, dass wir den Typen bald fangen.«

»Aber willste denn gar nicht wissen, was ich ...?« Ultra klang wie ein enttäuschter Zehnjähriger.

»Na schön. Die Kurzvariante, Kleiner.«

»Ich hab echt tolle Sachen rausgekriegt. Ganz allein! Also«, sagte er gedehnt, jedes Wort seines Triumphes auskostend, »sie haben sich alle gekannt.«

»Wenn ich Kurzvariante gesagt habe, meinte ich damit immer noch, dass ich sie auch verstehen muss«, erbat sich Poolitzer mehr Zusammenhänge.

»Na, die Opfer. Die Erschossenen. Und der Gegrillte.«

Poolitzer hatte sichtlich Schwierigkeiten, dem vor Stolz platzenden Troll geistig zu folgen. »Was denn für ein Gegrillter?«

»Ach so, das weißte noch gar nich'.« Ultra gluckste. »Wir haben noch einen Toten, einen Sicherheitsdecker bei Di'Oá. Und der hängt da in 'ner Sache mit drin, bei der auch der abgemurkste Sternschutzmann und die abgeknallte Designerin mitgemischt haben.«

Poolitzer gab auf. »Ultra, beruhige dich. Ich habe nicht viel Zeit, wir sind dicht am Mörder dran. Schick mir die Daten, damit ich mich einlesen kann, bitte. Bis dann! Ich melde mich wieder.«

»Aber Poolitzer ...«, versuchte er in der Leitung zu bleiben, aber der Reporter unterbrach das Gespräch.

»Und? Was Neues von Lois?«, wollte Spengler wissen. Ranjit, der trotz seiner Blässe um die Nase plötzlich sehr wach wirkte, hörte aufmerksam zu.

»Kameramann in Ausbildung Ultra will einen Zusammenhang zwischen den Morden in Stuttgart herausgefunden haben.« Er sah die verblüfften Gesichter der beiden Männer. »Ja, ich wundere mich auch«, gestand er grinsend. »Der Kleine hat mehr Talent, als ich vermutet habe. Offenbar denkt er, dass er auf eine Gemeinsamkeit gestoßen ist.«

»Ach?«, entfuhr es Ranjit belustigt. »Welcher Kon hat denn ein Interesse, außer der Designerin und dem Decker noch einen Sternschutzmann erledigen zu lassen?«

Poolitzer wechselte den Akku seiner Fuchi und wunderte sich über den raschen Gemütsumschwung des Mannes, sagte aber nichts. Der Hypnotiseur hatte es alles andere als leicht.

»Er wird es mir schon noch mailen. Die praktische Übung hat er jedenfalls gut gemeistert. Jetzt bin ich nur gespannt, wie abenteuerlich seine Theorie ausfällt.« Eigentlich glaubte er nicht daran, dass Ultra in dieser kurzen Zeit so rasch an vertrauenswürdige Infos kam. Wahrscheinlicher fand er es, dass der Troll sich in seinem Runnerhirn aus Gerüchten abstruse Verkettungen ersonn. »Genau«, nickte er Ranjit zu. »Welcher Kon hätte schon Interesse am Tod eines Sternschutzmannes?«

»Kommt drauf an, was er für ihn getan hat und ob er so dämlich ist, eine Erpressung zu versuchen«, half Spengler mit einem Ansatz aus, während er die Taste für die Dachterrasse drückte. Der Fahrstuhl schnellte nach oben und trug sie zur Landeplattform. »Die Kon-Kriege«, sagte er nachdenklich und überlegte, ob er sich im Laufe seiner weiteren Karriere beim BKA ebenfalls mit Unternehmen würde anlegen müssen, wie er das schon des Öfteren beim LKA Badisch-Pfalz getan hatte. »Bei denen verdienen alle mit. Außer den Polizisten.«

»Ha, sicher, alter Mann. Bestechlichkeit ist bei euch nicht vorhanden. Ihr nennt das Gefälligkeiten. Mal ein Auge des Gesetzes zudrücken und so. Mit Ebbies.«

»Das habe ich überhört«, knurrte er Poolitzer an.

»Oh, das tut mir Leid. Soll ich es noch mal wiederholen?«, griente der furchtlos zurück.

Die Kabine hielt, die Türen öffneten sich, und der Wind der wirbelnden Rotorblätter sowie der Lärm des Motors empfingen sie.

Der Kriminaler brachte Ranjit zum Heli. »Beeilen Sie sich«, schrie er, um das pfeifende Geräusch der Hubschrauberturbinen zu übertönen. »Einpacken und gleich wieder weg.«

Der Halbinder hob die Hand und schwang sich in den hinteren Teil, Spengler warf die Schiebetür ins Schloss und trat zurück.

Der Sikorsky-Bell Luxura erhob sich in den dunklen Abendhimmel. Die Gewitterfront, die vor nicht allzu langer Zeit über Stuttgart gewütet hatte, erreichte Bad Kissingen.

ADL, Württemberg, Stuttgart-Mitte, 02.05.2059, 23:21 Uhr

Ranjit suchte seine Kleider zusammen und warf sie in den Koffer.

In seinem Inneren tobte ein Sturm. Sein Gewissen schrie ihn unentwegt an, machte ihm Vorwürfe und ließ sich selbst von der offensichtlichen Tatsache nicht beruhigen, dass von Boesche die verschiedenen Persönlichkeiten in Voglers Verstand pflanzte.

Er hielt inne und schaute aus dem Fenster, von dem aus er die Flammen der brennenden Chemiefabrik in Mühlhausen sehen konnte. Sie hatten deshalb einen Umweg fliegen müssen. Von oben sah das Feuer noch imposanter, bedrohlicher, verwüstender aus. Die Behörden lösten Umweltalarm für Stuttgart aus und forderten die Anwohner des Stadtteils auf, Türen und Fenster geschlossen zu halten.

Ich habe nichts von der Hypnosebehandlung wissen können, verteidigte er sich zum dutzendsten Mal gegenüber seinem schwach sichtbaren Spiegelbild auf der regennassen Scheibe. *Ohne von Boesche wäre nichts geschehen, ich hätte die posthypnotischen Befehle rückgängig gemacht, und Vogler wäre wieder ganz der Alte gewesen.*

Sein Gewissen akzeptierte die Ausrede nicht und bombardierte ihn mit den Bildern der Mordopfer, den Tatortaufnahmen und dem kurzen Eindruck, den er im Hotelzimmer in Bad Kissingen aufgeschnappt hatte. Er schloss die Augen, seine rechte Hand umfasste die geliebte Taschenuhr, mit der das Übel begann. Sie war nach dem Putzen unter ein Hemd gerutscht, und deshalb hatte er sie bei seinem Aufbruch in den Kurort in all der Eile vergessen.

Ich will nicht mehr.

In das dumpfe, letzte Grollen des Gewitters schrillte das Kom. *Nein. Bitte nicht.* »Ich bin nicht da«, schrie er fahrig.

Sieben, acht, neun Mal ließ er es schellen, ehe er langsam zum Tisch ging und die Hand ausstreckte, um den Knopf zu drücken, der das elektronische Signal gab, den Gesprächspartner durchzustellen. *Nicht Vogler. Bitte, nicht Vogler.* Er schluckte, nahm seine Courage zusammen, öffnete die Leitung, schwieg.

Jemand atmete schwer. »Sagen Sie was, Ficker«, hörte er die bekannte Stimme des ehemaligen Söldners, sie klang resigniert. »Sie haben abgenommen, jetzt sagen Sie um Himmels willen was! Holen Sie mich aus dem Albtraum, bitte.«

Ranjits Kehle war wie zugeschnürt.

»Ich habe dieses Mal«, etwas raschelte, »eine Tüte gefunden. Sie ist voller Innereien, *menschlicher* Innereien.« Er sprach in gleichbleibend monotonem Tonfall, als stünde er unter schweren Beruhigungsmitteln. »Ich nehme nicht an, dass ich sie einem Freiwilligen entfernt habe, oder? Und in dem Transporter, in dem ich sitze, riecht es wie in einer Tankstelle, in die ein Schwarm Vögel geschissen hat.«

»Bitte, wo sind Sie?«, schaffte er es, seine ausgetrockneten Stimmbänder dazu zu bringen, etwas zu sagen.

»Ich habe mich mit Shit und Schlaftabletten zugedröhnt«, erwiderte Vogler stattdessen gedehnt. »Ich lasse es nicht zu, dass ich wie ein ferngesteuerter Zombie durch die Gegend laufe und Menschen erledige.« Die Tüte klatschte zu Boden, es klang, als ließe man ein nasses Knäuel fallen. »Ich …«

»Wo sind Sie?«, rief Ranjit aufgeregt. »Ich komme sofort zu Ihnen. Lassen Sie mich Ihnen helfen, ehe Sie wieder …« Er hörte, dass das Kom des Söldners zu Boden fiel und nach einer Weile aufgehoben wurde. »Hallo?

Bitte, ich kann Ihnen helfen! Ich nehme die Hypnose zurück und lasse die Persönlichkeiten aus Ihrem Kopf verschwinden!«

»Sie können das?«, erkundigte er sich schläfrig. »Wie wollen Sie das anstellen?«

»Meine Uhr, erinnern Sie sich? Mit ihr habe ich Sie hypnotisiert, und mit ihr kann ich Sie wieder von den posthypnotischen Befehlen von Boesches befreien.« Er wanderte mit dem Sprechteil des Koms aufgeregt durch das Zimmer. Es schien sich zum Guten zu wenden.

»Und sie wären dann für immer aus meinem Kopf verschwunden?«

»Sicher«, log er, weil er es nicht genau wusste. Ohne eine eingehende Untersuchung durch Ärzte konnte er keine klare Aussage treffen, aber aus Angst, Vogler zu verjagen, hätte er alles behauptet, um ihn zu sehen. Zusammen mit der Polizei, nicht alleine. »Ich verjage Ihre künstlichen Dämonen, Herr Vogler. Sie werden wieder in Ihren Beruf zurückkehren. Ich habe mit dem leitenden BKA-Beamten gesprochen und erklärt, dass Sie für Ihre Taten nicht verantwortlich sind.«

Am anderen Ende herrschte Stille. »Wo finde ich Sie?«

»Kommen Sie ins Hotel Desidera«, sagte er. »Ich bin in Zimmer 711 und warte auf Sie. Es wird Sie niemand aufhalten …«

»Nein, das wird sicherlich niemand«, meinte Vogler lachend und klang völlig verändert. »Hier ist George M. Bush, und ich weiß, wer *Sie* sind. Sie wollen mich fertig machen, mich erledigen. Sie arbeiten für die Regierung, das ist mir klar. Ich war für die in diesem Scheißkrieg, und was habe ich davon gehabt? Nichts, gar nichts! Ich bin enttäuscht von diesem Land, von dieser beschissenen liberalen Regierung, die ihre treuesten Diener vergisst. Und das werde ich allen zeigen.«

Weg. Er ist wieder gesprungen. Ranjits Beine wurden weich. *Ich hatte ihn fast so weit.*

»Aber bevor die Staaten meine Meinung erfahren, komme ich bei dir vorbei und erledige dich«, versprach er eisig. »Du wirst mich nicht an meiner Mission hindern. Ich war ein guter Schütze, ich habe 27 Irakern die Lichter ausgeschossen – da werde ich einen Regierungsdummy wie dich im Dunkeln treffen.« Ein Motor startete. »Ich trinke einen großen Pott Kaffee, und dann komme ich, Ficker. Und ich finde dich. Nein, ich *treffe* dich!«

Abrupt endete das Gespräch.

Ranjits Knie gaben nach, er setzte sich auf den Fußboden. Wer auch immer eben mit Voglers Mund gesprochen hatte, er wollte sich nicht aus dem Kopf vertreiben lassen. Sich überschneidende Hypnosen und massive Persönlichkeitsstörungen ergaben eine gefährliche, unvorhersehbare Kombination.

Er nannte sich Bush. Er musste das Gespräch eine Zeit lang irrtümlich mit diesem Bush geführt haben, der begriff, dass man ihn ausschalten konnte. *Ich habe ihm beschrieben, wo ich bin! Scheiße, er wird mich umbringen!* Sein ganzer Körper begann zu zittern.

Sein Armband-Kom klingelte, Spengler meldete sich. »Bleiben Sie ruhig, Herr Ficker, wir haben das Gespräch gehört. Meine Leute sind schon auf dem Weg zu Ihnen, er wird Ihnen …«

»Nein, ich glaube Ihnen nicht«, rief er hysterisch ins Mikro. »Da ist eine Killermaschine auf dem Weg zu mir, vielleicht steht er schon vor meiner Tür.« Er sprang auf und schnappte sich den Koffer. »Ich tauche ab, das ist mir alles zu viel, Herr Kriminalhauptkommissar.«

»Verlieren Sie jetzt nicht die Nerven«, versuchte es Spengler beschwichtigend. »Wir können Sie schützen …«

»Sie können ihn nicht einmal fangen, obwohl Sie alles von ihm wissen!« Er schaute ängstlich durch den Türspion. Nichts. »Ich bleibe keine Sekunde länger. Sie haben meine Nummer. Rufen Sie mich an, wenn Sie ihn festgenommen haben.« Er öffnete die Tür und lief den Gang entlang zum Lift. »Ich ziehe es vor, in Deckung zu gehen. Nehmen Sie es mir nicht übel, aber ich setze kein besonderes Vertrauen ins BKA. Bis denn und viel Erfolg.«

Er schaltete ab und stieg in die Kabine. *Tauchstation. Irgendwohin. Ich werde in Stuttgart schon einen Platz finden.*

IX.

ADL, Württemberg, Stuttgart-Wangen, 02.05.2059, 23:45 Uhr

Graue Klaue hetzte durch den strömenden Regen über die menschenleere Straße.

Hätte die Orkschamanin dieses Manöver am frühen Morgen versucht, wäre sie von den Kühlerhauben der Lkws abgeprallt und über die Fahrbahn geschubst worden wie ein fetter Pingpongball mit kurzen Beinen.

Da sich in Wangen viele mittelständische Unternehmen angesiedelt hatten und dort zwei, drei kleinere Firmenzentralen saßen, herrschte morgens reger Pendler- und Lieferantenverkehr. Doch sobald die Märkte bedient und die Ladungen gelöscht waren, konnte eine alte Oma wieder in aller Ruhe über die Straße gehen, ohne Angst zu haben, platt gefahren zu werden.

In dem Teil Wangens, in dem sich Graue Klaue herumtrieb, würden nette alte Omas seltener zu finden sein. Böse alte Omas dagegen schon.

Sie bog in einen Hinterhof ab, nahm den Hintereingang eines verlassenen Hauses, suchte nach der Treppe in den Keller und ging von dort in die Tiefgarage, die ebenso wenig von jemand genutzt wurde wie das Haus.

Wangen mauserte sich zu einem kleinen Industriegebiet, in dem man nichts bekam, was man im täglichen Leben benötigte. Daher zogen die Menschen weg. Zurück blieben die leeren Gebäude, in denen zwar auch

Geschäfte betrieben wurden, die aber höchst illegaler Art waren.

Graue Klaue kannte sich nicht aus. Ein GPS-System half ihr deswegen bei der Orientierung und steuerte sie bis auf wenige Zentimeter genau durch die Irrgärten des einsamen Gebiets zu ihrem Ziel.

Sie hatte schon an Adornos Stimme gehört, dass die Elfin stinksauer auf sie war. »Hör auf, Sachen in dich reinzustopfen, und geh endlich los, um deinen Part zu erfüllen«, hatte sie geschrien. »Danach kommst du auf der Stelle ins Hotel. Wir müssen reden.«

Es war ihr selbst peinlich, dass sie ihr Ziel noch nicht erledigt hatte. Immer kam ihr etwas dazwischen. Mal sprang ihr Auto nicht an, dann schlief sie auf der Couch ein, weil sie ihr Verdauungsschläfchen zu sehr ausdehnte, aber nach einem opulenten Mahl musste es einfach sein. Die dürre Elfin, deren Mahlzeiten aus ekligen Vitaminriegeln und gepresstem Kunstessen bestanden, kapierte das nicht.

Er ist nicht aus der Stadt verschwunden, also wird er keine Ahnung haben, was gleich mit ihm geschieht, beruhigte sie sich selbst immer wieder mit den gleichen Worten, die sie auch zu Adorno gesagt hatte.

Sie fand durch ein paar kurze Telefonate heraus, dass ihr Ziel sich für diesen Abend mit Italienern verabredete, um die Pit-Fights zu reorganisieren, so munkelte man zumindest in den Schatten.

Und genau zu diesem Treffen war Graue Klaue unterwegs.

Sie freute sich, dass sie nach den Treppenstufen nicht wie sonst außer Atem geraten war und sich durch ihr Schnaufen auf 50 Meter gegenüber einem möglichen Gegner verriet. Sie durchquerte die Tiefgarage, erklomm Stufe um Stufe wieder nach oben und begab sich auf diese Weise unbemerkt auf das Dach eines leer stehenden Parkhauses. Genau auf der anderen Seite würden ihr Ziel und die Italiener zusammensitzen und überlegen, welche Kämpfer man einkaufte.

Jetzt japste sie schon ordentlich. Nach dem ganzen Stress gönnte sie sich erst einmal einen kleinen Schokoriegel, den sie aus den Tiefen ihrer Utensilientasche kramte. Noch kauend, pirschte sie sich auf allen vieren bis an die Betonreling des Parkhauses heran, kauerte sich dahinter und holte ihr Fernglas heraus.

Sie suchte die Front des auf der anderen Seite des kleinen Platzes gelegenen Gebäudes nach einem Lichtschein ab und entdeckte wirklich etwas.

Dort herrschte noch Leben. Es war ein billiger Mietbunker, in dem vermutlich Saisonarbeiter der Handwerksbetriebe untergebracht waren. In der unteren Etage hatte ein italienisches Ristorante geöffnet und warb mit seinem verlockenden Duft um Kunden.

Graue Klaue wischte die Feuchtigkeit vom Glas und fummelte an den Okularen herum, bis sich absolute Schärfe einstellte, um sicherzugehen, dass sie sich nicht täuschte.

Nein, es gab keinen Zweifel.

Genau in diesem Ristorante, im hinteren Teil nahe dem Notausgang, saß ihr Ziel, ein Typ in billigen Straßenklamotten mit dem Rücken zu ihr. Die Jacke wischte jeglichen Zweifel davon. Sie war mit schlechten Stickereien und blinkenden Dioden versehen, die ihn aussehen ließen wie eine wandelnde Beleidigung des Auges und des guten Geschmacks. *Das würde sonst niemand tragen.* Eine köstlich aussehende, bereits zu einem Drittel gegessene Pizza stand vor ihm, und ihm gegenüber befand sich eine junge Frau in einem Businessanzug, der einwandfrei nicht in diese Gegend gehörte.

Die Orkfrau schätzte sie auf Anfang zwanzig, und die drei Typen in den schwarzen Anzügen um sie herum stellten ihre Aufpasser dar, die den Eingang, die Toilettentür und den Notausgang nicht aus den Augen ließen.

Der Ristorante-Inhaber, scheinbar ein Angehöriger der Mario-Brothers-Familie mit stark inzestuösem Einschlag, überschlug sich vor Höflichkeit und Aufmerksamkeit. Wo die Kunden normalerweise Spaghetti lieblos und lauwarm auf fleckigen Tischen präsentiert bekamen, glänzte an diesem Abend alles vor Sauberkeit, die reichhaltig belegte Pizza dampfte ungewohnt heiß, und der Signore strahlte wie eine Höhensonne.

Die Kleine muss eine Mafiadame sein, lautete der einzig sinnvolle Schluss aus den Beobachtungen.

Graue Klaue hatte für sich selbst beschlossen, auf Kriminelle keine Rücksicht zu nehmen. Schon gar nicht auf Kriminelle, die Metamenschen für ihre eigenen Machenschaften ausnutzten und als billige Kampfmaschinen verheizten, damit sie den Reibach machen konnten.

Sie konzentrierte sich, summte leise vor sich hin und schüttelte vorsichtig eine Rassel, um den Zauber zu aktivieren. Wo hermetische Magier Formeln murmelten und nüchtern, fast rational Magiefäden woben, stand ihre Zunft für das expressionistische, intuitive Wirken.

Der Kontakt zur astralen Ebene wurde hergestellt, und sie nutzte die Energien, um sie zu ihren Gunsten zu formen und gegen das Lokal zu schleudern, das passenderweise *Vesuvio* hieß. Es würde gleich einen Ausbruch der besonderen Art erleben.

Es geschah nichts.

Scheiße, die haben eine Barriere errichtet, war ihr erster Gedanke, und sie schaute sich sofort auf dem Dach des Parkhauses um, ob sie durch den misslungenen Angriff aufgefallen war, aber anscheinend schenkte man ihr keine große Beachtung.

Dann eben noch einmal, sagte sich die Schamanin, wischte sich das Regenwasser aus dem groben Gesicht und erhob ihre Stimme zu einem weiteren Singsang, der in einem Zauber gipfeln sollte.

Wieder tat sich nichts, das *Vesuvio* verwandelte sich nicht in das verlangte Feuermeer.

Was bei allen verfickten Geistern geht hier vor? Sie askennte die Umgebung und erkannte nichts Außergewöhnliches, nicht einmal eine Barriere, mit der sich das Versagen des Zaubers erklären ließ.

Sie schaute schlecht gelaunt in den dunklen Himmel. In weiter Entfernung sah sie die angestrahlten Leiber der Zeppeline in Ludwigsburg. Ihr Totem verlangte von ihr, sich beim Wirken von Zaubern unter freiem Himmel aufzuhalten. Diese Vorgabe hatte sie erfüllt, daran konnte es nicht gelegen haben.

Rabe, was habe ich falsch gemacht? Sprich zu mir! Graue Klaue hörte Adorno in ihrer Vorstellungskraft schon zetern und ihr heftige Vorwürfe machen, dass sie ihren Part in den Sand setzte.

Nein. Die anderen haben es auch geschafft. Diese Blöße gab sie sich nicht. In ihrer Not fasste sie den Entschluss, näher an das Ziel heranzugehen. *Ich werde so tun, als wollte ich eine Pizza bestellen. Er sitzt mit dem Rücken zum Eingang. Er wird mich nicht sehen und erkennen.*

Sie plante fest, tatsächlich eine Pizza mitzunehmen. Sie spürte großen Hunger in ihren Eingeweiden wüten, und Rabe sagte gerne ja zu einem Häppchen. Vielleicht würde sie dann wieder zaubern können.

Ach, was soll's. Ich improvisiere jetzt, entschied sie sich und lief die Stufen des Parkhauses hinab, überquerte die Straße und hielt auf die Tür des Ristorante zu. Da der Feuerball versagte, würde sie einen der Anzugträger magisch unter ihre Kontrolle bringen und ihn auf das Ziel schießen lassen.

Glücklicherweise kamen zwei Männer aus dem Haus daneben, um sich ebenfalls etwas zu essen zu holen. So fiel es gar nicht weiter auf, dass sie sich dicht hinter ihnen ins Innere drückte und in deren Schatten verborgen im vorderen Bereich am Imbiss-Tresen wartete.

Das Wasser hatte sich im Profil ihrer Schuhe gesammelt und haftete am Gummi. Im Zusammenspiel mit den polierten Kunststofffliesen fabrizierten sie bei jeder Bewegung ein Geräusch, wie es gefolterte Meerschweinchen nicht besser konnten: *quiiiek-quiiiek-quiiiek.*

Die Männer in den Anzügen musterten die Neuankömmlinge kurz und stuften sie als harmlos ein. Die Frau hob nicht einmal den Kopf, und auch ihr Ziel konzentrierte sich einzig und allein auf die Verhandlungen mit der Italienerin. Sie sprachen leise und schnell. Graue Klaue verstand nichts von dem, was geredet wurde.

»Gutte Abende.« Mario versah auslieferfertige Pasta-al-forno-Förmchen gerade mit Pappdeckeln, um zu verhindern, dass die Soße aus den Aluschalen lief. »Wasse kannich bringe?«

Die Antwort gestaltete sich ungewöhnlich.

Statt »Eine Calzone« oder »Pizza al funghi« zu sagen, zogen die beiden Kunden automatische Schrotflinten unter ihren langen Mänteln hervor. Sie fackelten nicht lange und erschossen den ersten Anzugträger, bevor er nur zucken konnte. Die rauchenden Läufe richteten sich anschließend auf den Kopf der Frau.

»Keine Bewegung, Signora Canoretti«, erhielt sie die Anweisung. »Sagen Sie Ihren anderen beiden Muskeln, dass sie sich nicht bewegen sollen.«

Die Frau machte ein paar schnelle Bemerkungen auf Italienisch.

»Grazie.« Der Größere der beiden Räuber lachte. »Sie sprechen ein ganz hervorragendes Italienisch. Im Gegensatz zu den meisten Itakern beherrschen Sie es fehlerfrei. Ihr Papa hat Ihnen eine ganz besondere Ausbildung zukommen lassen, was?«

Sein Kompagnon bedeutete Graue Klaue, sich an eine Stelle zu begeben, wo sie die Orkfrau sehen konnten. Sie tat es, *quiiiek-quiiiek-quiiiek* sagten die Schuhe.

Sie nutzte die Gelegenheit und nahm sich die vollere Form vom Tresen, eine Gabel fischte sie im Vorbeigehen vom Tisch. Die Spaghetti rochen einfach zu gut.

Der Räuber grinste sie nur an, was ihr zeigte, dass sie nicht weiter von Interesse war.

»Was wollen Sie?«, verlangte die Mafiosa zu erfahren und schaute im nächsten Moment überrascht zu ihrem Verhandlungspartner, der sich vollkommen gelassen erhob und zwischen die beiden Bewaffneten stellte.

»Sie sind in meinem Auftrag hier, Signora Canoretti«, erklärte er fies grinsend. »Ich dachte mir, wir sollten uns in einer Atmosphäre unterhalten, in der *ich* das Gefühl habe, der Überlegene zu sein, und Sie mir keine Zugeständnisse abschlagen können. Es geht nicht mehr um das Besorgen von Kämpfern für Ihre Veranstaltungen, ich will mehr. Ich will ein Stück von dem einträglichen Kuchen.«

»Sie sind ein …«

»Sicher bin ich das«, lachte er schmierig. »Aber damit hätten Sie rechnen müssen. Sie wollten mit mir über die Pit-Fights in Wangen sprechen. Gut, sprechen wir. Sie können Ihre Kämpfe abhalten, dagegen habe ich nichts, richten Sie das Ihrem Vater aus. Ich bringe Ihnen weiterhin Kämpfer und bekomme meinen üblichen Lohn. Plus einen Anteil von Ihrem Umsatz, der«, er langte nach der verbliebenen Form und begann ebenfalls, die Spaghetti zu kosten, »sich auf zwanzig Prozent belaufen wird.«

Sie schnaubte. »Vergessen Sie es, Schneiderlöchner.«

»Einundzwanzig Prozent«, sagte er kauend und sog eine lange Nudel in den Mund. Sie glitt zwischen seine rissigen Lippen, rote Soße lief an seinem stoppeligen Kinn herab. »Für jedes Nein, das ich aus Ihrem hübschen Mund höre, Signora Canoretti, sattle ich ein weiteres Prozentchen drauf und sage Ihrem Papa, warum er so viel an mich abtreten darf.«

»Warum sollten wir auf Ihre Forderung eingehen?«

Einer ihrer Begleiter wagte es todesmutig, sich zu bewegen und mit der Hand in Richtung Jacke zu zucken.

Doch die Jungs mit den Schrotflinten waren auf Zack. Es krachte laut, der getroffene Leibwächter machte drei Schritte nach hinten, fasste sich an das klaffende Loch in seiner Brust und brach mit einem italienischen Fluch auf den Lippen zusammen. Die Wand hinter ihm sah aus, als hätte der Mario-Brother-Verschnitt einen Eimer Tomatensoße mit Bröckchen dagegengeschüttet.

»Zweiundzwanzig Prozent«, schmatzte Schneiderlöchner. »Und ich erkläre hiermit, dass ich keine Fragen akzeptieren werde.«

Canoretti zeigte sich nach wie vor nicht von dem Erpresser beeindruckt, was Graue Klaue Anerkennung abnötigte. »Ich brauche Sie nicht. Ich kann mir die Kämpfer auch von anderen besorgen lassen.«

Er wickelte sich eine neue Portion Nudeln auf. »Haben Sie sich nicht gefragt, warum die Bullen aufgetaucht sind?« Grinsend schob er sich die Spaghetti in den Mund und deutete mit dem Griff der Gabel auf sich. »Ich war das. Ich habe dem Sternschutz einen Tipp gegeben. Verstehen Sie es als Beweis, dass ich über all ihre Standorte in Wangen Bescheid weiß.« Er aß weiter. »Ihre Familie schafft es niemals, sich in kurzer Zeit einen Ausweichstandort zu suchen, und den, das können Sie mir glauben, finde ich spätestens am zweiten Tag.« Er unterdrückte ein Rülpsen. »Kommen Sie, Signora, geben Sie sich einen Ruck und beginnen Sie eine wunderbare Geschäftsbeziehung.«

Sie schüttelte den Kopf. »Das geht nicht so einfach. Dazu muss ich die Erlaubnis des Familienrats einholen, und mein Vater ist derzeit in Italien …«

»Einen Scheißdreck ist Ihr Vater«, fiel ihr Schneiderlöchner laut ins Wort. »Sie rufen ihn jetzt an und geben mir Ihr Kom. Ich regele das.« Er winkte knapp, und einer seiner Runner erschoss den dritten ihrer Begleiter. »So, brauchen Sie noch mehr Beweise, dass ich es ernst meine?«

Widerwillig tippte sie die Nummer ein und warf es ihm zu.

Graue Klaue hatte die vorzüglich schmeckenden Spaghetti inzwischen beinahe aufgegessen und achtete nach wie vor darauf, dass ihr Ziel sie nicht richtig zu Gesicht bekam und einer der Schrotflintenträger zwischen ihnen beiden stand.

Sie überlegte, was sie unternehmen sollte. Die Runner hatten keinen Grund mehr, besondere Aufmerksamkeit walten zu lassen, die drei Leibwächter lagen entweder tot oder blutend und stöhnend am Boden. Die Orkfrau wurde zu ihrer großen Freude gnadenlos unterschätzt.

Zaubern kann ich vergessen. Sobald ich anfange zu singen und zu zucken, werden sie mich aus den Schuhen schießen. Wäre schade um die guten Spaghetti. Also blieb ihr nur die Halbautomatik, die sie unter ihrer Jacke trug, was ein nicht eben geringes Risiko darstellte. Sie traf einen Wagen normalerweise auf 40 Meter Entfernung. Wohlgemerkt nur den Wagen, nicht irgendwelche Dinge wie Nummernschilder, Außenspiegel oder Reifen. *Verrückt. Da bin ich Schamanin und muss trotzdem die Knarre auspacken.*

Graue Klaue brauchte für ihren Überfall eine gute Tarnung, ein Vorspiel, das unauffällig genug blieb und ihr alle Möglichkeiten eröffnete. *Verschlucken! Verschlucken ist gut.*

Sie sandte ein geflüstertes Gebet an ihr Totem Rabe, schob sich die letzten Spaghetti in den Mund und simulierte, sich an den Nudeln verschluckt zu haben.

Sie hustete, was die gekauten Stückchen hergaben, zog ein Taschentuch, röchelte, beugte sich nach vorn und würgte derart ekelhaft, dass sie angewiderte Blicke von den Runnern erntete. Selbst Schneiderlöchner schaute kurz pikiert zu ihr, ohne sie jedoch zu erkennen.

Die Orkfrau langte während ihrer schauspielreifen Leistung unter ihre Jacke. Der Griff der Beretta rutschte wie von selbst in ihre dicken Finger, mit dem Taschentuch verdeckte sie die Waffe und tat so, als würde sie wirklich ersticken. Laut rang sie nach Atem.

»Schau nach«, sagte der Runner zu seinem Begleiter, und hilfsbereit machte der sich auf den Weg zu ihr. Damit lief ihr komplett improvisierter Plan noch besser als vermutet.

Als er sich zu ihr beugte, richtete sie sich abrupt auf, ihr breiter Hinterkopf kollidierte mit der empfindlichen Nase. Sie setzte nach, drosch ihm den Knauf der Halbautomatik gegen die Schläfe, und er geriet ins Wanken.

Graue Klaue schaffte es, sich *(quiiiek-quiiiek-quiiiek)* hinter ihn zu stellen und ihn als Schutzschild vor sich zu halten, auf den sein Kumpel mit Sicherheit nicht feuerte. Den Moment der Unsicherheit nutzte sie, um einen Geist zu rufen, der ihr ein wenig zur Hand gehen sollte. Jetzt konnte sie auch zaubern, ihre Neutralität galt nicht mehr.

Nichts geschah.

Die Schamanin blinzelte irritiert. *Ist das Ristorante eine verfickte Nullzone, oder was?* Rasch hielt sie ihrem Kugelfang die Mündung an die blutende Schläfe. »Lass die Flinte fallen, Süßer«, gab sie grollend Anweisung, »oder ich blas deinen Freund hier weg. Von dir will ich nix.«

Der Runner überlegte noch, da riss Schneiderlöchner seine Waffe aus dem Gürtelholster und legte auf sie an.

Graue Klaue schoss in Panik zwei Mal nach ihm, verfehlte ihn jedoch. Kaum verklang das Krachen ihrer Beretta, ertönten drei schnelle Schüsse aus der anderen Ecke, und Schneiderlöchners Blut verteilte sich auf dem Tresen neben ihm.

Er geriet aus dem Gleichgewicht, seine Hand mit der Pistole ruckte herum auf Canoretti, die ihre Mauser Ladyline gezogen und ihm die Treffer seitlich in den Oberkörper und den Arm verpasst hatte.

Diese Gelegenheit wiederum ließ sich die Schamanin nicht entgehen und leerte ihr komplettes Magazin in den vor ihr stehenden Mann. »Verrecke, du Verräterschwein!«

Die Projektile schlugen beinahe in jedes Körperteil ein, drei jedoch perforierten seine Brust und verwundeten ihn tödlich. Er prallte gegen den Tresen, fiel auf die Knie und schaute mit brechenden Augen zu ihr. Die Erkenntnis kam zu spät.

»Du?«, ächzte er. »Du bist …« Er kippte vornüber und schlug ungebremst mit dem Gesicht voran auf den Boden des Ristorante auf, es knirschte leise, als die Nase dabei brach.

»Okay, ich bin dafür, dass wir uns alle entspannen«, sagte der Runner vorsichtig, den Lauf seines Schrotgewehrs zwischen Graue Klaue und Canoretti hin und her schwenkend. »Schneiderlöchner ist hinüber, und für mich gibt es keinen Grund mehr, einen von Ihnen erschießen zu müssen. Sehen Sie das genauso?«

Graue Klaue lachte und ließ ihren menschlichen Schild los, der Mann sank auf einen Stuhl und hielt sich den Kopf. »Sicher. Was die toten Anzüge angeht, verhandeln Sie das mit der Dame.« Sie ging *(quiiiek-quiiiek-quiiiek)* an ihm vorbei und beugte sich zu Schneiderlöchner. Vorsichtshalber schlitzte sie ihm die Kehle auf, damit er restlos ausblutete. *Keine Gnade. Du wirst keine Chance bekommen, das zu überleben.*

»Luigi, ruf meinen Vater an, er soll ein Aufräumteam herschicken«, gab Canoretti Anweisung, ohne ihre Waffe zu senken, die Mündung zielte stets auf den Kopf des Runners. Sie traute dem Frieden nicht. »Hey, Sie!«, sagte sie zur Schamanin. »Ich nehme an, es war etwas

Persönliches?« Graue Klaue nickte zustimmend. »Sie haben mir geholfen. Meine Familie wird Ihnen gerne einen Gefallen tun.«

»Ehrlich? Na, Sie wissen jedenfalls, was sich gehört.« Die Orkfrau richtete sich wieder auf. »Hey, Luigi! Kann ich ein Pizza-Abo auf Lebenszeit haben?«

Der Pizzabäcker, das tomatensoßenrote Kom ans Ohr geklemmt, schaute fragend zu der Mafiosa, die nur nickte. »Si, certo«, antwortete er und redete schnell in den Hörer, weil am anderen Ende der Leitung wohl jemand abgenommen hatte.

»Danke.« Graue Klaue nahm sich zwei von den Pizzen, die zur Auslieferung vorbereitet waren, warf noch einen Blick auf den Runner und die junge Canoretti, die sich gegenseitig bedrohten, dann ging sie *(quiiiek-quiiiek-quiiiek)* hinaus.

Auf der Straße breitete sie die Arme aus, legte den Kopf in den Nacken und drehte sich schnell um die eigene Achse, dabei lachte sie übermütig. *Wir haben dich gerächt, Datadieb! Du wärst stolz auf uns!*

Beinahe hätte sie die Pizzaschachteln fallen lassen.

Kurz darauf betrat Graue Klaue das Hotelzimmer, den bewährten Treffpunkt der Verschwörer und Rächer. Der Teppich verhinderte, dass ihre Schuhe weiterhin die Töne eines gefolterten und sterbenden Meerschweinchens von sich gaben.

»Hier, Pizza für alle«, rief sie gut gelaunt. »Wisst ihr was? Schneiderlöchners Tod hat mir ein Pizza-Abo auf Lebenszeit gebracht.« Rasch erzählte sie Adorno, Tab und Zashi, was sie in Wangen erlebt hatte.

Die Elfin atmete sichtlich auf und nahm sich ein Stück. »Wir haben es geschafft, Leute. Unsere Rache ist vollkommen.«

»Gab es einen Grund, daran zu zweifeln?«, erkundigte sich Zashi besorgt, der nicht entgangen war, dass sich ihre Anführerin nicht so ausgelassen freute wie sie, der Decker und die Schamanin.

»Sie sind uns auf der Spur«, sagte sie. »Ein Troll schnüffelt uns hinterher, ein Reporter. Er hat sich umgehört und schneller Infos über unsere Aktionen gesammelt, als ich voraussehen konnte. Ich hatte befürchtet, dass er die Bullen einschaltet und uns Schneiderlöchner aufscheucht.« Sie nahm die Flasche Sekt aus dem Kühler und ließ den Korken ploppend aus dem Flaschenhals schnellen. »Aber uns kann es jetzt egal sein!« Sie füllte die Gläser und verteilte sie. »Auf Datadieb, den besten Deckhead und Freund, den man sich wünschen konnte. Mögen die Seelen der vier Verräter in der Hölle schmoren!«

Klirrend trafen die Gläser zusammen. Sie leerten den Sekt auf ex, Graue Klaue rülpste hingebungsvoll und nahm sich schon das dritte Stück Pizza, während die anderen noch auf dem ersten kauten.

»Was machen wir jetzt?«, wollte Zashi wissen und lehnte sich zurück in den Sessel. »Gehen wir wieder auf Tour?«

»Nein. Es sind noch zwei auf unserer Liste, die wir im Namen von Datadieb erledigen müssen.« Adorno goss sich Sekt nach und hörte das Gluckern und das Prickeln der Bläschen in der Stille umso lauter. Sie sagte nichts, sondern legte ein Bild auf den Tisch. »Das sind sie.«

Tab betrachtete sie überrascht. »Hm, die kenne ich nicht. Was hatten die mit dem Run zu tun?«

»Nichts«, sagte die Elfin leichthin und nippte.

»Äh, wieso sollen wir sie dann erledigen?« Zashi betrachtete Adorno verständnislos. »Waren sie irgendwie im Hintergrund aktiv? Haben sie Infos über uns rausgerückt?«

Graue Klaue angelte sich das letzte Stück der ersten Pizza und schaute sich die Gesichter auf der Fotografie an. »Die kenne ich.« Sie tippte auf das linke Bild, der Finger hinterließ einen Fettabdruck. »Datadieb wollte was von ihr, richtig? Hat aber nicht geklappt.«

»Stimmt.« Adorno hob den Daumen. »Gutes Gedächtnis.«

»Raben vergessen nichts«, bemerkte sie und biss genüsslich in die Pizza.

»Und lassen nichts liegen«, fügte Tab hinzu. »Aber um mal auf die beiden zurückzukommen: Du willst sie erledigen, habe ich das richtig verstanden? Warum?«

Adornos Gesicht verdüsterte sich. »Sie haben ihn fertig gemacht und verarscht. Sie haben sein Herz gebrochen, die Stücke durch den Dreck gezogen und sie ihm vor die Füße geworfen«, sagte sie finster. »Ihr habt das nicht mitbekommen, aber Datadieb hat schwer unter ihrer Behandlung gelitten. Ihre Schwester war schuld, sie hat die Kleine aufgestachelt und ihn vor ihr schlecht gemacht.«

Zashi gab einen Brummlaut von sich. »Ich finde es nicht gut, sie deshalb gleich umzulegen. Ist ein wenig … überzogen.«

Adorno starrte sie feindselig an. »Er hat wegen ihr versucht, sich umzubringen, wusstest du das?« Sie schaute sie alle der Reihe nach an. »Nein, das hat keiner von euch gewusst, nicht wahr? Ich habe ihn damals gefunden, mit durchschnittenen Pulsadern und einer Ladung Blutverdünner in den Venen.« Ihre Hände ballten sich zu Fäusten. »Er hat mir damals verboten, euch etwas zu sagen und den Schlampen was anzutun.«

»Scheiße«, entfuhr es Graue Klaue undeutlich, die Pizzastücke im Mund blockierten die Zunge. Tab goss sich auf den Schreck Sekt nach.

»Und das willst du nun nachholen?« Zashi schüttelte die kurzen Haare. »Wenn du mich fragst, hat sein Verbot immer noch Bestand.« Die anderen beiden nickten. »Ich respektiere, was er dir aufgetragen hat.«

»Ich sehe das anders.« Die Elfin zog ihre Pistole, nahm sich eine zweite aus der Schublade und überprüfte den Zustand der Magazine. »Datadieb soll Frieden finden, und das kann er nur, wenn alle diejenigen, die ihm was zuleide getan haben, ihre Strafe bekommen haben.« Sie erhob sich. »Kommt ihr mit?«

Zashi zog die Nase hoch. »Nein, Adorno. Du bist mehr als unsere Teamchefin, aber bei der Sache mache ich nicht mit.« Graue Klaue hob abwehrend die freie Hand, die andere hielt das letzte Stück Pizza. Tab zog es vor, auf den Beistelltisch zu starren und zu schweigen, was ebenso als Antwort verstanden werden konnte.

Adorno seufzte. »Okay, ich mache euch daraus keinen Vorwurf. Es ist meine Angelegenheit.« Sie nickte ihnen zu und öffnete die Tür, um auf den gleißend hellen Gang hinauszutreten. »Wir treffen uns übermorgen wieder hier und bereden alles Weitere.«

Sie ging hinaus in das Weiß.

ADL, Franken, Bad Kissingen, 02.05.2059, 23:22 Uhr

Spengler rannte hinter Poolitzer her. Sie befanden sich auf dem Weg durch die Lobby hinüber zu den Aufzügen.

»Das hat mir noch gefehlt, dass Ficker den Kopf verliert«, keuchte er und drückte die Wahlwiederholung, bekam aber lediglich den Hinweis, dass die Nummer zurzeit nicht erreichbar sei. »Scheiße!«, schrie er wütend, rannte in die Kabine und drückte den Schalter für die Dachterrasse so fest, dass er sich mit einem seltsamen klickenden Laut in der Fassung der Tafel verhakte und nicht mehr heraussprang.

»Gut gemacht«, kommentierte Poolitzer, der seinerseits vergebens versuchte, Xavier oder Cauldron zu erreichen. *Ich hoffe, das Trespasser liegt nicht in der Nähe der brennenden Chemiebude.* Er stellte seine Bemühungen ein und hörte stattdessen zu, wie Spengler die Hubschrauberpiloten, die in ihrem Cockpit auf die Rückkehr Ranjits warteten, aufscheuchte, um den Hypnotiseur unter allen Umständen festzuhalten. Vergeblich.

»Er ist weg«, knurrte Spengler und trat gegen die Wand. »Wenigstens wissen wir, wohin Vogler will.«

»Nein, nicht Vogler.« Poolitzer tippte den Namen ein. »Bush.« Sein Organizer wählte sich via Modem ins Netz, die Informationen über den Mann, von dem sie bislang nichts Genaues wussten, scrollten augenblicklich auf das Mini-Display. »Oh, oh. Gar nicht gut.« Er hielt es dem Kriminaler hin. »George M. Bush sprengte am 22. Mai 2008 um 11.45 Uhr das State Building in Atlanta. 320 Menschen starben, fast 1100 wurden verletzt.« Die Daten berichteten, dass der US-Amerikaner im zweiten und heute lange vergessenen Irak-Krieg als guter Scharfschütze ausgezeichnet worden war. »Wir haben es dieses Mal mit einem rechtsextremen Eiferer zu tun, der auch noch gut im Schießen ist.«

Er fand einen Hinweis, was Vogler mit dem Gestank im Transporter meinte, in dem er eine seiner hellen Sekunden erlebte. *Eine Bombe aus Dünger und Diesel. Fuck, er hat das ganze Zeug für eine Bombe schon zusammen!* »Spengler, es wird eng«, meinte er nur und bekam Zustimmung.

Die Kabine hielt, die Türen öffneten sich, und sie standen in dem offenen Vorbau der Dachterrasse. Der Hubschrauber stand logischerweise nicht dort.

»Scheiße«, schrie Spengler wieder. »Das ist zum Kotzen!« Er rief die Zentrale an, damit ihnen ein Ersatzhubschrauber geschickt wurde. »Dieser Ficker wird über alle Berge sein«, ärgerte er sich immer noch, stapfte hinaus und erlaubte dem Regen, sein heißes Gesicht zu kühlen.

»Aber alter Mann, Sie haben doch mich.« Poolitzer grinste.

»Sie sind derzeit so hilfreich wie eine leere Rolle Klopapier bei Durchfall.«

»Nein, ich bin vielmehr die geheime Reserverolle, die eine vorausschauende Toilettendame auf den Wasserkasten gestellt hat«, korrigierte er. »Ich habe unseren Guru verwanzt. Der Hauptsignalempfänger ist in meinem Wagen. Ultra kann ihn für uns aufstöbern.« Er stellte sich neben Spengler. »Um genau zu sein, rette ich Ihren Arsch, alter Mann. Ich bin das vierlagige Papier. Reißfest und saugstark.«

Spengler strich sich über den Schnauzer. »Okay, Sie haben gewonnen. Sagen Sie Lois, sie soll sich an ihn ranhängen und den Aufpasser spielen, bis wir da sind und ihn uns vorknöpfen.« Er lächelte den Reporter erleichtert an. »Sie sind schon ein ganz gewitzter Sack.«

»Jepp.«

»Und warum haben Sie ihn verwanzt?«

»Ach«, winkte Poolitzer ab, weil ihm der Trugschluss ein wenig peinlich war. »Ich war mal kurzfristig der Meinung, dass er unser Mörder sein könnte. Und um ihn zu überführen, hat Ultra seine Klamotten mit meinen netten Sendern voll gestopft. Seine Bewegungen der letzten Stunden wurden aufgezeichnet.«

»Nein, er ist sicherlich nicht unser Mörder. Aber es hatte was Gutes, dass Sie mal danebenlagen, Schnüffler.« Er schaute in die Ferne und hoffte, dass ihnen der Himmel einen Wunderhelikopter schickte.

Alles, was sie bekamen, war noch mehr Regen und immer schneller herabstoßende Blitze, vor denen sie sich unter das Vordach flüchteten.

Poolitzer rief Ultra an und gab ihm seinen neuen Auftrag. »Er ist Runner, das bekommt er hin«, fühlte er sich verpflichtet hinzuzufügen, weil er das skeptische Gesicht des Ermittlers bemerkte. »Er ist nicht der Hellste, aber in seinem Metier gut. Der Empfänger ist leichter zu bedienen als ein Videospiel. Er muss einfach nur der Markierung auf der GPS-Karte folgen.«

Spengler zog die Schultern hoch. In Gedanken befand er sich bei den alarmierten Polizisten, die ihre Augen nach Vogler offen hielten. *Vogler und Ficker. Was für ein Duo.*

Er informierte seine Vorgesetzten, damit sie die Überwachung aller Regierungsgebäude in Stuttgart durch BGS-Einheiten und Magier veranlassten. Bis die zusätzliche Verstärkung angerückt war, musste der Sternschutz alleine für Sicherheit sorgen. *Es wird sich zeigen, ob sie ihr Geld wert sind.*

Schweigend standen sie hoch oben über Bad Kissingen, sahen die eindrucksvolle Silhouette der Friedrich-Charité und warteten.

Mehr konnten sie im Moment nicht tun.

ADL, Württemberg, Stuttgart-Mitte, 03.05.2059, 00:41 Uhr

Ultra schwitzte wie nach einem Zehntausend-Meter-Lauf in voller Montur. Dabei machte er nichts anderes, als im Motor des Messenger herumzuwühlen, an Drähten zu wackeln und zu hoffen, dass die Maschine ansprang. Seit einer halben Stunde drückte er auf den Startknopf, ohne dass sich etwas unter der Haube tat.

Er ist kaputt. Wütend schlug er die Abdeckung zu und warf die verschwitzten gelben Haare aus dem Gesicht. *Scheiße. Was mach ich denn jetzt?*

Auf keinen Fall würde er Poolitzer anrufen und ihm von seinem Debakel erzählen. Anfangs funktionierte alles einwandfrei. Er hatte Ranjit dank der unzähligen Wanzen sofort erfasst und war ihm mit Hilfe des Empfängers und des GPS-Systems des Wagens quer durch die Stadt gefolgt.

Dummerweise befand sich das einzige Empfangsgerät fest eingebaut in Poolitzers Auto, sodass er sich in den zu kleinen Wagen quetschen musste, nicht ohne vorher den Fahrersitz in aller Eile herauszureißen und auf der Rückbank Platz zu nehmen. Auf lange Sicht würde ihm die Körperhaltung einen steifen Hals und eine Rückgratverkrümmung einbringen, doch es ging nicht anders.

Aber an der letzten Kreuzung gab der Messenger plötzlich seltsame Geräusche von sich und soff ab. Seitdem versuchte er sich in strömendem Regen als Mechaniker.

Wo ist Twing, wenn man sie mal braucht?, dachte er verzweifelt. Twing war die Mechanikerin und Frau von seinem Chummer Sparkplug, ein Rigger, der in Seattle hockte und sich wahrscheinlich auf Partytour befand.

Er stieg ins Auto und sah, wie sich Ranjits Signal immer weiter von ihm entfernte. Der Vorsprung von einer halben Stunde machte sich erschreckend bemerkbar. Wenigstens blieb der Hypnotiseur in Stuttgart, wie es aussah. Er flüchtete sich laut Tracker in den Stadtteil Möhringen, wo sich das Musik-Erlebnis-Zenter befand.

Ultra fasste einen Entschluss.

Er packte die Plastikverkleidung des Armaturenbretts und riss sie heraus, um an die Verschraubung des Empfängers zu kommen, dann drückte er die Schrauben mit brutaler Gewalt aus der Verankerung und rüttelte vorsichtig an dem Rahmen herum, bis er das elektronische Gerät in der Hand hielt, einen Wust von Drähten hinter sich herziehend.

Na also. Geht doch. Er stieg aus, baute die Batterie aus dem VW und verklemmte den Empfänger damit, der ihm nach dem Neustart des Systems wieder Ranjits Position als leuchtenden Punkt auf der Karte Stuttgarts anzeigte.

Er ahnte nicht, wie groß sein Glück war. Unter normalen Umständen wäre er schon längst von einer Sternschutzstreife aufgegriffen und verhaftet worden, doch die Gesetzeshüter kümmerten sich derzeit um die Überwachung der Einfallstraßen Stuttgarts, um einen gewissen Vogler abzufangen.

Mit der Batterie und dem kleinen Kasten unterm Arm hielt er das nächstbeste Taxi an, in das er reinpasste. »Hier«, er drückte dem Mann eine grüne 50-Ecu-Plastikmünze in die Hand. »Fahren Sie los. 's is' wichtig.«

»Aha. Und wohin, Herr Troll?«

Ultra schaltete die Wiedergabe ein, um den Weg abzurufen, den sein Schützling genommen hatte, und befahl dem Chauffeur, exakt die gleiche Route zu benutzen. Er wollte wissen, wo sich Ranjit herumgetrieben hatte.

»Ich seh schon. Geht klar, Herr Troll.« Der Ares Seraphim mit Spezialfederung, der beim Einsteigen des Trolls nicht einmal in die Knie gegangen war, fuhr los und klapperte die Strecke des Hypnotiseurs ab.

Es ging quer durch Stuttgarts Zentrum, dann in Richtung Möhringen, bis sie an das Fast-Food-Restaurant *Happy Burgers* kamen.

Die Tracker-Memory lotste sie auf den Parkplatz, vor dessen Zufahrt aber ein grünweißes Band mit der Aufschrift »Polizei« flatterte. Ein Sternschutz-Wagen stand quer dahinter, ein Uniformierter bedeutete ihnen weiterzufahren.

Ultra kurbelte die Scheibe runter. »Hallo. Ich bin Reporter.« Er hielt seinen von Poolitzer selbst gemachten Presseausweis raus und stieg aus dem Wagen. »Was 'n passiert?« Seine Sorge galt Ranjit. *Wenn er bei 'nem Überfall verletzt worden ist, wird mich Poolitzer nich mehr leiden können,* zuckte es ihm durch den Kopf. *Alles nur wegen des saudummen Motors.*

»Bleiben Sie hinter der Absperrung«, sagte der Sternschutzmann nur. »Sie können filmen, aber Sie dürfen nicht näher ran, bis die Spurensicherung ihre Arbeit abgeschlossen hat.«

Er hob seine Fuchi und drückte den Aufnahmeknopf. Mit der Zoomfunktion holte er sich das näher heran, was er mit bloßem Auge nicht erkennen konnte. Er filmte, wie die Menschen in den weißen Anzügen vor dem Drive-in-Schalter knieten und Patronenhülsen einsammelten. Die Verglasung, hinter der die Angestellten normalerweise saßen, hatte ein großes und ein kleines Einschussloch, an der Wand dahinter haftete literweise Blut.

Da war wohl jemand mit seiner Bestellung nicht zufrieden. Ultra atmete auf. Wenn der Amokschütze nur im Drive-in herumgeballert hatte, bestand keine Gefahr, dass Ranjit etwas passiert war.

Er lief an der Absperrung entlang, um einen besseren Blickwinkel zu bekommen, und gelangte an einer Gruppe von Happy-Burgers-Mitarbeitern vorbei, die beisammen standen, Kaffee tranken und von Polizeibeamten vernommen wurden.

Er lauschte und hörte, dass es nur eine Tote gab, Veronika Talitzek, 28 Jahre, ledig, die Dienst im »Käfig« versehen hatte, wie es einer der Angestellten zu Protokoll gab.

Weil der Scheinwerfer der Spurensicherung auf der anderen Seite zu viel Gegenlicht produzierte und ihm die Aufnahme versaute, beugte er sich nach rechts und bückte sich dabei.

»Hey, Sie.« Die Beamtin sprach ihn an.

Ultra drehte sich seufzend um. »Ich bin Reporter, ich darf das«, erklärte er und wollte in seine Jacke greifen, um den Ausweis zu zücken.

»Ich weiß, mein Kollege hat es per Funk durchgegeben.« Sie kam herüber, ging in die Hocke und hob ein

Blatt auf. »Ich wollte Ihnen nur sagen, dass Sie was verloren haben.« Sie reichte es ihm.

Es war die Autogrammkarte, die ihm Ranjit geschenkt hatte, sie musste aus der Tasche gefallen sein. »Oh, danke«, freute er sich über ihre Aufmerksamkeit. »Vielen Dank.« Er hielt sie ihr kurz hin. »Das is' ein ganz toller Hypnotiseur, wissen Sie?«

»Guru Mahatma Citta«, las sie und musste lachen. »Sieht mehr nach schlechtem Zirkus aus.«

Einer der Happy-Burgers-Leute stellte sich auf die Zehenspitzen und schaute neugierig zu ihnen herüber, sein Gesicht wurde weiß. »Ich werd verrückt: *Das* ist er!«, rief er, kam sofort angelaufen und schnappte sich die Karte. »Das ist der Typ, der Veronika erschossen hat.« Er deutete mit dem Zeigefinger auf Ranjits Gesicht.

Ultra eroberte sich empört die Karte zurück. »Hey, Chummer. Das is' meine, verstanden? Hol dir selber eine.«

»Moment mal. Bitte geben Sie mir die Karte.« Die Polizistin hielt die Hand auf, der Troll kniff die Mundwinkel zusammen und überreichte sie ihr. Die Frau ging zur Gruppe der Happy-Burgers-Leute und zeigte die Karte herum, Ultra hörte das aufgeregte Gemurmel und sah das Nicken ihrer Köpfe. Sie alle identifizierten den Hypnotiseur als den Schützen. Und er hörte einen Namen, der zur Polizistin gesagt wurde.

»Das ist Weimer, da bin ich ganz sicher«, wiederholte der Restaurant-Manager laut genug. »Er hat vor Jahren was von ihrer Schwester gewollt, war ein ganz schönes Drama. Sie hat auch bei uns gearbeitet.«

»Und wo lebt sie jetzt?«

Der Mann dachte nach. »Keine Ahnung. Sie hat geheiratet, soviel ich weiß. Irgendeinen reichen Musiklabel-Besitzer. Fragen Sie mich nicht, wie sie jetzt heißt.«

Weimer? Den Namen hab ich doch vor kurzem erst gelesen. Auf Anhieb fiel ihm der Zusammenhang nicht mehr ein, also verdrängte er ihn und konzentrierte sich auf Ranjit. *Warum hat er denn das gemacht? Aus Rache?*

Er musste ihn so schnell wie möglich finden und ihn zur Rede stellen, ehe er die Schwester von Talitzek auch noch umlegte. Vor allem anderen wollte er Poolitzer anrufen und ihm berichten. Das Kom wanderte gerade an seine Lippen, als die Polizistin zu ihm zurückkehrte.

»Können Sie mir Angaben zu der Person machen?«

»Uh ... ich hab ihn gesehen ... bei 'ner Show ... vor 'n paar Tagen in der *Wolke Sieben*«, suchte er sich eine Ausflucht, die sogar fast stimmte. »Fragen Sie dort nach, das ist einer von den Zeppelinen, die über Ludwigsburg schweben.« Er hob die Achseln. »Mehr weiß ich nicht, ehrlich. Die Show war aber echt gut.« Auf ihre Forderung hin gab er seine Personalien an und wurde entlassen.

Er zwang sich, in aller Ruhe zum Taxi zurückzukehren, um von dort aus den Seattler anzurufen, während sich das Auto in Bewegung setzte und ihn nach Möhringen trug. »Poolitzer? Hör zu, du wirst nicht glauben, was passiert ist ...« In aller Eile fasste er zusammen, was er gehört und gesehen hatte.

»Okay, du fährst ihm hinterher«, sagte der Reporter zu ihm, die Verbindung wurde durch das Gewitter gestört. »Bleib auf Abstand, und sag uns einfach nur, wo er ist. Wir schicken dir ein Spezialistenteam. Du greifst vorher nur ein, wenn er noch mal Scheiße bauen und die Talitzek umlegen will.« Der Empfang wurde schlechter und riss nach einem Rauschen ganz ab.

»Geben Sie Gas«, befahl Ultra und grübelte vor sich hin, um den Namen Weimer einordnen zu können. *Los, benimm dich wie 'n Reporter*, spornte er sich an. *Zeig Poolitzer, dass du's kannst.*

Der Fahrer schaltete das Radio ein und verfolgte die Nachrichten, in denen sie noch nichts vom Mord im *Happy Burgers* brachten, aber eine andere Schießerei in der Wangener Pizzeria *Vesuvio* erwähnten, bei der vier Menschen zu Tode gekommen waren, darunter auch der polizeilich bekannte Schieber Schneiderlöchner.

»Weimer!«, stieß Ultra freudig aus. Der Name des Erschossenen half ihm auf die Sprünge, plötzlich fiel es ihm wieder ein: der Catwalk-Killer-Fall!

Er klappte seinen trolltauglichen Laptop auf und überflog seine bisherigen Ergebnisse.

Die Modechefin von Di'Oá, der gegrillte Sicherheitsdecker der Firma, der im Puff von einem Unbekannten erschossene Sternschutzmann Geibel und der Schieber Schneiderlöchner – sie alle hingen in einer abgekarteten Sache mit drin, bei der vor Jahren das Runner-Team Faststrike komplett aufgemischt wurde.

Das Schattenland wusste zu berichten, dass die Orkschamanin Sabine »Graue Klaue« Greser, der Decker Rudi »Tab« Jonas, die Samurai Mareike »Zashi« Hilke, Marc-Stefan »Datadieb« Weimer und die Elfin Fanny »Adorno« Situasìl von ihrem Auftragsvermittler Schneiderlöchner an Di'Oá persönlich verpfiffen worden seien.

Die fünf sollten die neuesten Kollektionszeichnungen samt Schnittmuster für Tshi Vènchí besorgen, aber Schneiderlöchner verhandelte hinterrücks mit Di'Oá, wie man sich erzählte, und lieferte die Gruppe ans Messer.

Um ein Exempel zu statuieren und weitere Runner-Teams abzuschrecken, ließ die Firmenchefin sie von Sternschutzmann Geibel erledigen. In der offiziellen Ermittlungsakte stand etwas von »Feuergefecht«, aber der Mode-Kon streute alsbald die eigene Variante in die Schatten. Dabei hatte Christiane Di'Oá das Team selbst oft genug in Anspruch genommen. Schonung gab es für keinen, das war das Signal.

Ranjit kann nicht Weimer sein. Oder …? Ultra erinnerte sich daran, dass Poolitzer von einem Geheimnis des Hypnotiseurs gesprochen hatte. Er bemerkte, dass er von vier Angehörigen des Teams Bilder gefunden hatte, nicht aber von Weimer.

Weimer war der zweite Decker im Team und musste ein ziemlicher Crack gewesen sein, bis zu dem Tag, an dem Verrat ihn für immer aus der Matrix warf. Angeblich verbrannte Weimer in seiner Wohnung zusammen mit dem Deck.

Unmöglich. Die Burgers-Griller täuschen sich. Und Poolitzer auch. Ranjit ist viel zu nett, um ein Killer zu sein.

Es blieb immer noch die Möglichkeit, dass er den Verrat überlebt, sich eine neue Identität verschafft und neu angefangen hatte. *Nee, doch nicht als Hypnotiseur*, verwarf er seine Theorie. *Er würd' wieder als Decker anfangen.*

Sicherheitshalber schaute er nach dem Punkt, der Ranjits Aufenthaltsort markierte. Er war etwas gewandert, dieses Mal in den Süden von Möhringen. Ultra gab den neuen Zielort an den Fahrer weiter.

Als er die Memory-Taste drückte, um die Funktion abzuschalten, aktivierte er aus Versehen den Gesamtabruf der Bewegungen Ranjits.

Teilweise überschritten seine Fahrten die Reichweite der Wanzensignale, zum Beispiel der Ausflug nach Bad Kissingen, doch die Route, die er unmittelbar nach seiner Flucht aus dem Hotel genommen hatte, blinkte als gestrichelte dunkelgrüne Linie auf dem Stadtplan.

Nee, hopp. Oder? Ultra pochte gegen den Trackermonitor. Die Linie führte vom Hotel aus zuerst nach Wangen und von dort nach Möhringen.

Er vergrößerte den Stadtplanausschnitt, bis er die exakte Straßenangabe erhielt. Sein Misstrauen verlangte von ihm, die Adresse der Pizzeria zu überprüfen, in der Schneiderlöchner erschossen worden war.

Boah, sie stimmt mit Ranjits Beep-Dings-Spur genau überein. Der Hypnotiseur hielt sich minutenlang im *Vesuvio* auf, ehe er seine Fahrt fortsetzte. *Dann hat er auch Schneiderlöchner erledigt!*

Jetzt gab es keinen Zweifel mehr: Felix Ranjit Ficker existierte in Wirklichkeit nicht. Es war eine Scheinidentität, um die Verräter von damals in dem Glauben zu lassen, es hätte ihn ebenso erwischt wie seine Freunde. Jahre später kehrte er nun zurück und nahm seine Rache, bei der sich die Wege mit dem Psychopathen Vogler kreuzten.

Was für 'ne coole Story! Ultra lachte laut auf. »Ich bin besser als der Snoop!«, freute er sich ausgelassen und wurde doch wieder ernst. *Aber … wenn Ranjit der Decker Weimer ist und den Kon-Decker gegrillt hat, wer hat dann Di'Oá und die anderen drei erledigt?*

Darauf wusste er noch keine Antwort. Er hoffte, dass Ranjit sie ihm geben konnte. »Schneller, Kumpel«, bat er. »Wir müssen 'nen Mord verhindern.«

ADL, Württemberg, Stuttgart-Möhringen, 03.05.2059, 00:59 Uhr

Adorno parkte den Wagen unmittelbar vor dem Haus. Sie hatte keinen Grund, sich zu verstecken. Die Frau kannte sie nicht und würde ihr vollkommen arglos die Tür öffnen.

Das moderne Anwesen, das sich hinter der Mauer in den Himmel hob, zeugte vom Reichtum seines Besitzers. »Brett Finkler«, stand auf dem Klingelschild, darunter prangte das Schild »Home of the Number one Hits and unbelievable Records«.

Hier lebte Franka Finkler, ehemals Talitzek. Sie hatte Datadieb vergessen und verraten, für Geld, für Reichtum, für ein warmes Bett und ein sicheres Leben. Sie hatte ihn beinahe zerstört. Dafür bezahlte sie ebenso wie ihre Schwester.

Sie hob die linke Hand, ihr Zeigefinger zielte auf den Klingelknopf.

»Ich habe keine Ahnung, was für eine Show du vorhin abgezogen hast«, sagte eine Männerstimme hinter ihr, »aber sie war reichlich abgefahren.«

Sie drehte sich langsam herum, die Linke lag um den Griff ihrer Beretta, die sie in der Tasche trug. Vor ihr stand ein blonder, gut gebauter junger Mann, der zu viel Geld in seine Kleidung und sein Parfüm investierte. *Es gab mal eine Zeit, da hätte ich ihn vorher gehört oder gerochen.* Sie hatte ihn noch niemals im Leben gesehen. »Und Sie sind wer?«

Der Mann lachte. »Klar, spiel nur.« Er kam auf sie zu, von der anderen Straßenseite näherten sich drei weitere Typen und eine Frau. Sie trugen unauffällige Klamotten, die jedoch nicht weniger exklusive Designerlabels eingestickt hatten. »Wir haben dich verfolgt, weil wir dir noch mal ans Herz legen wollten, dass du nicht gegen uns aussagst.« Einer seiner Begleiter hob eine MiniCam. »Tja, nach der Vorstellung im Drive-in wird es dir leicht fallen, die Schuld für die ganze Scheiße auf dich zu nehmen. Ich widerrufe mein Geständnis und zeige den Idioten Spengler wegen Bedrohung und Einschüchterung an.« Er grinste. »Wir haben dich dabei gefilmt, in Großaufnahme.« Er formte aus Daumen und Zeigefinger eine Pistole, richtete sie auf ihren Kopf. »Bäng, Bäng, Bäng.« Seine Leute lachten leise.

Sie schaute zur Kamera und musterte die Bande, von denen zwei ihre Waffen ganz offen zur Schau stellten. »Okay, gib mir den Chip, und du bleibst am Leben.«

Der Blonde hob die Arme. »Ho! Hier steht ein gefährlicher Mensch! Ich zittere!« Er lachte hyänenhaft.

Adorno bemerkte, dass die Lichter im Anwesen Finkler erwachten. Es wurde Zeit, dass sie handelte, ehe die unbekannten Idioten alles versauten.

Ihre Reflexbooster beschleunigten ihre Bewegungen. Drei Schüsse gab sie durch ihre Jacke auf den Blonden ab, der Schalldämpfer schluckte die Detonationen der Treibladungen und machte aus ihnen leise knallende

Geräusche. Dann zog sie die zweite Beretta aus dem Schulterholster, während sie die vier übrigen Angreifer mit ihrer anderen Pistole unter Beschuss nahm.

Einer duckte sich rechtzeitig und entging dem Tod, doch als sie ihre zweite Waffe zum Einsatz brachte, gab es für keinen der Bande ein Entkommen. Sie hatten nicht einmal die Zeit gehabt, zurückzuschießen.

Ich weiß nicht, wer ihr wart. Die Elfin lief zu dem Mann mit der Mini-Cam und nahm den Chip heraus, legte ihn auf die Brust des Sterbenden und verpasste dem Bauteil einen aufgesetzten Schuss. Die Kugel zerfetzte das dünne Plastik und drang durch den Körper darunter. *Aber jetzt seid ihr tot.*

Sie drückte heftig auf die Klingel und schwenkte ihre ID so rasch vor der Linse der Sicherheitskamera, dass man nichts erkennen konnte. »Machen Sie auf. Mein Name ist Spengler, ich bin vom BKA«, rief sie. »Frau Finkler, Sie sind in großer Gefahr. Meine Leute sind gleich hier. Lassen Sie mich rein, damit ich Sie beschützen kann.«

»Um was geht es?«, hörte sie eine erschrockene Frauenstimme.

»Erinnern Sie sich an Herrn Weimer?« Adorno schaute nach rechts und links, ob die ersten Bullen auftauchten. *Es dauert zu lange!* »Marc-Stefan Weimer? Er wollte …«

»Ich weiß, wer das ist«, fiel sie ihr frostig ins Wort. »Er ist tot.«

»Nein, Frau Finkler.« Die Elfin deutete auf die Leichen. »Er ist nicht tot. Er hat Leute engagiert, um Sie töten zu lassen. Er ist nach Jahren zurückgekommen, um sich zu rächen. Ihre Schwester hat er bereits erschossen.«

Stille, nur unterdrücktes Schluchzen.

»Bitte, Frau Finkler, machen Sie auf!«

Das Schloss summte, sie warf sich gegen das Tor, drückte es auf und eilte die Auffahrt hinauf. Unterwegs wechselte sie die Magazine, weil sie damit rechnete, dass der Mann der Schlampe irgendwo noch Security herumstehen hatte, die etwas gegen ihren Plan einwenden wollten. Dafür gab es die guten alten Kugeln.

Die Tür wurde bereits geöffnet, zwei Leibwächter traten auf die kleine Terrasse, zu der die Stufen hinaufführten. Adorno hielt nicht an. »Polizei! Lassen Sie mich durch«, schnaufte sie von weitem.

»Erst Ihren Ausweis«, verlangte man von ihr.

Sie hob die Pistolen und feuerte im Rennen auf die Sicherheitsmänner, stürmte an den Stürzenden vorbei ins Haus und stand in der großen, hypermodern gestalteten Empfangshalle, in der eine vierköpfige Trollfamilie hätte leben können.

Und genau auf der letzten Stufe der Metalltreppe, die ins Obergeschoss führte, verharrte die Frau, die Datadieb durch ihre beschissenen Gefühlsspiele beinahe vernichtet hätte. Sie trug einen Morgenmantel, darunter kam ein dunkelblaues Negligé zum Vorschein.

»Du? Ich dachte, es wäre ein Kommissar …« Sie starrte die Elfin an, ihre Augen wurden groß, ihr rechter Fuß machte unwillkürlich einen Schritt zurück und verfehlte die Stufe. Sie fiel nach hinten, plumpste unelegant auf die Stufen.

Adorno hob die Pistolen.

»Nein, bitte …«, flehte sie.

»Du hast seine Gefühle verraten, deine Schwester hat ihn verarscht und schlecht gemacht, und du hast ihr geglaubt, obwohl du es besser wusstest«, schrie die Elfin sie an. »Du wirst bezahlen, Franka, für all die Schmerzen und Qualen, die er wegen dir durchlitten hat. Veronika ist schon …«

Da fiel ein breiter Schatten über sie. Ein schwerer Gegenstand traf sie am Hinterkopf, sie wankte, brach nach dem zweiten Schlag in die Knie. Die Welt drehte sich um sie herum und wurde schwarz. Ohnmächtig sank sie um.

»Hallo? Sind Sie wieder wach?«

Ranjit schlug die Augen auf, in seinen Schläfen pochte es schmerzhaft. Undeutlich erkannte er ein Männergesicht vor sich, und je mehr sich der Schleier vor seinen Augen lichtete, umso mehr konnte er die Züge einordnen. Der Bart, die Hornbrille, die Creolen, die im Schein der Lampen glitzerten, das alles ergab …

»Vogler?«, ächzte er, halb erleichtert, halb entsetzt. »Was haben Sie mit mir gemacht?« Er schaute sich um und fand sich in einer völlig unbekannten Umgebung wieder. Seine Hände und Füße waren gefesselt, er saß auf einem sehr bequemen Sofa, neben ihm hockte eine ebenfalls verschnürte Frau, deren Augen rot vom Weinen waren. »Wohin haben Sie mich gebracht?«

»*Der* war gut. Ich bin *Ihnen* gefolgt, Ficker.« Der Söldner stand vor ihm. »Sie haben mich hierher geführt. Sie waren gerade dabei, Ihre eigene kleine Racheshow abzuziehen, wie ich annehme.« Er lachte und streichelte die Haare der Brünetten. »Schauen Sie sich mal an, wie Sie die arme Frau Finkler verängstigt haben. Ja, verschmähte Liebe kann schmerzen.«

Ranjit verstand kein Wort und hielt es für eine einzige Lüge. »Vogler, sind Sie das? Oder rede ich mit Bush?«

Er lachte laut, plötzlich verzerrte sich sein Gesicht. »Nein, Sie werden mich niemals erledigen, Ficker. Ich bin George M. Bush und jage den beschissenen liberalen Landtag in die Luft.« Wieder zog er eine Grimasse. »Oh, hallo, darf ich mich vorstellen, ich heiße Gray und spritze den armen, armen Seelen Pavulon, um sie von ihren Qualen zu erlösen …« Sein Körper verkrampfte sich. »Die verdammten Nutten! Ich schlitze sie auf.« Seine kalten Augen richteten sich auf die Finkler. »Da ist noch eine.« Er machte einen Schritt auf sie zu und riss ihr Bademantel und Negligé entzwei, ein Messer schimmerte wie ein erstarrter Blitz in seiner Hand auf, er ritzte eine rote Linie zwischen ihren nackten Brüsten bis zum Nabel. »Ich werde sie ausweiden wie alle anderen!« Er wankte, fiel zu Boden. »Halt! Nein, das ist nicht mein Stil, ich bevorzuge es, die Damen erst um ihr Vermögen zu bringen, ehe ich sie töte«, jammerte er mit veränderter Stimme, dann schüttelte er den Kopf, anklagend reckte er die blutige Klinge Ranjit entgegen. »Sehen Sie? Sehen Sie, was Sie aus mir gemacht haben?«

»Ich ... nein, ich war es nicht«, wehrte er sich schwach gegen den Vorwurf. »Befreien Sie mich, und ich nehme Ihnen die posthypnotischen Befehle wieder.«

Vogler erhob sich und wischte sich die Kleider ab, kein Zeichen von Ärger, Verzweiflung oder Wut in seinem Gesicht. »Sie sind tatsächlich drauf reingefallen, was?«, fragte er grinsend. »Meine Güte, war ich so gut?«

Ranjit stockte. »Sind Sie jetzt wieder ...«

Der Söldner schüttete sich aus vor Lachen. »Scheiße, Ficker. Sie haben mich nicht hypnotisiert. *Niemals*. Weder Sie noch die dämlichen Ärzte, die mich angeblich therapierten.«

»Was?« Ranjit hörte die Worte, aber die Bedeutung, die Ungeheuerlichkeit sickerte nur langsam in seinen Verstand.

»Ich wollte noch danke sagen.« Er setzte sich. »Als ich Sie in der *Wolke Sieben* sah, stand mein Plan fest. Ich würde so tun, als hätten Sie meine medizinische Hypnose zerstört, und könnte in meinem alten Job arbeiten. Daraus konnte mir kein Gericht der Welt einen Strick drehen, ich wurde ja zum Opfer eines Showgurus.« Er nahm sich einen Schluck Wein aus der Flasche, die er sich aus der Bar genommen hatte. »Dann sprang dieser Idiot von Boesche auf die Bühne und las mir die ganzen Namen vor. Besser hätte es gar nicht mehr kommen können.«

»Ich verstehe nicht. Sie ...«

»Er hat mir die Persönlichkeiten nicht verpasst. Ich habe mir die Namen gemerkt und mich über die Psychopathen informiert, um ihre Vorgehensweise zu imitieren. Es macht echt Spaß, sich in jemand anderes hineinzuversetzen. Ist wie Theater spielen.« Vogler klopfte ihm mit der Flasche gegen den Kopf. »Sie und dieser von Boesche sind meine Verteidigung, Ficker. Ich kann tun, was ich will, ich bin nicht schuld.« Er prostete ihm zu. »Mal schauen, wie lange ich das Spielchen noch mache, dann gehe ich ins Ausland. Kohle genug habe ich ja, um mich zur Ruhe zu setzen.«

»Lassen Sie mich gehen«, wimmerte die Frau.

»Nein, liebe Frau Finkler.« Vogler gab ihr einen Kuss auf den Haaransatz. »Sie holt der Ripper. Er wird Sie wegen Ihrer Aufmachung irrtümlich für eine Hure halten und Sie aufschlitzen.« Seine irren Augen wanderten zum Hypnotiseur. »Und Sie werden von Bush erschossen. Ich habe Ihren Tod ja sehr dramatisch am Kom angekündigt. Tja, so fügt sich alles.«

Ranjit zerrte an den Fesseln, aber die Kabelbinder saßen zu fest, als dass er etwas gegen das Plastik ausrichten konnte.

»Ich werde mit Finkler anfangen. Sie sollen sehen, welche Mühe ich mir gebe, um den echten Ripper zu imitieren«, erklärte der Söldner, packte sie bei den Haaren und zerrte sie auf die Beine.

»Nein!« Ranjit schnellte nach vorne, den Kopf gesenkt und auf Voglers Bauch zielend.

Die Attacke erfolgte so überraschend, dass der Söldner nicht mehr ausweichen konnte. Sie kollidierten miteinander und stürzten zu Boden. Vogler verlor das Messer, und die Frau nutzte die Gelegenheit, mit linkischen Sprüngen davonzuhüpfen.

»Ein Held, was?« Vogler sprang auf die Füße und trat ihm wuchtig in den Unterleib. »Warten Sie gefälligst, bis Sie an der Reihe sind!« Er verfolgte Finkler.

Ranjit krümmte sich vor Schmerzen, etwas in seinem Inneren fühlte sich geplatzt an, Wärme breitete sich in ihm aus, wie sie nicht normal war. Sein Blick fiel auf das Messer, das der Söldner in seinem Jagdtrieb vergessen hatte. Er robbte hinüber, packte es und klemmte es mit der Klinge nach vorne zwischen die Knie, damit er das Plastikband so lange über die Schneide ziehen konnte, bis es riss.

»Hey, Ficker! Was wird das denn?« Vogler kehrte in dem Moment zurück, als der Kabelbinder durchschnitten war. Brutal schleuderte er die Frau auf den Boden. »Wollen Sie mich zum Lachen bringen? Ich bin kein Anfänger wie die da draußen.«

Ranjit kämpfte sich auf die Beine und reckte das Messer in Richtung des breit gebauten Mannes, der ihn locker überragte und wahrscheinlich das Doppelte wog. Er wollte dem Söldner antworten und kassierte einen Fausthieb in den Magen, der ihn auf die Fußspitzen stellte. Das Messer glitt aus seinen Fingern, er sog röchelnd Luft ein.

»Was denn, Ficker?« Er hörte ein Pfeifen, als die breite Faust Voglers auf seinen Kopf zuflog. »Schon fertig?«

Der Punch schleuderte ihn rückwärts gegen das Sofa, das seinen Sturz sanft auffing, und er spuckte Blut aus seinem heißen, tauben Mund. *Versuch es wenigstens, bevor du ganz draufgehst.* Er stemmte sich auf und machte einen Schritt nach vorne, als ihn gleißendes Licht blendete.

»Da!« Ultra schrie dem Taxifahrer ins Ohr. »Da is' es. Halten Sie an!«

»Glauben Sie, ich fahre über die drüber?«, sagte der Mann ungläubig und schaute auf die Fahrbahn, wo vier Gestalten lagen, eine fünfte befand sich auf dem Gehsteig. »Ich ruf den Sternschutz.« Er betätigte sein Kom, um die Alarmmeldung abzusetzen.

Ultra stieg aus und schaute auf das Tracker-Display. *Er ist da drin.* Er ging auf die fünf Gestalten zu und erkannte von Boesche. Die Treffer in der Brust ließen jegliche Hoffnung, dass der Neureiche die Verletzungen überstand, nicht zu. »Poolitzer«, telefonierte er den Reporter an, »kommt nach Möhringen.« Er gab die Adresse durch.

Nach wenigen Minuten hörte er den Messerschmitt-Kawasaki Kolibri über sich, der zur Landung auf der breiten Straße ansetzte. Gleichzeitig sah der Troll das Gesicht seines Reporter-Mentors hinter dem Cockpitglas und winkte ihm.

Die Schiebetür des schwarzen Hubschraubers wurde geöffnet, ein gerüsteter SEK-Trupp sprang heraus und stürmte auf die Einfahrt zu, dicht hinter ihnen folgten Spengler und Poolitzer.

»Hallo, Kleiner«, grüßte er ihn. »Ich würde dir ja auf die Schulter klopfen, aber ich komme nicht rauf.«

»Gute Arbeit.« Spengler nickte ihm zu. »Nicht dass wir die Adresse auch anders herausgefunden hätten, aber so ging es schneller.« Er hängte sich an die Fersen der schwer gerüsteten Polizisten, Ultra und Poolitzer folgten ihm zum Anwesen.

Der riesige Typ mit dem Kinnbärtchen grinste widerlich, hob das Bein und trat nach seinem Gegner. Die Spitze des Stiefels zielte auf das Kinn und würde es zertrümmern.

Doch der Schuh traf ins Leere.

»Ich habe keine Ahnung, wer du Arschloch bist«, sagte Adorno kalt, »aber ich mach dich fertig.« In letzter Sekunde hatte sie die drohende Gefahr bemerkt und war ausgewichen. Das musste der Typ sein, der sie vorhin in der Halle niedergeschlagen hatte.

Sie täuschte einen hohen Schwinger mit der Linken an, den der Mann abblocken wollte, stattdessen rammte sie ihm den Ellbogen auf den Solarplexus.

Der Treffer auf das empfindliche Nervengeflecht zeigte sofort Wirkung. Keuchend wich er vor ihr zurück, schwankte und hielt sich nur mit großer Mühe auf den Füßen. »Scheiße«, presste er heraus und knickte ein, kurz vor einer Ohmacht stehend.

Das war leicht. Sie schaute sich um und entdeckte ihre beiden Pistolen auf der Kommode. Zwei schnelle Schritte, und sie stand neben dem Möbelstück.

Sie hörte den Hubschrauber über das Anwesen donnern. Rasch packte sie die Waffen und machte sich zum Abrücken bereit. Gegen ein Rudel hochtrainierter SEK-Leute würde sie nicht bestehen, schon gar nicht bei ihrem derzeitigen Formtief.

Eine Sache bleibt noch. Adorno ging langsam zu Finkler, die benommen am Boden kauerte, eine Platzwunde auf der Stirn förderte Blutrinnsale an die Hautoberfläche und zeichnete rote Linien über ihr geschwollenes Gesicht. Die Mündung ihrer Beretta schwenkte zum Kopf der Frau.

»Nein!«, hörte sie die vertraute Stimme von Graue Klaue aus der linken Ecke des Raums. »Lass sie in Ruhe.«

»Was willst du hier?«, sagte die Elfin müde. »Ich habe doch gesagt, ich mache es alleine.«

»Wir sind hier, um dich daran zu hindern«, sagte Zashi hinter ihr. »Wir haben darüber gesprochen und sind der Meinung, dass du das Falsche tust.«

Adorno schaute nach rechts. »Und du, Tab? Denkst du das auch?«

Der Decker trat aus dem Schatten und nickte, den Mund zu einer dünnen Linie gepresst. »Du begehst einen Fehler. Datadieb hat sie am Leben gelassen – warum solltest du dich über seinen Entschluss hinwegsetzen?«

Die Elfin schwieg, unentwegt auf die schluchzende Finkler zielend.

Zashi stellte sich neben sie. »Ich weiß es«, sagte sie leise. »Sie möchte denjenigen rächen, den sie heimlich liebte.« Sie legte ihre Hand beruhigend auf die Schulter der Anführerin. »Deine Augen haben dich verraten. Immer, wenn du ihn angesehen hast, wenn er in Schwierigkeiten war, wenn er einer anderen Frau hinterhergeschaut hat, konnte ich an deinen Augen lesen, was du empfunden hast, Adorno. Die Taschenuhr mit der Gravur, dein Geschenk an ihn, ich habe sie gesehen, als er sie einen Moment offen liegen ließ. Es war mehr für dich, stimmt's? Ich kann kein Sperethiel …«

»Es ist mein Schwur an ihn«, sagte sie traurig und übersetzte: »Ewige Liebe und Treue, im Leben und im Tod.«

Die Samurai stellte sich ihr gegenüber, Tab und Graue Klaue gesellten sich zu ihr. »Es ist falsch. Datadieb hätte es nicht gewollt«, sagten sie gleichzeitig und wurden zu einem beschwörenden Chor.

»Was weißt du schon von ihm? Verpisst euch!«, schrie sie wütend. Sie hörte ein Geräusch hinter sich und sah gerade noch, wie der Gigant, den sie ausgeschaltet glaubte, unter seine Jacke griff und seine Hand auf den Kolben einer Ares Predator II legte. »Und du verpisst dich auch«, brüllte sie ihn an. Sie richtete ihre zweite Waffe auf ihn und schoss ihm zweimal in den Kopf, dann drehte sie sich wieder zu der Frau. »Verpiss dich ebenfalls, Schlampe«, wisperte sie, ihr Zeigefinger krümmte sich.

Ein Lichtkegel erfasste sie. Es knallte, ein harter Schlag traf ihren Unterarm und machte ihre Hand auf der Stelle taub, Sehnen rissen knirschend, ihr Speichenknochen brach krachend. »Polizei! Legen Sie sich auf den Boden, Gesicht nach unten, Hände auf den Rücken!«

»SEK«, sagte Zashi erleichtert. »Adorno, gib auf. Es ist einer, nur der Anfang einer ganzen Truppe. Sie sind gleich im Zimmer, zusammen mit Magiern. Du hast keine Chance gegen sie.«

Die Elfin stand so, dass der Polizist ihre zweite Waffe in der anderen, unverletzten Hand nicht sehen konnte. »Und dann? Soll ich ins Gefängnis und mir mein Leben lang Vorwürfe machen, die Chance nicht genutzt zu haben?«

»Hinlegen!«, rief der Polizist. »Hören Sie sofort auf zu sprechen.«

»Wir kommen dich jeden Tag besuchen«, sagte Graue Klaue. »Versprochen. Ich bringe dir was Feines zu essen mit, damit du nicht noch dürrer wirst. Du weißt ja, ich habe ein Pizza-Abo.«

Tab schüttelte den Kopf, sein Irokesenschnitt wackelte. »Nein, sie hat sich entschlossen. Kommt, wir gehen. Ich will mir das nicht ansehen.«

Der Lichtkegel schwenkte auf ihren Kopf. »Das ist meine letzte Warnung! Seien Sie still, und legen Sie sich auf den Boden, oder ich schieße!«

»Geht nur, ihr Feiglinge«, knurrte sie in das helle Licht der Taschenlampe und hob die verletzte Hand, um sich etwas Schatten zu spenden. Jetzt, da sie den offenen Trümmerbruch erkannte, halfen der Schock und das Adrenalin auch nicht mehr. Sie spürte die Schmerzen und schrie laut auf, aus dem Laut wurde ein lang gezogenes Weinen. Adorno sah und hörte ihre Freunde nicht mehr. Sie war allein.

Ich tue es für dich, Marc. Sie schaute zu Finkler, das Fadenkreuz ihrer Smartverbindung wanderte auf das Zentrum des Gesichts. *Sie hat den Tod verdient.* Tränen rannen aus ihren Augenwinkeln. *Sie hat ihn ganz sicher verdient.*

Sie schaffte es, ihr zwei Kugeln in den Schädel zu jagen, dann schoss der SEK-Beamte fluchend auf sie und brachte sie mit einem einzigen Treffer in den Nacken zu Fall.

Es war ein seltsames Gefühl. Ihr Körper war wie ausgeblendet, sie konnte nur noch denken, spürte ansonsten kein einziges Glied mehr an sich. Sie bestand nur noch aus Gedanken und Augenblinzeln.

Die Welt bewegte sich abwärts, sie fiel weich auf die Tote, dann drehte sich die Welt wieder, jemand rollte sie auf den Rücken, und sie schaute in gleißendes Licht.

»Ficker, Scheiße, hören Sie mich?« Spengler drehte den schwer verletzten Hypnotiseur um. »Scheiße, Nackenschuss. Okay, keiner rührt ihn mehr an, bis die Jungs mit der aufblasbaren Halskrause da sind.« Er winkte einen Gepanzerten zu sich, der das Magiersymbol am Arm trug. »Sie, herkommen und heilen!«

Ultra stand daneben und filmte schweigend, Poolitzer machte eben noch eine Nahaufnahme vom sauber erledigten Vogler und erfuhr von dem Polizisten, der als Erster im Zimmer gewesen war, dass der Mörder bereits so dagelegen hatte. »Ranjit, was ist denn passiert? Hast du Vogler gekillt?« Er kniete sich neben ihn.

»Er hat seltsames Zeug geredet, als ich reingekommen bin«, erstattete der SEK-Mann leise Bericht an Spengler. »Er nannte mehrere Namen, Graue Klaue, Zashi und Tab … und Datadieb. Ich konnte niemanden sehen, also nahm ich an, es handelte sich um astrale Wesen.«

Ranjit bewegte die Pupillen und schaute Poolitzer an. »Ich weiß es nicht … ich bin wach geworden und spüre nichts mehr.« Voller Furcht blickte er zwischen ihm und dem Kommissar hin und her. »Ich war im Hotel und bekam den Anruf von Vogler …«

»Und dann?«, drängte der Reporter.

»Dann …« Er brach ab. »Ich kann mich nicht mehr erinnern. Das ist mir in letzter Zeit öfter passiert, es muss wohl an meinen ganzen Cyberimplantaten liegen.«

Spengler sah, wie der Heiler die Handschuhe abstreifte und die Kleidung des Halbinders aufriss. Er legte seine Hand auf die Haut und konzentrierte sich. »Sagt Ihnen der Name Marc-Stefan Weimer etwas?«

»Nein … Was ist mit ihm? Wurde er von Vogler erwischt?«

»Vogler ist tot, Ranjit«, beruhigte ihn Poolitzer.

»Tot? Haben Sie die Bombe gefunden? Er hat gesagt, er will was sprengen … den Landtag?« Er fixierte die Augen des Seattlers. »Vogler war nicht hypnotisiert«, sagte er mit großer Mühe und klang sehr erleichtert. »Er hat uns eine Komödie vorgespielt und wollte mir die Schuld geben. Fragen Sie die Frau, sie hat es auch gehört.« Poolitzer und Spengler wechselten einen raschen Blick, den er sofort verstand. »Nein! Sagen Sie nicht, dass sie auch tot ist! Sie lag doch …«

Mit aller Gewalt versuchte er, den Kopf zu bewegen, um nach ihr zu sehen, und schaffte es.

Es knackte.

Ranjits Körper entspannte sich, die erschlaffende Muskulatur drückte den Rest Luft aus den Lungen, und mit einem lauten Seufzen wich der letzte Lebensfunke aus dem Hypnotiseur. Das bisschen Genick, das ihm der Schuss aus der H&K MP5 nicht genommen hatte, brach er sich aus eigener Kraft.

Scheiße. Poolitzer erhob sich und ließ die Fuchi sinken. Das Close-up ersparte er sich, die Szene war auch so dramatisch genug.

»Ich muss an die frische Luft.« Spengler drückte dem Hypnotiseur die Augen zu und suchte einen frischen Kaugummi, den er sich im Hinausgehen in den Mund schob. *Kein guter Start für eine glänzende Karriere beim BKA,* dachte er, als er am toten Vogler vorbeikam. *Zu viele Leichen, Vigo.*

Er informierte das Bombenräumkommando, dass vor dem Landtag höchstwahrscheinlich ein zur Sprengladung umfunktionierter Transporter parkte, und setzte sich im Garten des Anwesens an einen kleinen Teich auf die Marmorbank. Er benötigte einen Moment der Ruhe, um die Fakten zu ordnen und das Geschehen zu verarbeiten.

Poolitzer setzte sich neben ihn, Ultra zog einen Platz auf dem gepflegten Rasen vor.

Sie schwiegen und schauten zu den Wolken hinauf, die sich allmählich auflösten und den funkelnden Sternen wichen. Spengler verteilte seine Kaugummivorräte an die beiden. Sie kauten, formten abwechselnd Blasen und sogen sie wieder ein. Umgeben von SEK-Beamten war es unklug, laute Knallgeräusche zu produzieren.

Um sie herum lief der übliche Ermittlungsapparat an, die Spurensicherung rückte mit einem Großaufgebot an, das auf der Straße und im Haus seine Arbeit aufnahm.

Poolitzer verschränkte die Arme hinterm Kopf, er wünschte sich ein Malzbier, eisgekühlt. »Ein Schizo«, stellte er nach einer Weile fest. »Oder, Ultra?«

»Wörtlich bedeutet der aus dem Griechischen abgeleitete Begriff gespaltene Seele. Entgegen der verbreiteten Annahme besagt Schizophrenie jedoch nicht, dass der Patient als gespaltene Persönlichkeit wie zwei verschiedene Personen handelt«, zitierte der Troll, ohne zu zögern. »Es sind aber Fälle bekannt, bei denen zwei oder mehr Personen bei einem Patienten auftraten. Als Auslöser kommen mehrere Faktoren in Frage, von Krankheit über Vererbung bis hin zu traumatischen Ereignissen.«

»Tja«, machte Spengler grüblerisch. »Mich hat die Lösung … überrascht.«

»Mich nich'«, sagte Ultra und fasste seine Erkenntnisse über das Team Faststrike zusammen.

Poolitzer spuckte den Kaugummiklumpen in den Teich, blubbernd schlug er ins Wasser ein und löste einen Kreis auf der Oberfläche aus. »Ich schätze, dass der arme Ranjit eine von vielen Persönlichkeiten war, die in Weimer steckten. Weimer hat die Attacke im Gegensatz zu seinen Freunden damals überstanden, behielt ein Trauma zurück und formte sich dank seiner Hackerkenntnisse mit Ranjit eine neue Welt, in der seine verstorbenen Runnerfreunde im Hintergrund fortlebten.« Er würde das mit einem Experten besprechen, der ihm das besser erläutern könnte. Für ihn klang seine Rohfassung plausibel. Und sehr quotenträchtig.

»Wir werden sehen, was an Ihrer Theorie dran ist. Die Erkenntnisse der Spurensicherung werden uns weiterhelfen.« Spengler würde Fickers Aufenthaltsorte der letzten Tage rekonstruieren lassen, und wenn Gospinis Theorie stimmte, steckte der Halbinder auch hinter den Morden im Modemilieu. Er stand auf, steckte die Hände in die Taschen seines Mantels und schlurfte zurück zum Tatort. »Ich rufe Sie morgen an, Schnüffler.«

»Okay, alter Mann.« Poolitzer und Ultra blieben sitzen, hingen ihren Gedanken nach.

Jetzt, da der Fall gelöst war, befiel sie Müdigkeit und Leere. Sie lauschten auf die zirpenden Geräusche irgendwelcher Insekten, die den Pestiziden des Gärtners und der allgemeinen Umweltverschmutzung getrotzt hatten. Poolitzers Lider wurden schwer und schwerer ...

»Du, Snoop.«

»Jepp?« Mit einem Ruck hob er seinen Kopf an. Beinahe wäre er eingenickt.

»Ich hab's mir überlegt.« Der Troll bohrte mit seinem Finger im gepflegten Gras herum. »Ich will doch kein Reporter sein wie du.« Er schnippte einen Erdkrümel davon, blubbernd tauchte er in den schwarzwässrigen Teich ein. »Biste mir sehr böse? Du hast dir doch so viel Mühe gegeben, um mir was beizubringen, und hast mich überall mit hingenommen, und ich hab dir doch dein Auto kaputtgemacht.«

»Nein, Ultra, ich bin dir nicht böse.« Er schlug die Beine übereinander. »Du bist nicht Arschloch genug, um dich gegen die anderen Kakerlaken zu behaupten.« Zwei Hubschrauber mit der Aufschrift von verschiedenen Trid-Nachrichtensendern zogen über das Anwesen. *Die Konkurrenz schläft nicht.* Er schaute ihm in die Augen. »Am besten wäre es, wenn du dir einen legalen Job suchst. Du wärst ein prima Moderator. Ich kann dich mal ein paar Bekannten vorschlagen, vielleicht bekommst du deine eigene Quizsendung.«

»Mal schaun«, stimmte Ultra ihm halbherzig zu. »Aber Runner zu sein is' einfach zu cool.«

Sie schwiegen wieder, beobachteten, wie die Spurensicherung ging, die Bestatter mit den Plastiksärgen ins Haus gingen und die Leichen zur Obduktion wegbrachten; wie die Polizei gegen vier Uhr abrückte und das Haus versiegelte; wie sich der nachtschwarze Himmel langsam, aber sicher dunkelblau färbte. Die aufgehende Sonne kündigte ihr Kommen an, die zirpende Insektenart beendete ihr Konzert und machte der summenden Platz.

»Komm, wir gehen und warten bei einem guten Frühstück, bis sich Cauldron und Xavier bei uns melden. Ach«, Poolitzer wandte sich zu Ultra, »wie hast du das vorhin gemeint?« Er stand auf und ging los. Einer der Sternschutzwächter brachte sie zur Straße und schloss das Tor hinter ihnen. Auf dem Asphalt sahen sie trocknende Blutlachen sowie die weißen Kreideumrisse, mit denen die Körper der Boesche-Gang markiert worden waren.

Sie schlenderten den Gehweg entlang, der Reporter hielt Ausschau nach seinem Wagen, denn ohne ihn konnte der Troll Ranjit nicht bis zum Haus verfolgt haben.

»Was denn?«

»Das mit meinem Auto.« Er drehte sich suchend um die eigene Achse. »Wo hast du es abgestellt, und was hast du kaputtgemacht?«

»Ähm.« Der Troll schaute verlegen zu Boden und spielte mit seinen Ohrringen. »Also, das war so …«

ADL, Württemberg, Stuttgart-Mitte, 08.05.2059, 04.31 Uhr

Poolitzer starrte auf den kleinen Bildschirm des Koms. »Was soll das heißen, du kommst nicht zurück, Cauldron? Wir machen uns Sorgen ohne Ende. Wo steckst du?« Endlich hatte sie sich gemeldet und ihn im Hotelzimmer erreicht, woraufhin er Ultra Bescheid gab, der umgehend bei ihm auftauchte.

Die Kamera zeigte ihm nur einen Teil ihres Antlitzes. Sie sah aus, als sei sie in den letzten Tagen um Jahre gealtert. Das ohnehin schlanke Gesicht wirkte abgemagert, sie hatte auf ihre weiße Schminke verzichtet und wurde dennoch von einer natürlichen Blässe derart gezeichnet, dass sie dank Lidschatten und Kajal wie eine Tote aussah. »Ich bin in der Schweiz«, antwortete sie tonlos.

»In der … in der *Schweiz*? Was, zum Teufel, macht ihr denn bei den Schokoladelutschern?« Poolitzer hielt das Kom so, dass Ultra auch etwas sehen konnte. »Wann kommt ihr zurück?«

»Xavier ist tot.« Cauldron stellte es nüchtern fest, ohne Trauer, ohne Zorn. Die Einstellung änderte sich, die Kamera fuhr zurück. Ihre feuerroten Haare mit den kupferfarbenen Strähnen lagen eng am Kopf an und waren zu einem Dutt zusammengefasst worden. Sie trug ein schwarzes Spitzenkleid, hochgeschlossen und mit Stehkragen, wie es Poolitzer aus den historischen Trid-Produktionen, die im viktorianischen England handelten, kannte. »Er ist bei dem Brand in der Chemiefabrik in Mühlhausen ums Leben gekommen, als er mich vor Abongis Leuten rettete.«

»Ach du Scheiße: Abongi?« Er bedeutete dem Troll, ihm auf den Schock ein Malzbier zu geben. Ultra reagierte nicht. Er starrte nur auf das Display und versuchte zu begreifen, was ihnen die Magierin mitteilte. »Was wollte sie? Und wie bist du in die Schweiz gekommen?« Tausend Fragen fielen ihm ein, die alle nur bezweckten, den Tod seines guten Bekannten zu verdrängen.

»Meinen Tod, nehme ich an. Ich werde sie das später selbst fragen, wenn ich in Sankt Petersburg bin.« Sie versuchte zu lächeln und scheiterte damit. »Ultra, mach dir keine Sorgen. Flieg zurück nach Seattle, und sag es den anderen. Ich melde mich, sobald ich ein paar Angelegenheiten geregelt habe.«

»Die Schweiz?«, erinnerte sie Poolitzer nochmals an das Mysterium ihres Verschwindens.

Die Magierin nickte knapp. »Ich bin bei Verbündeten, mehr musst du nicht wissen. Passt auf euch auf, ihr zwei.« Der Bildschirm wurde schwarz.

»Xavier is' tot«, raunte Ultra fassungslos und setzte sich, nur um mit einem Urschrei aufzuspringen. »Das is 'n ganz beschissener Urlaub!«, brüllte er, seine Bassstimme dröhnte und vibrierte in Poolitzers Bauch.

Er holte aus und schlug gegen die Wand des Hotels, die Faust durchschlug die Gipskartonplatten wie leichte Pappe und kam auf der anderen Seite heraus. Doch das reichte dem Troll nicht, um sich abzureagieren. Er machte weiter und schlug so lange weiter zu, bis seine Knöchel blutig waren und die Wand zum Schlafzimmer nur aus traurigen Resten bestand. Leise weinend setzte er sich auf den Boden und hielt seine Trauer um den Verlust des Freundes nicht zurück.

Weißer Gipsstaub verteilte sich auf den Möbeln, legte sich auf Ultra und Poolitzer, der regungslos am Fenster stand und auf Stuttgart blickte.

Das Kom schrillte, die Rezeption erkundigte sich, ob alles in Ordnung sei. Gäste aus den Zimmern ringsum seien durch Geräusche beunruhigt worden. »Alles in

Ordnung«, erwiderte Poolitzer knapp und legte auf. *Einen Scheiß ist es.*

Die Nachricht von Xaviers Tod machte den Tag von Anfang an schlecht, und das, obwohl sein Knaller-Bericht über den vermeintlichen Hypnose-Killer von Info-Networks gesendet und für gigantische Einschaltquoten sorgen würde. Nur er lieferte einen vollständigen Bericht und die kompletten Zusammenhänge über die Morde Voglers und des Catwalk-Killers.

Inzwischen hatte er sich mit einem Spezialisten für schizophrene Patienten getroffen und viel Verwirrendes, aber auch Nützliches erfahren.

Bei Weimer war sich der Psychiater sicher, dass der Verlust seiner Freunde zusammen mit der Beschädigung des Gehirns durch die Attacken des Schwarzen Ice eine schizophrene Erkrankung ausgelöst hatte. Um den Verlust und das Trauma seines eigenen Versagens zu kompensieren, war es durchaus möglich, dass die Freunde in Weimers Verstand fortlebten. Er bewahrte sie dort vor dem endgültigen Tod auf, konservierte sie. Die Tatsache, dass Weimer selbst wohl von seinem eigenen Tod überzeugt gewesen war, zeigte sich in der neuen Figur von Ranjit, mit der er ein neues Leben begann.

»Es ist möglich, dass die verschiedenen Persönlichkeiten untereinander kommunizierten, ohne die Persönlichkeit Ficker anzusprechen, und sie ihn von den Geschehnissen sowie ihren Plänen ausschlossen«, erklärte ihm der Arzt. »Er war die heile Welt, das Gegenstück zu ihnen. Ich tippe darauf, dass Verlust und Schuld die schizophrene Erkrankung ermöglichten, die mit den Jahren immer schwerer wurde.«

Vielleicht wäre der Racheplan aufgegangen, doch Voglers Spiel begann.

»Vogler war ein Simulant«, unterstützte der Fachmann die Aussage, die Ranjit kurz vor seinem Tod gemacht hatte. Es war unmöglich, bei einer derartig oberflächlichen Hypnose komplexe Verhaltensmuster und Vorgehensweisen bei Morden zu implantieren. »Allerdings ein sehr guter, denn nur so gelang es ihm, die behandelnden Ärzte bei seiner Therapie vom Erfolg ihrer Arbeit zu überzeugen.«

Das Gespräch baute Poolitzer in den Beitrag mit ein, ebenso, dass der angebliche Lkw mit der Bombe niemals gefunden wurde. Vogler hatte geblufft, als er von einem Transporter, Diesel und Dünger sprach und androhte, den Landtag zu sprengen. Vermutlich war er mit seinen Vorbereitungen nicht so weit gekommen und wollte Angst und Schrecken verbreiten.

Ein Rätsel blieb, weshalb er beabsichtigt hatte, Ranjit umzubringen.

Poolitzer vermutete, dass Vogler auf diesem Weg an ein besseres Alibi für seine Schuldunfähigkeit gelangen wollte. Mit Gewissheit ließ es sich nicht mehr sagen.

Auch was von Boesche und seine Schläger vor Finklers Anwesen zu suchen hatten, blieb schleierhaft. Die Spurensicherung fand die Reste eines zerstörten Datenchips. Poolitzer mutmaßte, dass es sich um Beweise gegen Ranjit und eine versuchte Erpressung handelte.

Die Obduktion Ranjits oder besser gesagt Weimers ergab Erstaunliches. Neben einigen Implantaten, wie sie bei Deckern üblich waren, trug er Talentleitungen und eine Smartverbindung in sich, was ihn befähigte, ein recht guter Allrounder zu sein.

Spengler spielte mit offenen Karten und berichtete ihm, dass die Rekonstruktion von Ranjits Bewegungen im Nachhinein ergab, dass er der Mörder der Modezarin, des Kon-Deckers, des Sternschutzmannes und des Schiebers war. Zeugen in der Nachbarschaft der Tatorte erkannten ihn auf Bildern wieder, die überarbeiteten Aufnahmen von der Modenschau in Sindelfingen belegten seine Schuld. Man benötigte zwar viel Fantasie, in dem bis zur Unkenntlichkeit geschminkten Mann im Dirndl Weimer zu sehen, doch es ging. Die Gesichtspunktvermessung belegte es zweifelsfrei.

Das ist alles gar nicht gut gelaufen. Es hat zu viele Unschuldige erwischt. Poolitzer dachte an von Boesche. *Aber auch ein paar Richtige.* Er ging zu Ultra und klopfte ihm tröstend auf die Schulter. »Komm, Kleiner. Wir gehen einen trinken.«

Der Troll stand umständlich auf, fegte den Gips von seinem Hawaiihemd und packte seine Koffer. »Nee, lass mal, Snoop. Bring mich zum Flughafen. Ich will nach Hause.« Er wischte sich die Tränen weg, die dunkle Bahnen im weißen Staub auf seinem Gesicht gezogen hatten. Es erinnerte an Kriegsbemalung. »Die ADL sind Scheiße.«

»Alles klar. Kann ich verstehen.«

Sie bestellten ein Taxi, der Reporter begleitete den schweigenden Troll bis zum Terminal, wo sie einen Last-Second-Flug für ihn erstanden. Das Flugzeug wartete schon und würde in einer Stunde abheben.

»Mach's gut«, verabschiedete sich Poolitzer von Ultra und umarmte ihn. So viel Sentimentalität erlaubte er sich nach den Ereignissen und Nachrichten der letzten Tage.

Der Troll beugte sich nach vorne und drückte vorsichtig zurück, um dem fragilen Mensch keine Knochen zu brechen. »Du auch. Willste nicht auch lieber was anderes machen als schnüffeln?«

Poolitzer dachte wirklich darüber nach, den Job an den Nagel zu hängen. Aber nur eine winzige Sekunde. »Nein, Ultra. Ich habe nichts anderes gelernt.« Sie trennten sich. »Sag Sparkplug und Twing einen schönen Gruß.«

»Is' gut.« Ultra schlug sich gegen die breite Stirn. »Hätt' ich fast vergessen.« Die kräftigen Finger öffneten die Tasche, in der er sein Handgepäck aufbewahrte, und holten die Fuchi VX2200E hervor. »Da. Nimm meine auch. Ich will sie nich' mehr.«

Poolitzer bekam sie achtlos in die Hand gedrückt. »Danke, Großer.« Er schaute ihm hinterher, sah die gewaltige Silhouette durch die Sicherheitssperren gehen, die warnend piepsten, und wie der Troll einen fingierten Beleg über harmlose Cybereinbauten vorlegte, ehe er in die Maschine stieg.

Die Finger der rechten Hand spielten mit einem Souvenir an den Fall. Er holte es aus seiner Tasche und strich über die verbeulte Oberfläche und den Stein. Ranjits Taschenuhr würde ihn an zwei Sachen erinnern: seinen seltsamsten Fall und den Tod eines guten Bekannten.

Er drückte auf den Verschlussknopf, und der Deckel öffnete sich. *05.58 Uhr. Zeit für ein Frühstück mit Spengler.*

Russland, Sankt Petersburg, 07.05.2059, 05.52 Uhr

Cauldrons astrale Projektion schoss durch die breiten Prachtstraßen, die Prospekte, der erwachenden Stadt und hielt auf die Zentrale von Antique Enterprises zu, die kaum zu verfehlen war.

Vor der Barriere, die um das Gebäude lag, machte sie Halt und vernichtete die fünf Don-Kosaken-Watcher ohne zu zögern, die als Melder ihre Kreise zogen. Abongi würde das Klopfen richtig verstehen.

Es dauerte nur wenige Sekunden, und sie erschien als schwarze Löwin hinter einem gewaltigen Fenster. Sie öffnete es, um mit Cauldron zu sprechen. »Oh, du.« Sie klang amüsiert. »Dann hatte die kleine Marleen Pech, nehme ich an?« Sie schnurrte. »Ich dachte mir so etwas, nachdem sich mein Team nicht mehr meldete.«

»Was hast du ihr versprochen?«

»Du bist gekommen, um dich zu rächen? Das ist sehr mutig, aber sehr töricht. Deine Kraft ist zwar beachtlich – deshalb hatte ich dir damals in Andorra das Angebot gemacht, mein Körper zu sein. Dennoch wird sie nicht ausreichen, mich zu bezwingen.« Sie bleckte die Reißzähne. »Ich bin zu erfahren für dich.«

»Antworte!«

»Hat sie es dir nicht gesagt? Ich hätte damit gerechnet, dass sie zu weich ist und ihr Vorhaben aufgibt. Ich bot ihr an, sie und ihre Familie zu unterstützen, sie in der Kunst der Magie zu unterweisen, wenn sie deinen Körper auserwählt.« Sie lachte grollend. »Sie hat es demnach versucht, nicht wahr?«

»Ja.«

»Was geschah?«

»Du weißt es nicht?«

Abongi lachte kehlig. »Nein. Woher auch? Ich habe den Zauber niemals angewandt. Hatte ich eigentlich erwähnt, dass der auferstandene Mystiker damals versuchte, mich mitten in unserem Gespräch anzugreifen? Er bemerkte zu spät, dass wir auf verschiedenen Seiten stehen. Seine Aura sah sehr … ungesund aus. Ich vernichtete ihn endgültig. Ihn und seine verrottete Seele.«

»Dann gab es niemals eine Möglichkeit, Marleen zu retten?«

»Nein.« Sie betrachtete Cauldron herablassend. »Es war ein einziger Trug, um sie auf dich zu hetzen und dich in einen Konflikt zu stürzen. *Meine* Art der Rache.« Sie schnurrte leise. »Schade, dass die Elementare, die ich ihr und dem Team überließ, keinen Erfolg hatten. Du lebst immer noch, obwohl du und dein Freund den Tod verdient für das, was ihr mir in Andorra angetan habt.«

»Xavier *ist* tot.«

»Ach? Ich sage nicht, dass es mir Leid tut.« Der Schweif zuckte. »Ganz im Gegenteil.«

Cauldrons Arme hoben sich, sie bereitete sich darauf vor, ihren ersten Zauber zu sprechen. »Er starb in der Chemiefabrik, als er versuchte, mich vor Marleen und deinen Leuten zu retten.«

»Ein Held?« Die Pranken der Löwin schlugen aufeinander und spendeten lautlosen Beifall. »Bravo! Die wahre Liebe zu einem Menschen ist tatsächlich stärker als die Selbsterhaltung.« Die gelben Raubtieraugen betrachteten sie zufrieden. »Was sehe ich? Du leidest grässlich, und das freut mich sehr.« Sie dachte einen Moment nach. »Im Grunde ist das noch besser als dein Ende. Deine verzweifelte Seele trauert bis zu deinem eigenen Tod um ihn. Tag für Tag, Woche für Woche, Jahr um Jahr. Dieses Wissen ist für mich befriedigender als dein schneller Tod. Wobei … ich möchte ihn nicht gänzlich ausschließen. Bleib mir besser vom Leib.« Sie wandte sich ab und wollte gehen.

»*Du* hast Xavier getötet. *Du* hast die wärmende Flamme in meinem Leben ausgelöscht.« Cauldrons Stimme klang emotionslos, sie konzentrierte sich auf das Kommende. »Aber dein Tod nimmt mir etwas von den Qualen.«

»Geh nach Hause, Cauldron, und jammere dort«, sagte Abongi gelangweilt über die Schulter. »Oder greife mich an und stirb.«

Die Magierin rief ihre Helfer herbei, und acht Feuerelementare erschienen um sie herum. »Wir werden sehen, was wir gehen dich ausrichten.«

Nun blieb die schwarze Löwin stehen und blickte aus dem Fenster, die Lefzen hoben sich. »Acht? Ich bin beeindruckt, aber nicht ehrlich besorgt.«

Cauldron schwebte dicht an die Barriere heran und suchte die Augen ihrer Todfeindin. »Weißt du eigentlich, wie viele Gegner du dir gemacht hast?«, flüsterte sie, und während sie sprach, erschienen weitere Elementare. Zwei, drei, fünf, sieben … »Und sie haben nur darauf gewartet, dass jemand aufsteht, um die tollwütige Löwin zu jagen, Abongi.« Noch immer eilten Geisterwesen aus den Tiefen des Astralraums herbei. Cauldron sah die Angst in den Pupillen der schwarzen Löwin, die grollend immer weiter ins Zimmer zurückwich, die Ohren angelegt. »Auf eine wie *mich*! Ich werde mit deinem Tod sehr zufrieden sein.«

Sie sprach eine Formel, und während sie das tat, strömte aus etlichen der Elementare schimmernde astrale Energie auf sie zu. Die Wesen übertrugen einen Teil ihrer Kraft auf die Magierin, um ihren Zauber zu stärken. Cauldron schuf daraus einen gleißenden Blitz, der in die Barriere einschlug und sie mit einem einzigen Treffer vernichtete. Die Zentrale von Antique Enterprises lag schutzlos vor ihr.

Du wirst mir dadurch nicht zurückgebracht, Xavier. Sie glitt voran. *Aber es macht das Leiden erträglicher. Ich will die Rache nicht unserem Kind überlassen.*

Auf ihr Zeichen hin stürzten die Elementare vorwärts und warfen sich auf alles, was ihr im Weg stand.

SHADOWRUN

DRITTES BUCH

JEDE WETTE

I

Regel 1: Maximal dürfen 14 Schläger mitgenommen werden. Ausnahmen gelten weder für Trolle noch für andere körperlich überlegene Metamenschen oder magisch Begabte.
Der Schläger muss aus Schaft und Kopf bestehen. Alle Teile des Schlägers müssen so zusammengebaut sein, dass der Schläger ein Ganzes bildet. Der Schläger darf nicht abänderbar konstruiert sein, außer in seinem Gewicht. Der Schläger darf nicht nennenswert von der herkömmlichen und üblichen Form und Machart abweichen und kein äußeres Beiwerk (Laservisier, Hydraulik, Stoßkompensator) aufweisen.
Vercyberungen, magische Fertigkeiten und andere Eigenheiten, die den Spielvorgang verfälschen, sind vorher der Spielleitung bekannt zu geben.

Auszug aus den All-Area-Combat-Golf-Regeln der International Double A Combat Golf Society

ADL, Groß-Frankfurt, Innenstadt/Zeil,
19. 9. 2059, 17:52 MEZ

»Es hängt immer von der Umgebung ab.« Holdo, die Sonnenbrille mit den grünen Gläsern auf der Nase, saß auf der Bank, hinter der ein künstlicher Brunnen in einer noch künstlicheren Mini-Dschungellandschaft plätscherte, und schlürfte einen Cappuccino aus einem Pappbecher. Er beobachtete die Menschen um ihn, die sich mit Tüten und Taschen abschleppten und ihre Ecu in der schicken Einkaufsmeile verjubelten.

Bewegte LED-Leuchtreklamen und Großbildschirmtrids um sie herum schrien ihre Werbebotschaften auf die Straße, Holoprojektoren zauberten falsche, flache Verkäufer in die Luft, die anpriesen und lockten. Es roch nach warmem Asphalt, Parfümschwaden und Fastfood, der typische Duft einer belebten Fußgängerzone.

Die rechte Hand fuhr durch die fingerlangen braunen Haare und strich sie nach hinten. Mit seinem dunkelgrünen 'Shirt, den braunen Hosen und Turnschuhen verschwand er in der Menge wie ein Tropfen in einem Meer. Er sah völlig entspannt aus, und das war sehr, sehr wichtig. Sicherheitsdienste achteten kaum auf entspannte Personen.

MaiTee, die blonde Frau neben ihm, die eine rote, überlange Sporttasche vor ihren Füßen stehen hatte, nestelte am Ausschnitt ihres grünen Poloshirts herum. Sie wirkte in ihrem Dress verflucht sportlich und attraktiv. »Verstehe ich nicht«, sagte sie.

»Ein Mann mit einem Aktenkoffer in einer Umkleidekabine wird ebenso Verwunderung auslösen wie ein Mann mit einer Sporttasche in einer Bank.« Holdo schaute einer Dame im kurzen Rock nach, bewunderte die langen Beine, die in auffällig bunten Synthleder-Stiefeln steckten. »Umgekehrt, also Aktenkoffer in der Bank und Sporttasche in der Umkleide, passiert gar nichts. Niemand denkt sich was dabei.« Er leerte den Cappuccino, schaute auf die Uhr und steckte den Becher in die Abfalltonne neben sich; sein langer brauner Ledermantel knirschte dabei leise. Er liebte den Geruch von echtem Leder. »Aber es gibt noch eine Steigerung. Denn meistens löst ein Mann mit einer Sporttasche in einer Bank Beunruhigung, wenn nicht sogar Sicherheitsstufe eins aus. Oftmals zu Recht.«

»Hast du einen Glückskeks verschluckt? Ist das so etwas wie eine moderne Kriegsweisheit à la Sun Tzu?«

Holdo bückte sich zur Tasche und schob die Preisschilder so, dass jeder sie sofort sah. Und jeder, inklusive des Sicherheitsdiensts, würde sofort annehmen, dass die Tasche vor kurzem in einem der exklusiven Sportgeschäfte gekauft worden war.

MaiTee grinste. »Ich verstehe.«

Auch sie schaute sich in der Fußgängerzone um. Das schillernde Einkaufszentrum erstreckte sich in seiner Gänze zwischen Konstablerwache und Opernplatz. Es hatte sich in den letzten Jahren ausgebreitet und wurde von den Reichen in Groß-Frankfurt mit Ecu gefüttert, was es zum stetigen Wachstum anregte.

Sie blickte zur nicht weit entfernten Hauptwache, wo sich der große Platz der Zeil wie ein Amphitheater öffnete und auf gleich zwei Stockwerken Geschäfte aller Art beherbergte. So ziemlich jede Luxusmarke fand hier ein Zuhause. Die Menschen, auch ein paar

Metamenschen, schwärmten umher, suchten lange, fanden wenig und bezahlten teuer.

»Unglaublich, nicht wahr?« MaiTee nickte zu einem Dessousgeschäft. »Ein String für hundertzwanzig Ecu. Wenn ich mir so kostspieliges Zeug kaufen würde, sollte es auch jeder sehen.«

Holdo lachte. »Du kannst dir einen Rock aus Transpa-Rent-Stoff kaufen.«

»Und die Männer schauen mir nur auf die Bikini-Zone oder meinen knackigen Hintern, sicher.« Sie klopfte auf ihre Sporthosen und wackelte mit ihren Laufschuhen. »Da ist mir das lieber.«

»Und was hast du drunter?«

»Wüsstest du wohl gerne.« MaiTee schaute auf die Uhr. »Es wird allmählich Zeit, oder? Ich finde, die Straßen sind schon gefährlich voll.«

»Ja, Mr. Green lässt auf sich warten. Es wird nicht einfacher durch die vielen Menschen.« Holdo ließ seinen Blick schweifen. »Da ist er, MaiTee. Es hat sich gerade die Strings angeschaut.«

Tatsächlich näherte sich ihnen ein schwarzhaariger Mann um die vierzig in einem Freizeitanzug, der leger, bequem und dennoch sehr schick aussah. Hinter ihm lief sein jüngerer Begleiter, der eine gewaltige Tasche über der Schulter schleppte.

»Ob er einen trägt?«, fragte sie sich. »Er hat eine Stoffhose an. Passen würde es.«

Holdo erhob sich, zog die Sonnenbrille ab und streckte dem Mann die Hand entgegen. »Mr. Green?«

Der andere schlug ein. »Mr. Rough. Schön, Sie kennen zu lernen. Ich habe schon viel von Ihnen gehört. Ihr Einsatz in Bad Homburg ist legendär.«

»Oh, stellen Sie Ihr Licht nicht unter den Scheffel, Mr. Green. Wer im Berliner Renraku-Stadtteil gegen vier Konkurrenten gewinnt und lebend nach Hause kommt, darf sich schon was einbilden.«

»Danke sehr, Mr. Rough.« Er nickte MaiTee zu. »Und wie ist die Lage?«

»Wir haben vier Mann vom Deutschen Sicherheitsdienst in unserem Abschnitt, und sobald es losgeht, werden sie vermutlich Verstärkung anfordern«, erklärte sie sachlich. »Uns bleiben geschätzte fünf Minuten, um es durchzuziehen, vielleicht auch sechs, wenn das Backup gut ist und sie uns die Wachgeister vom Hals halten.«

Green blies die Backen auf. »Fünf Minuten?«

»Es ist halt ordentlich was los.« Sie schaute auf seine Hose und versuchte, einen Hinweis auf seine Unterwäsche zu entdecken. Der feine Rand, der sich an den Oberschenkeln abzeichnete, bewies ihr: Boxershorts. Ein totaler Fehlgriff.

Die Armband-Koms der beiden Männer meldeten sich gleichzeitig. Sie hoben ab und hörten die sanfte Stimme einer Frau; das Bild war abgeschaltet. »Guten Tag, meine Herren. Sie sind eingetroffen, wie ich sehe. Ihr Job ist dieses Mal eine besondere Herausforderung.«

»Kann man wohl sagen«, murmelte Green.

Holdo lächelte. »Ich habe im Ausland schon Schwierigeres erledigt.«

»Wir sind auch schon alle sehr gespannt, wie es endet«, kam es aus den kleinen Lautsprechern der Koms. »Schauen Sie in Richtung Hauptwache, meine Herren, und Sie entdecken zu Ihrer Rechten im Erdgeschoss ein Porzellangeschäft von Villeboch&Roi. Das ist Ihr Ziel. Im rückwärtigen Teil des Ladens werden Sie fündig. Und versuchen Sie, möglichst nichts von den ausgestellten Produkten zu beschädigen.

Mr. Green als Ortsunkundiger beginnt. Schönes Spiel, Herrschaften.«

Holdo nahm seine Glücksbringerhandschuhe aus der Manteltasche, zog sie an und setzte die Sonnenbrille wieder auf. »Wetten Sie?«

»Sicher. Einen Tausender?« Green verzichtete auf Handschuhe, stattdessen sprühte er sich die Finger mit einer klaren Flüssigkeit ein. »Das verleiht der Haut Gripp«, erklärte er. »Ich brauche das Gefühl des Schlägergriffs.« Er atmete noch einmal durch und schaute zu seinem Begleiter. »Dann wollen wir mal. Gilbert«, er sprach den Namen mit viel französischer Betonung *Schilbäär* aus, »roter Ball und Fünfer-Eisen.«

»Exzellente Wahl«, sagte Holdo respektvoll. »Schönes Spiel, Mr. Green.«

Gilbert nahm einen Golfschläger aus der Tasche und reichte ihn an Green, dann legte er einen Ball auf den Boden und trat einen Schritt zurück. »Danke, Mr. Rough. Ebenfalls schönes Spiel.« Er visierte sein Ziel an, umfasste den Griff mit beiden Händen, schaute auf den Ball, fixierte wieder das Ziel, schaute auf den Ball, schwang den Schläger zweimal vor und zurück.

Noch kümmerte sich niemand um sie; nur ein Eis lutschendes Kind blieb stehen und wollte sehen, was der Mann Ulkiges tat.

Green hob den Schläger dieses Mal höher und explodierte förmlich. Er legte viel Kraft in den Schlag. Surrend fuhr der schwere Kopf nieder und katapultierte den Ball geschossgleich durch die Luft.

Der Ball zischte davon, prallte gegen die Fassade einer Handtaschenboutique, hinterließ eine Delle und flog von dort genau in die Auslage eines Snackstandes. Green verzog das Gesicht. »Sie sind dran, Mr. Rough.«

»Dreier-Eisen, blauer Ball«, bat er MaiTee und vollführte seinen Abschlag sehr schnell und ohne langes Zielen. Er kannte die Gegend.

Sein Ball schoss knapp über die Köpfe der Menschen hinweg und verfehlte das linke Horn eines Trolls nur um Millimeter. Er wäre mit Sicherheit vor dem Porzellanladen gelandet – wenn nicht in diesem Moment ein Lieferwagen rückwärts aus einer Einfahrt gestoßen wäre und ihn abgefälscht hätte. Mit einem leisen *Bong* schlug der Ball eine Delle ins Blech und verschwand in der Menschenmenge.

»Nicht gut.« Auch Holdo verzog das Gesicht. Für einen All-Area-Combat-Golfer, kurz ComGolfer, wie ihn oder Mr. Green kam es nicht infrage, einen Ball als verloren zu deklarieren. Erstens wegen der Ehre, zweitens wegen der zwei Strafschläge, die dafür blühten. Es ging um zu viel Geld, als dass es sich einer von ihnen erlauben konnte, leichtfertig Punkte einzubüßen.

Sie rannten los, um ihre Bälle zu erreichen, und ihre Caddies folgten ihnen durch die Menge.

Inzwischen war die merkwürdige Aktivität bemerkt worden.

Der Snackverkäufer kramte verwundert in seinem Sortiment aus Funsticks, echten Äpfeln, Sojabonbons und fettfreier Schokolade herum und suchte das, was scheinbar aus dem Himmel gefallen war.

»Halt! Treten Sie zurück. Es könnte sich um einen Sprengkörper handeln.« Green sprang elegant an dem erschrockenen Mann vorbei und auf die Auslage, stocherte zwischen den Granny Smith umher, bis er fündig geworden war. »Neuner-Eisen«, verlangte er von seinem Caddie und warf ihm den Fünfer-Schläger zu. Der Austausch verlief routiniert, danach folgten Zielen, Schwingen und der Schlag.

Es wurde ein Apfelgemetzel. Fruchtfleischfetzen trudelten durch die Luft, Saft spritzte auf die Kleidung und Gesichter der Passanten; der Ball schnellte davon, stanzte mit zweihundertfünfzig Stundenkilometern ein Loch in die Plexiglasscheibe und brach klirrend durch das Schaufenster von Villeboch&Roi. Spätestens jetzt wurden die Damen und Herren des DSD aufmerksam.

Green wackelte unzufrieden mit dem Kopf, weil er auf die offene Tür und nicht auf das Fenster gezielt hatte. Die Äpfel hatten ihn zu sehr behindert; Kiwis, Bonbons und Nüsse ließen sich einfacher wegdreschen. Er sprang auf den Boden und hetzte weiter. »Erst zwei Schläge, Mr. Rough«, sprach er in sein Kom. Es sah gut für ihn aus. »Und Sie?«

Holdo schob sich vorwärts und nahm sein Ortungsgerät aus der Mantelinnentasche. Es zeigte ihm dank der Miniaturwanze an, wo sich sein Ball befand, der anscheinend nicht zur Ruhe gekommen war. Er rollte immer noch; vermutlich wurde er von den Schuhen der Passanten achtlos umhergetreten. »Ich suche noch, Mr. Green«, gab er zurück. »Ich suche noch.«

Jeder Ball war ein kleines technisches Wunderwerk. Er besaß seine eigene Spielerfrequenz und -kennung. Er übermittelte nicht nur die Position, sondern auch die Anzahl der Schläge an den Empfänger der Spielleitung, damit ein Betrügen unmöglich wurde. Was vor allem wichtig war, wenn es um große Summen ging. Wie heute.

»Da ist er«, meldete MaiTee und zeigte nach links. »Hinter dem Abfallkorb.«

»Scheiße!« Ein Spielen war unmöglich. Nach den Golfregeln handelte es sich dabei um ein *unbeweg-*

liches Hemmnis. Holdo durfte den nächstliegenden Punkt innerhalb einer Schlägerlänge Abstand vom Abfallkorb ohne Behinderung suchen, diesen markieren und droppen. Droppen bedeutete, den Ball aufnehmen und an dem markierten Punkt fallen lassen. Wo der Ball von dort aus zur Ruhe kam, musste er ihn spielen.

»Droppen?« MaiTee sah einen DSD-Mann in seiner schwarzen Uniform, der an ihnen vorbei zum Snackstand ging, wo Green bislang genügend Aufsehen erregt hatte, damit man sie nicht bemerkte. »Aber beeil dich.«

»Nein. Droppen ist in der Menschenmenge unmöglich. Die unzähligen Schuhe erwischen den Ball auf der Stelle und kicken ihn sonst wohin.« Aber solange der Ball rollte, durfte er nicht gespielt werden. So waren eben die Regeln.

Er nahm Anlauf und sprang mit beiden Füßen voran gegen die Befestigung des Eimers, die daraufhin aus der Bodenverankerung riss und zur Seite fiel. Der Ball lag frei. »Na bitte. Geht doch.« Er reichte ihr sein Dreier-Eisen zurück. »Gib mir das Siebener.«

Sie reichte den verlangten Schläger. »Mach hin, Holdo. Einer der DSDler hat uns gesehen.«

»Nicht hetzen«, murmelte er und zielte genau, damit der Kopf des Eisens beim Schlag nicht an den Überresten der Papierkorbhalterung hängen blieb.

Er hatte gut Maß genommen. Der Ball flog in einem steilen Winkel davon und prallte wie gewollt gegen eine Werbetafel. Funkensprühend verabschiedeten sich drei Bildschirme der Anzeige, ein Projektor fiel aus, und ein großflächiges Lichtbanner über den Köpfen der Frankfurter erlosch.

Den Ball interessierte das nicht. Er setzte seinen

Weg durch die gesplitterte Scheibe ins Innere von Villeboch&Roi fort. »Zwei Schläge, Mr. Green«, funkte er.

»Glückwunsch, Mr. Rough. Sie sind ein ebenbürtiger Gegner.«

Holdo und Green stürmten beinahe gleichzeitig in den Laden, beide hielten ihre Detektoren in einer Hand und suchten ihre Bälle. Nach einem kurzen Orientierungsblick rannten sie in verschiedene Richtungen davon.

Zwei verblüffte Verkäuferinnen schauten den sich sehr merkwürdig verhaltenden Männern hinterher, und die Blonde von ihnen begriff sofort, wer für den immensen Schaden verantwortlich war.

»Hey, Sie da! Bleiben Sie sofort stehen!«, keifte sie und fiel Holdo in den Arm, als der eben seinen Ball gefunden hatte und zu seinem Schlag ausholen wollte. »Sicherheitsdienst!«, kreischte sie. »Hier sind Verrückte!«

Aus einem anderen Bereich erklang mehrfaches lautes, helles Klirren, und wie von Geisterhand zertrümmert zersprangen zwei Schaukästen samt Inhalt in Tausende Einzelteile; aus wertvollem Porzellan wurde ein wertloser Scherbenhaufen. Green spielte rücksichtslos.

Holdo schüttelte die Verkäuferin ab, die aber sogleich nachsetzte. »Caddie, würdest du das bitte übernehmen?«

»Sicher, Mr. Rough.« Von irgendwoher hatte Mai-Tee einen Taser genommen und hielt die knisternden Enden kurz gegen den Oberkörper der Verkäuferin. Einen leisen Schrei ausstoßend, sank sie zwischen den Vitrinen zusammen und regte sich nicht mehr. Ihre Kollegin rannte hinaus. »Okay.« Sie lauschte.

»Wir haben noch zwei Minuten«, verkündete sie, nachdem sie über ihr eingebautes Funkgerät neue Informationen erhalten hatte. »Die Bullen sind auf dem Weg.«

Holdo hatte die Markierung neben dem Personalausgang an der Wand gesehen, und unmittelbar darunter auf dem Boden befand sich der Checkpoint.

Es war nichts anderes als ein winziges Pünktchen, ein Sender nicht größer als ein LED-Lämpchen. Er schickte sofort einen Impuls an die Spielleitung, wenn einer der beiden Golfbälle im Umkreis von 10,8 Zentimetern zum Erliegen kam. 10,8 Zentimeter war die offizielle Abmessung eines richtigen Platzlochs.

Holdo fluchte durch die Zähne. In diesem engen Raum zu spielen hatte mehr etwas von Minigolf, und diese degenerierte Version des echten Sports hasste er wie die Pest. Er konzentrierte sich, errechnete einen Bandenschlag über Seitenwand, Decke und Glasvitrine im Mittelgang und drosch gegen das Bällchen.

Wie die Miniaturausgabe eines todbringenden Kometen, der durch das Porzellanland zieht, raste die blaue Polymer-Kevlar-Kugel durch das Glas, zerschlug Gedecke im Wert von 10 000 Ecu und rollte friedlich neben dem roten Bällchen von Green aus.

Beide hatten drei Schläge benötigt, beide hatten die gleiche Ausgangslage, um den völlig frei vor ihnen liegenden Checkpoint anzuspielen.

»Sie zuerst, Mr. Green«, sagte Holdo und trat zurück.

»Sehr gerne, Mr. Rough.« Sein Freizeitanzug saß noch immer tadellos, er sah aus wie ein Exec aus einer Kon-Etage in der Mittagspause. »Putter«, verlangte er von seinem Caddie und erhielt den flach geformten Schläger gereicht. Nun kam es darauf an, wer den Ball näher ans Zentrum des Checkpoints manövrierte.

MaiTee hatte das Bedienfeld für die Gitterjalousien am Eingang gefunden und ließ sie herabfahren, damit die Partie ungestört zu Ende gebracht werden konnte.

Allerdings gelang es einem der DSD-Männer, sich drunter durch zu rollen. Er zog seine Waffe, eine Fichetti Security 500a, und richtete die Mündung auf sie. *Hanselmann* stand auf dem polierten Namensschild. »Lassen Sie die Golfschläger fallen und legen Sie sich mit dem Gesicht nach unten auf den Boden – wenn nicht, schieße ich Ihnen so lange in die Knie, bis Sie sich hinlegen.«

Plock.

Green hatte unbeeindruckt seinen Schlag gemacht, das rote Bällchen rollte in einer exakten geraden Linie auf den Checkpoint zu und blieb sehr nahe von ihm liegen. Der Mann schaute auf sein Ortungsgerät. »Vier Schläge und ein Abstand von drei Zentimetern zum Mittelpunkt, Mr. Rough«, verkündete er nüchtern und schulterte sein Eisen. »Unterbieten Sie das?«

»Respekt, Mr. Green. Aber ich denke, dass ich es schaffe.« Er deutete zur Seite. »Vorausgesetzt, Herr Hanselmann lässt mich.«

Hanselmann schwenkte die Mündung auf Holdo. »Keiner rührt sich mehr, verstanden?«

»Verstanden.« Greens Caddie stellte langsam die Tasche ab und hob die Arme. Wie zufällig rollten zwei Bälle heraus … Dann ging alles sehr plötzlich.

Green schlug blitzschnell den Ball, die Kugel knallte dem Wachmann knapp über der Nasenwurzel gegen die Stirn und schickte ihn ohnmächtig zu Boden. Man musste ein sehr guter ComGolfer sein, um die

Kraft so dosieren zu können, um einen Menschen nicht umzubringen.

»Fairer Spieler. Danke, Mr. Green«, sagte Holdo. »Ich fürchte, dass ich Sie dennoch schlagen werde.«

»Bitte, Mr. Rough. Ich beuge mich Ihnen, wenn es so sein soll.« Green verstaute den Putter in der Tasche.

»Fünfzig Sekunden«, meldete MaiTee.

Holdo blendete die Umwelt um sich herum aus und sah nur den Checkpoint und die kleine, blaue Kugel. Das Klappern an den Eisenjalousien der DSD-Brigade, das Jaulen der Polizeisirenen, das laute Rufen der Menschen vor dem Laden – dies alles verschwamm, wurde leiser und verebbte. Er legte all sein Können in den Schlag, der über insgesamt mehr als einhunderttausend Ecu entschied.

Plock.

Das Bällchen rollte los, hopste über eine Teppichkante und bekam einen leichten Linksdrall, der es haarscharf an der roten Kugel vorbeikullern ließ. Mit bloßem Auge gemessen, lagen sie exakt auf gleicher Höhe.

Green atmete erst jetzt mit einem scharfen Geräusch aus. »Was sagt Ihr Messgerät, Mr. Rough?«

»Zwanzig Sekunden.« MaiTee packte Holdos Putter ein und lief zum Personalausgang. Dahinter lag ein Fahrstuhl, der sie direkt in die Tiefgarage brachte, wo eine Limousine mit Diplomatenkennzeichen auf sie wartete, wie sie über ihr Kom erfuhr. Die Flucht war in diesem Fall genau vorbereitet. In der Frankfurter Innenstadt wäre alles andere purer Wahnsinn gewesen. Sie öffnete die Tür. »Alles sauber. Können wir gehen?«

Holdo hielt seinem Golfgegner sein Mess- und Ortungsgerät hin, ohne selbst vorher auf die Anzeige geschaut zu haben. Er wagte es nicht, auf die Anzeige zu sehen. »Sagen Sie es mir, Mr. Green.«

Der Mann schnalzte mit der Zunge. »Glückwunsch, Mr. Rough. 2,9 Zentimeter vom Mittelpunkt entfernt.« Er reichte ihm die Hand und lächelte, auch wenn ihm die Enttäuschung im Gesicht geschrieben stand. »Denkbar knapp.«

»Das nächste Mal gewinnen Sie«, schwächte er seinen Sieg ab, nahm das Bällchen und den Checkpoint und huschte an MaiTee vorbei in die Kabine. Als Greens Caddie als Letzter einstieg und sich die Türen schlossen, fuhr die Jalousie wieder nach oben, und die DSD-Männer stürmten herein. Einer von ihnen sprintete vorwärts, den Schlagstock nach vorne gereckt.

Zu spät. Die Flucht war gelungen.

»Denkbar knapp«, wiederholte Holdo die Worte und wunderte sich, als Flüssigkeit in sein Auge lief und darin brannte. Schweiß. Er hatte nicht bemerkt, wie sehr er ins Schwitzen geraten war.

ADL, Groß-Frankfurt, Sachsenhausen,
19. 9. 2059, 21:51 MEZ

»Auf Rough, den besten nicht vercyberten All-Area-Combat-Golfer in den ADL«, rief Mousse von der kleinen Bühne herunter, wo sich normalerweise Stripperinnen und Go-go-Tänzer tummelten, und hob die Champagnerflasche. Dabei verrutschte ihr sehr teures, schwarzes Kostümoberteil und gab den Blick auf ihren flachen, nackten Bauch frei. Eine Legende besagte, dass die Buchmacherin niemals Unterwäsche trug, nicht oben, nicht unten. Eine zweite Legende besagte aber auch, dass zwei Männer spurlos verschwanden, als sie der ersten Legende auf den Grund gehen wollten. »Ich spendiere eine Runde.«

Die glatzköpfige Mestizin prostete den fünfzig Männern und Frauen, die sich im Hinterzimmer des Etablissements *Competition* bei Häppchen versammelt hatten, zu. Die Gläser wurden gereckt, der Inhalt auf Roughs Wohl geleert. Es war die siebte oder achte Runde an diesem Abend, und keiner war mehr wirklich nüchtern.

Auch Holdo nicht, der zwar erst vier Gläser Sekt und einen Champagner intus hatte, aber es genügte, um sich beschwingt und zugleich mies zu fühlen.

Er hockte an der Bar und schaute auf seinen Ebbie, auf dem die Ziffern 10 000 leuchteten. Es war sein Anteil an den Wetten, die Mousse durch ihn gewonnen hatte. Das würde seine Schulden bei Meda Makahaschi immerhin um zehn Prozent verringern.

Mousse kam zu ihm und warf sich ihm um den Hals, drückte ihm einen heißen Kuss auf die Wange.

Er fühlte ihre Körperwärme und ärgerte sich, dass er sich immer noch nicht getraut hatte, ihr gegenüber forscher zu sein. Zuneigung war auf beiden Seiten vorhanden, aber sie versteckte sich hinter Freundschaft und Andeutungen und dem Geschäftlichen. Das glaubte er zumindest.

»Da ist er, mein super Com-Golfer«, lachte sie und setzte sich auf seinen Schoß. »War mein Backup nicht astrein?«

»Ja, das war es.« Die Versuchung, die von ihr ausging, verblasste, weil die verfluchten Sorgen nicht aus seinem Hirn verschwinden wollten. Nicht einmal der Gedanke an eine verführerische Latinoqueen verjagte seine miese Laune. Er sah ständig das mürrische Gesicht des kleinen, dünnen Japaners vor sich, der nicht zögern würde, ihn umzubringen und seine Organe zu verkaufen. »Übrigens, beinahe hätte uns der DSD erwischt.«

»Ho, ohne meine beiden Schamanen hätten euch ein paar Wachgeister lange vorher erledigt. Aber musstest du dir jemals Sorgen machen, wenn du für mich golfen gingst?«

»Nein, Mousse. Du bist eine liebe Buchmacherin«, lächelte er halb ironisch und halb ernsthaft.

»Danke sehr.« Sie wandte den Kopf und schaute zu der Partymenge. »Siehst du? Sie sind nur deinetwegen hier.«

»Wegen der kostenlosen Häppchen.«

»Okay, *und* wegen dir.« Sie zeigte nacheinander auf verschiedene Männer und Frauen, nannte ihre Namen, ihre Berufe, ihre bisherigen Verluste und Gewinne. Die Wettfanatiker stammten aus allen Schichten, vom Lohndecker mit geringem Gehalt bis hin zu Execs der mittleren Führungsebene, die Zerstreuung suchten.

Dass sich Execs blicken ließen, ging auf Mousses Konto. Sachsenhausen war nicht nur ein Billigmieten-Gebiet, sondern auch bekannt für seine Vergnügungsviertel. Die besten Tage waren zwar vorüber, doch abseits der Low-Budget-Ballermann-Saufbuden traf der Gast, der anspruchsvollen Sex und gehobenes Amüsement mit auch gerne mal hohen Wetteinsätzen suchte, auf solche Perlen wie das *Competition*. Es war ein Geheimtipp, und mehr sollte es auch nicht werden. Zu viel Lob bedeutete zu viel Aufmerksamkeit und zu viele Neider.

Ein Elf in einem schicken Rollstuhl näherte sich ihnen; er trug sein Haar ganz kurz, und ein sehr fachkundiger Coiffeur hatte ihm viele kleine Würfelmuster einrasiert. Er steckte in modischen Sportklamotten, auf denen überall das Logo der ansässigen Stadtkriegmannschaft Black Barons prangte.

»Oh, das ist eine weitere Berühmtheit aus dem Sport, der nicht mehr ganz so im Untergrund operiert wie du«, stellte ihn Mousse vor und rutschte von seinem Schoß. »Das ist Dice, Coach der Black Barons. Dieses Jahr stehen sie in der Liga wieder ganz oben.«

Dice grinste. »Und wir holen uns den Pokal zurück.« Er reichte Holdo die Hand. »Freut mich. War ja eine riesige Show, die Sie auf der Zeil abgezogen haben – wenn man den Nachrichten glauben darf.«

Wie aus dem Nichts stand noch ein Mann vor ihnen, dessen Anblick Mousse ausreichte, um den Vollmilchschokoladenton ihres Gesichts in ein blasses Kackbraun zu verwandeln.

Dabei sah er im Grunde harmlos aus. Kurzes schwarzes Haar, ein freundliches Gesicht, ein weiß gefärbtes Kinnbärtchen; seine durchschnittliche Figur steckte in einem billigen beigefarbenen Anzug.

Er lächelte den Elf hinreißend an. »Dice, alter Rennfahrer, wolltest du mir etwa einen tollen Freund vorenthalten?« Er hielt Holdo die Rechte hin. »Sie sind also einer der Männer, die in den Nachrichtensendungen heute ganz oben standen.«

Holdo schaute verunsichert zu Mousse, die nach einem Securitymann Ausschau hielt.

»Das ist Severin T. Gospini«, meinte Dice seufzend. »Die meisten kennen ihnen als ...«

»Poolitzer!«, vollendete Holdo. »Aber klar. Sie sind dieser Schnüffler. Der mit den Enthüllungsstorys.« Dann ahnte er, was der Mann von ihm wollte. »Sind Sie etwa an Com-Golf interessiert?«

Mousse hatte zwei Schränke in Anzügen zu sich gewunken und deutete auf Poolitzer. »Geleitet den Gentleman zum Ausgang. Er hat keine Einladung zu der Party erhalten.«

Poolitzer machte es nichts aus, dass er keinen Handschlag erhielt. »Herr Kraif, Sie werden gesucht wegen Hausfriedensbruch, Sachbeschädigung, Körperverletzung und Gefährdung von Personen.« Er grinste kumpelhaft. »Und Sie sind der beste Deutsche auf dem speziellen Golfgebiet. Das wäre mir einen Bericht über Sie und Ihre Sportart wert. Hätten Sie Lust auf ein Interview?« Die Schränke flankierten ihn und packten ihn an den Oberarmen. »Einen Moment noch, Jungs«, bat er. »Lasst mich das Gespräch noch zu Ende führen, ja? Dann dürft ihr mich weiter betatschen, mich auf die Straße schubsen und mir die Nase brechen.«

Holdo dachte an seine Schulden. »Wie viel springt dabei für mich heraus?«

Der Skandalreporter machte ein unschuldiges Gesicht. »Oh, ich kann nur wenig zahlen. Genügen Ihnen 4000 Ecu?«

»Heuchler«, schimpfte Dice. »Gib ihm 5000. Du hast Verbindungen zu allen möglichen Sendern, denen du das Material verticken kannst.«

»Einverstanden. 5000. Aber nur, weil mein alter Freund Dice auf Ihrer Seite steht.« Poolitzer reichte ihm seine Visitenkarte. »Wir treffen uns morgen um zehn Uhr im *Goe Tea* am Römerberg für ein Vorgespräch. Bis dahin kann ich Ihnen vielleicht sogar einen Sponsor beschaffen. Wäre das was?«

»Aber sicher!«, sagte Holdo freudig. Auf wundersame Weise erschien ein Lichtblick am Horizont. Das imaginäre Gesicht von Meda Makahaschi lächelte unerwartet.

Mousse schob sich zwischen die beiden. »Genug. Raus mit Ihnen, Schnüffler. Und wehe Ihnen, ich höre meinen Namen oder den des *Competition* in dem Bericht, dann schicke ich Ihnen diese beiden Herren auf den Hals.«

Poolitzer schenkte ihr ein entwaffnendes Lächeln. »Aber liebe Mousse, wofür halten Sie mich? Ich möchte nicht, dass Ihnen die Bullen oder ein japanischer Sama aus Düsseldorf auf die Spur kommen.« Er klopfte Dice auf die Schulter. »Doch vor allem möchte ich nicht, dass die Black Barons sauer auf mich sind. Wenn der Elf nicht seine Würfel schwingen kann, wird er giftig.« Dann ging er freiwillig zum Ausgang.

»Das wäre absolut tödlich, Schnüffler.« Der Elf nickte feixend und hob die Hand zur Verabschiedung. »Im Grunde ist er ein netter Kerl«, meinte er zur Buchmacherin und dem All-Area-Combat-Golfer. »Auch wenn man es sich nicht vorstellen mag, aber ohne ihn wäre einiges in den ADL schlechter gelaufen.« Er setzte sich anders hin. »So, Herr Kraif, wissen Sie schon, gegen wen Sie als Nächstes antreten? Ich würde bei Mousse sehr gerne wieder eine Wette abschließen. Das letzte Mal haben Sie mir 3000 Ecu gebracht.«

»Wir sind gerade in Verhandlungen«, antwortete Mousse eilig für Holdo. »Wenn es uns gelingt, mit ein paar Stellen eine Einigung zu erreichen, steht ein Match in der Sox an.« Sie bekam diesen geschäftlichen Tonfall. »Wie sieht es bei den Barons aus? Was ist mit dem Formtief von Ordog? Wird das noch lange anhalten? Oder anders gefragt: Muss ich die Quoten ändern?« Sie reichte ihm ein Glas Champagner von der Bar.

Dice verzog die Lippen. »Nein, danke.« Er klopfte auf die Räder des Rollstuhls. »Ich trinke nicht, wenn ich fahre.« Holdo musste laut auflachen, und der Elf grinste. »Nein, Mousse, machen Sie sich keine Sorgen. Ordog ist bald wieder so gut wie vor einem Jahr.« Er lauschte nach links. »Oh, ich höre Würfel rollen. Entschuldigen Sie mich. Man erwartet meine Einsätze.« Er machte einen Wheely, wendete stuntreif auf der Stelle und hielt auf den mit grünem Filz bespannten Tisch zu.

»Geschickter Rückzug vor einem brisanten Thema«, kommentierte Mousse. Sie wusste natürlich viel mehr über den Zustand von Ordog, von dem sich Eingeweihte erzählten, dass er an einer üblen Krankheit litt.

»Du willst mich nicht wirklich in die Sox schicken?« Holdo hatte extra mit dem Vorwurf gewartet. »Ich soll einen Fuß ins verstrahlte Sperrgebiet setzen und zwischen mutierten Wahnsinnigen und Kon-Truppen ein Match austragen?« Er setzte sich die Champagnerflasche an den Mund und leerte sie;

leise rülpste er die Kohlensäure heraus und gab ihr die Flasche. »Ohne mich.«

»Nur so eine Idee«, verteidigte sie sich. »Es muss nicht sein.«

»Es *wird* auch nicht sein, Mousse. Lieber spiele ich im Zoo für paranormal erwachte Tiere.« Seine Laune sank schon wieder. Der Silberstreif in Form von Poolitzers 5000 verlor seinen Glanz. »Falls ich noch dazu komme.«

Sie kniff die Augen zusammen und setzte sich neben ihn auf einen Hocker. »Was ist los, Holdo? Du hast Mr. Green besiegt. Damit bist du auf der Rangliste an die Spitze geklettert. Du kannst am European und beim International All-Area-Golf-Cup teilnehmen. Hier ist das Flugticket zu deinem nächsten Match.« Sie gab ihm den Plastikstreifen, stellte die Flasche auf den Tresen und rüttelte an seinen Schultern. »Mensch, Holdo, du wirst reich! In einem Jahr hast du Wettgelder eingefahren, dass dir meine 10 000 vorkommen wie die Portokasse.«

»In einem Jahr, Mousse?« Er steckte das Ticket ein, ohne darauf zu schauen, und nahm den Champagner wieder. Er trank lange davon. »In einem Jahr bin ich seit elf Monaten und elf Tagen tot.«

Ihre braunen Augen verloren die Heiterkeit. »Hast du wieder Verbindlichkeiten?«

»Ja.«

»Scheiße, Holdo! Du hast gesagt, du würdest mit dem Spielen aufhören!« Sie atmete tief ein. »Was ist es dieses Mal? Roulette?«

Hilflos zuckte er mit den Achseln. »Black Jack. Und Automaten. Und …« Die Mädchen verschwieg er ihr lieber.

Sie starrte ihn wütend an. »Wir hatten eine Abmachung. Ich habe dir das letzte Mal 100 000 Ecu geliehen, um dich bei den Italienern freizukaufen, und du hast versprochen aufzuhören.«

»Ich bin ja auch nicht mehr zu ihnen gegangen«, erwiderte er lahm. »Aber bei meinem letzten Besuch in Düsseldorf kam ich an so einer Asiatenpagode vorbei.«

Sie machte große Augen, dann lachte sie ungläubig auf. »Die Yaks? Du warst in der Himeji-Burg der Makahaschis?« Sie ballte die Faust. »Ich hätte große Lust, dir in die Fresse zu hauen, echt.«

Holdo hob abwehrend die Arme. »Ehrlich, ich wollte nur Sushi essen und …« Er schwieg. Seine Lügen waren einfach schlecht.

»Die Düsseldorfer Yakuza«, raunte Mousse kopfschüttelnd. »Ihr Oyabun Hakiro ist kein netter Mensch, Holdo.«

»Nicht Hakiro. Meda. Ich stehe bei seinem Sohn Meda in der Kreide.«

»Wie viel?«

»100 000 Nuyen. Bis 1. Oktober muss ich sie zurückzahlen.«

Sie applaudierte leise. »Einen Vollidioten wie dich trifft man selten. Mir schuldest du immer noch 50 000 Ecu, und gerade, als du Licht siehst, machst du diese Scheiße«, zischte sie ihn an. »Wenn ich dich nicht so gut leiden könnte, müsste ich dich umbringen.«

Ihr ätzender Spott traf ihn, doch er nahm ihn hin, weil er ihn verdient hatte. »Schick mich eben in die Sox. Ich mache das Spiel und gewinne es. Setz alles auf mich«, bat er sie. »Ich brauche das Geld, Mousse.«

»So schnell geht das nicht. Da sind einige Räder zu schmieren, damit wir in die verseuchte Zone kommen. Ich habe zwar schon Kontakt zu Schmugglern aufgenommen, aber … Nein, das ist mir zu unsicher.« Sie schüttelte wieder das kahle Haupt. »Tut mir Leid. Ich kann dir nicht helfen. Frag morgen den Schnüffler, ob er was arrangieren kann. Notfalls musst du verschwinden.« Ihr Kom vibrierte, sie führte ein kurzes Telefonat. »Entschuldige, ich muss zu ein paar wichtigen Kunden.« Sie rutschte vom Hocker und ging hinüber an einen Tisch, an dem zwei Frauen in Designerkostümen und ein Mann im Anzug saßen.

Holdo leerte die Champagnerflasche und warf sie hinter den Tresen. »Noch eine«, verlangte er niedergeschlagen vom Keeper und erhielt tatsächlich eine Flasche billigen Sekt. Während er sich weiter betrank, verfolgte er auf dem großen Tridmonitor der Bar den Teaser zu dem neuen Actionstreifen mit dem Shootingstar Keely Commando.

Die junge Frau mit den eindeutig weiblichen Formen hopste und sprang, ballerte in alle Richtungen und schoss sich ihren Weg durch die Phalanx einer Vielzahl von bis an die Zähne bewaffneten Söldnern, Kon-Gardisten und Drohnen.

K.C., neudeutsch *KayCee* und keinesfalls *Ka-Punkt/Zeh-Punkt,* deckte Verschwörungen auf, half kleinen Kindern in Not, rettete die Welt vor heimtückischen Drachen und hielt sich in jeder Folge einen neuen Liebhaber. Die Serie »Karl Kombatmage« aus den Neuen Bavaria Simsinn-Studios war ein Dreck gegen sie.

»So ein norddeutscher Scheiß«, murmelte der Gläser polierende Barkeeper. »Absolut unrealistisch. Da hat sich die DeMeKo einen schlechten Drehbuchschreiber geholt.«

»Hä?«

Er deutete auf die gerade in Tränen ausbrechende KayCee. »Haben sich Hamburger ausgedacht, die Deutsche Medien und Kommunikations AG.«

»Ich finde sie gut«, meinte Holdo und schaute zu, wie KayCee einem Gardisten das Hirn aus dem Helm schoss, weil der es gewagt hatte, ihr an den Arsch zu greifen. Die nächste Szene zeigte sie im Shoot-Out gegen eine Übermacht, den sie natürlich gewann.

»Niemand«, sagte der Barkeeper wie ein Profi, »absolut niemand schafft das. Und ich kannte genügend Runner, die bei solchen Aktionen draufgegangen sind.«

Und da traf den verzweifelten Holdo die Eingebung seines Lebens.

Er erhob sich von seinem Sitz, ging auf die Bühne und schnappte sich das Mikrofon. Durch die Berührung schaltete ein Kontakt die Kameras ein, drei Scheinwerfer erwachten und bannten ihn in weißes, gelbes und grünes Licht. Sein Gesicht wurde auf sämtliche Monitore des *Competition* projiziert.

»Hallo und guten Abend«, sagte er beherrscht, damit niemand merkte, dass er sich ein Glas zu viel gegönnt hatte. »Die meisten von Ihnen kennen mich als All-Area-Combat-Golfer. Aber in Absprache mit unserer wunderbaren Mousse bin ich in der Lage, Ihnen eine ganz besondere Wette vorzuschlagen.« Er sah, dass die Latina besorgt zu ihm schaute. »Ich wette um mein Leben.« Er musste schlucken, weil die Aufregung seinen Mund und seine Kehle austrocknete.

War es eben noch mucksmäuschenstill gewesen, setzte erstes Gemurmel ein.

»Sie kennen alle die Actionfilme, in denen der Held allen Feinden entkommt.« Holdo zeigte auf den Barkeeper. »Er und viele andere sind sicherlich der

Meinung, dass so etwas unmöglich ist, aber ich bin bereit, Ihnen das Gegenteil zu beweisen.«

Mousse löste sich von ihren Kunden und steuerte auf die Bühne zu. Jetzt musste er sich beeilen, um den Ball ins Rollen zu bringen, der ihm Schuldenfreiheit brachte. So oder so.

Er nahm innerlich Anlauf. »Meine Damen und Herren, ich wette, dass es mir gelingt, eine Woche lang am Leben zu bleiben, selbst wenn Sie mir die besten Killer der ADL auf die Fersen hetzen. Bis zum 26. September, punkt 22.15 Uhr. Keine Magie, nur Leute mit Handfeuerwaffen und dem üblichen herkömmlichen Kram.« Holdo sah die Latina neben sich erscheinen, die die Hand nach dem Mikro ausstreckte, um es ihm mit einem unverbindlichen Lächeln abzunehmen und die Katastrophe abzuwenden. Aber er machte einen schnellen Schritt zur Seite und zeigte auf sie. »Mousse nimmt jede Wette an.«

»Jede Wette?«, kam es neugierig aus dem gleißenden Licht der Scheinwerfer.

»Jede Wette. Und von mir aus auch Killer, die nicht aus der ADL sind«, wiederholte Holdo zur Bekräftigung, dann entriss die Latina ihm das Mikro.

Bevor sie etwas zur Klarstellung sagen konnte, ertönte ein lautes »10 000 Ecu, dass er es nicht schafft«.

Damit brachen die moralischen Barrieren und die Zurückhaltung.

Gleich darauf prasselten die Rufe auf die Buchmacherin ein, die zwar zur Besonnenheit aufrief, aber nicht zu den Menschen durchdrang. Dazu war die Wette zu originell, zu abgedreht und viel zu reizvoll.

Holdo sah die ersten Gäste ihre Koms zücken und die Nachricht auf diesem Wege verbreiten, andere standen bereits an Computerterminals, um die Wetteinsätze zu tätigen. Die LED-Anzeigen mit den Wettkämpfen und Rennen, auf denen eben noch die Stadtkriegspiele ganz oben gestanden hatten, flimmerten nur noch hektisch; die Rangfolge wurde durch seinen Aufruf innerhalb von Sekunden verändert. Plötzlich stand sein Name ganz oben, und die Quote, dass er es schaffte, lag bei 1 : 5.

Mousse schaltete das Mikro aus, die Lampen erloschen. »Du hast eindeutig den Verstand verloren«, fauchte sie. »Das ist illegal!«

»Ist Com-Golf auch«, wischte er ihren Einwand zur Seite. »Wo liegt der Unterschied?«

»In deinem beschissenen Leben.«

»Ob mich ein DSD-Wächter erschießt oder ein hochbezahlter Killer, worin liegt der Unterschied?«, verlangte er nochmals lächelnd zu wissen. »So oder so gewinne ich, Mousse. Entweder bin ich tot und meine Sorgen sind mir egal, oder ich gewinne und habe so viele Ecu, dass ich die Yaks und dich ausbezahlen kann.« Er berührte sie an der Schulter und drückte ihr seinen Ebbie in die Hand. »Da sind meine 10 000. Leih mir noch mal 10 000 und setz sie darauf, dass ich es schaffe.«

»Wie kommst du darauf, dass du überlebst, Holdo?«

»Wie viele Killer kennst du, die du auf die Schnelle anheuern könntest, um mich auszuknipsen?«, strahlte er sie an. »Es ist nicht so einfach, an bezahlte Mörder zu kommen.«

Mousse seufzte und deutete auf ihre beiden Securityleute. »Weißt du, wenn ich skrupellos wäre, würde ich eine Million auf deinen Tod setzen, Jack und John 5000 Ecu in die Hand drücken und sie auf dich loslassen.« Holdo wurde bleich. »Schau dich um, Mr. Rough.

Was denkst du, mit wem hier einige telefonieren? Die Execs kennen Vorgesetzte in den Konzernzentralen, die sicher Spaß an der Sache finden, wenn man ihnen von der Wette erzählt. Und welche Verbindungen Konzerngrößen besitzen, muss ich dir nicht sagen. Ganz zu schweigen von den Kriminellen.« Sie nahm ihn an der Hand und zerrte ihn von der Bühne, direkt zum Hinterausgang. »Du musst weg.«

Holdo begriff, dass seine scheinbar gute Idee alles andere als gut gewesen war. Die Quote, das sah er aus dem Augenwinkel, war eben auf 1 : 11 gestiegen. Anscheinend waren die ersten Zusagen von Killern eingegangen, sich um den All-Area-Combat-Golfer zu kümmern. Er wurde nüchtern. Viel zu nüchtern.

Sie gingen die geheimen, mit Retinascannern gesicherten Wege des *Competition* und gelangten in den Lift, der nach unten in die Tiefgarage führte.

»Die Limousine bringt dich nach Hause. Pack ein paar Sachen zusammen, und tauch eine Woche lang unter«, riet sie ihm. »Am besten in die Kanalisation.« Die Kabine hielt an. »Ich höre mich um und rufe dich an, sobald ich jemanden aufgetrieben habe, der dir als Führer dienen kann.«

Inzwischen war er davon überzeugt, großen Mist gebaut zu haben. »Denkst du, du kannst meine Wette …«

»… rückgängig machen?« Mousse tippte sich gegen die Stirn. »*Ich* bestimmt nicht. Da gäbe es zu viele Leute, die mich nicht mehr leiden könnten. Damit wäre das Ansehen des *Competition* ruiniert, und mich würden sie vermutlich fertig machen. Es liegt an dir.« Sie packte ihn ansatzlos im Nacken und zog ihn zu sich heran. Ihre weichen Lippen trafen seine, sie küsste ihn innig und drückte sich an ihn. Er bekam, was er sich ersehnt hatte. Als er die Zärtlichkeit erwiderte und seine Hände unter ihr Kostüm fuhren, über die nackte, braune Haut nach oben strichen, zog sie sich zurück. »Nein, Holdo«, raunte sie. »In einer Woche.« Sie öffnete die Tür des Fahrstuhls. »Mögen die Glücksgötter mit dir sein.«

Mit einem seltsamen Gemisch aus Alkohol und Glückshormonen im Blut sowie akuter Depression im Kopf taumelte er durch die Tiefgarage. Er stieg in seinen klapprigen LandRover 2046, schaute wie immer nach seiner Golfausrüstung und startete den Motor. »Was mache ich jetzt?«, fragte er das stopplige Gesicht im Rückspiegel.

Dummerweise fiel dem Gesicht keine Antwort ein.

ADL, Groß-Frankfurt, Altstadt,
20. 9. 2059, 09:51 MEZ

Sein illegaler Zweig des Golfsports brachte es mit sich, dass Holdo mit einer gewissen Nervosität reagierte, wenn ihm Uniformierte im Leben abseits des Matchs begegneten.

Da er nach seinem gestrigen Auftritt in der Zeil und nach seiner total bescheuerten Wette ohnehin fürchtete, sofort auf der Straße erkannt zu werden, tat er alles, um sich unkenntlich zu machen: Haare gefärbt, Augenbrauen blondiert, Schuhe mit Absätzen, um größer zu wirken, und Wattetampons in die Wangen, um ein breiteres Gesicht zu erhalten; den Bart ließ er wachsen.

An den Uniformierten kam er an diesem sonnigen Tag dennoch nicht vorbei. Der Stadtkern war vom Frankfurter Bankenverein aufgekauft und für Unsummen restauriert worden. Anschließend krönte man die Altstadt mit einem Wall, durch den Besucher nur nach einer eingehenden Kontrolle gelangten. Banker waren schon immer wählerisch gewesen, was ihr Publikum anging.

Die Abschottung brachte der Altstadt den Beinamen »Die Verbotene Stadt« ein. Wie das aber mit allem Verbotenen ist, besaß es seinen Reiz, nicht zuletzt wegen der uralten Gebäude wie der Paulskirche und dem Petersdom, die sich perfekt in die auf historisch getrimmte, sanierte Umgebung einfügten.

Holdo reihte sich in die Schlange norwegischer Touristen ein und schlenderte durch den Metalldetektor, ohne Alarm auszulösen. Auch seine ID-Karte sorgte nicht dafür, dass Sirenen schrillten.

Erleichtert setzte er seinen Weg fort und gelangte in die behütete Fachwerkhausidylle des Römerbergs, wo er in der Nähe des Gerechtigkeitsbrunnens den Reporter erkannte.

Poolitzer saß an einem Tisch, vor sich einen Kaffee und ein Glas Wasser, und hatte sich in seinen Palmtop vertieft. Vor ihm lagen drei Bücher. Echte Bücher, gedrucktes Papier, keine Speicherchips. Als der Schatten des Mannes über ihn fiel, schaute er von seiner Lektüre auf. »Oh, hallo, Mr. Rough.« Er deutete auf den freien Stuhl. »Setzen Sie sich doch.«

»Nennen Sie mich bloß nicht so. Sagen Sie einfach Schmidt zu mir.« Holdo setzte sich und bestellte einen Kamillentee, um seinen nervösen Magen zu beruhigen.

Poolitzer nahm die Wahl des Getränks durchaus wahr. »Die Welt hat sich für Sie seit gestern Nacht ganz schön verändert, was?« Er wedelte mit seinem Mini-PC. »Die Quote steht bei 1 : 17, falls es Sie interessiert. Der Wettserver des *Competition* ist zusammengebrochen, nachdem Ihre Wette publik wurde.« Er schob ihm einen Ebbie über den Tisch. »Da sind 5000 Ecu drauf. Erzählen Sie mir ein bisschen über All-Area-Golf.« Er nahm seine Kamera, eine Fuchi VX2200E, aus dem Futteral, stellte sie vor sich und schaltete sie ein.

»Darf ich Sie um einen Gefallen bitten, Gospini?« Er zuckte erschrocken zusammen, als die Bedienung neben ihm erschien und den Tee servierte.

»Kommt darauf an.«

Holdo lehnte sich nach vorne. »Bitte, senden Sie einen Bericht, dass ich die Wette zurückziehe«, beschwor er ihn. »Ich war betrunken.« Er redete nun genau in die Kamera. »Habt ihr gehört, da draußen?

Ich war betrunken! Die Wette ist annulliert, sie gilt nicht!«

»Ich sende nicht live, Herr ... Schmidt«, machte ihn Poolitzer aufmerksam. »Ihr Appell ist zwar sehr eindringlich, und ich werde ihn gerne irgendwo reinschneiden, aber machen Sie sich keine Illusionen.« Er nippte an seinem Kaffee und winkte die Bedienung herbei. »Bringen Sie mir bitte einen Döner. Mit viel Wolle. Scharf.«

Der Kellner glotzte ihn an. Es wurde viel bestellt, aber das hatte er noch nie erlebt. »Unsere Tageskarte ...«

»Ich habe die Tageskarte gelesen, Gläsersherpa, und wenn ich was davon wollte, würde ich es bestellen«, unterbrach er ihn. »Traben Sie doch los und besorgen Sie mir einen. Sie bekommen auch prima Trinkgeld. Und nicht vergessen: Sehr scharf muss er sein. Wenn mir die Kehle nicht brennt, verklage ich Sie.« Er reichte ihm einen Fünfmarkchip. »Kennen Sie den Spruch: Der Gast ist König?«

»In Ordnung.« Der Kellner rannte quer über den Platz und verschwand in einer Seitengasse.

Der Reporter leerte seinen Kaffee. »Also, wie gesagt, Sie haben ein Monster zum Leben erweckt, Herr Schmidt. Und dieses Monster wird sich erst nach einer Woche zum Sterben hinlegen. Es sei denn, *Sie* sterben vorher.« Er schaute für ein, zwei Sekunden bedauernd, dann deutete er auf die Linse. »Okay, zurück zum All-Area-Combat-Golf.«

Holdo schüttelte den Kopf. »Sie sind vielleicht ein abgebrühtes Arschloch.«

»Macht der Beruf. Nehmen Sie es nicht persönlich.«

Stockend berichtete der Extrem-Golfer über das

Equipment; den besonderen verwanzten Ball, den ihnen eine Tüftlerwerkstatt anfertigte; die unterschiedlichen inoffiziellen Ligen, die nach vercybert, nicht vercybert, Menschen und Metamenschen unterschieden, um die Gleichheit der Kontrahenten zu wahren; die Wetten; die Austragungsorte, die grundsätzlich überall sein konnten, von Slums bis zu den Innenstädten. »Gelegentlich sind schusssichere Westen und Helme notwendig. Und …«

»Schnitt«, unterbrach ihn Poolitzer. Er blickte Holdo unzufrieden an. »Sie erzählen so lebendig wie eine schlechte Computeranimation aus dem 20. Jahrhundert.« Der Kellner kehrte zurück und reichte ihm den verlangten Döner.

»Wundert Sie das?«, brach es aus ihm heraus. »Mir kleben Killer am Arsch!«

»Ruhig, Golfer, ruhig. Wir sind an einem der sichersten Orte Frankfurts. Haben Sie die Kontrollen nicht bemerkt? Okay, dann beweise ich es Ihnen.« Poolitzer stand auf und breitete die Arme aus. »Hallo?«, rief er laut. »Ihr Killer, zeigt euch!«

Vor Holdos innerem Auge sprangen harmlose Gäste plötzlich auf und zückten Waffen, eröffneten das Feuer und verwandelten ihn in ein Sieb.

Natürlich geschah nichts, abgesehen von den irritierten Blicken, die ihnen von den Nachbartischen zugeworfen wurden; zwei DSD-Wachmänner mit dem zusätzlichen Emblem des Frankfurter Bankenvereins schauten zu Poolitzer und warteten lange, ehe sie ihre Runde über den Römerberg fortsetzen.

»Zufrieden?« Er setzte sich wieder, schälte den Döner aus seiner mehrlagigen Aluminium- und Papierhülle und prüfte mit routiniertem Blick, ob sich genügend von dem gemahlenen Chilipulver darin befand.

»Wie ich sagte, Sie sind sicher.« Herzhaft biss er hinein, die Soße lief an den Broträndern herab und rann in die leere Kaffeetasse. »Versuchen Sie, mal mit mehr Elan zu sprechen«, nuschelte er. »Ich nehme an, dass Com-Golf Ihre Leidenschaft ist. Momentan hat der Zuschauer mehr den Eindruck, es handelt sich um eine eher leidige Angelegenheit.«

»Ich glaube, wir lassen das Interview«, gab Holdo auf. Ihm stand nicht der Sinn danach, sich den Anordnungen eines Skandalreporters zu fügen, dem es so was von offensichtlich scheißegal war, wie es um seine Zukunft stand. Er schob den Ebbie zurück. »Nehmen Sie Ihre 5000 wieder, und senden Sie einfach nur meine Botschaft, in Ordnung?«

Poolitzer kaute langsamer; er hatte soeben umdisponiert. »Wissen Sie was? Wir machen die Golf-Sache später. Wie wäre es denn, wenn ich Sie in den nächsten 168 Stunden begleite?«, schlug er vor. »Ich mache einen Dokumentarfilm über Sie, einen Mann, der aus … Ja, warum haben Sie die Wette eigentlich abgeschlossen?« Dabei gab er dem Tisch einen Stoß, sodass der Ebbie zurück zu Holdo glitt. »Behalten Sie das Geld. Ich stocke es um 10 000 auf, wenn Sie mir erlauben, bei Ihnen zu bleiben.« Er biss noch einmal ab. »Mit meinen Connections steigen Ihre Überlebenschancen, Herr Schmidt. Es wird die Quote sicherlich wieder drücken, aber ist das Leben an sich nicht viel besser?«

Das war es in der Tat. »Danke, Gospini.« Noch war es zu früh, um aufzuatmen, doch die Spannung fiel ein wenig von ihm ab.

»Es wird sicherlich spannend bleiben«, redete Poolitzer mit vollem Mund und beherrschte das Kunststück, dabei weder Fleisch noch Tomate oder Kraut auszuspucken. »Ich rufe gleich mal ein paar Leute an, die uns helfen könnten. Wird aber nicht billig.« Er zwinkerte, bevor er schluckte und von seinem Wasser trank. »Aber Sie haben jetzt 15 000 Ecu.« Mit einem schnellen Handgriff schob er die Fuchi in eine bessere Position. »Also, dann stellen Sie sich mal vor, Herr Schmidt. Und erzählen Sie, warum ein Mensch sein Leben verwettet.«

»Weil es nichts mehr wert ist«, lachte Holdo bitter. »Ich habe Schulden. Bei wem, kann ich nicht sagen, aber ich werde am 1. Oktober sterben, wenn ich keine 100 000 Nuyen aufgetrieben habe. Da kam mir der Gedanke, es auf diese Weise zu versuchen.«

»Zeit für ein paar Erläuterungen.« Poolitzer drehte die Kamera auf sich. »Sie sind ein Spieler, habe ich gehört, Herr Schmidt. Und Sie waren oft in Düsseldorf. Mehr muss ich den Eingeweihten unter den Zuschauern nicht sagen«, tippte er trotz der Andeutung genau richtig. »Diejenigen, die es nicht wissen: In Düsseldorf hat sich ein neuer Oyabun vorgestellt, der ein strenges Regiment führt. Sehr zum Leidwesen unseres Herrn Schmidt.«

Ein Windstoß wirbelte die Serviette des Döners vom Tisch.

Holdo bückte sich schnell zur Seite und fing sie auf; im gleichen Augenblick erklang das Geräusch, das entfernt an das Knallen eines Sektkorkens erinnerte. Er dachte sich nichts dabei, bis er sich aufrichtete und den Reporter anschaute.

Poolitzer tastete gerade nach seiner rechten Halsseite, aus der das Blut spritzte. »Oh, Scheiße«, sagte er sachlich. »Entweder …«

Was auch immer er noch hatte sagen wollen, er kam nicht mehr dazu. Sein linkes Auge platzte ansatzlos, und gleich darauf öffnete sich schräg links über der rechten Braue ein daumennagelgroßes Loch. Die Gäste am Tisch hinter ihm schrien auf, weil sie die enormen Austrittswunden der beiden Projektile sahen.

Poolitzer kippte mit dem Stuhl rückwärts und riss das Tischchen um, klirrend gingen Porzellan und Glas zu Bruch. Die Bücher, die er sich gekauft hatte, fielen auf das Kopfsteinpflaster und wurden mit Kamillentee und Mineralwasser getränkt; den Döner hielt er noch immer in der Hand.

Holdo sprang auf und rannte. Damit gab er den anderen Menschen auf dem Platz das Signal, sich ebenfalls in Deckung zu begeben. Eine unaufhaltsame Fluchtbewegung setzte ein, welche die heraneilenden DSD-Wächter einfach mit sich riss.

Die Besucherflut schwappte durch die Gassen bis zur Mauer und stürmte durch die Kontrollstationen. Es war wie bei einer Stampede, die sich weder aufhalten noch leiten ließ. Gleichzeitig bekam der unsichtbare Schütze keinerlei Gelegenheit, Holdo Kraif ins Visier zu nehmen.

Er konnte weder denken noch sprechen, der Schock hielt seinen Verstand gepackt, während ihn die Menge in ihrer schützenden Mitte aus der Altstadt spülte. In diesem merkwürdigen Abwesenheitszustand lief er einfach irgendwelchen Menschen hinterher und folgte ihnen in die U-Bahnstation, in die Züge. Durchsagen wurden zu sinnlosem Gequake, Lampen glänzten sphärisch und überirdisch.

Der Schutzheilige der Verwirrten stand ihm bei und verschonte ihn vor Kontrolleuren. Irgendwann stieg er aus, fuhr Rolltreppen und Fahrstühle nach oben, bis er durch eine Halle in eine kleine Cafébar torkelte. Alles um ihn herum war verschwommen, es drehte sich, und er fühlte das Essen in seiner Kehle hochsteigen.

Holdo schaffte es bis auf die Toilette und übergab sich. Er kotzte das Urinal bis obenhin voll. Neben dem Becken sank er auf den eisigen Boden, er hielt sich die Hände vor die Augen, atmete langsam ein und aus. Sein Verstand und seine Erinnerung kehrten allmählich zurück.

Er stemmte sich in die Höhe, spritzte sich Wasser ins Gesicht und ging nach draußen, wo er sich einen großen Kaffee und einen Cognac bestellte. Zitternd hob er das Glas mit dem Alkohol an die Lippen.

Im Trid über dem Eingang zeigte der Sender Main-Schau des DeMeKo schon die ersten Live-Bilder vom Römerberg, die von einem Hubschrauber aus gefilmt wurden: ein leerer Platz rund um den Gerechtigkeitsbrunnen, jede Menge DSD-Wachleute und eine menschliche Gestalt, über die gerade eine Tischdecke ausgebreitet wurde.

»Scheiße, er ist tot«, raunte er.

»Das macht drei Ecu«, sagte die Frau hinter dem Tresen misstrauisch. Sie hielt ihn anscheinend für einen Junkie oder einen Schnorrer, der in ihrem Café nichts verloren hatte.

Holdo leerte den Cognac und bestellte noch einen. Mit der anderen Hand fuhr er in die Manteltasche und suchte nach Kleingeld. Den Ebbie mit den 5000 hatte er auf dem Römerberg gelassen. Er legte einen roten Zehn-Ecu-Chip hin. »Noch einen bitte«, verlangte er heiser.

Sie entspannte sich, nachdem sie erkannt hatte, dass er Geld besaß, und schenkte das Glas als eine Art Entschuldigung voller als voll ein. »Ist das der

Schnüffler? Der Typ, der vor kurzem diese Story mit Pomorya hatte?« Sie stellte den Ton lauter.

Der Sender wechselte die Einstellung, ein Reporter hatte sich Touristen geschnappt, die anscheinend auf dem Römerberg gewesen waren. »Was ist geschehen?«, wurde eine asiatisch anmutende Frau in einem pinkfarbenen Regencape gefragt.

»Nicht wissen«, haspelte sie aufgeregt und zupfte an ihren schwarzen Haaren. »Nicht wissen. Sitzen in Café, dann *Peng, Peng, Peng*. Ein Mann weglaufen, und andere Mann tot am Boden liegen.« Sie schaute direkt in die Linse, darunter wurde *entsetzte Zeugin* vom Sender eingeblendet. »Eine Mann habe den andere erschossen. Ich ganz sicher.« Sie verneigte sich und lächelte stolz, winkte sogar ein bisschen, bevor der Kameramann herumschwenkte und auf den schneidigen Reporter hielt.

»Heute wurde ein lieber Kollege, Severin Timur Gospini oder besser bekannt als Poolitzer, der durch seine unübliche, aber effektive Methode der Recherche viele Skandale aufdeckte und Leben rettete, Opfer eines feigen Mordes.« Das glatt rasierte Gesicht drückte professionelle Trauer und Betroffenheit aus. Das konnten alle Medienleute gut. »Die Polizei sagt derzeit nichts zu den Vorkommnissen. Aber es deutet alles darauf hin, dass ein Mann, mit dem sich Gospini in einem Café traf, in die Sache verwickelt ist. Er wird als Zeuge gesucht. Und wir fragen uns: War er der Lockvogel oder sogar der Attentäter? Wer sind die Hintermänner?« Er nickte und lächelte. »Wir halten Sie natürlich auf dem Laufenden.« Die Sondersendung endete.

Holdo schwitzte. Er suchte in seinem Mantel nach einem Taschentuch und bekam einen Plastikstreifen zwischen die Finger. Das Ticket!

Der Ausweg war mit einem Mal zum Greifen nahe. Jetzt musste er es nur noch bis zum Flughafen schaffen, bevor die Polizei herausbekommen hatte, dass *er* der Mann auf dem Römerberg gewesen war. Ins Gefängnis wollte er nicht, dort war er noch schneller tot als auf der Straße. Das unterstellte er all den Kriminellen einfach mal.

»Entschuldigung, wie weit ist es von hier bis zum Flughafen?«, fragte er die Frau.

»Zu welchem wollen Sie denn? Paris, London, Rom?«

»Zum Frankfurter.«

Sie lächelte unfreundlich. »Verarschen kann ich mich selbst, Schätzchen.« Sie wandte sich der Spülmaschine zu.

Als Holdo aus dem Fenster der Cafébar blickte, schaute er auf eine große Eingangshalle, und darüber stand in dicken Leuchtbuchstaben »Terminal 3«. Er war genau richtig. »Entschuldigen Sie. Heute ist nicht mein Tag«, sagte er zu ihr, stand auf und setzte die Kaffeetasse an die Lippen, um sie im Gehen auszutrinken.

Prompt rannte er in den Mann im hellen Trenchcoat hinein, dem es gelungen war, völlig geräuschlos einzutreten.

Holdo fühlte sich, als sei er gegen einen Betonpfosten gelaufen. Entweder der Mann trug eine Rüstung unter seinem Mantel, oder aber er bestand nur aus Muskeln. Der Kaffee war weniger beeindruckt, sondern folgte den physikalischen Gesetzen und schwappte über den Rand hinweg mitten auf den Trench; das Braun gab ihm einen neuen farblichen Akzent.

»Scheiße«, fluchte Holdo und machte einen Schritt zurück. »Ich meine, sorry. Oh, Mann. Heute ist einfach nicht mein Tag.« Er sah, dass der Mann unter dem Mantel einen modischen, dunkelgrauen Zweireiher trug; auf dem dunkelblonden Schopf saß ein hellgraues Barett.

»Sieht fast so aus.« Die graugrünen Augen des Mannes taxierten ihn, im bartfreien, gepflegten Gesicht rührte sich nichts. »Ich hoffe, es ist nicht ansteckend.«

Holdo dachte an Poolitzers jähes Ende. »Bin mir nicht sicher.« Er wischte mit Servietten an dem Fleck herum und stellte fest, dass er sich einwandfrei von dem Papier aufsaugen ließ. Er spürte die Blicke auf sich, und schon kehrte die Nervosität mit Wucht zurück. »Ist das ein Spezialstoff?«, versuchte er, Banales zu reden.

»Ja. Und Teflonbeschichtung. Darf ich?« Der Mann hob die Rechte, der schwarze Handschuh nahm Holdo die Serviette ab, und er entfernte den Fleck selbst. »Gehen Sie ruhig. Sie werden einen Flug zu erreichen haben, nehme ich an.«

»Danke sehr«, atmete Holdo auf. Er trank den Kaffee, stellte die Tasse auf den Tresen und bewegte sich auf die Tür zu.

»Einen Augenblick«, sagte der Mann in seinem Rücken.

Der arg strapazierte Selbsterhaltungstrieb verlangte von ihm, auf der Stelle loszurennen, quer über die Straße in Terminal 3, um sich in die Sicherheit der Flugabfertigung zu begeben. Sein Verstand warnte ihn davor. Wäre der Typ ein Killer, hätte er ihn schon längst erschossen. Also gehorchten seine Füße widerwillig dem Bremsimpuls aus dem Hirn. »Ja?«, sagte er über die Schulter.

Der Mann hielt sein Flugticket in der Linken. »Sie

haben das verloren, Herr Kraif. Sie wollen doch sicher an Bord kommen, oder?«

Holdo lächelte und dankte seinem Verstand. »Jetzt haben Sie was gut bei mir«, sagte er. »Danke vielmals. Wenn wir uns noch mal begegnen sollten, lade ich Sie zum Essen ein.«

»Abgemacht. Guten Flug.« Der breit gebaute, unnatürlich muskulöse Mann nickte und drehte sich zur Barfrau, die ihn äußerst interessiert betrachtete. Für ihn war die Sache erledigt.

Mehr noch, denn als Holdo erleichtert die Straße überquerte und auf den Eingang des Terminals zumarschierte, hatte ihn Jeremiah Jennings bereits wieder vergessen.

Regel 2: Der Ball hat ein Höchstgewicht von 45,93 Gramm und einen Mindestdurchmesser von 42,67 Millimeter; Vollstahl ist nicht zugelassen.
Vor Spielbeginn gibt jeder die Bezeichnung des Balls seinen Mitspielern an. Der Ball ist im Spiel, sobald der Spieler einen ersten Schlag ausgeführt hat, auch wenn er den Ball dabei verfehlt.
Nachtrag: Es ist nicht erlaubt, den sportlichen Gegner zu verletzen, weder mit Ball noch mit Schläger. Zufall ist keine Ausrede.

Auszug aus den All-Area-Combat-Golf-Regeln der International Double A Combat Golf Society

ADL, Groß-Frankfurt, Mainz-Wiesbaden (MaWie),
20. 9. 2059, 09:51 MEZ

Der blutige Speichelklumpen klatschte ins Waschbecken und kroch langsam wie eine Schnecke abwärts zum Abfluss. Der Wasserhahn wurde aufgedreht, das chlorhaltige Kalkwasser sprudelte hervor und schwemmte ihn davon; zurück blieb ein letzter, rötlicher Schleimfaden.

Ordog hob den Kopf und betrachtete sich im von der Feuchtigkeit der Umkleide beschlagenen Spiegel. Er war schon immer fahl gewesen, und die dünnen, schwarzen Haare konnte man zu keiner Zeit voll und üppig nennen.

Aber in den letzten Wochen war es schlimmer geworden. Sie hatten sich so sehr gelichtet, dass man die Kopfhaut erkannte.

Er zog sein Shirt aus und suchte auf seinem nackten, muskulösen Oberkörper nach dunklen Flecken unter der Haut. Er fand drei, deutlich schimmerten sie neben den Adern hervor.

»Verdammt.« Er öffnete den Mund, zog die Lippen zurück und schaute auf das blutende Zahnfleisch. Zusammen mit seiner bleichen Haut, die er einer Pigmentstörung verdankte, glich er einem Zombie oder einem Vampir aus einem Trid. Sogar sein dunkelrotes Tribe-Tattoo auf der rechten Schläfe sah verwaschen und verblichen aus.

Ordog hörte das Quietschen von Gummi auf den Kacheln. Ein Rollstuhl. »Hallo, Coach«, sagte er und drehte sich zu Dice um.

»Hallo.« Der Elf musterte ihn mit gewichtiger Miene.

»Ich mache es kurz: Es sieht nicht gut aus. Der Doc hat mir deine letzten Blutwerte gezeigt.«

»Und jetzt bist du gekommen, um mir zu sagen, dass du mich nicht mehr aufstellen kannst«, nahm er ihm den folgenschweren Satz aus dem Mund.

Dice biss sich auf die Lippen, er rang nach Worten der Erklärung, der Verteidigung. »Es geht nicht anders, Ordog. Du bringst dich mehr in Gefahr als alles andere. Wenn Tattoo dich beim letzten Spiel gegen die Ruhrmetall Leviathane nicht gedeckt hätte, hättest du eine Salve aus einem MG eingesteckt.«

»Du meinst, ich tauge nichts mehr für das Spiel und gefährde den Titel für die Barons.« Er spürte, dass sich wieder Blut in seinem Mund angesammelt hatte, und beugte sich über den Ausguss am Boden. Der rote Rotzklumpen landete genau auf dem Gitter. »Und du hast Recht, Dice. Ich werde aufhören.«

Der Elf atmete sichtlich auf. »Wir werden dir natürlich …«

»Nach dem nächsten Spiel.«

»Noch eins?« Dice rollte näher heran, er schaute dem Freund in die braunen Augen. »Nein, Ordog.«

Er beugte sich nach vorn, um sein Gesicht auf die Höhe des Coachs zu bringen. »Bitte, Dice. Ich habe keine Lust, elend in einem Krankenbett zu verrecken. Lass mich gegen die Bavarian Bayonets antreten, und ich mache das Spiel meines Lebens.«

Jetzt hatte Dice verstanden. »Du willst dich opfern? Du willst draufgehen?«

Ordog nickte. »Schnell und schmerzlos. Ich bringe irgendeine Aktion, die mich zum Helden macht. Die Leute sollen mich in Erinnerung behalten, wie ich für mein Team sterbe, und nicht als der Typ, der wie viele andere vor ihm qualvoll in einem Bett verreckt ist.«

»Hast du mit Tattoo schon darüber gesprochen?« Der Coach sah, wie sich ein neuer, dunkler Fleck oberhalb des Nabels bildete.

»Bin ich verrückt?« Ordog grinste. »Ich wollte auf dem Platz sterben, nicht gleich hier.« Er wurde wieder ernst. »Du wirst ihr nichts von meinem Plan erzählen, Dice. Sie ist immer noch der Meinung, dass Aussicht auf Heilung besteht.«

»Bist du sicher, dass es *keine* gibt?«

»Ich habe eine neue Scheißform von Leukämie, Dice. Eine Mischung aus chronischer und akuter und Erwachte-was-weiß-ich-was-Leukämie. Meine Milz ist so groß wie ein Fußball, und meine Lymphknoten platzen bestimmt bald.« Ordog deutete auf die dunklen Flecken. »Ich laufe innerlich aus, obwohl ich unter fortschreitender Anämie leide und der Arzt nicht weiß, woher ich überhaupt noch Blut habe.« Er drehte sich zum beschlagenen Spiegel um und malte eine 2 darauf. »Das sind keine Jahre, Dice.« Sein Finger unterstrich die Ziffer. »Das sind Monate. Danach helfen auch die Medikamente nichts mehr.«

Dice atmete tief ein. »Du willst also aufgeben?«

»Ich komme bloß der Natur zuvor.«

»Ich war mal an einem ähnlichen Punkt wie du, Ordog.« Er klopfte mit den Händen auf die Räder des Rollstuhls. »Nach der Sache mit dem …«

Aber der Mann, der jahrelang als Straßensamurai sein Geld verdient hatte, bevor er durch einen Zufall ins Team der Mainzer Stadtkriegmannschaft Black Barons gekommen war, hob die rechte Hand. »Keine Appelle, Coach. Ich bin kein Doc, aber es gibt einen Unterschied zwischen einer inoperablen Querschnittslähmung und einer unheilbaren Leukämie.« Ein heller Blutfaden sickerte aus der Nase, den er erst nicht bemerkte, bis ihn der Elf aufmerksam machte. »Mal wieder«, sagte Ordog abgeklärt und zog sich ein graues Zellstoffhandtuch aus dem Spender.

»Einverstanden. Du wirst im ersten Viertel spielen. *Nur* dieses eine Viertel.« Er wendete auf der Stelle. »Ich will nicht wissen, was du vorhast, Ordog. Ich finde es beschissen, was du machen willst, aber ich kann dich zu gut leiden, um dir den Abgang zu verbieten.« In den Augen des Elfs stand eine Spur von Verständnis. Ohne ein weiteres Wort rollte er hinaus.

Ordog schloss erleichtert die Augen und lehnte die Stirn gegen den kühlen Spiegel.

»Was für einen Abgang?«

Die Frage, die von einer Frau gestellt worden war, hallte in der Umkleide nach; Misstrauen schwang in der Stimme mit.

Er hob die Lider und wandte sich seiner Lebensgefährtin zu.

Die Elfin zog ihr Bandana von den fingerlangen, schwarzen Haaren mit den dunkelroten Strähnen, der Schweiß lief über ihr Gesicht und benetzte die tätowierte glühende Sonne auf ihrer Stirn, deren Flammenkorona waagrecht bis zu den Schläfen reichte; am Hals wanden sich schwarze Dornenranken bis ans Kinn empor.

Sie trug ihre grüne Trainingsrüstung, in ihrem Schulterhalfter saß die Ruger Super Warhawk, ein Paar dikotebeschichtete Sai-Gabeln waren an ihren Oberschenkeln, ein weiteres auf dem Rücken befestigt. Sie warf ihm den grellgrünen Kevlarhelm zu, den sie in der Linken hielt, dann legte sie die Unterarmschützer ab. »Was für einen Abgang?«

Ordog fing den Helm. »Ich mache nach dem nächsten Spiel Schluss. Es geht nicht mehr«, belog er sie nur ein bisschen.

Tasmin Felhainir, besser bekannt als Tattoo und die beste Scoutin der Black Barons, zog die schmalen Augenbrauen nach oben. Für eine Elfin besaß sie wenig von der überdurchschnittlichen Schönheit und sanften Anmut, die man ihrer Rasse nachsagte, dafür besaß sie etwas Animalisches, Brutales. Die metallenen Reißzähne, die sie sich hatte implantieren lassen, machten den Eindruck nicht besser. »Du verarschst mich!«

»Nein.« Seine Finger spielten mit dem Kinnriemen, wieder spuckte er Blut in den Abfluss. Er ging an ihr vorbei, gab ihr den Helm zurück und trat vor seinen Spind, in dem sich sein Medikamentenlager befand. »Es macht keinen Sinn«, sprach er leise und schüttete sich die Pillen in die hohle Hand: Anti-Schmerzmittel, Chemo-Tabletten, Vitamine und alle möglichen Spurenelemente zur Stärkung seines geschwächten Körpers. Er spülte den Mix mit einem Schluck Wasser runter. »Ich bin eine Last, keine Verstärkung des Teams.«

Sie trat an ihn heran und schlang die Arme von hinten um ihn, küsste ihn auf das nackte Schulterblatt. Niemand außer ihm kannte die Elfin so zärtlich, so weiblich.

»Es war ein Fehler, in die Sox zu gehen und zu plündern«, sprach er leise in den Spind und lachte freudlos auf. »Von wegen einfacher Job. Scheiß Radioaktivität. Sie hat sich Michels geholt, und jetzt bin ich an der Reihe.«

Tattoo drehte ihn sanft zu sich um und küsste ihn auf den Mund. Dass Blut auf seinen Lippen haftete, störte sie nicht. Eine Stadtkriegerin wie sie ekelte sich vor ganz anderen, banalen Dingen. »Du klingst, als wolltest du mehr als nur die Liga aufgeben«, sagte sie besorgt.

»Ich habe an dem Tag aufgegeben, als mir der Doc sagte, dass ich die gleiche Art von Leukämie habe wie Michels.« Nichts hatte geholfen, die Krebszellen lachten über Bestrahlung und Chemo, einen passenden Knochenmarkspender hatten sie nicht auftreiben können. Im gleichen Moment, als ihm der Arzt von einem neuen Verfahren vom Institut für Humangenetik der Universität Heidelberg berichtete, kamen die neuen Blutwerte. Die Krebszellen hatten ordentlich Gas gegeben. Ordog streichelte ihr Gesicht, fuhr mit dem Daumen die eintätowierten Dornenranken entlang. »Gewöhn dich an den Gedanken, mich bald nicht mehr an deiner Seite zu haben.«

»Scheiße, hör auf, so was zu sagen!«, herrschte sie ihn wütend an. Ihre Adrenalinpumpe aktivierte sich wie so oft zur falschen Zeit und gab das Stresshormon in ihre Blutbahn. Das Kunstherz beschleunigte, ihr Grundumsatz, der Blutzuckerspiegel, die Durchblutung der Bewegungsmuskulatur und der Herzkranzgefäße schnellten in die Höhe. Mit der Zärtlichkeit war es dahin. »Du wirst nicht sterben, hörst du mich?« Dann entdeckte sie die aufgemalte 2 im Spiegel. »Was bedeutet das?«, knurrte sie.

»Nichts.«

Tattoo schlug mit der Faust gegen die Spindtür, der künstliche Arm und dessen immense Kraft dellten das dünne Blech ein. »Sag, dass es Jahre sind«, flüsterte sie, heiser vor Zorn. Eine Träne glitzerte in ihren grünen Cyberaugen, perfekte Technik wurde von Menschlichkeit gekrönt.

»Komm wieder runter, Tattoo«, bat er sie und fasste sie bei den Schultern. »Deine Adrenalinpumpe bringt dich eines Tages noch um.«

Ihre Aggressivität, die sie bis eben in Schach gehalten hatte, explodierte. Sie schlug seine Arme mit einem Schrei zur Seite, drehte sich um hundertachtzig Grad und drosch mehrmals gegen die nächste Wand. Kacheln ergaben sich splitternd ihrer Stärke, und es dauerte lange, bis ihre unbändige Wut verrauchte.

Die Elfin wusste nicht, wohin mit ihren Gefühlen, und da sie einzig mit Gewalt umzugehen wusste, nutzte sie diese, um sich abzureagieren. Sex kam dazu nicht infrage, nicht hier und nicht jetzt.

»Es sind Jahre, Tattoo. Jahre!«, hörte sie die Stimme ihres Lebensgefährten beschwichtigend auf sie einreden. »Hör auf auszuflippen. Du reißt die Umkleide noch ein, wenn du so weitermachst.« Kurzerhand zog er sie unter die Duschen, betätigte die Knöpfe und stellte sich zusammen mit ihr in die eisigen Wasserstrahlen.

Die Kälte wirkte. Tattoo schnaubte, strich sich das Wasser aus den Augen und bildete sich ein, dass jeder Tropfen auf ihrer Haut verdampfte, so heiß und aufgepeitscht rann das Blut durch ihre Adern. Sie bediente den Temperaturregler und zog ihre Kleidung aus. Nach dem anstrengenden Training hatte sie ohnehin duschen wollen.

Ordog betrachtete ihren schlanken, von Narben gezierten Körper, die kleinen, straffen Brüste, und er fühlte Begierde in sich aufsteigen. Er beschloss, die Gelegenheit zu nutzen.

»Bleib, wo und wie du bist«, sagte er und ging zur Tür, um sie abzuschließen.

In diesem Moment schwang die Tür auf, und ein ihm unbekannter Mann mit unzweifelhaft arabischer

Herkunft in einem kostspieligen bordeauxroten Geschäftsanzug stand im Rahmen.

Er war etwas kleiner als Ordog, trug einen kurzen schwarzen Bart und eine goldene Brille in dem braunen Gesicht; an seinem Revers trug er einen Besucherausweis, mit dem er sich im Stadion der Barons bewegen durfte. Uneingeschränkt. Das war unüblich. »As Salamu Aleikum«, grüßte er.

»Wa Aleikum as Salamu«, erwiderte Ordog die Worte. Er kannte die Formel von Sheik, dem Magier, mit dem sie zusammen in der Sox gewesen waren, und hatte sie aus einem Reflex heraus benutzt.

»Ana asif … Entschuldigung, wenn ich Ihre kostbare Zeit raube, Herr Stauffer.« Der Mann verneigte sich vor ihm. »Mein Name ist Rashid bin Saeed, und Ihr Management war so freundlich, mir zu erlauben …« Er schaute an ihm vorbei, wurde rot und wandte sich sofort ab. »Ich werde wohl besser draußen warten.«

Der Grund für sein Verhalten war Tattoo. Sie kam, nackt bis auf das Handtuch um ihre Hüften, an die Seite von Ordog. Ihr stand der Ärger über den Besucher ins Gesicht geschrieben, weil sie sich durchaus über Intimität mit ihrem Gefährten gefreut hatte. Es hätte ihr die letzten Reste der Wut aus dem Körper getrieben. »Was hast du hier zu suchen? Das ist der Teambereich und nicht das Management. Autogramme gibt es draußen im Shop, auch für Anzugträger wie dich.«

»Ein Missverständnis«, sagte er gegen die Wand. »Ich bin kein Fan. Ich muss mit Herrn Stauffer privat sprechen. Es geht um Ali Reza Abolhassan.« Rashid verließ die Umkleide. »Wie gesagt, ich warte draußen auf Sie.«

»Sheik?« Ordog schaute zur Elfin und küsste sie auf die Stirn. Mit einem Lebenszeichen von dem Magier hatte er am wenigsten gerechnet. »Das ist ja ein Ding.«

»War das der Zauberer, den sie aus dem Stadion mitgenommen haben, nachdem ihr aus der Sox gekommen seid?«, erinnerte sich Tattoo und trocknete sich mit einem zweiten Handtuch ab. Danach stieg sie in ihre unauffälligeren Straßenkleider und warf sich in die Lederjacke, auf der groß *Black Barons* aufgedruckt stand.

Er tauschte seine nassen Sachen ebenfalls gegen trockene; er bevorzugte die bequemen Hosen seines Stadttarnanzugs, dazu gab es das passende Shirt, Kampfstiefel und einen halblangen Ledermantel. »Ja. Er hat uns in der Forschungsstation von ECC den Rücken gedeckt, danach haben wir ihn für tot gehalten und durch einen Zufall wieder gefunden.« Er sah das Gesicht des Magiers vor sich, der von sich selbst behauptet hatte, Fakir, Mirakelbewirker und Gelehrter zu sein. »Er hat immer gekifft wie ein Schlot und behauptet, von seinem Bruder seines Titels und seines Erbes beraubt worden zu sein. Irgendein Emirat, den Namen hat er nie genannt.«

Tattoo kreuzte die Arme vor der Brust und kniff die Augen zusammen. »Das war doch so eine abenteuerliche Aktion, wie sie ihn damals aus unserer Krankenstation geholt haben.«

»Ein Wagen mit vier dunkelhäutigen Männern war vorgefahren, hat mir der Pförtner erzählt. Sie hatten sich als Verwandte von Sheik ausgewiesen und ihn mitgenommen.« Er wühlte in seinem Spind und fand neben den Erinnerungsfotos vom Zwerg Michels und dem Ork Schibulski das Kuvert, das man ihm hinterlassen hatte. Er nahm die Karte heraus. »Vielen Dank für die Fürsorge, Herr Stauffer. Wir kümmern uns um den verloren geglaubten Bruder selbst und führen ihn den besten Spezialisten zu. Sollte sich sein Zustand bessern und möchte Sheik Ali Reza Abolhassan ibn Mustafa ibn Jasul selbst Kontakt aufnehmen, wird das geschehen. Ansonsten sind Nachforschungen jeder Art zwecklos«, las er den Inhalt vor.

»Und der Typ vor der Tür ist nicht Sheik, oder?«

»Nein. Aber es könnte ein jüngerer Bruder sein.« Er spuckte noch einmal Blut aus. »Hören wir, was er von mir will.«

Gemeinsam verließen sie die Umkleidekabine und traten in den Korridor. Rashid stand am Fenster, von dem aus man das Übungsfeld der Barons überblicken konnte.

Früher war es ein Fußballstadion gewesen. Heute rannten, kämpften und schossen die Newbies der Mainzer Stadtkrieger dort unten um die Wette, um sich durch ihre Leistungen in den Augen des Coachs hervorzutun. Es war nur eine Frage der Zeit, wann ein Platz im Stammteam frei wurde. Stadtkriegspieler wurden selten alt, und kaum ein Spiel verging, in dem sie nicht ohne ernste Blessuren vom Feld gingen.

»Harte Männer und Frauen, über deren Häuptern allgegenwärtig der Tod schwebt.« Der Araber nickte und vermied es, die Elfin anzuschauen. »Aber ein Spiel mit Zukunft. Wir überlegen gerade, ob wir auch ein Team auf die Beine stellen. Mit der Hilfe der Black Barons.«

»Sie wollen mit mir aber nicht über einen Trainervertrag sprechen?« Ordog setzte sich neben den leise schnurrenden Getränkeautomaten. »Möchten Sie was trinken, Herr Saeed?«

»Eine Cola wäre fein.«

Ordog schlug gegen die Wahltaste mit der Coladose, ein Piepsen ertönte, und gleich darauf spuckte der Automat, ohne Geld zu verlangen, ein Getränk aus; sich selbst und Tattoo zog er zwei Malzbier.

»Danke.« Saeed öffnete den Verschluss und nahm einen langen Schluck. »Nein, ich möchte Sie nicht als Trainer verpflichten. Ich möchte Ihnen einen Auftrag anbieten.«

»Hat Sheik irgendetwas geplant?« Er prostete ihm zu. »Aber selbst wenn es so wäre, sagen Sie ihm, dass ich nicht mehr im Geschäft bin. Mein Leben gehört dem Stadtkrieg.«

»Er hat Ihre Karriere aufmerksam verfolgt, Herr Stauffer.« Er plusterte die Wangen auf, weil er ein Rülpsen unterdrückte, dabei hopste die goldene Brille ein wenig. »Er hat sich sehr über Ihre Erfolge gefreut.«

»Wissen Sie, Saeed, Sie können mir viel erzählen«, schaltete sich Tattoo ein. »Ich kenne diesen Magier nur vom Sehen, aber gibt es irgendeinen Beweis für Ihren Auftritt?« Sie schaute auf seinen Anzug. »Bis jetzt sehe ich nur Ihren Namen auf unserem Besucherausweis, aber mehr auch nicht.«

Ordog legte den Kopf schief und wartete ab.

Saeed lächelte. »Aber natürlich.« Er griff betont langsam in sein Sakko und zog einen Umschlag heraus. Er breitete vor den beiden eine ganze Sammlung von Bildern aus, die einen immer lächelnden Mann in arabischer Kleidung zeigten, mal in der Wüste, mal am Meer, mal vor einem Kamel, mal an Bord einer Yacht.

Auf der letzten Aufnahme war ihm das Lachen jedoch vergangen. Er saß in einem Intensivbett im Krankenhaus, vier Schläuche steckten in seinen Armen und in der Halsschlagader. Seine Haare hatte er vollkommen verloren, aber er reckte den Daumen nach oben. Der Anblick traf Ordog.

»Er hat Leukämie, aber das können Sie sich sicher denken, Herr Stauffer«, erklärte Saeed, ohne wirklich bedrückt zu klingen. Er nahm einen zweiten, dünnen Umschlag und reichte ihn über den Tisch. »Darin sind einige persönliche Zeilen von Erlebnissen, die nur er und Sie kennen. Mehr kann ich Ihnen als Beweis nicht anbieten.«

Ordog öffnete den Brief und überflog die Zeilen. »Ja, stimmt. Also, was möchten Sie von mir? Soll ich ihn besuchen und ihm Mut zusprechen?«

»Sie wären, mit Verlaub, nicht der Richtige. Wenn man Ihrer Krankenakte Glauben schenken darf, haben Sie noch zwei Monate ...«

»Monate?«, entfuhr es Tattoo, und sie verschluckte sich. »Du hast gesagt, du hättest noch zwei Jahre!« Sie blitzte ihn an, die grünen Augen brachten ihn um und heilten ihn zugleich.

»Bitte«, versuchte er, das Ungewitter zu verschieben.

Die Elfin kochte bereits. Sie warf die Dose in die Ecke und rauschte aus dem Aufenthaltsraum, geradewegs in den Workout-Bereich, wo die Geräte mit den schweren Gewichten und die reißfesten Sandsäcke standen. Sie reagierte sich dort ab, bevor sie den Getränkeautomaten in einen deformierten Haufen Blech und Plastik verwandelte.

»Sie ist eine sehr impulsive Frau«, erklärte er dem Araber, der nickte und sich nichts anmerken ließ.

»Verzeihen Sie mir, dass ich Ihr Geheimnis preisgegeben habe, aber ich dachte, sie sei im Bilde.« Rashid lächelte verzagt, da er nicht wusste, wie der Mann seine ungewollte Enthüllung aufnahm.

»Sie wird mir verzeihen. Hoffe ich.« Mit einer Handbewegung forderte er ihn auf, weiter zu berichten.

»Ich hoffe es, weil wir auch sie bräuchten.« Er schob das Krankenhausbild nach vorne. »Sehen Sie, das ist die letzte Aufnahme meines Halbbruders. Sie wurde vor drei Tagen aufgenommen. Kurz vor seiner Entführung. Ein falsches Ärzteteam rückte in die Privatklinik in Dubai City ein und schaffte es, ihn zu kidnappen.«

»Einfach so?«

Rashid schüttelte den Kopf. »Einer der Mitarbeiter meldete sich bei meiner Familie per Kom, ob die Verlegung in Ordnung gehe. Als er die Nachricht erhielt, dass dem nicht so ist und er den Sicherheitsdienst alarmierte, gab es ein Massaker. Die angeblichen Pfleger eröffneten das Feuer und töteten außer dem Wachpersonal drei unbeteiligte Ärzte, zwei Pfleger und zwei Schwestern, die in der Nähe standen.« Er zeigte ihm Aufnahmen der Klinik nach dem Besuch der Entführer: Leichen, vom Blut der Opfer rot getünchte Wände, Spuren von Detonationen auf den Fluren.

Ordog betrachtete die harten Bilder, der Anblick schockierte ihn nicht wirklich. Runner wie er kannten das. Und er ahnte, was die Eröffnung brachte: einen Auftrag. »Bevor Sie weitersprechen, Herr Saeed, möchte ich ein bisschen was wissen. Ich sehe Ihren exklusiven Anzug, ich höre das Wort Privatklinik und Dubai City.« Er beobachtete sein Gegenüber. »Wer ist Sheik wirklich?«

Der Mann lächelte vielsagend. »Alles darf ich Ihnen

nicht erzählen, Herr Stauffer. Das überlasse ich meinem Halbbruder, sobald Sie ihn befreit haben.« Er überlegte, wie viel er offenbaren konnte. »Die Vereinigten Arabischen Emirate sind ein Zusammenschluss von Ajman, Umm al-Qaiwain, Ras al-Khaimah und Fujairah sowie Abu Dhabi, Dubai und Sharjah, wie Sie vielleicht wissen. Und wäre bei der Nachfolge im Emirat Ras al-Khaimah alles mit rechten Dingen zugegangen, säße der Mann, den Sie zu Recht Sheik nennen, auf dem Thron. Seitdem leben seine Mutter und seine vier Schwestern in Dubai City, während er sich noch weiter weg begab, um sein Leben zu schützen. In die ADL.« Rashid rang die Hände. »Wir haben lange nach ihm gesucht und waren sehr glücklich, als wir ihn wieder in die Heimat bringen konnten.«

Ordog war beeindruckt. »Ich kenne einen richtigen Scheich«, sagte er. »Und Sie gehen davon aus, dass die Entführung von dem Mann angeleiert wurde, der Sheiks Thron in Ras al-Khaimah besetzt hat?«

»Vermutlich, Herr Stauffer. Es deutet darauf hin, dass Djalal Saadi Abolhassan, so lautet sein Name und Allah soll ihm für seinen Verrat die Hoden austrocknen lassen, trotz aller Geheimhaltung von der Rückkehr erfahren hat.«

»Warum hat er ihn entführt und nicht an Ort und Stelle erschossen?«, fragte Ordog, der praktisch dachte.

Rashid hob die Achseln. »Um eine Verzichtserklärung zu erzwingen? Keine Ahnung, es wird Ihr Job sein, das genau herauszufinden. Wir nehmen an, dass sich mein Halbbruder noch immer in Dubai City aufhält. Irgendwo.«

Er spürte, wie sich wieder Blut in seinem Speichel

vermischte, dieses Mal schluckte er es. »Ich habe nicht ganz verstanden, warum Sie einen halb toten Ausländer für den Auftrag haben wollen«, sagte er. »Ich spreche kein Wort Arabisch, Herr Saeed.«

»Die Sprache und Ihr Aussehen spielen keine Rolle. Es gibt genügend Ausländer und Touristen in Dubai, wie Sie bald sehen werden. Wir brauchen jemandem, dem wir vertrauen können. Sie haben sich bewährt und Alis Leben schon einmal gerettet.« Er trank wieder von seiner Cola. »Außerdem dürften Sie einen guten Grund haben, alles zu unternehmen, um ihn zu finden. Nicht nur wegen des Geldes.«

»Sondern?«

»Wegen der Behandlungsmethode seiner Leukämie. Mein Halbbruder war fast vollständig genesen, bevor er entführt wurde. Deswegen ist es umso bedeutsamer, dass er in die Obhut seiner Ärzte zurückkehrt, um den Erfolg der Therapie nicht zu gefährden.« Rashid nickte Ordog zu. »Wir wären bereit, Sie auf unsere Kosten behandeln zu lassen.«

»Es ist unheilbar, Herr Saeed.«

»Nein, ist es nicht, Herr Stauffer«, gab der Mann verführerisch zurück. »Ihre Diagnose, die des verstorbenen Herrn Michels und jene meines Halbbruders decken sich zu 99 Prozent. Ihre Chancen stehen gut, als reicher und gesunder Mann aus Dubai City zurückzukehren.« Er schaute aus dem Fenster, vor dem gerade einer der Newbies vom Ausbilder systematisch verprügelt wurde. Nahkampfvorbereitung, lautete die Unterrichtseinheit. »Fragen Sie mich nicht nach medizinischen Einzelheiten. Die Auswertung der Daten habe ich Spezialisten überlassen, die ich Ihnen jedoch gerne gebe, damit Sie sie von Ihren Ärzten vergleichen lassen.« Rashid stand auf und reichte ihm eine Visitenkarte. »Sie und Ihre Freundin sind herzlich eingeladen. Sie erreichen mich unter dieser Nummer, um mir Ihre Entscheidung mitzuteilen. Ich bin bis morgen elf Uhr vormittags erreichbar, danach sitze ich in der Maschine nach Dubai City. Ma-a Salam.« Er verneigte sich und ging.

»Ma-a Salam«, erwiderte Ordog, abwesend die Karte aus Plastik betrachtend, auf der die Nummer als Holografie schimmerte.

Es war, als hätte ihm ein Gott mitten im Sterben ein Tor geöffnet und ihm gesagt, dass er weiterleben durfte. Falls er weiterleben wollte.

Da durfte er nicht zögern.

Schweiz, Kanton Vaud, Lausanne,
20. 9. 2059, 09:51 MEZ

Metallische Gegenstände klapperten und klirrten um sie herum, grelles, kaltes Licht machte es unmöglich, sich zu entspannen.

»Ist sie bei Bewusstsein?«

Stoff raschelte, vor ihr schnellte eine grüne Wand in die Höhe, Plastik knisterte neben ihr; es roch plötzlich stark nach Kautschuk und Desinfektionsmitteln.

»Ja.«

»Vitalwerte?«

Musik wurde eingeschaltet, beruhigende Tonfolgen erklangen aus den Lautsprechern aus der Decke über ihr. Sie fühlte sich seltsam schwerelos, als sei ihr irdischer Leib zu einem Astralkörper geworden.

»Bedenklich, sowohl von Mutter als auch Kind. Puls und Blutdruck sind zu hoch.«

»Wirkt die Betäubung schon?«

»Das Beruhigungsmittel ja, aber die Spinalanästhesie noch nicht.«

Auf einen Schlag fiepten gleich drei Geräte los, ein Mann fluchte laut. »Wir müssen anfangen, wenn wir das Kind nicht verlieren wollen.« Wieder klirrte es. Vor ihr erschien ein blaues Augenpaar, das von einer grünen Haube und einem gleichfarbigen Mundschutz eingekeilt war. »Frau Peron, hören Sie mich?« Jemand machte sich an ihren Handgelenken zu schaffen, dicke Riemen legten sich darum und verbanden sie mit der Liege.

Cauldron wandte ihren Kopf zu den sprechenden blauen Augen. »Ja«, sagte sie langsam.

Das Augenpaar schaute zur Seite. »Frau Peron, es tut mir Leid, wir müssen anfangen.« Nach Gummi riechende, weiße Finger öffneten ihren Mund und schoben einen Beißklotz zwischen die Zähne. »Ist der Magier bereit?«, fragten die Augen an ihr vorbei. »Ich habe keine Lust, in einem Feuerball zu verglühen, wenn die Schmerzen mit ihr durchgehen.«

»Ja«, wiederholte sie und hörte sich selbst sprechen.

Die Augen blickten sie aufmunternd an. »Seien Sie tapfer, Frau Peron.« Dann schwebten sie davon. »Es kann losgehen. Holen wir es raus.«

Ein heißer Draht ritzte die Haut, schnitt sich durch ihren Bauch und suchte sich seinen Weg zu ihrer Gebärmutter. Cauldron schrie, wie sie in ihrem Leben noch nicht geschrien hatte, sie biss auf den Hartgummiklotz … und plötzlich waren die Schmerzen verschwunden. Sie fühlte, dass man an ihrem Unterleib zerrte und rupfte, aber es tat nicht mehr weh.

»Spinalanästhesie wirkt«, sagte eine Stimme, und in die beruhigende Meldung hinein piepste eine vierte Maschine. »Professor Mannli, sie kollabiert!«, rief die Stimme aufgeregt, und es wurde dunkel um Cauldron.

Sie kam in ihrem Zimmer wieder zu sich, das mehr an ein Hotel als an ein Krankenhaus erinnerte. Abgesehen von den vielen Anschlüssen hinter ihrem Bett für Sauerstoff, Druckluft, Datenleitungen und Elektrizität sowie dem schwachen Duft von Putzmitteln wirkte es behaglich.

Sofort stand eine blonde Pflegerin an ihrem Bett und schaute sie an. »Schön, dass Sie aufgewacht sind, Frau Peron.« Auf dem Namensschild ihrer weißen

Uniform stand *Schwester Ursel* geschrieben. »Es gab eine Reihe von Komplikationen, doch Ihnen und Ihrem Sohn geht es gut«, nahm sie vorweg, um die Patientin von der seelischen Last zu befreien. »Alles Weitere wird Ihnen Professor Mannli erklären.« Ursel schaute auf die Überwachungsgeräte, an denen Cauldron angeschlossen war. »Er und sein Team werden gleich bei Ihnen sein.« Sie nickte und ging hinaus.

»Komplikationen«, murmelte die hermetische Magierin und versuchte, ihre Beine zu bewegen. Noch gehorchten sie ihr nicht; daher wartete sie ungeduldig, dass sich Mannli bei ihr zeigte und erklärte, was im Kreißsaal mit ihr geschehen war.

Sie betätigte die Steuerung des Bettes und richtete das Oberteil auf, sodass sie aus dem Fenster des zweiten Stockwerks schauen konnte.

Vor dem *Kaltesch Natal-Klinikum* breitete sich das neblige Nordufer des Genfer Sees aus; grau schwappten die Wellen aus dem milchigen Dunst das flache Steinufer hinauf und verliefen sich. Die Einrichtung und der kleine Strand lagen abseits der Touristenhotels und hatten sich mit einem geschickt in die Landschaft eingepassten Zaun vor aufdringlichen Besuchern geschützt. Wer es dennoch wagte, auf das Grundstück vorzudringen, stand einem mundanen Wachdienst und einer unsichtbaren astralen Abwehrbatterie aus Elementaren, Geistern und Barrieren gegenüber.

Es gab einen sehr guten Grund, weshalb Cauldron dieses Klinikum ausgesucht hatte. Hermetische und schamanistische Magier forschten gemeinsam an der Ergründung der Magie in den Lebewesen. Nach wie vor verbarg sich das magische Genom. Der so genannte Magus-Faktor gab sich geheimnisvoll und weigerte sich, entdeckt und damit entschlüsselt zu werden. Die Forscher waren sich lediglich darüber einig, *dass* es ihn geben musste.

Prinzipiell begrüßte sie diese Unsicherheit. Von Konzernen geklonte Massen an Magiern wären das Ende der Menschheit. Aber mit Beginn ihrer Schwangerschaft wäre es ihr lieber gewesen, dass die Wissenschaftler wenigstens für ihr spezifisches Problem eine Lösung gefunden hätten. Eine andere Lösung als die überstandene Not-OP.

Es klopfte und die Tür schwang auf. Professor Doktor utr. mag. med. Christian Mannli betrat das Zimmer. Die Titelhäufung besagte, dass er sowohl schamanistisches als auch hermetisches Wissen besaß und dazu noch in Medizin promoviert hatte. Bei geschätzten knappen vierzig Jahren eine Meisterleistung.

Er war groß, trug einen Anzug unter seinem weißen Kittel, die kurzen schwarzen Haare wurden durch einen linken Seitenscheitel gebändigt. »Hallo, Frau Peron.« Er reichte ihr die Hand, und sie erkannte beim Blick in sein Gesicht die blauen Augen aus dem Kreißsaal wieder. »Sie haben uns vorhin ein bisschen Angst gemacht«, rügte er sie scherzhaft.

Aus seinem Schatten traten ein Mann und eine Frau, die ebenfalls in die obligatorischen Kittel gehüllt waren, und beide waren Magier. Die Schamanin erkannte Cauldron an den feder- und perlengeschmückten Amuletten um den Hals, der Hermetische hingegen wirkte wie ein Konzernangestellter, der sich als Arzt verkleidete, und wurde von ihr nur durch ein kurzes, unauffälliges Askennen anhand seiner auffälligen Aura identifiziert. Nebenbei bemerkte sie, dass ihr der kurze Wechsel auf die Astralebene mühelos gelang.

»Meine Kollegen, Dr. Fliegende Schlange und Dr. Askurian, würden Sie gerne behandeln, um Ihre Wunden schneller zu heilen, wenn es Ihnen recht ist«, erklärte Mannli. »Die Kosten hierfür sind in Ihrer Aufenthaltsabrechnung enthalten. Ich schildere Ihnen in der Zwischenzeit, was passiert ist.«

»Nur zu. Je eher ich auf den Beinen bin, umso besser.«

Er setzte sich auf den Stuhl neben das Bett, während der Mann und die Frau die Decke bis zu Cauldrons Füßen zurückschlugen und ihre Hände auf die Haut legten.

Die Schamanin schloss die Augen und sang leise, ihre Hand tauchte in die Tasche und nahm eine Art Rassel hervor, die sie im Takt bewegte. Ihr Kollege wartete ab. Die Energien strömten heilend in ihren Leib, suchten die Wunden und unterstützten das Fleisch bei seiner Heilung.

»Als Sie vor drei Monaten auf Empfehlung eines unserer Gönner zu uns kamen, Frau Peron, ahnte ich nicht, was für ein außergewöhnlicher Fall in unser Klinikum schneit«, sagte er lächelnd. »Das Spektrum dessen, was manche Kollegen Anti-Magie nennen, ist schon diffizil genug. Eine Hermetische, die von einem Anti-Magier schwanger wird, krönt das Ganze aber.«

Cauldron dachte an die grauenvollen, permanenten Schmerzen, die sie in den letzten Wochen durchlebt und die ihr die Jagd auf ihre Erzfeindin Abongi unmöglich gemacht hatten. »Kann ich meinen Sohn sehen?«

»Im Moment nicht, Frau Peron. Der Anblick würde Sie erschrecken, obwohl es ihm gut geht. Sein Zustand ist kritisch, aber stabil.«

Sie konnte ihre Beine wieder spüren. Fliegende Schlange nahm die Hand weg und gab damit Askurian das Zeichen, dass er an der Reihe war, während sich die Schamanin von den Anstrengungen ihrer Zauberei erholte. Er beschränkte sich darauf, den Erfolg zu begutachten und astral zu inspizieren. Anerkennend nickte er seiner Kollegin zu.

»Ich weiß, was Intensivmedizin bedeutet, Professor. Sobald der Doktor fertig ist, bestehe ich darauf, meinen Sohn zu sehen.« Sie tastete nach dem Band, das ihre schwarzen, langen Haare zusammenhielt, und zog es enger. Im Spiegel gegenüber erkannte sie die Hinterköpfe der drei Ärzte und sah dazwischen ihr immer noch blasses Gesicht. Sie hatte wegen der OP auf ihren geliebten Kajal verzichten müssen, mit dem sie ihren Blick normalerweise betonte; sehr ungewohnt war, dass sie keinen Schmuck an den Fingern trug. Vorschrift bei einem solchen Eingriff.

Sie öffnete die Nachttischschublade und nahm ihre Ringe hervor, zog sie an und fühlte sich gleich besser. Die schamanistischen Behandlungssprüche waren gut gewesen. Sie empfand keine Schmerzen mehr.

»Danke«, sagte sie zu ihm. »Den Rest erledige ich selbst.« Cauldron verließ ihr Bett, warf sich den weißen Morgenmantel über und schlüpfte in die Hausschuhe. »Führen Sie mich hin, Professor, oder soll ich mich selbst auf die Suche machen? Wir können unterwegs reden.«

Er hielt ihr den Arm hin, damit sie sich einhakte, aber sie verzichtete auf die Hilfestellung. Gemeinsam schritten sie durch den Flur zum Fahrstuhl, während Askurian und Fliegende Schlange sich in den Ruheraum zurückzogen.

»Das Ungewöhnliche an Ihrem Sohn, Frau Peron«,

eröffnete ihr Mannli, »ist, dass sich die magische oder antimagische Befähigung bereits in einem frühen Stadium des Embryos zeigte. Gewöhnlich erwacht Magie kurz vor oder mit Erreichen der Pubertät.«

»So war es bei mir«, erinnerte sich die Magierin. »Ich habe mich darüber aufgeregt, dass mein Bruder meine Puppe angemalt hatte, und dann ging es richtig los. Etwas Unsichtbares hat ihm den Kopf gegen die Tür geschlagen. Eine Askennung zeigte unseren Eltern, was dahinter steckte.«

»Ein klassischer Fall«, bestätigte Mannli und drückte auf den Liftknopf. »Es ist sehr schade, dass wir den Vater Ihres Jungen nicht bei uns begrüßen dürfen. Mit seiner DNS wären wir vielleicht noch ein bisschen schlauer geworden.«

»Ich bedaure es ebenso, ihn nicht an meiner Seite zu haben.«

»Lassen Sie mich an dieser Stelle noch einmal sagen, wie sehr ich und mein gesamtes Team es bedauern, Ihren Sohn so früh auf die Welt holen zu müssen.« Der Lift hielt vor ihnen an und öffnete sich, sie stiegen ein und fuhren in das Stockwerk mit den Neugeborenen. »Knappe fünf Monate. Vor einigen Jahren noch wäre ein solches Frühchen wie er gestorben.« Er betrachtete sie. »Verzeihen Sie mir, dass ich Ihnen falsche Hoffnungen machte, ihn austragen zu können.«

»Sie haben dafür gesorgt, dass er überhaupt eine Chance erhielt, am Leben zu sein«, sagte sie schwach lächelnd. »Ohne das Klinikum wäre nur eine Abtreibung infrage gekommen.«

Die Kabine kam zum Stehen, sie schritten durch einen Korridor bis zu einer großen Glasscheibe, hinter der die Brutkästen für die besonders schweren Fälle standen.

Sie sahen aus wie zylindrische Aquarien, Zuchtstationen für Embryos und Föten. Die kleinen Lebewesen schwebten in einer klaren Flüssigkeit, Miniaturschläuche steckten in ihnen, Maschinen versahen die Dienste, welche eigentlich der Leib der Mutter übernehmen sollte.

Mannli deutete auf den zweiten Tank von links. »Das ist Ihr Sohn, Frau Peron. Dreißig Zentimeter lang und etwa 610 Gramm schwer. Wir haben ihn in unserer künstlichen Fruchtblase eingeschlossen. Sauerstoff und Nährstoffe erhält er von der Tech-Plazenta, und die Nabelschnurvene aus Ihrem geklonten Gewebe, mit der wir ihn verbunden haben, hat er einwandfrei angenommen. Jetzt kann er in Ruhe reifen.«

Cauldron starrte auf das kleine Wesen, das sich vor wenigen Stunden noch in ihrem Bauch befunden hatte. Finger und Zehen waren eindeutig zu unterscheiden, ab und zu bewegten sich die Arme und Beinchen. Das Gesicht wirkte menschlich, und der Kopf sah riesig aus. Auf der Körperoberfläche sprossen Härchen.

Sie fühlte sich vollkommen hilflos. Alles, was sie tun konnte, war, die Hand gegen die Scheibe zu legen. »Ist er gesund?«, fragte sie heiser. »Habe ich ihm durch die Abstoßungsreaktion geschadet?«

»Die Amniozentese ließ uns bereits Schlimmeres befürchten, aber die Chorionbiopsie fiel dagegen besser aus. In den Zellen des Fetus haben wir nach einer DNS-Analyse nichts gefunden, was auf eine genetische Fehlbildung hindeutete, auch die Blutprobe aus der Nabelschnur war gut.« Er berührte ein kleines Bedienfeld am Glasrand, und eine Vergrößerung des Zylinders mit dem Fetus wurde eingeblendet. »Allerdings haben wir das entdeckt.«

Sie sah es erst beim zweiten Hinschauen. »Der rechte Arm ist kürzer?«

»Ja. Eine Fehlbildung, für die es keinen medizinischen Grund gibt. Wir vermuten, dass die Behinderung durch das Wechselspiel von Magie und Antimagie entstand.« Mannli steckte die Hände in die Taschen des Kittels. »Wir können es beheben, sobald er aus dem Tank in den Inkubator gelegt wird. Ansonsten können Sie sich über einen gesunden Sohn freuen. Den Übergangsschock wird er bald verdaut haben.«

Cauldrons Beine gaben nach, und der Mann schob ihr rasch einen Hocker unter. »Danke«, raunte sie und spürte Tränen über die Wangen laufen. Wenigstens war ihr eine sehr lebendige Erinnerung ihres Gefährten Xavier geblieben. Die Leiche war in der Lagerhalle in Stuttgart zu Asche verbrannt, die Temperaturen in dem Gebäude erreichten mehrere hundert Grad. Selbst Knochen verschwanden in der Gluthölle restlos.

»Und wie fühlen Sie sich, Frau Peron? Lassen wir dabei mal die kleine Schwäche außer Acht«, fragte er heiter. Er war mit dem Ausgang der OP sehr zufrieden.

Sie wischte die Tränen weg und seufzte erleichtert. Letzten Endes wandte sich anscheinend alles zum Guten. »Viel besser. Die Heilmagie tat ihre Wirkung, und das andauernde magische Hintergrundrauschen, das ich wegen meines Sohns spürte, ist verschwunden. Vorhin gelang mir das Askennen so leicht wie früher.«

»Das ist ein Zeichen, dass Sie Ihre magischen Fertigkeiten nicht verloren haben«, freute er sich mit ihr. »Es hätte schlimmer kommen können. Stellen Sie sich vor, Ihr Sohn hätte noch mehr antimagisches Potenzial besessen.«

»Dann wären wir wohl beide tot«, murmelte sie und erhob sich. Dieses Mal ließ sie zu, dass Mannli sie stützte. Sie hatte plötzlich das Bedürfnis, das Klinikum für ein paar Stunden zu verlassen und andere Gesichter um sich zu sehen, andere Gerüche zu riechen und Stadtluft in die Nase zu bekommen. Der Professor willigte ein, wenn sie eine Begleiterin mitnahm, die ihr in Notfällen beispringen konnte.

Cauldron schaute zu ihrem Sohn und hob grüßend die Hand, dann kehrte sie auf ihr Zimmer zurück.

Sie legte sich aufs Bett, schloss die Augen und konzentrierte sich, um einen Heilzauber auf sich selbst zu sprechen. Es war ein seltsames Gefühl, Formeln zu sprechen und astrale Energien zu manipulieren. Der Fötus in ihr hatte nach zwölf Wochen begonnen, ihre Fertigkeiten stark zu beeinflussen, und nach der fünfzehnten Woche gelang ihr kein einziger Spruch mehr.

Glück für den Freien Windelementar, den Dschinn, den sie jagte. Der Dschinn war nach dem Tod seines ersten Wirtes in die Gestaltwandlerin Rose Abongi eingefahren und hatte sich Cauldron zur Todfeindin gemacht. Nach den ersten anfänglichen Erfolgen musste sie alle Operationen gegen Abongi und ihre Firma Antique Enterprises einstellen. Ihr Sohn war ihr wichtiger.

Sie wagte den Versuch und polierte die von der Schamanin empfangenen Heilzauber magisch ein wenig nach, um zu sehen, was sie zu leisten vermochte. Der Rachefeldzug hatte jetzt, da sie auf ihre alte Macht als Initiatin zurückgreifen durfte, unbedingt voranzuschreiten.

Aber Cauldron wurde überrascht. Sie hatte deutlich von ihrer Macht verloren und spürte es sofort. Ihr Sohn hatte sich nicht nur damit zufrieden gegeben, sie am Zaubern zu hindern, sondern sie nachhaltig geschwächt.

»Verdammt!«, ärgerte sie sich und hob die Lider. Sie zog Bademantel und Hemdchen aus, schlüpfte in den schwarzen Slip und betrachtete die Stelle, wo sich das Skalpell durch ihren Bauch geschnitten hatte.

Nichts. Keine Narbe. Nur eine kleine, rote Linie zeichnete sich ab, die in den nächsten Tagen verschwunden wäre. Ohne das kleine Fettpölsterchen am Unterbauch als Andenken an die Schwangerschaft hätte sie sich selbst nicht angesehen, dass sie vor kurzem noch ein Kind in sich getragen hatte.

Cauldron genoss es, in die Schnallenstiefel zu steigen und ihr schwarzes Kleid anzulegen. Nach ein paar routinierten Zügen mit dem Kajal um die Augen schwebte ein dezenter Hauch von Gothic und Patchouli durch das *Kaltesch Klinikum.*

Vor ihrer Tür wartete Schwester Ursel. »Aber nicht zu lange, Frau Peron«, schärfte sie ihr ein. »Mehr hat uns Professor Mannli nicht erlaubt.«

»Sicher, Schwester.« Sie grinste. *Schwester* war eine nette Anrede.

Sie fuhren mit einem VW Royale nach Lausanne, weil sich Cauldron die Kathedrale Notre Dame anschauen wollte. Natürlich stammte das Bauwerk aus der Frühgotik und war für sie wie geschaffen, sich in den Mauern heimisch zu fühlen. Danach besuchten sie das wieder aufgebaute gallo-römische Theater und beendeten den kleinen Ausflug in einem Café in der Nähe des Rathauses. Cauldron fühlte sich müde und genoss die Pause.

Als Schwester Ursel zur Toilette ging, kam ein unauffällig gekleideter Mann an ihren Tisch und setzte sich auf den freien Stuhl neben sie.

Cauldron blieb ruhig. Ein Treffen mit ihren Kampfgenossen war mit ein Grund gewesen, um die Klinik zu verlassen. Sie wusste, dass sie niemals aus den Augen gelassen wurde und sich sofort einer der Mittelsmänner mit ihr in Verbindung setzte. Persönlich.

Der dunkelblonde Mann hieß Armand Rätli und war die rechte Hand der Person, der sie viel zu verdanken hatte. »Ich hörte, dass es Ihnen besser geht.« Er strahlte. »Glückwunsch zu Ihrem Sohn, Frau Peron.«

»Danke, Herr Rätli.« Die Magierin schaute zur Toilette. »Schwester Ursel kann jeden Moment …«

Er schüttelte grinsend den Kopf. »Nein, wird sie nicht. Die Putzfrau hat sie eingesperrt und wird sie in genau zehn Minuten wieder aus ihrem unfreiwilligen Gefängnis befreien.« Er bestellte sich einen Mokka. »Wussten Sie, dass in Lausanne zwei Friedensschlüsse unterzeichnet wurden?« Er nahm den Mokka entgegen und hob demonstrativ die Tasse. »Hier endete der Italienisch-Türkische Krieg im Jahr 1912 und der Griechisch-Türkische Krieg im Jahr 1923.« Er leerte das kleine Tässchen und bestellte sich einen Schümli-Kaffee. »Da dachte ich mir, dass es doch einmal etwas Neues wäre, von hier einen Krieg fortzusetzen.«

»Es gibt etwas Neues von Abongi?«

Rätli schüttelte den Kopf. »Seit unserem letzten Angriff hat sie sich abgesetzt. Niemand weiß, wohin.« Er spielte mit dem Zuckerpäckchen. »Sagen wir, aus unserem Krieg ist eine Hetzjagd geworden. Um Antique Enterprises müssen wir uns jedenfalls keine Sorgen machen. Eines unserer Runner-Teams hat die Niederlassung des Enterprises-Zweitunternehmens Fitting Company in London ausgeschaltet. Der Rest des Aufsichtsrats hat daraufhin beschlossen, das Übernahmeangebot eines mit uns befreundeten Konzerns anzunehmen. Damit gehören beide Läden uns.« Der Schweizer schüttelte das Päckchen lässig, riss es auf und leerte den Inhalt in seinen Schümli. »Kein Geld mehr für Abongi.«

»Was ist mit den Privatkonten?«

»Gehören auch uns.« Rätli lachte. »Drei Decker waren für den Passwortschutz zu viel. Und mit den entsprechenden Passwörtern ist der Rest leicht.«

»Es hat sich wahrscheinlich für Sie und Ihre Freunde gelohnt, nehme ich an.«

»Das dürfen Sie annehmen, Frau Peron.« Er kostete die Kaffeespezialität und nickte zufrieden. »Zusammengefasst: Abongi ist pleite und ohne Firma.« Seine Augen wanderten über Cauldrons Gesicht. »Jetzt sind Sie am Zug. Was würde eine von einem freien Geist besessene Gestaltwandlerin in dieser Lage tun?«

»Sie verwechseln mich mit einer Thaumaturgie-Psychologin, Herr Rätli. Aber ich versuche es dennoch.« Die Magierin dachte nach. »Sie ist eine Löwin, und wir haben ihr Rudel zerstört. Sie wird sich ein neues Rudel suchen. Da der Freie Elementar die dominante Persönlichkeit in ihr ist, wird sie sich nicht damit zufrieden geben, sich einem neuen Rudel anzuschließen, sondern ein eigenes schaffen, in dem sie die Herrin ist.«

»Sehen Sie? Sie können es doch. Zu einer ähnlichen, wenn auch wesentlich komplizierter klingenden Analyse ist auch unser Expertenteam gekommen«, fuhr Rätli grinsend fort. »Wunden gibt es genügend zu lecken. Sie haben Abongi bei Ihrem letzten Angriff, bevor Sie die Babypause einlegen mussten, schweren Schaden zugefügt, sowohl physisch als auch psychisch, Frau Peron.«

»Das wusste ich nicht«, staunte sie. Sie sah genau vor sich, wie sie die Afrikanerin auf der Fahrt von Sankt Petersburg nach Moskau gestellt hatte. Es war auf der Straße, mitten in einem kleinen russischen Dorf im russischen Nirgendwo passiert: sie und zahlreiche Elementare plus ein Runnerteam gegen Abongi und ihre Mannschaft.

»Wir haben es auch erst nachträglich erfahren. Sie ist nur entkommen, weil sich ihre Leute für sie geopfert haben und die Limousine, in der sie fuhren, Gasfilter eingebaut hatte. Sie musste nach ihrer Ankunft in Nowgorod behandelt werden und stand kurz vor dem Exitus.«

Cauldron erinnerte sich an die Dampfschwaden, die sie gesehen hatte. »Gas? Ich habe es für Rauch gehalten.« Sie starrte Rätli an. »Was für ein Gas?«

»Sarin.«

»Sind Sie verrückt? Die Dorfbewohner ...«

Er hob die rechte Hand. »Bitte nicht so laut, Frau Peron. Es gibt keinen Grund zur Sorge. Die russischen Behörden waren informiert.«

Sie erinnerte sich, ein verschrecktes Gesicht hinter einem der Hüttenfenster gesehen zu haben. »Das Dorf war aber nicht evakuiert!«

»Die russischen Behörden waren informiert, Frau Peron«, wiederholte Rätli, ohne eine Regung zu zeigen.

Jetzt verstand Cauldron, und sie erbleichte. Aus irgendeinem Grund war es den Russen recht gewesen, dass die Bevölkerung ausgelöscht worden war.

»Ich war gleich dagegen, den Hinterhalt in einem Dorf zu legen«, raunte sie. Sie hätte sich durchsetzen sollen.

Natürlich war klar, dass die Individuen, mit denen sie zusammenarbeitete, um Abongi und den Elementar zu bezwingen, nicht zimperlich waren; den Tod von geschätzten 500 Unschuldigen in Kauf zu nehmen hielt sie für äußerst bedenklich. Abongi musste schnell sterben, bevor ihre Verbündeten zu noch drastischeren Maßnahmen griffen.

Rätli sah ihr an, dass sie ins Schwanken geriet oder zumindest starke moralische Bedenken entwickelte. Das musste er verhindern. »Ich darf Ihnen nochmals versichern, dass wir sehr froh sind, in Ihnen die Frau gefunden zu haben, die sich dem Elementar in den Weg stellt«, schmeichelte er professionell. »Und glauben Sie nicht, dass dieses Wesen rücksichtsvoller wäre. Wenn es die Gelegenheit erhält, wird es alles versuchen, um Sie und alle, die Ihnen den Rücken stärken, zu vernichten.«

Das musste er ihr nicht sagen. Sie hatte gesehen, was in Andorra und mit Zozoria passiert war, sie kannte die Bosheit des Geistes. Auch das mehr als grausame Spiel, das es mit ihr und Marleen getrieben hatte, sprach für die Richtigkeit von Rätlis Worten. Dennoch …

»Die Löwin wird sich einen Ort suchen, einen vertrauten Ort, um sich die Wunden zu lecken, und warten, bis sie wieder vollkommen hergestellt ist«, sprach Rätli indes weiter. »Es wird nicht leicht werden, sie aufzuspüren. Aber unser Team hat – dank Ihres Hinweises auf die Weimarer Universalbibliothek – eine vage Spur auf den Hintergrund des Elementars entdeckt. Er wurde in verschiedenen Quellen der magischen Bruderschaft, die eine Rückkehr zu verhindern suchte, immer als solcher bezeichnet: der böse Geist, der aus dem Orient stammt.« Er nahm sein Palmtop, drückte einige Knöpfe und schob ihn zu Cauldron. »Es war nicht einfach, die alten Beschreibungen den neuen Ländernamen und Grenzen der arabischen Welt zuzuordnen, aber nach der Auswertung verschiedener Landkarten und Atlanten kommen nur drei Punkte infrage. Alle befinden sich in den Vereinigten Emiraten.«

Cauldron betrachtete die Bilder, die das Display in gestochen scharfer Auflösung zeigte: eine Oase, eine kleine Stadt im arabischen Stil mit vielen flachen, weißen Häusern und irgendeine moderne Metropole voller glas- und chromblitzender Hochhäuser. »Wie kommen Sie darauf, dass Abongi ausgerechnet dahin gehen sollte?«

»Einer der drei Orte ist vermutlich der Ursprungspunkt des Elementars. Wir nehmen an, dass sich dort auch seine Lebensquelle befindet.«

»Die Lebensquelle!« Elementare trauten niemandem und versuchten, ihre Eigenständigkeit und Existenz unter allen Umständen zu bewahren. Bei aller Macht, die sie besaßen, gab es dennoch Gesetze, an die sie sich halten mussten.

Eine Möglichkeit, sich als Geist lange zu behaupten und jeder Vernichtung zu trotzen, war die verborgene Lebensquelle.

In einem solchen Fleckchen Erde steckte die Kraft eines Elementars, zwischen ihm und dem Ort gab es ein unsichtbares Band. Solange dieser Ort bestand, war auch dieses Wesen unzerstörbar. Doch wenn man die Lebensquelle auslöschte, was natürlich alles andere als einfach war, verging auch der Elementar.

Cauldron schaute auf die Uhr. Es waren schon mehr als zehn Minuten verstrichen. »Schwester Ursel wird sicherlich sehr wütend sein.«

»Das nehmen wir in Kauf. Es geht um mehr als die Laune einer Pflegekraft.«

»Wie ist Ihre weitere Vorgehensweise?«

»Ich möchte Ihre Einschätzung.« Rätli lächelte sie an. »Da es nicht um thaumaturgische Psychologie geht, sollte Ihnen sicherlich etwas dazu einfallen. Es geht um Ihr Wissen als sehr gute Magierin.« Und der nächste Satz traf sie wie ein Monofilament-Peitschenhieb: »Ich möchte, dass Sie wissen: Auch wenn Sie an Macht verloren haben, halten wir dennoch an Ihnen fest, Frau Peron. Ihre sehr persönliche und sehr starke Motivation macht diesen Nachteil wieder wett.« Er sah, dass sie zusammengezuckt war, und begriff, dass er ihr etwas verraten hatte, was man ihr noch nicht gesagt hatte. »Professor Mannli hatte sicherlich noch keine Zeit, es Ihnen zu sagen«, sprach er leichthin.

»Aber Sie wissen es bereits, ja?« Rätli versuchte, sich mit einem Lächeln aus der Affäre zu ziehen, scheiterte aber. »Sagen Sie mir, was Sie wissen. Sofort!«

»Es wäre vielleicht klüger, wenn Professor …«

»SOFORT«, sagte Cauldron sehr laut und schlug mit der Faust auf den Tisch.

Er seufzte. »In Ihrer Akte steht, dass die thaumaturgischen Untersuchungen eine Reduzierung der magischen Befähigung festgestellt haben. Auslöser, so vermuten die Ärzte, waren ständiger Kontakt mit schwacher Antimagie.« Rätli war es unangenehm, der Überbringer der schlechten Botschaft zu sein. »Die Behandlung im Klinikum kann es nicht gewesen sein.

Man ist auf solche sensiblen Fälle vorbereitet und verzichtet, wie sie bemerkten, weitestgehend auf sterile, seelenlose Behandlungsmethoden durch Maschinen, soweit es der Zustand des Individuums zulässt. Aber es kann auch sein, dass Ihre Befähigung sich regeneriert.«

Cauldron glaubte nicht an den schwachen Trost. »Sie haben Recht. Es ist klüger, wenn ich mir von Professor Mannli den Sachverhalt genau erklären lasse.«

»Tut mir Leid, dass ich …« Der Mann räusperte sich. »Um auf Ihre Einschätzung zurückzukommen …«

Sie hob den Palmtop. »Nach allem, was ich weiß, muss diese Lebensquelle unverändert und von einschneidenden Eingriffen verschont bleiben.« Sie hielt ihm das Bild mit der Stadt hin. »Der Elementar ist sehr alt. Somit bedeutet die Errichtung der Metropole eine massive Veränderung des Ortes, und die Kraft wäre dahin.« Sie betrachtete die Oase, danach die zweite, kleine Stadt, die wie aus einem Prospekt für Zeitreisen ins Jahrhundert der Kalifate und Märchen wirkte. »Was ist das?«

»Ein denkmalgeschützter Ort in Arāda.« Rätli atmete auf, weil sie weiter kooperierte. »Soweit wir wissen, war es schon immer eine Bauernsiedlung, die in den späten 20ern des 19. Jahrhunderts aufgegeben wurde. Danach kümmerte sich keiner mehr um das Land, und um 2010 entdeckte Scheich Hussain die Stadt als Touristenattraktion. Alles wurde in seinen ursprünglichen Zustand versetzt, es gibt nichts, was in irgendeiner Weise mit Technik zu tun hat. Nicht einmal fließendes Wasser oder ein Akkuladegerät.«

Für sie klang das schon besser. »Was ist mit der Oase?«

»Naturschutzgebiet. Wird aber im Moment als Touristikgebiet erschlossen.«

»Wie lange war es unberührt?«

»Mehr als fünfzig Jahre.«

»Und davor?«

»Eine Wasserstation für die Nomaden und deren Tiere.«

Cauldron betrachtete die Idylle, lauschte auf ihre Intuition. »Ich tippe auf das Dorf«, sagte sie nach einigem Zögern. »Bin mir aber nicht sicher. Ich müsste mir die Orte ansehen.«

»Gut.« Er hielt die Hand hin, und sie reichte ihm den Palmtop zurück. »Dann machen wir es so. Wir organisieren den Flug und das Visum.« Er trank seinen Schümli. »Falls Sie einverstanden sind. Wenn Sie sagen, Sie möchten lieber bei Ihrem Sohn bleiben, müssen wir improvisieren.« Rätli winkte den Kellner herbei und reichte ihm ein paar Franken-Chips. »Was sagen Sie, Frau Peron?«

Cauldron sah Abongi vor sich und freute sich auf den Augenblick, in dem sie die Afrikanerin samt dem Freien Geist für immer vernichtete. Beide hatten den Tod verdient. Rache für Xavier. Hier in Lausanne konnte sie für ihren Sohn sowieso nichts tun, er steckte in der maschinellen Gebärmutter.

»Ich freue mich, das Team anzuführen.« Er nickte ihr lobend zu und stand auf. »Aber nur«, stellte sie die Bedingung, »wenn Sie mir versprechen, dass keine Unschuldigen zu Schaden kommen. Sonst können Sie sich eine andere suchen, die eine persönliche Motivation hat.« Ihre braunen Augen schauten kalt zu ihm auf. »Ich gebe Ihnen den guten Rat, sich an die Abmachung zu halten. Sollte das nicht der Fall sein, zeige ich Ihnen, wozu ich mit meinen eingeschränkten, reduzierten Magiefähigkeiten in der Lage bin.«

»Kein Gas«, versicherte er. »Ich schwöre es.« Rasch entfernte er sich.

Als er zur Tür hinaus verschwand, fiel ihr auf, dass er einen falschen Schwur geleistet hatte. Dass man kein Gas mehr einsetzte, bedeutete nicht, dass Unschuldige verschont wurden. Es gab auch bakterielle Kampfstoffe, die ebenso gut und schneller töteten. Sie würde den Mann zwingen, einen konkreteren Eid zu leisten. Eide und Schweizer passten gut zusammen.

Cauldron rief sich das Erlebnis ins Gedächtnis, als sie Zozoria in dessen Refugium in Andorra gegenüberstanden.

Zozoria und Abongi hatten dem Zirkel Astrum Argentum angehört, dessen Mitglieder nach nichts Geringerem als der Unsterblichkeit trachteten; und Zozoria hatte zahlreiche seiner Zirkelfreunde geopfert, um den Elementar zu stärken. Nur durch den Einsatz von Negamagie war es ihr und ihren Begleitern gelungen, den Geist in die Flucht zu schlagen. Dass das Wesen nicht vergangen war, untermauerte die These, dass es über eine verborgene Lebensquelle verfügte. In Abongi hatte er einen neuen Wirtskörper gefunden, um mit ihrer Hilfe seine eigene Macht zu nähren; und dabei hatten Geist und Abongi sich zahlreiche Feinde geschaffen. Mächtige Feinde.

Wer nun genau hinter der Allianz steckte, die Cauldron bei ihrer Rache unterstützte, wollte sie im Endeffekt nicht wissen. Es wäre zu gefährlich.

Sie hatte das Angebot von Simone Du Garotte bekommen, und sie hatte es angenommen, schon alleine, um das Leben ihres Sohnes zu erhalten. Sie kannte keine Einrichtung in den ADL, die über eine ähnliche Technologie und ein geballtes thaumaturgisches Wissen verfügte.

Cauldron sah, dass Schwester Ursel aus der Toilette kam, und sie fluchte auf die Putzfrau.

»So eine blöde Schnepfe«, beschwerte sie sich immer noch und setzte sich an ihren Platz. »Stellen Sie sich vor, die Putze hat mich eingesperrt. Ich habe«, sie blickte auf die Uhr, »eine Viertelstunde damit verbracht, zu rufen und zu schreien.«

»Tut mir Leid«, sagte Cauldron bedauernd. »Können wir ins Klinikum zurückkehren, Schwester Ursel? Ich fühle mich ein wenig müde nach der ganzen Lauferei.«

»Sicher.« Sie hob ihr Armband-Kom an die Lippen und bestellte die Limousine.

III

Regel 5: Kommt der Ball unter oder dicht an einem beweglichen Hindernis zum Stehen, darf dieses weggenommen bzw. entfernt werden. Dazu zählen Behinderungen durch Stühle, Becher, Zigaretten, Körbe, Wachleute, Critter, Ganger etc. Dazu dürfen ausschließlich eigene Hilfsmittel (Pistolen, Gewehre, Golfschläger etc.) benutzt werden.

Auszug aus den All-Area-Combat-Golf-Regeln der International Double A Combat Golf Society

Vereinigte Arabische Emirate, Dubai, Dubai-City, 20. 9. 2059, 22:51 Ortszeit

Holdo wurde geschoben und gedrückt, Menschen riefen und redeten durcheinander. Englisch und Amerikanisch mischten sich zwischen Arabisch, Deutsch und Französisch. Um ihn herum roch es nach Gewürzen, was man auch erwarten konnte, wenn man sich wie er im Spice-Basar befand.

Holdo hatte sich nach seiner Ankunft auf dem Flughafen sofort raus aus dem glitzernden Wald aus Hochhaustürmen und riesigen Shopping-Center begeben und es vorgezogen, aus der Modernität des Emirats zu flüchten. Hier gab es zu viele offene Plätze, wo ein Schuss leicht möglich war. Er erstand einen elektronischen Touristenführer und tauchte auf der Bur-Dubai-Seite des Creek in die exotische technikfreie Welt des Basars ein. Dicht an dicht standen die Läden unter den hohen Arkaden, und durch die engen Gässchen dazwischen schoben sich Touristen und Einheimische gleichermaßen.

Vor den Läden standen offene Synth-Jutesäcke mit Nüssen, Zimt, Kardamom und Safran, überall wurden abgepackte Gewürze, von denen er mitunter noch niemals gehört hatte, angeboten; den Nasen-Overkill besorgten verdunstende Parfümöle, Weihrauch und qualmende Räucherstäbchen.

Auch wenn es bereits Nacht war, die Scheinwerfer bannten die Dunkelheit und hielten die Geschäftigkeit aufrecht. Geschäfte konnten rund um die Uhr abgeschlossen werden.

Holdo machte sich keine Gedanken über eine

Unterkunft, notfalls wollte er sich unter einem Stand zusammenrollen und schlafen. Aber sein Hunger meldete sich, also betrat er einen kleinen Laden, der Snacks anbot.

»Ahlan wa Sahlan«, rief ihm der Araber hinter der elektronischen Kasse zu. Er trug einen langen Kaftan und eine bunte, flache Kappe auf der Glatze. »Herzlich willkommen«, fügte er auf Englisch hinzu und verneigte sich, dann kümmerte er sich wieder um das Bedienfeld der Kasse, die merkwürdig deplatziert in dem altertümlichen, voll gestopften Raum wirkte. Außer ihm standen noch drei Männer unschlüssig herum, nahmen Packungen in die Hand, drehten, lasen und wendeten sie, um sie wieder zurückzustellen.

»Hallo«, sagte Holdo und streifte durch die schmalen Regalreihen. Er stapelte Getränkedosen und fertig belegte Fladenbrote aufeinander, dann suchte er nach einem Schokoladenriegel. Voller Erstaunen bemerkte er, dass es keine gab. Sämtliche Fächer waren leer. »Scheint, als hätten die Dubais Schokohunger«, murmelte er. Da entdeckte er einen letzten, zerdrückten Riegel der Marke Chocy-Shock, der irrtümlich zwischen den Salzbrezeln lag, und packte ihn ein. »Glück muss man haben.«

Er ging zu Kasse und schob seinen Einkauf auf den Tresen. »Das wäre alles«, sagte er auf Englisch. »Können Sie mir ein gutes Hotel empfehlen?« Er tastete an sich herum und suchte nach dem Ebbie.

Der Mann nickte. »Das Little Burj Al Arab. Günstig. Kostet nur fünfhundert Nuyen die Nacht.« Die Kasse addierte piepsend. »Macht elf Nuyen, bitte.«

Holdo schwitzte, und das nicht nur wegen der Temperatur weit über dreißig Grad und der Luftfeuchtigkeit. »Scheiße«, fluchte er. Seine ID, das Visum, der

Ebbie, der Touristenführer, alles weg! »Das ist mir unangenehm, aber ich bin bestohlen worden«, sagte er. »Mein Geld …«

»Polizeistation dritte Straße links«, sagte der Mann, als müsse er diese Auskunft mehrmals am Tag Touristen erteilen, und räumte die Waren, die Holdo kaufen wollte, unter den Tresen. Wer dämlich war und in einem Basar nicht auf seine Wertsachen aufpasste, bekam weder was zu essen noch Mitleid.

»Halt, ich habe doch noch was!« Er hatte einen Zwei-Ecu-Chip in seiner Tasche gefunden. »Das ist ungefähr ein Nuyen. Geben Sie mir den Schokoriegel?«

Großzügig wollte ihm der Mann den Schokoriegel über die Theke schieben, da ließ ein Kunde seine Einkäufe fallen, kam angerannt, zückte eine Hand voll Scheine und deutete auf den Riegel. Der Händler machte ein bedauerndes Gesicht und deutete auf Holdo. Daraufhin wandte sich der Mann ihm zu, redete mit arabischer Wortgewalt auf ihn ein und schwenkte das Geld; weil Holdo nicht reagierte, stockte er sein Angebot mit einer ganzen Rolle Scheine auf.

»Er will den Chocy-Shock?«, vergewisserte sich Holdo bei dem Verkäufer, dass er die Absicht richtig verstand.

»Ja. Er bietet Ihnen umgerechnet fünfzig Nuyen dafür.«

Holdo schwieg einen Augenblick. »Ähm … ist das nicht ein bisschen viel für einen Schokoriegel?«

Der Verkäufer zuckte mit den Achseln. »Er gehört Ihnen. Machen Sie damit, was Sie möchten.«

Der andere Mann schnappte plötzlich nach dem Riegel, aber Holdo legte schützend die Hand darüber. »Nein, nein, so nicht, Kumpel«, sagte er drohend. »Du bist ein bisschen merkwürdig, oder? Weißt du was? Ich esse ihn selbst.« Er entfernte die Finger des Mannes, schälte die Schokolade aus der Plastikhülle und biss hinein. Seine Zähne trafen auf einen weichen, dennoch widerstandsfähigen Gegenstand im Innern. »Was ist das denn?« Er betrachtete seinen Fund: eine fingerdicke Plastikkapsel mit Drehverschluss.

In dem Moment fiel ihm der Mann um den Hals, umarmte und drückte ihn, warf das Geld in die Höhe und tanzte auf der Stelle. Fanfaren ertönten aus den Lautsprechern, und die beiden übrigen vermeintlichen Kunden sprangen herbei und hielten Mini-Cams in der Hand.

Holdo wich zurück. »Was ist denn hier los?«

Da flog die Tür zum Lagerraum auf, und ein bärtiger Mann in einem weißen Scheichgewand kam heraus, ein Mikrofon in der Linken haltend. Sofort eilte er an Holdos Seite und redete auf Arabisch genau in die Linse, zwei cambestückte Hover-Drohnen surrten herbei, Lampen flammten auf. »Haben Sie überhaupt eine Ahnung, was Sie gerade gekauft haben, Mister …?«, sprach er Holdo unvermittelt auf Englisch an.

Er war so überrumpelt, dass er seinen echten Namen nannte. »Kraif.«

»… Mister Kraif?« Er drückte ihn. »Sie haben das letzte von nur zehn Losen für die Große Lotterie von Al Lachma, Dubais Qualitätsechtfleischimporteur Nummer eins, und Chocy-Shock erstanden. Alleine der Besitz eines solchen Loses ist schon 30 000 Nuyen wert.« Er gab ihm einen goldenen Credstick. »Bitte sehr, Ihr Gewinn. Was sagen Sie dazu?«

Holdo starrte auf den Stick, dann auf die Kameras. »Das ist nicht live, oder?«

»Sicher ist das live, Mister Kraif! Wir senden weltweit, und morgen sind Sie eine Berühmtheit. Denn auf Sie haben wir alle gewartet. *Das* Großereignis in den Emiraten erreicht seinen Höhepunkt.« Er nahm den angebissenen Riegel und hielt ihn mit der Kapsel voraus in die Höhe. »Wenn die Nummer auf dem Chip, der darin enthalten ist, mit der aus dem Zufallsrechner übereinstimmt, gewinnen Sie ein Haus auf der Touristeninsel *The World II* und nicht weniger als zehn Millionen Nuyen. Am dreißigsten wird die Ziehung sein.«

»Machen Sie die Kameras aus«, verlangte Holdo entsetzt.

Aber der Moderator dachte gar nicht daran, ihn aus seinen Fängen zu lassen. »Wie lange bleiben Sie in Dubai, Mister Kraif?«

Holdo riss sich los, schnappte den Riegel und rannte zur Tür hinaus. Er warf sich in das Getümmel und hoffte, den Cams auf diese Weise zu entkommen; Cred-Stick und Chocy-Shock behielt er in den Händen, damit man sie ihm nicht stahl.

Die Cam-Drohnen verfolgten ihn jedoch mit unbarmherziger Gnadenlosigkeit, wie sie nur die Medien an den Tag legten. Schließlich blieb ihm nichts anderes übrig, als sich auf den Boden fallen zu lassen und auf Händen und Füßen unter den Ständen entlangzukriechen, um die Drohnen abzuschütteln.

Er wurde getreten, die Schokolade schmolz in seiner Hand und klebte zwischen den Fingern, aber er rutschte weiter und weiter. Endlich wagte er es, hinter einem Gewürzstand aufzutauchen und sich vorsichtig umzuschauen.

Die Hover-Drohnen schwebten zehn Meter von seinem Standort entfernt über den Köpfen der Menge, sie kreisten und lauerten wie Raubtiere. Ihre Rigger in der Zentrale der beteiligten Sender hatten vermutlich jede Art von Sensoren bis zum Anschlag aufgedreht, um ihn auszumachen. Bislang ohne Erfolg.

Ein Händler kam mit einer Schale Kardamom auf ihn zu, hielt ihm die grünen Kapseln unter die Nase und pries seine Ware an. Holdo schüttelte den Kopf und flüchtete tiefer in den Basar.

Er gelangte in einen Marktbereich, in dem der Anteil der Einheimischen spürbar zunahm, und schließlich war er der einzige Fremde, der gelegentlich mit seltsamen Blicken bedacht wurde. Holdo fiel durch seine mitteleuropäische Größe und seine Kleidung sofort auf. Für die Drohnen wäre es ein Leichtes gewesen, ihn hier zu entdecken, doch glücklicherweise vermuteten sie ihn an einer anderen Stelle des Basars.

Der Geruch nach Gewürzen ließ nach, die Stände wurden weniger, und nach zwei Querstraßen befand er sich in einer reinen Wohngegend.

Erschöpft setzte er sich an eine Hauswand und versuchte, seine Gedanken zu ordnen. Er besaß immerhin 30 000 Nuyen, wäre vielleicht bald Millionär, das war das Positive. Vermutlich hatte irgendeiner in der ADL diese Sondersendung gesehen und würde durch einen dummen Zufall einem Killer von ihm erzählen. Es würde einen Herdentrieb der Mörder nach Dubai geben. Das war das Schlechte.

»Einen Platz in der Wüste«, beschloss er halblaut. Irgendwo in einer netten, beschaulichen Oase würde er im hintersten Winkel eines Kamelstalls abwarten, bis der Rest der Woche vergangen war; danach wäre er bei den Yaks schuldenfrei und könnte sich endlich wieder seinem All-Area-Golf widmen. Dazu käme mit ein wenig Glück der Lotteriegewinn, die Chancen standen eins zu zehn. Das war mehr als seine Überlebenschance.

Holdo leckte die geschmolzene Schokolade von den Fingern, was seinen Hunger nicht stillte. Ihm gegenüber hing gemeinerweise eine vom Wüstenstaub verdreckte LED-Anzeigentafel, die in regelmäßigen Abständen Bilder von köstlichen Fertiggerichten der Firma Al Lachma zeigte.

Dann – und er konnte es kaum fassen – erschien sein Gesicht darauf, darunter standen arabische Schriftzeichen und sein Name!

Als er den Blick zu einem der allgegenwärtigen Werbezeppeline hob, die ihre Runden über der Stadt drehten, vergrößerte sich sein Problem zusehends: Noch mehr Holdo. Man konnte ihn auch *Holdo Überall* nennen. Sein Konterfrei und die Werbung von Al Lachma blinkten aus dem Nachthimmel auf Dubai herab; spätestens nun wusste jedes, aber auch wirklich jedes Individuum in der Metropole Bescheid.

Neben sich hörte er schwere Schritte, und er schaute auf Orkfüße, die in offenen Sandalen steckten, sowie den befleckten Saum eines Kaftans. »Kif Halak?«, wurde er von oben herab gefragt. Weitere Orks gesellten sich dazu, die definitiv nicht zu den oberen Zehntausend Dubais gehörten.

»Ich habe nichts zu rauchen«, sagte er deutlich und stand auf, um vor dem Metamenschen nicht ganz so klein zu wirken. »Tut mir Leid. Kein Haschisch. Nix Kiffen.«

Die breite, schmutzige Hand deutete zuerst auf die Leuchtreklame, dann streckte sie sich ihm entgegen. »Credstick«, verlangte der Ork und zückte mit der anderen ein Messer.

»Scheiße«, fluchte Holdo. Seine Popularität wurde

ihm bereits nach zwanzig Minuten zum Verhängnis, dazu bedurfte es nicht einmal deutscher Killer. Er konnte die Forderung nicht erfüllen. Er brauchte die Nuyen, um sich ein Taxi in die Wüste und einen abgeschiedenen Fluchtort zu organisieren.

Er erinnerte sich, bei seinen Com-Golf-Matches ähnliche Situationen überstanden zu haben. Leider nur ähnliche. Aber sein Überlebenswille war stark. Er tat so, als würde er dem Ork den Stick reichen. Stattdessen trat er ihm in den Schritt und rannte los, ohne sich um das Geschrei in seinem Rücken zu kümmern.

Eines war sicher: Schaffte er es nicht, der Orkgang zu entkommen, musste er sich keine Sorgen mehr um irgendeinen anderen Killer machen.

»Einen jasminigen Abend, und Friede sei mit dir, mein Freund. Wie geht es dir?« Jeremiah Jennings drehte das Jambai, ein arabisches Steinschlossgewehr aus dem 19. Jahrhundert, in den Händen hin und her und tat so, als sei es völlig wertlos. Er sprach fließend Arabisch mit dem Händler des Trödelbasars, in dem es billigen Ramsch neben wertvollen Antiquitäten gab. Die wenigsten erkannten den Unterschied; er schon. »Wie teuer soll das sein?«

»Friede sei auch mir dir, und Lob sei Allah. Dreihundert Nuyen«, kam es sofort von dem Händler.

Immer höflich und freundlich bleiben, niemals laut oder gar aggressiv werden, das war die wichtigste Regel beim Feilschen. Jetzt kam, nachdem der Preis genannt worden war, Teil zwei des Rituals. »So teuer, mein Freund?«, tat Jennings überrascht und legte das Jambai wieder auf den Tisch. »Nein, nein, das ist höchstens hundertfünfzig wert.« In den Basars war es allgemein üblich, zuerst nur die Hälfte des geforderten Preises anzubieten, jetzt war die Reihe wieder an dem Händler.

»Du willst mich arm machen!«, sagte dieser in leidendem Tonfall. »Ich habe das Gewehr von meinem Vater, und der hat es von seinem Vater, und mein Sohn wird sehr, sehr traurig sein, wenn er es nicht bekommt.« Er streichelte den langen Lauf. »Ich brauche mindestens 280 Nuyen, um seinen Schmerz zu lindern.«

»Dein Sohn kann stolz sein, einen so raffinierten Vater zu haben, mein Freund. Ich biete dir 160 Nuyen.«

»Oh, mein Freund, du bist mit der Härte einer Schildkröte gesegnet. Mir blutet das Herz, doch ich biete dir diese Waffe für 250 an.«

»Dann lass mich dir zeigen, wie sehr ich dich und deine Großzügigkeit schätze, indem ich mein Angebot auf 180 erhöhe«, parierte Jennings mit einem Lächeln. Er hatte nicht den Fehler begangen und seinen teuren Anzug für den Streifzug durch den Basar angezogen. Er sah in seinem weißen Kaftan aus wie ein verkleideter Tourist, und es war dem Händler unmöglich zu erkennen, ob er Geld besaß oder nicht. Reiche Touristen wurden mit Vorliebe beim Feilschen ausgenommen. Seine breite Statur sorgte dafür, dass man selten versuchte, ihn zu betrügen.

»Ich verneige mich vor deinem Edelmut und komme dir entgegen.« Er streckte die Hand aus. »Zweihundert Nuyen, und dir gehört das Erbstück meiner Familie. Allah sei mein Zeuge, dass es keinen besseren Preis für eine solche Waffe auf diesem Markt geben wird.«

Jennings schlug ein. »Es freut meine Seele, mit dir Geschäfte zu machen«, bedankte er sich und reichte dem Mann den Ebbie, damit das Geld abgebucht werden konnte. Derweil wickelte ein Junge das Steinschlossgewehr in ein Tuch ein und packte auch ein paar alte Kugeln dazu. »Der Friede Allahs sei mit dir«, verabschiedete er sich.

»Auch mit dir, mein Freund«, rief der Händler und verneigte sich.

Jennings, einer der besten internationalen Runner und zu den Top-Five von Seattles konventionellen Auftragsmördern gehörend, nahm seinen Einkauf und schlenderte an den Ständen vorbei. Er hatte sich seinen Urlaub redlich verdient, und weitab von den Bühnen, auf denen er üblicherweise agierte, gönnte er sich eine Auszeit.

Mit dem Gewehr und vor allem mit den Kugeln war seine Sammlung historischer Gewehre und Projektile wieder um mehrere Stücke reicher. Er machte sich auf zu einem Geschäftsfreund, der das Jambai für ihn durch den Zoll brachte, da es sich um eine schussfähige Waffe handelte. Die Flughafensicherheit machte keine Ausnahmen, nicht einmal für ein uraltes Steinschlossgewehr, das sicherlich tödlicher war, wenn man es als Keule anstatt als Schusswaffe einsetzte.

Er betrat das Haus seines Geschäftsfreunds und stand in der unscheinbaren Lobby der *Al Halim Im- & X-port Trading Company*.

Fatima, die Sekretärin in dem grauen Kostüm, erkannte ihn sofort wieder. Sie trug ein dazu passendes, hochmodernes Kopftuch, das so gar nichts mit den Kopfbedeckungen zu tun hatte, wie man sie an manchen älteren Musliminnen sah. Es wirkte mehr wie ein modisches Accessoire, das die schönen, braunen Augen und ihre Gesichtszüge betonte. »Ah, Mr. Vanderbilt!« Sie stand auf und reichte ihm die Hand, dann geleitete sie ihn zu einer Sitzgruppe. »Nehmen Sie einen Moment Platz. Ich sage dem Chef sofort Bescheid. Möchten Sie einen Shai?«

Er setzte sich. »Vielen Dank.«

Fatimas Augen glitten an ihm entlang. »Sie haben sicherlich wieder etwas sehr Schönes für Ihre Sammlung erstanden?«

»Ja.« Er legte das eingeschlagene Gewehr neben sich auf das Sofa.

Sie lächelte und ging zur Teemaschine, um dem Kunden das Getränk zu bringen, das vollautomatisch zubereitet worden war. Anscheinend reagierte der eingebaute Computer auf Gedankenübertragung. »Freut mich, dass der Basar wieder einen seiner Schätze für Sie freigab.« Sie stellte die Tasse vor ihm ab und reichte ihm Halwa und Qubbayt, eine süße Masse aus Honig, Sesam und Mandeln. »Er wird Sie gleich empfangen.«

Fatima befand sich auf halber Strecke zwischen Sitzgruppe und Empfangstisch, da flog die Tür auf, und ein junger, verschwitzter Mann stolperte ins Vorzimmer. Er warf die Tür wieder zu und suchte einen Schlüssel oder ein Bedienfeld, um sie abzusperren.

Jennings kam das Gesicht sofort bekannt vor, konnte es aber im Moment nicht einordnen. »Entschuldigung, wird das ein Überfall?«

»Kann sein«, hechelte der Mann auf Englisch und deutete auf die Tür. »Holen Sie die Polizei. Oder nein, geben Sie mir eine Waffe. Ich werde …« Er wischte sich den Schweiß von der Stirn, dann stutzte er, als er den Runner vor sich sah.

Es rumpelte laut, weil sich jemand mit Gewalt am Eingang zu schaffen machte, dann drückte man die Tür einfach auf und störte sich nicht weiter daran, dass ein erwachsener Mann auf der anderen Seite dagegenlehnte.

Vier kräftig gebaute Orks schoben sich ins Vorzimmer, und sie hielten Messer mehr oder weniger offen vor sich.

Fatima wich hinter den Tisch zurück. Da zückte einer von ihnen eine Pistole und richtete sie abwechselnd auf die Frau und Jennings.

»Halt. Keiner bewegt sich«, befahl der Anführer. »Der deutsche Idiot soll seinen Credstick rausrücken, und keinem geschieht was.« Er wandte sich dem jungen Mann zu, den sie offenbar schon längere Zeit verfolgt hatten; auf ihren Kaftanen zeigten sich ebenfalls dunkle Wasserflecken. »Credstick«, wiederholte er energisch und fuchtelte mit dem Messer.

»Verzichten Sie auf die Polizei, Fatima«, sagte Jennings ruhig und auf Arabisch. »Wir regeln das.« Auch er wandte sich an den Mann. »Entschuldigen Sie, aber die Leute hier möchten, dass Sie den Credstick aushändigen. Wären Sie so freundlich, um uns allen weitere Scherereien zu ersparen?«

»Sie sind doch der Mann vom Flughafen!« Er ließ den Ork nicht aus den Augen. »Ich habe Ihnen den Kaffee übergeschüttet, erinnern Sie sich?«

»Zufälle gibt es aber auch«, lächelte Jennings. »Also, wären Sie wohl so nett, dem Ork Ihren Stick zu geben?«

Dann begingen die Orks einen gravierenden Fehler: Sie wurden gierig.

»Hey, Ausländer. Gib mir deinen Credstick auch noch«, verlangte einer der Bande von ihm und kam auf ihn zu.

Damit wurde aus der peripheren Störung des Umfelds eine persönliche Betroffenheit, und das konnte

Jennings gar nicht leiden. Schon gar nicht in seinem Urlaub. »Es ging mich bislang nichts an, was Sie mit dem Gentleman zu regeln hatten. Ich kann Sie nur bitten, mich in Ruhe zu lassen.«

»Gib ihn her, Ausländer!«

Jennings lächelte bösartig. »Das ist ein weißer Kaftan aus reiner Argali-Wolle, und wenn ich nur einen einzigen Flecken darauf entdecke, werde ich mir einen neuen kaufen. Und zwar von dem Geld, das mir deine Organe gebracht haben.«

Dann zeigte er in atemberaubender Weise, weshalb seine Dienste normalerweise so teuer waren.

Die Reflexbooster machten aus jedem seiner Schläge ein schattenhaftes Zucken und ließen die verzweifelten Abwehrbewegungen der Orks wie Slowmotion aussehen.

Dem ersten drosch Jennings den Ellbogen gegen die Nase, der Knochen splitterte und trat zwischen den Augen an verschiedenen Stellen aus der Haut; noch während der erste Ork stürzte, verpasste er dem zweiten bereits einen unspektakulären, doch effektiven Fausthieb exakt auf den Solarplexus. Wie vom Blitz gefällt, fiel der Ork zu Boden.

Da stand Jennings bereits neben dem dritten und trat ihm seitlich gegen das Kniegelenk, das krachend unter der enormen Wucht nachgab. Der Gegner sank wie ein zusammenbrechendes Hochhaus in sich zusammen, bekam aber noch einen Schlag gegen die Schläfe und wurde bewusstlos.

Der vierte Gegner hatte Schwierigkeiten, dem Geschehen überhaupt zu folgen. Er zog eine Pistole und versuchte, sie auf Jennings zu richten. Vergeblich.

Schnell wie ein Geist tauchte dieser seitlich vom Anführer auf. Seine rechte Hand hielt das Handgelenk fest, die linke schlug mit aller Gewalt von außen gegen den Ellbogen, und der Arm knickte streichholzhaft. Als der Ork seine Schmerzen hinausbrüllen wollte, bekam er das Knie in den Schritt gerammt und plumpste wie ein Sack zu Boden. Das Ganze hatte nicht länger als zwei Sekunden gedauert.

Jennings schaute nach seinem weißen Kaftan. Blutspritzer hatte er tatsächlich vermeiden können, nur an seinen Knöcheln haftete das Rot der Orks.

»Mr. Vanderbilt!«, erklang eine begeisterte Männerstimme. »Seien Sie willkommen, und ich wünsche Ihnen einen sahnig süßen Abend. Ihre Fäuste sind ebenso treffsicher wie die Waffen, mit denen Sie schießen.« Halim, ein dunkelhaariger Araber in einer Mischung aus westlichem Anzug und Kaftan, stand in der Tür zu seinem Büro und klatschte begeistert. »Danke, dass Sie die Angelegenheit für mich so schnell und unkompliziert regelten.« Dann warf er einem der Orks einen bösen Blick zu. »Yalla, yalla!«, rief er und fuchtelte mit den Armen.

Einer nach dem anderen schleppte sich hinaus, die Ohnmächtigen zerrten sie hinter sich her.

Jennings schaute zu dem jungen Mann, der den Überfall verursacht hatte. »Zuerst versuchen Sie, in Frankfurt meinen Anzug zu ruinieren, und jetzt haben Sie es auf meinen Kaftan abgesehen«, meinte er locker und wischte sich mit dem Erfrischungstuch, das ihm Fatima reichte, das Blut ab.

»Oh, das ist Mr. Kraif«, sagte Halim ebenfalls auf Englisch.

»Ihr kennt euch?«, wunderte sich der Runner.

»Jeder kennt Mr. Kraif. Jeder, der einen Trid besitzt oder die Bilder auf einem Werbezeppelin erkennen kann«, meinte der Araber grinsend. »Er hat das letzte der zehn Lose für die Lotterie gewonnen. Und 30 000 Nuyen.«

Jennings pfiff leise durch die Zähne. »Herr Kraif, meinen Glückwunsch! Jetzt verstehe ich, warum Sie von den Burschen gehetzt wurden. Normalerweise tötet das Gesocks Touristen schon für hundert Nuyen, wenn es sein muss.«

»Oh, machen Sie meine Heimat nicht schlecht, Mr. Vanderbilt«, warnte der Araber zwinkernd.

»Dann achten Sie besser auf die Straßen, Halim«, gab er freundlich zurück. Dann schaute er wieder zu Holdo und hob mit dem Erfrischungstuch eine Pistole auf, die einer der Orks zurückgelassen hatte. »Nehmen Sie die, Herr Kraif.« Er reichte sie ihm mit dem Lauf voran. »Sobald Sie das Viertel verlassen haben, sollten Sie Ihre Fingerabdrücke abwischen und das Ding in einen Abfalleimer werfen.«

Holdo starrte auf die Pistole, dann strahlte er ihn an. »Herr Vanderbilt! Sie sind meine Rettung!« Er nahm die Pistole, steckte sie in den Hosenbund und zog sein Hemd darüber. »Sie sind ein Professioneller, richtig?«

Halim lachte, Jennings seufzte. »Es ist besser, wenn Sie jetzt gehen, Herr Kraif.« Er wandte sich zu seinem Geschäftspartner.

»Fünfzehntausend Nuyen, wenn Sie mich beschützen. Bis die Lotterie ausgespielt ist«, sagte Holdo und umrundete den Runner. »Bitte, ich brauche Sie! Ich kann kein Arabisch, ich bin ein lausiger Schütze, und wenn ich vor die Tür gehe, warten bestimmt die nächsten zehn Orks auf mich.«

»Herr Kraif, ich verbringe meinen Urlaub in Dubai. Einen guten Tag wünsche ich Ihnen.«

»Zwanzigtausend?«

»Kein Interesse, Herr Kraif. Gehen Sie zur Polizei, und lassen Sie sich von denen beschützen.«

Er drückte ihm den Credstick in die Hand. »Bitte sehr: dreißigtausend Nuyen. Und ich biete Ihnen das Haus auf *The World II* als Bezahlung an, falls ich gewinne. Beschützen Sie mich, bis die ganze Sache über die Bühne ist.«

Halim stieß die Luft aus. »Mr. Vanderbilt, das ist durchaus ein Angebot, für das ich an Ihrer Stelle meinen Urlaub unterbrechen würde, wenn ich mir diesen Rat erlauben darf. Die Ausspielung ist in wenigen Tagen, und die Chancen auf einen Gewinn stehen für den jungen Mann eins zu zehn«, sagte er auf Arabisch.

»Ich weiß, mein Freund«, sagte Jennings, der bereits mit dem leichten Job liebäugelte. Dubai war herrlich, der Strand auf der künstlichen Insel war noch herrlicher. Alles war herrlich. Sobald er Kraif in ein gutes Hotel gebracht hatte, wäre es ein Kinderspiel. Er benötigte nicht einmal eine Ausrüstung. Andererseits wusste man nie. »Halim, wären Sie so freundlich, mir ein kleines Ausrüstungspaket zu schnüren?« Er hielt ihm den Credstick hin. »Nichts Großes, nur was Leichtes und was gegen Kugeln.« Seine graugrünen, kalten Augen legten sich auf Holdo. »Herr Kraif, betrachten Sie mich von nun an als Ihren Bodyguard. Ich nehme den Auftrag zu den von Ihnen vor Zeugen genannten Bedingungen an. Sie richten sich strikt nach meinen Anweisungen, es gibt keine Diskussionen über Sinn und Unsinn meiner Worte.«

»Danke sehr, Herr Vanderbilt.« Holdo atmete auf. Nun stieg seine Zuversicht, die Wette heil zu überstehen. Mit dieser Kampfmaschine an seiner Seite hatte er die richtige Antwort für jeden ADL-Killer parat. Der Mann sprach mit leichtem amerikanischem Akzent, und anscheinend hatte er von der Wette noch nichts gehört. Jetzt hatte *er* ihn unter Vertrag genommen.

Halim öffnete die Tür zum Nebenzimmer; dahinter erwartete sie ein Raum voller Vitrinen und Regale, die alle mit Panzerglas gesichert waren.

Der Araber war ein Waffenhändler, und sie standen in dem Showroom für betuchte Scheichs, die ihr Geld gerne in sinnlose Dinge steckten: vergoldete AK-97, Pistolen mit Perlmuttgriffen, silberne Ares Predator II, diamantenbesetzte Colts. An einigen Schaukästen hingen Schildchen, auf denen zu lesen stand, wem die Waffe darin einst gehörte. Despoten, Helden, Verbrecher, die Auswahl der Namen war beeindruckend. Und die Summen, die Halim dafür verlangte, machten einen normalen Menschen schwindelig. In diesem Raum bekam man nichts unter 10 000 Nuyen, wahrscheinlich nicht einmal einen Kaffee.

Jennings hatte den Blick seines Auftraggebers bemerkt. »Nein, das ist nicht unser Revier.« Er zeigte auf die glatte Wand. »Da geht es lang.«

Halim schaute an eine Stelle in der Vertäfelung, und ein Teil davon schwang zurück. Sie folgten dem Gang mit Wänden aus Stahl bis in eine zweite Kammer, in der blaues Licht aufleuchtete, als sie eintraten.

Es roch nach Öl, Metall und Pulver; Kisten stapelten sich bis an die Decke, die Aufschriften waren in allen möglichen Sprachen gehalten, sogar Deutsch befand sich darunter. »Ruhrmetall« stand auf einer, die Risszeichnung darauf sah aus wie eine Minigun oder eine Sturmkanone. Holdo kannte sich mit den vollautomatischen Riesenwummen nicht ganz so gut aus, denn er benötigte als All-Terrain-Combat-Golfer – wenn überhaupt – eine Pistole oder eine verlässliche Maschinenpistole samt Explosivmunition.

Jennings begann seinen Blitzeinkauf, deutete auf Mini-Koms, Pistolen, kugelsichere Westen und eine kurzläufige Schrotflinte. Halim eilte gehorsam zu dem jeweiligen Regal und packte alles auf den Edelstahltisch in der Mitte des Zimmers.

»Ziehen Sie das kugelsichere Shirt und die Weste gleich an«, bat Jennings Holdo und streifte den Kaftan ab. Darunter trug er Elastin-Shorts, die sich an die Muskeln seiner Oberschenkel schmiegten, und ein weißes Shirt. Er schlüpfte in die Weste und zurrte sie fest, damit sie nicht verrutschte.

Die beeindruckenden Muskelberge, die der Deutsche zu Gesicht bekam, schüchterten ihn ein, und es war ihm ein wenig peinlich, seinen eigenen weißen, zwar trainierten, aber dünneren Leib zu zeigen.

»Folgendes, Herr Kraif. Ich ziehe mir andere Sachen an, Halim gibt Ihnen ebenfalls einen Kaftan oder etwas in der Art, danach gehen wir durch den Hinterausgang zu einer Anlegestelle der Abras.« Er wechselte ein paar Worte auf Arabisch mit Halim, der daraufhin hinausging.

»Abras?«, fragte Holdo.

»So heißen die Wassertaxis, die den Dubai Creek passieren. Wir fahren direkt zu meinem Hotel und beziehen Stellung, bis die Tage abgelaufen sind, die wir bis zur Lotterieziehung warten müssen.« Er lud die Browning Max-Power und schob sie in den Halfter, danach überprüfte er die HK227S, die Defiance T-250 und das AK-98 mit Granatwerfer. »Wir bleiben auf dem Zimmer, egal was passiert.«

»Und wenn es brennt?«

Jennings schaute bei dem schlechten Versuch, witzig zu sein, nicht einmal hoch, sondern beobachtete, wie der Verschluss der AK-98 nach vorne schnappte, und lauschte auf das Geräusch, mit der die Patrone in die Kammer glitt. Einwandfrei. So liebte er Waffen. »Gibt es noch etwas, was ich über Sie wissen müsste?«

»Wie meinen Sie das?«

Alleine die nervöse Art, wie Kraif auf die Frage reagierte, zeigte Jennings, dass man etwas vor ihm verbergen wollte. »Werden Sie gesucht, von der Polizei oder einer anderen staatlichen Behörde?« Er checkte die Schärfe des Butterflymessers, das aus Karbonfasern und einer Keramikschneide bestand und bei keinem Metalldetektor der Welt auffiel.

»Nicht direkt. Ich bin Com-Golfer und manchmal illegal in der ADL unterwegs«, druckste er herum. »Aber konkret haben die Bullen nichts gegen mich in der Hand.«

»In welchem Hotel sind Sie abgestiegen?«

»In keinem. Ich kam direkt vom Flughafen in den Basar und ...«

»Ihr Gepäck ist demnach im Flughafen?«

»Ich bin ohne Gepäck gereist. Es ... ging verloren.«

Eine schlechte Lüge. Jetzt schaute der Runner doch zu Kraif, spielte mit dem Butterflymesser und ließ es in seiner Linken hin und her wirbeln. »Normalerweise bekomme ich vor einem Auftrag gesagt, wie es sich mit dem Hintergrund meines Kunden verhält. Dementsprechend variieren die Preise.« Er ärgerte sich, dass er zu leichtfertig zugesagt hatte, aber ein mündlicher Abschluss war genauso gut wie ein schriftlicher Vertrag. Er war selbst schuld. »Also, verraten Sie mir, weswegen Sie ohne Koffer in eine Maschine nach Dubai gestiegen sind?«

»Das ist so verrückt, dass Sie mir nicht glauben würden«, stöhnte Holdo. »Ich hatte Schulden bei einem Oyabun in Düsseldorf …« Halim kehrte zurück, und er verstummte. »Später, im Hotel«, bat er um einen Aufschub. Er schlüpfte in den dunkelblauen Kaftan, den er von dem Araber gereicht bekam.

Jennings wählte den gelben. Das Wort *Oyabun* verstand man auch in Seattle sehr gut. Es schmeckte ihm gar nicht, essentielle Informationen häppchenweise zu erhalten, und im Hotel würde ihm Kraif lange Rede und Antwort stehen müssen. *Oyabun.* Aus dem einfachen Urlaubsjob drohte eine anspruchsvolle Aufgabe zu werden; noch war es kein Run.

»Vielen Dank, Halim. Mögen Ihre Wege und Ihre Geschäfte immer gesegnet sein«, verabschiedete er sich und reichte ihm das Steinschlossgewehr. »Senden Sie das bitte für mich an die übliche Adresse. Verrechnen Sie es mit dem heutigen Einkauf.«

»Sehr gerne. Auch Ihre Geschäfte und Wege mögen gesegnet sein.« Halim verneigte sich und leitete sie zum versteckten Hinterausgang. »Es war schön, Sie zu sehen.«

Sie standen in einem dunklen Hinterhof, aus dem es mehrere Ausgänge gab. Jennings wählte zielsicher den rechten und bedeutete Holdo, ihm zu folgen.

Vereinigte Arabische Emirate, Dubai, Dubai-City,
20. 9. 2059, 23:51 Ortszeit

»Ich meine, dass es ihn mal erwischt, war klar.« Tattoo lag in Unterwäsche auf dem Bett ihrer Suite, die ihnen reserviert worden war, aß ein paar Trauben und verfolgte auf dem Nachrichtenkanal des DeMeKo die Entwicklungen im Mordfall Poolitzer. Inzwischen hatte sich das BKA eingeschaltet, ein Polizist namens Vigo Spengler leitete die Untersuchungen. »Er hatte ja mehr Feinde als Freunde.«

Ordog nahm seine Hand voll Pillen und schluckte sie, ein Glas Wasser beförderte die Medizin die Kehle hinab. Das Klima in Dubai-City machte ihm zu schaffen. Außerhalb der Suite herrschten tropische Sommertemperaturen, bei jedem Schritt standen ihm sofort Schweißperlen auf der Stirn, und die Nase neigte dazu, schneller als sonst zu bluten. »Es ist trotzdem schade um ihn. Er hat viel geleistet.«

»Er war ein Arschloch«, sagte die Elfin, ohne es böse zu meinen.

»Gesucht wird immer noch der Mann, der sich an diesem Tag mit Gospini treffen wollte«, verkündete ein Außenreporter. Im Hintergrund sah man den dunklen Platz und ein Stück des Gerechtigkeitsbrunnens. »Wir haben inzwischen erfahren, dass es sich dabei um Holdo Kraif handeln soll, der zwar nicht von den Behörden gesucht, aber verdächtigt wird, in illegale Sportwetten verwickelt zu sein. In diesem Zusammenhang sei All-Area-Combat-Golf erwähnt, eine Golfart, die an jedem Ort und ohne Rücksicht auf die Umgebung gespielt wird.« Der Reporter deutete hinter sich. »Wir können nur spekulieren, worüber sich die beiden Männer unterhalten haben. Hatte Gospini vor, eine Story über Double-A-C-Golf zu machen, und wollte es die Wettmafia verhindern? War Kraif der Köder für eine Falle?« Er machte ein entschuldigendes Gesicht. »Wir wissen es nicht. Noch nicht.«

Der Beitrag endete, Tattoo schaltete auf arabische Musiktrids um und wunderte sich über die Kombination der Töne und Instrumente. Sie stand auf, ging zum Fenster und schaute aufs Lichtermeer des 15 Kilometer entfernten Dubai-City.

Ihr Hotel, das Little Burj Al Arab, lag wie das Original am Jumeirah Strand und war im Grunde nichts anderes als die perfekte, verkleinerte Kopie davon. 101 Suiten mit Blick auf das azurblaue Meer, Luxus in Gold und Marmor, aber schon ab 500 Nuyen die Nacht und nicht ab 900 wie der große Bruder.

Es mangelte an nichts; Essen, Umgebung, das integrierte Entertainment-System, Gerüche, alles war ein Märchen aus 1001 Nacht.

Rund um das Luxushotel wurde seit Einbruch der Nacht ein Spektakel aus Feuer und Wasser inszeniert, Wasserspiele und Flammenlohen ergaben zusammen mit wechselnden Scheinwerfern, Lasern und anderen technischen Spielereien einen einmaligen Anblick. Tattoo vermutete, dass sie irgendwo noch einen Illusionisten sitzen hatten, der mit einer Prise Magie die Opulenz fürs Auge zum Höhepunkt trieb.

»Gehen wir später indonesisch oder arabisch Essen?«, fragte Ordog und studierte die Menükarten der verschiedenen Restaurants des Little Burj Al Arab. »Oder hast du Lust auf Austern und Meeresfrüchte?«

Sie kehrte aufs Bett zurück und küsste ihn auf den

Mund. »Nein, ich bevorzuge eine Kleinigkeit.« Ihr Kom meldete sich, die Nummer zeigte ihr, dass Rashid der Anrufer war. »Mr. Saeed?«

»Hallo. Sie sind gut in Dubai angekommen, wie mir gesagt wurde.« Rashids Stimme klang geschäftlich. »Wir haben vage Informationen zum Verbleib meines Halbbruders. Ich habe Ihnen die Daten auf Ihren Hotelaccount geschickt. Sehen Sie sich die Örtlichkeiten morgen früh an, und berichten Sie mir, sobald Sie etwas in Erfahrung bringen.«

»Tun wir, Mr. Saeed.«

»Gefällt Ihnen Ihre Unterkunft?«

»Sehr«, sagte sie. »Man könnte sich zu sehr daran gewöhnen.«

»Das höre ich gerne. Dann viel Erfolg. Ich höre von Ihnen.« Saeed unterbrach die Verbindung.

Ordog hatte indes den Account geöffnet und ließ die Informationen auf dem Trid erscheinen. Es bewies, dass Saeed großes Vertrauen in die Sicherheit des Hotels besaß. »Sieht aus wie eine Klinik«, kommentierte er die Außenaufnahmen, die teils von Satelliten, teils von herkömmlichen Kameras gemacht worden waren. Die Lagepläne des Gebäudes suggerierten, dass es keine besonderen Sicherungsmaßnahmen gab.

Tattoo glaubte nicht an den Spaziergang, den die Daten ihnen vorgaukelten, und als sie ihren Geliebten darauf ansprach, nickte er. Er hatte in seinem Leben schon genügend Runs absolviert, um zu wissen, dass selten etwas so war, wie es den Anschein hatte.

»Die Klinik liegt nicht ganz im Zentrum, aber glücklicherweise direkt in der Nähe einer alten Moschee, die von Touristen besucht wird. Wir können uns also ruhig umschauen und einen auf Touristen machen.« Er spürte, wie sich das Blut aus seinen Mundschleimhäuten mit dem Speichel mischte. »Notfalls gehe ich einfach rein und mache einen auf Schwächeanfall.« Er streichelte ihr Gesicht. »Danke, dass du mitgekommen bist.«

»Ich hatte vor, noch länger mit dir ins Bett zu gehen, Ordog«, sagte sie rau und grinste. »Meinst du, ich würde dich alleine um dein Leben kämpfen lassen?« Sie boxte ihm auf die Schulter. »Dice und die anderen Jungs meinten, ich soll dich heil zurückbringen, damit du dir im nächsten Match den Kopf von den Schultern blasen lassen kannst.«

»So habe ich mir das vorgestellt.« Er schaute sie an. »Tattoo, wenn ich diesen Run überlebe und die Therapie wirklich anschlägt, werde ich aufhören. Kein Stadtkrieg mehr, nicht mehr als Spieler. Keine Runs mehr. Ich habe keinen Bock mehr und fühle mich müde.«

»Das macht die Chemo«, sagte sie und war von seinen Plänen überrascht.

»Nein, die Chemo hat damit nichts zu tun. Es sind einfach zu viele Leute in letzter Zeit gestorben, die ich kannte. Wenn Saeed mir ordentlich was bezahlt, überlege ich mir in Ruhe, was ich mit meinem Leben anstelle.«

Tattoo schnaubte. »Was willst du denn machen?«

»Ich lass mir die elektronischen Drähte aus dem Körper ziehen und mache eine Ausbildung. Irgendwas mit …« Er zuckte mit den Schultern. »Keine Ahnung. Vielleicht bleibe ich auch in den Emiraten und helfe den Scheichs, ein Stadtkriegteam aufzustellen.«

Sie fürchtete sich davor, dass er sie fragte, ob sie ebenfalls aufhören wollte. Denn sie müsste mit Nein antworten, dafür liebte sie den brutalen Sport zu sehr. Ordog klang ein bisschen nach Nestbau, nach

Familienidylle, nach Kindern. Das kam für sie nicht infrage. »Aha. Komm, wir gehen was essen«, lenkte sie ab und ergriff seine Hand. »Danach machen wir Sauereien im Whirlpool.«

Er lachte und stand auf. »Na schön. Wir können uns auch nach dem Essen weiter unterhalten.«

»Nach dem Whirlpool«, verbesserte sie und stieg in das hochgeschlossene Kleid. Sie waren in dem Luxushotel mit den vielen feinen Menschen und Metamenschen durch ihre offensichtlichen Tätowierungen ohnehin schon auffällige Erscheinungen; daher verzichtete sie auf provozierende Kleidung und fügte sich in die Gepflogenheiten.

Das hautenge, schwarze Kleid schmiegte sich perfekt an ihre Figur. »Shit, ich sehe aus wie eine Exec«, grinste sie sich im Spiegel an und übte, ihre Metallreißzähne einigermaßen zu verstecken.

»Kleider machen Leute«, sagte Ordog und tauschte seine unauffällige Straßenkleidung gegen einen Anzug, der ihm hervorragend stand, auch wenn das Schwarz ihn noch blasser machte, als er ohnehin war. Er stellte sich hinter sie und umarmte sie. »Wir sind ein hübsches Paar.«

»Und wir werden es noch lange sein«, fügte sie hinzu. »Treten wir deiner Leukämie in den Arsch.« Sie ging zur Tür, und er kam hinterher.

Nach zu viel Sauerei im Whirlpool und zu viel Sekt begann der Tag für die beiden erst gegen zehn Uhr.

Fluchend sprang Ordog aus dem Bett und weckte Tattoo, und nach einem hastigen Frühstück ging es mit dem Toyota Keibauma, den Saeed ihnen zur Verfügung gestellt hatte, dank Autopilot zielstrebig durch Dubai-City. Sie sahen den modernen Orient mit Bankpalästen, Touristenprachtbauten, titanischen Shopping-Malls und Hotelanlagen, in die Milliarden Nuyen investiert worden waren. Alles glänzte und funkelte und erstrahlte, als wollte Dubai Japan den Rang als Land der aufgehenden Sonne streitig machen.

Nicht ein Sandkorn lag umher. Die Heerscharen von ausländischen Gastarbeitern mit ihren Maschinen putzten und wienerten, damit die Wüste keine Chance bekam, Fuß zu fassen.

Die mehrsprachigen Hinweisschilder, an denen sie vorüberfuhren, wiesen mehr als ein Dutzend Vergnügungsparks aus, sogar zwei Skihallen befanden sich darunter; und auf der ehemaligen alten Formel-1-Strecke durften nun Gäste gegen Bezahlung die Reifen quietschen lassen, Boxenluder inklusive. Das Erdöl war schon lange gegangen, jetzt sprudelte das Geld aus den Credsticks der Touristen. Die Scheichs erwiesen sich als clevere Geschäftsleute.

In der Nähe der Moschee mit dem hohen Minarett stoppte der Toyota vor einer Klinik, um die es weder eine Einzäunung noch eine Schranke vor der Einfahrt gab. Es hatte den Anschein, als sei jeder Besucher willkommen. Auf Englisch stand *Städtisches Krankenhaus* über der Pforte, Menschen gingen ein und aus; den ersten Metamenschen sahen sie erst nach einer halben Stunde.

Ordog lenkte den Wagen auf den Parkplatz neben der Moschee, von dem aus man das Gebäude gut sehen konnte. Er nahm ein Pad heraus, öffnete die Türen und tat so, als machten sie beide eine Rast und orientierten sich anhand eines Stadtplans.

»Keine Kameras, keine Wachleute«, sagte er zu Tattoo. »Das ist eigentlich zu schön, um wahr zu sein, findest du nicht?«

»Ich wette, das ist irgend so eine magische Kacke«, murmelte sie grimmig. Sie hasste Magie, fand die unsichtbare Kraft äußerst unfair, zu gefährlich und elitär. Magie machte Schwächlinge zu Übermenschen. Sie wäre die Erste, die für eine ADL-weite Erfassung und Kontrolle von Magiebegabten unterschrieb.

Er schüttelte den schwarzen Schopf. »Nein. Saeeds Informationen zufolge umgeben sie sich mit keiner Barriere. Sie haben nicht einmal einen Watcher als Aufpasser.«

»Wenn ich es nicht besser wüsste«, erwiderte sie und nahm sich eine Coladose aus der Minibar, »würde ich sagen, dass es eine verdammte Falle ist.« Sie schaute zu ihm. »Ich wüsste nur nicht, warum. Keiner von uns beiden ist so interessant, dass man es in einer Klinik in Dubai auf uns abgesehen hätte.«

»Vielleicht.« Er hob die Kamera, die ihnen ihr Auftraggeber überlassen hatte, in Richtung Moschee, betrachtete dennoch damit die Klinik. »Vielleicht rechnet schlicht keiner mit einem Runnerteam. Kann doch sein, dass es Sheiks jüngerer Bruder für unmöglich hält, dass der verstoßene Familienrest Spezialisten für die Befreiung einfliegen lässt.«

»Klingt für mich nicht überzeugend.«

Er seufzte. »Für mich auch nicht.« Er beobachtete, wie ein Krankenwagen die Auffahrt hinaufrollte. Die Türen des Gebäudes öffneten sich, und ein Notfallteam stand bereit, um den Patienten in Empfang zu nehmen. »So kommen wir rein.«

»Als Notaufnahme?«

Er deutete auf die Ambulanz. »Nein, damit. Wir organisieren uns eine der Schüsseln und fahren vor. Dann …« Durch den Sucher der Kamera beobachtete er, welche seltsamen Dinge vor sich gingen, als sich die Hecktür des Krankenwagens öffnete: Zwei Ärzte in Schutzanzügen weideten gerade einen Elfen aus! »Scheiße«, murmelte er und machte Tattoo auf den Vorgang aufmerksam.

Die Ärzte arbeiteten schnell und schnitten sicher. Herz, Lunge, alle innere Organe wurden ebenso herausgetrennt wie die Hoden und in verschiedenfarbige Boxen gelegt; zum Schluss schnitten sie die Augen heraus sowie Ohren ab und tackerten das Loch im Bauch notdürftig zu. Dass die Tür offen stand, störte sie nicht.

Pfleger nahmen die Boxen in Empfang und eilten ins Innere des Gebäudes, während der Kadaver mit einem Tuch abgedeckt und hinausgerollt wurde. Die Fahrzeugtür schloss sich, der Wagen rollte davon.

»Leck mich am Arsch«, zischte Tattoo. »Sah das für dich nach einer Organspende aus?«

»Wenn sie ihm die Ohren und die Eier nicht abgeschnitten hätten, würde ich sagen: ja.« Sie schauten sich an. »Wir werden das länger beobachten müssen.« Er rief Saeed an und teilte ihm mit, was sie gesehen hatten. »Finden Sie bitte heraus, wie viele Notdienste dieses Klinikum verrichtet und auf welche Fälle es sich spezialisiert hat. Mag sein, dass es nur ein Zufall war, was wir eben gesehen haben. Kann aber auch sein, dass da eine heftigere Sache dahintersteckt.« Er wollte das Gespräch beenden.

»Einen Elfen, sagten Sie?«, kam es von ihrem Auftraggeber.

»Ja.«

»Alles klar. Ich kümmere mich darum.« *Klick.*

Ordog hatte das Gefühl, dass der Araber mehr wusste, denn die Stimme war verräterisch ehrlich gewesen. Damit es nicht zu sehr auffiel, dass sie die ganze Zeit über nur im Wagen saßen, stiegen sie aus und gingen zur Moschee, ohne dabei die Klinik aus den Augen zu lassen, und bestiegen – nachdem sie umgerechnet zehn Nuyen bezahlt hatten – das Minarett.

Von hier oben ergab sich zum einen ein herrlicher Ausblick über einen Teil Dubais, aber auch auf den Hinterhof des Krankenhauses, in dessen Ambulanzen es zuging wie in einer antiken Fleischfabrik.

Auf dem geteerten Platz standen verschiedene Abfallcontainer, die mit Schlössern und Bedienfeldern versehen waren; das Biohazard-Zeichen prangte darauf und warnte davor, die Behälter zu öffnen.

Ordog und Tattoo warteten lange genug, dann konnten sie beobachten, wie eine Bahre nach draußen gerollt wurde, auf der ein schwarzer Sack lag. Der Mann im Schutzanzug, der die Bahre schob, drückte die Tasten auf dem Bedienfeld eines Containers, und der schwere Deckel schwang auf. Darin lagen noch mehr Säcke, mal so groß wie ein Troll, mal klein wie ein Zwerg.

Der Mann kippte den Sack einfach zu den anderen und aktivierte den Schließmechanismus, hydraulische Stempel zogen die Klappe zu und arretierten.

»Wenn du mich fragst«, sagte Ordog zu der Elfin, »läuft da was gehörig am Gesetz vorbei.« Sein Kom klingelte, Saeed meldete sich zurück.

»Ich habe mich umgehört. Das Madinah-Krankenhaus hat sich auf Metamenschen spezialisiert und kümmert sich vorwiegend um ausländische Touristen aus den UCAS und Europa«, erklärte er. »Es hat einen sehr guten Ruf, vor allem in der Unfallchirurgie.« Er klang ein wenig ratlos. »Ich verstehe nicht, warum man Ali hierher hätte bringen sollen.«

»Das werden wir herausfinden«, meinte Ordog. »Können Sie mir Statistiken dazu besorgen, Unfälle und Todesfälle pro Jahr?«

»Was hat das mit der Entführung meines Halbbruders zu tun?«

»Nichts. Aber es interessiert mich.«

»Dafür werden Sie nicht bezahlt. Kümmern Sie sich nicht um das, was dort geschieht, sondern handeln Sie zu Ihrem und dem Wohl meines Halbbruders«, wies ihn Saeed scharf zurecht.

»Ich habe verstanden«, sagte Ordog und legte auf. Er nahm sein Datapad und durchsuchte sein Adressenverzeichnis nach einer Nummer in den ADL, die er noch nie benutzt hatte. Man konnte Kom-Nummern immer gebrauchen, wie sich zeigte. »Hallo, Sheherazade«, grüßte er die Gesprächspartnerin. »Ich bin Ordog, ein Freund von Sheik.«

»Sheik? Den Namen habe ich schon lange nicht mehr gehört.« Die Frau klang, als hätte sie zehn Wasserpfeifen geraucht und anschließend mit Wodka gegurgelt. »Du bist doch der Verrückte, der in die Sox ging. Und Stadtkrieger.«

»Ja.«

»Und was machst du in Dubai-City?«, fragte sie neugierig.

»Woher …«

»Es kam in den Nachrichten.«

»Was?«

»Nein, nicht du. Aber deine Freundin, diese Elfin mit dem Eisen im Gesicht. Ein paar kleinere arabische Sender haben gemeldet, dass die Stadtkrieg-Heldin aus Almanya zu Besuch in Dubai wäre. Die Arabs sind ganz verrückt nach diesem Sport. Tja, und wo sie ist, bist auch du, was man so hört.« Sheherazade lachte leise. »Ich bin ein Fan von dir, seit mir Sheik von dir erzählt hat. Schön, dass du mal anrufst.«

Das waren ganz schlechte Neuigkeiten. Öffentlichkeit konnten sie gar nicht gebrauchen. »Ich benötige ein paar Informationen.«

»Da bist du bei mir genau an der richtigen Stelle.« Sie lachte und zog anscheinend wirklich an einer Wasserpfeife, denn es blubberte leise im Hintergrund. »Was macht Sheik? Hält er sich immer noch für einen Scheich?«

»Er ist entführt worden, und ich suche ihn«, kürzte er die Geschichte ab. »Ich brauche alles, was du über das Madinah-Krankenhaus in Dubai-City herausfinden kannst. Statistiken, Skandale, Betreiber. So schnell wie möglich.«

»Sobald ich eine Anzahlung von zweitausend Ecu auf meinem Konto habe, mache ich mich auf den Weg ins Schattenland.« Die Frau war ein Profi. Sie nannte ihm die Kontodaten und legte auf.

Er rannte die Treppe des Minaretts hinab, loggte sich vom nächsten Terminal in der Nähe der Moschee ein und tätigte die Überweisung von seinem Privatkonto aus; gleich darauf meldete sich Sheherazade wieder bei ihm.

»Okay, ich habe das Geld. Sag mir, wohin ich die Infos schicken soll.« Sie lachte, als sie hörte, dass der Account des Little Burj Al Arab verwendet werden sollte. »Oh, nicht schlecht. Hätte ich vorher gewusst, dass *du* ein Scheich bist, hätte es dich das Doppelte gekostet. Es wird eine Weile dauern.« Ihr Tonfall änderte sich, sie klang ernst. »Ich habe schon mal unverbindlich vorgefühlt. Das Madinah scheint einen großen Bruder im Hintergrund zu haben. Jemand schützt ziemlich viele Daten, die Verschlüsslungsprogramme sind nicht ohne.«

»Dann ist es mehr als nur ein Krankenhaus?«

»Die meisten Krankenhäuser sichern Patientendaten sehr gut, was man ja auch erwarten sollte. Aber das hier ist eine Nummer zu stark für herkömmlichen Datasafe.« Eine Tastatur klapperte. »Um auf deine Frage zu antworten: Es *kann* mehr als ein Krankenhaus sein, Ordog. Bis denn.«

»Bis denn.« Er senkte das Kom, trabte zum Minarett, musste natürlich erneut Eintritt bezahlen und stand nach zwanzig Minuten wieder neben Tattoo. »Es wird nicht einfach«, sagte er zu ihr.

Sie nickte grimmig und bleckte die Zähne. »Soll mir recht sein. So bleibe ich wenigstens in Übung.«

»Übrigens, du bist eine Berühmtheit in Dubai.«

»Wieso?«

»Stadtkrieg«, sagte er nur. Er erinnerte sich, dass Saeed davon gesprochen hatte, dass die Emirate eine eigene Mannschaft aufstellen wollten. »Du wurdest am Flughafen erkannt. Ich hoffe, dass sie nicht herausfinden, wo du abgestiegen bist. Du müsstest Männern in langen Kleidern Interviews geben.«

Die Elfin lachte. »Hey, nur keinen Neid.« Sie sah die nächste Ambulanz herannahen. Gespannt schauten sie vom Minarett aus zu, was dieses Mal geschah.

Aber es verlief nach allen Regeln der Krankenhauskunst. Vorsichtiges Ausladen der Patientin, ein kleines Mädchen, das zwei Infusionsschläuche in den Armen stecken hatte, dann wurde es vom Ärzteteam sofort betreut; die aufgelösten Eltern, die in Shorts, Sandalen und T-Shirts steckten, eilten hinter der Trage her und wurden von einer Pflegerin beruhigt.

Sie wollten eben das Minarett verlassen, als ein modifizierter Daf Trauma Vaggon IWS Kommando heranschwebte. Der Helikopter landete hinter dem Madinah, und zwei Männer fuhren eine schrankgroße, eiserne Transportbox zum Hubschrauber. Sie wurde sofort eingeladen, und die Maschine hob wieder ab.

»Wetten, dass das die Elfenorgane waren?«, sagte sie und schaute dem Hubschrauber hinterher.

Ordog hatte sich die Nummern seitlich auf dem Blech neben dem Heckrotor gemerkt. Die Überprüfung förderte sicherlich noch mehr Überraschungen zutage. Allmählich dachte er darüber nach, Verstärkung bei Saeed anzufordern.

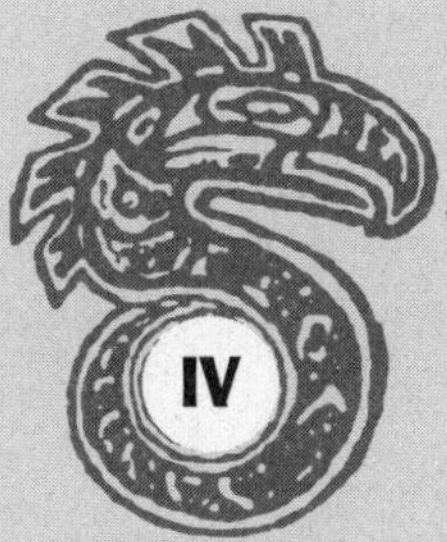

Regel 8: Der Spieler darf bei Strafe der Disqualifikation stets nur einen Caddie zu gleicher Zeit haben.
Caddies dürfen: Ausrüstung (Schläger & Waffen) tragen, Deckung geben, den Kontakt zur Spielleitung halten.
Sie dürfen weder die Lage des eigenen noch des fremden Balls verändern (weder mit den Händen noch mit Hilfsmitteln) oder den gegnerischen Spieler attackieren (weder mit Händen noch mit Hilfsmitteln).
Für jeden Verstoß seines Caddies gegen eine Regel verfällt der Spieler der jeweils anzuwendenden Strafe.

Auszug aus den All-Area-Combat-Golf-Regeln der International Double A Combat Golf Society

Vereinigte Arabische Emirate, Dubai, Dubai-City,
21. 9. 2059, 09:01 Ortszeit

Cauldron saß in dem Celebrian Terrain Geländewagen und sah zu, wie die Skyline von Dubai im Rückspiegel kleiner und kleiner wurde. Mit ihrem Team donnerte sie auf der breiten Ausfallstraße in Richtung Grenze nach Oman, schnurstracks in die Wüste. Bald bog der einheimische Fahrer ab und lenkte das Auto auf die Touristenroute nach Hatta, ihrem ersten Checkpunkt auf der Suche nach dem Lebensquell des Elementars.

Sie folgten der vierspurigen Autobahn, um sie herum türmte sich eine wunderschöne Wüstenlandschaft in allen möglichen Rot- und Brauntönen. Aus der steinigen Umgebung wurde bald eine Dünenlandschaft.

Cauldron hatte so etwas noch nie gesehen. Die Berge aus losem Sand ragten geschätzte 300 Meter in die Höhe, der Wind hatte bizarre Muster hineingemalt, die so schnell vergingen, wie sie entstanden waren.

»Können wir anhalten?« Sie wollte unbedingt eine solche Wand ersteigen, von deren Gipfel der Ausblick phänomenal sein musste.

Der Fahrer setzte den Blinker und fuhr von der Autobahn über den schmalen Standstreifen in den Wüstensand. Cauldron stieg aus und kämpfte sich die Düne hinauf, Sand rann unter ihren Schuhen davon und bewegte sich wie steifes Wasser; endlich hatte sie sich nach oben gekämpft und schwitzte gehörig in ihrem schwarzen, weiten Kleid, aber der warme Wind verdunstete die Feuchtigkeit auf der Stelle.

Es war wunderschön. Wellenkamm schmiegte sich an Wellenkamm, ein erstarrtes Meer breitete sich vor ihr aus, das nur auf den Anstoß zu warten schien, in Bewegung zu geraten.

In einiger Entfernung sah sie ein halbes Dutzend Geländewagen quer durch die Dünen rasen, die Fahrer schonten weder sich noch die Fahrzeuge. Ohne diese Störung und das breite, dunkle Band der Autobahn hätte sie an einen perfekten Ort geglaubt, in dem alles im Einklang schwang. Die Sonnenstrahlen brannten unbarmherzig nieder, und sie war froh, Sonnenmilch mit Lichtschutzfaktor 60+ dabeizuhaben. Gerade ihre blasse Haut wäre für das Gestirn ein gefundenes Fressen.

»Kommen Sie bitte zurück, Miss Peron«, sagte das Minifunkgerät in ihrem Ohr. »Wir müssen weiter.«

Widerwillig machte sie sich an den Abstieg und empfand es, als sie wieder im Wagen saß, darin unglaublich kühl. Dabei stand die Klimaanlage auf 25 Grad. »Was sind das für Deppen, die mit den Jeeps durch die Wüste jagen?«

»Neureiche Angeber und Touristen«, sagte der Fahrer. »Sie nennen es Dune bashing, und es geht einfach nur darum, durch die Wüste zu brettern und mit seinem Wagen anzugeben.« Er grinste. »Ich mache das auch, wenn Touristen es wollen. Aber die meisten kotzen – wegen des Geschaukels.« Er deutete unter ihren Sitz. »Dafür sind die Tüten. Ich habe keine Lust, die ganze Zeit den Innenraum zu putzen.«

»Ich verstehe.« Sie nahm sich den Prospekt, den sie in ihrem Hotelzimmer vorgefunden hatte. »Rätli hat sich getäuscht«, sagte sie nach hinten, wo ihre beiden Begleiter saßen: eine vercyberte, verschleierte Frau namens Barami und Dr. herm. mag. Hasher. »Haben Sie gesehen, wie diese Oase heute aussieht? Da ist keine Spur von Idylle.«

Hatta war eine kleine Oase zwischen Fujairah und Dubai, in der ein altes Fort und ein Teil der alten Häuser wieder aufgebaut wurden. Alles war auf Tourismus ausgelegt, und im Heritage Village bekam der Gast Einblicke in das traditionelle Leben vor vielen, vielen hundert Jahren.

»Viel zu viel Tourismus«, sagte Cauldron nach einem erneuten Blick über die Aktivitäten rund um die Oase. »Ich habe eine solche versteckte Lebensquelle eines Elementars noch nicht mit eigenen Augen gesehen, aber man sagt, sie würde durch einen starken magischen Schild vor Schaden bewahrt. Dieser Schild wiederum hängt unmittelbar mit der Macht des Elementars zusammen. Je stärker er ist, desto stärker der Schild. Und unser Feind ist sehr mächtig. Ich kann mir nicht vorstellen, dass jemand eine solche magische Hintergrundstrahlung beim Ausbau der Oase übersehen hätte. Die Region wurde sicherlich auf Naturgeister überprüft, nehme ich an?«

Hasher, ein dünner, schmaler Araber mit Bärtchen um den Mund, nickte. »Das sehe ich wie Sie, Miss Peron. Viel spannender ist vor allem die Umgebung, wie ich finde. Das Dorf liegt am Fuße des Hajargebirges. Das ist eine ziemlich schroffe und raue Landschaft, wo unser Dschinn ein viel besseres Versteck für seinen Lebensquelle anlegen könnte.«

»Ich schlage vor, wir halten in regelmäßigen Abständen, sobald wir uns der Oase auf zehn Kilometer genähert haben, und sondieren die Umgebung astral.« Cauldron erntete die Zustimmung des Mannes, während Barami sich darauf beschränkte, unbeweglich auf der Rückbank zu sitzen und zu warten, dass etwas geschah, was ihre Künste erforderte. Noch benötigten sie weder Waffen noch Muskeln.

Sie näherten sich Hatta.

Hasher und Cauldron verließen ihre Körper und tauchten mit ihrer Astralgestalt in den Astralraum über der Wüste ein; ein von ihr beschworener Watcher, ein niederer Geist in Form eines Flämmchens, bekam den Auftrag, sofort zu ihr zu kommen, wenn sich etwas am Fahrzeug ereignete. Hasher rief zur Sicherheit einen niederen Luftelementar herbei und gab ihm den Auftrag, Angreifer unschädlich zu machen.

Gemeinsam durchstreiften sie die Umgebung, die außer den unzähligen Auren der Besucher des Forts nicht viel zu bieten hatte. Schon gar keine magische Hintergrundstrahlung oder ein Leuchtfeuer, das auf eine starke magische Quelle schließen ließ.

Gegen Abend gaben sie auf. Sie schwebten fünfzig Meter über der Oase und zeigten dem patrouillierenden Feuerelementar, dass von ihnen keine Gefahr ausging. Vermutlich verrichtete er seinen Dienst im Auftrag der Tourismusbehörde, um über Leib und Leben der Ausländer zu wachen; einige Watcher surrten umher und taten das, was sie am besten konnten: nerven.

Erst als Cauldron kurz einen Bruchteil ihrer Macht aufschimmern ließ, zogen sie sich ehrfurchtsvoll zurück. Meistens hielt die Ehrfurcht nicht lange vor. Es war, als würde man versuchen, neugierige Affen oder junge Hunde zu erziehen.

»Wir sind hier sicherlich am falschen Ort, oder was meinen Sie, Dr. Hasher?«

Der Araber musterte den Feuerelementar. »Mit Sicherheit. Er hätte es schon längst bemerkt, wenn hier etwas Ungewöhnliches wäre.«

»Immerhin können wir Hatta von unserer Liste streichen.« Eine Sache war ihr aufgefallen. Sie hatte in einiger Entfernung und abseits der Touristenrouten etwas bemerkt wie ein Knistern und Prickeln. Es musste in der Nähe eines Wasserlochs gewesen sein. Es war ein Bereich voller Schönheit gewesen, die Natur grünte und blühte rund um den kleinen Teich inmitten der schroffen Felswände. Sie fragte Hasher nach seinem Eindruck.

»Sie meinen das Wadi, ungefähr fünfzehn Kilometer von hier?« Er schaute zur Sonne, dann auf die Menschen zu ihren Füßen. »Jetzt, wo Sie es sagen … Als ob sich einem die Haare sträuben, nicht wahr?«

»Ja.« Cauldron fühlte Jagdfieber in sich aufsteigen, warnte sich aber selbst davor, zu schnell einen Erfolg zu erwarten. Es konnte alles Mögliche sein, von einer Geisterdomäne bis hin zu einem Ort, an dem die Energien eines längst vergangenen, besonderen Ereignisses in der Erde gefangen waren. »Wir sollten es uns ansehen, bevor die Sonne untergegangen …«

»Meisterin, Meisterin!« Ihr Flämmchenwatcher schoss heran. »Es geht was vor! Es geht was vor!«

Hasher und sie eilten zu dem Punkt zurück, wo Barami und ihr Fahrer warten sollten, doch von dem Wagen gab es nichts zu sehen außer ein paar Reifenspuren im Sand. Der Elementar war ebenfalls verschwunden.

»Verdammt!«, fluchte sie und stieg auf dreihundert Meter, um einen besseren Überblick zu erhalten, konzentrierte sich auf ihren weltlichen Körper und forschte nach dem feinen, astralen Band, das Fleisch und Geist verband.

Es war ziemlich einfach, ihren Leib ausfindig zu machen; denn zum einen leitete sie ihr Gespür, zum anderen erkannte sie den Wagen zwei Kilometer westlich der Autobahn, der mit hoher Geschwindigkeit über die Dünenkronen jagte und wie ein mechanisches, radgetriebenes Blechkamel auf und nieder schaukelte. An seinem Heck klebten ein Jeep und zwei Motocross-Maschinen.

»Denken Sie, dass es Abongis Leute sind?« Cauldron nahm die Verfolgung auf und holte die Fahrzeuge spielend ein. Irdische Geschwindigkeit bedeutete im Astralraum nichts, und einen Wagen einzuholen, der sich mit geschätzten achtzig Stundenkilometern bewegte, war nicht einmal eine Herausforderung.

Hasher flog neben ihr her. »Wenn es welche sind, wäre es ein gutes Zeichen.«

Cauldron zauberte und griff auf den alten Trick zurück. Ein enges Netz aus astraler Energie entstand zwischen ihrem Fahrzeug und den Verfolgern, das für alles Lebendige undurchdringbar war.

Gegen Motorräder funktionierte der Spruch einwandfrei, während die geschlossene Kabine des Autos wie ein Faradaykäfig reagierte und die Energien ableitete. Die Menschen im Inneren waren vor der Wirkung des Netzes geschützt.

Die beiden Motorradfahrer blieben jedoch hängen, während ihre Maschinen noch einige Meter weiterrasten, ehe sie sich überschlugen und im Sand liegen blieben. Ihre Auren leuchteten noch schwach, was bedeutete, dass sie den Zusammenprall überlebt hatten.

Hasher hatte den Astralraum verlassen und war in seinen Körper zurückgekehrt, um Barami und den

Fahrer zu informieren. Cauldron sah, dass er einen Spruch formte.

Vor dem Jeep bildete sich durch sein Wirken unerwartet eine zwei Meter dicke Wand aus Sand, mit der das Fahrzeug kollidierte. Der Jeep brach zur Seite aus, verlor an Geschwindigkeit und rollte die Düne hinab, kippte zur Seite und überschlug sich mehrfach; Sand und Staub wirbelten auf.

Alles war unter Kontrolle. Cauldron kehrte in ihren Leib zurück und wurde mit den weltlichen Realitäten konfrontiert. Sie spürte ansatzlos die heftigen Erschütterungen des Fahrzeuges, das mit hundert Stundenkilometern über die Dünen raste, und hopste in ihrem Sitz auf und nieder.

Sie atmete tief ein und aus, um sich wieder an das leibliche Dasein zu gewöhnen, dann öffnete sie die Augen und hielt sich an den Griffen des Armaturenbretts fest.

»Zurück«, befahl sie. »Die Jungs werden uns ein paar Fragen beantworten.«

Das Auto verlangsamte seine Fahrt, beschrieb einen großen Bogen und näherte sich der Unfallstelle. Sie stiegen aus.

Barami hielt ihre AK-97K bereit. In ihrem verschleierten Outfit sah sie wie eine der Selbstmordattentäterinnen aus, die man in Propaganda-Trids oder in den Nachrichten gezeigt bekam.

Ein Mann und eine Frau in Straßenkleidern krochen unter dem umgestürzten Jeep hervor, beide waren mit Uzis bewaffnet.

Die Runnerin hob ruckartig das Gewehr, zielte kurz und feuerte scheinbar sinnlos auf die Dünenkrone, aber von dort erklang ein leiser Schrei, dann rutschte ein Mann in einer Lederkombi den losen

Sand herab. »Einer der Motorradfahrer«, sagte sie kühl. »Er hat auf uns angelegt.«

Cauldron askennte die Überlebenden vor sich, betrachtete ihre Auren und stellte fest, dass der Mann hochgradig vercybert und die Frau eine mittelprächtige Magierin war. Vorsichtshalber blieb sie mit einem Teil ihrer Sinne im Astralraum, um zu überprüfen, was die Magierin machte. »Legen Sie die Waffen in den Sand, und heben Sie die Arme«, sagte sie langsam. »Sollten Sie irgendeinen Trick versuchen, sind Sie tot.«

Der Vercyberte tat, was sie verlangte, während die Magische urplötzlich zu einem Spruch ansetzte.

Cauldron wollte ihren Versuch mit einem Präventivschlag unterbinden, aber die Gegnerin war schneller als sie und errichtete eine Barriere um sich herum, die sie und den Vercyberten vor magischen Attacken schützte. Cauldron wunderte sich, dass sie unterlag. Früher, vor ihrer Schwangerschaft, wäre ihr das nicht passiert.

Aber es gab ja noch Dr. Hasher. Ein Blitz brachte die Barriere zum Zerspringen, und Cauldron schickte die Magierin daraufhin mit einem Schlafzauber in den Sand.

»Du scheinst der Vernünftige von dem Haufen zu sein«, sagte Cauldron zu dem Vercyberten auf Englisch und ging näher heran. Barami stand ihr zur Seite, während Hasher die Gegend magisch sicherte. Der Mann vor ihr sah westeuropäisch aus, steckte in Wüstentarnklamotten und hatte noch eine Pistole in seinem Schulterhalfter stecken. »Was wolltet ihr von uns?«

Er zuckte mit den Achseln. »Keine Ahnung.« Er nickte zu der schlafenden Magierin. »Unser Einsatzleiter liegt mit zerquetschtem Kopf auf der Rückbank, und die hier wusste es mal. Wenn Sie die umgebracht haben, haben Sie Pech, Lady.«

Sie kniff die Mundwinkel zusammen, holte mit dem Fuß aus und trat der Liegenden in die Seite. Die Schmerzen weckten die Frau aus ihrem Schlaf, sie krümmte sich und stöhnte. »Was wollen Sie?«, fragte Cauldron hart und zog die Pistole des Vercyberten aus dem Schulterhalfter, lud durch und richtete die Mündung auf das Bein der Frau.

»Das darf ich nicht …«

Der Schuss klang trocken und abgehackt, es dauerte lange, bis der Schall von den Dünen zurückgeworfen wurde. Die Kugel traf in den Mittelfuß, und die Frau schrie ihre Schmerzen laut hinaus.

»Sie können sich selbst heilen, hoffe ich für Sie«, sagte Cauldron unbarmherzig, und der Lauf schwenkte auf den Oberschenkel. »Mit vielen Löchern im Leib wird es nicht unbedingt einfacher.«

»Halt, nein«, ächzte die Frau und hob die Hand. »Ich bin von CMR und …«

»Ein Konzern?«

»Creative Magical Research AG«, sagte Hasher hinter ihr. »Sie gehören zu Mitsuhama Computer Technologies und haben ihren Sitz in Mannheim.«

»Woher wissen Sie das?«, staunte Cauldron.

Hasher lächelte. »Man sollte die Konkurrenz kennen.«

Wenigstens wussten sie, dass sie keine Handlanger Abongis waren, auch wenn es Cauldron lieber gewesen wäre. »Welchen Grund gibt es, dass Sie uns verfolgen?«

»Das ist ein Missverständnis«, knirschte die Magierin und gab sich Mühe, trotz der Schmerzen einigermaßen die Fassung zu behalten. »Mein Name ist Karla Knecht, ich bin Forschungsleiterin bei CMR. Wir wollten Ihnen im Namen von unserem Geschäftsführer Dr. Piller ein Angebot zur Zusammenarbeit unterbreiten, Frau Peron. Aber Ihr Fahrer und Ihr Elementar haben unsere Absicht missverstanden. Der Wagen ist plötzlich losgefahren …«

»Frau Peron hat bereits sehr gute Geschäftspartner«, sagte Hasher, der unvermittelt alarmiert klang.

»Schöne Geschäftspartner sind das«, meinte sie und schaute zu Cauldron. »Frau Peron, Sie kennen die Wahrheit über die Ereignisse in Stuttgart nur zum Teil. Als Ihr Freund bei dem Feuer eingeschlossen wurde, da …« Knecht langte unter ihre Jacke.

Im gleichen Moment schoss Barami der Frau in den Kopf. Blut sprühte hinter ihr in den hellen Sand und gegen das umgestürzte Auto, das Projektil durchschlug sogar noch das Seitenfenster. Knecht fiel zuckend zur Seite, ihre Aura, wie Cauldron rasch prüfte, erlosch. Tot.

»Ich dachte, sie zieht eine Waffe«, meinte Barami teilnahmslos.

Sofort kniete Hasher neben der Toten und begann, die Kleidung zu durchwühlen, aber Cauldron stieß ihn zur Seite. »Das mache ich selbst. Gehen Sie zurück zum Wagen. Wir verschwinden.« Sie fand eine ID mit dem Namen Karla Knecht, ein Visum, eine CMR-Ausweiskarte mit Magnetstreifen und einen Speicherchip, den sie vor Hasher verbarg; außerdem entdeckte sie einen Credstick mit 300 Ecu und Bargeld von umgerechnet 100 Nuyen. »Nichts Wichtiges, nur Papiere.« Sie hielt ihre Funde hoch.

»Keine Waffe?« Barami schaute ihr über die Schulter.

»Nein, keine Waffe.«

Die Runnerin schwieg zwei Sekunden, dann kam ein »Pech« unter dem Schleier hervor.

Sie stiegen in den Celebrian Terrain und ließen den Vercyberten in der Wüste zurück, über der die Sonne versank und die Dünen in blutrotes Licht tauchte. Es wurde spürbar kühler. Ein sanfter Windhauch trug die Hitze fort und wirbelte Sandkörner auf, die reibend über das Blech des Autos strichen.

»Was ist CMR, Dr. Hasher?«, fragte Cauldron unterwegs und studierte die Papiere eingehender, bevor sie diese nach hinten an den Mann reichte.

»Eine deutsche Forschungsgruppe in den Sektoren Zauberei und Alchimie. Sie haben kleinere Teams und mobile Forschungseinrichtungen, mit denen sie magischen Phänomenen nachspüren.« Hasher verwahrte die Plastikstreifen wie selbstverständlich in seiner Tasche. »Die Auswertung erfolgt in der kleinen Ark in Mannheim, die ihnen Mitsuhama hingestellt hat.« Er lächelte herablassend. »Kleine Fische, Miss Peron. Sie können Ihnen nichts bieten.«

»Da bin ich mir ganz sicher.« Sie dachte an den Chip, den sie in ihrer Weste trug. Jetzt wollte sie unbedingt etwas über ihre schweizerischen Verbündeten wissen, die ihr ganz offensichtlich etwas vorenthielten. Sie hatte in der spiegelnden Scheibe des umgestürzten Geländewagens genau gesehen, dass Hasher Barami zunickte, bevor die Runnerin auf Knecht schoss. Die eine oder andere Tatsache zu ihrer Person und zu Xavier sollte offenbar nicht ans Tageslicht kommen. »Machen wir morgen mit unserer Suche weiter?«

»Ja.« Hasher nickte erleichtert, weil die Magierin sich anscheinend keine weiteren Gedanken mehr zu dem CMR-Intermezzo machte. »Wir finden den Lebensquell, Miss Peron.« Er klopfte ihr auf die Schulter, dann lehnte er sich in den Sitz und genoss die Fahrt durch die abendliche Wüste.

Cauldron konnte es kaum erwarten, die Daten des Chips zu sichten.

Vereinigte Arabische Emirate, Dubai, Dubai-City, 21. 9. 2059, 09:01 Ortszeit

Jennings, frisch rasiert, geduscht und angekleidet, starrte auf die Informationen über seinen Schützling, die auf dem Bildschirm seines Palmtops standen. Es war eine Zusammenfassung aus dem, was Shadowland und die offiziellen Nachrichtensender über den Deutschen lieferten. Das war ungefähr so beruhigend wie eine leere Pistole mitten in einem Feuergefecht.

Er wandte sich dem Beistellbett zu, in dem Kraif lag. »Aufstehen«, sagte er halblaut. »Wir müssen reden.«

Der Com-Golfer drehte sich zur Seite und blickte ihn verschlafen an. »Was?«

»Wir müssen reden, Herr Kraif. Nachdem Sie sich gestern Nacht um das Gespräch gedrückt haben, bleibt Ihnen keine andere Wahl.« Er hatte aus seiner Option »Frühstücksbüffet« die Version »Frühstück auf dem Zimmer« gemacht, und vor genau einer Minute war alles gebracht worden, was man von dem Little Burj Al Arab erwarten durfte. Luxuriös traf es nicht einmal im Ansatz. Verschwenderisch schon eher. Er goss sich Kaffee ein, dessen Bohnen vermutlich von einer Jungfrau vom Busch gezupft worden waren, dann reichte er eine Tasse an seinen Kunden. »Sie haben mir verschwiegen, dass Sie eine ziemliche Berühmtheit sind, Herr Kraif.«

Holdo richtete sich auf und nahm die Tasse entgegen. »Nur in den Double-A-C-Kreisen …«

»Hören Sie auf mit dem Scheiß«, fiel Jennings ihm ins Wort und rutschte nach hinten, damit der Mann sah, was er alles in einer Nacht in Erfahrung gebracht hatte. »Sie werden vom BKA gesucht. Wegen Ihrer Flucht nach Dubai hält man Sie inzwischen sogar für den Mörder von Gospini. Ich persönlich finde das, nachdem ich Sie gestern gesehen habe, unmöglich. Erzählen Sie mir Ihre Version?«

Sein Kunde erzählte.

Jennings' Vermutung wurde bestätigt. »Es kommt nur ein Scharfschütze infrage. Aber der Bereich Frankfurts ist eine Tripple-A-Gegend, höchste Sicherheitsstufe. Das heißt, dass es unmöglich ist, mit einer entsprechenden Langwaffe auf das Gelände zu kommen.« Er schlürfte seinen Kaffee. »Es sei denn, einer der Banker hat den Auftrag für seine Liquidierung gegeben und ein Büro oder ein Zimmer zur Verfügung gestellt.« Er betrachtete den Mann, der klein und armselig in Unterhemd und Hose auf dem Bett hockte. Fehlte nur noch der Teddybär. »Was mich wundert, Herr Kraif, ist, dass die Polizei Sie dennoch sucht.«

»Verstehe ich nicht.«

»Die Projektile müssten beweisen, dass die Kugeln aus einem Gewehr und aus großer Entfernung abgefeuert wurden. Jemand in der Mordkommission unterschlägt entweder absichtlich Beweise, um den Mörder zu decken, oder man möchte unbedingt *Sie* verhaften.« Er schwieg und wartete, was Kraif erwiderte.

»Verhaften?« Eigentlich fiel ihm nur eine Möglichkeit ein. »Kann sein, dass die Bullen mich beim letzten Match erkannt haben und mich wegen der Com-Golferei drankriegen wollen und den Rummel nutzen, um mich zu finden.«

»Das ist eine Variante«, nickte Jennings. »Die zweite ist weniger schön.«

»Die zweite?«

»Angenommen, ein Angehöriger der Mordkommission wüsste von der Wette, die Sie ausgerufen haben. Und angenommen, er hätte ein paar Tausender auf Ihren Tod gesetzt. Wäre es nicht einfacher, Sie mit internationaler Hilfe legal suchen zu lassen und Sie bei einem *Fluchtversuch* …«, er dehnte das Wort absichtlich, »… zu erschießen?«

»Sie wissen also von der Wette.«

»Ich, die ADL und Westeuropa. Die Quote liegt bei …«, er aktualisierte die Anzeige auf dem Bildschirm, »… 1 : 31, Herr Kraif. Nach Ihrem phänomenalen Gewinn bei der Al-Lachma-Lotterie haben ein paar Koms in der ADL geklingelt.« Mitleidlos prügelte er seinem Klienten die Fakten um die Ohren. »Meine Kontakte haben nicht weniger als vier ziemlich gute Wetworker aus Sachsen gemeldet, die sich in den Flieger nach Dubai setzten.« Er schaute auf seine Uhr. »Sie landen in anderthalb Stunden.«

»Scheiße«, raunte Kraif und nippte an seinem Kaffee.

»Und wenigstens zwei Gespräche wurden mit ortsansässigen Wetworkern geführt, wie mir mein Freund Halim sagte. Ohne dabei diejenigen mitzurechnen, die einfach nur scharf auf das Los sind, das Sie in der Tasche tragen. Die Kriminalitätsstatistik beträgt in Dubai zwar nur ein Prozent, aber was bringt das, wenn dieses eine Prozent sich auf uns stürzt?« Er nahm sich ein Croissant. »Wenn ich es anders ausdrücken müsste, würde ich sagen: Die 30 000 und das Haus sind absolut angemessen für das, was mir in den nächsten Tagen bevorsteht, um Ihr Leben zu schützen.« Er hielt die Platte mit den Teilchen hinüber. »Auch eins? Essen Sie langsam und genießen Sie. Es könnte Ihr letztes sein.«

Kraifs Miene änderte sich von einer Sekunde auf die andere, er schaute entschlossener. »Ich bin der beste nichtvercyberte Com-Golfer der ADL, ich habe das Spiel in der Zeil gewonnen, ich bin mehr als einem Höllenhund entkommen und hatte Feuergefechte in den versifftesten Slums von Stuttgart«, redete er sich warm und biss in das Croissant. Er würde überleben und Mousse so dermaßen poppen, dass sie nicht mehr wüsste, wo oben und unten war. »Wir drehen den Spieß um. Ich mache die Killer fertig«, sagte er zu Jennings. »Und Sie helfen mir dabei.«

»So gefallen Sie mir schon besser, Herr Kraif. Zuversicht ist eine sehr gute Sache, und sie hilft uns ungemein.« Er schaute wieder auf sein Display. »Wann genau wollten Sie mir von den Schulden erzählen, die Sie dem Oyabun bis Ende des Monats zurückzahlen müssen?«

»Hatte ich das nicht?«

»Nein. Sie sagten nur, dass Sie Schulden bei einem Mitglied der ehrenwerten Yakuza hatten. Sie erwähnten weder Düsseldorf noch Herrn Meda, noch die hunderttausend Nuyen.« Jennings lächelte, und es sah aus, als hätte das Lächeln sich auf seinem Gesicht verirrt. »Ich bin schon etwas länger in dem Geschäft, Herr Kraif, aber glauben Sie mir, einen Kunden wie Sie hatte ich noch niemals zuvor. Und dabei gibt es jede Menge Typen, die echt Pech haben. Wie Gospini. Ich denke, dass die Kugeln Ihnen gegolten hatten, Herr Kraif.«

Das Kom auf dem Tisch summte.

Jennings hob ab und lauschte. »Nein, sagen Sie ihr, dass ich nicht da bin … Ach, sie ist schon auf dem Weg nach oben? … Danke.«

Da klopfte es.

Der Runner stand auf, warf sich einen prüfenden Blick im Spiegel zu, richtete die Krawatte und schloss seinen Anzug, dann ging er zur Tür und aktivierte die kleine Kamera im äußeren Türrahmen, um zu sehen, wer davor stand.

Es war eine Frau in einem unauffälligen, knielangen Kleid aus einem knitterfreien weißen Stoff mit schwarzem Muster, darüber trug sie ein passendes Sakko; die Beine steckten in hohen, weißen Schnürstiefeln. Sie fuhr sich mit den Fingerspitzen durch die kurzen schwarzen Haare und hob die Hand, um noch einmal zu klopfen.

Jennings öffnete die Tür einen Spalt. »Was willst du?«

Sie versuchte, an seiner breiten Gestalt vorbeizuschauen, aber er stand so, dass sie nichts zu sehen bekam. »Bist du allein?«

»Ich habe Kundschaft.«

»Kundschaft? Ich dachte, du machst Urlaub in Dubai-City?«

»Dinge ändern sich.«

Sie lachte bitter. »Das kannst du laut sagen, Jennings. *Menschen* ändern sich ebenso. Du bist das beste Beispiel.«

»Wird das eine deiner berühmten Szenen auf dem Flur, Alexa? Die konntest du schon immer ziemlich gut.« Seine graugrünen Augen schweiften über ihren Körper. Abschätzend, nicht begehrend, obwohl das bei anderen Männern durchaus öfter vorkam. Er hatte gelernt, dass unter der schönen Hülle ein Teufel steckte und hinter den weißen Zähnen eine schwarze, giftige Zunge lag. »Bist du bewaffnet?«

»*Ich* mache *Urlaub*, im Gegensatz zu dir.« Sie seufzte. »Komm schon, lass mich rein, damit wir über Eloise sprechen können.«

»Ach? Ich dachte, dein Anwalt hätte mir alles ausgerichtet?«

Sie verschränkte die Arme. »Das Kind vermisst dich, Jennings.«

Er überlegte, dann nickte er und trat zur Seite, sie kam ins Zimmer und schaute zu Kraif. Nach einem Lidschlag begann sie zu lachen. »Jetzt weiß ich, warum du mich nach Waffen gefragt hast.« Sie zeigte auf den Mann. »Wenn das nicht die Zielscheibe ist.« Sie reichte ihm die Hand. »Hallo, Herr Kraif. Sie haben eine gute Wahl getroffen, meinen Mann …«

»Ex-Mann, Alexa. Männer, die Frauen Unterhalt bezahlen, sind Ex-Männer.«

»… meinen Ex-Mann anzuheuern. Er ist ein Arschloch, aber seine Jobs erledigt er formidabel.« Ihre dunkelgrünen Augen musterten ihn auf eine beiläufige, unaufdringliche Weise und erfassten dennoch jede letzte Kleinigkeit. »Sie wissen, dass ein anonymer Spender ein Kopfgeld auf Sie ausgesetzt hat?« Sie lehnte sich nach vorne, ihr Parfüm wehte ihm entgegen: süß, schwer, würzig und mit einer interessanten Beimischung versehen, die an Moschus und Ambra erinnerte. »Zehntausend Nuyen, Herr Kraif. Einfach nur so.« Ihr sphinxenhaftes Lächeln machte ihm ein bisschen Angst.

»Geh weg von ihm, Alexa.« Jennings traute seiner Gattin nicht und schob sich zwischen sie und seinen Kunden. »Du wolltest über Eloise sprechen.«

»Ich gehe dann wohl besser duschen.« Kraif stellte die Tasse ab und wollte aufstehen, aber Jennings hielt ihn mit einem Wink zurück.

»Nein, bitte bleiben Sie, Herr Kraif. Glauben Sie mir, es ist ansonsten nicht meine Art, Kunden mit meinem Privatleben zu belasten, aber in diesem Fall hätte ich Sie gerne als Zeugen dabei.«

»Okay.«

»Wie du möchtest. Waschen wir unsere schmutzige Wäsche.« Alexa setzte sich in den Sessel am Fenster und schaute hinaus auf den Golf, der im Licht der Morgensonne blau strahlte, als bestünde er aus flüssigem Kobalt. »Auch wenn es dir untersagt wurde, sie zu sehen, ändert das nichts daran, dass sie ihren Vater treffen möchte.«

»Mehr als viermal im Jahr? Dein Anwalt sagte so etwas.«

»Sie liebt dich eben, wie das für ein neunjähriges Kind normal ist. Aus irgendeinem Grund hat sie noch nicht erkannt, was für ein Arsch du bist, Jennings.«

»Du bist fremdgegangen, Alexa. Nicht ich.«

Sie schenkte sich Kaffee ein, nahm die Untertasse und roch an dem aufsteigenden Dampf. »Das ist das Einzige, was mir wirklich Leid tut.«

»So?«

»Dass ich es nicht früher getan habe, Jennings.« Sie schaute ihn aus ihren grünen Augen wie eine lauernde Katze an und nahm einen kleinen Schluck. »Vielleicht hättest du dich mehr um uns gekümmert, wenn du früher gemerkt hättest, dass etwas in deinem Leben nicht so läuft, wie du willst.«

»Du hast sicher ein Angebot, das du mir machen möchtest.«

Sie kniff die Lippen zusammen. Man sah ihr an, dass es ihr gar nicht passte, ihn um einen Gefallen zu bitten. Die Siegerin kehrte zum Besiegten zurück und wurde dadurch doch zur Verliererin. »Wir können Urlaub zusammen machen, viermal im Jahr. Zwei

Wochen. Außerdem darfst du sie alle zwei Wochen an zwei Tagen abholen und mit ihr etwas unternehmen. Ausflüge über die Stadtgrenze hinaus dürfen nur mit Absprache …«

Jennings lachte. »Denkst du, ich würde Eloise entführen?«

Sie bemerkte, wie unsinnig diese Einschränkung war. »Das war der Vorschlag von Victor, meinem Anwalt.« Ihr Kom klingelte, sie hob die Hand und nahm den Anruf entgegen, stand dabei auf und ging ans Fenster.

Kraif schaute zu Jennings. »Das hätte ich nicht gedacht«, sagte er dann und bestrich sich ein Brötchen. »Dass ein Runner Probleme hat wie ein ganz gewöhnlicher Mensch.«

»Wir sind ganz normale Menschen, Herr Kraif. Abgesehen von unserem Beruf.« Er schenkte sich Kaffee ein. »Was treiben Sie eigentlich, wenn Sie kein All-Area-Combat-Golf spielen?«

»Ich arbeite bei *Tasty Soykaff's* als Aushilfe. Da kann ich mir die Zeit frei einteilen.« Er kratzte sich über die Stoppeln. »Tja, und wenn ich dank Ihrer Hilfe in einer Woche noch lebe, bin ich reich und spiele nur noch Golf.«

Alexa wandte sich zu ihnen und hielt das Kom zu. »Ich habe einen Herrn Schmidt in der Leitung, der mich eben beauftragen möchte, Herrn Kraif auszuschalten. Sein Angebot steht bei zehntausend.« Sie lächelte wieder katzenhaft. »Höre ich mehr?«

»Lass den Unsinn, Alexa. Du bist unbewaffnet.«

Sie strich das Sakko zur Seite, darunter kam eine Fichetti Security 500a zum Vorschein. »Das habe ich nicht gesagt. Aber dein Waffenkoffer ist weit weg, Jennings. Du weißt, wie schnell ich bin.«

Kraif verschluckte sich an seinem Kaffee. »Sie ist auch eine Killerin?«

»Eine verdammt gute.« Jennings versuchte abzuschätzen, wie viel Bluff in den Worten seiner Ex lag. Die Hand lag an der Hüfte, ungefähr eine Handbreit vom Griff der Fichetti. Wenn sie sich keiner neuen OP unterzogen hatte, steckten in ihr ein Alpha-Reflexbooster der obersten Liga, eine hochstufige Smartverbindung und diverse Cyberspielereien. Alles in allem stand es unentschieden mit einem kleinen Vorteil für ihn. Er war zwar nach außen hin waffenlos, hatte aber eine eingebaute Roomsweeper in seinem linken Unterarm, von der sie noch nichts wusste. »Zwölftausend Nuyen.«

»Zwölftausend«, sagte sie in ihr Kom. »Oh, Herr Schmidt, fünfzehn Riesen?« Alexa schaute ihn abwartend an. »Erhöhst du? Eloise hat sich vor kurzem ein Pferd gewünscht, und damit könnte ich ihren Wunsch erfüllen. Es wäre für deine Tochter, nicht für mich.«

»Zwanzigtausend Nuyen. Nicht mehr. Dafür passt du mit auf Herrn Kraif auf.« Er tat so, als würde er sich strecken, der linke Unterarm zeigte wie zufällig auf sie. Er würde auslösen, sobald ihre Hand zur Pistole zuckte. Es spielte keine Rolle, dass er sie einmal geheiratet und gebumst hatte, sie waren im wahrsten Sinne des Wortes geschiedene Leute. Sie dachte genauso, und das machte sie in dieser Situation sehr gefährlich.

Alexa unterbrach das Gespräch. »Sehr schön, Jennings.« Sie nahm die Hand von der Hüfte und langte in die Innentasche, nahm einen Credstick heraus und warf ihn ihm zu. »Überweise es bitte gleich. Wer weiß, ob du den Job überlebst.«

Kraif kam sich wie eine Randfigur vor, obwohl sich im Grunde doch alles um ihn drehte. Er wunderte sich, warum sich die Killerin ihrer Sache anschloss, und fragte sie danach.

Sie schenkte dem Golfer ein Lächeln. »Reputation, Herr Kraif. In unseren Kreisen zählt ein guter Ruf sehr viel. Wenn mein Ex-Mann und ich das Wunder schaffen und Sie lebend über die nächsten Stunden bringen, wird das unser Renommee gewaltig steigern. Und damit steigen die Preise bei den Aufträgen.«

Jennings transferierte das Geld und entspannte sich sichtlich, auch wenn er sich Angenehmeres vorstellen konnte, als mit Alexa wieder Seite an Seite zu stehen. Er warf ihr den Stick zu und winkte sie zu sich, dann deutete er auf den Laptop. »Das ist alles Wissenswerte. Lies es und schlage vor, was wir als Nächstes tun.«

Sie ging zu dem kleinen Tisch und studierte die Daten, dabei schenkte sie sich einen neuen Kaffee ein.

Jennings packte seinen Koffer. Der Umzug war dringend notwendig, Halim hatte einen Unterschlupf vorbereitet, der nur schwer zu finden und unmöglich zu knacken war. »Wir ziehen um«, verkündete er. »Ich habe einen alten Schutzraum gemietet aus der Zeit, als sich die reichen Scheichs aus Angst vor Raketengrüßen aus dem Irak und dem Iran eigene Atomschutzbunker in den Wüstensand gebaut haben. Stahlbetonwände, Bleimantel, eigene Luft- und Wasservorräte, Küche und Proviant für zwei Jahre«, zählte er auf. »Niemand kommt da hinein, wenn wir es nicht wollen.«

»Du traust Halim?«

»Ich traue seiner Sekretärin, die mich über alles

unterrichtet, was ihr Chef macht, wenn er denkt, er sei alleine«, korrigierte er. »Es läuft, Alexa.« Er schaute sie beim Sprechen nicht an. »Und, wie ist deine Einschätzung?«

»Ich hätte das Gleiche gemacht.« Sie leerte den Kaffee und erhob sich. »Genau das macht mir Sorgen. Die Reaktion ist zu vorhersehbar. Man wird sich nach solchen Orten wie diesem Bunker umhören.« Sie schaute wieder aus dem Fenster und verfolgte ein kleines Flugzeug, das über die Skyline von Dubai-City zog. »Es wäre besser, wenn wir in Bewegung bleiben und von einem Flieger in den nächsten wechseln. Es gibt nichts Sichereres als Flughäfen.«

»Sofern man selbst nicht gesucht wird.« Er liebte es, ihr ihren Fehler unter die Nase zu reiben. »Herr Kraif hat leider ein Problem mit der deutschen Polizei, und ich weiß nicht, wie gut die sich mit den Fahndungskräften der Emirate versteht.«

»Das sehe ich ein.« Sie ärgerte sich sichtlich.

Wieder klopfte es. Vor der Tür stand ein Livrierter in den Farben des Little Burj Al Arab, eine Hoverdrohne, auf der ein Tablett mit frischen Früchten montiert war, schwebte neben ihm. Das Frühstück sollte wohl ergänzt werden.

»Der älteste Trick der Welt, seit es Hotels gibt«, meinte Alexa mit einem Blick auf das Display und zog ihre Fichetti. »Lassen wir ihn rein?«

Jennings zoomte die Drohne größer. »Nein. Wer weiß, was das Ding eingebaut hat«, entschied er und drückte die »Sprechen«-Taste. »Was möchten Sie?«

»Verzeihen Sie die Störung. Ich bringe den Früchteteller, den der Service heute Morgen vergessen hat«, sagte der Mann beflissen.

»Stellen Sie ihn vor die Tür.«

Der Mann wusste nicht, was er tun sollte, und suchte stumm nach einem zwingenden Grund, weshalb man ihn hineinlassen könnte. »Haben Sie schon Geschirr, das ich abräumen kann?«, versuchte er es.

»Nein. Stellen Sie den Früchteteller einfach ab.«

Alexa hatte das Fenster im Auge behalten, dann packte sie Kraif bei der Schulter und drückte ihn nach unten, bevor der Mann überhaupt verstanden hatte, was sich vor dem Glas abspielte. Es ratterte laut, Hagel knallte gegen die Scheiben und versuchte, das Material zu zerstören.

»Zwei Mikroskimmer«, rief sie Jennings zu. »Sicherheitsglas. Es wird eine Weile standhalten, aber nicht ewig.« Sie rief die Zentrale des Hotels und machte sie auf den Angriff aufmerksam. Der Sicherheitsmagier würde sich gewiss der Sache annehmen und ihnen Arbeit ersparen.

Dafür schoss auch die Drohne vor der Tür los; unter ihrer Tablettkonstruktion hatte sich ein leichtes Maschinengewehr verborgen, das ratternd seine Projektile gegen die Tür und die Wand spie, um einen Durchgang zu schaffen. Der vermeintliche Angestellte hatte die Kurzversion des AK-74 gezogen und war zurückgetreten, um nicht von Querschlägern getroffen zu werden.

Jennings schüttelte den Kopf und blieb, wo er war: hinter der Tür. Er wusste, dass deren Inneres mit einer dünnen Stahlschicht und Kevlar versehen war und einem Flugzeugabsturz standgehalten hätte.

Als das MG für einen kurzen Moment schwieg, weil der steuernde Rigger erkannt hatte, dass es auf diese Weise kein Durchkommen gab, öffnete er die Tür, schnappte sich die Schwebedrohne und drehte sie in Richtung des Mannes mit dem AK. Die Salve, die dem Runner gewidmet gewesen war, kam einen Tick zu spät, und so jagten die Vollmantelgeschosse in den Livrierten und perforierten seinen Oberkörper. Jennings zog seine Predator II und feuerte in das Triebwerk des Skimmers, der sofort abstürzte und scheppernd auf den Boden prallte; kleine Lämpchen, die eben noch geblinkt hatten, erloschen.

Jennings rannte ins Zimmer und schnappte sich seine Koffer. Die Glasfront hatte wegen des Dauerbeschusses bereits erste Risse erhalten. Es würde nicht mehr lange dauern, bis die Scheibe zersprang. »Wir gehen«, befahl er.

Er begab sich an die Spitze, direkt hinter ihm folgte Kraif, und Alexa deckte den Rückzug. Sie nahmen die Treppe und entgingen dadurch dem bewaffneten Hotelsicherheitsteam, das aus dem Aufzug gestürmt kam und nach dem Rechten sehen wollte. Eilig ging es quer durch die mehrgeschossige Tiefgarage, in der die Fahrzeuge durch das Zusammenspiel von Autopilot und einem vollelektronischen Computerprogramm auf Aluminiumpaletten geparkt wurden; gabelstaplerähnliche, wendige Elektroroboter verschoben die Paletten und nutzten die Lücken optimal. Es gab keine Aus- und Einparkunfälle, keine Abgase und keine Verletzten mehr. Wenn man sich nicht unautorisiert zwischen den Maschinen bewegte, wie das die Menschen taten.

»Dort steht er«, sagte Jennings und zeigte auf einen dunkelgelben Ford Buffalo, hielt an und machte einem Bot Platz, der eine Palette vor seinen Fußspitzen vorbeimanövrierte. »Einsteigen.« Sie nahmen im Wagen Platz, der Runner befahl dem Hotelcomputer, den Wagen auszuparken.

Sofort schnurrte ein Bot heran, klinkte die Palette

ein und fuhr mit ihr in einem Höllentempo den Korridor entlang. Am anderen Ende schwenkte das Eisentor auf und ließ die Wüstensonne hereinfluten.

Jennings nutzte die Zeit, um das eigene AK-98SE zusammenzusetzen und den Granatwerfer zu montieren. Das Modell sah aus, als fasste es mehrere Mikrogranaten.

»Ein Multiwerfer«, sagte Alexa und verzog anerkennend die Mundwinkel. »Und ein AK aus der Spezialedition. Das ist so neu, dass es mein Schieber noch nicht besorgen kann.«

Klickend rastete das überlange Magazin mit der zweikammerigen Munitionsführung in den Schacht ein. »IQ-Mag. Praktische Erfindung. Per Smartlink kannst du die Kammer ansteuern, von der du gerade die Patronen brauchst.«

»Das ist doch mal vernünftig. Aber wie geht das bei einem Feuerstoß?«

»Schwierig. Du bleibst anfangs lieber bei einem Schacht, sonst kann es sich verklemmen, aber mit ein bisschen Übung kannst du auch mitten in einer Salve wechseln.«

Kraif verfolgte das Killerfachgespräch mit einer Mischung aus Staunen und Fassungslosigkeit. Andererseits, wie würden sie schauen, wenn er ihnen über die Beschaffenheit von Golfschlägern, Bällen und Tees referierte?

Vor dem Eingang schwebte plötzlich ein Skimmer, sein Maschinengewehr bestrich den Ford sofort und gönnte dem Lack eine Kugeldusche. Glücklicherweise verzichtete Jennings niemals auf ein gepanzertes Fahrzeug, nicht einmal im Urlaub.

Er beging nicht den Fehler, das Fenster runterzudrehen, um das Feuer zu erwidern. Ein verirrtes Projektil im schussfesten Innenraum wurde zu einem multiplen Querschläger. Stattdessen startete er den Wagen, schaltete den Autopiloten aus und trat aufs Gas.

Der Geländewagen schoss von der Plattform und rammte den Skimmer aus dem Himmel; in Einzelteilen fiel er auf den Asphalt, die Räder rollten über die Überreste und bereiteten ihm ein Ende.

Kraif gab sich Mühe, mit der Rückbank zu verschmelzen und so klein zu werden, dass er nicht einmal für den besten Scharfschützen der Welt zum Ziel wurde, auch wenn die Vorstellung utopisch war. »Die bescheißen«, sagte er wütend. »Ich hatte laut und deutlich gesagt, dass es sich nur um herkömmliche Killer handeln darf. Von Drohnen war niemals die Rede.«

»Es ist wie bei einer Fuchsjagd, Herr Kraif. Bevor man auf den Fuchs schießen kann, schickt man den Hund in den Bau, um den Fuchs nach draußen zu treiben.« Er beobachtete die Umgebung, doch es blieb von nun an ruhig. Fast ruhig.

»Der Sicherheitsmagier hat endlich reagiert«, sagte Alexa, die aus dem Dachfenster hinauf zum 87. Stock schaute, wo es mehrere Explosionen vor dem Fenster gab. »Er hat sehr lange gebraucht.«

Jennings schaute auf die Uhr. »Ich weiß, warum.«

»Und?«

Er steuerte den Wagen auf die Autobahn stadteinwärts und beschleunigte. Je schneller sie in Halims Bunker saßen, desto besser. »Es war Zeit für das Gebet.«

Vereinigte Arabische Emirate, Dubai, Dubai-City,
21. 9. 2059, 13:01 Ortszeit

Die Türen der Notaufnahme flogen schwungvoll auf und prallten gegen die Gummipuffer. Es knirschte bedenklich. Normalerweise öffnete sich die Tür selbsttätig, aber die Frau, die erst auf den zweiten Blick als Elfin erkannt wurde, hatte gewalttätig nachgeholfen. Sie stützte einen bleichen, blassen Mann, über dessen Oberschenkel ein breiter Schnitt verlief.

»Ich brauche einen Arzt«, rief Tattoo laut und zeigte auf die Schwester, die mit einem Pad in der Hand an ihr vorbeilief. »Rufen Sie mir einen, oder ich gehe los und zerre mir einen aus dem OP.«

Die Frau nickte und eilte davon.

Ordog humpelte zu einer freien Liege und warf sich darauf, tat so, als litt er große Schmerzen, aber sein eingebauter Schmerz-Editor unterdrückte die Signale, welche die Wunde ans Hirn meldete und sofortige Schonung verlangte.

Er sah keinen einzigen Wachmann und schaute zur Elfin, die ihm zuzwinkerte. Die Suche nach Sheik begann.

Um sie herum saßen ein halbes Dutzend Patienten, die auf Behandlung warteten; darunter befand sich nicht ein einziger Einheimischer. Die Menschen sahen entweder wie Gastarbeiter oder Touristen aus.

Eine Araberin in einem weißen Kittel über dem dunkelroten Kleid und mit einem dunkelroten Kopftuch tauchte aus einem Seitengang auf und kümmerte sich auf der Stelle um Ordog; ein Assistenzsarzt gesellte sich dazu, um zu sehen und zu lernen.

»Was ist passiert?«, fragte die Frau auf Englisch mit starkem Akzent, während sie untersuchte.

»Ein Unfall.«

Sie sah die glatten Wundränder und schaute ihn strafend an. »Ein Unfall mit was?«

»Zwei Typen mit einem Messer«, antwortete er. Die Wunde hatte er sich natürlich selbst und mit seinem eigenen Messer zugefügt. Der Schnitt verlief so, dass er keine nachhaltigen Schäden am Gewebe, den Muskeln und den Implantaten hinterließ. »Ist es schlimm?«

Das kleine Mädchen, dessen Einlieferung sie vor zwei Stunden beobachtet hatten, kam an der Hand seiner Mutter und mit einem kleinen, bunten Pflaster am Hals aus Behandlungszimmer eins. Als es die Elfin sah, leuchteten die Augen. »Schau mal, Mutter! Die sieht aus wie Tattoo, die Stadtkriegspielerin«, rief es glücklich.

»Nein, das ist sie nicht. Tattoo ist viel größer und breiter«, sagte ihr Vater und lächelte der Elfin zu, was wohl eine Entschuldigung für die Behauptung seiner Tochter sein sollte.

Sie bückte sich zu dem Kind. »Aber natürlich bin ich es«, lächelte sie und zeigte zum Beweis ihre Metallzähne.

»Ui«, staunte die Kleine. »Ich heiße Ulla. Wenn ich groß bin, möchte ich auch mal Stadtkriegerin sein, so wie du!«, schwärmte sie. »Ich sehe immer nur die Zusammenfassungen der Kämpfe, weil meine Eltern mich die ganzen Spiele nicht sehen lassen.« Sie wandte sich an ihren Vater. »Siehste? Sie ist es doch, Papi!«

Der Mann grinste verlegen. »Tut mir Leid, dass ich Sie verwechselt habe.«

»Kann ich ein Autogramm haben?« Ulla nahm einen Stift von der Anmeldung, gab ihn Tattoo und straffte ihr T-Shirt mit ihren Händen. »Einfach nur deinen Namen und *Für Ulla. Es ist wieder Kriiiieg*. Mit vier *i*, bitte.«

Die Elfin unterschrieb, obwohl sie sich nicht sicher war, dass sie einen derart jungen Fan von sich und dem Sport gut finden sollte. Doch wer Ego-Shooter auf dem Trid oder vielleicht mit SimSinn spielte, den würde der Anblick von Stadtkrieg auch nicht mehr zu hart treffen; eine gute Animation war von echten Bildern sowieso nicht mehr zu unterscheiden. Und die Jugend war immer härter im Nehmen als die Alten.

»Sie sind Tattoo?«, fragte der Assistenzarzt vorsichtig und hielt seine Freude nur mühsam zurück. »In den Sportnachrichten hieß es, dass Sie in Dubai Urlaub machen.« Er verbeugte sich vor ihr. »Sie sind einfach großartig, wenn ich das sagen darf. Ich habe ein DeMeKo-Abo im Pay-TV-Network, und ich lege sogar meine Schichten um, damit ich die Spiele sehen kann.«

Der Ärztin wurde der Rummel zu viel. »Helfen Sie mir, die Liege in Behandlungszimmer eins zu fahren«, wies sie ihn an. »Ich muss den Schnitt nähen.«

Sie rollten Ordog in den kleinen, hellen Raum, der außer dem Eingang über zwei weitere Türen verfügte. Fenster gab es keine, und das war den beiden Runnern sehr recht.

Die Ärztin zog sich Gummihandschuhe an, ihr Assistent schob den Wagen mit den Utensilien heran und knipste die OP-Lampe an, deren Lichter zum Leben erwachten. Als der junge Mann Tattoo wieder mit Fragen löcherte, herrschte ihn die Ärztin auf Arabisch an, und er verstummte beleidigt.

Ordog betrachtete zufrieden, wie die Ärztin ihre Arbeit verrichtete. »Das ist selbstauflösender, antiseptischer Faden«, erklärte sie und machte die letzten Stiche. »Er ist mit einer Heilsubstanz hergestellt worden, welche die Haut bei der Regeneration unterstützt und die Stelle lokal anästhesiert. In zwei Tagen müsste der Schnitt verheilt sein.«

»Vielen Dank.« Er zog seine Predator, die unter seiner Jacke verborgen lag. »Nun möchte ich, dass Sie mir ein paar Fragen zu einem guten Freund beantworten. Wir suchen Ali Reza Abolhassan. Er ist ein sehr guter Freund von mir. Wo ist er?« Er spuckte einmal mehr einen roten Speichelklumpen aus und traf über einen Meter hinweg genau ins Waschbecken.

»Ich … Wer?«, stammelte sie und wollte rückwärts gehen, aber er packte ihre Hand und hielt sie fest.

Tattoo hatte darauf verzichtet, eine Waffe zu zücken. Sie vertraute auf die Wirkung von Ordog und beschränkte sich darauf, bedrohlich auf den jungen Arzt zu wirken. Und es wirkte sehr gut.

»Wir wissen, dass er in Ihrer Klinik behandelt wird, ein Araber«, er beschrieb ihn knapp, »und er hat eine neue Form der Leukämie. Wissen Sie nun, wen ich meine?«

Sie biss sich auf die Lippen, schaute zu dem Assistenzarzt, dann zu den Türen, hinter denen Freiheit oder zumindest vielleicht Hilfe wartete. »Ich weiß, wen Sie meinen«, antwortete sie langsam. Er sah ihr an, dass sie fieberhaft nach einem Ausweg suchte. »Er liegt im elften Stockwerk, Intensivstation.«

»Das Gebäude hat nur eins.«

»Untergeschoss«, sagte sie dann. »Wir haben wegen der Hitze in die Tiefe gebaut und nicht in die Höhe.«

Ordog und Tattoo wechselten einen schnellen Blick. Damit waren die Lagepläne, die sie von Saeed bekommen hatten, falsch. Das veränderte die Lage eklatant. »Wie viele Stockwerke sind es insgesamt?«, wollte er wissen.

»Siebenunddreißig.«

»Fuck«, fluchte die Elfin und stand kurz vor einem Tobsuchtsanfall.

»Bleib ruhig. Wir haben alles, was wir brauchen«, meinte er und deutete auf ihre beiden Gefangenen.

Ungefähr fünf Minuten später rollte eine Liege mit einem Sauerstoffzelt aus Behandlungszimmer eins, geschoben von einem Mann in Kittel mit einem Mundschutz; neben ihm ging die Ärztin, die plötzlich sehr groß und dünn aussah, und auch sie trug einen Mundschutz.

Im Zelt auf der Liege zeichnete sich unter dem Tuch der Umriss einer Frau ab, das Gesicht war zugedeckt. Ein Dutzend Infusionsflaschen hingen an Halterungen ringsum, zwei Maschinen, auf denen Anzeigen rauf und runter liefen, waren zwischen die Füße des Patienten gelegt worden. Ein Gewirr aus Kabeln und Schläuchen verschwand unter dem Tuch, und wer immer dieses Bild sah, gewann die feste Überzeugung, dass es der Patientin sehr, sehr schlecht gehen musste.

Sie verschwanden im Aufzug, der Assistenzarzt drückte den Knopf mit der 11, ihre Fahrt abwärts begann.

»Ich lache mich kaputt, wenn das klappt«, sagte Ordog undeutlich hinter der Maske hervor.

»Und ich schlage dich kaputt, wenn es nicht klappt«, drohte Tattoo ihm leise, sodass nur er es hören konnte. Sie ging davon aus, dass es im Lift Kameras und Mikrofone gab. »Wir hätten uns Unterstützung von Saeed holen sollen.«

Sie schwiegen fortan. Unbehelligt gelangten sie tiefer in das Madinah, glitten an allen möglichen medizinischen Abteilungen vorbei, wie ihnen das Display verriet, und dann stoppte der Fahrstuhl. Die Anzeige verkündete »10« und »Sicherheitscode eingeben«.

»Ich werde Sie erschießen, wenn Sie mir den falschen Code gegeben haben«, raunte sie der Ärztin zu, die sie unter das Tuch gepackt und mit einem Lokalanästhetikum an Armen und Beinen betäubt hatten. Sie wandte sich zu der Schalttafel und tippte die genannte Zahlenkombination ein. Butterweich fuhr der Lift an und hielt kurz darauf auf Station elf: *Intensivmedizin*.

Die Tür öffnete sich und erlaubte den Runnern einen Blick in eine Krankenhauswelt, die so vollkommen anders aussah als das, was an der Oberfläche geschah. Zwei gepanzerte Gardisten standen hinter der Anmeldung und warfen ihnen professionell misstrauische Blicke zu. Hinter ihnen begann die eigentliche Intensivstation, die mit zahlreichen Schleusen auf dem Korridor ausgestattet war.

Tattoo hielt den Ausweis hoch. »Zurück«, sagte sie zu den Männern. »Wir haben eine Frau mit einem Schock und einer ansteckenden Krankheit, irgendein ausländisches Fieber.«

»Weswegen reden Sie Englisch, Dr. Dilar?«, fragte der rechte Mann verwundert.

Sie deutete auf das Sauerstoffzelt. »Wegen der Patientin. Es beruhigt sie, wenn sie ihre Sprache hört.« Sie gab Ordog das Zeichen, die Liege weiterzuschieben. »Schicken Sie mir den Oberarzt in den Schockraum. Es ist ein heikler Fall.«

Der Wachmann nickte und aktivierte sein Kehlkopfmikrofon, um ihre Anweisung weiterzuleiten.

Tattoo grinste hinter ihrer Maske. Allmählich entspannte sie sich sogar ein wenig. Wenn sie jetzt noch den Schockraum fand, war alles in Ordnung. »Hey, Sie«, rief sie einen Pfleger an, der ihrer Einschätzung nach nicht arabischer Herkunft war. »Bereiten Sie den Schockraum für die Patientin vor.«

Der Mann sah sie und das Zelt irritiert an, dann lief er los, und Ordog folgte ihm einfach. Leichter konnte es fast nicht mehr sein. Im Schockraum angelangt, schauten sie sich rasch um, schlugen den Mann bewusstlos, legten ihn auf ein freies Bett und warteten neben der Tür, dass der Oberarzt erschien.

Das geschah nach knappen drei Minuten.

Auch er sah alles andere als orientalisch aus, oder aber seine Vorfahren hatten Bekanntschaft mit einem plündernden Kreuzfahrer gemacht, der seine Gene munter in der Fremde verteilt hatte. Noch blonder konnten Haare gar nicht sein, und der Name Bannings plus britischem Akzent machte die Vermutung zur Gewissheit.

»Es ging nicht schneller, entschuldigen Sie, Doktor«, sagte er und schaute irritiert auf das Sauerstoffzelt. »Aber … das ist ja vollkommen fehlerhaft aufgebaut.« Er schaute zu Tattoo. »Sie sind nicht Dr. Dilar.« Er hob den rechten Arm und wollte den Panik-Knopf an seinem Armband-Kom drücken, da traf ihn auch schon die Faust der Elfin gegen den Unterkiefer und warf ihn gegen die Wand. Da sich Tattoo ihre echten Arme gegen eiserne, stärkere hatte ersetzen lassen, war ein Hieb von ihr wie eine Begegnung mit einem Vorschlaghammer.

Dr. Bannings hatte Mühe, sich auf den Beinen zu

halten. Tapfer stemmte er sich gegen die Benommenheit, dann gaben die Knie doch nach und knickten ein. Er sackte auf den gekachelten Boden.

Die Elfin umfasste schützend den Panikknopf und riss den Oberarzt am Handgelenk in die Höhe. »Wir wollen wissen, wo wir Ali Reza Abolhassan finden«, raunte sie drohend. »Es ist mir ein Leichtes, Ihren Arm aus dem Gelenk zu reißen, und ich stehe momentan ziemlich unter Stress. Also, keine Scheißspiele.« Er öffnete den Mund, aber sie unterbrach ihn. »Sagen Sie nicht, wir würden einen großen Fehler machen. Wir sind es gewohnt, große Fehler zu machen. Also?«

Ordog, seine Predator im Anschlag auf die Tür, erwartete dennoch, dass in einer Sicherheitszentrale ein Mann auf den Monitor schaute und gleich Alarm auslöste.

»Ich weiß nicht, von wem Sie sprechen«, sagte der Arzt leidend und unverständlich, weil seine Gesichtshälfte anschwoll. Ein riesiger Bluterguss bildete sich an der Stelle, wo ihn die Faust getroffen hatte.

Tattoo nahm einen Hochdruckinjektor, der geladen auf der Ablage lag, und hielt ihn an den Hals des Mannes. »Keine Ahnung, was drin ist, Doktor Bannings, aber ich sehe gleich, wie es wirkt, wenn Sie nicht sofort sagen, was wir hören möchten.« Sie knurrte. »Und was machen Sie mit den Metamenschen? Wem gehört das Krankenhaus?«

Bannings wurde bleich. »Ich zeige Ihnen, wo Patient 0963 liegt«, bot er leise an. »Tun Sie mir nichts. Ich habe Familie.«

»Und Sie haben eine Lebensversicherung, oder?« Ordog spürte einen leichten Schwindel, die Nebenwirkungen der vielen Medikamente, die durch seinen Körper rasten. »Dann ist Ihre Familie ja abgesichert, wenn Sie draufgehen.«

»Wo müssen wir hin?« Tattoo zog den Injektorkopf zurück.

»Auf Ebene 23. Wir haben ihn verlegt.« Er schaute ängstlich zwischen ihnen hin und her.

Sie trat zurück. »Bauen Sie das Sauerstoffzelt richtig auf und dann los. Ein falsches Wort, und Sie sind ebenso hinüber wie Dilar. Noch ist sie nur betäubt, aber das können wir schnell ändern.«

Bannings nickte. Kurz darauf verließen sie den Schockraum und schoben das Alibibett zurück zum Fahrstuhl.

Mit Bannings an ihrer Seite stellten die Gardisten keine Fragen. Ohne Zwischenfall gelangten sie auf Ebene 23; zuvor musste der Oberarzt den Computer des Fahrtstuhls jedoch mittels Retinascan und einer neuerlichen Codeingabe überzeugen, sie tiefer hinunterzufahren.

Als sich die Türen des Lifts öffneten, standen dieses Mal vier Gardisten in Vollpanzerung davor, unter der Decke schwebten zwei Mikroskimmer im Standby-Modus. »Guten Tag, Dr. Bannings«, kam der blecherne Gruß aus den kleinen Lautsprechern des Helms. Das Visier war undurchsichtig, machte den Gardisten zu einem Neutrum oder einem roboterhaften Wesen. »Grund Ihres Aufenthaltes auf Ebene 23?« In der Linken hielt er ein Pad.

»Schweres Gentherapie-Trauma und Kreislaufschock«, log der Arzt souverän. »Ein Neuzugang. Ich transferiere die Akte gleich auf den Rechner.«

Der Gardist regte sich nicht; anscheinend hatte er die Außenkommunikation abgeschaltet und funkte mit der Zentrale. »Okay, Sie können rein, Dr. Bannings«, verkündete er, und das schwere Schott hinter den Gepanzerten öffnete sich mit einem Zischen.

Sie gingen in die Schleuse und warteten, bis die Reinigungsprozedur abgeschlossen war. Antibakterielle Luft wurde eingeblasen und gleich wieder abgesaugt, dann durften sie ihren Weg fortsetzen.

Ordog kämpfte mit dem Schwindel und klammerte sich an die Liege, obwohl er sich am liebsten zu Dilar unters Sauerstoffzelt gelegt hätte. Aus diesem Gefängnis entkamen sie nur mit sehr, sehr viel Glück. Aber sie hatten mit dieser subtilen Methode mehr Erfolg als mit einem Runnerteam. Nicht auszudenken, was passiert wäre, wenn sie das Madinah blindlings gestürmt hätten.

Viel Aufwand, vermutlich viele Tote und kein Sheik. Totales Fiasko.

Tattoo bemerkte sein leichtes Schwanken. »Geht es noch?« Er nickte.

Nach den Gardisten erwartete sie ein komplettes Notfallteam, bestehend aus zwei Pflegern und zwei Ärzten, die ebenfalls alles andere als arabisch aussahen und in Schutzanzügen steckten. »Dr. Bannings, was haben Sie Schönes für uns?«, meinte ein Mann, auf dessen Schildchen De Nevall stand. »Wie kommt denn Ihre Abteilung an einen Gentherapie-Schock?«

»Eine Touristin«, log er. »Sie hatte sich vor ihrem Urlaub einer Gentherapie unterzogen und wohl die Sonne Dubais nicht vertragen.« Er deutete auf das Sauerstoffzelt. »Kann sein, dass sie sich in einem Nomadencamp irgendeine ansteckende Krankheit eingefangen hat, deswegen habe ich das Zelt aufgebaut.«

»Super«, meinte der andere Mann sarkastisch. »Am besten mutiert die Kacke noch. Als ob es hier nicht gefährlich genug wäre.« Er deutete auf eine Tür, über der ein grünes Lämpchen leuchtete. »Da hinein. Der ist frei.«

Ordog schob an, ein Pfleger half ihm dabei, die Liege in den Raum zu manövrieren.

Tattoo hatte inzwischen einen einfachen, aber brutalen Plan gefasst. Geiselnahme. Sie würde so viele Ärzte wie möglich zusammentreiben, ihnen ein paar Fläschchen mit Genmaterial um den Hals hängen und drohen, auf sie zu schießen, wenn man sie bei ihrer Flucht aufhielt. Aber erst mussten sie Sheik finden. Sie hatte keine Kameras entdeckt, vermutlich gab es auch keine. Es sah alles nach nicht erlaubten Experimenten aus, für die besser keine Beweise existierten.

Sie zog ihre Waffe. »Bitte steigen Sie aus den Schutzanzügen, und legen Sie sich auf den Boden«, befahl sie und zwang den kräftigen Pfleger mit einem schnellen Schlag auf die Kacheln. »Niemandem wird etwas geschehen.« Sie schaute zu Bannings. »Geben Sie ihnen was, das sie ruhigstellt, aber bewegungsfähig hält.«

»Dr. Dilar, haben Sie den Verstand verloren?« De Nevall starrte sie an. »Was glauben Sie, was General Genetics mit Ihnen macht?«

»Das ist nicht Dilar«, sagte Bannings, während er der Pflegerin, die aus dem Anzug gestiegen war, etwas injizierte. »Das sind Runner, die sich für Patient 0963 interessieren. Bitte, steigen Sie aus dem Anzug.«

Der namenlose Arzt machte plötzlich einen Hechtsprung in Richtung des Alarmknopfs an der Wand. Aber die Elfin war schneller, erschien vor ihm, fuhr ihren Unterarmsporn aus und rammte ihm die Spitze durch den Anzug in den Bauch. Röchelnd fiel er und hielt sich das Loch in der linken Seite.

»Selbst schuld«, meinte sie. »Ich habe absichtlich auf die linke Seite gezielt, damit Sie den Treffer überleben.« Sie zeigte mit dem blutigen Sporn auf De Nevall. »Aussteigen. Sofort. Und dann kommen Sie mit uns.«

Ordog setzte sich auf den Abstelltisch, zog seinen Mundschutz aus und sah, dass er auf Nasenhöhe rote Flecken bekommen hatte. »Scheiße«, fluchte er und spuckte aus. Er nahm sich ein Stück Watte und schob es sich ins Nasenloch, dann legte er einen neuen Mundschutz an und folgte Tattoo, die mit De Nevall zur Tür ging. Im Vorbeigehen schlug er Bannings nieder, der in der Zwischenzeit alles Personal und sogar den Verletzten betäubt hatte.

Zu dritt marschierten sie den Flur entlang und erweckten den Anschein, Kollegen zu sein.

»Was immer Sie wollen, Sie kommen damit nicht durch«, sagte De Nevall leise. »General Genetics wird Ihnen nicht erlauben, 0963 einfach mitzunehmen.«

»Warum nicht? Sie haben ihn ja auch einfach mitgenommen«, erwiderte sie leichthin, die Umgebung und den angeschlagenen Ordog im Auge behaltend. »Weswegen eigentlich? Umbringen wollen Sie ihn vermutlich nicht.«

Er schüttelte den Kopf. »Kann es sein, dass Sie keine Ahnung haben, was Sie im Begriff sind zu tun?«

»Stimmt. Für mich zählt nur die Befreiung. Der Kon, der hinter der Entführung steckt, ist mir scheißegal. Ich habe schon andere Dinge überstanden.«

Vor einer Tür mit einem Biohazard-Zeichen blieb De Nevall stehen, 0963 stand auf dem Schild. »Wir sind da.«

»Machen Sie auf«, forderte sie.

Er regte sich nicht. »Ich unterbreite Ihnen ein Angebot. General Genetics zahlt Ihnen dreißigtausend Nuyen und lässt Sie unbehelligt entkommen, wenn Sie auf der Stelle umdrehen und in den Fahrstuhl steigen.«

»Nein«, sagte Ordog und spürte, dass ihm wieder Blut aus der Nase lief. »Wir haben andere Pläne.«

»Mein Arbeitgeber auch«, lächelte De Nevall. »Fünfzigtausend? Für jeden von Ihnen? Und Sie sagen uns, wer Sie geschickt hat.«

»Aufmachen«, wiederholte Tattoo und rempelte ihn leicht an, sodass er gegen die Schaltfläche taumelte. Er tat, was sie wollte, absolvierte den obligatorischen Retinascan, und die Tür aus Hartplastik fuhr zur Seite.

Sheik lag in einem Bett und schaute Trid, in seinem Arm steckten zwei Infusionsschläuche. Er war vollkommen kahl, wohl eine Folge der harten Therapie, die er über sich ergehen ließ, um die Leukämie zu bekämpfen. Er schaute zur Tür. »Dr. De Nevall, was machen Sie denn hier?«, fragte er und klang dabei kein bisschen feindselig; fast schien es, als freute er sich über den Anblick. »Haben Sie die neuen Laborwerte?«

Der Arzt deutete auf die beiden Begleiter. »Nein. Wir haben zwei Besucher, die Sie entführen wollen.«

Ordog zog den Mundschutz herab. »Hoi, alter Fakir«, lächelte er. »Wir holen dich raus.«

»Ordog!« Der Mann strahlte ihn an. »Die Propheten mögen gesegnet sein, dass sie mich dich sehen lassen! Da werde ich nach was weiß ich wie vielen Tagen wach, und dann sehe ich dich! Was für eine Freude.« Er deutete auf sein Bett. »Sorry, aber ich kann nicht aufstehen. Bin noch zu schwach.« Er grinste. »Aber dem Krebs zeige ich es. Was war das mit der Entführung?«

Dem Runner kam das Verhalten merkwürdig vor.

Für jemanden, der gefangen gehalten wurde, reagierte der Magier zu gelöst. »Du bist entführt worden …«

»Wie entführt? Echt entführt?« Er schaute verwundert zu De Nevall. »Nein, bin ich nicht, oder? Sie haben mir vorhin gesagt, ich bin aus dem Krankenhaus verlegt worden, weil mir dort nicht mehr geholfen werden konnte.«

»So war es auch«, bestätigte der Mediziner. »Die beiden Individuen, die Sie offenbar kennen, sind der festen Ansicht, dass wir Sie gegen Ihren Willen festhalten. Sagen Sie denen, dass Sie bleiben wollen, oder ich kann für den Erfolg Ihrer Therapie nicht garantieren«, tröpfelte er Gift in den Verstand des Magiers.

»Sheik, dein Halbbruder hat uns geschickt. Er dachte, du wärst von deinem jüngeren Bruder entführt worden und dass man dich umbringen will«, erklärte er rasch und setzte sich neben ihm aufs Bett. Hastig wischte er sich den Blutfaden unter der Nase weg. »Die Leute haben dich entführt und in deinem alten Krankenhaus ein Blutbad angerichtet, um dich zu bekommen.«

Sheik durchbohrte De Nevall mit seinen Blicken. »Wen hatte ich am Kom, als ich mit meinem Halbbruder gesprochen habe?«, verlangte er zu wissen.

»Es war Ihr Halbbruder«, beschwichtigte ihn der Arzt. »Glauben Sie mir, Ihre Freunde wurden unter Vorspiegelung falscher Fakten von einem unserer Konkurrenten geschickt, um Sie uns zu entreißen.«

»Halten Sie die Schnauze«, zischte Tattoo und richtete die Pistole auf seinen Kopf. »Kein Wort mehr.«

Ordog beschrieb den Mann, der ihnen den Auftrag erteilt und sie nach Dubai gebracht hatte, die Bilder, die ihnen gezeigt worden waren, und erzählte die Geschichte, die sie gehört hatten.

»Ja, das war Rashid«, sagte der Magier entgeistert. »Scheiße, dann haben Sie mich doch entführt!«, rief er wütend zu De Nevall. »Das kostet Sie Ihren Kopf!«

Der Arzt knirschte mit den Zähnen. »Sie kommen nicht raus.«

»Darauf wette ich.« Tattoo schaute zu Ordog. »Okay, gleiches Spiel wie vorhin. Wir verlegen jetzt Patient 0963 nach oben. Und De Nevall wird uns dabei helfen, oder der Schaden für General Genetics wird riesig.«

Sie klemmten die Leitungen ab, schoben Sheik in seinem Bett auf den Flur und machten einen Zwischenstopp im Behandlungsraum, wo das betäubte Personal lag. Das Bett luden sie mit Gasflaschen voll und verwandelten es damit zu einer rollenden Bombe. Es würde die Entschlossenheit unterstreichen, lebend aus dem Madinah zu entkommen oder lieber bei dem Versuch zu sterben. Mit Kabelbinder, die sie in der Schublade fanden, verbanden sie ihre Geiseln mit dem Bettgestänge. Ihre Flucht konnte beginnen.

Tattoo küsste Ordog leidenschaftlich. »Wir schaffen es. Und wir besiegen deine Leukämie.« Sie blickte ihm fest in die Augen. »Versprich es mir.«

Er schluckte sein eigenes Blut. »Ich verspreche es dir, Tattoo.« Dann drückte er den Türöffner.

Regel 11: Ein Spieler darf das Spiel nicht unterbrechen, es sei denn, die Spielleitung hat das Spiel ausgesetzt; er sieht Blitzgefahr als gegeben an; er benötigt eine Entscheidung der Spielleitung über eine zweifelhafte oder strittige Einzelheit; oder aus anderem zwingenden Grund wie plötzliches Erbrechen, Unwohlsein o.ä.
Schlechtes Wetter, Polizei, Gardisten, Ganger und Critter als solche o.ä. sind kein triftiger Grund für Spielunterbrechung.
Anmerkung: Verlassen des Platzes ist keine Spielunterbrechung.
Stirbt einer der Kontrahenten im Verlauf des Spiels, gilt die Partie für den Übriggebliebenen nicht als automatisch gewonnen. Er muss einlochen.

Auszug aus den All-Area-Combat-Golf-Regeln der International Double A Combat Golf Society

Vereinigte Arabische Emirate, Dubai, Dubai-City,
21. 9. 2059, 22:01 Ortszeit

In der Welt der Konzerne durfte man niemandem vertrauen. Keinem Menschen, keinem Metamenschen, keinen Bildern, keinen Informationen – wenn man sie vorher nicht mindestens durch zwei bis drei weitere Quellen hatte verifizieren lassen.

Cauldron saß in ihrem neuen Hotelzimmer und hatte über das Hotel-Kom zwei Verbindungen ins Schattenland geöffnet. Auf der einen sandte sie den Inhalt des gefundenen Speicherchips an einen Decker, der für sie online prüfte, ob die Aufnahmen manipuliert waren; auf der anderen hatte sie ihre Schieberin Grave am Kom und unterhielt sich über die verschlüsselte, abhörsichere Leitung. Der überraschende Wechsel der Unterkunft garantierte ihr, dass es keine Abhörwanzen gab. Jedenfalls noch nicht. Ihr Essen, köstlich duftende Tortellini arrabiata, hatte sie noch nicht angerührt.

Grave war eine gute Freundin aus London, die ihre Vorliebe für Gothic und das Dunkle teilte; dementsprechend schminkte sie sich auf untot: viel weißes Puder, Permanentkajal und Lidschatten gaben ihr eine geisterhafte Erscheinung, und das dünne Gesicht machte sie im Halblicht zu einem erschreckenden Anblick. »Was kann ich für dich tun, Cauldron?«

Sie wollte eben etwas sagen, da bekam sie die Meldung auf das Trid, dass der Decker die gecheckten Chipdaten zurückgesandt hatte. Nach seiner Einschätzung und nach eingehender Analyse der Bits, Bytes und Bestandteile des Memorychips waren die Informationen mit einer Wahrscheinlichkeit von 98,1 Prozent nicht manipuliert. Und es war eine versteckte, geschützte Datei darauf enthalten.

»Ich melde mich wieder, Grave.« Essend las die Magierin, was die tote Karla Knecht ihr in der Wüste überlassen hatte.

Es war eine dezidierte Aufstellung, ein Flussdiagramm, in dem die Namen von unbekannten Firmen und Mini-Kons standen. Was sie sofort alarmierte, war das Kästchen mit *Kaltesch-Natal-Klinikum.*

Als sie darauf klickte und die Daten dazu abrief, erschienen Bilder der Anlage, die von einem Satelliten aufgenommen wurden, dazu verwackelte Fotos von Fluren und Krankenzimmern, auf denen verschiedene und für sie gänzlich uninteressante Details markiert worden waren.

Unter den Bildern erschien eine Aufstellung des leitenden Personals inklusive Bild, darunter auch Professor Mannli. Eben dieser Professor Mannli, so lautete ein Vermerk, hatte ein Jahr zuvor noch für German Aztechnology AG gearbeitet.

Und zwar in Labors in den Alpen, im Schwarzwald und am Kyffhäuser. »In erster Linie beschäftigte sich Professor Mannli mit Spruchforschung im Bereich Kampfmagie und der Abwehr von Magie«, las sie halblaut. Ein brillanter Kopf, den Aztech niemals hätte freiwillig gehen lassen.

Ihr wurde kalt. Sie kehrte ins Flussdiagramm zurück und verfolgte den Faden, der vom *Kaltesch-Natal-Klinikum* nach oben verlief. Über vier Stationen und kleinere Firmen gelangte sie tatsächlich zu German Aztechnology und von dort zu Aztechnology Internationale technische und magische Entwicklung (Europa) AG.

»Diese Mistkerle«, murmelte sie heiser. Wut flackerte über den Betrug auf. Sie hatte sich von Mannli die Unterlagen des ach so unabhängigen Klinikums zeigen lassen, wie die Finanzierung funktionierte, wer sie förderte. Und weil alles klar erschien und er sich sogar von ihr hatte magisch überprüfen lassen, schenkte sie ihm Glauben und gab der Klinik auch noch eine Spende. Eine Spende! Ein glatter Hohn, wenn man an das milliardenschwere Unternehmen Aztech dachte, das im Hintergrund arbeitete. Ihr Sohn befand sich damit in der Gewalt eines der größten und gefährlichsten Kons der Welt.

»Dieser verdammten Arschlöcher!«, schrie sie dieses Mal, packte den Teller und schleuderte ihn gegen den Trid.

Sie sprang auf, lief im Wohnbereich der Suite hin und her und zwang sich selbst zur Ruhe. Es brachte nichts, wenn sie sich aufregte und übereilt handelte.

»Ich sitze in Dubai, im Little Burj Al Arab, Grave. Ich brauche sofort ein Notfallteam in Dubai-City, drei Messerklauen und zwei Magier, am besten Initiierte. Keine Metas, die fallen hier sofort auf.«

»Oha. Das wird erstens nicht leicht und zweitens teuer.« Sie legte den Kopf schief. »Man erzählt sich, dass du neuerdings erstklassige thaumaturgische Connections zur Weltklasseliga hast. Bist du bei denen wieder ausgestiegen?«

»Grave, du sollst mir das Team besorgen.« Cauldron lächelte düster. »Keine Fragen, okay? Verpflichte sie für eine Woche, das Geld schicke ich dir nach unserem Gespräch. Und organisiere ihnen einen Anschlussflug in die Schweiz, am besten Bern.«

»Jetzt sofort?«

»Mach es einfach. Oder sag mir lieber gleich, wenn du es nicht schaffst. Ich brauche das Team dringend.«

»Ich kriege das schon hin, schwarze Schwester. Meine Kontakte sind erstklassig.« Sie erwiderte das Lächeln. »Oh, hast du schon gehört? Es hat den Snoop erwischt. Poolitzer. War das nicht ein Freund von dir?«

»Poolitzer?« Sie schaute bedauernd auf den Teller, der vor dem Trid lag. »Wann?«

»Vor zwei Tagen. Ich schicke dir eine Zusammenfassung von dem, was passiert ist. Und die neuesten Theorien dazu.« Ihre Augen schauten in die Kamera. »Ich leiere deine Bestellung an, Cauldron.«

»Danke, Grave.« Sie legte auf, orderte beim Roomservice neue Pasta und tippte die Nummer, die sie am Ende der Datei auf dem Chip gefunden hatte. Poolitzers Tod wurde durch ihre neuesten Erkenntnisse in den Hintergrund gedrängt.

»Ja?«, sagte eine männliche Stimme am anderen Ende. »Spreche ich mit Frau Peron?«

»Ja«, erwiderte sie, kaum überrascht von dem Umstand, dass man wusste, wer sie war. Vermutlich war die Ziffernfolge eigens nur für sie ins Leben gerufen worden. »Und Sie sind wer?«

»Piller, Geschäftsführer von CMR, Frau Peron. Und es freut mich, dass Sie Interesse an unserem Angebot haben.« Er klang angespannt und aufgeregt.

»Welches Angebot?«

Stille. »Hat Ihnen Frau Knecht …«

»Frau Knecht ist tot, Herr Piller. Sie wurde von einer Runnerin exekutiert, nachdem klar wurde, um wen es sich bei ihr handelte. Aber nicht auf meinen Befehl«, unterbrach sie ihn. »Ich habe den Chip gefunden, Dr. Piller. Ich finde den Inhalt sehr bemerkenswert. Würden Sie nun Ihr Angebot wiederholen und können Sie mir sagen, was Aztech und Sie eigentlich mit meinem Sohn vorhaben?«

»Sollten wir das am Kom besprechen?«

»Kommen Sie nach Dubai und lassen sich auch erschießen?«, konterte sie.

Piller seufzte. »Nein, Sie haben Recht. Ihr ungeborenes Kind ist ein Phänomen, Frau Peron, so wie es sein Vater gewesen ist. Und zwar ein außergewöhnliches Phänomen. Antimagie, oder wie immer man die Kraft bezeichnen möchte, ist kaum erforscht. Wir würden das gerne in enger Zusammenarbeit mit Ihnen und Ihrem Kind tun, Frau Peron. In Mannheim, in unserer Ark. Und ich verspreche Ihnen, dass es keine Geheimnisse geben wird.«

»Ich weiß, dass Ihr Unternehmen zu Mitsuhama gehört und dass Sie sich mit der industriellen Verwertbarkeit magischer Phänomene befassen. Was also wollen Sie mit Anti-Magie?«

Piller ließ sich mit seiner Antwort Zeit. »Das wissen wir noch nicht, Frau Peron. Da bin ich ehrlich. Wir halten es nur für sinnvoll, diese Unterart in der Thaumaturgie näher zu untersuchen, bevor es die Konkurrenz macht.« Es klang für Cauldron, als trinke er rasch etwas. »Übrigens, ich habe noch einen Beweis, dass Ihre derzeitigen Partner nicht mit offenen Karten spielen, Frau Peron. Nehmen Sie den Chip aus dem Lesegerät, stecken Sie ihn wieder ein und geben Sie den Code ein, den ich Ihnen nenne.«

»Und dann?«

»Schauen Sie genau hin. Es ist eine kurze Trid-Datei. Ich warte so lange.«

Sie folgte den Anweisungen, gab die Buchstaben- und Zahlenkombination ein, und schon öffnete sich ein zweites Fenster, in dem wieder Satellitenaufnahmen abgespielt wurden.

Eingeblendet wurden Datum und Uhrzeit, zu sehen

war ein brennendes Gebäude inmitten eines Wohnviertels, dann blinkte »Stuttgart-Mühlhausen, Chemie-Fabrik IG ChemPetro« auf, und die perfekten Kameraaugen zoomten eine Gruppe von Leuten näher, die aus dem einstürzenden Hallenkomplex getaumelt kamen.

Cauldron erkannte sich selbst wieder, sah Simone Du Garotte, die Frau mit den kurzen schwarzen Haaren, und den Rest ihres Teams, die sie aus den Flammen gerettet hatte. Der Satellit verfolgte, wie die schwer verletzte Magierin in einen Transporter geladen wurde und das Fahrzeug davonbrauste.

Dann, und Cauldron wollte ihren Augen nicht trauen, kam ein Lkw-ähnliches Fahrzeug angedonnert, der Fahrer bremste in Höhe der Frau, die auf die brennende Halle deutete.

Die Klappe schwang auf, fünf Mann in silbernen Schutzanzügen sprangen heraus, während ein sechster sich vor den Eingang stellte. Gleich darauf wurde das Blech mit unvorstellbarer, unsichtbarer Gewalt verbogen und zur Seite geschoben. Der Magier, denn nichts anderes konnte der Mann sein, bahnte der Truppe einen Weg durch das Chaos. Die fünf silbernen Männer drangen in das Gebäude ein, dann flackerte das Bild und erlosch.

»Piller«, flüsterte sie in das Kom, »wollen Sie damit sagen, dass Xavier noch lebt?«

»Ich will Ihnen keine falschen Hoffnungen machen, Frau Peron, aber Sie haben gesehen, dass ein Aztech-Rescue-Team noch mal in die Halle ging. Leider hat unser Spionagesatellit seine günstige Bahn verlassen müssen und konnte uns den Ausgang der Unternehmung nicht übermitteln.« Piller spielte mit seinem Kugelschreiber, sie hörte es klicken. »Unsere wachen Augen und Ohren haben uns allerdings gemeldet, dass es einen Patienten gab, der mit starken Verbrennungen und inneren Verletzungen in eine mit Aztech befreundete Klinik eingeliefert wurde, der konservativ, also ohne Heilmagie, behandelt werden musste.« Er holte Luft. »Mein Angebot, Frau Peron: Wir finden heraus, ob es sich dabei um Ihren Mann handelt, und helfen Ihnen, ihn aus den Händen von Aztech zu befreien, wenn Sie zu uns nach Mannheim kommen. Es wäre so etwas wie eine Familienzusammenführung. Ich möchte Sie nicht drängen, also entscheiden Sie sich bis … sagen wir in zwei Tagen? Meine Nummer haben Sie. Alles Gute für Sie in Dubai.« Er legte auf.

Cauldron schaute auf das Display. Sie hatte Piller absichtlich nicht korrigiert, sondern ließ ihn in dem Glauben, dass Sie immer noch schwanger sei. Erst wollte sie gründlich darüber nachdenken, was sie unternahm. Plötzlich war sie umzingelt von neuen Fakten, die alles andere als erfreulich waren.

Sie blieb bei zwei Prioritäten. Das Leben ihres Sohnes musste unter allen Umständen geschützt werden, und Abongi hatte mit dem Elementar zum Teufel zu gehen. Sie zwang sich dazu, sich erst um das zu kümmern, weswegen sie eigentlich nach Dubai gekommen war; schon allein, um ihre eigentlichen Auftraggeber in Sicherheit zu wiegen. Der unangekündigte Umzug hatte sie gewiss nervös genug gemacht.

Sie legte sich auf die Couch, schloss die Augen und trennte ihre astrale Gestalt von ihrem Körper, um in den Astralraum einzutauchen und auf Reisen zu gehen.

Die Watcher des Little-Burj-al-Arab-Sicherheitsdiensts reagierten äußerst gereizt, als sie durch den Stahlbeton nach außen trat; ein Luftelementar schob sich ihr in den

Weg und hielt sie auf, und schon schwebte die astrale Projektion eines Mannes heran.

»Frau Peron, dürfte ich Sie bitten, in Zukunft vorher in der Hotelzentrale Bescheid zu geben, wenn Sie eine astrale Reise unternehmen möchten. Sie wurden beim Einchecken auf diese Pflicht hingewiesen«, sprach er höflich, aber bestimmt. »Wir würden es außerordentlich bedauern, wenn es zu einem Unfall käme, obwohl uns durch eine unangemeldete Projektion kein Vorwurf gemacht und keine Schadensansprüche geltend gemacht werden können.« Er verneigte sich vor ihr. »Ich wünsche Ihnen eine angenehme Reise. Wenn Sie aus touristischen Gründen in den Astralraum eingetaucht sind, versäumen Sie nicht, einmal über die Wüste zu fliegen. Es ist ein magischer Ort, vor allem bei Nacht.«

»Danke sehr.« Sie flog an dem Elementar vorbei, der es sicherlich mit den Wesen, die sie beschwören konnte, an Kraft aufnahm. Sie verbesserte ihre Gedanken selbst und sofort: Früher hatte sie solche mächtigen Elementare beschwören können. Vor ihrem Sohn. Heute benötigte sie die Unterstützung von Aztech, um ihre Rache an Abongi und dem Elementar zu vollenden.

Sie orientierte sich an der Autobahn, die als totes graues Band in der Wüste lag, und hielt auf Hatta zu. Die Strecke, für die sie am Tag anderthalb Stunden benötigt hatten, legte sie in irdische Zeit umgerechnet in wenigen Sekunden zurück.

Der Sicherheitsmagier hatte Recht behalten. Bei Nacht wirkte die Wüste noch geheimnisvoller; die Dünen wurden vom Wind bewegt, schlängelten sich Sandkorn um Sandkorn vorwärts und marschierten unaufhaltsam voran, genau auf Hatta zu. Fast sah es so aus, als besäßen die Berge aus Sand eigenes Leben.

Sie suchte den Punkt in der Nähe von Hatta, den sowohl Hasher als auch sie als auffällig markiert hatten. Aber es war nicht leicht, sich in einer zerklüfteten, nur von Gestirnen beschienenen Gegend, wie sie um die Stadt herrschte, zurechtzufinden, zumal sie erst ein einziges Mal hier gewesen war.

Dann entdeckte sie die Gestalt, die einsam durch die Wüste marschierte. Die Aura war so einmalig, dass Cauldron sie sofort erkannte: Abongi!

Die Gestaltwandlerin stapfte ohne Licht, ohne Ausrüstung, nur in ihren Kleidern quer durch das unwirtliche Gelände und hielt genau auf ein Wadi zu.

Vorsichtig, damit sie nicht bemerkt wurde, umrundete Cauldron Abongi und verspürte über der versteckt gelegenen, grünenden Wasserstelle wieder dieses seltsame Kribbeln, das über das Gefühl einer einfachen Hintergrundstrahlung hinausging. Es war ein seltsamer Ort, der mit Sicherheit magisch sein musste, ohne sich aber durch ein intensives astrales Leuchten, wie es beispielsweise bei einem Artefakt oder einem Zauberspruch der Fall war, zu verraten.

Sie hörte die Schritte der Gestaltwandlerin, und eilig schwebte sie hinter einen großen Felsbrocken. Aus seinem Schutz heraus beobachtete sie, wie die Frau auf der Klippe über dem Wadi stehen blieb und aus ihren Kleidern schlüpfte. Nackt und vom schwachen Mondlicht beschienen, stand sie auf dem Vorsprung und drückte sich schwungvoll ab.

Ihr Sprung war elegant. Sie tauchte wie eine Klinge ins klare, noch warme Wasser des Wadis ein, ohne dass es besonders viel spritzte. Prustend erschien sie nach wenigen Lidschlägen in der Mitte und schwamm mit kräftigen Zügen an den Sandstrand des linken Ufers.

Sie stieg aus dem Wasser, legte sich nackt in den

Sand und verwandelte sich in die schwarze Löwin, schüttelte die Tropfen aus dem Fell und leckte sich die Pfoten, dann senkte sie den Kopf auf die Vorderläufe und schloss die Augen.

Cauldron beherrschte sich. Sie ließ sich nicht dazu hinreißen, einen magischen Angriff gegen Abongi und den Elementar zu starten. Auch wenn die Gelegenheit günstig wirkte, ohne Beistand war sie ihrer Todfeindin unterlegen.

Sie benötigte zumindest die Unterstützung von Hasher und einem Trupp, der das paradiesische Wadi in Schutt und Asche legte oder es auf eine andere Weise zerstörte, um damit auch die Macht des Elementars, des Dschinns, zu brechen. Danach war Abongi nur noch eine Gestaltwandlerin, die in dem beschworenen Feuerballzauber Cauldrons zu Asche zerfallen würde. Sie brauchte ihre derzeitigen Verbündeten also noch.

Cauldron flog einen großen Bogen, warf einen letzten Blick auf die schlafende, schwarze Löwin und raste so schnell sie vermochte nach Dubai-City zurück, wo die eine oder andere magische Barriere um Hochhäuser und Gebäude flirrte.

Ohne Schwierigkeiten kehrte sie in ihr Zimmer zurück, fuhr mit ihrem Astralleib in ihren fleischlichen Körper zurück und gönnte sich einige Minuten, um sich von der Anstrengung zu erholen.

Dann richtete sie sich auf und wählte Hashers Nummer. Sie schaute dabei auf die Uhr und lauschte auf die schräge Wartemelodie, die an wahnsinnige Klarinettenspieler erinnerte, denen man beim Musizieren offenbar noch Schmerzen zufügte. 00:21 Uhr.

Es dauerte sehr lange, bis Hasher an sein Kom ging. »Ja?«, murmelte er.

»Verzeihen Sie die Störung, Dr. Hasher. Ich habe gute Neuigkeiten«, sagte sie. »Ich war noch einmal in der Wüste, bei Hatta.«

»Und?«, ächzte er dösig und versuchte, seine Aufmerksamkeit auf sie zu richten. »Haben Sie die Stelle wiedergefunden?«

»Ich habe das Wadi gefunden. Und Abongi.«

»Was?« Jetzt klang der Magier sehr wach. »Wo?«

»In dem Wadi. Sie ist darin geschwommen und schläft dort. Wenn Sie mich fragen, gönnt sie sich gerade so etwas wie eine Auszeit oder einen Urlaub.« Cauldron entdeckte die kalten Tortellini, die während ihrer Reise auf ihr Zimmer geliefert worden waren, und schob sie in den AutoChef, um sie zu wärmen. Sie verspürte einen riesigen Hunger. »Wie sieht Ihr Plan aus, Dr. Hasher?«

»Vorgesehen war, dass ich das zweite Spezialistenteam aktiviere und wir das Wadi vernichten, solange Abongi in der Weltgeschichte unterwegs ist und wir freie Bahn haben.« Er klang immer munterer. »Das können wir vergessen, wenn sie dort ist. Einen Elementar auf seinem eigenen Grund und Boden anzugreifen ist keine gute Idee.«

»Kommt darauf an. Wir brauchen eine Ablenkung«, spann sie den Gedanken fort. »Wie lange benötigen Ihre Spezialisten, um alles vorzubereiten?«

»Zuerst müssen wir genau festlegen, wo die Grenzen des Lebensquells sind, danach berechnen wir die benötigte Menge an Sprengstoff und bringen die Ladungen so an, dass wir die Gegend nachhaltig zerstören«, zählte er auf. »Der Lebensquell besitzt eine enorme Widerstandskraft, die über das natürliche Maß der Umgebung hinausgeht. Das bedeutet, dass schon ordentlich C12 zum Einsatz kommen muss.« Er schwieg.

»Diese Widerstandskraft hängt direkt mit der Macht des Elementars zusammen. Wie hoch schätzen Sie diese ein?«

»Enorm hoch«, antwortete sie und sah zu, wie die Tortellini auf dem Teller zu dampfen anfingen, und schnell holte sie ihr Essen heraus, um es vor Ungenießbarkeit zu bewahren. »Haben Sie überhaupt so viel Sprengstoff?«

»Lassen Sie das unsere Sorge sein, Frau Peron.«

»Ich weiß, Sie haben mir in dem Plan die Rolle des Lockvogels zugedacht.«

»Wir verstehen uns, Frau Peron. Sicher, ich könnte es selbst übernehmen, aber bei Ihrem Anblick wird Abongi vermutlich eher anbeißen, um es auf diese Weise auszudrücken. Sobald die Verfolgung losgeht, beginnt Team zwei seine Arbeit.«

Cauldron hätte vor dem Gespräch mit Piller von CMR keinen Verdacht bei Hashers Worten geschöpft, aber nun könnte diese Ablenkungsaktion sehr gut von ihm und seinen Hintermännern hervorragend dazu genutzt werden, sie auf einfache Art loszuwerden. Aus der Sicht des Kons war es logisch: Sie hatten ihren Sohn und vermutlich ihren Mann; Aztech brauchte sie nicht mehr, sie konnte im Kampf gegen den Elementar ruhig sterben. Aus ihrer eigenen Sicht war das jedoch Verrat. »Wie viel Zeit benötigen Sie?«

»Verschaffen Sie uns eine halbe Stunde«, bat Hasher. »Ich rufe Sie wieder an, sobald wir einsatzbereit sind und der Tanz beginnen kann.« Er stutzte. »Von welchem Kom rufen Sie denn an, Frau Peron?«

»Ich bin in ein anderes Zimmer umgezogen«, sagte sie knapp, ohne weiter auf den Wechsel einzugehen.

»Weshalb das denn?«

»Die Aussicht gefiel mir nicht«, wich sie aus. »Lassen Sie mich nicht zu lange warten. Habe ich Zeit, mir noch einen Feuerelementar zur Unterstützung zu beschwören?«

»Das ist nicht notwendig. Ich lasse Ihnen genug Hilfe zukommen, Frau Peron. Überanstrengen Sie sich vor der Begegnung mit Abongi nicht. Ich möchte nicht, dass Ihnen etwas zustößt.« Er klang ehrlich besorgt.

»Danke, Dr. Hasher. Ich erwarte Ihren Anruf.« Sie legte auf und aß ihre Nudeln, die mit einer orientalischen Gewürzpaste gefüllt waren und höllisch auf der Zunge brannten.

Da musste sie wieder an Poolitzer und dessen Vorliebe für vollkommen überschärften Döner denken. Wieder ein Bekannter mehr, der nicht mehr unter den Lebenden weilte. Er hätte ihr sicherlich eine Unsumme dafür bezahlt, bei dem Kampf gegen Abongi mit seiner Kamera dabei sein zu dürfen.

Sie lud sich Graves Daten zu seinem Ableben runter und überflog sie. Und tatsächlich spürte sie ein bisschen Wehmut in sich. Poolitzer hatte sie genervt, keine Frage, aber vollkommen auf sein Gesicht, seine Storys und seine unnachahmliche Art verzichten zu müssen fand sie sehr schade. Das Straßenleben verlor eine schillernde Persönlichkeit und einen Gerechtigkeitsfanatiker, der Sauereien der Kons ans Licht gezerrt hatte. Nicht dass sich dadurch die Erwachte Welt verändert hätte, aber die Schwankungen in den Aktienkursen taten selbst großen Firmen weh. Anscheinend war es eine der Firmen leid gewesen, sich noch mehr in die Karten schauen zu lassen. Peng und weg. Problem erledigt.

Ihre Probleme dagegen begannen erst noch.

Sie spülte die letzten Stückchen Nudeln mit einem

Glas Milch hinab, dann rief sie in der Sicherheitszentrale des Little Burj Al Arab an, um den Magier über das in Kenntnis zu setzen, was sie gleich zu tun gedachte. Sie hasste es nämlich, von Sprinkler- oder Halongaslöschanlagen bei ihren Beschwörungen unterbrochen zu werden.

Vereinigte Arabische Emirate, Dubai, Dubai-City, 21. 9. 2059, 13.47 Ortszeit

Die Tür öffnete sich, und sie schoben ihr Gefährt mit den Geiseln in den Gang, hatten ihre Waffen gezogen und gingen langsam auf die Schleuse zu, hinter der der Lift in die Freiheit wartete.

Das polierte Cromargan-Stahlschott öffnete sich lange, bevor sie es erreichten. Vor ihnen marschierten die Gepanzerten auf, die FN-HAR-Sturmgewehre auf sie angelegt, fächerten auseinander und bildeten einen Halbkreis.

»Bleiben Sie stehen«, verlangte eine scheppernde Stimme, die aus den Helmlautsprechern des Mannes rechts außen drang. »Sie werden den Komplex nicht verlassen.«

Tattoo schaute zur Kamera, die aus der Decke ausgefahren war und sie genau im Sucher hatte. »Ziehen Sie Ihre Gardisten zurück, oder ich schieße auf die Gasflaschen. Keinen magischen Hokuspokus.« Zur Bekräftigung ihrer Drohung drehte sie den Hahn der Flasche auf, die mit dem Explosiv-Zeichen bedruckt war. »Und falls einer von Ihren Leuten auf die Idee kommt zu feuern, geht alles in die Luft. Ärzte, Labor, wertvolle Patienten und deren Krankengeschichte.« Sie nickte Ordog zu, der die Liege ungerührt weiter auf die Gepanzerten zu schob.

Das Sicherheitsteam zog sich auf einen unhörbaren Befehl, der über die interne Kom-Einrichtung des Helms erfolgt war, zurück und gab den Weg zur Schleuse frei.

Sie gehorchten sogar, als Tattoo ihnen befahl, die

Gewehre auf den Boden zu legen und sie zu ihnen zu schieben. Sie nahm sich zwei, Ordog und Sheik bekamen ebenfalls eins. Nun waren sie wenigstens mit guten, durchschlagkräftigen Waffen ausgestattet. Ihre Zuversicht stieg noch mehr.

Der nächste kritische Punkt von insgesamt zweien stand ihnen bevor: die Schleuse. Hier konnten die Sicherheitsrigger alles Mögliche versuchen, von Gaseinsatz bis Vakuum, um sie zu überwältigen.

»Keine Tricks«, drohte sie noch einmal unmissverständlich und öffnete, als sie sich in der Kammer befanden, einen weiteren Hahn.

Die Tür fuhr mit einem leisen Surren zu, klackend verriegelte sie sich. Ansonsten geschah nichts.

Tattoo lud durch und hielt den Hülsenauswurf neben das Ventil, aus dem zischend das Gas entwich. »Auf drei gibt es ein Feuerwerk. Eins …«

Ein lautes Knacken ertönte, wie bei den Kernspinthomografen, dann wurde die Elfin ohne Vorwarnung blind. Ein einziger Schmerz raste durch ihren Körper und überlastete ihre Rezeptoren, lähmte sie, und dann gaben die Beine nach, ohne dass sie etwas dagegen tun konnte. Sie stürzte und verlor im Fallen das Bewusstsein.

Tattoo erwachte, weil etwas an ihrer rechten Seite zerrte. Sie hielt die Augen geschlossen, um dem Feind nicht zu verraten, dass sie bei Bewusstsein war.

»Verdammte Scheiße!«, fluchte ein Mann. »Diese Runner! Bei denen sitzt nichts mehr dort wie bei einem normalen Lebewesen. Wenn man nicht die Datei besitzt, in denen die ganzen Eingriffe aufgezeichnet sind, ist man rettungslos verloren.« Bestecke klirrten, es blubberte, dann schoss ein greller Schmerz durch ihre Eingeweide. »Ah, okay, ich habe die Leber entdeckt. Sie liegt hinter irgendwelchen Leitungen. Fangen Sie schon mal oben an.«

Eine Hand berührte ihren Kopf und drehte ihn nach rechts zur Seite, dann spürte sie einen kalten, spitzen Gegenstand an ihrer Ohrmuschel. Es wurde Zeit, dass sie etwas unternahm.

Sie öffnete die Augen, sah das erstaunte Gesicht eines Mannes und schlug mit der linken Faust zu, dabei gab sie dem Sporn in ihrem Unterarm den Befehl, aus seiner Hülle zu gleiten. Der Sporn blieb, wo er war, aber wenigstens verpasste sie ihm einen Treffer ins Gesicht; ächzend wankte er rückwärts und fiel gegen die Wand.

Tattoo richtete sie auf und schrie, weil ein heftiger Schmerz in ihrer Bauchhöhle tobte. Sie lag nackt auf einem Stahltisch, ihre rechte Seite war geöffnet worden, und ein Mann in einem grünen OP-Kittel starrte sie voller Angst an. An seinen Gummihandschuhen lief Blut herab. *Ihr* Blut!

»Du Wichser!« Ihre Adrenalinpumpe sprang an, die künstlichen Hormone schossen in ihren Kreislauf. Die Elfin schickte den Mann mit einem mörderischen Hieb zu Boden, sie hörte ein leises Knacken, und der Kopf des Mannes ruckte so weit nach rechts, dass es nicht mehr gesund sein konnte.

Sie schaute auf den Schnitt, aus dem ihr Rot quoll. Wenn er sich wirklich schon an ihrer Leber zu schaffen gemacht hatte, war es nur eine Frage von Minuten, bis sie verblutet war.

Sie rutschte von der Liege, schnappte sich den Mann, der ihr das Ohr hatte abschneiden wollen, und zerrte ihn auf die Beine. Um alles noch schlimmer zu machen, sah sie unvermittelt für zwei Sekunden nichts mehr, dann war wieder alles wie vorher. Erst der Sporn, jetzt die Augen. Ihre Cyberware hatte eine massive Fehlfunktion.

»Mach es zu«, schrie sie ihn an und hielt ihm ein Skalpell an den Hals.

»Ja, ja«, keuchte der Mann und vernähte mit zitternden Fingern den Schnitt.

»Hat er die Leber angeschnitten?«

»Nein, wir haben noch gesucht«, antwortete er ängstlich, eingeschüchtert von ihrem Metallgebiss und ihrer Gleichgültigkeit, obwohl sie unendliche Qualen verspüren musste. Er sprühte eine Heiltinktur auf, damit die Fleischränder verklebten.

»Was wolltet ihr mit meiner Leber und meinen Ohren?« Sie nahm einen Tacker vom Beistelltisch. »Klammern«, befahl sie. »Ich will nicht, dass die Wunde aufgeht.«

Er gehorchte. »Wir … wollten sie für einen Kunden.«

Sie packte ihn mit der anderen Hand an der Kehle. »Meine Ohren für einen Kunden?« Tattoo erhob sich und ignorierte das Ziehen, der Schmerzeditor und das Adrenalin filterten das störende Gefühl und verringerten die Intensität.

Sie entdeckte Boxen, auf denen Beschriftungen wie Augen, Galle, Milz, Ohren, Leber, Herz, Lunge und andere Organe standen. »Was geht hier vor?«, knurrte sie und stieß ihm das Skalpell unter die linke Achsel; er jaulte auf und konnte sich nicht aus dem stählernen Griff befreien. »Sag es, oder ich schlitze dir die Arterie auf!«

»Asien«, kreischte er schrill. »Asien! Wir liefern Metaorgane nach Asien für die neo-traditionelle Medizin. Trollhoden gegen Impotenz, Elfengalle gegen

Fieber- und Augenleiden, Elfenherzen für ein langes Leben …«

Sie stach zu und ließ den verblutenden Mann auf den Boden gleiten, dann schleuderte sie die Behälter nach ihm, die Deckel öffneten sich und gaben den Inhalt frei. »Such dir was, was gegen Ausbluten hilft«, rief sie hasserfüllt und zog dem Mediziner, dem sie das Genick gebrochen hatte, Hose, Hemd, Schuhe und Kittel aus, um ihre Blöße zu bedecken.

Tattoo verfluchte ihre Adrenalinpumpe. Zu viel Stresshormon hatte sie wieder durchgehen lassen wie ein ungestümer Stadtkrieganfänger; dabei hätte sie den Mann und dessen Informationen noch benötigt.

Aber das Schicksal sandte ihr eine neue Chance in Form einer jungen, mit einem Overall bekleideten Frau, die eintrat und gelähmt auf die Toten starrte. Da hatte sie die Elfin bereits am Hals gepackt und gegen die Wand gedrückt. Leider hatte die Frau keine Waffen bei sich.

»In welchem Stockwerk bin ich?«, zischte sie.

»Erdgeschoss«, flüsterte ihre Gefangene.

»Was wird hier gemacht?«

»Die Organe werden entnommen und für den Transport mit dem Helikopter vorbereitet.«

»Wo ist der Mann, der mit mir zusammen die Forschungsabteilung überfallen hat? Und Patient 0963?« Tattoo verstärkte den Druck. »Ich habe überhaupt nichts mehr zu verlieren, du schon«, erinnerte sie die Frau.

»Der Patient wurde verlegt. Er befindet sich auf dem Weg zum Flughafen. Und Ihr Freund liegt im Zimmer nebenan und wird gerade vorbereitet.«

»Vorbereitet?«

»Keine Ahnung, ehrlich!«, krächzte sie. »Die Ärzte haben was von Leukämie und Glücksfall gesagt.«

Tattoo glaubte ihr, dafür war die Angst zu deutlich in den Augen zu erkennen. »Gut. Ganz ruhig, Kleine. Du bringst mich und meinen Freund hier raus, ohne Aufsehen. Wir gehen zu deinem Wagen und …«

»Ich habe keinen Wagen. Ich bin die Hubschrauberpilotin.« Sie strich die Haarsträhne zur Seite und zeigte ihr zwei Buchsen in der Schläfe, die Schnittstellen für das Interface der Steuereinrichtung.

Das war natürlich noch besser. »Los. Und wenn du schreist, steche ich dich nieder wie den anderen.«

Sie traten auf den Gang, und die Frau zeigte Tattoo den Raum, in dem Ordog lag. Davor stand ein gepanzerter Gardist, der von der Elfin jedoch spielend leicht überwältigt wurde. Er hatte mit dem Angriff nicht gerechnet und bekam nicht einmal die Chance einer Gegenwehr. Mit gebrochenem Genick rutschte er an der Wand nach unten.

Tattoo nahm das Sturmgewehr, ließ die junge Frau die Tür öffnen und stieß sie hinein.

Zwei Frauen in weißen Kitteln sahen die Bedrohung und duckten sich sofort, ein Pfleger stand mit zwei Injektoren in der Hand über den nackten Ordog gebeugt und schaute unschlüssig umher. Doch die beiden Gardisten am Eingang wirbelten herum und schossen nach zwei Sekunden, die sie zur Orientierung benötigten, trafen allerdings nur die bemitleidenswerte Pilotin, die von den Kugeln durchsiebt wurde.

Die Elfin lag bereits am Boden unter einem der Stahltische und feuerte unter ihrer Deckung heraus auf die Beine der Gardisten, der Ärztinnen und des Helfers. Schreiend stürzten die Menschen, und unbarmherzig hielt Tattoo weiter auf sie drauf. Es gab keinen Grund, Gnade zu gewähren.

Erst als sich keiner mehr rührte, hörte sie mit dem Beschuss auf, wechselte das Magazin und stand auf. »Ordog?« Ihre Augen schweiften über den Körper des Mannes, an dem sie keine sichtbaren Verletzungen erkannte. So weit, so gut. Nach zwei kräftigen Ohrfeigen flatterten seine Lider, und er schaute sie verwirrt an.

»Tattoo«, raunte er und drehte den Kopf. »Wo …«

»Hoch«, befahl sie. »Nimm dir was zum Anziehen und ein Gewehr und dann raus, bevor die magische Kavallerie anrückt und uns den Arsch grillt. Sie wollen Sheik ausfliegen. Wir müssen zum Flughafen.« Sie zerschoss einige Behälter, auf denen das Zeichen für Feuergefährlichkeit prangte, dann zündete sie die Flüssigkeit an. Eine Sekunde darauf jaulte der Alarm los.

Ordog schlüpfte in einen Kittel, der an der Wand hing, und nahm sich ein FN HAR, dann rannten sie gemeinsam hinaus.

Um sie herum herrschte plötzlich Leben im Korridor. Patientenbetten wurden aus Zimmern gerollt, Ärzte und Pfleger liefen umher, evakuierten sich und die Kranken. In dem Durcheinander fielen Tattoo und Ordog zunächst nicht auf, sie folgten dem Strom zum Hinterausgang, schwenkten dann aber nach links zur Landeplattform des IWS Kommando-Helikopters. Verwundert stellten sie fest, dass es inzwischen Nacht geworden war.

»Was machst du denn?« Ordog konnte es nicht glauben. »Kannst du das Ding fliegen?«

»Nein. Aber der Autopilot kann es.«

Zwei Gardisten tauchten hinter einem Mauervorsprung auf und legten auf sie an. Aber die Elfin beharkte sie mit einer gezielten Garbe, schickte einen tot auf den Boden und zwang den anderen nach einem Schultertreffer zurück hinter die Mauer. Sie hatten damit Zeit genug, um in die Maschine zu steigen und den Rotor zu starten.

Wieder hatte Tattoo einen Aussetzer. Ihr rechter, künstlicher Arm blieb mitten in der Bewegung stehen, als hätte jemand den Strom abgeschaltet. Nach zwei Sekunden führte er den Handgriff zu Ende. »Fuck, schon wieder.«

Sie gab dem Autopiloten den Befehl, den Flughafen von Dubai-City anzusteuern. Der IWS Kommando erhöhte die Drehzahl der Rotoren und löste sich von der Erde, die Klinik fiel unter ihnen zurück, wurde kleiner und kleiner.

Irgendetwas prasselte gegen das Bodenblech und schrammte an der Kabine vorbei. Doch die Schüsse richteten nichts aus. Wenn keiner der Gardisten zufällig einen Raketenwerfer in der Tasche hatte, gelang ihnen die Flucht.

»Elektromagnetischer Impuls. Damit haben sie uns in der Schleuse kaltgestellt«, sagte Ordog und entspannte sich etwas. Der Schweiß rann ihm aus allen Poren, er fühlte sich krank und erschöpft wie nach einem 24-Stunden-Run. »Die Ärzte haben sich unterhalten.«

Tattoo hob die Augenbrauen. »EMP?«

»Die Schleuse funktioniert anscheinend wie ein großer Generator. Sie benutzen sie, um die Systeme von vercyberten Patienten sicherheitshalber abzuschalten, bevor sie zu einer Untersuchung gefahren werden.«

»Ich hoffe, dass es keine tragbare Version von dem Scheiß gibt. Das wäre das Aus von Vercyberungen«, murmelte Tattoo und bemerkte, dass sich eine kleine

Euphorie anschlich. Nach den ganzen Rückschlägen wertete ihr Hormonhaushalt die gelungene Flucht als einen bedeutsamen Sieg.

Sie ließ sich vom Autopiloten eine Kom-Verbindung zu Saeed herstellen, und in aller Kürze schilderte sie, was im Madinah geschehen war, ohne den Organverkauf zu erwähnen. »Wir sind auf dem Weg zum Flughafen, um sie abzufangen, könnten aber noch ein Team gebrauchen, Saeed«, sagte sie. »Wir sind beide nicht mehr in dem allerfrischesten Zustand und sehen ziemlich auffällig aus.«

»Ich habe verstanden. Danke für die Information. Ich werde etwas veranlassen. Sie kehren am besten in Ihr Hotel zurück und warten, bis ich mich wieder bei Ihnen melde. Ein Arzt wird sich sofort nach Ihrer Ankunft bei Ihnen melden und Sie behandeln.« Saeed legte auf.

Plötzlich leuchtete eine blaue Lampe auf dem Display auf, der Hinweis »Manuell override« erschien, und der IWS drehte ab. Er verließ seine ursprüngliche Route, sackte um einige Meter nach unten und kehrte im Tiefflug zu seinem Ausgangspunkt zurück.

»Wir müssen raus. Ich habe keine Lust, irgendeinem Japaner oder Chinesen als Heilmittel zu dienen«, knurrte sie.

»Was ist los?« Ordog verstand nicht, was sie damit meinte.

»Später«, winkte die Elfin ab und suchte hinter dem Sitz nach einem Fallschirm.

»Vergiss es. Wir sind zu tief.« Er deutete nach vorne. »Aber da könnten wir raus.« Vor ihnen erschien der Dubai Creek als schwarzes Band in der leuchtenden Stadt, und der Höhenmesser zeigte fünfzig Meter an. »Es wird ein harter Aufprall.«

»Dann zwingen wir das Ding, niedriger zu gehen.«

Sie küsste ihn. »Wir schaffen es, Ordog. Erinnerst du dich an dein Versprechen?«

»Du erinnerst mich die ganze Zeit an mein Versprechen«, gab er schwach grinsend zurück, stand auf und zwängte sich durch den schmalen Durchgang nach hinten in den Transportbereich.

Sie folgte ihm und öffnete die Seitentür. Pfeifend fuhr der Luftstrom in die Kabine und zerrte an ihren Kleidern.

»Transportwinde«, schrie Ordog ihr ins Ohr und zeigte auf die Trommel mit dem Haken und dem langen Stahlkabel. »Lassen wir uns damit runter?«

»Nein. Wir sind zu schnell. Aber ich versuche etwas anderes.« Tattoo löste die Arretierung und schleuderte den Haken nach oben.

Bei ihrem ersten Versuch wurde er vom Rotor getroffen, prallte ab und wurde wie ein Geschoss davongeschleudert; das Kabel rollte sich durch die Wucht fünf Meter ab.

»Beeil dich«, rief er. »Der Creek ist genau unter uns.«

Hastig zog sie das Kabel hoch und wiederholte den Versuch.

Dieses Mal funktionierte es.

Die Rotoren erfassten das Kabel und wickelten es auf, surrend rotierte die Winde, die Halterungen glühten auf, und ein Zittern lief durch den Leib des Helikopters; der Motor gab ein überlastetes Kreischen von sich, die Drehzahl der Blätter verringerte sich.

»Sehr gut. Wir sinken«, schrie Ordog, der die Brücken als Orientierungspunkt benutzte. »Gleich ist es so weit.«

Da straffte sich das Kabel knirschend. Es war vollständig abgewickelt, krachend riss die Trommel aus der Verankerung, schnellte nach oben, schlug den ersten Rotor in Stücke und wirbelte wie eine Bola umher. Dabei schlug sie immer wieder gegen das Kabinendach.

Der IWS Kommando geriet in Schräglage und verlor seine Stabilität. Qualm füllte den Innenraum und wurde vom Wind in den letzten Winkel gepresst. Er stank nach Öl und brannte in den Lungen.

»Raus«, rief Ordog und schleuderte Tattoo hinaus, dann sprang er hinterher und hoffte, dass es nicht mehr als zwanzig Meter bis zur Wasseroberfläche waren. Er versuchte, das Gleichgewicht zu halten und mit den Füßen voran einzutauchen, drehte sich aber um die eigene Achse.

Unter ihm trudelte der brennende Helikopter vorbei, die Rotorstummel wirbelten wie Hackmesser und sogen den Runner förmlich an. Sie wollten ihn in kleine Stückchen häckseln, schreddern und zerreißen. Er verfehlte sie knapp, prallte stattdessen mit der Schulter gegen die Abschirmung des überlasteten Heckrotors und wurde nach links geschleudert.

Der Aufschlag in den Dubai Creek empfand er als Erlösung. Über ihm explodierten die Tanks des Helikopters und machten die Nacht über dem Fluss für wenige Augenblicke zum Tag. Sicherlich standen einige Touristen auf den Brücken und hielten das, was sie sahen, für eine der vielen Shows, die man ihnen in dem einzigen großen arabischen Stadtvergnügungspark bot.

Ordog spürte, wie warm das Wasser war, in dem die Kraft der Sommersonne gespeichert war. Denken konnte er nichts mehr, er paddelte wie in Trance, um nach oben zu gelangen. Er durfte nicht aufgeben. Das hatte er Tattoo versprochen. Paddeln, paddeln, paddeln …

Vereinigte Arabische Emirate, Dubai, Dubai-City,
21. 9. 2059, 23:01 Ortszeit

Jennings betrachtete das Ergebnis der Arbeit seiner Ex-Frau. Sie hatte Kraif eine schwarze Langhaarperücke aufgesetzt, die Haut im Gesicht und an den Händen mit einer chemischen Substanz dunkelbraun gefärbt und ihm ein Schnauzbärtchen und Kontaktlinsen verpasst. Dazu gab es einen Geschäftsanzug und ein kleines Aktenköfferchen, und schon wurde aus dem All-Area-Combat-Golfer Holdo Kraif ein veritabler Exec, der in Dubai-City unterwegs war, um Geschäfte anzubahnen und vielleicht ein wenig auszuspannen.

Jennings sah am Gesicht des Mannes, dass er sich selbst vollkommen fremd vorkam. Das war ein guter Anfang. »Herr Kraif?« Sein Kunde drehte den Kopf. »Und schon wären Sie tot.« Er nippte an seinem Wasser. »Vergessen Sie in den nächsten Tagen, dass Sie Kraif heißen. Selbst wenn Ihre Mutter im Sterben läge und man Ihr Blut bräuchte, um sie zu retten.«

»Meine Mutter ist bereits tot.«

Jennings betrachtete diese Information nüchtern von der beruflichen Seite. »Umso besser.«

Sie saßen in dem kleinen Hotelzimmer des Star of Arabia, das ihnen Halim besorgt hatte. Der versprochene Bunker musste erst noch geräumt werden, wie der Araber ihm kurz vor der Ankunft gemeldet hatte. Der letzte Benutzer hatte vergessen, sämtliche Sachen mitzunehmen. Und da es sich um »brisantes Material« handelte – mehr wollte Halim am Kom nicht sagen –, dauerte es etwas. Aber er schickte ihnen alles, was sie benötigten, um Kraif äußerlich zu verändern.

Der Runner überprüfte seine Waffen, entfernte ein paar kleine Fussel und versah sie mit ihren Magazinen. Auch wenn er sie gegen die Drohnen lediglich einmal benötigt hatte, Umsicht war nie falsch. Danach loggte er sich in die Matrix ein, benutzte mehrere Zwischenknoten des Netzes und erreichte den ADL-Schattenserver. Hier liefen die aktuellsten Neuigkeiten zusammen, darunter auch der Überfall auf seinen Klienten.

»Hier steht, dass es der Versuch eines örtlichen Runner-Teams war, anscheinend ein Haufen blutiger Anfänger«, las er Alexa und Kraif vor. »Der Rigger wurde von der Polizei anhand der Frequenz seiner Drohnen-Fernsteuerung aufgespürt und in seiner kleinen Bastelgarage erschossen.« Er las die neueste Quote: 1 : 38! Aus taktischen Gründen verschwieg er diese Zahl lieber und schaute auf sein Armband-Kom. »Die Sachsen sind gelandet und haben inzwischen ihre Ausrüstung erhalten«, vermutete er und schaute zu Alexa. »Halim hat mir gesagt, dass sie ihn als Lieferanten haben wollten.«

»Kannst du ihn nicht dafür bezahlen, dass er Ihnen entweder nichts oder Schrott liefert?«

Er schenkte ihr ein mitleidiges Lächeln. »Halim ist Geschäftsmann wie ich. Ich wollte damit sagen, dass wir wenigstens wissen, womit sie ausgerüstet werden. Das ist ein strategischer Vorteil.«

Kraif betrachtete sich im Spiegel, zog eine Sonnenbrille auf und steckte sich eine Zigarette an einem langen Mundstück zwischen die Lippen. Selbst seine besten Freunde würden ihn in diesem Outfit nicht erkennen. »Und wird er ihnen nicht sagen, wo wir sind und welche Waffen wir besitzen?«

Er wandte den Kopf zu ihm. »Nein, Herr Kraif. Ich

bin Halims Stammkunde. Die Sachsen sind sozusagen Einweggeschirr.«

»Was bedeutet das?«

»Dass man sie getrost vergessen kann. Sie ziehen gegen mich und meine Ex-Gattin ins Feld, und das, ohne hochmütig zu sein, verringert ihre Chancen, lebend in die ADL zurückzukehren. Ich habe mir ihre Files angeschaut.« Jennings warf seiner Ex das Pad zu, und sie überflog die Daten.

»Elf Einsätze, meistens Extraktionen von Kon-Männern ohne große Gegenwehr«, fasste sie zusammen und las die bekannten Cybereinbauten. »Das ist machbar.«

Jennings' Kom klingelte, und er führte ein knappes Gespräch. »Das war Halim. Die Sachsen haben eingekauft und sind auf dem Weg ins Little Burj Al Arab, um Spuren zu suchen.« Er zählte einige Namen auf, von denen Kraif annahm, dass es sich um Waffenfabrikate handelte. »Und der Bunker ist so weit. Wir können los.«

Wenig später verließen drei Geschäftsleute das Star of Arabia, stiegen in einen BMW 342LS, den Halim im Austausch für den Buffalo besorgt hatte, und fuhren davon. Jennings betrachtete das nächtliche Dubai, in dem sich die Touristen sehr wohl fühlten, vor allem die Westeuropäer und von denen wiederum diejenigen mit den etwas fetteren Ebbies.

Dubai mutierte vom Ölland zum Vergnügungspark, aber beides hatte eine übereinstimmende Eigenheit: die Kostspieligkeit. Pauschalangebote gab es selten, die Scheichs achteten darauf, dass die Besucher reich waren und damit die Scheichs noch reicher machten. Das Prinzip des Kapitalismus war von den Wüstensöhnen verstanden worden. Bald wäre Vegas selbst zu seinen glorreichsten Zeiten ein Dreck dagegen, im wahrsten Sinne des Wortes. Die traditionsbewussten Araber achteten sehr darauf, dass der Rahmen des Geschmacks und des Anstands gewahrt wurde.

Sein Kom klingelte erneut, wieder war es Halim, der dieses Mal sehr aufgeregt klang. »Vanderbilt, geben Sie auf sich Acht. Die Sachsen …« Abrupt endete das Gespräch. Jennings glaubte aber, dass er im Hintergrund die bezaubernde Fatima hatte schreien hören. Das war nicht gut.

»Jennings, wir haben Besuch«, meldete Alexa, die den BMW steuerte und in den Rückspiegel schaute. »Zwei Fahrzeuge, ein BMW Off-Roader und ein Honda Safari. Sie lassen sich abwechselnd zurückfallen, sind aber zu regelmäßig in ihren Manövern. Deswegen sind sie mir aufgefallen. Die Insassen sind Westeuropäer, wenn ich das richtig erkenne.«

Damit war der Bunker als Fluchtort Geschichte. »Die Sachsen haben sich Halim vorgeknöpft«, sagte er sachlich. »Wir müssen den Wagen loswerden. Halim hat bei allen seinen Fahrzeugen einen GPS-Peilsender eingebaut, damit sie nicht abhanden kommen.« Er schaute in den Außenspiegel und entdeckte die Verfolger. »So haben sie uns gefunden, schätze ich.« Er bedeutete Kraif, sich flach in den Fußraum zu kauern. »Halten Sie den Kopf auf alle Fälle unten. Es kann sein, dass sie trotz des dichten Verkehrs versuchen, uns auszuschalten.«

Der All-Area-Golfer nickte und machte sich so klein, dass man ihn in eine Schublade hätte stecken können.

»Achtung«, sagte Alexa. »Der Off-Roader kommt auf deiner Seite längsseits.«

Die flache Schnauze schob sich auf die Höhe des Runners, der Fahrer sah in seinem bunten Hemd und dem albernen Hütchen aus wie ein harmloser Tourist. Er schaute zu ihnen ins Auto, als suche er jemanden, dann beschleunigte er.

»Ich schalte sie aus«, sagte Jennings, als verkündete er, dass er einkaufen ginge und gleich wieder mit einem Päckchen Funsticks, Sojabrötchen und Instant-Trockenmilch zurück wäre. Er steckte sich drei Minigranaten ein, die für den Werfer am AK-98SE vorgesehen waren, und fuhr das Fenster nach unten.

Bei knappen neunzig Stundenkilometern kletterte er so sicher wie ein Affe hinaus und drückte sich ab. Im Sprung drehte er sich, bekam den Griff der Seitenschiebetür des Off-Roader zu fassen, die Schuhe landeten auf dem verchromten Trittbrett und gaben ihm bei seiner filmreifen Aktion sicheren Halt.

Einer der Söldner, die hinten saßen, hob seine Defiance T-250 und schoss auf ihn, hatte aber vergessen, dass es sich um Panzerglas handelte. Die Projektile der Schrotflinte hinterließen Unmengen von milchigen, münzgroßen Punkten auf der Scheibe, die Querschläger flogen den Männern um die Ohren.

Den Moment nutzte Jennings, um die Tür einen Spalt breit zu öffnen, eine Minigranate ins Innere zu schleudern und sich vom Trittbrett abzudrücken. Er landete auf der Motorhaube des Sportwagens, unmittelbar danach zündete die Granate.

Der Innenraum des Transporters füllte sich mit Rauch, die Scheiben färbten sich mit einem Mal rot, einige bekamen Risse, aber sie hatten der Wucht der Explosion standgehalten. Nur die seitliche Schiebetür wurde davongeschleudert, fiel auf die Straße und geriet unter das nachfolgende Auto. Dann zog der Off-Roader nach rechts, prallte gegen die Leitplanke und überschlug sich hinter ihnen mehrfach; die Insassen im Fond wurden durch die offene Tür hinausgeschleudert.

Aber schon die abgerissene Seitentür hatte ausgereicht, um eine Katastrophe auszulösen. Der Fahrer des Wagens, der das Stück Off-Roader vor sich sah, versuchte noch zu bremsen und setzte damit eine Kettenreaktion in Gang, die eine Massenkarambolage zur Folge hatte. Dutzende Fahrzeuge verkeilten sich in kürzester Zeit ineinander und machten die Autobahn dicht.

Das kümmerte Alexa wenig. Die schwarzhaarige Frau sah, wie der Honda Safari an dem rasch anwachsenden Schrottpulk vorbeizog und rasch näher kam. Jennings arbeitete sich derweil akrobatisch von der Motorhaube durchs Seitenfenster zurück auf seinen Beifahrersitz.

»Da kommen die Nächsten.« Sie sah aus den Augenwinkeln, wie er im Spiegel seine Krawatte prüfte und sie zurechtzurrte. »Das war ziemlich beeindruckend«, lobte sie.

»Danke.« Er nahm noch zwei Minigranaten hervor und warf sie in kurzen Abständen durch das Seitenfenster hinaus.

Der ersten Granate konnte der Safari noch ausweichen, die zweite detonierte exakt unter der Vorderachse des Wagens; da nutzte auch das Panzerbodenblech nichts. Die Lenkmechanik wurde beschädigt, der Honda schlug bei vollem Tempo nach rechts ein und überschlug sich wieder und wieder, bis er gegen die Mittelleitplanke prallte.

»So viel zu den Sachsen. Anfänger.« Jennings legte den Gurt an und deutete auf die nächste Ausfahrt. »Da raus. Die Verkehrspolizei wird Ü-Drohnen ausgesandt haben. Ich will nicht, dass man uns in den

Nachrichten sieht.« Er beschäftigte sich bereits mit einem Notfallplan. Halim kam als Quelle derzeit nicht in Betracht, denn wer wusste schon, wie viele Söldner sie eben ausgeschaltet hatten und wie viele noch bei dem Araber zu Hause saßen.

Alexa lenkte den BMW streng nach Vorschrift die Ausfahrt hinab. »Was machen wir jetzt?«

»Sage ich dir gleich.« Er schaute zur Skyline der Wüstenstadt und hatte eine Idee. »Wo würdest du einen Geschäftsmann am wenigsten beachten?«

»In einem Geschäftsviertel.« Sie setzte den Blinker und bog in Richtung Financial District ab, die Schilder leiteten sie unmissverständlich. »Denkst du, wir kommen mit unserem Waffenarsenal überhaupt rein?«

Sie fuhren durch eine Vorstadt, die klein, aber sauber und aufgeräumt dalag wie der Rest von Dubai-City. Es war, als gäbe es keinen Schmutz, nicht einmal eine leere Dose oder einen Pappbecher. An einer roten Ampel stoppte Alexa.

»Nicht bis in den Financial District. Aber die Bankervorstadt genügt mir, um unseren Herrn Kraif sicher zu deponieren.« Aufmerksam beobachtete er die leer gefegte Umgebung. Außer ihnen fuhren nur wenige Fahrzeuge. Das war gut für die Übersicht.

Die Ampel sprang auf Grün, der Autopilot gab zudem ein zusätzliches Piepsen von sich, damit dem Fahrer ja nicht entging, dass er fahren durfte.

»Ich bin gespannt.« Alexa legte den Gang ein und trat vorsichtig aufs Gas.

Da flog wie gerade aus dem Hyperraum materialisiert eine Ambulanz heran, hupte und krachte seitlich in die Motorhaube des Sportwagens. Sie wurden hart durchgeschüttelt. Die Airbags lösten aus, Vorstadtdubai verschwand in einem nach Gummi riechenden, grauen Ball, der gleich darauf wieder erschlaffte.

»Scheiße«, fluchte die Killerin und tastete nach ihrer linken Schläfe, die eine Platzwunde aufwies. Sie starrte auf das Blut. »Wo kam dieses Arschloch her? Er hatte keine Sirenen an, oder?«

»Nein.« Jennings' cyber- und biowaremodifizierte Natur hatte den Unfall ohne weiteres überstanden. Er schaute nach Kraif, den es mit dem Kopf voran gegen die Seitenverkleidung geschoben hatte; ein dünnes Blutrinnsal sickerte aus der Nase, und Blutergüsse bildeten sich unter den Augen. Das sah verdächtig nach Schädelfraktur aus. Was für eine Ironie, dass sie von einem Krankenwagen gerammt worden waren. »Verdammt.«

Er trat die Tür auf, die sich durch den Aufprall verzogen hatte, und stieg aus, um zu der Ambulanz zu gehen. Sie könnten sicherlich helfen; dennoch behielt er eine Hand halb unter seinem Sakko am Griff der Pistole. Man konnte nie wissen.

Die Hecktür schwang auf, ein Mann in einer Vollrüstung sprang heraus, vier weitere folgten ihm und hoben die Gewehre. Noch ein Runner-Team, dieses Mal aber besser ausgerüstet und mit klarem Vorteil. Jetzt wurde es erst richtig lustig.

Jennings zog seine Max-Power, schoss dreimal auf das Visier des ersten Gegners und tauchte sofort hinter der Motorhaube des BMW ab. Er hörte, dass der Mann fiel, klappernd landete er auf der Straße. Die meisten Träger von Vollrüstungen begingen den Fehler, sich zu sicher zu fühlen. Visiere waren und blieben Schwachstellen.

Das Feuer wurde erwidert, doch glücklicherweise fing die Panzerung des Wagens die Projektile ab. Währenddessen tauschte Jennings seine Patronen aus und lud die panzerbrechenden Geschosse.

Alexa glitt wie eine Schlange durch die Beifahrertür auf den warmen Asphalt und reichte ihm sein AK. »Wenn ich gewusst hätte, dass wir eine Kon-Truppe am Hals haben, hätte ich meinen Preis verdoppelt«, sagte sie unwirsch und zog ihre Fichetti, dann schob sie den Rock halb hoch. Jennings sah, dass sie auf der Innenseite des linken Oberschenkels ein zweites Halfter mit einem Colt America L36 verborgen hatte. Und er sah das dunkelrote Höschen aufschimmern. »Die Gegend darf dich nicht mehr interessieren. Wir sind geschieden.« Sie grinste ihn böse an und zog den Rock wieder herab.

Er lud die Anti-Fahrzeuggranaten in den Werfer. Sie taugten hervorragend gegen aufgemotzte Gardisten. »Es wird genügend Interessenten für die Gegend geben«, sagte er, lehnte sich um die Motorhaube herum und schickte eine Granate in einen Gepanzerten, den es daraufhin in mehrere Stücke zerriss. Jennings sah sich bestätigt: Vollrüstungen wurden extrem überbewertet.

»Die gibt es«, erwiderte Alexa sofort, sprang auf und feuerte ihre beiden Pistolen auf den Gardisten, der versuchte, sie zu umgehen und von hinten zu überrumpeln. Sie hatte sich eine weitere Schwachstelle ausgesucht. Die gehärteten Kugeln hämmerten zielgenau auf die rechte Kniescheibe, zerschlugen die Panzerung und zerfetzten das Gelenk. Stumm ging der Angreifer zu Boden und bekam noch vier Treffer in den rechten Ellbogen. Seine Schreie blieben innerhalb des Helmes.

Drei Gardisten blieben übrig. Einer hatte gelauert und schoss auf die Frau, zweimal traf er sie in den

Oberkörper. Das Sakko aus Spezialstoff, das Kleid aus einem Kevlarhybrid darunter und ihre Orthoskin verhinderten allerdings, dass die Kugeln in ihren Körper drangen. Dennoch waren die Beschädigungen ärgerlich, denn Maßanfertigungen waren teuer. Sie duckte sich wieder hinter den Wagen.

»Ich hoffe, dass du Eloise bei deinen Männergeschichten außen vor lässt und sie nicht zu sehr mit deinen Errungenschaften belastest.« Jennings befestigte den Miniaturspiegel in der Halterung unter dem Lauf und hob ihn über die Motorhaube, um gefahrlos nach den verbliebenen Angreifern zu sehen. Dann federte er in die Höhe und sandte einen von ihnen mit zwei kurzen Feuerstößen gegen den Helm in die Gardistenhölle.

In dem Augenblick sah er, dass ein Gardist eine Granate nach ihnen warf. Er hechtete zur Seite und riss Alexa mit sich, da detonierte der Sprengkörper. Er registrierte, dass ihn mehrere Fragmente an den Beinen erwischten, ohne dass sie viel Schaden anrichteten. Seine Cyberware unterdrückte die Schmerzimpulse, die chemischen Substanzen in seinem Leib würden die Löcher schnell stopfen und ihn vor zu großem Blutverlust bewahren.

Er landete auf Alexa, rollte sich über sie hinweg ab und kam auf die Knie, das AK im Anschlag, und feuerte auf den Gardisten, der um den BMW herumkam, um ihnen nach der Granate den Rest zu geben.

Das Fadenkreuz des Smartlink legte sich auf das Visier, dann schwenkte er einen Tick nach unten und visierte die Kehle an. Einen Feuerstoß später lag der Mann röchelnd neben dem rechten Vorderreifen und griff sich mit beiden Händen an den Hals. Die Panzerung hatte nicht gehalten. Auch wenn die Wirbelsäule verfehlt worden war, hatte es vermutlich jede Menge Gewebe und die Schlagader zerfetzt. Von ihm ging keine Gefahr mehr aus.

Alexa lag auf dem Rücken, schaute nach hinten und sah den fünften Gegner um das Heck des Wagens kommen. Sie blieb liegen, hob nur die Arme, um über ihren Kopf hinweg zu feuern, und deckte den Mann mit Störfeuer ein, bis sich Jennings einen Lidschlag danach umdrehte und dem Gepanzerten mit seinen Anti-Fahrzeug-Geschossen fingerdicke Löcher in den Leib punzte.

Der Getroffene sackte zu Boden, blieb eine Sekunde lang sitzen, als müsste er überlegen, ob er wirklich tot war, dann kippte er nach hinten um.

Jennings wechselte sein Magazin, die Anzeige hatte ihn vor »low ammo« gewarnt. In einiger Entfernung hörten sie eine Sirene heulen.

»Eloise bekommt sie nicht zu Gesicht«, antwortete Alexa jetzt auf die Frage ihres Ex und erhob sich; auch sie lud nach. »Sie würde niemanden außer dir an meiner Seite akzeptieren. Leider.«

Sie pirschten sich von zwei Seiten an die Ambulanz heran, auf der »Madinah« geschrieben stand. Fahrer und Beifahrer lagen entweder tot oder besinnungslos auf ihren Sitzen und bedeuteten keine Gefahr, also sicherten sie die Behandlungskabine.

Eine Liege war frei, auf der anderen lag ein verschnürter Mann, der anscheinend eben zu sich kam. Er schaute aus noch verschlafenen kleinen Augen zu Jennings und Alexa. »Wer sind Sie denn?«, fragte er auf Englisch. »Hat Sie Rashid geschickt?«

»Ich glaube, wir haben gerade eine Entführung verhindert«, grinste sie und senkte die Pistolen.

»Das ist nebensächlich. Wir brauchen die Ambulanz,

um unseren Kunden sofort ins Krankenhaus zu transportieren.« Er ging zur leeren Liege, löste die Verankerungen und schob sie hinaus. Für den Gefesselten hatten sie keine Zeit. So wie er dalag, konnte er sich wenigstens nicht einmischen und keine Scherereien machen. Vorsichtig luden sie Kraif auf, Jennings legte dem Mann eine aufblasbare Kopfstütze an, um den Schädel zu stabilisieren und Erschütterungen abzudämpfen; dann schoben sie ihn in die Kabine der Ambulanz.

»Wir nehmen den Krankenwagen.« Er schaute zu dem Gefesselten. »Ich weiß nicht, wer Sie sind und wer Sie entführt hat, aber ich lasse Ihnen die Wahl: Entweder ich lade Sie hier aus und lasse Sie für die Polizei von Dubai-City stehen, oder Sie begleiten uns. Das setzt jedoch voraus, dass Sie sich benehmen. Sonst setze ich Sie während der Fahrt aus – ohne anzuhalten.«

Alexa ging an ihm vorbei, warf die Männer aus dem Führerhaus und setzte sich hinters Steuer. Der Wagen sprang nach einigem Stottern an, der Autopilot pfiff warnend und meldete zahlreiche Beschädigungen. Er wurde von ihr abgeschaltet.

»Fahren Sie mich ins Massala Hospital«, bat er. »Ich wurde von dort von diesen Leuten entführt, und man wäre sehr glücklich, mich dort wiederzusehen. Ich garantiere Ihnen, dass man Ihnen und Ihrem Patienten die beste Behandlung angedeihen lässt, die man in Dubai bekommen kann.«

»Sie sind aus Dubai?«

»Meine Familie lebt hier. Ich bin ein einflussreicher Mann, und wenn Sie mich ins Massala bringen, wird Ihnen ein reicher Lohn sicher sein.« Er blickte auf seine Fesseln. »Würden Sie die bitte abnehmen?«

Jennings überlegte. »Nein. Erst, wenn wir am Massala angekommen sind.« Er hatte entschieden, das

Angebot anzunehmen. Es war zwar unsicher, aber man würde – vorausgesetzt die Story des Arabers stimmte – ihnen keine Fragen stellen und sie behandeln. Er nickte ihm zu. »Entschuldigen Sie mich.«

Er stand auf und stieg nach vorne auf den Beifahrersitz, um sich vom Computer das Handbuch des Wagens anzeigen zu lassen. Mit dessen Hilfe fand er den Sitz des GPS-Lokalisierungssystems und riss es kurzerhand heraus. Es musste niemand sonst wissen, wohin sie fuhren. Er griff auf das allgemeine Verkehrsleitsystem zu, suchte das Massala Hospital und beschrieb anschließend die kürzeste Route.

Danach betrachtete er seine Wunden an den Unterschenkeln und die Löcher in den Schuhsohlen. Die Blutung hatte nachgelassen, die Chemie in seinem Blut hatte ganze Arbeit geleistet. Schade, dass es so etwas nicht für Zweihundert-Nuyen-Schuhe gab.

Jennings beobachtete Alexa, schaute auf ihr Profil und lauschte in sich hinein. Es gab keine besonderen Gefühle mehr für die Frau, mit der er unverantwortlicherweise eine Tochter gezeugt hatte. Bei den Berufen der Eltern würde sie früher oder später zur Waise oder die beste Attentäterin der Erwachten Welt. Seine Ex war noch immer attraktiv, aber die Streitereien hatten alles Positive und Schöne von damals überlagert. Selbst wenn sie nackt vor ihm stand, würde er sie nicht anrühren.

»Wann genau ist es passiert?«, fragte sie und wendete die Augen nicht von der Straße.

»Was meinst du?«

»Uns, Jennings.«

»Es ist zu spät für eine Analyse, Alexa. Und außerdem stecken wir mitten in einem Run, also lass das Private, bis die Sache erledigt ist.«

»Vielleicht lebt dann einer von uns beiden nicht mehr.«

»Dann wäre es ohnehin egal.« Er hatte nicht vor, alte Wunden aufzureißen. »Belassen wir es dabei: geschieden, Neuanfang.«

Sie schwieg einen Moment. »Weißt du, dass ich dich damals am liebsten umgebracht hätte?«

Er nickte. »Ich hatte damit gerechnet. Meine Vorbereitungen waren getroffen.«

Alexa schnaubte. »*Das* war der Grund, Jennings. Deine verdammte geschäftsmäßige Art, die du sogar in unserer Ehe durchgezogen hast.«

»Wenn du mehr Unbeständigkeit hättest haben wollen, hättest du es nur sagen müssen. Dann wäre ich zuerst fremdgegangen.«

Der Treffer saß. Ihre Lippen wurden zu einem Strich. Es dauerte sehr lange, bis sie sagte: »Willst du wissen, warum ich es getan habe?«

»Nein«, sagte er schroff und deutete nach links. »Da ist das Massala.« Er hielt das AK so unter sich, dass man es von außen nicht sah, dann huschte er zu den beiden Männern nach hinten. »So, Herr …?«

»Abolhassan«, sagte der Araber.

»… Herr Abolhassan. Wir erreichen das Massala. Gibt es einen Ansprechpartner für uns?«

»Verlangen Sie an der Pforte nach Professor Singh, und sagen Sie ihm meinen Namen. Danach wird alles geregelt.«

»Das hoffe ich sehr für Sie. Wir haben eine Abmachung, und ich persönlich bestehe auf Abmachungen.« Der Wagen hielt an. Jennings öffnete die Hecktür, sprang hinaus und ging zu dem Glashäuschen neben der Auffahrt.

Der Pförtner mit sicherlich indischen Wurzeln

staunte nicht schlecht, als er den Aufdruck Madinah auf der Ambulanz und gleich darauf den Mann im ramponierten, blutbefleckten Geschäftsanzug vor sich sah, der in der Rechten einen weißen Kittel hielt; darin war etwas Längliches eingewickelt. »Was wollen Sie …«

»Guten Tag. Ich hätte gerne mit Professor Singh gesprochen.« Jennings lächelte. Pförtner sah man heutzutage selten. Vermutlich war es in Dubai eine Frage des Prestiges, sich menschliche Mitarbeiter an Positionen zu leisten, wo andere billigere Terminals einsetzten. »Ich möchte etwas zurückbringen.«

»Ich weiß nicht, ob ich ihn einfach so anrufen kann«, stotterte der Pförtner.

Jennings hob den Kittel, unter dem er das AK-98SE trug, und schob den Lauf in die kleine Öffnung, durch die Papier und Unterlagen geschoben wurden. »Ich nehme an, dass Sie es jetzt wissen«, sagte er immer noch lächelnd. »Seien Sie so nett und versuchen Sie es bitte.«

Der Mann bediente sein Kom und führte mehrere Gespräche, wurde anscheinend durch verschiedene Stationen verbunden, bis er Jennings endlich zunickte. »Was soll ich ihm ausrichten?«

»Sagen Sie ihm, dass ich einen Herrn Abolhassan dabeihätte und ein Notfallteam bräuchte, das sich um einen Patienten mit einem Schädelbruch kümmert.«

Seine Nachricht wurde weitergegeben. »Fahren Sie zu Rampe drei«, sagte der Pförtner und schaute immer noch auf das Sturmgewehr. »Es wird alles vorbereitet sein.«

»Vielen Dank. Und entschuldigen Sie, dass ich Ihnen Angst gemacht habe.« Jennings nickte und stieg wieder zu Abolhassan. Mit einem Skalpell durchtrennte er die Fesseln. »Anscheinend hat der erste Teil Ihrer Story gestimmt. Schauen wir, wie es weitergeht.« Er rief Alexa zu, welchen Schildern sie folgen sollte, und bereitete sich auf ein neues Feuergefecht vor. Er traute der Situation nicht. Dabei schwor er sich, nie wieder unvorbereitet Urlaub in Dubai-City zu machen.

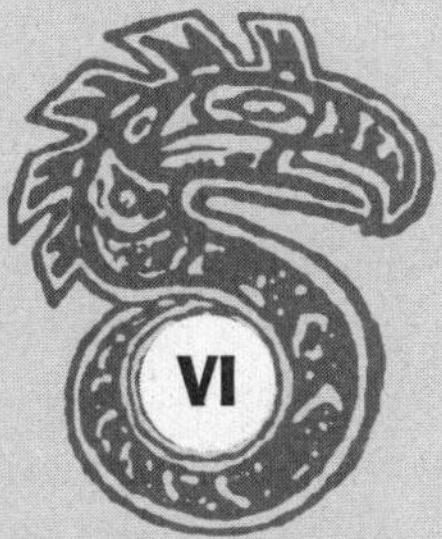

Regel 13: Ein Ball ist verloren, wenn 1. er binnen fünf Minuten, nachdem die Partei des Spielers oder deren Caddies die Suche danach begonnen haben, nicht gefunden oder nicht vom Spieler als sein eigener identifiziert ist; oder 2. der Spieler einen anderen Ball gemäß den Regeln ins Spiel gebracht hat, selbst ohne nach dem ursprünglichen Ball gesucht zu haben; oder 3. der Spieler von dem Ort, wo sich der ursprüngliche Ball mutmaßlich befindet, oder von einem Punkt, der näher zum Loch liegt als dieser Ort, einen Schlag mit einem provisorischen Ball gespielt hat, wodurch der provisorische Ball zum Ball im Spiel wird.
Wird der Ball von einem Critter verschluckt, darf der Critter erlegt, zerlegt und der Ball gespielt werden. Passiert der Critter mit dem Ball im Magen das elektronische Loch und der Sender meldet »eingelocht«, wird der Punkt nicht gezählt.

Auszug aus den All-Area-Combat-Golf-Regeln der International Double A Combat Golf Society

Vereinigte Arabische Emirate, Dubai, Dubai-City,
21. 9. 2059, 23:01 Ortszeit

Ordog driftete schwerelos durch den Weltraum. Um sich herum sah er schimmernde Sterne, die ihn mit freundlichem Funkeln grüßten und ihn unter ihresgleichen willkommen hießen. Er fühlte, dass das Weltall nicht so eisig war, wie man von ihm behauptete, und es gelang ihm mühelos, im luftleeren Rum zu atmen.

Was ihn jedoch noch mehr verwunderte, war, dass sich das Vakuum anfühlte, als hätte man Wasser im Ohr. Dann schob sich ein dunkler Schatten vor die Sterne, er erkannte Streben und Metallpfeiler … eine Brücke? Ordog streckte seine Hand danach aus, Tropfen fielen von ihr herab und trafen sein Gesicht. Sofort ging er unter und schluckte Wasser. Das brachte die Erinnerung zurück: Er trieb im Dubai Creek in Richtung Persischer Golf.

Spuckend und hustend schwamm er ans Ufer, schleppte sich das flache Ufer hinauf und fiel in den warmen Sand, den die Scheichs aus der Wüste hierher hatten karren lassen, damit es für die Touristen schöner aussah.

Der gleißende, bläuliche Strahl einer Taschenlampe traf ihn unvermittelt, jemand rief etwas auf Arabisch, und schnelle Schritte näherten sich ihm. »Keine Sorge, Mr. Stauffer«, sagte eine Stimme auf Englisch und mit starkem Akzent. »Mr. Saeed hat uns geschickt. Ihre Freundin haben wir bereits gefunden.« Starke Arme hoben ihn an, er wurde auf eine Trage gelegt und quer über den Sand geschleppt.

»Mach das Licht aus«, sagte er schwach und wischte sich das Wasser unter der Nase weg, um festzustellen, dass er mal wieder Nasenbluten hatte. Verschissene Leukämie. Er fühlte sich absolut schwach, nach und nach erwachten verschiedene Schmerzherde in seinem Körper und loderten immer heftiger wie sich ausbreitendes Feuer.

»Er hat mehrere Prellungen und eine Fraktur des linken Unterschenkels«, sagte jemand auf Englisch. »Das Schlüsselbein sieht auch nicht gut aus, kann sein, dass es was abgekriegt hat.«

»Ich bin gegen einen Hubschrauber geknallt«, sagte er leise und grinste. »Wie viele Menschen überleben wohl so etwas?«

Das Gesicht eines Mannes tauchte undeutlich neben ihm auf. »Nicht viele, Mr. Stauffer. Wir kriegen das mit Ihrer Schulter aber recht schnell wieder hin.« Er zerschnitt den Stoff, seine Hände rochen nach Desinfektionsmittel. »Ja, das sieht nach einem Bruch aus.« Er nahm einen Injektor aus seiner Tasche. »Ich gebe Ihnen etwas gegen die Schmerzen, einverstanden?«

Ordog nickte. Das Metall berührte seine Armbeuge, es zischte, und es wurde trüb und grau vor seinen Augen. Er hörte alles wie durch Watte, sah nur noch verschwommen und bekam von dem, was man mit ihm tat, kaum etwas mit.

Irgendwann klärte sich sein Blick, und er sah Tattoo neben seinem Bett sitzen. Sie trug einen Krankenhaus-Einwegpyjama und einen Verband an ihrer Stirn; Teile der Kunsthaut über ihren Metallarmen fehlten, darunter schimmerte die dunkelblaue Eisenlegierung hervor, unter der wiederum die Technik verborgen lag.

»Hoi, Ordog.« Sie küsste ihn auf den Mund und streichelte seine Wange. Zum ersten Mal wurde er sich richtig bewusst, dass er die Zärtlichkeiten von falschen Gliedmaßen erhielt, die sich dennoch echt und sanft anfühlten. »Alles in Ordnung. Deine Schulter ist behandelt worden.«

»Wo sind wir?«

Sie zuckte mit den Achseln. »Keine Ahnung. Irgendeine Schattenklinik, nehme ich an. Jedenfalls sieht es ganz danach aus.«

Er schaute sich um, sah ein kleines Zimmer, in der eine Uhr über der Tür 23:29 verkündete. »Was ist mit Sheik? Ist er …«

Die Tür öffnete sich, und ihr Auftraggeber Saeed kam herein; ihm folgten ein Mann und eine Frau, die Pistolen und Teilrüstungen trugen. »Schön, dass Sie den Absturz überstanden haben«, sagte er und nickte. Er schaute dabei sehr väterlich. »Es ist gefährlicher geworden, als ich angenommen habe. Ich entschuldige mich aufrichtig dafür. Auch wenn Geld nicht für alles entschädigt, so hoffe ich doch, dass es die Schmerzen erträglicher macht.« Er reichte der Stadtkriegerin einen Credstick, auf dessen Anzeige die Zahl 10 000 leuchtete.

»Das heißt, Sie können uns sagen, was da draußen vor sich geht?« Ordog ließ sich von der Anzeige auf dem Stick nicht ablenken. Er wollte erfahren, warum ein Kon den Magier entführt hatte und nicht den älteren Bruder, wie sie alle zunächst angenommen hatten. »Wir sind beinahe draufgegangen.«

»Ich habe bislang nur eine Ahnung.« Rashid schaute abwechselnd zwischen ihnen hin und her. »Vermutlich hat es etwas mit der Behandlungsmethode zu tun. Die Therapie wurde zum ersten Mal bei meinem Halbbruder angewandt, wie mir der ärztliche Leiter des Massala-Krankenhauses, Professor Singh, erklärte.« Er hob die Arme. »Fragen Sie mich nicht nach Details, aber anscheinend hat bisher noch kein Krankenhaus diesen Ansatz verfolgt.«

»Verstehe.« Ordog nahm sich die Trinkflasche vom Tisch und stillte seinen Durst. Obwohl er im Creek geschwommen war, fühlte er sich vollkommen dehydriert, vielleicht eine Folge des Medikamentencocktails, den er derzeit in seiner Blutbahn hatte. Chemo-Pillen, Aufbaupräparate, Beruhigungsmittel mischten sich. Es war nicht die Zeit geblieben, sich um Wechselwirkungen zu kümmern. »Das heißt, ein anderes Krankenhaus hat von der Therapie gehört und sich sozusagen die Medikamente und den Probanden unter den Nagel gerissen.«

»Vermutlich«, bestätigte Rashid.

Tattoo betrachtete Saeed. »Wissen Sie etwas über einen Kon namens General Genetics? Der Name fiel nämlich mehrmals im Madinah.« Sie band ihm nach wie vor keine Details auf die Nase. Diese Informationen gedachte sie später mithilfe der Kontakte von Ordog an Kons oder im Schattenland zu verkaufen. Aber der Araber reagierte weder ertappt noch in irgendeiner anderen Weise auffällig. Er hörte den Namen zum ersten Mal. »Nein. Sollte ich den kennen?«

»Nicht so wichtig«, winkte sie ab.

Ordogs Runnerblut blieb neugierig. »Aber eine Sache wollte ich noch wissen: Wieso haben Sie sich so dagegen gewehrt, als ich wollte, dass Sie mehr über die Klinik herausfinden?«

Saeed verneigte sich. »Weil ich die Notwendigkeit nicht sah und es als Zeit- und Geldverlust betrachtete, zusätzliche Informationen einzuholen. Im Nachhinein betrachtet, war es natürlich ein Fehler.«

»Werden Sie es nachholen?«, bohrte Ordog und

wunderte sich nicht, als er ihn mit dem Kopf wackeln sah.

»Nein. Soweit ich erfahren habe, ist ein Wagen soeben vor dem Massala Hospital vorgefahren, in dem sich mein Halbbruder einigermaßen unbeschadet befand.« Er hob sein Kom. »Ein Mr. Vanderbilt und eine Miss Du Garotte haben ihn glücklicherweise aus den Händen der Entführer befreit. Anscheinend handelte es sich dabei um Runner, die durch einen Zufall in die Angelegenheit verwickelt wurden.« Er wandte sich zur Tür. »Ich lasse Ihnen etwas zu essen bringen, und danach fahren wir Sie, Herr Stauffer, gleich ins Massala. Ich habe Ihnen die Therapie versprochen, und die sollen Sie auch erhalten.« Er verließ das Krankenzimmer, gleichzeitig brachte eine Pflegerin ein Tablett mit frischen Früchten und anderen leicht bekömmlichen Dingen für Tattoo und Ordog. Sie zog sich gleich danach wieder zurück. Die beiden waren alleine.

»In diesem Job geschieht nichts aus Zufall«, sagte der Runner und freute sich auf etwas zu essen. Seit dem Frühstück hatte er nichts mehr zwischen die Zähne bekommen.

Tattoo nickte. »Klingt für mich auch ein wenig zu sehr nach Unzufall.« Sie nahm sich die Erdbeeren und aß sie genüsslich eine nach der anderen.

Ordog beschäftigte sich hingabevoll mit diesem Thema. »Ich wette, Vanderbilt und Du Garotte waren von dem Krankenhaus angeheuert worden, aus dem Sheik entführt worden ist.« Er rieb sich über sein Kinn. »Wenn General Genetics hinter dem Madinah steckt, wer trägt dann dieses Massala?«

Tattoo wollte das alles gar nicht mehr wissen. Sie war eine Stadtkriegerin, die ihrem Geliebten dabei half, die Leukämie zu überwinden und endlich ein normales Leben zu führen, soweit man ihr Leben normal bezeichnen konnte. Kons, Intrigen, Spionage, Entführungen, das war alles nicht ihre Welt.

Sein Kom schlug Alarm, er nahm das Gespräch entgegen und sah das Zeichen von Sheherazade auf dem Display. »Hallo, großer Krieger. Ich habe ein paar Information für dich ins Little Burj geschickt.«

»Hallo, Sheherazade. Danke, aber da sind wir nicht mehr. Kannst du sie mir auf meinen Account im Schattenland legen? Ich sichte sie dort«, bat er sie. »War es ein großes Problem?«

Er hörte ein samtenes, dunkles Lachen. »Anfangs war es eine interessante Abwechslung, dann ist es richtig stressig geworden. Damit du es gleich weißt: Das Madinah gehört über Umwege der General Genetics Worldwide Incorporation, und die wiederum ist ein Tochterunternehmen der deutschen AG Chemie. BuMoNa ist auch ein Kind der Chemie AG, das nur nebenbei.«

»Und was macht General Genetics?«

»Sind kleine Dreckschweine, wenn du mich fragst. Sie haben ihren Sitz auf den Bahamas und betreiben Genforschung, wie sie in den ADL verboten sind. General Genetics ist ein Kon, der sich auf Humangenetik spezialisiert hat. Manche sagen, dass die Medikamente, die sie entwickeln, eher ein Abfallprodukt ihrer Forschung sind.«

Er dachte an die 37 Ebenen des Klinikums. Vermutlich war in Dubai mit dem entsprechenden modernen Schmiermittel Nuyen auch vieles erlaubt. »Was noch?«

»Dass Probanden von General Genetics auf Haiti und in der DomRep verschwunden sind.« Im Hintergrund piepste etwas, Sheherazade fluchte. »Fuck, da versucht gerade jemand, mein System zu hacken.«

»Kannst du noch einen Auftrag erfüllen? Auf die Schnelle?«, bat er sie. »Ich muss etwas über das Massala Hospital in Dubai wissen.«

»Nicht jetzt«, sagte sie gehetzt. »Ich muss meine Burg sichern ... Oh, verflixt, was ist *das* denn?« Sie legte auf.

Ordog schaute zu Tattoo, welche die Unterredung mit einem unguten Gefühl verfolgt hatte. »Beschaffst du mir einen Computer, damit ich meinen Account checken kann?«

»Es geht uns nichts an, Ordog. Ich wette, diese Deckerin hat deswegen Schwierigkeiten bekommen.« Sie ging widerwillig zum Ausgang. »Du wirst dir die Daten anschauen und nichts unternehmen«, verlangte sie beschwörend.

»Ja, gut«, willigte er ein und aß, während er auf sie wartete. Er glaubte plötzlich wieder daran, dass sich sein Leben zum Guten wenden konnte. Wenn er die Elfin nun noch überzeugen konnte, das aktive Stadtkriegspiel sein zu lassen, wäre ihm noch wohler zumute.

Sie kehrte mit einem kleinen, leistungsfähigen Wireless-Palmtop zurück, der sich nach wenigem Tastendrücken über einen Hotspot illegal in die Matrix klinkte und die Verbindung zu seiner virtuellen Nachrichtenbox herstellte.

»Ah, da ist es«, sagte er zu der Elfin, die sich gerade über das Gemüse hermachte und es zusammen mit dem vegetarischen Soy-Steak vertilgte. »Also, die Klinik hat in erster Linie Ausländer in Behandlung und ...«, er scrollte nach unten, »von denen starb kein Einziger.« Hinter den Akteneinträgen entdeckte er kleine Vermerke. »Sie haben die Gendaten gesammelt und sich Notizen zu den Menschen gemacht, die sie behandelt haben.«

»Was hast du erwartet?«, grinste Tattoo. »Sie heißen General Genetics Worldwide.«

Ordog fand es sehr raffiniert. Einfacher als in einem Touristenparadies kam man nirgends an eine Großzahl von unterschiedlichem Genmaterial, Blutproben und allen möglichen Gewebesamples. »Sie haben illegal gesammelt.« Manche Namen waren grün und blau markiert. »Was das wohl zu bedeuten hat?«

»Hör auf, dich mit den Dingen zu beschäftigen«, riet sie ihm noch einmal und wurde allmählich wütend, weil er nicht auf sie hören wollte. »Du bekommst keinen müden Nuyen für das, was du da tust. General Genetics wird dir in die Eier treten, wenn sie erfahren, dass du diese Daten hast.«

»Die werden bald nichts mehr machen, denn ich werde die Daten verkaufen. An …« Er hatte *Poolitzer* sagen wollen. Da fiel ihm ein, dass es den Reporter erwischt hatte. Das hier, diese Sache in Dubai, die Machenschaften von Kons, die Verfolgungsjagden, das wäre nach seinem Geschmack gewesen. »An irgendjemanden eben«, meinte er dann etwas nachdenklicher.

Die Elfin musste seine Gedanken gelesen haben. »Hältst du dich für den Nachfolger des Schnüfflers?«

»Bestimmt nicht.« Er starrte auf die farbigen Namen auf dem Monitor. »Aber ich denke, dass einige von den Leuten in ernster Gefahr schweben.«

Ordog untersuchte die Fälle der im Madinah behandelten Metamenschen und entdeckte dabei eine sehr geringe Anzahl von absoluten Todesfällen. Aber die Zahl der Austauschorgane war sehr hoch. Fast jedem reichen Troll, Elfen oder Ork war etwas entfernt und durch ein künstliches Organ oder eine rasche Organnachzucht ersetzt worden. Auch auf diese Weise konnte der asiatische Markt der neo-traditionellen Medizin bedient werden, ohne durch zu hohe Patientenverluste das Vertrauen zu verlieren. Wenn er die Daten an die Öffentlichkeit bringen würde, bekam General Genetics ein ziemliches Problem, zumindest in Dubai.

Der Computer meldete, dass eine enorme Datenflut auf seinen Account schwappte und den Speicherplatz zu überlasten drohte. »Was ist denn …« Glaubte er zuerst an einen Decker-Angriff, um die brisanten Dateien zu hacken, merkte er jedoch sehr schnell, dass es sich um weitere Infos handelte.

Sein Kom schrillte. »Ja?«

»Ich rate Ihnen: Behalten Sie Ihr Wissen für sich, oder es ergeht Ihnen wie Sheherazade«, drohte eine durch einen Verzerrer veränderte Stimme. *Klick*. Mehr gab es nicht zu sagen.

Tattoo stand neben ihm. »Lösch die Scheiße!«, verlangte sie. »Auf der Stelle!«

»Die können mich mal. Ich lasse mich nicht einschüchtern.« Ordog war vollkommen ruhig und kopierte die Daten in den Hauptspeicher des Palmtops, danach schaute er sie sich an; synchron dazu versuchte er, die Deckerin zu erreichen. Ohne Erfolg.

Auf dem Monitor erschienen kryptische Zeichen und chiffrierte Meldungen, die er ohne entsprechende Software nicht knacken würde. Eine Sache jedoch war unverschlüsselt gesendet worden. Es war eine Nachrichtenschlagzeile:

Cross Applied Technologies übernimmt in Überraschungscoup Universal Treatment

London/Bombay. Soeben wurde bekannt, dass Cross Applied Technologies die Hospitalkette Universal Treatment übernommen hat. Damit wird CAT in dieser Nacht, am 22. 9. 2059 ab 00:01 Uhr, ein internationales Netz von Krankenhäusern und Forschungszentren überraschend in seinen Besitz bringen.

Die Abwehrversuche des indischen Unternehmens UT konzentrierten sich die ganze Zeit über auf General Genetics Worldwide mit der starken AG Chemie im Rücken sowie auf die Proteus AG. Der dritte Mitspieler hat das geschafft, was niemand für durchführbar gehalten hat.

Möglich machte die Übernahme der Wertpapiergroßhändler Horge Stamos, der sein Aktienpaket von elf Prozent abstieß, das von einem CAT-Treuhänder erworben wurde.

Zur UT-Kette gehören insgesamt 37 Einrichtungen, darunter auch das renommierte Massala Hospital in Dubai-City, das für seine revolutionären Behandlungsmethoden von verschiedenen Krebsarten bekannt ist.

»Tattoo, ruf sofort Saeed her«, sagte er und las die Meldung noch einmal. »Wenn er irgendwo noch mehr Bodyguards hat wie die beiden, die ihn vorhin begleiteten, soll er sie einpacken und zum Massala Hospital fahren. Ich nehme an, dass CAT das Gebäude gleich dichtmacht.« Er hielt ihr den Monitor hin, damit sie seine Sorge verstand.

Sie lief hinaus. Er versuchte, Sheherazade zu kontaktieren, kam jedoch nicht durch. Da meldete sein Account noch eine Nachricht. Es war ein Bild in gestochen scharfer Qualität und zeigte den Oberkörper einer jungen Frau mit brauner Haut, langen, schwarzen Locken und leichtem Übergewicht, wie der Ansatz des Doppelkinns verriet.

Sie trug ein weißes T-Shirt, auf dem »Decker decken besser« gedruckt stand, ein Blutstrom hatte den

Stoff über die Brüste hinweg rot gefärbt. Sie hing wie eine Marionette ohne Fäden in einem sehr bequem aussehenden Stuhl. Jemand hatte ihr mit einer Schrotflinte aus kürzester Entfernung in den Hals geschossen; weil ihr Kopf sonst zu Boden gefallen wäre, war er mit dem Decking-Kabel am Stuhl festgebunden worden.

Auf dem Display blinkte »Schweigen ist Leben«, dann funkte Ordogs Palmtop plötzlich aus zwei seitlichen Buchsen. Qualm stieg kräuselnd zur Decke, es stank nach schwelendem Plastik und Schmorbrand. Eilig warf er das Gerät auf den Boden, damit die Decke nicht in Brand geriet.

Als Saeed und Tattoo hereinkamen und er gerade die Wasserflasche auf den Computer leerte, schrillte der Feueralarm los.

Vereinigte Arabische Emirate, Dubai, Dubai-City,
21. 9. 2059, 23:31 Ortszeit

»Auch wenn es nicht unser Spezialgebiet ist, Sie können sicher sein, dass Ihr Freund den Unfall ohne weitere Beeinträchtigungen übersteht.« Professor Singh, ein kleiner Inder von etwa fünfzig Jahren mit einem breiten, weißen Schnurbart und warmen, braunen Augen, nickte Jennings zu. Sie standen vor der Tür des Zimmers, in dem Kraif lag, während Alexa neben dem Bett des Mannes wachte. »Herr Abolhassan hat sich bereit erklärt, die Kosten der Behandlung zu übernehmen, daher war der Einsatz von Heilmagie auch kein finanzielles Problem.«

»Sehr gut.« Jennings betrachtete seine ramponierten Hosenbeine. »Kann ich mit Herrn Abolhassan sprechen?«

»Gewiss. Die erste Untersuchung nach seiner Entführung ist abgeschlossen. Es sieht so aus, als sei er bei bester Gesundheit, wenn wir von den Belastungen durch die Leukämie-Therapie einmal absehen.« Er nahm ihn am Ellbogen und führte ihn durch den zweiten Stock des Massala.

Jennings hatte schon lange bemerkt, dass um sie herum eine seltsame Geschäftigkeit herrschte. Aktenschränke wurden geleert, Labors ausgeräumt, Koffer voller Speicherchips gepackt und zum Verladen vorbereitet. Für ihn sah es nach einem hektischen Aufbruch aus.

»Entschuldigen Sie die Frage, aber geht hier irgendetwas vor, was ein Sicherheitsproblem für meinen Kunden bedeutet?«, fragte er Singh und gab seiner

Stimme einen verlangenden Unterton, der keine Ausflüchte duldete.

»Nein, nichts Besonderes. Wir haben nur den Hinweis bekommen, dass Buchprüfer überraschend auftauchen könnten. Und Sie wissen, welch ein schwieriges Feld die Finanzen eines Hospitals sind.«

Nein, das wusste Jennings nicht. Und an Singhs Stelle hätte er auch keinem Wildfremden davon erzählt, dass man vor einer Behörde Beweise unterschlug. Weil er dem Professor einen Funken Verstand unterstellte, ging er von einer Lüge aus, die man ihm eben spontan aufgetischt hatte.

Er ließ sich nichts anmerken und wählte Alexas Nummer. »Pass gut auf. Es kann sein, dass ein paar Buchprüfer bei dir vorbeischauen.« Mehr musste er nicht sagen. Es hatte als Warnung für sie ausgereicht.

Sie betraten Abolhassans Zimmer, in dem der Mann entspannt in seinem Bett lag und Trid schaute. Man hatte ihm zwei Infusionen gelegt, die Therapie für oder gegen Was-auch-immer ging weiter.

»Ich wollte mich persönlich bei Ihnen bedanken, Herr Abolhassan«, sagte Jennings und schlenderte zum Fenster, von dem aus er die Pforte sehen konnte. Die Schranke war nach oben geklappt, zwei kleine Transporter rollten von der Einfahrt weg und hielten auf die Ausfahrt zu; ein dritter wurde gerade mit Kisten und Kühlboxen mit aufgemalten Biohazard-Zeichen beladen. Das hier hatte nichts mit einer Buchprüfung zu tun. »Sie haben es ermöglicht, dass wir unseren Freund bald wieder mitnehmen können.«

Der Araber lachte. »Herr Vanderbilt, das war ich Ihnen mehr als schuldig. Sie haben mein Leben gerettet. Sobald ich in den Kreis meiner Familie zurückgekehrt bin, werde ich Ihnen und Ihrer Partnerin eine stattliche Summe zukommen lassen.«

Jennings wollte den Raum noch nicht verlassen, um das Geschehen vor dem Hospital im Auge behalten zu können; Singhs Beeper schlug an, und er ging nach einer knappen Entschuldigung hinaus. »Wollen Sie mir sagen, wer Sie entführt hat? Hatte das Madinah etwas damit zu tun, oder war die Ambulanz nur eine Tarnung?«

Abolhassan dachte wirklich darüber nach. »Ich weiß nur sehr wenig darüber.« Er schaltete den Trid aus, um sich besser konzentrieren zu können. »Sie sind Runner, und das war auch einst mein Beruf. Hermetischer Magier. Bis ich nach Dubai zurückkehrte und Leukämie bekam. Die Behandlungsmethode hat die Bindung an mein magisches Potenzial schwer erschüttert, aber da hat ein Freund von mir das Massala Hospital empfohlen. Ich bin die erste Testperson eines neuen, alternativen Verfahrens zur Bekämpfung besonders aggressiver Krebsarten.« Seine Finger spielten mit der Decke. »Anscheinend kann die Leukämie geheilt und der Rest von Magie in mir konserviert werden.«

»Verstehe. Es gab noch einen Kon, der sich für diese neue Methodik interessierte.« Jennings sah, wie vier schwarze GMC Mastiff in einer Kolonne angefahren kamen und die Zufahrt des Massala abriegelten; auf der Motorhaube und auf den Seiten prangten die Zeichen CAT, darunter stand Cross Applied Technologies. »Anscheinend hat er sein Interesse noch nicht aufgegeben«, kommentierte er und aktivierte sein Kom. »Alexa? Bring unseren Kunden auf die Beine. Wir gehen. Ich bin gleich bei dir.« Er nickte dem Magier zu. »Ich wünsche Ihnen alles Gute, Herr Abolhassan.«

Der Mann stand behutsam auf, ging zum Fenster und schaute, was sich an der Pforte tat. »CAT? Was machen die denn hier? Ich dachte, General Genetics hatte mich entführt?«

Die Türen der Mastiffs schwangen auf, Kon-Truppen in Vollrüstungen stiegen aus und eilten auf den Eingang zu, ein massives Eisentor mit einer Doppelreihe Monofilamentdraht obenauf, das sich vor ihrer Nase schloss.

Die Transporter des Massala wendeten auf der Ausfahrt, der Pförtner verließ fluchtartig sein Häuschen und rannte zum Gebäude. Da hob einer der Gardisten sein Gewehr, Jennings sah zwei Feuerblumen vor dem Lauf zucken, dann stürzte der Pförtner auf den Boden.

Die Tür des Krankenzimmers wurde hastig geöffnet. Jennings zog seine Max-Power, richtete sie auf das erschrockene Gesicht von Singh; hinter dem Professor standen zwei Pfleger und wagten nicht, ihren Vorgesetzen zu überholen. »Möchten Sie Herrn Abolhassan vielleicht erklären, was da gerade geschieht?«

»Eine feindliche Übernahme«, stotterte er. »Unser Mutterhaus wurde von CAT aufgekauft.«

»Und Sie hatten den Auftrag des Mutterhauses, alle Forschungsergebnisse in Sicherheit zu bringen«, fügte Jennings das Gesehene zusammen.

»*Noch* ist es Eigentum von United Treatment. CAT besitzt die Einrichtung erst ab Mitternacht.«

Das erklärte, weswegen die Truppen von CAT aufgezogen waren: Sie wollten den Verlust wertvollen Wissens verhindern. »Wie geht es weiter? Ich nehme an, es gibt einen geheimen Ausgang, durch den Sie die Test-Patienten und die Forschung wegbringen? Ich würde mich Ihnen gerne anschließen.«

Er schwieg, schaute zu Abolhassan.

»Es ist Ihre kostbare Zeit, die verstreicht, Professor«, bemerkte Jennings, die Pistole weiterhin auf ihn gerichtet.

»Ja, es gibt einen Tunnel. Er führt zum Dubai-Creek, wo wir erwartet werden.«

Jennings verstaute die Pistole. »Sehr schön.« Er schaute noch einmal aus dem Fenster. Die CAT-Gardisten brachten Sprengladungen an den Verankerungen des Tores an. »Kümmern Sie sich um Herrn Abolhassan, ich hole meine Ausrüstung, und dann gehen wir.«

Tattoo und Ordog saßen im Hubschrauber, ein Ares GCR-22S Modell, der sich dem Massala näherte, und sahen schon von weitem, dass die Übernahmeschlacht um das Hospital tobte. Obwohl sie dieses Mal mit ordentlichen Gewehren und Ausrüstung versehen worden waren, kamen sie sich nur unzureichend bewaffnet vor.

Schwer gepanzerte Gardisten mit dem CAT-Emblem sprengten das geschlossene Eingangstor auf und begannen mit dem Sturm auf das Gebäude. Aus dem unteren Stockwerk wurde das Feuer eröffnet, weswegen die Angreifer gezwungen waren, sich zurückfallen zu lassen.

»Da reinzugehen ist Selbstmord«, raunte Tattoo und beobachtete, wie Mini-Türme aus den Dächern der schwarzen CAT-Transporter ausfuhren und Mini-Guns zum Vorschein kamen. Die Mündungen rotierten, und dann spien sie unaufhörlich Geschosse gegen die Widerstandsnester. Fenster gingen zu Bruch, Rahmen wurden zerfetzt, und Beton spritzte in großen Stücken aus der Wand. Ein guter Schütze konnte mit seiner Mini-Gun sogar seinen Namen in die Mauer schreiben, aber bislang beschränkten sich die Rigger in den Transportern darauf, die Verteidiger zu dezimieren. Zeit für Unsinn blieb später.

Währenddessen setzten die Gardisten im Schutz des Deckungsfeuers zum zweiten Sturm an. Eine Rakete zischte vom Dach herab und bohrte sich in den mittleren Transporter. Das Fahrzeug verschwand in einem ersten rotgelben Explosionsblitz, danach ging die Munition der Mini-Gun hoch und zerriss die Karosserie vollständig; Trümmer und Leichenteile flogen umher und prasselten gegen die anderen Wagen.

Die Antwort ließ nicht lange auf sich warten. Ohne den Beschuss einzustellen, schwenkte eine Mini-Gun nach oben und suchte nach dem Mann mit dem Raketenwerfer. Weitere Fenster barsten. Der Schütze bestrich die Dachkante des Massala, und damit geriet der Hubschrauber in Bedrängnis.

»Weiter runter«, befahl Ordog dem Piloten und schlüpfte nach hinten, wo der Rest des Einsatzteams wartete: die beiden Bodyguards von Saeed. Sonst wollte der Araber niemandem vertrauen. Das Misstrauen, dass Sheiks jüngerer Bruder Mörder einschmuggeln könnte, bestand noch immer. »Nicht landen. Wir springen raus. Warten Sie auf meinen Funkruf, um uns abzuholen.«

Tattoo folgte ihm, die Seitentür wurde geöffnet. Als die Kufen zwei Meter über dem Dach waren, sprangen sie, rollten sich ab und eilten sofort auf den Dachausgang zu; der Helikopter drehte mit einem waghalsigen Manöver ab.

Aber die Mini-Gun hatte ihn entdeckt. Die Kugeln schnitten in das lang gestreckte Heck, sägten sich durch die Panzerung und durch das darunter liegende Metall.

Der Pilot versuchte, den sensiblen Bereich durch eine rasche Drehung zu schützen und aufzusteigen, da fuhren die Projektile in den Heckrotor und zerschlugen die empfindlichen Blätter. Die Maschine kreiselte um die eigene Achse, sank einige Meter und zerschellte an der Fassade des Massala; Kerosin verpuffte in einem Glutball, die Druckwelle zerstörte sämtliche Fensterfronten der Vorderseite des Hospitals.

Tattoo hatte den Untergang des Hubschraubers gesehen und den Rest des Dramas gehört. »Verflucht, wie kommen wir weg?«

»Wir finden schon einen Weg.« Ordog zerschoss das Türschloss und rannte die Metalltreppe nach unten. Eines stand für ihn fest: Wenn anscheinend die Therapie nicht mehr für ihn infrage kam, würde er wenigstens nicht ohne Sheik gehen. Er durfte den Kons keinesfalls in die gierigen Klauen fallen.

Sie erreichten das oberste Geschoss, in dem überall Glassplitter und zu Bruch gegangene Einrichtungsstücke lagen. Die Feuerlöschanlage hatte sich an verschiedenen Stellen aktiviert und bekämpfte kleinere Brände.

»Hier ist niemand mehr«, sagte Tattoo, nachdem sie sich kurz umgeschaut hatten. Der Liftaktivator war außer Betrieb.

Einer der Bodyguards befand sich in der Stationswache und suchte im Verwaltungsprogramm nach einem Hinweis auf Sheik. »Stockwerk 2«, meldete er.

Sie begaben sich zurück ins Treppenhaus und hörten, wie tief unter ihnen ebenfalls Menschen die Stufen abwärts benutzten. Jeder befand sich auf der Flucht. Nach nicht allzu langem Rennen erreichten sie die angegebene Station. Aus der zerstörten Tür drang dichter Qualm, sie hörten vereinzeltes Stöhnen und Hilferufe, um die sie sich nicht kümmern durften.

Der Bodyguard eilte voraus, fand das Zimmer, in dem sich Sheik befinden sollte, und fand es leer vor. »Verdammt«, fluchte er und schaute Ordog an. »Was jetzt?«

Immer wieder dröhnte das Kreischen der Mini-Guns durch die Fenster zu ihnen, ab und zu flackerte Lichtschein auf, wenn eine Granate detonierte. Die Kämpfe der Kon-Truppen wurden inzwischen im Erdgeschoss ausgetragen.

Tattoo bemerkte, dass die Tür zum Bereitschaftsraum der Ärzte halb offen stand, darin war es dunkel. Das erschien ihr merkwürdig, und sie tastete sich, das Gewehr im Anschlag, langsam vorwärts. Vorsichtig öffnete sie die Tür ganz. Die Überraschung über ihre Entdeckung war groß.

»Kommt her! Hier ist noch ein Aufzug!«, rief sie ihr Team zu sich. Die Erbauer des Massala hatten den Raum als Notfalllift für genau eine solche Gelegenheit konzipiert.

Ordog schlug ihr auf die Schulter. »Gut gemacht!« Er sprang in den Schacht und streckte die Hände nach dem öligen Kabel aus. Er bekam es zu fassen und rutschte flink daran herab; seine verletzte und beinahe vollständig verheilte Schulter schmerzte ein wenig, aber die Stelle hielt. Die anderen drei sausten hinter ihm her.

Im Nu landeten sie auf der Decke der Kabine. Tattoo riss die Klappe des Notausgangs auf und glitt hinab, sicherte und gab das Zeichen, dass alles in Ordnung war. Sie schauten in einen zwei Meter breiten Gang, dessen Wände aus Stahlverschalungen bestanden und deutliche Spuren von Verwitterung zeigten. Der Boden der Wüste war doch feuchter, als man annahm.

Tattoo schaltete ihre Cyberaugen auf Infrarotsicht um und sah sieben Schatten vor sich, der Entfernungsmesser gab ihr 54,32 Meter an. »Da vorne ist jemand«, sagte sie. »Ich kann nicht sagen, wer, aber da ist jemand.«

»Dann mal los«, sagte Ordog und spürte den Boden unter seinen Füßen schwanken. Es dauerte, bis er begriff, dass er schwankte. Er hasste die Auswirkungen der Therapie.

Die beiden Bodyguards, die Saeed ihnen mitgeschickt hatte, schauten ihn vielsagend an und setzten sich an die Spitze. Er kannte die Blicke, die ihm sehr wehtaten. Die gleichen hatte man auch Dice in seinem Rollstuhl zugeworfen.

Alexa blieb stehen und lauschte. »Wir werden verfolgt, Jennings.«

Singh, der neben dem Bett von Abolhassan herlief, bekam einen Kom-Anruf und erbleichte. »Die Anlegestelle ist nicht mehr sicher«, sagte er so leise, dass es nur die beiden Killer verstanden. »Das Rescue-Team hat sich gemeldet. Sie stehen unter schwerem Beschuss und wissen nicht, wie lange sie durchhalten.«

Jennings atmete tief ein. »Das hat keinen Sinn. CAT weiß, dass wir da ankommen werden, und hat sicherlich viele Kräfte am Ausgang zusammengezogen. Okay, Planänderung. Wir gehen nicht zum Dubai Creek.« Er erinnerte sich, dass Singh von einem alten, unverfüllten Bohrschacht gesprochen hatte, den man durch einen Zufall beim Anlegen des Tunnels gestreift hatte. Als das letzte bisschen Öl noch sprudelte, war

2031 sogar mitten in Dubai gefördert worden, um die mickrigen Ressourcen des schwarzen Goldes aus dem Land zu schlürfen. »Wir nutzen den Schacht.«

»Aber da ist nichts außer einem offenen Rohr von anderthalb Metern Durchmesser«, widersprach Singh. »Wie soll ich meine Patienten und die schweren Geräte hinaufbekommen?«

Jennings gab keine Antwort, weil sie den Arzt noch mehr beunruhigt hätte. Die anderen Menschen und Singh gingen ihn nichts an. Er musste lediglich Kraif heil aus der Falle schaffen. »Wir schauen uns die Sache an.«

Sie gingen weiter und erreichten die Zwischenkammer, an deren rechter Wand der Bohrschacht senkrecht wie ein überdimensionales Regenrohr entlanglief. Man hatte ihn mit Eisenplatten umschlossen, damit sich niemand Zutritt in den Notausgang des Massala verschaffte. Einer der Arbeiter hatte aber damals wenigstens so weit mitgedacht, dass er eine mannsgroße Klappe anbrachte, die mit vier Riegeln gesichert war. Vermutlich war der Mann zu faul gewesen, um bei seiner Zigarettenpause zu einem der beiden Ausgänge zu laufen.

Jennings öffnete die Klappe und schaute in den Schacht. Nach unten ging es endlos weiter, aber über sich erkannte er ein Eisengitter, direkt neben dem Loch baumelte eine verrostete Leiter, die aus Eisenschrott und Ketten zusammengesetzt worden war. Er zog sich zurück.

»Es gibt einen Ausgang«, sagte er zu Alexa und Singh. »Darüber ist ein Eisengitter, das wenig Sorge bereitet. Sobald ich draußen bin, suche ich uns was, womit wir die Patienten hinaushieven können.«

»Kann es sein, dass wir unter Oil-Town sind?«,

meinte ein Pfleger. »Das muss der Bereich sein, wo sie eine alte Ölförderanlage umgebaut haben, um den Touristen zu zeigen, wie solche Dinger früher gearbeitet haben.«

»Gut. Dann finden wir auch was, mit dem wir alle aus dem Schacht bekommen.« Er ging zum rechten Ende der Kammer, lud den Granatwerfer und starrte in den Gang, aus dem sie gekommen waren. »Ich sorge rasch dafür, dass uns keiner folgt.« Er wies Alexa mit einer Handbewegung an, den anderen Gang zu sichern. Früher oder später würde CAT seine Gardisten hineinschicken, und dann wollte er sicherlich nicht mehr hier unten sein.

Seine Infrarot-Optik zeigte ihm vier Schatten, die sich wie Profis leicht versetzt nach vorne pirschten und sich gegenseitig Deckung gaben. Dass sie keine Vollrüstung trugen, beschäftigte ihn nicht weiter. CAT könnte Freelancer angeheuert haben, die sie als zusätzliche Spürhunde einsetzten.

Er zielte auf den vordersten der Truppe, dann löste er den Granatwerfer mehrmals aus, um erstens so viele wie möglich von den Gegnern auszulöschen und zweitens die maroden Seitenverschalungen zum Einsturz zu bringen.

»Halt«, zischte der Bodyguard. »Sie sind vor uns und ...«

Es knallte dumpf im Gang vor ihnen, einen Lidschlag darauf platzte Saeeds Mann durch den direkten Treffer einer Minigranate. Es zerriss ihn wie eine Figur aus einem brutalen Trid-Cartoon, der grausige Anblick war bizarr und wirkte unreal. Zwei weitere Explosionen folgten, Tattoo und Ordog wurden durch die Druckwelle auf das Blech geschleudert und hörten die Frau laut schreien, dann rieselte Sand auf sie nieder.

»Los, weg!« Tattoo packte Ordog im Nacken an seiner Jacke und rannte nach vorne, in den feinen Staub hinein, den die Detonation ausgelöst hatte. Gleich darauf brach hinter ihnen die Decke ein, Geröll und Sand ergoss sich in den Gang und türmte sich auch über ihnen auf. Glücklicherweise blieb die Schicht locker genug, dass sie Luft zum Atmen besaßen.

»Rühr dich nicht«, knirschte Ordog. »Noch eine Granate überstehen wir nicht.«

Sie lagen still unter ihrer Deckung und warteten ab, um die Täuschung perfekt zu machen. Irgendwann vernahmen sie dumpfe Schüsse, dann aufgeregte Stimmen.

»Weiter.« Ordog stemmte sich vorsichtig auf und achtete darauf, durch die herabrollenden Steine nicht zu viele Geräusche zu machen.

Tattoo schob sich ebenfalls aus dem Dreck und schaute, ob sie einen Hinweis auf die Leibwächterin entdeckte. »Wir sind nur noch zu zweit«, sagte sie.

»Ja, und? Wir sind Stadtkrieger«, gab er zurück und schlich den Gang voran, bis er an eine Biegung gelangte, hinter der anscheinend eine Kammer lag. Er schaute zu Tattoo. »Los!«

Sie stürmten hinein, die Mündungen der FN HAR-Sturmgewehre schwenkten sie ruckartig nach links und rechts und suchten nach Zielen.

»Keine Bewegung«, knurrte Tattoo. »Ich puste jeden um, der zuckt.«

Außer jeder Menge medizinischem Personal, vom Pfleger bis zu Ärzten, wie man an den verschiedenen Kitteln und Outfits erkannte, und vier Krankenbetten erwartete sie nichts. Keine Gardisten, keine Gegner mit Waffen, die für den Angriff mit Granaten infrage gekommen wären. Ein Bett war leer, und in einem anderen saß … Sheik!

»Hey! Ordog!«, rief Sheik erleichtert. »Schon wieder du? Du bist zu meinem Glück ziemlich hartnäckig.« Er sah, wie dreckig und staubig sein Freund war. »Oh, Mann! Hat Vanderbilt auf *euch* geschossen? Ich schwöre, dass er nicht wusste, dass ihr zu den Guten gehört.«

»Vanderbilt? War das …«

»… der Runner, der mich aus den Händen von General Genetics befreit hat.« Er stand behutsam auf. »Aber später können wir reden. Wir müssen weg, bevor die CAT-Gardisten kommen.« Rasch fasste er zusammen, wie sie aus der Falle entkommen konnten. »Vanderbilt und sein Kunde sind schon oben.«

»Dann sollten wir ihnen folgen.« Ordog stützte ihn. »Hast du alles, was du brauchst?« Er schaute zu dem Arzt, der seine Hand um einen großen Koffer geschlossen hatte. »Oder müssen wir irgendwas von dem Zeug mitnehmen?« Er räusperte sich. »Ich könnte es nämlich auch gebrauchen.«

»Gardisten«, meldete die Elfin. »Ich sehe vier Mann, Vollrüstung, große Gewehre.«

»Was? Hat es dich auch erwischt?« Sheik blickte zu dem Inder. »Das ist mein Arzt, Professor Singh. Er ist Spezialist für die Therapie.«

»Wenn wir Sie mitnehmen«, sagte Tattoo in ihrer bekannten, uncharmanten Art, »werden Sie Ordog sicherlich behandeln, nehme ich an.«

Singh schaute auf die Leute. »Ich werde es gerne tun. Aber dafür muss alles, was Sie hier sehen, mit an die Oberfläche.«

Ordog zählte und kam auf sieben Personen, davon

zwei bettlägerige, und verschiedene Geräte, deren Sinn sich ihm nicht erschloss. »Die Apparate bleiben hier.«

Singh schüttelte den Kopf. »Nein. Es sind Prototypen. Sie dürfen CAT nicht in die Hände fallen.«

Sie zuckten zusammen, als Tattoo plötzlich schoss. »Los, geht schon. Sie kommen!«, rief sie und blickte dabei weiter geradeaus in den Tunnel. »Zwei habe ich erwischt, aber es wird nicht lange dauern, bis sie Verstärkung erhalten.«

»Die Geräte zuletzt«, befahl Ordog und schaute durch die Klappe. Weiter oben sah er die Sterne am Ende der Röhre scheinen, aber von Vanderbilt oder seinem Team entdeckte er nichts; leise klirrend schlug die Kettenleiter gegen die Innenwand.

Ordog kletterte hinaus und versuchte nicht daran zu denken, dass ihm ein Sturz von einigen hundert Metern bevorstand, falls er abrutschen sollte. Er erreichte das Ende und stieg ins Freie. Die Bauten um ihn herum lagen im Dunkeln, neben der stillgelegten Förderanlage erkannte er zahlreiche Imbissbuden, die Umrisse einer riesigen Achterbahn und andere Fahrgeschäfte, die einsam und finster von den Touristen bis zum Morgengrauen zurückgelassen worden waren.

»Vanderbilt?«, rief er gedämpft. »Stecken Sie irgendwo? Schießen Sie nicht schon wieder auf mich.«

Er bekam keine Antwort. Offenbar hatte sich der Profi zusammen mit seiner Begleitung aus dem Staub gemacht. Es gab ja auch keinerlei Grund für ihn, sich um Singh und die anderen Menschen zu kümmern. Weder eine finanzielle noch eine moralische Verpflichtung.

In seiner Nähe entdeckte er einen alten Förder-Lkw,

der zu seiner großen Freude eine Seilwinde vor der Stoßstange montiert hatte. Ordog löste die Halterung, wickelte das Kabel ab und ließ es in den Schacht hinab. Wie sie die Patienten an dem Haken befestigten, überließ er den Pflegern.

Er stieg in den Lastwagen und schloss ihn kurz, die Elektrobatterie spendete der Winde Saft. Sein Kom klingelte, Sheik war an der Leitung. »Das ist Tattoos Kom«, sagte er. »Da wir keine Funkgeräte haben, muss ich dir so Bescheid geben, wann du uns hochziehen sollst.«

»Alles klar.« Im Hintergrund ratterte es, die Elfin wehrte immer noch Gardisten ab. »Schafft sie es alleine?« Ein Mann, einer der Pfleger, stieg aus dem Schacht und winkte ihm zu. Er blieb am Loch stehen und wollte die Bergung der Patienten überwachen und sie in Empfang nehmen.

»Ja, das hat sie jedenfalls gesagt. Aber wir beeilen uns lieber. Ich glaube, CAT möchte mich und diese Geräte um jeden Preis.« Sheik unterhielt sich kurz mit einem Mann. »Okay, du kannst den Ersten hochziehen.«

Es wurden lange, sehr lange Minuten für Ordog, auch wenn die Zeit als solche nicht schneller oder langsamer verrann als sonst. Es dauerte, bis die Patienten nach oben geschafft worden waren, und es dauerte noch länger, bis die Geräte verzurrt und wie rohe Eier an die Oberfläche gehievt wurden. Sheik stand noch unten und wollte warten, bis er zusammen mit Tattoo den Abschluss bilden konnte, was nicht nur Ordog, sondern auch Professor Singh die Schweißperlen auf die Stirn trieb.

»Wir kommen jetzt hoch«, sagte Tattoo unvermittelt. »Zieh Sheik hoch, ich decke den ...«, sie verstummte, ein Gewehr röhrte brutal laut los, »... Rückzug. Es wird eng, Ordog. Sucht euch oben was, um das Rohr zu schließen. Sie schicken Drohnen, wenn ich das richtig ...«, wieder sandte sie eine Salve gegen ihre Gegner, »... gesehen habe! Scheiße, ja, das sind Rotordrohnen! Sie ...«

Das Kom starb, meldete »Keinen Empfang« und stellte seinen Dienst ein. Ordog sprang aus dem Lkw, nahm seine Waffe und rannte zum Schacht. Er musste Tattoo beistehen, denn alleine wollte er auf keinen Fall in die ADL zurückkehren.

»Es geht mich nichts an, aber war es richtig?«

Jennings lächelte seinen Kunden an. »Herr Kraif, Sie haben uns bezahlt, damit wir Sie vor dem Tod bewahren, in welcher Form er auch immer daherkommt. Wenn Sie möchten, dass wir diesen Job auf andere ausweiten, müssten Sie dafür noch etwas drauflegen.«

Sie saßen hinter einem Fahrgeschäft, Alexa sicherte die Umgebung. Jennings versuchte, eine Taxizentrale oder ein anderes Transportmittel via Kom zu erreichen, aber er bekam keinen Empfang mehr. CAT hatte einen Weg gefunden, die Kommunikation zu unterbinden.

»Sie wissen genau, dass ich nicht mehr bezahlen kann.« Kraif zupfte an dem Verband, der über seinem Nasenbein lag. Es war eine Schiene, die vorsichtshalber gelegt worden war, denn im Grunde hatten die Magier des Massala hervorragende Arbeit geleistet. Von seiner Schädelfraktur war nicht mehr geblieben als ein ordentliches Kopfweh, aber das ließ sich bestens verschmerzen.

»Zu Ihrer Beruhigung und gegen Ihre moralischen

Vorbehalte, die anderen Leute sich selbst überlassen zu haben: Ich hätte eine Ausweitung des Auftrags auch nicht angenommen. Es ist so schon schwierig genug.« Er schaute zu Alexa. »Wir müssen zur Straße laufen und hoffen, dass wir was finden, in dem wir unsere Fahrt in den Financial District fortsetzen können. CAT hat einen Störsender aktiviert.«

»Okay.« Sie lief zur nächsten Deckung und sicherte von dort die Umgebung. Danach gab sie ihm ein Zeichen, woraufhin Jennings und Kraif zu ihr eilten.

Auf diese Weise legten sie eine gehörige Strecke quer durch den Vergnügungspark zurück und gelangten zum Ausgang, der im hellen Scheinwerferlicht lag. Davor standen zwei Wachleute, deren Bewaffnung aus je einem Gummiknüppel bestand. Niemand rechnete damit, dass man versuchte, den Park nachts mit Gewalt einzunehmen. Noch weniger rechnete man damit, dass nachts jemand aus dem Park ausbrechen wollte.

»Ich mache das.« Alexa stand auf und wurde nach einigen Metern von den Männern bemerkt, die sich erstaunt zu ihr umdrehten. »Verzeihen Sie, aber ich bin in dem Ölgesteinsmuseum eingeschlafen«, sagte sie und näherte sich ihnen weiter. »Darf ich bitte hinaus?«

Sie war dicht genug, um in den Nahkampf zu gehen. Ähnlich wie bei Jennings verliefen ihre Attacken derart schnell, dass Kraif nicht genau sah, was sie getan hatte; aber die Wachleute sanken gleichzeitig auf den Asphalt und rührten sich nicht mehr. Danach schaltete sie die beiden Kameras mit gezielten Schüssen aus.

Jennings nickte und machte sich einen internen Vermerk. Seine Ex musste Upgrades für ihre Reflexbeschleuniger erhalten haben, und sie hielt den linken Arm bei ihren Angriffen sträflich weit nach unten. Sollte er jemals gegen sie antreten müssen – was man in diesem Job niemals ausschließen konnte –, würde er die Lücke in ihrer Deckung nutzen. »Gehen wir, Herr Kraif.«

Sie rannten zum Ausgang, kletterten über das einfache Eisengitter und sprangen auf der anderen Seite auf die Straße, die verlassen vor ihnen lag. Es gab keinen Grund für Taxis, um diese touristenlose Uhrzeit ihre Route am Park vorbei zu legen, und Pkw, die man aufbrechen könnte, sahen sie auch nicht.

»Ich hoffe, Sie sind gut zu Fuß«, sagte Jennings zu Kraif und verfiel in leichten Trab.

»Sicher. Das bringt das Com-Golf mit sich.« Er hielt die Geschwindigkeit seiner beiden Leibwächter locker mit.

Dann erschien ein Scheinwerferpaar vor ihnen, das mit hoher Geschwindigkeit auf sie zuhielt. Von der Höhe der Lichter her schloss Jennings auf einen Transporter. Ein zweiter Wagen scherte hinter dem ersten aus, ein dritter machte die Blockierung der Fahrbahn komplett. In einer breiten Front schossen sie schräg versetzt auf die Gruppe zu. Die Absicht war unmissverständlich.

Jennings hob das AK und setzte eine Minigranate in den Kühlergrill des mittleren Transporters. Zwar gab es eine Explosion und der Wagen geriet ins Schlingern, aber die Panzerung hielt stand.

»Das hat keinen Sinn. Zurück in den Park«, befahl er und rannte zu der Mauer, hinter der sich die Fahrgeschäfte wie die Skelette von modernen Dinosaurier-Mutationen abzeichneten. Alexa und er erklommen das Hindernis spielend leicht, Kraif hatte einige Schwierigkeiten, wuchtete sich dann aber dennoch nach oben. Sie rutschten in dem Moment auf der anderen Seite hinab, als die Transporter die Mini-Türme ausfuhren, ihre Fahrt stoppten und die ersten Gardisten aus dem Inneren sprangen. Die Jagd war noch nicht zu Ende.

»Was wollen die von uns?«, keuchte Kraif.

»Vermutlich halten sie uns für Mitarbeiter des Massala.« Jennings lief rückwärts, das AK-98SE auf die Mauerkrone gerichtet, und schoss, als sich der Helm eines Kon-Mannes zeigte. Die Kugel traf wie immer das Visier, der Gardist gefror in seiner Bewegung und kippte rücklings von der Mauer; sie hörten, wie er auf Blech aufschlug. Offenbar war er auf das Dach eines Transporters gestürzt.

Jennings wusste sich und seine Fähigkeiten einzuschätzen; auch Alexas Qualitäten kannte er sehr genau, aber bei Kraif war er sich nicht sicher. Es war utopisch anzunehmen, dass sie alle Kon-Gardisten ausschalten konnten. CAT war fest entschlossen, niemanden aus dem Massala entkommen zu lassen, und spätestens wenn der Kon seine Magier und Drohnen im großen Stil einsetzte, war ihre Glückssträhne zu Ende. »Wir suchen den Fuhrpark«, gab er neue Anweisungen. »Sie müssen eigene Fahrzeuge haben, um kleine Arbeiten zu verrichten.«

»Wir sind unterwegs an einer Halle vorbeigekommen, die keines von den Touristenschildern trug«, erinnerte sich Alexa. »Kann sein, dass sich darin die Autos befinden.«

Ohne weitere Worte zu verlieren, hetzten sie vorwärts. Gelegentlich hallten Schüsse hinter ihnen, aber da sie sich immer in Deckung bewegten, wurden sie nicht getroffen. Allerdings gelang es ihnen nicht, die Kon-Truppen abzuhängen.

Sie erreichten die Halle, Alexa schoss das Schloss auf, dann stürmten sie hinein und erlebten eine böse Überraschung: Umzugswagen! Rollende Oasen, fahrbare Miniaturbohrtürme, ein lachender Scheich von der Größe eines Trolls und viele andere Motive warteten darauf, dass sie zur nächsten Oil-Town-Parade aus der Halle gefahren wurden.

»Verflixt«, murmelte Kraif. »Mann, das würde mich schon mal reizen, hier eine Partie Golf zu spielen.«

»Wir starten sie alle«, beschloss Jennings und rannte los, um die Autopiloten zu aktivieren, dann befahl er Alexa und seinem Kunden, in das Kamel mit den drei Höckern zu steigen. »Ich komme nach«, sagte er und drückte auf den Knopf, der die Hallentore öffnete. »Ich melde mich bei dir, falls wir uns unterwegs verlieren sollten. Brecht erst aus der Kolonne aus, wenn ich für Ablenkung gesorgt habe.«

Die spielende, blinkende, blökende, Kunstnebel sprühende und Feuerwerk abbrennende Unterhaltungsarmada rollte hinaus und spulte ihr bewährtes Programm ab, weil es den Computergehirnen ziemlich egal war, ob ihre Zuschauer aus Touristen oder Gardisten bestanden. Die Männer schwenkten ihre Waffen umher, sahen aber nichts, auf das sie schießen konnten.

Jennings hatte sich den übergroßen, reitenden Sarazenen ausgesucht. Als er einen Gardisten ummittelbar neben sich stehen sah, lenkte er das Gefährt gegen den Mann und fuhr ihn einfach um. Mit einem lauten *Bong* prallte er von der Verkleidung des Wagens ab und geriet unter die Räder; die Vollrüstung bewahrte jedoch sein Leben. »Tötet die Ungläubigen!«, lachte der Sarazene und schwang sein Schwert, das Pferd wieherte. »Werft die Kreuzfahrer aus dem Land!«

Froh, endlich ein Ziel zu haben, eröffneten die Kon-Truppen das Feuer auf den Wagen. Jennings warf sich auf den Boden und rollte sich zusammen, trat das Gaspedal des Elektroautos ganz nach unten und erreichte immerhin die sagenhafte Geschwindigkeit von vierzig Stundenkilometern.

»Folgt mir, Brüder! Tod den Mördern und Plünderern!«, rief der Plastiksarazene. Eine zu hoch gezielte Granate setzte der Puppe und dem Lautsprecher ein Ende. Das Material fing Feuer, und brennend schnurrte das demolierte Wägelchen weiter voran, verfolgt von den wütenden Gardisten, die aus allen Rohren feuerten. Jennings sprang in einer Kurve ab, rollte sich in einen Graben und hob sein Gewehr. Die Gardisten hatten ihn noch nicht bemerkt, und so gelang es ihm, zwei von ihnen durch gezielte Visiertreffer zu töten, bevor er sich zurückziehen musste.

Er rannte zu dem Schacht, aus dem er gestiegen war. Wenn er Glück hatte, würden sich die Kon-Truppen lieber um die Ärzte als um ihn kümmern. Es war zwar nicht besonders nett von ihm, CAT auf diese Fährte zu locken, aber es bot ihm die Möglichkeit zu überleben. Und das zählte für ihn am meisten. Nach ein paar Metern tauchten Alexa und Kraif an seiner Seite auf. Beide sahen aus, als seien sie einem Feuer mit knapper Not entkommen.

»Frag nicht«, sagte sie düster.

Sheik kam Ordog auf der Kettenleiter entgegen. »Sie kommt gleich, hat sie gesagt«, erstattete er Bericht. »Sie räumt nur noch auf.«

»Ich gehe trotzdem nachschauen.« Er schwang sich auf die äußere Seite der untersten Sprosse, damit der Magier an ihm vorbeiklettern konnte, dann schlüpfte er durch die Klappe in die Kammer und sah, dass sich Tattoo im Nahkampf gegen vier Gardisten zur Wehr setzte.

Ihre Schläge waren für die Männer in den dicken, aber einschränkenden Rüstungen zu schnell. Die Unterarmsporne schlugen Löcher in die Panzerung, mit der enormen Kraft ihrer mechanischen Arme hatten die Angreifer nicht gerechnet. Die Elfin blutete allerdings aus Wunden an der Schulter und am Bein, ein Streifschuss an der linken Hüfte hatte die Panzerung rot gefärbt. Am Boden lagen die Trümmer von mindestens zwei Rotordrohnen.

»Ich bin bei dir«, rief er ihr zu.

»Mach den Gang dicht«, keuchte sie. »Sonst schaffen wir es nicht mehr.« Sie wich dem Hieb eines Gardisten aus und stieß ihm den linken Sporn unterhalb des Kinns in den Hals. Der Mann fiel zu Boden.

Sie tauchte unter dem nächsten Schlag weg, nutzte den Schwung, um ihren rechten Sporn durch ein Visier zu rammen, schleuderte den Gardisten wie an einem Haken hängend gegen seinen Nebenmann und warf beide zu Boden. Dann sprang sie aus dem Stand hoch und trat dem letzten Angreifer mit beiden Füßen vor die Brust, sodass er rückwärts taumelte. Die Zeit nutzte Tattoo, um nachzusetzen, den Helm zu umfassen und das Genick zu brechen.

Ordog hob eines der leichten Maschinengewehre auf, die einmal an der Drohne befestigt gewesen waren, der Gurt schleifte leise klingelnd hinter ihm her. Dann trat er in den Korridor, kniete nieder und gab kurze, beständige Feuerstöße auf die Gestalten ab, die sich auf ihn zu bewegten. Er hörte erst auf, als ihm die Munition ausging und ihn Tattoo an der Schulter packte.

»Sind noch ein paar übrig?«, fragte sie, und ihre Augen strahlten vor Glück. Die Adrenalinpumpe hatte wieder alles gegeben und ihren Körper in eine kleine Ekstase geflutet; dazu kam, dass sie Prügeleien dieser Art liebte. Sie war zu sehr Stadtkriegerin und zu wenig Runnerin.

»Raus hier.« Er warf das MG weg und eilte zur Klappe, die Elfin folgte ihm widerwillig. Sie erklommen die pendelnde Leiter und erreichten das Ende des Schachtes. Eine Skimmer-Drohne zog an ihnen vorbei und hielt es nicht für nötig, sie unter Beschuss zu nehmen. Sie flog an die Oberfläche und orientierte sich, um dem Rigger, der sie steuerte, einen Rundumblick für die Kon-Truppen zu verschaffen. CAT hatte noch lange nicht aufgegeben.

Sheik setzte den Lkw in Gang und fuhr ihn mit Schwung auf das Bohrloch zu. Im letzten Augenblick sprang er heraus. Der Lastwagen rutschte mit dem ersten Drittel über den Rand und blockierte die anderthalb Meter breite Röhre vollkommen. Weder eine Drohne noch ein Gardist würden ihnen durch diesen Aufgang folgen können.

Grinsend kam Sheik auf die Beine. »Na? Wie war ich?«

Ordog versuchte, sein Kom zu aktivieren und Saeed von der neuen Lage in Kenntnis zu setzen, damit er ihnen rasch ein Taxi besorgte. Tattoo schoss derweil auf den Mikroskimmer und pflücke ihn aus dem Himmel.

»Gardisten!«, schrie einer der Pfleger.

»Hört das denn nie auf?«, fluchte Ordog und deutete auf den zweiten Lkw. »Alle auf die Ladefläche. Wenn wir Glück haben, entkommen wir ihnen.« Zwar glaubte er im Augenblick selbst nicht ganz daran, aber das musste keiner wissen. Er setzte sein Leben aufs Spiel, um am Leben zu bleiben. Ein echtes Paradoxon.

An ihnen huschten drei Schatten vorbei, die keinesfalls zu den Kon-Truppen gehörten. Als er Sheik auf sie aufmerksam machte, erkannte sein Freund Vanderbilt und seine Begleitung wieder. Anscheinend waren sie genau in die Arme der Angreifer gelaufen und suchten ihr Glück ebenfalls in der Flucht.

Sheik steuerte den Lkw, Tattoo und Ordog saßen auf der Ladefläche und schossen abwechselnd auf Gardisten und Drohnen, je nachdem, was sich gerade besser als Ziel eignete. Sie selbst wurden kaum unter Beschuss genommen. Offenbar hatten die Truppen den Befehl erhalten, Rücksicht auf die Mediziner und die gelagerten Proben sowie die Patienten zu nehmen. Das rettete ihnen vorerst den Hintern.

Der Lkw erreichte das andere Ende des Parks und durchbrach kurzerhand die Mauer. Anfangs schaffte es das Fahrzeug, über die Trümmer zu rollen, aber dann bockte es die Achse auf einem größeren Mauerstück selbst auf und stand still. Jetzt bekamen die Gardisten die Gelegenheit, auf die sie gewartet hatten.

»Ich zähle fünf«, sagte Tattoo zu Ordog und scheuchte die Menschen von der Ladefläche.

»Sie wagen sich nicht näher heran«, stellte er erstaunt fest.

»Wir haben ihnen wohl ordentlich Angst gemacht«, sagte sie und grinste dabei. Sie wusste genau, dass es nur ein Teilerfolg war, der nicht länger vorhalten würde als maximal zehn Minuten. »Hast du einen Plan?«

»Wenn ich ehrlich bin, nein«, gestand er. »Wir hängen fest.« Er schaute nach hinten, wo die Pfleger die

Patienten auf den Boden gleiten ließen. »Mit denen kommen wir nicht weit. Singh wird sich entscheiden müssen.«

Die Entscheidung blieb dem Arzt erspart. Ein schwarzer Transporter mit CAT-Emblem näherte sich auf der Straße, die vor der Mauer entlanglief, der Mini-Turm fuhr gerade aus und schwenkte das Maschinengewehr in ihre Richtung. »Ergeben Sie sich«, dröhnte eine Lautsprecherstimme. »Sie machen sich des Diebstahls am Eigentum von Cross Applied Technologies schuldig. Sowohl die Patienten als auch die Unterlagen müssen unverzüglich ausgehändigt werden.«

Das Knattern von Rotoren erklang, zwei Hubschrauber näherten sich als dunkle Schemen dem Schauplatz und badeten den Lkw mit grellen Scheinwerfern in weißes Licht. Jetzt gab es kein Entkommen mehr, weder für sie noch für die zweite Gruppe mit Jennings.

»Wir fordern Sie erneut auf, sich zu ergeben«, verlangte die Stimme.

Jetzt wagten sich auch die verbliebenen Gardisten aus ihrer Deckung und rückten vor. Gedeckt von einem MG und zwei schwer bewaffneten Helikoptern, sah es für sie gleich wesentlich besser aus.

Eine Fahrzeugkolonne, bestehend aus vier Kleintransportern, näherte sich ihnen. Sie trugen alle die Aufschrift Al Lachma, und der zweite hatte sogar ein nachgebildetes Riesensteak auf dem Dach, das sich langsam um die eigene Achse drehte. Einer der Hubschrauber schwenkte den Scheinwerfer wie eine Warnung auf das vorderste Fahrzeug, das seine Geschwindigkeit verringerte und anhielt. Ein Araber stieg aus, fuchtelte mit den Armen und deutete auf die Fahrbahn. Er wollte unbedingt vorbei.

»Bleiben Sie zurück«, schallte der Lautsprecher. »Wir sind befugt, die …« Der Sprecher stöhnte auf, dann schrie er gellend. Das Chassis des Wagens blitzte und funkelte, und es knisterte laut. Die Türen des Transporters flogen auf, und die Insassen wankten heraus. Ihre Haut hatte Blasen geschlagen, als seien die Leute bei lebendigem Leib gekocht worden.

Als Nächstes verhielt sich der erste Helikopter merkwürdig. Er sackte wie ein Funken sprühender Stein in die Tiefe, wurde kurz über dem Boden abgefangen und kollidierte dennoch mit der Mauer des Vergnügungsparks; zwei der Gardisten fielen wie vom Schlag getroffen zu Boden, und der zweite Hubschrauber zog die Nase ruckartig nach oben und schoss davon.

»Sind das Ihre Leute, Singh?«, fragte Ordog und sprang vom Lkw. Tattoo folgte ihm.

»Ich weiß es nicht.«

»Das sind Rashids Leute«, jubelte Sheik und eilte in orientalischem Überschwang auf den ersten Wagen zu. Jennings und seine Begleiter kamen um den großen Lkw herum, blieben aber in Deckung und hatten die Waffen schussbereit. Also konnten es auch nicht deren Unterstützungstruppen sein.

»Sheik, komm zurück«, rief Ordog und lief ihm nach.

Da trat eine Frau mit langen schwarzen Haaren aus dem ersten Wagen, die ihm sehr bekannt vorkam. »Cauldron?«

Die hermetische Magierin deutete auf den letzten Wagen. »Keine Zeit für lange Gespräche. Los, alle in den vorletzten Wagen.« Sie schaute zu Jennings und dann auf Alexa. »Sie auch, bitte. Ich habe ein paar Fragen an Sie.« Sie senkte die Stimme zu einem Flüstern: »Frau Du Garotte.«

Regel 15: Wird ein Ball in Ruhe durch etwas bewegt, das nicht zum Spiel gehört (Polizei, BuMoNa, Autos, Critter, Druckwelle einer Detonation), so zieht sich der Spieler keine Strafe zu, und der Ball kann vor dem nächsten Schlag des Spielers zurückgelegt werden. Muss aber nicht.

Auszug aus den All-Area-Combat-Golf-Regeln der International Double A Combat Golf Society

Vereinigte Arabische Emirate, Dubai, Dubai-City, 22. 9. 2059, 00:31 Ortszeit

Singh, Jennings und seine Begleiter, Sheik, Tattoo und Ordog saßen im Innenraum des gepanzerten Transporters und unterhielten sich darüber, wie es nun nach der unvermuteten Rettung weitergehen sollte.

Das Kom funktionierte wieder, nachdem sie einen halben Kilometer zurückgelegt hatten. Sheik sprach mit seinem Halbbruder und traf bereits Vorkehrungen, um Singh, seinem restlichen Team und den Patienten die Ausreise aus Dubai zu ermöglichen. Von einem anderen der sieben Emirate aus, wahrscheinlich Abu Dhabi, würde ihnen das gelingen. Der Arzt wollte nach Paris.

»Notfalls, wenn Sie sich nicht trauen, in ein Flugzeug zu steigen, bestellt Rashid ein Boot, das uns in den Irak bringt. Von dort werden wir ausgeflogen. In einer Stunde geht es los.« Er schaute zu Ordog. »Du hast doch in nächster Zeit kein Spiel, oder?«

»Schon. Aber ich wäre nur eine bessere Zielscheibe.« Er schaute zu Singh. »Wie wollen Sie die Therapie fortsetzen? CAT hat United Treatment und damit alle Krankenhäuser aufgekauft, wie wir jetzt wissen.«

»Nun ja.« Der Inder zwirbelte seinen langen Schnurbart zurecht. »Aber mein Haus hat bei der Erforschung mit einer französischen Charité zusammengearbeitet. Weder UT noch CAT wussten davon. Und Paris wird sich sehr freuen, mich und mein Team zu sehen.«

»Dann stammte die Anweisung, die Unterlagen in Sicherheit zu bringen, gar nicht von UT?«, fragte Sheik.

Singh lächelte. »Doch. Ich wurde gewarnt und gebeten, dem Konkurrenten so wenig wie möglich von unseren Erkenntnissen zu überlassen. Da die Übergabe am Fluss an das UT-Team scheiterte, nutze ich meine bescheidenen Möglichkeiten, um das wertvolle Wissen wenigstens so zu erhalten, dass Cross nichts davon hat.«

Jennings hörte zu und lächelte wissend. Übersetzt hieß das: Singh setzte sich auf eigene Rechnung nach Frankreich ab.

»Paris ist nicht so weit von Mainz entfernt«, sagte Tattoo. »Ich komme dich besuchen, sobald wir in der Wüste fertig sind.« Sie hatte beschlossen, der Magierin bei der Vernichtung des Elementars zu helfen. Sie hatte die Sache in Andorra nicht vergessen. Die Verluste der Black Barons verlangten nach Rache, und diese Gelegenheit bot sich ihr. »Wie lange dauert die Therapie?«

»Es ist nicht ganz so einfach. Wir haben ein neues Genpräparat entwickelt, das auf der Immunität verschiedener Tierarten gegen Krebs beruht. In Ihrem Fall, Herr Stauffer, hemmt das Präparat die Bildung einer anormalen Enzymvariante, die zur unkontrollierten Teilung neuer weißer Blutzellen führt. Dazu mischen wir ein Immunotoxin ein, einen Antikörper, der mit einem von uns entwickelten bakteriellen Toxin gekoppelt wurde. Der Antiköper bindet sich an ein Oberflächenprotein der eventuell entstehenden Leukämiezellen, die dann durch das Toxin abgetötet werden.«

»Das klingt aber sehr speziell. Ich dachte, es hilft gegen alle Krebsarten?« Ordog war beeindruckt.

»Tut es auch, wenn wir das Genpräparat entsprechend variieren. Jedenfalls nehmen wir es an. Wenn wir Ihnen gegen diese aggressive, neuartige Form von Leukämie helfen können, Herr Stauffer, wage ich mich an jeden Krebs heran.«

Jennings verzog den Mund. Damit hatten die Charité und welcher Kon auch immer hinter ihr steckte die Lizenz zum Gelddrucken. Die Umweltschäden der Erwachten Welt vor allem in den Ballungsräumen steigerten die Zahlen von verschiedenen Sorten der Krankheit, Lungenkrebs und Leukämie standen hoch im Kurs.

Sheik nickte. »Dadurch, dass die radikalen Nebenwirkungen der Chemo vermieden werden, bedeutet die Therapie gerade für magisch Begabte den Erhalt ihrer Verbindung zu den astralen Energien. Ich bin das beste Beispiel.«

Auch Cauldron speicherte die Informationen. Man wusste ja nie.

»Wie gesagt, wir forschen noch daran.« Singh schwieg vorsichtshalber. Er hatte in seiner Freude über die Rettung bereits zu viel erzählt.

Cauldron funkte das neue Ziel an die Kolonne weiter, der Al-Lachma-Konvoi änderte seine Route und begab sich an den Ort, wo sich Sheiks Halbbruder aufhielt und endlich, endlich das versprochene Refugium bot.

Jetzt sah Jennings seine Zeit gekommen. »Herr Abolhassan, ich würde Sie bitten, meinem Kunden und uns ebenfalls Unterschlupf zu gewähren. Dafür verzichte ich auf weitere Geldzuwendungen.«

»Jetzt erkenne ich den Mann!«, rief Sheik und deutete auf Kraif. »Du bist der Mann, der eines der großen Lose gezogen hat!« Er schüttelte ihm die Hand. »Meinen Glückwunsch! Sicher kannst du bis zur Ziehung in meinem Haus bleiben.«

»Danke, das ist sehr freundlich«, bedankte sich Kraif erleichtert. »Ich habe nämlich keine Lust mehr, vor den Killern davonzulaufen. Ein sicheres Versteck tut dringend Not.«

Jennings hielt die Luft an, aber Sheik kümmerte sich gar nicht um die Andeutung, dass die Probleme weitaus größer waren. »Auch ich bedanke mich«, sagte er auf Arabisch. Seine graugrünen Augen richteten sich auf Cauldron, und er beugte sich vor. »Warum haben Sie uns geholfen, Frau Peron?«, fragte er sie leise und in der Seattler Stadtsprache, damit niemand sonst etwas von ihrer Unterhaltung hörte. »Nur wegen Ihrer Bekannten?«

»Nicht nur.« Sie zögerte, dann deutete sie auf Alexa. »Ich habe sie wiedererkannt. Sie hat mich damals in Stuttgart aus einer brennenden Fabrikhalle befreit und die Kontakte in die Schweiz hergestellt. Dank ihr bin ich im Klinikum gelandet und konnte meinen Sohn retten.«

Jennings musterte ihre Züge. »Frau Peron, machen Sie mir etwas vor? Sie wollen was Bestimmtes von ihr, das über Dankbarkeit hinausgeht.«

»Ginge Sie das was an?«

»Da ich sie momentan bezahle, durchaus. Wenn Sie etwas beabsichtigen, das gegen die Gesundheit oder das Leben dieser Dame gerichtet ist, müsste ich einschreiten.«

»Sie vergessen, dass ich eine Magierin bin.«

»Aber Sie haben Schwierigkeiten mit dem Zaubern, sonst hätten Sie Ihre Macht vorhin gegen die Gardisten eingesetzt, richtig?« Jennings beobachtete sie. »Oder Sie sparen sie auf, um gegen Rose Abongi anzutreten. Was ich übrigens sehr bedauere, denn sie bezahlte pünktlich und sehr gut.«

»Sie halten sich für sehr schlau.«

»Nein, nicht sonderlich. Aber ich bin lange genug im Geschäft.« Er lächelte. »Mikrowellen.«

»Was?«

»Die Waffe, mit der sie die Leute im Transporter, die Gardisten in den Rüstungen und die Hubschrauberbesatzung durchgekocht haben. Das waren Mikrowellen, nicht wahr? Und dieses Riesensteak auf dem zweiten Transporter ist die getarnte Abschussvorrichtung. Das ist großes Kino, Frau Peron. Wer auch immer Ihnen dieses Spielzeug besorgt hat, solche Kontakte hätte ich auch gerne.« Er gab Alexa ein Zeichen, und sie kam zu ihnen. »Also, Frau Peron, stellen Sie Ihre Frage.«

Es passte Cauldron gar nicht, diese Unterredung vor einem Zeugen zu führen. Da sie aber keine andere Möglichkeit sah, ließ sie sich darauf ein. »Sie erinnern sich an den Tag, an dem Sie mich aus der Halle holten, Frau Du Garotte?«

Die Killerin nickte.

»Was geschah, nachdem Sie mich in den Krankenwagen gebracht hatten?«

»Worauf wollen Sie hinaus?«

»Sie sagten mir nicht, dass es einen zweiten Wagen und ein Team in Feuerschutzanzügen gab, das danach in die Halle ging.« Ihre Augen starrten sie feindselig an. »Hat dieses Team Xavier Rodin geborgen?«

»Warum sollte ich Ihnen darauf eine Antwort geben?«

»Weil ich Ihnen ansonsten mit einem simplen Kom-Gespräch die Killer der ganzen Welt auf den Hals hetze, die Ihren Herrn Kraif umlegen wollen.«

»Sag es ihr«, seufzte Jennings, der erkannt hatte, dass die Magierin nicht bluffte.

»Ich habe einen Ruf als Runnerin zu verlieren. Wenn ich es mir mit dem Konsortium verscherze, bekomme ich nie wieder Aufträge«, begehrte sie auf.

»Sie meinen sicherlich Aztech.« Cauldron sprach langsam und betont aus, was sie wusste. »Ich habe mich umgehört und weiß, wer hinter dem Klinikum steckt.«

Jetzt stand Alexa der Schrecken ins Gesicht geschrieben. »Dann werden Sie erst recht verstehen, dass ich Ihnen nichts sagen kann.«

»Und wenn ich Sie anheuern würde?« Sie zückte einen Credstick. »Da sind 10 000 Nuyen drauf. Mit der Einwilligung von Mr. Jennings könnte ich Sie nach dem Auftrag in Dubai für meine Sache in der Schweiz unter Vertrag nehmen. Sie werden mir bei der Befreiung von Xavier helfen. Aber Sie sollten in Anwesenheit der anderen Leute in den Transportern kein Wort darüber verlieren. Es sind Aztech-Truppen.«

Jennings hielt sich raus. Da Cauldron Alexa nicht mitten in seinem Auftrag abwerben wollte, überließ er es seiner Ex, eine folgenschwere Entscheidung zu treffen.

Alexa nahm den Stick. »Ihr Freund lebt noch«, raunte sie. »Wir haben ihn aus dem Feuer gezogen.«

»Wie geht es ihm?«

»Er hatte Verbrennungen dritten Grades, die Ärzte mussten die komplette Haut austauschen. Wegen der starken inneren Verletzungen, die nicht von den Trümmern stammten, haben sie ihn in ein künstliches Koma versetzt.« Sie lächelte und tat so, als plaudere sie über irgendwelche gemeinsamen Erlebnisse, damit keiner der anderen Runner Verdacht schöpfte. »Den Aufenthaltsort werde ich Ihnen aber erst verraten, wenn das hier alles zu Ende ist und Sie mich bezahlen.«

Cauldrons Gefühlswelt hellte sich mit einem Schlag auf. Sie fühlte sich unglaublich gut. Wenn es ihr nun noch gelang, ihren Sohn und ihren Mann aus der Klinik zu befreien, dann hätte sie alle Menschen um sich versammelt, die ihr etwas bedeuteten. Das waren zwei Runs. Die wichtigsten in ihrem Leben. Sie zweifelte nicht mehr daran, dass es ihr gelingen würde, Abongi und den Elementar zu vernichten. Danach würde Aztech zu spüren bekommen, was es bedeutete, eine Feuermagierin zu täuschen und zu hintergehen.

Aus der überschwänglichen Freude wurde lodernde, heiße Wut. Man hatte sie betrogen, sie wegen des vorgetäuschten Todes von Xavier leiden lassen. Das würde das Klinikum nicht heil überstehen.

»Frau Peron«, kam es über ihr Funkgerät. »Wir nähern uns der angegebenen Adresse.«

Cauldron wandte sich an Jennings. »Hier trennen sich unsere Wege wieder. Ich wünsche Ihrem Kunden alles Gute und dass er den Hauptgewinn zieht.«

Der Transporter stoppte, die Schiebetür wurde geöffnet, und die Runner stiegen, bis auf Tattoo, aus.

»Vielen Dank«, verabschiedete sich Jennings mit einem Nicken und hielt das Gewehr locker in der Hüfte. Er sah für einen Moment wie eine seltsame Doppelwerbung für Waffen und Anzüge aus. »Frau Du Garotte wird Sie anrufen, sobald wir den Auftrag abgeschlossen haben.« Er zog die Tür zu, und die Fahrt ging weiter.

Tattoo sah die Magierin an. »Sie freuen sich ziemlich drauf, oder?«

Cauldron nickte. »Es wird mir ein unendliches Vergnügen sein, die Existenz des Dschinns zu beenden.«

»Ich möchte auch eine Aufgabe«, bestand die Elfin und zeigte ihre Reißzähne. »Lassen Sie Abongi mir.«

Vereinigte Arabische Emirate, Dubai, Dubai-City,
22. 9. 2059, 00:54 Ortszeit

Die Gruppe stand vor dem schmiedeeisernen Tor eines riesigen Anwesens, hinter dem zahlreiche farbig beleuchtete Brunnen plätscherten. Das Haus war eine Mischung aus englischem Kolonialstil, orientalischer Filigranheit und purer Verschwendungssucht. Blattgold blinkte hier und da, Mosaiken aus winzigen Steinchen schufen beeindruckende Motive an den Wänden. Der Komplex musste einige Millionen Nuyen gekostet haben.

Jennings' Profiaugen suchten nach Kameras und anderen Sicherungseinrichtungen, entdeckten aber keine. Keine offensichtlichen. Die Architekten hatten alle perfekt in das Bauwerk integriert.

Das Tor öffnete sich, aus dem Haupteingang trat die bekannte Gestalt Rashid bin Saeeds, hinter ihm standen bereits zwei neue Leibwächter. Verluste wurden schnell ersetzt.

»Allah sei Dank! Da ist mein geliebter Ali!«, rief er und ging die Treppe hinab.

»Rashid!« Mit einem Freudeschrei warf sich Sheik in die Arme seines Halbbruders. »Danke, dass du mich befreien ließest.« Er deutete auf Jennings, Alexa und Kraif und stellte sie der Reihe nach vor.

»Also, wenn Sie diesen Bart nicht hätten und eine andere Haarfarbe, würde ich schwören, dass Sie dieser Ausländer sind, der das letzte Los der Al-Lachma-Lotterie gezogen hat«, meinte ihr Gastgeber.

»Ich bin es auch«, seufzte er und bekam dafür von Jennings einen bösen Blick.

Rashid schüttelte ihm die Hand. »Dann drücke ich Ihnen die Daumen, dass Sie der Glückliche sind.«

Kraif seufzte. »Ja, ich hätte ein wenig Glück dringend nötig.«

Jennings sah, dass ein Kombi mit abgedunkelten Scheiben langsam an dem Anwesen vorbeifuhr. Viel zu langsam für seinen Geschmack. »Könnten wir bitte reingehen, Herr Saeed?«, fragte er. »In Anbetracht der Umstände unserer Ankunft und dem Hintergrund der Gentlemen«, er deutete auf die Ärzte, die verloren herumstanden, »wäre es besser, wenn wir uns nicht zu lange im Freien aufhalten. Satelliten sehen alles.«

»Sicher. Sie haben Recht.« Rashid deutete auf die Treppe. »Hier entlang bitte.« Einige Bedienstete eilten die Stufen hinab und halfen, die Patienten zu tragen. Die Ärzte und Pfleger verschwanden mit ihnen in einem Seitentrakt des Anwesens. Die Runner folgten den Brüdern in den Empfangsraum.

Auch hier war viel Geld in die Einrichtung investiert worden: schwarze Mahagoni-Möbel, Clubsessel, Gobelins an den Wänden, Prunkgefäße aus Gold und Silber, Zierwaffen und dazu Deckenventilatoren, die sich leise surrend drehten.

Sie setzen sich an einen niedrigen Tisch und wurden sofort von Frauen in orangefarbenen und roten Saris umschwärmt, die ihnen Getränke und Snacks reichten. Die Brüder nahmen einen starken Mokka, die anderen lehnten dankend ab.

»Alle Vorbereitungen wurden getroffen, wie du gewünscht hast«, sagte Rashid zu Sheik. »In einer halben Stunde wird ein Kleinbus kommen, der dich, die Ärzte und Herrn Stauffer abholt. Von Abu Dhabi aus geht heute Nacht noch eine Privatmaschine nach Paris.« Ihm wurde eine Wasserpfeife gereicht, und er nahm einige Züge, bevor er sie weiterreichte. »In den Nachrichten war die Rede von schweren Gefechten, die sich die Polizei mit Fundamentalisten geliefert haben will.« Er lächelte. »Welcher Kon steckte dahinter? Welche Feinde hast du dir gemacht, Ali?«

Sheik lachte und gab eine rasche Zusammenfassung ab. »Und nachdem wir von der Magierin hierher gebracht wurden, sind wir endlich in Sicherheit«, sagte er erleichtert und paffte an der Wasserpfeife. »Du hast daran gedacht, dass Herr Vanderbilt und seine Begleiter noch einige Tage meine Gäste sein werden?«

»Ich habe alles arrangiert. Wie du es wolltest.« Rashid deutete eine Verbeugung an.

Ordog grinste unentwegt. »Weißt du, dass ich dich wegen der Scheich-Story, die du immer erzählt hast, für den größten Lügner der ADL gehalten habe?«

»Das haben viele, mein ungläubiger Freund.« Sheik deutete auf die Pracht um sich herum. »Das ist im Vergleich zu dem, was mir zusteht, noch bescheiden. Meine Familie kommt aus Ras al-Khaima, wir haben uns früher durch Öl und in den Jahren danach durch Diamantenhandel ein Vermögen aufgebaut. Als mein Vater starb, beanspruchte mein jüngerer Bruder jedoch die Firma für sich und drohte mir, mich und unsere gesamte restliche Familie zu töten, wenn ich nicht freiwillig das Land verlassen würde. Ein Attentat scheiterte, und ich erkannte, dass es besser wäre, im Ausland mein Leben zu verbringen und zusammen mit meinem Halbbruder in aller Ruhe den Gegenschlag vorzubereiten.« Er schmauchte wieder, es roch wunderbar nach Vanille. »Meine Familie erfuhr von meinem Aufenthaltsort und holte mich nach Dubai, damit ich von hier aus die Vorbereitungen vorantreiben kann.«

»Wie weit sind sie gediehen?«

»Sehr weit. Wir haben Djalal isoliert und mehrere seiner Konten eingefroren. Vor dem Gericht läuft ein Verfahren wegen Steuerhinterziehung und Betrugs, das wir in die Wege geleitet haben.« Sheik grinste. »Ich gebe ihm noch ein halbes Jahr, dann haben wir ihn. Sobald er vor dem Gericht aus dem Land flüchten will, ist er geliefert.« Er klopfte Rashid auf die Schulter. »Mein treuer Halbbruder hat die Fäden in der Hand und steuert die Vernichtung.«

»So ist es«, verkündete Rashid strahlend, zückte sein Kom und stand auf. »Entschuldigung, aber ich muss nur noch mal nachfragen, wo der Kleinbus bleibt.«

Jennings unterdrückte ein Gähnen. »Ich möchte nicht unhöflich sein, doch wäre es möglich, dass wir uns zurückziehen können? Herr Kraif ist noch ein wenig angeschlagen, und auch ich wäre froh, nach den Aufregungen des gestrigen Tages etwas Ruhe zu bekommen.«

Sheik nickte. »Kein Problem. Ihre Zimmer sind vorbereitet.« Er winkte eine der Damen herbei und befahl ihr, die Gäste zu den Unterkünften zu bringen. »Ich bedanke mich nochmals für Ihr Eingreifen, Herr Vanderbilt. Oder Mr. Jennings? Wie auch immer.«

»Wie auch immer. Und immer wieder gerne, Herr Abolhassan. Wenn Sie Unterstützung gegen Ihren Bruder benötigen, lassen Sie es mich wissen. Gerne sende ich Ihnen ein Angebot.« Er und seine Begleiter erhoben sich. »Ihnen alles Gute, Herr Stauffer. Und nichts für ungut wegen der Sache im Tunnel.« Sie gingen, die Bedienstete führte sie.

»Der Bus ist schon da«, meldete Rashid. »Wenn ich euch dann nach draußen bringen darf?« Er schritt zur Tür, und man folgte ihm; das Forschungsteam wurde zusammengerufen und auf die Abreise vorbereitet. Man hatte ihnen einfache, bunte Kaftane gebracht, damit sie nicht sofort als Mediziner erkannt wurden.

Vor der Tür stand ein Überlandbus, der nicht zu schäbig, aber auch nicht zu auffällig war. Niemand würde das Gefährt in den Straßen von Dubai-City besonders beachten. Der Fahrer war ein Araber, das Begleitkommando im Bus glich Touristen, um den Anschein zu wahren.

»Der Mann hinterm Steuer, Mustafa, weiß Bescheid.« Rashid umarmte seinen Bruder. »Kehre sofort aus Paris zurück, sobald du vollkommen genesen bist. Dann vernichten wir Djalal endgültig.«

Die Ärzte stiegen bereits ein, die Geräte wurden in den Laderaum des Busses verladen. Man hatte sogar daran gedacht, improvisierte Befestigungen für die Liegen der Patienten zwischen den Sitzen anzubringen, damit sie während der Fahrt sicher lagen.

»Ich stehe tief in deiner Schuld, Rashid«, sagte Sheik gerührt und umarmte ihn nochmals. »Allah möge dich segnen.«

»Allah möge auch dich segnen.« Rashid lächelte.

Sheik stutzte. Es war ein Lächeln, das er noch niemals bei Rashid gesehen hatte, ein kaltes, berechnendes Lächeln, das die Augen nicht erreichte und maskenhaft wirkte. Vielleicht bildete er es sich nach dem langen, aufregenden Tag auch nur ein.

Er stieg nach Ordog in den Bus und setzte sich neben ihn. Der Stadtkrieger hatte sein Gewehr nicht abgegeben und würde es erst aus der Hand legen, wenn sie in der Maschine nach Paris saßen und einigermaßen in Sicherheit waren. Noch war der Run nicht zu Ende. Jennings hatte ihn vorhin auf den Kombi aufmerksam gemacht.

Der Fahrer startete den Motor, das Begleitkommando nahm die hinteren Plätze im Bus sowie die an den Ausgängen ein. Ordog musste an einen Gefangenentransport denken.

Sie fuhren die Kiesauffahrt hinab, das Tor öffnete sich langsam. Mustafa setzte den Blinker nach links und bog ab.

Ordog sah den schwarzen Kombi jetzt auch. Er stand schräg gegenüber der Einfahrt; ein dicker Mann in einem hellbraunen Kaftan lehnte an der Beifahrerseite und starrte in den Innenraum, als suchte er nach jemanden; in seinem Mundwinkel steckte eine Zigarette, die er plötzlich ausspuckte. Er riss eine Enfield AS7 hoch, zielte auf den Vorderreifen des Busses und drückte ab.

Die ersten Schüsse des Schrotgewehres überstanden die kugelfesten Reifen noch, dann war der Hagel zu viel für das Material, und es öffnete mehrere Löcher, aus denen die Luft entwich. Mustafa brüllte arabische Flüche, denn was anderes konnte es bei dieser Betonung nicht sein, zerrte mit aller Kraft am Lenkrad und bewahrte den Bus davor, mit der Leitplanke zu kollidieren.

»Was sind denn das für Kamelficker?«, rief einer aus dem Begleitkommando auf Englisch und sprang auf. »Ruf die Zentrale an, sie sollen das Response-Team sofort schicken.« Er und drei weitere Männer machten sich einsatzbereit. »Mustafa, halt an.«

Ordog drückte den Sicherungshebel seines FN HAR nach unten. »Sheik, das sind Kon-Truppen! Dein Halbbruder hat uns verpfiffen.« Er schaute sich um. »Bist du fit genug, ein paar Sprüche abzubrennen?«

»Ich habe es seit meiner Therapie nicht mehr versucht. Professor Singh hatte mir davon abgeraten, weil die Anstrengung zu groß sein könnte.« In seinen Augen stand das pure Unverständnis. »Wieso sollte er so etwas tun?«

»Geld?«

Sheik betrachtete ihn abschätzig. »Er ist mein Halbbruder, dem ich über alles vertraue. Zudem hat Djalal seine Frau getötet. Nichts könnte ihn dazu bringen, mit ihm zusammenzuarbeiten.«

»Wie auch immer – wir müssen weg von hier. Mit den Ärzten.« Der Bus hielt an, die Hintertür öffnete sich, und die vier getarnten Gardisten sprangen hinaus, um sich um den Kombi zu kümmern. Damit blieben drei Gegner im Bus, die ihn aber vorerst nicht beachteten.

Ordog zögerte nicht. »Hey, wie spät ist es?«, fragte er, drehte sich dabei und richtete den Lauf wie zufällig auf den Gardisten neben ihnen. Noch bevor der Mann Antwort geben konnte, trafen ihn die Kugeln in Hals und Kopf; die Scheibe hinter ihm wurde durchlöchert und sprang, der Leichnam rutschte blutspritzend unter den Sitz.

Mustafa zog eine Pistole und feuerte auf den Runner, der sich fallen ließ und den Fahrer mit einem Feuerstoß in den Unterleib ausschaltete, dann wälzte er sich herum und zielte auf den nächsten Gegner.

Die Gardisten an der Hintertür erhoben sich. Dadurch bekam Ordog den rechten von ihnen auf die Anzeige der Smartverbindung, das Fadenkreuz wanderte auf den Kopf – und verschwand. Seine ganze Sicht verschwand für einen winzigen Moment.

Hätte er am Tisch beim Essen gesessen, vorm Trid oder sonst wo, wäre der Aussetzer nicht sehr schlimm gewesen, aber während eines Gefechts entschieden diese winzigen Sekunden über Leben und Tod.

Ordog spürte mehrere Treffer, die von seinem linken Oberschenkel über den Bauch bis zur rechten Brust wanderten. Es schmerzte höllisch, aber anders als echte Projektile. Er verstand, dass die Männer noch Betäubungsmunition verwendeten, die bei ihm ihre Wirkung verfehlten. Es kam öfter vor, dass Gelgeschosse nichts ausrichteten. Anscheinend hatten die Gardisten den Befehl erhalten, das Leben der Gefangenen zu schonen. Immerhin war das Blut mit den wertvollen Inhaltsstoffen einiges wert. Auf die Zukunft gerechnet vermutlich Milliarden Nuyen.

Die Cyberaugen lieferten wieder Bilder. Ordog sah Sheik schräg vor sich stehen und lautlos gestikulieren, im gleichen Moment griff sich der Gardist an den Kopf und sackte zusammen.

»Es geht noch«, keuchte der Magier und hielt sich an einer der Querstangen fest, »aber es tut weh. Lange kann ich das nicht, Ordog.«

Der zweite Angreifer zielte auf Sheik und traf ihn in den Oberkörper. Aufschreiend ging er zu Boden und fiel auf den Runner. Ordog schob ihn fluchend zur Seite, hielt den Lauf ungefähr in die Richtung des Gardisten und schoss, um ihn in Deckung zu zwingen, bis er sich unter seinem Freund herausgegraben hatte.

»Was geht hier vor?«, rief Singh. »Herr Stauffer, was soll das?«

»Das sind Leute eines Kons, Professor. Wir sollen in eine Ark geschafft werden.« Ordog kroch unter zwei Sitzreihen entlang, dann federte er in die Höhe und suchte nach dem letzten Angreifer. Er war verschwunden.

Schüsse erklangen vor dem Bus. Der Kombi war vollkommen durchlöchert, zwei Männer lagen auf der Straße und regten sich nicht mehr, wie er aus den Augenwinkeln bemerkte.

»Ein Kon? Aber Herr Saeed hat uns doch …«

Da tauchte der verbliebene Gardist in der letzten Reihe auf. Er erschien hinter den Sitzen wie eine Klappscheibe auf dem Schießstand, richtete eine Pistole auf den überraschten Runner und drückte ab.

Die Kugeln hätten Ordog mit Sicherheit getroffen, wenn Sheik nicht gewesen wäre. Er hatte sich nicht auf seine Magie verlassen, sondern warf sich gegen den Freund und riss ihn um. Sie prallten gegen das Fenster und rutschten auf den Boden.

Warme Flüssigkeit sickerte auf Ordogs Hals. »Sheik?« Er hob den Kopf des regungslosen Mannes. Das linke Auge existierte nicht mehr, die Gelgeschosse hatten ihn mehrfach im Gesicht und ins Ohr getroffen; einen Puls fühlte er nicht. »Scheiße, nein!«

Er wartete, bis der Gardist nachsehen kam, was seine Schüsse ausgerichtet hatten, dann jagte er ihm eine Salve in den Körper. Der Mann fiel rückwärts gegen die geborstene Scheibe und stürzte aus dem Bus.

»Singh, kümmern Sie sich um Sheik«, befahl Ordog und setzte sich auf den blutgetränkten Fahrersessel. Mustafas Leiche schleuderte er achtlos auf die Treppe.

Er schloss die Hintertür und gab Gas, um sich und die Mediziner in Sicherheit zu bringen. An welchem Ort das auch immer sein konnte.

Ihm fiel nur einer ein.

Vereinigte Arabische Emirate, Dubai, Dubai-City,
22. 9. 2059, 01:13 Ortszeit

Jennings hatte seine Waffen zerlegt, gereinigt und wieder zusammengesetzt und wollte sich in sein Bett legen, da hörte er die Schüsse auf der Straße. Es war demnach kein Zufall gewesen, dass der schwarze Kombi vor dem Anwesen aufgetaucht war.

Prinzipiell misstrauisch, ob die Sicherheitsvorkehrungen des pompösen Anwesens ausreichten, zog er sich wieder an und freute sich, dass man ihm einen neuen Anzug zurechtgelegt hatte; dass er über den Schultern und dem Kreuz etwas spannte, lag an seinem enormen Körperbau. Üblicherweise bevorzugte er Maßanfertigungen.

Er nutzte den Durchgang zu Kraifs Zimmer. Der Com-Golfer lag friedlich unter der Decke und schlief. Der zweite Durchgang öffnete sich, Alexa kam von der anderen Seite herein. Auch sie trug ein neues Kleid, das modisch mehr am Orient angelehnt war, darüber lag ihr altes Sakko. In der Rechten hielt sie ein in Oil-Town erbeutetes Sturmgewehr. »Hast du es auch gehört, Jennings?«

»Was denkst du, weswegen ich hier stehe?« Er rüttelte Kraif an der Schulter wach. »Tut mir Leid, aber wir müssen weiter. Anscheinend hat es jemand geschafft, sich an unsere Fersen zu heften.«

»Ach, verdammt«, ärgerte sich der Mann und stand auf, nur mit einer Unterhose bekleidet. Die Farbunterschiede seiner Haut, Weiß und Dunkelbraun, wurden sehr drastisch sichtbar und wirkten ulkig. »Diese Wette war das Dümmste, was ich jemals in meinem Leben gemacht habe.« Mit seinen Sinnen noch immer etwas in Morpheus' Reich, schlüpfte er in seine Kleidung. Hastig klebte er sich seinen Schnurbart wieder an.

Sie eilten durch den schwach beleuchteten Gästetrakt.

»Wir gehen seitlich über die Mauer«, entschied Jennings. »Ich nehme an, dass die Leute vor der Tür den Bus irrtümlich angegriffen haben, weil sie dachten, Sie befänden sich darin«, erklärte er Kraif. »Gut für uns. Aber ich fürchte, dass dieser Kombi noch mehr Schmeißfliegen angezogen hat.«

»Wo gehen wir hin?«, fragte Alexa.

»Financial District.« Jennings schaute auf die Uhr. Bis zum Ablauf der Wette blieben etliche Stunden. Sehr lange Stunden.

Sie erreichten die Balkontür. Jennings wollte sie öffnen, doch sie war verschlossen. Er konnte sie aufbrechen, aber er wollte ungern etwas beschädigen, weil er es womöglich bezahlen müsste. In diesem Haus sah einfach alles teuer aus.

»Können Sie mir sagen, wohin Sie möchten?« Der Strahl einer Taschenlampe fing sie ein.

»Wir würden die Gastfreundschaft von Herrn Saeed und Abolhassan nicht länger beanspruchen«, sagte Jennings. »Es ist uns etwas dazwischengekommen, das unsere Anwesenheit an einem anderen Ort verlangt.«

»Warten Sie bitte«, sagte die Stimme hinter der Lampe. »Ich sage rasch Bescheid.« Weil der Mann nicht annahm, dass Jennings Arabisch beherrschte, unterhielt er sich laut mit der Zentrale. »Ich glaube, sie haben was bemerkt. Schick die anderen sofort her. Das Arschloch aus Muskeln macht sicherlich Scherereien.«

»Verstanden«, kam es verzerrt aus dem Komgerät. »Willst du auch noch was wetten?«

»Ja. Setz für mich fünfhundert auf Tod.« Der Mann räusperte sich und redete auf Englisch weiter. »Gut. Wir veranlassen das sofort.«

»Danke. Übrigens, falsche Entscheidung.« Jennings zog und schoss auf einen Punkt ein Stückchen oberhalb des Lichts, und die Lampe fiel ebenso wie der Mann zu Boden. Jetzt nahm der Runner es auch in Kauf, Dinge in diesem Haus zu beschädigen, da er eine sehr gute Ausrede besaß. »Sie wissen über die Wette Bescheid, Herr Kraif«, erklärte er knapp, schnappte sich den Toten und warf ihn gegen die Scheibe, die daraufhin zerbarst. So schnell öffnete man eine Tür. »Gehen Sie davon aus, dass es bis zur Mauer eine sehr unschöne Sache wird.«

Sie rannten los und hetzten über den Rasen, der grün und kurz wie eine Golfanlage vor ihnen lag. Bis zur Mauer gab es nur wenig Deckung, und so war es den zum Leben erwachenden Scheinwerfern ein Leichtes, sie zu erfassen.

Jennings schoss sie aus; dabei sah er fünf Verfolger, die ihnen mit Gewehren im Anschlag hinterherhetzten, und zwei Schwebedrohnen, die an den Männern vorbeizogen. Vermutlich wollte der Rigger, der sie steuerte, das Kopfgeld für Kraif kassieren.

Alexa und ihr Kunde gelangten an die Mauer. Sie stützte ihn und warf ihn mehr nach oben, als dass er kletterte. Anschließend sprang sie hinauf und feuerte von der erhöhten Position aus auf die Drohnen.

Schwebedrohnen waren glücklicherweise aus technischen Gründen nie schwer gepanzert. Ihr Vorteil bestand in der Wendigkeit, aber solange sie der Rigger wie die Tontauben in geraden, leicht vorhersehbaren Bahnen bewegte, brachte ihnen selbst das nichts. Alexa schaltete sie rasch hintereinander aus und bestrich die Männer mit einem wohlgezielten Feuerstoß, während Jennings die Mauer erklomm und auf der anderen Seite hinabsprang.

Kraif hockte auf dem Boden und hielt sich den Knöchel. »Autsch, ich bin schief aufgekommen«, sagte er mit zusammengebissenen Zähnen. »Ich glaube, ich habe mir den Fuß gebrochen.«

Alexa hüpfte herunter, sie hielt sich die rechte Seite. »Streifschuss. Nichts Schlimmes.«

Jennings warf sich den Mann über die Schulter und rannte los, seine Ex sicherte den Rückzug. Das Haus in Dubai-City an dem herrlichen Strand hatte er sich redlich verdient.

Ihre Flucht, die recht vielversprechend begonnen hatte, endete nach zwei Straßenzügen vor der Mündung zweier Maschinengewehre. Eine Gruppe von zehn Männern und Frauen in Synthleder-Klamotten hatte sie in einer Seitenstraße unvermittelt umzingelt, die Ingram Vailant MGs wurden von grimmigen Orks mit orientalischem Einschlag gehalten. Ihre neuen Widersacher sahen nach einer hiesigen Gang aus.

Jennings gab Alexa ein Zeichen, noch nichts zu unternehmen.

»Da sind sie ja!«, meinte ihr Anführer grinsend, der im Hintergrund auf einer Chopper saß und sich eine Zigarette ansteckte. »Da können wir uns die Mühe sparen, bei Abolhassan zu klingeln.«

»Lasst uns gehen«, sagte Jennings und setzte Kraif zu Boden.

»Sicher. Wenn einer von euch mir und meinen Leuten das Kopfgeld von zwanzigtausend Nuyen und die zehn Riesen bezahlt, die ich mit der Wette verdienen kann.«

»Noch einer, der auf meinen Tod gesetzt hat.« Kraif stützte sich an einer Laterne ab. »Wie beruhigend.«

Alexa zog ihren Stick. »Da sind dreißigtausend.« Sie ließ die Ziffern aufleuchten, sodass der Mann und alle anderen der Bande sie sahen, wackelte mit dem Stick und schleuderte ihn weit nach links, irgendwo in die Dunkelheit. »Holt sie euch.«

Und tatsächlich rannten vier der Angreifer auf der Stelle los, um die wertvolle Beute zu sichern; auch die Schreie ihres Anführers konnten sie nicht disziplinieren.

Diese Ablenkung wurde sofort genutzt. Jennings eröffnete das Feuer und schaltete zuerst die beiden Orks mit den Maschinengewehren aus. Die Kugeln drangen den Metas durch die Köpfe und beendeten das Denken, noch bevor die Zeigefinger den Befehl vom Gehirn erhielten, sich zu krümmen und einen Stahlregen gegen die Menschen zu senden. Sie knickten einfach zusammen, aber ein MG löste beim Aufprall auf den Boden doch noch durch einen Zufall aus. Die Querschläger sirrten vom Asphalt in alle Richtungen davon, trafen die eigenen Leute und die Runner.

Jennings spürte einen Einschlag in seiner Schulter, scherte sich aber nicht weiter darum und schickte noch zwei Ganger tot auf die Straße; Alexas Waffe brüllte auf und beendete ebenfalls das Leben zweier Gegner.

Dann erwiderte die Bande den Beschuss. Jennings hörte seine Ex aufschreien, danach ihren Körper und die Waffe fallen. Er selbst bekam Treffer in den Oberkörper und in den Bauch, die schmerzhaft, aber nicht tödlich waren. Die Dermalpanzerung an den empfindlichsten, wichtigsten Stellen hielt.

Er warf sich schützend über Kraif und sah den Gullydeckel neben dem Mann. Der Ausweg aus einer in seiner Sicht prekären Situation eröffnete sich gerade noch rechtzeitig.

Die Druckwelle der gewaltigen Explosion, die sich hinter ihnen und mitten unter den Gangern ereignete, hob ihn wie ein Blatt an und schleuderte ihn davon; mit ihm flogen Alexa und Kraif. Mehrere Maschinenpistolen ratterten, die er dem Klang nach als Uzis erkannte.

Er rollte sich herum, nahm die Stelle ins Visier und versuchte zu erkennen, was sich dort tat. »Kraif, leben Sie noch?«

»Ja«, kam die Antwort. »Aber Ihre Ex rührt sich nicht mehr.«

Zwischen den Gangern sprangen fünf schwarz gekleidete Gestalten umher, schossen und stachen die Angreifer einen nach dem anderen nieder, dass es für Jennings eine Freude war, zuzuschauen. Da waren eindeutig Profis am Werk. Profis, die ebenso hinter dem Kopfgeld her waren wie die Dubai-Rocker.

»Puls?«

»Was?«

»Sie sollen ihren Puls fühlen!«

Jennings zielte auf die erste Gestalt, um sie mit einem Schuss zu erledigen. Es musste schnell gehen, solange sie sich noch mit den Gangern beschäftigten und sich nicht um ihn kümmern konnten. Es blieb an ihm hängen, sich lebend aus der Lage zu retten.

»Geschätzte hundertachtzig«, meldete Kraif.

Ein Schatten sprang über ihn hinweg, und schon hatte ihm der Unbekannte das AK aus der Hand gerissen. Jetzt langte er nach der Max-Power.

»Iye«, sagte eine leise Stimme neben ihm. »Wenn

Sie nicht sterben möchten, tun Sie nichts. Wir sind zum Schutz von Herrn Kraif hier. Wie Sie. Oyabun Makahaschi würde es bedauern, von Ihrem Tod zu hören.«

Jennings wandte den Kopf und sah ein eindeutig asiatisches Gesicht neben sich, das spitze Ende eines Tanto zielte genau auf sein Ohr. Die Klinge zitterte nicht ein winziges bisschen. »Hai. Wakarimas«, erwiderte er und verbarg seine Erleichterung vor dem Yakuza.

Vereinigte Arabische Emirate, Dubai, 4 Kilometer vor Hatta, 22. 9. 2059, 02:31 Ortszeit

Cauldron rutschte den Abhang zum See hinab und landete neben dem flachen Kiesstrand des Wadis, Steinchen rollten ins Wasser und plätscherten leise; die Spiegelglätte wurde durchbrochen, kleine Wellen schlugen hoch und zerstörten das perfekte Abbild des Nachthimmels.

Die schwarze Löwin, die sich zum Schlafen am jenseitigen Ufer unter einem Felsvorsprung zusammengerollt hatte, hob den Kopf, die Augen schimmerten im Licht der Sterne auf. Abongi bevorzugte es wie alle Gestaltwandler, in ihrer angeborenen Form zu erscheinen, und empfand das Dasein als Mensch oftmals als notwendige Last, um sich unter den anderen Zweibeinern ungestört bewegen zu können.

»Endlich habe ich dich gefunden«, rief Cauldron über das Wasser hinweg, und ihre Stimme hallte von den steilen Wänden wider. »Wie fühlt es sich an, alles verloren zu haben, Abongi?«

Die Löwin kroch tiefer in den Schatten und verschwand für einige Momente aus der Sicht der Magierin, dann kam sie in ihrer menschlichen Gestalt unter dem Stein hervor. Es war ihr gleichgültig, dass die Frau sie nackt sah. »Du bist nicht alleine gekommen. Ich rieche noch jemanden. Jemanden, den ich kenne.« Sie witterte in die kühle Luft, dann schaute sie zu dem Steilhang neben sich. »Es ist diese Elfin. Sie hat mich damals verletzt.«

Cauldron erkannte, dass der Elementar sprach. Tattoo hatte sich in Andorra todesmutig und völlig respektlos mit ihren Unterarmspornen auf den Windelementar in seiner manifestierten Form gestürzt. »Ja, ich habe die Elfin dabei, Dschinn. Sie hat noch eine Rechnung mit dir offen. Genau wie ich.«

Tattoo zeigte sich an der oberen Kante, die Hände lagen an den Griffen der Sai-Gabeln, die sie an die Oberschenkel geschnallt trug. Ein zweites Paar hing auf ihrem Rücken. »Dieses Mal reiße ich dich in Stücke, Windgeist!« Sie hüpfte die Schräge hinab und surfte auf dem Schutt in einer Staubwolke nach unten. Sie kam zehn Meter hinter Abongi zum Stehen. »Du hast lange genug gelebt.«

Abongi befand sich in keiner beneidenswerten Lage. Um einen Kampf kam sie nicht mehr herum, und wenn der Elementar beschloss, sich lieber aus ihr zurückzuziehen und den Wirtskörper zu verlassen, könnte sie dabei sterben. Die Aufhebung der überirdischen Symbiose rief bei dem Verlassenen einen geistigen Schock, ein Trauma hervor, das schwer zu verdauen war. »Ich schicke dich zu deinen toten Freunden«, fauchte sie und trabte auf die Elfin zu.

Tattoo zog die Sai-Gabeln und wappnete sich gegen den Angriff. Sie wusste von Cauldron, dass die Besessene über enorme Behändigkeit und Kraft verfügte, die sie durch die Macht des Elementars verliehen bekam. Gleichzeitig besaß sie genügend Vertrauen in die eigenen Fertigkeiten. Sie betete zu dem Gott der Elektronik. Ihre Cyberware durfte im anstehenden Kampf keinen Aussetzer haben.

Cauldron sah, dass sich Abongi zuerst um Tattoo kümmern wollte. Sie würde mit ihren magischen Kräften erst eingreifen, wenn es notwendig war. Sie watete durch den flachen Teil des Wasserlochs, um sich näher ans Geschehen zu bringen; dabei rief sie die fünf Elementare herbei, die ihnen die Klinik als Verstärkung gesandt und die im Astralraum auf Abruf zur Verfügung gestanden hatten.

Die Magierin hielt sich bereit, einen Schutzzauber hochzuziehen und um Tattoo zu legen, durch dessen Barriere kein Zauberspruch gelangen würde. Abongi sollte nur die Möglichkeit bleiben, sich physisch mit der Stadtkriegerin zu messen. Cauldron ließ sich bei ihrem Zauber von den Elementaren unterstützen, die ihr von ihrer astralen Energie abgaben und das Wirken von Magie erleichterten.

Der Kampf zwischen Abongi und Tattoo begann. Die Afrikanerin nahm im Laufen ihre wahre Löwinnengestalt an, attackierte ansatzlos und unglaublich schnell. Die Kombination aus Gestaltwandlerin und Elementar konnte es mit der Verbindung aus Metamensch und Maschine aufnehmen.

Tattoo parierte den ersten Angriff mit ihren Sai-Gabeln, indem sie die heranfliegenden Pranken einfach zur Seite drosch. Einem normalen Wesen hätte das bereits die Unterarme gebrochen, doch die Zähigkeit der Gestaltwandlerin trotzte der Wucht des Aufschlags. Die Adrenalinpumpe schlug an, Tattoos Körper verwandelte sich in einen Hochleistungsreaktor.

»Komm schon, Miezekatze.« Die Elfin grinste und bleckte ihre Reißzähne. »Meine Zähne sind schärfer als deine.«

Abongi duckte sich flach an den Boden, der Schweif peitschte, dann sprang sie. Das dachte zumindest Tattoo und wich entsprechend aus. Aber die Löwin hatte mit der Pranke nach dem linken Bein gezielt, die Krallen bohrten sich tief in Elfenfleisch.

Es tat unglaublich weh, der Schmerz zuckte auf und wurde von der Elektronik im Kopf sogleich unterdrückt. Dafür rammte Tattoo der Gestaltwandlerin die rechte Sai in die linke Schulter, schob die nadelartige Klinge bis zu den beiden seitlichen Fanghaken ins Fleisch; dann drehte und bückte sie sich blitzschnell. Abongi wurde durch den Widerhakeneffekt mitgezogen, flog über Tattoos Rücken und landete mit dem Bauch nach oben im Staub.

Die Elfin stieß mit der anderen Sai-Gabel nach der Kehle, aber Abongi riss sich los und rollte zur Seite. Sie sprang zwei Schritte zurück, die Waffe zog sie sich mit den Zähnen aus der Wunde, die sich zu schließen begann. Fauchend sprang sie gegen ihre Gegnerin.

»Ja, komm zu mir!« Tattoo machte einen Satz nach vorn, zog dabei eine neue Sai-Gabel aus der Rückenhalterung und stach mit einer fließenden Bewegung in die Körpermitte Abongis. Unter den tödlichen Hieben der Löwin tauchte sie weg, auch wenn ihr verletztes Bein mit neuen, kräftigeren Schmerzen rebellierte.

Die Gestaltwandlerin rammte sich die Zweitwaffe der Elfin etwa zwanzig Zentimeter unter der Achselhöhle tief in den Brustkorb und unterstützte mit ihrer Eigenbewegung die Kraft des Angriffs. Ein heißer Schmerz schnitt durch ihre Lungen und behinderte sie beim Luftholen. Es war, als breite sich brennendes Benzin in ihnen aus, das sich mit jedem schwachen Atemzug weiter entfachte.

Sie prallten zusammen, fielen in tödlicher Umarmung auf die Erde. Ein Prankenhieb zeichnete rote Furchen in Tattoos Gesicht und machte sie für einen winzigen Moment benommen. Abongi schnappte zu.

Tattoo erahnte die Attacke gegen ihre Kehle. Sie zückte die vierte Sai-Gabel und spießte sie in den Hals der Afrikanerin. Die mechanischen Arme hielten der Kraft der Löwin stand und hinderten die Zähne daran, sich in sie zu senken; rund um die Wundränder sickerte sofort Blut. Mit ihrer letzten Waffe durchbohrte sie das Herz der Gegnerin, die keinerlei Gegenwehr mehr leistete. Die Auswirkungen der Treffer waren einfach zu übermächtig.

Abongi löste sich von ihr, machte zwei taumelnde Schritte von ihr weg und stand noch aufrecht, die drei Griffe ragten aus ihrem Körper und ließen sie wie ein modernes Kunstwerk erscheinen, als ein Symbol für ein unterdrücktes und gequältes Afrika. Sprechen und atmen konnte sie nicht mehr, ihr Kehlkopf war zerstört. Sie schwankte, fiel vornüber, fing sich ab und kroch durch den Staub, kam näher und näher zu Tattoo und öffnete die Kiefer, um sie zu beißen.

Die Elfin ging in die Knie, griff in die Schnauze und störte sich nicht an den scharfen Zähnen, die durch die Kunsthaut schnitten. Ihre Metallfinger darunter waren dagegen immun. »Ich helfe dir, vor deinem Tod die Klappe noch einmal weit aufzureißen, Schätzchen.« Es krachte laut, als sie den Unterkiefer mit einem brachialen Ruck aus der Verankerung riss. Tattoo ließ ihren rechten Unterarmsporn hervorschnellen und schlug schräg durch den Gaumen hinauf bis zum Gehirn.

Abrupt erschlaffte der mächtige Löwinnenkörper. Rose Abongi war tot.

Cauldron überwachte die Astralebene und hatte bemerkt, dass der Dschinn kurz vor dem Ableben seiner Wirtin ausgefahren war; die Aura Abongis dagegen erlosch. Sie war besiegt. Der Dschinn hingegen, im Astralraum ein mächtiges, blaues Leuchten, erstarkte wieder, seine alten Kräfte kehrten zusehends zurück.

»Du hast meinen Respekt mehr als verdient, Cauldron«, sagte er. »Daher mache ich dir erneut das Angebot: Lass mich in dich fahren. Zusammen können wir neu beginnen und über ein Imperium herrschen, das …«

Cauldron lächelte und formte voller Konzentration einen Spruch, um den Dschinn zu bannen, dann schleuderte sie die aus astraler Kraft geschaffenen Zauber gegen ihn.

Der Elementar konterte und behauptete sich gegen den Angriff. Ein Blitz schnellte hinterher und traf Cauldron, die rückwärts taumelte und in den Sand des Wadis stürzte. Sofort setzte der Dschinn nach und kam tosend auf sie zu, doch die anderen Elementare warfen sich gegen ihn und hielten ihn lange genug auf, bis Cauldron eine Barriere errichtet hatte.

»Das wird dir gar nichts nützen!«, säuselte der Dschinn und zerstörte Cauldrons ersten astralen Helfer. »Du wirst mich niemals vernichten können.«

Cauldron sah, wie Tattoo durch das seichte Ufer des Wadis gesprintet kam, sie ohne anzuhalten packte, über die Schulter warf und weiterrannte. Das bedeutete, dass die Elfin den entscheidenden Funkspruch bekommen hatte: Die Vorbereitungen waren abgeschlossen.

»Du flüchtest?« Der Dschinn lachte sie aus. »Ich lasse dich nicht entkommen, Cauldron. Mein Angebot wird entweder angenommen, oder derjenige, der es ausschlägt, stirbt.« Er zerstörte einen weiteren Feuerelementar, der seiner Macht nicht gewachsen war.

»Haltet ihn auf«, befahl Cauldron den verbliebenen drei, obwohl sie genau sah, dass sie keine Chance gegen den Dschinn hatten. Ihre weltlichen Verbündeten in der Schweiz hatten ihr absichtlich schwache Elementare geschickt, nahm sie an, damit sie im Kampf gegen den Dschinn starb. Auf diese Weise müssten sie nicht fürchten, dass sie zurückkehrte und Anspruch auf ihren Sohn erhob.

Der Dschinn fiel zurück und kämpfte gegen die Elementare, wodurch Tattoo einen Vorsprung erlief. Davonrennen war angesichts der Geschwindigkeit von mehreren Tausend Stundenkilometern, die ein astrales Wesen erreichen konnte, nicht möglich. Darum ging es auch gar nicht. Sie musste aus dem Wirkungsbereich einer sehr weltlichen Waffe gelangen.

Der Dschinn hatte alle seine Gegner besiegt und flog tosend heran; dabei setzte er seine Kräfte ein und formte eine gigantische Windhose, in welcher der Sand wirbelte. »Ich schäle euch beiden gleich das Fleisch von den Knochen«, rief er.

Dann wurde der Sturm langsamer und verharrte auf der Stelle. Plötzlich wandte er sich nach links und hielt auf den Al-Lachma-Transporter zu, der hinter einer Düne geparkt stand. Im letzten Moment hatte er die eigentliche Gefahr erkannt. Zu spät.

In dem Augenblick, als die Windhose den Wagen erfasste und ihn zwei, drei Meter anhob, detonierten die Sprengladungen rund um das Wadi. Sand- und Geröllfontänen stiegen weit hinauf in den Nachthimmel und überragten sogar die Ausmaße des Wirbelsturms. Die Druckwelle raste brüllend heran und fegte Tattoo und Cauldron von den Beinen. Schmerzhaft peitschten die Sandkörner die ungeschützte Haut.

Gerade als sie dachten, es wäre überstanden, und sich aufrichteten, stieg ein Lichtblitz aus einem der Transporter auf und stürzte sich in das, was die erste Sprengung von dem Wasserloch übrig gelassen hatte.

»Eine Rakete!« Cauldron erbleichte. Das war nicht abgesprochen gewesen. Sie warfen sich erneut in den Sand, spürten das Zittern, das durch die Erde lief und das in einer gewaltigen Eruption hundert Meter hinter ihnen gipfelte. Sie hörten das dumpfe Grollen, eine Hitzewoge brandete über sie hinweg, und dann fiel heißer Sand auf sie nieder, ehe eine neuerliche Wand aus Staub heranwehte und ihnen die Sicht raubte.

»Eine Mini-Atombombe?«, fragte Tattoo und stand auf, tastete nach der Magierin und nahm sie an der Schulter, um sie nicht zu verlieren. Ihre Cyberaugen schalteten auf Infrarot um. Damit erkannte sie einen immensen Hitzepunkt an der Stelle, wo sich einst das Wadi befunden hatte.

Cauldron askennte die Region, ohne vollständig in den Astralraum einzutauchen. Der Bereich, wo die Rakete eingeschlagen hatte, lag verbrannt und tot vor ihr. Es gab nichts Lebendiges mehr in diesem Sand, keinen Zusammenhalt mehr mit der Ganzheit der Natur. Ein Stück abgestorbenes Fleisch an einem Körper.

Auch der Dschinn war verschwunden. Mit der Vernichtung des Wadis, des Lebensquells, waren auch seine Macht und seine Existenz vergangen. Die Erwachte Welt wurde von einer Gefahr weniger bedroht. »Keine Atombombe«, gab sie Entwarnung. »Irgendetwas Thermisches und Chemisches.«

»Der Dschinn?«

»Ausgelöscht.«

Tattoo lachte böse. »Es wurde auch Zeit.« Die Sandschleier legten sich, sie erkannte die staubüberzogene Magierin vor sich. »Hey, wir sind gar kein schlechtes Team.«

»Wenn es am schönsten ist, soll man aufhören«, gab sie zurück. Sie hob das Kom an die Lippen. »Aber noch war es nicht am schönsten. Teil zwei beginnt. Code: Helena.«

»Waren Peron und die Elfin noch im Wadi?« Filligan, der Einsatzleiter des Unternehmens, betrachtete die Monitore, die durch die Restlichtverstärkung nichts als Staubbilder lieferten. Erst mit Infrarot erkannten sie die nähere Umgebung, doch sobald sie in Richtung Wadi schwenkten, wurde der Bildschirm rot wie ein Pavianarsch.

Die Mischung hatte es in sich gehabt. Ein stufenweise zündender Sprengkopf, der vor dem Eindringen in den Boden noch über der Oberfläche eine Thermalladung zündete und die Umgebung im Umkreis von fünfzig Metern mit 2000 Grad Celsius durchglühte. Derweil bohrte sich die Spitze auf zwanzig Meter hinab und detonierte, wobei eine aggressive Bakterienart freigesetzt wurde. Die Bakterien verhinderten, dass auf dem Boden jemals wieder etwas wuchs, und fraßen Chemikalien und Öl jeglicher Art. Entgiftung auf die harte Tour.

Geplant waren diese Raketen, die es in unterschiedlich großer Ausführung gab, für die Bekämpfung von Giftsümpfen, in denen toxische Geister ihr Unwesen trieben. Danach wäre mit ein wenig Erdarbeiten neues Bauland entstanden.

»Ich sehe nichts«, meldete der Sicherheitsrigger. »Das Uplink zum Satellitensystem wird gestört. Zu viel Dreck.«

Filligan steuerte die Kamera zu dem auf der Seite liegenden, eingedrückten Transporter, der von der Windhose erfasst worden war. Einige Leute krochen aus dem Seitenfenster. »Schick die Drohnen raus. Sie sollen die beiden Frauen finden und erledigen. Die anderen Teams sollen aussteigen, den Wagen sichern und Team drei helfen. Wir müssen weg, bevor die Scheichs uns die Kamelpatrouille auf den Hals hetzen.«

Der Rigger betrachtete die rote Fläche. »Da wird die Forschungsabteilung jubeln, wenn wir ihnen die Bilder zeigen.« Etwas Schweres, Metallisches schlug gegen die Seitenwand. Der Rigger schwenkte die Kamera und betrachtete die Außenwand des Transporters.

Ein verhältnismäßig kleiner, dafür sehr breit gebauter Elf in einem sandfarbenen Nomadengewand hatte einen kreisrunden Gegenstand von einem Meter Durchmesser am Blech befestigt und setzte einen weiteren an; sie hörten den Schlag. Dann machte er einen Schritt rückwärts und betrachtete zufrieden sein Werk und hob den Daumen in Richtung Kamera.

»Wo kommt der denn her?« Der Rigger zoomte heran.

»Knall den Idioten ab!« Filligan befahl zweien seiner Leute, nach draußen zu gehen, aber da sprang ihn die Wand vor sich an. Er bekam den Monitor mitten ins Gesicht, ein langes, spitzes Stück Transporteraußenhaut fuhr von hinten durch den Bildschirm und nagelte ihn auf Filligans Kopf fest. Der Einsatzleiter starb, ohne zu wissen, was geschehen war.

Der Elf im Freien grinste, als er sah, wie die Panzerminen synchron zündeten. Sie waren so konstruiert, dass sie auf der einen Seite ihre verheerende Wirkung in den Innenraum abgaben, während ihre Außenseite praktisch unversehrt blieb. In seinem Nebenberuf als Waffenhändler saß er an der Quelle für dieses Spielzeug.

Er trat an die Hecktür und öffnete sie. Qualm drang heraus, im Inneren herrschte ein Chaos aus zu Kleinschrott verarbeiteter Elektronik und verstümmelten Menschenleibern. Was einen A31-2 Schwarzkopf-Panzer zerlegte, hatte mit einem leicht gepanzerten Van keine Schwierigkeiten. »Hier Lombaire. Ich bin fertig. Wie sieht es bei euch anderen aus?«

»Hier ist Sam«, sagte eine Frauenstimme. »Mein Transporter ist ausgeschaltet. Ich habe die Drohnen deaktiviert. War viel zu leicht.«

»Hier Priest. Odin war mit mir und hat mir einen Sieg über meine Feinde gewährt, wenn ich es richtig sehe.« Der Kanal blieb eine Sekunde geöffnet, dann hörten sie zwei Schüsse. »Also, jetzt bin ich mir ganz sicher.«

Der Elf grinste immer noch, während er zu dem Transporter ging, aus dem die Verletzten kletterten; er zog seine HK Urban Combat. »Gut. Wir treffen uns am Wagen mit Peron und Tattoo ...«

»Tattoo? Ist das nicht die Stadtkrieg-Spielerin?«, fragte Sam aufgeregt. »Cool. Ich kenne sie nur aus dem Trid.«

»Genau, das ist sie.« Lombaire ging an dem ersten Mann vorbei und streckte ihn mit einer Salve aus der Maschinenpistole nieder, dann zielte er auf den zweiten und erschoss auch ihn. Sein Auftrag lautete, niemanden lebendig zurückzulassen. »Zieht euch zurück, ich bin gleich bei euch.« Er beendete das Gespräch, dann pochte er gegen die Seitenwand des Fahrzeugs. »Hallo? Lebt noch jemand?«

»Ja«, kam es schwach. »Wir sind eingeklemmt.«

»Moment, ich ändere das.« Er langte unter sein Nomadengewand, worunter sich die Teilpanzerung verbarg, und pflückte zwei Granaten vom Gürtel. Sicherungsbügel weg, ab durchs Fenster damit und zwei Schritte zurücktreten. Es krachte zweimal dumpf. Die Hecktür wurde durch den Überdruck aufgesprengt, aber ansonsten beschränkte die Panzerung den vernichtenden Splitterhagel einzig auf den Innenraum.

Lombaire klopfte nochmals auf das Blech. »Hallo?«

Niemand antwortete mehr.

Regel 19: Der Spieler darf seinen Ball nicht an jedem Ort auf dem Platz für unspielbar erklären, es sei denn, der Ball ist in einem Wasserhindernis, das tiefer als 5 Meter ist, oder einem schwer gepanzerten Fahrzeug.
Ob der Ball unspielbar ist, unterliegt einzig und allein der Entscheidung der Spielleitung, mit der sich der Spieler über sein Kom abstimmt.
Er muss jedoch versuchen, die Spielbarkeit mit den beschriebenen eigenen Hilfsmitteln wieder herzustellen. Dabei ist auf die Umgebung und Kollateralschäden zu achten. Der Einsatz von Sprengstoffen aller Art ist auf ein Minimum zu beschränken.
Gewonnen hat, wer am Ende des Spiels 1. lebt und 2. die wenigsten Schläge benötigt hat, um ordnungsgemäß einzulochen.

Auszug aus den All-Area-Combat-Golf-Regeln der International Double A Combat Golf Society

ADL, Groß-Frankfurt, Frankfurt/Flughafen,
26. 9. 2059

Holdo stand am Gepäckband und war der glücklichste Mann der Erwachten Welt. Es war 23.31 Uhr, seine Maschine aus Dubai war vor einer halben Stunde gelandet, und seine gefälschten Papiere hatten der Überprüfung standgehalten.

Wie gerne hätte er es herausgeschrien, dass der Fluch ein Ende genommen hatte! Seit einer Stunde und sechzehn Minuten musste er nicht mehr fürchten, von einem Killer erschossen zu werden. Er würde es genießen, durch dunkle Ecken zu gehen, mitten auf einem Marktplatz zu stehen oder sich am Fenster zu zeigen.

Die letzten Tage in der Obhut von Oyabun Makahaschis Leuten brachten ihm die absolute Sicherheit. Der Yakuza-Chef war nicht über Nacht zu einem Menschenfreund geworden, sondern litt schlicht und ergreifend unter der Angst, dass Kraif starb, ehe er seine Schulden bei seinem Sohn beglichen hatte. Und nebenbei hatte der Oyabun viel Geld darauf gesetzt, dass Kraif überlebte. Bei einer haushohen Quote machte er somit doppelten Reibach.

Holdo kümmerte es nicht. Er hatte es überstanden, und auch er hatte auf sein Überleben gewettet und müsste, wenn er sich nicht sehr verrechnete, Besitzer von 760 000 Nuyen sein. Jennings saß in Dubai-City zusammen mit dem Los und wartete auf die Ziehung.

Sollte es gewinnen, kämen nochmals neun Millionen dazu, eine hatte Holdo Jennings abgetreten. Mit dem Rest würde er sich die teuerste Golf-Ausrüstung der Welt kaufen.

Alles wandte sich zum Guten. Selbst die deutsche Polizei hatte die Fahndung nach ihm eingestellt, nachdem er kurz vor seinem Abflug aus Dubai mit dem leitenden Beamten, Spengler, per Kom gesprochen und seine Version des Mordes an Poolitzer berichtet hatte. Auflage war, dass er sich sofort nach seiner Ankunft in Frankfurt an das BKA wandte, um einen Termin für ein Protokoll zu vereinbaren. Dieser Spengler schien ein netter Mann zu sein.

Endlich sah er seinen Koffer und nahm ihn an sich. Er schlenderte aus dem Terminal 3, trat in die kühle, regnerische Frankfurter Nacht und sah das kleine Café, aus dem er vor einer Woche in aller Hektik geflüchtet war. Café Abflug. Er bemerkte den Namen jetzt erst und dachte an Jennings, den abgebrühten Profi, der nach dem Tod seiner Ex-Frau mit einem Schlag das Sorgerecht seiner Tochter bekam. Das würde das Leben des Runners und Killers gehörig durcheinander bringen.

Er betrat das gut besuchte Café, schwang sich auf den letzten freien Hocker am Tresen und bestellte einen Latte Macchiato.

»Sie strahlen aber«, sagte die Frau, die ihn schon vor einer Woche bedient hatte. »Und braun gebrannt sind Sie auch. Urlaub?«

»Abenteuer-Urlaub«, nickte Holdo. »Eine Woche lang. Dubai-City.«

»Dubai«, grübelte der Gast neben ihm, ein Mann in einem schon etwas älteren Geschäftsanzug. »Gab es da nicht vor kurzem Terroranschläge?«

»Nein, das waren Auseinandersetzungen zwischen Kons«, berichtigte Holdo.

»Das habe ich gleich gesagt«, bemerkte die Frau und nickte. »Die hauen sich derzeit richtig gegenseitig auf die Finger, heißt es.« Sie schaute sehr wichtig zwischen den Männern hin und her. »Einer meiner Gäste hat mir das verraten. Die führen einen Krieg. Jeder will den anderen übernehmen.«

»Ach was?«, sagte der Mann und grinste.

Holdo hätte jetzt von seinen Erlebnissen mit United Treatment, Cross Applied Technologies und den anderen berichten können, aber es hätte ihm sowieso keiner geglaubt. Also rief er Mousse an. Bei ihr war besetzt. »Ruf mich zurück, wenn du fertig bist. Ich bin in dem kleinen Café am Terminal 3. Und ich möchte gerne das, was du mir versprochen hast.« Er lächelte und freute sich auf das erste Mal mit ihr. Er hatte in den letzten Tagen, an denen es endlich ruhiger war, oft an sie gedacht.

Er aktivierte den Bildschirm im Tresen und las die letzten News der ADL. Nach einer halben Stunde nahm er seinen Palmtop, wählte sich auf den Schattenland-Server und überprüfte im Online-Wettbüro die abschließende Quote. Die Anzeige stand bei 1 : 53! Damit stieg auch sein Gewinn.

»Scheiße, ich bin reich«, raunte er zufrieden. Auch ohne Lottogewinn. Er versuchte, bei Spengler anzurufen, und bekam ein Freisignal. Er wartete, rührte seinen Latte um und schaute auf den Monitor, auf dem die Abflüge und Ankünfte aufgelistet standen. »Entschuldigung, aber Ihre Anzeige ist defekt«, sagte er zu der Bedienung und hielt ihr seine Uhr hin. »Sehen Sie, es ist 00.17 Uhr.«

»Nein, es ist 21.17 Uhr.«

»Niemals!«

»Spengler«, kam es aus dem Kom.

»Hier ist Kraif«, sagte er rasch. »Warten Sie einen Moment, bitte.«

Der Gast neben ihm hielt sein Armband-Kom hoch. »21.17 Uhr, junger Freund, sehen Sie? Kann es sein, dass Sie übersehen haben, Ihre Uhr umzustellen?«

Holdo wurde schlecht, richtig kotzübel. Jetzt fiel es ihm wieder ein: Dubai war Europa drei Stunden voraus! Er hatte wirklich vergessen, die Zeiten abzugleichen.

»Herr Kraif?« Spenglers Stimme klang fordernd. »Sie sind schon in der ADL? Das ist aber mutig. Ich habe da etwas von einer Wette gehört ...«

Holdo sah, wie die Quote eben auf 1 : 62 stieg. Man hatte mitbekommen, dass er gelandet war. Seinen Mördern blieben 58 Minuten, ihn aus dem Leben zu befördern. »Scheiße«, raunte er, sein Kreislauf sackte in sich zusammen. »Herr Spengler, holen Sie mich bitte sofort vom Flughafen ab. Ich gehe zurück ins Terminal 3.« Er warf einen Zehn-Ecu-Chip auf den Tresen und eilte hinaus.

Prompt lief er einem dunkelgrauen Ford Mustang vor den Kühler. Bremsen kreischten, die Stoßstange fegte ihn von den Beinen, und er landete auf der Motorhaube. Durch die Frontscheibe sah er Typen mit langen schwarzen Ledermänteln und Sonnenbrillen, die ihn feindselig anstierten. Runner!

»Ihr kriegt mich nicht!«, schrie er, rutschte herunter und sprintete auf den Eingang zu. Sein Koffer mit den Andenken war ihm gleichgültig.

Da traten ein Mann und eine Frau in auffällig unauffälligen Anzügen aus der Tür, beide schauten ihn an und langten gleichzeitig unter ihre Sakkos. Noch mehr Runner! Fluchend wandte sich nach rechts und rannte in einen Mann hinein, der ohne Zweifel ein weiterer Runner war: groß, breit, kompakt und ein langer Trenchcoat, unter dem sich sein Waffenarsenal verbarg, und eine Golftasche, in der er bestimmt die Gewehre transportierte.

Holdo trat ihm geistesgegenwärtig in den Schritt und schickte ihn auf den nassen Bürgersteig. Um wenigstens etwas zu haben, mit dem er sich verteidigen konnte, schnappte er sich ein 7er Eisen und ein Päckchen Bälle – Nahkampf und Fernkampf. Er rannte die Straße entlang und bog um die Ecke; dort drückte er sich gegen die Wand, den Golfschläger erhoben und bereit, ihn einem Verfolger überzuziehen.

Eine ATT-Schwebe-Drohne flog vorsichtig und in vier Metern Höhe heran, auf ihrer Unterseite stand groß POLIZEI geschrieben. Die Kameras surrten leise, sie suchten nach dem Verrückten, der die Menschen attackierte.

»Oh, Gott sei dank!«, rief er und winkte mit den Armen. »Hier bin ich. Ich brauche Polizeischutz! Man will mich umbringen.«

Ein gerüsteter Bundesgrenzschutz-Trupp bog um die Ecke: fünf Mann, Teilrüstungen, HK227S und absolut humorfrei. Sie hielten ihre Maschinenpistolen im leichten Anschlag, immer bereit, die Mündungen ganz zu heben und abzudrücken. »Sie da!«, befahl ihr Anführer. »Legen Sie sofort den Golfschläger auf den Boden, und heben Sie die Hände.«

Holdo traute in seinem akuten Anfall von Hyperparanoia nichts und niemandem mehr. »Kann ich erst Ihre Dienst-ID sehen?«

Der Mann hob die Augenbrauen. »Zentrale, es ist doch ein Verrückter«, gab er über ein Kehlkopfmikrofon durch. »Kein All-Area-Combat-Golfer.« Er richtete seine Aufmerksamkeit auf Holdo. »Sobald ich

Ihnen Handschellen angelegt habe, zeige ich Ihnen die Karte, einverstanden? Bewahren Sie bitte Ruhe, Bürger.«

Seine Männer rückten langsam vor.

Über Holdo hinweg flog plötzlich eine Granate und rollte den ersten BGSlern vor die Füße, dann ging sie auch schon hoch. Es gab eine gewaltige Explosion, Splitter flogen umher und verletzten sowohl Holdo als auch die Grenzschützer.

Die Drohne senkte sich ruckartig ab und schoss mit ihrer eingebauten automatischen Schrotflinte auf die fünf Männer und pinnte sie auf den Boden; zwei krochen hinter die Mauer in Deckung, drei blieben tot oder verletzt zurück. Die Drohne nahm die Verfolgung auf.

Holdo hob verwundert den Kopf und schaute auf die Mülltonnen, zwischen denen er lag. Er hatte nicht einmal mitbekommen, dass ihn die Explosion von den Beinen gehoben und nach hinten geschleudert hatte. Seine Ohren piepsten, er blutete aus mehreren kleinen Fleischwunden, ein Schrapnell steckte in seinem Unterschenkel. Der Schock bewahrte ihn davor, seine Schmerzen laut in die Welt zu schreien.

Ein Schatten fiel über ihn, dann erschien eine Frau an seiner Seite. »Holdo, du lebst immer noch?«

Er drehte den Kopf und schaute in das Gesicht seiner Buchmacherin. »Mousse?«

Sie lächelte ihn traurig an und streckte den Arm aus. Er dachte, sie würde ihm aufhelfen wollen, aber zu Holdos Entsetzen hielt sie eine Walther Palm Pistol in ihren Fingern. »Es tut mir so unendlich Leid. Aber ich kann nicht zulassen, dass du gewinnst.« Klackend rastete der Schlagbolzen hinten ein. »1 : 67. Das … würde mich ruinieren.«

Jetzt brach eine Welt für ihn zusammen. »Du … ich dachte, du würdest was für mich empfinden?«

Sie schluckte, aber ihre Hand zitterte nicht. »Warum bist du auch nicht bei Golf geblieben, anstatt auf die Bühne zu torkeln und diese bescheuerte Wette loszutreten?«

Er sah an ihren braunen traurigen Augen, dass sie wirklich abdrücken würde. Der Selbsterhaltungstrieb erwachte, und in seiner Hand hielt er immer noch das, womit er am besten umgehen konnte.

Ansatzlos drosch er mit dem Golfschläger zu, das Eisen traf den Lauf der Waffe und schlug sie der Frau aus den Fingern. Ein Schuss löste sich und verfehlte seinen Kopf um höchstens drei oder vier Zentimeter. Er schwang den Schläger ein weiteres Mal und zertrümmerte ihr linkes Knie. Kreischend brach sie zusammen. Wenige Sekunden darauf erschien ein zweiter Trupp Bundesgrenzschützer.

Mousse rutschte von Holdo weg und lehnte sich schluchzend an die nasse Mauer. »Ich bin erledigt«, heulte sie undeutlich. »Sie werden mich kaltmachen. Ich bin erledigt.« Sie schlug sich die Hände vors Gesicht. Von ihr ging keine Gefahr mehr aus.

Sie wurden gefesselt und in einen Transporter geladen, der sie zum Hauptgebäude des BGS auf dem Flughafengelände zum Verhör brachte. Sicherer ging es nicht mehr.

Als Holdo um 22.16 Uhr in den kleinen Raum gebracht wurde, wo ein dicker, gemütlicher Mann mit Schnauzbart und in einem zu engen Iron Maiden T-Shirt auf ihn wartete und sich als Vigo Spengler vorstellte, hätte er ihn am liebsten umarmt. Die Wette war endlich und endgültig erloschen.

Schweiz, Kanton Vaud, Lausanne,
24. 9. 2059, 07:51 MEZ

»Wie geht es mit der Therapie voran?« Tattoo saß in ihrem Hotelzimmer und sprach in das Kom. Der kleine Bildschirm zeigte ihr Ordogs Gesicht, hinter ihm erhob sich der Eiffelturm und neben ihm stand einer der Pfleger, mit denen er aus Dubai-City abgereist war. Ihr kam es so vor, als sei er nicht mehr ganz so anämisch. Und er hatte sogar ein bisschen an Gewicht zugelegt. Er sah vitaler, lebendiger aus.

»Sehr gut. Mach dir keine Sorgen.« Er lächelte in die Optik. »Professor Singh leistet ganze Arbeit.« Dann wurde er ernst. »Sheik ist tot. Gestern ist er gestorben.«

»Scheiße«, entfuhr es ihr. »Hat die Therapie …?«

»Nein. Er kam bei einem Feuergefecht ums Leben. Ein paar CAT-Truppen wollten uns in letzter Sekunde abfangen, und er hat eine Ladung Betäubungsmunition ins Gesicht bekommen. Der Schuss ins Auge, meinte Singh, hat sein Gehirn irreparabel zerstört.«

»CAT? Wie hatten sie euch denn gefunden?«

»Sheiks Halbbruder hat uns verpfiffen. Dachten wir zuerst. Aber Jennings hat herausgefunden, dass der Halbbruder schon lange tot ist. Stell dir vor: Wir haben Sheik direkt zu seinem jüngeren Bruder Djalal gebracht.«

»Der, der ihn umbringen wollte?«

»Ja. Entweder hatte Djalal sich mit plastischer Chirurgie das Gesicht verändern lassen, oder es war irgendein magischer Trick, mit dem er uns verarscht hat. Aber den schnappe ich mir.«

»Den schnappen *wir* uns. Gemeinsam.« Sheik war also tot. Tattoo schwieg ein paar Sekunden. Damit wurde Ordog ungewollt zu dem wichtigsten Probanden der wertvollen Antikrebstherapie. Das gefiel ihr gar nicht. »Wenn dir die Weißkittel Ärger machen, Ordog, sag es«, zischte sie. Wichtige Dinge, und mehr waren Patienten für Forschungsabteilungen sicher nicht, würden sie ungern aus ihren Fängen lassen. »Ich komme mit Cauldron vorbei und hole dich raus.«

Er lachte. »Ihr seid echte Freundinnen geworden, was?«

»Nein«, winkte sie ab. »Aber sie hat mir einen guten Job angeboten.«

»*Job*? Du bist Stadtkriegerin, Tattoo, keine Runnerin!«

»Ich weiß. Es ist nur ein Auftrag. Sozusagen aus Gefälligkeit.« Sie druckste herum. »Ich kann dir am Kom nichts sagen. Zu gefährlich.« Die Elfin berührte den Monitor und das Ordog-Pixelgesicht. »Ich komme dich besuchen, sobald wir fertig sind.«

»Also gut. Ich sage dir dann, wo wir uns treffen können.« Er hob grüßend die Hand. »Sag den anderen einen schönen Gruß. Sie sollen die Meisterschaft für mich gewinnen.«

»Mach ich.« Sie lächelte und unterbrach die Verbindung. Nach einem langen Durchatmen kehrte sie in den kleinen Frühstücksraum zurück, in dem ein seltsames Sammelsurium an Gestalten saß. Sie stammten alle aus den Schatten Seattles.

»Morgen.« Sie grinste Lombaire an, den kleinen, aber athletisch gebauten Elfen mit den schulterlangen schwarzen Haaren.

»Morgen.« Dessen stahlblaue Augen wanderten an

ihrer Figur entlang, während er sich eine Scheibe Pressmarmelade aufs Brot legte. Sie und er waren – abgesehen von den spitzen Ohren – so viel Elf, wie ein Ball eckig war. Er trug eine schwarze Lederhose und eine Panzerjacke, die inmitten des edlen Ambientes des Saals proletenhaft wirkte. »Bisschen spät, oder? Unser Freund Priest hätte dir beinahe alles weggefressen.«

Der Mann, den er meinte, saß ihm gegenüber und hatte ein geschätztes Alter von vierzig Jahren. In den Augen der Straße im Grunde Schrott, veraltet, schlachtreif. Die grauen Strähnen in seinen halblangen, blonden Haaren fielen erst auf den zweiten Blick auf. Wenn er stand, war er so groß wie die Elfin, wirkte sehr muskulös und stämmig. Aus seiner Vercyberung machte er keinen Hehl. Die schwarzen Augenschilde, seine Robe und das Auge Odins darauf ließen ihn, wenn er sich nicht bewegte, wie die Statue eines archaischen Wikingerkriegers aussehen. »Ich habe morgens eben Hunger, Spidy. Nur von Kaffee kann ich nicht leben.« Er reichte ihr die Kanne herüber.

»Es ist ja noch genug da.« Sam zwinkerte. Sie war mit Absätzen genauso groß wie Priest, kam vom Körperbau jedoch mehr an Tattoos heran. Es war eine Mischung aus trainierter Athletik und Sexappeal, ähnlich wie diese Gymnastiksuperweiber, die World-Aerobic-Championship-Wettbewerbe austrugen.

Ihre feuerroten langen Locken hatte sie mit mehreren Haargummis gebändigt, damit sie nicht bis zur Hüfte hingen. Die sehr enge, giftgrüne Kunstlederhose schuf zusammen mit der grünen Jacke und dem roten Kunstlederbody darunter so viel Kontrast, dass sich beinahe die Tapeten aufrollten.

Sam zeigte gerne viel Schultern und Bauch. Was Tattoo irritierte, war, dass sie zwar einem Ork glich, aber bei weitem nicht diese Grobschlächtigkeit besaß.

»Danke«, sagte Tattoo und goss sich Kaffee ein.

Cauldron trat ein, streng in Schwarz gekleidet und die Haare schwarz gefärbt. Sie setzte sich an den freien Platz und betrachtete ihre Truppe.

Keine Metas, hatte sie Grave gebeten, und das war dabei herausgekommen. Aber es gab keinen Grund, sich zu beschweren. Den Job in der Wüste hatten sie perfekt erledigt.

»Guten Morgen«, grüßte sie. »Wir haben noch zwei Stunden Zeit, bevor unsere Unterstützung mit dem Feuerwerk beginnt. Das Team von CMR wird die magischen Barrieren ausschalten, zwei Decker kümmern sich um die internen Absicherungen.« Sie beschrieb mit dem Zeigefinger einen Kreis. »Wir gehen hinein und holen raus, was mir gehört.« Sie verteilte Speicherchips. »Darauf stehen die genauen Anweisungen, die Lagepläne, die Beschreibungen der Handgriffe, deren es bedarf, um den Tank mit meinem Sohn darin fachgerecht abzukoppeln.« Sie schaute alle der Reihe nach ernst an. »Es darf nicht ein einziger Fehler geschehen. Ich bezahle zu gut, um Fehler zu verzeihen.« Sie deutete auf die Tür. »Gehen Sie auf Ihre Zimmer, und lernen Sie die Informationen auswendig. Wir sehen uns um halb zehn in der Tiefgarage.«

Ohne ein Wort zu sagen, standen die Seattler Runner auf, nahmen die Chips und ihre Kaffeetassen und ließen Cauldron und Tattoo zurück.

»Alles in Ordnung mit Ordog?«, erkundigte sie sich, während sie nach Tee suchte.

»So weit, so gut.« Kurz fasste sie das Gespräch mit ihrem Gefährten zusammen.

»Das klingt doch hervorragend. Es läuft alles.« Cauldron grinste die Elfin an. »Weißt du, dass ich dir damals am liebsten einen Feuerball zwischen die Augen gesetzt hätte, als du mich abgeholt hast? Du hast mir nicht mal mit dem Gepäck geholfen«, sagte sie in Anspielung auf ihr erstes Zusammentreffen. »Und jetzt ziehen wir einen gemeinsamen Run durch.«

»Dazu wärst du nicht gekommen. Ich bin schneller als du«, gab Tattoo feixend zurück und spielte mit dem Chip. »Es ist schon seltsam. Poolitzer hatte dich damals angerufen, und heute ist der Schnüffler tot.«

»Die Welt hat einen nervigen, aber guten Reporter verloren, das ist sicher.« Cauldron nippte an ihrem Tee. Sie fühlte kein Mitleid, nach wie vor nicht. Ihre eigenen Angelegenheiten waren ihr wichtiger.

Tattoo schwieg, schob sich ein Stück Croissant in den Mund und dachte nach. Im Gegensatz zu den anderen Runnern war sie tiefer in die Aktion gegen die Klinik eingeweiht worden. »Du denkst immer noch, dass es besser ist, zu CMR zu gehen?«

»Ja.«

»Du wechselst nur den Kon. Hast du nicht Angst, dass es in Mannheim genauso läuft wie hier und dass sie dich übers Ohr hauen?«

»Die Gefahr besteht.« Die Magierin nickte. »Aber es ist ein derzeit sympathischerer Kon als Aztech. Aztech hat mich bewusst in dem Glauben gelassen, dass ich einen geliebten Menschen für immer verloren hatte. Sie halten Xavier für ihre Experimente irgendwo auf der Welt gefangen.« Sie goss sich Milch in ihren Tee. »Das werde ich ihnen nicht verzeihen.«

Sie schwiegen wieder.

Cauldron hatte selbst lange über ihre Lage nachgedacht, aber es blieb ihr nur diese Möglichkeit. Durch den Tod von Du Garotte, noch bevor sie über den Verbleib Xaviers hatte Auskunft geben können, versiegte die letzte einfach erreichbare Informationsquelle. Nun würde sie sich eben eine neue schaffen und den netten Professor Mannli aushorchen, bis er alles herausschrie. Ihr Auftauchen würde alle überraschen, denn sie wurde nach dem Vorfall in Hatta für tot gehalten. CMR erklärte sich bereit, Ressourcen für ihre Rache bereitzustellen und ihren Sohn aufzuziehen, solange sie in der Weltgeschichte umherreiste und Xavier suchte.

Sie lachte auf, ohne dass Freude in dem Laut lang. »Es ist schon seltsam. Zuerst habe ich mich ganz auf die Vernichtung von Abongi konzentriert, und kaum habe ich es geschafft, sie und den Dschinn zu vernichten, lege ich mich mit dem nächsten Gegner an.«

»Anlegen ist gut. Indem du die Klinik platt machst, wirst du dir einen Todfeind schaffen.«

»Dann steht es zwischen Aztech und mir unentschieden.«

Tattoo stand auf. »Ich bin auf meinem Zimmer und lerne die Infos, damit ich für das Spiel fit bin.« Sie lächelte. »Ich meine, für den Run.«

Cauldron erhob sich ebenfalls und ging zum Fenster. Sie schaute über den Genfer See hinweg zu der Stelle des nebelumwaberten Nordufers, an der sich die Klinik hinter einer hohen Mauer aus Bäumen verbarg. Sie würde keine Gnade gewähren. Nichts hielt sie dabei auf, ihre Familie zusammenzufügen. Erst bekam sie ihren Sohn zurück, danach ihren Mann, mochten sich ihr noch so viele Kons und Gegner entgegenstellen.

Merkwürdigerweise wurde sie sich bewusst, dass sie sich verhielt wie eine Löwin. Sie beschützte ihr Rudel und kämpfte darum. Abongi und sie hatten doch etwas gemeinsam gehabt.

Vereinigte Arabische Emirate, Dubai, Dubai-City,
30. 9. 2059, 20:31 Ortszeit

Djalal saß vor dem Plasma-Trid in seinem Anwesen, umgeben von fünf seiner besten Leibwächter, und verfolgte die Sondersendung zur Ziehung des großen Loses der Al-Lachma-Lotterie.

Seit er die Identität von Rashid bin Saeed angenommen hatte, erfüllten sich die meisten seiner Träume. Er besaß die Macht, die er wollte. Mit dem Tod seines älteren Bruders gehörte ihm alles und zwar hochoffiziell: Konten, Aktien, Häuser und Hotelanlagen in Dubai. Er spielte mit dem Gedanken, ein Testament zu verfassen und Saeed ganz offiziell bei einem Unfall sterben zu lassen. Ein plastischer Chirurg würde ihn danach erneut umarbeiten, denn er mochte das Antlitz von Saeed nicht besonders. Ein neues Gesicht, eine Mischung aus diversen Schauspielern, gefiel ihm doch besser.

In seinen Händen hielt er einen der zehn Chips mit der aufgeprägten Nummer. Er hatte ihn einem anderen Gewinner für 50 000 Nuyen und unter Androhung von Schlägen abgekauft, und nun fieberte er dem Moment entgegen, in dem der Zufallsgenerator die Zahlen anzeigte.

»Bist du schon aufgeregt?«, fragte ihn Sharkim, einer seiner Freunde, und zog an der Wasserpfeife. »Was machst du mit den zehn Millionen?«

»Sinnlos ausgeben«, antwortete Djalal. Die erste Zahl wurde eingeblendet – und sie passte! »Oh, ich habe Glück!«, rief er und schlug dem Mann auf die Schulter, und sofort begann ein großes Palavern, denn eine Ziffer nach der anderen stimmte mit dem Aufdruck auf dem Chip überein. Vermutlich war es Absicht, damit die Spannung für die insgesamt neun hoffnungsvollen Chipbesitzer im Studio und natürlich für das Publikum unerträglich wurde.

Djalal hatte darauf verzichtet, zum Sender zu fahren und an der Gala teilzunehmen. Er fürchtete sich vor der Rache von CAT, denen er Sheik in die Hände hatte spielen wollen. Aber der Bus mit seinem Bruder kam niemals beim Kon an; später war die Leiche von Ali in einem verunglückten Fahrzeug aus dem Dubai Creek gezogen worden. Das Bild des Erschossenen war durch die Nachrichten gegangen. Die Polizei suchte nach den unbekannten Tätern, ohne eine Spur zu haben. Die verwendete Gelmunition gab es wie Öl am Strand von Dubai.

»Ruhe«, brüllte Djalal und sprang aus dem Kissenlager. Er hielt es nicht mehr aus, während die Zahlenkolonnen in rasender Folge über den Trid rauschten. Verschiedene Ziffern blinkten auf und erloschen wieder, dazwischen gab es Schnitte in den Zuschauerraum, wo die neun Losinhaber mit angespannten Gesichtern saßen. Darunter befand sich auch ein kleines europäisches Mädchen mit kurzen schwarzen Haaren und graugrünen Augen, dessen Gesicht Djalal irgendwie bekannt vorkam. Sie besaß eine gewisse Ähnlichkeit mit jemandem, den er schon einmal gesehen hatte.

Dann erschien der Moderator wieder, ein junges, dynamisches Modell, das einmal für die Al Lachma Premium Beef Filets geworben hatte. »Und die letzte Zahl lautet …«, wieder die flirrenden Anzeigen, bis sie in einer digitalen Explosion verschwanden und sich aus den Flammen eine Ziffer formte, »… eins!«

»Scheiße!«, schrie Djalal, warf seinen Chip mit der Endziffer sieben auf den Boden und trampelte darauf herum, bis er in kleine Stückchen zerfallen war. Damit hatte er 50 000 Nuyen für nichts ausgegeben.

Die Scheinwerfer wanderten über die Kandidaten, und schließlich hob das Mädchen die Hand.

»Das ist nicht erlaubt!«, beschwerte sich Djalal. »Sie ist noch viel zu klein. Sie darf nicht daran teilnehmen.«

Zwei Hostessen brachten das Mädchen zu dem Moderator, der in die Hocke ging und sie an sich drückte. »Herzlichen Glückwunsch, meine Kleine! Du brauchst deinen Namen nicht zu nennen. Es muss niemand wissen, wie die Gewinnerin heißt. Und jetzt schauen wir uns dein neues Zuhause an.«

Falsche Nuyenscheine regneten aus der Studiodecke, und die Regie schickte den Mann und das Mädchen auf eine virtuelle Schnellreise auf die Insel The World II. Das Studio verschwand und wich einem hellen, bezaubernden Strand und einem azurblauen Meer; einige Meter vom Strand entfernt lag das Anwesen, das mit dem von Djalal durchaus konkurrieren konnte. Die Augen des Mädchens leuchteten glücklich, auch wenn eine rührende Grundtraurigkeit nicht weichen wollte.

»Du besitzt von jetzt an eine Villa mit zweihundertfünfzig Quadratmetern Wohnfläche und ein großes Grundstück mit eigenem Strand, Palmengarten, Hydrokulturen, eigenem Hauspersonal sowie einem Shadowcat Boot aus dem Haus Yamatetsu, welches das Unternehmen noch obendrauf gelegt hat«, verkündete er die Einzelheiten, dann schaute er zu den anderen Kandidaten. »Und Sie, verehrte Damen und Herren, gehen auch nicht leer aus. Lösen Sie Ihren

Chip gegen eine lebenslange Eintrittskarte in die Vergnügungsparks von Dubai-City und ein Jahrespaket Qualitätsechtfleisch von Al Lachma ein!«

Djalal betrachtete die Splitter auf dem Teppich. »So eine Scheiße!«, schrie er.

Der Moderator lächelte das Mädchen an. »Na, sind deine Träume in Erfüllung gegangen?«

Sie schaute in die Kamera. »Erst, wenn der Mann gestorben ist, der schuld ist, dass meine Mama tot ist.«

Das Haus-Kom meldete sich bei Djalal. »Ein Al-Lachma-Transporter ist vorgefahren. Er möchte das erste Fresspaket liefern«, meldete die Torwache.

Der Moderator blickte verunsichert in die Kamera, streichelte ihr über die kurzen, schwarzen Haare. »Ja, dann wünschen wir dir mal, dass …« Er war aus dem Konzept gebracht worden.

»Aber mein Papa macht das schon«, lächelte sie stolz. »Er hat es mir versprochen. Er hält immer, was er mir verspricht.«

»Oh, das ist natürlich … toll. Äh …« Er lauschte auf die Regieanweisungen, die er über seinen Ohrstecker bekam. »Wir geben zurück zur Werbung und sind gleich wieder da.«

Djalal lachte. »Die war gut. Das hat mir gefallen.« Er wies einen seiner Leute an, die zerstörten Reste des Chips aufzusammeln. »Gib das den Typen von Al Lachma, und sag ihnen, dass nirgends steht, dass das Ding intakt sein muss.« Er stellte sich ans Fenster und schaute hinaus.

Der Transporter war werbewirksam in Fleischfarben gehalten, auf dem Dach drehte sich ein künstliches Steak, und aus kleinen Öffnungen wehte der synthetisierte Geruch von gebratenem Fleisch. Al Lachma wusste, wie man den Hunger weckte.

Djalal runzelte die Stirn. Wie hatte ihn Al Lachma eigentlich gefunden?

Das Steak verharrte und zeigte Djalal die breite Front, eine Sekunde darauf wurde ihm brennend heiß. Schreiend fiel er zu Boden, und er glaubte, sein gesamter Körper stünde in Flammen; metallische Gegenstände um ihn herum begannen zu knistern und zu funken wie der Goldrand von Geschirr in einer Mikrowelle.

Sein Blut, das Wasser in seinem Leib, jede Zelle in ihm kochte und wurde zerstört. Er schrie gurgelnd und reckte flehend die Hände. Die Haut schlug Blasen und barst, Blut und Wasser quoll hervor und lief auf die Teppiche.

Einer seiner Freunde kam auf ihn zu und wollte ihn greifen, zuckte jedoch auf der Stelle zurück, als er in den Bereich trat, wo die Strahlung ihre volle Wirkung entfaltete. Die dicken Mauern boten einen gewissen vorübergehenden Schutz, doch vor dem Fenster war die Dosis absolut tödlich.

Erst nachdem Djalals Körper an mehreren Stellen aufgeplatzt war und es keine Rettung mehr für den Mann gab, drehte sich das Steak auf dem Al-Lachma-Wagen wieder und bestrich die Umgebung mit einer hohen Dosis Mikrowellenstrahlung. Schreiend brachen die heranstürmenden Sicherheitsleute zusammen, andere sprangen zurück hinter die Wände.

In aller Ruhe rollte der Wagen zum Tor, dann öffnete sich die Seitentür, und ein dunkelblonder Mann in einem hellen Geschäftsanzug stieg aus. Er langte in den Innenraum und nahm einen Mehrfach-Raketenwerfer heraus, stellte sich breitbeinig auf den Weg und löste in schneller Reihenfolge aus. Zischend ritten die Raketen auf dem blassweißen Abgasstrahl gegen die Wände und durch die Fenster und detonierten.

Jennings betrachtete zufrieden die Wirkung der Sprenggeschosse, die für den Häuserkampf entwickelt worden waren. Große Teile der sündhaft teuren Fassade wurden abgesprengt und gaben den Blick in die Räume dahinter frei. Ein guter Auftakt.

Achtlos schleuderte er den leeren Werfer in den Brunnen, dessen Wasser durch die Mikrowellen mittlerweile kochte, und nahm den nächsten aus dem Transporter. Es stand noch viel zu viel von dem Haus, und er hatte genügend Raketenwerfer mitgenommen.

Er schaute auf die Uhr seines Koms. In genau zwei Minuten müsste er aufbrechen. Zeit genug, um alles in Schutt und Asche zu legen. Er pflegte Versprechen zu halten, die er gegeben hatte.

Exakt eine Minute und zweiundvierzig Sekunden später verließ er das Gelände und stieg in den dunkelblauen Lamborghini Ocaso, der dreißig Meter entfernt am Straßenrand parkte. Von dort aus zündete er die Napalm-Brandbombe in dem Al-Lachma-Transporter, im Rückspiegel sah er den Glutpilz aufsteigen, kokelnde Trümmerteile regneten nieder und schlugen knapp hinter dem Ocaso auf die Straße. Er wollte keine Spuren hinterlassen.

Jennings fuhr los, passierte die entgegenkommenden Polizeifahrzeuge mit den vorgeschriebenen dreißig Meilen pro Stunde und fuhr mit offenem Verdeck hinunter zum Dubai Creek, wo Eloise auf ihn wartete. Dabei ließ er das eingebaute Kom die Nummer von Kraif wählen.

Das Gesicht des Com-Golfers erschien. Es sah müde und frustiert aus. »Ja?«

»Herr Kraif, ich wollte mich noch einmal für Ihre Großzügigkeit bedanken«, sagte er. »Sie haben tatsächlich gewonnen. Wohin soll ich Ihnen die neun Millionen überweisen?«

Kraif schwieg. »Das ist mein letzter Tag in Freiheit, Herr Vanderbilt. Morgen trete ich meinen Knastaufenthalt an.«

»Aber nicht wegen Mordes, oder?«

»Nein. Die Polizei verfolgt eine andere Spur. Mich haben sie wegen der Golf-Matchs bekommen.« Er zuckte mit den Achseln. »Sind aber nur zwei Jahre und 25 000 Ecu Geldstrafe. Dazu kommen noch ein paar Tausender Schadenersatz für zertrümmerte Einrichtungen.«

»Das tut mir Leid zu hören, Herr Kraif. Wenigstens ist es kein Problem, die Strafe zu bezahlen.«

»*Jetzt* nicht mehr. Nach dem Lottogewinn.«

»Sie müssten mit der Wette doch viel Geld …«

Kraif schüttelte den Kopf. »Die Bank ist gesprengt worden, Herr Vanderbilt. Und Mousse wurde festgenommen und das *Competition* dichtgemacht. Es konnte nichts ausbezahlt werden.« Er schaute sich um. »Ich muss noch ein paar Sachen packen und Golfschläger polieren. Ich sende Ihnen die Daten.« Er nickte ihm zu. »Danke für alles, Herr Vanderbilt.« Der Bildschirm wurde schwarz.

Jennings schnalzte mit der Zunge. Das war hart für seinen einstigen Kunden. Ohne das Los hätte er von seiner Wette überhaupt nichts gehabt.

Er beschleunigte den Ocaso vorsichtig und bog auf die Schnellstraße. Vorerst würde er das Runnerleben aufgeben, um sich um seine Tochter zu kümmern. Sie sollte nicht auch noch ihren Vater verlieren. Dass Alexa tot war, belastete das Kind schon genug. Ihn weniger.

Ein bisschen mehr Ruhe tat ihm auch gut. Die Kons fänden schnell Ersatz für ihn; es gab genug Männer und Frauen seines Schlages, die sich in die Firmen-Kriege stürzten.

Und wer wusste schon, ob er nicht eines Tages ins Geschäft zurückkehrte. Oder seine Tochter. Eloise konnte für ein kleines Mädchen bereits sehr gut mit Pistolen umgehen. Talent war vererbbar.

ADL, Norddeutscher Bund, Proteus Arkoblock Cuxhaven, 30. 9. 2059, 21:31 MEZ

»Das sind doch sehr schöne Blutwerte, Herr Stauffer«, sagte Professor Singh und strich sich den Schnauzer zurecht. »Es ist mir eine Freude, Ihnen mitteilen zu dürfen, dass die Therapie bei Ihnen ebenso anschlägt wie bei Ihrem leider verstorbenen Freund.« Er tätschelte den Arm, in dem zwei dicke Injektionsnadeln steckten, an denen wiederum Schläuche hingen, durch die Flüssigkeit und Austauschblut in Ordogs Leib gepumpt wurden. »Die Metastasen, die sich in der Leber und in Ihrer Pankreas gebildet haben, bekommen wir damit auch in den Griff.« Er nickte den umstehenden Ärzten von Proteus zu. »Wie ich bereits in der Teamsitzung andeutete, ist der Patient in der Lage, innerhalb eines halben Jahres vollkommen vom Krebs zu genesen. Die Werte bestätigen meine Versprechungen.«

Beifälliges Gemurmel, dann zog sich die kleine weiße Heerschar aus dem Raum zurück.

Singh ging als Letzter, blieb auf der Schwelle stehen. »Herr Stauffer, wann wollten Sie Ihre Freundin anrufen?«

»Heute Nachmittag.«

»Gut. Ich sage den Deckern Bescheid, damit sie Ihnen wieder einen so schönen französischen Hintergrund zaubern wie beim letzten Mal. Paris sah besser aus als in Wirklichkeit. Haben Sie auf den Verkehrslärm und die Gespräche der virtuellen Passanten geachtet? Faszinierende Technik, nicht wahr?«

Ordog war das ziemlich egal. Es spielte mit, weil er

musste. »Und wie machen wir das, wenn sie mich besuchen möchte?«

Singh seufzte. »Nun, das wird leider nicht gehen, Herr Stauffer. Sie werden ein halbes Jahr lang in meiner Betreuung bleiben müssen. Ich bin sicher, dass Proteus es Ihnen an nichts mangeln lässt, um sich wohl zu fühlen. Mit Ausnahme von Besuchern eben.« Er wandte sich um. »Das ist der Preis, den Sie für Ihre Heilung bezahlen müssen.« Das Stahlschott schloss sich hinter dem Arzt.

Ordog schaute auf das friedliche Meer hinaus und hörte das leise Surren, mit dem sich die Kamera bewegte und ihn näher heranzoomte. Vierundzwanzig Stunden Beobachtung. Und er hatte es sich selbst eingebrockt, als er in Dubai zur neu entstehenden Proteus-Niederlassung gefahren war. Damals hielt er es für eine gute Idee, sich Proteus an den Hals zu werfen.

Damals.

Dann hatte er durch einen Zufall in einem Behandlungszimmer auf einem Bildschirm das Logo von CAT gesehen …